匈汉演义

宋江风 著

上卷

北南倾覆

北京日报出版社

目录

第一回

居姑衍单于觊北假　堕沙丘始皇失远衢

以公元前一个从未确切见于记载的年代为开端，大幕以北广袤的水草地上，正在发生一段与战国、秦、汉并行交织并最终嵌入中国历史的波澜壮阔的真实故事，那就是匈奴冒顿单于空前的崛起和对周边辽阔地域的征服。但这一段精彩纷呈的无字史诗，却是从冒顿的父亲头曼起笔的。

发源于狼居胥山的余吾水，向西南过姑衍山，在燕然山余脉的阻截下转向西北，曲曲折折汇入安侯河。

弓卢水从狼居胥山东麓发源，匈奴左部的王帐便坐落在河流上游的山间牧地。当匈奴单于头曼迫于新兴秦帝国军事压力而退出北假后，便越过阴山北部荒无人烟的大幕，来到位于狼居胥山西侧姑衍山腰长满北海松树的“黑森林”，在余吾水上游盆地建立了单于帐，号称“金帐”。从此，姑衍山也就成为了“圣山”。凭山南眺，俗称“驼背草原”的满目山丘连绵不绝，沿余吾水南岸向西边的安侯河弥漫着绮丽的山地牧场风景。

安侯河汇入同样发源于燕然山的郅居水，流入北海，那是世界上最深和蓄水量最多的断层陷落淡水湖泊。

斜阳近晚，黑林一带的草地上散漫地游动着大大小小的马、牛、羊群，许多毡房和附近的骆驼远远近近点缀在宛转迂回的流水旁边，犬不时到正在煮肉的女主人身边猛烈地摇摆尾巴讨好，又去刚刚从委顿中抖起精神的草地上来回飞奔，朝着回归的牧群狂吠着撒欢。女人向远处瞭望，边欠下身子朝架锅的石块之间添进柴禾，又从散发着浓重膻味的沸汤表面撇去浮向锅边的褐色血沫。畜的叫声和男人嘹亮的胡哨此起彼伏，把草原上的生态涂抹得五彩缤纷。

头曼带领一队剽悍的骑卫，鹰一般掠过晚霞初现的金灿灿的草原，傍着随地势流转的水流向稍高处的大帐飞驰。快要到了，头曼却一勒缰绳，随即松开，坐骑前蹄扬起，在后蹄的舞步间掉转了方向，碎步跑向侧面一座稍小的毡帐，骑队随之放慢了速度。

尚离有一箭之地，头曼便跃身下马，马蹄尚未落定，双脚已经稳稳地扎在草地上。他拍拍坐骑的下颌，顺势把长满胡须的黑红脸膛在伙伴长长的鼻梁边贴了一下，把缰绳和鞭子一齐丢到卫队长侥直那手中。那马犹自腾挪四蹄，把头摆向体态健硕的侥直那，彼此却也十分亲近。

这是一匹浑身浮满云朵儿的青骢宝马，日行千里体力不减，而且久历战阵，多次把头曼救离险境。头曼把这匹坐骑看得如同手足，也看成保护神一般，好像与自己共有一条生命。给马起的名字却很另类，叫作“云中杀手”，为的是紧急中这青骢马便如同一名奋不顾身的侠义勇士，倒在它蹄下的敌人已经不少于十几二十个。

头梳几绺小辫儿的小王子芷勒骑在公羊背上玩耍，恰好用玩具样的弓射出一支短箭，弦响处，传来两声“吱吱”的叫声。单于跨前两步，欠身拎起那支小箭的翎毛，一只硕大的草原黄鼠正在箭镞上抽搐。

头曼抛去箭和黄鼠，放声大笑。恰好芷勒弃了羊跑到身边，头曼一把提住他的腰带，只一拽把那细嫩的身体揽入怀中，用坚硬的胡须去厮磨孩子被草原风打磨得鲜红的小脸蛋：“好小子，真不愧是我的小王子！”芷勒便发出响亮的“咯咯”声，这情景使草原的傍晚显得格外生动。

眼前是一顶被外饰装点得别有情致的毡房。门帘掀动处，走出一个体态窈窕举步款款的年轻女子。头曼偷眼瞥见，便觉心花盛开，急忙就近把芷勒举高了，安放到自己的坐骑上，三步两步到了女子跟前，这速度刚巧接住了从浓香中飘来的水灵灵的渴望。扑入头曼硕大怀抱的夷莪两脚离开了地面，只在侥直那回头之间，单于和他心爱的小阏氏便消失在那扇花样点缀的毡帘后面。

牧场上心潮起伏的一夜纵情。有些疲惫的头曼满足地闭了眼，迷迷糊糊听着臂弯里的呢喃，只待胡须被揪得有些刺痒时，才不得已点点头，顺势应出声来。

只要有草原就能过顺遂日子的头曼，在屈居漠北百无聊赖的岁月里，娶了柔情万种的小阏氏夷莪，随即生养了和阿妈一样漂亮机灵的芷勒，可谓其乐陶陶。更重要的是，这双乖聪伶俐的母子给他以强烈的心理暗示，总觉得他们能给自己带来好运，同时他们又都是好运的组成部分。因此，他内心隐隐地希望能回到水草丰茂的北假，在那里，更可能让小阏氏住进像中原帝王家那样豪华的后宫，让钟爱的小王子……也许这只是一个借口。不过，九原那边至少有版筑的城池，有一个“头曼城”的称谓。更重要的是，那里是传说中的匈奴部落发祥地。

尽管面对秦朝大军处于劣势，但在北方草原上，头曼却能扬鞭驰骋，所向无敌，迫使远近大大小小的部落臣服，不断把他们并入匈奴的族群。正因为如此，勃勃雄心总是在头曼的胸怀中跳跃奔突，整个的人就像做梦也骑在马背上一般，只等机会降临，便南越大幕，重新牧马阴山。可是，这个机会何时能出现呢？

匈奴自祖先淳维以来的一千多年间，掩隐于黄土高原纷繁的原始部族群落中，时聚时散，时小时大，比其他马背族类没有多少差异。不知是从哪一段口传或钟鼎龟甲上获得的信息，那个在中国历史上与商纣王齐名的、同样以荒淫暴虐著称却还先于商纣的亡国之君夏桀，却被正史引用来记录在匈奴先祖谱系的第一行，明指夏桀“避居北野，随畜移徙”的儿子叫“獯粥”，这正是由辨声记录而得到的匈奴祖先的异写名称。上古末页的史籍虽不乏对传说的录载，但匈奴确凿的起源已难以考证；然而大量事实说明，凡历史传说皆非空穴来风，从不像猜测的那样只产生于幻想。且说世界上有哪个族群发祥于它的文字之后呢！那么，谁的原始事迹不是存在于口头流传中呢？只不过各自开化的年代可能相差得比较远，因此，先觉的中原文明就有机会通拟族谱，顺带为掰扯不开的匈奴正传。

东周中后期，也就是在春秋末战国大约三百年的岁月里，情势发生了越来越大的变化，匈奴势力因逐渐兼并扩大而日渐显著，在制陶、皮革、炼铜和冶铁的手工劳作中催化出牧业奴隶制生态的雏形，最终形成屠各、鲜支、寇头、乌谭、赤勒、捍蛭、黑狼、赤沙、郁鞞、萎莎、秃童、勃蔑、羌渠、贺赖、钟跂、大楼、雍屈、真树、力羯等十九个可以分野的基础部落。屈服于强权和利益的交互作用，他们共同“推举”势力最盛也显得最为尊贵的屠各种为首领，成就了单于部落联盟。由于把倍增的实力注入到了固有的生态习性中，匈奴越来越放肆地向南边骚扰掳掠，严重威胁着中原北部各诸侯国的安宁。

到公元前 300 年，经过七年“胡服骑射”军事改革的赵武灵王向西北黄河两岸征服了游牧的楼烦、林胡，把势力扩展到阴山，并随山势先后修筑了里外两道长城，驱逐并距匈奴于工程防线之外。

战国末年，随着中原内战中七雄实力的此消彼长和关注点的分散，匈奴又乘机反复侵扰赵国。赵国名将李牧率领步、骑、车合成兵种大破匈奴骑兵十余万，从此匈奴远遁，十数年不敢窥视赵国边境。

在低谷时期，头脑和体魄都分外强悍的头曼接掌了首领的权力，匈奴对北方部落的兼并进程突然提速，族群形成日益蔓延扩张的势头。公元前 222 年秦灭赵国后，匈奴又乘机南侵，势力达到了祖先曾经游弋出没过的河南地，这里也是林胡的传统牧场。

燕赵逝去，嬴秦无敌。头曼终于抵挡不住大将蒙恬乘势而来的强大的军事冲击波，只好在风沙中分辨来时的马蹄印记，又一次返回大幕，暂时收敛了锋芒，心中确实压抑，确实不爽。但是，上升中的匈奴，实力并没有受到多少损伤，反而进一步有所增强，这完全得益于草原族群亘古不变的避实就虚、去强吞弱的生存法则，也依托了它由马匹和肌肉凝结成的旺盛生命力。

近午时分，头曼带着从夷我那里汲取的兴奋回到金帐，传令召集军事务虚会议。这就是一种即兴，可以是严肃的争论或率性的大吵大闹；也可以在宴饮的胡吃海喝中昏天黑地摆龙门阵。

高大的穹庐前草甸宽阔平坦，由郝宿王慎逐掌管的单于庭亲信卫士层层值守，整齐排列着的龙旗在郁闷的气流中懒懒地摆动。号旗升起，角声惊动，一时间，远近山坡地上散布的那些看上去颇显眼的毡帐边上，或单骑，或聚得两三骑，飞速地沿着草滩地上的小路，溅越三五道溪流，向单于帐齐集而来。稍顷，各级直属单于庭的万骑长及丞相、骨都侯、大且渠都已下马进入大帐，依次盘腿而坐，向正中稍高处注视着单于头曼。

匈奴发展到头曼时期，以部落联盟为基础的军事奴隶制政权已经形成大致。这是一种在竞争与妥协中形成的由三庭三姓和贵人会议组成的权力架构。单于姓挛鞮氏，掌握着最高统治权，并直管中部核心地域；而分掌左、右的两位屠耆王，都法定由单于子弟担任。呼衍、兰、须卜则都是单于家族的姻亲种姓，他们分别在单于氏族地盘的北、东、南三面拥有相对独立的领地。这种血统融和与势力博弈，结构成匈奴部落联盟的核心，奠定了挛鞮氏家族统治日益稳固的基础。对单于唯一的制约来自贵人会议。这种联席的议会带有某种御用性，负责讨论单于及王族的立废与继承大事。

三姓望族中，以呼衍氏地位最高，世袭相位，为首辅。呼衍氏之下，由兰氏担任左右当户，相当于内卫部队首领；须卜氏担任左右大且渠，主管狱讼。这酷似史籍对中原上古时代管理阶层分工的描述，奇妙之处在于论姓氏而定位权力。从后来匈奴历次出现的内部纷争看，致命的裂痕首先出现在单于家族内部而非由其他姓氏作难，由此反向证实了三姓佐政具有平衡权力、稳定政局的实效；而贵人会议的作为则是有限的。

拥有次一级权力的异姓大族乔氏，占据着骨都侯的位置，这是高级参谋的角色。匈奴百官中，还有车阳、余地等姓氏。部族中也存在一些以健勇好斗和以反叛著称的种姓，如綦毋氏、勒氏等等。

无所谓“寓兵于民”。兵民一体，这是从争夺领地和食物的本性中蜕变出的较为原始的生存形态，凡有能力的成年男性都责无旁贷地加入战斗，相应地分享俘获。妇女、老人，甚至孩子，都将尽己所能参与战勤保障，这也是与社会分工同一的自然而然的分工，取决于生理特征，没有什么奇特之处。只要生产力发展水平和生产生活方式无法提供足够的空间来支持“胜兵”体系，所有的战争都必须依靠全民皆兵来进行。只有骑兵一个类别，所以统一有“骑长”之称谓。万骑长实际率领骑士的数量与地位相关，也应是随着匈奴整体实力的伸缩而有所变化的。

会议自然而然地开始，讨论顺其自然地进行。

“……蒙恬奉命整修长城，坐镇上郡。有副将王离率虎狼之师驻扎北假，挡在阴山。我觉得时机尚不成熟，金帐如贸然南下，秦廷必举重兵来袭。到时候，东胡、月氏和西边、北边的部落都会乘虚围攻，我大匈奴必将四面受敌！”左骨都侯勒俟祜操着发尖的嗓门分析，颇显有理有据。总之，他觉得还不到大举入境秦边的时机。

方才还争论得不亦乐乎的大帐内一时没了大动静。匈奴人尽管总是趋利，但避害也是人类共同的本性，他们极为长于此道。头曼拿发黄的充满血丝的狼一般的眼神居高扫视，耳朵里感受到一片令人烦躁的热烘烘的喘息声。这是食肉部落那种特有的粗声大气的喘息，也不排除夹杂其中的病态。

忽然有人问了一句：“听说了吗？中原的那个始皇帝乘坐的马车，被一枚一百二十斤重的大铁锤砸了个稀巴烂！”

座中爆发出一片惊讶声。须臾，有人问：“车里的人呢？”

其实，所有在场者都感到不可思议，所以，没人敢肯定秦始皇有什么不测。果然，在稍稍沉默后，一个不温不火的声音说：“在三川郡阳武县的博浪沙，那柄铁锤打中的是副车！”

“副车？啥是副车？”

“怪不得呢！那刺客真笨死了，原来只打了个副车！”

还是那个不温不火的声音：“那始皇帝除了自己的车驾外，还在巡行的队伍里设了三十六辆副车，正车副车都一个模子刻出来的一般，他一个时辰前坐这辆，待歇上一会儿，又改乘那辆，连身边的人都不一定弄得清。如果让你去打，你打哪辆？”

头曼的眼神在帐中溜了一圈，看看左边的空座，这才朝向右首的右屠耆王且蛰：“你说得对！就算有三十六名刺客，一齐丢去三十六柄铁锤，也未必能打得准！”

却有了额外的话题：“听说刺客当场撞碎了自己的脑瓜儿，死了！”

“啊，死了？”帐里发出一片惋惜声。

“不死还能咋的！”

且蛰补充说：“也是始皇帝下令在全国范围内搜捕元凶，这才被我派出的探骑打听到消息的！”

头曼似乎有兴趣，问：“原来还有主使，捉到了吗？”

且蛰摇摇头：“也就忙了十天，秦朝偌大个疆域，光传达命令就需要多少天？”

于是有人附和：“就算跑死个快马，也跑不过来的……”

帐内的议论完全跑了题。这时，有卫士通报且蛰，且蛰立即起身出帐。不一会儿回到座位上，悄声对头曼说了几句。头曼突然来了精神，正待宣布什么，却被且蛰暗中制止了。于是，头曼宣布散会。

秦始皇死了。千古一帝在位于巨鹿郡西南缘的沙丘平台行宫驾崩，可谓在巡游中穷尽了其作为皇帝的岁月。依然算得上是猝死，一种失落了死因的死法，不可排除种种非正常因素。今河北广宗西北大平台，当时处在漳水南岸，那里曾是名为“沙丘”的殷代离宫。

时间定格在公元前 210 年 7 月，始皇帝享年四十九岁，执政三十七年，一统天下改称皇帝计十一年。之前，他是在位于济北郡西界的黄河平原渡口病倒的，恰巧在这个关键的时刻，这位伟大的皇帝犯了一个不大但却可能是致命的错误，派遣至为信赖的上卿蒙毅前往代地祷祠山川。无论当时的动机如何，这反正有利于胡亥，为其假诏篡位排除了身边的重大障碍。

天气炎热难挡。巡游的队伍离开巨鹿郡，依然按照既定的行程北上，目的地是九原。不朽的秦始皇的灵柩被悄无声息地安置在凉车中，散发着扑鼻的腐臭，为其前导的，是一车腥臭的鲍鱼。而他的宠臣李斯、宠奴赵高和宠儿胡亥，正在为皇位继承人的问题讨价还价，故而秘不发丧。

“九原”于公元前 300 年始见于史书记载，那是在东周末期赧王十五年。相传“九原”因春秋时晋国卿大夫的墓地坐落在那里而得名。九原城的位置在今内蒙古包头的西边，发源于阴山南麓春坤山的昆都仑河从乌拉山和大青山之间宽阔平坦的昆都仑河谷中流出，经过九原城原址汇入黄河。这是一条很短的河，古称“石门水”，又名“石门障”，其中显然充斥着军事含义，难怪赵国和秦朝都十分重视这个直透阴山北部的战略要冲。

潜在危机源自始皇帝长生不老的幻想，因而未能尽早册封太子；直接的危机却发端于一个始料难及的低级失误。生性仁厚的长子扶苏对坑杀方士持有异议，一怒之下，父亲便打发他去蒙恬那里监军，也算是一种爱与愤交织的不疼不痒的告诫性惩处。当始皇帝的生命终结于第五次巡游途中时，他身边的关键人物只有左丞相李斯、中车府令赵高和被宠爱娇纵着的小儿子胡亥。

疲惫的队伍打起精神离开九原，从直道返回咸阳，嬴政本也是希望全程体验一下这个重大防务工程。

所谓直道，是由蒙恬于戎马倥偬中监造的一条在建军用超级道路，从关中直达黄河北岸的军需集散地九原，其起点是位于今陕西淳化西北的云阳县甘泉宫。“直道”与另两条以咸阳为起点分别通向燕齐、吴楚的天子“驰道”大同小异，差异之处，在于直道为专一防御匈奴而建。大将蒙恬大概也算得上是历史上少见的超一流兼职工程主持与监理，代表作就是万里长城阴山段和直道。

直道在北地郡以里宽五十至八十米，上郡以外宽一百六十米，可供现今的四十多部大卡车并排行驶，换成马车，就在一百辆左右。唯因“直道”，就要在沟壑纵横的黄土高原上开山填谷、裁弯取直，如此长驱一千八百里，可谓当时世界顶级水平的“高速公路”，再加上修建烽燧、馆驿等配套设施，工程量十分浩大，施工当然也十分艰巨。

蒙恬没能继续为被征发的二十万民夫当监工，他被迫自杀了，地点阳周，大致为今陕西子长西北大理河边一个叫高台的地方。秦始皇的遗体被挟持着，在一条没有最终完成的道路上走完了帝王之路，走回到他生离的都城，走到了辉煌人生的悲剧性尽头，身后留下了无数的是非和无穷的争议。

显见的皇位继承人扶苏和蒙恬的兄长蒙毅也被假诏杀害。扶苏与内外信臣蒙毅、蒙恬兄弟亲近，而蒙氏兄弟恰巧是李斯的政敌，这也许最终决定了李斯在历史关键时刻的立场选择。蒙恬的所有职责由副将武成侯王离接替。王离是秦国与白起齐名的将军王翦的孙子，王贲的儿子，此时他的爷爷和父亲都已经去世了。修建直道共花了四年时间。据说直到现在，在陕西、甘肃交界的子午岭上，在内蒙古境内的鄂尔多斯高原地带，直道的遗迹仍清晰可辨。

单于帐里的会议其实没有散尽，头曼边上只留下了且蛰、勒俟祜两个有心人。头曼说：“兴许机会来了，我们得抓紧合计合计！”

勒俟祜听单于这么一说，赶紧附和道：“我早就听说那胡亥不咋的，他替了皇位，中原兴许就要乱成一堆牛屎。没承想蒙恬被杀了，这不等于嬴氏在自家的长城上豁了一道口子！是要好好合计合计啦！”

且蛰瞅勒俟祜一眼，那意思全靠领会。勒俟祜本就猴精，便半是解释地说：“那头大不一样了，我这头的主意还不兴有个变化！”

头曼点头：“这话也算是个道理……右屠耆王的意思呢？”

且蛰本不想忙着发表意见，听头曼点到头上，也便开口道："北假早晚是要去的，但对中原那边的形势，我们也不能光凭想象。中原兵书上说得好，知彼知己方能百战不殆！"

勒俟祜愣了。令他没有想到的是，在这当断必断的节骨眼上，大单于的倾向已经很明白，右屠耆王反倒不急不火。果然头曼把话题推进了一步："那只是中原兵书上写的，而我现在想说点实打实的。假如我立马南下阴山，秦朝将如何对敌？"

且蛰并不正面回答，也只发一问："蒙恬固然被杀，但大单于可曾见北假那边的秦军有所动摇？"被这一问，轮到头曼发愣了。勒俟祜赶紧接过话头："那就是说，啥也没变，我们就算白当真了！"话里话外却透出点怪怪的味道。

且蛰并不理会，说："那王离一门也算得三代名将，既然秦廷肯把他派在这个紧要位置上，就不比蒙恬差多少。我们还是稳当些才好！"他打一个时间差，朝着勒俟祜回答了头曼的提问，也是为了避免与大单于产生直接冲撞。

既然话说到这份儿上，头曼已经没了精神。且蛰见状，只好透露说："我表面上命骑哨到阴山观察，私下里却派了不少暗探去中原打听，也就是想及时弄清底细，好知道机会在哪里，何时会出现……"

勒俟祜赶忙丢出一句："这机会说没有就没有，说有也许就在眼前。全赖右屠耆王那里打探仔细了！"

且蛰"哼"了一声，回道："如左骨都侯所说，也许年底，或则明年，大单于就能进据北假，甚而南渡河水！"这话在头曼和勒俟祜听来，不知真假，抑或在赌气。却听且蛰继续说："事情哪能总凭自己的愿望，想到了没有，乌孙那边出事啦……"转向勒俟祜问："你消息灵通，可曾听说？"

勒俟祜一愣，急忙来看头曼，也自愣着呢。于是且蛰说："我刚接到报告，月氏派兵偷袭了乌孙，结果还不知道呢。我这就得赶回去，看情况到底如何！"

勒俟祜好像是有点吃惊。头曼却不以为意："迟早会有这一天！"想了想，说："那就等等看吧，你先返回……"又看一眼左首的空座，发牢骚似的说："我大匈奴这位太子，咋总是不见头尾？我这里等他说话呢，他却还不见个影儿！"

月亮出来了。头曼带领二人出到大帐前的草地上，单膝跪倒，朝着月亮拜揖。出于对天地的自然崇拜，匈奴王庭始终遵循一种传统习俗，单于每天早晨都要到营帐外，朝初升的太阳跪拜；晚上同样要跪拜月亮。

第二回

夜遁山泽刘季斩蟒 狐鸣蕲野戍卒揭竿

源出桐柏山的淮水本是一条特立独行的大河，浩浩流入东海。

东海郡淮阴县城东南的下乡南昌亭，树头薄雾绵绵，太阳从晨霭中映出，炊烟缭绕。背负家传宝剑的落拓书生韩信伴着鸡鸣狗吠，懵懂懂走到里巷的石板路上，走进里右，走进赖以嗟食的亭长家里。少顷，又满脸羞愤地走出来。蓬头垢面的女主人紧随其后，手中挥舞着磨损了的舀粥的木勺，提起尖声，吐出许多不恭维的话语。男主人赶出来，拽住了女人，厚道着脸，流露出许多无奈的歉意。那妇人犹自骂骂咧咧，不肯回转去。

韩信扬长走出里门，并顾不得刻薄的讥讽追打他的脊梁，内心几多凄怆与彷徨。从小儿腆着脸跟到人家里混吃混喝，他已习以为常了。

猛走了一气，来到一条小河边坐下。朝着水照看自己，洗把脸，伸手掬一捧喝了。这时听到有响亮的对话声，透过水汽，原来不远处的人家在河岔里栽种了菱角，此刻有女子正划了洗澡的木桶，采摘呢。这消遣，真算是好日子！他也想试试那采菱的感觉，只可惜自家就连这么一只木桶也没得。

回到父母死后留给自己的茅屋里，撩起草席翻了一阵，找出一根麻线，又找到一根熟铜制成的缝衣针，寻个缝隙插进去别成个弯钩。屋后有几株修竹，鱼竿唾手便得。

来到城北的淮水边上，朝那水面上不时泛出圆圈的地方抛下鱼钩，急切地注视着浮标。不远处，一条水凳向河面伸出，有妇人在那里洗衣服，不时地挥动棒槌“嘭嘭”地捶打，回声在水面跌宕。

一上午了，竟然没能钓上一条鱼来。看看已经日高影短，肚子又猛烈地闹腾起来，这回连酸水都挤出来了。汗出来了，凉透了周身。

觉得有人过来了，把一只竹篮放在草上，打开，是一大碗米饭，上面还覆有青菜。“看相公脸色煞白，想是饿了……吃吧！”那是一个女人稳当的声音。

韩信看时，原来是位大娘。他这才觉得有一阵没听见捶衣的声音了，抬头看，那边果然不见了洗衣服的人。他眼眶红了，嗓眼里被泪水呛了一下，接过大娘递过来的碗，狼吞虎咽。大娘看着他吃得碗底干净，收拾去了。

韩信不钓鱼了，便到淮阴城里走走。无意中向路边肉铺子里张望呢，正好和一个后生对上了眼。后生姓牛，人称“牛二”，是个泼皮无赖的头儿。牛二凝视片刻，把刀剁住在砧板上，来街当心挡住了韩信。

韩信绕向一边，试图躲开这是非。可是，你朝左他跨左，你走右他挡右。牛二眼里露出顽劣的锋芒：“你长这……这大个子，还好……好带把剑在身上，不晓得派……派怎的用场！”

有看热闹的在起哄：“还不如把那剑拿去剁肉！”韩信脸上充血，进退局促。

牛二被提醒了：“你要不怕死，就拿……拿剑来刺我；要怕死，那也不……不打紧，就从我裤裆……裆里爬过去！”说着，还真撩过那面被猪油糊得硬邦邦的围裙，作出一个蹲式等着。

人们笑了几声，不笑了，都关注韩信的反应。随即有怂恿声：“怕甚，就杀掉这小子！”

韩信两眼定住了打量牛二，僵持了许久，看看对方的目光溜向一边了。于是手松开剑鞘，慢慢捞起长衫的下摆塞进腰带。那牛二却紧张起来。

韩信跨步逼近，稍停俯身，屈膝，两手着地，趴在了地上，睁眼看那裤裆。他开始手腿并用地向前，去艰难地体验极端人生。

“你背上不有剑吗？顺手把那玩意儿割下来，就算扯平啦！”

一点一点地向前爬，低低头，韩信就算是在爬过人生的又一道坎。人本个个儿是从胯下诞出的。从娘胎里出来，首先学会了爬，然后才站起来走路，就当是重新学上一回爬吧。

槌衣的大娘又来了，这已经连着十几天。韩信吃过饭，有了点自我感觉，不由得张口发誓：“日后我必然会重重报答大娘的！”话刚出口，那大娘丢下竹篮，生气了，说：“一个大男人，自己却没得法子找饭吃……我这是可怜公子，才给你送饭的，几时图你报答了！”

韩信无言以对。生活尽管艰难，但还要继续。

一位书生模样，体貌俊秀单薄、衣着随意的公子，从容闲雅地踱出下邳城外，沿河赏柳。不一时，他来到沂水边，那里有座拱背石桥。信步走到桥上，不期迎面来了一位穿粗麻衣衫的老先生。到了面前，老者朝书生瞅瞅，表情有点怪异。又瞅瞅，竟然抬脚把一只鞋踢到桥下去了，还探身去看那鞋坠落水边。

书生只自顾赏游。不想，却听到一声吆喝：“小子哎，怎就没得眼头见识，还不快替老爹把鞋捡上来！”那声音却如同壮年。

书生一愣，看时，只见先生胡须雪白如银，确实上年纪了。便踅到桥下，去帮他捡鞋。

老先生倚坐在桥的石阶上等呢。看书生捧着鞋上来，便跷起丢鞋的那只脚，口里吩咐："替老爹穿上！"

书生平和地跪下身子，帮他穿了。老头儿站起身，一捋胡须，只管离去。书生目送他远去，心中略感诧异。再看时，老先生已健步返来。书生赶紧迎向前，老头儿开口说："过五天天亮时刻来见我，就在桥上！"书生恭敬地应承："是！"

这书生是谁呢？他姓张名良，字子房，正是博浪沙那柄企图刺杀始皇帝的大铁锤背后的主使。张良以上五代都担任韩相国，秦灭韩，他全家被杀。当时张良年少，他没有埋葬死去的弟弟，而是含泪舍去全部家产，用来收买刺客为故国复仇。

天刚亮，张良草草梳洗过，急匆匆出城赶到沂水桥。老先生已经等在桥头，生气道："跟长者约会却后到，这成甚道理！"回头就走，说："第五天上再来！"

夜来张良和衣而卧，耳边听到鸡叫，正是天色微明。翻身起来，恰巧赶上开启城门。出城小跑着来到河边，看去，桥上没见人影。于是放下心来，整理衣巾，迈步拾级。才几步，却发现老人正坐在那头的石阶上打盹呢！

老先生听到动静，偏头斜视着呵斥说："你又来晚了！"站起身就要下桥，说："那就再过五天吧，最后一次了！"

又一个五天的日子真难熬，每一天的太阳都故意作对，懒懒地不肯起来又悠悠地不肯落下去。夜晚，张良更是翻来覆去，有时便睁大了眼睛看窗棂，好像老丈就在那幽暗里。

第五天的前夜，张良在城外找了个熟识的人家将就着。才半夜，就起身认真梳洗，整理衣冠，急匆匆赶来桥上，恭立等候。站了一会儿，确信老人确实还没来，心定了，于是转脸望着映在河水里的月亮想心思。感觉桥头有了动静，便连忙重整衣冠，躬身侍立。清澈如泻的月光之下，老先生迈步上桥。张良借眼睛的余光看时，白发银须、明眸皓齿，果然超凡脱俗。

老人眉开眼笑，说："后生家就应当是这样的嘛！"说话间早已有一册竹编在手："拿去吧，念熟了，看透了，就足以当帝王的老师啦！"张良暗暗惊异，行过礼，双手来接竹编。只听老人又说："我们还会见面的，谷城山下的黄石边，就是我隐居的地方。"说过转身，自管走了。

借着月色，张良急切地打开竹编看时，原来书的名字叫《太公兵法》。这只是一本传说中由太公望著作的兵书，依托商周战事写成，可谁也没有见过呀！他心中兴奋，干脆坐在桥栏边翻看起来，竟至入神。

谷水边，络绎而行的民夫走得拖拖拉拉，他们被征发去往秦都咸阳。押队的人名叫刘季，是沛县泗水亭的亭长。到了孟渚泽附近，刘季心里盘算着，赶到道旁一个破旧的亭子边打算清点人头……不用数了。再说，已经过去六天，才走出二百多里地。

向晚，遣人去买酒肉，钱刘季出。喝至夜深，刘季举着酒碗趔趔趄趄站起身来，忽然说一声："弟兄们，散了吧！"坐下来接着喝。

一片寂静，只有几支火把在夜风中晃动。过了一阵，开始有人试着挪动，接着忽啦啦都起身了，转眼只剩下满地狼藉。刘季纵声大笑，那比哭还难听。随即，他对吓傻在一旁的县卒说："老弟们回县衙去吧，把这罪过全推到刘季身上便是！"

不到半个时辰，却听有"咚咚"的脚步声。影影绰绰有人回转来了，醉眼里看，都是几天来最为贴近的后生哥们儿，有十来个。

"咣"，刘季把酒碗摔在倾倒的坛子上，陶片在火把的亮光中飞溅。

刘季打头，一行壮士借着夜色向孟渚泽东南的偏僻山丘间逃亡。不知过了多久，前面探路的后生慌慌张张跑回头，前言不搭后语地说："一条大蛇……大……大……长的白蛇……"他两手忙乱地比画着。

刘季现在也算是个"头儿"了，又恰好醉在胆大处。于是，他从腰间拔出剑来，仗胆向前。转过一个弯，果然看到十步开外鳞光若隐若现，一条粗大的蟒蛇正横在道上。

刘季浑身寒毛倒竖，脑子立刻清醒了。却见那蛇身躯横行游走，不见首尾，只在草丛中发出"唰唰"的声响，朝身边过来。不容迟疑，刘季向后闪过一步，定一定神，冲向前双手举剑，用足全身力气斫去。那并不是一柄锋利的剑，长不过三尺，然而这一斫却神奇得很，寒光闪处，那大蛇立即断为两截，自动地缩去，让开了容得一骑马的路径。神奇更在刘季的感觉中，他没觉得剑锋有丝毫阻滞，比劈一道水还来得爽快。

"真宝剑也！"他夸赞道。随即想："兴是这条蟒蛇遇到了克星！"

所有的酒都醒透了。哥们儿直觉得这位亭长简直不是人，是神。在一时的鼓舞之下，他们猛力吼起了家乡最具气魄的田歌："大风起呀……"就像打号子，为脑海中盲目的豪情推波助澜。

天明前，一伙人筋疲力尽，在潮湿的荒野中东依一棵树、西枕一块石，或者互相依靠着睡熟了，做着各自的美梦和噩梦。

刘季的灵魂飘然而起，在黎明前的黑暗中漫游，他听到了凄切的哭声。循声转过一道溪水，看到一位老婆婆，是她在哭泣。刘季顿生恻隐之心，上前问：“您为何哭呢？”老婆婆回答说：“有人杀了我的儿子！”问：“为什么被杀呢？”回道：“是我与白帝生的儿子，他变化成蛇形在道路上玩耍，不料被赤帝的儿子斩杀了！”说完，老婆婆不见了。刘季揉揉眼睛，一条溪曲曲弯弯，蜿蜒而逝，隐入晨光映照的地方。天要亮啦。

忽然领悟，不正是自己杀了一条白蛇吗？

虞县和丰邑之间往南有山旮旯，半拉儿叫芒山，半拉儿叫砀山，合称芒砀山。山是一些被水冲蚀过的带花纹的巨大岩石，岩石间是些积水的洼地，洼地周围有树木，洼地边缘是沼泽。这里自古就是匪盗出没的地方，惹了官司的人也都逃匿来此躲避风头。

刘季在芒砀山安顿下来，难免零星地行些劫富济贫的勾当，由不得仔细判断善恶。没多久，妻子吕雉令人意外地找到刘季等栖身的黄桑峪。这真是个不一般的胆大妄为的女人，她竟然当着众人的面，把在荒郊野外滚得满身污秽、浑身汗臭的男人拥入了怀中。

随后有肝胆相照的朋友卢绾、夏侯婴到来，他们带来了许多关于刘季的传说。沛县的主吏萧何、狱掾曹参等本与他来往，此刻也暗中多有关照。

公元前209年夏季，始皇帝驾崩刚一年，在今安徽宿州南浍河东北岸发生的一起重大事件，开始改写中原的历史进程。时事的遽变当然大大超乎匈奴人的预想，而更加可悲的是，此等情形却也从未进入秦廷的想象。

秦二世元年七月，淮水两岸暴雨滂沱。地处泗水郡南部的蕲县一带，已经是淮水许多支流的下游，地势低洼，雨水漫溢，一片泽国。

一支由壮丁组成的队伍似畜群般被吆过蕲县城外，缓慢而艰难地冒雨向东北方向赶路，蕲县也有一些农民被迫加入进来了。

目的地是北方的渔阳，要到那里的长城边上屯戍，防御匈奴游骑骚扰。别看匈奴的大部队退了，小股可是一有机会就出现，从来也没消停，可谓防不胜防。而秦朝北方的边郡大多与匈奴势力控制和辐射地段相邻，难免暴露出许多薄弱环节。

队伍里，被指定为“屯长”的陈胜、吴广，正相帮着负责押送的一正一副两名军官维持队伍，督促赶路。他们两人身材高大，体格健壮，显得能干也十分卖力。特别是吴广，还能随时关照乡亲们，递一个眼色，手扶一把，都是一种暖人的安慰，因此，伙伴们都乐意听从他俩的。而那两名军官，有这两人挡在前面，也就乐得省事，把操心劳碌都丢给了陈、吴，自己只管作威作福。

这支队伍有九百来人，全数来自“闾左”。“闾”的本义是里巷的大门，实际上早已指代了一种叫“里”的古老居民组织。秦时的“里”为一级最基层政权，设“里正”为一里之长。

各家各户都聚集在一个象征性的大门内。进入闾门，正面是一条中轴街线。按照尊卑的方位原理，街右首居住的是富强者，而左首居住的则属贫弱。原本秦廷免除闾左的徭役，但到始皇帝嬴政时，闾右法定服役的人丁或是应征了，或者出钱买通官府逃避了，已无可用，只好让闾左的贫弱也去戍边。此例一开，闾左反倒大量替代了闾右。

本来，大规模修建长城、筑路、营造骊山墓、到北方和岭南戍边，已经搞得民怨沸腾；至胡亥假诏篡位为“二世”，又按照赵高的意思，用各种借口把自己的兄弟姐妹和那些难缠的大臣都清除出了活人的队伍，并牵连了他们的侍从、部下，直弄得举朝震恐。因过度思淫而损了智商的胡亥，发现阿房宫只盖了前殿，还有大量的规划没有付诸实施，于是便动了念头。这一下不要紧，只有两千万人口的中原，被征调的人丁开始向着三百万的高峰冲刺。在丞相李斯的思虑中，边防上的窟窿也还得去填补，因此，服役也出现了“三突破”：一是突破了二十三到五十六岁年龄限制；二是突破了每人终身服两次兵役，每次一年，其余只在农闲时受训的限制；三是突破了一次当兵在边地或在京城当“戍卒”或“卫士”、另一次在地方的规定。

由于壮丁资源近于枯竭，赶赴渔阳的戍卒队伍只能靠一路凑集，因而从阳城、阳夏到蕲县，走出一个大致向东南的直线，然后才北上。

这么耽搁着，期限已经很紧。队伍被驱赶着冒雨前行，一步三滑，到达蕲县城东北的大泽乡时，天已经完全黑了下来。陈胜、吴广请示军官后，把队伍分派到闾里各家暂住。

夜来更是雨织如瀑，仿佛天河倒悬。在微弱的天光映射下，只见大泽乡周围一片汪洋，村落就像是漂浮在水面上的孤岛。

霹雷像砸在屋脊上一般，随即钻入地下，“隆隆”地翻滚，如此接连不断，让人无法入睡。陈胜从快要挤出水来的地铺上爬起来，吴广也坐了起来，两人的脑袋扎在了一起。

陈胜悄声回忆：“俺年少时替人耕地，活计累了，心烦了，就丢下家什在田埂上坐下来琢磨，越发觉着世道不平。凭啥……”

吴广只点头，没应声。

“俺要是哪天富贵了，绝不会忘记了一起佣耕的兄弟们！”陈胜自顾说。

“你替人家耕田，哪来的富贵！”吴广说。

“咳……”没等陈胜倒出下句，吴广就像说接头暗号一样跟上：“燕雀安知鸿鹄之志哉！”这是陈胜私下里讲了一百遍的故事，但吴广今夜听来，颇觉别有用意。

又围过来几个人。吴广于是招呼说：“大家出去说话，村边上有个荒废了的祠堂。”

陈胜、吴广等几人分头来到祠堂。接连不断的闪电之下，可见杂草丛生，墙壁破损。进到祠内，直觉得屋顶到处漏雨。大伙儿围作一处，陈胜说：“雨下得这惨，到渔阳是没指望了！”吴广附和：“就算赶到渔阳，也超了期限，还是要杀头的！”

“俺们逃吧。就那俩家伙，俺一炸窝，他肯定顾西顾不了东！”

“那不妥。还是悄悄溜他娘，彼此照看些就行！”

“能跑哪块儿去呀，回头被逮着了，死得更惨！”

吴广于是拿主意了，说：“我看既然都是个死，还不如痛快造他娘的反，指不定还能够弄个王侯将相啥子的当当！”

想不出更好的办法，大伙儿也就不再争执了。

陈胜说：“俺这些‘黔首’被朝廷坑害多年了。听说了没？二世是始皇帝的第十八个儿子，是老幺，他上面一共有十七个哥哥呢，啥时候就能轮着他继位啦！皇上的宝座本应是公子扶苏的。扶苏没啥过错，二世却把他杀了。你，你，对吧，俺等都知道他是个好人，可谁晓得他已经死了……”陈胜的口气中透露出悲愤。

“扶苏死了？”

“是二世害死了公子！”

吴广接过话头：“楚国大将项燕，功劳多得很，又爱惜士兵，楚国人都正替他惋惜呢！不过，有些人认为他死了，有些人以为他逃亡了。”

陈胜于是说：“俺就用他两个的名义号召天下，秦人和楚人都会响应的！”

雨依然很大，水更大得邪乎。高处河沟里的水循着沟壑往低处流，鱼群的生存环境被搅乱了，只认一个死理逆水而上。很容易，有人逮了鱼来下饭。每活一天，日子就还得往下过，要努力让自己过得好一点。

伙夫正忙呢，没想到，鱼肚子里竟然剖出一块丝帛，上面隐隐糊糊有三个字。有这新鲜事！赶紧找个识字的问问。毫无疑问，写的正是“陈胜王”。这是天意，天意不可违！

夜来风雨声中，夹杂着一丝狐狸的叫声，“呜——呜——”，听起来瘆人，又有点异样，狐狸的舌头有些转弯。许多人得了白天的经验，潜意识中正等待着新的征兆，就忒留神了。到底分辨出来啦：“大楚兴——陈胜王——”竟然越听越清晰。那声音是从破祠堂里传出来的，祠堂边的树丛中还有灵光隐隐约约。确信无疑，是狐仙在传达上天的旨意。戍卒们感到十分敬畏，也有了主心骨。无法平静的夜，大伙儿心里不约而同地产生了一个明确的依赖性指向，那就是陈胜。

次日，吴广买了酒来，与陈胜一起向军官献殷勤，等到两人酩酊大醉，便开口找碴了：“哎，就这鬼天气，俺几时才得到渔阳？”

“到……也得到，不到也……得到！”

“到也是个死，还不如不到！”

“那……俺们不管，反正……反正……”

“到不了！”陈胜抢过话头。

“那也非到不……不可！”

“散伙吧，积点德，放兄弟们一条生路！”陈胜直截了当地说。

“说啥浑话呢？放了你们，俺们咋……咋活！”为首的军官晃悠悠站了起来。

“做一路跑呗，都是弟兄嘛，你俩走前头，俺们跟着！”吴广出主意说。

“疯，疯……啦！”

“那俺们就自顾走了，可别说大伙儿不仗义！”吴广改了硬邦邦的口气。

酒是最好的燃料，燃起了两名军官的怒火了。那个副的就手边拿鞭子来打吴广。陈胜于是大呼：“打人啦，连吴广兄弟都挨打，还让不让俺们活啦！”话未落音，立刻便有几人冲了进来。

第三回

急功利陈胜立张楚　恃君恩夷我弄心机

俗话说，众怒难犯，可那一对蒙在鼓里的浑球竟然在这风口浪尖上拔出剑来。面对一群穷途末路的汉子，他们首当其冲成为秦末农民起义最初的牺牲品。

吴广翻手夺了剑，陈胜等一齐动手，两个还冒着酒气的脑袋顷刻被提在手里。接下来就自己俩咋说咋算数了。于是，立即召齐了全体。吴广动员道："弟兄们已经误了期限，退一万步说，就是不被处死，但戍边的人，十个也回不来三四个！"

陈胜更是以他特有的方式号召："大丈夫既然不得不死，就要轰轰烈烈地闹出个大名声来！那些王侯将相难道都是天生的？京城里种下的就是那个种？俺们就活该替人卖力种地，就活该去送死？"

事情已经到了这步田地，九百戍卒的命运已经被拴在一条绳上。有鱼腹和狐仙的"眼见耳闻"打底，众人容不得多想，便一齐拱手说："俺们就听候你俩吩咐啦！"

仓促间，一大群走到绝路上的戍卒合力铤而走险。陈胜、吴广扯出扶苏、项燕两面大旗来稳定人心，借以号令。两个本属水火不相容的已亡人，在急需的时刻被奇妙地捆绑成为一体。

起义者一致地袒露右臂。他们按照头儿的吩咐，迅速在潮湿的地面上堆垫起个宽拓些的泥墩，稍稍铲平整了，又蹦上去踩瓷实了，权充誓"坛"，为起义的仪式提供支点和领袖站立的位置。

把两个殉职者的头颅拿来放置在坛前祭旗，祈告上天庇佑，本质的意义就是盟誓。九百走投无路的壮丁们手指苍天，声言从此跟定大旗。大旗下面的陈胜自封为将军，吴广称都尉，中国历史上第一次农民大起义从此发难。起义者砍了许多木棍当武器，在竹子上留下枝叶便是象征性的旗帜，所谓"揭竿而起"。

大泽乡唾手便得，附近的子弟被迅速吸收进起义队伍。

雨停了，水退了，天上的乌云还没有散开。

蕲县随即被拿下。这是一件令地方官们完全没有想到的事情，他们的时代尚且缺乏相关经验。始皇帝也已经铲平了六国的城垣，地方上的武装力量最多能防几个"盗贼"。还在迷茫中呢，起义军已经在符离人葛婴的率领下，接连攻陷泗水、砀、陈三郡交界处的铚、酂、谯、苦、柘等县。天下苦秦积怒，起义军所到之处百姓赢粮景从。由于秦地方军以不同方式加入，起义军的战车数量也迅速发展到六七百辆，骑兵过千，步兵则好几万人，声势超常地浩大起来。竹竿换成了真正的大旗，毫无悬念地插在了陈县的城头，陈郡尽在掌握之中了。

在历史的潮流中，总是鱼龙混杂、泥沙俱下。秦朝统一不久，农民的反抗性势力与六国的报复性势力合流，成为陈胜起义的重要特征。复辟与革命本就是一笔搅缠在一起的糊涂账，只有实用性的同仇敌忾把目标明确的旧贵族和糊里糊涂的“黔首”，一股脑儿扯进了推翻暴秦的统一战线。

陈县地处中原腹心，控制着鸿沟南端与颍水的交接点，是一座战略地位相对重要的大城。其实，在关键时刻，陈郡的行政主管郡守及防守主官郡尉双双缺位，只有守丞这个军事副职临危组织抵抗，结果战死在谯门。

胜利来得轻而易举。陈胜一屁股坐到了大堂上，体验着改变了身份的感觉，恍惚之间，如隔三秋。他吩咐道：“传俺的话，叫陈县那些掌管教化的‘三老’们，还有那些，啊，那些有势力、有名望的人士，都来商量大事，不许随便不来！”

随风倒是大自然和社会赋予弱者的生存技巧之一，尽管有“心倒”和“身倒”之分，不可一概而论。三老、豪杰们到齐了，众口一词地捧场道：“将军身被坚执锐，伐无道，诛暴秦，复立楚国之社稷，功宜为王。”陈胜连连点头。

风声一经传出，却惊动了两个本不甚想干的人。这两位一名张耳，一谓陈余，战国时在魏都大梁颇有名气。秦灭魏后，地方上曾分别悬赏一千金和五百金通缉二人。也是机缘巧合，两个改名换姓的人殊途而至同一闾里，面对面看守大门挣个养命钱。一次，闾里一名管事的鞭笞陈余，陈余年轻火气盛，试图反抗，被张耳拿脚踹了几下，要他老老实实接受责打。管事的出够气走了，张耳把陈余叫到桑树下数落说：“俺平常时都咋说你咧，你都忘光啦！人哪能受不得一点小小的屈辱咧！”陈余本年纪轻，从此侍张耳如同父亲一般，发誓生死与共、患难不弃。由于采取了恰当的生存策略，二人得到上面的庇护，日久甚至能在里中发号施令。

陈胜征求意见，当然他俩靠不上边。但机不可失，赶紧登门求见。张耳、陈余对陈胜说：“您冒万死起兵抗秦的目的，只是要为天下百姓除害；现今才到陈县，就急于称王，那是明白向天下人显露私心，结果必然松懈斗志，没啥好处！”

陈胜听不进去，回答：“这事不已经定了嘛！”

这两人可是另有盘算，改个角度坚持建议：“为今之计，将军要派人去把六国国君的后裔都扶持起来，给朝廷树立最多的敌人！”

看陈胜没啥反应，陈余便动员吴广：“这样一来，天下都会成为陈将军的势力……”张耳说：“朝廷应对不暇，兵力就必然被分散，这形势就十分有利了。”陈余转向陈胜："诸侯复兴了，则再无人为二世打仗。将军只须奋力西进，一旦占据咸阳铲除暴政，便足以号令诸侯、施行德政。到那时，帝王大业可谓水到渠成！"

陈胜现今只有一个心眼。他反驳说："俺倒是觉得，称王了更加有利于扶持天下诸侯！"于是陈胜坚持称王了，国号"张楚"，意思是"光大楚国"。由于姓陈，又立于陈地，所以，人们便二合一简称他为"陈王"。这一举动显然舍掉了扶苏和项燕，不过一时挂羊头卖狗肉，此番"借壳上市"了。

张楚旗帜下的首位诸侯是吴广。陈胜任命吴广为代理楚王，督率众将攻取军事重镇荥阳，撬开三川门户进而占据洛阳；然后乘秦廷措手不及，一鼓作气向西，以迅雷不及掩耳之势取函谷而直捣咸阳。此可谓一曲荡气回肠的"三阳"进军狂想曲。

荥阳地处今河南荥阳东北索水北岸，旧属战国韩，秦朝设县。此城扼三川郡瓶颈，东拒鸿沟而镇黄河漕运要冲，南塞秦岭之尾而虎视齐楚，是秦廷在"山东"的最重要的物资集散地和军事屏障。所谓"山东"，就是广义地理上的崤山以东。这是秦、汉时的政治地理划定，也是习惯称谓。

陈余再次向陈胜提出建议："臣曾前往赵国游历，熟悉那里的地形，与当地豪杰颇多往来。希望大王给我一支军队，我将出奇兵攻取故赵的土地。"

在河北开辟第二战场，辗转从侧翼威胁关中，陈胜觉得很有道理。但是，他却任命旧友陈地人武臣为将军，邵骚为护军，拨给三千步兵去实行这一计划。张耳、陈余只得个左、右校尉。二人不免感觉失落，可陈胜不觉得，认为已经给足两人面子了。

循着这样的思路，将军魏地人周市也奉命领兵向西北，他的任务是攻取故魏在河东的土地。这一支更加逼近前沿，使入赵之军反落在后路。

到底陈胜起事在楚，打出的是楚旗，所以，故楚广大地域内就像开了锅一般，规模在几千人的响应队伍如雨后春笋般从平地里冒了出来。这局面必须尽早拾掇。陈胜于是派汝阴人邓宗南赴九江郡收集整合各路队伍。

除东面的齐地外，西、北、南三面的军事行动都已经迅速展开。着实忙碌过一阵子后，陈胜坐下来喘口气，忽然想到："俺造反到底是为的啥咧？如果总这么劳累，那跟当雇农有啥区别呢？"于是，一个被秦朝封为房邑君的名叫蔡赐的人被举荐，陈胜封他为"上柱国"，权力是掌管政令和征战，地位仅次于令尹。

三川郡守李由是李斯的儿子，他率部移驻荥阳。由于仓促应战，又见义军势大非一郡常备兵力所能对敌，便采取坚守策略，以拖延时间消磨对手锋芒，等待朝廷援兵。初涉军事指挥的吴广只一股劲，并无深虑，一旦被阻滞于荥阳，便无计可施。

月色正浓。头曼走出大帐，跨上另一匹浑身如浸在雾中的乳白色骏马。这马与云中杀手一般体格健壮日行千里能征惯战，只是在性格上极有差异。它十分依恋主人，总是用头脸去摩挲头曼，显现出百般温柔，也惹出头曼十分的爱怜，就起了个女性化的名字，叫作“雾里佳人”，显得比“云中杀手”另类了。出于心理的选择，头曼每当专门去小阏氏那里，便要骑雾里佳人，日久成了规矩。

伴着月光来到夷莪精致而温馨的帐篷里，头曼把什么阴山、东胡、月氏等完全抛在了脑后。他急急忙忙与那挠心的尤物暴风骤雨般亲近过了，仿佛消除了所有的疲劳和郁闷，身心便又十分松弛。

夷莪出身东胡贵族，那时，各族群部落之间无论同盟还是敌对，为平衡利害关系而由王族、贵族互相通婚，都属常见。牧民百姓当然没那么复杂，通婚就更习以为常。

“儿子呢，儿子在哪儿？”头曼想起了小王子。奶妈把发困的茳劬抱了进来，头曼接了放在膝上。孩子一经逗弄便来了精神，不一会招引出满帐笑声。玩耍了一阵子，头曼忽然说道：“我们也要给小王子娶个小阏氏，和你阿妈一样美貌乖觉，好吗？”

这话好像是说给孩子听的，其实却是在逗夷莪快乐，但不见回应。又兴致勃勃地说了一遍，仍不见回应，就抬起头去找美人撩心的笑容。这回看到的却是一张布满阴翳的脸，不由得惊诧，便叫奶妈抱走茳劬。头曼尽量放柔了声音，关切地问：“宝贝儿，你到底是咋的啦，难道每天过这享福的日子还不顺心？难道大单于我对你还不够好？难道谁胆敢欺负于你？”

夷莪顺势依在头曼胸前，只是不回答。问得急了，反而流出些泪来，惹得头曼十分焦躁又万分心疼。有些不耐烦了，头曼便抱起她来重又放倒在褥子上，扒开本就宽宽系着的衣带，又想要好事了。

夷莪坐了起来，裸着半个身子重又扑进头曼怀里，真的嘤嘤地哭出声来了，颠倒不是，弄得头曼浑身上下着火，不由得轻吼一声：“你这是想要什么呢！”

像小孩被吓住了一般，他耳边立刻变换了一抽一抽的哽咽，就像要憋过气去。头曼拿大手在小阏氏细嫩的背上抚摩，又改了温和的声调说：“有啥话便说，就是这一哭让人心疼得很，也惹起心里许多烦事……别哭了，啊！”

夷莪从单于怀中仰起头来，抹一下眼泪，果真不哭了，却又问道：“大单于还想要吗？”又接着说：“我还想要——”声音腻得发抖。头曼于是放倒了她，又开始猛烈地折腾。

大半夜了，头曼疲劳了，便像狮子一样睡去。早晨醒来，忙忙地去帐外拜了日出，回到帐里，却看到夷莪愣神坐在那里，也不整理衣服，也不去梳洗。

“我想陪大单于到草原上去走走，我想散散心，我想带我们的儿子到安侯河，到燕然山那边去。嫁给大单于这几年了，我还没有看见过龙城，还没有见过祖先住的地方是啥样呢。听说那块儿很是了不起，大匈奴的贵族都必须到那里去的，要不然……要不然我还能算有身份的女人吗？我还算得上大单于的阏氏吗？儿子还能算是大匈奴的王子吗？”

她这一阵撒娇，闹得头曼理屈又心亏，连连哄道：“是的是的，哪能不是呢？谁不是我的阏氏，夷莪也是；谁不是大匈奴的王子，我们的芷劬也不能不是！”

夷莪有些安静了，像可怜的小羊一样偎依着头曼，柔软地说：“我们就沿着余吾水一直走。我觉得，到了龙城，我才能真的体会大单于的心思。我想和单于每天都想同样一件事情，那样，我心里就不郁闷了，就会愉快的。”声音里充满了幻想色彩。

头曼“哈哈”笑了：“我的小母驹，我们不能老是沿着余吾水走！我们走上半截就要一直往西，从草原上过去，过了安侯河，再走一阵子，就到龙城啦！”

夷莪撒娇地拍打着头曼的胸：“我就是没去过，我就是不知道嘛！”又问：“你答应带我去啦？”看到头曼点头，她又问：“也带芷劬一块儿去？”头曼说：“那当然，凭什么丢下我们的小王子，他可是大匈奴的……王子呀！”

别看小阏氏与头曼年龄相差一代还多，但心思的缜密和生就的表演天才，一看就知道是那些每天挂牵大事的男人们所不可企及的。单拿穹庐里军事会议上的心机和毡房里小拇指扳动大拇指的游戏比较，可谓千钧只在女人一颦一笑中。千万不要以为此事与彼事在重要性上有什么巨大差异，事体不同而已。但要指出，夷莪的心思是出于她的现实处境，她必须去想，娇柔的表现中也是微妙地凝结了内心的欲求和真情实感，绝不会让单于感到有丝毫造作。历史往往对后宫缺乏体认，只作粗糙认识和模式化、简单化描摹，总是把男人杂乱阴险的政治和女人只想一件事的单纯混为一谈，无意中弄错了归咎，也曲解和淡化了人性，更显得英明或腐败的君王在女人面前同样的愚不可及。

眼看时间一天天过去，西路主力毫无进展，陈胜心中变得焦躁起来，便召集群臣议论对策。上柱国蔡赐建议：“荥阳既然一时难克，我则干脆将计就计，改由吴广拖住李由的后腿。可另择能征善战之人为将，乘秦廷麻痹无备，绕过荥阳奔袭函谷关，大局可定！”

陈地人周章，字文，多年研习兵法，德才兼备。从名望和资历上考察，周章曾经为项燕的军队观察太阳占卜吉凶，又在战国四公子之一的春申君手下供过职。陈胜于是把进军关中的重任转托给他，命他率军取代吴广第一主力的地位，从速进取咸阳。

博士孔鲋眼看各路大军出动，而陈县的防务却迟迟没有提上议程，便趁左右无人，提醒道："臣闻兵法云：不恃敌之不我攻，恃吾不可攻。今王恃敌而不自恃，若跌而不振，悔之无及也。"陈胜笑一笑，说："俺听不懂，麻烦别那么文绉绉的！"

孔鲋是孔子八世孙，字甲。儒者嘛，说话必引经据典，似是委婉，其实出口直率，显然夹带了批评的口气。但不料被陈胜这般言语中打了折扣，实是无奈，只得说："我的意思是，要马上布置好陈地的防守，重点是陈县。哪能只想着人家不来进攻呢！"

陈胜心情还算不错："俺打仗的事，就不麻烦先生您挂心啦！"孔鲋本也算有见识，只不料热脸贴了个冷屁股，很是失望。

未几，穷兄弟们回想到了那句"苟富贵，无相忘"，于是兴高采烈地找上门来了。来了就敲宫殿的门，大呼小叫地说："我们要见陈涉，我们是他的穷哥们儿！"

宫门警卫可不信那一套，见有几个不知天高的，便拣来绑了。恰逢陈胜回宫，他们便放开嗓门咋呼："陈涉——陈涉——"陈胜下令放人，招手让他们上车，一起回到宫中。

哥们儿进了宫殿，那可就新鲜了。他们无所顾忌地操着乡音，一迭连声地惊叹：

"好多的家什呀，俺都看不过来咧！"

"你怎就这么称王啦，快点儿给哥们儿扯扯！"

"兄弟哎，想当年……"

就这样，把宫殿当成了田头垄上，随便或坐或蹲，台阶边、回廊上，自由自在地进出，得着就拉家常；进去大喊"陈涉"，出来感慨"好多"，闲得无聊就要"扯扯"，把富贵的话题一直延伸到了当初贫穷时的细枝末节，搞得陈胜好没面子。

到了这份上，就有大臣说重话了："这些个家伙太无知，似这般大呼小唤胡说八道下去，陈王还咋约束文武群臣嘛！"

一天，几个曾经和陈胜一起在田头消极怠工的伙伴，又开始揭短了："……那会儿撅着屁股拉犁，浑身臭汗，发发牢骚罢了，你还真能想到眼下？我可不信！"陈胜勃然大怒，吼道："放肆，给俺拉出去砍了！"还以为是一时发狠呢，不料果真杀了。吓得老乡们屁滚尿流，但多数还贪恋着白吃不干活的日子，宁可被冷落也赖着不走，倒是不停地在陈胜岳父面前告状。

一天，老头儿冲进女婿的寝殿，当着女儿的面骂道："仗着自己得势，就不尊重年长的人啦？我看你小子兔子尾巴长不了！"陈胜连忙跪下朝老丈人谢罪，发誓说"一定改正"。话虽这么说，可面对一帮有恃无恐的人，到底要怎么做？岳父无奈，也便一走了之，回乡去了。哥们儿这才识趣，都悄没声地离开了陈县，还是回家去种地吧！

别说老乡不懂规矩，将领们都一般的出身，又哪里肯受约束？陈胜过分地吸取了教训，任用冷面的朱房为"中正"，负责监察群臣；黑脸的胡武为"司过"，名义上专职纠正王上的过失。打这以后，陈胜耳边的确清净了，但也便成了孤家寡人。

雇农出身的陈胜需要补习太多的功课。他不懂，不读书，又不肯躬亲，只听信那些空穴来风的谗言。在前方与后方必然存在的龃龉和被纵容的攻讦中，他难以判断是非，只越来越怀疑起手握兵权的部将。将领在外自有合理的临场处置权，但当他们从各地收编队伍回来，却完全不问功劳；稍有不合，便抓起来治罪。一帮酷吏在陈胜的鼓励之下，越发胡作非为起来，朝中日益离心离德。

一种危机有时会被另一种看似类同的危机所迟滞，是对手的愚蠢帮了陈胜的大忙。有一名谒者，也就是皇帝身边近侍警卫并负责迎送接待的官员从东方出差回来，他忧心忡忡，把看到的情况一五一十地报告给二世。二世感到很纳闷，怎么可能发生这种事情呢！于是召来各位博士问询。所谓"博士"，春秋时泛指学者，战国末由齐、魏、秦等国置为官员。秦初征召充当皇帝顾问，诸家并存，以儒家为主，日常参与议政、制礼、释典、著作，品秩虽不高而地位颇尊显。其主管为仆射，名义上隶属太常。始皇帝时有博士七十余位，至二世尚余三十多位。

三十多位博士纷纷为二世答疑释惑："这是地方上发生叛乱了，是造皇上的反呢，死罪啊，不可赦免！"都说："希望陛下紧急发兵剿灭！"二世脸色很难看。

这时，待诏博士叔孙通进前奏道："各位都说错啦。而今天下合为一家，连城郭都拆毁了，武器都销铄了，早已不复用兵。何况明主在上，各地有法令约束，官吏人人恭谨奉职，四面八方恰如车辐般辏集于朝廷，哪里有敢于反叛的人！说到底，这都是些鸡鸣狗盗的事情啊，何足挂齿。让各郡的守、尉们去剿捕就是了，不足忧，实不足忧！"

二世闻言眉开眼笑，说："对对，好！"又逐个问各位儒生，便发生了分歧，有说"造反"，有说"盗贼"，乱套了。二世又问那名谒者："你果真看到有人造反了吗？"谒者回答："那都是真的呀！"二世大怒，当即把谒者和认为造反的博士统统交给司法官吏治罪，弄得那些说“盗贼”的也噤若寒蝉，只暗自庆幸得免。叔孙通则得到了二十四帛和一袭官服的赏赐，被正式任命为博士。

叔孙通也是汗流浃背，匆匆出宫返回住处。儒生们问：“先生出言怎就如此阿谀呢？”叔孙通回答：“你等不知，我差一点就没法脱离虎口啦。现今，凡事要察言观色，这也是给大伙儿一个提示，要不然……”众儒生终于明白，叔孙通算是在冒死试探皇上的心意呢。叔孙通已经暴露了心迹，便不敢久留，当即逃出咸阳，躲避到家乡薛县。此时，薛郡已经归降张楚。自是，再有使者回朝，每当二世询问，便都回答：“不过是一群盗贼罢了，郡守、郡尉正在追捕，全部捉拿归案，不值得忧虑！”

第四回

猎雄鹿太子谑毡帐　巡余吾骑士射双奴

卫队长侥直那在毡帐外放声通报："太子左屠耆王到——"

马蹄声落处，一名身形敦实的青年大步进帐，在当地立定了，两目直视头曼。须臾顺了眼，把右手贴在左胸，略略欠身问候："阿爸大单于安好！"

头曼眉头稍稍一皱，摆摆手责怪道："你咋到现在才来！"又没头没脑地问："我想立即返回阴山，还要派右屠耆王渡过河水，到河南地去牧马，你看如何？"太子稍稍一愣，却自去父单于旁边坐了，埋下头一声不吭。

太子名叫冒顿，宽大扁平的脸上突兀着鹰喙一样的鼻子，透红的腮边萌发着蜷曲的青春绒须。眼泡略显肿胀，使双目微感下陷，内里凝滞着不易察觉的温涩。他偶尔一亮的目光，总不免在头曼狼一般的眼神逼视下，像白天的猫头鹰似的收敛了。冒顿没有像大多数匈奴男人那样在剃光的脑袋上留一根偏结的发辫，而是梳理着齐肩的散发。

处在与左屠耆王对称地位的且蛰，以习惯的耐心打量着这位太子，其实内里已经脱去了打量的实质。他时时感觉到，在冒顿粗犷桀骜的外貌后面，总隐约透出牧人的憨厚和更加低于年龄的稚气。而左骨都侯勒俟祜则不同，每当太子出现在眼前，他便一改总显得滑稽的表情，露出如长辈一般发自内心的关切和快乐。

少顷，头曼不得已又问："小子你听着，我们到底应该先去打东胡？打月氏？还是去抢占北假，抢占河南地？哪样才更好？"他的语气显然缓和了。

冒顿依然没有回答，只抬手一指帐外。立刻有士兵绑架般搡进一头健硕的雄鹿来。鹿僵硬着，犄角晃悠悠立在了当地，身上血迹斑斑，招得满座愕然。头曼不及看仔细那雄鹿，只拿狐疑的神色去询问儿子，却看到冒顿凝视的眼中闪过一丝冷酷，瞬间便敛去了。

雄鹿倔强地支撑着，肩上插着一支翎箭，箭杆大半射进了身体，血从伤口不停地往外渗，瞬间已经浸透了两只前蹄下的毡毯。

头曼眯起双眼，目光变得复杂起来，大帐里的空气也逐渐在凝结。冒顿父子之间似乎存在一个心理的谜团，随时都可能弥漫起阴郁和压抑，没有人能说得清这种若有若无似淡还浓的怪异感受。

在大帐核心明晃晃燎动的光线中，冒顿从座中不动声色地拿眼睛盯着身体微微晃动的鹿，留下一些余光来透视父亲的心理。除了卫士坚持着永恒不变的神态外，帐中所有人的脸色都显得难以捉摸。他们似乎感受到了一种挑战，但却不明白这挑战来自何处。

且蛰的目光沿着帐壁的忽明忽暗处，缓缓移过一溜或盲目、或狡黠、或有些兴奋、或表现沮丧、或平淡无奇的面部，然后落到最高处那张黑红的毛刺刺的脸上。严厉的责问与存疑的询问在那里持续地相互抵消，淡化了那双血红与浑黄交织的眼睛的锋芒。头曼终究有些牵挂不住胡须间紧绷的肌肉了，眼光开始变得游移而散漫。于是，且蛰闭上眼。此时他谨慎的听觉是专为冒顿准备的，其余的议论无异于沼泽中不断泄气的泡沫。

勒俟祜唇上两撇胡须机灵地向上翘翘，连眼睑下垂的窄缝也被瘦脸上的肌肉皱起，成了倒竖的模样，把浅露的一点皮笑滑稽地来来回回挥洒，从地面移动到穹顶，间或一遍又一遍地游戏每个人脸上的神态。一头鹿受伤了，一定是太子亲手射中的，受伤流血的动物在草原上司空见惯，司空见惯的事情在不该出现的时间，出现在不该出现的地点。他生平第一次感到了鹿的无辜，但说到底并不在意那头转移了人们注意力的雄鹿，思想却一刻也没有离开征战的主题。他在推测，冒顿太子到底会从什么角度看待当前的局势。忽然，他产生了一个怪怪的念头，这头受伤的雄鹿像单于呢，还是更像太子。他也奇怪怎么会这样想，但这奇异的心理却总也挥之不去。

冒顿开始回答父亲的问题，声调很低："我想，我终究是赞成南返的。大匈奴从来都不怕冒险，大单于要是不决意南进，匈奴必定要长久苦守在大漠边上，每天为抢一小群羊或者几只骆驼挖空心思、长途奔波，何时才能头顶阴山日月，身披北假星辰，何时才能去更南的地方寻找祖先的遗迹……日后，匈奴人也要能看到东边的大海、西边的雪山。我们一定要征服东胡、月氏；还有，不信就无法战胜打败过我们的秦人！"态度很坚决，但说来语气平平，难辨要领，目光却停滞在那个莫名关注的地方，毫无表情地看着雄鹿伤口中徐徐渗出的血。

且蛰睁开双眼，瞳中慢慢显现出光彩。与此同时，勒俟祜的眉梢缓缓地掉了下来，唇口反而向上拱起，两撇胡须轻微地跳动。帐中的气氛开始活跃起来，七嘴八舌在穹顶下一齐鼓动着，兴奋着，把雄鹿的战栗淹没在许多莫名其妙的释然之中。

太子似乎表明了态度，又似乎什么也没说。但头曼相信实力空前增长的匈奴，不久之后将能够做到自己想要做的一切。他重又振作起精神，不再去猜想那头受伤的雄鹿到底意味着什么，也许正表达了太子征战的雄心。"好！"他说，"那么，我们将何时，向哪个方向上射出第一支弩箭呢？"还是原本那个问题。

冒顿回答："我想，不如先由孩儿与右屠耆王各自去谋划好了，回头来请阿爸大单于定夺。"

且蛰及时地回应，朗声说："太子此言有理！"

头曼也觉得这是个好主意。自己本只需要下达一个类似的命令，由左右两帐各自去忙活，何必每天如此操心劳碌。满帐的官员七嘴八舌，还吵吵不出一个结果来！"小子忙什么去啦，到这时才魂儿般地出现……"想未已，只听一声击掌，帐下士兵已经猛地拔出雄鹿身上的箭镞。

一股鲜血喷射出来，喷向帐中迷离的漫射光。鹿前腿一软跪伏地上，依然侧着头，倔强地用角支撑着，接着整个身体倒下，猛烈地抽搐。也许早已耗尽了精力，也许出于个性，它没有发出叫声，在无力的挣扎中死去了。

头曼看过了这场由太子导演的恶作剧，忽然放声大笑。帐中有想附和的，才笑出一半，却听到单于打出一个长长的哈欠："散了罢！"于是，笑声与会议一起戛然而止。

这是一个说打猎就打猎、说抢掠就抢掠、说打仗就打仗、说起程就起程的部族，单于本人也不例外。移动的毡房、会跑的牲畜和广袤的山野，每时每刻都在描摹着这种极其动感而张扬的生态。

单于一声令下，现成备好的帐篷就装载到了骆驼背上，又赶过一小群羊来。草原上不一定要墨守早出晚归的陈规，离正午尚有个把时辰，一行人在卫队保护下就要出发了，但却找不到小王子芷劬。

"一早还在这里玩耍呢！"奶妈的声音颤抖着。假如碰上单于或小阏氏的坏心情，不论事体如何，那都是性命攸关的。正着急呢，一骑黑马转过远处的小山坡疾驰而来，转眼到了面前。

马上是太子冒顿。冒顿下马来到头曼面前叫声"阿爸"，却又有稚气的叫声随即响起："阿爸，大哥带我骑马去了，我们去山那边转了好大好大的一圈……我还骑牛了。大哥给我'鹩哥'，它还会学我说话呢！"

冒顿是在欠身的刹那间，把藏着的小弟弟"变"了出来，轻轻地放在草地上，他还顺势在雾里佳人的臀上轻轻拍了拍。芷劬回过身，仰着满脸通红的兴奋，亮着嗓子喊："大哥，我还要跟你去玩！"冒顿和善地微笑着，一面点头，一面也大声地答应："好，大哥每天都高兴带你玩！"忽然有所发现，就瞅着满脸堆笑正在欣赏小儿子的父亲问："阿爸要去哪里？"

头曼瞬间敛了笑容，看大儿子一眼，说：“去草原上走走，散散心。”这时，夷莪一副紧身装扮，手握一支精致的小皮鞭走过来，向冒顿递上一个妩媚的笑，接着一把扯过小王子：“一大早到哪儿去了，真不懂事，让为娘的好操心！”有点没好气。

冒顿自觉尴尬，也不必计较，便又问父亲：“您要几天才能回来？”

“先把该你办的事办好喽，其余就别操心啦！”头曼显得有些不耐烦。

“有些事我已经想好了，正要向阿爸大单于禀报！”冒顿顺下眼，压低了嗓音，但态度上却流露出固执。

“还有右屠耆王那边呢，他想好了没有……行，行，你让我先清静几天，就几天，啊，回头再说，回头再说行吗？”因为不想弄糟了心情，头曼的口气由急躁变得和缓了些，转眼看到夷莪已经向这边摇动鞭杆，便自上马，再不听冒顿说什么。

夷莪骑在一匹漂亮的板栗色小母马上，已经走出十几步，朝河那边轻快地喊着：“出发啦，我们都准备好啦！”语音是那样纯粹清亮，面对一个广义的对象。

小王子也学着喊：“出发啦，我们都准备好啦！”他被固定在高高的骆驼背上，怀里抱着的鹩哥也尖叫着：“出发啦，出发啦！”夷莪想：“我道是什么鹩哥，原来是只会学人说话的鸟儿！”

在猎犬逐渐远去的吠声中，冒顿目送父亲带领一小队人马向水边进发，心头撩起无名的怅惘。他因父亲提起而想到了右屠耆王，这间隙正好去与他聊聊，也散发一下心头的郁闷。正不知右屠耆王如何能了解到中原的形势，也想打探个究竟。

他放马回身，奔上高处，又勒住缰绳，凝视父亲那支游行于水草间的队伍，直至消逝于日旸水脉的莽苍中。冒顿把双手的食指和中指一起塞进口里，压住向上卷起的舌尖，从胸腹间鼓起饱满的气流，吹出一声嘹亮而悠长的胡哨。

头曼与小阏氏大致地沿着余吾水并辔而行，互相说些高兴的话，借以排遣各自潜藏心头而不知从何生出的烦忧。

挣脱大山束缚后泻入草原的涧水，总要形成散漫流淌、时急时缓、随势结构的河道，这一段的余吾水也是如此。它在大体平坦而细节丰富的倾斜的草地上，时而散布成网状，时而像一束纤维，时而又汇集成丰富的一股，如此反反复复。遇有洼地，水还能聚集成微型的湖泊，或鼓涨起河的腰肢，或缀于分流的末端，演绎着万千姿态。

季节性的河流正处在盛水期，余吾水充沛肆溢，把草地、芦苇和高高低低或聚或散的树木淹在水中，形成无数的水沼，招来成群的水鸟栖息盘旋。有鹿群来到水边，方才还悠闲着，发现了渐行渐近的单于马队，警觉着踌躇片刻，终于战胜了水的诱惑，飞快地奔逃。它们能够嗅到猎人和猎犬的气味，即使在逆风的方向上也十分敏锐。它们更能感受到单于马蹄的震撼，懂得那意味着死亡威胁的降临。

已经是午后，疲劳和饥饿了的单于马队选择稍高处搭建毡帐。这种做法包含了生存经验的成分，因为山外稍微的气候变化，都可能预示着山里突降暴雨，聚集成洪流，瞬时倾泻而下。那洪水来得迅猛也去得爽快，人畜一旦遭遇则无可回避，后果难测。

单于与小阏氏共同的毡帐先行搭好了。作为队伍中的临时成员和走动的食物，羊群立即在草地上进食，它们随时为居于草原食物链绝对顶端的王族奉献膘肥体壮的牺牲。小王子的鹩哥飞过去掺和在它们中间，小王子也就跟过去奔跑玩耍。

卫士们就着水边架起数口大锅，往锅里舀水，另有人去到羊群中踅摸着该牵出哪些羊只来。羊停止了吃草，挤在一起，拼命找出缝隙来往同伴身后躲藏。所有的羊眼都恐惧地盯着闯入的杀气腾腾的力士，消极地与命运闪避，“咩咩”叫得十分凄惨。

由于身份高贵而每日处于溺爱中，芷劬对于草原上这种司空见惯的场面尚有些陌生，好奇之余，便去帮着驱赶退缩的羊群。对于牧场上的孩子来说，这就是游戏，在芷劬不过显得新鲜些罢了。其实，童年游戏本就指向习性养成、生存技能训练和生活经验积累。

卫队长侥直那驱马四处巡查，来到羊群旁边，立即招呼手下把小王子领去一旁。芷劬很听话，边走边继续摆弄他的鹩哥。

首批不幸被拖到水边的羊儿，被锋利的刀尖利落地拉破了喉管和颈动脉，挂到树杈上流尽了血，在庖丁解牛式的游刃有余中顷刻化作一堆堆待烹的新鲜肉食。为单于一家准备的，是当年冬春才产出的羊娃子肉，在牧业生产力尚未脱离原始的时代，这无疑是极大的奢侈。

挨到日影西斜的时刻，所有的人都在烟熏火燎中席地而坐，打开酒坛子，把酒倒在木碗里，边喝边吃着直接架在火上烤熟的肉。锅里还自沸腾着，煮着大致剃了肉的骨头。两种吃法先后有序，各有一种滋味。到这个时候，所有的人都已毫无杂念，这本是一次放松的出游，放开肚量喝酒吃肉更是草原王国忘情的享受，还需要想什么呢？吃光了肉，再舀汤来喝，然后放开嗓门唱趔趔趄趄的歌。依然不放弃喝酒，乘着酒劲儿追逐女奴消遣。有点放肆了，单于看了直乐。

大致地吃饱了，夷莪手握亲自编结嵌饰的皮鞭，骑了小母马不声不响地溜达开去。被头曼发觉了，赶紧丢下正在吮吸的肉骨头，把两只手在胸前擦擦，跨上雾里佳人随后去追。小阏氏回头看看，见单于来了，便放开马飞跑起来。这可就惹起了头曼的兴致，更是追得紧了。

夷莪停下来看，头曼也勒住了马。夷莪接着打马奔跑，头曼便再来追。跑跑停停互相引诱着追逐过一阵子，看到头曼掉了方向，夷莪则反过来随后追赶。已经跑得离水边远了，头曼故意放慢了速度，等待夷莪靠近。两马将要并齐，夷莪在头曼身后举起漂亮的鞭子转来转去，头曼说：“抽呀，怎么不抽呢？”果然打下去了，还挺狠的。这本属匈奴中对男女求偶的游戏化演绎，就从鞭子抽打的轻重虚实上判断女子的心思。

头曼停下来说：“看鞭子的分量，你心里好像对本单于积存着怨恨。”夷莪两眼忽闪闪直视单于：“怨恨大着呢！”头曼慢慢靠拢，一伸手把她抱过马来，正要俯过去亲吻，却发现那眼里已经噙着泪水。

“好了，好了！”他说，“你这又是哪一出，又哭，哭，哭什么哭！”夷莪立即收了泪，扭身斜抱了头曼的肩。小母马像它的主人一样乖巧，跟随在雾里佳人后面，亦步亦趋。

两人找一块平整的草地下了马，躺卧在绿色的天然毡毯上，酒足肉饱，看天的开阔，云的静谧，让微风抚慰心胸。夷莪看头曼眯了眼一动不动，便摘一枝草茎来撩拨他。搔痒得久了，头曼血管里便有一股混沌的潮流涌动，快速地澎湃起来，翻身把那可人的尤物揽入怀中，开始挥洒裸露在天地间的最最销魂的激情。

余吾水在草地上迂回，连续绕着一串压缩在眼帘里的曲折的湾。低低的斜阳把散漫的水流照耀得金灿灿闪光，搅扰着缭乱着草原的心。水的弯曲中传来了鹿的鸣叫，弥漫的光晕里隐约着一只仿佛凝固了的小鹿，又飘飘地移来一只母鹿，都雕塑似的站立着，都在水光中缥缈着，如同一支美妙而婉约动人的歌。

猎犬们跑到水畔狂吠，急切徘徊跃动，一旦得到主人的指令便要扑向水里，去追逐、撕咬和拖回猎物。但兴奋了好一阵子，看看没有什么反应，便都泄了劲头，安静下来。雾里佳人和小母马也停止了嬉戏，都立定了歇着。俩主人动静完毕，觉得身心格外爽快，便跪坐起来，朝那边看了一会儿，再来缠绵。

日将西沉，温存中的小阏氏心意飘移，偷眼向远处看来看去，忽然发出一声惊恐的尖叫，这叫声给四周的草原带来一片惶惑。头曼下意识地收紧双臂，猛地裹定了怀里的女人，一双因警觉而绷开的黄眼睛迅速由近及远地搜索，目光锁住了叫声落定的地方。

漫天烂漫的浮云下边，一骑马兀立在斑斓的河水中央，卫队长张弓搭箭就蹬上起身，其势已在千钧一发间。河湾暂时地屏住了呼吸，任凭每一条毛细血管膨胀着，无声地爆裂。

箭已离弦，朝着母鹿和小鹿的方向闪电般刺去。夷莪的尖叫声呼啦啦惊起一大片水鸟，密密匝匝遮挡了侥直那的视野。水鸟乱纷纷鸣叫着铺天盖地地翻飞，绕定了侥直那盘旋，片刻才向下游远远地离去了。侥直那放马过去，马蹄溅起的水花在夕阳中闪成一团。已经找不到母鹿和小鹿的踪影了，侥直那就马上侧身，从水中捞起那支射出的箭。箭上串着两只湿漉漉的野鸭。血与水掺和着，顺箭镞滴进河里，在水中衍成一线，与霞光一起流散。

千骑长屈烈支马不停蹄地追赶着单于马队的踪迹，马蹄不时激起的细尘，像一道喷雾的溪流悬挂在大山赭蓝的背景上。虽然还隔着好几里地，屈烈支已经嗅到了烟火的气息，便纵身站立在马背上眺望，从尚未散尽的荒烟中寻觅单于一众的影子。他浑身被汗湿透，已经感觉十分疲劳。

又跑过一阵，屈烈支麻利地蹦下马，顺势俯身到水面喝饱了肚子，坐骑也自饮过了。不敢耽搁，他边上马继续赶路，边从挂在马鞍边的皮囊里掏出一块酸奶疙瘩塞进嘴里。

头曼与夷莪同骑在雾里佳人背上回到营地，屈烈支恰巧赶到，就着跑动的坐骑矫健地一纵，双脚着地，紧赶几步，在单于马前单膝跪下，从怀里取出书写在帛上的信，举过头顶："禀报大单于，郝宿王命小将专程前来送信！"旁边卫士接了呈上单于。屈烈支被引领着加入到席地而坐、依然熬着喝酒吃肉的卫队中去了。

显然有十分重要的事情，头曼把夷莪放回她自己的小母马上。不用招呼，立刻有译官过来，为头曼直接用匈奴语翻译着念那信的内容，大意是这样的：月氏天子敬问匈奴大单于无恙。听说大单于有意去河水牧马，月氏不敢与争。只是面对日益强大的匈奴，月氏朝野忐忑不安。希望大单于能派遣一名王子到山南暂住，我们将用草原上最最可口的食物供养他，挑选最美丽的女人日夜服侍他，让他享受如同在匈奴时的高贵待遇，也好日夜向他请教与匈奴和睦相处的办法……

信没念完，头曼勃然大怒，说："我这里正想把你月氏变成一块炖在锅里的羊肉，你倒自己转到锅边上来了！"大呼："侥直那，侥直那呢？"卫队长已经立在一旁，随手丢了湿淋淋的野鸭，应道："请大单于吩咐！"

头曼却看着扎在草地上的野鸭一愣，立即收了怒气，改口说："把那东西拿来！"

侥直那以为自己听错了，正不知要做什么，头曼又说："还不快些拿来！"旁边反应灵敏的夷莪拿眼示意，纤纤细指不由得也指向地上。侥直那这才转过弯来，疑惑着俯身捡起野鸭双手奉上。

头曼把野鸭拿在手中，反复地掂量。侥直那灵机一动，问："大单于莫非也在想用一支箭射下两只大雁来？”头曼问：“不行吗？”侥直那回答：“凭大单于的无比威力和上天赐予大匈奴的机遇，一支箭射下三只大雁也不是啥难事，只是——”他抬眼看一看头曼的反应。

头曼没有继续那个话题，只吩咐：“今晚早点歇息，明早返回大帐！”说过了，转脸去看夷莪，明显流露着一丝儿歉意。

第五回

遣质子头曼斥众议　惜月夜冒顿盟小溪

夜扯起一张朦胧的大网铺天遮地，把原野罩入一片混沌之中。在一线闪烁的水波点缀着的营地旁边，饕餮的士兵们依然不屈不挠地坚持着，像鏖战般胶着于火星零落的酒囊边。这一口锅边开放式地劝酒，就像在自己家里一样豪爽地款待朋友；那一堆火旁掏心窝子聊天，让不听使唤的舌头在嘴里搅动岁月的残渣。有人敲打着剔干了肉的骨头唱歌，踉跄着步伐起舞，看不清表情，只晃动着滑稽的身姿。敞开了封口的酒像流水一样汩汩地涌入腹中，在脏腑中滤留酒精，反复燃起神经对于酒的热情，而把残留的水分灌注到任意一片草地上。像这样源蹙流长，恐怕是一座湖泊也要被喝干了。然而，草原只要得到机会，酒，就是这种整法，哪怕明日喝西北风呢。

屈烈支自管了个不渴不饿，早就到一边的露天里，把长长的马缰绳绕在手腕上，怀里抱紧了刀鞘，腮帮子贴着刀柄睡熟了。在牧民和士兵之间，他更是一名士兵，这一点，他和卫队长侥直那颇为相似。赶走了疲劳，到明天太阳升起的时候，他照样弯弓驰骋，照样无比地剽悍而机敏。

出于善意，侥直那耐着性子让手下尽兴。看看不能再拖延，便招呼卫士们停止吃喝，拿水来浇灭了各处的火堆，放了夜哨，安排宿营。

头曼安抚好了夷获，出到毡帐外，让侥直那去叫醒熟睡中的屈烈支。他们拣一块草地盘腿坐了，头曼开始仔细探讨太子和右屠耆王可能会对月氏的来信有什么意见。屈烈支很是认真，但实在是知之甚少，头曼心中焦躁，但也不必过分为难，便打发他去接着歇息。

等屈烈支去了，单于朝侥直那："你接着方才的说！"侥直那开言："想一箭射下两只大雁，那没什么可说的。但是，请单于看——"他从马鞍上解下那两只射穿在一起的野鸭，"即使如此，那箭也是先射中一只，再刺中另一只的。"

头曼边听，沉思半晌，说："你认为该怎么对付月氏？"侥直那回答："大单于意图牧马北假，月氏肯定是想到了这一点，特意来要挟，其实是试探虚实。如果他们侥幸得到人质，便掌握了主动，进可以攻，退可以守，这也就是陷我大匈奴于被动之中。"头曼问："怎么解释？"侥直那回答："我强，却奈何它不得；假使我们别处失手，形势稍一转弱，东胡、呼揭、鬲昆、丁零、浑窳、屈射、新犁等大小部落难免群起而从中取利，那时，最为有利的就是月氏……"话到这里，侥直那忽然意识到了什么，立即表态："如果大单于有用得着的地方，末将必定万死不辞！"

头曼点点头，表示嘉许。转即沉吟有时，觉得周围有些阴冷，没来由丝丝儿寒气穿透了身体，直在心底里发抖，又琢磨不出是怎么回事。他问侥直那："你身上冷吗？"侥直那回道："这天儿是有些凉了，可我还总在出汗呢！"感到问话蹊跷，反问："大单于没喝多少酒，怎就会畏寒呢，可是身体不爽快了？"头曼有所省悟，摇摇头，说："睡觉去吧，天亮还得往回赶！"

夷莪搂着睡熟了的芷勄，反复瞪大困顿的双眼。过了许久，让那些服侍在周围的人都去睡了，自己仍然坚持着。等到头曼回到帐里，便重新打起精神来。

头曼进帐，来小阏氏对面坐了，说："你尽可睡的，何必等我呢！"夷莪说："那可不能，大单于不回来，就是等一整夜也是要等的！"

"小傻瓜！"头曼爱怜地说，然后摆出无可奈何的样子，"我们只能先回去了，待日后有空……不，就在大会蹛林之前，必定与你去龙城。将来，还要带你到阴山南边去看九原，那里本是我大匈奴的，但被赵国人修建了要塞，今又有秦朝派人守着。我发誓不但自个儿要去，还要我的阏氏和小王子也一同在那里的草地上遛马。"

看到夷莪只管拿睡意蒙胧的眼睛盯着，便问："还不睡？都瞌睡到家啦！"夷莪说："我只想听你说话。"于是，头曼想了想，往下说："赵国的国王是跟东胡学了穿短袄和裤子、靴子，骑马射箭，这才打败了本听命于我大匈奴的林胡和楼烦，修筑了九原城。但我大匈奴不久就要回到那里，这说明我们是最厉害的，你说是吗？"夷莪乖觉地点点头，应道："大单于说谁厉害谁就厉害，我们还是先回去吧！"

也许是头曼心理变得有些复杂的缘故，他因为夷莪无条件地通情达理而十分感动。夷莪又说："我替大单于担忧呢，那月氏分明是乘机取闹，想从匈奴得到什么好处，真碍事，真讨厌！"头曼一愣，接着冷笑一声："小小月氏，休要痴心妄想！"夷莪追问："那就不派人质啦？"头曼说："抱紧了咱们的芷勄，我不会为难你们母子，其他你就别操心啦！"

得到了这句承诺，夷莪悬着的心放了下来。尽管身为阏氏，与单于的感情好得不能再好，但论及贵族女子在奴隶制王权下的地位，其命运也只被男人的兴趣操纵着。在内心深处，除了年纪尚幼的儿子，夷莪还能操心什么呢？头曼又何尝不知她的心思呢？

回到王庭，头曼召集臣僚，并没有进行大家期待中的讨论，便直接宣布了一个重大决定。

他叫来裹头巾的月氏使者，看时，真好人才！那使者不卑不亢直立帐下，身材结实略显高挑，窄袖长衫衣着鲜亮，脸皮白中透红，胡须修剪得非常漂亮整齐，浑身显露着浓重的贵族气息。头曼在心里感叹：我大匈奴何曾见过此等人物！

观瞻有时，头曼开口说：“本大单于决定派太子左屠耆王去为你家大王纾解郁闷，明天就可以动身了！”月氏使者尽管表现沉着，但还是对头曼如此痛快的答复感到意外。他连忙把手搭在胸前，口中表示感谢，难以掩饰地流露出惊讶的表情。

头曼之所以这么决定，想是有一定道理。当年燕、赵在强秦打击下渐见衰落，锋芒初露的头曼渔翁得利大举扩张，实力与日俱增，甚至乘虚抢占了林胡、楼烦旧地。但机会也同样属于月氏、东胡，在彼消此长之间，月氏兴盛而东胡也号称强大。及至头曼被蒙恬驱逐，历经数年，匈奴只能望漠兴叹。而月氏则基本与秦朝相安无事，秦对东胡更可以说鞭长莫及，彼两者都经历了一个稳定积累实力的过程。目下不等匈奴动作，月氏就敢于先发制人，也许就是一种佐证，这便不可不小心应对。但令众人惊讶之处，却在于头曼过于“示弱”，尽管这属于匈奴传统的军事策略。若论匈奴目前的实力，再不济也不至于如此屈服于月氏。

打发了使者，头曼便要众臣散去。但是，好半天，几乎所有的人都没有挪窝。也有想走的，看看别人没动，连单于也还没起身，便不得不陪坐。

左骨都侯勒俟祜几度欲言又止，他一直盯住坐在单于旁边的太子冒顿看，急得如同热锅上的蚂蚁。方才下得决心，却听到右屠耆王且蝥先开口了：“敬问大单于，太子被派到不讲信用的月氏去，难道生命能得到保障吗？”他用异样的眼光看着头曼。

这问法令众臣吃惊。但头曼没有发怒，而是反问：“右屠耆王觉得让谁去更合适呢？生命就更有保障呢？”

且蝥当然无法回答此类问题。急切之下道：“若如此，本王宁可尽率右部控弦之士与月氏一战！”

头曼问：“你觉得有把握吗？右屠耆王可曾想过，我大匈奴一旦有所举动，便可能同时面临东胡的夹攻，还可能惊动秦朝皇帝。再说，看目下中原的局势，我回到北假的机会随时可能出现，你说说，到时候重点顾哪头才好？”

且蝥回答：“大单于本是知道的，这些都还在探讨之中，愚王不敢轻言。但太子一旦入月氏为人质，我大匈奴必然投鼠忌器，被束缚了手脚，凡事还须看月氏的眼色，那将是何等的被动！”

头曼忽然提出一个要求：“月氏既然派使者索要人质，那就是有心与我为敌。想来，它是看出了我急于南返阴山的心思，故而乘机谋算一步。这样吧，既然右屠耆王有意与月氏一战，那太子可以不去山南，但你要先给本单于一举拿下月氏的保证！”

且蛰既然有言在先，此刻也只好硬着头皮应承：“行，只要太子不去做人质，月氏的事就全盘交给我吧！”

勒俟祜偷眼看冒顿，只见太子依然顺着眼，面无表情。看不出他在想什么，或者什么都没想。

头曼见且蛰不肯让步，态度便强硬起来：“那我这边就杀了月氏使者，你回去立刻发兵，我只等着你的好消息了！”

单于突然表现得如此决绝，令帐内一片哗然。且蛰没法理解头曼为何如此迫不及待，如此咄咄逼人，更不理解单于为何偏要派太子去做人质，甚至不惜拿匈奴的命运孤注一掷。他其实已经在做打败月氏的准备，但毕竟才开始。对月氏动武极有可能牵一发而动全身，后果尚不可预料，岂能轻率。说到底，他与单于没法平等对话，这争执必须设法收场。

且蛰正在为难，勒俟祜却开口了：“我虽然不完全赞同右屠耆王，但也有些想法。太子身系左部，去当人质了，东胡必然敏感，也来索要人质，到时候又该怎么办？”

头曼反问：“那你说咋办才好？”

勒俟祜说：“依我看，统统不去理会，看他们能把我大匈奴咋样了！”

头曼问：“你不去理会，他便合伙儿来攻，却如何对付？”

没承想勒俟祜也反问：“月氏留着太子当人质，若照样来打我们，又该咋办？”

头曼烦了，问：“你咋知道月氏会那样出尔反尔呢？”

勒俟祜见状，心里想：“您咋就知道他们不会出尔反尔呢？”话到嘴边，没敢说出来。帐内变得寂静。既然已经形成一个情绪的死结，便没人再敢吭声了。

局面僵持着，除且蛰外，所有的人都在等待太子的态度，而冒顿依然是那副模样。

头曼终于打开天窗说亮话：“我的儿子里，已经成年的冒顿太子当然很重要，可他不去当人质，难道要让只才几岁的芷劬去当人质，众位长辈和兄长于心何忍！退一步说，就算本单于愿意送小儿子去，或者换了别的儿子去，月氏难道不觉得匈奴在蔑视他们吗？那不正是激怒了他们吗？”稍停，他又说：“也许，我的小儿子一旦抵达月氏，月氏王和大臣们会觉得是一种羞辱，羞辱了就要愤怒，愤怒了就要像屠宰一只小羊羔一样的杀死我那小王子。那么，匈奴就必须复仇，最终战争更是无法避免，这有什么益处呢？大伙儿想想，我们不是还有更多更大的事情要做吗？反攻秦朝需要腾出双手，而不仅仅是一只手，这双手咋样才能腾出来呢？”

头曼此时纵有千般理由，在场的官员也无法一致地赞同。但金帐的讲坛最终是属于单于的，他有绝对的权力，就有绝对的道理，没人能奢望改变他的意志。

且蛰得空去一一观察帐中的将领们，竟都闪避着，没有人敢与自己对视。他眼里射出利刃般的光芒，咬牙说："我新近侦得，中原盗贼声势浩大，主力已经攻入函谷关。尽管结局未能知晓，但我只要不去惹秦朝的二世皇帝，谅他也无暇找我大匈奴的麻烦。也罢，请大单于先把河水边上那块肥美的羊尾巴油晾着，小王情愿押上这颗脑袋，带领人马有进无退，不日必将月氏王的头颅奉献于帐前，用它来为大单于敬酒。请大单于安心在余吾水等候佳音，太子也自小心提防东胡就是了！"

头曼愤怒了，睁开了狼一般的眼睛逼视，一直到且蛰低下头去。随即转向冒顿，问道："太子呢，你还没说话呢，难道你的想法也与右屠耆王一样吗？"

一直沉默着的冒顿脑中如被板油凝滞，无论如何也弄不清父亲到底是什么用意，但也没有任何选择余地。等头曼问到自己，便下意识挺了一下身板，高声回话："感谢右屠耆王和各位长辈、兄弟为我担忧，我必须听从阿爸大单于的派遣，即使献出生命，也理所应当。我是太子，大匈奴如若需要，我不赴汤蹈火，谁赴汤蹈火！"

"好，这才像我头曼的儿子，才不愧为大匈奴的太子！"头曼说着，朝帐外喝一声："侥直那呢，侥直那在哪里？"

卫队长壮健麻利的身影立刻出现在帐前，大声说："请大单于吩咐！"

头曼命令道："你保护太子前往月氏，明日随同月氏使者一同出发，不得耽搁！"

侥直那领命："是，明天保护冒顿太子出发。请大单于保重，也请大单于放心，末将在，则太子在，我将用生命保卫太子的安全！"

头曼用力点点头，起身走到侥直那面前，解下身上的佩刀，说："本单于赐你这把佩刀，它已随我征战多年。相信你能不辱使命！"侥直那连忙单膝跪下，双手接了宝刀。

夜晚，草原上只有半个月亮，远山晦暗，近林幽冥，云扰光晕不可捉摸。

冒顿来到一条蜿蜒的小溪边，自小儿一起长大的伙伴从近旁的毡房那边走过来。冒顿下马，两个人牵了手，在一块光洁的鹅卵石上坐下来，相互偎依在一起。冒顿成人了，健壮勇武，是风雨不可动摇的山岳；女孩也已经长大，青春勃发，被月色笼罩着，朦胧中更显得楚楚动人。

溪水轻轻流动，在虫鸣的静谧中潺潺如同细碎的心声。没有语言，只有能感受到的异性温柔气息和心脏此起彼伏的跳动。积攒了一天的热气在草丛间上升，离开了阳光的夜晚把细微的寒意渗入草茎，给青春滴注点点的滋润与苦涩。

“做我的妻子吧，荃扶！”冒顿说，“假如你能承受我一去不回的伤痛！”

“好吧，这是我在心里想过了一千遍、一万遍的事情，愿祖先的灵魂保佑我心爱的人早日平安归来。”

“我十分爱你，但我不得不离开你，这就是草原上太子的人生。”

“我们可以不做太子，可是，你的确是太子，那我就是为太子去死也心甘情愿……”

冒顿拿手捂住了她的口：“不许你这么说！”

“那我用什么来表达我的爱呢？”

“现在就做我的妻子吧……”

云开了，月亮为情人扯开了皎洁的被。云聚了，给初夜一袭朦胧的柔美。沾满露珠的草甸是爱的坦陈，涌动的流水是甜蜜的誓言。

……

“我永远也不会忘记今夜的感受，是你，荃扶，让我懂得了草原上的男人所有的牵挂！”

“你让我成为了真正的女人，从此我的身心属于了你，一个有牵挂的男人必定能成为草原上跑得最快的骏马，飞得最高的雄鹰。我将日夜不停地为你祈祷！”

夜甜蜜而又酸楚，漫长而又短暂，当晨曦前来驱逐草原的夜和梦时，侥直那与月氏的使者、副使一起，远远出现在溪水流过去的地方。

阳光浅浅地浮过来，荃扶搂住冒顿不肯放开，泪水顺着脸颊流淌，沾湿了爱人的脖颈。冒顿轻轻地扯拉那两只用力绞在一起的无力的手臂，站起身来，头也不回，走向自己的坐骑。

小王子芷劬梦见了单骑孤影远去了的大哥。鹩哥大声地吵吵：“大哥，你去哪？大哥，你去哪？”

正在梳洗的夷莪连忙去看儿子，他正在说梦话呢。鹩哥又在学舌，被夷莪用梳子打过去，立刻闭了嘴。

早起，且蛰就带着卫士们上路，要赶在冒顿前面回自己的驻地去。右屠耆王大帐坐落在从燕然山南流的匈奴河畔，那一带本是匈奴势力的核心区域，单于庭旧地，后因势力衰弱并遭到秦国的威胁而向东北迁移到更远一些的姑衍山南。且蛰本应先向西再往南，惬意地走那条异常熟悉的草原之路，享受山间的水草和温馨。但他选择了直接向南逐渐有些偏西的路线。

顺姑衍山而下，行二三百里便脱离山地草原，进入了高原的中心位置。这里是东、西部大山和南部阴山大幕的延伸交汇地带。东北部水量充沛的河流只管反向地流走；西部的水系从高高山岭上发源，飞快地倾泻到山下的草原，向北、向南、向西，毫无例外地遗弃了这片宽广的相对低地，任由其中分布着的许多浅显的洼地苦涩地干涸。

没有大山和深涧阻隔的大幕西缘台地上下，高高低低直直弯弯，到处都是若隐若现的道路。路有大有小，大的路带动小路通向更远的地方，就像大河汇集小河一样。

处处可见裸露的垄岗，满目荒凉。风暴经年累月地雕琢这里的地貌，亘古洪水冲刷遗留了极度夸张的创伤裂痕。稀疏难寻的荒漠植被，依照自然地理的残酷选择性作有限渲染，与大片的沙碛交织铺陈，贫瘠地描摹出高原腹心的底色。沿途能遇到水的残留和渗出，以及微小河沟的点滴滋养、微量降雨吝啬的恩赐。

且蝭接过卫士递过来的羊皮水囊，仰头喝上几口，递了回去。立马回望高远处的北方，那里河流汇集处，有鲜花和绿草点缀的蓝色北海。可是，他的目标是南面，只有耕地种植业发达的秦地能给予匈奴族群取之不尽的稳定给养和财富，北部森林草原的供给链则十分脆弱。

在白天的炎热和夜晚的寒冷中，又艰难地走过了三四百里，沼泽和植被逐渐增多起来，显然是靠近蒲奴水西侧了。

一天过后，地势缓缓上升，山多起来，再行一二百里，就到达夫羊句山狭了，且蝭打算在那里迎候冒顿。

夫羊句山狭位于涿邪山末梢。这里东接习惯称为“大幕”的两千里大漠，东南跨流沙、大幕交接地带与阴山西端的阳山遥相呼应。向西南穿过鞮汗山的谷地，就可以进入居延湿地了。流沙是中国古代对巴丹吉林沙漠、乌兰布和沙漠、腾格里沙漠的统称；居延泽的东、西两个湖泊，都是来自河西走廊的黑河的尾闾。黑河出酒泉东北山口流入半荒漠、荒漠地带，当时称为弱水。

随后到来的太子兼人质冒顿，将要顺着弱水进入那个北山的山口，就此把命运交到宿敌的手中。

第六回

国破子离夫人蹈海　山高水远右王勔行

冒顿在且蛰出发后不久就上路了。由月氏正、副两名使者和几名随从人员监护着，冒顿稍稍勒住马缰，磨磨蹭蹭走在被车马碾踏出又被风蚀了的道路上。路上的马蹄痕迹，是且蛰和他的小型卫队刚刚留下的，这使月氏人多少产生了一些联想。

一队两帮人，各自想着心思，互相猜度，无论表面多么从容自信。月氏使者确实显得大度，随冒顿，爱咋走就咋走，快慢止歇也都能将就，反正大方向没有错。

使者名叫居敕臼，此刻头发披肩，格外洒脱，有一番超然优游的雅致。对他来说，能不辱使命，带着鲜活高贵的猎物向月氏天子交差，而且没费什么劲，心情便是愉快的。当然，他对此次出使如此顺利有所不解，暗里也不免犯些嘀咕。

侥直那悉心履行职责，日夜护卫着冒顿。行程十分缓慢，倒是居敕臼的副使骐冼性急，不时打马绕前绕后地跑动，做一种敦促的暗示，但完全是一种用钝刀子割风干牛肉似的无奈。急透了，就朝着旷野烦躁地叫嚷，但无论怎样折腾，都无济于事。

居敕臼不时看看在前面率意走走停停的冒顿，想象他是狮子还是绵羊，不很看得出来！有时，也与冒顿走到一起，他感到，那双偶尔抬起的眼睛，给予人无法窥测的迷茫。他反复叮咛骐冼和随从人员说："不可随意拿捏！"太子毕竟是太子，他是一把极其敏感的双刃剑，是战与和的弩机，轻易招惹不得。

侥直那十分强悍，总把持着一种似浅似深含而不露的坚定态度。一切都只在拧劲的体验中，一切都让人感觉不很协调，不那么得劲！居敕臼清晰地知道，自己必须把"活宝"完好地献到"天子"堂前，其余都不重要，因此对谁都十分地将就着，他算得上是一个极能忍耐的人。而骐冼迫于居敕臼的眼色，只能在心里嘀咕："逮着机会再说吧！"

遥远处有一大片乌云罩过来了，直把心情遮得半阴半阳，很不爽快，雨却没有能落到地面。冒顿抬头瞭望，乌云下面已经看到山了，右看也是山，于是突生一念，放马向右边叉开的一条路上奔去。月氏人紧张了，骐冼没忘了朝正使看一眼，见居敕臼并不在意，他也就放下心来。随即打马跟了上去，算是不温不火、不即不离，这也是一种心理战术。

冒顿是转向了蒲奴水的方向。蒲奴水从西北到东南，有头有尾地联络起燕然山东南角和涿邪山北坡浚稽山的山峰。似这样走法，从脚底到夫羊句山狭的路程，就凭空多出了一倍，依眼下的速度，要多走三四天。

沿着蒲奴水南头走过一段，冒顿的心里仿佛找到了某种安慰，多出了一份踏实。他极想折往西北边的深谷中，因为那里有右屠耆王且蛰的大帐。但路程不近，粗算也有近千里的距离，直线略等于从单于庭到夫羊句山狭。

这是一种怎样的留恋呢？因为过了夫羊句山狭南边的鞮汗山，就要进入一片广大的不确定地域，那里是匈奴人、月氏人、秦人，甚至西域人都可以走来走去的地段，是缓冲带，是平衡点，但也意味着，无论谁加强对这个地带的控制，谁的军队走到这里，就会引起多方警惕，甚或破坏战略平衡。

脱离了蒲奴水，真正要走山路了。所有横越山脉的路，都是从山的峡谷中找寻出来的。峡谷蜿蜒着，过了这山上那山，上升了，下降，又上升，盘来绕去，到了涿邪山南的一个险要峡口。月氏人和匈奴人几乎同时发现，夫羊句山狭的山坡上屯驻着一支人马。

居敕臼的脸色发生了细微变化，血涌上了他的头颅，但外表还是不动不摇。骐冼等人有些惊慌起来，他们不由自主地向冒顿和侥直那的位置靠拢，不知是想得到这两个匈奴人质的保护，还是想更随机地挟持他们。

十多天一路走来，慢吞吞几乎一声不吭的冒顿，驱马跃上一座山冈，向峡口看了一阵，突然放声大笑，然后对紧随身边的侥直那说：“我说是谁呢，原来是右王大哥！”侥直那用力点点头，流露出一种会意的表情。

几骑马出了谷口，远远迎上前来。居敕臼心里越发收紧了，骐冼的手握住了刀柄。冒顿和侥直那不紧不慢走自己的路，月氏人警戒着硬着头皮护住左右前后。

此时的居敕臼经过紧张的思考和衡量，把提到嗓子眼的心，重新放了回去。他确定什么事也不会发生，于是，朝骐冼递了个眼色。骐冼过来了，居敕臼小声说：“别慌张！吩咐他们几个，保护好人质，不管出现什么动静，也要听我的招呼，不得擅自动作！”骐冼答应：“是！”他紧绷的神经也随之放松了些，稍微恢复了弹性。

匈奴人飞驰到了面前，为首一名小将抖擞精神，就马上参见冒顿太子，自报姓名：“卫队长曳当参见太子左屠耆王，特地带来右屠耆王发自内心的问候！”

冒顿脸上露出了笑容，说：“有点印象，有点印象！”转脸对侥直那说：“原来小将是这等矫捷！”侥直那连忙上前。曳当见了，以手加胸抢先行礼，问候道：“侥直那大哥别来无恙！”侥直那还礼。只因他们肩负的是同一种职责，彼此之间总有些交流，算是熟人。而此时此地突然相见，更增加了几分亲近。

当下曳当几骑马在前面引路，一行人来到夫羊句山狭右屠耆王临时驻地。且蛰迎一行人入帐，对月氏使者亦礼貌相待。全体坐定了，喝了奶茶，寒暄过了，且蛰开口商量说："太子此去山南，一年半载再难见面。本王要与太子去谷中散散心，说些闲话，不知使者大人心下如何？"

居敕臼此时还能如何？谅右部不敢擅自藏匿了人质，便爽快地答应："但凭太子和右屠耆王，我们在这里等候就是了！"

且蛰安排右大都尉拔犴好生关照月氏使者，吩咐曳当带了酒肉，与冒顿、侥直那转到一处僻静的山谷。几株大树下，泉水汩汩，一片绿茵铺开在石滩上。冒顿抬头看四下里裸露的巉岩碎坡，感叹一句："王兄真闲情逸致，竟能在这干沟里找到如此一片水草！"

两人边把酒边说几句闲话。喝过一阵，且蛰忽然问："乌孙是完蛋啦，可还有个关键的传闻，不知太子听到没有？"冒顿说："不知兄长指的是什么事？"且蛰说："关于难兜靡的一个小王子。"冒顿问："有什么好听的，说来解解闷！"且蛰笑了："确实能解点闷。"

话还得从头说起。

祁连山北麓连接西域的河西走廊，春秋时原本分属秦和西戎。"戎"属于松散并不断变迁的广泛的族群概念，北、西、东皆有之。西周金文中称游牧于北方的"猃狁"为"戎"，那是匈奴的祖先。东方有"徐戎"，周初也称殷人为"戎"。春秋时在中原北部广大地域有"北戎""山戎""大戎""小戎"等等。战国末到秦汉，"戎"则专一归结到偏西的族群，出现了"西戎"的称谓。月氏、乌孙分别从戎的泛义族群中分离出来，介入中华史册后有了新的称谓。两个名称，包括"猃狁"的读音都是由汉字摩音所得，拿捏快读起来仿佛都是一个"戎"字，其区别更像是由不同口音转注带来的差异。

两个新兴族群早期的势力分野大致在籍端水、冥水，其东为月氏，西边三危一带则为乌孙。"三危"因山而名，到汉代改称"敦煌"，那里最早的居民为"三苗"，春秋时代则生活着允姓之戎。籍端水、冥水属于今疏勒河中游昌马河段，后来成为汉酒泉郡与敦煌郡的界线。疏勒河出祁连山北，大势呈扁长的"Z"形，中游部分呈南北走向。

随着东邻的秦国逐渐融入中原社会，中原文化潜移默化的影响也渗透到月氏，带动了它的历史进步，而远一些的乌孙则停留在相对原始的阶段，方方面面都处于边缘地位。

作为逐水草而居的行国，匈奴、月氏、乌孙等都具有相似的风俗。他们的头脑中只有合适驻牧的水源、山地和牧场，而领土的概念则难以得到认同。最初的状态是，牧民循着水草放牧，走到哪里家就在哪里；搭上毡房，散开畜群，那里就是他们的牧地。族群凭实力控制地盘，地盘在哪里，所谓的“国”也就在哪里。当然，在一定时间内，族群只能占据与自己实力相当的、相对稳定的势力范围。逐渐，随着新的生产关系的发育，处于特定内部管理体制下的牧民，一般也会动态地获得名分内的多少不等的牧场。

但是，产生于生存客观和原始冲动的领地需求，族群之间总在挑起频繁而无休止的争夺。一旦力量的平衡被打破，为利益而随时发生摩擦与战争当然是极其正常的事。显然，那是一个邻则为敌的时代，月氏与乌孙之间的争端与史俱来。面对战国后期逐渐强大起来的月氏，北部强邻匈奴尚且屈从三分，弱小的乌孙则不得不处于附庸地位。月氏、乌孙又同处在一个相对独立的地理单元中，乌孙必然成为月氏侵凌和吞并的对象。

屈从历来只是暂时性的选择，不在屈从中崛起，就在屈从中灭亡。不久前，乌孙终于被击灭，牧场和水源统统被月氏占据，部落人群四散逃亡，大部分避入匈奴右部。他们在那里得到了右屠耆王势力的庇护，期盼着恢复自己“传统”的领地和微弱的尊严。

话题有关一位乌孙贵族逃亡中的传说。且蛰告诉冒顿，乌孙国王难兜靡在抵抗中被杀死了。他说：“那是好样的，面对比自己强大几倍的月氏军队，他没有畏惧，没有退却，而是战死在籍端水。”

难兜靡的夫人因为得到了丈夫的掩护而逃离了大帐。“她不得不尽量逃走，因为她与丈夫有一个还在襁褓中的小王子，必须保住王族的血脉。”

冒顿点点头，不由得联想到了匈奴单于的血脉：“……当然还有其他弟兄，还有小弟弟芷劬。可是，他还太小！”他很是怀念自己的生身母亲，她是父亲的颛渠阏氏，这相当于中原皇帝的皇后，在单于族内居有不可撼动的地位。但是，她已经辞世多年了。

“夫人逃到了冥泽……”且蛰说，“她十分惊慌，毕竟是女人嘛，怀里还抱着个吃奶的孩子。眼看卫士一个个战死了，月氏人已经越来越近，躲避不了，跑也跑不掉，形势十分危急。她正要从一片灌木丛附近经过，却勒住了马……”说到这里，且蛰似乎有些激动。“来，喝酒！”两人举杯，一饮而尽。

冒顿当然猜出是咋回事了，说：“只能听天由命了，夫人兴许这么想！”

且蛰点点头："也只能这样……夫人整了整襁褓，取出丈夫仓促留下的玉佩塞到孩子怀里，裹紧了，小心地把襁褓藏进一堆隐蔽的草丛中。她重新上马，飞快地逃去。最后一名年轻的卫士赶来了，他已经无力抵挡月氏人，只能在夫人身边做一面盾牌。"

冒顿说："了不起，是这名卫士让月氏人忽视了那片灌木丛！"在一旁的侥直那也不由得点头。

"显然是！"且蛰认同。

冒顿沉默着。

"……来，多吃点，太子恐怕要有一阵子吃不上咱们匈奴的羊肉啦！"

"夫人呢？"

"夫人死了……"

"她是咋死的？"

"她对身边的卫士说，你赶快朝那边跑吧，他们是来追赶我的，你是可以逃脱的……卫士听了，不再跟着夫人，而是转身面对追来的月氏人！"

"我说夫人呢？"冒顿有点着急。

且蛰说："她掉转方向……"

那是一位高贵的夫人，但她更是一名普通的女人，三危草原上年轻的母亲。她尽力保护了自己的孩子，然后策马朝着浩浩的湖水深处走去，一直到坐骑浮起在水面上，一直到身躯和战马一起沉没……

冒顿的眼眶里溢出了泪水。"来，喝！"不等且蛰端起酒杯，他已经一仰脖子，把眼泪与酒一起灌入口中。"那个小卫士呢？"他问。

且蛰说："他和他的马都被月氏人射成了箭垛子。就这样，他也没有倒下，好像这样就可以为夫人挡住追兵。"

侥直那紧攥着拳头。他想起了自己对大单于的承诺，内心产生了不由自主的冲动。

冒顿点点头："孩子呢？"

"谁能想到，离那片灌木丛不远的地方，有一片树林。林子里也藏着一队人马，他们是乌孙人。"

乌孙贵族步厩正带领残部逃向马鬃山。是难兜靡夫人在无意中引开了敌人，让步厩避免了同样的命运。

月氏人撤走了。他们夜间就投入了作战，又追逐了大半天，确实也筋疲力尽。月氏大当户鹩貂立马在海子边上，看望了许久，然后带着士兵返回。

午后天气阴沉，浓重的云层被阳光费力地捅出一个大洞，泄露出上天的意旨。步厩看到在阳光斜射的远处，树丛上方鸟雀翔集，顿感奇异。他飞马赶过去，只见一头母狼慢慢地离开草丛，步厩在它离开的地方发现了襁褓中的孩子。从黑地彩线的精致襁褓和孩子的面容，他依稀看出，那就是小王子。他回忆起远远看到的那场追逐，心里立刻明白了。果然，藏在孩子怀里的玉佩证明了他的判断。作为王室近亲，他非常熟悉国王难兜靡的随身饰物。在乌孙，即使像他这样一等一的贵族，也无法得到那样贵重的物品，这是王室的专有。

小王子没有啼哭，嘴角上还留有乳汁。随从和族人们陆续赶过来了，步厩告诉他们："方才，我看见一只健壮的母狼给孩子喂奶呢；看到一群乌鸦了吧，它们都衔着肉来喂王子，是被我等惊扰了，又叼着肉飞走了！"这眼见为实的传奇深深打动了在场的每一个人，他们深信不疑，全都视为已见。

步厩抱着小王子上马，小心地护在怀里，一路向东北方向越过马鬃山，疲惫地歇足在涿邪山附近，仰承匈奴的鼻息。小王子的这段神奇故事在流散的乌孙部落里飞速传播，为族人带来了期冀。

冒顿为这段传奇所打动，饶有兴趣地问："那乌孙小王子现在咋样了？"

且蛰回答："我已经安排了奶妈、毡帐和牛羊，专一喂养，责令步厩务必照顾好了，不得有任何闪失。"

冒顿点点头："兄长远见，承蒙费心啦！"

且蛰回答："乌孙的事现今就是我大匈奴的事，太子需要小王子时，尽管开口！"

冒顿说："到时候再说吧，现在我还自身难保呢！"他忽然又想到了血统的问题，找到了一个根据。他曾经听一位忘年之交的朋友聂行说过，在中原，只有嫡出的王子，才能算血统纯正，才能有王位继承权。那么，自己肯定属嫡出，因为自己已经亡故的母亲是父亲的结发妻子，其他只能算嫔妃了，就是小老婆，没什么地位。可是芷劬呢，他母亲是在自己的母亲去世后嫁过来的，父亲又特别宠爱她。看来，芷劬的血统也是纯正的，即使按照中原的规矩，他也是可以继承王位的。不过，老大之后才是……老小……要不，自己为啥是太子呢？

冒顿被特殊的境遇所困扰，脑子里乱着呢。在匈奴，只存在单于亲疏远近，哪谈得上嫡出庶出。血统倒是讲究的，但分辨没那么细致。他想着那个叫聂行的中原商人，觉得此人见多识广，头脑灵活，就像自己的老师一样，这时候有他在身边就好了！冒顿下意识地摇摇头，面上泛出一丝苦笑。

且蛰把冒顿送到鞮汗山，喝过上马酒，行礼道别。他叫过曳当，吩咐：“本王先回大帐，你带上十来个顶事的，好好护送太子一程，到月氏北山后再返回，一路要让太子心情好些才是！”曳当得令，立即招呼人马，随在了侥直那后面。

月氏人和匈奴人又重新出发了。

曳当与卫队的跟随，使双方的心理位置暂时调换了一下，居敕臼感觉自己一行反倒成匈奴的人质。

马队到达居延泽。“居延”，据说是匈奴语“天池”的意思。冒顿似乎有了另一番心思，他骑马在长满芦苇的湖畔转悠，面对博大的湛蓝流连许久，然后策马疾行，不再像前一段那样磨蹭耽搁。居敕臼本就急着回王庭复命，看到冒顿一马当先，心想，看样子能顺当赶路了。

弱水从迷茫的地平线上迂回而下，使者的队伍与护送的骑卫扭结着，向西南逆水上行。正是旺水季节，河道充盈，还不断有细流汇入。不即不离的东、西河道形态紊乱，水系借以为潜伏在半荒漠植被之下的巨大根系提供充分的吮吸，为裸野上的生态难得地涂抹旺盛的生命色彩。

正午时刻，团团着的草地在炽热的阳光下暂时地萎靡着。一路上不全是草滩，有积水的洼地、大片的棘丛和牛皮癣似的裸露的碱滩。

曾被大水淹灌过的地方，泥沙表面呈现大片的龟裂，不断从下面蒸出热气来，使所有的行人都愈加感到困闷。偏偏冒顿又来了情绪，就在这难走又难耐的地方，下了马，旁若无人地步行。弱水在平和的地方打着皱，在急流的地方旋着涡，这都是冒顿无法表露的复杂而又难以自主的心情。

冒顿照样无视居敕臼的置身事外和骐冼的焦虑心情，只顾自己在沙地上费劲地搓步。侥直那牵着太子的和自己的坐骑，紧握腰间的刀柄，寸步不离职守。

命运正逆流而上，还不知终究会把匈奴太子带到什么地方去呢。也许经历艰难磨砺之后，也许……他其实有自己正从沉睡中唤醒的梦想。但是，冒顿就要到达聚集着狼群的地方，在那里，所有的眼睛里都将流露出敌视的表情，所有的胸膛里都满怀着憎恨的情绪，他们时刻都想吞没匈奴的牧场，把匈奴的男男女女，不管是贵族还是奴隶，统统都变成他们的奴隶。

“那么他们将怎样对待自己呢？”冒顿想。他的思绪被疑惑和猜测所缠绕，竭力寻找出路。

父单于会尽快想办法召回自己吗？虽然有了小弟弟之后，父亲就不那么亲近自己了，甚至变得有点冷漠，不，有点冷酷，但毕竟是生身父亲。还有，自己是太子，又是独当一面的左屠耆王，只在父单于一人之下，是被父单于赋予重任的，哪能再用娇惯的心理去看待父子情感呢？这次，父单于派我来月氏充当人质，应该是万不得已。弟兄们或者地位不显，或者年纪还小，显然不合适，没有第二个人能承担这个角色了，只能如此。

冒顿相信，事情总得有一个通盘的计划，派遣人质只是权宜之计，父亲肯定会尽快设法解救自己的，毕竟太子对于大匈奴来说十分重要。也许，等到匈奴拿下北假，对，再拿下河南地，月氏就会慑于匈奴的日益强大，主动放弃人质……想入非非了。

但是，他确实不知道自己在月氏会遭遇到什么，不知道啥时候才能回到匈奴，不知道命运将怎样处置自己。他想，生与死就像隔着眼前这条河一样，此岸和彼岸是由无缰的水流左右的，命运其实就这么随随便便……

第七回

弱水淼淼心途迷惘 月氏谦谦戎主狐疑

阳光依恋地照耀着弱水和它身边奇诡的土地，照耀着北边的匈奴和南边的月氏，照耀着流沙东边那个神秘富有而又战乱连连的中原。处于弱水两头的获得人质和作为人质的双方，都在暗中做驱逐和掠夺的幻想，大梦延续已久，只是机遇难求。冒顿期待有朝一日能带领部族，永久地栖息在他所想去的任何地方，让所有的地方都变成大匈奴丰饶的草场，让马群与牛羊铺天盖地，自己与妻子儿女也能悠闲地放牧，让生活变得无忧无虑。

但是，当苍天赐予风吹草长的肥沃牧地时，也用霜雪、干旱、蝗虫、沙暴的戕害和人性的贪婪，挑动族群间去做无休无止的争斗，彼此抢掠，杀戮，发动战争，一代代在设定的圈套中轮回，让草原的宿命变得无道而深邃，难以自拔。

靠天养畜使生存的危机始终伴随游牧族群。同一个形象生存空间，会因为风调雨顺而内在膨胀，也会因为天灾人祸而萎缩其实质。牧民在丰足和贫弱的交替中，因为恐惧死亡而无视喋血与死亡，像追逐猎物那样追逐微末的利益，终究只信奉他们不曾听说过的丛林法则。

冒顿长成了，显然有朝一日成为单于时，也只能沿袭祖先的思维方式和行为习惯。既如此，匈奴应当比以往任何时候都强大，强大是唯一的出路。而现在，他无法想象也无可奈何地要去月氏做人质，今后的人生就像被夹带在眼前纷乱的流水中，不知道会在哪道河床突然塌陷后，被冲击到哪一道沟壑中，或流入湖沼，或游离飘零，或流至枯竭……

·

马背上的行程将近一个月，途中日曝夜寒、风吹沙打、狼袭豸扰、艰苦跋涉、情绪涨落、钩心斗角等等，不必细述。地势渐高，早已看到月氏北山中部合黎山突出的山峦。即将进入月氏的前沿防地了，曳当向太子左屠耆王及侥直那大哥告别，自带卫队返回。

居敕臼依然老样子，骐冼却显得有些自在了。一行人涉过又一处浅水哗哗的河谷，走到了草甸上。眼前是一条蛇一般弯弯曲曲向高处延伸的道路，路上嵌刻着车辙年久日深的印痕。冒顿一抖手中缰绳，放马飞奔，侥直那急忙紧随保护，从姑衍山过来的一路上，使者的队伍第一次达到了如此的速度。

两侧的山越来越近，脚下的路顺着一道窄窄的斜切的坡面，跌落到陡削的古河床中。河床深陷而底面十分平坦开阔，只在中间最低处流淌一股散漫的浅流，这清清的溪流就在附近汇进弱水。越过河床再到了坡地时，蓦地眼前出现了一处形势险要的山口。

防守山口的月氏大当户鹑轺得到通报，亲自到隘口观察证实了，便派人去向大将枯末折报告，一面到山前迎接天子的使者归来。居敕臼无意在山里久留，次日一早简单用过早餐，上马继续赶路。

由鹑轺引路，使者的队伍监护着人质离开山口附近的大营，顺着曲曲弯弯、或宽或窄的弱水河谷走过几十里缓缓向上的山路，不自觉脱离了敞开而平缓的山丘地。再走出十多里，大片的水草猛然间映入眼帘。鹑轺道声“请使者自便！”自单骑返回。

形势到位了。副使骐冼提出要求，为了王庭的安全，也是为了人质的安全，随身武器必须集中“保管”。对此，冒顿没有表示疑义，摘下佩刀、弓箭，一股脑儿丢给骐冼。

侥直那则不听那一套，刀不离身，这是游牧族群的习俗，是勇士不可舍弃的尊严。宝刀与他的职责是同义语，从大单于赐予的那一刻就无比神圣，这也是属于匈奴勇士的至高荣誉。

虽然已经到了自家的土地上，骐冼也不敢来得太硬。居敕臼对这些置若罔闻，让骐冼心生焦躁。好在，冒顿太子已交出武器，算是挣回了主要的面子，也减少了关键的风险。居敕臼从内心里不愿把人质逼急了，避免闹出什么不好的结果。质子毕竟不是俘虏，匈奴毕竟也很强大，一切都还是未知数，惹出了乱子，那是无法担待的。

一行人马沿水流渐次转向东，弱水在河西走廊的中游地段称“羌谷水”，这个名称与它的源头有着直接的关系。

间或穿过缺少补给水源的半荒漠地带。走过百多里后，地势渐阔，牧草愈盛。次日起程，牧场边缘路旁水畔，甚至能看到小块的农耕地了，月氏人一齐兴奋起来。冒顿猜想，这就是月氏王庭所在的觻得绿洲了。

月氏在驱逐了乌孙后，领地扩展到整个河西走廊。河西走廊顾名思义在黄河以西。走廊呈东南、西北走向，东端起于乌鞘岭，与秦朝陇西郡隔黄河相邻；向西北绵延两千多里直抵盐泽，即今罗布泊边缘，再往西就进入西域了。它中段狭窄，两端向南北展开。南侧绵延着头顶雪冠的祁连山脉；北侧山地从东向西依次为龙首山、合黎山、马鬃山，习惯上与祁连山相对统称为北山。龙首山外的沙漠边缘地带则有东西走向的北大山和西南、东北走向的雅布赖山，雅布赖山是巴丹吉林沙漠与腾格里沙漠的分界。

发源于祁连山的大小近六十条河流，养育着走廊中宽宽窄窄向南倾斜着的绿洲。其中主体的绿洲由东向西依次为姑臧、觻得、禄福、三危，有谷水、羌谷水、籍端水分别从绿洲上流过，它们并称为河西走廊三大内陆河。姑臧、觻得、禄福、三危约略对应今天的甘肃武威、张掖、酒泉、敦煌；谷水、羌谷水、籍端水今名分别为石羊河、黑河、疏勒河。

月氏王庭设在羌谷水中段的觻得城一带，觻得位置在今张掖市西北约二十公里的平原堡。

大概是长期受东部诸侯秦国的影响，加之游牧的区域或者说势力范围已经比较稳定，当然根本是出于生活和防卫的考虑，月氏国王也就在王庭造就了一座土围子式的宫殿，并在四周夯筑了一圈干打垒土墙，分开了城内和城外。打墙取土的时候，马马虎虎留下了壕沟，稍作休整，正好是半带象征性的护城河，有水没水另当别论。城内城外都有卫兵住的帐篷；城内王宫的后院里，当然还有仓库、马厩等附属设施。

城的周围就比较地随意了，依山傍水地势开阔，该种地的种地，该放牧的放牧，该迁徙的迁徙，大致还是物竞天择的生活状态。

此时的月氏正延续着多年的强盛，拥有号称二十万的军队。由于同样属于马背上的部落，月氏的士兵也是个个能骑善射，为争功夺利而毫不畏战惧死。

居敕臼连夜见过国王，仔细汇报了出使的情况。第二天，带冒顿晋见。

来到宫门，侥直那被卫兵拦住了，不许进去，两下里争执起来。冒顿心里想，不就是人家圈里的羊了，有什么好争的？虽这么想，却也由他们去吵闹，自己在一边看着，不相干似的。

居敕臼本心里有数，知道除非让这人死去，否则绝不会离开太子一步。看看果如所料，便对卫兵说："我事先已经得到天子的旨意，出于礼节，允许尊贵的匈奴太子带一名侍从在身边。"随即，他解下自己的佩刀递给侍卫官，然后对侥直那说："请将军也能尊重我月氏的规矩，把宝刀暂时寄存在这里，待见过天子立即奉还。"

侥直那回答："作为大匈奴太子的贴身卫士，我唯一的行为准则就是用宝刀和生命尽责，别的什么也不懂，也不想懂！"这还真让居敕臼犯难了。正无计可施呢，里面传出话来："天子诚意邀请大匈奴太子商讨大事，既然太子有所不放心，就让他的卫士带刀进来好了！"既如此，那侍卫官便说声"太子请"，自行在前面引路。

冒顿作为不战而获得的猎物，被奉献到月氏大王的宝座前，他两眼直视，毫无表情。侥直那以惯常的姿态，手握刀柄跟定在侧后，这特定的形势使王宫的卫士们格外警惕。

宝座上的月氏王身体略显肥胖，面皮白净，留着整洁的“个”子形胡须，有一种养尊处优的风度。他拿中指肚轮流向两边捋了捋唇上翘翘的八字，又用食指尖抹抹下颌的短须，恰到好处地开口问候：“尊贵的大匈奴太子，一路上辛苦啦！”不见回应。稍迟疑，却是居敕臼代为回答：“禀告大王，一路上我们的行止全由冒顿太子做主，辛苦是辛苦，还算自在！”

月氏王口气缓和，就是有点缺乏表现力。他说：“大匈奴派遣太子前来做客，寡……寡人很是高兴。”他这个“寡人”是从东边学来的，用得还有些生硬。随即开始寒暄：“请问太子殿下，大单于身体好吗？”还是没有回答。怎么回事呢？他抬眼看一看，又说：“过些时，也许就能回到北假美丽的草原上，大单于的心情一定非常愉快……快，快，请冒顿太子坐下说话！”他朝在一旁伺候着的侍从吩咐。

终于开口了：“回禀月氏大王，我匈奴大单于一向都好！”声音夹带着一股生冷的气息。月氏王不由一愣，立刻明白了，是那位性情固执的卫队长在代替回话。他心里终于感到了不悦，转脸对居敕臼说：“我看冒顿太子一路劳累，精神不振，还是先安排歇息几天，啊，务必要十分周到，否则拿你是问！”又补充：“你看太子的安全就由骐侥负责了如何，大匈奴一天不召回太子，他就一天也不可懈怠！”居敕臼称“是”，心里却替骐侥叫苦：“这可是被拴到人家的马尾巴上了，人质哪能轻易回得去呢？也罢，他不是性急吗？就让他先熬着吧！”

匈奴竟然派太子来当人质，这使得月氏王喜出望外，短暂的兴奋之后不免产生狐疑。谁都清楚，这些年匈奴虽然一度退到漠北，但实力仍在增强，据说目下志不在小。正因为如此，他才在吞灭乌孙之后，派此战的具体谋划者居敕臼为使者前去，借索要人质试探虚实。不料却大大“意外”了，果真弄来位人质，而且是匈奴太子。他不得不在内心反复掂量，掂量未已，感到的却是一丝不安。

说穿了，月氏王是靴子大小穿者自知，心虚着呢。由于十多年来客观避免了与匈奴的直接对抗，月氏的王公贵族在固有的游牧惰性与散漫之外，又萌生了攀比中原、追求享乐的愿望。这就好比草原上到处掘了鼠洞，树皮下繁殖出大片的蛀虫，战马只当作了羊群喂养，猎鹰栖身于鸡兔的巢穴，让整个的王国日渐呈现外强中干之势。

为了凝聚内部人心，也为了扩大势力，月氏对乌孙发动了兼并战争。乌孙本就生存在与月氏、匈奴的三角平衡中，匈奴势力在秦朝的逼迫下后退，乌孙立即沦为了月氏的附庸，当然也逐渐失去了存在的理由。历来月氏种种迫使乌孙就范的举措，都类似于隔靴搔痒，于是在机会到来时，终于毕其功于一役，剔除了这块卡在喉咙口的骨头。

为什么这样认识乌孙与月氏的关系呢？道理很是简单。且不说掠夺牧场和奴隶的原始冲动，西域与中原贸易的途中之利更加诱人。乌孙挡在河西走廊西端，不但分去了月氏的过往税利，而且处处掣肘，疙里疙瘩弄成个心病。彻底的办法，就是踢开这个分利者。然而，随着乌孙这根眼中钉从视野中消失，对河西走廊的利益垄断同时又成为了一柄双刃剑。没几天月氏王便觉察，族群上层仍然依着惯性，不但没能跳出财富、享乐、懒惰的怪圈，甚至还有人内心里产生了怯懦。

“匈奴难道就甘心示弱？难道它不再垂涎河西的土地与财富？”月氏王不无忧虑地琢磨，“让这位太子来做人质，到底是好事还是坏事呢？”他开始怀疑。在月氏人看来，匈奴从来就看重各种雁过拔毛、唾手可得的利益。其实，同为游牧族群，大家彼此彼此，感受大同小异。族群最大的乐趣都是从事无本或低成本买卖，比如抢夺、猎取、馈赠、享贡，甚至表面低下头颅接受“赏赐”。那么人质呢？到底属于哪一类？话说回来，当前月氏的实力未见得就在匈奴之下，征服乌孙复又带来久违的声势。在匈奴迫切地想重新控制北假之际，月氏乘其尚不能兼顾前后左右而采取先发制人的策略，这分明是有道理的。就算那匈奴单于有万般算计，也可以换一个角度来理解，来自匈奴的压力才是医治月氏族群弊端的苦口良药！

既然太子为人质，月氏怎么看都像是捏住了匈奴的命门。由此判断，匈奴这些年所积累的实力和重返阴山的锐气，都远远不及它的勃勃雄心。更为关键的是，它没有实力同时对付秦朝、东胡和月氏，更没有胆量全面发难。惯常的小打小闹当然不算数，可它无论先朝哪个方向动真格的，都有可能引来四面受敌。头曼的用意也许正是想先稳住我月氏这一头！月氏王想着，心中开始放宽。

人质也是战斗力，关键时刻顶得上千军万马。手里有匈奴太子，月氏也就掌握了进退的主动权，匈奴人必然不敢轻举妄动。现在，月氏王想重新评估一下双方的实力，看看是不是过高地估计了敌人和过低地估计了自己。显然，危机感是大幅度降低了。不料吞并乌孙这一页，无意中也在一个信息传递的时间差中翻过去了，没有产生一丝儿连锁反应。反过来也说明，乌孙确实微不足道，没人拿它当回事。接下来只要坚持十年八年，中原会怎样，东胡会怎样，匈奴会怎样，那只能拭目以待了！

月氏王所认识的“时间差”，就是匈奴单于庭肯定在派遣人质之前，没能获得有关乌孙败亡的消息。或许是这仗速战速决，打得太过利索；或许是使者去得太及时，匈奴的信息传递没赶上。当然，也不无蹊跷之处……也许，居敕臼的推测更为合理。居敕臼认为，匈奴夺取的首要目标在秦的北假；只要对强大的秦朝占了上风，月氏、东胡就必然不战而屈服。但它也知道，兔子吃草狼吃肉，大小强弱各有各的路数，个个儿都在瞪大了眼睛等机会呢。因此，为了避免三面作战、四面受敌，单于有必要设法安抚月氏。再说，居敕臼也看到了匈奴的另一面，比如单于享乐，太子围猎，群臣争执，重大事项莫衷一是。与月氏一样，无论谁过得安逸了，都会消磨掉意志。

居敕臼对匈奴表象的不确定观察，与月氏王趋利且避害的兼得心理不期而合，奇妙地孕育着一种潜在的侥幸，因而也形成一种安慰。然而，复杂的月氏王也许更明白，天下没有免费的午餐，匈奴太子这只烤在火上的全羊，也许专为送过来烫手的。如何烫法，暂时无法猜度。

新任伐秦主将周章沿途收取兵众抵达函谷关，实力已达到战车千辆，战士号称数十万。

秦地之所以称为“关中”，其中一说最为周全，即其东有函谷关，东南有武关，西有散关，北有萧关，闭锁四关之中，谓之“关中”。但其中最为著名的，则是函谷关。

二世心智聩眊，朝廷有意无意怠忽，导致函谷关无一夫当关而天险洞开万夫直入。义军穿关而过，势如破竹，直抵戏水。戏水从骊山冯公谷北流，经戏亭转向东注入渭水。周章传令在戏水西岸的戏亭驻扎下来，这里位于今西安临潼区东，到咸阳的直线距离已经不足百里，悬挂在秦都上空的冷日仿佛正在坠落。

秦二世不情愿地看一眼递到眼皮底下的急报，忽然大惊失色。他紧急召见群臣，开宗明义一句话：“怎么办咧？”群臣俯首，个个儿哑口无言。不免偷眼来看皇上，只见龙颜惨白，六神无主。

怎么办呢？秦朝没有军队吗？否！仅成规模并直接归朝廷调遣的精锐人马就有八九十万。具体：三十万人的北部军团由王离率领屯驻北假、阳山，防御匈奴；五十万人的岭南军团驻守南越，巩固和开发南疆；朝廷从全国各地选拔征集有五万高大威猛的卫戍部队，驻扎在咸阳。各郡难以计数的地方部队除外。

总的局势，火烧眉毛，远水不解近渴。二世大梦方醒，已见日薄西山，看文武群臣或抓耳挠腮，或闭口不言，恨不得把他们碎尸万段一个不留。但总有个别真正忧国忧民的，当下，少府章邯出班奏道：“盗贼业已兵临阙下，人多势强，形势紧迫，从任何地方征调军队都为时已晚！”他重复并强调着一个尽人皆知的事实。二世越发面如死灰，赵高亦面露惧色，而李斯则面无表情地想着自己的长子李由。荥阳被贼兵围困多日，李由苦苦支撑，先是几番报警，后又几番告急，却等不到一兵一卒救援；二世、赵高等置若罔闻，连自己也不敢再在皇上面前提起。这好，如今咸阳也快变成荥阳了，干着急没用！

章邯是秦中人，字少荣。秦朝的少府虽然是掌管山海池泽税收、为皇室提供给养的官员，但章邯却是个真正的将才。他随即建议："但依臣看，目下还未见得山穷水尽……"

众官的精力应声集中起来。赵高急道："有办法就快点奏上来，少府大人还卖啥关子呢！"

章邯不屑于理会，继续说："臣知道有大批足以救急的人员，不过，得特事特办了！"

李斯回过神来，拱手奏道："章大人所言极是，朝廷有救啦！"显然，他已经明白了章邯的指向。

赵高沉下脸来，呵斥道："极什么什么是，还没见说出个子丑寅卯呢！"

二世的眼睛却发出蓝光，急切地说："只要能救急……咋办，咋办都行，行！"

于是，章邯手指东南，那里正是李斯方才也想到的骊山。

章邯的建议得到了李斯全力以赴的支持，他请命亲自在朝中主持实施组军计划并提供后勤保障。章、李将相的默契与密切合作，被在一旁琢磨的赵高尽收于心，这就叫谋事的谋事，谋人的谋人，权力场中，历来如此。

二世急切地颁布了大赦令。章邯乘坐战车，带领将军赵贲、杨熊直奔骊山。按照秦朝的法律，原本刑徒及奴婢的儿子都不能充当战士，但随着征伐规模不断扩大，早已破了规矩。现在，精选的数万各色服苦役人员，眨眼间被一纸诏书解脱为平民，就地转化成了章邯的部属。李斯及时把装备送到，有多少算多少，其余只好穿着破衣烂衫，扛着劳作的工具。临时组建的大军被突如其来的身份解放所激励，为军功的前景所诱惑，誓死出征。他们立即要去抵御十倍于己的张楚主力，为秦廷效力。

这是一个没有月亮的夜晚，虽然有章邯去组建大军对付盗贼，咸阳宫里仍然充满了恐惧的气氛。二世从假诏篡位以来第一次搁置了淫乐，毕竟权力和生命是最宝贵的，没有了这两样，将靠什么去寻欢呢？

第八回

袭戏亭章邯挽既倒　宴百花夏宫宾如云

戏亭张楚大营里闪烁着星星点点的灯火，站岗的瞌睡时不时被打更的声音搅扰。军帐里反倒有许多战士睡不着觉，他们被看似唾手可得的最终胜利，被对咸阳宫阁街市的繁华想象和进入咸阳后可以获得的财富所刺激，在七分疲惫中掺进了八分兴奋。

完全没空睡觉的是主将周章，他正召集手下的将领和谋士，计划着如何能一举略定咸阳鳞次栉比的宫室殿堂，而不至于像吴广那样面对坚城一筹莫展。但有一点他是放心的，经过形势分析和侦察证明，咸阳及周围只分散着五万卫戍部队，没有野战兵团，两下里兵力绝对悬殊。他更希望二世、李斯等组织迎战，那样，张楚大军就能够像洪水般摧枯拉朽，这反而简单，求之不得。倒是巷战和攻占那复杂而无以计数的高阙大殿很是繁难，绝不比攻城容易，殊属不得已，做准备更需要耗费时日，拖延战局。而义军更需要的是一鼓作气、速战速决。

新组建的秦朝大军已经倾巢离开了骊山劳作区，偃旗息鼓直出鸿门，向戏亭潜近。赵贲、杨熊分别指挥的侧翼攻击队伍里，是清一色的亡命之徒，他们正为章帅的许愿所鼓舞，血液里冲动着搏战与发达的亢奋。在接近张楚大营的山坡地上，二将各自选择高处潜伏队伍，监视“盗贼”营中的动静，等待发起攻击的信号。

既然按照秦时的制度，全民都有当两次兵和在农闲时接受军事训练的义务，显然这支部队里，不少人在没有成为刑徒之前都已经当过兵，经历过大小战阵。当然，这一点在起义军的队伍里情况相似。有所不同的是，解脱了刑罚并组织起来的刑徒，也是刚刚解放了的战斗力，而且他们更加富有格斗经验和屠杀的欲望。

章邯来到戏水边，全副披挂，手扶剑柄立在战车上，身后一字儿排开李棡、徐腾、张既、邱轸、翘刿、黄特、谭雄、贲贯、容盛、涂恂、李曜、郑驰诸将，尚有胞弟章平在后组织余众，以备增援。秦毕竟是强大的帝国，临时也可以攥起一大把战将来，真可谓瘦死的骆驼比马大。

倾听着耳边水流的声音，稍停，章邯举目穿透夜色，凝视山下的楚营。一片寂静，只有星星点点的迷蒙灯火。放马检阅一圈，中间是由半身形漆盾、待发的弓弩、长竿的戈和矛等组成的攻守兼备阵形；左右两边各三十六辆战车如同河流的闸口，其后隐蔽着涌动的步军，一旦发动，便能排山倒海，势不可挡。

哨探接踵来报，和眼前所见一致，贼营没有异常动静。章邯张开两手，在黑影中做出一个包抄的动作，传令兵立刻向两翼去了。章邯重又侧耳倾听，心里计算着时辰，过不久，振作了一下，用力做出一个出击的手势。战车开始向前挪动，不一时便加快了速度，步卒紧随其后，何时发起冲击，那就是随机的了。

周章正在为来日的进攻做出部署，已经胸有成竹，感觉胜利即将到来。然而，他敏感到了什么，突然止住了话头。与此同时，在场的所有将领都听到了“轰轰”的响声。动静越来越清晰，军帐开始抖动，地表也震颤起来。都满腹狐疑，这是咋个回事呢？是秦军？那是不可能的，他们眼下绝不可能集结那么多的军队！

那又是啥玩意儿在发出威力巨大的震响呢？

周章忽然醒悟，浑身的肌肉完全绷紧了，两只手心冒出冷汗。他“嚯”地抽出佩剑，喊一声：“秦军必是从骊山方向来的，众将立即回营组织抵御，各自为战伺机反击！”

随即纷纷来报，正面发现了秦军，不知道有多少战车人马。军营里已经发生骚动，惊慌失措，乱成一团。

周章紧步出帐，只见远处的火把像一团被烧红的黑云飞速压过来。他迅速改变了反击的想法，下令：“各营尽量利用地形组织掩护，全军向郑县方向撤退！”随即又派出军吏，紧急传令郑县、武城、平舒一线守将固守接应，不得有任何差池！

营前鼙鼓动地，杀声震天，周章登上战车，对身旁一员心腹将领说：“你趱程赶往宁秦、函谷，严令死守，如有闪失，军法从事！”又吩咐：“带上两个善骑善射的精干手下，带上三倍的坐骑！”将领领命，就地召集随员马匹，飞奔出发。

安排过了，周章命令左右：“边战边退，监视两翼！”弓弩手和盾牌手合拢来掩护，中军开始退却。正在这时，忽又听耳畔战鼓雷鸣，来得极其切近，看时，果然左右两翼秦军已经突至。虽有将令，张楚军依然猝不及防，方才稳定住的战阵立刻陷入混乱之中。

幸运的是，章邯迫于必须给二世一个立竿见影的交代，只能急于解除覆城倾国之危。他没有充分的时间训练军队和布局战役，也没有足够的军力封堵周章分散和络绎于途的数十万军队的退路；同时，朝廷方面也完全没有在渭水以北组织军事配合。守卫宫室的那五万貔貅，只能留给皇上和群臣保命，一人一马也没能获准离开咸阳。这样，张楚军就避免了两面夹击，后路也得到了保障，在主动退却中逐渐稳定下阵脚。周章指挥全军依托渭水一路东撤，逐城逐关放弃，得以保存实力。

章邯基本上只打了一个击溃战，然后拼尽全力穷追猛击，不料竟能直驱函谷关。燃眉之急转眼解除，秦朝原本坚固的防守大门终于重新关闭了。躲在深宫里的二世长长透出一口气来，复又开始夜以继日地淫乐，赵高则继续专权并习惯性地实施着他的阴谋。

李斯密切关注战场形势，担心着秦朝的命运，也担忧儿子李由的安危，当然还有自己的处境。他不遗余力地调配军力、物资支援章邯，希望新组建的中部军团能尽快出关作战，首先解去荥阳之围，把张楚军驱逐出三川郡。除了作为父亲的怜子本能外，他还理性地知道，非常之时，他父子的命运是空前紧密地联系在一起的。

张楚军凭借节节抵抗，全师退到了函谷关外，背靠崤山驻扎在关口东北的曹阳亭。函谷关处灵宝境，灵宝旧县址在今河南灵宝东北。曹阳亭位置在灵宝旧县址东北十三里，因坐落于曹水之北而得名。曹水发源于陕县西南岘头山，向西北流入黄河。

章邯的部队也还是乌合之众。现在，他已经挽狂澜于既倒，保住了咸阳，暂时稳住了局势。下一步任重道远，他需要深谋远虑，去拯救秦朝风雨飘摇的统治。这对于他来说，再急也需要起码的时间做准备。于是，秦军先在函谷关严密布防，然后开始休整，重新组建和装备队伍，训练士卒和战法，同时，筹集辎重，侦察敌情，分析形势，制订战略战术，等待合适的战机。

时事的规律，在关键时刻就会发生关键的事情，各色人等就会有关键的表现。周章之败，引起了连锁反应，起义军内外部潜在的危机也适时爆发了。

武臣已经占据赵地几十座城池，驻扎邯郸。在张耳、陈余的挑唆下，他有心称王，但碍于陈胜的信任，所以反复犹豫着。到了八月，武臣终于自立为赵王，任命陈余为大将军，张耳为右丞相，邵骚为左丞相。生米煮成熟饭，这才向陈王请示报告。

陈胜不胜其怒："这个忘恩负义的东西，快，把他全族都给我灭了！"转问左右："有谁……有谁替我去剿灭武臣？"

没人搭腔。等陈王的火气稍稍平息了，旁边有上柱国蔡赐规劝说："秦朝还没有灭亡，大王就杀掉武臣全家，像这些已经积累了实力的人，您一个接一个地把他们变成敌人，这就等于复制了一个又一个的秦朝啊！"陈胜泄了气，不言声了。蔡赐便建议说："还不如派人为武臣庆功，趁势命令他火速带兵转头向西，策应周文，从侧翼进攻秦国。"

陈胜想了想，虽然不很情愿，但还是吩咐："把武臣等人的家眷接到宫里来，好好看待吧！”他给封张耳的儿子张敖为成都君，随即派使者前去正式任命武臣为赵王，催促他紧急驱兵西渡河水，迂回袭取关中。

在张耳、陈余的劝说下，武臣却转派三路人马去为自己打天下：韩广北上攻取故燕土地，李良直北就近占领恒山郡，张黡向西进入太行山拿下上党郡。上党这一路，从态势上看，倒也貌似遵从了陈胜的旨意。

傍山的牧场上，天气阴一阵子，晴一阵子。冒顿与侥直那在一小队月氏士兵的监护下，漫无目的地到处游荡。草原上撒野惯了的人，孤独地守在毡房里是很难受的，不如借月氏王眼下的宽容度，到处散散心。今天不管明天的事，这本就是牧民的习惯心态，冒顿也想来体验一把。这样想，是希望心里真的放松些，谁知刚丢下这头便捡起了那头，他想起自小一起嬉戏但只有一夜恩爱的情人，浓重的思念在心底搅动，不由得有些伤感。

看见有狐兔出现，冒顿下意识去鞍上取弓，那鞍上却是空的，一时又唤起心头郁闷。翻身下马，去仰面躺倒在草地上，看天上的流云愣神。

几天过去了，如此反反复复，惹得冒顿焦躁起来。这一次他忍不住了，却又无处发作，便蛮横地伸手一推马鞍。也是猝不及防，那坐骑脚下一软，竟差点儿跌倒下去，方一挣扎，没承想后边却蹿出一摊稀溜溜的粪便来。

跟随一旁的月氏士兵先是一惊，随即哄笑起来。侥直那看这情形，知道是被使了手脚，不由得心头怒起，“嚯”地从鞘中抽出宝刀，刀尖径直刺到面前一名士兵的鼻翼前，相差只在毫厘。士兵们立即各自掣刀在手，一齐围拢上来。

冒顿瞅着身边发生的这一幕，却是无动于衷。不出所料，月氏士兵并没有人真敢挑起事端，侥直那当然也不会轻易出手，双方毫无意义地僵持着，而僵持对于侥直那来说，已经习惯了。

俄而，山谷处悠悠地飘荡出一丝天籁之音，所有的神经立刻被牵制住，逐渐地逐渐地松弛下来。冒顿走向前去，伸手按落侥直那的刀背，所有的月氏弯刀也都顺势垂下。

远看羊群溪水般从谷口汩出，歌声率意着野性的清纯，顺着树的间隙流淌过来：“北山北山草茸茸，祁连祁连树蒙蒙；白山望断黑山路，近草远树遮雪峰。小妹牧羊北山南，阿哥狩猎南山中；三年不见哥哥面，春去夏来复秋冬……”那歌声中掺杂了许多的“那个哟嗬咿呀”，随着风向的摆动断断续续，止止歇歇。

还在唱："牡鹿怜怜依山林，牝驹戚戚恋草丛。林深草长寻不见，两情无意割秋冬……"冒顿凝神倾听，歌声悠远绵长，确实美妙动听，只是唱的心情和词的语境完全不同，像是有口无心的那种，让人难以领会。再要听时，又更加听不清了，羊群往那边的山坡去了，越去越远，没有了歌声，歌却久久地在心底里缥缈着，似未曾离去。

从王宫高点看得清楚，在不远处的水边草地上，一顶崭新的毡房搭建在树丛旁，孤零零四下无依。

居敕臼从王宫飞马前来，奉命告知安居在毡房里的冒顿："月氏天子要举行盛大的欢迎仪式，款待尊贵的匈奴太子左屠耆王，各方面的准备正在紧锣密鼓地进行，各部落的首领也要前来王庭助兴。"他一改出使途中的谨慎和矜持，兴奋地说："请太子放心，在月氏，太子是安全的，有兴趣尽管随便到草原上走动，随时都会有卫士保护，有奴隶听候差遣，只要招呼一声就行！"

对于月氏王的大度和居敕臼的殷勤，冒顿感到纳闷。不过，羊已经落到狼的嘴边，还想那么多做啥！他朝守候一旁的侥直那说："歇着去吧，太阳要落山了，虽然忠诚是必须的，操心却是多余的。"侥直那脸上露出难得的一笑，去靠门的地方躺下身，把宝刀抱在怀里。

山边有马群路过，蹄声"轰隆隆"响成一片。冒顿的心思被搅扰了，便到毡房外面去看。啊，好大的一群，牧人骑一匹雪白的骏马掠过眼前，跑动着照看，几只高大的牧犬随在马群侧后卖力地奔忙，用吠声圈回散落的马匹。

"像是个女的。"侥直那说，他早已跟在身后。

"是个女的。"冒顿肯定地说。

"不比男人差。"侥直那用夸赞的口气说。

"比男人强！"冒顿强调。

"那也要看是哪一种男人！"侥直那有些敏感。

"说不定比所有的男人都强呢！"冒顿忽然露出了幽默感，又像是认真的。

"那要看比哪方面！"侥直那有些不服劲儿。

"不用比啦，草原上有哪位大英雄总去和女子比这比那的！"

侥直那自知被绕进了话里，但却发现太子心情好起来，便不回答，"嚯"地拔出宝刀，演示一路招架劈杀。末了"嚓"地入鞘，一气呵成。

冒顿轻轻击掌。再看马群，已经远去，就像天空中投下的云影，在风的推动下飞速游移。

头上真的有云翳飘来了，遮暗了树丛，遮暗了毡房，遮在冒顿的脸上。负责警戒的月氏卫兵四下里游弋，过一阵子，便到树那边去歇息。

月氏大王要用传统的方式娱请匈奴太子，盛大欢宴的地点精心选择在焉支山。焉支山地处删丹，即今甘肃山丹东南，绵延于祁连山和龙首山之间，山中盛产大黄。从王庭沿上游弱水东南上溯约三百里，便到达焉支山。凑巧的是，羌谷水主要的支流也叫弱水，就是今天的山丹河。支流弱水从祁连山南的峡谷中发源，流经焉支山，从山下的删丹一带渐转向西，在觻得汇入羌谷水，再与流经禄福的呼蚕水汇合为下游弱水，过北山泄入冒顿一行来经的居延荒漠。

这是一座东西长约七十里、南北宽四十里的郁郁葱葱的山脉，山上依高下气候分布着云杉、油松、泡桐、杨树等各类乔木林，间有多种野生果树。山间草原夏季凉爽，水草丰盛。山坡草地上生长着一种叫“红蓝”的植物，开的花儿被用来制作胭脂，所以焉支山又别称为“胭脂山”。

焉支山主峰海拔高度将近四千米，主峰有飞泉瀑布汇流而下，在谷中壅聚成一座名为“百花池”的湖泊，着意渲染了花丛水畔传说般的世外境界。百花池俗称“小海子”，小海子上游搭建有月氏王的夏宫。所谓“夏宫”，就是游牧王国运用随季节迁徙放牧的思维，在气候凉爽宜人的山间建造的永久性住所，相当于中原帝王的离宫，其实际功能也就是休闲避暑。

月氏夏宫的主体建筑是就地取材建成的，垒石为墙，树干为椽，其实很是简陋，只不过尽量装饰得好些，尽量安排得舒适些而已。周围的山坡地上，面对百花池有不少大大小小的毡房，月氏国王更愿意住在毡房里，而仅仅把土石的宫殿作为一种象征物。

湖滩开阔的水草地上，已经整齐地栽上了旗杆，悬挂起旗号。居敕臼指挥士兵铺开一大片粗糙的毡毯，又把标志着王座和贵宾席的精细些的小片毡垫，分置在中间和两边。酒装在陶制的坛子里，马奶子灌在皮囊内，都由高轮车运来。“肉”是按照草原上的规矩“赶”过来的，预备当着宾客的面屠宰，以食物的新鲜来表示必要的尊重。

早几天就有牧民拖家带口陆续赶来，小海子的周围平添了许多毡房，无意中为大王的宴请提前热场。大筵尚未铺张就绪，无数的小席已经在水边任意地开吃开喝。吃的喝的都是预先备好的，显然，牧民们不被允许在这种场合大肆铺张烟火。

夜散发了昨日的炎热，灰云又把太阳的炽热阻隔在高空。凉风吹来，下雨了。一阵子雨过了，露出些阳光，贮存了水珠的花儿更显出不同的精神。

陆续有许多形神与装扮各异的王公贵族来到，王庭负责接待的官员们忙碌得不可开交。从南边山里远道而来的酋长们有的披发，有的束丝，有的净面，有的乱须，有的刺颊，有的文身，有的皮草遮体，有的袒胸露背，有的作势造姿，有的粗野不羁。他们的头颅、脖颈、前胸、手臂，甚至腿脚，承载了过多的奇异佩饰，有牙骨的、贝类的、石头的、木草的、毛皮的、土陶的、金属的，还有个别的玉件和人骨。

见面的礼节也是千奇百怪，热情至亲吻拥抱，夸张至手舞足蹈，竭尽丰富。月氏的贵族和官吏文明程度显然要高得多，他们在以皮毛为主的穿着中，不乏附庸东方诸侯服饰的痕迹。要知道在游牧部落里，一般的人特别是奴隶，都不分春夏秋冬地或穿毛皮毡衣，或半裸半遮，没有许多用作季节性调节的衣物。在月氏，也只有身份高贵的和富有的人，才有可能靠赏赐、馈赠和交易得到少量丝绸和一些精细的麻布织物，做到寒增暑减，舒适而又体面。

并没有多少规矩。仪式即将开始，出席人员在月氏官吏的安排下随到随坐，左右一边是月氏自己的贵族、官员，另一边是大多来自祁连山里山外的酋长和使节，空下上首的位置，等待天子和最尊贵的客人到来。找座的和先坐下的大呼小叫，吵吵嚷嚷，乱成一团，看热闹的牧民也逐渐围聚拢来。

席间有一个不很引人注意，但又有些特殊的客人。特殊之处就在于月氏官员不时要去招呼他，态度谦恭。

把翘翘的“个”字形胡须修整得十分整齐的月氏王，乘坐有装扮的车驾，在随从和卫士的马队簇拥下由夏宫疾驶而来，到了近旁则放缓慢行。他被小心翼翼地扶下车来，又被簇拥着在正中铺垫得较高的位置盘腿入座。两位贵客随天子入座，贵客除冒顿外，就是乌孙的一名大将，其实也是一位王子。这乌孙王子的地位固然尊贵，但在部族败亡后还能得到如此礼遇，却也与月氏王的想法有关。

目下，乌孙人多已流亡到匈奴境内，但依然有小半的部落滞留在原地游牧，还有不少人沦为奴隶。匈奴的重要存在，使月氏必须认真审视和评价与乌孙族群的关系，必须更慎重地对待境内的乌孙人，以应对不时之变。

山里土著的羌人酋长们非常狡猾，他们唯利是图，擅长随风转舵、趁火打劫，月氏也需要时时照应，未雨绸缪。月氏王不希望看到自己族群的命运像秋后的草原一样枯萎；他居安思危，虽在河西一家独大但仍以和为主导恩威并施，着力打造自己在祁连诸戎中的核心形象。

开宴的仪式，是由士兵牵出一只当年出生的肥羊，等候在席前预先立好的去了皮的杂树木架下方。说是“牵”，其实就是提溜着两只后腿倒拽过来，羊也是不肯自动走向刑场的。巫师指天指地指东指西念念有词，然后大呼一声，仿佛是与鬼神沟通了，他为王庭所做的请求得到了应允。于是，羊被当地放倒。在“咩咩”的凄惨叫声中，力士用锋利的屠刀朝羊脖子上一抹，顿时血如泉涌。放干了血，割下羊头，把四蹄丢到一边。举起肉的主体挂上木架，麻利地连片带扯剥去整块羊皮，再从腹部纵向剖开，掏出杂碎也丢在一旁，立刻有下手把那些拾掇去了。这个过程一气呵成，只在转眼间。

第九回

存慎虑屠耆息上令 陷绝境红颜赠骏骑

有穿舞裙的娇柔美貌女子托过两个木制的盘子来，力士就羊尾巴处捏住，手腕灵活地带动刀锋，便有两块宽约两指的肥膘被放到托盘里，款款地分别捧献到冒顿太子和乌孙王子的席前。带着牺牲尚留的体温，两块油脂被丢进嘴里，只一吸，便直接吞了。在连声的热烈欢呼中，二合一的最隆重的欢迎仪式和开宴仪式宣告完成。

木架撤去，宰过的羊被挪去一边，和其余被宰的羊一起，或烤或煮。这边已经喝起用马奶发酵酿制的酒，不一时，烤好的肉带着油烟和香料的浓郁气味，纷纷献到席前。

月氏王没有发表演说，也没有提及任何军国大事，只是一味地劝吃劝喝，很是实在。不多久，月氏官员显贵便纷纷离座，向客人敬酒叙旧，或相互介绍结识。酒越酣，话越多，本性越露，人越坦率；肉愈饱，兴愈起，感情愈近，气氛愈浓。在羊哀“咩咩”、烤肉煮肉的腾腾烟雾气中，宴会进入到游戏阶段。席间有力士拽着角引来一头高大健壮的种公羊，象征性地由月氏大王亲自交到冒顿手里，这是一项千人注目的荣誉。

观看的人群被驱开，让出一定的宽度。从宽度出发的，是沿小海子边的平坦草地，那是一条只有目标没有画线的跑道。

光背赛马开始了。之所以说“光背”，是因为受生产力发展和新技术推广水平的限制，当时的马鞍、马镫基本只限于王公贵族和战阵使用，牧民依然传统地骑在光背的马上放牧，或只在马背上垫一块毡垫之类。赛马这样的民间娱乐活动，当然也是骑在光背的马上进行。

马当然全是出类拔萃的，在起跑线上急切地捯动四蹄，只等主人松开缰绳。

骑手不分男女长幼，选择条件是人马默契程度、个人驾驭能力及体重等综合性状。经过主持官员煞有介事的商讨和争执，发令官终于响亮而悠长地吆喝一声，迫不及待的马们便像离弦的箭一般，朝设在远处山坡边的返回目标飞驰，于是，呐喊之声四起，混淆了士兵牧民，淹没了王公将相。

这边，原本出发的地方转换成了终点，发令官摇身变成了终点裁判官。

所有的观众都带着自己的倾向性，所有的助威者都忘乎所以。许多匹马在赛道两旁飞跑，有以接力方式为自己部落的赛手领跑鼓劲的，也有故意扰乱秩序的。

大约就在这个时候，匈奴右屠耆王在他的军帐里接到了头曼单于的命令：立即向月氏发动袭击！这使他大吃一惊。这个在不适当的时候做出的不负责任的决定，完全出乎且蛰的意料。

由于太子冒顿被节外生枝地送到月氏当了人质，对月氏开战实际已经被提上议事日程。但且蛰心有顾忌，所以右部的作战准备进行得非常谨慎隐秘。突然间接到头曼单于的进攻命令后，他感到十分为难，再说，月氏并没有任何向匈奴发难的迹象呀！他甚至怀疑这个命令有误，因为当时匈奴没有书面文字，口头传递的信息只能靠特定的信物和辅助性实物符号来加以证实。其实，有什么可怀疑的呢？进攻月氏是匈奴的既定方针，也是且蛰有所主张的，关键是选择时机。但他认为，月氏既然单方面来索要人质，本就是对匈奴先发制人的挑衅，其军事上必然早有防范。此时如果发动进攻，且不说强弱未定、胜负难料，要紧的是冒顿太子会立即被月氏军队充作祭旗的牺牲，用来祷告上天激励士气，然后与匈奴作孤注一掷的抵抗。

想到这里，右屠耆王心血上涌，胸口猛烈地跳动，不能自制。终于，他决定冒着违抗单于命令延误军机的风险，亲自前往单于庭去核实命令，或可提醒头曼重新选择开战时机。

焉支山小海子边，激烈的赛马结束了，疯狂的助威声变成了热烈的喝彩声，还夹杂着此起彼伏不明立场的胡哨声。有许多人站到了马背上，向被围得水泄不通的月氏王宴前观看，那里正在进行颁奖仪式。

获得第一名的骑手和赛马在发疯似的呐喊中，双双站到了领奖的位置。衣着鲜亮的美貌女子用木盘托上一条皮制的腰带和两个花环来。作为首席颁奖嘉宾，冒顿先是把腰带系在勇士腰间，接着，为骑手和赛马戴上花环。在这个季节里，也只有百花池附近的山里才能采到鲜丽的野花。骑手从力士手里接过那头漂亮雄壮的种公羊，并向冒顿致意。这时，冒顿发现骑手一双明亮的眼睛不时瞥向旁边，原来正与托盘子的姑娘眉目传情呢。“可能是一对恋人”，他想。

这时，又有盘子端上来了，那是由月氏大王赐予的满满一银碗酒。冒顿把碗递到骑手面前，小伙子瞪大了朴实而稚气的眼睛，仰头一口气喝下酒去，于是喝彩声和呼哨声又暴风般响起。

此时，冒顿的荣耀只在月氏大王一人之下，面对各部落贵宾和月氏亲贵，面对众目睽睽，风光远远超过了在匈奴当太子。他的心被打动了，想，月氏有像骐洗那样令人讨厌的人，有像居敕臼那样知进知退却也让人看不明白的人，也有如天子这样重视人情善于和解的人。毕竟一国要以大王为主，我又何必敌视月氏呢？想到这里，他偷偷朝月氏王投过温和的一瞥，再回身看侥直那，依然一副谨肃的模样，不由得皱了皱眉。

席间的吃喝与草地上的娱乐同步进行，不让须臾。

下一个节目是顶羊，就是由各部落推荐参赛的公羊，在现场进行决赛。这种比赛规模虽小，但氛围集中，属于身体对抗活动，而且要经过一次又一次的淘汰，自有其激烈与煽动性。

助威声一浪高过一浪，最终，在爆炸般的惊呼中，一头羊最终用坚硬的角刺穿了另一头的眼睛。倒下的公羊被迅速拖走，腾开地方给获胜的羊主人和犄角带血的公羊冠军颁奖。奖品是一只处在生育旺盛期的母羊，由第二颁奖嘉宾乌孙王子授予，当然也有两只花环。照例由月氏大王赐给满满一银碗酒，由羊主人一口气喝下，照例又响起喝彩声和呼哨声。

居敕臼乘兴来到酒已半醉的月氏王面前，先是禀告了什么，然后附耳低言。月氏王微微一笑，点了点头。

这边颁奖方得完毕，骐侁那畔响出一声嘹亮的口哨。人们还没明白怎么回事，附近山坳里马群催开，漫过山坡，轰隆隆蹄声动地而来。响鞭炸裂，于是，欢呼雀跃的声音响彻草原。

一骑白马从群中逸出，傍着边儿飞驰。动静太大，嘉宾尽皆惊异。冒顿回身看侥直那，侥直那也正看他呢。将近宴前，白马上甩出一根极长的套马索，在马群上空虚晃一圈，“倏”地收了回去。这出手一招煞是利落，引得行家里手们连声叫绝。

吆喝声嘹亮。白马放慢速度，从群中引出一匹光背的枣红马来。白马直抵冒顿座前，马背上的年轻女子欠身施礼，稍带递过顽皮和挑逗，透露出三分野性七分妩媚。没等冒顿做出反应，女子已经返身一跃，落定在跟来的光背枣红马上，随手轻拂马鬃，飞奔而去，把白马留在了席前。这算是一种邀请，也是善意的挑战。

伴随着一迭声催命似的怂恿，不由冒顿迟疑，就席间向月氏王略施一礼，不顾侥直那阻拦，从坐处飞身弹起直落马鞍，两腿一夹，朝枣红马追去。

枣红马兜过一个小圈，马上突然又抛过那条套索，正正落向随后赶来的冒顿头顶。冒顿尽管猝不及防，但就在下意识闪避的瞬间，却顺手接住了索套，刚要发力去拽，忽然想到那头是名女子，便即放手，让那虚卷的套环自行收去了。女子勒马，直立嘶鸣，冒顿一瞬间赶到，见女子已经立起在马背。他心中有了数，只等那边腾身，即便手按马鞍低起，旋身跨向枣红马。与此同时，女子已稳稳坐在空出的马鞍上，不料又抛过套马索来。冒顿见她反复拿一条驯马的绳套来逗弄自己，不由得心生怒意，却也发作不得。就这时，一个奇怪的念头闪过脑际，人方躲得过，身子却没能坐稳，便顺着光溜溜的马背滑落下来，只一条腿挂住在马背，一手慌乱地揪紧马鬃。

四周先是一片惊叫，然而，在一个齐整的停顿之后，仿佛嬉闹之性突然醒悟，前后爆发出接力般幸灾乐祸的哄笑，响彻山野。有许多马匹纷纷追随着看热闹，突兀的呼哨声传达着来自四面的奚落与蔑视。

马被揪扯，极不舒适，便用力偏仰起脖颈，随即猛地低头尥起后蹄，拼命地颠簸，直把那粘住在自己一侧的讨厌家伙向草地上抖落。尚未沾地，冒顿忽然感到被一股柔软的力量圈住，身体不由自主地找回了重心，稳稳地被扯回到马背上。女子闪电般驰到，已自一抖手腕收去了那条柔软的套索。冒顿方得松弛，急偷眼看时，只见女子洁白亮丽的脸上闪过动人而狡黠的一笑，轻抖缰绳，箭一般去追赶马群。风过处，一缕异香在鼻翼间萦绕。

冒顿脸色紫红，浑身燥热，大颗的汗珠顺着脸颊流进腮边的绒须，流入脖颈。耳畔，讥刺与哄笑反复响遍小海子，本来寂静的树涛飞瀑，也空旷地随声应和。众目睽睽，冒顿失魂落魄地被展示着。侥直那飞马赶到，纵身跳下，扶太子换到自己的坐骑上。

眼看马群像一片云彩般地飘去了，侥直那举目看那乱纷纷的场面，步行护卫冒顿匆匆离去。居敕臼连忙指示士兵紧随其后，不得闪失。宾客自行离席是常见的现象，草原上醉醺醺的欢宴，有时就是这样有头没尾。

骐侁得意地看着居敕臼，见居敕臼冷冷一笑，显然对这种做法不很赞赏，当然他内心也充满了狐疑。这时，月氏王侧过头来看居敕臼，居敕臼便有意转过身去。

无论什么事情都无法影响发疯似的吃喝，大多数人的宴乐照常进行。席间多了一个下酒的话题，那就是大匈奴堂堂的冒顿太子从光背马上滑落的故事，还有就是被一名牧马女子尽情戏弄，恐怕这会成为草原上永久的笑谈。

吃喝间，居敕臼端起酒杯走向那位特殊的客人。他传达了天子的意图，月氏王要在宫里单独召见他。

汹涌奔流的匈奴河畔，还没曾等拖拖拉拉的右屠耆王且蛰出发去金帐请示核实，头曼单于催促出征的命令接踵而至，进攻是不容置疑了。但大单于为什么要这样做，而置太子的生死于不顾呢？一个可怕的疑点终于若隐若现掩盖了心中的忌讳。

且蛰的眼前出现了小阏氏那迷人的姿态，既而是小王子，聪明、可爱、伶俐，与人亲近，已能射兔戏狐，长大如能继承单于位，也未可轻视。头曼单于春秋虽四十好几，但体魄健壮，精力充沛，有足够的时间慢慢把匈奴的权柄直接交到小王子的手里。果真如此，冒顿太子……

他不敢再往下想，只希望这种猜想不是真的。而目前，出兵河西已不可避免，该怎么周旋才妥当呢？思量再三，他决定再托词拖延几日出兵。

必须同时拿出实际行动。他叫来卫队长曳当，让他带领精干的小队人马立即出发，潜入月氏领地侦察，人马要选最强壮、最机灵的。这显然是有双重目的的，他朦胧地希望能探听到太子的消息，其他还能做什么呢？权且对单于庭虚张声势地奉命行事，那头可千万不能把月氏人逼得太紧！

尽管磨蹭着，匈奴右屠耆王还是迫不得已下令军队入据弱水下游，缓慢向月氏北山推进。月氏军队的主力精锐也已经集中到了大将枯末折的麾下，北山口的备战形势一日紧似一日。

从焉支山回到王庭，月氏士兵便暗地里包围了冒顿栖身的毡帐。正好冒顿“受惊卧病”，也就不需要寻找借口限制他的行动了。但是，骨子里像狼一样机警的冒顿，以及专事警卫的侥直那，就是从空气中，也能嗅出神秘的血的气息。但他们觉得蹊跷，月氏人为什么明里竭尽热情，暗里却心怀敌意；一开始随意放任，接下来又如临大敌，这到底是犯了什么毛病呢？

反正作为人质，冒顿既来之则安之，处之泰然，但侥直那的内心就十分不安了。看眼前这动向，月氏王难道决定与大匈奴开战了？他为什么转眼就能变卦呢？寻思，是月氏人故意激化矛盾？或者大匈奴……不，以太子做人质，足见大单于的诚意，至少是当前的诚意。不论怎么说，大匈奴此时绝不会轻易对月氏言战，除非月氏首先背信弃义。对了，月氏获取人质的目的就在于要挟大匈奴，他们明白，即使人质贵为太子，双方都绝不可能放弃敌对。作为宿敌，双方之间终究是不相信任的，你打我或我打你，那是迟早的事。所以，月氏王就……想得很乱，没个章法，也没个根据，想啥也白搭。他嘱咐自己：“务必多留个心眼，早晚方才应付得起！”

总是拉下脸来的天色更加晦暗，不时弥漫起黑云，给月氏草原反复涂抹沉闷和阴森的气息，而西边的天空却流动着一抹胭红。

有“咩咩”的羊群从不远的地点经过，又传来了委婉动听的歌声，其情态依然让人难以理会：“山前山前日炎炎，山头山头雪绵绵。浅草不问秋消息，明夜后夜风雨寒……”还是那般“哟嗬咿呀”。

饶直那踅出毡房瞭望，向前几步从树干上解下自己坐骑的缰绳。正待上马，立刻有侍者过来劝阻。争执起来，便有身着轻甲的军官骑马从树林那边过来。反正一切都只是奉命保证匈奴太子的安全，别无多余的话。

饶直那干看着羊群远去，又不便动武。其实更重要的是打斗也没用，说不定果真发生大变动，提早划破脸皮，反遭其害。自己倒不打紧，太子却丝毫闪失不得！

"那牧羊歌里像是在唠叨……"他敏感地寻思。接着又自嘲："一个放羊的女人罢了，值啥疑惑！"

回到毡房里，总不见冒顿说话，饶直那只能在心里与太子打哑谜。须臾，冒顿挪一挪身体，贴近毡壁倾听，饶直那也集中起精神。的确有"轰轰"的马蹄声反复传来，直觉告诉他们，正是那已经熟悉了的马群。

冒顿起身出到毡房外，看到马群又一次远去，心中失落莫名。

浓重的乌云在空中翻滚着，向头顶压来，瞬间遮黑了大半个草原。起风了，风拍打着毡墙，发出"啪啪嘭嘭"的声响，林木也"哗哗"地作出拼命抵御的摆动姿态。草浪层层起伏，山野从胸腹中发出喧嚣。

看不见马群了，但冒顿知道马群中有一匹带鞍的白色骏马和一匹尚未驯熟的枣红色儿马。有一个在脑海中挥之不去的白皮肤女子，就骑在那匹白马上，任性地戏耍，毫不掩饰地唱那些有口无心的情歌。

果然又听到了若断还续的歌声："阿妹阿妹恋北山，阿哥阿哥去天边，山高水远草尽头，牵着马儿回头看。天上云里电闪闪，山头树梢雷连连，马儿羊儿寻不见，却在阿哥毡房边……"

歌声在万籁喧腾的缝隙中缥缈。

近晚时分，残余的红云彻底消失了。风变得阴凉，已经嗅到了暴雨的气息。

饶直那去把两匹马牵到毡房里，他好像有点预感，便在无意中把能吃能喝的全都拴牢在自己的马鞍上，然后双手捧住马的下颌端详。他看到这伙伴的眼神似乎想诉说什么，就用腮帮子在战马的鼻梁上紧紧贴了贴，再拿手在它的脑门上摩弄了几下。心里感到有点踏实了，便照旧去门旁躺下。这时，难得地听到太子在外面隔着毡帘开口了。

"听见唱歌了吗？"那是在吼着问，要冲开风的阻截。

"听见了。"饶直那也大声回答。

"都听见什么啦？"脑袋探进来，身子还在外面，被风挤住了。

"阿哥阿妹回头看，调情呗，瞎逗呗！"

“是吗？”头缩回去了。

“是吗”又是什么？知道冒顿在琢磨。过了一会儿，他回到毡房里，也来躺下。

夜幕提早降临，草原上间或有闪电掠过。冒顿又起身，到毡房外面看。光闪过后，停留在视网膜上的山影在沉闷的雷声翻滚中恍若梦境，悠远若隔世。透过间歇的小雨，似乎还能听到如丝如缕的歌声。真奇怪，冒顿自从听到那歌，歌就不停地在耳边唱，就是想别的什么事，歌声也自萦绕不绝。只觉得歌有点动情了，嗓音更加动听。

暗影中，侥直那看着冒顿的坐骑，听着战马沉闷的喘息声，叹了口气。那马不知道中了什么邪，萎靡不振，力道一天不如一天，都快要走不动路了。必然是月氏人搞了名堂，但自己的马为什么刚健如常，不见丝毫损伤呢？尽管如此，其中也还是有道理可以琢磨。正想着呢，冒顿又进来，又躺下身，问：“夜里雨会特大吧？”

“看样子会！”

“会有山洪吗？”

“很可能！”

“很可能啥呀？”

“发洪水呀！”

“会冲到这里来吗？”

“这里是在哪里？”天晓得……

毡房里突然警觉起来。那倒不是因为洪水会来，而是想到了“天上电闪闪，树梢雷连连，马儿……寻不见，却在毡房边”。冒顿随即起身，从毡房的缝隙里朝外瞥。恰巧一道闪电划过，树林附近的草地上果然游弋着一匹熟悉的马的轮廓。侥直那也凑在一起看。

“看到啥啦？”

“真的有一匹马。”

“啥马？”砸地一个霹雳，炸得舌头扭了个结。

“好像是那匹儿马！”雷“轰隆隆”坠落到草原，向四面八方滚动它的轰响。

“在哪儿骑过的？”

“在差点没掉下来的地方骑过的！”

接连不断的雷声从闪电刺亮的裂隙中崩溃而出，远远近近地炸响。巨大的轰鸣裹挟着树的草的和万物的剧烈颤抖，排山倒海般向西北山口的方向一路盖过去。他们听见了咆哮、凄号、哀鸣、呜咽、呻吟，山原在震撼、荡涤、锤击、撕扯中飘摇欲坠。

“还会掉下来吗？”

“嘿嘿——”

两人在透进的闪光中相视冷笑。冒顿从侥直那的鞘里拔出刀来，走到自己的黑马前，却犹豫了，到底没有下手。这可是一匹牧场上数得着的良马！冒顿抚摩着马前额上犹如眼睛般的一块白斑，看到马的眼里似乎闪着泪光，心彻底软下来。他把刀还给了侥直那。

第十回

雨瀑夜原质子九死　血战峡口山洪逞威

风狂号漫扯着，就要把毡房掀翻。一个霹雷向毡房顶上落下，几乎穿透人的躯体。有沉重的雨点击打到毡墙上。侥直那上了马，冒顿也上了侥直那的马，骑在后面。侥直那借着风的鼓动暗暗用刀挑开毡帘，忽见一个黑影闪过，便顺势一刀跟去，觉得倒下一副躯体。

坐骑纵身出门，箭一般冲向前去，后面立刻就有了追赶的动静。草地上果然奔跑着一匹离群的儿马，冒顿一跃，落定在那匹枣红马滑溜溜带雨的光背上，两腿夹住，伏下身贴紧，就如生根了一般。侥直那的战马在减去一半的重负后，突然提速。

一声呼哨，近处的树后，草地上，不远处的毡房里，到处都亮起了火把，层层叠叠，喊声伴着雷声响得惊天动地。冒顿猛省，事情已经比猜想的严重得多，的确是“云里电闪闪，树头雷连连”。他庆幸今晚的冒失，但愿天不灭冒顿。已经没有耽搁的余地，现在需要的是争分夺秒脱离险境。

侥直那当先挥刀冲开层层阻截，血光在开始密集的雨点中飞溅。冒顿夺得一把弯刀在手，赶上前与侥直那互相掩护，坐下马却是奇快奇烈，不消片刻两人就冲出了包围。

草原之广大方便夺路而逃，枣红马是南山草原上长大的马，是唱歌的牧女一手调教的野性尚存的马。一切都是为冒顿准备的，包括恶劣的天气。

月氏骑兵此刻才算真正醒悟过来，但已经晚了一步。又一阵狂风横扫，闪电像数柄贯空的利剑接连刺向旷野，万钧雷霆从空中坠落，大雨倾盆而下，火把纷纷熄灭。

有枣红马开道，风雨就转化成了逃遁的掩护，但月氏兵却还是紧追不舍。正这时，一道闪电落地，小树林忽然燃起大火。林中的营地和为人质搭建的毡房，包括留守者，瞬间被大火吞没。雷火似乎代表了上天的旨意，月氏人被震慑了，追击暂时停止。

狂风暴雨时急时缓，冒顿和侥直那脱离了追击，回望雷火已经熄灭，心中惊惶不已。冒顿下马跪倒在雨水横流的草地上，仰面迷望上苍表示无限感激，然后连连叩首。及到起身，心中依然在祈祷。

侥直那提醒：“太子，我们得快些赶到北山口，越是耽搁，就越是危险！”冒顿恍然，立刻上马，两匹马一前一后如顺流的扁舟，飞速驰向半荒漠中，闪电把远去的影像接连叠印在暴风雨之夜。

风雨中的夜行终究十分艰难。晴日里干涸的荒野早已水流纵横。有溪的地段水漫成河，有草的洼地聚水成沼，有沼的湿地水涨成湖。不只是冒顿和侥直那为生存而在这茫茫泽国中求渡逃生，来不及躲避的、失群的、羸弱的豺狐兔鼠，全都在雷电的惊吓和风雨的裹挟下坠落命运的峡谷随水湍流。大自然的变脸术其实远远超出人类与兽类发动的恶争酷战，无辜置乞求与顽抗的灵魂于九死一生，使疆场上刀戟箭矢的搏杀、殿堂和毡庭中阴险狡诈的权谋尽皆黯然失色。

太子和侥直那都是草原上的精灵，枣红马更是月氏草原上的精灵。频繁的闪电、交汇的声响、经验和留心者，都是生死逃亡中的航标。而极端恶劣的天气，早已使那些尚可借一片毡毯挡风遮雨的追击者和潜在的阻击者，产生了浓重的畏难与避祸心理。本来，战争的信息已经使沿途的警戒加强了十倍，而此时此刻，营房之外却全线陷落于战事的真空。追击者自慰地说：让暴雨和洪水去吞没猎物吧，尽管他是鹰，是狼，但他已经陷入上天布下的天罗地网，无路可逃；而沿途的警戒者，尚且不知道在暴风雨掩护下的逃亡事件。

冒顿和侥直那体无完肤，侥直那的骏马尽管强壮超群，但风雨中漫长而艰难的奔波终于使它筋疲力尽，遍体鳞伤。它滞留在水漫的草滩上，不再能向前一步，訇然倒在了风歇雨止的凌晨。

侥直那双膝跪在战马的头边，倾听着枯萎了的呼吸，感同身受，让勇士的泪越过略高的颧骨流到口边，滴落到战友失去了神采的眼里。

他帮助曾是形影不离的伙伴合上双眼，手捧雨水洗净它脸上凝结的血痕和泥斑，用宝刀在地面挑一些带泥的草茎撒在它的躯体上。他把眼泪从嗓眼里憋回去，任它在心房汩汩流淌，汇入奔涌的血液中，冲决周身一道道哽咽的阻滞，疯狂地倾泻。

冒顿与枣红马肃立一旁，尽管危险伴随身边，他还是选择了耐心等待，同样一副草原上的侠骨柔肠。

枣红马在太阳升起的早晨恢复了精神，而山间湿漉漉的草地更加鲜亮。它们无视渐流渐逝的残溪、折断的孤树和抛落的动物尸体，仿佛一切都没有发生过。

月氏的队伍过来了，这是战时扩大了范围的例行巡逻，他们完全不知道附近潜藏着天子的猎物。一夜狂风暴雨阻断了信息传递，把月氏的一线战斗部队屏蔽在王庭的情报之外，使他们对人质逃亡事件一无所知。

虽然两人只剩一匹马，但在王命接力的断裂带上，冒顿和侥直那有幸躲过了多次的危险遭遇，以比夜间快得多的速度兼程，向南山口潜近。

枣红马真是一匹了不起的马，它借助暴风雨，以优势的速度和强大的体力，把消息、防范和预见都甩在了身后。它还是一匹没有完全驯熟的马，因而也还没有闻名于月氏草原，它的无名与它的逃脱，包括有马无鞍都构成了冒顿的幸运。

已经进入月氏合黎山口驻军的防地，战时巡逻越来越密集和频繁。远处出现了固定岗哨，凡可以利用的山头上，都有瞭望的影子。

冒顿和侥直那更加小心，选择有掩蔽物的地方和瞭望的盲区，谨慎地探索前行。如果军队把这里当作战场，那些掩蔽物的后面说不定就隐藏着哨骑，令他们自投罗网。但目前匈奴右屠耆王还在居延半荒漠里犹豫徘徊，战与不战尚未明朗；即便开战，这里也只是北山口的后防阵地，属于月氏士兵背面的方向。

必须放慢速度，降低高度，两人便下马步行，也可节省马力。此时的冒顿判断出，他的危机与开战有关，因为在来月氏的路上，这一带几乎没有军事戒备。不明白的地方是，战端到底由谁挑起，当然，他认为月氏的可能性更大些！

夕阳西下的时刻，他们走到了有杂树的地方，脚下能辨出一点点路的痕迹，侥直那让太子上马歇歇脚。

走未多远，突然草地上掀起一条绊马索。徒步行走的侥直那踅过树后，闪电般挥刀，砍飞了一只牵动绊马索的手臂。

被绊了一下的枣红马前腿稍一打磕儿，随即乘绊马索瞬间的松弛一跃腾起。就在这时，树间合起一道骑队的壁垒。冒顿心中吃惊，一伸手，侥直那借劲飞身上马，枣红马凌空向骑队踏去。

就在蹄与肉、刀与刃碰撞的瞬间，一阵飞蝗般的箭雨覆盖了骑队。待到枣红马站稳，看时，前面又出现了一排月氏的巡逻队。冒顿心中一沉，像这样被层层阻截，他俩铁定是无法闯过北山峡谷了。他急速地思忖对策，甚至来不及判断眼前发生的奇怪现象。侥直那已经跳下马背，他现在最需要的是抢得一匹坐骑。

就在这当口，对面驰近一员小将。他瞥一眼被射倒的人马，却在马上行礼道："太子受惊了，末将等来迟，罪该万死！"冒顿定睛看时，却是右屠耆王的卫队长曳当，心中惊讶异常，也不由得大感振奋。

原来曳当受且蛩派遣，带领小队潜入月氏北山中侦察。他们换上月氏军的装束，在暴风雨之夜混过山口，煞有介事地"巡逻"到这里，鬼使神差地援救了冒顿。曳当并没有想到太子会出现在这个地方，倒是月氏巡逻队诡秘的潜伏，吸引了他的注意力。

现在，他们需要如法炮制，以便在来日太阳升起以前潜回山那边。被歼灭的月氏巡逻队暴尸灌木丛，月氏追寻的士兵很快就会到达这里，人质逃遁的信息不久也将传达到前线的将领。只要有命令封闭山中的唯一通道，他们将插翅难逃。

由特定使命造就的特定性格将在这关键时刻发挥作用。卫队中都是一以当十又十分机灵的勇士，他们像熟悉自己一样熟悉敌人的心理和行为特征，恰恰一路来时又在头脑中记录了山谷中布防的情况。

曳当从尸体上找到了巡逻队的路牌，拿来预备着。侥直那也重新获得了战马。冒顿为枣红马挑选了一副鞍具，又换了一把快刀带在身边，两人都佩带了弓箭。

沿着弱水，他们点亮火把顺大路张扬地飞驰，尽管大战即将来临，这种发生在阵地后方的习以为常的举动，并没有引起任何警觉。越是接近山口，速度就越是要放慢些，态度就越是要从容。

已经后半夜了，一骑马擎着火把从后面赶过来，那速度还真是飞快，不一时已经与小队接近了。

情况骤然紧急起来，曳当道声："请太子带卫队走前面，待小将在这里稍等片刻！"随即驻马观看，还摇晃着鞭子主动打招呼。来人性急，不等到达面前，便大声呼喊："天子传谕——速报大将知道——"不容再出第二声，弓弦响处，曳当的箭已经迎面射到，那传令的人翻身栽落马下，马便围着主人打起转来。

冒顿与侥直那一齐回马，随曳当来看。就着火把，是一个青年，呀——两个人一齐愣住了。冒顿连忙下马，把那人抱到怀里，眼看着就没了气息。原来，这传达王命的战士，正是那天获得赛马第一名的骑手，他还系着冒顿亲手奖励给他的腰带呢，而那双明亮的眼睛已经紧紧闭上了。冒顿眼前浮现出端着木盘的姑娘，她含情脉脉，目不转睛地盯着小伙子……他的心感觉到隐隐的刺痛，抬起头来，长长叹了一口气。

曳当去小伙子身上寻找传令的信物，一无所获。他明白了，由于绝对的信任，那张脸就是最可靠的凭证。于是，命令手下把尸体挪进树间的草丛中。侥直那知道小伙子的马快，此时马好很是关键，便顾不得许多了，换来骑上。

不一时，小队进到了山里弯弯曲曲的道路上。两山隐约夹着一水，火把光下湍急的水流略见浑浊。水边是时宽时窄的道路，路面坎坷泥泞，不时遇到塌陷的地方。山坡崖壁上坠落到路面的石块不少，塌陷严重的道路已开始抢修，施工的士兵对来往的火把视若不见。

不断遇到哨卡，还有巡逻队。但是，曳当的巡逻队刚刚从山南返回，他晃晃军牌，大家各自举着火把擦肩而过。巡逻的任务，眼下只需要用马蹄丈量过应该丈量到的里程，这就是尽到职责。

曳当和他的手下月氏话都说得很地道，又有纷乱明灭的火把、山弯崖影、脚下的烂糟和后半夜的困顿，加上无所用心的警惕，无不掩盖着彼此间的面生。困乏中的哨卡总是在马马虎虎的对答中糊弄自己，他们根本没想到要阻挡这些煞有介事的“自己人”，况且他们是从安全的方向巡哨过来的。

在接二连三的放行中，传达第二道军令的飞骑已经从王庭赶到了南边的山口。负责山口第一个哨位的月氏将领好不容易弄清了可能存在的问题，突然意识到了事件的严重性。于是，吹响紧急的号角，山头上放出了火光。火光就是命令，前后阵地全线立即进入非常警戒状态。

大将枯末折得到这比马蹄快得多的警报，并不等待具体的原因，立即赶往山口布防，现在，谁也别想从这里轻松出入了。

冒顿和卫队已经通过了山谷深处最险峻狭窄的地段，但仍然成为了掉进陷阱里的群狼，因为越是接近前沿，戒备就越是森严，军力就越是充分，而主将枯末折自己就守候在前面山口的第一道防线上。

但是，狼会在陷阱里搭起“狼梯”实施自救，它们会袭击猎人，把布置陷阱的人咬死。卫队里有人高呼：“匈奴的探子跑啦，天子传谕，加强盘查，切勿漏脱！”曳当一马当先，他手里高擎着一个让人看不清的物什，闪闪忽忽，大声喝骂，偶尔还停下来询问，咒骂那些愚蠢的该死的士兵们。他边飞奔着，还训斥那些“没长眼睛的酒囊肉袋”，指责他们放跑了匈奴探子，要把他们军法从事。

晕头转向的月氏士兵被搅得糊涂透顶了。有许多熟脸跟随在后面盲目奔跑，和生脸逐渐混杂在一起，冲开了一道道哨卡，完全不知道哪是哪，就一味无目标地狂追。

据守在最前沿的月氏大当户鹩轺终于挡住了疯狂骑队的去路，这里根本没有任何人越过关口，还追什么追！枯末折立马隘口，监视着眼帘里的动静。对冒顿等来说，幸运的是，这隘口尚未建成关城。他们看到月氏士兵们正紧赶着在路口放置障碍物。

天色逐渐放亮，冒顿和曳当的小队完全暴露在月氏军队面前，残酷的混战开始了。

跑，依然是不变的策略。冒顿一马当先，侥直那紧随左右，勇猛无人可当。但人多势众的月氏军队很快就把匈奴小队截为几段，分别包围起来。

移动的战阵像泥石流一般翻滚着倾泻到谷口开阔的坡地上，又继续向深阔的干河床那边延伸。这一段距离不算很远，冒顿的马又快又凶悍，加上卫士们死命保护，终于率先到达了河床边。回头看时，不见了侥直那，又见战阵变成一团一团的，显然小队已经人自为战，几乎再也无法逃脱。

他拨转马头，看到曳当马到，只招呼一声，不由曳当阻止，立即旋风般卷入紧追而来的鹣轺骑队。曳当紧随左冲右突，侥直那赶来接住，三人重新把小队聚合在一起，紧凑了队形继续边厮杀边奔逃。

枯末折终于得到了确切消息，已经逃过关口的正是匈奴人质冒顿，事体突然重大起来，他不得不亲自出山口追赶。从战阵的变化中，枯末折发现了核心，盯死了冒顿。还需不需要顾忌后果呢？谕旨中没有说明，这很棘手。眼看匈奴人的战斗力强悍，人人毫不畏死，似这样下去，真的放跑了人质该怎么办呢？那可是匈奴的太子，对双方的价值都难以估量。他居高临下观察良久，反复寻思，终于搭上箭，拉开了雕弓。弦声响处，羽箭飞出，直刺冒顿后心。千钧一发之际，正在为冒顿阻挡追兵的侥直那斜里奔出，挥刀拨落箭杆。就在这空当里，鹣轺一刀砍到，同时有两把弯刀跟进。侥直那急忙躲闪，腿上腰上已被划开。他大吼一声，宝刀横里抹去，另一只手上匕首直刺，两人毙命。与此同时，侥直那后背又中了鹣轺一刀，鲜血喷涌，一头栽下马去。

靠了侥直那拖住鹣轺，打头冲出重围的冒顿已经驰入河床，混战的匈奴卫队和月氏将士也流水般涌下，又在宽阔而浅水漫流的河谷中展开了激战。

闯入河床的人马越来越多了。枯末折立马崖边，直觉得自己的士兵就像五个指头抓跳蚤，不时被反咬一口。忽然，他警觉起来，从混杂血腥的水气中嗅到了巨大的动静。举目对岸，果然远处出现了庞大的匈奴马队。尽管得到匈奴右部有入侵迹象的情报已十多天了，但直观敌阵临近时，他依然心中吃惊。枯末折紧急传令收兵，自己率先打马回奔。对他来说，守住山口才是绝对责任。

河床中，曳当也感觉到了对面来的马蹄声和呐喊声，心想是自家的人马到了，便大喊："弟兄们，我右屠耆王大军到啦，杀呀！"待到再厮杀时，月氏人马已经开始后撤。

两边的战骑在河床中分开，冒顿看一眼，小队所剩无几，他这才发现不见了侥直那，不由得内心一紧。

曳当已经飞马向河岸上奔去，忽然他在坡道上勒住马侧耳倾听，随即大喊一声："不好了，太子快逃！"冒顿正不顾一切地要去找侥直那呢，忽然感觉到了河床在震颤，耳畔喧嚣声近，他下意识两腿猛地一夹，枣红马翻开四蹄向岸边狂奔。离崖壁尚有两三丈远，那马突然凌空跃起，插翅般飞上崖顶。

立时背后轰鸣如雷。冒顿就马上回头看时，河床中已是浊流滔滔。曳当立马岸边，目睹着在鏖战中仅存的几名卫队弟兄和那边没来得及撤出河床的月氏军队，全数被突然袭来的洪水卷去，人和马在波涛中翻滚几下，转眼都不见了踪影。

深山峡谷里汇流的雨水被山石、枯枝、泥沙和各种堆积物节节阻滞，蓄积成势，憋足了劲头居高临下迸发出来，如猛兽般咆哮，充塞平日干涸的河床，把所能触及的大小物体，无论整棵的大树，还是巨大的石块，全都卷入激流中。河岸不断塌陷，人和马的血肉之躯，被奔涌倾泻势不可挡的旋流冲击、碰撞、撕裂，活生生演绎了另一种惊心动魄的天葬。

对面月氏的军队被惊呆了，立在岸边久久没有离去。冒顿翻身下马，丢了刀，双膝跪地，身体直立着，他大睁着的眼里充满了惊恐与痛苦。

背后，右屠耆王的军队一字儿排开，形成了漫长的阵线，全体下马，默默伫立。草原屏住了呼吸，没有一丝儿风，只有洪水倾泻的声音震耳欲聋，连刚刚升起的太阳也黯然失色了。

月氏士兵背着抬着死伤的伙伴撤回了营地，把匈奴士兵的尸体丢弃在方才的战场上。已经有一群秃鹫在上空盘旋，俯冲下来又掠起，在耐心等待食腐的时机。

疲劳不堪的冒顿执意要且蛰带领人马退后扎营，辛苦行军赶来的庞大军队，需要尽快休息，做好防御和进攻的准备并等待下一步的行动命令。

切近地看着冒顿太子，且蛰的脑子里莫名其妙地闪出一个疑问：大军到底是做啥来啦？还需要匆匆不顾一切地攻打北山吗？他的确要先去安顿好队伍，于是，就留了一队侍卫陪着太子。还不放心，又把已经浑身是血非常疲劳的曳当留下来。

冒顿徘徊着，焦灼地向洪道那边眺望，曳当多次劝他下马歇息，但得不到回应。但后来真还听话了，下了马，就地躺下来，歇人歇马是必要的，冒顿更需要让曳当安心一些，也让这位小将得到片刻休息。他闭上了眼，不知是睡了，还是在想心事。

第十一回

劫波有渡左王受命　计定沛县布衣执鞭

日影偏西，洪水大体退去，肆虐的面孔已经隐去。山地的洪流就是这样，突然发力，来势汹汹却也去时匆匆。

体力有所恢复的冒顿，上马重新下到河床。他蹚着湿透的泥沙，绕过积水和各种堆积物，涉过洪水的残流，攀上对岸。曳当既阻止不了，只好带着生力的侍卫们尾随过来。冒顿看到了一匹马，正立在河岸附近，见有人来了，便返身走去。正是那匹快马！

冒顿赶忙跟过去，果然找到了侥直那。他仰面躺在潮湿的凝结着血浆的砾石地上，遍体鳞伤，双眼紧闭，无声无息，仍然一手持刀，一手攥着匕首。冒顿下马，不许别人插手，硬是把侥直那托起来，举到了马背上。曳当还是帮了一把，然后与侍卫一起找到同伴的遗体，驮在马上带回对岸。

且蛰来了。他命士兵拿一片绳网，兜住侥直那，由六名骑手用力拽住边角，不使蹭着地面，护送返回营地。冒顿双手略略支撑着，几乎伏在枣红马的背上，任那马随着骑队移动。

且蛰立马岸边良久，食指背附在下颏边摩挲，心思沉重。他从卫队里派出的干练人马几乎全体牺牲在对面的山谷、草滩和突降的洪水中，只有曳当一人侥幸逃过了这一劫。值得欣慰的是，卫队的勇士们意外地救回了冒顿太子，但等到了头曼单于那里，他不知这到底是祸是福。事情还不止如此，他已经蓄意拖延了进攻月氏的时间。也许太子幸免于大难，正是这个拖延的结果。

两边的军队都停止了行动，只固守相望，好像已经失去了开战的理由。也许是突然暴发了洪水的缘故吧！总之，上天在暗示着什么。那年代，没有人不信天命。

头曼因为迟迟得不到右屠耆王向月氏开战的消息而感到恼怒。他已多次拒绝了且蛰来王庭进见的请求，并派人连连敦促。他是想尽快实施这个一箭双雕的计划，免得夜长梦多，也免得且蛰、勒俟祜等人反复动摇自己的决心。他心里明白，刚刚把太子送到月氏去当人质，立即就出兵攻打月氏，无论有多少借口，也都是令人怀疑和难以服众的。但愿这事早点了结，哪怕师出无功，草草收场，造成了某种既定事实，也就算达到目的了。

好不容易才得到报告："右屠耆王亲自率领五万精骑即将抵达月氏北山。"头曼稍稍舒了一口气，刚想去夷莪帐中放松放松，随即又得到密报："大军刚刚到达，月氏北山口先自激战起来。"头曼想："且蛰这小子到底在玩啥花样呢？"方才这么想，又有报告："右屠耆王已全军后退扎营。"头曼这回是彻底被搅糊涂了。但是，既然已经打了一仗，事态就必然要有所发展……发展，发展，心烦意乱，不胜其烦，烦躁透顶，由它去吧！

头曼走出大帐，骑上雾里佳人，还是到夷莪那里去。他只要是高兴或者烦闷，就到夷莪那里去，形成了一种精神依赖。

"臣妾给大王请安了！"怪怪的腔调是从鹩哥口里发出的，头曼无奈地绷出一笑，见夷莪迎出帐来，心头的郁闷立刻烟消云散，换了一种轻松愉悦的情绪。

夷莪风驰电掣地扑入头曼怀中。"我们的儿子呢？在哪儿？"头曼没有看到小王子，便问。

"芷劬随侍卫打猎去了，是我让他去的。我怕大单于担心，所以没有禀告。"夷莪的声音像山花蜜一样渗进头曼的心田。头曼搂着她进到毡房，说："有啥可担心的，这样才是我头曼的儿子！"他盘腿坐下，夷莪偎依身旁，回答："我就是要儿子跟他父单于一个样嘛！"声音在末了拐了个弯，温柔得让头曼心头发颤，浑身的血液立刻沸腾起来……

正在这时，有侍从在门外扬声报告："右屠耆王使者有紧急军情禀报！"头曼不耐烦地吩咐："叫他在外面等着，不招呼不许进来！"夷莪问："可是打起来了？"头曼回答："想是打起来了，打起来就好，还禀报什么！"

稍顷，侍从又在门旁报道："禀告大单于，太子左屠耆王回来啦，正在金帐等候！"尚未反应过来，立刻有怪怪的腔调重复："太子左屠耆王回来啦……"头曼一惊，推开小阏氏站起来，系了腰带急忙想出帐，停住了，向门外吼一声："谁回来啦？！"

怪怪的腔调抢着回答："太子左屠耆王回来啦……"

夷莪坐起身，眼里不自禁流出泪来。

冒顿眼帘低垂，挺直地站立在单于穹庐前的草地上。头曼跳下马背，丢开缰绳，径直进大帐去。俄而转身，大声呼道："我儿快进帐来！"

看到冒顿进来，他抢前几步，一把搂住，许久许久不曾放开。

冒顿安然回返使头曼感到十分惊异，他一颗父亲的心脏强烈地跳动起来，潜在的担忧瞬间化作了多年没有表达过的热情，那激动，好像看到死去的儿子又复活了。

揣摩心理底线，头曼的期望值充其量只浮动在希望其死与盼望其生之间。冒顿的生死变数委实是头曼掷出的矛盾之子，假定生死由命。作为父亲，头曼的心里未尝不尖锐地自相斗争，此刻看到儿子仿佛从地缝里钻出来，出乎意料而真真切切地重现眼前，他意识到，这也许就是自己更加期待的结果。父亲毕竟是父亲，头曼反倒为冒顿感到骄傲，老子英雄儿好汉嘛！

“坐下来说，坐下来说！”头曼那个激动，几乎让冒顿也止不住激动。坐下后，为父亲的开始询问这一段的经历，不断地感叹，也不得已借题发挥，解释自己出兵月氏的初衷，自圆其说，并有意地把责任推卸到且蛰身上。

“都是这小子急利争功，你看他当初就暗地里使劲，使那劲，啊！”边埋怨边说，“我早就看出那月氏王不是什么好鸟，一旦得到了人质，就……”话止住了，看看一言不发的冒顿，眼眉低垂精神委顿，内心又不禁一动。却是另一种思维：“这小子闯过刀山箭丛却毫发无损，大难不死莫非天意，天意切不可违，切不可违！”还有啥可说呢，于是当机立断：“左部的事务继续委托给左谷蠡王，从现在起，我从且蛰那里调给你一万轻骑，要最精锐的，你可以去逐个挑选。你可以按照自己的想法，向山南探询，率左部伺机占领阴山、北假那边……还有，然后再进取河南地！”又嘱咐：“平日里没事，你尽可去训练勇士，为实现大匈奴的梦想培养能征善战的中坚力量！”

头曼振振有词且语重心长，话语里果真寄托着无限期待，似乎把有过的卑下想法甚至已经发动过的阴谋，都彻底忘记了。他此刻的做法虽有即时功利的一面，算是急智，但也不无道理。长期以来，匈奴等游牧部落的全骑兵单骑作战能力，确实大大优于中原曾作为骨干的战车和至今仍占据军队主体的步兵，但是，就整体的训练素质和大战经验来看，那又与蒙恬的秦军相差甚远。

再上溯，仅仅是作为中原军事力量一小部分的燕国和赵国，一旦拥有秦开、李牧，学了点“胡服骑射”，就能强大得令包括匈奴在内的所有游牧部族不敢望其项背，何况那时燕、赵两国的背后，还顶着更大的军事压力。这样看来，如果匈奴不练出点硬功夫，先不说东胡、月氏等有啥野心，只要中原盗贼平定，缓过手来，匈奴恐怕又要知难而退，只能长期蛰居漠北遥窥阴山徒唤奈何了！

头曼确实觉得匈奴需要建立一支常规的训练有素的标杆部队，再累加骑战和全民皆兵的优势，如此才能够实现称雄北方、掌控河西、俯视中原的梦想。而这训练的任务，目下非左、右屠耆王莫属，但且蛰那边既已向月氏发难，即使不攻却也不得不加强戒备了。

对于父亲的决定，冒顿感到十分意外，心中更多的是狐疑。当下他在头曼的鼓励下半作犹豫地接受了委派，接着试探性地提出要求："当前时机还不成熟，望父单于暂且取消对月氏的进攻！"

头曼早就这样想了，冒顿已经回来了，还进什么攻！但得有个台阶让自己下才行，太子这个建议提得正是时候。于是，他顺水推舟，爽快地答应了。这样，既避免了无把握的战争，又送给太子一个前所未有的人情。已经十分被动了，头曼也是为了证实自己的良苦用心，以弥合父子间、君臣间的裂隙，也好向贵人会议有所交代。这已经算不得刻意的狡诈。

"咋办呢？我们的芷劬咋办？"夷莪哀哀地问，几近绝望。忌惮愈深而欲望愈切的小阏氏必须重新得到承诺。头曼想了想，安慰说："我给太子一万马兵，是要派他去征战秦朝、东胡的，那可不是闹着玩的，险着呢！如果打胜了，我就把新占领的牧场封给他，把他打发得远远的；如果败了，如果还不死，至少可以有理由废除太子。"夷莪点点头，向头曼怀里偎紧了，心里将信将疑。

尽管有搪塞的意味，但事实上头曼又一次小看了自己的大儿子，而这次是致命的。

陈胜起义后的第三个月，秦二世元年九月，也就是周章撤到曹阳的这个月，又一拨叱咤风云的人物在中原的历史舞台上亮相了。真所谓"老鼠拉木锨——大头在后面"，其后历史上多次大规模造反的事件，都重复上演着这种后浪推前浪的故事，似乎其中有规律可循。

与主力的遭遇不同，起义军各路偏师进展照样迅速，人数持续呈现几何级数膨胀，声威日盛一日。而蕲县正北地处泗水郡北端的沛县，眼看着天下风起云涌，秦朝大厦将倾，也是到了该做抉择的时候了。

连日来，县令袁应听到远近郡县动荡的消息，直感到县衙仿佛一条在风浪中颠簸的危船。经过艰难的深思熟虑后，他找萧何、曹参到后堂议事。主吏萧何，善交而能事，学养亦深，不要说沛县，就是在泗水郡那边也说得上话的；更兼黑白两道，当街站立一呼百应，故而县令袁应也不能不敬他几分。狱掾曹参，字敬伯，处事亦算得持重沉稳，与萧何颇多默契。

袁应却先投石问路："看天下这么大的动静，刘季那点事委实算不得啥！再说，当初也是本县派他差事的……"不说了，却看两人。曹参有些惊讶，心想，大人为何凭空这么说话呢？却听萧何问："沛公想是要赦免了刘季？"袁应赶忙说："这也不全由本县说了算。不过，吕雉那婆娘倒是可以放她回家去！"曹参问："就为了这点事？有大人做主，那就放人！”袁应却问萧何：“你看呢，妥还是不妥？”萧何笑了，说：“有啥妥与不妥的！”曹参于是告退，袁应却说，你安排个人，让他办了就是，我这里还有话说。于是曹参出来到公事房，见狱吏任敖在那里守候，就传达了袁应的指示，要他速速去办。任敖去了。

回到后堂，却听袁应对萧何说：“其实，我是知道你与敬伯诸人向来与刘季多有往来，凡事偏袒，就今日恐怕也未曾断了瓜葛。”萧何道：“倘若县衙上下未予刘季方便，谅他也混不到今日……相公有事就直说了吧，用不着再拐弯抹角啦！”

当下袁应说：“既如此，本县就不绕弯子了。今二世昏庸，赵高专权，天下如陈郡者已众，沛县若不能因势而动，则无异坐以待毙！”萧何问：“相公却待如何？”袁应转看一眼曹参，说：“我意率全城响应陈王，二位意下如何？”萧何转一个弯说：“只不知敬伯有意否？”曹参道：“你两个总归是想好了的，却还问我做甚！”袁应“呵呵”一笑，说：“你两个总对本县坦率些才好！”曹参拱手说：“那是。只不过大人为秦廷官员，我等亦为大人办差，若要响应陈王，沛县子弟未必信得过。这后果可是要仔细想过的！”

袁应愣住了！却待另作打算，可说出去的话泼出去的水，如何收得回来。再者，沛县子弟也早已不安生，这退堂鼓是万万打不得的。沉思良久，问：“有甚办法，你两人不必吞吞吐吐，就直说了吧！”

萧何说：“不敢，那样把大人放到啥地位啦！”袁应道：“现今不也是病急乱投医，不妨事！”他当然猜透了那话中的意思，但要听个明白。

萧、曹二人都没再应承。渐渐地看袁应低了头发愁，这才偷偷交换个眼色。于是萧何说：“那我就冒昧提个建议，只求相公不要怪罪！”

袁应显得有点不耐烦：“你说就是了，都在一条船上了，有啥怪罪不怪罪的！”

萧何定一定神：“假如您能一气儿召集起几百人，便可做个根本。有了这底气，还怕哪个不听招呼！”

袁应假意问：“这几百人却在哪里呢？”

萧何却说：“还得靠沛公一呼百应，我等自然会在一旁帮衬着！”

袁应冷笑：“想二位是在为难本县了！”

局面一时间僵住了。好一阵子，曹参忽然击掌说：“有了！”袁应冲口道：“有屁……”收住了口，语气放平和了：“敬伯就快点说吧！”

曹参“呵呵”一笑，道：“为今之计，大人只要肯赦免了芒砀山的那伙亡命之徒，他们必然感恩戴德、唯命是从。”

袁应平日里很器重面前这二人，甚至帮他们纵容了刘季。但到了关键时刻，他算是看透了。尽管心底疑窦丛生，但面上还是要耐住，便顺着道儿应承：“我也是这个意思，可还得有个合适的人去请他们……”他有点走神。

萧何赶忙应道：“我看那个杀狗的樊哙就行。他与刘季是连襟，话说得拢，也信得过！”

事不宜迟，于是差人唤来樊哙，打发出城去了。天色已不早，袁应对萧、曹再三叮咛，切莫走漏了风声。

向晚，袁应早早在榻上卧了，六神不安。寻思良久，起身紧急召县尉、县丞来县衙议事。不多会儿都到了，不约而同地问：“大人何事如此紧要，却搅了我俩的夜饭！”袁应无多话，只道：“闻报芒砀山那伙贼人要来劫城，萧何、曹参为他们做内应！”

县尉、县丞大惊，说：“有此等事……请大人吩咐！”

于是袁应下令提早关闭城门，安排兵丁防守。然后命县尉、县丞分头去捉拿萧何、曹参。他吩咐：“若出意外，便不要活口，把首级割来验看就行！”

谁料这县尉、县丞与萧何、曹参也是有交情的。世道如此，他们也还得为自己留条后路。于是先通了消息，然后才去缉捕。萧、曹二人未敢分开，只在一处等候消息。忽得报祸事将近，便背了预先准备好的绳索，直奔城头，去僻静处坠下，飞奔逃去。好在自秦统一以来，沛县就不设防，兵丁稀少，城墙低矮而未加整治。士兵也是懈怠惯了，除了城上例行站岗、报更的外，要召集人员防守也难。这一点，萧何、曹参心中有数。

这两日刘季眼皮跳个不停，不是左眼就是右眼，正不知是何种兆头。日头高起，他正与奚涓、薛欧、王吸等在山坡上一面喝酒一面胡乱猜测，却看到沛县方向飞速驶来一辆马车，知是夏侯婴。这夏侯婴是刘季的铁哥们，本在县衙赶车迎来送往，却曾因刘季打死人而顶替坐牢。

待到面前，看时，车上却载着樊哙。这厮平日要屠狗卖肉，并不常来。果然下得车来，也来不及喝碗酒，便风风火火告知县令袁应正谋划起事响应张楚。刘季听罢大喜，心想出头的日子终于到了。

次日，刘季上了夏侯婴的车，大伙儿出发，索性一把火烧了山寨。第三日接近正午，离城尚有五十里，路边上却闪出萧何、曹参来。刘季心知有变，赶忙向两人询问缘由。反正开弓没有回头箭，他只一心要乘机拿下县城。

赶到城外，正是傍晚时分。天气晴朗，天边飞起了一抹红云，红云下边透出明亮的光线。趁着亮光朝城上打量，刘季产生了一个想法。

当即由萧何执笔，在绢帛上草就了一份《告沛县父老子弟书》。樊哙悄悄绕城察看，见到有几个士兵在城头望风，都是熟人，便朝上面拱手打个招呼，寻块石头把帛书裹在上面，奋力一抛，便落在城上。

帛书很快被一名叫周勃的吹鼓手看到了。事体本无甚相干，周勃也只随便看看。却见写道："沛县的父老乡亲们，众位都知道，天下已被秦坑害了很久。现在，子弟们虽然可以替县令守城，但诸侯竞相起事，不久就会攻下沛县，屠杀全城百姓。如果大伙儿齐心协力里应外合杀掉县令，拥立足以担事的人来应对诸侯，那么，各家老老少少便能安然无恙。不如此，各家的父子都会死于非命，可到那时，谁都将无能为力。"

周勃动了心思，便邀哥们儿孙赤等来帮衬。待商量出个眉目，分头去联络城内长辈、豪杰及刘季老丈人的两个儿子吕泽、吕释之，预备连夜起事。那吕公本因躲避仇人投奔沛县，颇得袁应关照。但此刻深知大势，便只装聋作哑。孙赤率后生们冲进衙门，袁应立时醒悟，悔之莫及，当下束手就戮。县尉、县丞早知不妙，此时已遁匿去了。

刘季入城，直奔县衙。随即请来父老豪杰们，请长者上坐，县衙里里外外挤满了百姓。首要的是公推一人接替县令，以便稳定局面。刘季抢先道："就这郡县上下吏民人等，谁不知有萧何、曹参。此次诛杀袁应夺取县城，首推二人之力。本人建议，就在萧、曹中选一位掌握大局，一人辅之，我与芒砀山归来的弟兄与合城父老子弟相约，全力响应。大伙儿看如何？"堂上堂下如炸了锅一般，各说各是。刘季催促道："事体紧迫，容不得拖延！"只听有人高声说："依我与芒砀山弟兄们看，就刘季大哥了，还议个啥！"说话的是奚涓，周勃立即应和："我看也是。再婆婆妈妈的，岂不误了大事！"

萧何开口了："感谢父老豪杰和芒砀山弟兄们看得起萧某。但我与敬伯本为县中旧吏，不足以号召。造反举义事关乎县百姓生死，还要牵连九族，我俩也实在担当不起！"曹参表示："我同意奚涓、周勃兄弟的提议，也只请刘季领头才好！"于是，大堂上下一迭声请刘季上坐，主持议事。

刘季起身，先一个环揖，却口中推辞说："天下正是纷纷扰扰，诸侯竞相崛起，沛县如果治理不当，必然会遭受攻击一败涂地。我担心能力不足，没法保全父兄子弟，还是希望大家重新考虑！"

这当口，樊哙出头了。他口中大呼："我姐夫他是个了不起的人物。就论这遣散民夫的担当，哪个及得他仗义？再说在芒砀山过那朝不保夕的日子，换个人试试，有谁担待得起？！"经这一呼，父老豪杰便众口一词说："据平生所见所闻，刘公最为传奇灵验，日后必定会发达起来！"于是当场命人算了一卦，得了个上上签，利涉大川，暗中有神明相助，虽重重险阻，但终究大功可成。沛县远近本就有许多关于刘季的神秘传闻，此刻一股脑儿发生了效应，也就有水到渠成的意思了。

第十二回

鸿翅纷举遗族不让 羽飞鹰落鸣镝偶成

且不说刘季反复推让，这挑头的事委实没别人敢于挺身而出。待百姓渐次散去，衙中彻夜磋商，最终还是推举刘季担任县令。既然众望所归，刘季便不再推辞。稍事筹措，刘季便带领萧何、曹参、奚涓、周勃、夏侯婴、樊哙、吕泽、吕释之、孙赤、薛欧、王吸等一干豪杰，借县衙大堂祭祠黄帝、蚩尤。樊哙当场宰杀猪、牛、羊三牲，把头首供在堂前；又把血涂在鼓面上作为神器，沟通人神。树立的旗帜都是土红色的，因为人人都知道“斩蛇”的传说。

众英雄歃血为盟，从此跟定“赤帝之子”，有福同享，有难同当，生死与共，永不反悔。

天下大乱、群雄并起的年代，被大潮激荡着的各郡县，发生的情节大同小异。但在具区泽即太湖东岸发生的事件，却不似那草莽英雄、亡命之徒的作为，方方面面都要高出层次来，声势规模也要大得多。

会稽郡代理郡守殷通也寻思发兵响应陈胜了。关键时刻，需要有能力的人替他谋事，不用多想，也只有那个项梁合适。

项梁是泗水郡下相县人，下相故址在今江苏宿迁西南。此人并非出身一般人家，他实是楚国名将项燕的次子。项燕则在始皇二十四年被秦国名将王翦、蒙武战败，退困于蕲，自杀殉主。

作为六国遗族，项梁犯了事儿，被移送栎阳囚禁。项家拜托本郡蕲县的狱掾曹咎修书一封，请栎阳的同行司马欣千方百计圆了官场，终得以开脱。项梁骨子里强悍，回到老家，打定主意报复杀人。这回他有备而为之，完事后带着七弟项缠、侄子项籍、项庄兄弟等逾淮渡江隐居吴中韬光养晦。

项梁熟读孙吴，于无形中借助兵法原理来训练宾客和子侄辈。项氏叔侄行走衙内坊间，明里暗里上下结交，只几年的光景便势压一方，力能号召乡里。

项籍字羽，项燕长子项荣的儿子。项梁把少年项籍视为己出，十分疼爱，悉心指导他读书，然而不成；指导他学剑，然而又不专心，心头很是郁闷，难免隔三岔五地责怪几句。项籍却总回答：“写几个字，能记记姓名就足够啦；练习剑术，也就能抵挡一个人，值啥呢。要学嘛，就学那‘万人敌’！”

项梁内心惊喜，于是倾心教授他兵法。起初项籍也是喜好，学起来恰如狼吞虎咽。不料方学得个大致，便不再肯钻研，日久只当个消遣罢了。项梁还真拿他没治，便因势利导去发掘他的特质，从不肯放弃信心。

眼见项籍长大成人了。他身长八尺有余，心气日盛，在使性争勇中武艺精进，才能和胆识都大大超出常人。可谓将门虎子，天生的！

项梁奉请来到衙门，被引到后堂，看时，在座的还有吴县县令郑昌。殷通开门见山地说："天下大乱，江西也已经造反了，这都是上天要灭亡秦朝的征兆。先生难道没听说过，先发者制人，后发者必为人所制！"

殷通所说的"江西"，泛指长江中下游以北淮水流域的广大地区。那时候，就像黄河叫"河水"一样，长江被称为"江水"。黄河略像一只隆背仰首的动物恐龙，而长江的姿态则完全是一条飞舞的传说龙。江水高高扬起头颈，把九江郡、衡山郡放置在脑袋的后面，这就是所谓的"江西"，江对面的彰郡、会稽郡则相对称"江东"。

殷通道："本郡也打算发兵了，希望先生和桓楚两位能协助我指挥军队。"项梁回答说："桓楚正逃亡在山泽，没人晓得他具体在什么地方，只有我的侄子项籍清楚！我这就叫他来听命。"

无多时，项梁返回，对殷通说："我那侄子正在庭院里等候！"殷通高兴地说："请贤侄！"

项籍进来行过礼，看到季父拿眼暗示，口里说："是时候啦！"殷通正不知所云，项籍的宝剑已经到了，血光一闪，人头落地。

一边座上的郑昌吓得魂不附体，连忙俯伏地上。项籍正要杀他，却被项梁挡住了，说："郑大人平日与我交情不错，不要伤害他，让他去吧！"

郑昌见能活命，赶忙请求："谢项公不杀之恩，下官无处可去，宁愿侍奉左右！"

项梁听了，心想还算识得时务，便欠身扶起郑昌，口里说："大人说哪里去了，项梁还要依仗您的扶持呢！"郑昌战战兢兢起身，连说："不敢，不敢，下官情愿效犬马之劳！"

项梁从案上拿过郡守的印绶佩挂在腰间，拎着殷通的首级出到堂前。郡衙内早已炸了窝，殷通的亲信护卫们手执兵器围拢过来。项籍力能扛鼎，身上正有使不完的力气。他手握宝剑轮转劈刺，只用得七八个招数，立即有十几人丧命，余皆俯首。

项梁与郑昌一起，召集平素交往已久的豪杰义士和官府人员，宣告响应陈王。

接下来招兵买马扩充实力。与别人不同的是，项梁叔侄尤其重视兵员素质。项籍从各县投军的青少年中选拔到精兵八千，亲自指挥，号称"江东八千子弟兵"。

项梁正式接替了会稽郡守的位置，任项籍为裨将，曹咎为大司马，郑昌留任吴县。秦朝又失去了整整一个郡的控制权。这时候的项籍刚刚二十四岁，恰巧比沛县刘季年少一半。

楚将周市在接管了故魏地盘后，率兵出东郡，顺济水过济北郡，到达临淄郡西境的狄县，恰巧田儋刚刚夺取了狄县。狄县故址在今山东高青东南小清河北高城。

田儋是狄县当地人，与战国齐国国王同族；他的同祖弟弟田荣、田横都是豪强人物，在齐地颇具人气。田儋说："诸侯都已经反秦自立，而齐国自古就受封而建立了，哪能由别人来指手画脚？"他自立为齐王，成为反秦以来不屑依附张楚的第一人。

周市领兵到了狄县，他看到了不同的情形。城门紧闭，城上矗立着似曾相识的齐国旗号，剑拔弩张。周市还在纳闷呢，城门大开，突出一彪人马。城上擂鼓，齐军发起了攻击。周市明白过来，那人马不是来迎接他的，可他还没有做好打仗的准备呢。于是，虚虚地抵挡了一阵，便主动撤退了。

田儋压根没把楚军当回事。他随即带领军队向东攻打，迅速收取故齐的土地，范围相当于秦朝的济北、临淄、胶东等三个郡，地域在泰山以北黄河以东至胶东半岛。

赵王武臣派去攻掠故燕土地的韩广，本来就是上谷郡带兵的官员。燕地的旧贵族乘机求见韩广，说："楚国立了王，赵国也立了王。相比之下燕国虽然弱小了点，但也是万乘之国。我们大家商量了，情愿共同推举您为燕王！"韩广也便顺水推舟，坐上燕王宝座。

武臣先是显示宽容大度，把韩广的母亲和家眷送到了燕国。然而韩广不为所动，武臣心里感到憋屈，便统兵掠取燕的地盘。这时却发生了一件从头至尾十分滑稽搞笑的事情。

武臣得空偷偷溜出去闲逛，凑巧被巡逻的燕军撞见，俘虏了去！张耳、陈余派人磋商，但人家不买账，对派去谈判的使者来一个杀一个。

正犯难呢，一名为武臣做饭的伙夫却说："别慌张，还有救，请二位大人派小人去劝说燕国吧……得给我一辆车子，好把大王一块儿接回来！"张耳、陈余很是诧异，但无奈之下病急乱投医，就让他去试试，反正多死一个也无所谓。

伙夫来到燕军营中，朝韩军主将李扶问了一句莫名其妙的话："将军您知道那张耳、陈余属于哪一类人吗？"他拐弯抹角说了半天，才神秘道："这俩人只挥挥马鞭，就轻易地拿下了赵地的几十座城池。有这么大的能耐，难道只满足做个将军、相国？”

李扶不屑地说：“那他们还等啥呢？”

伙夫说：“他两人当然不等了。他们表面上要救赵王，实际上……”

李扶以拳击掌，抢着说：“他们是指望借本将的手杀了赵王！”

伙夫笑而不答。

李扶冷笑说：“那样，赵国就有两个赵王啦！”

伙夫不理会，只竖起两个指头：“这是张耳，这是陈余，两个人就像左、右两臂一样。他们先都耐着性子，就这样相互配合……”说着又摆动起两手：“他们先来讨伐杀死赵王的罪臣，灭掉燕国不算啥难事！”

李扶沉默了，他懂得那言下之意。过了许久，终于做出决定：“那就放了赵王吧！”本来，赵王在他手里，就是一只烫手山芋。

立了大功的伙夫得到了丰厚的赏赐。但再聪明的伙夫毕竟还是伙夫，史书没能给他留个姓名。

这时，收编齐地未能得手的周市已灰溜溜从狄县退军。前有辙后有路，他也打算立故魏国公子宁陵君魏咎为王。不巧魏咎正在陈县陈胜那里。于是，周市的部下纷纷要求立周市为魏王。齐、赵两方面也来凑热闹了，各自支援五十辆战车，表示祝贺，果然同声相应。

周市显然比武臣、韩广高尚，他说：“乱世出忠臣。如今天下共同反抗秦朝，根据‘忠臣’的道德标准和行为准则，必须扶立故魏国君的后裔才行。”

大伙儿还是坚持要立他，周市就是坚持不接受，他确实不是一个假惺惺的人。结果，往返五次派人到陈县去迎魏咎，大势之下，陈胜想通了，与其让周市去学武臣、韩广、田儋，还不如送他个人情，也就主动立魏咎为魏王。顺理成章，由周市出任魏相国，掌握着实权。

且蛰率大军撤回了涿邪山，自己来单于庭述职。

对于头曼单于的两个决定，且蛰都没有表示疑义。他敞开营门，欢迎冒顿随时来挑选人马。而冒顿就是不来，只随便给他调拨一些人马就行了。结果，还是且蛰自行挑选并大张旗鼓地送上门来了。冒顿看时，果然个个剽悍，人人精神，弓马自不待说。当下询问侥直那的情况，竟然捡回了一条性命，正在康复之中呢。冒顿一时振奋，便要设宴留且蛰共饮。且蛰却借口军中还有许多未了事务，不可耽搁，即刻返回大帐去了。

冒顿并不急于做什么，有空就去看那一万骑士进行日常训练。一个一个地看，最后水到渠成地选出了五百人，宣布成立一支太子卫队。没有队长，那就暂由自己直接统领。

除了训练和远程执行骚扰任务外，这五百骑大多数时间轮流跟随冒顿进入深山打猎。就在这地形复杂、人员集中或分散的狩猎当中，冒顿苦思着一种能在瞬间集中全部力量置目标于死地的方法。

让身体尽量恢复了一阵子，也是在等侥直那呢。这一天他忽然想到了只有一夜之情的荟扶，便独自骑马来到小溪旁，寻找那座熟悉的毡房。小溪尚自蜿蜒流淌，但寻不见毡房的踪影了，这使他感到失望。好几天，每天都去，每天都增加着失望的分量，冒顿有些魂不守舍了。

夷莪对有关情欲的事情存在天赋的灵敏，她及时嗅到了太子身上勃发的雄性气息。但是，身属单于幼子膝绕的她，即使存在非分之想，机会也许只在将来。当务之急，她更需要以最大的努力和勇气，通过更合理和更自然的方式，填平与太子之间无形的沟壑。

真是苍天不负有心人，夷莪到底在自己的远缘血亲当中找到了一位容貌倾国的聪明伶俐女子。“绝不能让大单于事先知道！”她在心底斟酌，暗中派人到冒顿的小溪旁，再朝上游些，连夜搭起一座外表华丽的小毡房，以便守株待兔。早晨天气晴好，她便缠着头曼来到毡房前。

天是那样地湛蓝，蓝得深不可测。大朵大朵的浓浓的白云随着轻风不断地从头顶飘向山岭，飘也飘不尽。不久前刚刚沐浴过雨露的草地，在初秋久违的凉爽中精气勃发。牧群时时地从近处远处经过，与流水的动静呼应，搏动万物依然旺盛的生命力。

思念再次牵引着枣红马的缰绳来到溪畔，冒顿坐于马背四顾茫然，远远看见了那座毡房。被期盼或说幻觉所吸引，他急切地来到那座毡房前。这时，他发现毡房侧面溪边的浅坡边，父亲和小阏氏正在休憩游玩。

夷莪已经看到他了，热情地招呼。冒顿不能在父单于面前失礼，只好下马，举步投向那张预先布置好的情网。他看到了父亲多须的脸上流露着尽可能和善的笑容，而更具吸附力的，是夷莪确实美丽可人的容貌和灵动的会说话的眉眼。他竭力躲开那热情奔放的眼神，只向远处看，却看到一骑马从白云边飘飘地降落。

“阿姐——”亮着嗓子喊。

极快地近来，看到头曼了，便隔着溪水俏皮地在马上欠身行礼：“问姐夫大单于安好！”那嗓音清脆如水流石上，鸟啭山涧，动听到了销魂的地步。

小阏氏嗔道："真没规矩，见到大单于……还有太子，也不懂得下马请安！"那飘落的女子照旧不下马，又掠过姐夫姐姐的头顶向远些的冒顿行礼，口中念念有词："问太子早安！"

已经不早了，还"早安"呢！冒顿不由得"扑哧"一笑，连忙拉下了脸。这当儿，头曼却顾不得问这个"妹妹"的来由，早就目不转睛了。夷莪看这光景，便去掣他的衣袖，没感觉到，又用力扯。"哦……哦哦，啥……啥……"眼神陷进去拔不出来。

夷莪笑嘻嘻拿两只纤手轻轻捂住了头曼的眼睛，终止了迷人的开场喜剧。她张口叫道："来，过来！"

马涉浅溪，却绕到了冒顿身边。已经能感觉到那分外诱人的气息了，冒顿浑身有一股热力在往上冲，竟然烧到了脸上。

夷莪盯住太子的脸看了半晌，又看看单于痴迷了的表情，才开口介绍："这孩子名叫妁莪，是刚刚从亲戚家寻来的妹妹。"头曼接口："妹妹好，妹妹好，好，好……"又去看。不想那妁莪从马上下来，竟躲到冒顿背后去了。

夷莪看出几分门道来了，便说："我是想，太子也该有个家了，这事我已苦心张罗了许久，人是相了一个又一个，生怕太子不中意，驳了我的面子是小事，驳了大单于的面子可了不得！"看着头曼笑一笑，问："大单于您说是吧？"头曼连连点头："是，是！"不自觉侧了身子撇过脑袋看，巴不得眼神能绕过那个障碍物，想是根本没听见小阏氏在问什么。

夷莪接着说："我这妹妹也出在贵族人家，人才是不能挑剔的，今天便变出个花样来做媒，不知道太子可能将就得，莫要让大单于和我的脸上难看哪！"

就这当儿，妁莪用力扯着冒顿，踮起脚，从肩上看过来，还朝着姐夫姐姐调皮呢。那直接嘘在腮边的阴柔气息，迫使冒顿的心脏疯狂跳动起来，脸色早已通红，不由自主地点了点头。

夷莪不失时机，双手拍打着头曼，兴奋地大叫："成啦，成啦，我总算是帮太子做了件好事，也是为大匈奴做了件大好事，真好，真好，我都要快活死啦！"她鼓起掌来，竟止不住眼里流出泪水。

头曼的心思本不在这一出上，只管被牵着鼻子走。等到木已成舟，他的脑袋不由得往下一沉，没想到便实现了一个首肯的动作。一时醒悟过来，说什么都已经来不及了。

早期的草原部落没有严格的婚俗约束，即使举行仪式，也不会成为事实婚姻的先决。妁我高兴，便先随冒顿去了。

太阳升起得高了，它使头曼感到浑身燥热。

妁我和冒顿立即成了夫妻，灵活而顺从的妁我颇具乃“姊”之风，口中也是十分利落和甜蜜。他伏在冒顿胸前甜腻腻地问：“将来你会成为单于吗？”

“不知道。”

“我会成为你的阏氏吗？”

“可能会吧。”

“为啥是可能？”

“看各人的命吧！”

妁我的乖觉果然不在父亲的小阏氏之下，冒顿有点爱上了她，如胶似漆，在肉体的交汇中填补灵魂的空虚。

且蛰又来到单于庭，顺便先来看冒顿，告诉他最近月氏正在进一步加强北山口的防御。“还有，”他说，“乌孙贵族步厩请求得到进一步的庇护，愿意以年幼的王子为人质。”且蛰想派人去乌孙部落核实情报，判断动静，他认为帮乌孙复仇，这与匈奴的切身利益是完全一致的，只是需要等待机会而已。

冒顿不久前还曾与乌孙王子大将同为月氏的座上宾，他岂不领会步厩和且蛰各自的良苦用心？便催促且蛰赶紧去父亲那里报告。头曼听了很高兴，就顺理成章地责成右屠耆王全权协调办理此事。

冒顿为且蛰的远见之举所激励，加之新婚的妻子善解人意，从生理上和心理上源源给他注入动力，便越发地振作起来。

“你送给我一件礼物嘛！”像羊羔皮一样柔软却有些太黏身的妁我，想寻求更具情节性的亲近。

“你想要啥呢？”不由得冒顿不兴致高涨。

“天上飘荡的，地上流淌的，但随夫君便，反正你想给的我都喜欢！”

的确，内心的期盼需要借助更加积极而超脱的载体。冒顿低头去看溪水，忽然觉得心里有些散乱，赶忙打住。举目张望，恰巧白云中钻出一只兀鹰，向草地俯冲下来。说时迟，那时快，冒顿张弓搭箭，弓弦响处，箭飞如电，兀鹰翻翅下坠。冒顿驱马飞驰，从空中接住落鹰，随即猛地勒定缰绳。枣红马后腿直立，就地转身，展开四蹄飞奔回来。这一气呵成的特技表演，直乐得妁我猛烈拍掌，放声叫好，脸上兴奋的表情犹如鲜花在朝阳下带露绽放。

射鹰对于冒顿来说，只如游戏一般，也是顺手满足了妻子一个缠绵的请求，过后脑子里也就没这细节了。一天午后，他狩猎回来，听到毡帐里传出委婉的哨声，颇有些动听，好奇之下便急忙进去。哨声停了，妁莪起身迎上来。他看到妻子手里拿着什么，便抢过来看，原来是一枚鹰的头骨。

“那东西能吹响！”冒顿回忆起童年玩耍的经历。他便也把鹰骨放到口边吹，的确是记忆中那种尖厉的呼啸声，不似妁莪吹得那样柔美动听。妁莪赶忙一只手捂住自己的耳朵，却伸出另一只手来捂冒顿的耳朵，笑他：“吹得这么难听，把性情都吓跑了！”

冒顿抄手抱起妻子，狂吻着问：“吓跑了吗？你说吓跑了吗？”妁莪只“咯咯”地喘息着笑，半晌回道：“你是大男人，是草原上的大英雄，哪能轻易给吓跑呢！”又笑。

冒顿突然间生出一种灵感，一夜便只盼天明了。第二天清晨，他急切地走出毡帐，向着寂静的草原拉满雕弓射出一支箭去。那支箭挟带着尖厉的呼啸飞向空中，箭身已坠落林边，啸声却依然向远处传播，经久不息。这妙手偶得的发明使冒顿大喜过望。他跃身上马，大喊：“出发！”喊声落定，人已单腿挂在疾驰的马侧，伸手捞起那支响箭。骑队紧随，狂飙般扫过草原，向山里去了。

第十三回

积草藏略牧群转场　援玉撷史胡帐夜谈

一头野猪已经陷入包围之中。冒顿射出了响箭，卫队所有的箭都一齐射向野猪。这时，山坡上惊起一对野兔，冒顿立即向跑在前面的那只射出响箭，立刻，箭雨猋向那只被响箭射中的野兔，跑得慢的那只一头撞在了杂树丛里。

侍卫把两只兔子拿来查看，一只身体被射碎，已经攒不住箭镞了；而另一只皮毛无损，是被吓破了胆。

“查点一下！”冒顿低声喝令。这时，有两名士兵滚鞍下马俯伏在地。冒顿并不理会，只等待着结论。果然，攒在一起的那些箭中，找不到那两名士兵的专用标记。他们因为关注野猪而没有及时去射野兔，箭只留在弦上。事实确凿，冒顿立即命令把他们放置在山坡半腰，每人两侧都由同伴虚架着。响箭发出，一名士兵在倒下的瞬间，又被架他的同伴伸手扎进两支箭，这是补足了数量。然而，却有一支箭射在另一名士兵胸前。

冒顿两眼向骑队里搜索，眼光落到射错箭的士兵身上。那名士兵方才醒悟过来，连忙翻身下马跪倒在地。冒顿一言不发，松开缰绳让马一步一步地走开，骑队也跟着他一步一步地离开。那名士兵始而惶惑不解，即刻便明白是咋回事，起身向山上逃跑。响箭立时射到，眨眼间，他身上被射得像刺猬一般。

冒顿把自己刻意发明的武器命名为“鸣镝”，严令：只要鸣镝发出，所有的箭都必须紧随发出；鸣镝射向哪里，所有的箭都必须射向这个目标；违令者，不管身居何种地位，格杀勿论！去一人，便即补充一人。在冒顿的卫队中，这种响箭被称为“太子鸣镝”，每次的鸣镝训练都在深山中进行，外界一无所知。

侥直那回来了。他留在右屠耆王帐中养好了伤，重新回到了头曼单于身边。就像原始传说中的九头鸟，他有九条命，他已经死了，但又活了过来。只要生命还存在，他就依然活得健壮。

冒顿听到消息，立刻来到父亲的大帐，请求把卫队长留在自己身边。头曼虽然有些难舍，但觉得把他放在太子身边，不管从什么角度考虑，都有一定道理，也就忍痛割爱，同意了。

对于侥直那死战保卫太子，头曼的心理也是十分复杂的，他恨不得用一只手去拧下那颗过于呆板的脑袋，而另一只手却想满怀感激地去拥抱那忠诚而勇敢的躯体。“为什么要派他随太子去呢？”头曼在问自己，他重新审视着这个当初似乎经过仔细斟酌的决定。

转眼秋深，牧场上草长马肥，已经到了开始积草藏酪的时节。生产力的低下和物质的匮乏，不能不让游牧部落尽早为转眼就要降临的严酷冬季未雪绸缪。

秋季雪赶羊。已经有零星的牧群逐步向低海拔浅山的草地上转移。牧民用骆驼驮载了拆散了零部件的毡房和所有的家当，拿树棍在驼峰两侧夹稳了，从而能避免在崎岖道路的颠簸中散落或丢失。半大的孩子也被放到了满载的驼峰之间，怕他们掉下来，便采取了适当的固定措施。

妇女怀里抱着哺乳中的幼儿，穿戴臃肿地坐在马背上，缓慢地颠簸在前头。拉开十数丈的或更远的行列里携带有若干母牛和羊只，用来沿途提供新鲜乳浆和肉品。男性的老人则随后，帮助照应半大的孩子和随行的牲畜。草原崇尚强壮，关爱幼小，但随时可能放弃羸弱和老病。就连平时的饮食，强壮者会吃掉所有的肥美，老弱的只能以残滓剩汤苟延生命。强者生存弱者淘汰的规律，以十分无情的方式世代强健着部落的体魄和生产力、战斗力。这在内部也适用，无时无处不加以体现。

随后不很远，青壮年男人们骑在马上颠前跑后地驱赶成群的牛羊和马匹，用更多的时间在水草地上悠闲地逛荡，以便让牲畜尽量扫荡不久便会枯黄并被大雪覆盖的夏牧场。就这样不即不离、走走停停，平衡与妇孺老弱之间的速度差，也显示作为原始物质生产主力的重荷与散漫。

头曼必须兑现他对小阏氏的承诺，便乘眼下有些空闲，陪着夷莪，带着芷劬，由比前次多一些的人马护卫着，重又沿着余吾水漫游，帮助小阏氏去圆龙城之梦，顺便也让小儿子长点见识。这位憋足了劲头的大单于，似乎还想通过气派的出行预示自己将要胜利重返北假的骄傲，就像始皇帝一统之后巡幸天下那样。当然，百闻不如一见，他实在是完全不清楚秦始皇出巡出于何种目的，又有何等的气派与景象。但，那是一种憧憬。

同一部落的人群以及不同部落之间为水草而争斗的事件，逐渐进入高发期。尽管有长城护着，但在秦朝漫长边界上那些农牧兼业的村镇里，季节性的扰略仍不免日益频繁。打猎和抢掠在匈奴等游牧部族的意识和语汇里，是同一的概念和同义词，这是在囤积越冬或青黄不接时对畜牧业的必要补充，是生活物资的重要补给来源。冒顿的人马也应时透过山中通常只有牧人和猎手活动的峡谷，试探性地去赚取生计和军事的双重收益。

并非所有的需求都能靠抢掠得到满足，以物易物的交换贸易也活跃起来。牧场上缺乏粟菽、丝帛麻布、优质食盐、称手的用具、针头线脑、精细时尚的佩饰和各种吸引孩子的灵巧玩意儿，于是，匈奴和东胡的牧人带着大小牲畜、猎获物、皮张、奶制品等等，来到沿边自发的市集上，内地躲避战乱的小买卖人和精明的商人正等候在这里。习惯于结伙抢劫的骑手们此时却乐于落单，流露出正在萌芽中的市场品性，以便在神秘兮兮的讨价还价中获得更多的优惠。秦朝在云中郡以东的边境防守早已松弛，不同形态的物质理念和民俗民风乘隙在这里获得了相对平和的交流，摩擦出微弱的温度。

冒顿也起了兴头，便扮作普通匈奴贵族的模样，由侥直那随侍远行，潜来雁门一带的集市。集市上熙熙攘攘，夸张的叫卖声散播出比物质本身更强的诱惑力。

转过一圈来，冒顿兴意盎然，他四下里关注商贩们灵活的买卖方式，然后停留在冷落的书摊边，看过了竹简看帛书，仔细欣赏那些自己不认识的笔画，直想从中间抠出藏匿的意义来。当然，他也十分留意秦朝边关的戍守状况。

匈奴的部落里，也由头尾衔接的一列列驼队运来了大批急需的越冬物资。为首的中年商人体态微胖，面皮白皙，颌下留一绺胡须，具有半文半野的气质，能说流利的匈奴话和东胡话。当然，匈奴语与东胡语具有较好的互通性。商人来自位于雁门郡南部的马邑，名叫聂行。马邑即今山西朔州。

早在匈奴退居漠北之前，当时还年轻的聂行就与中、左各帐和大小部落混得熟识了。匈奴完全离不开这些商人，加之他们原始的血性中潜伏着丰富的情感因子，一旦被调动而活跃起来，便能待相识如族亲，达到深信不疑的程度。当然，如果发现被戏弄和欺骗，他们又会施以十倍残酷的报复。

聂行细节性熟悉匈奴的礼仪习俗性格情操，来往之间粗细有度信行礼至，绝不会有分毫差池，这恰恰是游牧部落对外族客人最苛刻的要求，内部反倒不尽然。出于心理深层说不明道不白的原因，他们在交往中不自觉地希望得到充分尊重。

聂行驼队携带的物资，相当一部分是提供给单于和各帐首领的。交易极其慷慨，甚至附带大量的馈赠，这使头曼及部下都感到愉快。

露天的民间交易也在同步进行。聂行为熟人们带来了许多新鲜而实用的礼物，这些不论大小轻重，都能给美丽而单调的草原增加异样的点缀，使沉闷已久的主人们高度兴奋起来。那些不甚熟悉的人也趋之若鹜，希冀在下一轮的交易中同样获得朋友般的待遇。

匈奴的贵族和官员们争相邀请聂行到毡帐做客，直弄得应接不暇。侥直那来到聂行临时搭起的毡房。这毡房外表与匈奴人家没有多少差别，室内却布置了榻席几案，细软精致，陈设规整讲究。

行过礼，侥直那传达了太子左屠耆王冒顿的邀请之意。聂行请卫队长同座，问讯之间，顺手从几上拿起一把带鞘的匕首相赠，嘴上说“实在不成敬意。初次见面，没啥准备，就算交个朋友！”侥直那本是实在人，睹物便觉心爱，见聂先生这么诚心，便谢过了，欣然收下。由于以肉食为主，匈奴人喜好随身携带锋利小刀，但大多数牧民条件有限，便以战刀代劳，但那毕竟不合贵族、骑士的风范。中原匕首煅淬精良，形制丰富，嵌饰各异，当然有别于匈奴中只为实用的小刀，牧场上也是物以稀为贵的。

这里私人有迎来送往之事，不一定都要提前约定。聂行不愿怠慢，便即做了些准备，又捧出一个挺大的描金漆匣子拴在马背上，随侥直那来到冒顿的毡帐。这样一请就到，虽说本是意料中的事，但还是让冒顿感到了更多的亲近。

太子帐中设置的是家宴，美貌伶俐的夫人妁莪不甘寂寞，也乘冒顿高兴凑来作陪。客人首先敬赠一条缀着玉带扣的金腰带，特别那对玉带扣是中原皇族、士大夫和品行高尚的君子才配使用的，冒顿多少明白这尊重与贵重的双重意思。接着，又捧出一对做工精致的金簪送给太子夫人，其线条点缀集中原与匈奴特色于一体。妁莪当即试了，那份子人美自美，意蕊横飞之色无须掩饰。

早期的差异性人群，可能因为利益之争而敌对，因为习性的文明程度不同而歧视，彼此间频繁挑起残酷的喋血事件，但心理却没有被偏执和人为营造的块垒所禁锢。他们没有产生整体情绪的异化，即使存在恶意的图谋，也还没有开凿永久性的意识形态鸿沟，因而总是在人类历史的自然轨道上正常行驶。他们的大局没有被极端的思想观念和宗教化的神秘力量所干预，共性心理没有遭到阴谋戕害、没有被外力所扭曲，因而普遍的个体之间也不存在那么多不可调和的芥蒂。他们不画地为牢，本就是分合变幻的融合体当然不拒绝新的自然融合，匈奴人就是这样。天生一种淳朴的好客情结，当客观条件允许时，他们不会刻意拒绝与任何族群交往，也不计名分地接受各种可能的馈赠。这虽然会显露出某种程度的贪婪，但从不虚套，因为拒绝善意不合人之常情，拒绝利益更不合生存原理。

主人和客人随意喝着酒和马奶，吃着手抓肉，交谈得很融洽。冒顿把金腰带放回包装的锦囊，两眼还不离那玉带扣。他感到纳闷，因而也好奇，中原人为啥稀罕这种看上去很漂亮的石头呢？聂行感觉到了他的心理，于是给他讲了一个后来在现代中国已经被中学课文普及了的精彩故事：

中原的东周时期，赵惠文王设法弄到了楚国的一块宝玉，宝玉称作“和氏璧”。秦昭王也很想得到和氏璧，便派使者与赵国交涉，提出用十五座城池来交换。

冒顿大吃一惊：“啥样的玉，再漂亮的石头还是石头，咋能顶得上十五座城池呢！”城池，他又想，要城池做啥呢！

聂行诡秘地一笑，说：“您先听着……尽管这代价叫人难以想象，赵王还舍不得交换呢！可是心里又害怕实力强大的秦国。倘若不得已拿出和氏璧呢，又怕被秦王欺骗，换不来那十五座城，真是又心疼，又为难。”

“交换个啥，值当嘛！”冒顿有自己的潜台词，但表面兴致勃勃。

赵王想不出对付的办法，他就找来宦者令缪贤商量……

“宦者令是个啥？”妁莪提出疑问。

“就是管理宦官的头目！”聂行礼貌地回答。

“宦官又是啥？”妁莪追问。

“宦官就是皇上宫里服侍皇上和他夫人的男人！”

“男人……服侍女人？”妁莪感到不解。聂行继续讲来：缪贤乘机向赵王推荐了自己家中的一个舍人，名字叫蔺相如。

“舍人……”妁莪才发出声，被冒顿瞪了一眼，把疑问咽回去了。她的确太能搅和了。

蔺相如对赵王说：“秦国是完全不可信的，但大王如果不答应他们的要求，我们多少会显得理亏……”

“还理亏呀……”妁莪忍不住又插话，但立刻又被冒顿摆手堵了回去。聂行继续讲：“如果我们给他宝玉，他不兑现承诺，这就是秦国不讲道理了。反复掂量，我看必须设法揭露秦王的骗局，那时就是他对不住我赵国了！”

这可是一个难题。赵王问：“咋样才能揭露呢？”蔺相如没有直接回答，而是说：“我请求得到大王的差遣，保护和氏璧到秦国去。假如秦王不拿出城来交换，我就保证把和氏璧丝毫无损地带回赵国！”赵王将信将疑，但实在想不出更好的办法，就勉强派蔺相如出使秦国。

蔺相如带着和氏璧来到秦国，把它献给了秦王。秦王十分高兴，拿在手里反复欣赏，赞不绝口，还让大臣们一同观看，大臣们也纷纷表示祝贺。蔺相如察言观色，果然秦王没有诚意，只是想把和氏璧骗到手罢了。于是，他自言自语：“这和氏璧好是好，可还不免有那么一点瑕疵，难以察觉而已，难以察觉而已！”

“也就是有毛病！”聂行略加解释，接着讲：这话被秦王左右听见了，暗中传递给秦王。于是，秦王又反复观看，却找不出瑕疵在哪里。他叫过蔺相如，质问："这和氏璧的瑕疵在哪儿呢？难道你敢拿假的来欺骗寡人不成？！"要知道，玉这种宝贝，即使在贵族上层，鉴赏普及率也极低，没有多少人能看得懂。

蔺相如乘机凑近了，顺手接过和氏璧，脸色突然大变。他快步靠近一根柱子，举起璧来，说："赵王诚心诚意地派我送来和氏璧，我看大王却分明是蓄意欺骗赵国。没想到吧，现在和氏璧又回到我手里了。大王可以命令手下来抢夺，但我也可以随时让自己这颗头颅和宝玉一起撞碎在柱子上！"

秦王大惊，赶忙赔礼道歉，说："寡人只是看到和氏璧太漂亮了，兴奋得忘乎所以，一时怠慢了先生，还请先生不要误会。快把宝玉给寡人，寡人马上把十五座城池划归赵国……"

侥直那到离太子帐不远的一片林地旁，在石头上坐下，拿出聂行赠送的匕首端详。这匕首的皮鞘做得十分牢固，又经过了精心装饰。刀柄包金嵌贝，草原上极少见得到。从皮鞘里抽出匕首，阳光立刻反射到眼中，迫使他赶紧转动了一下角度。他用手试试刃口，感觉锋利至极，想了一想，试探着在光滑的石头上稍稍着力一划，果然划出一道浅痕，赶紧住了手。匕首刃口的坚硬，使他感到格外诧异。

侥直那并不完全明白，聂行赠送的这把匕首，是用当时少见的"钜"制成的，与秦始皇的佩剑比较，只存在精工与豪饰方面的差距，质地却无本质差异。所谓"钜"，就是块炼钢。也就是说，这把匕首使用了当时只有极少数工匠掌握的锻打淬火秘技，制作时也极费工夫，作为武器，便是世上最先进的了。也正因为这一点，聂行只能送给他一把削弱了实战功能的短小匕首，用来护身玩赏，可算是一等一的奢侈品。

侥直那又抽出头曼单于赏赐的宝刀来，比对着看了许久，心里越发喜欢了。

帐中，聂行继续讲述：

听了秦王的话，蔺相如便当场索要标明十五座城池的地图。秦王本来就没有做任何准备，一时间哪里拿得出来，只好采用缓兵之计，答应让蔺相如带着宝玉暂回馆驿休息。他一面派人严加监视，一面命令大臣连夜赶制地图。

蔺相如知道秦王一定会重新设置骗局，便赶紧交代秘密跟随前来的亲信，让他把和氏璧藏在怀中，抄偏僻小路连夜潜回赵国去。

第三天，地图总算匆匆忙忙制作出来了，秦王即刻召见蔺相如。蔺相如两眼直视秦王，说："此刻宝玉已经回到赵国了！"

秦王听了，震怒之下竟然说不出话来了：“……大……大胆……大……大……”蔺相如平静地说：“这件事错在秦国，是秦国失约在先……反正就这么回事了，我留在秦国听任大王处置就是了！”秦王无可奈何，但也从心底里佩服蔺相如的胆识和辩才，反而连声称赞蔺相如贤能。

“后来呢，那个秦王总不能轻易放了这个蔺相如吧？不管咋说，他也是最厉害的国王呀！”妁莪插言。

聂行扎实看一眼妁莪，心中惊讶，这位太子夫人嗓音煞是好听，面貌也果真灵艳娇人，当然比起中原女子却是另一种风情。他的眼神迅速逃脱了妁莪的热情，摇摇头，口中回答：“强国之主，做事可另当别论。秦王不但没有杀蔺相如，反而用尊贵的礼节对待他，客气地送他回国去。”

“为啥呢？”妁莪感到不解，眼光从聂行避开的对视转去看冒顿，太子正拿眼瞪她呢，赶紧伸一下舌头。耳里听聂行说：“蔺相如果然不辱使命，这让赵王感到十分欣慰，就封他做了上大夫。”

故事让冒顿听得如痴如醉，充满好奇心的妁莪也没有忘记玩赏那对闪闪发光的金簪，同时用秀美的手指拨弄金箔花瓣儿，又被她问出一句：“后来呢？”

“后来赵王与秦王会见。秦王要赵王弹瑟，蔺相如就坚持要秦王击缶；秦国的大臣要赵国拿十五座城池来作为献给秦王的生日礼物，蔺相如寸步不让，也要秦国把咸阳拿来为赵王祝寿。双方闹得不可开交……反正是蔺相如替赵国保住了面子，赵王更加器重他，不久就加封他为上卿。”

冒顿急切地问：“中原像蔺相如这样的英雄有几位？”

同时妁莪说：“我咋听不懂？”

聂行笑了，先做一个巧妙的应答：“听不懂不要紧，太子会慢慢给您解释的！”然后才回冒顿话：“那是数不胜数！”冒顿不信，要他举出名字来，聂行便说：“我们就不论文武吧，远的不说，只秦自诸侯至今，就有商鞅、范雎、张仪、白起、王翦、王贲、桓齮、李斯、蒙骜、蒙恬等等，个个儿都很了不起！”冒顿笑道：“秦灭了六国，英雄自然多些……”聂行也笑了，说：“英雄当然不可以胜败论！各诸侯国也有乐毅、吴起、孙膑、廉颇、蔺相如、李牧、赵奢、李悝、苏秦、秦开、项燕、田单等等，其实是数不过来的，只我一个商人，与军国大事仅凭耳闻，知之甚少。”

聂行抖出的这一串名字中，冒顿只知道少数几个，不免觉得有夸大之处，想了想，问：“既然有那么多英雄，他们各国之间修筑长城还可以理解，但最厉害的秦始皇还要造一道更长的长城做啥？他们是不是更惧怕我大匈奴骑士？更怕我父单于？”

聂行答道："匈奴骑兵散布在草原上，来得快，去无踪，哪有那么多军队到处防守？依我看，筑长城的目的只是想让生活在边关的老百姓不受委屈，过得安稳些罢了。"聂行口气不重，似贬似褒，话里有话，说得尽量委婉些，就到此为止了。他恰到好处地行个礼起身，算是打招呼，或许是要去小解。出帐，随即回来，手中却捧着那个留在马背上的大匣子。坐下，郑重地开了匣盖，一副光灿灿的黄金锁子甲被抖开来，展示在冒顿面前："一件小小的礼物，不成敬意，烦请太子转呈头曼单于！"冒顿本眼前一亮，但却是送给父单于的，心里难免失望，但还是掩饰不住兴趣，便有意地欣赏一番，这才慷慨地收过一边。妁莪看不够了，但冒顿不再让她搅缠。

第十四回

酒逢知己聂行善诱 梦寐思贤儒商赠书

天色将晚，聂行起身告辞，冒顿哪里肯让他就去了！他从锦囊中拿出玉带扣，回忆刚才关于和氏璧的故事，仔细看，越是觉得好看了，却辨别不出所以然，便问：“这带扣上有那个什么……瑕疵吗？”聂行伸手从怀里拿出一块玉来，凑近冒顿身边，透着取亮的火舌儿观看，指着那上面隐隐的似有似无的痕迹说：“太子哪怕能从带扣上面找出一丝一毫这样的杂质或者模糊的裂痕，就说明有瑕疵。”

冒顿接过来，把那块玉与带扣反复对比琢磨。妁莪自然又兴趣大起，也紧凑在一边看着，那物显然没法两个人同时看清，便去冒顿手中争抢，哪里抢得过来。

毡帐内灯芯不够亮堂，冒顿索性跑到帐外就着夕阳观看，妁莪也急忙跟出去。那宝贝在帐内看就像羊尾巴油般的滑腻，到外面看，又像是浸润着乳汁，霞光融溶，内部便渗出迷蒙而美丽的光泽。刚才是粗心了，现在，他才发现带扣表面雕刻的云兽造型古朴生动，仿佛内部也有动静。来扣在一起，图形便形成对称，令人陶醉。再拿手去拂弄，表面十分光洁。用掌摩挲，约莫得了心的体验，一块石头竟然有说不尽的柔润。此刻，他愿意与妁莪分享了，也让她来摩挲，顺便在夕照下欣赏她撩人的夸张情致，与玉形成动与静的映照。于是，两人我拿过来，你拿过去，都爱不释手。

冒顿心头激起的兴奋难以抑制。回到帐里，他赶走侍从，亲手捧起“服匿”来为聂行斟酒。服匿是匈奴人烧制的陶器，口小腹大底方，专门用来存放酒、乳等液体物质，很是适合迁徙途中携带，日常也极为实用。

聂行也为匈奴人贩运来用谷物酿造的酒，并告诉他们品种和用途。提供祭祀的高级酒是用黑黍依靠自然发酵再加入香草酿成的；普通供饮用的酒，则是采用秦以前发明的新工艺，在麦芽中加了酒曲制作的甜酒。没有经过蒸馏的酒，度数就比较低，看上去不十分澄清，但入口绵软，有点香甜，喝起来不刺激，贵族人家平时就用来解渴。

夜已深，已经喝了很多酒，但冒顿并不觉得。

妁莪还不时把玩那玉带扣。冒顿想起和氏璧，觉得这带扣也应当有个来历，便又询问。聂行告诉说：“这玉出产在西域昆仑山，需要去深山里寻找和开采。由于气候严寒，每年能进山的月份是有限的，山高路远，冰雪覆盖，到处是悬崖峭壁，人到那里又喘不上气来，所以采玉人是十去九不回。”

妫莪听得直是感叹，得着空隙便问：“人为啥喘不上气来呢？”冒顿挥挥手，挡住了这跑题的疑问。

聂行接着说：“有些玉则出自水中，可以到河滩上去寻着。”妫莪忙说：“那就到河里去寻，何必上山呢？”聂行又看妫莪一眼，这女子的模样的确动人得很。没搭那茬，继续说：“昆仑山下有两条大河，一条出白色的玉，一条出黑色的玉。水中出的玉质地更好，但往往受到形状、大小的限制，难以制作大些的和特殊需要的器物。”

尽管没被搭理，妫莪依然听得眉飞色舞，又问：“昆仑山远吗？”聂行这回是直接回答了：“远，远得很呢！不过，那里有一条商人走的路，一直通到中原。”

冒顿问：“那里的人跟咱匈奴有啥不同吗？”聂行想想，答道：“我也不很清楚，倒听说他们有种田的，也有放羊的。”看看冒顿还要问，便透了底细：“我这都是在和西域商人做买卖时听说的，确实知道得不多。不是路途遥远嘛，途中又充满艰难险阻，西域来中原的商人也有限，因此很难了解到那里的情况，像黑色的玉，我还没见过！”

“还有黑色的玉？”刚才聂行说时，冒顿的关注落到了昆仑山，忽略了黑玉，此时才啧啧称奇起来。突然问：“我大匈奴如果想借中原那条路到西域去取玉，可以吗？”

猝然面对这个具有强烈挑战性的问题，不由聂行不大吃一惊。转即看到旁边放着一张弓，就拿过来比画着回答：“不可能。太子应该有这样的经验，中原就好像这样，挤一挤，缩一缩，然后又弹回来……”他没有说出更深的含义。稍停，看看冒顿的动静：“再说，能够通往西域的道路不止一条，匈奴这边也有，太子也是知道的！”

冒顿沉默了，他不能不相信眼前这位秦朝商人的话，他也是朋友，而且自己也有同样的体会。但无形中大匈奴有点被看轻了，心里很不服气：“等着瞧，往后大匈奴会比现在更厉害！”

忽然，他想到了一个可以描抹，也可以提供某种借口的话题，便问道：“听祖辈说过，匈奴和中原人本属一个祖先，是真的吗？”

聂行稍一思量，要过妫莪手里把玩的玉带扣，反问：“太子不觉得这带扣上的图形有什么特别之处吗？”冒顿忙说：“那是当然，我大匈奴就崇拜天、地和祖先，龙就是我们的祖先。先生不就是这个意思嘛！”

聂行又问：“太子知道中原人崇拜什么吗？他们的祖先又是谁？”冒顿回答：“中原人当然崇拜……”他恍然大悟，请教说：“先生为我讲讲！”妫莪本是有些疲乏了，这时又来了精神，往前凑一凑，用好听的声音催促说：“先生快点讲讲！”于是，聂行又讲了一段口头流传的往事。

据说匈奴的先祖名叫獯粥，后来也叫鬼方、猃狁，是中原夏朝的后裔。夏朝最后一代君主桀性情无比暴虐，他在征伐有施氏时，得到了绝色美女妹喜，非常宠爱，于是，就聚敛天下财资，建设寝宫，修筑瑶台。大臣们来劝说，他就大肆杀害；诸侯不满，他就任意剿灭。百姓痛苦不堪，指着太阳咒骂，说：“时日曷丧，予与汝偕亡！”那是要同归于尽的意思，可见痛恨到什么地步。

这时候，东方的商族兴起，日益强大，它的首领汤率兵讨伐，在一个叫“鸣条”的地方打败了夏朝的军队。桀向南逃跑到叫“南巢”的地方，被商军追击俘获。流放三年后，桀死去了，他的儿子獯粥娶了桀所有的妾，躲避到北方草原上，过着随水草移徙的生活。那时所谓的“北方草原”，就是现今的北假、河南地，甚至还要往南去一点，您的祖先应该对那些地方的草原更加熟悉。

冒顿和妁莪听得吃惊，都不由自主地睁大了眼睛。

鸣条一说在山西运城东北安邑镇北，传说那里是夏朝第一代王大禹建都的地方之一；一说在今河南封丘东。南巢在今安徽寿县东南。

谈兴所至，聂行又举了许多匈奴先祖与商、周、春秋诸侯发生冲突和相互通婚的事例，他说：“商王武丁就曾用三年时间征服了鬼方，周穆天子征讨犬戎，犬戎战败，就奉献了四头白鹿、四匹白狼。这事也有一说，咱匈奴不是最喜欢白颜色吗，这里面有联系吧？”他解释说：猃狁的“猃”，本意就是“犬”，所以，“犬戎”和“猃狁”意思和读音都是一回事。

冒顿、妁莪点头，都若有所悟。冒顿突然问：“先生既有这一说，那我匈奴崇拜的龙与中原的为啥不一样呢？”

聂行愣住了。他调动了脑中所有的知识和信息，这才勉强解释：“没错，你那条龙是狼身，中原的却是变化了的蛇身，这想想就明白了……不过，无论这身子咋样，但都叫‘龙’，都有一个龙首，对吗？”

尽管这解释不够透彻，但也马马虎虎过得去，冒顿还是认可了，自己也附加解释说：“时间久了，啥事都有个变化，兴许就是这个缘故！”

聂行接着讲述：“穆天子把他认为会产生危害的那些犬戎人迁徙到了太原，后来就称为太原戎。这里离周朝的都城镐京不远，结果，发生了一件意想不到的事情……”

这个太原可不是秦朝的太原郡，它的位置在泾水上游今宁夏固原。《诗经》中有

“薄伐猃狁，至于大原”的记述，“大原”就是“太原”。征发的事件发生在周宣王三十一年（前 797 年），未能获胜。秦始皇在巡游过程中，曾登临位于那一带的鸡头山，向匈奴宣示威力。

聂行说：“这是件有关女人的十分荒唐的事，被人称为‘烽火戏诸侯’……”

妁我产生了前所未有的听的热情，问：“啥事呀，还有女人！”冒顿拿手指了指她快言快语的性感嘴巴。

妁我第一次听说一个美貌女人竟然不会笑，不会笑的女人怎么叫“美丽”呢？很是纳闷，便多余地催促：“先生快点说那个褒……”冒顿伸手指封一下她的口：“褒姒！你一个女人家，听就行啦，打什么岔！”妁我撒娇地故意朝他身边靠了靠，甚至拿肩头轻轻撞了他一下。

聂行继续：“幽王头脑发昏，为了逗褒姒一笑，他竟然下令点燃了烽火……”

“坏大事了！”冒顿的拳头砸在案几上。这回可为妁我提供了反击的机会。她娇嗔地瞟过一眼，冒顿没有搭理。

“那还用说！”聂行回应了一下，“……骊山二十多座烽火台一座接一座地升起了火光，放眼看去，煞是壮观。诸侯看到了烽火，纷纷驰援。结果他们却看到天子正搂着一名冷若冰霜的美貌女子殷勤逗弄……看到诸侯人人气歪了脸愤怒难当，褒姒莫名其妙地露出一个笑来。为了让褒姒再露出一丁点儿欢欣，幽王废了申后和太子宜臼，改立褒姒为后，让她的儿子伯服当了太子。可是，这无缘无故的做法让申后的父亲申侯发怒了，他联结犬戎攻到了镐京……”

“果真惹麻烦了！”冒顿说。

“幽王惊慌失措，又传令燃起烽火。但任凭那二十座烽火台白天放烟，夜晚点火，就是没有一兵一卒来援。结果犬戎在骊山杀死了幽王和伯服……”

“褒姒呢？”妁我忍不住又插了一嘴，自己立即捂了口，还偷偷看丈夫。冒顿倒好，这回不反应了。他联想到了自己的父亲、后母和小弟弟，当然还有自己，可是母亲已经去世，自己也没有像申侯那样的母舅做靠山。

“褒姒被犬戎掳去了！”聂行没有怠慢这位太子夫人。

妁我摇摇头，感到很惋惜，她只是为美貌的女人或者说为女人的美貌而惋惜。

聂行提示：“后来犬戎人到哪里去了呢？”

冒顿若有所思，点头：“这么说，在周朝，在我匈奴中……也可能在秦朝！”

聂行又说：“秦惠文王的时候，匈奴还曾经加入了韩、赵、魏、燕、齐的联盟，一起攻打秦国。”

事情过于复杂，但听得真过瘾！其中有些情节冒顿也依稀耳闻，但仅凭口头流传加之部落屡次的离析涣散、迁徙和重新组合，远近大小的事体都混为一谈，仅剩了个零头，而且零零散散。但脑中的传说与聂行的讲述基本能够相印证，便增强了七八分可信度。他尤其想到了匈奴依然保持的婚姻习俗，就是兄弟中有人死去，活着的就要把他的妻子尽数娶回家；父亲死了，儿子也要把所有的后母都纳为自己的女人，这莫不是从獯粥起的头？

这是匈奴、东胡、月氏、乌孙等游牧部族共性的婚俗，也难免是夏朝的通行婚制，与他们在严酷自然环境下生存以及弱肉强食的竞争等，存在着直接的本质的联系。所以追溯起来，这是所有人类原始种群的共性。

要知道，妇女是人口生产力的基础载体，在频发的自然灾害和争斗杀戮面前，大量的死亡需要从妇女的生育能力上得到足够的补充；男人死亡后，必须使他们遗留下的妻子儿女重新获得生存保障，也借以最充分地延续和扩张族群。争斗与战争的日常性和生产方式的原始性，导致男人生命短促，死亡率居高不下，于是，活着的男性，就必须充分发挥生育机能。就像获得更多的牧场就可以大量繁育牧群一样，因为得到了广大的用武之地，男人的精力将最大限度地避免空落。

还有，以男性为本位的天赋的血统认识，在奴隶制的强权社会和力大为王的竞争形态下，也特别需要强行保持家族内部的广泛继承，尽量避免人口外流，以保持人丁兴旺。当然，人口也是可以掳获的，但掳获的只是与财产和牲畜同义的奴隶。进入奴隶社会阶段的匈奴，总人口在一百五十万上下，其中三分之一是从外部掠夺来的奴隶。

于是冒顿说：“既然我大匈奴同中原人都是一个祖先，既然都是兄弟，何必分开你我，中原的事情为什么我大匈奴就没份？”又嘟囔：“我的事情你也要有份……”

聂行只顾喝奶茶，不再与他搭茬。冒顿似醉非醉，依然不断地喝酒也不断地劝酒，在一旁掺和的妫莪也似醉非醉了。随着血液里的兴奋飙升，一个衷心的念头忽然在冒顿心头跃起，立即吩咐侍从：“去，去……替我把夫人送到聂先生的帐里去，今天夜里，我把她送给我的好朋友了……我的兄弟聂……谁叫我们是……兄弟呢，啊！”

正在高度兴奋中的妫莪略略一愣，随即叫嚷：“走，太子说了，妫莪……要到聂先生的毡房里去，今天夜里妫莪……妫莪就是聂先生的，整个儿都是，我说是从这儿，啊，到这儿，啊，聂先生，你听，听见了吗……”说着就软软地站起身来，腰眉俱娇。

“管他白玉河、黑玉河，其实都是一条河，水都要流到一起去的，啊，你说是不是？你说呀！”冒顿还在发酒话。

“是啊，我是女人，你们……男人们终归就是要到我们这儿来的，你，聂先生也是一个男人，啊！”妁莪贴近聂行：“聂先生，走……咱们走……”探指扯了一下，竟自向外走去。旁边的人不敢怠慢，立即跟去了。

这并不完全是酒精的作用。在残留着原始生活习俗的部落里，这也算不上是一件十分稀罕怪异的事情。特别在那些偏僻独处的毡房里，出于突发的惊喜，以及人和人之间朴素的信任，由女儿或者妻子陪伴自己所尊崇的身份高贵的客人就寝，也时不时有之。冒顿已把聂行看成兄弟了，匈奴的兄弟之间是没有明确的人伦规范限制的，性行为的禁区只在垂直血亲和近源血亲。之外，唯有情感垄断才能为这一自然本性画地为牢。

草原进入了一个极其肃穆而又兴奋的夜晚。然而早晨大雾弥漫，把正在赶来单于庭参加蹛林大会的官员、酋长和牧民，统统笼罩在了远近懒起的毡房里。冒顿驱赶着雾气亲自上门，要与聂行做一次认真的商谈。

来到聂行的毡房，冒顿强行把尚在熟睡中的妁莪唤醒，赶回去，吩咐道：“去，把我的马也牵回去！太累了就接着睡！”

这是一个出乎意料的要求：“聂先生，不要再做买卖了，我诚恳地邀请你能留在草原上。我给你最好的毡房、美丽的女人和健壮的畜群，你需要啥，我就给你啥。我要你当我的军师，为我策划大事，替我书写文件，将来教我的儿子读书写字……”

一连串的请求，直弄得聂行没法回应。他沉吟了许久，才说：“我领会太子的真心实意，也感谢太子不拿我当外人。我的能力只在做买卖方面，我只是个商人，只不过因为长年东西南北地跑来跑去，听到的逸闻怪事多些，其实派不上实际用场，更派不上大用场，真的并不具备太子所需要的那种经天纬地之才，绝对没有能力谋划军事。再说，像我这种商人，在中原是没有地位的，可以说被王公贵族瞧不起，只能做些发家致富的小事，军国大事连边也沾不上。”

看冒顿感到失望，聂行便说：“太子如此求贤若渴，等我回去后，如果能遇到有雄才大略的人，一定推荐给太子。只是希望太子有朝一日成为大单于，尽量息事宁人，保持边境和平，让百姓友好往来，也可以通过集市和商贩互通有无，避免战事。”

冒顿沉默不语。聂行又说："我母亲年事已高，妻子和儿子都在马邑，需要我来照顾。如果我来匈奴效力，一旦与中原发生争端，郡县官吏必然不能相容。"冒顿说："可以让他们到匈奴来，我保证给他们最舒适的条件，像中原那样建一座宫殿也行！"聂行说："那我也得与她们商量，想来老母不会同意。再说，我还想趁这些年体力尚好，去趟传说中的昆仑山，那是我父亲的夙愿。"

毡房里沉默了。聂行打开行囊，拿出一捧竹编来，放到案几上，说："这样吧，太子果真有大志，就把这拿回去看看！"

"那是你们中原的东西，我拿来有什么用呢？再说上头涂的那些道道，让我看那个，不如去草地上看牲口，还能分出个公母来！"冒顿赌气说。

聂行笑了："太子既然将来要让儿子识字，不如早点去中原请个学问渊博的老师，一并也教你识字解文，却不可让我这种读书只图解闷的粗人给耽搁了！"

这话冒顿似乎也相信了，但终是感到失望。黎明酒醒中，他始而迷迷糊糊地勾画理想图景，既而浮想联翩心潮澎湃，最后只睁大了眼睛看透近毡帐的光和雾。反复酝酿，反复斟酌，终于下定了决心，屈尊来请求聂行。没想到，这出门第一件事就落空了，内中好生郁闷。怪不得天生迷蒙大雾呢！

冒顿悻悻地走出毡房，聂行也歉疚地跟出来。

大雾中有越来越多的人畜经过，向作为大会场地的蹛林方向集中过去。

冒顿不得已暂且放弃了令他夜不能寐的念想，他可是把聘请军师的事情作为继任单于的头等大事来想象的呀，尽管这个念头仅仅因聂行而起。雾自然会散去，"单于"是迟早的事，单单这聂行让人失望！回头又想，太子转变成单于，总的说来还是个未知数。

于是，逃出月氏的经历又惊心动魄地在心中上演。"父亲为何要迫不及待地置自己于死地呢？我是太子，可我更是父亲的儿子，父亲为啥要陷害儿子呢？难道这真是一场误会？如果需要，我是可以不当太子的……不，不当太子命运又会怎样呢？"他的思想乱了。

不再去想聂行的事了，他满怀失落地朝渐觉秋凉的草原走去。附近依然间断着有人畜走过，雾的里面都是人与牲畜移动的嘈杂，那些声音在冒顿耳畔恍若隔世。

盲无目的，他发觉自己走到了一条小溪旁边，小溪潺潺的流水在耳畔响动。他坐下了，坐在一块光洁的鹅卵石上。于是，浓雾衍化成朦胧的月色，一个青春勃发的女孩儿快步跑过来，那样朝气，散发着普通毡房里那种可人的气息。

就要到身边了，云却遮了过来，遮没了月亮，女孩飘飘地返身离去了。忽然警醒，那不是荎扶吗？是的，正是自己日夜想念的初恋情人，她回来了吗？她去哪里了？她为什么要离开小溪，难道她以为自己到月氏做人质就回不来了？她嫁人了吗？她变心了吗？她会违背自己的誓言吗？许多曾经在心胸里反复翻腾过的疑问，排山倒海地迸发出来。

大规模的商队从路的那边经过。含含糊糊有人走近，下马来与他行礼，口里说"后会有期"，又上马去远了。

第十五回

雾原射马冒顿情恶 蹛林校课初恋缘归

浩浩荡荡的驼队走了，带走了大量的皮货、山珍，也有一些马匹。聂行继续去做买卖，回马邑的家中去看他的母亲、妻子、儿子，去呵护他们。

冒顿忽然发作："你们都不管我了，你，聂行，还算是朋友？你，还算是我的妻子？你，父单于……你们为什么都要抛弃我？！"不，父亲完全不一样，他对自己怀着一个不可告人的阴谋，这是自己从不愿承认，也不能说出口的。还有侥直那，他是自己的生死兄弟，但他到底是忠于自己，还是忠于父单于呢？假如太子和单于都面临危险，这便与上回有所不同，他会首先保护太子吗？

雾色继续迷蒙着。在刚刚看得见的距离上，冒顿发现一匹板栗色的小母马在轻盈地游荡，这表明父亲已经从龙城回来了。是该回来了。又一阵大雾盖过来，看不见小母马了。

冒顿心情烦躁地回到毡帐，看看妫莪还在熟睡。睡，睡，睡不死你！他愤愤地想："想来昨夜里真的累坏了，这个有心没肺的骚娘们！"转一圈，出了帐，忽然大喊："出发，打猎去！"侥直那立刻来到身边，问："这么大的雾，还打猎？"

"打，打，就是要打，打死他们！"冒顿大声吼叫。

"会连人带马掉下山涧去的！"侥直那根本不看他的脸色。

"干脆掉下去算了，不就一条命吗？"冒顿还在吼，但显然不是冲卫队长去的。侥直那与他，现在就合着一条命呢。

侥直那去转了一圈，来报告："枣红马不见了！"还从来没有发生过这种怪事，冒顿以为是侥直那想阻止自己出猎，便心里怄气，大喊："那我就骑你的马，反正谁还骑不过谁！"这言下之意，是谁骗得了谁。没办法，侥直那只好换匹马骑，把自己那匹快马让给了太子。

带着战刀和弓箭，队伍遵从冒顿不可动摇的意志出发了。

雾时而漫漫遮遮，时而一阵阵飘过，把整个草原弄得似醒似睡，恍恍惚惚。

猎队不时穿过前来参加蹛林大会的人畜流，来到了空旷的地方。前面隐隐是一个小山包，朝着山包的方向过去，将近了，冒顿忽然发现漫散的雾中有一匹马的影子，仔细看，像是自己的枣红马，再近些看仔细，心想："这东西竟跑出这么远来散心，还真有情致！"

正在心里叨叨呢，约莫听到了轻声嘶鸣，便勒住坐下马，等着看个究竟。不一会儿，又有一匹马的影子欢快而匆匆地跑过来。

那不是刚才看到过的小母马吗？

小母马来到枣红马的身边，两匹马耳鬓厮磨，十分亲近。冒顿心中恨道："小小年纪，竟敢私自来幽会，不，来偷情……"狠未已，枣红马已经扬起前蹄搭到小母马的背上，两个影子交叠在了一起。跟在冒顿身后的士兵们怪声怪气地哄笑起来。

那可是小阏氏的坐骑呀，这算是哪门子事！冒顿突然怒火中烧，猛地从身边抽出鸣镝，搭在雕弓上。被笑声惊动了的两匹马中止了动作，小母马迅速藏匿到枣红马后边去了。

冒顿不顾一切地射出了鸣镝，侥直那毫不犹豫地随鸣镝射出了自己的箭，于是从卫队里射出的箭如横风暴雪般喷涌，枣红马立刻翻倒在山坡边的树丛旁。

冒顿重新搭上一支鸣镝，举目寻找，早已不见了小母马。这也是他一时心乱的过失，可正是他不可违反的规矩，使小母马得以逃遁。失神地看看骑兵的队伍里，竟然有几个人还没有发出箭去。这时近旁有一人收了弓提醒说："报告太子，雾太大，刚才您好像是弄错了，射倒的是您心爱的坐骑，我们便不敢射，也不能射呀！"

冒顿的火气正没处散发，又心疼枣红马，不由分说，挥刀把那名士兵斩落马下。随即放马赶过去，一刀一个，把方才没有放箭的士兵全都砍了，直吓得其他人大气不敢出。他们在心里庆幸自己终于射出了那性命攸关的一箭，没有违反铁的纪律，否则现在也已成为了太子的刀下之鬼，随那枣红马去啦。

侥直那赶到山坡前，跌向枣红马。剽悍无比的枣红马朝上的半边身体已被射成箭丛，两眼无神地望着卫队长，仿佛在问："这是为啥呀？"它浑身开始战栗，鼻孔里已经只有出的气了。侥直那终于禁不住了，放声大恸，真个叫男儿有泪不轻弹，只因未到伤心处。一个硬铮铮的汉子，出生入死都不皱一下眉，此时把自己的坐骑战死时没有来得及流出的泪，一起洒在了枣红马的身上，真个是钻心般伤痛。

冒顿呆在马上，没有向前一步，只远远地僵持着。此刻，他已经从噩梦中惊醒，失去了看一眼枣红马的勇气。后悔显然不是他的性格，可是，枣红马也的确是他的心头肉呀。亲手割了自己的心头肉，他的心被放到铁砧上，一刀一刀地剁碎了，砸烂了，化作了尘泥。又一颗仿佛不属于自己的心生长出肉芽，飞快地萌发，"怦怦"地跳动，整个草原都随之"嗵嗵嗵"地强劲跳动起来。

头曼与小阏氏结束了直达龙城的巡游回来了，大会蹛林的部落人员也都到齐。

匈奴每年都要举行小、大、全三次传统集会。正月小会，平时就职于各地的贵族、官员们都被召集到金帐或龙城，主要的任务是用“祠”的形式，向祖先献上皮裘、钱币等各种用度，提交口头文学化的言辞优美的保证书，表示要按照前辈制定的规矩行事。小会实现的功能是在开春之前传达高层的意见，交换情况，统一思想，并讨论应对青黄不接的措施。

五月大会，由官吏、酋长和牧主代表聚集到匈奴的精神首府龙城，共同祭奠祖先、天地和鬼神，祈求冥冥中的保佑。显然，春暖育羔季节必须全面了解生产形势，对可能的危机设想应对措施，期盼风调雨顺牧草肥美，从而带给整个族群一个丰足的年成。

八月中旬部族全面大会蹛林，实际这是一次真正意义上的全会。所谓“蹛林”，就是骑马绕林行走，林一般为柳树林。大会中的柳树林大约是被派作自然神的代表而被注入了生存依赖的象征性，所以大会蹛林仍然离不开祭祀的意义，但实用功能最突出。

大会之时，全部的人畜都要集中到单于庭的主会场以及各帐的分会场。主体的行为，是与会全体虔诚地顺序绕林木三周，叫作“环祭”。如果某些会议地点没有柳树林作为支点，人们就会插上大片柳枝来代替。就柳树插枝栽种落地生根的特性来讲，其意义大致与现代的人工造林相当。这种方法自古相传得到公认。

环祭是一种最直接的面对面的逐一普查，达到了全面统计并反复核实人口及牲畜数量的目的。匈奴人必须在秋高马肥时节检阅生产和掳掠的成果，计算消耗以采取适当措施，确保所属各大小部落的人畜平安度过严酷而漫长的冬季。这种在现实功能基础上演化出的规范而严肃的宗教形式，极为适合北方山地草原条件下形成的生产生活方式及心理特点，对部族全体成员形成了强大的约束力和号召力。

蹛林大会开始，十分隆重。

由担任司祭的大巫师主持、单于担任主角的简约而豪迈的开幕仪式结束，主会场的环祭和课校在肃穆的气氛中开始了。

鉴于参与者众多，环祭是分批进行的。头曼单于带领着阏氏、太子、众王子及夫人打头，在单于庭供职的群臣紧随其后，他们权威而当仁不让地成为首批祭者。首批的形式当然要更加庄严和复杂些，此时，其余所有人员都保持在预定的位置上，不得喧哗和走动，只有大小牲畜敢于无视权威，此起彼伏发出嘈杂的声音。

三匝绕行完毕，场面上开始松动，校课的校课，等待的等待，仔细数数儿，用简单的符号记录下来，实时加以累计、复核，不允许发生大的差错。这不是一两天能完成的工作。

人畜像一条缓慢流动的河川，在湖畔、草地、小丘、孤林、溪流、水沼、毡房和等待者之间蠕动，伸向柳树林边。一圈转过来，再转一圈，再转一圈，然后折向湖畔、草地、小丘、孤林、溪流、水沼、毡房和等待者、完成者之间，各自散开。

各处山间草原上设置了分会场，仪式也在大约的时间内进行。根据实际情况，分会场的规模不强求一律，但不可能超过主会场。人畜课校工作都由到场的最高长官主持实施，他们必须对单于庭负责，当然也是对自己的部落负责。

踌躇满志的头曼在群臣簇拥下开始了巡视。巡视带有慰问的性质，就是到与会部落中去走走看看。因为面临重返山南的重大机遇，他需要表现得格外精神抖擞，脸上始终充满了胜利者的笑容，而且巡视的范围扩大了，时间也有所延长。

冒顿没有能摆脱射杀枣红马的内心伤痛。他勉强完成了责所难免的程序，便只身去草原上四处游荡，全不顾及父亲的巡视。回到寝帐，他便恶狠狠地把试图逗他高兴的妻子赶开，独自一人沉思默想，想到深切处，不免要偷偷擦一擦潮湿了的眼眶。

幻觉反复引诱他走出毡帐，枣红马的影子不停地在面前晃动，或远或近，或动或静，反复出现。睁大眼睛搜寻，便空空如也，传递给他更深的失落和悲哀。

轮到他监察环祭现场了。远远地，他魂不守舍，满眼的人畜模糊地移动，整个的世界失去了阳光，失去了精神。看着看着，忽然觉得曾经看到过什么，便连忙凑上前去，方才省悟那已经过去好一会儿了。心中发急，反复四下里搜寻起来，却再也找不到了。他无法舍弃地又仔细琢磨，尽可能让感觉清晰，再清晰，到底是觉得自己看到的绝没有错，便又去找，可就是找不到了。他无奈却绝不可能放弃的眼光像筛子一样，来来回回筛过每一处人群，每一个缝隙，筛来的依然是一脑门子懊丧。

丰收是需要庆贺的。其实不论丰收不丰收，都需要公布一个令人振奋的累计数字以振奋人心、表现政绩，给过去的季节一份圆满，也借机排除晦气，给后来一种信心。至于对以后一年的规划，那完全可以与实际部署走“两条线”，反正草原的生计充满了不确定因素，谁能为哪怕一个月以后的变数负责呢？

蹛林大会的收尾工作照样要有一个像样的开头，头曼单于带领部落和族群为后续的日子祈祷。然后，所有的人都为所能举出的幸运理由而大声欢呼，这可以作为尾声了。

大会结束了，人们的兴头还没有过去。草地上成群结伙各自为玩，喝酒吃肉的，吹牛放炮的，说今论古的，悲天悯人的，调情逗乐的，弹唱跳舞的，摔跤格斗的，骑马追逐的，把草原闹得四脚朝天。毕竟聚集起来的人太多，再加上孩子、牲畜需要照料，过于强求统一组织活动很困难，也没有必要。不就是高兴一阵子嘛！草原上擅长自娱自乐，暂时忘记所有的痛苦和困厄，感受足够的气氛，放开自己的胸怀，激情发散够了便达到了苦与乐的平衡，就可以各奔东西了。回到牧场上去，在不久即将降临的天寒地冻中，继续艰难度日！

冒顿逃避着可以回避的所有，只容得下一个心眼：寻找。所有的感官都只有一个指向，在那个特定的部位空前灵敏地调度。他必须抓紧时间，解开从月氏逃回来后一直藏在心底的另一个谜团。他没有骑马，长醉了一般，成为草原上一个梦游人。

真是功夫不负有心人，成功取得于最后一刻的坚持。冒顿猛然看到一个十分熟悉的身影离开已经稀疏的人群，独自向那个他每天都关注的方向走去。他周身血液沸腾，心脏疯狂地跳动起来，脚下不由自主地起跑，接着就是飞奔。在到处纷纷散去的人畜中，这看上去不是一种过分的举动。

冒顿猛地跳到溪水里，水花儿溅起，把她挡住在那块光滑的鹅卵石旁。此一刻，日月停止了运转，草原屏住了呼吸，心脏忘却了跳动，雾凝结了，水定格了，只有生命如歌，如瀑布般飞漱。

他终于重新抱紧了自己的情人和尚且没有名分的妻子，彼此没有语言。他和她都感觉到了，彼此的血已经流在了一起，之间只有同一颗重新开始跳动的心脏。

他要把她领回家，从此不能再找不到她了。荟扶可人的因天真而烂漫的脸庞消瘦了，明媚的表情里掺进了忧郁的成熟，单眼皮的大眼睛换了另一种生动，令冒顿心痛若碎。

她看着他，以为还是一个难醒的梦。明天就要离开这让人留恋的伤痛之地了，为了让自己彻底地丢掉期待，她必须到溪边来搜寻无法忘却的过去，以便彻底忘却。此刻，冒顿有力的臂膀、烫人的胸膛、燃烧着的瞳孔和毛茸茸的可爱的卷须，都清楚地告诉她，梦被惊醒了。

激动持续了很长时间。然后，荟扶问："你回来了吗？"答："回来啦，不就在这儿，活生生的我！""你还走吗？""不啦，再也不走啦，要走就带着你，无论到天涯海角！"没有声音了。过了一会儿，说："我……"带着哭的声腔。"怎么啦？""我……"她埋头在冒顿的胸前，浑身战栗，情不自禁地啜泣起来。

事情是这样的。冒顿离开单于庭以后，夷莪找到了荟扶家的毡房，告诉她：月氏与匈奴是世仇，大单于马上就要发兵进攻月氏，太子回不来了，他必死无疑。荟扶问："既然如此，单于为什么要让太子去做人质？"夷莪回答："那是为了麻痹月氏，总要有人为大匈奴作出牺牲！"荟扶问："那太子怎么办呢？"夷莪生气了："难道你听不懂人话，他需要去死！"

几天后，夷莪派人来，强迫荃扶一家迁徙到大幕南面去了，并说，从此不许他们回到余吾水来，这是大单于的意思。

“这次你为啥能来呢？”见到了日夜思念的情人，冒顿的心境渐渐熨帖了，渐渐平静下来。

“我是冒名顶替来的。”荃扶回答。

“为什么总不来找我呢？难道你还想折磨我的心？！”

“不是，我害怕！”

“怕什么？”

“怕……怕自己又是在做梦。”

荃扶下意识借助于男人的粗疏或走神，回避了处境的敏感。当然，真的直到现在，她也还没有完全摆脱做梦的感觉。

蹛林大会结束了拖沓的尾声，该离开的都已经离开单于庭，返回各自的部落和牧场，去继续准备越冬的食物和草料，或继续迁徙。这是游牧者世世代代年复一年的功课。

冒顿需要到右屠耆王那里去走走，便不回家，直接带着荃扶上路了。他是太子，别人管不了他想做什么，他也不想让任何人管。而只要有他在，没有人再敢为难荃扶，可是，他目前还不想让单于庭的人知道荃扶的存在。

有两个人贴身跟随他，一个是侥直那，一个是千骑长屈烈支。这次，他走了一条基本向西、稍稍往南偏斜的直线，是从山间草地和低山地带，直接横越余吾水、安侯河上游，从燕然山尾涉过姑且水源头，到达匈奴河。

浅山也已是一派入秋景象。牧草黄绿杂色，比春夏的绿多出了许多节奏和韵致。漫山的针叶乔木色泽沉郁，被附近一坡坡、一丛丛自由舒展的黄叶、红叶渲染着，彼此错落着，披着云霞，透出光影，丰富着关于旅途情感生活的遐思。

不时遇到向山下冬窝子转场的牧群，多则络绎不绝，少则一户老小。在山路上他们结伴，在宽展处又随处栖息。临时搭起的毡房点缀在谷口溪畔，毡房外守着牧犬，奶牛游荡饮水，妻子在哺乳，老年妇女在蹒跚而琐碎地忙碌。年轻的骑手悠悠然驱马到缓坡的草地上，在山树的背景里大致地收拢着牧群。

随坡弯转，移步成趣，沿途翻看一幅幅悬挂在大山境界中的图景，冒顿的身心已经融入了画中。他觉得自己和荃扶就是画里的主角，齐啬的生活还从来没有为他展示过这样深厚的意蕴；而眼下，一切都可以为他提供好心情，他第一次感受到了放任和逍遥的愉悦。生活刻意把艰辛藏掖在习惯的细节里，藏在冒顿看不到的地方，却把充沛的美感挂在表情丰富的脸上。荃扶一时还无法到达这种境界。

沿途，冒顿不时把荃扶抱过马来，让她依在自己怀里。他这回学会了说悄悄话，而且见了什么都拿来作引子，说了比他有生以来说得还多的话，放肆地说比附的情话和情话的比附，尽情挥洒草原的豪爽与幽默。为了方便，他总是提醒侥直那一行离远点。他开玩笑说："你们都忘了我吧！把荃扶还给我，顺便也把太子还给我！"

竟然有人敢回嘴："太子是要把自己还给心爱的女人呢！"

冒顿腾出手来指一指背后，叱道："我可是带着鸣镝呢！"

大伙儿伸伸舌头，轻松而多少有些讨好地哄笑。只有侥直那依然不苟言笑。

由于心情忒好，路，就显得太短了。说话间，已经到了右屠耆王大帐。他们是从天而降，让且蛰感到突然，怎么一下子就站在眼前了呢！

"也不预先打声招呼，这就来啦！"且蛰假意怪罪。

"就是要让兄长大吃一惊，想，这个小弟就是不懂规矩！"冒顿大笑。他实在是故意不事先通报的，想玩一个小小的恶作剧。如果说作为左、右两部，通常都存在一些隔阂和猜度的话，随着这次冒顿从月氏脱险归来，他暗中已经把且蛰视为同命了。

且蛰发现了被藏在冒顿身后的荃扶，立刻洞悉了冒顿好心情的源头。

"兄长真是好眼力，找这么个神人住的地方待着，好不自在！"冒顿跳开了话题。于是，且蛰安排接风。

席间，且蛰告诉冒顿："乌孙小王子不日即将由步厩亲自送到。为了预防意外，我已经派了一队人马接应。"

冒顿说："那好，我就赖在你这里等着，那孩子不来，我就不走啦！"

于是，他带着劫后重逢的情人满山沟里玩耍，真有点乐不思归。且蛰真像一个溺爱弟弟的兄长，且由他去。

章邯临危受命，仓促组建中部军团并一举击退周章，以及楚、赵、燕、齐、魏等诸王并起，这两桩并列的事件，同时牵动了陈胜起义以来新的形势走向。当然，历史最终证明，挽救秦朝无望；企图把死去的分封制从坟墓里挖出来，那也不过是表象地重新展示一回，终究要被送回地下。

楚假王吴广还在昏天黑地围攻荥阳。秦朝三川郡守李由的顽强抵抗，令他一筹莫展。地处故魏地的三川郡，正正地堵在函谷关口山河之间。在这里，伊水汇入洛水，洛水汇入河水。荥阳城处在河水以南、洛水以东，想想如果依然攻不下荥阳，仓促败退函谷关外的周章主力，命运即将如何！

第十六回

战渑池周章殒王命　弑吴广田臧揽危局

在曹阳亭驻扎下来的楚将周章，实力损失有限。喘息方定，他意外地发现对方并不曾穷追猛打，只是严整了函谷关的防守，不禁心中疑惑。等弄清了章邯大军的来龙去脉，虽然重入函谷暂时没指望了，但他还是松了一口气。周章判断，匆匆组建的秦军急需要重新建制、训练、补给，以便形成持续作战能力。于是，他派人上书陈县，向陈王说明战败原因，建议主动大步后退，乘秦军调整之机与吴广合力攻取荥阳，然后再图进取。同时，再令已经控制赵地的武臣、张耳、陈馀等率军从侧翼渡河进逼咸阳，制造关中紧张局势，以图借助秦廷从内部牵制章邯，分散军资，或可拖延时日，伺机赢取主动。当然，他也期望陈王能直接派军增援，但此时的陈胜又在做什么，又能有什么作为呢?

秦二世二年（前208年）十月，首位为起义军建立大功、奠定初步战果的将领葛婴，被陈胜诛杀。葛婴一路带领起义军收编队伍、斩城掠县，到了位于九江郡东北隅的东城，其故址在今安徽定远东南池河西岸。这时，各处不断有称王的信息传来，于是他觉得自己也该做点什么。受传统观念以及权力、制度、形势混乱等等因素的影响，葛婴就昏头昏脑地在那里册立一个叫襄强的贵族为楚王。真是阴错阳差，陈胜自己是张楚王，吴广还冠有一个代理楚王的头衔，天下到底有几个楚，楚国到底要几个王呢?这葛婴真是吃错药了，但他显然不是蓄意的，一旦明白过来，就杀了襄强，然后亲自返回陈县，向陈胜据实报告了前因后果。然而柿子拣软的捏，忠臣的过失最容易追究。陈胜本自被部下诸将尾大不掉而激怒，此时正巧逮住了一个自投罗网的现行，便毫不手软地处死了葛婴。前有武臣、韩广、魏咎等成功割据的先例，后有葛婴血的教训，那些成长为实力派的将领们自然都有了冷静的判断，从此谁还肯重蹈葛将军覆辙呢?

周章其败，吴广不胜，加之赵燕异动、齐地分庭抗礼，危局已经显而易见了，葛婴之死犹如雪上加霜！张楚四分五裂，陈胜的脑袋有点发懵。接到周章的奏报，陈胜紧急召集上柱国蔡赐等商讨对策。蹙眉之下，做出几项决策：一是暂免追究周章败师之过，命其重振旗鼓；二是催促吴广尽快拿下荥阳，迅速会同周章再度进取关中；三是严令武臣加快进扰河西。对周章统筹大局以退图进的策略，陈胜未置可否，周章自然不敢轻举妄动。

两个多月过去了，周章竭力控制部下那许多草头王们，按倒了葫芦瓢起来，才知道在风起云涌的顺境中与在风雨飘摇的逆境中，治军的难度相差几何。而在李斯等全力支持下，秦军统帅章邯重新补充、调集、整顿了部队，总人数达到了二十多万，真正集结形成了秦朝的中部主力军团，辎重也准备就绪。现在，他已经率军来到了函谷关。多次从这里出入，而此次他又特别地察看天险，依然心惊，但更多的是振奋。

自北而南的黄河，在秦都咸阳东边三百多里的潼关北面转折向东，从中条山与华山、崤山之间的谷中穿出。秦时函谷关就坐落在东起崤山、西止潼津，直线距离约一百五十里的狭窄险要的深谷中，时人以其形势如同一只匣子，又正巧扼守着从东部进入关中的交通要道，所以称为“函谷”而“关”之。

函谷关南边的崤山因地势而被分为东西两段，约三十五里，历史上又称其为“二崤”。西崤在今河南陕县东南硖石之东观音堂附近，十二里全为石质大坂；东崤斜坡漫长，危崖耸立，涧深不见底，车行找不到规整的道路，其间只能容一辆战车通过。二崤险绝不相上下。

为何这般险要之处一度便与通途无二，无论在谁手里，都不能发挥作用，哪怕是简单的阻滞作用呢？章邯实在想不通，因为他不是政治家。当然，自从始皇帝辞世，不知道天下还有大政治家否。李斯仍算杰出的政治家，但他已经没落了。

章邯重新部署了关城的防御，反复审时度势，确信赵国与张楚二心，后路无忧。于是率大军直扑曹阳，秦朝存亡在此一举，只能胜不能败，他是拼命来了。还没有拼上呢，楚军就令人奇怪地逃跑了，他们撤退到了渑池。

十余天后，章邯发起了大规模攻击。

清晨，两阵摆开，两主将在阵上遥望，形势却决然不同。

章邯立定于战车上，中军诸将挽定坐骑静候号令。前面盾牌手构筑成密不透风的活动屏障，中间三排弓弩手隐蔽，后面数十辆弩车摆开，连排巨弩已在弦上，戈戟紧随待势而动，将校各各立定压阵。这是第一集团。十箭开外，第二集团以战车为首，后面步军相随，构成一个个战术组合。这是一个全攻全守的阵形。

章邯举目瞭望敌阵，止不住摇了摇头。胞弟章平在一旁有所感悟，驱马来到阵前，左右驰骋。眼见对面阵上，周章居于中军，众将或乘战车、或骑战马两边散开，背后戈矛相拨，构成十来路车、马、步各异、气象不等的纵队，彼此界线分明。显然，在周章一路从各地收编来的队伍中，将领们还维系着各自的势力，这给章平以一盘散沙的感觉。

周章深知胜败在此一役，相形见绌之下，他只能冒险先发制人，或许能侥幸讨个半胜。若如此，局面尚能维持，尚可支持和期待荥阳战局发生转机，然后与吴广两军协同反击。倘若战局有利，陈王则可号令赵、魏、燕各军为援，大势可望逆转。他正在察看秦军阵势呢，忽见对面一将往来驰骋，不知是何用意。于是，他发令擂鼓呐喊，看看对方有什么反应。鼓噪了多时，秦军那边只是观看，全无动静。周章箭在弦上不得不发，于是驱动战车，率领全军发起冲击。

待到楚军靠近，秦军阵上突然弓弩齐发，三排倒替轮换，箭如飓风夹带着瓢泼大雨迎面荡涤。楚军慌忙后撤，已自倒下了一片。

这时，秦军阵上鼓声大振，楚军惊骇。擂过一阵，却歇了，又在观望等待着。周章举棋不定，看手下将领收住了阵脚，便欲再试一阵。可才得移动，那畔又响起鼓来，惊天动地。

楚军开始动摇。周章连忙下令各将管束部下，不得擅自退却。这边重新稳住了，那边鼓又停了。这边吵吵嚷嚷，那边却鸦雀无声。

都静下来了，战旗猎猎，偶有马的嘶鸣，气氛十分压抑，让周章透不过气来。他脑子里虽然还盘算了一阵子攻还是守，但随即，不由自主地只想如何全军而退了。

耗了稍许，秦军阵上复又鼓声催动。估摸气候已成，章邯拔出佩剑向对面一指，背后大纛挥舞，鼓声骤紧，盾牌整齐地敲击，呐喊声起，阵门大开，战车闪电般驰出，直冲楚军。章邯显然是灵活移植了春秋齐鲁长勺之战“一鼓作气，再而衰，三而竭”的原理，根据双方形势充分发挥威慑力，未开战就取得了心理优势，极大地占据了主动。

面对存亡抉择，周章一咬牙，挥剑大呼：“弟兄们，逃必死，战或生，生死只在一念！”话音未落，战车已入敌阵，义无反顾。此举仿佛是一针强心剂，刚才还在动摇不定的楚军将士中也爆发出一股潜力，将领们争先，士兵立即奋起迎敌。

战斗素质再差也挡不住人人将生死置之度外，都来拼命。秦军人少，楚军人多，两军鏖战，直杀得天昏地暗、日色无光、血流成河。章邯本已对战场形势做了十分肯定的判断，以为当声势造足后便可一击而全胜。然而，义军中人的自我爆发力令他始料不及，四顾以血肉之躯前仆后继的“盗贼”，与戏水溃败相比较，他感到万分震惊。

经过一阵惊愕，章邯冷静下来，他执定佩剑，静观战场态势。战有一个时辰，他终于从对楚军各部战斗力不均衡的推测中，找到了薄弱环节，不禁摇一摇头，拿拳头砸了砸自己前额，回头对守在一旁的李likewise、徐腾吩咐道：“你二将分头去冲击两翼，助容盛、涂恂、李曜、郑驰一臂之力！”又命张既、邱轸：“你俩率部飞速包抄贼军，尽快形成合围，此战必获全胜！”复又叮嘱：“要快，不得有瞬息贻误！”四将领命，率骑闪电般出击。

楚军战斗力终归偏弱，始觉不相呼应，两翼随即在秦军有生力量的冲击下支持不住，开始溃败。那些实力较强而顽强抵抗者，被秦军诸将预先觑透缝隙，重点分割，战场形势已经分明。

周章被创十数处，浑身是血，身陷重围。他举目四顾，眼中全是敌兵。再待殊死冲击，忽见秦军纷纷闪退，正中让开一个门户，劈面喷出一阵箭雨来。驭手立毙，驭马仆地，战车倾覆。周章一跃着地，肩头又中一箭，勉强站立。箭雨立止，呐喊声歇，秦军围而不攻。

章邯战车驰到，拿剑一指周章："此为壮士，速速投降，本将可留你一条生路！"周章环看四下里剑拔弩张，耳畔干戈之声零落，心知无法再战，仰面呼一声："陈王啊——"举剑自刎。眼看着周章仰面倒地，徐腾趋前凝视良久，竟不忍取其首级。

数十万楚军就此崩溃，战死的战死了，逃走的各奔东西，当然也有逃到荥阳加入吴广所部的。吴广本就是个宽容的人，来者不论其败，一一列入编队，也算是壮大了进攻荥阳的声势。

战事进入关键阶段，关键阶段往往就是内讧阶段，这在其后许多的农民起义阵营中都可以看到。

先是久攻荥阳不下，然后周章败亡，这使吴广一军压力倍增，于是紧急召见副将田臧商讨对策。他说："荥阳城池坚固，李由有其父在朝中舍命扶持。今周文将军战殁，前军尽散，我却未入荥阳半步。现章邯将至，我军进退维谷。为今之计，我欲暂退师另作长远之谋，不知将军意下如何？"

田臧不语，半晌才问："假王的意思是要大军放弃攻打荥阳，全体逃走，让章邯那家伙一直追到陈县？这样做，陈王会怎样对待咱们？"

吴广知道对方话里有话，但迫于眼前局势，便干脆说："情形是明摆着，我若与章、李两面对阵，下场犹如周文，陈王又将如何安处？"

田臧诘问："假王想是已经定夺了？"

吴广见势，便干脆回答："也可这么说！"

于是田臧起身："那还商量什么，末将岂敢违背假王！"说罢扭头去了。

入夜，田臧召集心腹密议。田臧说："周文大军说完就完，章邯不日将至，我等如再拿不下荥阳城，必将陷于里应外合、腹背受敌的境地，到那时，弟兄们就要死无葬身之地了！"

“我等该当如何？”

“这样吧……”田臧思索片刻，决然说道：“我等必须主动前去迎击秦军，别无退路！”

将军李归问：“那荥阳将如何？我军撤了包围，李由必然随后来追！”

田臧点头：“只设法把李由堵在城里，其余便顾不得啦！”

有人发问：“却如何能堵得住？”

田臧笑一笑：“我看李由其人谋虑过甚，加之被困已久心力疲惫，未明虚实必然瞻前顾后，断断不肯随意出城。等我略施小计吓他一吓，他就真的不敢出城了。我亦在城外多布疑兵，拖他几日。等李由斟酌定了，那头大军是胜是败，业已定局，就看咱弟兄的运气啦！”

有人发现了一个破绽，问：“现有假王做主，将军您说了能作数？”

田臧冷冷地回答：“形势紧迫，假王不肯与我等共议退敌，大伙儿不妨去劝劝他！不过，吴广根本不懂得用兵之道，又自高自大自以为是，跟他谋划对策，恐属对牛弹琴，只会误了大事！就拿攻打荥阳来说，咱们弟兄可没少出主意，可他啥时候听过一句！那好，不听也行，你把荥阳拿下来呀！可荥阳至今没能攻克，贻误了灭秦的大好时机，他实实该当何罪？”

“将军能把假王怎地！”

“等着瞧吧……咱先试着再劝劝他！”田臧说。

次日一早，吴广在帐中召集诸将，打算宣布自己的决定，然而田臧、李归等人迟迟不到。心中正急而怒呢，田臧带着一拨将领来了。都以为要当面陈策呢，不料他却径直上前，突然拔出佩剑刺向吴广心窝。

帐中大哗。吴广的左右亲卫还没来得及反抗，就统统被杀死。李归执剑闯入帐中，大呼：“且听田将军宣布陈王旨意！”他身后紧随着一队精壮军吏，杀气腾腾。说话间，其余将领都被一一执定。

田臧冷眼扫视，随即从胸甲中扯出一条绢帛，举在手里大声宣布：“陈王有旨，假王吴广欺名犯上，临阵怠惰，致陷周文大军于死地。唯其勾结章邯、李由，密谋反叛，今经查证无疑，着令就地斩决。军中诸事暂由副将田臧统摄，各部务必听从节制，克日夺取荥阳，西拒秦军。违令者以吴广为例！”

吴广仰面倒在座上，冤魂直奔陈县去讨说法。无论如何，他坚信患难兄弟陈胜会还给自己一个清白。

田臧也是做事做到信，送灵送到天。他命令把吴广的首级包裹了，修书一封，派使者快马到陈县汇报。面对吴广的头颅，陈胜瞠目结舌，书信看不看就那样了。要说吴广，即使才能不及中人，但起义立有首功，而且甘为其下，平日与人为善，实在不该罹此下场，可悲可叹哪！

陈胜总是敬酒不吃吃罚酒，部下都已经习惯于把既成事实拿到他的面前，让他无奈地追认。这次情形如前，他无从犹豫，虽然怒火中烧，却也不动声色，立即派使者前往，把楚令尹的官印赐给田臧，同时任命他为上将军。令尹一职，传统属楚国的最高军政长官；“上将军”则为战场最高统帅。

章邯必须尽早解脱荥阳围困，这具有极高的象征性，可以给朝廷，更是给全力支持自己的丞相李斯一个看上去很好的交代。达到这个目标不难，难的是不能吓跑贼军剩下的这支主力。

这天，他正召集诸将反复陈述自己的思路，商讨策略。章平匆匆进帐，附耳低言数语，章邯先是一惊，紧接着便喜忧各各上心。寻思片刻，吩咐大家回营听命，即刻展开绢帛，急就书信。他对章平说：“田臧诛杀吴广，想必要与我决一死战……还是你替为兄去趟荥阳吧，亲手把信交与李由将军！”章平领命出帐，章邯复抢前两步，扯住臂膀低声叮告：“李由如何行事，为兄真的说不来，也无力勉强。无论如何，战事还将延续。你送过信……”说到这里，话头却止住了，“你先去吧，回头再说！”章平不便多问，道声“谨遵兄命！”大步出帐。

原本章邯最担心的事情，就是随着周章一军覆没，吴广更有可能量力后撤。然后陈、吴拖延时间协调北、南各路贼军与自己纠缠，持久地打消耗战。然而朝廷内争日炽，丞相一旦无力提供后援，局面便无法乐观。到时候，士气随久战而消磨，加之六国故地民怨甚深，天下变数剧增，胜算虽不一定在陈胜，但也就越来越不可能在朝廷了。不料事态却奇迹般发生了有利的变化，千万不能丧失掉眼下的良机！

正如章邯所料，田臧在危机中得到陈王的过度确认，便意味着断绝了战场上的退路。楚军大部西向迎敌秦军主力，荥阳城压力骤减，这使被困日久的李由感到很不适应。细想，渑池一战，贼军元气大伤；章邯大军东进，而贼军后援不济，撤围应在必然。于是再令人细细打探，自己却迟疑着未敢轻举。李由之所以如此，也是与章邯目标各有所重。守护荥阳城是自己作为三川郡守的本职，而剿灭盗贼的事则可借重章将军。更要紧的是，他已经不能孤立地考虑一城安危，而是要顾及自己的失算会给父亲带来多少不测。

章平亲自送来了书信。展开看时，是章邯约他夹击贼军，这使李由十分为难。但

“约”是客气罢了，那分明就是命令，不能不从。于是，他恭敬领命。待章平返回，他安排部将一如既往小心守城，自己则率部分军力尾随贼兵，也只图见机行事。

出城沿山丘边的大路侦察着磨蹭着走了半日，到了埋锅造饭的时刻。李由下得马来，喘口气时没忘抬头看地势，却发现山林间烟尘弥漫，心想其中必然有诈。他连忙上马，传令暂且后撤。退不到几里，果然呐喊声起，横里杀出一军。李归当先大喝：“李将军慢走，荥阳你是回不得了！”李由心慌，拍马当先抢道。他本就进中谋退，故而颇具章法，只管冲开阻截，并不恋战，急匆匆全体摆脱追兵，回奔荥阳。李归率军尾追，虚张声势只跺脚不靠近，以免露了自己的马脚。眼见李由退回城中，他便带着为数不多的人马佯装攻打，一面加派疑兵。于是，两下里相持，你不能进，我也不敢出。

不日，章邯所部进至成皋，直迫汜水西岸。田臧率领楚军主力迎战，两军东西相距约五十里。秦军连夜抢渡汜水，以便于楚军到达之前在东岸站稳脚跟。

山丘黑黢黢，静悄悄，汜水从东部嵩山汇流而下，直北注入黄河。秦军步兵在前，车兵在后，骑兵分布左右，小心翼翼地渡水。令章邯始料不及的是，李曜、郑驰指挥的步兵前队刚刚登岸，对面忽然火把齐明，本来似乎被李由羁绊的楚军，却突然漫山遍野遮至，真是把他惊得瞠目结舌。他意识到，自己有点轻率了。

经过片刻镇定，章邯从视野和听觉中捕捉到了楚军的信息，特别洞悉了那种试探着的虚张声势、欲战不战的心态。现在需要的是比谁更坚决、更快、更灵活。他传令盾牌手、弓弩手迅速傍岸列阵，容盛、涂恂加紧率队渡水增援。此时，徐腾、谭雄、张既、邱轸正带领骑兵向两侧山丘间迂回；他自己则与司马李棡及贲贯、翘剡、黄特、成晓诸将率兵车静观对岸战局进展，待机而动。

秦军苦战一个多时辰，终于夺得对岸阵地。田臧突袭无功，很快便察觉秦军从上下游包抄的意图，只好传令暂时后撤，在预先选择好的阵地上等待迎战秦军。秦军巩固了河岸阵地，掩护战车陆续渡水。章邯从初步对敌的战法上参透了对方虚实，指挥战阵稳固地向前移动，不冲不停，一路向东挤压，其势咄咄，逼得楚军步步后退。

大军即将脱离山地，章邯料想荥阳之围可解，就行进间召集李棡、徐腾、李曜，授以密计，指示他们率领偏师，分头向东南砀郡、南面颍川郡方向做试探性进取，威慑陈郡，从而令楚军主力和大本营之间无暇相顾。随即，他招手让相随左右的章平到自己车上，吩咐：“你可即刻返回朝廷报捷，请示丞相，奏请皇上多筹军资、增派大将率军增援，以期尽快平定山东。”说罢附耳低言：“你可向丞相报告李由将军无虞，并转达为兄的意思，恳请把你留在咸阳另作安置。”章平会意，告辞去了。

第十七回

陈胜被刺柱国北渡　范增献策王旗翻新

秦军继续步步为营，向前紧逼。田臧无奈，打又打不动，站又站不稳，这时，他才理解了吴广担任主将时的苦衷。为了不动摇荥阳李归攻城部队的阵脚，又不能把兵锋引向东南根据地的方向，田臧决定利用章邯不温不火的战法，由后队与秦军相持周旋，自己则加快退到荥阳北面的敖仓。那是必须据守的地方，军需充足也便于持久作战。

指挥和战斗素质均居优势的章邯显然完全理解对手的被动，他认定内在实力是占第一位的胜战要素，因而不在意田臧如何举动。兵锋北过荥阳，他发现阵前敌军虚松，大队开始加快后撤，便立刻改变了战法。只一声令下，全军以排山倒海之势疯狂出击，穷追猛打，不想再留给对方任何机会。

楚军真正溃退了，一溃就溃到了敖仓。这里背靠鸿沟，往上游一点就是广武，也就是黄河边。田臧已经没有了退路，只能背水一战，他"背"在一个水的死角上。

连续三天三夜的激战，直杀得血肉横飞，鬼哭狼嚎。最终楚军完全溃散，部分被歼灭，田臧壮烈战死，秦军也付出了惨重的代价。面对尸横遍野的战场，章邯百思不得其解，为甚看似乱糟糟、怯生生的贼军，关键时刻却总能以死相拼？周章的渑池之战是这样，田臧的敖仓之战也是这样。那么，他们为甚又总不拼初战而只拼在末路呢？这种拼法总使秦军的实际损失超过了预计，让章邯在胜利的倨傲中夹杂了少许的沮丧。

鸿沟在秦汉时也称为"狼汤渠"。鸿，"大"也，鸿沟也就是"大沟"。这是一条运河，黄淮平原水路交通网络中的穿针引线之作，一条意义重大的干渠，最初开凿于战国魏惠王十年（前 360 年）。当时是为了发展农耕，从荥阳北引黄河水南流，汇索水、须水入圃田泽。其后，又由圃田泽引水东流，经今河南中牟、开封县北，折向南过通许东、太康西至淮阳东南入颍水，由此沟通了济、濮、汳、睢、涡、颍、汝、泗、菏诸河流，从而也沟通了黄、淮水系。其逐步形成的交通价值，充分地推高了"山东"广袤土地的经济地位，却也在无意中耸立起了一道政治、军事、历史的地标。

楚军的尸体坠入深嵌于黄土沟壑中的鸿沟，把流到这里的黄河水染成了红色，再沿这血的动脉把战死者的灵魂带到大梁，一路带去家乡的陈县、项县、汝阴，汇入淮水，东归大海。夕照如血，辉映河岸。秦军踏过血泊南抵荥阳城下，对李归进行内外夹击。楚军已经失去了战斗力，李归等将领全部战死。无论如何，周章、吴广、田臧、李归，他们都应该是对得起张楚了。

两支足以威胁秦朝腹心的主力大军烟消云散，等待陈胜的将是什么呢？此时此刻，陈县已经来不及设防。

深居宫中的陈胜正注视着章邯大军一筹莫展，忽然传来一个惊魂的消息，他的同乡邓说丢掉了位于颍川郡西部的郏县。是秦将徐腾、李曜制造了这个比战绩要大得多的心理威慑。随即，谭雄、郑驰又跳前一步，闪电般袭取了颍川郡东部的许县，这里离陈县已经不足二百里。

邓说奔回到陈县。陈胜那股气咋也没法消除，先到先斩，便杀了邓说。丢掉许县的铚地人伍逢闻讯，便顺理成章地逃遁了。

二世皇帝接到章邯的战报，终于从兵临城下的恐惧中彻底苏醒过来。山东及南北各地告急文书依然纷至沓来，这使他非常恼怒，得找一个出气筒。

正巧李斯进宫，才要张口呢，二世先发话了："收起你那一套吧，我可不想像唐尧、虞舜那样，住一间三尺高的茅草屋，披毛穿麻聊以遮体，拿粗粟野菜填饱肚子，即使看门的下人也不屑得那样。啊，那夏禹，去疏通什么河道，弄得浑身乌黑，手脚并用地劳作，连腿上的汗毛都磨光了，最后还死在野外，葬在洪水泛滥的会稽，就是囚虏的劳作也苦不到那种程度！"

李斯低头不语。二世接着说："你横来竖去地烦我，到底安的什么心肠？难道你不懂得，贤明的人拥有天下，不过是让天下适合于自己罢了；如果连自己都无利可图，那还说什么治理天下……"意犹未尽，又谴责道："你身为朝廷的丞相，怎能让天下乱到这种地步，使盗贼猖狂到这种地步！"

李斯心里恐惧，但他这一类改革家具有贪图高官厚禄富贵荣华的特点，这是他们奋斗乃至当初不惜生命的原始驱动力。正因为如此，他自然有许多顾忌。尤其担心长子李由，这能够从一般人性的角度来理解。

出于急智，李斯便曲意逢迎说："自然都是臣下的罪过，怎能让陛下这样操心呢！"偷眼看，顺了二世的心意，便接着说："臣一定要仔细探究，务必找出一个能让陛下高枕无忧的对策来。"

话既然说了，就得有个交代呀。于是写了一份奏章。内容是这样的：申不害说，为什么天下会被称为"桎梏"呢？那是因为拥有了天下却没有能随心所欲、纵情享乐，就像唐尧、大禹那样，苦心劳碌地去为百姓效命，反而成为了黔首们的奴仆。这样的人，不能算是统治天下的君王。贤明的君主要一心使天下成为使自己快乐的资本。因此，就要断了实施仁义的念头，按照申不害、韩非的高明法术，高高在上，独断专行，使任何人不敢发一句议论。要对臣下严格察罪责罚，这样权力也就不会旁落到臣属手中。习惯了这一点，群臣和百姓想补救自己的过失都来不及，哪里还敢作乱！

二世看了奏章，十分高兴，于是变本加厉地苛察惩处，大臣们人人自危，产生反叛之心的大有人在。朝廷把盘剥百姓的人看成有才干，以杀人多的官员为忠臣，结果，尸体堆陈街市，路上的行人半数受过刑罚。百姓因日益惊骇而更加盼望动乱，盼望能乱出一个真正的救世主来。

“本于黄老而主刑名”的申不害在韩国为相十五年，“内修政教，外应诸侯”，做到了“国治兵强，无侵韩者”，怎么他的治国理念到了胡亥君臣的手上，却变成这个模样了呢？李斯明白其中的道理，但情势所迫，不得不这么做，为了活着，他却在自掘坟墓。

张楚已经危在旦夕，但分散在各处的将领们还是各行其是。赵将李良完成了平定恒山郡的任务，武臣命他就地西越太行，去夺取毗邻的太原郡。

李良从恒山郡治东垣出发，向东南行约百里，兵抵石邑。秦军已经在井陉口布防，赵军被阻，一时无计破关。正在这节骨眼上，李良收到了一封信，却没见封口。打开看时，竟然是二世皇帝写给井陉守将庞钧的。上面说：“李良曾经跟随过朕，得到宠幸，地位显赫，与朕是有老感情的。他假如能重新把赵地收归朝廷，朕将赦免他的罪过，并加以重用……”

这花招太过明显，李良并不相信，但却奇怪地率军返回邯郸，说是来请求赵王增派兵力。秦将庞钧不过是病急乱投医，岂料不但不战而退人之兵，还“滞后”带来了更加意想不到的效应。

将近邯郸，路上过来一支王家的豪华车马队。李良以为是赵王来了，连忙下车俯伏在路旁，他心虚着呢。其实，主车中坐着赵王的姐姐。她饮宴归来，酩酊大醉，也不知道路边跪着什么人，就叫随行的骑兵礼节性致意。

李良是个自尊显贵的人。等车驾远去，他从地上爬起身，望着散去的尘埃，羞惭满面。一名部下感到不忿，说：“天下反叛，能者先立。赵王的地位原本比您低，而今倒好，一个女人也敢如此欺人。我替将军去把这妇人杀了！”

李良本就一路翻来覆去想那封信，此时一怒之下，便任由手下追上去杀掉了赵王的姐姐，随即率军袭击邯郸。邯郸守军毫无察觉，被李良赚入城中，直取王宫。恰逢赵王武臣召左丞相邵骚议事，李良率兵闯入。二人未及挪窝，就糊里糊涂做了刀下之鬼。再去寻张耳、陈余，已经不见踪影。

邯郸并未经过大战，脱逃的张耳、陈余赶忙收集逃散的士卒，总共得到几万人。有门客劝他们说："二位现在处于弱势，又是外地人，赵国人肯定不服。上策是重新拥立故六国中赵国国君的后人，用仁义来辅佐他。"两人觉得这话有代表性，难以违背。于是，寻访到一个叫赵歇的人，"赵王"就是他了。大王暂时住在信都县，就是现在的河北邢台。陈余照样担任大将，张耳继续当相国。

李良先发制人，向北来讨伐，但被陈余战败，渡河归降了章邯。赵地的实际主宰，由赵臣变成了张耳、陈余，两个"一把手"。

经李斯全力筹措，二世皇帝派司马欣、董翳二将率军增援章邯。司马欣带来了李斯的口信，已经安排章平去好畤县驻防。好畤属内史，在咸阳西边，是远离山东战场的地方，却也是向西、北遮护秦朝腹心、遥遥防御山原地带游骑侵扰的后援基地。司马欣被任命为长史，也就是留在章邯帐下担任高级参谋。

章邯本人尚且滞留荥阳，秦军偏师已沿睢水洞穿砀郡，一路控制了大梁、陈留、雍丘、襄邑、睢阳、栗县，势如破竹其实不费吹灰之力，沿途本都是权宜从楚的秦地方官员。秦司马李榈一部抵达泗水郡相县，回兵驻扎砀县，屏蔽了魏、楚。陈县已经北、西、东三面受敌，张楚似乎就要像一张牌那样被历史翻去。

陈县附近及直线距离一百多里范围内，也只剩下张贺、吕臣两支军队了。最后关头，陈胜命令上柱国蔡赐守卫都城，自己则到屯聚城西的张贺军中督战，同时派使者赶往东南新阳县，紧急招呼他的亲信将领吕臣率军救驾。

陈县虽有郡城的稍大规模，但面对章邯大军，如何能守！蔡赐只与谭雄、郑驰一战，便殁于阵上。于是，谭雄、郑驰转与徐腾、李曜夹攻张贺。张楚军一触即溃。张贺掩护陈王沿鸿沟之西向南败退，以自己的生命为陈胜赢得了逃脱的时间。混乱之中，秦军并不知道陈胜已经脱离部队逃走。

陈县失陷，博士孔鲋也以身殉。章邯纳闷了，贼首陈胜为何不见了踪影？

位于今江苏盱眙东南的秦东阳县，有位令史，即县令手下掌管文书的属员，名叫陈婴，他是一个谨慎守信的人，被县里尊为长者。天下大乱，东阳的一帮青年人没头没脑地起哄杀掉了县令，几千人聚集在一起，这才想起需要找个领导。在自己一帮人中间找来找去，没有能出头的椽子，自然就把目光聚焦到陈婴身上，便来恭请出山。

陈婴推辞不干，但哪容分说。果然凭借他的人品名望，一下子就聚起了两万人的队伍。那些乳臭未干的毛孩子企图标新立异，从故魏的传闻中找到一种时尚，把军服做成了皂巾、青领，眉毛也染成了赤色，袭用了“苍头军”的称号。

青年们的心理冲动步步升级，要拥立陈婴为王。陈婴无奈，回家寻思对策。母亲对他说：“现在天下才乱了个开头，不晓得能有什么结果。”又说：“这可不是什么好事。我嫁到陈家这多年了，还没听说过你祖上从古至今出过一个大富大贵的人呢！”陈婴请教：“孩儿该如何办呢？”母亲是想好了的，说：“事情已经闹出来了，为今之计，你只好去投奔一个能耐人。假如哪天大功告成，少不得封个侯；一旦失败，也还便于躲避。”

事有凑巧，张楚王的上柱国项梁主动找上门来了。这事十分蹊跷。

事情原来是这样的。广陵人召平受命于陈胜，返回东海郡南部的家乡收编队伍，收取地盘，但未能如愿。忽然听到了陈王败遁的消息，急切之下心生一计，便擅自改变了使命。他渡江直奔吴县，假诏任命项梁为张楚上柱国，鬼使神差，恰巧接替了刚刚阵亡的蔡赐。项梁正求之不得，哪管是真是假。于是，召平对项梁说：“陈王要您紧急率兵过江护驾！”

面对强大的秦军，江东兵力过于薄弱。这时，听说东阳陈婴拒绝称王，便即派从弟项缠前去商洽联合北进。

项缠，字伯，项燕的小儿子，任侠仗义，喜好四处交游。他曾在下邳惹出人命，幸有张良张子房留他躲避，并设法平息了事端。听说项梁在吴县起事，项缠便邀张良随他同去投奔。张良托故拖延，他终究不愿靠这层关系去依附于人。

陈婴热情地接待了项缠。两下里一拍即合，陈婴决定率众并入项家军。

陈胜乘车逃过鸿沟，从陈县南一直向东。时间进入十二月，悲剧发生在泗水郡境内的下城父。太仆庄贾，半年前随陈胜在大泽乡起义，深得信任。穷途末路之时，他产生了强烈的生存愿望。

夜深人静，连日奔波的陈胜睡熟了。庄贾偷偷摸摸进到屋里，举起罪恶之剑刺向了自己的主人，然后割下那颗尚在沉睡的头颅，去陈县投降秦军。

陈胜曾有一念之差，他在紧要时刻怀疑了一个真正值得信任的人。驻扎在陈县南边新阳县的涓人将军吕臣，曾在陈胜身边担任近侍，他手下的士兵人人头戴深绿色帽子，所以也被称为“苍头军”。吕臣不是没打算去援救陈县，而是因为陈县失败得太快，救不及。也许这件事引起了陈胜的怀疑，所以逃跑途中转而避开了新阳。

陈胜之死对于秦军来说，似乎不值得弹冠相庆。章邯还有许多事情要做，他甚至没有及时把陈胜的首级送往咸阳。而此时，全体挂孝的吕臣苍头军却乘秦军四处扫荡之机，急行百里袭入陈县城内，凑巧俘获了庄贾。

吕臣用车辆载了陈胜的首级，向东北举哀，把这位秦末起义军的第一号首领埋葬在砀县之北的砀山，追谥为“隐王”。庄贾被当场处死，头颅被割下来作为祭品。后来，汉高祖刘邦下令安排砀县三十户人家为陈胜陵寝供养守护，这一定制延续了很多年。

陈胜包头带尾只当了六个月张楚王。他的一页飞快地翻过去了，但张楚主动或被动任命的那些王侯将相已经没有了罢手的余地。

吕臣接受父亲吕青的劝告，撤离了陈县。章邯果然不能放弃这座已经被深深打上了政治烙印的郡城，命令右校尉张既、左校尉邱轸率军回攻。苍头军节节败退，沿颍水向淮水边的湖泽地带溃退。这时，平地却冒出一个人物来，他正是成长为鄱阳大盗的黥布。

黥布是九江郡六县人，本姓英。天下无双的是，他主观上就把犯罪黥面预设为发迹的前提，甚至把祖上传下来的姓氏改了。

一个老百姓家的孩子在门前玩耍。有人路过，左看右相，末了说：“当刑而王。”多年后的一天，一名黝黑长大的汉子忽然想起这个说法来，便带着刑徒的身份标志，成为了骊山始皇陵的七十万造墓人之一。后来，他逃跑了，在江水中一爿称作“洲”的小块陆地上打劫过往商旅船只。许多事实证明，乱世之中先出“土匪”，然后才出英雄。

及至陈胜起义，黥布的部众已经发展到几千人。他感觉是时机了，就去联络番阳县令吴芮。吴芮敦厚君子，平时很受百姓爱戴，江湖中称他为“番君”。乱世之中，吴芮即便缺乏野心，也需要增强生存能力。他久闻黥布强悍无敌，当此世道，官与盗也无甚区分，于是主动把女儿嫁给了黥布，由他率领部众举义响应张楚。

吕氏父子被秦将张既、邱轸追逼，一路后退，苦战难脱。恰巧黥布北渡，便不论青红皂白截住秦将厮杀。张既、邱轸不敌黥布，败退而去。吕青、吕臣感激黥布相救，两下里合军一处，又来攻打陈县。张既、邱轸畏惧黥布，弃城退走。

黥布虽然骁勇，但只揣着被封王的追求。正逢项梁大军渡过淮水，进驻下邳，广招天下英雄豪杰。黥布和吕氏父子便舍弃了陈县，前往归附了江东军。项梁心里正高兴呢，又有一名叫蒲槐的将军前来加盟。此时，项家军的总兵力已经发展到了六七万之众，声势大盛。

项缠最上心的事情就是去寻找张良，但张良早早就避开了，项缠当然深感失望。这期间，还有一件事当时看来无足轻重，就是淮阴人韩信来投。此人身着长衫，背负长剑，相貌堂堂，谈吐不俗，但项梁看他一副穷困潦倒的模样，便只留他在军中，仅此而已。

陈胜确实已经死了，落脚薛县的项梁必须尽快有所作为，便通知各路将领前来共商大计。本处境局促的刘季、张良也带着一百多名骑兵到那里去开会，这次意味着正式加盟。

当下最重要的一件事，就是立即填补陈王那个位置上的空缺。要知道，没有旗帜就没有号召力，但擅自称王也是一件十分危险的事。

众人正在为难，一位须发皆白、精神矍铄的老者登门求见。他自报家门，说自己是九江郡具巢县人，姓范名增，虚度七十年光阴，声称专门前来献策。具巢址在今安徽桐城南金神一带。

闻报范增前来，项梁非常高兴，亲自出衙迎入。他早就听说过这位神仙般的人物，请都请不来的。

项梁奉范增到上首坐定。不等询问，老人家就直入主题："天下怀有二心的大王们总之不肯合作，项氏实力短期内很难壮大，没法与秦军抗衡……"

一语道破天机。项梁屈身："望先生不吝赐教！"

范增说："将军眼下急需获得最大的号召力。有了它，就有千军万马；没了它，做甚事都会感到为难！"

这话切中项家军要害，项梁忙说："请为分剖！"

范增分析说："陈胜的失败是必然的……"

项梁问："何以见得，这与我们有什么关系呢？"

范增说："容老夫慢慢讲来——秦廷吞灭六国，其中楚国最是没甚罪过。打从怀王被骗至秦无法归国，楚人一直到今天还感到无比屈辱。所以，楚南公预言：'楚虽三户，亡秦必楚。'但陈胜首先发难，不立楚国的王族却自己立为张楚王，明摆着就不会长久。"

项梁点头，心里觉得非常有道理。再说，范增所引用的楚南公是位著名的阴阳家，相传能卜会算，善于推断事物。

范增接着说："现在将军在江东起兵，楚地远远近近众多的将领蜂拥归附于您，原因在您家世世代代是楚国的将领，寄希望您能重振楚室。"说着，他还特意向黥布、刘季会意。黥布点头，刘季则假装没看见。

根据范增提供的线索，项梁很快就找到了一个能对号入座的人，用他来作为形象。这是一个放羊娃，据说是楚怀王熊槐的孙子，名叫熊心。

第十八回

安内乱移军击河北　窥边备涉险探高阙

秦二世二年（前 208 年）六月，项梁把十三岁的熊心扶上了王座。大概因为位出有源，人们复又把这个楚王推导为“怀王”，算个标签，一种用死者唤醒未来的期待。

楚的都城设在东海郡的盱台，地址在今江苏盱眙东北的官滩。项梁则移驻彭城，形成实质在北，旗帜在南的畸态。

楚国回归“正统”，陈婴接替项梁担任了上柱国，赐封五个县，平时就跟随在怀王左右。项梁自封武信君，黥布封为当阳君。当阳属南郡，地处今湖北荆门西南。

因为项缠的缘故，韩公子张良很快便进入了项梁的视野。出于帮弟弟报恩的心情，项梁提示道：“子房有心迹尽管表明！”张良流着泪说：“如今楚、赵、魏、燕、齐都已恢复，唯有韩国……”

六国借尸还魂，唯韩国还在墓中沉睡。可恰恰唯有韩，尚存一名货真价实的复仇者和代言人。项梁显然有意，便搓着手掌说：“是呀，韩国该如何办呢？”

张良虽然无力，但心里却是有准备的。见项梁主动发问，便说：“韩国的各位公子中，横阳君韩成最为贤能！”

已经存在五路诸侯，少一个韩不为少，再多一个韩也不为多。只等张良开口，项梁便表示支持。当下委派张良去寻找韩成。其实哪用得着“找”呢？

项梁派人到怀王那里打了个招呼，便立韩成为韩王。张良担任了韩国司徒，就此惜别刘季专心辅佐韩王，带着一千多人向颍川郡、南阳郡出发，去实质性恢复韩国。秦朝本相对平静的一隅，大小也要被搅起点波澜，这对项梁来说，没什么不好。

乘秦军疏忽，韩成、张良一举夺得了好几座县城，但在军事地理位置上也算得敏感的颍川，这种胜利只是暂时的。果然，一旦惊动了章邯所部，那些城邑便立刻被夺了回去。韩成君臣只好带着丁点儿军队，退到山地打起了游击。

战事进入一个相对平静的阶段，秦军动静不大，但肯定没闲着。张楚被剿灭，秦廷上下弹冠相庆。李斯和章邯内外主导，开始布局全面进剿。

内乱必致荒边。戍守阴山长城的主将王离奉命从北部军团抽调十五万主力，在上郡集结，东渡黄河，取道太原郡，出井陉口进攻赵国。大部队前脚开拔，留守原地的军卒便有所动摇，被迁来垦荒的人口也开始逃亡返乡。

对于秦廷来讲，这是一种信心加决心的表现。根据设计，河水南北双管齐下，全局将一举匡定。及至蛰居漠北的匈奴全面反应，王离大军也能迅速复位。总之，一切不足为虑。

南路章邯率军沿河水东进。首当其冲的魏王咎心知无力对敌，赶忙派相国周市去向齐、楚两家求救。诸侯唇亡齿寒，齐王田儋权衡局势，决定亲自率将军田巴、田荣去助魏拒秦。项梁也不甘落后，立即率军进驻胡陵，派侄子将军项它为先头，溯济水而上，紧急驰援。项它是项燕第三子项乐之子，与项籍、项庄为叔伯兄弟。

齐、楚两军离临济城十余里扎营。入夜，秦军发动了袭击。齐、楚两军猝不及防，大败亏输。田儋、周市死在乱军之中。项它悍勇，单骑逃脱，天亮收集败军，狼狈退去。

魏王咎却有份善良的心，想想自己死了也罢，却何故连累临济一城百姓。于是向章邯递交了降书，自己则引火点着了宫殿，自焚而亡。他的弟弟魏豹噙着泪水逃奔到了楚国，项梁拨予几千人，由他去与秦军周旋。

田儋的堂弟田荣带领残部回撤到东阿。秦将赵贲、杨熊随后追击，包围了田荣。当时的东阿在今山东东阿与阳谷之间，现地名阿城。齐国反对派势力得到田儋的死讯，便乘机拥立已故战国齐王田建的弟弟田假为齐王，田角、田间兄弟二人分别担任相国、将军。

北路秦军进展也很顺利，王离已经从恒山郡南下攻克信都。赵王歇、相国张耳、将军陈余被迫退守邯郸，也派使来向齐国求救。田假派将军田间前往救援。

项梁再度派司马龙且前往解东阿之围；原起于薛县的将军陈武也率领手下两千五百将士，作为友军前往助战。

龙且是一员悍将，陈武亦可谓善战，二将出其不意地发动强攻，赵贲、杨熊败退，放弃了对东阿城的攻打。

田荣得救，立即率军东返，驱逐了屁股还没有坐热的齐王田假、相国田角。田假逃亡到楚国寻求庇护；田角则逃往赵国，找田间去了。田荣扶立田儋的儿子田市接替了王位。田市任命田荣为相国，田横为将军。

项梁乘胜率军西进，与秦军战于濮阳城东。项梁这回也集中力量先发制人，诸将猛攻。秦军大败，章邯终于从速战的梦境中惊醒，迫不得已沉下心来专心琢磨项梁。他退据濮阳城内，下令环城掘沟引水，紧固城防。楚军猛攻，刘季所部樊哙率先攻上城头。秦军在城上发起反攻，两下展开了激烈争夺。最终，章邯还是不得不放弃了濮阳城。

仓促后退的秦军并没有远离濮阳。章邯开始调整方略从长计议，在防御上下功夫，终于遏阻了楚军的锋芒，双方进入僵持状态。

项梁亲率黥布、蒲槐等继续逼攻章邯，却派刘季、项籍向南迂回。此举攻防结合，在开辟南郡南、砀郡境内第二战场的同时，也遮挡了秦军从济水、睢水流域进袭楚国腹地的必经之路。

宫廷内卫首领郎中令赵高依仗二世的恩宠，专权跋扈，挟私杀害了许多官员。为了遮掩自己的滔天罪行，唯一的办法就是堵上皇帝的耳朵，蒙上皇帝的眼睛。本来，想做到这一点很不容易，但这件事却可以由皇上自己去做。于是，他劝二世说："今陛下即位不久，正当青春华年，何必在朝廷上与三公九卿论长道短，还必须被迫做出那些自己不乐意的决断，真太累啦！"

二世本能地逮住了话头，问："青春华年？你说的是啥意思，啥乱七八糟的，我听不明白……"他真的听不明白，但倒是勾起了一丝心愿。

赵高从皇上弱智的反应中，看到果然能钻个大空子，偏把话题落在了别处，回答："如果陛下的判断发生误差，做出个不合适的决定，那就把缺陷暴露给了众臣，很没面子，也要被那些人笑话，从此无法显示圣明……"

二世急了，问："那可咋办呢？"

赵高推心置腹地说："天子之所以称'朕'，是因为天生高高在上。所以，本就应当让群臣只能聆听他的声音，却见不到他尊贵的容颜。"

二世面露喜色，击掌说："哎呀，我明白啦，你咋不早说呢！"

说那秦二世笨拙不错，但过于笨拙的根由，在于其别有用心。赵高清楚地记得，二世曾经问过："人生居世，就像六骥过隙，青春易老。我既然已经君临天下，只想享受耳目所能企及的一切喜好，穷尽心里追求的所有快乐；由此却也能让宗庙安定、万姓各得其乐，达到天下长久、自己也终享天寿的目的，这能做到吗？"赵高当时回答："这是贤明君主所能实现的，但却是昏乱人主所禁止的。"他知道皇上说的都是屁话，也便在回答中留下了明显的歧义，反正二世只会朝一边想。

冒顿消极着，长时间远离单于庭，甚至不去关照那一万"特种部队"，也不去左部处理事务。这一天，且蛰来告诉他，秦朝王离率领大部队撤离了北假，打内战去了。这是否意味着一种机会呢？二人计议未定。冒顿忽然生出一个冒险的念头，想亲自到阴山去看看，还要带荟扶一起去。且蛰有点担忧："唉，这个胆大妄为的家伙，说风就来雨了！”但他还是同意了，并且决定亲自陪同前往。责任是一方面，其实他也想亲眼看看那个他曾经驻扎过的地方。

且蕹让曳当带了少量人马，与侥直那、屈烈支一起随同护卫。为了确保安全，他又调遣右大当户蓬奚率一千游骑随时接应。“要离得不远不近，眼睛睁大些，睡觉时竖起耳朵！”他叮嘱。

要绝对保证太子安全，也要避免与戍守的秦军发生无谓的冲突，这很是作难。好在有些时日了，匈、秦双方无战事，一线的敌意也不那么强烈了，方便的地方还擅自开关做起了买卖。且蕹哪里知道，此前冒顿已经擅自潜到雁门的集市上耍过一圈了。

大山的尾脊之间还算宽拓，但一路行走，仍难免盘岭绕沟，萦回迂曲。在姑且水末的湖边稍作停留，这里可以眺望浚稽山西、东两座山峰。然后看山不走路，走路不看山，迤逦到达蒲奴水尾，那里是冒顿初为人质时走过一段的位置。擦过夫羊句山狭北，一行人马逐渐进入荒漠地带，十分行程已过其六。

下一段直线距离还有六百余里，可见冒顿、且蕹这“玩”的兴致。一路不紧不慢到达沙砾地带，总是影影绰绰的阳山于不知不觉中清晰起来，高大起来。所谓“看山跑死马”，行程尚有近百里，但毕竟快要到了，一行人不由得活跃起来。

东西走向的阴山山脉全长一千二百公里，海拔一般在一千五百米到两千米，西端的阳山相对高些。这是一座古老的断层山，由于环境形势北高南低，所以北坡山势平缓，而南侧断层则高峻陡峭，俯瞰河套平原相对高差达到一千米。山间形成许多垭口，现在叫作吴公坝、昆都仑沟的峡谷，都是山系南部重要的通行孔道。

荃扶在全家被驱逐到大幕以南后，每天在自家的毡房前，抬头就能看到绵延的阴山北。她甚至还大着胆子和家人一起，在已经不那么敌视的秦朝守军面前，自由地通过长城隘口，沿石门水去九原附近交换物品以补充和调节贫乏的食品和家用。但此时此刻看到阳山，她的心情完全不同了。她激动，直是朝寸步不离的冒顿，朝偶尔看她的且蕹，朝始终守卫在一旁的侥直那、屈烈支、曳当，朝因为有了她而精神亢奋的卫士们报以微笑。持续得久了，面部的肌肉有时有些僵硬，但她发自内心。此时即使让她去死，也会面带欣慰。

晚霞漫天，把阳山层叠的山峰映照得通红。阴山形势如一只跃动的豹子，阳山恰如豹子高高耸起的尾嵴。现在这支重量级的冒险者队伍就暂歇在“尾嵴”下边，从容地扎好毡帐宿营了。明天赶早出发，他们要在太阳升起的时刻，登上一座足以远眺的山峰。

躺在毡帐里，拥抱着温情的荃扶，冒顿竟然设想起父亲带着小胭脂夷我巡游余吾水的情节。夷我能享受到的，他要让荙扶都享受到；夷我享受不到的，他也要让荙扶享受到，这就是他带荙扶来冒险，来寻求刺激的直接动因。当然，本质的目的不这么简单。

半夜起程，冒顿、且蛰一行人化装成牧民，骑马循着山里的道路，绕过几座山腰，跨过几道山谷，登上山头仰眺，逶迤雄居山脊的长城映入眼帘。太阳正从东边升起，把长城曲折而豪迈的身影投射到了起伏的山峦上。

雄心、好奇和刺激，使冒险心理随着太阳升温。由屈烈支小心翼翼地试探着开道，小队人马沿陡坡上的小路来到城下，辨认了一下，这里就是高阙的关楼。已经五年多了，且蛰的骑士们就是迫于蒙恬大军的威力，从关下的峡谷中，最后一批退出狼山的。

眼前仍旧是那座早年就存在的军事工程，看上去确实经过了修整加固，墙垣完好。然而，城垛边却没有发现戍守的军队。在越发的好奇心的驱动下，他们下了马，顺次向城上谨慎地攀去。

屈烈支探头看过一遭，的确没有人，便跃身登城，卫士们随后鱼贯而上，向四边守望。冒顿一手拽上荙扶来，在城上拉着手看过一圈，然后说一声："自己玩去吧，要当心点！"

南侧的城下是高高耸起的峭壁，形势险峻远远超过城北。且蛰寻思，如果把两边的形势掉个个儿，即使善于攻城拔坚的中原人，又将奈何这道卓越的防御工事呢！他笑了，可惜匈奴骑士不但不擅长攻城，而且也极不善于防守。

左、右两位屠耆王左右站立，匈奴的第二、第三号人物边看长城翻山越岭气势恢弘，边在头脑中搜寻和调动全部的历史知识和传说，想晋赵燕秦分合吞并，匈奴往来，战和交替，光阴瞬息，物是人非，不由得感慨无限，也助长了气吞山河的英雄之志。

长城垂下的屏障，把整个河套平原狭长的水草地彻底圈护在怀抱里。遥望似乎能看见河水，那是一条水流浊黄的宽阔的大河，河面旋流相接，水下暗流跌宕。河水那边就是河南地。冒顿和且蛰也都曾去过河南地，据说，他们的祖先曾经在那里游牧过。

河水率意地抛着大弯，向北，向东，向南，再向东北，大气磅礴奔流到离这里很远很远的大海去。入海的那一段就在匈奴左部的南面，也不一定离东胡的草原更近，却与匈奴如今的游牧地隔着重重叠叠的山川大漠。冒顿真想看看河水从哪里流进了大海，是怎样流进大海的，大海又是啥样子。可眼下，命运在旋涡中挣扎过后，正逆流而上，还不知终究会把自己带到什么地方去呢。也许在经历艰苦磨砺之后，他将成为大匈奴有史以来最伟大的单于，也许……他有一个巨大的梦想。

河水宽阔地从山地流出，从富饶的长满庄稼的平原上流过，朦朦胧胧听说过，在那里它也流经传说中的匈奴远祖夏族的发祥地。遗憾的是，匈奴人从来也没有能深入到那里。

高阙朝北与姑衍山隔大幕直对呼应，西南与月氏北山越流沙遥遥相望。且蛰在注视着，好像能看到什么。他能看到什么呢？

冒顿一路十分注意且蛰。他看且蛰的举止，回味他的作为，与他长谈，这才惊叹于这位兄长洞察形势，善思练达，胆识俱备，行为有度，心下便日益尊重。现在，他们并肩俯视，指点山河，心里成长着许多默契。

脚边是一溜蹬道，也还齐整，只是在石缝里露出许多草茎来，透露着防御的疏怠。蹬道下边，连接着一座规模宏大的军城，从上面俯瞰，一目了然。城内营舍井然，但却旗帜寥寥，也许时候尚早，还未见有几个士兵的踪影。

周围忽然警觉起来，屈烈支在悄声招呼卫士们，侥直那和曳当已经守候在两侧。原来，一队步兵沿着随山势而错落的城墙远远巡逻过来了。秦军竟然只巡逻，而不驻哨，包括高阙这座不可不防的要塞！难道夜晚这里真的无人值守？

必须赶快撤离了。冒顿走到一堆柴草面前，踢飞了一截树柴。一般来讲，如果发现敌骑，瞭望哨是要用它们来引火的。夜晚燃火光，白天熏狼烟，这虽然只是一种传递敌情的方式，但对于匈奴人来说，也能形成直接的心理威慑。这一点，冒顿心里清楚。

迅速返回城墙边，上马遁入山中。回望高阙，冒顿暗暗感慨。他意识到，如果秦朝无法控制函谷关以东向河水以北、江水以南大肆蔓延着的混乱局面，大匈奴返回北假也就指日可待了。然而，还得耐心往后看。大规模的军事行动要牵动单于庭和整个族群，没有充分的准备不足以发起。难以处置的还有月氏和东胡，各方面互相牵扯，得拿出足够的智慧来应对。说到底，自己内部也不是轻易摆得平的，父亲不时唠叨返回北假之类，只算是过过心瘾，跟闹着玩似的。还不到时候，冒顿不愿意想得太多，更不愿意想得太具体，他希望自己的身心能更加放松些。他向荅扶摇摇鞭鞘，示意向自己再靠近些。

巡逻近来的秦军朝关楼上放声吆喝，城关激荡，弄得冒顿一行格外紧张起来。完全出乎意料的是，关楼上竟然有人应声了。原来，那上面有人戍守，想来是一夜劳累，凌晨挡不住困乏，就躲到碉楼的某个角落里睡熟了。

冒顿、且蛰等心中吃惊，也感到这个凌晨是如此的荒唐，又如此的侥幸。正这时，队里的一匹战马发出嘶鸣，回声响彻山峦。这一下，卫士们慌乱起来，纷纷张开弓弩，以备敌骑来寻。

关上的士兵拥到了墙垛口，一齐朝这边张望。张望了许久，大概再没有发现动静，竟然也就没动静了。

冒顿越发觉得，虽然对方的懈怠引起了自己一行的误读，但大伙儿能登城眺望玩耍，无意中与值守的士兵咫尺共处，那绝不是一种偶然。

秦廷政治已经悬于一线，胡亥依然浑噩着，反正父皇已经说过了，“这皇帝位是要传至二世、三世，以至永远的！”至于那些盗贼，本来有章邯就够了，偏偏还要搭上个王离，岂不多此一举。看李斯那副熊样，愁什么愁！朕正值华年，需要享尽天地间的欢乐，可朝中那些陈芝麻烂谷子的事情太麻烦，文臣武将又絮絮叨叨没完没了，真够烦人！说不听，可总有风声吹进耳朵。幸亏朕心里有老主意，早就不操心那些屁事啦。青春有限，光阴一刻值千金，还总觉得不够用。听说世上有一种“无为”的说法，也许赵卿的主意就是从那里来的，贤明的君主就是要少给臣下找麻烦！

在赵高的耐心诱导下，二世不再上朝。他深陷宫闱，不经召见，大臣们谁也到不了身边，凡事只能对赵高说说。赵高侍奉左右，更是断绝了朝廷上下内外的联系，大小事情从此都由他说了算。

对二世的这种状况，李斯心里着急，不免到处发表些看法。赵高听说李斯颇有微词，便找上门来，换了一副嘴脸，说：“哎呀，听说那个关东盗贼多呀，都闹起来啦！您说这皇上他，总把心思放在盖那个阿房宫上头，这不是，又要追加征发夫役，又要到处搜罗那些狗马之类的没有用的玩意儿？我真想劝劝他，可是不行哪，地位卑贱哪，实在不敢开口！不过从本职上讲，那可是丞相您分内的事情，您却为何不去劝谏呢？”

李斯也怪，竟然信了这一番鬼话，说：“我早就想劝谏，可如今皇上深居宫中久不上朝，我想要说的那些话，靠传达是不行的。想见皇上吧，实在找不到机会。”

赵高说：“是真的吗？那咱俩配合配合，皇上一得空，我立即就给君侯打招呼！”

第十九回

定陶大意项梁身死　二世荒昧李斯灭族

这一天，二世在后宫与一群美女吃喝玩耍，兴致正浓。赵高派人去请李斯，通报说："皇上此刻正闲着呢，快点来报告事项！"李斯赶忙到宫门求见，赵高便殷勤地代为请求。二世被打搅了，好不扫兴，心里觉得李斯是故意找别扭呢。

按说上一两次当就够了，但李斯却接二连三去钻赵高做的套儿。身为丞相，为朝政、战局操心，心情过于急迫，便忽视了身边的阴险。二世可不领会他的心情，那一天终于忍耐不住了，勃然大怒："哎，朕平时空闲多得很，总也不见丞相你来；朕正有些私人活动，你就来请示这请示那的，总是这么凑巧，真是气死朕了！丞相是不是看朕太年轻了，见不得我快活，特意消遣我来啦！"他竟然自称"我"，可见生了多大的气。

赵高见皇上发怒，便火上浇油："这事麻烦大喽。皇上想想，沙丘伪造遗诏，有丞相的大功劳。现在陛下已坐上了皇位，但丞相还就那样，他到底图什么呀，没看出来吗？我私下里听说，他是要皇上赏赐一块土地，好在那里称王呢！"

二世怪道："你既然看出来了，为何不早说呢？"

赵高表情怪怪的，有那么点委屈样，说："要不是陛下问起，我哪敢说呀！您看丞相的长子李由，身为三川郡守，盗贼从他城下经过，他只是做做防守的样子，根本不肯出兵剿灭……"说着，故作神秘地凑近了，差点咬着二世的耳朵："皇上听说了吗，陈胜那帮盗贼都是丞相邻县的人，他们敢于公然横行，那是——"

"那是什么？"二世惊讶地睁开了迷茫的眼睛。

赵高赶忙唯唯诺诺，说："风闻李由曾与陈胜贼寇互有书信往来，这事体太大，臣不弄确切了，不敢轻率地向陛下禀报。再说，在这宫殿之外，丞相的权势要比陛下大得多，哪个敢得罪他呀！"

这次二世没有发怒。他想立即查办李斯父子，但赵高所说毕竟是一面之词，怕不够审慎，于是就秘密派人去调查李由勾结盗贼的真相。

李斯也是有耳目的，一留神便听到了这件事，急了，不得不与赵高抓破脸皮。他想立即求见皇上，但二世去了甘泉宫，正在看角抵表演，见不着。事不宜迟，他立刻递进奏章去，揭发赵高的种种不轨行为，梦想二世皇帝能幡然悔悟。奏章说："现在有人的权力和皇上没什么两样啦，对大臣们的赏罚统统由他来专断。从前田常当齐国的相国，地位无人可比，富可敌国，到处布恩施惠，下面争取百姓，上面笼络群臣，终于在朝廷之上杀掉了简公，夺取了齐国。这件往事尽人皆知。如今赵高正在放肆地打歪主意，他的阴险行径，他的私家财富，都与当初田氏在齐国的情况相似。他处处倒行逆施，十分猖狂，篡夺天下的野心昭然若揭，陛下如再不重视这件事，我担心他会动手搞政变呀！”

二世召见李斯，说：“我看过你的奏章了，你都说些什么呢！赵高本一个宦官，却不因安逸而放纵，不因危境而变心，行为检点，一心做好事，靠自己努力，因忠诚而被任用，因守信而稳定职位。朕确实觉得他贤能，但您却怀疑他，凭什么呀！再说，朕年少失去父亲，对世情缺乏了解，不熟悉统治方法，你又年纪大了，你死了以后朕咋办？朕不寄希望于赵高，又还能任用谁呢？何况赵先生做人，精明清廉，强干得力，对下熟悉人情，对上与朕适宜，您就别多心啦！”

迫于情势，李斯也顾不得了，辩白说：“不对，那赵高本就是一个下贱的东西，又没见识又不讲信义，贪得无厌，谋利不止。如今他权势仅次于皇上，欲求又还没个止尽，确实太危险啦，所以我必须弹劾他！”

二世已经被赵高迷惑得神魂颠倒，李斯再说什么，他都听不进了。等李斯退去后，他思前想后，忽然担心李斯会下手杀掉赵高。于是，私下把李斯的话全盘倒给了赵高。赵高大惊，俯伏地上哀求说：“皇上可要为小人做主呀。满朝中丞相他所忌惮的，唯独我赵高一人；我一旦死了，丞相就要做田常做的那种事啦！到那时，皇上您可咋办哪？”

经赵高轻易倒打一耙，二世更加犯浑，干脆下令：“那就把李斯交代给郎中令吧！”这是一句意义不甚明朗的话，甚至再轻的理解也未必是二世的初衷，但态度却非同小可。赵高便拿着鸡毛当令箭，由此获得了挟制丞相的特权。

眼看天下鼎沸，造反的人越来越多，盗贼也四下里趁火打劫，朝廷不断地征发兵卒去打仗，民生迅速凋敝，右丞相冯去疾、左丞相李斯、将军冯劫没法置若罔闻，便联名上书二世，规劝说：“关东群盗纷纷造反，朝廷发兵剿灭，死的人非常多，但仍然叛乱不止。为什么呢，都是因为黔首太过劳苦，赋税又实在太重。他们已经没法忍受连年被征发打仗，却还要承担水陆运输等等繁重的劳役。我们恳请皇上暂停阿房宫的工程，减省四方戍守、运输等等徭役，让黔首稍事休息，盗贼自然就不会那么猖獗了。”

二世哪肯听这一套？他训斥说：“能尊贵地拥有天下的人，就要为所欲为、极尽享乐。君主关键是把规矩制定好了，这样来驾驭天下，看谁还敢胡作非为！虞舜、夏禹那种君主，那么艰苦，去为那些黔首卖命，这值得效法吗？何况先帝已经平定天下，我驱逐四方蛮族安定边境，兴修宫室满足一点心情，咋的就不行啦！我即位这两年的时间，盗贼蜂拥而起，你们禁止不了，还找借口想废弃先帝的事业。这种做法既不能报答先帝，也不能为朕尽责，凭什么还坐在官位上呢？”

话又说到了气头上，立即下令：“把这几个人给朕抓起来问罪！”事情已经到了无可挽回的地步，冯去疾、冯劫互相说：“我们身为将相，绝不能凭空在牢狱中受辱！”两人便自杀了。

李斯还活着，那是因为顾忌多，也存在幻想。他功劳很大，善于治理，确实也没有想到过反叛，自己又能言善辩。他觉得，也许二世还需要用自己，还能给自己机会。

武信君项梁在濮阳一带连连击败秦军，但奇怪的是，章邯却乐见已败，终日不作为，弄得手下的将领们直发怵。于是项梁乘机腾出手来，亲自折返东南，冒雨拿下了定陶。定陶故址在今山东定陶西北，临济水南岸，正处在秦军主力东进楚国根据地的路口。但此城却也是根扎得很死的钉子，刘季迂回西进途中曾使尽各种招数，就是没能拿下。

项梁袭取定陶，并没有费多大事，兴奋之余，他多少有点把持不住自己了。

士兵韩信求见，不知道要说什么。项梁虽然不甚耐烦，但也觉得有些新奇，就召他进来。韩信行过礼，才要说话，又有部将宋义来见。项梁就对韩信说：“你先退下！”韩信还想开口，项梁挥挥手，不再理会。韩信只好悻悻地退出。

项梁问：“宋将军何事来见？”宋义拿眼光催促韩信离开了，才说：“末将这些时观察，觉得秦军太过无为了，生怕其中有诈，请武信君千万注意防范！”

项梁笑着说：“章邯此刻正望着濮阳城头发呆呢！今我左有刘季、项籍虎视大梁；右有黥布、蒲槐紧逼白马。本人又亲手拔掉了定陶这颗钉子，后顾无忧，粮草供给顺当……当然，你的提醒也还是有道理的！”

宋义劝道：“末将还是认为，打了胜仗，要避免将领骄傲、士兵怠惰。这种情形好像已经发生了，而秦军兵力正在源源得到补充，我暗中感到担忧……”

项梁本觉得自己够警惕。被唠叨得烦了，便想，这个人能言善辩，就派他到需要说辞的地方去吧。于是道：“我这里有件特别重要的事情，需要烦劳。你可去趟齐国，争取田荣出兵！”宋义无奈，只得领命。他退出帐外，无意中与尚在徘徊的韩信对了一眼，突然读到了一丝难解的怅惘。

此刻，一旁正有人注视着韩信。将军钟离昧巡城，正巧看到一名士兵装束的壮士从上将军帐中出来，却流连不去。宋义去后，士兵却待重新入帐，不免与守在帐外的卫士纠缠。钟离眛一时心动，便有意上前用力拽他一把。他还挺拗，身上有股子劲道。

韩信看到是钟离将军，便叉手行礼。这回钟离眛看得亲切，果然一表人才，似强还弱，似弱还强，似文还武，似武还文，骨子里透出一种把握不定却非同寻常的气质，只一时说不来那感觉。

“来，来，来，待本将与你说几句话！”钟离眛唤走了韩信，也算是给他免了回灾。要再滞留上将军帐前滋事，不定会闹出什么结果呢。

“听口音你是淮阴人？”

“是淮阴人。将军家想也在东海郡？”

“在朐县伊庐乡。”朐县位于今江苏连云港西南锦屏山侧，伊庐乡在朐县东南。当时，这一带濒临大海。

“哦，那就在海边上了……”

钟离眛看韩信心不在焉。顺着眼光看去，原来宋义正出了营门。两人目送他上车去了。

天气阴晦，宋义只管磨磨蹭蹭。次日正坐在车上颠簸着瞌睡呢，对面有齐国使者的车辆过来，两下里错毂，宋义略抬眼皮，认出对方是高陵君郑显。熟人邂逅，于是下车寒暄。

宋义问：“你是去拜见武信君吗？”回答说：“是的。”宋义稍稍迟疑了一下，还是忍不住说：“我认定武信君有麻烦。你最好走慢点，可免一死；走快了，那就得跟着遭殃，划不来的！”

齐国与楚国紧邻，双方总是疙疙瘩瘩。眼见得楚国声势日盛，齐王田市便让强硬派田荣躲开一边，由自己非对称地屈尊与项梁和解，郑显正是带着这个使命来见项梁的。

又下雨了，淅淅沥沥。郑显虽将信将疑，但不得不为自己的性命着想，于是走走停停，缓缓而行，且把个把时辰判作一天。

连绵的阴雨已经从七月下到了九月。军队的精神也像阴晦的天气一样，终日里混混沌沌，蔫透了。

项梁一时做不了什么，就乘着雨天休息，喝喝酒，听听战况汇报。却有好消息传来，三川郡郡守李由被刘季、项籍战败，死在了雍丘阵上！项梁内心振奋，直感到时运正迅速向自己靠拢。“等天晴了再说！”他决心寻机与章邯决战。可他哪里能想到，此时章邯已亲自率军，借助雨天掩护悄无声息地向定陶接近。

楚营熄灯了，雨雾中还能看到城头稀疏的团团如幻的亮光。项梁端起酒樽出了大帐，让夜光中闪烁的雨点滴入樽中，与天把盏。“这雨何时才停呢？！”他忽然有些心急。

酒樽映出了红光，像是火苗在闪动。项梁心里吃惊，抬头看时，营外似乎黑影幢幢。他不很相信，揉揉眼睛，再仔细去看。这时，他听到了脚步的“隆隆”声，兵戈的碰击声，突然醒悟：“大事不好！”

酒樽被抛向空中。这仿佛是一个信号，城头霎时间火把齐明，营外杀声震天。没过多久，火势便烤干了雨天，吼声飞快地逼向前来。

项梁仗剑苦战，身负重伤。浑身鲜血的项缠赶到了，手下暂且敌住秦军。项梁强忍伤痛，镇静着说：“贤弟来得正好，我有一件重要事情只托付于你才放心……”

这时，又有一拨秦军杀过来了，项它、钟离昧等拼死抵住。项梁催促项缠：“你快走，有我在，秦兵就不会在意你！”项缠哪里肯走？项庄退过来，项梁命令道：“快，你们俩一起走……又说，保护好你季父！”项缠还要说话，项梁大吼：“快走！”转身迎敌秦军，但他已经是垂死之人。

楚军大败，项梁战殁。

齐国使者郑显走出驿舍，远远地看着火光熄灭，杀声归于沉静，身旁还是那个夜。他长长地叹了口气：“只好回去吧，走慢点……不，得走快点！”他自言自语。

此时，项籍正独自率兵脱离了外黄，转向西南攻打陈留。但陈留同样坚守，同样拿不下来。

二百多里外的风声顷刻刮到，项梁兵败让他的心收紧了。项籍简直不敢相信，如同亲生父亲般的叔叔死了！情感猛烈地在心胸里震荡，血性推动着肉体不断地爆裂。他走向雨中，雨反复地下个不停，冲刷着他满面的泪水，冲击着他心中崩溃的堤岸。他依然是个少年，他与叔叔相依为命，叔叔是他生命的支点，是复楚灭秦大业的顶梁柱；而今，这个支柱轰然崩折了……他攥紧了双拳，骨节发出“咯吱咯吱”的响声。

风雨凄凄，楚军营里，八千子弟兵放声恸哭。这声音感染着刘季的将士们，也陪同流下了许多的眼泪。

项梁的死使得军心动摇。刘季来了，对项籍表示了慰问。然后说：“武信君不幸，士兵们十分恐慌，已经无力再战。如今秦军得势，必来猛攻，城阳、成武、睢阳一线转瞬将微若游丝，若被定陶秦军抢先断了退路，我等及濮阳主力将不战自溃。机会只在一两日间，容不得犹豫，得赶紧拿个主意！”

两人商量了一阵，决定沿睢水东撤。他们派人赶往南边陈郡新阳县，通知驻扎在那里的吕臣快速向北靠拢。留守彭城的大司马曹咎听到前方败讯，也紧急率军出萧县，到砀县接应。

黥布、蒲槐自也明白局面，不待章邯大举进攻，便飞速撤离濮阳，与项它、钟离昧等会合，沿途收集项梁败军，一口气退回到彭城。

项缠、项庄请了范增，一起来砀县，向项籍传达项梁的遗嘱：“范先生富有远见卓识，胸怀大局，为人忠实可信，辨事精细，我心目中常视为兄长。可叫籍儿拜为亚父，随时听从教诲，以弥补生性不足，免蹈轻敌之覆辙！”

项籍泪流满面，当即拜倒，口称：“亚父在上……”范增连忙躬身去扶，回道：“蒙武信君临终重托，正当非常之时，也只好勉为其难，真是折煞老夫啦！”说时，也止不住老泪纵横。

历史又一次折回到了它的起点，但这绝不是当初的起点。

《老子》有云：“祸兮福所倚，福兮祸所伏。”陈胜、项梁接连败亡，给二世发出了一个错误信号，使他颠覆古今的“天子享乐”理论继续得到贯彻。累加李由之死，也给了赵高一个更加肆无忌惮的理由。

时机已到，李斯合族以及宾客，全部被逮捕下狱了，二世偏偏把这个案子交给赵高审理。赵高神气了得，他并不审讯，先笞李斯一千竹杖，这才呵斥：“快快把你与你儿子李由谋反的情节招供出来，免得再受皮肉之苦！”李斯遍体鳞伤，苦痛不堪，只得含冤认罪。

但以李斯的性格，怎能甘心束手待毙？他强忍伤痛，在囹圄之中书写奏章：“我任丞相三十多年了。在秦国还弱小的时候，我竭尽自己微薄的才能，制定政令，教化百姓，整顿武备，擢拔战士，推崇功臣，暗中派遣谋士游说诸侯，终于兼并六国，拥立秦王为天子。接着北逐胡、貉，南定百越，显扬秦朝之无比强大。对内改革文字，统一度量衡和制度，措施行于天下。这些都是我的罪状，早就该被处死了，只是由于皇上还希望我有所发挥，这才活到了今天。希望陛下明察！”这些本已尽人皆知的功劳还是要说说的，否则，那胡亥小儿啥都不知道。然而，赵高已经成为他与二世之间一道不可逾越的屏障，奏章才递出去，赵高却来了，手里掂着的正是那份奏章，坏笑着奚落：“你一个囚犯，与皇上是哪跟哪呀，还以为自己有什么资格上书呢！”从眼缝里乜斜着，下令：“去，拿去烧火！”奏章就着监狱里行刑兼照亮的火盆点着了，化为灰烬。

正当雍丘战火燃尽，二世皇帝委派调查真相的使者也来到了雍丘。他并没能走近这座县城，更不可能去凭吊李由捐躯的战场。

赵高连续派十多个门客假冒御史、谒者、侍中，轮流审讯李斯。每一次审讯，都给李斯死灰般的心田里灌输一滴希望。在屈从二世和赵高的阴谋而协助篡位后，他便彻底陷入了阴谋政治的泥潭，逐渐失去了睿智和判断力。穷途末路之际，他病急乱投医，面对总是陌生面孔的审讯，因极端期待而不再能区分真伪。他一次又一次地翻供，发疯似的揭露真相，也毫无例外地换来毒刑拷打。然而，这正是他一贯提倡的治理方式的一部分。如此反反复复，李斯已经体无完肤，再难抱任何幻想，也再难忍受皮肉与心理的双重折磨。待到二世亲自派人来审验李斯的供词，李斯却再也不敢改口了，把自己的“罪状”落实在了最终决定生死的一份供词上。

看了李斯的供述，二世内心释然，感慨地说：“如果没有赵爱卿提醒，我几乎被丞相出卖啦！”

派去调查李由的使者也回来了。使者“获得”了李由谋反的充分罪证，那是赵高预先捏造了授予他的。

父子两罪叠加的李斯，被赵高判处了死刑，呈报二世批准。

李斯仰天长叹：“苍天呀，让人痛惜呀！今无道昏君业已失却常态，不可理喻，不可理喻呀！想二世久已胡作非为不顾后果，倒行逆施甚于夏桀、商纣、吴王夫差，天下岂能不乱！并非我未予规劝，可他到底是不肯听呀！而今半个天下都已反了，他却丝毫没有醒悟，只管任用赵高此类无耻之徒。苍天开眼吧，还是让我亲眼看到贼寇杀到咸阳来吧！”

“你的儿子死啦，被贼兵杀死啦，用不着麻烦朝廷去逮捕他啦！”赵高幸灾乐祸地说。他惬意地往李斯内心的伤口上反复撒盐，也是暗示对手再也没有报复的资本。

濒死的李斯感到了巨大的悲痛。他本是一个具有超强意志力的人，但经过内外交攻的身心摧残，特别是认定他为之殚精竭虑、呕心沥血的空前强大的政权，不久必将毁于昏君、奸贼之手，真是五内俱焚。其实长子李由的战死，本就意味着一切终结，生命对于他已经没有意义了。

李斯身戴枷锁走出监狱，与次子一同被押赴刑场。他失神地回头对儿子说：“我想和往昔一样，与你一起牵着黄狗，相随着出上蔡东门去追逐狡兔。我们还能享受到那样的快乐吗？”父子二人相对痛哭。

李斯在咸阳街市上被腰斩，诛灭三族，步先辈吴起、商鞅的后尘而去。

第二十回

约入关怀王重刘季　射娇妻冒顿试父心

楚怀王熊心听到项梁兵败战死的消息，很是惊慌。在吕青、陈婴的建议下，他匆忙从盱眙移驾彭城，这便无形中迁移了都城。项籍率军驻扎到城西，吕臣的苍头军被安排在城东，同为拱卫。刘季的部队则留驻砀县没动窝，这里本是他的地盘，眼下也是防御秦军的最前沿。

令人大感意外的是，魏王魏咎的弟弟魏豹利用秦楚交战的机会，靠项梁资助他的人马和收集兄长散落的部众，竟然寻隙占据了梁地二十多座县城。经过吕青、陈婴等指点，年少的熊心派使者前往，让魏豹袭为魏王，以便利用他牵制秦军。

更加出乎意料的是，章邯并没有能乘胜大举东来，而是奉命北渡河水，支援王离剿灭赵国。章邯不免踌躇，但皇命不可违。当历史真正触及拐点的时刻，秦军中部主力北移所造成的真空，将意味着什么呢?

压力自动转移了，楚国君臣算是把心搁进了肚子里。闰九月，熊心在身边众臣的支持和谋划下，利用项氏暂时的委顿，开始主动行使王权，重新整合力量。他首先封项籍为长安侯，为鲁公，同时把项籍、吕臣两支军队合并整编，由自己亲自统率。接下来，封刘季为武安侯，命为砀郡守，统领砀郡兵马，其实也就是刘季自己的人马。令尹吕青封信阳侯，吕臣为司徒。

此时离刘季从沛县起兵，包头夹尾不过一年零两个月，其间世事变更，可谓瞬间沧桑。受到正式委任的砀郡长刘季封曹参为执帛，号建成君，担任戚县县令，按惯例称为“戚公”；周勃为虎贲令，就是宫廷卫戍部队司令官。戚县即今山东微山，位于泗水郡北沿，与薛郡相邻，这意味着此时刘季的势力范围至少包括彭城、戚县一线以东的泗水郡境及砀郡东南部，成为了军阀式的前敌司令官。也许，项梁的死对刘季来说，绝不是个坏消息。

令尹吕青、上柱国陈婴对怀王说：“李斯父子被诛，赵高专权，二世昏聩无能，秦廷日见衰微。此时章邯却放弃山东而北渡，无异上天送给了楚国一个求之不得的机会！”

熊心立即召集了一个具有重大历史意义的军事会议。陈婴分析形势：“章邯渡河会击赵国，致使山东秦军兵力空虚。如今秦廷形若败絮，千载难逢的良机就在眼前了！”吕青接着说：“我可遍征诸侯救赵以牵制章邯，令其一时难以脱身。同时命一将率能战之师西向，大功可期！”于是怀王宣布：“今寡人与诸将约定，先入关者王之！”

项梁新败，众心尚且不稳。猛然间提出这个重大任务，尽管诱惑力很强，但一时无人敢于应声。换一个角度看，先欲入关，必然招致秦军全力围堵，凶多吉少。这不明摆着是一个以攻为守、舍车保帅的策略！大伙儿的目光都自然地转向了刘季，刘季且低了头琢磨这动静。

项籍少年丈夫，心怀深仇大恨。他满面激愤，挺身而出：“末将愿与武安侯共同率军西进入关！”他想得很直接，就是要为季父项梁报仇。之所以要扯上刘季，那是看出了现场的倾向性，加之两人原本合作得不错。再者项籍也看出来了，将领中除了刘季和自己两人，再没人敢于担此重任。

熊心左右看看，吕青、陈婴等人没有反应，好像什么也没听见。

陈婴忽然提议：“我看长安侯与武安侯甚是相得，莫如结为异姓弟兄！”

熊心先是一愣，随即赞同道：“这个建议真是太好啦。那就由寡人做主，于今日当着众臣的面结拜了，日后便以弟兄相称！”

吕青说：“二位为楚国左膀右臂，若成为兄弟，有什么事情便好商量，也好同心协力辅佐楚王陛下！”熊心击掌说：“武安侯、长安侯，这本就是一对，甚好，甚好！”

众文武异口同声拥护。于是，由怀王亲自主持，刘季、项籍当堂结拜。当然不再商讨西征的事情。

转即，熊心另行召集臣佐闭门磋商，征求他们的意见。大家分析说：鲁公打起仗来虽然迅捷勇猛，但个性过于狡悍残暴。他在攻陷襄城时，把城中军民统统活埋了，竟然一个也不留。凡他率军经过的地方，没有不遭到毁灭性戕杀的。从楚军屡次进取的经验来看，张楚王、武信君也都失败了，那是为什么呢？看来，还是重新选择另一类将领为妥。

“那么，目下这些将领里，谁最合适呢？到底派谁为好呢？”熊心问。

吕青说：“我认为要派长者型的人。这种人稳健坦诚，率军西进，可以对秦朝的父老兄弟申明道义。好多年了，秦朝的老百姓被暴政搞得苦不堪言，现在如果有一位宽厚的将领前往，杜绝侵夺和暴虐，取关中才有希望。”

熊心问：“依各位的意思，鲁公不甚合适？”

陈婴说：“也只有刘季了。武安侯有长者气度，向来宽宏大量。再说，派武安侯前往，鲁公也是没有异议的！”

熊心还有顾虑，问：“鲁公欲与武安侯同往呢？”

吕青回答："一山不容二虎，一军岂能二帅，那断断不行！"

熊心感到为难。于是陈婴建议："且看河北形势，再做决断。此事虽然紧要，但也不急在这几日。倒是选将更为要害。"

返回匈奴河，冒顿陷入了长时间的沉默。他内心有许多的问题需要梳理，也有许多的疑问需要想清楚。且蛰看到这情景，便不去打扰，只安排自己的妻子来陪荟扶解闷。

冒顿的心里开始剧烈地碰撞，到难耐时，便独自骑马到山里去转悠，甚至暂时地抛开了儿女情长。然而，有时他更加表现出对荟扶的依恋。终于，他不再等待乌孙人质到达，还托故把荟扶留在匈奴河，要且蛰好生照看。他要先回单于庭去了，便好几日与荟扶缠绵话别。荟扶百依百顺，只听从丈夫的决定，这使冒顿得到了稍许安慰。

冒顿告别了且蛰，带着侥直那和屈烈支起程。一路马不停蹄，已经到了余吾水边。冒顿从怀里拿出一块黑色鹅卵石，盯着上面自然生长的白色眼形纹看了许久。他稍带马缰绳，仿佛随意地从屈烈支身旁转过。屈烈支会意，两腿一夹马肚紧随其后，往浅水边撒欢奔跑。

冒顿马上回身，把奇特的石块抛给屈烈支，一面吩咐道："你速速去见左大将戎渠夕，叫他立即带一万人马赶到单于庭，要神不知鬼不觉，要把握住时机！"屈烈支领命，放马飞一般去了。

侥直那远远地看着这一幕，知道太子是有意避开了自己，不免感到诧异。目随屈烈支远去，渐觉有莫名的预感隐约袭上心头。

到家了，冒顿没有进毡帐，只在马上徘徊。一切如故，一种诱惑从敞开的门里，从毡帘后面直透出来，刹那间使他乱了心神。

战马来回地踟步，透视着主人内心的纷乱。身后等待解散的骑卫，弄不清太子到底在犹豫什么。他下了马，卫队也都下马，他却牵着马离去了。走了很远，他坐在林间的草地上，看到了许多蚂蚁从马粪堆里搬运食物，顺着寻找，洞口聚集了更多的蚂蚁。天色已经变暗，冒顿站起身，朝蚂蚁洞口狠狠地一脚踩去，上马回家。

由于心中思念，妁我敏感地觉察到了动静，已经反复出到帐外张望。事实上，这些日子每到黄昏时分，她都要这么做，可谓夜夜盼君君不归。

冒顿远远就感觉到妻子走出门来，便放慢了马蹄。看到丈夫终于回来了，妁我不由得心中惊喜。却没有立即扑过来，而是站立片刻，返身回帐，端出灯盏来，款款地挪动几步，一只手挡住掀动的气流，让脸上柔媚的笑容在光中闪烁，愈显动人。

冒顿看得清楚了，又觉朦胧，心里感到阵阵颤抖，坐下马便停了下来。妁莪等等还不见丈夫到身边，也不下马，寻思是闹着玩呢，便俯身放下灯盏，口里动人地呼喊着，轻盈地向前飞跑。

看看将近，冒顿猛然背过身去，闭上眼咬紧了牙关，就背后拉弓，一支鸣镝急速地射出，挟带着刺耳的呼哨，径直飞向妁莪心窝。声响起处，侥直那的箭立即跟到，直指太子夫人的身躯，于是，箭雨如电光飞泻……妁莪没有来得及倒下，口还张着，是呼唤的模样；嘴角还带笑，是心爱的太子归来了。所有的箭都凝固在她前仆的窈窕身姿上，那身姿朝着冒顿跃动，也是一种向往。她的眼睛还睁着，是想看到冒顿回过头时的热烈表情。

毡帐前草地上，灯盏儿熹微地忽闪，摇曳着一名女子对生命的依恋，恰似未来的梦幻，蓦地被鼓动的气流熄灭了，凝固在来不及消逝的美妙中。

还有一支箭没有射出。年轻的卫士面对与自己一样年轻的女子，终于没有能松开绷紧的弓弦，他朝着冒顿大呼："太子，她是您的妻子，是夫人啊！"声音凄厉，仿佛是女人嘶哑而冤屈的哭声。冒顿并不理会，放马过去，手起刀落。与此同时，卫士把那支没有射出的箭插进了自己充满青春热血的胸膛。

"解散！"冒顿声嘶力竭地命令。侥直那牵过他一直被太子霸占的坐骑，头也不回地去了。

卫队散了，空旷中留下了可怖的寂静，霎时间的经历恍如前世。冒顿走近前，凝立片刻，慢慢跪倒沉重的身躯，抱起妁莪。须臾，立起身，把她抱回毡帐，环看周围无人，便去紧闭了门。

满眼都是箭杆，已经没法贴近妁莪的脸。他感觉妻子在无力地责问：我到底有啥罪过呀？冒顿心里还是在蛮横地回答：你没有任何罪过，你不幸，是因为你擅自闯进了太子的生活！

"将来你会成为单于吗？"

"不知道。"

"我会成为你的阏氏吗？"

"可能会吧。"

"为啥是可能？"

"看各人的命吧！"

冒顿的耳边回响着初婚时妁莪其实是幼稚的问话，只有向往，并不包含丝毫的野心。她真的懂得什么是单于，什么是阏氏吗？如果她没有嫁给太子，就只是一个乐天可爱的贵族女子，可以终日与笑相伴，可以经年安享富足，绝不会如此薄命。

冒顿感到了内心无比的酸楚，这是预先就曾意识到的酸楚，但他残酷的行为更是不可避免的。忽然，他又感到怀疑，必须这么做吗？妻子真的必须死吗？他糊涂了，弄不清射死妁莪到底是出于哪一种需要，为啥偏偏是妁莪撞在了鸣镝上。他的思维里形成了一个逻辑顺序：野兽、士兵、枣红马、妁莪……

妁莪绵软的臂膀被勉强收拢来，又从他的膝上滑落下去，冒顿发现她的手紧握着。轻轻握住妻子的手，又轻轻掰开那纤细的手指，一枚鹰头骨出现在她柔软的掌中，这使冒顿感到十分诧异。他心口发闷，堵得要命，忽然悲从中来。但是，他竭力抑制着，开始小心翼翼一根一根地摘除射进妻子身体的箭镞。一名名士兵坚毅冷峻的面容与箭一起从他"呜呜"鸣响的脑中闪过，除了未曾射出的那支，不数他也知道够数。最后，从肩窝拔出他最熟识的卫队长的那支，再去拔掉插在胸口的鸣镝。血，泉水般一股股向冒顿的手上、身上、脸上喷洒，仿佛要从那殷红里发泄出全部的委屈……

整整一夜过去了，冒顿已经平静下来。他把那枚鹰头骨放回到妻子手里，在已经凝固了的脸上最后吻了一下，轻轻移开她僵硬的身体，想站起来，浑身已经麻木得无法动弹。好久，他才活动开了，努力恢复精神。推门走出去，太阳照得他睁不开眼，头直发晕，不自主打了个软腿。

一阵脚步声响，有许多人影在晃动，把阳光搅得乱纷纷，搅得他浑身直往上飘。好半天，没有了动静。冒顿茫然搜寻，待到低下头，才发现面前跪倒了一大片。传来卫队长侥直那的声音："是我等射死了太子夫人，请太子治罪！"一片沉闷的附和："请太子治罪！"

冒顿竭力平稳了语气，对着那一片脑袋吩咐："都给我抬起头来！妁莪是我射死的，她是为我而死……"声音冰冷得几乎冻僵整个草原。"……重重地厚葬吧！"说着，一口气没捯上来，差点晕倒了。

天气真的凉下来了，秋风萧瑟，单于庭的草木逐渐枯黄，天意在传达草原太子可叹的悲情。冒顿真的要发疯了。

事情的发生是那样地令人感到意外，令人猝不及防和感到不可思议。头曼还得意地沉浸在带着夷莪、芷蚴一起巡视龙城和对蹛林大会的愉快回忆中，

夷莪跌跌撞撞地奔进帐来，带着哭腔喊："大单于，不好啦……"

"我这不好好的，有啥不好啦？"头曼开玩笑，女人能有啥大事。

"我说……哎呀，大单于，不好啦……"夷莪急得手足无措，猛地仆倒在头曼

面前。

头曼这才去捧她的脸："来，坐到这里来，慢慢说！"

"冒顿太子杀死我那可怜的妹妹啦，妁莪她死啦！"夷莪憋不住"哇"地哭出声来。头曼懵着呢，也不及问，连忙哄道："哪个妹妹？妁莪……啊？快，快别哭，又要让我心疼了！"又问："到底是咋回事？这是真的吗？"

这时候，冒顿也拜托左骨都侯来向父单于陈情。勒俟祜依照委托，说太子身体虚弱，心情很坏，没法亲身前来请罪。接着，一五一十叙述太子杀死妁莪的经过，只是把"鸣镝"的细节隐去了。头曼这才相信了那个事实，脑子里闪过妁莪春花般的容貌和可爱的举止，不由得怒从心起。转而一个念头闪过，立即换了副满不在乎的样子，说："不就杀了一个女人嘛，大匈奴的太子杀了一个女人，咳，咳，请啥的罪！"想了想，吩咐说："告诉太子，让他去阏氏帐里赔个不是吧！"抚慰地看一眼夷莪，"她毕竟是妁莪的姐姐，又是媒人嘛！"勒俟祜连连称"是"，躬身退出帐去。这时夷莪早已哭成了一个泪人，说悲伤，她其实不十分悲伤；说不悲伤，又无法止住眼泪。她到底在为什么而哭泣呢？

头曼温和地劝道："快别哭啦，看都哭成啥样儿啦，啊，叫本单于心疼！这样吧，过几天我带你去围猎，好不？"劝了许久，夷莪终于不哭了，说："我想把儿子也一块儿带去。"

"行！"单于痛快地应允了。平时让小儿子跟随属下亲卫等去山边草原小打小闹练练本领和胆量、长长见识的事是有的，亲自带他去参与有规模的围猎，这还没尝试过。

头曼认为芷劬还太小，围猎相当于准军事行动，毕竟增加了许多危险性。唯因如此，夷莪便把这看得很重了。她潜在地希望不断利用正式场合形成某种暗示，当然也恨不得让儿子赶快长大成人。

而头曼呢，他没有摆脱游牧习性中的健忘，已经把自己曾经的不端丢在脑后，算自欺欺人吧。一种潜在的念头在发挥作用，反正自己尚且年富，身体壮得像头牛，在危机四伏的广袤草原上，在你来我往的屠杀游戏中，还不知道谁比谁先死呢！匈奴打仗的机会无以胜数，死亡的机会也就随时可能出现，想要谁死，谁还能不死？王位继承权不需要急急忙忙去考虑了，反正自己的屁股在那方毡垫上坐得还不够热呢！

第二天，冒顿果然到小阏氏帐里登门谢罪，并拿来一对中原人用的金簪子送给了她。

夷莪面子上还要做人，而且需要谨慎地做好人，便不轻不重地责怪了几句，反过来却明里暗里夸奖太子是个男子汉，不留恋于儿女情长，敢作敢为，必定成就大器，而自己则是一向崇拜英雄的。她却还不停地擦泪，这种兔死狐悲的心情，不见得不深刻。

用歉疚和备受煎熬的心埋葬了妫莪后，冒顿获得了解脱的感觉。他不明白自己为什么会产生这种不应该存在的感觉，虽然有意自责，但是，他就是感觉到了解脱。

忽然想起聂行临走时赠予的那些竹片，越想越觉得可能不是件简单的物事，便要侥直那去找找。又让侍从拿来酒，自斟自饮，打发时光。

不一时，侥直那把竹编找回来了。冒顿问："是件啥玩意儿？"侥直那摇头，说："不清楚。"冒顿便把酒樽移开些，拿过竹简来铺开，仔细辨认上面的字。到底苍天不负有心人，平日里留心识字的成果，帮他看懂了这是一部叫"孙子"的"兵法"，共有十三篇。

这"孙子"肯定不是爷爷的孙子，不，也是他爷爷的孙子。出于天资，再加上无文字记载时代充分的脑力调动，冒顿的记性很不一般。他搜肠刮肚，想起聂行曾经提到过一个叫"孙武"、一个叫"孙膑"的人，也听说中原那边习惯把有学问的人称作"子"……对，想起来了，是隐约有个"孙子"的说道。终于他从杂草般的记忆中清理出了关于"兵家"的概念，但不知道孙武和孙膑，谁是"孙子"。

"去，去那边弄一个读书人过来！"他命令卫队长。又大声补充："要活的，活得旺旺的那种！"冒顿想借一双识文断字的眼睛，来帮助他弄清楚《孙子兵法》里说了些什么，还有到底谁是"孙子"。至于为什么不从以往掳得的奴隶中去找，而要单独去抢一个，只有冒顿才说得清楚，也许，这属于一种习惯思维方式。

被异动的情绪所左右，冒顿吩咐完毕，伸手去拿酒樽，不料力气用得冲了，把酒晃到了竹简上，正在领命的侥直那帮着拿袖口去擦，却弄糊了几个字，那字是用墨写上去的。

"这、这、这……"冒顿跳起身来，连连顿足。侥直那斜眼看他，只不作声。这时，有人来通知，说头曼单于要太子即刻前去。

冒顿心里有些忐忑，丢下侥直那和竹简，匆匆出门上马，绕坡跨溪，飞奔向单于帐。

到了大帐，一看就知道父亲专门在那里等候自己呢。拜见过后，头曼让儿子坐下，然后问："我给你的那一万精骑训练得咋样啦？凭你的能耐，应当没问题！"冒顿摸不准父亲的用意，勉强点了点头。头曼态度愈加亲切，告诉说："根据蹛林大会的统计结果，整个匈奴安全越过严冬是没大问题了。但是，草原上历来都为春季的青黄不接犯愁，我想，你为大匈奴出力的机会到了！”

冒顿不知其所以然，只顺嘴答应：“是，父单于！”他没法判断会不会又面临一个陷阱。

头曼挪一挪身子，靠近儿子坐下：“听说月氏正在加强备战，有意灭我匈奴。这样吧，你辛苦一趟，趁他们还没有准备充分，咱来个先下手为强，你看呢？”

冒顿知道该做的事迟早总得做，便跪起身，把手放到胸前，用坚定的语气回答：“是，儿子唯父单于之命是从，为了大匈奴的长久利益，即使捐躯战场也在所不惜！”稍停，见父亲还在看自己，便补充说：“请父亲放心，儿子这就去准备！”

头曼“哈哈”大笑，吩咐：“拿酒来，让本单于与太子痛饮几杯！”酒斟上了，头曼端起杯子，说：“太子一出马，月氏这只狼就再也没法咬死我们牧场上的羊羔啦！哈哈——”几杯酒下肚，头曼忽然吩咐：“过几天，带上百十个精干的随我进山围猎，我也顺便看看，且蛰小子拨给你的那些孩儿到底有多大能耐！”

第二十一回

兵驻棘原秦帅待免 身赴围场储子守株

到秦二世三年初十月，秦将章邯已经在山东战场完成了两件大功：一是剿灭了陈胜张楚政权核心及其两大主力军团；二是临阵拔除了复辟势力的新兴旗帜项梁。河北战场，赵国原本抵御不了王离的进攻，但由于主力未有重大消耗，又有燕、齐诸侯出兵声援，分散了秦军的作战力量，双方暂时陷入僵持。

章邯奉旨北渡，便留赵贲、杨熊二将驻守三川、南、颍川、砀四郡要冲，自己不敢怠慢，起程去支援王离。渡河伊始，他必须先有所作为，便紧逼邯郸，一举击败赵将陈余，夺取了邯郸。陈余绕城逃去；赵王赵歇在相国张耳保护下，弃城退往巨鹿。章邯收复了邯郸，他强迫全城百姓分散迁徙到河内郡，下令铲平了邯郸的城郭。

赵歇、张耳方才进入巨鹿城内，王离已按照与章邯的约定，率所部包围了城郭，重新接过了战役接力棒。

章邯依然对“半拉子”山东战场心存疑虑，但毕竟君命不可违，而且已经有李斯前车之鉴。他是战略之才，善于因势利导。既然自己必须过河，那便另打主意，由着诸侯与王离纠缠，自己却带领大批人马进到位于巨鹿城南的棘原驻扎下来。棘原位于今河北平乡西南，章邯只在那里等待遮挡山东援军并为王离军提供给养保障。意图很清晰，就是围点与打援，把诸侯吸引过来，把山东的战场也一并挪到河北来，一口口把他们的有生力量吃掉。

巨鹿城下紧攻慢打，不克不弃地拖延着。由于粮道频繁遭受盗贼骚扰劫掠，章邯便干脆派司马欣、董翳带领所部士兵，一路用泥土筑墙修建封闭甬道，以便从位于河水白马津对岸的黎阳津渡口，向邯郸、巨鹿部队安全顺利地输送粮草。

巨鹿形势十分严峻，张耳接连派出使者，十万火急向楚、齐、燕求救。在中国古代，一般的围城战术总是网开一面，王离所部对城中派出的使者只虚张声势地追杀一阵，便放他们去了。这时，陈余从恒山郡收集到了几万兵士，号称“河北军”，回身靠近巨鹿北边驻扎，但忌惮秦军势力太大，不敢轻举妄动。

张耳多次派人催促陈余出兵，陈余却迟迟不敢动窝，张耳对陈余的消极感到了不快。这一对忘年之交之间发生的微妙变化，正符合章邯关于盗贼“不救援，则分裂”的猜想。

楚怀王熊心也接二连三收到赵国的求救信。救是必救，那是既定方针，但既不愿把已经从项氏手中没收的兵权重新交到项籍手中，就存在派谁为将的难题。

事有凑巧，齐国高陵君郑显求见怀王。由于赵国的紧急形势，齐王田市获得了与楚国谈判合作的最新机会，便派使者来试探。话该从哪里开始呢？郑显搜肠刮肚，想到了宋义是一枚可资利用的棋子，便暂且拿来协调双方立场。他似是在无意中谈起了宋义，便把去定陶途中如何不期而遇，如何做了一番交谈，自己如何得以合理规避灾难等等，不无夸张地加以描述，直让人觉得比奇袭定陶还惊心动魄。

“看来，宋将军是深刻领悟了用兵之道，只可惜武信君就不肯听他劝说！”郑显感慨地说。

熊心十分惊讶。等打发了郑显后，便即宣召宋义前来考察，暗中已经认定他为救赵主将。与吕青、陈婴商量过了，怀王颁诏，任命宋义为上将军。只因其在军中缺乏影响力，还特拟了一个“卿子冠军”的美号送给他。“卿子”犹如“公子”，是时尚的褒尊称谓；“冠军”即“统帅”。怀王下令，黥布、蒲槐等项梁旧部统一归宋义节制，顺理成章，项籍为次将，范增为末将，这都是预先有所谋划的。

率部叩关的担子自然地落到了刘季肩上。遥望悬挂于秦中的那张充满诱惑力的“大饼”，一路凶险却未可知。刘季必须放手一搏，否则，只能为熊心看家护院。等到宋义、项籍救赵归来，所谓“关中王”便一定另有其人了。于是，他打定主意，向怀王请命西征。

夜来，风不经意地掉转了方向，把大片冻裂的乌云从遥远的北方吹过来，聚集到各处的山头上，又强烈地回荡，让它的寒气弥散在整个郅居水流域的上空。

下雪了，山外雪不算大，但山里就不一样了。一夜过去，深绿的、枯黄的树上，山沟里湍急的流水旁，由山坡绵延而下的黄透了的草地上，都覆盖了均匀的雪被。山野一望银白，大自然暂时变了个冰冷的色调。

大转场还在拖拖拉拉地进行，迁徙中流动的群落聚集得大起来，在积雪的牧道上首尾相连，翻山越岭迂回蜿蜒，速度越来越慢。脚下时缓时陡，湿滑而泥泞。坐在马背上、骆驼背上的妇女和孩子本来就窝成一团，这时就更加显得臃肿了。

有马失蹄，马上的母亲便发出惊叫，下意识把怀里的孩子搂得更紧些。她自己却凭着长年的功夫，依然骑得很稳，只将身姿随马背的倾倒而调整了重心，然后一脚踩到地上，跨下来。立刻有人相帮着让马站立起来，费了一阵折腾后，换一匹马继续前行。

畜群被拉开得极长了，在牧人焦躁的吆喝和响鞭声中拥挤掺杂，“咩咩”声和“哞哞”声隔着山头空洞地呼应，抖落树上的雪片儿。

有羊羔被抱进怀里，而匆忙间，时而也有羊只跌进山谷。羸弱的牲畜突然滑倒了，尽管用力去扶，终究扶不起来，被淘汰在严冬到来之前。自然选择使游牧的人和畜反复经历伤痛与死亡，而后强壮。

北方山间草原的冬天总是突然降临。一场寒流一场雨雪，夏季的彩霞尚弥漫在落日黄昏，冬天的冰凌已悬挂到垂瀑危崖；南山谷中尚自绿意盎然，北坡林梢已经朔风凛冽。秋季和春季的步伐，在那里只作象征性停留，马马虎虎标注一个气候转折的符号。说是金秋，满山红叶的时节转瞬即逝，的确金贵。

雪停了，树叶夜夜飘落，草原的色彩日益变得单调。牧人用钐刀把大片的牧草收割了，堆积到用整棵整棵的细长树干捆绑搭建而成的围栏内，预备着给牲畜过冬。女人们跪坐在草地上，从牛羊的乳房里挤出奶来，用世代传承的方法制成酸奶疙瘩，摊开在毡子上或用细树条编成的笆片上晾晒。孩子跟在后面，女人便顺手拿一小块奶疙瘩塞进小嘴巴里，让他去慢慢啃嚼。

过一阵子，低山处和山下冬窝子的雪暂时融化了，但白色却逐渐在高处的山头和背阴的山坳里堆积，为真正的严冬打个基础。空气里依然传播着秋末的讯息。

头曼单于做了精心部署，打算带人马进山围猎。这算是今年最后一次举行的大规模狩猎活动了。大雪封山后，冬将变得漫长沉闷，至早到明年五月初，才能恢复进山。

夷莪也在细心准备。这种往常只有成年男子才参加的活动，女人和孩子几乎连边也沾不着，因此她心里的隆重还要超过表面许多。这不仅仅因逐鹿场上唯一的女性必然使山峦生辉，立马大单于一侧挥鞭谈笑俯视围苑也才够真正的情致，女子总是这样富于浪漫的幻想。

凌晨早起，短打扮精致收拾妥了，夷莪特意把冒顿送来赔罪的那对金簪子插在发髻边，看时，果然胡汉并蓄、刚柔相济、英姿飒爽，增添了几分鲜见的娇悍。她在毡帐内走来走去，让侍奴举了铜镜，对照着充分欣赏自己的发饰、眉眼、嘴唇、胸、腰、臀，直到腿脚，反复整理修饰，直到无可挑剔。

一切都满意了，她精神抖擞地走出到帐外，翘首皑皑山峦，亮声呼叫：“儿子，我的小王子呢？”鹩哥便也叫道：“儿子，我的小王子呢？”茫劬应声跑过来，已作了成人武士的打扮。一条小辫儿在他圆圆的光滑的脑袋一侧俏翘着，稚气中透出一小点风华，酷似母亲的漂亮脸蛋在晨曦照耀下，散发出彻夜积累的兴奋。

好一个晴朗的早晨，洁净的蓝天一尘不染，草原还沉浸在残留的睡意中。微风悄带着寒意鼓动单于龙旗，单于庭大帐前的草地上已经聚集了两百名携刀负箭的围猎骑手。官员、贵族们也都披挂得精神了，纷纷来到这里等候。

头曼一身戎装出现在大帐前，他朝东站立，看着霞光中出现一丝金边，便即单腿跪倒，左手扶膝，右手贴胸，稍稍低头，用眼眶上方的余光提醒着太阳耀眼地升起的过程。他的身后，所有的人都一样地跪下，一样地注意着太阳和单于的动静。头曼心里祷告："愿上天护佑，出猎不伤一人一马，多有收获，为来年预示吉祥兴旺……"

谷里生出一朵雪白的帽儿云，镶了个烧红的边儿，遮盖在挂雪的山头。夷莪已经在毡帐前的草地上自我展示了许久，看看时间差不多了，便踩着侍奴的背一跃跨上被装扮过的板栗色坐骑。小王子芷朐这回也被抱上了大马，独自骑了，由卫士护着跟随在母亲旁边，朝单于大帐追过去。鹩哥也在凑热闹，它鼓足了日积月累的中气，追着马屁股清脆而欢快地叫着："出发啦！出发啦！"

猎犬和猎鹰已经兴奋起来，张扬着打起草原狡黠的劲头。头曼等小阏氏和王子来到身边，便两腿稍一用力，坐骑雾里佳人柔和地迈步，队伍缓缓出发了。

走出不远，头曼对小王子大声叮嘱："儿子，坐稳当了！"便自放马奔跑。好一匹出类拔萃的骏马，身边似有薄雾漫绕，跑动起来快慢自如、平稳如舟，竟不造出一丝的颠簸，行止动静恰与主人的心思不差分毫。骑队行进的速度随单于而加快了，已经是在出征的状态中。

约莫两个时辰，全体浩浩荡荡将近山根，太子冒顿带领卫队长侥直那和五十人的卫队当道迎候。本来这卫队是从右屠耆王且蛰麾下调拨的一万健骑中精选五百人组成的，等到残酷的训练结束，特别必须符合鸣镝施放的绝对号令，到如今，尽管及时补充，也只剩三百人了。这三百人的战斗力是可以猜想的，而那空前绝后的残忍军令方式，至今点滴未曾外泄，却浇注到了勇士们的灵魂中。

按照部署，此时单于庭派出的先头部队，已经在划定的围场中布置好了陷阱、绳套、夹板等，为猎物架设了天罗地网。此类行动表面是为了套捕猎取野兽，更重要的功能却是训练士兵的实战技能。要知道，围猎除了获取天然饲养的野味之外，还属于冷兵器时代一类适应山野环境作战的综合性军事演习。指挥员和士兵都必须细节性地熟悉地形特点和训练科目，侦探和避开危险区域，否则，他们不但会丧身猛兽之口，也有可能像猎物一样堕入本由自己人设置的圈套。

头曼看一眼太子身边，问："就带这几个人？你是凑合着应付阿爸呢！"冒顿下马，只低头行礼却默不作声。头曼扫视一眼，说："倒也个个儿精神得很。罢，大家各自进山吧，到地点会合！”说过了，径自率队从正面较为宽敞的山口进入峡谷。目送父亲和后母、小弟弟离去，单于卫队的马蹄声不一时也轰响着隐入谷中，冒顿轻轻舒出一口气，这才带领他的小股骑卫绕道迂回，去从远侧一道狭窄陡峭的小路向猎场包抄。

单于庭大帐旁的草地上，头曼的战场伙伴、强悍而矫捷的冲锋者和捍卫者云中杀手正在上午的太阳下悠闲地吃草。忽然，它竖起耳朵有所警觉，开始焦躁不安，终于撒开四蹄，风驰电掣地向单于围猎的队伍追来。

头曼的队伍先是沿山谷前进，不时地跨溪越涧，进山的道路愈行愈窄，愈盘愈陡。山上的树木多起来，地形也变得复杂了，将士们开始循着猎径，逐次分拨，各自寻找合适的狩猎位置。

整片的山林已经陷落于一批军人、牧民兼猎手的包围之中。猎捕尚没有开始，狼、熊、虎、豹、蛇、豕、鹿、獐、狐、兔、鸟、虫，或惴惴不安，或惊恐万状，早已放弃了彼此间的觅食而各自寻求避难，甚至放弃了藏身的洞穴，不由自主从周围几个小山头向一处汇集，而那里，正是围猎者预设的伏击圈。

被虚张声势惊吓了的逃难的兽群，开始落入绳套、夹板，徒然挣扎，此起彼伏地哀号和呻吟。狼群在奔逃，有狼掉进了陷阱，它们开始自救，其余的便环视守卫。发现了陷害者，于是群起围攻，嗥叫声响彻山林。这回，它们错误地估计了对手的力量，它们遇到的不是单枪匹马的猎人，而是久履战场的骑射战斗群。硬弓快箭从不同的角度直赴冲击的狼群，顷刻间射倒了一片。有好斗的骑士弃马，拔出刀来与发疯的困兽展开肉搏。

鹫发现了猎捕的战场和已经摆开的盛宴，轮番在丛林上空巡视滑翔，它们同样面临着危险，但被食腐的本能驱使而流连不舍。

头曼驻马山坡上的一片积雪的空地，背后和眼前满是黑白参差的岩石和耸起的丛林，散在周围的单于卫队箭搭在弦上，只等一声令下。猎犬的姿态恰似箭在弦上，猎鹰立在主人绑扎得很厚的护臂上机警地张望。

冒顿带着五十名精壮的卫队骑手顺山边绕过一圈，见远近没有什么异样的动静，便折回到了头曼单于进山的山口附近，滞留在草地上监视。他坚定而又略带不安的眼神，从山口缓慢移向山头，停在那朵帽儿云上，仔细地察看，好像要从那里看透什么秘密似的。接着，目光又缓缓掠过山前的草原，重新看遍了每一个细节。他的内心波澜起伏，表面却静如山石。

云中杀手拼命飞奔，不顾踩踏了羊群，远远便惊起鸟雀。草原的路在它的蹄下缩短了又延伸，延伸了又缩短，原野逐渐变成了宽谷向横里展开。眼眶里是山峦，山峦消失了，变成了群峰；群峰消失了，变成了山体；山体消失了，它终于看见了山口。突然间，一支骑兵突兀眼前，挡住了山口的道路。

骏马在熟悉的着装、熟悉的队形、熟悉的气味中嗅到了完全异样的气氛，嗅到了浓烈的诡异和血腥，嗅到了强烈的敌意。于是，他义无反顾，像往日里扑向战场一样腾空跃起，要用坚硬的四蹄踏碎一切的阴险企图，蹚开面前的道路。就在这瞬间，一溜尖厉的哨音毫不留情地钉在了它的前胸，紧接着，五十支羽箭无一缺漏地刺来，无一例外地扎进它的脖颈、腹腔。一声悲嘶，云中杀手壮美的悲剧被定格在姑衍南麓的山溪畔。

在它的对面，一名身材魁梧的壮士单膝跪倒，把宝刀深深地插入地面，云中杀手从空中翻身跌落在他身边的草地上。壮士的脸色由褐红逐渐变得煞白，一股鲜血顺着他的前胸涌流出来，渗入行将衰败的草根里。

卫队僵硬地排列着，在他们的排头，卫队长侥直那的马背上空空荡荡，马鞍上悬挂着弓和箭。冒顿惊讶万分，但即刻看懂了这演化得不可思议的场面。他翻身下马，朝猛烈喘息着的云中杀手走过去，不敢去看它仰望苍天的失神的眼睛，然而却是去一根一根地数嵌入它躯体的羽箭："一、二、三……四十九、五十、五十一。"最后数到的是鸣镝。他没有数到希望数到的第五十二支箭，以往，那支箭总是紧随鸣镝射出的，没有任何的箭能比得上它的速度。

不需要再寻找了，数字最终证实了一切，也解开了长期悬置在冒顿心中的困惑。他从未置疑侥直那的忠诚，但却不知道这个忠诚都包容了什么。今天，他终于明白了，而侥直那却是十分意外地用一种直接的简单的方式，用一名勇士的方式，解决了会让冒顿感到十分棘手的难题。

在决定性的时刻，侥直那没有像其他违规的卫士那样与太子面对面，没有把服从和违抗推向激烈碰撞的位置。更为重要的是，他没有丝毫动摇冒顿的军心，反而以自己的死，让所有的射手都明白了，没有任何人能违逆太子的意志。

侥直那应该是早就想到了这一天，甚至知道自己的生命就结束在这个时刻。

云中杀手忽然立起身来，艰难地向侥直那靠近，再靠近，四肢的力量已经耗尽，猛地俯伏下去，让所有的箭都深深地刺进了五脏六腑。它伸过头，面颊就要贴到侥直那的脸，从那里垂落了生命大幕。侥直那的身体顺势倾斜过来，依托在这张大幕边。从帽儿云的边上透出一束血色的光线，投射在烈士的躯体上，仿佛一首天际奏响的挽歌。

没有人为侥直那而哭泣。冒顿走过去，凝视了许久，又凝视了许久，终于俯下身去，从卫队长的胸口拔出了那把极其锋利也极其坚硬的匕首，顺手在云中杀手光洁而浑圆的臀上擦去上面的血。他又从侥直那的靴筒里找到了那只装饰漂亮的皮套，把匕首装进去。亮铮铮的匕首随同反射着的红光，犹如合着染满的鲜血，一起落入了鞘中。

山顶上白色的帽儿云扩展开来，变成了弥漫的乌黑色，许是要下雨或者下雪了，抑或是雨夹雪。

冒顿把匕首连套插进自己的靴筒，他朝变了形的帽儿云看了一眼，眼光里凶狠的杀气罩住了云底的山头。

山里的围猎已经进入总攻阶段。纵览全局的头曼单于能感受到由士兵收紧的猎网，他也能细节地发现被收到网里左冲右突或放弃了挣扎的猎物。云黑了，笼罩了眼前的山冈。天上先是下了点毛毛细雨，雨中又夹带了针尖儿般的雪点儿。接着，雪便纷纷扬扬代替了雨，在零星带绿的草丛中闪闪地融入先落的雨湿。不一时，鹅绒般的雪片飘飘而下，披挂在围场上，包裹了猎手和野兽的躯体。

头曼兴致渐浓，不想让这场悠着劲儿的精彩角逐被天气打搅了，便越发有意拖延发出号令的时刻。旁边，小阏氏夷莪兴奋得脸色通红，对浪漫的雪花儿视若不见，只一个劲鼓噪呐喊，为将士们助威，那声音在诸多粗糙的男声中，在峡谷中，尤其显得高亢嘹亮。还有小王子稚气的声音，想突出地冲出，却完全被淹没了，但依然拼命地入伙，拼命扩充自己弱小的胸腔。夷莪把芷劬看得很紧，无论小王子多么急不可耐地想参与到猎捕的队伍中去，总被她坚决地阻拦在身边。

第二十二回

雪漫深山单于秋猎 箭鸣峡谷头曼归天

冒顿出现在背后的岩石丛中。他已经远远观看了好一阵，才择路来到父亲身边，报告说，自己手下的五十名勇士已经分布在翼侧等待合围，现在只等父亲大单于下达命令了。

头曼眼观八路，闭着眼都能洞悉猎场的形势，一切不早在计划之中吗？哪里需要这种迟到的消息！他“哈哈”大笑起来，脸上露出赞许的表情，抬腕把鞭子的梢与柄收在一起，随意地掸着飘落身上的雪花，从那里流露出不屑。

他并不是看不起自己的儿子，儿子和自己一样，也是英雄，他能从月氏人的暗算和围追堵截中逃脱，而不被丝毫创伤。他所不在意的是那区区五十人，没有他们，这围猎照样能完成，照样会满载而归。反倒是这来晚了的五十人，会分去猎获物的一部分，有点来抢夺胜利果实的意味了。话虽如此，但总归是小意思。现在，包围圈已压缩如铁桶一般，野兽们都感到了大难临头，只能束手待毙了。

画角响起，头曼用充满力量的手臂似乎漫不经心地举起鞭子，总攻的命令终于下达了。一阵箭雨过后，猎鹰放飞，憋足了劲的猎犬狂吠着奔向早已盯准的猎物，士兵们随后挥刀向目标冲击。一时间，山谷丛林中充斥了喊杀声和野兽变形的嚎叫，所有的抗争都是徒劳的和绝望的。

山间的雪绒儿飘得密密层层，遮挡住了眼睛，披挂在林梢，覆盖在山坡，那本应是怎样的一番情致！

谷中林中的狂捕滥杀在疯狂地进行，头曼张弓，射杀了被驱逐过来的一头野猪，算是小试身手。谁料，这下可勾起了他的瘾头，便向身旁吩咐：“照看好她娘儿俩！”说时，已驱动坐下的雾里佳人，云朵儿一般向山谷飘下，卫兵们立即尾随掩护。

这才放马走了两箭之地，却听到冒顿在背后喊：“头曼大单于，你听说过鸣镝吗？”头曼对这本来熟悉的称呼感到十分陌生，有点诧异，便回头来看。他看到的却是冒顿，以为儿子在与自己开一个鲁莽的玩笑呢，就大声吼着问：“你小子说啥呢？鸣啥鸣的？”为现场的气氛和兴奋的心情所鼓荡，他完全没有注意到儿子那早已涨得紫红的脸，没有在意那张脸上充斥的杀气。

尽管总是全神贯注地关注丈夫，关注猎场，看护儿子，夷莪还是以女人的敏感和超过旁人的戒心，立刻意识到了势头不对。此时，冒顿已经放马上前，夷莪看到了太子弓箭上弦，止不住惊呼：“大单于……”

打岔之间，冒顿与头曼相距已只十步，头曼正被夷莪追赶而来的异样的叫声所分神，冒顿手里箭已离弦，夹带着尖锐的呼哨迎面射来。等头曼闪电般猛省过来，甚至没来得及收敛兴奋的表情，鸣镝便带着鹰头骨径直穿过他的面门，在粗犷而多须的脸上刺透一个鲜红的窟窿，犹自呼啸着向山谷里落去。

已经随野猪包抄近来的太子卫队如同被一张弩机所控制，蓦地五十支箭穿破雪帘，一齐射到。头曼未及落马，那箭便把他攒成了一个硕大的刺球，然而没有一支箭伤及雾里佳人。突如其来的变故，使头曼的卫士们一时惊惶，竟醒悟不过来。他们在骤然的一惊、一疑、复一惊之后，几乎丧失了判断能力。当箭雨覆来时，他们甚至不知道自己是否还活着。眨眼间，冒顿就马上腾身一脚，把头曼的尸体蹬飞出去，自己却坐稳在雾里佳人背上。缰绳抖动，那宝驹凌空跃起，昂扬地立定在山坡高处。

夷莪尖厉的嗓音已经撕裂，身体软绵绵坠下马来。小王子芷劬完全被吓呆了，除了害怕，他完全不能理会所看到的一切。附近围猎中的将士发觉了异样的动静，方才有所反应，从四面山坡高处的岩石、丛林背后齐声呐喊，二百五十名太子卫士犹如从天而降，个个儿张弓搭箭，虎视眈眈，放任垂死的野兽而死死盯住了猎手。

围猎自动中止，本已陷入死地的困兽稍得一线生机，便四散逃去，一场山林中的小型毁灭性生态灾难得以半途幸免，而在蜕变了的围场上，另一个严重危机正在选择各种可能的结局。单于的二百名围猎者和随猎的官员们反过来落入陷阱，等待四周居高临下的三百张弓箭作出最终裁决。

左骨都侯勒俟祜出现在冒顿对面的山头，他右手执刀，举起左手大声宣布：“有愿意跟随太子的，在九声之内离开原地，到这边的山坡边集合！”立即就喊：“一，二，三……八。”数数之间，有大多数官员、士兵向那只手臂指示的位置移动，急切间难免发生拥挤踩踏，纷乱异常。当然还有狐疑未决的，坚定不二的，企图寻机反抗的，都立在原地未动或乘机开始了行动。

看看阵营归置得差不多了，勒俟祜开始发出第二道命令：“九，放……哎呀——”一支箭凌空飞上来，正正钉在了他高高举起的臂上。

勒俟祜未及提防，忽然中了一箭，觉得钻心疼痛，一时气极，便咬咬牙，声嘶力竭地喊：“放箭！放，放！”立刻，连番的箭雨与雪花交织，像决堤的洪流荡涤山谷。作为匈奴汗国的奠基人和匈奴第一位见诸史册的单于，可悲头曼，以及最最忠诚于他和得到他高度信任的臣僚们、卫士们，就这样糊里糊涂地殒命在深秋的山谷中。觉得自己还精力旺盛，正在热望征服劲敌月氏、东胡，并伺机返回山南的他，却在许多重要的征战开始之前，在一场根本称不上战斗的猝不及防的战斗中，带着彻底一统北方、俯视中原的雄心，丧生在亲生儿子久已鸣响的箭镞之下。

雪绒儿在潮湿的空气中黏结着，集成片，像白毡毯一样厚厚地覆盖下来，仿佛要把活着的和死去的一齐都窒息了，掩埋了。

初战告捷的骑手们依然大张弓箭，警惕地向已经表示降伏的官员和士兵逼近。在随时都可能反复爆发的凶险面前，有识趣的赶忙下马，把武器丢在地上。于是，因恐惧而不知所措的许多人，都纷纷效仿，勒俟祜命令他们向一边集中。原地剩下的人马已经不多，冒顿看看有三四十骑，便不慌不忙地上前，一一辨认仔细了，复又离开，顺便毫无表情地朝勒俟祜看了一眼。勒俟祜领会，右手刀尖一指，三百张硬弓重又拉开，弦声炸碎凝固的空气，三百支箭再次汹涌而出。

三百支利箭指处，骑在马上没有缴械的官员和士兵，全体遭到了屠杀，他们的身体几乎被射成了碎片。一场发生在山谷里的宫廷武装政变，用漫山遍野洁白的雪和鲜红的血，为匈奴历史上最著名和最伟大的单于洗礼，为强大的匈奴帝国揭幕。

雪小了，但依然飘着。懵透了也吓坏了的夷莪本能地紧搂着儿子芷劬，双膝跪在山坡上哀哀地哭泣，凄切之状令雪花为之凋零，草木为之枯萎。

冒顿两眼迅速扫过猎场，转身让雾里佳人向上几步，对夷莪命令道："抬起头来！"

芷劬浑身一抖，仰起头，稚气而漂亮的脸庞苍白如蜡，带着哭腔说："大、大哥、大、大……"母亲的战栗带动着他一起哆嗦。冒顿心动，不忍再看弟弟那张因恐惧而失神的面孔，便抬头复又看山，再看头顶上的云，这才发觉雪停了。帽儿云又聚拢来，半边变得猩红，把山林、山坡上的雪和许多人兽的尸体也都映成了一片浓浓的血色。

雾里佳人扬起前蹄，悲声长嘶，冒顿急忙下马，在宝马的额上轻轻拍一拍。雾里佳人极为熟悉这个动作，果然安静下来。

冒顿开始来回走动，竭力平息弑父和屠杀所带来的心理冲击。夷莪嘤嘤窃窃的哭声在耳边缠绕不绝，像一股细丝游动着勒紧他从脖颈到胸腔的各个器官，使他感受着似痛非痛，似悲非悲，似怒非怒，似怜非怜的难以自制和无所适从。

又回到母子两人面前站定了，尽量不去接触芷劬哀求的目光。他重新命令："抬起头来！"夷莪抬起头，脸上的胭脂被泪水涂抹得混乱不堪，而带泪的眼睛依然生动，令冒顿产生了心碎的感觉。他弯下腰，帮夷莪整理了脸前的乱发，凝视半晌，又摸摸芷劬的头，忽然说："父亲大单于宠爱的大臣们都随他去了，还没有去的也就要随他去了。父亲是怎样看待你的，你难道不懂得吗？"

夷莪只是哭。冒顿又说："依大匈奴的规矩，你当然可以嫁给我，但你也可以为父亲殉葬，这样也不算委屈，对吗？"

夷莪还是哭，至哀至婉令人不忍目睹。冒顿还真没了主意，思索良久，吩咐："让娘俩上马，给我看好喽！"就在这时，他忽然注意到了夷莪尚且整齐的发髻上插着那对金簪。

太阳从头顶的帽儿云里钻出来，移到西边低山的一侧，放出异样的绚烂光彩。眼见已经接近下午，勒俟祜吊着收拾好的伤臂前来提醒，该是下撤的时候了，山里的黑夜会比草原上降临得更快些。

斜挂的太阳寻找山谷的罅隙投下一道道殷红的光来，挣扎着照亮山体的骨缝，让喋血的队伍陆续从那莫测的阴阳界"沙沙"地踏过，去感受生命的短暂和无限沉重。

积雪在尚且余存的地温侵蚀中开始融化，使下山的路变得湿滑而异常难行。山影庞大地遮过来，笼罩失落的心情，与山头游移的残阳唱起挽歌，为头曼和许多忠于与背叛他的灵魂送行，也让冒顿和他的死士们体验漫长地狱之路的恐怖。

气温迅速下降，融雪表面凝结起一层潮湿的薄冰。下山的路时而变得陡峭崎岖，好像故意来让死亡与马蹄伴行。冒顿却按捺不住了，坚决地命令加速行军，以便让心理尽快逃离罪恶的藩篱。人马走得急了，再加上心中惶惑，不时便传来惊恐的叫声，抽搐着整个队伍的神经，那是又有人跌到山谷里去了。

到了一处弯弯曲曲的盘山道上，再往前转过两道山坡，就能一览远近的草原了。冒顿方得稍稍松一口气，忽见勒俟祜吊着受伤的臂膀打马近来，那张瘦削的脸上颧骨微耸，细眼倒起，用表情传递着疑惑和焦灼。

夷莪骑在板栗色小母马上，依然把芷劬紧紧搂在怀里。她晕晕沉沉，让失落了灵魂的躯体随山路上下颠簸，时刻都处在摇摇欲坠中。她怀中拥抱的本是欲望，也许就是这过于强烈的欲望突然使命运从半空坠落了。而芷劬是无辜的，他一无所知，并不懂得除饮食和玩耍之外还需要什么，甚至不明白冷暖和爱恨。他亲近父亲和母亲，也同样亲近自己的太子兄长。孩子是不应为他的懵懂而付出代价的，但他的父亲是单于，他的母亲是阏氏，他的兄长是太子，他的出生使他成为了超级欲望的载体。

盘山的牧道像蛇行一般地蜿蜒，藏头露尾难见端倪。不知道经历了多少代人，反反复复费尽艰难，在耸立山前的最后一道危崖上踏出了这条栈道般的险径，就是为了山间牧场上那循环往复的季节性迁徙。这让人马走起来提心吊胆的绝地回肠，却能让牧群在不同的季节里各有所归，使翻山越岭者得以从高峡顺利地降落平川。

夷莪开始复苏的内心深处牵系着更大的危险，那是命运的畏途，酷似挂在悬崖绝壁上的牧道。现在，她完全不是为了自己，而是为了孩子。这个世界上只剩下了他们母子俩，只要能让芷勆活下来，她情愿接受命运的任何安排。可是，孩子是娘心头的肉，心若死去，肉将焉存？

前面传话，又到了一处急弯，人马小心行走。正这时，一支鸣镝尖啸着擦着夷莪的头顶飞向山谷，紧接着，三百支经历了生死锤炼的箭，从层叠的山道上擦着崖壁像暴风般攒向一处，轰响着遮过前面的队伍，向对过山腰杂色的树丛中覆盖过去，直震得高处的积雪像叠瀑般翻滚垂落。心力交瘁而神经绷得僵硬的夷莪猛地遭这一吓，不由得发出撕心裂肺的惨叫，直惊得座下的小母马撒蹄狂奔，止不住脱离陡崖的边缘腾空而起，坠向了生命尽头。

冒顿座下的雾里佳人不再听从驾驭，也发疯一般擦着悬崖飞奔。一旁人马多有闪避不及，吓得冒顿魂飞魄散。眨眼马到急弯，人悬峭壁，已经没有回旋余地。到底雾里佳人是一匹绝世宝马，在到达生命线的刹那间，只见它仰起头顺着力道向上，转身，直立，放声悲鸣，前蹄着地，立稳在悬崖顶上。

冒顿的双腿铁钳般夹定马身，就在这瞬间，他看到夷莪抱着芷勆脱离了马鞍，在一道斜射的光中闪过，落入黑暗之中。悲惨凄厉的叫声与雾里佳人惊心动魄的长嘶交汇着，穿透山谷，层层叠叠地传递着，回荡着，惊起方归丛林的百兽飞鸟，如惊涛骇浪冲击着归路上心理承受的极限，经久不息……

夜的大幕掩去最后一缕凄霞，围猎的队伍零星点亮火把回到了单于庭。留守的官吏和士兵并不知道发生了变故，还都以为疲惫了的大单于已经满载归来，而迎接单于归来是今天最后一项仪式。

这时，千骑长屈烈支飞马来到冒顿面前复命，不一时，左大将戎渠夕手持长眼睛的黑石来到，就马上欠身施礼，交回信物。

情势的异样诡秘使迟钝的单于庭敏感起来，归来的队伍中充满杀气，没有猎物，尤其没有见到头曼单于豪迈而张扬的身影，而戎渠夕又在不该出现的时刻神秘地出现，官员们开始骚动。

戎渠夕从冒顿的卫兵手中接过火把，向头顶画了一个圈，金帐的山原霎时火把通明，潜伏的左部一万骑兵和冒顿手下的一万精锐齐声呐喊。于是，山间分化和屠杀的场景在单于庭和附近的草原上重演。

这是一个空前的月黑风高之夜，林中黄叶纷飞，枯原一夜寥落，姑衍山前的中秋被毁灭在突降的寒流中。

当凌晨到来时，风停了。太子冒顿在两万把喋血的战刀的挥舞中，在两万双噬血的眼睛缭乱的注视下，单膝跪下，朝着灰色云层翕张的边缘，祭拜正在升起的猩红的太阳。他的背后，单于庭大帐前的草地上僵直地跪倒了一大片身躯，遭血腥震慑的灵魂随即被一线晃亮刺眼的阳光唤醒。

冒顿在仓促而简略的仪式见证下，自行登上了匈奴大单于的宝座。疯狂而嘶哑的欢呼声，在太阳完整挣脱云隙的瞬间爆发出来。

使者纷纷出发。新单于限令中左右各帐将领、种姓贵族代表和部落酋长，火速赶到单于庭议事，千长以下各自约束部属，不得擅自调遣一人一马，违者格杀勿论。

冒顿派屈烈支进山清理围场，同时选择了一道坐南朝北的山坡，开挖出规格不等的墓穴。那里面向大山，下临涧水，抬头仰望是一段纪念碑似的垂直的崖壁。大部分尸体在山里就地掩埋了，蒙难大臣们的遗体被驮运到墓地，装殓到厚薄不等的棺椁中，相应安排了毛皮、钱币等陪葬物。

安葬仪式进行得还算隆重，冒顿亲自主持，祷告上苍为死难者带来福祉，冤魂们总算是入土为安了。

卫队长侥直那、宝驹云中杀手的安置自成格局，处在最显著的位置，那匹曾在月氏草原上获得荣誉的快马被用来为侥直那殉葬，算是对绝世忠勇的告慰吧！

在为侥直那大哥的墓穴填土时，屈烈支忍不住失声痛哭。

不远处还坐落着妁我孤零零的墓地，有先死的枣红马勉强地在一旁陪伴着她。

匈奴的死者有墓无冢，填平了墓穴，依然一片山坡地。

死者的妻子儿女、财产和奴隶，按惯例各自归了家庭中的继承人。没有直系继承人的，则由单于庭以下各级做主，分配给在政变中立了功的将士们。

头曼、夷莪和芷劬的后事当然更不能草率，他们将回归神圣的龙城，完善生前与死后法定的一致性。冒顿拿出聂行赠送的那件黄金锁子甲，细细抚摩了许久，叫人送去给头曼穿上。夷莪和芷劬母子的遗体也都精心处置过，分别入殓。棺椁里放进了许多贵重的衣物、钱币以及金银器皿，然后挖出上年储存在地下的冰块，放置在棺材周围。

一支奉派的人马，用车轮高大的车辆运送灵柩。运送的队伍里有头曼的一些卫士和侍奴，已经被拴成了一串。到达龙城后，他们将在墓地被割破喉管，为男女主人殉葬。天气日渐变冷，冰块融化很慢，这对于死者是一种幸运，他们丧失了活力的肉体将不致被细菌分解而腐烂。

鹩哥在夷莪空无一人的毡帐前飞来飞去，看不到小主人回来，于是驻足残雪零落的枯草地上大声发问：“儿子，我的小王子呢？”似乎看到了送灵的队伍，又叫着：“出发啦，出发啦！”

就像夏季紧盯着春季，秋季又紧盯着夏季一样，在又一个冬季还未真正到来时，东胡惦记上了匈奴高原的深秋。

东胡族群广布于长城东北、乌桓山、大鲜卑山，也就是今内蒙古东部大兴安岭山区，因其迁徙地在匈奴之东，故而名之。它与匈奴同种、同源、同文化，被统扩于狄、戎的范畴，主要从事畜牧业，辅以狩猎，也少量存在非常原始落后的农耕。东胡从商朝开始就与中原有了联系，西周时，其先族曾参加成周之会，并用黄罴作为礼物敬献给成王。春秋战国时期，东胡与中原的商品交换已经相当频繁。赵武灵王所谓“胡服骑射”的军事改革，也正是通过学习东胡的短紧着装和骑战技术，大幅度提升了军队的战斗力。

大鲜卑山海拔两千米上下的一座座浑圆山头，在呈叶脉状向西南方向排列伸展的火成岩断层山谷之上，于薄雾中浮起古老的褶皱。使者兀式带领随从人员，不断穿越交织着红黄与赭绿的原始针阔叶混交林，随连绵错落的缓坡逐渐下降自己的高度，已经来到散阔漫伸的低山地带。他要抓紧冬天到来前冷暖空气拉锯的有限时间，完成东胡王赋予的特殊使命。

第二十三回

东胡西谖匈奴失马　安阳事变项籍夺军

立马高处，前面是一望无际的绿地，其间夹杂着星罗棋布的水面，匍匐着连片的灌木，间或有树林在远远近近处突兀着。从大鲜卑山中逸出的许多河溪，汇聚衍生出大大小小的湖沼，再通过明里暗里的水流，把彼此涵养成一个生态体系。兀式知道，在西边迷蒙之处，有一道河流标志着两山间的低限，为东边淤积成的巨大绿野画上了终止线。被东胡和匈奴双方放弃了的千里缓冲带，因为不便通行而自然地形成了眼前的宽阔分界；而从军事的角度认识，这是实力的平衡点，是象征性的边界隔离带。其实，古代游牧族群彼此的边界极其模糊，从这里向南、向北，所有的地段都一直这样地模糊着，而且在匈奴或东胡势力的周边，大多都这样模糊着。严格地说，他们没有“边界”的概念，只有能力所达到的游牧地。

但这次，兀式是带着东胡王打破平衡的企图来的，因为，这片犹如被遗忘了的土地，最早曾属于东胡。那时，强悍的东胡骑兵不断侵扰南边的邻居赵国和燕国，而相对弱势的燕国还要同时对付战国诸雄的政治和军事压力。无奈之下，燕王只好派秦开到东胡做人质。

秦开是一个智勇双全的人物，很快就得到东胡王的信任。他返回燕国后被任命为大将，已经充分了解了东胡的内情。燕赵同工同曲，都是以胡法却胡。秦开率领训练精良的骑兵对东胡实施袭击，东胡大败，丢弃了上千里土地，南界被迫北退到大辽水上游饶乐水、乌侯秦水，也就是今西辽河及上游沙拉木伦河、老哈河一带。

燕国于是从修水西南起，经造阳迤逦至浿水入海口一线筑起长城，同时设置了上谷、渔阳、右北平、辽东等郡。修水为治水源头，今名东洋河，在张家口以东；治水今为永定河及上游洋河；造阳位于今内蒙古正蓝旗与河北沽源之间的闪电河畔。浿水即今朝鲜清川江，入海口为西朝鲜湾；这一带当时地名为满潘汗，是秦辽东郡的东界，也曾是燕国的最东界。

战国末期，匈奴部族开始强大起来，正逢东胡败于燕国。头曼单于率领自己的部落疯狂扩张，也不断在大兴安岭西侧蚕食东胡的势力范围，迅速崛起为燕、赵、秦等国的北方劲敌。

然而，历史的巨大天平也是三十年倾向河东，三十年倒向河西。当蒙恬把头曼从北假、阳山驱逐到漠北以后，创伤日渐平复的东胡，还有西边的月氏部族，又都强大起来，开始觊觎匈奴正在成长中的草原霸主地位。

兀式心中有些忐忑。这次的使命虽然带有明显的试探意味，但就匈奴新单于冒顿所表现出的强悍而言，后果是难以预料的。他能理解王庭的用心，如果不抓住眼前匈奴政局动荡、冒顿立足未稳的机会有所作为，恐怕在继续沉睡一个冬天之后，他们的生存空间又要被进一步挤压，挤扁，直至挤得喘不上气来。他知道这是在玩火，但不得不冒险玩上一把。

思绪正复杂地起伏跌宕呢，使者座下马蹄已经踩到了瓯脱边上。“人呢？咋不见人呢？都死光啦！”兀式的手下大声吆喝。

一名头脸冒土的士兵仿佛从地下钻出来，看到了王庭的使者，便大惊小怪地喊起来：“来人啦，来人啦！”于是，地下各处又钻出一溜沿的士兵来。过来一个人，是名百长，到兀式马前跪下：“奴才预先不知有使者路过，请大人恕罪。”兀式没有心思追究，口里随便应道：“起来吧！”

所谓瓯脱，就是兼做哨所和住所的地窝子，那真是有悠久传统的居住方式了。在东胡和匈奴之间的弃置土地两边，双方都选择地势稍高、比较干爽的地方设立了二三百个瓯脱，作为永久性边防设施。瓯脱里面大多只能容纳三五个人，三个人蜷曲着睡觉时，便有两个人坐着。好在日常总轮换着在外面站岗巡逻，睡觉的位置也就轮流使用。十个八个瓯脱中间，会有一个的边缘用土石砌高一点，在四周留出观望孔，有点像地堡，既观察敌情，也监督自己人。

千长飞骑赶过来了。他行过礼，恭请使者到自己帐里歇息。

兀式一行跟随千长沿一道细小的溪流绕过小山冈，来到一片树叶凋敝的白桦林边。作为这一防区最高指挥所的毡帐，就坐落在林中一片空地上。从树的缝隙里，可以看到不远处的山包上有座用树干搭建起的瞭望塔，林中有踩出的小径直通到塔下。

兀式心里有事，由千长陪同吃过晚餐，凑合着歇了一宿，次日天刚亮，便向水沼地中出发。附近到处是路，但越是往深处走，就越没有了路，而且无时无处不潜伏着危险。好在千长为使者派出了向导，他像熟悉自己的掌纹一样熟悉这里潜伏着的路径，懂得选择什么位置和什么方式通行才不至于被沼泽吞没。

宋义进驻位于今山东曹县东北的安阳邑，在那里操演人马，等待真正出兵的时机。安阳邑处定陶南面的东郡近砀郡处，离白马津三百里，到巨鹿更有七百里。眼见已经过了四十六天，楚军却连挪窝的迹象也没有。

有人急了，来质问宋义：“上将军，我们算是做什么来啦？养膘呢！赵王被围困在巨鹿城里，已经危在旦夕，您应当火速进兵渡河才是呀！”

宋义缓缓抬起眼皮，看到了那个失意的年轻部将。于是从牙缝里“唏”了一声，说：“卞庄子要刺杀老虎。管竖子劝他，等待两只虎与牛互相搏斗，让他们遍体鳞伤、奄奄一息的时候再下手。卞庄子谦虚地听从了劝告，果然手到擒来。这故事你听过吧！”

卞庄子是春秋鲁国的大夫，卞邑人，好勇善斗，事母至孝。但母亲在时总打败仗，母亲去世后却连续获胜。他刺杀双虎的传奇很是有名。

宋义的傲慢令项籍十分气愤，但一时口拙，只顿脚退出帐外。憋得已久的那股子气呀，简直就要炸开胸腔。

范增来了，见项籍正在生气，便笑一笑，抚慰说：“那宋义是小人，少将军犯得着与他生气嘛！”

项籍说：“生气是犯不着，可我们做什么来了？”

范增道：“我倒想起来了。管竖子之时，邻国相攻，彼此牵制，利益错综。而今天呢，楚、赵诸侯唇亡齿寒，岂可畏葸退避，企图坐等渔翁之利！”

正说呢，赵国的使者求见。他本是来拜见宋义的，但被委蛇搪塞，只好转把希望寄托于次将项籍。

项籍再次来找宋义。宋义笑着说：“少将军别急，别急，啊，我们的目的是斗牛，而不是拍打牛身上小小的虱子！”随即正色道：“你披坚执锐冲锋陷阵属一流，这我肯定不如你；但运筹帷幄克敌制胜，那好像应该是本将军的事情，你的确是比不上我呀！”

项籍不由得联想起叔叔项梁的教训，还就又傻眼了。只听宋义还在教训：“本上将军以逸待劳，先让秦、赵两军去互相消耗。秦军即使胜了，但必然会疲惫不堪，我正可乘机发起进攻；秦军不胜，我便转而擂鼓西进，攻克秦中便指日可待啦！”

项籍终于明白了，此人正垂涎那个“关中王”呢！

按说，宋义的对策，无意中正应对了章邯的计谋，对项籍也算是半利。但他不屑于此，他具有充当保护者的天性。何况，杀死叔叔的章邯并没有挡在通往关中的道路上，而是在围攻赵国。为此，他甚至没有与宋义计较权力地位。

宋义见项籍迟疑，乘势拉下脸来，大声命令：“自今日起，无论谁，哪怕他凶猛如虎，固执如羊，狡诈如狼，但只要敢与本将耍倔较劲不服从指挥，就一律处斩！”这时，齐国使者求见，宋义便对项籍挥挥手，要他回避。

郑显进帐，这回是来进一步卖好，邀请宋义的儿子宋襄出任齐相国。宋义并不推让，但也不很放心，便亲自护送宋襄。

已经进入冬季，大雨下个不停，士兵饥寒难耐。项籍性急之下，便当着满营将士说："我们本是来援救赵国的，不去与诸侯齐心攻打秦军，却滞留不前没个期限。眼见又遇上歉收饥荒，百姓吃了上顿没下顿，军中没有隔夜的存粮，士兵拿野菜拌豆子充饥，可上将军不但对这种状况视而不见，竟然还奢侈地大宴宾客。似这般，还说什么要'乘秦军疲惫'！可明摆着根基未稳的赵国一旦被灭，秦军就会更加强大，哪有机会留给楚国？再说，我军刚刚战败，怀王坐不安席，这才集中兵力统归上将军麾下。楚国安危系于一身，可上将军在做什么？他不体恤士兵，以权谋私，用心难测，绝不是忠臣！"听了这番鼓动，将士人人激愤难忍。

右屠耆王且蛰没有到姑衍山来，但却由使者带回了荟扶。

冒顿见到荟扶，紧绷着的心情得到了稍许舒缓。他问："右屠耆王知道这里发生的事情吗？"荟扶回答："他知道。""他是咋知道的？""他是猜到的！"冒顿又问："你咋知道他是猜到的？"荟扶回答："是他让我给你捎的话。"问："他为啥不来？"回答："不知道……你等等，右屠耆王让我给你带来一个小孩儿。"

"啥小孩儿？"

"见了你就会知道！"荟扶说罢起身出帐，不一时果真领进个孩子来。

冒顿当然知道那是乌孙小王子，是乌孙贵族步厩送来的人质。看看，这王子倒也一副聪明伶俐的模样，不由得从心里爱怜，便吩咐："安排奶妈细心照看好，不得有任何闪失！"荟扶说："乌孙那边已经带来了奶妈。"冒顿说："多几个奶妈又有何妨！"荟扶道："说得也是！"

冒顿感觉荟扶变得有些白胖了，就多看了一眼，却发现她红润的脸上增添了些许难以察觉的神秘感。正疑惑呢，荟扶叫他到一旁，扯过一只手来，指指下腹，小声说："你摸摸！"自己的脸立刻红透了。

冒顿明白了，把手伸进去，问："在哪儿？"

"谁在哪儿？"荟扶有些调皮。

"孩子，我们的小太子！"冒顿有些急切。

"不知道，反正在这里面！"荟扶摇摇头，甜蜜地笑了，把头歪在冒顿怀里。

"他还小呢，是吗？"冒顿攒一个指尖比画着，幼稚地问。

荟扶点点头。

冒顿说："快点长大，快点生下来，还有许多大事等着他去做呢！"

“看把你性急得！”

帐外报告：“东胡使者求见大单于！”

危机虽不如预想的那样首先来自月氏，匈奴一直以来的担心果然也不是空穴来风。

单于大帐里，冒顿居中，官员分坐两侧。东胡王的使者兀式大步进帐，在当地立了，稍施一礼，做出傲慢的姿态直视座上的冒顿，说：“听说头曼单于已经被自己的儿子杀死，那么单于的千里马雾里佳人也就失去了主人，不如把它赠送给我家东胡王，以证实新单于希望保持与我东胡的友好关系。这比起月氏要求匈奴派太子做人质的做法，不算过分吧？”

冒顿并不答话，却环顾左右问道：“各位觉得这个要求咋样？”

立刻就有左骨都侯勒俟祜一扬胳膊，就是那条中箭尚未完全痊愈的胳膊，他感到了伤口抻拉的疼痛，五官夸张地攒成一团。但顾不得这了，他习惯大声带点尖气地说话：“雾里佳人可是一匹走遍草原也难以见到的顶级宝马，只配我大匈奴单于拥有，怎可给他人玷污了！”大家立刻七嘴八舌地附和：“大单于，雾里佳人只属于我大匈奴，这匹天下无双的绝世宝马，绝不可送给东胡！”

冒顿脑子里搅腾着，只不作声。他想到，只因失去了云中杀手，雾里佳人才得以天下无双的呀……

他拿手来回搓脸上长得长了一些的圈须。等众臣吵嚷得泄了劲，忽然大声说：“马再好，不就是一匹马嘛！人家东胡王的使者也是为了交好而来，一路上又那么辛苦，怎么能为了区区一匹马就伤了人家的脸面呢？”

话音未落，大臣们脸上都露出了疑惑的神色。兀式内心本高度紧张，听了冒顿的话，不由得喜形于色，心想：“匈奴果然是虚弱了！”便连忙落实：“大单于与我家大王一样地胸怀宽广。本使者只是奉命行事，其实还没能想出这么深刻的道理来。这里先代表我家大王谢过大单于了！”

雾里佳人算是轻而易举地归东胡了。冒顿的这个决定的确使兀式大感意外，至少没想到事情会办得这样顺利。匈奴内部则产生了复杂的猜疑心理，有人认为单于是在乘机清除头曼的影响，甚至连头曼仅存的一匹坐骑也必去之而后快。可那是一匹国宝级的骏马呀，而仅有的两匹盖世宝马已经失掉一匹，就算不得已射死了云中杀手，咋再能借与东胡交好之名打发了雾里佳人呢！

当然，也有不少人认为新单于对内强硬对外软弱，因此仅以无可奈何的心情对失去宝马深感惋惜。对于东胡的行径，不管内部立场和心态如何，大家都一致地咬牙切齿，要不是碍于冒顿的态度，恨不得当场把兀式乱刀剐了，剁成肉酱。

兀式不敢久留，一旦得手便尽快地上路了。他连连称谢，内心的得意和欣喜若狂早已袒露于言表。

又下雪了。在飘飘而下的雪花中，匈奴的官员们用伤感而复杂的心情送雾里佳人前往东胡，冒顿却对各种交头接耳的议论佯装罔闻。

宋义送儿子宋襄，直到薛郡西北角的无盐县，也就在今山东东平东，方才止步。临了，在那里大摆宴席招待双方宾朋。这种举动，令疑惑的情绪在楚营诸将中蔓延开来。

十一月底，宋义不紧不慢地回到安阳邑。次日一早，项籍带着项庄、项它闯帐请战，两下里争吵得不可开交，宋义震怒，真的执行军法了。已经没有调和的余地，项籍便拔剑喝道："无义之徒，还不快快受死！"话音落地，宋义的首级早已擒来。项庄、项它也掣剑在手，帐中无人敢于出声。

项籍出帐，大吼宣布："宋义与齐国合谋叛楚，大王密令我杀了他！"众将十分惊骇。黥布立时醒悟，厉声说："率先拥立楚王的本就是将军家，由您来诛除乱臣贼子，理所当然！"于是，一致推举项籍代理上将军。

项籍立即派项它赶去齐国境内，把宋襄杀死在途中。同时派遣桓楚返回彭城，向怀王报告事情的原委。熊心见事已至此，只好正式任命项籍为上将军。在一个迟早会到来的时刻，项籍势所必然地夺回了楚军领导权，刘家军和赤眉军除外。

被宋义耽搁，两个月过去了，秦军已经把甬道修筑到河水边，粮草就像逆着一道渡槽流淌，源源输送到王离军中。时机已经成熟，章邯开始谋划决战，秦军大举攻打巨鹿。而此时，巨鹿守城战力已经遭受严重损失，更要命的是粮食消耗殆尽。

城中张耳指挥苦守，此刻犹如高坐累卵之上。他派遣张黡、陈泽二将潜出城北，谴责陈余："当初你我可是结下生死之交的。今巨鹿危在旦夕，你手里总还有几万生力，却为何坐观不救！"

陈余无可奈何，赔个小心回答："如果不顾实际，不但救不了巨鹿，还得白白让弟兄们送命。再说，我本人也不想草率地死去，希望留一条命，将来也好为赵王和张耳君报仇。现在大家绑到一堆儿去死，简直就像把所有的肉一股脑儿喂给饿虎，这值得吗？"

此话在张黡、陈泽听来，就是花言巧语。两人使个眼色，抢上前执住陈余。张黡大吼："那就先让我们一起去死！"

陈余挣扎难脱，见陈泽已经拔剑在手，只得说："行行，那就豁出去吧！"说过了，下令："全营集合！"然后朝两旁看看，说："难道俺仨人就这么架着去与秦军见阵？"张、陈也就放了手。

不一时，有五千人集合完毕。陈余赶出大帐看了一回，焦急说："本将也不比你两个怕死，但这人马仓促难以聚拢……如你俩敢去打头阵，就带着这些人马先行一步，我随后跟上！"

张黡、陈泽被这一激，便抱着必死的决心率五千人杀奔巨鹿城下。正在巡视的秦将涉闲见有援兵来战，便催动人马阻击。张黡、陈泽苦战，却盼不来后续人马。等拼死杀到城墙边，早已丢盔弃甲。城上见势头不对，也不敢开门接纳。张耳抱了拳高高举起，对城下两名部将深深一揖。二将领会，也朝城上抱拳，然后回马冲向敌阵。涉闲喝令放箭，可怜张黡、陈泽至死也不明白为什么就陷了他们两个，只好日后拦在奈何桥上等陈余、张耳对质。

陈余带着河北军大队远远察看动静，只等来几十名败兵。于是，一挥手，下令后退三十里扎营。途中，他遇到了另一支援兵，却是张耳的儿子张敖。原来，张敖跑到了北边的代地，想方设法召集到了一万多士兵，正急匆匆赶到。听说陈余亲自去救赵王和他父亲，便紧赶慢赶随后接应。于是，陈余邀请张敖来到自己战车上，说明秦军势力太大，自己方才折了五千人马，只好后退，等会齐各方援军再说。张敖为人忠厚老实，甚至有些怯懦。听了陈余的解释，心中疑惑，回身看看自己手下人马也就不过一万，只好先听陈余的。

其实，此时齐国田角、田间，燕将臧荼等，都带着援军躲在远处观望呢，谁也不敢出这个头。等到陈余扎定，他们才靠拢来，相距不远搭建起了十几座营垒，旗帜相望，互为呼应，倒也显示出一定的声势来。

第二十四回

哭亡魂冒顿祭鞮汗 实刀兵儒生赚陈留

诸事烦扰，冒顿内心充满着极其复杂的情绪，便欲躲开复杂压抑的环境，以便沉下心来，对大大小小的事情做些梳理。他委派勒侯祜暂时统管单于庭的日常事务，又暗中叮嘱戎渠夕注意防范可能发生的骚乱，自己则由新任卫队长屈烈支带领一小队侍卫相随，偕同荃扶阏氏带上乌孙小王子猎骄靡冒雪起程，前往右屠耆王且蛰大帐视察。

且蛰早已得到通报，出营数十里迎接新继位的单于。到了面前，马上行礼，冒顿边破格还礼，边大笑着说："你我知心兄弟，才有几天不见，何必变得如此拘束！"且蛰也大笑。

两人并辔到了大营，各自下马，冒顿牵了且蛰的手，一起进到暖烘烘的大帐内。当下置酒接风，席间没有谈及任何敏感的话题，就像单于庭从来就没发生过任何骇人听闻的事件。

第二天，荃扶和小猎骄靡由且蛰安排人前后照应，冒顿请且蛰准备了牛羊牺牲，不顾连日劳累和路途颠簸，立即起程去鞮汗山。

一路踏雪，日行夜宿，尽量只说些闲话。不觉已经过了夫羊句山狭，冒顿脸上逐渐流露出凝重的神情。且蛰及屈烈支、曳当等各色随行人员，也都被潜移默化地感染了，行进中的气氛变得肃穆起来。

到达鞮汗山，扎下营来。冒顿、且蛰打扫一路尘土，在毡帐静坐默思。一夜过去了，山原启明。两人出帐膜拜过太阳，便步行登上山坡。

侍卫们已经布置好牺牲。冒顿、且蛰朝着月氏北山的方向默默行礼，遥祭死难的右屠耆王卫队烈士。众人单膝跪倒在雪地上，冒顿举杯洒酒，列数脱离危险的经历，赞扬卫队的忠诚和智勇，为逝去的灵魂祈祷。他的脑海里反复叠现侥直那、妁莪、枣红马、云中杀手和雾里佳人的形象，心中阵阵翻腾着难以抑制的痛楚，情到极处，仰天抚胸，匕首刺肤，血泪俱下。且蛰自然也有另一番复杂的感受和心痛，随从的曳当和卫士们则在为死去的同伴伤心落泪。山坡上响彻了男子汉的号哭，北风猎猎，彤云凝滞，胡笳苍凉，群马嘶鸣。

祭奠完成，冒顿收泪，心中感到熨帖了许多。于是，当场一一询问了对死难者家属的安置，以单于的身份表示慰问并颁发了赏赐。程序进行完毕，下山歇息。

当天晚上，冒顿要求与且蛰同住在一顶毡帐里，这才问起且蛰对当前形势的看法。

且蛰提到了月氏的一项人事变动。原来，居敕臼已经被提升为左大将，取代枯末折防守北山口；而枯末折则调任右大将，变相降低了在军中的地位，被打发到三危那边看守与西域之间虚无的边界去了。显然，他还必须担负起监视乌孙部落和安定一方的任务。

项籍得到怀王任命，下令全军次日拔营起程。傍晚，项籍与范增巡视归帐，却被一名士卒挡在帐外有话要说，看时又是韩信。项籍正待呵斥，范增却道："钟离昧将军提起过此人，不妨听他想说点甚！"

此时项籍心情不错，既然亚父开口了，他也便听着。只听韩信说："小人以为，巨鹿之战，诸侯军力足矣，今所缺者，乃大将。"这话在项籍听来，颇觉多余，缺将，本上将军说到就到！这话听起来舒服。

"不过以小人之见，上将军宜亲率大军急袭函谷，径取关中，机不可失！"也许怕失去说话的机会，他说来很急。

"嘿，本将也觉得这是个机会，可赵国呢？章邯、王离由谁来对付？"项籍这话是朝着范增说的。范增便问："我等去打函谷，恐怕还未到荥阳，章邯便回来挡住了，为之奈何？"

韩信回答："上将军可命一偏将协同诸侯军，还以章邯之道，把秦军钳制在巨鹿，令其不能脱身。一旦关中陷落，章邯、王离皆可不战而降之，天下旦夕可定。若得战机，战而胜之亦未属不可！"

听来口气还真大，但细想未必不是个道理。范增正自琢磨，只听项籍喝道："说完了吗？你可以退下了！"

话虽说得仓促，但韩信终于得了表达自己见解的机会，便顺从地让过一旁，叉手恭送。项籍催马过去，莫名其妙地想回头看一眼，但并没有回头。

"兄长可知道此人有一个叫得响亮的绰号？"跟随一旁的项庄笑道。

"甚绰号？"项籍问。

"胯夫！"项庄回答。

"你这小子！"范增嗔道。

"等闲暇时，我再与兄长细说！"项庄嬉皮笑脸。

项籍问范增："亚父可觉得韩信说的也有道理？"

范增一笑："兴许有……"他心里也在琢磨。

"他说另派一将替我去河北，您说有谁可派？"项籍问。

范增摇摇头：“不知道除少将军外，还有谁是章邯的对手，只恐怕连王离也没人对付得了！”

项籍大笑：“看来只是听了一通废话。我若去取关中，说不定章邯反来抄我后路。换句话说，等我灭了章邯，秦廷不也就剩下一个空壳。再说，我去救赵，诸侯从此必为楚所用，则天下一举可定，我也就无须瞻前顾后了！”

正这么说呢，迎面却见钟离眜过来。正赶在兴头上，项籍便问：“那韩信可真有些见识？”钟离眜愣了一下，醒悟过来，拱手回道：“末将拙见，未足一听！”项籍却爽快地说：“将军既有言在先，就先让他做个郎中吧！”

郎中是执戟守卫殿门、帐门，骑马跟随侍卫，日常听候使唤的近卫差使，比一般士卒要高出许多。其特殊之处就在于能接近政、军上层，发表个意见自然方便些。更重要的是，这种角色也属于备选将官，往往由亲贵子弟承担，项籍对韩信可算是宽容得很了。当下钟离眜谢恩，无形中这倒成了他的人情。

这时，陈余的使者到了，他请求楚军尽快赶赴巨鹿，好救出赵王和相国。项籍满口承诺，好言抚慰使者，先打发他回去复命。

楚军以黥布、蒲槐为先头，兼程向北。这一日全军刚刚渡过黄河，便有一将率军来投，看时，为首的却是故齐国君田建的孙子田安。此时，他已经攻下济水以北地带，耳闻项籍夺军救赵，便赶来加盟。这件事给了项籍一个良好的暗示。

出乎意料的是，楚军连续渡过洹水、漳水，虽频频遭到秦将阻击，但并无大战。项籍不顾这些，只吩咐将士们好好睡上一觉。

夜来，项籍辗转难眠，便牵马出营，信步来到一处略显高出的地方，向月色朦胧中揣测远处的假定战场。身旁的乌骓马不断掬动四蹄，项籍便靠拢来，亲切感受它的鼻息。此马背长腰短，筋腱强劲，通体如缎，毛色黑亮唯四蹄雪白，故名“踏云乌骓”，号称天下无双，项籍惜之如命。

背后感觉有动静，知是亚父寻来了。果然听到范增的声音：“少将军？也该去打个瞌睡啦！”

项籍应声：“亚父为何还不曾歇息？”

范增没有回答。过了许久，却劝道：“大计已定，剩余就在天命了。少将军不必多想，还是抓紧歇了吧！”

项籍“嚯”地抽出宝剑，翻腕向上，直刺月亮。

范增说：“你仔细听！”

项籍凝神。旷野一片寂静，似乎能听到军营里此起彼伏的鼾声。

只听范增说：“我想，依章邯的实力，恐怕不是胜不了我们，而是赢不了他自己！”

项籍收剑：“您说清楚些！”

范增回答：“他根本上是赢不了二世和赵高，李斯既死，关键时刻想也就到了！”

项籍问：“何时为关键时刻？”

范增说：“也许就在这几天，也许就在不久之后！”

项籍点头，内心却似信非信。他不服气的是那句“恐怕不是胜不了我们”。

刘季进军颇为奇特。他借诸侯那边动静的掩护，先在杠里打了个不大的战役，便借助宋义、项籍主力的显著性为掩护，偃旗息鼓，一头扎进济、睢间秦野战军团撤离后的真空地带，不一日顺利抵达砀郡西部的陈留县高阳乡。这里地处鸿沟东侧，向南是陈郡，正西可入颍川郡境，向西南则为三川郡。

高阳乡的落魄儒生郦食其，性情狂傲，只可惜家境贫寒，只好做个看里门的小吏。这属于士人从事的最下贱的职业，落拓之人也得混口饭吃。

骑兵峤度算是到了家乡。不等驻扎下来，他就急切地请假回家探望。此时，刘季军中除夏侯婴、靳歙率领的车兵外，已经夹杂着零散的小建制骑战单元。

郦食其闻讯主动找上门来，彼此还算熟悉，就聊了起来。郦食其掰着手指头说：“算来诸侯军中的将领，路过高阳的不下几十人。我打听了，没一个不是那种品位低下、器量狭小的！唉，这些人好托大，拿些繁文缛节拒人于门外……”

峤度笑问：“郦老先生呀，这些人是听不进您的高见吧？”

郦食其不理会：“我听说刘季也是对人怠慢得很！”

峤度说：“沛公不拘小节而已，其实大度得很。平常时，无论种田的，看门的，叫卖的，当小兵的，总之不管你是啥人，他都肯随便闲扯。他讨厌的正是那种烦琐礼节。”

郦食其趁势问：“那，像你这种小骑兵，平日里能和沛公说上话吗？”

峤度说：“那当然！”他这话说得有底气。因为，当时刘季队伍里骑兵不多，是很宝贵的作战资源，骑兵的地位也就比较特殊。峤度又说：“不过，沛公特别讨厌儒生。有一次，来拜访的客人戴着儒冠，沛公就伸手抹下来，朝里面解溲。要是有人谈到儒生，他就破口大骂。所以，我看像你这种人，还是不要去自讨没趣！”

郦食其说：“他讨厌儒生，可是不会不喜欢天下吧！”

峤度没有想过这种问题，愣了一下，点点头。

“那就对啦！”郦食其说，“我听说他是有大想法的人，所以才情愿和他结交，可惜就是没人能替我作个引荐！”

峤度不免犹豫。郦食其便激道：“你吹牛了吧，像你这种身份，哪在沛公眼里……算了吧，我也不想难为你啦！”

峤度急了，说：“你别小瞧了人。不过，我见了沛公该咋个说法呢？”

郦食其说：“你果真能见到刘季，就告诉他，我认识一个姓郦的读书人，六十多岁了，身高八尺，人家都称他‘狂生’。不过，他自己说，‘我不是狂生！’”

峤度摇头：“可千万别叫我这么说。在沛公眼睛里，儒生就是读书人，读书人就是儒生！”

郦食其说：“你尽管这么说！”

刘季住进高阳的驿馆里，峤度去按郦食其教的说法说了。刘季皱皱眉头，随口丢出一句：“没来头又是个竖儒……”吩咐：“弄盆透水来，烫烫脚！”把峤度晾在了一边。

这时，郦食其已经等在了门口，递上名刺，对门吏说：“高阳贱民郦食其，听说沛公讨伐秦廷，所以希望当面陈述天下大事。”

刘季正把脚伸到盆里，预备着好好烫一烫，去去疲劳。这是家乡冬季里多有的习惯，此时最烦人打扰。听门上通报，便问：“是怎的一个人？”回答：“面相上类似大儒，穿着读书人的衣服，戴着侧注。”侧注也叫“高山冠”，是当年齐王赏赐给谒者，用于接待礼仪的。

刘季听了，说：“替我打发了吧，就说我正在谋划天下大事，没空会见读书人。”门吏出来，照样说了。郦食其瞪着眼睛呵斥：“去去去！再去告诉沛公，我是高阳酒徒，不是啥儒……不儒的！”他的手下意识地握了握腰间的佩剑。剑佩带在士人身上，就像佩玉一样，是一种身份标志，是礼器，也是时尚装饰物。

嗓门不小，声音挺震。门吏被这一吓，手里拿着的名刺掉落，连忙跪地拾起来，跑回去重新报告：“看起来，这个客人真是壮士呀，他呵斥我，吓死我了，把这名刺都吓掉了！”于是，把郦食其的口气原样学了一遍。刘季一乐，只好懒懒地说：“见就见吧，看他到底能吧嗒些啥！”见峤度还站在一旁，吩咐说：“你去把客人领进来吧！”

郦食其进来了。看时，刘季正叉开两腿坐在榻边上，让两个女子给他洗脚呢。感觉人进来了，刘季用眼角瞟了一下，也不大理睬。奔波一整天了，他不愿舍弃这份恰到了舒服处的享受。

郦其食以其人之道还治其人之身，一脚迈进门槛，仰头两眼看屋角，挺直着身子高高地拱一拱手，随随便便落下，也算是行过礼了，根本没有依例跪拜的意思。口里话也出来了：“足下欲助秦攻诸侯乎，且欲率诸侯破秦也？”刘季一愣，随即骂道：“竖儒！天下苦秦久矣，故诸侯相率而攻秦，何谓助秦攻诸侯乎！”

话说请将不如激将。郦食其一招见效，却寸步不让，责备道：“您既然一心号召天下同举义兵诛灭无道之秦，就不应如此轻慢地接见年长之人！”

刘季还真吃这一套，立马拨开那两名女子，光脚直接站到地上，象征性地整理了一下衣服，恭请郦食其到上首就座。坐好了，正式向他表示歉意。

郦食其说：“您真是够辛苦的啦，看搞得衣衫不整的样子！对啦，这就要带兵去讨伐不义呢，心头哪能不得意呀……还要说上一句‘我正在谋划天下大事呢，没得空会见竖儒！’”

遭这一顿讽刺挖苦，刘季反而乐了。郦食其转而直言：“您要做天下大事，可两眼只盯着人家的长相啊衣帽，如此，恐怕会走眼，错失许多有才能的人士。依我看，您的智谋比不上我，勇力也比不上我；今天果真推辞不见，我觉得您就太不上算啦！”

刘季连忙自我解嘲：“前面不只听说了先生的外表嘛，现在可是在听先生的高见呢！”转顾盼说：“日后通报，可得说周到了，啊！”左右连忙称“是”。

于是，郦食其与刘季谈起战国合纵连横的往事。刘季没怎么读书，此时需要用了，饶有兴味，听来恨少。不觉到了吃饭的时候，便吩咐赐餐。吃饭中间，他开始询问：“我说灭秦的大事，能成吗？”这是他心中一直隐藏着的疑虑。

郦食其举杯，杯中酒一饮而尽，夹一筷子肉吃了，说：“足下是靠纠集一帮乌合之众起家的，加上收编的一些散兵乱军，手下统共达不到一万人。想拿这点本钱直接攻入秦朝腹地，这里好有一比，就是把头伸进虎口里抢食吃呀！”

一语切中要害。入关毕竟要寄望于实力，而不能只靠心大。于是刘季探问：“眼下千头万绪，先生认为从哪里入手才好呢？”

郦食其说：“我讲一个道理，您看对还是不对！”

刘季说：“请讲！”

郦食其拿筷子点着饭钵说：“假如您摆开的这些饭，足够三十万人吃，情形将会发生怎样的变化呢？”

刘季恍然大悟，反问：“可这粮食从哪里来呢？”

郦食其说：“有的是呀，都在陈留县里呢！陈留地处天下要冲，是一个四通八达却没有险阻的地方。我知道，现在城中贮存的粮食多得不得了！”

刘季“哦”了一声：“嘿，先生痛快说吧。我这胃口是吊起来了，可酒饭却吃不出一点味道来！”

郦食其“哈哈”一笑：“行！巧就巧在老夫正好与那陈留县令交情不错。请您派臣下出使陈留，劝他反水，服从于您！”

刘季问：“他如果不听先生的呢？”

郦食其回答：“那就来狠的，您领兵攻城，老夫我则顺手杀了他，做个内应！”

“喝！吃！”刘季举杯，“就这么办！”

郦食其放下酒杯，接着说：“有饭吃了，兵力充足了，您就去横行天下吧！”

郦食其赶往陈留去拜访县令卫岢，朋友相见，难免寒暄几句，随即转入正题。非常时刻，卫岢锣鼓听音勾起敏感，疑惑地探问：“我看先生前来，与往日有点不同，莫不与住在高阳的楚军有关？”

话已开了头，郦食其便说：“您说得不错。依我看，秦廷违背天道，天下纷纷反叛。您如果愿意顺从大势，目下就有机会！”

卫岢问：“先生这话是甚意思？”

郦食其说：“您果真不明白我的意思？反过来说吧，您若一意孤行，那就危险了！”

卫岢拿双手掩住耳朵：“是先生拿这些话来蛊惑我，绝非我心里所想，希望你别再说了！”

郦食其快人快语出口无忌惯了，常来常往中犯上作乱的论调多去了，卫岢也就不十分在意他的煽惑。已经太晚了，据闻有一小股贼兵临境，于是城门关得比往常要早，郦食其便依习惯赖在卫岢衙内留宿。卫岢是个黏糊人，也不回内室就寝，只两人分东西厢而卧。

和衣躺下，郦食其翻来覆去不能入睡。想想游说不成，明日刘季依计来攻城，却如何了得……机会也只在眼前！

看看到了半夜。郦食其横下心来，取剑到卫岢门边。他轻唤两声，没听到醒觉的回应，却唤出了一串憨足了的呼噜，不由吃了一惊。等了片刻，便推门进去，摸索到卧榻边，拿剑朝卫岢的脖颈上用力抹去。只觉得热乎乎溅了一手血，呼噜立即没了。他本不忍割下那颗头，但怕无以为凭，也不敢迟疑，便利索取了首级，顺手拿衣服裹了，缚在背上，偷出衙来。好在处处熟悉，他蹭到城上，借个空虚，从方便处越城而下。

陈留县城离高阳少说也有五六十里路，郦食其背着卫岢的头颅，急急奔走。不觉天已微明，慌忙间道上来了一支人马，他便躲到草垛后面探看。轻兵疾进，隐约都是土红色头巾衣衫，郦食其知道是沛公军依照约定出动了，立马松下一口气来。

天明兵至城下，刘季下令把卫岢的首级高高地挑在竹竿上，让守城的将吏看。樊哙喊话说："你们快点投降！从现在开始，凡是后出城投降的，就先杀头！"

城上还没明白，县令昨晚还好好地待客呢，那首级怎么就变戏法般落到贼兵手里了？正这时，县衙传出确凿的消息来了，城里顷刻便炸了窝。俗话说，蛇无头而不行，鸟无翅而不飞，加之世道混乱，朝廷不得人心，士兵们便争先恐后地撤下城头，开了城门来投降刘季。

刘季入城，直接登上南城门楼，安民告示。也不耽搁，立刻就着城里的武器库、粮库招兵买马。鉴于郦食其的功劳，刘季赐给他一个封号，叫"广野君"。

贫穷一世的郦食其猛地风光起来了，他赶回家中，跟弟弟郦商说了事件始末。郦商便招呼手下已经聚集了六个月的四千青年人，前来投奔刘季。刘季心中大喜，当即任命郦商为将军。

第二十五回

烧粮秣楚将挫敌锐　指鹿马贼宦覆朝纲

楚军这一夜好觉！将士们统统睡足了，醒来酒肉饭菜已经备好，于是放开肚量饱餐一顿。

“别拾掇啦！”范增说。这是什么意思呢？

项籍已经在中军大帐坐定。众将听令：“把所有的船只都凿沉，把蒸煮的家什统统砸了！”

部将们似乎没丝毫反应，他们是听清楚了，但都以为听错了，因为不知道要做什么。

项籍端坐。他当然明白，任何人听了这道军令，都需要一个徐徐反应的过程，于是重复发令。

“没听错！”大伙儿互相印证了彼此的耳朵和理解力。接着还是疑问：“这能行吗？”“连一点余地都不留？”

范增坐在一旁，间或手捋银须，不动声色。

“就是这个意思，不留一点后路！”项籍做了最终确认，并起身走出大帐，亲自督促实施。范增与众将都跟了出来。

军令如山，尽管营里吵吵嚷嚷，还是有人动手先砸了一只陶制的蒸釜，然后大家都来看上将军的表情。

项籍点了点头。于是，岸畔响彻了“乒乒乓乓”的撞击声、炸裂声，仿佛是打一场没有抵抗的歼灭战，更像是在发泄，尽管士气不高，但舟沉了，釜碎了，任务很快就完成了。

将领们前来缴令。项籍立刻发布了第二道命令：“让每个人带足三天的干粮，不能少，也不能多！”

执行得很顺利。第三道命令下达了：“全体出营集合列队！”

这很正常，动作也很快。第四道命令是：“把营帐全部烧掉！”

队伍中每一个胸腔内都激起了轩然大波，但谁也不敢直接表示疑义。不需要所有的士兵动手，火把点燃了，火把又顺风点燃了营帐。当然，那些营帐主要是就地取材搭建的，只有少量简陋的设施属于随军携带，关键是营地还存有三天以外的粮食呢。

项籍问：“知道什么意思了吧？”说过了，朝范增看一眼。范增白须在风中飘动，也正定定地看着他。

身旁的项庄年少口快，毫无新意地接道：“果真一点退路也没留！”

黥布回答：“有进无退，与秦军决一死战！”

项籍说：“这就对啦！”于是全军高呼：“有进无退，决一死战！有进无退，决一死战……”此起彼伏呼过一阵，士气果然被鼓舞起来了。将士们也明白，必须豁出来啦。死战或可胜，胜才是唯一的出路；败已经没有退路，退路就是死路。

太阳正在升高，诸将相继率部出发。项籍、范增方得动身，却发现地平线上闪烁着现出一彪人马，狐疑间已来得近了。

一将单骑飞奔前来，项它驱马迎上前去。不一时，两马并行而至，赵将司马卬下马拜见诸侯上将军。

司马卬原本受赵歇之命进击河内，企图侧面威胁三川以牵制章邯。此计仓促难成而邯郸已失陷、巨鹿危在旦夕，他便改而打起游击，往来袭扰秦军的粮道，章邯修筑输粮甬道便是为了摆脱此类袭扰。马背上耽搁不得，于是范增建议让司马卬继续去完成赵王使命，对此他有超前的预期。

夜来，棘原照样月色如霜，秦军的运粮甬道在原野上延伸，两头在稍远处隐入了如梦似幻的朦胧中。

最新脱离了水路的一大批用来应对大战的粮草，正以人畜混杂的运送方式，在干打垒土墙的掩蔽下缓慢地向巨鹿方向进发。司马欣、董翳两军拉开近二十里距离，前后流动警戒。徐腾率军傍紧了甬道内在运的粮草，贴身押运。

自从楚军先头黥布、蒲槐渡河，连日里甬道不断遭到破坏，运粮队伍不断遭到袭扰，粮食不断被劫掠、焚毁，司马欣、董翳二人更是疲于奔命。因此，章邯又增派徐腾前来协助。

由于保护得力，倒不曾发生太大的危机。大批粮草总算快要运到了，司马、董、徐三将已经收缩兵力，集中对有限地段作重点防卫。

深夜，运输秩序大体正常，部队和衣睡熟了。连日格杀和行军，特别是持续处在高度戒备下，将士们已经筋疲力尽。

月下的营帐内充斥着搏战的呓语。有人在梦游，起身拿了兵器走出帐外，飘飘地走到了营门。

“干啥的？”站哨的问。

直直地走，不说话，像一具僵尸。

“我说你想干啥呢？”

到营门了，怀抱长戟拉下裤腰向外面溺溲。门岗动手去推拉。

“我……我将要随同将军出战，谁敢……敢，你看，看……”

门岗举了火去看他撒尿，他梦中的眼神却凝滞了，露出了惊恐。这感觉不对头，于是，哨兵也抬眼向远处望，果然觉得有影影绰绰的一片。揉揉眼睛，越发看得模糊了，忽然听出尿落地的响声中还夹杂了异样的动静。于是互相招呼来看，越看越感觉情况不妙，便大喊：“贼兵来劫营啦！”

一时间军营里骚动起来。司马欣听到混乱声，心中大惊，急忙提剑出帐。只见营里乱纷纷，却没见敌军。稍待，仍不闻厮杀，便奔到营门。

远看月色晕晕，棘柴幢幢，寒风瑟瑟，直觉得周身被冻得冰冷。司马欣厉声大喝：“何来的贼兵，是谁大胆扰营！”

几个门哨已自吓得跪伏在地，哆嗦着回答：“是……是是他……”所有的手都指向了梦游者。

梦游者感到十分诧异，也连忙跪倒，申辩说：“将军在上，他等真是冤枉煞小人了！”

几个门哨齐声指认：“明明是这家伙跑到营门来……”

“来做啥啦？”司马欣追问。

“来解溲……还说要随将军出战，谁敢阻拦，接着他就指那里！”

梦游者申辩：“我自睡熟了，不知他等促狭，把我弄到了这营门来冻着，何曾……”

“啥乱七八糟的！”司马欣打断了他们的争辩，抬头仔细远看，果然觉得月色朦胧中似有无数士兵悄悄靠近来。

正巧徐腾巡哨过来。司马欣问：“徐将军，你觉得真有贼兵吗，但他们却为何来得这般慢？”

徐腾仔细朝着远处感觉，忽然失惊道：“方才可能有误，现在是真的啦！”

司马欣浑身冒出了冷汗，点点头，说：“徐将军可自去保护粮草，我这里分兵从两边包抄过去！”又朝地上跪着的士兵喝一声：“速速归队，赦你等无罪！”

全营立即分头散开，意在等待着偷营者投入罗网。然而，对方也不会干等着这边调动，已经迅速发动攻击。于是，两下里在月色中投入混战，到凌晨收兵，各自小有损失。

话说：“风高放火夜，月黑杀人天。”这在朗朗月色、瑟瑟寒风中前来偷营的楚军，本意就是骚扰。龙且、桓楚把本部人马分成左一路、右一路、前一路、后一路的，直闹腾了半夜。

天亮，秦军护粮的三营人马匆匆吃过早饭，徐腾打头，董翳押后，司马欣负责来回策应，运粮的车辆强打起精神头，重新登程了。

经过艰难的运输，连日里不断见阵，走走停停，蜗行踽步，总算只剩下最后一程了。这四十多里路离主力最近，那头就是围攻巨鹿的王离所部，沿途是楚军还没敢涉足的地段。司马欣、董翳都稍稍松了口气。

正在这时，徐腾派人来通报："前面甬道的护墙被从两侧向中间推倒，道路完全被破坏阻塞。"司马欣终于明白了，楚军这大半夜的折腾到底是为了啥目的，连忙问："有多远的路程没法行走？"回道："徐将军已经派人查看！"查看结果，粮道被毁坏达二十多里，再有不足二十里，就毁到王离大营了。这麻烦大了，只能立刻派人去章帅那里报信。

王离也接到报警，但职责各自有分，本不欲发兵，但军粮事关大体，只好与苏角、涉闲商量："贼兵只随身带有三天干粮，莫非是想从甬道夺取粮草？如若眼皮底下粮草有失，必然严重扰动军心！"苏角说："将军说得在理，粮草来得近了，又是为我围城军而至，救粮其实早在分内。"涉闲说："四亭之内，贼军劫粮即等同攻我，我等岂能坐观！"王离点头："二位将军说得有理。苏将军——"

"在！"

"你可率本部人马前去救援，或护粮，或清道，便宜行事！"

"是，我在粮在，粮折我殁！"

王离有些敏感，说："苏将军言重啦！"又吩咐："涉将军，决战只在近日，你可小心防范城北。虽说乌合之众不堪一击，但城中困兽犹斗，我不可不拿出十分的精神！"

涉闲回答："将军放心，我必当谨慎！"

苏角、涉闲领命各自去了。王离也出帐上马，打算去巨鹿城下察看动静。想了想，便又派使者去章邯那里通报一下。

然而，此时此刻的形势变化，令人瞠目结舌。

楚军同时在两条战线上发起突袭。项缠、虞子期、钟离眜、季布、周殷、周兰、项庄、项它八将，突然对处于前沿的秦军张既、邱轸、谭雄、贲贯四营发动了猛攻。与此同时，黥布、蒲槐、龙且、桓楚利用已经创造出的有利局面，把秦护粮军截成十来段，使他们彼此无法救应，全部陷入了孤军作战的危险局面。

黥布、蒲槐、龙且、桓楚都是项籍麾下的一流猛将，尤其黥布，自渡河以来，一路横扫，万夫莫敌，避之者生，当之者死。而司马欣、董翳所部屡遭袭击，已成惊弓之鸟，全军如一溜堤坝霎时崩溃。桓楚命令楚军在运粮车上放起火来。火势借助甬道中的气流迅速蔓延，映成一条不见头尾的火龙，运粮军士丁夫身上着火，惨叫着逾墙逃生。

司马欣、董翳正与蒲槐、龙且交战，见甬道内着火，大呼："保护粮草！"便想来扑救，但被死死缠打，哪里脱得开身。二将渐渐战到一路，眼见得火已成势，救也无益了，便转而突围。蒲槐、龙且追了一阵，便放他们去了。

徐腾正指挥部下铺开摊子来清理粮道，远看粮草着火，耳听遍野杀声，心想还修啥路，救粮要紧，便赶杀过来，奋力冲突。杀过一阵又一阵，一阵紧似一阵，到了粮草面前，倒觉人马散开来，唯见火势过后，粮草渐成灰烬。他早已浑身是伤，筋疲力尽，四下里寻不见司马欣、董翳，便问散在周围的秦军，回道："早见两位将军突围去了！"徐腾仰天叹道："此二人也能做将军，不败又怎地！"此时真是伤痛不及心痛。

正在愤怒，忽然见散卒奔逃，又有一将杀了过来，正是黥布。徐腾无意逃避，奋力迎敌。他不是在接阵，而是在拼命，黥布竟然被他的气势所震慑，先是好一阵招架，才缓过手来，心想如此一员舍命的战将，还是放他去吧！便主动退走。谁知，徐腾竟然紧逼不让，只管朝黥布的要害处拿长枪胡乱来刺。黥布愤怒，回身一矛送出，矛尖从前胸直透后背。收回长矛看时，那身体依然坐于马上，手中长枪还自朝着自己，不由叹道："真壮士也！"转对几个正要逃走的秦军士兵喝道："留他一个全尸，好生埋葬了吧！"说毕，领军去了。

此战司马欣、董翳、徐腾的人马，连死伤带投降，三亭折去两亭，其余奔逃向章邯大营去了。

王离派来救援的苏角，沿途果然看到粮道尽毁，渐见战场狼藉，却不见一个活人。望见烟火蔽日，心中焦急，只道两军交战，便不顾一切地赶路。不想蒲槐、龙且、桓楚、黥布烧粮得手，正先后率领人马，挟锐直扑王离围城秦军。对于他们来说，时不我待。

苏角与蒲槐、龙且两下里遇个正着。二将无意耽搁，率军掩杀过来。苏角见势头不妙，心知救粮无望，稍一迟疑，便即飞速退却，楚军随后紧追。退过一程，龙且率先赶上，苏角不得已交战，边战边走，不敢稍停。

王离从巨鹿城下巡视回营，忽见远处运粮道上烈烟腾空，心中大惊，但自觉鞭长莫及。为防万一，便传令全营严阵以待。这时，使者从章邯中军赶回，传达大帅慰勉，并劝谕无论此后发生多大的事情，也不要再分军作战。

王离怎不晓得分军救援是下策，十分被动。早知章帅如此高瞻明理，何必让苏角深入险地呢？他后悔莫及，心中忐忑，只仍心存侥幸。

为了谨慎，也是为了遵照章邯的嘱咐，王离便只能耐心等待。挨到下午，只见尘头起处，败军退奔而来。王离下令击鼓列阵，自己催马上前观察动静。

苏角看看已经接近大营，敌军却离得太近。为不挫动本军阵脚，他便勉强回身再战，此时，楚军已聚齐蒲槐、龙且、桓楚三股人马，苏角即使长出三头六臂，也无力抵挡半分。王离不能再迟疑，立即率众将接应。眼见得两军混战，忽见苏角坠下马去，王离情急，右手使矛，左手挥剑，大呼："王离来也！"径直闯入楚军中。

只见一溜血光飞溅，王离已到了苏角身边。宝剑划过一圈，落入鞘内，矛指之处，敌兵避让不及。他探身提起苏角，担在马背上，翻身杀了出来，避之者生，当之者亡。龙且、桓楚本已双双前来堵截，看他这一番厮杀，惊得目瞪口呆，不由心生畏惧，便闪开一旁，让他去了。

秦军逐次后撤，双方放箭射住阵脚，各自收兵。天色已晚，那边，项缠、钟离昧等也与章邯所部罢战，双方脱身。章邯分析战局，才醒悟楚军并非真心来攻，目标却是为了甬道里的粮草，但绝不是为了获取这些粮草。他叹了口气，掐指算算，自楚军渡河以来，秦军已经是大小九战九败，所幸没有伤及元气。

这时候，秦廷中发生了一件咄咄怪事。中丞相赵高觉得必须独自操弄朝政大权，但担心群臣不会任由自己摆布，就设局来试探。这天上朝，他牵着一头健鹿，当朝敬献给二世，口里说道："这可是一匹举世无双的好马呀！"

二世举目一看，失笑说："丞相搞错啦，咋地把鹿称作马呢？"赵高笃定地说："是陛下看花眼了，这分明是匹宝马呀！"二世夜来疲劳，此时拿衣袖擦一擦混混沌沌的眼睛，又仔细看。看过了，这到底是咋个回事呢？啊……于是向侍立两旁的大臣们询问："众位爱卿，你们说这到底是头鹿还是匹马呢？"群臣中有人低头不语，有人则煞有介事地开口了："回禀圣上，这的确是匹好马呀！"

人中总有正直的人，一时气愤不过，其中三五人便仗着胆子出头，争辩道："这哪里是马，鹿就是鹿，非马就是非马，是马绝非鹿，鹿怎么会成了马呢？"也是人急了，说话绞缠不清。

二世稀里糊涂，无谓的争论不了了之。但赵高记住了那几个敢说真话的人，千方百计给他们设计圈套，没出几天，就全部清除掉了。从此，群臣畏惧赵高到了极点，无论当面背后，再没有人敢对他说半个“不”字了。

平明三通鼓罢，秦、楚两军在薄雾中列阵。

这是布阵在平原上。如果作个俯视，可以直观地看到无论任何方向上，秦军的布局犹如一名紧守门户、伺机出拳的武术家，整个阵形严整，毫无破绽。

楚军分为三部分，左右两翼突出，呈钳形包抄状。中军聚集着大队人马，只等发起冲击，两翼离得较远，人马不甚分明。这看起来十分平常，而且面对阵容庞大的秦军，仿佛一个小孩朝着一名巨人跃跃欲试，显得十分可笑。它的侧背还不远不近地被牵制着，那里是围困巨鹿的王离所部。楚军以黥布为首，分出部分兵力监视王离，但如果加上城里的赵军和城外诸侯军，却足以对王离军形成松散的反包围之势，主要是人数上略占优势。

军队都铺展在偌大一片原野上，或紧或散，见首不见尾。但有一个事实很明确，就是楚军仅与秦军章邯所部对比，人数也处于绝对劣势。偏偏诸侯军畏葸不前，还令项籍处于两面作战的窘境。

章邯脚下是一座高高筑起的将台，他先是放眼四顾，逐渐在目力所及的范围内，注视着对手的一举一动。身边高耸的大旗和排列的几十面响鼓，就是传令的工具。

雾已散尽，开战在即，章邯突然有了一个新的发现。在他的右前方，远远矗立起一面旗帜来。他明白了，那是临时搭建的一座瞭望塔，现在的作用是指挥塔，比自己的将台还要高出许多。这使他多少感到有些棘手。

瞭望塔顶狭窄的平台上，年迈的军师范增把自己与一根柱子拴在一起，旁边挤着三名将校，一人擎旗传达命令，一人协助观察，一人专司护卫。塔在气流中晃晃悠悠，让范增感到头晕不已。但依目前的对比实力，因敌而动是唯一的选择，实时掌握敌情，随机应变临阵调度的责任非他莫属，因而也只能冒险被用箩筐绳子吊上塔顶。好在，悠了一阵子，多少产生了适应性，放眼看去，秦军的阵式恰同模型般历历在目。

鼓声隆隆，旗帜用它难以捉摸的摆动传达着各自的将令，两军呐喊，声动棘原。由于在训练上下足了功夫，秦中军的战鼓敲起来竟然像同一对鼓槌在击打，听来如排山倒海，天崩地裂。

楚军先从两侧主动出击，诸将奋勇冲阵。秦军大致取守势，任你如何凶猛，大多则紧守门户，水来土掩、兵来将挡。间或也发动攻击，但高塔上的范增发现，那不过是另一种守法，可谓阵中有阵，法中有法。他内心琢磨，章邯看似要拼消耗，因为他有足够的实力支撑，而楚军的时间却被随身携带的口粮限定在三天，再长也难坚持到第四个黎明。而眼下，已经是第三天。

双方交战约半个时辰，居高临下的范增意外地发现秦军中、后、左阵调动频繁，进取之势渐成，心中惊疑，便接连传令扎在原地的中军稳住阵脚，不得轻动。

无论如何，还是要耐心等候破阵的战机。未久，范增观察到秦军后阵大量向两侧运动，这似乎属转守为攻的前奏，但调动之中，后腰不免暂时地由实变虚。可能是个机会，不容犹豫。他下令变动旗号，伏在两翼的钟离昧、季布立即向秦军两胁纵深袭去。却见秦军将台上主纛后倾，前军张既、邱轸不但未进，反而突然后撤，去填补后腰的空虚，却显著地让出了正面。与此同时，中军两面大纛前后交叉摇动。酣战中正步步逼近对阵的项缠、虞子期、周殷、周兰忽然被闪空，正在惊疑，弩箭已经如急雨般袭来，地面激起层层气浪，抛起一阵血雾。四将急忙后撤，项缠、周殷已自中箭着伤。霎时秦将容盛、涂恂、李曜、郑驰从阵中突出攻来，谭雄、贲贯则止于阵前，复又守住门户。

第二十六回

擒王离范增施巧计　出巨鹿忘年翻成仇

范增紧张地关注着阵前形势，抽空扫一眼，已见秦军后阵展开，排出盾弩战车组合的压轴阵形来，十分巨大。司马欣、董翳带领所部，直接从两胁下出击，恰巧遭遇楚将钟离昧、季布，却不肯接战，只用强弓硬弩封锁阵地。钟离昧、季布受阻，一时难以施展。高居瞭望塔顶的范增被秦军欲退还进、欲进又退、变化莫测的变阵迷惑，几乎失去判断。此时，他已经顾不了交战态势，只死死盯住后阵的变化。令他诧异的是，秦军那积蓄着全部潜能的车骑阵却只如箭在弦上，引而不发。

章邯谨慎，也因胜算在握而保守。他是在等待王离那边的战况报告。如若一战不能全胜，他宁可耽搁对手，也不愿血拼消耗。他也想看看，九战连捷的项籍和范增，在直接面对自己的时刻，到底还有何种招数。不料，攻过了一阵的楚军，一旦被遏制，也不肯过于主动了，战局便陷入僵持。

这种半静止的状态，令章邯感觉楚军后继乏力，反倒又产生了实攻的念头。大纛虚虚实实地舞动，就在欲前不前之时，秦前军诸将一齐转向两翼。范增判断，这便是对方发起全面攻击的前奏了。战斗即将进入关键时刻。

再说昨日王离把苏角救回帐中，眼见得遍体鳞伤，已经无法挽救，心里甚是悲伤。这悲伤中包含着对自己的谴责，他的确不该让苏角前去救粮，结果是鸡飞蛋打，白白断送了苏角的性命。

令他更加心烦的是，为最后一战准备的粮草，却在最后一程被全部烧毁。虽然军中并不缺少几天的给养，但军心却被潜在动摇了。巨鹿城内外诸侯军总数略占优势，这他并不十分在意，在意的却是出现在身边的楚将黥布、蒲傀、龙且、桓楚。楚军的战斗力，确实出乎自己意料之外，相信也出乎章帅意料。当然，贼军并没有立刻发动攻击，而是在等待什么。这早在章帅谋划中，他知道楚军的命运将由棘原那边决定。王离虽然稍显被动，但为章邯牵制着楚军和诸侯的大量兵力，这值得。棘原楚军主力一旦战败，或者因缺粮而不战自溃，河北之战便不再有悬念。

一早，王离严令防守，自己则细心关注对方的动静。接近午时，哨骑探知楚军一部已暗中南去，心想，章帅那里战了还不足半日，贼军兵力已不能两顾，看来形势有利。但他依然记着章邯的叮嘱，不敢轻举妄动，只接连派人侦察。得到的报告是一致的，贼将黥布、蒲槐带领大半人马去向棘原，巨鹿这边只剩下龙且、桓楚。

战局已经像天上那颗太阳一样明朗，但关键时刻更需要耐心。王离尽管已经有了确凿的判断，但他必须让自己完全踏实了，有把握了才能有所行动。动，则与章帅榫进卯合，一举合歼楚军。诸侯救赵各军虽都在观望，但毕竟是一种事实的存在；所以，只有使棘原战局猛然间呈现一边倒态势，才能保证涉闲所部在脱离了王离支持时，还能以劣势兵力有效地威慑诸侯乌合之众。这是章邯与王离一致认同的决战取胜逻辑。在这个严密的逻辑中，人数众多但看似无用的诸侯援军没有被忽视，因为他们只要发动起来，那也是一股荡涤的洪流。只不过他们发动的前提极为奢侈，只要不出现那道已经冲开的巨大缺口，就不可能急流直下。也就是说，只有秦军溃败，楚军大胜，他们才肯来锦上添花。当然，那样的机会不可能出现，但王离的出击，却必须精确地把握时机。但在棘原与巨鹿的距离上，传递信息需要一定的时间。

然而树欲静却风不止，并不是所有的事实都与主观的推理相符。王离未动，龙且、桓楚却猝然发起进攻。二将武艺精湛，勇力过人，楚兵士气旺盛，而心理上受到烧粮影响的秦军有些怯战，外围很快就支撑不住了。

王离感觉蹊跷，楚军将多兵足时不动不摇晾了一夜半天，兵少将寡时却倾巢来攻，这葫芦里到底卖的是什么药呢？尽管这么思虑，但战声鼎沸，龙且、桓楚已经杀到，不由他不动。

王离出帐上马，绰矛在手。不一时，已见本部人马纷纷退却而来，战败的将领纷纷指说贼将厉害，无人能敌。

王离策马前行，远远看见楚军两将当先，左冲右突如入无人之境。看看来得近了，三员无名将领抢先来攻。

王离坐稳雕鞍，不动声色。三将刀、殳、戟三般兵器齐出，王离突然发力，掉转矛杆将一人打下马去，矛尖早已刺在另一人面上。腰间宝剑出鞘，第三人的头颅已经被削去。这动作一气呵成，座下马纹丝不动，连马蹄也未曾移挪半分。

楚军大惊，潮水般退开。龙且、桓楚马到，刀戟并举，王离挺矛迎战，三人三马战成一团，两边将士各个锁住阵脚，呐喊助威。

战有百余回合，王离格外抖擞精神，桓楚渐觉力不能支。王离见状，便着力攻其要害，桓楚只顾得招架。好在龙且悍勇好斗，一柄大刀左劈右砍，分了王离不少招数。

又战了二十来回合，王离看准破绽，一矛向桓楚心窝刺去。眼看桓楚招架不及，龙且的刀却也已经到了王离头顶。王离迅速撤矛，就在这化解刀锋的瞬间，矛尾已经在龙且肩上猛击，几乎将他打下马去。龙且拖刀便走，王离的矛尖又偏指桓楚。桓楚本自力衰，又被龙且分了神，来不及招架，急切间让过一头。说时迟那时快，头盔已经被挑去，飞落一旁。也是这头盔扰了王离的长矛，让桓楚得以死里逃生。

二将回马奔走，王离追赶，那杆神出鬼没的钢锋长矛，只在他们马后绕来绕去，直演得险象环生，若非手下以性命救应，似是走不脱的了。秦军声势大振，楚兵狼奔豕突，四散奔逃，只恨爹娘给他们少生了两条腿。

王离破敌，心想巨鹿北边毕竟有涉闲压制，谅齐、燕各处所谓“救兵”一时还翻不起大浪。只要自己还占着上风，他们必定连气泡儿也不敢冒一个。这也是在不得已的前提下，产生的不得已的思维，怀有侥幸。目下已经发动，退是不可能的了。唯一的选择，就是一鼓作气追击，与章邯大军合击楚贼。尽管被动地早动了一步，但歼敌应也在时机上了。当然，这是一个潜在的心理过程，阵上杀得人仰马翻、天昏地暗，哪里能专心来想这许多。但这种直观粗疏的判断，往往会忽视某种偶然性，恃勇者尤其如此。

表面似乎还在僵持，但由于王离的出动，棘原战场本已处于下风的楚军不觉中已陷入极端的危险境地。正在这千钧一发之际，瞭望塔上令旗摇动，楚军阵上本已疲惫的鼓声复又大震，呐喊声中，两员虎将大展神威，径直杀入秦军阵中，身后将校兵卒，犹如洪水猛兽势不可挡。秦军本一门心思等待全面出击，黥布、蒲槐已经如猛虎扑食般突至，不由得被乱了阵脚。

主动也罢，被动也罢，秦军阵门顺势打开。中军副将李棡率军迎面阻击，盾弩军急速排出，无数战车紧随其后。一时间，密集的弩箭如暴雨般泻到阵前，黥布、蒲槐无法前进，便也命令弓弩手对射，两下里一时都进退不得。

此时，被阻在两翼的钟离眛、季布得到瞭望塔上的号令，开始向中间靠拢过来。始终立在将台上看阵指挥的章邯舒了口气，他摆摆手，令旗左右摇动，秦军立即闭合全阵，无懈可击。棘原的战斗被暂时冻结在阳光下，而楚军四员猛将黥布、蒲槐、钟离眛、季布却也被锁在阵中。一场“包饺子”式的战斗，就在阵中心残酷地展开。

瞭望塔上的范增看到这种态势，心几乎要从胸腔里蹦出来。他深深吸了一口气，稳住自己，依然密切观察敌情。他也在等待一个关键时刻的到来，只祈求四将能在虎口中坚持住。只要他们能顶住，大队便也能稳住。

王离已经丢开了顾忌，正全力追击向棘原方向逃窜的楚军。忽然斜刺里一彪人马杀到，直似从天而降。为首一将大喝："来者可是王离？"声若雷霆。王离急忙勒住战马，只听得对方招呼："念你是个英雄，此时下马投降，尚可不死！"王离心想，来的是啥人，竟敢如此气粗！定睛看时，只见乌骓马之上，项籍金盔金甲，铜镜护胸，额上一个红缨，手执明晃晃长戟，果然气势如虹，心中不禁暗暗赞叹。

这仗打了大半天了，任由阵上风云变幻，主将项籍到哪里去了呢？他等的就是这个时刻。而王离一时没能意识到这个阻击的意义，他不屑于斗嘴，挺矛直刺项籍。两马相交，八蹄翻盏，戟矛并举，霎时间杀成一团。两军将士鼓噪助威，战争在超一流的性命相搏中，被演绎成最直观的艺术。

这确实是一场空前绝后的单打独斗，是气势、力量与技艺无比精湛的融合，是英雄时代尚武精神的经典之作。除了战局和士气的潜在影响外，没有人为拼杀的双方投加一丝一毫的助力。这是楚、秦两名贵族后裔的博弈，他们演绎的是战争史上最最纯粹而精湛的一页。

然而，就是这样的搏杀，也包含着潜在的不平等。此前，王离已经与龙且、桓楚交战多时，而项籍则在正午时吃饱喝足歇够了，以逸待劳单等王离到来。没办法，战术就是要最大限度地创造自身的优势，同时也最大限度地削弱对手的优势。当然，后来多次的战场实践证明，单凭战场冲杀，项籍确实天下无敌。

两将战至三百余合，太阳渐渐西沉。王离体力明显不支，人马浑身都已经被冷汗浸透。项籍那支霸王戟在他的眼里变得飘忽不定，不断增加着分量，仿佛一座大山化为黏稠的泥浆，搅缠住自己的矛杆。而项籍座下马力超群，人则愈战愈觉得精神倍增。力量从他遍布全身的每一块肌肉中源源不断地输出，传递向两臂，随着手中长戟的一招一式，飞快地滑动着力点，毫不留情地施加暴风骤雨般的打击。

正在这节骨眼上，一个堆积着巨大能量的火药桶，被楚军提前引燃了。巨鹿城方向滚滚而来的大军，像川流般汹涌奔腾，从背后冲溃了北方军团的阵脚。

王离被提前调虎离山并遭到项籍亲自阻击，岂料龙且、桓楚却率领所部人马杀个回马枪，端掉了空虚的王离大营。紧接着，攻向巨鹿城北。将士们无不一以当十，勇不可当。涉闲本一门心思看定城内的赵军和城外的诸侯援军，哪曾想背后遭到如此强有力的袭击。他连忙掉转方向迎战，但已无济于事。

陈余率领的河北军、张敖搜罗的代军，以及齐国田角、田间和燕将臧荼的救赵军队，突然听到了惊天动地的喊杀声，看到遍地勇不可当的冲杀，一时间竟然恐惧形之于色，战战兢兢都来壁上观看。

城下战局已经明朗，诸侯救赵军猛然醒悟，再不做点什么，那就什么也做不成了，白来这几个月，最终将落下一个笑柄。于是，开营的开营，出寨的出寨，滚滚大军霎时间形成洪流，连堵带挤，最终把涉闲围困在他的营房内。

兵败如山倒。涉闲苦战难脱，退回到帐中，只听得杀声已近在咫尺，便丢了兵器，脱掉盔甲。他朝南拱手一揖，口中说："王将军，属下无能，必定是给您添大麻烦了！"说罢，泪流满面，纵火烧着营帐，自焚而亡。

苦战中的王离，在龙且、桓楚率领的诸侯大军的意外冲击下，雪崩一般地垮塌了。然而，首先倒下的是他的战马，它已经用尽全身的力量支持主人。项籍发觉王离招式走形，知道对方乱了方寸，便用手中霸王戟虚刺。王离勉强招架了，项籍早已腾出右手，抽出腰间钢鞭作雷霆万钧一击。也是他怜惜王离英勇，临时把鞭锋偏了一下，没承想，风过处对面战马倒地，累毙阵上，王离跌落尘埃。

秦阵上将士一齐奋不顾身地扑过来，企图营救他们的主将。项籍戟刺鞭打，连连杀死数十人，依然难以遏阻。两军混战，项籍口中大喊："不要伤了王将军性命！"果真是英雄相惜，项籍本也生就了一段侠骨柔肠。

诸侯各军已经憋屈得久之又久，现在机会总算来了，于是人人争先追亡逐北。来自防御匈奴一线的王离所部，至此土崩瓦解，覆灭在项籍破釜沉舟后的第三个夜晚到来之前。与此同时，章邯设想的战役进程被突然间阻断了。

事实上，以楚军为中坚的诸侯军声势再大，也无法撼动章邯旗下的棘原秦军，巨鹿之战第一阶段只以王离的失败被擒宣告结束，而项籍与章邯的战场较量并没有最终见到分晓。章邯尚有二十万大军，从总兵力的角度来看，双方算是达到了势均力敌，但项籍领导的却是多路诸侯军，本部军马不及总数的三分之一。章邯变得更加谨慎起来，他是一个意志坚定的统帅，始终相信在军队的交锋中，胜败的确是兵家常事，而对手总是会暴露出破绽的，他寄希望于把项籍变成第二个项梁。

然而就在这时，二世的使臣到达了棘原军营，他是代表皇上和赵高来谴责章邯的，那是因为巨鹿战事久拖不决，幸亏朝廷还没有得到王离败军的战报。更加无端的是，赵高已经把军队的战绩与叛逆的企图挂上了钩，也就是说，章邯再不传送捷报，就有伙同李斯、李由父子勾结贼兵谋反的嫌疑。这个可怕的阴影其实久已笼罩在章邯心头，那么，王离之败他能摆脱干系吗？章邯的心境彻底黯淡下来。

"请赵大人代为上奏，巨鹿捷报不日将飞呈入京！"章邯恭敬地对使者说。为大局计，他不得不违心地巴结赵高，以求得朝廷的宽限。

面对当前朝廷大军唯一的战场统帅，使者得到了类如赵高的感觉，更加趾高气扬。他收获了十分丰厚的馈赠，那是章邯个人所从来不曾拥有过的。他只能拿军饷来收买使者，这种现象在历朝历代都发生过，当事者的目的当然复杂得很，无法一一而论。像章邯，确属迫不得已的一类。为朝廷所逼迫，章邯也不得已蹈入了急于求胜的险滩，这完全不符合他的作战风格，完全违背了他坚持的战场原则。事件的逻辑环环相扣，有二世和赵高在，危机是早就注定了的。

巨鹿彻底解围，赵国得救了。次日一早，陈余、张敖、臧荼以及田角、田间等诸侯各军的将领们，准备了丰富的慰劳品，纷纷来到楚军大营的辕门外，等候项籍接见。中国古代军旅驻扎，权宜把车辆陈列成排，车辕相向构成门户，所以称之为“辕门”。

项籍心里还有气呢！这帮兔崽子，让他们先跪着晾太阳吧，那样，他们才能反思自己的战场人格。

他吩咐：“把王离将军好生与我请来！”

不一时，军校拿绳索把王离捆来了。项籍见状，勃然大怒，责骂说：“你等无知太甚，就这样把王将军请来见我，让我日后如何与天下壮士相见！”

军校吓得跪在地上，告道：“小人等粗鄙，没能领会将军的意思。”范增在一旁看得清楚，生怕项籍犯浑杀人，连忙呵斥：“还不快点为王将军松绑！”军校连忙磕头，口里谢恩，爬起来为王离解去绳索。

王离挺身站立，昂然不语。

项籍劝说：“而今二世昏聩，赵高倒行逆施，秦廷群臣人人自危，天下生灵涂炭。我与王将军都是将门子孙，也都算得上当世英雄，为何不携手剪除暴政，救民于水火，解苍生于倒悬！”

王离答道：“你是亡国之后，为何与我论说英雄。天下苍生各自有命，何劳将军借口解救！将军实为亡楚招魂罢了！”

项籍说：“王将军何必以胜败论英雄！你虽后败，又何必蔑视先败之英雄！再说，秦廷谋害天下，天下难道就不该群起而亡秦？”

王离说：“败则何求？但愿一死！”便不再搭腔。

这时，辕门骚动。校尉来报，诸侯将领等候已久，尽皆跪地求见。项籍不屑一顾，范增劝道：“诸侯如此拥戴，少将军还是尽快满足他们的心愿吧！”

就这疏忽间，王离闪身夺过军校鞘里的佩刀，向自己颈上猛地划过，仰面倒地，血溅大帐。诸将大为惊愕，项籍未及提防，见此情景，连连扼腕顿足，痛惜不已。末了，指着那丢了刀的军校，喝令：“把这玩忽职守的家伙推出去砍了！”

范增连忙劝阻，哪里肯听，立时斩了来报。辕门外那些诸侯将领正在心慌意乱地等候接见，忽然看到拉出一人来杀头，不知到底发生了什么事情，直吓得连大气都不敢喘。

项籍稍稍消了点怒气，犹自悔恨，又是赞叹，吩咐：“厚葬王将军，多拿几个俘获的秦兵为他殉葬！”左右得令，小心移走了王离的尸体。

诸侯将领用他们的膝盖进入楚军的辕门，面对大步走来的项籍，没有人敢于像王离那样昂起自己的头颅。就这样，他们俯伏着出席了一个大会，提出了一个重大建议。他们说：“将军神威，无人能望及项背。我等情愿归您统一指挥，唯命是从！”跪着的人们也慷慨激昂了起来。

从此，项籍就成了公推的诸侯上将军，也就是反秦各军的最高统帅。楚军的声威压倒了天下诸侯。

巨鹿解围。死里逃生的张耳想到了死去的张黡、陈泽，内疚之余更无法原谅陈余。当然还是要摆设一场简单的宴席。质问之间，陈余负气解下将军印信绶带丢在案上。正巧内急，便起身去上厕所。等他回到席上，印信已经佩带在张耳腰间。陈余一怒之下，带着几百亲信，到黄河岸边找一处水泽暂时做起了捕鱼猎兽的营生。本来情同一个人的张、陈二人，从此结下了深深的怨恨。

巨鹿战场的局面已经发生了重大改变，但秦军还不能算不强大。章邯虽然失算了，但本部战力无损，最后的胜负还没有定论。然而，章邯不得不为战场之外的掣肘苦思冥想，乃至食不甘味。事实上，他正在非常不情愿地进一步放弃自我，以寻求一个能具体应对朝廷的作战方案。他必须在两个风险中选择一个，政治上的风险远远超过战场的风险。战死沙场，死的是自己，而且算个英雄；朝廷查办，那就要灭门灭族，还要沦为阶下囚。因此，他宁可心怀侥幸来冒战场之险。

第二十七回

号撑犁冒顿承大位 取颍川偏师屈宛城

秦将赵贲出荥阳西南进驻位于今河南开封西南朱仙镇一带的启封县，此城处于三川、颍川、砀三郡交界处砀郡境内。本驻扎在白马津的杨熊，被郦商佯败诱惑，来与赵贲会击刘家军。刘季知道自己虽经陈留扩军，但相对留在山东的两支秦军主力来说，实力仍然处在绝对的弱势。他知道自己完全输不起，而且还要给入关留下本钱。

刘家军虽然小胜赵贲，樊哙也一度攻上启封城头，但到底拿不下城来。关键时刻，尾随郦商而来的杨雄，被引诱到大梁西边鸿沟南岸一个叫“曲遇”的地方，那地方处在启封西北，约相当于今河南中牟东仓寨的位置。杨雄在那里中了埋伏，更悲惨的是在败逃途中丢失了调配军队的专用印信，被随后追击的夏侯婴车兵意外捡到。

刘季放弃攻打启封，意图进入三川，但杨雄却抢先一步阻在荥阳，此路不通。于是，迅速迂回到颍川境内，连下宛陵、长社、颍阳和颍川郡郡治阳翟，即号称华夏第一都的今河南禹州；然后折向西北，袭取阳城，借杨雄的印信赚取了太室山，即今嵩山中的轘辕关，偷越号称九十二曲的轘辕险道，绕到洛阳城下。岂料，此时赵贲早已放弃启封退守洛阳，防的就是这一手。

两军在位于今偃师以西的尸乡亭展开激战，赵贲战败，退守洛阳。这时有了一个小插曲。赵将司马卬乘巨鹿胜利的东风，刚刚平定了河内郡，准备渡河进取三川，为楚军入关开道。刘季急命郦商驱兵洛阳西北，夺取了河水平阴渡口。此举似是控制洛阳补给线，实则阻止了司马卬渡河。平阴津在今河南孟津东北，当地为秦平阴县。

朝廷就近向三川郡增兵，重点补给洛阳，双方实力差距飞快拉大。赵贲不再出战，刘家军面对坚城一筹莫展，看来硬拼是拼不到函谷关的，而且他们在时间上也耗不起。此时，恰巧在颍川打游击的张良寻来，问：“沛公可记得宋留？”刘季问：“可是陈王麾下的那个宋留？”

当初在陈胜的军事布局中，有一个不显眼的伏笔，就是进占南阳郡，从东南取道武关入秦。受命执行这一任务的是泗水郡铚县人宋留。宋留一路收编了南阳的各类反秦队伍，但却无力凿穿有重兵把守的武关。未久陈胜死了，章邯派兵收复南阳，宋留急速退兵东逃。到了陈郡南部，渡过汝水到达汝阴西边的新蔡县，被秦军拦击。此时，由于黥布奉命率军东去与项梁会合，陈郡已自动归于朝廷。宋留早已无心作战，也无力作战，便束手投降。人被押送到咸阳，二世下令将他车裂示众。

经张良提醒，刘季下令撤军返回阳翟。在韩系将领韩信（为区别于淮阴侯韩信，后文中称此人为“韩王信”）的配合下，刘家军诸将分头占据了十多座城池，基本控制了颍川郡全境，初步建立了新的战略“后方”。此韩信为战国末韩襄王庶出的孙子，长得身材魁梧，勇力亦不可小觑。张良请示韩王成，决定由他留守阳翟，自己则与韩王信带一支人马“护送沛公入关”。对于张良回到自己身边，刘季感到非常高兴。当然，决意跟着韩王的张良，此举也是有深谋远虑的。

三川郡危机一旦解除，二世立即派使者到达荥阳。杨熊被问贻误军机和败军之罪，宣旨拿下，斩首示众。

尽管冒顿反复督促，慢节奏的酋长们还是不明白单于庭改朝换代的意义，最后才从远远近近的部落里拖拖拉拉地来到了姑衍山。冒顿尽管着急，但对于这种牧业生态养成的习惯，到底没脾气。

由于王长们来得快，单于庭的会议也就边等待边召开。这是一次特别会议，而那种在非常时期召开的特别会议，往往要比每年定期召开的会议更具有重大的历史意义。

在这次继往开来的大会上，正式确立了冒顿对匈奴各帐和所有部落的至高无上的领导地位，完善了政权体系的建设，开创了匈奴史的新纪元。匈奴的后奴隶制王权统治从此正式确立。

在这次会议上，冒顿被创造性地拥立为“撑犁孤涂单于”，这个称号的寓意，绝非包括头曼在内的任何前辈可比。匈奴语“撑犁”的意思是“天”，而“孤涂”的意思是“子”，“撑犁孤涂”就是“天子”，这难免不使人想到是步月氏后尘而附会中原的称谓。沿用的“单于”一词却是“广大之貌”，这与“皇帝”在相似中有重大区别，那是突出了草原特色的广袤无垠，而有别于中原所崇尚的神圣至尊。重要的是，“撑犁孤涂”称号对匈奴内部来讲，是完成了单于从事实地位进一步向观念权威的提升，对游牧部落联盟分散的王权产生了恰如“天授”般的笼罩感。

会议重新讨论了由须卜氏制订的法律条款。具体是：盗窃私有财产的，全家没为奴隶；持刀斗殴的判处死刑；罪行较轻的压骨节。由于法律的原始性、人口的流动性和拘押条件限制，匈奴处置人犯的办法简单明了，从监狱拘禁到判刑处置最多不过十天，所以匈奴各部的在押犯人始终没有几个人。

秦二世三年（前 207 年）六月，刘季在项籍所创造的河北主战场军事优势和自身无所作为、无足轻重的表现掩蔽下，不惊不乍地踏入南阳郡境，曹参、周勃、樊哙、奚涓等暂且打着韩军的旗号，袭取了位于今河南平顶山西南的犨县。南阳郡守吕齮闻报，率军进驻阳城。南阳郡位于伏牛山南、汉水北；阳城紧邻今方城东。两军在县东部交战，吕齮败阵退回郡治宛县城，这才弄清所谓“韩军”，其实是前一时与赵贲、杨熊作战的楚军。

宛城即今河南南阳，是个大城，西、北、东三面环山，城池坚固，兵精粮足。刘家军奋力攻打，城池不动不摇。刘季立于战车上，面对激烈的攻城战斗，思想却不停地转圈圈。他忽然问驾车的夏侯婴：“你说且丢下宛城，只顾西去，能行吗？”夏侯婴被这没曾想过的问题难住了，犹豫了一阵才回答：“末将说不准。”刘季说：“我此一路无不绕大城重镇而走，至多有惊无险，怎就如此在意宛城呢？”夏侯婴还是摇头：“此番不是要先在韩地扎下根基吗？”刘季辩道：“也只一说而已，说到底，韩地要归韩王，我却是要取关中的！”夏侯婴不回头，只面向战场方向，说：“还是去问问子房的好！”刘季却道：“子房碍于韩王，岂能明说丢弃韩地！”夏侯婴听出，这话的含义是张良为恢复韩国着想，当然一心要攻取南阳，便不再多言。于是刘季传令：“全军撤离宛城，克日西进均水。”

张良与韩王信安顿好韩王成，随后赶来。忽闻大军弃攻宛城，不知何故，急忙催马赶来。刘季正自赶路，忽见张良，略显尴尬。只听张良说：“您想尽快入关，这心情我十分理解，但绕开宛城是一种极其危险的选择。沛公可曾想，前面商洛山中，秦廷久已部署重兵据险防守，这一点吕齮心中比我们更有底。沛公如果不先拿下宛城、南阳而先期暴露了去向，吕齮必与武关驻军协调阻击。他却等我进入深山，取夹攻之势从背后锁住归途。我军进退无路，必将陷于灭顶。退一步讲，即便他只据关坚守，我被阻滞山中，前不及咸阳而后不着南阳，却为之奈何！”

刘季听了这一席话，浑身几被冷汗浸透。末了只说得一声：“我未依先生叮嘱，险些酿成大错，眼下却作何去处？”张良略一思索，对刘季附耳低言。刘季频频点头，随即叫来陈武、郭蒙、王吸、召欧四将，令他们继续大张旗鼓转取西南方向，主力立即偃旗息鼓，连夜抄小道返回，暗中抵达宛城潜伏。

天明突然发起攻击。曹参、周勃、樊哙、郦商、孙赤、奚涓、靳歙、傅宽、灌婴诸将人人当先，志在必下。城中吕齮本看着刘家军退走，后半夜接到探报，还说盗贼一路往穰县方向去了。正在揣测其用意，却听到城外喊声大作。惊疑间，已见军士来报，说：“城外出现大批贼军，冷不防已经攻上城来。”吕齮问：“预先却如何没察觉动静？”回道：“就像从地底下钻出来一般。”吕齮不再耽搁，立即披挂赶上城去。

宛城守军本已防守疲惫，见敌军退去，尽管吕齮三令五申，还是免不了身心有所松懈。突然遭到攻打，一时间还回不过神来，等到重新振作，已经来不及了。

尽管如此，战斗仍然进行得异常激烈。樊哙几度登上城头，但几度被守军击退。吕齮浑身是血，大呼：“宛城坚不可摧，诸军戮力，本守誓与此城共存亡！”言罢挺剑而刺，一名敌兵应声坠下城去。

突袭不得已复又转化为强攻。刘季心急如焚，他让夏侯婴驾着车，来回巡视，却找不出任何办法。正值一筹莫展，事情却有了转机。

曹参率队几番冲击无果，正退下来寻思对策。不意发现城上有人挥旗招呼。当即派人去城下询问，原来是要求下城来谈判。于是，城上坠落一只箩筐，把使者送到军前。

来人名叫陈恢，是南阳郡守吕齮的舍人。曹参带他见刘季，刘季此番却是故作傲慢，看来人行过礼，问：“你来做什么？”

陈恢说：“我好歹也是郡长的使者，怎就连坐也坐不得？”

刘季哼道：“死在旦夕了，要求却还不少呢！”吩咐：“就给这将死之人一点面子吧！”

陈恢坐了，开口说：“郡守相公这几天总是琢磨手里的宝剑，我就知道，他是下了必死的决心。我就对他说，您这么想还早了点！”

刘季问：“你就来给我说这个？”

陈恢说：“我对相公说，等城破了，自杀也不算晚，还来得及！”

刘季笑了，转顾左右说：“若提早留下这颗饶舌的脑袋吧，显得不够义气。好啦，你们把这位先生囫囵着送回去吧！”

陈恢笑道：“且慢。我既肩上扛着这颗头来，就不怕丢了；可口里带了这根舌头来，却是要说话的！”

刘季听此一说，“扑哧”乐了。却没好声气：“那就抓紧说吧！”

陈恢挑出话头：“我听说怀王曾与部将约定，谁先攻入咸阳，就让他当关中王。”

刘季说：“是啊，这与你有何相干？”

陈恢说：“这就对了。您是知道的，宛县城坚池固，全郡又有几十城相连，远近呼应。现今，每座城里的官吏军民人等，心里都认定投降是死路一条，所以个个儿拿了武器上城坚守，这就给您出了很大的难题，是吧！”

刘季作出不屑的样子，反问：“那又怎样？”

陈恢察言观色，回答：“如今您滞留在这里，没日没夜地攻城，必定要死伤许多士兵，不久还将陷于援军的包围；撤离宛城吧，那我军就要尾随追赶。不管怎样，要么就耽误入咸阳称王，要么就有可能被强兵前后夹击，不知道您将作出怎样的选择？”

刘季被陈恢一问，还就回答不上来。于是陈恢不再为难刘季，赶紧出主意：“让我来帮您想想。您看，还不如拿出个招降条件来……然后，可以征集南阳的士兵一起西进。”

刘季心里有底了，不就是给吕齮讨个大大的面子嘛！攻城、杀人，那本都是无奈之举……正思量呢，又听陈恢说：“如果有了宛城作先例，整个南阳郡就将变得通行无阻，再不用累及刀兵了。这种事情，到处都有先例，您怎就忘记了？”

刘季觉得没必要再打岔，便痛快地应承：“这主意不错，就照你说的办！”

双方谈判停当，南阳郡守吕齮举城归降，刘季赐他为殷侯；同时封给陈恢一千个户头，供他享受赋税收入。

秦朝北部军团主力的覆灭，并不意味着河北战役的终结。

项籍与章邯两军陷入相持，项籍几次想出战，都被范增劝阻。他说：“秦军尚存二十万之众，章邯用兵老到，我一时尚无破敌良策。再说，以大势而言，我不战则已，战必求完胜。否则，他即使战败，却去紧守函谷关，同时在三川道上入关途中步步为营，反而令我进取艰难。而以秦廷之势，不如少待一时，机会或可自行出现。”

项籍感到诧异，问：“何以见得？”

范增道：“听老夫慢慢解释。如今二世杀了李斯等人，赵高专权，朝政昏暗，群臣噤若寒蝉，章邯也不例外。巨鹿大败王离战死，章邯若要向秦廷交代，必然急于求战。他急我则不急，急则难免露出破绽，我即可相机行事！”

项籍将信将疑，但战也无从着手，只得按捺下性子。

果然出现了奇怪现象。两军偃旗息鼓并没有交战，秦军却接连后撤。项籍正要率诸侯军追击，范增又劝阻说：“我断定不等他退到河水，内乱必起！”

项籍急躁地说：“我宁可战而胜，哪有这般坐等的！”

范增笑道：“我与少将军约定，若秦军能退到渡口而不自乱，便由将军出战，老夫绝不再阻拦！”这么一说，项籍只好再耐下心来。

说话间，秦廷的使者已经抵达章邯军中。二世尽管闭目塞听，但挡不住告急之声如后浪推前浪，几乎冲决宫墙。赵高自觉担待不住，为了推脱罪责，便把祸水一股脑儿泼到前方将领身上。要寻找替罪羊，章邯自然首当其冲。再说，赵高本就觉得章邯曾与李斯一个鼻孔出气，将来成就大功，必定会威胁到自己。

形势的恶化与赵高个人的命运越来越息息相关。他向二世禀报：“王离为楚贼所擒，全军尽歼。章邯、赵贲等也屡败于敌，却隐瞒不奏，贻误朝廷大计，罪在不赦。陛下宜果断处置……”他偷偷观察二世的动静，看到了一脸茫然。心中一急，强化了措辞：“这几天告急文书简直就像雪片似的飞来，弄得微臣应接不暇。陛下再如此仁慈，朝廷再不痛下决心，社稷就难保了！”

二世呆滞的目光发生了奇特的变化，在那迥异于其父嬴政的削薄的眼皮缓缓掀起的同时，一丝凶煞般的寒光瞬间敛去，依然一副迷蒙，却蔫呼呼地问：“丞相多次奏报，说关东那几个盗贼根本成不了啥气候，那里的太阳也与咸阳一般照耀，如今陡然就大雪纷飞、冰冻三尺啦？”声音阴郁透骨，赵高不自禁浑身一哆嗦。

无论如何，赵高手上的奏疏还是要递上去的。于是他镇定了一下，说：“微臣已拟就详情，请求另择良将，特来奏请圣上！”

二世不抬眼皮，吩咐：“呈上来吧！”

赵高匆匆逃出宫中，担心二世哪一次控制不住，突然爆发了怒火，必然招来杀身之祸。干脆就生病吧，身体下不了榻，人也就不用再朝见皇上了。当然，他的心眼肯定闲不着。

没人管事了，二世只好亲自派使者来谴责章邯。章邯心中恐惧，只得让长史司马欣随使者去朝廷回话，希望得到谅解，并能派兵增援。

司马欣到了咸阳。使者要他在司马门外等候，自己进宫去汇报。当时，皇宫宫墙四围都设有防护栅栏，每一面的栅栏中间开着门，安排骑卫把守，所以称为司马门。司马欣横竖进不了司马门，眼巴巴地在外等待了三天，也得不到皇上召见。他哪里知道，使者被赵高把持着，哪里敢擅自向皇上禀报；而赵高正装病呢，压根儿就没来宫里上班。也就是说，二世压根就不知道司马欣来朝。

使者终于出来了，说丞相根本不相信你的鬼话，无非是章邯搪塞罪责而已！又补了一句：“章邯早已与罪臣李斯勾结，到现在还没有追究呢！”司马欣心中大恐，回身上马，径直逃出咸阳。

赵高本是拿架子耍威风，要把司马欣折腾够了，让他见皇上时留十分神，同时，他真实也在思量对策。不料，人却不打招呼就跑了，这使赵高大为恼怒，立刻派手下追赶。他其实很笨，有战场经验的司马欣早就提防着，他是绕道而行。路子不对，便差之毫厘失之千里，哪能追得上。

章邯正怀着忐忑不安的心情，翘首盼望。等司马欣回到军中，立刻叫进帐来，看表情，知道大事不妙。

司马欣报告了在咸阳的经历，说：“朝里有赵高把持着，我们在下面的，根本无所适从。将军想想，假如您打胜，赵高就必然忌讳您的功劳，总之与李丞相绑在一起；如果不胜，杨熊已是榜样。希望将军仔细斟酌！”

正说呢，营外报告有人送信来。章邯问：“送信的是啥人？”

回道：“是赵国将军陈余的使者。”

章邯感到奇怪：“传闻此人到河边上拉网打鱼去了，还写什么信哪！”司马欣内心已经动摇，便劝道：“不管他现今做啥，看看信也无妨！”

章邯心里忌惮，便要司马欣暗中去把信拿来。到后帐展开来，也不愿看那些琐碎客套的话。找到关键处，只见写着：“白起作为秦国大将，率军南下攻克楚都鄢郢，北征坑杀马服君赵括的四十万降卒，攻城略地不可胜数，最终却被赐死。蒙恬作为秦国的大将，在北边驱逐匈奴人，开拓了榆中几千里疆土，终不免在阳周被斩首。仰问苍天，这一切都是因为什么呀？那不过是因为建立了太多的功绩，秦廷没法论功封赏，干脆就找一条法律依据，堂而皇之诛杀了他们。

“屈指数数，到今天您担任秦朝大将已经三年了，在作战中连伤亡带散失的兵力以十万计，可是，诸侯群起的状况非但没有改变，反而参与的人越来越多。那赵高就是一个靠阿谀奉承发迹的人，日复一日拍马逢迎，时间长了总会出娄子的。现在形势紧迫，他必然也担心被二世杀掉，所以就想借法律的名义嫁祸于将军，杀掉您来搪塞他自己的罪责，另派一个人来替代您，帮他逃脱灾殃。

“将军您率师驻兵在外日子久了，朝廷内必然乘机生出许多非议，建立了功劳也要被杀，没有功劳也要被杀。何况，天意要灭亡秦朝，这是无论愚蠢的人还是聪慧的人都已经看明白的事情。而今，您已经被堵塞了入朝直言规劝的路子，在外即将成为亡国的将军，孤立无援却还期望长久生存，岂不可悲呀！

“为今之计，将军为何不掉过马头与关东诸侯军联合，结盟攻秦，从而分割一块土地，面朝南称王呢？这样做，与身体伏在斧砧上被砍为两段、妻子儿女一起遭到杀戮相比，哪一个结局好呀？”

陈余所说是虚，但司马欣的遭遇为实，不由章邯不心动；但毕竟事体太大，难免狐疑不决。局势很清楚，章邯倒戈则秦亡就在旦夕；章邯坚定，秦虽难说长久，但战场胜负一时还难以预料。

第二十八回

秦心离析章邯降楚 赵高伏诛公子情殇

章邯回到前帐，与司马欣交谈几句，忽然发怒："陈余那贼人有何资格在本将这里说三道四……司马将军，你去羞辱那使者一番，与我赶出营门！"

这时，董翳进帐来报告军情，也相帮着司马欣一同劝说。看看章邯心动，就建议派人到楚军那边摸摸底细。章邯想想也对，得留条后路，就叫来心腹的高级情报官赵始成，命他代表自己秘密出使项籍军中，看看有没有签订和约的希望。此时所谓"和约"，实质是投降，说法上是要讲个体面。

未久，赵始成垂头丧气地回来了。章邯心里明白，自己与项籍之间不是一般的过节，没有两国交兵各为其主那么单纯。思量了一阵，便下令全军拔营，向邯郸步步退却，他试图在退却中寻找战机，即使没法扭转战局，也想创造讨价还价的条件。

项籍与章邯有杀死叔叔项梁的不共戴天之仇，岂肯轻易言和。等使者走了，却看到范增在一旁整理银须，显得若无其事，便怒道："亚父如何这般消停？"他心里并不踏实。

范增笑了，说："明明机会到了，少将军毫不在意，那就等着交战呗！"

项籍诘问："亚父为何不早点提醒？"

范增反问："老夫难道能当着小小秦使的面提出异议？"

项籍不说话了，只顾生气。范增却说："少将军其实也没什么错，此时赶走章邯的使者，算是再逼他一下！"

项籍是个有性情的人，顿足道："亚父莫不是故意激我！"

范增变了语气："少将军为武信君的事，心里必然过不去，但回头想想，武信君又是为了什么？如今只有诛灭了二世，那才算真正为楚国报了仇，岂能因章邯一人而废了大局！"

被一语道破内心，项籍于是发急："我就听亚父的，行吗？"

于是范增出计："那就给煮在釜中的鸭子再煨上一把火？"边说边起身，移近项籍，凑到耳边……

项籍一拳砸到案上，高兴了，喊："蒲将军进帐听令！"

蒲槐得到将令，立即点兵，昼夜兼程一路向南，抢先从三户津渡过漳水，驻扎到漳水之南。这不禁让人联想到"三户灭秦"的楚南公预言。

此时，秦军已退过邯郸，章邯正犯着为将的大忌，犹豫不决呢。突然发现退路上出现楚军，心想，这下真的凶多吉少了，便断然下令加快退却。

蒲槐凭水阻击，秦军屡次强渡失败。项籍率诸侯军赶到漳水北岸的短小支流汙水，大举进攻。秦军乱了章法，大败溃逃，陷入进退无路的境地。

章邯收拾败军，倚山坡扎营。司马欣、董翳来见，劝道："赵高权奸当道。我为鱼肉，胜败皆任由宰割。形势已不容将军再三徘徊！"章邯沉默良久，终于对司马欣说："只好偏劳长史去趟楚营，否则还生周折。"

司马欣求见项籍，这个使者令项籍感到了心情愉快。

司马欣进帐行礼。项籍先不谈讲和的事，却问："来人可真的是司马欣大人？"

司马欣以为这是奚落，低头回道："何来大人，只是败军之将司马欣而已。"

项籍继续问："您曾做过栎阳狱掾？"

司马欣愈觉项籍在取笑自己，心想有麻烦，但也只得回答："小小一个狱掾，何劳上将军挂齿！"

项籍不在意，只问："认得项梁吗？"

"一面之交！"

"当初，我叔叔可是你从栎阳监狱中放出来的？"

"承朋友之托而已，早知今日，何必当初呢！"

项籍不搭茬，问："可认得曹咎？"

"蕲县狱掾，我的朋友，听说在将军麾下很是得意！"

项籍一跃起身，大步上前，一面拉了司马欣的手，一面喊："给长史大人看座！"

手下军校感到惊讶，手忙脚乱地安排坐席。项籍摇摇头，指一指右侧上首说："就坐在那里！"说过，看一眼范增。老先生正抚须微笑，说："可惜曹咎还在彭城！"

席几安顿好了，项籍强按着司马欣坐下，拱手一揖，口里说："恩人在上，请受项籍一拜！"司马欣惊惶，连忙起身回拜，口称："岂敢，岂敢！"

有了这一节，下面的事情就十分顺利了。商量妥了，便安排宴席招待司马欣，直至深夜尽兴，派人护送司马欣归营，甚是恭维。

二世三年七月，章邯按照约定，到殷墟订立和约。项籍在那里举行了受降仪式，巨鹿之战以来，秦廷北部军团的主力和整个中部军团至此不存。

殷墟位于洹水南岸今河南安阳西北小屯村一带，是个有深厚历史的地点。那里一片约二十四平方公里的土地，是自盘庚迁都至殷纣覆灭二百七十三年不变的政治中心，为后世遗留了包括五十多座建筑遗基、十万多片甲骨以及无以数计的铜、玉、骨、陶器具，具有极高考古价值的妇好墓也在这里。

项籍当场立章邯为雍王，留在楚军中出谋划策，参赞军务，本质是脱离了实权地位。司马欣则被任命为上将军，董翳为副将，奉命带领归降的二十万秦军担任先头，消极地反戈西进。大军向西南斜贯河内郡全境，直取平阴渡口。

骨牌在从北到中到南的疆土上跳跃，秦朝的噩梦还在进一步演绎。驻守岭南的南部军团刚刚在新开拓的疆土上站住脚跟，起初无暇顾及后方的变故，也并没有意识到楚地的起义会带来怎样的结局。究其根本，这支队伍的基础是“江淮楼船之师”，是楚人，本就对秦朝怀有刻骨的仇恨。到了这会儿，他们的信心也崩溃了，宁肯扮演旁观者的角色。秦南海尉任嚣带领全体放弃了朝廷，启动了割据程序，五十万虎狼之师从此逐渐融入当地的原生态社会，祖祖辈辈繁衍至当代。

巨鹿之战是反秦战争的战略转折点，套在朝廷脖子上的绞索已经提向空中。在赵高阴谋的催化下，秦帝国短暂的历史即将走到尽头。太阳从函谷关的方向落入秦川，又从东方升起，照耀着伐秦的滚滚洪流。天下易手已经指日可待。

一只白虎向车驾的左骖扑来。白虎腾空而去，转眼看，马却倒在血泊中，抽搐了两下，死去了……二世惊觉，原来做了一个噩梦。占卜的结果是泾水煞神在作祟！于是，二世先在坐落于咸阳东北八里处的望夷宫斋戒，为祭祀水神做准备，并派人到御马监中精心挑选了四匹白马，沉到泾水里，充作牺牲。

忽然联想到天下大势，便打发人去责问赵高。不料，赵高果真一病不起，进不了宫了。

二世斋戒到了第三天，望夷宫内忽然大乱。赵高的弟弟郎中令赵成大声咋呼：“捉贼呀，山东的贼人反进宫里啦！”实属贼喊捉贼。女婿咸阳县令阎乐立即升堂，点派吏卒追拿那些个子虚乌有。赵高乘机派人赶到阎乐府上，把亲家母弄到自己的相府里，妥善保护起来。

卫令仆射菅和赶到望夷宫，恰遇阎乐带着一千多缉捕官兵到来。菅和见状，仗剑横身封住殿门。阎乐喝令：“拿下！”官兵一拥而上，菅和当即被捆绑起来。

阎乐大声责问：“你是干啥吃的，大盗闯进宫里去了，你却不予以阻拦？”菅和已经意识到发生的事情，坚决否认：“宫墙四围风吹草动都有人盯着，哪有盗贼能潜进宫来？”

“看看能还是不能！”阎乐口里嘀咕着，举剑直刺营和咽喉。大队官兵一拥冲进宫中，侍卫人员和宦官乱作一团，敢于抵抗的几十个人统统被杀死。

一批换着了孝服的内卫冲进内殿，忽然看到皇上还活着，赶忙丢了兵器俯伏地上。二世见状大怒：“你等果然想造反！”原来，这些士兵听信了谣言，以为皇上真的被盗贼杀害了，是来替皇上报仇呢。

赵成早在宫中监视二世，见阎乐来，便一起耍戏般拿箭射二世的庐舍和帷帐。原来这宫中皇帝住的地方，都要套建独立的庐舍，宫外并设道路环护，昼夜巡逻，丝毫不存在防范罅隙。

二世正在教训那些素衣卫士，猛然间看到有三五支箭穿射入内，雷霆震怒，喝令护驾。这时，他发现身旁还有一名宦官侍立着，没敢擅自离去，心里一动，口里就说出来：“你咋不早点向我报告呢，啧啧，看把事情耽搁到了这种地步！”宦官回答：“正因为我不敢说明真情，所以才能凑合着活到今天。要是早说了，必定已经被赐死了，哪还能站在这里服侍陛下呢？”

二世还没来得及体味这话中的含义，眼里已看到一柄剑挑开帏帐。阎乐闪身近前，剑尖离鼻尖不足咫尺。俨然一种声讨：“你这个昏君从来骄纵无度，杀人连个章程都懒得用，这可好，弄得满天下的人没有不背叛你的……”稍停又阴冷地安排说：“人到了这份上，还有啥个活头，你自己做个打算吧！”

这话的意思本来很明白，但二世心存侥幸，强作镇定问：“丞相……我能见见他吗？”阎乐斩钉截铁地回答：“不行！”二世说：“那就免了吧……也罢，你替朕传个话，就让丞相给朕留下一个郡，屈尊做个王吧！”阎乐冷笑：“做梦吧！”二世便请求说：“那就做个侯，一个侯，也就只剩一万户的俸养了，啊……”阎乐摇头，懒得再回答。眼看着幻想的气泡一个个破灭，二世只得哀求说：“那，我甘心情愿地带着妻子儿女去做个平民百姓，就像当初处置各位公子那样，这总行了吧？”阎乐冷笑：“那倒行，那就回忆一下，你的那些亲哥哥亲姐姐们都终究去了哪里！”

二世从心底抖出一个寒噤，脑袋似乎冻裂了。只听阎乐继续说：“臣现在得到丞相的命令，为天下百姓来诛杀你，你即使说再多的话，臣也没胆量向丞相报告！”那声音仿佛来自另一个世界，是那样遥远，又是那样真切，那样细微，又那样震撼。恍惚中，二世觉得那枚令人生厌又让人恐惧的剑尖从鼻尖撤去了，士兵们围上来，刀光剑影在眼前旋动……他的手被一种莫名的力量牵动，软软地握住了一把宝剑，又被强制着把剑锋抹向了自己的脖颈。空气凝滞了，一片寂静，眼前闪出模糊的血光，与四周漫涌而来的血色潮水融成一片。他看到一个人拥身蹈入了血海之中，明白了，他就是唯一守在自己身旁的那个没有及时说真话的宦官。此刻，宦者发出了一声撕心裂肺的惨叫，这是二世浑噩此生听到的人间绝响。

赵高在咸阳宫中召集全体大臣和皇族支系的公子们，眼见群情阴郁，森森可怖，心知篡位无望，便暂且改了念头，用尖细的声调宣布："秦曾经只是个王国，始皇帝君临天下，故此称帝。现在情况又有所变化了，被始皇帝吞灭的六国重又建立，秦朝的地盘日见缩小，可还空留着一个'皇帝'的名头，这不行呀！我想，还是像过去那样，称个王合适！"

秦二世三年九月，赵高让胡亥从兄子公子婴先静心斋戒五日，然后去宗庙参拜祖先，以完成接受国君印玺的铺垫工作。

公子婴性仁爱且节制。当初二世要杀害蒙恬、蒙毅兄弟，公子婴曾劝谏说："我听说以前赵王迁杀李牧而改用颜聚，燕王听荆轲计而背秦约，齐王建杀先世忠臣而采纳后胜之谋，结果都使国家灭亡并祸及自身。蒙氏，是秦国的大臣、谋士，陛下出于一时的念头就把他们杀掉，臣心想这是不妥当的。我听说轻于思虑的人无法治理国家；不能广纳众智则难以保全君王地位；诛杀忠臣而任用没有德行的人，则内足以使群臣互不信任，外必然致将士丧失斗志。我认为您不能这样做呀！"但二世被赵高等蛊惑，到底不听劝告。

二世被依照平民规格葬在了杜县南面的宜春苑中。那里地处秦岭北坡、终南山西北，离后来的长安不远，大约在滦镇一带。

刘季率数万大军沿丹水而上，夜袭武关，夺商邑，直取峣关。崇山峻岭之中，云屯谷平，林积峰倾，冷热交替，晴雨不定。道路越溪跨涧，曲折蜿蜒，时有栈道相连，崎岖难行。但部队毕竟避开了秦军的防御主线，从而省去了许多浴血的战斗。来自平原的将士极不适应山地行军作战，幸亏新近增补了大量归降的秦军，骑兵力量也有所增强。

密使宁昌带着一名宦官和几个随从，从咸阳出发，经灞上，过蓝田，东南出峣关，急匆匆赶回刘季军中。原来，是赵高派人来与刘季商谈条件，希望两下里划分关中土地，各自为王。

听过宁昌的汇报，刘季喜出望外，但是得沉住点气。"到峣关，不，到蓝田再说吧！"刘季叉开两腿洗脚，对赵高派来的使者嗤之以鼻："让我们商量商量。我想应允，只怕耽误了将军们的战功，他们岂肯罢休。再说，那赵高是何等样人，只怕会污了我的名声！"说着，他伸手去摸一个女子的脸，那女子两只手正替他搓脚呢。翻山越岭够辛苦的，他身边少不了女人服侍。

大军不日进抵峣关。刘季执鞭坐于马背，居高临下俯视，只见岭树苍苍，石关锁道，的确是个险要去处。灞水从蒉山脚下的蓝田谷中由北转西弯出，隐约湍流于峣关南侧，去西北没入峰岭之间。蒉山是蓝田山东部山地的称谓。因为蓝田山的缘故，峣关也被称作蓝关。

刘季耳闻涧水漱流，不由得心潮激荡。此去咸阳已无多路，赵高弑君乱政，即使不来约分关中，无疑也成为秦廷的雪上之霜。这无形中为自己“先入关”创造了意想不到的有利条件，必须不失时机加以充分利用。

峣关严阵以待，丝毫看不出和谈或出降的迹象。刘季便差赵高的使者去叫关，不料关上守将破口大骂：“赵高贼人业已伏诛，暴尸市上，遭万人唾骂。本将唯秦王之命是从，为朝廷谨守门户，焉可轻言弃关，尔等还是死了这份心吧！”言罢张弓搭箭，弦声响过，使者应声落马。

刘季大吃一惊，急忙与曹参、张良、郦食其等人商议。没准赵高真的完蛋了，想来这并不意外。当下紧急派人去打探。

赵高闪电般完蛋了。事情的经过是这样的：

斋戒中的公子婴心中忐忑，恨不能一头撞死！思前想后，与其束手待毙，不如拼他个鱼死网破。他与心腹宦官韩谈及两个儿子商量，设疑道：“丞相既然杀害了二世皇帝，因何又要立我为王呢？”儿子回答：“赵高不是不想自己称王，但他不敢！”公子婴点头，说：“听说他已经与楚军约定灭绝我嬴氏宗室，瓜分关中各自称王。”儿子们说：“这恶棍肯定要乘朝见宗庙的机会刺杀父亲啊！”

公子婴沉吟半晌，问：“我要是托病不去宗庙参拜呢？”

儿子们摇头：“赵高哪能罢休！”

公子婴却有自己的打算，说：“那也得冒这个险。我不去，丞相必定会假意来迎请。只要诱他亲自前来，那就有机会了！”四人反复谋划，忐忑不安地等待赵高登门。

第六天，应该去参拜祖先了。赵高打发人来请，公子婴躺在病榻上，拿一块湿面巾敷住额头，哼哼吟吟，就是不肯起身。两个儿子乖乖地立在一旁伺候，一副无奈模样。就这样，来了好几拨人，就是请不动。

赵高胁迫群臣在宗庙恭候多时，只一味等不来主角。催驾的使者回话别无不同，都说：“公子卧病不起！”赵高急了，怒道：“只要不死，就得把他请来！”可别人还真的请不来，不得已，他只好亲自出动。

赵高气哼哼地闯进斋室内，这回却见公子婴端坐在案几前，头上还顶着块面巾，模样怪怪的。

“你这是咋的啦，还没坐上王位呢，就请不动啦？”赵高呵斥道。

公子婴慢慢睁开眼睛，说：“你没看见吗，我正病着呢！”

赵高本就憋着气呢，见公子婴态度不恭，一时间火冒三丈，手指面门骂道：“你小子如何变得不老实啦，难道就忘了你那二世叔叔的下场啦？”

公子婴回道：“没曾忘，那哪能忘掉呢！”

赵高感觉到一丝阴冷，嘴里继续骂着，却想抽身退出。还没等挪窝，韩谈身披铠甲提剑迈进门来，门随即关上了。

赵高身高力大，慌乱里拔出佩剑企图反抗，口里大喊：“来人啊！”

门外没有动静。原来，两个公子已经带人控制了赵高的随从。那些跟班的很识时务，丝毫不予反抗，都跪地缴械。有谁甘心为赵高陪葬啊，那太不值得！

公子婴慢慢摘下头顶的面巾，扔到堂下。两侧帷幕里立刻出来几名壮士，赵高心慌，被韩谈引剑刺入胸腔。壮士们扑上前来，刀戈齐下，血污立时染了一地。

室门复又敞开。车驾已经准备停当，韩谈请公子婴上车，直奔宗庙。进得庙堂，两公子早已带领宦者、武士等把阎乐、赵成拿下，立即拖到外面斩了。群臣吓得俯伏在地，公子婴和气地安慰道：“是赵高等作孽，众卿受连累了，赦你等无罪，都起来吧！”然后宣布：“赵高、阎乐、赵成勾结贼寇，杀害皇上，图谋篡逆，罪在不赦，死有余辜，传旨暴尸三日，而后车裂尸身，诛灭三族！”

办事的人各自去了，庙堂上由谒者主持参拜。公子婴叩拜灵位，回想三年来委曲求全不易，如今才能挺起腰来，却又面临宗庙倾覆，真是愧对列祖列宗。叩罢起身，不由得悲从中来，捶胸顿足，放声大哭。哭罢收泪，自度已不堪“三世”称号，便正式决定自贬其国，重返属于祖业的秦王位。反正从来也没有打算当皇帝，也是为下一步宽出个回旋余地，在这一点上，他还就依从了赵高生前的主意。

秦朝夭折了，就像做梦一般。它还只称得上一个不成熟的孩子，只落了十四年的寿命。中国历史上第一个强大的封建帝国被命运无情地戏弄，没有能实现它传之万世直到永远的理想。然而，东方封建的太阳刚刚露出地平线，正在不可逆转地喷薄出照耀两千年的旺盛生命力。

复版祖先之国而即位秦王的嬴婴，立即搜罗咸阳兵营，调兵遣将五万，分别增援峣关、蓝田，试图先阻止住刘季一军。随即，檄令坚守函谷关，并传旨尽全力征调各地军队赶赴三川郡，企图与项籍的楚军主力殊死一战，或能侥幸收拾山东残局。嬴氏的血脉还要在延续已久的“王”的断点上，挣扎着接续四十六天。

安排过了，秦王婴觉得危机依然近在咫尺。他苦思几日，召来韩谈，让他秘密挑选几十名死士，派遣深入到章邯叛降军中，任务是散布谣言，动摇军心，策动哗变。

第二十九回

赚峣关谋士贿秦将 话英雄狼主问中原

丢掉幻想吧，准备战斗。有形的决战，无形的竞争，都凝结在不可避免的攻战中。已经到了争分夺秒的时刻，刘季意欲强攻峣关，便与曹参、周勃、张良、郦食其一起来制定方略。

张良劝阻说："我看关上形势，秦军似还强悍，未可轻视。公子婴性情仁爱，新近诛杀赵高，人心稍安，将士归心，与我必有一搏。沛公还是另设破关良策为上！"

刘季问："依子房之见呢？"

张良说："沛公可先命一将去山林间多立旗帜，层层叠叠形成疑兵，让关上分不清虚实，产生狐疑畏惧心理；然后遣使者到关上游说秦将，以重利贿买之。据我所知，峣关守将申刓生长于屠夫家，此等街市上小买卖人家的子弟，到底容易见钱眼开……"

次日一早，郦食其、陆贾二生来到峣关之下，求见守关主将。申刓亲自上关辨看，身边却有一将如影随形，这使他感到很不自在。那将名叫豖炻，正是秦王婴刚刚派遣增援峣关的。此时，豖炻冷不丁递上一句话来："秦王陛下既然命我等固守屏障，为将者只在凭关拒贼，相机破敌求胜，又何必与他啰唆？"

申刓原本曾得到赵高罢战待和的指令，心理消极，只等两边谈妥了，或可拿手中的险关重城当资本，讨价还价捞个大点的好处。没想到形势突然逆转，正在举棋不定，却来了个不容商量的豖炻。不料豖炻又擅自射杀了赵高派往刘季军中的使者，令申刓心里熊熊燃烧起一股无名之火，只不便发作。此时听到豖炻在一旁搭话，便不搭理。

申刓立于关头远远近近看了一遍，只见朝霞点染处，漫山遍野晨炊弥漫，旗号隐约，不知道有多少人马驻扎其间，心中甚觉惶惑。再看，关下近处倒没什么嫌疑，便不顾豖炻反对，断然下令把郦、陆二人放进关来。

"且听他们放什么屁！"申刓说，有点像指桑骂槐。他庆幸对方主动，重新带来了和解的希望。使者见过守将。副将横眉冷对，主将却还和气，一个唱黑脸，一个唱红脸。使者被赐座，分明暗中示好。如此紧张的战场谈判，谈来却显得有一搭没一搭。豖炻铁了心干预，使那话根本谈不到正题上，有时反倒看着主、副二将自家争吵。

郦食其、陆贾交换个眼色，陆贾便起身如厕。豖炻立即感受到他另有企图，不由得心挂两头。

无聊在继续。外面却进来了亲信军校，对冢炻附耳低言。冢炻听着，似怒又喜，似喜还怒，犹豫了片刻，开言道：“没听见吧，那个贼使终于耐不住了吧，竟敢出言不逊，在外头骂娘呢！”

“骂谁呢？”申刓问。

“还能骂谁？不是你就是我，主要是骂你！”冢炻回道。

“都骂些啥呢？”申刓追问。

“说你娘太没章程，生下个没屁眼的小子！”冢炻冷笑。

申刓从座上跳了起来，拔出腰间佩剑直指郦食其。看看已经完全搅了局，冢炻抓紧机会，也拔剑在手，赶出去捉拿陆贾。

就在这千钧一发之际，申刓却狐疑了，他并没有亲耳听到那使者骂人呀。也就在这瞬间，郦食其把一样温凉柔滑的东西塞到他手里，随即递过一个暗示的眼神，口里却喝道：“请将军三思而后行！”

没有细辨的余地，申刓仅凭手感便有数，立即把那物什塞进胸甲中，踩着冢炻的脚后跟赶来。冢炻正命人拿了陆贾，拔剑来刺。陆贾大喝：“且慢！”

那剑竟然在陆贾胸前停住了。冢炻被这一喝，只稍稍迟疑复又挺剑刺来。陆贾又大喝：“小子焉敢如此狂妄！”话音未落，横里伸出一剑，把冢炻的剑挑向一边。看时，却是申刓。冢炻大怒，掉剑指向对方。

郦食其也赶过来了，见状连忙劝阻道：“将军等如若不肯谈判，又何必里外伤了和气！”转对陆贾说：“要和便和，要战便战，我们去了吧！”随即两人草草拱手告辞。

申刓心里有数，也想尽快结束这个局面，便大声命令：“送客！”

眼看着使者去了，冢炻口里斥道：“有将军如此，峣关休矣，秦王大事休……休……”话未已，一口气闷上心来，手中剑坠落，身子随即仰倒，后面将校抢上来扶住。

申刓乘机吩咐：“冢将军连日劳累了，速速扶去休养，守关的事情暂时就不用他操心啦！”

等众人退去，他心急火燎地躲进内室，从胸口掏出那物什看时，却原来是一块织锦，里面包着一只温润养眼的白璧。翻看织锦，竟然是一份承诺的贵重礼物清单，一时间看得眼花缭乱，心手直抖动起来。

峣关回话的密使来了，申刓完全同意馈赠条款。意外的是，他希望与刘季联手袭击咸阳，事成之后分地为王，竟如赵高一般。以峣关之重，关键时刻出这个价码算物有所值。

刘季一笑，爽快地同意了申刓的请求，厚赏使者，打发他去了。

张良进帐来了，笑着问："沛公果真要分了关中？"

刘季答道："听说章邯已经投降，我不能在这山里耽搁太久。他想要什么，就先答应了吧！"

利用关上疏忽，刘家军连夜偷越蒉山，突然出现在蓝田的南面。蓝田守军正惴惴不安地注视着峣关呢，没承想贼军从天而降，只一战，便弃城逃窜。败军硬着头皮在骊山之南驻扎下来，预备再作一次无望的阻击。

咸阳近在咫尺，刘季止不住心潮澎湃。他传令曹参率一军，去从后路威慑峣关。

敌军突然出现在峣关西侧，令申刓大惑不解。忽然接到蓝田陷落的急报，他这才恍然大悟，顿时变成了热锅上的蚂蚁。与刘季讨价还价的本钱已不复存在，唯一的诉求只是"活命"而已。他的心情暗淡到了极点，面对群山，遥想咸阳，真是要疯了。"秦要亡，岂是你我能阻止得了的。豕炻啊豕炻，你糊涂哇，死到临头还执迷不悟！"

峣关面临两面攻打，但东边战斗不算激烈。申刓心里明白，这是事先谈判所换来的"优待"。城西由豕炻把手，情形就大不相同了。但豕炻只想殊死一战，一将拼命，百卒难敌，曹参急切无法得手。

入夜，攻关稍歇。豕炻来找申刓："我看申将军那边贼兵不甚当真，还请调一半人马来协助末将，也好让将士们喘上一口气来！"

申刓冷着脸回道："豕将军手下尽皆精锐，我这里去几个疲兵羸卒，能顶得了多大事！"

豕炻心中那股无名之火猛烈蹿动。但大敌当前，不可造次。他尽力忍耐着，提醒："也罢。不过那关左关右的防备也忒是懈怠了些！"

申刓冷笑道："将军还是守好自己那一面吧，顺便想想明日往哪里去才好！"

也正是这时，周勃立马在河谷中的一座岩石上，密切注视着峣关之上几柱稀稀落落明灭着的火把。一小队尖兵已经在奚涓带领下，乘着黑夜掩护，避开城头瞌睡的眼神，攀上河谷，向城头接近。

豕炻眼看无法再与申刓争辩，转身出来，却听到外面议论："都是豕炻这家伙连累了我等，要是依了申将军，我等此刻恐怕已经领了赏赐，上咸阳的上咸阳，回家乡的回家乡……"

豕炻一腔怒火正没处发泄，听了这话，掣剑在手，揪过一名士兵，口里指桑骂槐："我道是为何大秦朝就败了，原来有这等奸臣贼子在暗里作怪！"只一剑抹去，便把那颗头颅提在手里，大声宣布：“众人听着，以此为卖关求荣者戒！”

申刓赶出来，话也听了，场面也见了，正要动怒，转念却平淡一笑：“是这家伙该死，撞到冢将军剑下啦。也罢，气也出够了，现下该咋办才是，总不能干看着弟兄们耗在这里送死吧！”

冢炻丢下那首级，以剑指道：“申将军有话尽管说明白了，免得糊里糊涂扯不清！”

申刓不再与之答话，大声对士兵们说：“这几日来，弟兄们已经尽力了。眼下贼军占据蓝田，咸阳不保，峣关存亡已无足轻重，但弟兄们的生死，本将无论如何是放不下的……”

响起嘈杂的呼声：“我等只听将军的！”“将军到底要做啥呢？”“难不成让我等投降贼兵？”“大伙儿的性命要紧，家里还有妻儿老小呢！”

吵成了一团，军吏们也不再管事。眼看局面难以维持，冢炻冷眼斜视，但等申刓说出意料中的话来。

果然那话来了：“本将已经与楚军达成和解，我等献关，还能得到个好的照应。方才也是听弟兄们议论到了，一点不假！这样吧……吧……”

话还没说完，冷不防冢炻的剑已经刺穿了他的胸膛。

“死有余辜！”冢炻骂道。他慢慢收剑，完成了他此生想做的最后一件事情。

惊骇半晌，将士们醒悟过来，便有人抢上前来杀冢炻。士兵们裹着怒骂声混战起来，那些多出一份想法的，便乘机开溜。死伤的不多，活着在现场的也越来越少。

一队士兵从城南边败退过来。奚涓已经登关，周勃率军鱼贯而上，驱兵四下里赶杀。

冢炻且战且走，退到自己防守的西城城头。背后是城垛，三面都已经是敌军。冢炻跃上垛口，西望咸阳，大呼：“秦王陛下保重，末将去也！”言罢，横剑自刎，身体直坠下城去。

周勃仗剑赶到女墙边，向关下黑暗中熟视无言。战斗霎时停止，他吩咐清理关城，明日早起赶赴蓝田。由于主动放下武器，大多数秦军被临时编入周勃军中。周勃命军士就地安葬了冢炻。申刓的尸身则被抛入谷中，任由游弋的野物叼去果腹。

又经蓝田北一战，沛军诸将越骊山逐北至芷阳，秦军土崩瓦解。刘季审时度势，没有进逼咸阳，而是回军到灞上，沿途对百姓秋毫无犯。准确地说，刘季本人就一直留驻灞上，那里位于蓝田城北，灞水西南岸，在后建的长安城东三十里。灞水古名滋水，被秦穆公更名为灞水。

匈奴单于庭，单于冒顿、右屠耆王且蛰、左骨都侯勒俟祜一起围着火堆闲扯。冒顿心情并未能完全放松，故而且蛰、勒俟祜都有意寻些轻松的话题，以便排解沉重的压力感。

勒俟祜正在描述项籍与王离的生死对决，且蛰却关心着巨鹿之战的指挥艺术。冒顿感慨，项籍，英雄啊！王离，英雄啊！可惜了，章邯！太可恨那赵高，二世却为何糊涂如此，真正不可思议！赵高难道对匈奴有啥不利？可是，凡人都这么怪，天生有一个忠奸的观念区分。

然后，话题落实到了“破釜沉舟”这个难以置信的举动上，这对于匈奴人来讲，完全不可思议。冒顿问且蛰，如果是你，敢这么做吗？且蛰沉思了片刻，摇摇头说：“那是神，不是人！”勒俟祜似是自言自语地说：“秦军应是有楚军的三倍吧？不对，仅章邯的手下，就是这个数！”冒顿也似是自言自语地说：“本单于也想当一回神，那多过瘾！”且蛰笑了：“那也得看值不值得！”少顷又说：“咱都被那神话迷得神魂颠倒啦！”

“可知道长城边上情形如何？”冒顿冷不丁问。

勒俟祜愣了一下。须臾回答：“能咋样呢？不咋样，也咋样！”冒顿、且蛰都用奇怪的眼光看他，啥意思呢？勒俟祜诡秘地一笑：“看上去还好。墙还在，营还在，也还有人待在里边；只知道人比之前少多了，却不知心还在不在了！”

对这个说法，两人都理解。他们自去高阙探关之后，不时便琢磨这件事，只不过内心被更大的事占据着，便不甚明朗。此时，被勒俟祜挑出了这根绳头。

“秦朝还能长久吗？”冒顿终于问出了最关心的问题。

却很难回答。中原的事太难琢磨，曾经他们自己四分五裂打得不可开交，可匈奴也好，东胡也好，想占点便宜也挺难。临时占点还行，长久根本不可能。因此，秦朝存不存在，不完全能成为匈奴决策的关键。

勒俟祜却有奇怪的思路，问：“比如说，我大匈奴现在就南下阴山，他们会不会都停了手，却一块儿来对付我们？”冒顿和且蛰又是一愣。想来想去，还真不好回答。且蛰说：“也许不会。以往，他们就是挨着谁，就谁来管。不是说，他们甚至还来联合我匈奴，去对付自己的敌手吗？”

冒顿掉转话题：“看势头，项籍肯定是要灭掉秦朝的，他能做到。到那时，我们的对手就是他……”话没说完。

且蛰知道意思，想了想说：“我有一种感觉。就好比那天上飞的鹰，项籍是头，军师范增是翅膀。项籍离开了范增，恐怕就没那么神了！”

“倒也是！”冒顿认同。然后问：“我大匈奴的机会在哪里呢？”这才是问题的核心。

沉默了。过了很久，勒俟祜说：“不知道。”

且蛰说：“也许就在眼前，也许还要过很久，但肯定有！”传统的牧业社会和牧业思维本身就充满了机会主义色彩。此时要三人超越这种形态，而对他们不十分摸底的秦、楚和诸侯势力作出清晰的判断，这不可能。

且蛰说：“还是要多打听。前一时，我关注月氏多，对中原那边倒是疏忽了些。”转对勒俟祜说：“也烦你再多操些心吧！”

勒俟祜点头：“行！”却跟出一句令大家泄气的话：“依我看，瘦死的骆驼比马大。不论秦朝存不存在，楚国能不能再把诸侯搂到一个栏里，咱也就能去栏边上蹭上一把草料！”

听这一说，冒顿瞪起了眼睛。勒俟祜伸伸舌头，且蛰却没有反应。冒顿心里这感觉，就好像饥肠辘辘，明明手边有一块肥美的肉，就是吃不到嘴里，如何能甘心？但他面对的内外形势太复杂，还没法专心去想中原，只一个心结而已。不过，他内心里打定主意，中原即使真是一堵长城，也要在合适的时候去赌上一把。他想起了中原民间的一句话，叫作“不撞南墙不回头”，无论如何，他早晚总是要去撞一撞那座被秦朝加固了的长城。

正这时，有勒俟祜派出的暗探传来消息，秦朝被灭了。灭秦朝的，却是一个叫刘季的人，仿佛是从天上掉下来的，地下钻出来的，突然率军打到了咸阳。

听到这个报告，冒顿和且蛰都发呆了。中原真有人比项籍更神？

秦帝国行将灭亡，已经对秦步入割据程序的南海郡尉任嚣却也病入膏肓，眼看日子不长了。他单独召心腹龙川县令赵佗前来番禺，打算交代后事。

龙川是秦置县，治今广东龙川西佗城。相传其地有龙穿地而出，随即洞穴中流出泉水，故此得名。赵佗在处理与土著民关系上颇有建树，当时南越人处于相当原始的状态，断发文身又喜食蛇蚌，与中原官兵处于显著的文化差异中。赵佗入乡随俗，提倡尊重当地习俗，提倡族群平等相处。由此，他甚至被当代南方学者比拟为“民族政策第一人”。

赵佗奉召，乘船沿东江而下，赶往番禺。到任嚣竹榻前，侍从退下。赵佗凑到面前，听任嚣上气不接下气，断断续续地说：“朝廷倒行逆施，中土怨声载道。陈胜等造反，天下乱作一团，不知何时才得安定。尽管南海地处僻远，但我还是担心贼人来侵占地盘，所以想派兵阻断新修筑的驰道，预先做好准备。你看我的身体实在不争气，恰巧在这时病重得很了……”说着，猛烈地咳喘起来，直咳得翻过身去。

赵佗帮任嚣抚背，扶他重新靠好。任嚣稍稍平息了些，继续说：“我看番禺背负险要山势，正面阻于茫茫南海；南海郡东西绵延几千里，又有不少中原人在这里辅佐治理，凭这基础，也是可以成为一方诸侯的……”又喘息过一阵，满怀遗憾地说：“看看在郡衙供职的官员，没一个能与他们讨论大事的，今特意召你来，就是有个嘱托。”说着，任嚣挣扎着坐起来，吩咐伺候笔墨。当下颤抖着手写下委任书，由赵佗代行南海尉一职。

没过几天，任嚣带着满腹遗憾死去了。赵佗立即发出檄文，下令关闭南海郡北境正当溱水、湟水的横浦、阳山、湟溪等三个关隘，集结兵力进入防御状态。溱水即今北江，湟水为北江西侧支流，至湟溪关入溱水。三关以湟溪关为后防中心，向五岭延伸至前沿，形成一个呈倒三角形的三百里防区，封锁着自北向南进入番禺的便捷要道。随即，他巧立名目，自行立法，捕杀了秦朝委派的地方主官，由同党接替郡守等职。

公元前206年的最初一个月，历史抵达新的转折点。

寒风凛冽，草木衰萎。咸阳方向上，哀尘微起，一队飘零的车马在清晨的冷光涂抹中缓缓移向南来，酷似一支悲哀地奏响着的挽歌。

来到原本秦朝皇家的御苑轵道亭，步行引道的宦者退向一旁，四匹白马牵出一辆白幔围裹的轻车。宦官韩谈躬身上前，打起车帘，嬴婴颓委地双膝跪在车上，手里捧着封好的皇帝玉玺和符、节。一道宽长的丝带虚系在脖颈，无言地传递着自认死罪的态度，也渲染着浓重的末日悲情。

玺，本是印章的通称，秦以前百姓都可以用金、玉制印，龙纽、虎纽随其所好。从秦朝开始，法令规定只有天子的印才能称为“玺”，而且“玉螭虎纽”，以武都紫泥封存，独霸了玉质与龙虎造型。符，是用来发兵的信物，分左右两半，皇帝和率兵在外的将领各持一半，传令时两半相合以为信。节，取竹节的形象，用羽毛、牦牛尾编串而成，是传达朝廷赏罚的权威性凭证，由帝王的使者持有。现在，这些至高无上的权力的证物，都将连同江山一起拱手献出了，嬴婴的灵魂也将随之出窍。

等了一阵，刘季率队扬尘而来。嬴婴被扶下车辇，俯首跪在车道左侧，依然系颈捧玺。

太仆夏侯婴御马向前，停车稳住。刘季手扶剑柄，两眼平视直立车上。武士分列车左车右，文臣武将在车后顺序排开，军旗迎着萧瑟秋风舞动。

第三十回

收玉玺五星朝东井　坑降卒匹夫泯人心

没有太多的仪式，受降过程简短。首枚玉玺被呈献到车旁，面对这九鼎之物，刘季却只是象征性地看了一眼，便由临时安排的符玺令查验。符玺令神情严肃，小心打开两重宝盉，细看玺纽雕如龙鱼凤鸟。从盉座上请出玉玺，认得是由蓝田山出产的上好美玉精工制作，印文为李斯手书大篆“受命于天既寿永昌”八字，果然是始皇帝所治传国玉玺。验过了，重新封好，再来查验六枚一组的天子玉玺。

中国自秦始皇以来，传国玉玺被尊为“皇权神授”的信物，代表着统治地位的正统合法。而“六玺”则附着了特定功用：皇帝行玺，用于封命诸侯王及官员；皇帝之玺，用于赐诸侯王书；皇帝信玺，用于发兵；天子行玺，用于征召大臣；天子之玺，用于策拜外国事务；天子信玺，用于事天地鬼神。

此时此刻，刘季内心犹如急流撞岸，浑身的血液一波紧接一波涌上顶门。随着验玺的进程，他的眼里播撒出一片灿烂的金星，人几乎站立不住了。

在离刘季不远的地方，嬴婴已经空出两手俯伏地上，由两名恭身的内侍象征性地提着颈上那条丝带。后面离有数步，跪着两位公子和许多的昔日显贵。

白色的丝带在不停地颤抖，不知是被风，还是被身体传动。再没有人关注，饱含的泪水已经模糊了末日秦王的眼睛，无声无息地洒落在曾是他伟大祖先创立千古伟业的土地上。

“杀死他！”樊哙举剑大呼。

“杀死他！”诸将呼应。

士兵们用刀背敲击盾牌，把长戈蹾在堆积着黄土的地面，齐声呐喊：“杀死，杀死……”尘土与旌纛一起飞扬。

刘季左手离开剑柄，张开两臂缓缓上起，停在半空，呐喊声渐止。他的目光扫过俯伏在风中瑟瑟发抖的秦国君臣，抬头仰望长空，预备着发表受降演说，正这时，忽然看到有五颗星星连珠般横列在天空。大白天出现这种景象，不由使刘季感到惊疑。张良已经策马上前，显然他也注意到了这一天象奇观。

子房抱拳，口里说道：“此五星者，东方岁星、南方荧惑、西方太白、北方辰星、中央镇星是也，今次恰巧聚于东井，可遇而不可求，吉兆祥瑞，可喜可贺！”

刘季获得了良好的感受，于是果断宣示：“五星列空，天道吉祥。当初怀王为何派遣刘季西向进取关中呢？道理极其简单，那就是认定本人具有宽容的性格。战且不尚杀戮，何况嬴氏已经降服。此时诛杀有违天意，亦有违我的人格！”当即吩咐：“这事本应由谁来管，就交给谁去妥善处置吧！”语气中包含着大度与宽宏。

陆贾上前一步宣布：“关中王有令，依照上天旨意，杀戮为大不吉，特赦免秦王及以下人等！”嬴婴一时没有反应，仿佛死去了一般。猛省，大呼：“关中王万岁——”放声大哭。

入关功成的刘季，在战争实践中，获得了理念性的成长。吉与不吉，关乎行为。他倾听似近还远却分明撼天动地的呼声，俯视号泣中的秦国君臣，心中反倒徘徊着一股莫名其妙的悲怆感。

刘季带领得胜之军风光地进入咸阳，河山易手，他应当依照楚王的约定，顺理成章实封关中王了。那也就相当于秦王的地位。

萧何带领一干办事人员从泗水赶到宛城，随从的队伍里包括萧氏宗族青壮年几十人。屁股还没坐热呢，便又急忙跟进关中，风风火火赶到了咸阳。此公心无旁骛，径直带着随从人员来到人去楼空的丞相府，还好，是他第一个到达这里。他的目标是收集地图、文书、户籍簿册之类。要知道，凭借这些，才能全面地了解天下的山川形势和军事要塞，掌握全国的人口及财力、物力分布，这都是替刘季做长远打算。从这一举动中，不难看出此后所谓“汉承秦制”的技术性脉络。

刘季本向往咸阳繁华，此时更加迷恋宫中奢靡，但被妹夫樊哙闯宫，张良规劝，便下令封存秦宫府库里的财物，率诸将返回灞上驻扎。为稳定局势，他与关中豪杰、父老和全体百姓做了个约定，只三条：杀人者处死；伤人者抵罪；抢劫者按罪论处。这就是脍炙人口并流传于历史的“约法三章”。

项籍率大军迤逦向函谷关方向挺进，一路无阻。但走在前面的降军表现消极，一路磨磨蹭蹭，几乎是被诸侯军催逼着。于是，各部便来得近了。

诸侯军的吏卒心中早就埋藏着怨恨，他们多数曾有过到关中服徭役，或戍边途经关中的经历，驻扎内史的官兵对他们傲慢无礼。可风水轮流转，今朝到我家，报复的机会来了。他们把降军官兵看成奴隶，得便则肆意侮辱，两下里怨恨日积。

项籍叫来黥布、蒲槐，问他们都听到了什么。黥布汇报：“他们成群结伙私下里议论，那已经是普遍现象了！”

蒲槐说：“他们只是在埋怨雍王，说章邯、司马欣等骗他们投降。他们也是希望能灭了秦，只担心拿不下关中，转头要被挟持到山东去。这也听天由命，主要担心秦廷会杀了他们的妻儿老小。”

项籍笑道：“这些伙计想得太多余，我取关中还有什么难处吗？”于是不再把这事放在心上。然而，话却越传越邪乎，矛头所指似乎已不很单纯了，项籍虽多了烦心，却也懒得去管。可连日里，诸侯因讨好而火上浇油，楚营众将也七嘴八舌。项籍不可一世的潜质开始膨胀，情绪变得脆弱起来，怒道：“彼等竟敢如此！”

危机一旦被强横者关注，就会促成真正的冲突，这是一种魔咒。项籍的立场与态度被过度解读，导致欺人者变本加厉，被欺的则惴惴不安，甚至有了反抗的、逃跑的。令人不快的消息接连报告到项籍帐中，但不胫而走又堆积如山的消息，竟毫无例外地没有一点一滴漏入章邯等三人的耳中。这属于针对利益攸关者的“信息真空效应”。

十一月，项籍诸侯各军进至新安县，地点就在今天的河南义马一带。当晚，驻扎城南的降军谭雄所部一支巡逻队，与楚将项它手下喝酒正酣的一帮吏卒遭遇了。

一名酒后出到当街撒尿的军吏，见巡逻队过来，便朝人撒尿。末了，还要弟兄们进去喝一碗，看上去挺友好，却分明在挑衅。巡逻队军务在身，当然难以从命。两下里拉拉扯扯，不免骂骂咧咧、推推搡搡。酒店里的人全出来了，斗殴也便必然地发生了。

项籍终于在自己有意无意的推波助澜中，达到了容忍的极限。入夜，他召集秘密会议，对众将说：“这事再也不能不管了！”

项它颠倒黑白、添油加醋地说了事情的过程。于是，群情愈加激愤。项籍总结说：“眼下诸侯军与秦降卒人数相当，单就我楚军来比，就相差太远。看情形，降将中真正能信得过的只有章邯、司马欣、董翳三人而已！”

黥布问：“上将军的意思呢？”

项籍回答：“我只想带此三人入关！”

蒲槐感到疑惑：“其余呢？”

项籍回答：“一个不留！”

钟离眛见势，赶紧接一句：“那就遣散了吧！”

项它却说：“那太便宜他们啦！”

于是都来看项籍，项籍却挥挥手，做出一个“杀”的手势。

这个决定大大出乎所有将领的意料，大帐里陷入沉默，就连刚才还一个劲吵嚷的项它也不吭声了。

一个沧桑的声音提醒道：“少将军要杀死这二十万降卒不算什么难事，就怕给往后惹下许多烦恼！”

项籍笑道：“会惹出什么烦恼呢？我有霸王戟在手，左右有诸将与八千子弟兵相随，哪怕整个天下都背叛我，我亦何惧哉！”

范增心头蓦地袭来一阵寒意。他劝道：“自古得人心者得天下。这降卒如何能杀得，一个也杀不得的！”

项籍问：“真就没一个该杀的？那又该杀谁？您能保证大军一路入关，他们就不会闹出什么乱子来？”

范增摇头：“这种事老夫如何担保得起！”也是性情直率，忽然便说：“但少将军可曾记得武信君定陶伤重时的嘱咐？”

在项籍听来，此言夹杂了强烈的警告与压服意味，再加上心里忌讳，止不住脸上露出愠色。诘问：“难道就此罢了不成？”

范增猛然间觉得如今这少将军惹不得了，但还是提醒：“俗话说，法不责众，退一步而论，降卒也自有军法来管。老夫以为谁生事就必须由谁承担责任，不可偏袒！”

话刚落音，项它尤其不满了：“降军就是降军，形同猪狗；他们因心怀不满才闹事，只杀一个，总有一天会全体反叛！”

倒是项庄给范增帮腔了，说：“亚父说得也有些道理，只是不要那么麻烦了，就把那几个闹事的……行，连谭雄一块儿杀了，给点颜色看看。再敢闹时，都杀了也没啥耽搁！”

项籍斥道：“你懂个甚！这事既然已经说了，错与对都得办，否则风声传开去，我们就要与降军重新开仗，哪还顾得入关！”

正在这个引爆点上，龙且手下绑来一名奸细，他正在暗中串联，四处散布谣言，被抓了个现行。立即审问，果然是嬴婴派过来策反的。所有摩擦事件、包括日常口角的性质，立即上升到了不可调和的高度。项籍不再迟疑，命令黥布等立即依计行动。

夜来惊梦，楚军大举行动，把正在熟睡中的秦朝降军，连同李棡、谭雄等将领一齐捉拿得干干净净。与此同时，章邯、司马欣、董翳也被软禁起来，只有他们三人不知道发生了什么事情。

二十多万降卒在刀戈和皮鞭的淫威之下，在初冬的寒风中，在悲哀的哭泣声中，几乎赤身裸体地为自己挖掘坟墓。

黥布、蒲槐、项它腰悬佩剑站在堆积的新土上，注视着满目的火把和纷乱移动的人影，耳畔掘土声和叫骂、哭喊、呵斥、鞭挞声混成一团。

忽见近旁骚动，一名手臂被绑缚的降将以头、肩撞开楚兵，冲到黥布面前，大呼：“此祸皆因我一人而起，千刀万剐悉听尊便，乞为罪将代禀上将军，恳请尽赦无辜，罪将在九泉之下，亦当感恩戴德！”

有士兵拿火把凑到面前，黥布看时，却是谭雄，心中不由得一动，眼前看到的是又一个徐腾！还没等他发话，项它却抢下土堆来，一脚踢倒谭雄，夺过士兵手里的鞭子劈头盖脸抽打起来。呼啦啦，周围跪倒一片，纷纷乞求：“此祸皆因我等而起，甘愿一死，请将军看在秦中父老的面子上，宽恕那些无辜弟兄们吧！”

“哈哈，给秦中父老面子？你等死到临头，还充什么好汉！”随着项它的招呼，楚兵们胡乱殴打起降卒来。谭雄挣扎起身，仰面泣道：“章大帅呀，你在哪里呢？为何不替弟兄们说句话呢？日后你将如何面对这许多冤魂呀——”

项它冷笑说：“此刻你们的章大帅，哦——还有司马将军，董将军，统统都在睡觉呢，就别吵醒他们啦！”

谭雄转而大怒，骂道：“小子何故如此作恶！项籍匹夫背信弃义，残暴无度天道不容，他日决无善终……”项它拔剑刺入谭雄前胸。

黥布无言地看过这一幕，目光越过项它的头顶向周围扫视。须臾，从身旁接过一只火把，向下照一照谭雄倒地的身躯，把火把丢在地上，吩咐：“埋了吧！”

赵地的士兵想起了长平的一幕，他们纷纷拔出刀剑，去砍剁即将埋入地下的头颅，让那些腔子里的鲜血喷向天空，化为血雨，然后互相祝贺，放声大哭，以此来祭奠曾经失去的亲人。这仿佛一种悲惨历史的轮回。

秦仇遍及六国，诸侯军卒竞相卷入，活埋、屠杀与祭奠，狂笑、哭诉与告慰遍地上演，只有上苍在默默祈祷，老人范增在默默流泪。

天气晦暗，一抹抹晨光混杂着清冷昏沉沉地铺洒，邀集二十万流连的新魂归去。黥布单膝跪地，闭上疲惫的眼睛。

人类的又一次赤裸裸的暴行，被掩埋在山阿的一抔黄土之下。

章邯、司马欣、董翳终于明白是怎么回事了，司马欣、董翳更是战战兢兢。项籍大大释怀，抚慰说：“这不干三位将军的事，都是谭雄、李棡这些人与秦王暗通声气，背着你等企图叛乱……放心吧，我是不会亏待你们三个的！”可怜也曾叱咤战场的章邯，从此苟且活着。他不可能再用以往那样的性情去对待任何一场战斗，也不再是一名真正的将军了。

新安城南的山丘地上，覆盖着一大片高低不平的噬血的新土。又一股寒流，筛下细密的雪花。西北风袭来，许多空出的营帐支离破碎地支撑着，拍打着，撕裂着，如同漫山遍野铺天盖地的灵幡，痛苦地承载地下无数冤魂刺痛古往今来的纷乱哭诉。

飘入函谷关的腥风洒落血雨，在灞上激起了披麻戴孝请命的浪潮。人流涌来，一拨拨，一片片，跪倒在刘季的面前哭泣，使左右那些杀人如麻的悍将们也不由得为之动容。

无数的请愿书要求刘季封锁函谷关，阻止项籍诸侯进入关中，亡秦的官员们也派来了说客。这对于刘季来说，虽然与内心的愿望一致，但与本无私人恩怨的项籍翻脸，无疑是拿命运去豪赌，不得不三思而后行。可作为心理已经到位的“关中王”，身边的民意也是立足的根本。刘季在与张良密商之后，作出了一个走钢丝般的决定，传令随秦廷投降的函谷关守将紧守关隘，但只打出一个防备盗贼入关的旗号。他随即派曹参率兵与张良一同前去，主要目的是掩人耳目，重要的是相机行事。

十二月中旬，诸侯各军抵达戏亭，项籍率楚军进驻离戏亭西南约十里的鸿门。刚刚扎营下来，士兵却绑来了一个奸细。

“你是什么人？”项籍当然不相信在这种形势下还能有什么“奸细”。

那人抬起头，看到了坐在一旁的范增，回答：“小人有重要事体，只能向上将军禀报。”

项籍哼一声说：“有话但说无妨！”

来人却提出要求：“还是请上将军先去了小人身上这条绳索！”

项籍命令：“给这家伙松了绑吧！”又威胁说：“你若耍滑，就立即拖出去斩了！”

那人口称：“不敢！”待解去绳索，也便站起身来。

范增问：“我看你不是关中人？”他也是在提醒项籍。

那人立即变了一副姿态，伸直了腰回答：“军师大人好眼力，我说出一个人，想必上将军是晓得的！”

项籍不耐烦：“你有什么话就快说！”

那人说：“曹无伤，将军想必听说过！”

项籍问：“你说的可是武安侯帐下的那个左司马，就是杀掉泗水郡守的那个曹无伤？”

那人回答：“小人正是曹将军的心腹手下，名唤曹迁儿，有机密来向上将军禀报！”

范增捋一捋颏下胡须，说：“你别急，慢慢说来！”这是传递关切的态度。

曹迁儿拱手，便把刘季入关前后的所作所为大略说了一遍，项籍却没听出多少兴趣来。但范增的感受却不一样。又听曹迁儿说：“沛公今已在关中称王……他正谋划让嬴婴当丞相呢！”

刘季称关中王，这在项籍看来也顺理成章。便驳斥道：“武安侯遣将打通函谷关，还专门派曹参曹将军、张良张子房前来迎接诸侯，这不挺好！”

曹迁儿摇头：“那是在欺瞒上将军呢！”

范增摇头：“怎叫欺瞒？他有这必要吗？”

曹迁儿解释：“如若反过来沛公势大，他又会如何呢？”

项籍怒道：“那曹无伤分明是来挑拨我与武安侯弟兄感情的！”又指着曹迁儿说：“此人分明是那嬴婴派来的奸细！”这话里，似乎对坑杀降卒的事已经有所醒悟。

曹迁儿一惊，随即冷笑说：“曹将军跟随沛公，好不容易出生入死到了关中，却未得到丝毫封赏。若还跟着沛公来与上将军作对，岂不白白送死，这太不值得！”

项籍“哈哈”一笑，轻蔑道：“小人一个！”便没情绪再问。方才曹迁儿提及嬴婴的事，倒让他联想到必须在咸阳闹出点大动静来。否则，这秦朝到底算是让谁灭了？

范增叫军吏把曹迁儿带下去。自己却也出到帐外，对曹迁儿说：“你转告左司马，叫他放心做个内应。上将军不日将灭了刘季，到时候必当论功封赏！”

项籍好像自言自语：“假若我人马不如武安侯多，那姓曹的也会劝说沛公来打我！这种人卖主求荣，不值得相信！”

范增转身回来，道：“且不论曹无伤如何，刘季却迟早是个祸患，必须乘机铲除！”

项籍不以为然：“人家先入了关，派子房恭恭敬敬来迎接我。我却无缘无故地去打人家，岂不让天下人笑话我做事小气，容不得有功劳的人？”项籍的态度包含着一个心理背景，就是自己已经高居于诸侯之上，其中包括刘季。再说，他毫不怀疑自己的实力足以征服任何对手，刘季也清楚这一点。

范增明白项籍的心理，劝道：“当年沛公在山东时，谁不知道他既贪财又好色。现在入关了，美女成群，财物要多少有多少，可是，他却丁点儿不沾了，少将军不觉得这事十分奇怪吗？”

项籍回道：“咳，这哪能算个罪过！”

范增不理会，只顾说：“他那是胸怀异志。我早已让人替他望过气，都呈现龙虎的形状，飘浮着五彩之色，显然是天子的气象。少将军千万不能让他形成气候，贻误时机就会铸成大错！”

项籍若有所动。范增抓紧劝道：“现下正有人告发，动手可谓师出有名。等到完事，向天下公布刘季的罪行，他就不是有功，而是有罪了！”

项籍听得不耐烦，终于点点头。于是，被范增催促着立刻召集军事会议，布置明天一早围剿灞上。此时的军力对比是：项籍连带诸侯拥兵四十万，号称百万；刘季手下有十万将士，号称二十万。

第三十一回

报旧恩项缠驰灞上 叹旋踵漠北失机宜

入夜风紧，天气寒冷。刘季早早烫了脚，躲进被窝暖着！这里才睡迷糊，帐外响起一阵急促的脚步声。张良没顾上让人通报，就匆匆闯了进来。

刘季从榻上坐起身，问："子房何故慌张？"

张良凑到榻边对刘季低言。刘季还没听完，便一骨碌起身，裹了棉袍，边挽衣带边催促："这却如何是好！"

原来项缠被召集到项籍帐中开过机密军事会议，忽然想到了好友张良！他仗着季父的身份，行事本就少有忌讳，会后便背着项籍飞马赶到灞上，只为救张良一人。张良却说："我替韩王护送沛公入关，危急之时却私自逃走，你仗义了，我却成了小人，那你还不如不来灞上。这样吧，我去给沛公打个招呼！"这意思也就是说一声罢了。

项缠发急道："你可千万不要跟着沛公去送死！"可张良哪里顾得上听他的。

刘季很是惊慌，说："我是断断无力与项籍对敌。子房快为我出个主意！"

张良说："那只有请项伯帮忙了！"

刘季感到疑惑，问："他能帮这个忙吗？即便肯，又能帮得了吗？我又如何对他开口呢？"

张良说："那也要试试！我这就去对项伯直言，说沛公绝不可能背叛诸侯上将军，也不敢背叛诸侯上将军！"

刘季问："他能信这些吗？"

张良自信地说："他要是不相信我，就不可能冒这么大的风险来救我！"

刘季忽然省悟，也感到奇怪，问："你两人咋会有这么深的交情啊？"

张良回答："简单说吧。当初我刺杀始皇帝未成，隐姓埋名躲在下邳。项伯也落脚在那里，平时便有所来往。没料想，他跟人斗狠，竟把人给杀了，是我把他藏匿起来，设法救了他。从那以后，我俩就成了莫逆之交。"

急切间，刘季灵机一动，问："子房与项伯，哪个年纪大？"

聪明的张良纳闷了，但还是回答说："当然我小他大……"

刘季说："那就好，你替我去请他，我要把他当作兄长来对待！"说罢，吩咐备酒。

张良说："他就在外面，正牵着马等我一起逃走呢！"

刘季忙说：“那就速速有请！”

冷风飕飕，项缠抬头看那朦胧的山影，直等得发急。远远见张良出来，赶紧迎上几步。谁料张良此刻非但不肯离去，反而要请他去见沛公。

“贤弟这就让我为难啦！”他抱怨说。

张良不听，硬是生拉活拽把他往刘季帐内请。刘季早已迎出来，惊讶道：“是哪阵风把您老吹来了呀！”

张良连忙介绍：“项伯如今被怀王任命为楚国的左尹啦！”

刘季连忙施礼，口称：“左尹在上，下臣有礼啦！”项缠只好还礼。在楚国，左尹的地位仅次于令尹，相当于左丞相，大多由王室贵族担任。

只三言两语便说到了主题上。张良假意问刘季：“沛公想想，我们的兵力能抵挡得住上将军吗？”

刘季沉默不语，稍过了一会儿道：“自然不经打。可人家要打上门来了，咋办呢？”

张良转而质问：“是谁给主公出这馊点子，要派将去把守函谷关？”

刘季回答：“倒是曹无伤提过，要我把守住函谷关……子房可是晓得，是你陪同曹参一起去迎接上将军的呀！入关后，我不敢沾富贵荣华的边，反让萧何把官吏的名册、老百姓的户籍都收集、整理好了，把珍宝钱粮悉数封存在府库中，就是一门心思盼望诸侯上将军快点到来！”

张良提醒：“我是说，沛公为什么要派将军去把守函谷关呢？”

刘季显得十分委屈，说：“我哪曾派人去守关，最多只要守将小心提防盗贼。有哪个拿这事来诬告，分明是想挑拨我与上将军的兄弟情义，是可忍孰不可忍！”

张良借着灯光，仔细打量项缠的表情，觉得他正在犹豫，便不失时机地开口了：“沛公应该是有功于上将军的呀。如果不是沛公首先破关到达咸阳，诸侯哪里能这样顺当地来到咸阳呢？现今人家功劳这么大，还没能得到一点儿犒赏，反而要被诬陷，这不合情理呀！再说，秦廷的事情还没办妥，自家人先打起来，这不吉祥啊！”

项缠沉默着。他只在乎张良，其余不需要多掺和。可火急火燎中被纠缠，无奈不理会刘季也得应承张良。刘季已经感到了希望，便露出病急投医般的感激与诚恳，端起酒来说：“我时常听子房说起左尹的厚重与义气，今天果然亲身领略了。子房交上您这样的朋友，真可谓三生有幸，只可惜我刘季没有这样的福气呀！”他真的动了感情，赶忙拿袖口去擦眼睛。然后说：“今夜我没啥能拿出来感谢您，先拿这樽酒，恳求上天保佑您老健康长寿！”说罢，一饮而尽。

项缠多少被感动了，说：“沛公既然心中诚恳，那就按我的意思办。明天一早，你务必亲自到上将军帐中请罪，余下的事情……我，我就尽量担着吧！”

刘季赶忙应承：“一定，一定去请罪！”

乘张良给项缠敬酒的机会，刘季迅速想出一个大主意。他说：“左尹兄的人品太令我敬重了。如蒙不弃，我愿意与您结为亲家，我的女儿许配给您的儿子，或者我的儿子娶回您的女儿，但凭兄长选择。日后，我刘季哪怕只有一两金子，也要与您共同分享！”

张良连忙附和：“沛公真是给您掏心窝子啦！”

这事已无法推托。刘季既然肯听自己的安排，项缠便爽快起来：“行，咱就一言为定！”

“一言为定！来，一起干了！”刘季亲手斟酒。

“我自愿来做个见证！”张良说。三人喝干了酒。项缠不能再耽搁，匆匆告辞。刘季坚持要与张良送一程，亲手扶项缠上马，然后拱手向马上作揖，口称：“保重，一切全都仰仗左尹兄了！”

项缠还礼，口里还在嘱咐：“明早沛公务必要来上将军帐中请罪，不得迟误！”然后，抖一抖缰绳，借着昏暗的月色顺山间道路赶回戏亭。

这些时，匈奴单于冒顿的脑海中，始终萦绕着一种大局思考，这也可以说是某种令人烦躁不安的危机思维。首先是内部的稳定问题，一个由许多部落糅合成的联盟，一经如此石破天惊的政变，那动静完全不可能像一次围猎那样，过后就被置诸脑后；也不会因为自己继任了大单于，父亲头曼和他的小阏氏、小王子就能彻底被遗忘掉，因为连自己也几乎没有一天不想起。再说，对那些新采取的措施，各部落谁肯认账，从内心而言还不一定，这必须有所把握。要打击公开或潜在的敌对势力，也只能打击少数，而且要讲个策略，可哪些真正属于这个“少数”呢，又动用何种策略呢？这不是一个简单的问题，一时还拿捏不定。正因为如此，冒顿不得不先求得外部环境的安宁。对东胡的落井下石，他虽咬牙切齿，但表面却满足了对方的要求。事后，他总也想起雾里佳人，又不免产生更多的联想。连日睡不好觉，还不如多探讨形势，多想些办法。

于是，他不断组织讨论，或者就吆喝在一起谈论。有机会说话的人觉得冒顿对内强势而对外示弱，这难免让人猜测，但无人敢质疑。不少人怀着叶公好龙的心态，很想去触碰有关话题，以便从中探测点什么，但从没人肯起这个头。偏偏无论怎么引导，冒顿就是不去涉及已经翻过去的一页，甚至也不提东胡和雾里佳人。他似乎十分关注秦朝的局面，尤其关注项籍和刘季这两个处在核心位置的人物；当然也琢磨始皇帝、二世、李斯、蒙恬、章邯以及秦王婴和赵高。这些，都已经有打探的结果为依据，对匈奴来讲都是十分新鲜的谈资。

“二世继位，果真是始皇帝安排的吗？”他问。

“关键时刻，李斯到底是咋想的呢？”他问。

“像赵高那样可恶的人，咋就能搞出那么大的势力来呢？”他问。

“章邯看上去是不可战胜的，手里还有二十万大军，为啥就投降呢？”很难理解。

“蒙恬和王离都很可惜，他们怎就死了呢！”他叹息道。

这些都是冒顿在脑子里反复想过的问题，而这些问题不能说不与他对匈奴的思考彼此联系。他甚至想到了，自己是不是差点儿便成了扶苏，那本也是应该继承皇位的人。于是，他拿自己与扶苏反复对照，成在哪里，败在哪里，感觉自己算得幸运。其实，关于中原那些事，冒顿的心理十分矛盾。他惋惜秦朝，同情秦王婴，为章邯扼腕，欣赏刘季，又钦佩项籍；也想看到能坑杀二十万降卒的项籍，会咋样对待抢先入关功劳却远不及自己的刘季。无意中，他发现了一件烫手的事，被刘季宽容的那个新任秦王，项籍又该如何处置呢？

“这事不办不行，办又难办，还挨不着刘季办了！”冒顿说。

大伙儿七嘴八舌。有说就强迫刘季去办，倒看他如何办！有说项羽手下又有那么多诸侯了，多这个秦王也不算多，就留着算了！有人立即反驳，哪能留下这么个尾巴，多麻烦哪！有人却说留着好，刘季是关中王，嬴婴是秦王，刘季自己留下的难题自己去做，倒省得项籍去费心！不料有人提出另一层异议，说项籍和刘季，谁做主还不一定呢！冒顿想，这事如果轮到自己，却如何办呢？假设自己是那个强者。他却发现这许多议论中还有一个漏洞，就是忘掉了远在彭城的楚怀王熊心。项籍和刘季还都归熊心管呢，莫非他们也能忘掉这件事？

对于所有的观点，冒顿都拿来作匈奴的参照。不知道为什么，他竟然拿这些观点当态度来对号入座，由此判断和怀疑每个人的立场。想得开时他会统统推倒这一切，心思上来就又把这些全都捡回来折腾。自己的立场也是多变的，一会儿站在秦廷那边唏嘘感叹，一会儿又站在楚国一边豪迈赞叹。更多地在想，什么样的结局对匈奴更为有利，尽管大局已经分明。于是又组织讨论。

“看中原这局势，我们还有机会吗？”

且蛰说：“也许机会已经错过了；也许本来算有机会，但月氏的事情还没解决，东胡又冒出来捣乱，也就算不得有机会了！”

诸王、群臣的理解很不一致。冒顿知道，所谓错过了机会，那是因为自己必须先解决内部危机，显然没法乘王离撤离、北假守军懈怠之机动手，何况与月氏的矛盾已经激化。当下也许面临新的机会，但两只手臂却被月氏和东胡拽住了。他感到很懊恼，显然不等于中原那边有机会，匈奴就一定能加以利用。他猜度，右屠耆王是在提醒自己，必须先腾开两只手，才可能去动中原的脑筋，否则忙也白忙活。换个角度，秦也好，楚也罢，它不来管匈奴的事，这便也是个机会！

这么想来想去，他还是不断地感叹：“可惜了秦朝，它本是那样强大！”

所有的人都有这样的感慨。且蛰心底的谜却是：“它为何就垮了呢？似乎只在一夜之间。那项籍、刘季到底靠啥取胜的呢？未来匈奴有能力对付他们吗？”

中原，对于匈奴来说，永远就是一个未知数。

项缠到达军营，已经是后半夜。他虽然在侄子面前从无顾忌，但此刻也不得不动些心思了。正是熟睡的时刻，还是不要去搅了他的好梦，免得烦躁起来，坏了大事。项缠又想想，如若耽搁到凌晨，大军一动，那就难以挽回了。再说，天一亮，当着范增老头儿的面，想在这种事上说服侄子，简直就是妄想。

忽然得到一条妙计，便在灯下研墨，铺开锦帛，斟酌了许久，提笔写下四个字。当夜没敢睡觉，看看天色差不多了，便急忙来到项籍寝帐前，守住第一时间。他没有进去，只把那封帛书交给侍卫，吩咐：“只等上将军醒来，立即交给他，提醒他这事十万火急！”看侍卫进帐，他便一步不离地在帐外看住。

项籍睡醒翻身坐起，侍卫立刻递上帛书，报告：“左尹大人说这封书信十万火急！”

既如此，项籍不便耽搁，立刻展开来看。只见上面写了四个字：“击刘不祥”。他感到纳闷，起身披了件夹衫，便吩咐：“请左尹大人！”

项缠进帐，直言不讳地告诉项籍：“夜里我替侄子去刘季营里查看了一遭，没有发现一丝一毫准备作战的迹象。”

项籍说：“那好极，我正可一举歼灭之！”转念问：“您却为何要在这关键时刻去灞上呢？这一去，他不就连夜准备上啦，岂不真的‘击刘不祥’啦！”他刚睡醒，还有些懵。

项缠摇头：“侄儿是知道的，张良张子房此刻正在刘季营中。他是我的救命恩人，关键时刻不去救他，那还不如自己先死呢！再说，幸亏我亲身去了一趟，那刘季果真没有与你争夺天下的想法，丝毫都没有，你是上了曹无伤那家伙的当啦！”

项籍不信，问：“何以见得？”

项缠于是把刘季、张良说服他的话，转变成自己的观点，举着例证，一二三四地说了出来。然后指出：“侄儿仔细想想，要不是刘季先拿下关中，诸侯怎能兵不血刃地来到戏下呀！一路上他并没有阻拦诸侯大军呀！那倒好，如今人家立了大功，哎，你却反过来去攻打人家，要一举灭了人家，这是不讲道义的呀！于理不容呀！这样的事，我项缠绝对做不出来！这样做不会有好结果，是要遭报应的！”

项籍被季父一连串诅咒似的话语说愣了，问：“那你说该怎么办？”

项缠说：“人家态度非常恭敬，一再拜托我来恳求你，弄得我都不过意了。我们不如借这个机会，妥善地对待他！再怎么说，你与武安侯还是结拜弟兄呢，人家也是够明白的吧！”

项籍心中一动，又摇头：“不去打他，就算是万事大吉啦？”

项缠说：“那倒说不上。我也是千般思虑，不料倒想出一个万全的办法来，嘱咐刘季今天赶早儿过营来请罪。有个当面的机会，侄儿就用不着听别人说道，可自己辨出个子丑寅卯。他坦然地来了，首先说明他没有二心；不敢来，就是心中有鬼，我们再发兵灭他也不迟！”

项缠这是临时给了项籍一个拖延发兵的牵强理由。本来已经被说动的项籍在这个理由上基本站稳了脚跟，又犹豫了片刻，抬头看到季父急切而期待的目光，终于说：“那就暂停行动，各营人马歇息待命！”说到底，项缠是随在项籍身边的唯一的近亲长辈，差不多是项梁的影子，是无可取代的亲情寄托。这是他能说服项籍的最关键的筹码。

黥布、蒲槐诸将正在忙碌，即将出战呢，听到新的军令，大惑不解，都来问范增。范增却一无所知，睡过一觉来，这么大的事怎就说变就变了。于是在众将的催促声中，匆匆来见项籍。

项籍也拿项缠的话来解释。范增只管摇头，完全不以为然，这态度弄得项籍来气了。但毕竟是自己夕令朝改，他按捺了一阵子，才耐心说出了关键的一着棋：“我已经连夜派人去招呼刘季前来戏下请罪，要他说清释放嬴婴、约法三章、遣将守关这几档子事。不来，我就听军师的，坚决灭了他；来，那就听他怎解释。说得不中意，反正肉已经送到嘴边了，是煮是烹，但凭您老人家做主！”

范增熟悉项籍外刚内柔、吃软不吃硬的秉性，加之其意本就不坚，很难说事到临头自己这“主”能否做得了。但琢磨说法上毕竟也有几分道理，机会还是很大的。换一个角度讲，“不战而屈人之兵，善之善者也”，这是无可辩驳的上上策，没有理由加以反对。再说，少将军已经下达了取消出击的命令，也没法强求他再度改变。既然到这份儿上了，他也便顺势要求说：“那好吧，不过，我俩可得有个商量！”

项籍平和了自己的情绪，点点头：“亚父请讲！”

范增顾不得项籍的情绪，只管举了举胸前佩挂的玉玦，说了自己的想法。项籍有些犹豫，直感觉自己像是一头被牵着鼻子走的笨牛，但又忍一忍，暂且承诺了。

范增出帐，一眼又瞥见了那个执戟上岗的郎中韩信，韩信也在看他。四目相对，范增以为他又要说什么，正想听听，却见韩信拱手一揖，随即低下了头。范增知道，他不是没甚可说，而是不想再说什么了。

一个久已在脑子里盘旋的想法，促使他返身回见项籍。项籍见他回来，皱了皱眉，问：“亚父还有什么事没曾吩咐到，快点说！”

范增看他那样，耍小孩子脾气呢，也不在意，回答：“不是为了刘季，是想另提个建议！”

“您就说吧，不还有好多事要忙嘛！”项籍颇不耐烦。

范增问：“您可注意到那个韩信？”

项籍说：“亚父真有闲心，此刻提他做甚？”

范增说：“我觉得他是个不一般的人才，建议少将军立刻提拔重用他！”

项籍问：“他能做甚？”

范增说：“拜他为将，统领大军。入关了，秦已灭，少将军即将称王，今后征战的事情连我也该省点心了，让他去做就行！”

项籍问：“我们只顾省心了，每天做些什么才好呢？”

范增说：“王就是王，只发话就够了，由他人奉命行事！”有点绕弯子。

项籍诧异地问：“亚父哪得这闲心说笑！”

范增说：“我是当真的！”

项籍断然说：“平白无故地任用一名郎中为大将，别人能服气吗？这绝不可能！”

范增默然。过了一会儿，说：“既然少将军不肯用他，那就立即杀掉他！”

项籍“哈哈”一笑：“亚父这是怎的啦，莫非中了邪！”

范增感到了不愉快，说：“您不用他，将来他必然为别人所用，少将军就有危险啦！”

项籍也生气说：“危言耸听！他就算爱乱提建议，也不当死罪。这事以后再说吧！”看到范增脸色很难看，缓和了口气说：“亚父也许说得有道理，容我再想想。

您先去张罗对付刘季吧，这可是眼下最要紧的事情！”

这一说，重新把范增的关注点转移到了刘季身上。他的确是要做一番精心准备，以保行动万无一失。也许，正是项籍对范增的抵触情绪，无意中挽救了无辜的韩信。

营盘里重新开始布置。一头是设帐布局款待刘季；一头是等待号令直取灞上。总之是暗里明里杀气腾腾。

第三十二回

鸿门赐宴云谲波诡 项庄舞剑意在沛公

鸿门处于骊山驰道南端，今西安临潼区东北，是沟壑之间的一片原野，因其南北有类似门户的山谷而形成了一个独立的微观地理单元。向西南过骊山，涉灞水，则是刘季驻扎的灞上。

刘季内心畏惧但不敢怠慢，送走项缠就连夜张罗，吩咐曹参、周勃诸将各各防备，不得稍怠；另由孙赤、灌婴率队中途接应，但切勿声张。到后半夜，他偕同张良，由樊哙、夏侯婴、靳强、纪信四将带领一百多名骑卫从灞上出发，路途用火把照亮。

连接灞上与鸿门的大路绕得比较远，有四十里，沿途在车中颠簸，刘季心中忐忑不安。天明走出山谷，楚军营帐已在眼前。张良当先去营门通报，项缠早已望见，连忙从营中迎了出来。刘季等百余骑到了面前，里面吩咐只许刘季、张良入内，其余都在营外等候。

刘季没法，只好吩咐随从四将密切注意营内动静，随时准备救援。这就叫“人到矮檐下，不得不低头”。樊哙愤愤不平，刘季示意少安毋躁。他与张良慢慢踱步入营，项缠在前引路。

来到大帐，只见项庄面无表情，立在门旁招呼道：“诸侯上将军在帐内等候！”说过了，朝项缠瞟过一眼。项缠也不理他，自去帐里入席。

席间一共有四个席位，项缠与项籍并排面朝东坐着，这属上首；范增的位置坐北面南。南侧与范增相对的末席尚且空着。

刘季虽然心惊胆战，举止还算镇定。他小步趋前，拱手行礼，口称：“诸侯上将军、左尹大人在上，刘季特意登门请罪来了！”转又朝范增作揖，一脸的诚惶诚恐。曾几何时，原本在项梁旗下并肩作战，随后共事怀王平起平坐的双方，功成之际却因实力差距而形同君臣。

张良陪同刘季侧后，也稍施一礼。范增不理不睬，项籍在座上略略点头，抬手示意刘季入座，目光却游移着。就在这瞬间，张良却从那张已经增长了无限霸气的脸上，读到了内心潜藏的被动。并不完全是张良过于敏感，因为他已经从项缠的三言两语中，粗略知道了项籍与范增的分歧。刘季则不同，他悬着的心七上八下不落底，非但对酒宴上的祸福无法估计，也还担心项籍范增双管齐下行调虎离山之计，这边虚设宴席，那头却乘便偷袭灞上。当然有酒有席就好，只看项籍，似乎真有些进退的余地。

方得入席，逃脱性命的念头便充斥了刘季的脑海，可仅仅是为了保命，又何必冒死到这里来呢？两只绵软的拳头在他的内心对垒，简直没有力量举起任何一只。

张良靠近刘季案头向西侍立，恭敬地面对上首。对于自己这份多余和尴尬，他似乎没有感觉到。倒是项缠心中不快了，凑到项籍耳边嘀咕了几句，然后亲自张罗让张良在刘季肩下坐了。

宴席开始，刚刚形式化地敬过了酒，项籍便急急地开口问："武安侯抢先进入关中，不知今后作何筹划？"

刘季赶忙回答："我专程前来诸侯上将军帐下请罪，就是要解释这个敏感的问题。我认为，我与将军本来就齐心合力推翻秦廷，只不过您是率领诸侯在河北与章邯、王离作战，我是在河南与赵贲、杨熊周旋，以为配合。就凭手下这点军力，咋也没想到能先入关破秦，这只是托上将军的福罢了。想能在关中与上将军会合，我本内心无比振奋；不料还没能拜见，就已经被猜忌，心中又难过又失望。想来想去，只有一种可能，就是有小人拨弄是非，使你我弟兄之间产生了隔阂。"

猝不及防，项籍被单刀直入地说破了底细，感到十分诧异，脱口回道："要不是你手下那个左司马曹无伤派人到这里来挑拨，我怎会晓得那么多呢？又怎能这样对待你呢？"立即表示出些许歉疚，端起酒樽说："多日不见，今天你既然来了，就要多喝些，来，干！"旁边项缠急忙赶上一句："来来，一起干！"

喝过一樽，虽然没尝出甚味儿来，刘季心里却放宽了些。他看出项籍没有追根究底的心思，甚至毫不在意地说出了曹无伤……"这个混账王八蛋，吃里爬外的东西，竟敢在光天化日之下出卖你家活祖宗，等我回去收拾你！"刘季心里咬牙切齿地恨着，却丝毫不动声色。他本就知道项籍是个吃软不吃硬的主，此番觉察到这个特点更加突出了，便几次跪起身敬酒赔罪，顺口说出许多恭维的话。只要老弟他高兴，拍马屁是一件很容易的事。比起项梁时期，如今的项籍已经完全不一样了，积攒了足够的资本，戴得起许多高帽子，有大量功绩可供陈说。

项籍也不是完全没了警惕，正好比有两只手分开来扯，一只手往左拉，一只手往右拽，自己则竭力想稳住重心，避免刘季耍滑。但耳里不断地听着刘季吹捧，那样恰如其分，他酒喝得急，心醉得更快。自然还想，你刘季动作再快，心机再多，当不住兵力有限，最终也不得不在我面前低头。只看眼下，很明白，无可争辩，你与各路诸侯一样，也只有等待来日封赏的份儿。项籍的实力心理被酒精膨发着，更觉自己天下无敌，就更加不耐烦提那些说不清道不明的事。重要的是，他内心默认刘季的功劳，也被刘季的卑躬屈膝所软化。坚守唯一的底线，就是谁也不得与自己抗衡，事实上谁也没那个能力，沛公也一样，有能耐就别坐在这里找难受。哼，就算你有心当关中王，但此一时彼一时，关中王又算得啥呢！还有一点，项籍不是一个愿意抹面子扫兴的人。

手中推杯换盏，耳朵里听的都是关于斩宋义破釜沉舟、擒王离收降章邯、率诸侯大举入关的战绩。天下无敌呀，功高盖世呀，众望所归呀，心绪在恭维与酒力的交互作用下快要飘浮起来了。正这时，项籍一眼瞥见范增在把弄身上佩带的玉玦，便没好气地转向刘季质问："武安侯不是派人把守函谷关了吗？这难道不是想把我堵在山东，独自在关中称王？"

没想到正当言欢庆酒，项籍却突然冒出来这个他本自心虚的问题，刘季感到了挫折，有点怀疑自己的判断了。他只得拿出早已准备好了说辞，恭敬地解释："上将军请别误会，我可是专门请子房去迎接您入关的呀！您也不要把我想得太愚蠢了，您的军力比我强大十倍，我会与您作对自蹈绝路吗？再说，我为啥要跟您作对呢？上将军哪，您想想，天下那么乱，各种企图的人也很多，我如果不要求把好函谷关，各色贼寇都进到了关中，不等于给您增添烦心吗？如果我没有尽到责任，上将军今天会责怪我的！至于秦将阻挡您，那是打着我的旗号挑拨你我弟兄的手足关系。好在我与子房多想了一步，派曹参等一同前往迎接诸侯大军。要不然，我今天就没有向您请罪的勇气了！"

项籍半听不听，只管接着问："那你为什么不杀掉嬴婴和秦朝那些官员呢？来，喝！"他又举起了酒樽。

陈述之间察言观色，刘季也琢磨出头绪来了。喝了杯中酒，便接着回答："我没敢擅留咸阳，府库钱粮等尽皆封存，丝毫未取。至于公子婴及秦廷官员等，我哪能擅自处置，都是要等待上将军亲自发落的呀！"

没什么可问的了，继续喝酒。

范增不断拿眼色暗示，项籍总也假装没看到。终于忍不住了，往左首瞥一眼，看到亚父连忙又一次举起玉玦来，这可是事先约定的动手信号。项籍应该当机立断，把酒泼向当地。而守在帐外的项庄，会立即带领卫士冲进帐来，直接把刘季杀掉。鸿门一旦得手，黥布诸将便即出动，以数倍的兵力直扑灞上，一举解除刘家军的武装。

范增再三地拿玉玦暗示，项籍就是不肯搭理，甚至沉默不响，似乎在做选择，最终还是不给一个呼应。范增感到不能再等了，就起身出到帐门外，叫过项庄来，附耳说道："上将军厚道仁慈，看来是不忍心对刘季下手。这样吧，你现在就进帐去祝酒，向上将军请求在宴前舞剑助兴，看准机会，只一击，务必把刘季杀死在席上。弄成既定事实，上将军也就不会说什么了。此刻如果不痛下决心，就将错过这唯一的机会。你可别不信，今天若放过了刘季，你们这些人不久都将成为刘季的俘虏！”

项庄应声：“军师放心！”转身端过一樽酒，进到帐里，径直向刘季敬酒。喝干了，放下酒樽，向上一揖，请示说：“上将军与沛公共饮，末将看这气氛不够热烈。军中确实没什么可取乐的，我请求舞一回剑，为客人助兴！”

项籍正感到席上别扭，事又没事，话又没话，又下不了决心动刀动戟，索然无味不好打发，便答应：“行！”舌头有些打卷儿。他本海量，但闷酒就是容易醉人，那亚父怎就不肯饶人，把个酒席弄成这样儿呢！

项庄得到许可，立刻拔剑摆一个门户，随即走起套路，很是煞有介事。

范增心中暗喜，寻思：“少将军既然允许舞剑，刘季人头落地也就是瞬间的事了！”

剑身是一个左右游动的姿态。项庄初舞时，还能悠着点劲儿。剑锋侧摆，恰似蛇一般横行，滚出一路波纹；剑尖走直，则又如蛇的游动，绵绵流走不断。那剑中透露的杀气，使曾经“斩蛇起义”的刘季不寒而栗。项庄毕竟是武将，蛇行剑才走了两个套路，便杀气腾腾地舞得飞快起来。刘季本就心慌，腹中又为讨好项籍多喝了酒，此时看去只觉得眼晕。

正不知所措，忽觉一道剑光直奔面门，刘季手中酒樽跌落。欲待让过，那脑袋中恰似灌满了水银，移动十分迟缓。眼见得只在分寸间，座上范增直觉得大功告成。千钧一发间，“铮棱棱”一道火星迸裂，项庄手中剑偏向一边。众人看时，不提防项缠早已剑尖挑出，把项庄的剑格过，失了形态。

原来，除项籍外，所有的人都抽紧着神经看项庄舞剑，尽管心理取向不同，但都怕有所闪失。项缠却没有忽视自己的承诺，要紧处从座中起身出剑，恰到好处地化解了致命的一招。

刘季仆倒案边，张良急忙去扶。项籍见状，“哈哈”大笑，说：“沛公千里叩关而入秦，也是经历过战阵的人，岂料却是这般胆小！”确实，对于项籍，别说一把剑，就是剑丛戟林，千军万马，他也不会在意。难怪小看了刘季。

刘季脸色煞白，还没有从惊吓中回过神来，口里不自觉连连说：“入关，入……不，不敢……”语无伦次。

项庄闪眼看，不意竟是季父出手救了刘季，一时怒起，摆过剑锋直指项缠。项缠也不是盏省油的灯，两人真的在席前格斗起来，剑剑直奔要害处，可谓难解难分。而项籍愈发兴致高涨，全身心地观看叔侄两剑相搏，连连饮酒。看到破绽则连连捶案，看到好处便大声喝彩，甚是投入。

项庄逐渐恢复了理智，便不敢伤及项缠，手里剑缓慢下来，只想着诱开对方，寻机重新向刘季下手。项缠却不惜性命地拿身体遮掩着刘季，此时更可以全力以赴，项庄哪里还有罅隙可乘。

范增一颗火燎的心逐渐冷却下来，几乎丧失用计的心思。他感到很失望，但随即转念，无论如何不能就此罢手。他缓缓端起酒樽，慢慢自饮，重新琢磨对策。

侍坐一旁的张良，思想在激烈地活动着。看沛公眼巴巴地寻找救命稻草，还要防备再遭袭击，又要努力纠正失态，正是艰难。刘季竭力缓和着自己，感觉手心里已经攥出水来了。

不能再迟疑。张良起身出帐，直奔营门外。帐中气氛紧张，没人关注他的举动。

樊哙、夏侯婴、靳强、纪信四将正在那里焦急地张望呢。见张良独自出来，连忙迎上前。樊哙急切地问："事办得咋样啦？"

张良说："那项庄正在舞剑，名为助兴，其意就在沛公身上！"

樊哙便说："事情紧迫了，请军师允许我随您进去。我誓与关中王同生共死！"没等回话，他已经从旁边的军士手中夺过一面铁制的盾牌，直闯军门。两名执戟守门的卫士赶忙上前阻挡，樊哙侧过盾牌发力左右一摆，两名卫士未及提防，被撞倒在地上。夏侯婴、靳强、纪信一齐挤向军门，卫士们心存忌惮，又忙着顾这人多的一头，便被樊哙径直冲到了帐前。

项籍正被舞剑的场面吸引，却见帷幕被盾牌推开，一将已经持盾站立在那里。只见他摘下头盔朝地上猛掷，满脸钢须倒竖，头发直立，眼珠像是要从眼眶里蹦出来。项籍下意识地拿手摁住剑柄，猛地从席上跪起身来，两边用眼光对峙。

斗剑被中断。再这样斗下去也没什么意义，情绪也没了。

项籍厉声喝问："来的是什么客人？"

跟着进来的张良躬身回答："禀上将军，这是沛公的参乘樊哙！"项籍睁大了醉眼，认出来了，的确是那个惯于攻城拔寨冲锋陷阵的樊哙，出名的打仗不要命。于是，他改了口气，赞叹道："真壮士，赐给他一觥酒喝！"

即刻有军吏递过来。那是一只硕大的铜制圆腹圈足觥，去了兽形盖。樊哙单膝跪地拜谢，站起身单手接过觥挽到胸前，把髭须倒扎的一张口凑到流嘴儿边，连灌带洒一饮而尽。

项籍看他喝了，又吩咐："赏给他一只猪肩膀！"

须臾，竟掂过一只新鲜猪前腿来，是生的。樊哙根本不顾，只“噗”地把盾牌扣到地面，接过猪腿丢在盾上，犹如丢在砧板上一般。这个杀狗卖肉出身的狡莽汉子，此时只当是重操一回旧业。他从容拔出佩剑，熟练地在猪腿上一划，便片下一长条肉来；再划，又片下一条，片够了，然后扬起脖子，一条条丢进嘴里，大咬大嚼。项籍看得吃惊，好家伙，大块大块地吃生肉连嗝都不打！于是兴致上来了，叹问：“果真壮士，还能再喝酒吗？”

樊哙得着说话的机会了，便吼着回答：“能。臣就是死也不会挪挪身子，小小一樽酒哪值得推三阻四！”却没头没脑借题发挥起来：“喝酒归喝酒，有句话倒是不吐不快。你说吧，那秦朝皇帝心同虎狼，杀起人来就怕杀不干净，给人用刑唯恐不过瘾，结果呢，天下的人都反叛了……”

扬起脖子“咕咚咚”喝干了。接着说：“于是，怀王就和各路将领约定了，哪个先进得咸阳，哪个就得当关中王。有这事吧？”看看没人搭腔，便只管自己说：“没承想，沛公有这运气，唉，先入关了。话又说回头，沛公心里明白得很哪，这全凭老天照应。一到咸阳，那个宝贝呀女人呀，看得花眼呀——可沛公一丝一毫不敢沾边，把宫室统统封闭起来，带着我等大小将领，一个不剩回到灞上扎营。不信就去看看，人马全晾在露天里喝西北风呢。图个什么呢，不就是等上将军来呀。没承想……”

樊哙尽管发泄不平，项籍只当听个热闹，吩咐：“再赏酒！”一旁项庄却拿剑指着喝问：“既如此，却为何命那秦将守住关口阻挡诸侯大军呢？”

樊哙反问：“秦将何许人？我只晓得沛公是派张良张子房去了，分明是去迎候上将军的！再说，那关口一定是要替上将军看住的……来，喝！”又自灌酒。

范增气哼哼地骂一句：“匹夫学舌，果然是欲盖弥彰！”

樊哙哪里在意谁说什么，只一股劲说：“立下这般功劳，没个爵位赏赐也就罢了，可上将军还不肯制止小人搬弄是非，反而听信他们的谗言，想要加害老实人，让天下人看到了，只怕都会心神不定，从此不再信任上将军了……再说我这肚子，也不能亏欠了上将军赏赐的酒肉！冒死奉劝一句，上将军你可不能糊涂呀！”他拿剑柄拍打自己的胸腹。

樊哙猛不丁说出这些话来，项籍一时竟无言以对。于是想：“不屑与辩！”便自坐在那里不吭声。范增面对这一幕，心里憋的那股火呀，便拿眼去瞪项籍。不料，项籍却干脆招呼一声：“看坐！”那是安排樊哙入席呢！眼睁睁看那耍粗放野的汉子丢了手中剑，大咧咧地跟着张良来入席，范增差一点没背过气去。

看着闹哄哄这一出，刘季心里丝毫没能踏实下来，只左一樽右一樽不知滋味地喝酒。忽然感到内急，便起身去上茅厕。站立不稳，身子直晃悠，樊哙抢前一步扶住，便与张良一边一个连搀带架地拖他出帐去解溲。

樊哙帮着找到沟边，就地上方便过了。刘季却耍赖，死活也不肯回帐。他现在想从地上找到一条缝，钻进去逃了便罢。樊哙拽着姐夫，听他口里自言自语地说："不辞而别是收不了场的，终究搞翻了脸，那今天还不如不来冒这险呢！"就这当儿，刘季瞄一眼附近放哨的士兵，这回是小声问樊哙："我现在出是出来了，确实还不曾打个招呼，你说该如何办呢？"

樊哙不理会，说："凡人做大事，就不必太关注细小；主要的礼节已经尽到，也就不必处处挂牵啦……"突然联想起自己的看家本领，接着开导姐夫："这节骨眼上，人家是砍刀砧板，你就是那砧板上等待下刀子的鱼肉，哪还顾得许多！我回想剁狗肉时，从来没对肉怀什么怨恨；依我看，那项籍差不多就这样！"这个比方虽然颠三倒四，倒也看穿了态势。

刘季一琢磨，对呀！可范增老儿却是不肯放过自己。他对张良说："烦劳子房留在这里跟上将军、亚父道个不是，帮我圆圆场！"

张良点头应承，问："您来的时候带什么礼物了？"刘季说："倒是有的。我带了一对白璧，本想献给上将军；还一对玉斗，准备赠给亚父，还没得空拿出来！"张良说："行，就由我去打发吧！"

刘季说："我打算从小路返回灞上，子房可尽量拖延些时间！"于是，樊哙架着刘季趔趔趄趄出营门去。为了不惊动岗哨，张良要刘季把车留在原地，只招呼夏侯婴悄悄从卫队里牵出一匹马来。靳强、纪信相帮着把刘季到拎马鞍上，四将持剑挟盾跑步护卫，只顾抄小路向西而走。

第三十三回

乌骓马踏破万世梦　咸阳火烧尽天下心

营外似乎一切如故，楚营并没有人意识到刘季已经开溜。溜只是一种应急措施罢了，到底是溜不彻底的。关键还是要哄好了项籍！张良暂且独自耗着，心里琢磨着如何收场，却看见一个人过来，笑嘻嘻朝自己打招呼，顺口说："是时候了，子房怎还不回帐中？"张良见此人长大貌美，便问："来者莫非陈平？"那人点点头，径自去了。

陈平是诸侯大军入关之际投奔项籍的。此人自称熟谙黄老之术，但项籍对"静而不移、动而不化""极而反、盛而衰"之类的学问没甚兴趣，起初只安排他当了个尉官。这是一个低级武官的职衔，日常做做征集民夫为军队服务的工作。倒是陈平气度不凡，人极聪明，办事灵活，又口舌流利，很快便被项籍看重，获赐卿爵。

张良被陈平提醒，回到帐中。他看到项籍手里掂着喝空的酒樽，正张扬着一股豪迈之气。于是，立即从怀中取出一对白璧，双手恭敬地捧了，口称："沛公醉了，连站都站不起来了，他没忘记叮咛臣下代向上将军赔个不是，献上这对稀世宝物，就算是当面赎罪！"

项籍卷着舌根问道："沛公在哪里磨蹭呢？"

张良应道："醉得不省人事，被手下架着走啦。好在预先打了招呼，由我来告罪，还望上将军宽恕！"

项籍正要开口，却被范增接过话去："小子果然溜了！"

张良一笑说："亚父猜得没错，估摸此刻快到灞上了！"他偷眼看项籍，然后提高声调："沛公还不是觉得上将军故意要找他的碴子，被吓着了。咱就这样对待上门请罪的人呀，何况人家还有大功于上将军！"

项籍还冤枉着呢，自己压根儿就不愿干那种小人的勾当。他从张良的言语中感受着自己的威力，想象着刘季东倒西歪狼狈逃窜的样子，也很受用。心眼这么动着，便继续装聋作哑。

张良奉上白璧。项籍也不说什么，接了放在坐席上。

张良知道这事就算搪塞过去了。于是，又拿出那对玉斗，捧到范增面前，说："亚父暂且息怒，张良这里也替沛公献上玉斗一对，感谢饶恕之恩！"

范增没有拒绝。张良正感到诧异，范增却顺手把玉斗丢在地上，拔出剑来，用力一斫，再一斫，玉斗眼见得就破碎成了几块。

项籍一惊，惋惜道：“哎呀呀，跟这宝物有什么仇呀！”

范增恨恨地自语：“唉，还心疼宝贝呢，真没法跟小子共图大计啦！”叹口气，对项籍说：“今后夺取少将军天下的人，必定是沛公！”又环顾左右重复了对项庄说过的那句话：“眼见得我们这些人就要被刘季俘虏去啦！”

项籍反感范增说那些不中听的话，“哼”了一声，口里一顿一顿地吐出了四个音节：“危言耸听！”他好像已经是第二次面对范增说这个词了。

经这一折腾，项籍基于强烈的自信和逆反，完全断了杀刘季的念头。刘季呢，一回到军中，也无须调查核实，立刻下令将曹无伤正法。

历史上著名的鸿门宴仿佛是一幕闹剧，在经历了短暂的惊心动魄后草草收场。示弱的刘季终于死里逃生，这为后续事件留下了无尽的悬念。

那个秦帝国虽然殁了，但人还在，财物还在，宫阙还在，一切都带有象征性，让历史仿佛还停留在昨天。

多日来，关中士民被笼罩在项籍坑杀二十万降卒的恐怖中，罹难者不乏各家的男丁。他们虽然仇恨秦廷，但始皇帝、二世、赵高已经成为过去。当秦的空壳中正在寄生出一颗哀伤的胚胎时，恰巧刘季给他们带来了滋养与呵护，但刘季不够强大。历史转折关头，直观而善良的百姓们紧张地关注正在发生的一切，秦廷的遗老遗少则更加惴惴难安。他们惧怕项籍，仿佛那是又一个残暴的秦皇，这是项籍给自己复制的形象。

嬴婴明智地懂得自己为戴罪之身，在恐惧中等候真正的末日判决。他知道“王”也已经没有了自己的份儿，只期待也能得到项籍的宽恕，然后缩回祖先崛起的地方，陈仓或者更远更偏僻的西犬丘，重新做一个酋长，象征性地保留小国诸侯的地位。实在不行也就作罢，毕竟活命是第一位的。

刘季并没有限制他的行动自由，这给嬴婴制造了一个绝大的难题。投降仪式已经举行过了，印玺已经献出，没法再一次投降了。已经没有文臣武将来亲近，嬴婴只好孤独地与两个儿子商议迎接项籍的方式。他们陷入了十二分惶惑之中，父子三人抱头痛哭。

历史还没有成熟的经验可以借鉴，刘季也是把一张只有选择题的试卷丢给了项籍。谁能意识到，选择如何对待别人，也就是为自己选择出路呢！

几天后，项籍终于在黥布、龙且、项它等将领的坚定支持下，排除了范增、钟离昧、季布等人的不同意见，驱兵向西，举起了屠刀与火把。为了应付项籍，刘季也只好派出被项籍看作脾性相投的樊哙，相约带兵到芷阳会合，进行表态性合作。樊哙虽然犯浑时本性难泯，但有时又比刘季还清醒些。

驰道上，项籍身披铠甲，跨下乌骓马，腰垂钢鞭，手提霸王戟，完全一副奔赴战场的雄姿。众将率兵紧随其后，大军如狼似虎直扑咸阳，已经过芷阳顺灞水进入泾渭交汇的三角地段。

北方冬季的河滩地带，萧瑟着一片无垠的荒原。咸阳宫阁的轮廓在地平线上方浮现，隐约似将遁去。午后的阳光毫无生机，使昔日秦都仿佛被冻结在阴冷的迟暮。

项籍与他的乌骓马升起在荒原的边缘，在他的眼帘中，白日里竟也有几点星星在荒原中闪烁着。驻马仔细辨别，毫无结果。

一横排的骑兵随即升起在他的背影里。他回头看看自己矫鸷的部将们，看到了接踵而来的八千子弟兵和大队人马。这感觉！他的神智在尽情飞扬，几乎被陶醉的自己托举到云层中。

乌骓马开始飞奔，翻盏的四蹄扬起一溜尘烟。军兵开始快速行进，大地雷动，激起的沙暴遮蔽了天光。

嬴婴俯伏着，倾听冬季暗日下的轰鸣，已经羸弱的躯体与地面一起颤动。身后是两个儿子，两公子的后面是无一能回避现实的三族血亲，有许多的老人、女人、孩子，还有孕妇和婴儿。

他们看到了迎面席卷而来的尘暴，妇女们开始抽泣，孩子们遭到了惊吓，也放声号哭起来。

那闪烁的星星越来越多，衍成了一片云翳。项籍终于看清楚了，是许多穿白衣衫的人。他跃马向前，马蹄几乎踩到孤立地突出在最前面的那个人。

“抬起头来！”他声若惊雷。

那个人猛地惊悸，抬起头来了。项籍却不认得，当然猜到他就是嬴婴。

“报上名来！”他发出命令。

“罪臣嬴婴携全族老少向大王请罪！”大军降临，嬴婴反倒屏除了多日的忐忑，变得平静了。

项籍“哈哈”大笑，他只是听说了秦皇室向刘季投降的方式，却没料到会重演更加滑稽的一幕。

在笑声中，嬴婴站了起来，他身后的两个公子也站了起来，所有的人都站了起来。

项籍程式化地一举手中长戟，放声对背后一字儿排开的将领们喝问：“秦王嬴婴现就在面前，我要问一声，对暴秦的余孽应该如何处置？”

看眼前情景，显然不存在任何武力抵抗的可能，这使项籍和他手下那些磨刀霍霍的将士们感到很不习惯。哪能什么事都不做呢？众将便举起手中兵器，齐声呼应：“杀死他们，斩草除根！”

士兵们当然不知道前面在说什么，听到呼声，仿佛听到了战斗的召唤，也齐声高呼：“杀死嬴婴！杀死杀死！”

这惊天动地一浪高过一浪的呼声，此起彼伏犹如浪峰推涌，给项籍的心胸注入了强力的兴奋剂。他浑身的血液汹涌着冲向头脑和四肢，从那里空前地爆发出来。

乌骓马奋蹄嘶鸣，被勒紧的缰绳带过一圈来。项籍突然发力，霸王戟朝下直刺嬴婴，只一挑，便把整个躯体抛向了空中。

一道裂心的悲怆冲破震耳欲聋的吼声，带出女人们惊恐尖厉的号哭。与此同时，战阵暴风般向混乱而手无寸铁的遗族发起猛烈冲击。恰似风卷残云，冲过了头，士兵们举着手里的兵器，再也找不到屠杀的对象……

正这时，忽然身边响起了巨浪般的欢呼声，仿佛狼群发现了鹿群。项籍举目一看，原来前方出现了大片的人群。士兵们毫不犹豫地冲向前去，以恶战的勇气实施了更大规模的屠杀。

樊哙赶在“战斗”的末尾进入战场。举目望去，没有丝毫抵抗的痕迹，也没有甲胄刀兵，只剩尸横遍野。他想：“这次我没杀人，一个人也没杀。”看看随在马后的士兵，他们身上也没有血迹。他又仔细察看手中的剑锋，确信自己没有违背姐夫的旨意。

他成为屠杀中独自清醒的人，思考：“这些大臣为啥要尾随秦王而来呢？他们为啥要来送死呢……总归是死了！”樊哙叹了口气。

大军一路冲进咸阳宫内，已经人自为屠，完全失去了控制。他们首先选择那些有门面的府邸，去杀死里面所有的男人、老妇和孩子，抢走所有能找到的财宝，掳走所有年轻的女子。

他们冲进了随便哪一座宫殿，里面的豪华使他们惊呆了。

“咱家要是能住到这里边就好了！”

“做梦吧，你！”

“那就把它烧了！”

“有那么多宝贝呢！”

“都拿走！”

秦宫燃起了大火。军队满载着金银财宝绫罗绸缎，怀抱着他们掳来的妇女，络绎而去。满怀期待的秦中老百姓大失所望，但心中恐惧，不敢不服从项籍。

被烧杀了三天三夜的咸阳成为了人间地狱。项籍也已经累了，他带领八千子弟兵返回戏亭大营。

离开咸阳，南越渭水，东涉灞水。路过一处小山坡，项籍偶尔看到不远处坐着一个人。停下来仔细观察，觉得半晌一动不动，想是块石头了。

还是因为好奇，他决定弄个明白，于是，催马过去。到了“石头”边，早已看出那不是石头。他跃身下马，凑过去看。不看则已，一看吓了一跳。

那果然是一个活人，一个女人，怀里抱着婴儿。她披头散发，衣不蔽体，把胸前干瘪的奶头贴近孩子的嘴边。

应该是发觉有人来到面前了，她直愣愣的两眼中，眼珠似乎稍稍动了一下，然后不再有任何反应。项籍犹豫了片刻，还是忍不住凑向前，欠下身，伸出两个手指触了一下孩子的脸。那小脸是冰凉的，显然孩子已经死了。

“已经死了，我来帮你埋了吧！”项籍用从未有过的温和口气说。

女人的手臂微微收了一下，项籍当然明白那是什么意思。并不缺乏细心的他看到女人两只呆滞的眼里泛起了泪水，同时，他也才发现那张满是污垢的脸上，结晶着纷乱堆积的泪痕。

年轻英雄、豪气干云的项籍虽然已经杀人无数，但贵族出身的他，还从来没有如此切近地体会一个黔首、一位妇女如此令人伤痛的惨境。忽然间，他动情了，一股潮水在心底撞击，两眼里溢满了泪水。

他拔出宝剑绰在手里，却不知道想要做什么。“来人哪！”他大喊，一只手抹去差点掉落的眼泪。

卫士赶近前来。

“拿点儿吃的来给她，多拿点！”他吩咐，“再拿件棉袍来！”

看着士兵把棉袍披到妇女身上，项籍自言自语地恨道：“都是秦廷作的孽，该杀！”他把剑尖刺入赤裸的山坡地，手握剑柄，抬头遥望咸阳宫阁的方向，死盯住火焰熏炙中的那颗黯淡的太阳。渐渐地，他感觉到了，杀人也是一件可怕的活计；当然，战场则是另一码事。

重新上马后，他边走边回味着自己的战场经历，想象战争与这个女人所代表着的命运到底有何关联……当然，是秦廷制造了她的悲剧！然而，他产生了另类的情绪，有点讨厌打仗了。可如果还有战争存在，那对付战争的唯一方式还得是战争！他感到了迷茫。

项籍又回头看了一眼，在远处燃烧着的火光的背景下，山坡上那个妇女依然一动不动。

项籍没有考虑接受秦皇室以任何方式投降，他坚信这是灭秦战争的必然结论。根据不完全统计，除皇室外，楚军一共杀了八百多名秦国贵族，文武官员死了四千或五千多人。没能及时躲避的百姓，也是逢者必死。咸阳内外血流成溪。出于种种考虑，诸侯军全部留在宫室外，进到宫殿区的只是项籍的楚军。

项籍还有一条屠城的私人理由，就是他本没打算在这个地方长住下去，也不打算承担从刘季手中抢夺关中的恶名。当然，他也明白关中只要活着一人，那人就可能是他不共戴天的仇家。回身想想，他需要威风地回到楚国故里，在那里做一个天下霸王，就像春秋霸主那样一呼百应，一高兴就大会诸侯，歃血盟誓，然后一挥手让大家散了去。想要什么时，就向大小诸侯打招呼，平日也懒得管他们那些你争我斗的事情。当务之急，既然已经率兵灭掉了秦朝，他就必须学着周天子分封一批王侯之国，已经有名头的也得重新正式封过。他痛恨始皇、二世之流，所以才不想当什么皇帝！当皇帝又能有什么好下场！

帐下一个叫韩莳的参谋，口称有大事要见上将军。此人有那么点潇洒也有那么点酸气，嗅觉十分敏锐。他劝项籍说："关中东有函谷，南有武关，西为散关，北为萧关；山岭夹恃，渭水中流，土地肥沃，四面都有险可守。我认为您在这里建都，就能俯视天下！"

项籍感到奇怪，诘问："我甚时说建都啦，又甚时说要俯视天下啦？不是还有怀王嘛！"

韩莳不理会："眼见宫室烧毁，咸阳内外满目狼藉，财物不存，妇女皆已收入营中，哪有想留居关中的意思！再说，关中父老豪杰还能对您有啥好感吗？"

项籍见此人出言犀利，表现自负，便问："既如此，你为什么还要我留在关中？如果依了你，你希望获得什么好处呢？"他这本是好意。

韩莳只关心主题："最重要的是，大王您如果不在秦地建都，日后一定会后悔；及到后悔，也就晚了！"

这说法令项籍十分反感。他念头一闪，反倒立即下定了东返的决心。口中驳斥说："人富贵了不回故乡去，那等于满身锦绣华贵却只在夜里出去行走，有哪个能看得见呀！再说，我的部下不是来自江东，就是出自山东，谁能不惦记自己的家乡呢？强迫他们留在这里，我于心何忍！”

韩蒔还要开口，项籍挥挥手说：“下去吧！”

韩蒔悻悻地退出帐外。出帐时，却被扯了一下衣袖，看时，是执戟郎韩信。韩信笑一笑说：“先生何曾懂得项王……”韩蒔内心有气，只管走去。及至营门，口中发泄道：“人言楚人沐猴而冠耳，果然！”说罢，一甩长袖。岂料军中最不缺楚人，当即有军吏扭住韩蒔，把他押回项籍帐中。项籍听这一说，肺都快气炸了，当即命令：“给我煮死这个不识相的东西！”韩蒔本还有些见识，但为了逞一时之口舌，竟白白断送了性命。

范增问项籍：“刘季首先率兵入关，上将军想如何打发他？”

项籍转了个脑筋，回答：“武安侯却没能灭秦，这算啥‘入关’！”

范增哭笑不得，但不反驳。有理由就好，只无意让刘季留在关中便罢！

经过反复折腾，项籍多少被提醒了。他决定推翻当初那个看似公平却实际不公平的约定，便派人赶往彭城，去向怀王递交了一封请示信。信使飞速来回，递上怀王的批复。

项籍正在帐中商讨分封事宜。他看了信，随手丢给范增，冷笑说：“怀王是谁？如果不是我项氏扶持他，他不就是那个放羊的嘛！好不识相！”

众人都看范增。范增看过信，随手传给一旁的陈平。陈平感到意外，但只略一迟疑，便照念道：“如约！”话一出口，立刻引出了一片不满之声。

范增用手势压下了七嘴八舌的吵嚷。项籍问一声：“想想，起事三年来，真正披坚执锐、风餐露宿、野战攻坚，直到灭亡秦朝平定天下的，到底是谁呢？”

众将异口同声地回答：“是项氏，是诸侯上将军！”

项籍摇头：“只说对了一半。是在座的诸位，当然也有我项氏……”转念，“当然啦，怀王虽无有尺寸功劳，但我不能过了河马上就拆桥！”

将领们纷纷赞叹：“上将军真是仁心宽厚，大人大量！”

“各位说说，给他一个什么样的名头才合适呢？”项籍问。

众将面面相觑，才知道领会得不够。他们看项籍，脸上没答案，便又去看范增。范增指头朝帐顶指一指。众人仰起脑袋，换来一片茫然。不料陈平却说出一句惊人的话来：“臣认为，应给他一个至高无上的称号！”

话刚落音，立即招来了黥布的坚决反对：“哎，说话有点分寸！”众将尽皆附和。陈平面无表情，心里却想着一个词：匹夫。

项籍等吵吵声平息下来，语出又使众将大吃一惊：“陈平的话不无道理！”众人惶惑，再不敢随便说话。只听上将军问军师：“亚父认为该给他个什么名头？”范增拿手梳理了一下银须，说：“尊他为‘义帝’如何？”项籍赞同说：“妙极！”顺口问：“你们说妙在哪里？”诸将齐声说：“请诸侯上将军和亚父赐教！”项籍说：“那就听陈先生的教导吧！”

陈平口称“不敢”，然后才在项籍的眼神鼓励下开口了：“那我就……”他本是看着众人，却忽然感觉到项籍挥手，便立即止住了。果然听项籍说：“不必猜谜了，由各人自己去想吧！”又确认：“就尊熊心为义帝！”转对范增：“烦请您老打发个人去彭城，告诉他一声！”

范增说：“且慢！我听说古代称为‘帝’的人，应该管辖方圆千里的地域，而且必定居住在江河的上游地带。老夫建议让义帝定都江水之南，都城设在长沙郡最为合适！”

项籍点头，说：“那就去郴县，立即去，不得耽搁！”

郴县位于长沙郡南端五岭脚下，当时属于十分偏僻的地方。公元前 206 年正月，项籍和范增用一种极其体面的方式，把早已无足轻重的熊心边缘化了。

第三十四回

称霸王项籍裂疆土 纳忠谏刘季归汉中

诸侯蜂拥的现实，是必须实质性分给众人一瓢羹。项籍办事很认真，他正式复活了寿终却尚未正寝的分封制。首当其冲的是刘季。范增说："不封刘季，诸侯会不放心的！"

项籍感到为难，问："亚父的意思……这个关中王还非得封给刘季不可了？"

范增笑了，说："巴、蜀是一个偏僻的地方，进去的道路充满艰难险阻，秦廷总是把犯官罪臣流放到那里……"

话没说完，项籍以拳击掌说："对呀，巴、蜀也属关中，这说得过去！"

这边才议论妥，那边风已经透出去了。刘季尽管早已灰心，但幻想还在。知道要去巴蜀，心中不免恼怒。樊哙出了个主意："一不做二不休，咱乘项籍不备，发兵袭击戏下，到时候还看谁来封谁！"刘季听了，果真有些动心。张良自然不同意负气逞勇，正色道："受封便是最好的结局。若孤注一掷，必将前功尽弃！"这道理刘季也懂，转念说："烦子房去项伯那里求个情，总不能让我把到手的汉中倒吐出来吧！"忽然想到张良还算不得手下人，但却一心一意为自己谋划，乃至不避风险。心里感动，便干脆借馈赠项缠的机会，赐给张良百镒黄金，也就是两千多两，外加两斗珍珠。

张良理解刘季的委屈与渴望。他带上丰厚的礼物去拜访项缠，其中包括了给自己的那份。项缠对张良有求必应，虽感为难，还是硬着头皮来找侄子。

"叔父这阵子可闲得慌，有话来与我说道？"项籍有些敏感，但心情不错。不料项缠却单刀直入地质问："你为何要违背当初怀王的当面约定呢？"

项籍一愣，随即反问："季父为何总向着刘季说话呢？"出于对长辈的尊重，项籍没有使用太刺激的语言。

"我这是替刘季说话吗？我是在说公道话，也是为你着想！"项缠理直气壮。

"反正关中绝不可能封给刘季！咸阳是什么地方？那是皇帝待的地方，我自己不打算留在这里，也没有让义帝待在这里，怎可送给刘季！"

项缠立即退而求其次，问："侄儿可晓得汉中现在在谁的手里？"

项籍回答："听说了，被一个叫郦商的豪强占据了！"

项缠问："你可晓得郦商是谁？"

项籍说："管他是谁呢！"

项缠问：“你为何不把汉中也夺下来，封一个王侯在那里？”

项籍想了想，问：“可派谁去取汉中呢？那地方重山阻隔，行军不便，粮草难济，又远离山东。都到了这个时候了，谁还肯费那力！”

项缠便乘机献策：“你不是把沛公封在巴、蜀了吗？干脆封他为‘汉王’，命他顺道去取汉中。汉中毗邻巴、蜀，你不让他取，他也得取，迟早还是他的。他今取不了，就让他们互相攻伐；取得了，那在名义上就是上将军封予的！”

项籍听这一说，也就松了口：“行，就这样吧！”

项缠心里一乐，赶紧走人。这边出帐，范增进来，两人对面招呼。范增从项缠脸上察觉到一丝得意，顿生疑窦。见了项籍，他先是说了会盟的准备情况。而后忍不住问：“方才左尹朝少将军讨要了些什么？”

项籍说：“他自己还要什么呢？不就是帮他的救命恩人来嘀咕点小利嘛！”

范增本就担心着呢，便试探道：“想是还要把关中说给沛公？”

项籍猛烈地摇头：“那怎能呢！”

范增忽然警觉，问：“那刘季是不是在打汉中的主意？”

项籍被说中了，便轻描淡写地说：“现今汉中有人占着，我们一时也不便劳师去抢，得不偿失……”

“那就让刘季去抢？”范增明白了，他摇头叹气，问：“少将军可知占据汉中的是什么人？”

项籍说：“管他什么人呢！”

范增揭示说：“您晓得刘季帐中的那个高阳酒徒郦食其吗？现占据汉中的郦商就是他的亲弟弟！”

项籍连忙问：“季父是如何知道的，为什么不早些告诉我？”

范增说：“我也是才打听清楚的，这不，正要告诉少将军呢！”

项籍傻眼了。

范增故作轻松地建议：“小意思。不是还没给封吗？跟左尹打个招呼，还按照原来的方案办就行啦！”

项籍有些为难，忽然觉得范增越来越把意见强加给自己，逆反心理作怪了，便说：“我既然已经答应季父了，就这么点小事，哪能随意反悔！”

范增叹气说：“汉中本亦关中屏障，如此，少将军便轻易地丢弃了一道屏障呀！”

项籍回道：“有章邯、司马欣、董翳三人作屏障就足够了，我看刘季未必是雍王的对手！”

范增本想收口，但忍不住还是补了一句：“但愿如此……”

项籍怪眼看了他一下，没吱声。

二月，没有随军入关的诸侯王接到通知，都明白了天下大势，不敢怠慢，陆续赶到了戏亭。项籍正式启动了设计好的分封程序。

分封的仪式在楚营中设坛举行。出于重要性的考虑，范增暂时担任司仪的角色，主持大会。

三通鼓罢，开始了第一个议题：公推项籍为“霸王”。项籍救赵、擒王离、降章邯，消灭秦军主力，率诸侯大军入关，诛嬴婴，夷秦朝遗类，立盖世之功，自领西楚，号“西楚霸王”。西楚属地为梁、楚九郡。

这九郡包括旧属魏国的砀、东二郡，旧属楚国的泗水、薛、东海、南阳、陈、鄣、会稽七郡，区域相当于今河南中东部、山东西南部、安徽淮北及江南芜湖至黟县以东、江苏和上海全部、浙江中北部。

西楚建都彭城，那里是天下通衢，但在军事上亦属“四战之地”。项籍期待着坐镇故土，傲视诸侯，裁决天下。

用欢呼声、鼓声和祝贺声作为过渡。然后是心情紧张和急迫的等待，不但诸王，而且诸将。分封正式开始。范增代表霸王宣读分封名单：

刘季，作为楚军先头部队入关，功劳很大，立为汉王。封地为巴、蜀、汉中四十一县，都南郑。南郑即今陕西汉中。关于县的数量，一说是三十二县。

对关中地区的划分和人员安置极其微妙。首先把地盘分割成雍、塞、翟三部分，然后把秦朝的三名降将作为三只把门虎安排在那里。目的很明确，就是封堵刘季从穷山恶水中越秦岭东渡的出口，兼顾防御北、西方向游牧族群，主要是匈奴的侵扰。这里变成了“三防”之地，项籍心里不是不明白其地位的重要性。如此，山东便一反秦朝，成为了大后方，天下腹心。

章邯雍王的地位被重新确认，都废丘。废丘县地址在今陕西兴平东南南佐村一带，周朝时名叫“犬丘”，西周第七代君主懿王把都城从镐迁徙到这里。后遭秦朝废弃，故称“废丘”。司马欣因为在担任秦栎阳狱掾时，曾受朋友之托救素不相识的项梁出狱，所以在三人中最为项籍所信赖，立为塞王，与章邯分掌关中东、西半壁，都栎阳。栎阳位于今西安东北阎良区，其地周朝时属于骊戎，战国秦献公二年曾迁都到此。董翳是劝说章邯降楚的功臣之一。项籍把上郡更名为“翟”，委任董翳为翟王，都高奴。高奴地址紧靠今陕西延安东北延河北岸。“翟”古同“狄”，为关中北御匈奴的职责主要落在董翳肩上。从此，关中地区便有了“三秦”的称谓。

其余，魏豹改封西魏王，都平阳；韩成封韩王，都阳翟。魏、韩的地盘都只是旧国的一部分。赵歇改封代王，都代县；田市改封胶东王，都即墨。把故燕一分为二，改封韩广为辽东王，都无终；封燕将臧荼为燕王，都蓟县。赵相张耳封恒山王，统管赵地；信都更名“襄国”，为张耳都城。昔日赵相部下、今西楚将军申阳封河南王，都洛阳；赵将司马卬封殷王，都朝歌；黥布封九江王，都六县；吴芮封衡山王，都邾县。改南郡为临江国，封义帝现任柱国共敖为王，都江陵。封齐将田都为齐王，都临淄。封齐王建的孙子田安为济北王，都博阳。十八个诸侯之外，封吴芮部将梅鋗十万户侯。

有人替陈余说话了。他们对项籍解释：“张耳、陈余就像一个人的左右手，对于赵国功劳是分不开的。现今张耳封了王，不封陈余总觉得不妥，还是考虑考虑吧！”项籍诸事顺心，也就说：“这个人目前住在南皮。这样吧，就把周围的三个县封给他！”这差不多就是除巨鹿县以外的整个巨鹿郡了。给个什么封号呢？就叫“成安君”！陈余的一项功劳没有被揭示，那就是他写信给章邯劝降。按理说，这个功劳也不算小，但项籍也许不知道，或者无法衡量这封信对章邯的影响力。

至于田假、田角、田间之流，本就无足轻重，反正已经封了齐王建直系的侄子田安，这也算是一种平衡。再说，也没法都封，没地方封呀。

实际统治闽中郡的秦闽粤王无诸，遗憾地没有能进入项籍的视野。

还有一片国土被彻底地忽视了，抑或鞭长莫及，那就是地处五岭以南的东海、桂林、象郡，这无形中给了所谓的代理南海尉赵佗以充分施展野心的空间。他置秦廷危机于不顾，拥兵自重，任用土著望族巩固地面，模仿秦制构筑政权体系，正在紧锣密鼓地为割据进行系统准备。

历史进入了一个重大的颠覆点。轮到西楚霸王为天下做主的时刻，就意味着不可一世的秦帝国灰飞烟灭、彻底终结。然而，项籍以不合格的否定之否定的方式沿袭了西周的分封制，走了一条春秋霸主的道路。他的霸权统治徒具虚名，名下的五年实际成为了新的战乱过渡期。

分封完毕，庆贺过后，刘季满腹闷酒一路默然，回到灞上营中便和衣躺下。半夜梦魇中警觉，忽然听到帐外喧闹，挣扎着醒转来，还没来得及打问仔细，早有郎中报告，说周勃、樊哙、灌婴等将求见，已经等待多时了。

诸将进帐。樊哙大叫：“我欲带兵前往袭击项籍，谁人肯从？”立刻就得到了呼应："我等众将誓与项籍拼个鱼死网破！"刘季也失去了克制力："既然你等诸将有意，我必发兵鸿门，一举擒获项籍、范增等人！"一时间，竟开始与众将计议发兵事宜。

情绪完全处在失控的状态。议论方定，只见一人匆匆闯进帐来，胡须抖动，厉声大喝："且慢！"众将看时，原来是萧何。此可谓君子一怒，这个历来低调做人不动声色、只一心经营后勤的人，忽然在火头上出面了。

刘季被他一喝，猛然感到了什么，便问："你来做甚，难道也要去讨伐霸王？"

萧何摇头，按捺住情绪劝道："非也。主公虽然觉得去汉中为王很不痛快，但我想来想去，总觉得比去送死要好得多！"

刘季责怪说："你这话说到哪里去啦，何至于死呀！"他稍稍清醒了，话里已经缺了骨性。可萧何并不去感受他的态度，转对大伙儿说："各位将军先消了气，从心底掂量一下，我们的兵力与项籍相差几何？"

周勃斥道："打仗是我等将领的事，死活也是我们的事，你就别操心啦！"

萧何不去搭理他，转又对刘季说："我看自古以来，屈居于一人之下却能够取信天下，从容挥洒于万乘大国诸侯之上的，也就是商汤王和周武王了……"

不等萧何说下去，樊哙便喊着说："嗳、嗳、嗳，你说那些有什么用？我姐夫不当什么商汤、周武，汉王也看不上眼，那关中王干脆也不当了。进咸阳的时候我就问过姐夫，他说过，他要的当然是天下……"

又一人进帐，恰巧听了这说法，击掌"哈哈"一笑，说："将军说得有理，汉王既有此大志，为何不肯听人把话说完呢？"

刘季已经冷静下来，见是张良，便连忙招呼他一起坐下，问："子房有何高见？"

张良说："那我们就听丞辅把话说完，再行定夺！"

刘季点头。萧何便接着说："汉王好歹还是个王。我希望大王先不要急于跟项王赌输赢，而是立刻去汉中，在那里您可以说了算，没人管得着。大王以那里为基地，调养百姓，招纳贤才，收聚巴、蜀二郡的钱物充足军需。等条件成熟，然后回师夺取三秦。我相信，像这样行事，谋取天下没什么大问题！"

刘季不禁点头，用眼光征询张良。张良也点头。于是刘季起身，宣布："好，寡人决定去汉中！"忽报："霸王使者求见！"

恭请入帐，却是陈平。原来项籍决定从楚军中抽调三万人随同去汉中，以为协助。刘季笑问："这可是陈先生出的主意？"

陈平摇头："此等大事，哪容下官置喙！"

刘季又问："先生可觉得这个措施十分重要？"

陈平一笑，回答："军队是战争之本，一次大战，阵上多出三万将士，就可能反败为胜，如何说不重要呢？再说，这三万人并非楚籍。"

刘季觉得这是在提示自己，便点头："先生说得极是。既然项王不忌讳，我就多带些人马去汉中吧，只要自愿就都一块儿去。如蒙不弃，也希望先生助我一臂之力！"

陈平稍一躬身，揖道："谢汉王看重，后会有期！"

这话是什么意思呢？刘季看陈平一眼，呀，果然伟岸英俊，目光炯炯。他不由得再去看坐在一旁的张良，相形之下，却瘦小文弱，眉清目秀，如同妇人一般……不意却看到张良蹙着眉头，忽然领会了他的来意。

送走陈平，萧何及诸将也各自离去。刘季揣测说："子房看是要弃我而去！"说着，流下眼泪。

张良一时愣住了。稍顷才说："陛下望勿见怪。韩王既封，为臣哪有不归之理！"

刘季点头："尽管如此，我实在不愿你走。世事难料，前路多艰，谁知日后怎样，又何时再得相见！"

张良劝慰说："我虽暂不在汉，心却不离主公。离汉远些，兴许比去汉中更加有利于汉！"他特意使用了"主公"这个称呼。

刘季收泪问："你可是即刻就去？"

张良轻轻摇头："容我送主公一程吧……这样吧，韩信就不必回韩王那边了，我把他留在主公这里！"

刘季连忙点头说："如此才好，子房就送我一程……不过，你身子骨不很结实，随在韩王左右必然操心劳碌，要照看好自己！"

张良回应："天下之事必然艰难，主公更要保重身子！"说罢，暂且告辞。

刘季回到后帐，懒懒地卧了想心思。觉察身旁有动静，知道是卢绾来了。眼睛微微睁开一道缝隙，果然猜得不错，便翻身，想要坐起来。卢绾伸手轻轻按住，说："我看主公闷闷不乐，不甚放心，这才多余走动，不想惊扰了您！"

刘季拉他在榻边坐下，说："就你知道我有心思，我正是要你陪我说话呢！"

这卢绾本是刘季的发小，家住刘季隔壁。两家父亲交情极深，偏偏又在同一天生下了刘季和卢绾。等到长大，两人又一起念私塾，很是友爱。刘季是个不消停的人，早先经常惹是生非。犯了事，便出去躲避。卢绾却总陪他一起东躲西藏，倒好像是同案的一般。

当下两人聊些琐事解闷，也夹杂许多的往昔回忆。两人虽说不了大事，但刘季可以随便说，心情放松。往日里，卢绾总是该远则远，该近则近，不声不响，很是贴心。刘季忽然想到要抬举一下这个最是掏心窝子的人，但立刻加以否定。军中的规矩是论功行赏，就这一点，卢绾基本靠不上边。

诸侯王纷纷向霸王告辞，动身各归封国。韩王成也来拜见，战战兢兢。项籍冷不丁问："前一时诸侯和各位将领都随我伐秦入关，你却为何独自守在阳翟，没事人一个？"

韩成一愣，项王分明在找碴。怎么回答呢？他本来就完全是被动的。当时无论出于局部环境还是特定的人事，他都只能被纳入汉王系，没有自主选择的余地。正支吾着寻不到词儿呢，项籍却又问："你回韩国去了，那个张良如何打算？"

韩成又迟疑半晌，试探地回答："臣这就把他召回到身边……"

项籍冷笑说："总之一起去帮衬汉王，是吧？"

韩成大惊，不由得双膝跪地，颤声道："微臣哪敢存二心，霸王如若见疑，微臣就……就不要他回来！"他略略抬头，去看项籍的脸色。

谁知道，项籍却说："我就知道你是要他留在汉王那里！"

韩成连连磕头，情急之下，哭出声来。项籍大笑，说："我看这次灭秦，你也没能出半点气力。你暂且别回阳翟了，先随我去彭城。等到子房去接你，好再商量！"说完，打发韩成回帐待命。

忙到这会儿，总算松了一口气，项籍也就安排起程。没什么事了，与项缠、范增等到处走走看看，忽然觉得周围冷清了许多。他回想着前几天还哄哄扬扬、动辄诸侯王前呼后拥，相比产生了些许失落感。

将士们归心似箭，都忙碌着。项籍觉得没什么兴致了，干脆转身回帐。走到帐门，四下里看看，这回是他想起了一个人，问："亚父，您这几天可曾看见那个韩信？"

"对呀，韩信到哪里去了呢？"范增猛省。

"项庄，项庄呢？"项籍喊。

项庄从帐后匆匆绕了过来，行礼问："请霸王吩咐？"大概是对这个称呼有特别的新鲜感，把"霸王"叫得很是响亮。

"去，你去找找那个韩信，叫他来见我！"

"您可是叫那个多嘴的胯夫？叫他做甚！"

项籍皱了皱眉头："别废话，让你去叫，你就去叫！"

项庄老大不满意，嘀咕："那么点个人物，随便差个人去找不就行了，让我费这劲！"偷眼，看到范增使眼色，便不再嘟嘟，去了。

这边才回到帐中坐下，项庄回来了："禀霸王陛下，听说那个郎中已经走了好几天了！"

"哪个郎中……哦，哦，韩信……啊，他走啦，到哪里去啦？"项籍忽然感到了这个小人物的分量，跳起身吼道："给我把他抓回来……"

项庄犯傻了。范增开口道："少将军，依老夫看就算了吧。他要走恐怕也不是一两天的事了，既然走了，就是找不到的！"说过了，长长叹了口气。

项庄问："亚父为何便叹气？"这"亚父"早已成了将领们对范增的广泛称呼。

范增说："你辈如何能知晓，这韩信可不是个等闲人物，倘若去帮了别人，那我们就难以安寝啦！"

项庄嘻嘻一笑，说："亚父这是怎么啦，一个小小郎中，哪来那么重要？既然知道那么重要，为何不早点办了他？"

范增佯作愤怒，呵斥说："你懂什么，还不快点走开！"

顺着范增的感觉，项庄看到霸王兄长脸涨得通红，就像有血要喷射出来，便伸舌做了个胆怯的样子，退出去。就这当，他看到项缠正自摆弄胡须，无所用心，心里便想："季父总在想什么呢？"

项庄走开了。项缠开口说："一个执戟郎，走就走了呗，哪至于……"话头一转："就算他有能耐，但我看那小子一副不得志的样子，处处找机会出头，越是这样，就越是没人看待他，他何时才能施展？再者，诸侯各自安享富贵去了，他早不能出头，现在出头又有什么用处！"

项籍听这话倒好似在替自己开脱，也就不言语。范增却补了一句："但愿如左尹所言！"

听这话都疙里疙瘩，都不那么搭调，项籍便说："都各自去吃些酒饭，歇了吧，明天一早起程，回彭城去！"说到彭城，他心里便一下子宽松下来。

第三十五回

谋远略汉军毁栈道　轻初立胡主欺毗邻

从楚军划拨的三万将士已经前来会合，刘季拔营离开灞上。汉军进驻灞上时，实际只有十万人；现在撤离，倒实实在在增加到了十五六万。队伍里新投军的多，却也有逃跑的。仗打完了，总有人希望回家和父母妻子守在一起。

那时，由关中平原去往汉中十分艰难，穿越秦岭的道路有多条，天梯石栈相钩连。其一为褒斜道，全程将近五百公里，途中建有桥阁近三千间，宛转延续近四百里，谷口在今眉县西南斜峪关；其二为子午道，穿越蚀中川谷，全程四百多公里，子口在今西安东；其三为故道，即陈仓道，起点在陈仓西；其四为傥骆道，长三百多公里，北口称“骆”，在周至西南。

另有两条栈道由汉中进入四川。其一为金牛道；其二为米仓道。二道虽与刘季兵退汉中不甚相关，但其后萧何经营汉中，却离不开巴蜀民力的支持，也就离不开此二道的运输能力，可谓汉中“生命线”。

队伍迤逦进入蚀中，刘季腹中只剩得五味杂陈。行到山深处，只能依靠栈道通行了。张良向刘季建议：“人马过后，可烧断栈道。”

刘季疑惑：“请子房细说！”

张良解释：“一来项王如果反悔，无法尾随追袭；二来从此断了壅、塞诸侯来犯汉中的念头；第三，便是暗示无意谋取秦中。”

刘季用掌心拍拍脑门：“哦，先生是要我行韬光养晦……不过，有朝一日我真的想夺取秦中，就得修复栈道，动静太大不说，那要耗多少人力、钱资，又要费多少时日！”

张良道：“汉王休要担忧。车到山前，岂能无路！”

刘季点头。说实在的，他心里糊涂着呢，但绝对相信张良。

峡谷中半悬的栈道上下，风倏鹰翔，雾乱虎惊，瀑喧猿啼，藤绕蛇渡。生长于平原、丘陵地带的将士极不适应，行军速度变得十分缓慢。不免有士兵、马匹于失修处坠入裂谷激流，惊惧声回绝，使随后者望而却步。走过几日，队伍才逐渐适应过来。刘季禁不住要驻足察看，看时不免惊叹。只见得，后军断续里巉岩迂回，溪漱深涧；前军隐约中阴晴交织，岫云半空。张良却有另一番感受。他仿佛看到无数的民夫被绳索从望不见顶的山崖垂落，悬于峭壁。他们手持锤钎，“丁丁”开凿，迸出四溅的火星，这也算得是一番惊天动地的壮举。

大军行到“千梁无柱”的悬空栈道，只觉走在上面，“浮梁振动眩目摇心”。这里水深湍急，无以立直柱；若贴近水面，又无以撑斜柱，因而完全“撬悬”着，民间称此为“空木桥”。为安全计，这种栈道边上大多设置了栏杆，还有从上方斜拉加固的。

一路行进，刘季果然不顾众将质疑，下令率军断后的周勃烧断每一条栈道。汉军将士不时回看峡谷中腾起的浓烟，似乎真的走上了一条不归之路。

从山间出午口沿沔水西溯，已一月出头，疲惫不堪的大军逐渐脱离了峡谷地带，加速到达成固。眼前延展着开阔着平坦一望的汉中平原，有道路直趋南郑。

信成君郦商远道前来迎接汉王大驾，这使刘季陡然获得了强烈的归宿感。他内里的另一种欣慰，是没想到当初在南阳预想的退路，今天果真用上了。

夜来，刘季兴起，便从萧何那里要来地图查看。张良来了，看刘季特别专注于地理，心中暗喜，于是指着图上的一个地名问：“汉王可知，那段‘烽火戏诸侯’的典故与这里相关？”刘季看时，张良说的是褒中，兴趣顿起：“子房讲来听听……”忽然省悟：“那个褒姒莫不是出自褒中？”

张良点头。他感叹刘季读书不多，但悟性却是超人的。

“……幽王把朝政交给一个名叫虢石父的贼臣，自己只管行乐，结果搞得国事混乱、灾害频发、边患不断、民不聊生。老臣褒珦实在看不下去，就规劝了几句，竟然惹恼了幽王。他把褒珦关进狱中治罪，并且发兵讨伐褒国。褒人无奈，为投其所好，便到民间寻了一个绝色女子，取名‘褒姒’，教习歌舞，精心妆扮，送到镐京献给了幽王……”

听张良讲来，刘季连连感叹，他知道张良是借过往来警醒自己呢。借着灯光，看眼前这位谦恭得体、心重身弱的书生平和而谈，刘季心中十分感动。他忽然意识到张良的来意，问：“子房莫非是前来告辞的？”

张良点头，刘季不禁潸然泪下。次日，张良带着几个随从人员循沔水东下折返韩国，此刻早已归心似箭。然而，他还不知道韩王成已经被项籍挟持到了彭城。

汉王驾临南郑，大军留驻城外。刘季携诸将入城，有郦商事先做好准备，很快就安顿下来。

南郑城始建于秦厉公二十六年（前 451 年），当时派一名左庶长主持筑城并驻守。经过近二百五十年的发展，这里已经成为汉中盆地的政治、军事中心，也算是有些规模了。刘季任命曹参为将军中尉。这属于诸侯国最高级别的武官，集统领军兵、监察军吏、维护治安等职责于一身。

几天时间，大家先不想别的事情，文武各有分工，免不了发布告示，抚慰百姓；杀猪宰羊，犒劳将士。

刘季抓紧时间做了一件以前从来没有当真做过、也从来没有那么迫切的事情，就是读书，继续看地图，也让丞相萧何抽空来讲解。很快，他就靠从秦宫中得到的档案资料，略知了天下户口分布、民风民情及险阻要塞的形势等等。

他又有了新的发现。相处多少年了，这下才知道眼皮子底下勤勤恳恳、终日劳碌不息的萧何，原来却是一个学识渊博、深谋远虑的治国良才。不关注则罢，一旦盯住了，便不断发现萧何的优点，从此倍加倚重，以至平日里大事小情都离不开他了。

萧何治国，曹参练兵，汉中和巴、蜀的管理按部就班展开。刘季励精图治，心中憋着老大一股劲。无形中，曾经那些不忿日渐淡化，而天下之志却成长起来，占据了他的胸襟。

东胡使者兀式二度到了匈奴单于庭。冒顿不在单于庭，又是到且蛰那里去了，已经耗了一个多月。他每天用大部分时间与右屠耆王饮酒，貌似闲谈。不时便涉及月氏，也十分关注中原。得知东胡二度来使，他满不在意，只让兀式等着。

又过了十几天，冒顿起程返回金帐。荙扶的孩子刚刚出生，走一程，她就要亲手抱一抱，抱得实在累了，才由奶妈接替。她当然还要关照乌孙小王子猎骄靡，那孩子显得很乖觉。在游牧族群动感的生活中，随时生孩子、哺育孩子是再正常不过的事，荙扶此时具有的条件，要比普通牧民强得多，当然一路增添了许多乐趣。

到达单于庭了。冒顿一下马，立刻拉开了雷厉风行的架势，吩咐："让那月氏使者到大帐等候！"他自己却先去照看荙扶。

忙的自去忙，阏氏安顿好孩子，就不再需要忙什么。冒顿抓紧时间，和荙扶一起逗乌孙小王子玩耍，两人都不时去照看一眼旁边木制小摇床里躺着的小太子。

"孩子的名字想好了吗？"荙扶问。

冒顿假意迟疑了老半天，才做出犹犹豫豫的样子回答："想……想是想好了，只不知阏氏觉得如何？"

"叫个啥呢……你是大单于，你说了算！"

冒顿笑道："错了，我是父亲，懂吗？父亲……"

荙扶的脸上流露出幸福的表情："你快说吧！"

"咱就叫'稽粥'，好吗？"冒顿拿手去逗弄孩子。

“稽粥，这不就是咱大匈奴嘛！”荃扶感到惊讶。

冒顿得意地点点头，问：“还满意吗？”

荃扶当然明白冒顿的用心，这不但是对太子地位的绝对确认，其中也包含了对自己全部的爱。她没直接表示，却拉过猎骄靡的小手问：“你真的叫猎骄靡吗？”

小王子见问，便稚气地回答：“真的，我就是叫猎骄靡！”

荃扶故作认真地说：“嗯，不对，你叫小王子！”

猎骄靡发急了：“不是，我不是小王子，不，我就是小王子，我就是猎骄靡嘛！”

荃扶笑了：“说，好好，我们的小王子就叫猎骄靡，等你长大了，我们就叫你昆莫，好吗？”这“昆莫”是乌孙对王的称谓，猎骄靡显然还不甚明白话里的意思。冒顿在一旁看着，感到十分快活，也知道这是荃扶对“稽粥”这个名字的曲折呼应。

勒俟祜来了，他神情诡秘，请单于到帐外，附耳低言。冒顿的脸色变得黑一阵白一阵，直把两个汗毛粗重的拳头握得骨节作响，几乎暴跳起来。

勒俟祜走了，冒顿独自徘徊，过了好久才回到帐里，正见到小猎骄靡高兴地喊：“现在我也叫昆莫，长大我也叫昆莫啦！”又见荃扶拍手：“那敢情好，乌孙昆莫就是我们的小猎骄靡啦！”冒顿于是接口道：“这是阏氏妈妈的意见，阏氏妈妈的意见比大单于爸爸的意见还重要，重要得多，一定要照办！”他看一眼高兴着的荃扶，又说：“有一天，等我们赶走了月氏人，小猎骄靡就能回乌孙了！”不想，猎骄靡却喊道：“不嘛，我哪儿也不去，我要和阏氏妈妈在一起！”

冒顿哈哈大笑：“好，好，咱们不回去，咱们都永远和阏氏妈妈在一起！”说罢，一手拉住荃扶，一手拉住小王子，显示出十二分的和蔼，说：“这样好了吧！”又大笑，肩膀抖动起来，小王子也“咯咯”地笑起来，扑到荃扶怀里，叫：“阏氏妈妈！”荃扶边答应“哦，好孩子！”边去看冒顿。她虽这边开心着，却从冒顿的笑声中察觉到了异样。女人敏锐的直觉直达丈夫内心隐藏的悲怆，这使她突然涌起一丝酸楚，差点儿流出泪来。

故人适时地赶着驼队来到了金帐，这故人就是马邑商人聂行。冒顿知道聂行是特意来祝贺他登上单于宝座，虽然时间已经隔了一年有余。

仿佛找到了借口，冒顿立即通知暂且取消接见东胡使者。“让这讨厌的家伙先等着！”他吩咐，“就说我匈奴大单于这里有更重要的事！”随即，他要荃扶亲手帮自己把披散的头发梳理齐整，命侍从找出一件丝绸长袍，穿上了，还特意系了聂行赠送的玉带扣。临离开，又戴上一顶工艺考究的金饰缯帽。那帽子圆整宽松，平行装饰了两圈拇指宽的辫状编织纹金边，圈间又以多条绳状金编连缀，前额上配了一块方形的玉石。帽顶一握掌大小的云形边基座上，还顶着一只上喙夸张、尾部细长的鹩哥造型，看上去像一只大柄的壶盖。

聂行见了冒顿，先是以手加胸行礼，接着又拱手：“恭贺太子继承单于大位，听说有小太子了，双喜临门，实在是可庆可贺！”冒顿露出兴奋之色，吩咐安排酒席，两人对饮。喝酒之间，却听不到冒顿言语。聂行便得空仔细端详冒顿的这身装扮。他看出冒顿有心思，只道是政变夺位，自然有不少棘手的事，难免心烦，便打岔问些族群过冬的情形，还说：“这种事情在单于当太子时不便多问，现在可就不同了！”言辞里当然含有恭维的意味。冒顿不去接那客套琐碎的话，思量过后，先是把东胡索要宝马的事情说出来。

聂行说：“既然大单于能灭了云中杀手，送走雾里佳人又有多大妨碍！”转又问：“莫非大臣们对这事看法不一？这不打紧的，只要当稳了单于，时间一久啥烦心事都会烟消云散！”

冒顿摇摇头：“先生有所不知……”他向聂行靠近些，放低声音说：“那东胡王老儿实在是可恶至极，真的以为我匈奴怕他，要走宝马也就算了，这次，他可是讨要我的阏氏，他——”冒顿的脸上泛起了殷红的血色，手掌猛烈地拍在案面上，把那些酒樽里的酒都震得洒了出来。

聂行大感诧异，稍作沉默，然后问：“单于打算怎么做？”冒顿冲出一句：“我要是知道咋做，还问先生做什么！”

聂行缓缓摇头，解释道：“我是想如果拒绝东胡，单于会有什么为难之处吗？”冒顿说：“我堂堂大匈奴，终究能怕它东胡吗？我之所以为难，还是难在匈奴自己。”聂行说：“能否详细告诉我？”冒顿说：“先生猜猜看……不是不让先生知道，我自不愿说出口而已。”于是聂行说出了一番道理。天下有些事情就这么怪，往往对自己人没法说的事情，却可以对没有利害关系又觉亲近的外人透露底细。

原来冒顿之所以同意把宝马送给东胡王，是怀着两个目的：一是对内部还不完全探底，也只能应付东胡，暂且息事宁人、麻痹对方；二是借这不大不小的沟坎试探内部的水有多深。但是，他万万没想到东胡会如此得寸进尺，公然索要自己的阏氏，这即使在婚姻关系相当随意的部落里，也算是一种亵渎。面对如此的欺侮，冒顿本可以坚决拒绝，但他同样存在两个顾虑：

其一，当初既然可以射杀自己的妻子妁莪，又能把父亲的宝马射杀一匹又送走一匹，不料现在却轮到荃扶了，该怎么办呢？荃扶是他真正心爱的妻子，无论如何难以割舍；再说，刚刚才有了小太子稽粥，这么小的孩子，如何能离得开母亲？进一步讲，东胡这一违背常理的诉求，并不仅仅是对单于的奇耻大辱，也是对匈奴族群人格的藐视。恰恰这一点让冒顿更加担忧，内部别有用心的人定会置单于的苦衷和匈奴的脸面于不顾，站在极端的立场上借机挑衅，故意把这些事情拿出来对比，这很具有煽动性。总会有人唯恐草原上不乱，他们本来就心怀不满，就是要让冒顿难看，要让他退也有错、进也有错、左右为难，要让他失去内部号召力。

其二，作为太子，冒顿长期居住在单于庭，后身临危境蓄意夺位，主要关注点总是放在内部，因而对东胡、月氏等周边强邻的现状知之不深。东胡表现得咄咄逼人，冒顿出于对内外现实的考虑，不敢贸然发动攻击；要打，就必须彻底打赢。否则，内部的反对势力定会乘机发难，结果内外力量形成强势合力，他这个单于就必然要垮台。慢说宝座堪忧，性命也难保了。

这回聂行算是明白冒顿的难处了。他思索良久，觉得冒顿既然如此信任自己，且不管行得通与行不通，总是要把想法说出来的，否则就辜负了朋友。于是，开口问道："大单于可曾看过我留下的那些竹片？"冒顿答："——哦，哦，我这里正急呢，你却问那做啥？"聂行说："你先回答，我自有道理。"冒顿只好说："看是看了——只不识那字，找了个识字先生，勉强做些解释。"聂行说："那就好，单于可记得这么几句？"冒顿说："请先生说说看！"

聂行口里念道："兵者，诡道也。故能而示之不能，用而示之不用；近而示之远，远而示之近；利而诱之，乱而取之；怒而挠之，卑而骄之；佚而劳之，亲而离之；攻其不备，出其不意。此兵家之胜，不可先传也。"冒顿赶忙说："这不是竹简上开头的那篇吗？还请先生仔细讲解！"

聂行开始仔细解释《计篇》中的这些内容。那冒顿是何等样的人物，之前只是被文字障碍和文化差异挡在了《孙子兵法》的门外，经过聂行的引导，不一时全领悟了。聂行却说："我看，单于如此心爱阏氏，还是拒绝了东胡吧！"冒顿犹豫。聂行又说："那就把阏氏送去东胡——"冒顿有点生气了，说："先生到底怎样教我？"聂行说："前次您已经失去了雾里佳人，这正符合了我们常说的一句话，叫作'塞翁失马，焉知非福'！"冒顿应道："是，是，可我即将失去的不是一匹马！"聂行于是进一步："既然如此，那就请大单于原谅我的冒失。我再以中原的两句话相赠，第一句叫'两害相权取其轻'，第二句叫'欲先取之，必先予之'……"

这时，帐外传来了马嘶的声音，聂行灵机一动，说："请单于允许我打个比方。如果把单于和阏氏比作同一匹骏马，那么，谁是马，谁又是马身上美丽的皮毛呢？"

冒顿回答："那还用说！先生是想说，如果没有马，皮毛也就没法存在了？"聂行以微微摇头来表示无奈，说："想单于已经明白了我的意思，请不要责怪朋友的谨慎，我只能说到这里了。"

冒顿点点头，说："喝酒吧，我们必须喝醉了！"又吩咐："叫那东胡的使者到大帐外面等候！"

第三十六回

赴邦难阏氏顾大计 清卧侧单于祭征旗

不知过了多长时间，冒顿终于把自己喝晕了，入帐居中坐下，王庭的官员分坐两侧。还像上回那样，兀式大步进帐，在当地立了，稍施一礼，做出傲慢的姿态直视座上的单于，开言了："上次我家大王得到宝马，心情很愉快，但还是觉得有些缺憾……"他试探地环视一周，看到了许多仇视的眼光，口里止住了。耳朵里却听到冒顿的声音："使者有啥新的要求，尽管说出来！"

原来，东胡王在轻易得到雾里佳人后，确信冒顿真的心存忌惮。隔一时，便动了新的念头，又派兀式出使。兀式当然觉得事情不那么简单，便试图劝阻，但东胡王牢记历史恩怨，又心存扩大势力的念头，哪能只得了一匹马就罢手？再说，此时有便宜不占白不占。兀式不敢违抗命令，只得再次出使。

兀式话已开头，不说也不行，便清清嗓子，借以镇定了一下，说："我东胡王喜爱匈奴草原上的母马，更喜欢这里的女人。可惜那雾里佳人只是匹马，并不是真正的女人。新近听说单于的阏氏长得绝代美丽，所以我家大王日思夜想，也很愿意得到她。不知道单于能否更加慷慨和宽容，再次满足我东胡王的心愿……"

话没落音，毡帐里一片哗然，抗议与谴责直接冲着使者来了，当然也有一言不发的。帐外却恼煞了一名男儿，按照左骨都侯勒俟祜的吩咐，屈烈支一直注意听着帐内的动静。这时，他突然闯进来，"嚯"地拔出佩刀，把刀口架在了兀式的脖子上。

冒顿喝一声："大……大胆奴才，还不赶快退下！"他满脸通红，两只发黄的眼珠仿佛浸透在酒精中一般，一会儿发直，一会儿又飘忽不定。

兀式直吓得灵魂出窍，两腿因发软而抻得僵硬，浑身的血液几乎停止了流动，但表面却不动声色，只拿眼睛看定了冒顿。

屈烈支缓缓地把战刀移开，却还在兀式面前猛烈地挥动了两下，才出帐去。旁边勒俟祜愤怒道："你家东胡王如此贪得无厌，竟敢公然勒索我大匈奴美丽而尊贵的阏氏，果真太不懂道理！"

又是一片附和声与怒骂声，有人随后站出来，动手推搡，驱赶使者。就在这时，只听冒顿结结巴巴带着醉声说："大……大单于我想……想……就这……这……"所有的人都紧张地竖起耳朵听那下文，偏偏那下文就是没说出来。

淡淡的斜阳从穹顶的圆孔中偏狭地投到一侧，使帐中显得格外幽暗。"就这样……样吧。”兀式也紧张地竖起耳朵。“准……准了！哈哈……哈哈哈……”扭曲了的笑声像游荡的灵魂般，惊动着那束乖戾的红光，仿佛有血淅淅地沥灌下来，令人毛骨悚然。

出乎意料的决定使几乎所有的人都以为听错了，左大将戎渠夕开口：“请问，大单于到底作出了啥样决定？”

冒顿起身：“我说，准……准了！”他起身踉跄地走到兀式面前，指着他的鼻子：“让……让这坏鼻……子把阏氏，我说把荃扶带……带到东胡……胡……去吧！”转身一颠一颠地笑，有点气滞，猛地撞出帐去，带着哭腔的笑声在帐外断断续续地回响。

兀式长长嘘出一口气，脸上露出得意的笑容。勒俟祐还不甘心，和几个臣僚去追，追出一大截路，挡住冒顿的马头，问：“大单于为何要作出这样屈辱的决定呢？”

冒顿回答：“与人家为……为邻国，何必为……为了一个女人而……闹得不愉快，啊，不愉快呢！”再不听大家说什么，一扬手中的鞭子，飞马而去。

东胡使者已经在路上等候，勒俟祐勉强奉命来接阏氏。荃扶伤心地流下泪来。冒顿低着头，像一个犯了错的小孩一般，说：“过些时我会亲自去接你回来的——”荃扶只摇摇头。冒顿不再理会，抬起头来，命令侍奴为阏氏梳妆。小猎骄靡在一旁觉察情绪不对，去悄悄偎依在荃扶怀里。

就要起程了，冒顿不知道去哪里了，荃扶心里的冤屈无处发泄，泪流满面。小猎骄靡似乎看懂了，哭了：“阏氏妈妈，你要到哪里去，我也要跟你去——”荃扶说：“宝贝儿，听话，那地方你是不能去的。”小猎骄靡哪里肯依：“不嘛，我就要跟阏氏妈妈去——”她抱住了荃扶的腿，放声大哭起来，荃扶止不住泪如泉涌。

兀式的随从远远地大声吆喝着催促。勒俟祐不得已劝道：“阏氏还是忍一忍，大单于绝不会抛弃您的！”荃扶闭了眼，任那泪流，只不作声。勒俟祐不忍，先自出帐去，在外面等候。

荃扶从奶妈怀里接过稽粥，面颊紧紧贴住小脸，滚烫的泪水流进孩子的口里。孩子吮吸着泪的苦咸，噘噘嘴，皱起眉头。他现在的幸福，就在于什么也不懂。

小猎骄靡不哭了，紧紧依在阏氏妈妈腿边。荃扶蹲下身，腾出一只胳膊搂紧了小王子。帐外又传来一迭连声的催促。

“该死，这些混账催命鬼……这不是人干的活！”勒俟祐嘴里骂骂咧咧，鼻子酸酸的，伸手抹一把眼泪。又朝帐里招呼：“请阏氏动身……”觉得声音实在太小，就调整了一下，喊：“请荃扶阏氏动身啦……”声音还不够大，但却变形了。他要待再喊，却止住了。

荃扶不得不动身了，她定定神，把稽粥递还给奶妈，吩咐：“细心照看，我拜托你了。”奶妈眼中含泪，连连安慰：“请阏氏放心！”

脚下却移动不了，猎骄靡双臂抱着她的腿，死也不肯放开。侍从过来拉扯，荃扶连忙护住，俯身劝道：“你先跟着单于阿爸，阏氏妈妈过几天就回来。”小猎骄靡放松了手臂，一抽一抽地哽咽着：“阏氏妈妈一定要回来看我呀——”荃扶点头，无法抑制的眼泪，似山谷里的流水从溪中溢出，洗尽了刚刚敷上的脂粉。

奶妈过来抱起小猎骄靡。

马迈开步子，东胡使者的队伍出发了。小猎骄靡扑着身子，带着无望的苍凉哭喊：“阏氏妈妈，阏氏妈妈呀——”他被奶妈抱得很紧，无力地挣扎着，把身体探向使队。

冒顿走出大帐，看一行人马走得远了，两行泪水偷偷从眼角流出，藏进了腮上纷乱的短须中。

屈烈支跟出大帐来，犹豫了一下，赶前几步，紧随到冒顿身边。这时，忽然飞来了鹩哥，落在马背上喊：“阏氏妈妈，阏氏妈妈——”又喊：“出发啦，出发啦！”冒顿正没处发泄，听到这一阵聒噪，不由怒从心起，转身从屈烈支的箭袋中抽出一支箭来，就势猛地掷去。那鹩哥还要说话，已被穿在箭杆上，跌落马背。可怜也是一条生命，追随小王子芷劬去了。

牧场上缓慢的生活节奏，反而使日子打发得迅速。姑衍山南麓的山间草原上，匈奴又度过了一轮冷静巩固内部、潜心沉淀实力的春夏秋冬。

在秋末特别会议的基础上，冒顿利用新一年一月里单于庭小会祠祖的机会，发表了经过长期酝酿并反复讨论的政治宣言，对新建的军事行政体系实施固化。一切都已经在运行中，特别从现在开始，各级官吏就必须完全按照冒顿的旨意行事了。等到五月大会龙城，他还要补充举行盛大的仪式，就是借到三龙祠祭拜祖先、天地、鬼神的机会，进一步巩固思想统治。

大鲜卑山麓，地气中微微有暖意上升。轻而易举地从匈奴得到单于宝马雾里佳人和美丽的阏氏荃扶后，从冬眠式的懵懂与尽情享受中苏醒过来的东胡王又萌发了更多的野心。

有两个互相矛盾的魔鬼一直在他的心里打架。轻易获得，获得越多，奢望越增；

欺负别人，越是得手，负担越重。他是背着包袱放肆地生活，一时爽快，长久又不那么爽快。怎样才能放下这个包袱，让自己活得更无忧无虑呢？他决定再作一次冒险。

叫来兀式，胡王吩咐道：“我看瓯脱外的那片土地应该重新归我东胡了。你去跟匈奴单于商量一下，就这么定了！”

兀式领命，立刻奔赴匈奴。他觉得这次的任务比起前两次来，要轻松得多。想想，连单于宝马和阏氏都保不住的匈奴，连被迫把心爱的阏氏送人那样的奇耻大辱和切肤之痛都只能忍受的匈奴单于，必然有他内在的懦弱和不可告人的苦衷。因此，对于一片本无归属的荒芜的土地，应该顾不上许多，也不会太在意，而在意又将如何！唯一的变数在匈奴内部，如若不是划一了，就是更乱了。划一了也许会为自己完成使命增添些麻烦，乱了则更好。

越过双方有瓯脱防守的地带继续向西，沿弓卢水一路顺畅地来到狼居胥山东部，眼前尚且春寒料峭的牧场暗地里吐露着新鲜的气息，使憋了一冬天的兀式感到心情格外舒畅。这次他有了不算奢侈的梦想，希望能为东胡三建奇功。作为臣下，一个人一生能做到这三件事中的一件而不费一兵一卒，就很了不起。而今，第三件事仅凭自己的三寸不烂之舌就即将完成，这在东胡的历史上，恐怕也只有自己一人了！想象中，使者已经把三大功劳完整地记在了内心的功劳簿上。

这回，单于尽快接见了东胡使者，是在大帐里单独接见，只有左大将戎渠夕在一侧陪同。兀式更加肆无忌惮，他故作轻松地对冒顿说：“这次我东胡大王只有一个微不足道的要求，也就是来与大单于打个招呼，免得瓯脱那边的将士们产生误会！”

“有啥要求就爽快地说出来！”冒顿也挺痛快。

“我们在那边不是有一块不毛之地吗？反正那地方本来就不属于匈奴，如今大单于还要不时去牵挂，莫若就归我东胡算了。我就是为这件简单的事，再次接受东胡大王的委派到这里来的，想来大单于不会为这区区一块没用的土地而徒生烦恼，这件事也绝对不会给匈奴带来任何的耻辱！”

“行，让我和我的大臣们商量一下！”

冒顿礼貌地请兀式先去休息，大声吩咐：“要好生款待，不得有任何怠慢！”又说：“这也还算不得一件小事，本单于会尽量不让尊贵的使者失望的！”

刚刚露出兴奋表情的兀式，脸上立即显出一抹诧异。才要表示不满，却听到旁边“哼——”地出了一声，原来是戎渠夕，并不抬头，只在客人面前一反常理地把弯刀退出鞘来，放在案几上观看。

见此情景，兀式只好向冒顿表示理解，心里却打起了鼓。屈烈支进帐来，很不友好地引领他去歇息。

冒顿立即召集群臣，简要说明了东胡使者的来意。左骨都侯勒俟祜照例表示反对，这又带起了许多的反对意见。

大概是前面两度屈从东胡的缘故，一些对冒顿本无好感，或从来就心怀不满的大臣，拿不准单于葫芦里卖的什么药，便在一边说起风凉话："反正这是块从来就被抛弃了的荒地，给也可以，不给也行，无所谓的！"这言外之意却很是丰富了。

冒顿听到了，把身子夸张地倾斜过来，往两边凑着说："各位大人说得对，何必为这点荒地去惹东胡呢！"当下，不顾还有许多人愤愤地反对，立即要勒俟祜去通知东胡使者。那勒俟祜是一万个不情愿，怎地这种倒霉事总要挨着自己呢？他把脸拉得老长，连眉毛胡子都垂了下来。

冒顿随即差遣勒俟祜带屈烈支一起，随同使者到东胡去谈判。谈什么呢，预先对兀式作了简单通报，就是要求东胡不得再有新的要挟，更不得再向匈奴的瓯脱这边提出新的土地要求。勒俟祜完全是一副受气包的无奈样儿，还得按照冒顿的安排，拿出金钱宝物来赠送给兀式，希望他能从中斡旋。

大功又一次圆满告成，兀式自然对谈判的事满口应承，狂喜之下，心底暗自冷笑。

打发了东胡使者，冒顿着手进行秘密安排。两天后，又召集大臣们开会，试探对瓯脱间土地妥协事件的反应。的确有人对那些土地怀着无所谓的态度，反之，也有继续借此事大肆发泄不满的。

经过当面核实，冒顿心里有底了。他突然发作，雷霆般吼道："土地是我大匈奴的根本，怎可以随便给人呢？"于是，当场宣布了一份名单，命令卫士一一绑缚了，等候发落。

等到退出帐外，群臣尽皆惊愕不已。原来帐前草地上和山坡上已经布满了人马，左大将戎渠夕正在队列前面倚马等候。这是在等待出征呢，只等大单于发出号令。

等到冒顿单于现身，也已经披挂了铠甲，战马在一边伺候。鼓声响起，提前拿下的大臣被推到面前跪成一排，冒顿沿排面缓缓走过，目光逼视，令他们一个个低下头来。回转身挥一挥手，戎渠夕便即发令。武士们手起刀落，人头落地。随即，那些首级被陈列在山坡上，龙旗挥舞，大军誓师。显然，这个举动的本质，正是冒顿对内部反对势力实施的终结性清洗。

冒顿一跃跨上马背，穿梭于单于庭直属的万人骑队中。出征仪式完毕，单于回马帐前，低沉地发出命令。身旁的戎渠夕拔出弯刀举过头顶，大呼：“大单于有令，出发——”于是，响起一连串的发令声，号旗挥舞，胡笳声起，羊皮鼓雷鸣，人马山呼。冒顿驱马奔驰，紧随其后的是重新补足人数的五百亲卫。

勒俟祜、屈烈支与东胡使者已经到达瓯脱，勒俟祜当着使者的面，灰溜溜地向守卫在边境上的匈奴将士传达了单于的决定，从此瓯脱外缓冲带将不复存在。多年来由于缓冲带的隔离作用，守卫瓯脱的匈奴军只象征性地面对东胡士兵的“影子”；而这次似乎要直接面对了，将士们不由得不把久已松弛的神经猛然间收得很紧。兀式止不住流露出十分的得意，是啊，躲是躲不开的，匈奴与东胡总是要面对面的！

这边在大肆渲染悲愤和紧张的情绪，那边屈烈支乘空找来守卫瓯脱的千长，秘密传达了大单于的指示。事体太大，千长不敢迟疑，立即着手去办。

一条窄窄的道路弯弯曲曲镶嵌在茫茫缓冲带上，这是兀式的使队走出来的路，被冬季的积雪覆盖了，又从融雪中露出来。路两边枯木丛生，芦苇没顶。杳无人迹的荒芜土地中，到处散发着野兽的气息，风吹草动甚至马的喷鼻声，都不免给行进中的小小骑队增添毛骨悚然的感受。

远远近近处点缀的那些高高矮矮的树林，从四下里收拢晨曦暮霭和缥缈的雾气，挤挤簇簇地于沉寂中彼此做些勉强的呼应，尽量把松散的荒原马马虎虎关照在一起。倒是零星的勤于早发的草木，浅浅地浮于融化殆尽的冰凌表面，在杂乱枯燥之间闪烁跳跃着难以觉察的嫩黄，预示着潜伏的生机将在某一个时刻全面爆发。

兀式、勒俟祜、屈烈支及随从人等的马队，时常被扯成一长条，像一支细微而弹性的梭，艰涩地穿动于沼泽、碱滩与林木的交织中。人不时要下来牵着马，蹚过难以插足的无路之处。

终于到达东胡防线的瓯脱了，兀式长长舒出一口气来。他特意召集驻守瓯脱的将士，提前传达了特大喜讯，极大地鼓舞了人心。面前这片沼泽已经完全属于东胡，瓯脱再也不是边界，咱暂时就不必这么辛苦啦！

勒俟祜和屈烈支的脸都摆得很平，显然两人不和。勒俟祜在内心里琢磨事，寻思着找对方的碴以便恰到好处地翻脸。在见到东胡王时，他需要的不是谈判桌上的成功，却更需要内部闹得不可开交。他把自己比喻成老鼠，只因为要做老鼠逗猫的游戏。勒俟祜想，那只老而肥的猫会比眼前这只更聪明些吗？

正琢磨呢，手下来报，队伍里丢了一名随从。勒俟祜大为恼怒，责怪屈烈支没有管理好手下。那屈烈支虽然矫捷强悍，但面对指责也只能恨而无言，谁叫人家出身和官位都比自己高得多呢？“看他那副贼眉鼠眼的样儿！”他在心里骂着，差点儿就脱口而出。兀式看在眼里，心中暗自幸灾乐祸，于是顺便做个奚落式的安慰：“要么逃了，要么死了，想必这种软蛋在匈奴也算不得稀罕，这事没准还会发生的！唉，二位实属无奈，就不必过于计较啦！”

勒俟祜听过了，便叮嘱：“听到没？可别怪使者大人没当面提醒，往后要多加留神，勤盯着点……”话还没说完，屈烈支一摔马鞭，奔前面去了。勒俟祜挂下瘦长脸，好生尴尬。

只前后脚，由左大都尉戕鹰为前锋，冒顿、戎渠夕带领三万轻骑飞速抵达瓯脱，眼前就是刚刚在承诺中明确了归宿的亘古荒原了。仓促之间，困惑地看守瓯脱的士兵们，朝着突然到来的士气高昂的精锐同胞，吃惊地睁大了眼睛。他们还来不及理解眼前变幻的戏法，怀疑自己是在现实抑或梦境。有人甚至用刀去割自己的手指，看看是否疼痛，是否能有鲜血流出。

时已近暮，大队宿营，将士们、包括长期守卫在瓯脱的士兵，都等待着丰盛的犒劳。漫长的冬季过后，匈奴单于庭储备的食物几乎告罄，只有被寄予繁育期待的畜群和赖以绵延的冬羔才被千方百计保留了下来，这些被视为族群借以绵延的命根子。半饥半饱度日的士兵们即将饱饱地享受到单于的犒赏，心情很觉振奋。但所有的人都知道，那已经是尽力搜刮到的国之食底，而再次饱食的希望，是在东胡瓯脱那边。

冒顿独自放马越过由无比简陋的瓯脱连成的防线，来到荒原的边缘，回望落日，徘徊缱绻。在冒顿担任太子左屠耆王时，这里间接地属于他管辖，但由于多半的时间必须留在单于庭，所以日常由左谷蠡王都矢代为照看。事实上，他从没到过这里，但并不意味着从不关注；今天终于有机会亲临，心情本已不平静。使他更加心潮起伏的是，荒原那边就是匈奴多次设想的侵吞对象之一，但却从来都没有下决心作为首要的打击目标。不期然，这个目标却自动挤到前面来了。

目前东胡实力如何，匈奴方面几乎没来得及仔细侦察，尽管事件的起端早在前一个寒冷的冬季到来之前。冬季山岭被大雪覆盖是最为表象的原因，内在的更为关键的耽搁，在于族群刚刚经历了前所未有的异常变故，要处理的事情多之又多而且非常棘手，甚至每下一个决心都非常困难。总之，凡族群中一应针对外部的情绪和舆论，包括如何应付东胡的要挟，都令人困惑地成为了双刃剑，一面借以凝聚人心，一面也都是被中伤的借口。东胡的底气恰在于嗅出了匈奴因内耗导致的气虚，其屡屡乘人之危的举动，已经积累成为冒顿必须正视的首要现实。他仔细琢磨聂行的那句“焉知非福”，而且举一反三，从中汲取了力量，终于决定把东胡的要挟和由此而产生的悲情，转化为一战扭转被动的重大机遇。

然而，此次出师算得上十分仓促；就事前准备来讲，远远不足以对崛起历史更为久远的邻国发动一场必胜的战争。但形势逼迫他不得不冒天大的风险，不得不孤注一掷。战争类似赌博，好在冒顿对军队的训练素质是有充分信心的，特别是那支绝对忠实于自己的一万劲骑。

形势的特点决定此战必须速战速决，而胜负的关键在于能否出其不意，攻其不备。但，要东胡“不备”，这似乎属于一厢情愿。譬如月氏，既敢反复挑衅，事实证明其必然有充分戒备！基于这种判断，冒顿决定双管齐下，但愿勒俟祜和屈烈支能制造出取胜的前提，随后大军可出奇制胜。

这一战冒顿必须胜，胜则可能做到他想做的一切，败则后果不堪设想。遥望东边逐渐黯淡的天空，他又想到了苤扶。微微袭来的寒风，像尖刀一样绞痛着他的心房，他拿手用力抚压自己的胸口，久久难以抑制。

第三十七回

怠胡王悍将斗意气 殄瓯脱狡师出弃原

宿营地的下风烧起了篝火，犒劳即将开始。戕鹰来到面前，请大单于回营用餐。冒顿让他只顾去照应将士们，自己过一会就回去。被从沉思中唤醒的他，看到不远处稍稍隆起在地面的瓯脱，心里一动，便策马过去。愈是到了近处，只见杂草连片，几乎看不出明显的痕迹。再往前，看到了瓯脱的入口，那是一个略高于地表的洞口。

下了马，顺着陡陡的斜道躬身摸索进去，觉得比外面暖和些。他稍稍让眼睛适应了，闪开身，透入洞口的光线弥散开来。头被碰了一下，知道直不起腰，只得坐下来，感觉地面铺着毡子。方能仰面，看时，瓯脱里面空间狭小，顶上横架着树干，用树枝覆盖。反复打量了一阵，转身出来，几乎就是爬着出来的。他惊奇地发觉，这里虽是边境，却连一个岗哨都没有。事实上，眼前千里荒原就是屏障，不在战时难免松懈，甚至间或放弃巡逻放哨，包括可能撤去潜伏哨。当然他想到了一个更直接的原因，就是新近使者带到这里的消息，在绷紧神经的同时，也彻底涣散了士气。

冒顿又在瓯脱四周仔细察看了一回，这才回营。就着聚餐的兴头，冒顿针对战争的前景做了颇具煽动性的动员，对于言语较少说话简约的冒顿来说，这算是生平第一篇演说。他指着东边说："对面的东胡外强中干不堪一击，而不堪一击的东胡却虚张声势来我大匈奴要这要那，尽其能事辱没我大匈奴的性格。他们欺侮单于，就是欺侮匈奴；他们蹂躏单于的阏氏，就是蹂躏匈奴所有的女人，蔑视匈奴所有的男人；他们强占匈奴的土地，就是想断绝我们生存的念头，就是逼迫我们灭族灭种。我们不得不为此而一战！"

在酒力的刺激下，将士们的头脑迅速升温。冒顿趁热打铁，宣布："打败了东胡，谁虏获的财物、女人，就统统归谁所有；让那些战败的男人永远成为大匈奴的奴隶吧！"于是，瓯脱边响起了经久不息的欢呼。其实，这种通过战争和掳掠鼓舞士气并储物于民的政策，在匈奴、东胡等由来已久，这里不过是重申而已，但其推波助澜的作用立竿见影。

次日凌晨，全体拔营起程。出发前，冒顿告诉先头部队，他们必须以最快的速度越过难行而危机四伏的荒野和大山，然后得不到休整便要立即投入战斗。他给将士们讲了一段中原的战争故事，那是一位名叫项羽的将军在巨鹿战役中破釜沉舟背水一战的实例。他说："越过了面前的荒原，我们就像渡过了一条更加宽阔的不是河流的河流，同样没有任何退路，只能誓死战斗到底。有句话说得好，狭路相逢，勇者胜！”于是，全军山呼：“狭路相逢，勇者胜！”

接下来，由左大将戎渠夕颁布了两条军令：“一、凡迟滞延误、畏葸不前者，一律处死；二、在到达对面东胡的瓯脱之前，每人马上必须驮一褡裢沙土。”这第一道是铁的纪律，军中必行，而第二条，则令人十分费解。费解也罢，不执行也是死罪，冒顿大单于的性格，每一名士兵都有耳闻。

戕鹰打头，带领士兵出发了。队伍才走得半数，背后烟尘起处出现了一大队骑兵，迅速向这边靠拢过来。队伍中出现了骚动，都去看单于，却从冒顿欣悦的虬须中读到了振奋。

几骑马离开大队抢先飞奔前来。到了冒顿面前，打头高大的战马顺过一圈来，马上剽悍的骑士行礼问候：“大单于别来无恙！”

冒顿哈哈大笑，说：“左谷蠡王大人来得正是时候，再晚些，本单于就钻到这条无边无际的‘大河’里去了！”这话使来将感到不解，免不了又得解释一番，然后对面大笑。

原来，左谷蠡王都矢正是由守卫瓯脱的千长按照屈烈支传达的命令征调来的，随同前来的还有瓯脱王。瓯脱王属异姓的千骑长，级别不高，负责与东胡接壤地带的防守。他在接到都矢的通知后，才知道单于出兵的消息，内心震惊，急忙赶到半道上与左谷蠡王会合。戎渠夕也过来与都矢见过了，马上互道辛苦，开过短暂的会议。于是，冒顿、戎渠夕居中出发，都矢随后。道路虽然纷乱难寻，总计五万大军却以最快的速度隐没在荒野中。

即将到达东胡王庭，勒俟祜抓紧与兀式协商谈判条款，不免讨价还价。屈烈支负气在一旁吱嘴，一言不合，反而与勒俟祜争吵起来，白白耽误时间。

又有随从来找屈烈支，屈烈支抽身出帐，须臾回到帐里与勒俟祜咬耳朵。兀式猜想，肯定又有手下逃跑了。他已经习惯于拿不屑的眼光来观察谈判对手，轻蔑从浑身每一个细胞里渗出来，随时散布在面部挤出的褶皱里。

千里隔离带的荒沼中，匈奴轻骑昼夜行进，速度比想象的要快得多。这一来是士气高昂，二来是军令莫违，关键却在于技术性因素。原来，瓯脱王的手下有大量本地牧民，他们长期在这一带放牧，难免被各种主、客观需求驱使而冒险出入，甚至穿越荒原，荒原里便有了他们自己的小路。关键时刻，这些个性化的路径充分发挥了作用，潜行者已经分成几路齐头并进。尽管危险增加，但千军万马不再需要去挤同一条路径，整体的效率提高了许多。

第二天下午时分，戕鹰率领的前锋离东胡瓯脱只有十来里了。士兵们得到命令，暂时潜伏下来，一项重要的任务，就是检查自己马背的褡裢里是不是装满了泥沙。

人马越聚越多，而根据探骑报告，东胡的瓯脱那边还没有丝毫反应。这时，骑探带回来一个人，他正是从勒俟祜的随从队伍里开溜的第一人，真实身份是什长。

为了得到一个宽容的谈判结果，左骨都侯勒俟祜慷慨出资，由东胡使者兀式开出名单排出日程，连日里铺张地宴请东胡王和文武群臣，低三下四地拉拢讨好。屈烈支强烈的不满则明确写在脸上，抵消着勒俟祜狡猾的卑谦。

东胡王起初有他的尺度。他本可节制或暂停索取，费些力气和时日耐心观察匈奴的反应；岂料欲望的满足似有神助，挡也挡不住。于是，一旦匈奴使者主动把软弱送上门来，他攫取的愿望便愈加膨胀起来。他与大臣们反复谋划，又反复加码，从中体会得寸进尺的愉悦。现在，东胡王庭的主流期待，便是用廉价的和平承诺换取更多的利益。

太过美妙的梦确实容易让人深深地沉迷其中，魇住了，呼唤难醒。而另一种表象更无忌惮，两名匈奴使者矛盾日益公开，已经完全不加避讳，甚至要靠东胡人来评判是非。

让他们自己闹去吧，你匈奴越急越躁，我则越发从容。于是一边是假意着急真不着急，一边真的着急却沉住气来幻想更多的猎获。满世界只有勒俟祜一个人像屁股着了火似的，他甚至跳上跳下，大失其身份。而偏偏他的外在也具备这种格调，完全不需要透支政治经验和人生智慧。他就是一个小丑，每天都会给东胡人留下笑柄，其丑陋不胫而走，成为毡房里的笑谈，让整个的匈奴声名狼藉。

倒是屈烈支的人格颇受尊重，他虽事事作梗但性情直率，不像勒俟祜那般猥琐。东胡王帐下都还乐意借他的任性，制造话题来戳勒俟祜的脊梁骨。这叫作没正经的被随意玩弄，正经的也被曲意把玩，东胡的达官显贵都以为冒顿的匈奴十分好玩。

夜深了，王庭那边还在刻意施展宴请和巴结的伎俩。

东胡的瓯脱以从未有过的松弛酣然入梦，不需要固定的岗哨和巡逻；因为面前有方圆千里的天然屏障，本多年无战事也没有发生过任何风险，现在更是连天崩地陷都休想唤起半点儿惊慌。不仅仅因为面前那片土地宣告归属东胡，也出于游牧族群有举事常随月的习惯，月盛壮攻战，月亏则退兵。当下正是月黑风寒，早早躲进瓯脱挤在一起睡了，做个好梦要比醒着受冻受累强得多。

午夜过后，正是酣睡时。野地里潜出无数的人影，他们每人都肩负着马褡裢，分散开来，悄无声息地把褡裢里的沙土全部倾倒在瓯脱的入口处。看看堵得风霜不透了，其余的则朝瓯脱顶上倒，直把那一个个瓯脱堆成了一连串的坟墓。可怜长年戍守瓯脱的千名东胡士兵，全数在疲沓的睡梦中窒息而死，没有产生丝毫的反抗，甚至没有透露出半点儿呻吟。戎渠夕一声不响地立马瓯脱边，向黑暗里感觉着士兵们手脚的麻利，心里感到十分满意。出师以来的第一个非常规战术动作很快完成了，胜利的气息随着夜风扑面而来。

由“开小差”潜伏下来的什长引路，戕鹰早已率队包围了白桦林中东胡千长的毡帐。大概是觉到了什么动静，千长点亮了灯盏，随手裹了条毡毯打着哈欠走出帐外，正抬头去寻瞭望台。一阵箭雨恰到好处地袭来，直把那千长像狼牙棒一般地钉在毡毯中，死前连任何的危险都还没有意识到。

透过新嫩的白桦枝叶，没发现瞭望台上有丝毫动静。虽然开春了，但夜间天气依然寒冷。既然匈奴使者已经来王庭求和了，士兵也就不必傻待在那上面活受罪了，何况黑夜本无视线。

初步得手的冒顿正在猜测策略的成功，他还缺乏更多的信息来证实东胡的防御情况。其实，岂止瓯脱，整个东胡对于匈奴的入侵，特别是在这种时候选择这种方式入侵，真的全然没有防备。东胡王乘人之危而已，就是有便宜不占白不占的意思。你想想，仅凭一个使者就能做出惊天动地的事业，闹得匈奴单于畏惧七分，还有必要备战吗？一个内部混乱和心慌气短的匈奴，眼下没可能威胁到政权稳定的东胡！使者亲眼看到了一切，使者的成功也充分说明了一切，匈奴不期又提供了两份夹缠不清的活材料为佐证，佐证的材料中又夹带了逃亡的旁证，还需要费什么劲呢？

不过，像东胡王这样一边威胁别人，一边却放心到如此程度的君王，恐怕也实属罕见。然而并不奇怪，在开放的地理形态和被空阔封闭着的传统生活方式交互作用下，原始的游牧习性却就是这样。人们把毫无意识的贪婪和怠惰驮在马背上，混合了酒精不分白天黑夜地摇呀摇，一直摇到浓烈的非分情境中，也不免摇晃到饥寒交迫的悲惨境遇中。

瓯脱之战不损一人一马也不漏一兵一卒顺利得手，匈奴大军立即寻路向大鲜卑山的河谷进发。一路上，他们几乎没有遇到任何有效抵抗，行进的速度越来越快，铁骑踏过的地方，临时构筑起立足东胡部落资源的源源不断的补给线。戕鹰的任务就是不顾一切地全速奔袭，剩余的事情自有戎渠夕处置。轮到都矢便是清理战场、搜刮物资了，这连他们自己都感到十分意外。

不断有人来汇报使者的活动进程、传递敌军情报并指引进军路线，他们毫无例外地都是从勒俟祜的出使队伍中“逃逸”的。怀有觊觎之心却奇怪地不设防的东胡，简直就是门户洞开。匈奴军队如入无人之境，进展达到不可思议的程度。

由于山区地广人稀，加之王庭对外界的入侵浑然不觉，多数的东胡牧民尚来不及集合成军。匈奴人便利用通透的和不断累加的信息，对那些驻防的将领们采取了“擒贼先擒王”的战术。戕鹰一路抢先斩获，戎渠夕随后清剿，孤立无援的敌酋极少有能逃脱的。那些日常轮流值勤的东胡士兵或者说牧民散沙般地回归到毡房里，只要逃离了战场和眼前的危险，他们立即就能埋头到蒙昧的日常生活中，好像什么事情也没有发生。战备的荒废、军纪涣散和原始游牧习性，使他们从不去想多余的事情，甚至不去想是谁在发动进攻，是外部落还是土匪，今天也不去打算明天该做点什么或者是否继续活着。

匈奴前锋一路疾进，大军所到之处立即封绝道路，可以说是抢在了任何信息的前面。东胡简直就像一匹疲病的老马，反应迟钝到极点，连转动身躯都显得十分困难！冒顿中军过后，当都矢后军接踵赶到时，大批俘获的奴隶已经被画地为牢囚禁起来，甚至被主人做了记号，等待撤军时按照战时政策落实其归属。

戕鹰的马蹄眼看就要踏翻王庭的豪华大帐，空气中都能嗅到血腥的气息了，东胡王和群臣这才从将信将疑中省悟过来，一时肝胆震裂，全都六神无主了。日常藏兵于民的缺陷，就在于麻痹之下多为散兵游勇，即使王庭旗下，充其量只能组成小股抵抗。在匈奴轻骑疾风暴雨般的袭击下，东胡完全丧失了还手之力。匈奴与东胡其实有许多共性，但眼下弊端全归东胡，优势尽在匈奴。

离坐以待毙尚有一步之遥，东胡王和兀式不约而同地把求救的目光盯在了勒俟祜身上。于是主客易位，一场更加愚不可及的幽默剧上演了。

“我东胡对您还是非常尊敬的，您说呢？”兀式说。

“当然，我和我的助手当然都能感觉到自己所受到的礼遇！”勒俟祜回答，他的眼睛和眉毛都竖立起来。

“其实，我们以往的要求并不算过分，而且都是大匈奴慷慨赠予的，没有动一兵一卒，也没有流一滴血，我们之间完全是平等往来的。”兀式说着，脸上露出了感激的神情。

“是的，没动一兵一卒，也没流一滴血，这一点我是亲身经历的，我完全可以做证！”勒俟祜非常认真地点点头。

“那么，如果大匈奴单于产生了新的想法，有所误解，完全可以商量，什么都可以商量。我们甚至可以把宝马和美丽而尊贵的阏氏统统归还大单于，那片土地也让它恢复原来……不，不，可以从此归匈奴大单于所有。”体态肥胖的东胡王勉强躬下身，无法掩饰内心的惶恐。

勒俟祜诚恳的脸上露出了怜悯：“如果现在发生的事情还不至于令贵大王为难，本使也就擅自做主，暂且应允了吧。好在我是得大单于授权的！”又补充：“不过，大单于的鞭鞘已经搭在大王的毡帐上了，总得赶快找一块结实的毡垫为大王和使者柔软的膝盖做点准备吧！”

“那是，那是，我们立即把宝马和阏氏送到您屈就的毡帐里，由您和屈烈支将军加以保护。”东胡王说过，立刻吩咐左右去办，还叮嘱：“务必在尊贵的使者回到住处时，就能见到宝马和阏氏。”迟疑了一下，对兀式说：“还是你亲自去办，要快！”

勒俟祜便顺水推舟，说：“那就劳您大驾了——屈烈支将军，您就费点心，到住处去迎接阏氏和宝马，我在这里等候消息！”

两人都应承去了。于是，勒俟祜便不再谈其他的事，专等消息，这使东胡王急得如热锅上的蚂蚁，连连派人催促。好不容易，兀式回来复命，屈烈支也来加以证实。于是，谈判重又开始。

“我想，既然东胡只能跳进自己挖掘的陷阱，还是重新谈一谈条件吧！”勒俟祜这回主动开口了。

“应当归还的都已经归还了，我再也想不出该谈什么……”东胡王愈加惶恐：“我们还能为大匈奴单于做些什么呢？”他拿软绵绵的拳头痛苦地砸自己的脑袋，好像头疼欲裂。

兀式请求：“我东胡王已经示弱，还是请贵使报告大单于先行退兵，下臣将恳请我王尽王庭之所有犒劳大军。日后，我将亲自到单于帐前领受不恭之罪，任凭处置，不知贵使意下如何？”

“我想，不是贵使前去谢罪，而是贵大王亲自随大单于回我匈奴谢罪，这才能平息众臣的怨恨，也可以告慰因东胡要挟而死去的我的许多同僚！”勒俟祜的语气强硬起来。

沉默了半晌，兀式忽然也强硬起来：“也罢，我东胡大王也不去你匈奴了，我本人当然也看情况再说。但贵使目下就在大帐内，只要我王一呼，贵使就再也回不去了。

余下的事先不讨论，没准贵使不答应的事情，大单于会答应的！”

勒俟袪冷笑一声，双眉倒竖，抢前一步。他飞快地从腰间拔出刀来，还没等对方有什么反应，早已一刀砍去。兀式的头颅应声落地，鲜血从那腔子里喷出，洒在勒俟袪身上和东胡王面前的案几上。东胡王大惊失色，瞬间，东胡的卫士们已经持刀围了上来。勒俟袪面不改色，把刀在兀式的衣上擦一擦，扔到一边。而站在一旁的屈烈支，只管把手扶在腰间的刀柄上，纹丝儿不动，像个局外人。

帐外的喊杀声已经逼近。东胡王缓过神来，急忙喝令侍卫们退下，摊开两手，说：“也罢，本王就随你去吧。看在此刻不杀你的分上，还望贵使者在大单于面前代为求情！”说过了，用哀求的眼光紧盯着勒俟袪。勒俟袪突然有些走神，竟然下意识地点了点头。

于是，东胡王在屈烈支的看押下走出大帐，匈奴士兵已经赶到，正与帐外的东胡卫士们展开搏杀。勒俟袪举手示意东胡王已经投降，双方便停了手。这时，左大都尉戕鹰赶到，两人会意。东胡王下达了开战以来的第一道军令，全体东胡士兵放下了武器，战斗不一时就结束了。

接下来便是大肆掳掠。东胡从王室到普通牧民家，连人带物被洗劫一空，哭喊声响彻王庭的山间草原。匈奴军官和士兵强迫被俘获的人口为他们驱赶和搬运抢来的财物，把稍作反抗的人随意杀死，然后鸠占鹊巢在毡房里吃喝享受，互相比较战绩，等待着撤军的命令。

在临时设置的单于军帐前，冒顿看到了雾里佳人，它卧倒在地，头耷拉着，漂亮的棕毛变得杂乱不堪。

冒顿下马走近细看，大为愤怒。正在帐内守护荟扶的屈烈支听到动静，立刻疾步出来。冒顿指道：“这是咋回事？”屈烈支挥手唤过一名候着的东胡官员，要他向大单于禀报。原来，这雾里佳人自从离开匈奴，饮食便日见减少，直到不进食，光是喝点水。渐渐地水也喝得少了，半个月前，便连水也不喝了。

东胡官员禀报说：“只因雾里佳人是匹绝世宝马，身体超常强壮，才得活到今日，还能让大单于看上一眼……”冒顿听了，火气直冲顶门，抬腿一脚，把那官员踢倒在地，又赶上一脚跺向心口，眼见得口鼻流血，立马断了声气。

第三十八回

雪前耻冒顿焚王帐　舐血泪天骄丧爱妻

冒顿蹲下身，伸手抚摩雾里佳人的面颊。宝马失神的眼里洇出了泪水，忽然挣扎着要站起身来。屈烈支用力帮扶着，终于站住了。冒顿脸上有所放松，心中却且喜且疑，贴过腮去。依偎有时，雾里佳人浑身开始发抖，冷不防振蹄扬鬣，朝着西边的天空悲声长嘶，随即猝然倒地。冒顿急忙俯下身子，看那宝马急促地喘气，一时不知如何是好，便只管抚摩那过去常常下意识抚摩的前额。

喘息平静下来，雾里佳人的眼睛盯着主人，忽然一亮，渐渐黯淡，失去了最后一丝神采。它去了，在大军胜利的时刻魂归匈奴。

冒顿跪下一条腿，默默传递哀思。过一会，看到屈烈支立在一旁，猛然醒悟，急忙起身奔向毡帐。

荃扶卧于毡毯之上，见冒顿进来，挣扎着探起身来。冒顿连忙抢前，盘腿坐下来，让荃扶依在怀里。

荃扶浑身软弱，脸色苍白，完全没有了昔日的神采，渐渐消弭着另一种碎心的动人。冒顿闭上眼，扬起头，把从心底直冲而上的泪水禁锢在眼眶内，压抑了一波又涌起一波。他咬紧了牙，满脸的卷须瑟瑟颤抖，一阵紧似一阵。

斜阳下画角吹响，战斗结束了。荃扶无力地抬起头："你真的来接我回去？"那声音平静而格外动听，分明却咬噬着冒顿的心尖。他双唇不断收紧着，好不容易从重重压抑的嗓眼里挤出声来："我没有骗你，我亲自来接你回去，回咱们大匈奴去！"嗓子几乎失了声。

周围的随从全都垂下眼皮，屈烈支背过身，擦去了充盈眼角的泪水。冒顿把荃扶抱得紧些，低下头悄声说："我们打败了东胡，我们胜利了。"荃扶的脸上浮出一丝欢欣。

根据东胡王的旨意，分散在东胡山间、森林、草原、水畔的贵族、官员很快集中到了王庭，他们唯一履行的手续就是表示愿意投降。当然远处也有抗命不来的部落首领，他们一贯若即若离，此时更是自有打算。其实不来就罢，连冒顿也无可奈何，更不要说此时的东胡王。

这是一块记录着冒顿刻骨铭心的耻辱和仇恨的土地，他不愿意在已经宣告灭亡的东胡久留，遂率先班师。冒顿吩咐把雾里佳人带回去，他要让它与云中杀手去做伴，重要的是，它必须回归它为之牺牲的土地，它所留恋的故乡。

即将起程。冒顿特意绕过东胡王帐。触景生情，一时怒气上升，驰马挥刀在帐里帐外乱砍一气，又让士兵们都来砍。觉得还出不了气，就命令把大帐推倒，驱马赶车糟践一气，最后放起一把火来，直看着把那大帐烧得只剩下灰烬。

作为一个历史久远几度强盛的原始形态的山间草原王国，东胡随着这一簇形象的火焰熄灭，从此消失在北方族群的视野里。

眼前是怎样一番景象！匈奴大大小小的军官和士兵，每人都看管着自己大群小群的战利品，女人、奴隶、牲畜、财物，还有战死同伴的尸体；鞭笞虐待、调戏挑逗、大呼小叫、哭喊吵闹不绝于耳目。冒顿把这乱糟糟毫无顾忌的队伍托付于都矢、戎渠夕，自己则护着荃扶，由勒俟祜照看左右，屈烈支带领卫队，押解着东胡王踏上归程。

冒顿骑在马上，怀里始终抱着虚弱不堪的荃扶，他感到身心疲惫，懒得管任何事情，只一味呵护让他心痛欲碎的阏氏。他没有因胜利而与将士们一起感到振奋和欢欣，相反却在情绪中充满了内疚与伤感。他不时抱紧荃扶，用惯于挽弓的大手去抚摸她失去了血色的脸，每当这时，荃扶的眼里总会闪出微弱的光芒。

冒顿有时会回头看尾随在不远处的东胡王，他会皱起眉头，从心底里生出无比的厌恶。怀里被蹂躏得奄奄一息的阏氏，马背上东胡王肥硕的身躯，在冒顿的眼前交叠着，在阳光下晃来晃去，在夜幕下晃来晃去，在高山矮丘间晃来晃去，在千里荒野里晃来晃去……晃来晃去，晃来晃去，冒顿发疯了，他驱马来到东胡王身边，举起鞭子，一下复一下地凶狠抽打，一路打来，一路咒骂，不允许呻吟，他怕惊扰了昏睡的荃扶。

荃扶醒来了，发出动人心魄的惊叫声。于是冒顿停下手，离东胡王远点，又去细心地抚慰妻子。

东胡王已经遍体鳞伤，只有在冒顿离去的时候，才敢哼出声来。野地里时雨时雪、风吹沙打，与夜晚降临的寒冷，都加紧折磨着那具曾经养尊处优、纵情挥霍的肉体。

离匈奴的瓯脱大致还有一天的路程。荃扶脸色通红，浑身烧得滚烫。冒顿的嘴里鼓起大泡，嗓子已经说不出话来了。

队伍歇了。冒顿下马，让随从照看好阏氏。他看到东胡王已经不能骑马了，被兜在绳网里，由俘虏们轮换抬着。道路崎岖难行，东胡王身体沉重，那绳兜几乎是在地上拖着行走。大概是出于在谈判时无意中点的那一下头，勒俟祜要士兵尽量照看着点，不要让东胡王过于受罪，反过来受累的却是那些抬他的东胡人。

冒顿过来了，他两眼变成了红色，充满了血丝。悲哀的呻吟传到了他的耳里，那预备好的烦躁便又猛然爆发出来。

来了许多的秃鹫，在上空盘旋，公然在离队伍不远的地方驻足观望。被驱赶了，呼啦啦落到远一点的地方，掀动翅膀飞一飞，落一落，排成一行，攒成一堆，更朝这边注视，好像是在耐心等待。

冒顿火气倍盛，偏偏嗓子喊不出来，便抢上两步，扯住绳兜猛地一掀，东胡王被抛起，不由得大叫，正巧跌落到路旁的水沼中。冒顿不顾一切地赶上去，鞭子像雨点般地向水中抽打。东胡王本已虚弱不堪，跌在冰冷的水里更是无法耐受，再加上凶狠的鞭笞，不由自主地发出悲声。可越是声唤，冒顿就越是暴怒，鞭子就抽打得更加凶狠，眼看着已经没有了声息。

冒顿也是连日情绪变化无常，精力亏损，身体开始晃悠，有点支持不住了。勒俟祜连忙过去扶住，劝道："大单于息怒，自己的身子要紧！"他刚想提到荃扶，立刻收了口，那不又戳到大单于的痛处了！

冒顿嘶哑着喉咙命令："不要管他了，死活看他自己命有多大！"勒俟祜跟他说过在东胡王当面点头的事，而左骨都侯在前前后后的事件中倾尽全力，功劳可谓卓著，忠心可嘉。看在这分上，冒顿才多次打消了杀掉东胡王的念头，这时也还是尽可能留了点情面。

队伍离得远了，勒俟祜回头看看，秃鹫麇集，不停地盘旋起落。一阵阴冷的风吹过来，他不由得打了个寒战。

紧随冒顿之后，五万控弦之士陆续撤返，又各自归帐，王庭和出战的部落都尽情享受着战利品。每一名跟随出征的士兵都在北方乍暖的阳光里大吃大喝，醉生梦死，炫耀战功，尝试到手的女人，调教新获得的奴隶，欣赏悠闲的畜群。这个春天，他们再不需要为青黄不接而去奔命打劫了。

匈奴并没有能对大鲜卑山施以实质性控制。随着东北广阔地域内新一轮部落纷争和演化，新的族群逐渐代东胡母体而蘖出。控制了大鲜卑山麓的被称为鲜卑人，退保南部乌桓山的被称为乌桓人，在他们东边的平原上，依然延续着夫余族群的势力。

和所有早期族群一样，东胡本就是多个部落松紧不一的集合体，东胡的血液继续在鲜卑和乌桓的生命中大量流淌着，他们并没有放弃与西边日益强大的匈奴为敌。这是其后中国历史上的两个颇有作为的族群，尤其是鲜卑，鲜卑更加伟大的政权代表作，则是公元 386 年始建的北魏。

且蛰来了，专程看望归来的荃扶，也顺便看看太子稽粥和乌孙王子猎骄靡。他还带来了重要的军事信息，月氏左大将居敕臼接替北山口的防守后，正在加紧备战。而月氏王庭受到东胡覆灭的影响，在对形势的估计、与匈奴的关系、战与和等等方面，都发生了尖锐分歧，争论激烈，闹得月氏王举棋不定。

冒顿直截了当地问："啥时候可以进取月氏？"

且蛰绕个弯回答："可以先联络乌孙部落，从月氏内部找点缺口。"

听到这个回答，冒顿脑子里突然闪过一个难以置信的说法，叫"不战而屈人之兵"。与东胡争斗给匈奴自身带来的伤害，对他的心理刺激很大，也在很大程度上影响了他的征服观。他很容易便接受了且蛰的建议，问："派谁为好？"

且蛰说："左骨都侯如何？"

冒顿说："就这么定了！"

且蛰不再停留，告别上马，回大帐去启动作战程序。对东胡一袭而功成，使他领略了冒顿的魄力，内心真正感到了佩服。正因为如此，他也体会到了自身面临的压力。且蛰已经把月氏和东胡做了无数次对比，越发觉得两个同样号称强大的对手，其实完全不在一个重量级上。加上已经有东胡前车之鉴，月氏便更加难以制服。所以，他从兵书上找到了一个对策，叫"攻心为上"。

荃扶的脸色不那么苍白了，只是身体的热度时高时低，大部分时间都在昏睡。只要醒来，她就努力睁开眼，去看摇篮里的儿子，她不肯让他离开身旁。

冒顿几乎用所有能腾出的时间守候荃扶。小猎骄靡只在附近玩耍，不时就要躺在荃扶身边歇歇，或就偎依着睡了。他模仿着侍奴的做法，用小手为阏氏妈妈梳理头发，用衣袖为阏氏妈妈擦去腮边的泪珠。冒顿看在眼里，越发从心眼里喜欢这个小王子了，只是心思全挂在荃扶身上，没法更多地去关照他。

稽粥哭了，荃扶想抬起身来，冒顿赶忙扶住，让奶妈把孩子抱过来，拥在两人的怀里。猎骄靡便也过来，挤到小弟弟身边。

原野上的草芽儿一夜之间露了头，又一夜之间为山野脱尽枯燥的冬装，爆发出清新无比的嫩绿。透明澄澈的阳光中暖意融融地催出一大片一大片黄的、红的、紫的、蓝的、白的花儿，它们单个儿着、串串着、簇簇着、堆积着，这边开放、那边还打着朵儿，都在风中摇曳出波浪，向着河那边山那边此起彼伏。

冒顿上马，依然在胸前抱着荃扶，离开毡帐，慢慢地绕过小岗，穿过树丛，蹚过交织的水流，来到他们的小溪和他们的石上。

他放下荃扶，让她躺在开放的百花丛中。有美丽的小鸟儿来到完全解了冻的溪边喝水，飞上跳下，在花草中叼来叼去，叽叽喳喳，一直来到荃扶近旁。

天上有朵朵白云飘浮，远处有牛羊游动，毡房边上传来孩子嬉闹和犬吠的声音。冒顿的坐骑也在边上打着响鼻，享受阳光春风。

冒顿坐在荃扶身旁，把她纤弱的手握在宽大的掌心里。荃扶的眼里闪动着光芒，让冒顿产生了恍如隔世的感觉。

“我想，等你病好了，也带你沿着余吾水走走，咱们去龙城，还要继续走，一直到北海边上，那里有茂密的树林，林里的牧场十分美丽。对，我们还要翻过阴山，顺着石门水到北假去，去九原……还要沿河水一直走，走到祁连山。那里也是块好地方，那里有焉支山，那里的春天更加温暖，花儿更加绚烂芳香。”

荃扶点头，幻想和向往在眸子中跳动着，倾注着久违的热情和活跃。

“过不了多久，我们就能去河西。我要把焉支山改成阏氏山，把它送给你，那里的花儿能够炮制成胭脂，我要用它把我的荃扶打扮得更加漂亮，就像天上的仙女……我们还要到中原去，让你看看皇帝住的宫殿。你如果愿意，我们就到那里面去住住，找好多温柔体贴的宫女来陪伴你，为你洗头，梳妆，穿上华贵的丝绸长裙——听说那里还有一座骊山，那是中原皇帝休养的地方，我们也一起去，到那里去沐浴温泉。我们还应当去看看大海，就从东边去，在辽东那边……”

荃扶不时地点头，精神渐渐好起来，这使冒顿心中又紧张又兴奋。荃扶用微弱的声音要求说：“我们骑马吧，我想跑得飞快！”冒顿感到诧异，问：“你能行吗？还是等病好了以后，我带你骑马，我们就骑一匹马，你想跑多快，我们就跑多快；你想到哪里，我们就跑到哪里！”话还没说完，他读到了荃扶眼中的失望，又连忙说：“我们骑马，现在就骑，在草原上飞跑！”荃扶的眼里露出笑意。

于是冒顿抱荃扶上马，搂紧了，松开缰绳，两腿一夹，那马便飞奔起来。冒顿又猛力夹了两下，马风驰电掣，花草在蹄下飞扬，喷放出浓烈的芳香气息。他看到荃扶的脸上真的荡漾起幸福的笑容——渐渐地，渐渐地，那笑容暗淡下来。

马儿跑得慢了，缓缓停住了。冒顿把荃扶抱下马，重又轻轻地、轻轻地安放在溪边，仿佛怕惊醒了她。她是那样安静，睡去在草原上。微风轻抚，她依然美丽动人，带泪的脸上依然荡漾着笑靥。

冒顿做了一件从来也没曾想做的事情。他细心地采集来各色的花朵，用草茎束得好看了，摆在荃扶胸前，再向上面洒上一些水滴，让水滴和鲜花在阳光下一同闪烁。

他帮她放好了手臂，整理好头发，也在头发中插了一朵粉红的小花。

他俯下身，去吻荃扶的脸。他凝视荃扶，发现荃扶的眼角一点点、一点点，渗出一颗殷红的泪滴。他闭上眼，又睁开，如不看荃扶了，她会感到孤独，会觉得被遗弃了。她会感到寒冷，她会害怕的，她是个胆小柔弱的女子。

冒顿用嘴唇轻轻地去吮，那是一滴从心底里流出的血呀！她的血已经随着生命流到了尽头，已经流干了呀！

一点点的咸涩从舌面浸入他的喉头，在他的胸腔里扩散开，在那里一点点、一点点地渗呀渗。猛然间，冒顿悲从中来，胸腔里喷涌而出的痛楚裹成大颗大颗的泪水，哗哗地洒落在荃扶的脸上。

毡帐里，小猎骄靡醒来了，不见了荃扶，大声哭喊着："我要阏氏妈妈，我要阏氏妈妈，哇——"没有人能哄得住。他挣脱着，光着脚跑出毡房："不嘛，不嘛，我就要阏氏妈妈，我就要阏氏妈妈——"

眼前是空旷的原野，小猎骄靡声嘶力竭地哭喊，引得所有的人都掉下泪来。

毡帐里传来了稽粥的哭声，一声接着一声，直哭得喘不上气来。

冒顿侧耳倾听，那是小草生长的声音，那是花儿开放的声音，那是泉水喷涌的声音，那是荃扶倾诉的声音，那是——他听到了小猎骄靡和稽粥的哭声。

"不要哭了，你们的阏氏妈妈睡着了，你们一定不要吵醒她——"泪，重新像溪水一样从冒顿的眼里哗哗地流淌出来。

风吹来，一片云彩遮过来了，云彩里掉下雨点来，草地喧动起"沙沙"的声响。天不闭眼，也在为善良而无辜的荃扶饮泣。

在龙城为荃扶阏氏举行过隆重的葬礼，回到单于庭，冒顿开始为进攻月氏做后勤部署。本来，凭积蓄这是件很难完成的事，恰恰是被击灭的东胡以所属部落的人力和举国的经济代价垫补了这个空缺。除了东胡本部，并不是所有的部落都必须沦为奴隶。他们中间有大量统战的对象，部落中的骑士立即转化为战士，为匈奴所统一调遣。

士气可用，冒顿要趁势完成头曼未竟的事业，在这一点上，他们父子是完全一致的，只是做事的心胸和方式不同而已。荃扶死了，这冤到哪里去申，这仇到哪里去报，冒顿还积累着满腔怒火呢，还要找更多的出气筒。再说，月氏曾经侮辱过他，那是小意思，但他们想杀死他。侥直那也死了，他回忆那段往事，把这也看作了月氏的罪过。现在无须区分青红皂白，还有更多的结论要从月氏那里得到。

中原那边好像就要回到分封的状态了，带来了各个击破的可能性，但从另一个角度看，那也算一种均衡，一种相对的平稳，这很容易使匈奴人想到七国割据状态下赵武灵王和大将李牧的作为。

“必须尽快地拿下月氏！”冒顿此刻已是时不我待也心不我待，此仇必报也此恨必消，此时必战也此战必果。彻底失去了荃扶使他的心灵显得格外空虚，他需要做一件更大的事情，来满足被强迫着的心理需要。

汉中平原的夜晚，月色如水银瀑地。逐渐进入崎岖山路，奔走了大一整天的韩信勒一勒缰绳，坐骑放慢了速度。

当初执戟郎韩信逃离项籍大营后，身负形影不离的宝剑，迂回西遁，从渭水走到汉水，终于找到了那条久已失落的道路。他栉风沐雨忍饥挨饿，独自一人在巉岩绝壁深沟危壑间细心考察，辨别地形寻找废栈，历经九死一生方才到达汉中。精疲力竭之际，恰巧遇到萧何坐着牛车公干回城，便不顾一切地拦道自荐。因为不便当街隔牛角而论，他得到了进入丞相府的机会。萧何自然听说过“胯夫”的传闻，但韩信首先讲述的却是一条道路。然后韩信问：“张良张子房要汉王陛下烧毁蚀中栈道，可曾说从哪里还能通往咸阳？”这分明是一种暗示。萧何心中吃惊，连忙回答：“去咸阳做什么呢！”他已经看出，韩信是一个了不起的军事人才。几经考察，萧何邀请夏侯婴、卢绾一起向汉王推荐韩信，刘季便破格任其为“连敖”，这是一个事务性的后勤官员。韩信心中不满，便有意怠忽职守，果然导致粮仓失火。由于夏侯婴有意包容，才免了死罪。在萧何、夏侯婴借机劝说下，韩信因祸得福，被擢升为治粟都尉。这在平常人眼里，已经是一步登天了，但韩信志不在此。由于职责上的直接联系，韩信与萧何的接触越来越多，交谈也越来越深入。萧何听他推断刘、项取舍，纵论天下兵势，谋思行军方略，可谓从分析人事地理到治军，从训练军队到临阵进退，无所不及，无不饱含真知灼见。然而，由于刘季似信非信顾虑重重，韩信似乎无望达到心中的期望值。非常之人在非常之时，必有非常之举，韩信绝非消极坐等之辈。他终于动了一个冒险的念头，豁出来开跑，大不了拉倒。他最终的期待，正是潜藏在这孤注一掷之中。

第三十九回

举英才汉中拜大将 搴远略匈奴会龙城

这一天凌晨，萧何起身梳洗完备，吃过早饭，正在穿朝服。门前牛车已经在伺候。突然有东门的守城校尉来报告：“方得打开城门，就见治粟都尉韩信单骑负剑出城去了！”

萧何大惊，喊道：“不用牛车了，快牵过马来，快快！”他顾不得整理衣带，抓过官帽扣在头上，出门上马，飞驰出城。

路上恰巧遇到夜巡归来的夏侯婴，也不稍停，只说一声：“韩信跑啦！”早已奔出几丈去了。夏侯婴听了这话，半晌才转过神来。这事不对呀，韩信跑了，怎劳丞相亲自去追呢？犹豫了片刻，觉得必须弄个究竟，但带兵前去不免产生太大的误会，再说，这事也不宜闹出太大动静。顾不得多思量，他便让士兵自行回营，也单人独骑随后追赶。

转过山腰，溪流如白练飘落眼前。壮士落寞，下马看剑，徘徊于艄公夜宿的渡口，心潮如水流翻滚不息。韩信已经失望，但却期待奇迹就在这时出现。如果不能，他将到哪里去呢？回到项王帐下？那绝对不可能！他心灰意冷地琢磨着，其实早有主张，也许只能去两个地方。一是齐地，那里是最有可能与项籍反目的地方。目下齐王、济北王、胶东王分治，彼地分则必争，再说田荣、田横等人还在，不可能善罢甘休。应该有机会，但那一处麻烦过多，风险过大，去则过于勉强。相比之下，恒山王张耳是仅次于汉王的选择。赵地人丁强悍，张耳地大势大，又善于为人。疑点在于恒山王可能会安于现状，去那里缺乏用武之地。但韩信推断，天下格局并没有真正论定，明摆着汉王要兴兵东渡，因此，张耳也不可能独善其身。

追赶了一天，萧何已经人困马乏。正在灰心之际，却从高处看到了溪畔月色下有白马的影子在徘徊，似乎在寻找渡口。他精神为之一振，快马加鞭奔下山坡，口中大呼：“韩将军且慢行！韩将军快快留步！”心急之下，可谓语无伦次。

到了面前，萧何下马，便来拽韩信。两人坐在石上，萧何劝道：“我已经深知你的才华，正在努力向汉王推荐。你来汉中也没多久，尚可容得陛下思考，为何就这般急不可耐？”

韩信回道：“韩信来南郑，全靠丞相一手扶持，虽曾身犯死罪，丞相仍推举不辍，可谓用心良苦。我虽困窘，但决非负义之人，丞相知遇之恩，日后定然报答！”

萧何怪道："将军说哪里去了！萧何如此卖力，全是为汉王江山计。将军是盖世英才，萧何既有幸识得，理当推荐，并非出于私念！"

此时，夏侯婴也赶到了。他熟谙马性，是最会使用马力的人，所以来得极快。现在韩信面对两个恩人、一双知己，便发生了动摇，当然这也是他希望的。两人双双承诺："汉王如不用将军为大将，我俩便也一起冒死逃走，找个地方隐居起来，从此不问世间长短纷争！"当下萧何反复苦劝，夏侯婴拉拉扯扯，韩信只作无奈，勉强跟着回转。

将军樊哙早已按照刘季的吩咐，出南郑二十里左等右盼。他也与汉王一般地担心萧何、夏侯婴闹意气离去，为区区一个韩信，那太不值得。眼看着月落日出，日出月落，终于从道上接住三人。感慨之下，他便开口说："汉王派我在路上等候，丞相和夏侯将军若追不回治粟都尉来，末将就得在这里等到老死啦！"这话虽然有点开玩笑的意味，但事实就摆在眼前，韩信不由得心中感动起来。

回到南郑，已经是第三天了，可想刘季这两天两夜是怎样度过的。见了萧何、夏侯婴，他劈头骂道："你这两个狗东西，为什么要逃走，为什么又回来啦？"

两人躬身。萧何回答："禀陛下，我等从未想过离您而去！"夏侯婴也连忙解释："丞相是去追韩信，我是去追丞相，也顺便去追韩信！"

刘季从鼻孔里"哼"出一声，说："你倒是变得花言巧语啦！"这分明是冲着萧何的。

萧何不理他，只劝说："那种冲锋陷阵的将领，大王麾下有的是；但像韩信这样的国士，却不可能找到第二个！"

刘季当然明白两人的苦心。心焦之余，他也在反思，办大事哪能不冒大风险呢？反正将军可以任命，不行了还可以撤换；可错过了大将之才，错过了出兵的时机，等来年项籍把样样都安排妥当了，该平息的都平息了，我可就挽不回这天下了。

当武力成为夺取政权的唯一手段时，军事人才便是战场取胜的决定性因素。从这个意义上说，是萧何帮刘季追回了天下。可刘季嘴里还硬得很，还在骂萧何、夏侯婴两个："逃走的将领也有十来个了，没人替我去追。你一个丞相，一个太仆，却发了疯了，独独要去追一个'胯夫'，这不丢人现眼嘛！"

萧何好不容易追回了韩信，听汉王还不依不饶，定要说出这样的话来，也就赌气说："大王如果想从此躲藏在汉中养老，那就让韩信走吧，留着也没用；如果一定想夺取天下，那就得留住韩信，除了他，没人能与大王讨论军事大计。现在，就看大王做什么决定了！”

刘季责怪道：“丞相说哪里去了，我时刻都在考虑东征，哪能长期在这鬼地方闷闷不乐混日子呢？”

萧何说：“既然打算东征，那就得任用韩信。大王能用他，他就可以留下；如果不能用，他终究是要逃走的！再说，我与滕公……”止住了。

“你与夏侯婴？怎么啦？为何吞吞吐吐？”

“我两人对韩信当面承诺，汉王若不留他，我们也就辞官不做了！”是夏侯婴回答。

刘季问：“也就是说，真的要随韩信一起逃去？”

没人回答。

刘季心生怒意，但听萧何等二人说得这么绝，只好让步：“那就看在你俩的面子上，让他做个将军吧！”

萧何苦笑道：“即使当个将军，还是留不住他！”

刘季终于掂出了事情的分量。也是出于对萧何的信赖，便冲口而出：“那就拜他为大将，你等还要怎样，难不成把这汉王也让与他做？”接着还没忘挖苦一句：“要不，你两人也跑了，叫寡人如何是好？”

萧何立刻应承：“汉王幸甚，如此灭楚有望啊！”两人躬身行礼，表示祝贺。

刘季还是不痛快，对夏侯婴说：“你去叫韩信来，我这就任命他为大将，赐给他印信！”

夏侯婴正要移步，萧何却挡住道：“滕公慢行，我知道陛下平日随便惯了，不屑得做那些烦琐功课。但任命一名伐楚大将，却像是呼唤小孩儿一般，这哪行？汉王是要与项王争夺天下的，为何不利用这个机会来树立大将的权威！”话是对夏侯婴说的，但听的人可是刘季。

萧何猜得出，刘季显然是故意而为，暗中有所用心。拜将随便，也就可以随时取缔，这就保留了充分的主动权。他于是直截了当地对着刘季：“这么大的事，陛下绝不能当作儿戏！”

刘季没有了退路，只好说：“我就全听你两个的，总行了吧！现在你俩是大王，寡人是臣子……真是气死人了！”

萧何只听到这声允诺，充耳不闻刘季的牢骚，立刻拉夏侯婴跪倒，口称：“谢陛下隆恩，臣等这就去张罗！”

刘季不耐烦地挥挥手。两人退下，一溜烟地去实施。首要的，是在城外寻找一片空地平整出来，作为新的演兵场，安排搭建一座拜将坛。这也是先期制造声势。这件事由萧何牵头，夏侯婴、卢绾具体操办。

拜将仪式完成，韩信终于如愿以偿。

刘季回宫，众文武相随。刘季请韩信上座，向他请教天下大事，诸将旁听。汉王开口就问："丞相、太仆几十遍地向寡人推荐大将军，现在轮到大将军指教寡人啦！"

韩信恭敬回答："不敢！在陛下面前，末将如何能无所顾忌！"

刘季说："大将军只管道来！"

韩信于是问："大王想要夺取天下，主要对手难道不是项王吗？"看刘季点头，接着问："那么，在勇猛、强悍和仁爱等方面，大王与项王比较，如何呢？"

这问题太尖锐，众将都感到惊异。刘季沉默了好一会儿，终于说："咳，我样样都不如！"

韩信起身，朝汉王一拜，表示敬佩。刘季心里"咯噔"了一下。樊哙已经站起身来，萧何连忙抬手示意，要他暂且坐下。韩信话锋一转："不过，末将曾经事奉过项王，就来评价一下他为人的得失吧！先说'威勇'。他怒吼一声，上千人都会被震慑，但威风盖地达到不肯容纳和任用贤能的程度，因此，他只不过是匹夫之勇而已！"他用眼角的余光扫视了众将："再说'爱人'。项王平时对人，恭敬慈爱有加。他说话温和，见谁生病了，都会怜悯流泪，把自己的饮食拿来让人享用。可等到人家立功了，要封赏了，他却反复抚摩那封印，印的棱角都磨圆了，还是舍不得出手！"

"这话倒没说错，汉王可不是这样……"有赞成，也有窃窃议论："你被莫名其妙封了个大将军，卖乖呢！"

"……我说，项王的'仁'，那正是平常所说的'妇人之仁'啊！"

引来一片哂笑，也有思考的。韩信稍稍加快了语速："项王称霸天下了，却不牢固地控制关中，此一失误足以令其悔恨终身！他背弃了义帝的约定，自己称霸不说，还排斥异己，只分封自己偏爱的将领。又把义帝驱赶到江南，弄得天下愤愤……"稍稍停顿："他的军队只要经过一个地方，那个地方必然遭到残害。这样，老百姓表面上是归顺了，可只不过是怕他而已，因为他是'霸王'嘛！"

座中有了会心的笑声。韩信接着说："项王已经完全失去了人心，这就好比一个表面还很光溜的萝卜，里面已经空了。要问下场，秦朝就是极好的先例！"

这道理说得通俗都能听懂，但并不是人人都能认同。这时，韩信提出一个建设性的假设："现在，大王如果能实实在在地反其道而行，那就看您想灭掉谁了！如果能毫不吝惜地把天下的城邑分封给功臣，谁还能不心服呢？”听这一说，大伙儿有点兴奋起来。然而，刘季心里却“咯噔”了一下，但也没十分在意。

“服，从心眼里服！”不自觉，樊哙首先呼应了。

“将士们不都惦念家乡吗？不都希望能打回山东老家吗？行！我们出兵讨伐项王，不但与诸侯之心不谋而合，更要紧的是足以顺应民心。汉王若得了将心、军心、民心、诸侯之心，天下还有谁能阻止我军东伐？”

听了这一番议论，刘季心潮澎湃。看一眼萧何，萧何正冲他点头呢。韩信腹中积累了千言万语，正一发不可收拾：“项王把章邯、司马欣、董翳三个降将封到秦地了吧，可二十多万降卒被悲惨地活埋在新安，唯独三人苟且偷生，秦中的父老兄弟能不切齿痛恨他们吗？若此，秦川已在囊中！”

“太过夸张了吧……”

“且看他如何用兵！”

天色已晚，萧何看汉王和诸将兴致极高，便叫过侍者，吩咐掌灯。话题又回到刘季身上：“大王兵入咸阳，秋毫无犯，废除了秦朝严苛的刑法，与秦中百姓约法三章，当初秦中百姓就个个希望您留在那里称王。再说，按照怀王与诸侯约定，您当关中王理所当然，这一点，关中百姓，不，天下百姓家喻户晓。您得到了百姓拥戴，却失去了本该得到的地位，被迫退避南郑，对这个结果，秦中的百姓心里难道没有一杆秤？”

刘季击掌，众将止不住跟着鼓起掌来。一向低调沉稳的萧何，此时就像欣赏自己的绝世佳作一样注视着韩信。生性厚道的夏侯婴也露出了欣喜的神色。

韩信说：“现在，陛下如果兵出汉中，三秦的土地只需要发布一道二尺檄文，就立即会平定！”

刘季感到兴奋。他对萧何附耳道：“上天怎到现在才把韩信赐给寡人呢！”

韩信坐入梦寐以求的中军大帐，把他那把从不离身的宝剑从背上拿下来，与汉大将军印、兵符放置在一起。

五月，匈奴冒顿单于把右屠耆王且蛰及左谷蠡王都矢、右谷蠡王术柘以下二十四万骑长，单于庭侯职以上的主要官员、大都尉以上的将领召集到龙城，汇总信息，了解生产形势，讨论出兵月氏的事情。会议之前先要举行隆重的祭祀仪式。

龙城位于单于庭以西，地处安侯河中上游，两地直线距离近千里。安侯河在龙城以东百多里处折向东，大势抛弯转北后与郅居水汇合。此时的龙城尚没有城，王族大姓和牧民的毡房依傍河流西侧一片硕大的湿地生活着，今天这里的海子叫和硕柴达木湖。游牧的匈奴人把历代升天的单于安葬在燕然山北坡支脉的一片平缓的冲积扇上，先祖们在山重水隔中，依傍时清时浊的安侯河，遥遥面对北面汩汩东向的郅居水，随斯漂游，魂逝北海。此处为单于家族可记忆的发祥地和祖辈安息地——龙城，狼龙之脉延续之城，其神圣的地位也由此而确立。

龙城草儿青青，花朵簇簇，漫山遍野。遥望平沙莽莽处绵延一带低山，那畔埋藏着历代单于及亲贵的遗骨。墓葬前方的低矮山冈正处在沙地和草原的过渡带上，一面朝阳，一面背阴，同时照顾着生存与死亡，恰似阴阳分割线上的一座天然界碑。

山冈上面由人工筑起一座高大的石堆，不知道这硕大的石堆因墓地而建造，还是墓地因石堆的存在而址定。这石堆就是所谓的“三龙祠”，并没有成形的建筑物和具体的偶像。石堆上参差地插着许多树枝干，摆放着祭祀器皿和物品。树枝干上系结的毛皮、织物日积月累，任随自然销蚀，风沙雨雪正是祖先接纳供奉和接受请求的手臂。这座沟通生与死的圣坛是自然神的化身，其起源于远古氏族社会的象征性，包罗和凝聚了天地、鬼神和祖先的崇高意义，是游牧的匈奴人对生存和期冀的心理依赖与寄托，因而整个的族群特别是王族贵胄，都对它怀着宗教的虔诚和深刻的敬畏。

活动的全面启动，是从三龙祠祭奠仪式开始。天幕下犹如布置了一座十分广阔的有背景的舞台，衬托着前台的演出。龙旗和巫幡一起在阳光下随风摆动，卫士立马守护两侧。

在披头散发、装扮繁烦琐怪异而神色庄严的女性巫师主持下，冒顿单于和诸王、官员、当地贵族及酋长们每人搬一块石头或持一截树枝，为三龙祠添质增量，意义类似于为祖先们清洁环境、添置设施、整肃门面，然后布置牺牲停当。

巫师舞动手里的肢骨，疯狂地击打描绘着骷髅的带手柄的羊皮巫鼓，用癫狂般的步姿跃动身躯，口里念念有词，哼耶出一种活人听不懂的语言，模糊了唱与说的界线。他们向着先祖安息的山冈招魂，迎接他们逐渐近来。

巫鼓声震撼，胡笳凄厉地空阔地回荡。源于生活高于生活的带有原始宗教色彩的舞蹈登场，人与百兽竞相奔放，姿态万千构成仪式的生态环境，气氛陡然高涨。这是热烈欢迎的场面。

单于以下肃立，接引“三龙”入祠，恭请他们盘腿巍巍上坐，以便接受子孙和下臣顶礼膜拜，愉快享用殷勤而丰富的奉献。

士兵牵来一队奴隶，他们都是在与东胡或邻近小部落的战争中虏获的。伴随巫师因刻意抑扬顿挫而略显嘶哑的咒语声，专职祭祀人员当场用小刀割开他们的喉管让血流干，然后取了头颅放在金盘上，整齐地供奉。这是一种跨界的敬献，等到祭祀结束祖先离席时，刚刚获得新生的灵魂将与祭品一起被带去另一边的世界，在那里继续承担劳役，供高贵的亡灵驱使。

接下来的主题仪式简朴而肃穆。冒顿当先，且蝭以下依次跪下，拿木制的酒碗，以无名指尖蘸酒，借助拇指的扣力轻轻向前上方弹洒，三遭过后，把酒扫洒在地上，这是向三龙表示敬仰和祝福。到了第三杯，全体才一饮而尽，借以达到与祖先的默契和共享，有形与无形济济一堂，心与灵魂交流亲近。

冒顿起立，仰止三龙堆即兴奉献辞章："单于冒顿远承龙种之无比高贵，近继祖先丰厚之血脉，仰望苍穹高邈敬畏父天之威严，依赖草原广阔感佩地母之慈爱，乞求三龙神圣宽恕人间不得已而产生的罪过，以博大的怜悯，赐予风调雨顺牧草茂盛人畜兴旺，护佑您的族裔身强力壮代代平安。我以撑犁孤涂的名义起誓，决心光大祖辈开创的基业，旗开得胜打败敌人，让他们听到匈奴的名字就胆战心惊魂飞魄散。至高无上的三龙神啊，赐予您的子孙更多的牧场、牲畜和奴隶吧，匈奴因为你们而强大和荣耀……"

祭词祝罢，致礼，鼓笳复起，人人献上钱币和皮裘等各式物品，把希望的寄托物系牢在树枝上，借纷纷表示敬畏的过程，夹带由衷的倾诉，表达个人私密的请求。

重新开始的舞蹈演变成了阳刚激烈的格斗。武士们骑马挥刀、张弓搭箭，战斗进行得异常激烈。间或有战士倒仆捐躯，血染沙场，然后，敌人被全体歼灭。舞蹈队里加入了载歌载舞的男女，形成宏大的庆祝场面，向天地祖先欢呼祝贺，感谢他们在冥冥中为子孙遮风避雨屡加庇护。

模仿自然百态的舞蹈重新登场，在笳鼓声中依依不舍地送别灵魂们归去前方山丘之下的领地。冒顿熟视三龙祠，良久，有一丝捉摸不定的感受、或者说缺憾感从脑际闪过，把握不住症结到底在哪里，只好暂且作罢。

遥送灵魂远去，浮现于山峦间，冒顿想起一件事来，便与且蝭一起，叫来在龙城附近建帐的右温禺鞮王和龙城守备主将右奥鞬王，询问龙城的防御情况。二王禀报，曾经北边的丁灵、鬲昆时时乘虚骚扰，着实令人头疼；眼下没啥大事。冒顿说："这里可能发生的情形我是想得到的，目下有许多事情要做，一时还没法给你们更多的支持；但你们一定要守护好龙城，不得使祖先的灵魂遭受丝毫惊扰！"二王唯唯领命，表示人在龙城安，绝不会让挛鞮氏（班固在史籍《汉书匈奴传》中说单于姓"挛鞮氏"，为古匈奴族的王族姓氏）祖先受辱。

冒顿想了想，用手中的鞭子大致划出一个范围，指示在龙城修建一道城防，要立即动工，务必在秋冬大雪降临之前完成。显然，出于安全的需要，他想到了中原的防卫体系，常设营盘、城垣、烽燧和长城。经过一番探讨，冒顿安排右温禺鞮王负责监督龙城防卫设施的建设，由右奥鞬王具体实施。

祭祀活动还有一个绵延的尾声，那就是在海子边平坦而宽广的草原上走马、赛骆驼、争羊、摔跤，掺杂打情骂俏谈情说爱。单于、群臣及牧民也都来观看。游牧的人群只要有集中的机会，都少不了举行此类的娱乐活动。

与民同乐过后，冒顿立即带领群臣离开龙城，涉过安侯河，溯余吾水而上回到姑衍山金帐，会议继续进行。会议对上次特别会议的各项决议进行了正式确认，然后又迤逦开到右屠耆王且蛰的行帐。人越开越少，议题越来越集中，目标越来越明确，讨论越来越具体，向月氏开战的准备工作变得紧锣密鼓。

第四十回

怀不忿田陈乱齐赵 复桥阁汉将惑三秦

月氏王庭的会议也在进行中。一个先决的议题，就是猜测匈奴正在召集的例行大会，是否超过了例行的范围而另有图谋。在这个问题上，君臣的看法是完全一致的，也就是说，匈奴的进攻迫在眉睫。

匈奴右屠耆王大军虚度北山示威，随即人质冒顿似有神助般逃脱，这些本就让月氏王庭抽紧了神经；尚且强大的东胡转瞬间惨遭涂炭，更使月氏上下人心惶惶。东胡灭亡，月氏从此失去了呼应，失去了抗衡匈奴的客观牵制。加之中原内乱方歇诸侯未见安宁，匈奴暂无旁顾之忧。

月氏完全不知道东胡的军事防御就像东胡王自身一样外强中干至极，依然习惯于按匈奴、月氏、东胡三强鼎立的形势估计。东胡一朝灰飞烟灭，月氏王庭只能做一种推断，就是匈奴绝对今非昔比，尤其太子冒顿执政后，其实力定是要刮目相看了。

月氏王内心的估计，或者说早有的直觉，基本没有错。问题的严重性更在于当初错误地向匈奴索要人质，导致与冒顿单于结下了直接的仇怨，遭受报复已成必然。匈奴灭东胡，人心军心振奋，军备给养充足，这是相对月氏形成的更大优势。月氏王庭在心理上已经处于下风，然而，军界的看法未尽相同。

鉴于北山口防线的重要地位，月氏王决定派右大都尉辘契带领两万骑兵前往，协助左大将居敕臼、大当户鹩韬防守，使守军总数达到五万。此时，月氏在中部羌谷水王庭还保有三万兵力，东部谷水流域及下游休屠泽防区有左大都尉蜣哧率领的常规兵力三万，加上西边右大将枯末折的两万人马，处于备战状态的兵力已经达到十三万。然而，王庭并没有拿出一个全局应对方案，只要求将领们各负其责，坚守防线，不得让匈奴人向前一步，总归有些被动。

会议安排停当，月氏王又找来出席过小海子宴请的那位神秘客人，进一步探讨自己久藏心中的秘密。

与炮制雍、塞、翟“三秦”异曲同工，项籍、范增也分割出齐、济北、胶东，所谓“三齐”。分而治之，古之术也。

真正实力派的田荣闻讯，岂肯善罢甘休。若企图推翻西楚，那是做梦，但三齐之地的傀儡们却没有谁是他的对手。

田荣未等从关中归来的西楚霸王项籍驻马歇足，便首先发难。第一个举动是挟持返回国中的原任齐王田市，不允许他迁去即墨当胶东王。齐王田都也即将回到封国，田荣立即出兵阻止，田都便抹个弯逃到西楚去了。田市不敢得罪项籍，田荣赶跑了田都，回头发现临淄这边田市溜走了。恼怒之下，带兵杀入即墨了结了田市。这回是，你项籍不立我，我自己立自己，干脆替代了原本的齐王！

“三齐”已得其二的田荣，骨子里还是惧怕项籍的。他开始寻找同盟军，以便多开几面战场，让项籍顾此失彼，自己好见机行事。由此，一个受够了寂寞尚不知天高地厚的人物被挖掘出来了，这个人名叫彭越。

砀郡昌邑县人彭越，字仲，与一伙躁动不安的江湖子弟啸聚巨野泽，打鱼兼打家劫舍。此人一度与黥布齐名，一居江洲，一居湖泽，一般的营生，合谓“江湖大盗”。刘季出兵关中伊始，彭越也曾带领手下千余人相助，无功。等到刘家军西去，他便还是贼寇一个。与以往有所不同，就是懂得了借反秦之名扩充实力，心思也就不似往常了。

眼见得王侯们从关中受封归来，而自己坐拥万余兵力，却还闷在湿地上干巴巴地观望，不免大感失落。一旦受到邀请，彭越便浑浑噩噩跳上了田荣这条膨胀着幻影的大船。田荣赐给彭越一方将军印，命令他配合夹攻济北。

回到彭城的项籍，以为天下格局已定，只打算安享诸侯盟主的荣耀了。他冲动性格的背后，本就潜藏着拖泥带水的秉质，现今更演变成一种难以自拔的惰性。他实在是太过自信了。

又有陈余派使者张同、夏说来与田荣联络。他是借为赵歇迁居代地抱打不平而发泄自己的不平，请求田荣资助兵力去攻打恒山国。使者说：“陛下不必客气，就把赵国看成是北面捍卫齐国的屏藩吧！”田荣自然算得来这个账，立即给使者分拨了人马。于是，在紧邻彭城北跨河水两岸的一大片土地上，很快就结成了反楚联盟。

张良拖着严重陷于亚健康状态的身子心急火燎地一路翻山越岭，出武关折向东北，赶往阳翟。越是接近，心中就越是迫切，有一种奇怪的忐忑不安时时伴随着他，催促着他。恢复韩国是张良在世上奔波劳碌的唯一动力，现在，他的心思正转向协助韩王治国。

由于一直处在闭塞的路途中，他没能听到韩王的消息。及至阳翟，才得知韩成根本就没能回来就位，这无异于遭受当头一棒。于是不顾连日劳累，马不停蹄赶往彭城。

项籍内心还惦记着一个人，那就是当初跟随季父项梁起兵、又勤勤恳恳帮助看家护院的吴县县令郑昌，不料此人在分封中竟被遗忘了。于是，项籍预先把韩成弄到彭城，贬为穰侯，还没等他去穰县就位，便杀了。这做法，分明是要断去刘季的臂膀，把南阳郡变成围堵汉中的东部防线。

张良脱离了刘季，这令项籍感到高兴；他要是早一点来，兴许还杀不了韩成。对于韩成的死，张良的心情可想而知。大哭一场之后，他把希望转移到了另一个人身上；而这个人被他预先留在汉王帐下。

对于变得超脱的张良，项籍表示很亲近。他看重张良的独立人格，尤其赞赏他毁家刺秦的举动；当然，救助叔父项缠算得上是头号功劳。张良心情不好，要去齐地走走，项籍表示理解。临行，项缠叮嘱："别忘了带封信来！"张良点点头。

韩信求见汉王。由于张良的原因，刘季不愿怠慢他。

韩信有的放矢："末将以为，在项王赐封的所有功臣里面，唯独大王您来到南郑这个偏僻的地方，这与遣送没甚两样！"

刘季两眼盯着这位故韩后裔。他体魄强健，头脑也不算简单。

"尤其您手下将士大多是山东人，山川遥隔天长日久，怎能不盼望回归乡里！"

刘季缓缓道："虽然子房不在身边，但有话你还可以直说！"

韩信急忙解释："末将没有别的意思，只是觉得军中的这种迫切情绪是一把锋利的双刃剑，可以削弱自身，也可以克敌制胜！"他扯过腰间的剑鞘比画。

刘季眼睛一亮，连忙问："此话怎讲？"

韩信回答："军队是战时用来建立功业的，过不得安稳日子。我以为大王不如借助这种思乡的情绪，尽快杀回山东，与项王争夺天下盟主地位。如此，将士们必然以一当十！"

刘季微微点头，抚慰说："将士东归之心确实可用……到时候，我自然需要你出力！"

七月，彭越率军击杀济北王田安，帮田荣拿下了博阳。转瞬间"三齐"皆亡，田荣终于如愿以偿。他立刻派彭越转向西南攻击济阴，直接开辟反楚战场。济阴，济水之南与济阳相对的地方，指的是当初项梁败亡的定陶一带。彭越一直与"天下"屏蔽着，太老土，有点盲目。但他当初不肯离开、现在依然背靠巨野泽老巢，因而能极致地发挥地头蛇的本能，极具生存能力，打起运动战来很难对付。

功成荣归的项籍，本想从此与美貌且能歌善舞、情意绵绵的妻子虞姬饮酒欢聚，不再为天下事操心，然而却未能如愿。项籍本想让熊心在南下途中，无声无息地消失于江水，但这个计划流产了。他不太满意，但也不十分在意。

范增来见项籍，问："少将军听说汉王拜大将的事了吗？"项籍当然知道，但却把疑问推了回来，说："拜什么大将？"范增只好回答："就是东征来与项王争夺天下的那种大将。拜的是韩信，那个郎中韩信跑到汉中去啦！"

"哦，韩信，那个胯父！"项籍回应说，"拜就拜呗，莫非汉王还真能抢了诸侯的天下！"他本不屑使用"胯夫"这类谩词，只为一时之需而已。

范增却强调："韩信本就心怀有志，他得到机会啦！"

项籍应付说："那就好，那就好……"

范增对项籍这种虚与委蛇的态度很是生气，提醒说："前一时，雍王就来信提醒，对汉中切不可掉以轻心，这有道理。还有，最近匈奴闹出的动静也不小，听说没费多大事，就灭了东胡。翟王那边有警报，说胡骑调动格外频繁，大队已经出现在阳山之西……"

"军师还听说什么了！"项籍有些不耐烦。俄而，觉察了自己的态度，便缓和了一下："先不忙说攻打三秦，刘季要在汉中站住脚也得一两年，是吧。再说蚀中栈道已经毁了……子房这个点子出得不错！至于胡人嘛，由他们自己打去！对我北边也只是小打小闹，估摸还不敢太过骚扰。"叹一口气："我却以为田荣近在腋肘，又是个出头的椽子，必须先砍了它！"

范增却说："三秦刚刚有报告，说汉王已经派兵修复栈道，还征集了不少民夫，这意图还不清楚？"

项籍笑道："那得花多少气力……恐怕等我拾掇了田荣，他也修不到一半，不，一小半！"

范增又说："方才又有报告，说刘季已经派薛欧、王吸到了南阳，想借助王陵回沛县迎取他的父亲和夫人。"

项籍回道："他人在汉中，当然是要接家眷的！"看范增摇头，便说："那就让韩王郑昌出面，设法阻止那两人东来！"又说："这总行了吧！"

这做法虽然给人以勉强的感觉，但范增算是得到了一点点积极回应。可后面多余的一句，却又让他感到恼火了。看范增面上不快，项籍赶忙说："那亚父是什么意思？"

范增控制住情绪，建议："莫若把王陵的母亲请来彭城，好生供养。这样王陵必然有所顾忌，也就犯不着跟刘季掺和到一起了！”

项籍从来对这种小人伎俩不感兴趣。但为了临时讨好范增，就答应说：“这事由亚父做主吧，可以从彭城派一队人马前去！”看着年迈的范增一副操心的模样，项籍忽然动了恻隐之心。于是说：“亚父先别急。我是想，刘季即便有本事一举修复栈道杀出汉中，以雍王之才三秦之力，也还是应付得了的，至少能抵挡一时吧！”

范增与项籍的关注重点不同，因而很难弥合分歧。但此刻他从项籍的态度中感受到了一点安慰。在他的心里，也不确定如何对付田荣，只不过觉得项籍过于轻视了刘季，因而对三秦的警示不甚上心。不料又听项籍说：“亚父如不放心，等我拿下田荣这一头，立马亲自去汉中，把刘季连同那个胯父一并逮回来！”

项籍本是有意逗范增开心，但以范增的心态，听了这种近乎戏耍的言辞，长久压在心里的那股火气便猛地直冲上来，大声回道：“恐怕到那时就来不及啦！”

项籍感到诧异，回道：“怎就来不及啦……”话才出口，忽然发现范增脸色发白，银须抖动，不由得大吃一惊，喊：“来人，快传太医，快……”

范增强忍着，说：“我自心急，不用陛下操心……”他的眼前模糊地出现了项梁的影子，却是身上负了重伤，却待开言，那影子却隐去了。项籍看范增只张着口没了下文，更加慌神。也是为了安慰范增，于是改了缓和的口吻，去呼应另一件事：“匈奴那边，我这就传令翟王留意打探，小心提防。有消息及时报来，误了大事唯他是问！”

恰在此时，项缠来了。项籍怕范增再动气，便示意他稍等。范增平和了情绪，看项缠一眼，转朝气喘吁吁赶来的太医挥挥袖口，起身离去。

张良捎来一封书信，却是写给项缠的。信中叙述了他在齐地了解到的情况，内容是田荣、田横吞并三齐的细节，主使巨野大盗彭越作乱，以及勾结陈余企图攻打张耳恢复赵国等等。

项籍本来气就不顺，看这信就越看越难耐。终于觉得不能再让田齐这么胡闹下去，否则各诸侯会竞相效尤。这边正说呢，济阴有急报传来。项籍传令暂且由定陶县令萧劫率兵反击彭越。

有心怀不忿的，更有欲壑难填的，这野心有机会就能膨胀。得封燕王的臧荼从关中返回蓟县，立即驱赶韩广去辽东。往日的臣下霎时变了身份，韩广本就心里窝憋，被这一逼，便干脆不挪窝。臧荼手里有兵，韩广不走也得走。不料藏荼却不一而足，随后又兴兵去攻打无终。这就叫天高霸王远，诸侯早就把西楚天下当成了春秋战国，谁想打谁就打谁。

项籍尽管不看待韩广，但臧荼也成了问题。然而如何对待呢？不但鞭长莫及，而且心有余力不足，也只好忍着。毕竟藏荼不像田荣，陈余也一样，都没有挑明了与自己作对。然而，陈余却是凭借田齐地理屏蔽和提供的军力支持，已经对恒山王张耳发难。

还有一时没传到的信息。汉将郦商从蜀郡返回汉中，献上了秦郡守的首级。杀死蜀郡守的是随同郦商南征的林挚。蜀郡属于汉王分内，取之无可非议。

又是阴云密布的多雨季节，本已廓清的天下形势，于不经意中重又变得诡秘起来。

细雨绵绵中，樊哙两脚泡在凉爽的溪水里，脱了上衣，袒露出满胸满臂的浓密体毛。他手握一条皮鞭，烦躁地吆喝着："快，快，像你们这样干法，十年也修不通这八百里栈道！"皮鞭抽打在山石上，树干上，噼啪噼啪乱响。天气真够闷热，潮湿也让人难受。

山谷里回响着"叮咚叮咚"的凿岩声，还充斥着"哼咳哼咳"的号子，把樊哙如雷的怒喝封盖在不出十步的树丛里。而樊哙就这么吼着，却也不真的去监督工程。

周勃蹚着清亮的溪水过来，抬头看看悬在山崖上施工的士兵。他用巴掌在前额和脸颊上抹一下与雨水混合的汗水，向身边的杂树丛摔一摔，又搓搓潮湿的手，对跟随其后的塞疏都尉郭亭说："可惜白费了这许多气力，用到战场上有多好哇！"这郭亭本为"塞路"，临到此时，改称"塞疏"了。

"渴死你大爷了……拿水来！"樊哙好像没听见周勃说什么，端过士兵递过的一鏊碗凉水，仰起脖子，一口气灌进肚里。"替咱们的人啥时候才能来？"他问。

周勃笑笑："这几天大将军那里越发催得紧，汉王陛下也天天在发火，在骂我们是吃干饭的……看光景，我俩是该撤了。"

"开工半个月了吧，这一万人干到现在，才干了多点活计？"樊哙问。

周勃嘲笑说："你还算个大总管？连工程进度也不晓得！"

樊哙反讥："你还真像个监工，连工地上也懒得来。好歹我性急，天天还戳在这块呢！"

周勃说："来得再多，盯得再紧，还不就是空瞪着一对牛眼！"

樊哙说："我这是不想凑近去看，看了心烦。果真看了，还能弄不清干了多少活计……哎，你估摸到底出了多少活儿？"

周勃拿手指横到眼前，对着崖上仔细瞅一瞅，说："不到一根指头长！"

"你说我们这块儿离那栈道的地方有多远？"

“不到二里吧……这往高处看，不似在路上，或者在田里，说不清楚！”

“哎，你说说一伍士卒一天能在那石头上凿几个方窟窿？”

“看你说的，一天几个孔？三天打一个孔就算不错啦！”

“那要是没人来换班，我俩就把家搬来，打算在这儿熬上一辈子吧！”樊哙打趣。

“想得倒好，我们在这儿修一辈子栈道，那仗由哪个去打？”

“要是这栈道不修好，我们又到哪块儿去打仗呢？”

“这是陛下和大将军想的事情，你瞎操的哪门子心！”

“让那……啊，把宝剑从背上取下来，一挥，啊，给我杀！若不中了，还有曹将军、郦将军、孙将军、奚将军、靳将军、傅将军、灌将军……啊，夏侯将军肯定没空，他要给陛下吆车，啊，喂马！”

“可不敢这么说，陛下既把周苛派成御史大夫，现在要是闯下祸来，那是有专人治你的。要是被御史大夫逮着了参上一本，连陛下也不好讲私情的！”周勃正色说。

两人“哈哈”大笑。周勃正经讨论问题，口舌不甚赶趟，但此刻心里宽松，开开玩笑还对付得住。

刘季的沛县同乡周苛，与从弟周昌一起随同刘季起兵，参与入关破秦，到南郑后由内史升任御史大夫。“内史”这个职位在西周是史官，到战国秦为京师地方行政长官，而在刘季的汉中，则掌民政。御史大夫更不一样了，那位置仅次于丞相，平时协助萧何处理政务，实际是国中最高的监察官。

这时一匹白马从山谷顺溪飞奔过来。到了跟前，大喊：“汉王陛下口谕，周将军、樊将军快快听着！”话音刚落，灌婴跳下马来，一身黑锦战袍，立于当地。

樊哙赶忙披上衣衫，与周勃一起行礼听谕，心里知道是召他们回南郑，但不知要安顿个什么罪名，如何数落一番，倒想听听过瘾。

只听灌婴振振有词：“……栈道施工进度缓慢，贻误大军出击秦中，皆因周勃、樊哙监工不力。现撤销你二人栈道施工大总管之职务，着即返回南郑，听候处置……”

二人谢恩，长长舒出一口气来。

第二天，接任的大总管到任了。那可是专家型的，还带了几十个专业工头和近千名身强力壮的当地熟练工。他们相当于总工程师、工程师、技术员和施工员，还有就是监工、领班，都是专一从民间征集来的，是专门拿加倍工钱还管吃饱饭的。这一来，工地上的专业技术力量和管理力量变得十分雄厚，施工组织也不再是战斗建制。干活得法了，工程进度也立即成倍地加快。

然而，士兵们的苦日子真正到来了。附着在石壁上施工的技巧好了些，但监工们来真个的，干活的要求一下子高起来，工程进度也有了死规定。可脱离了将军管理，太吃苦他们便开始成群逃跑，汉王强令加紧修复栈道的消息，便也随着他们的脚板加口舌，传得沸沸扬扬，秦中自然传得更甚。奇怪的是，留守在这里的工程总指挥郭亭竟然对这种现象听之任之，置若罔闻。

第四十一回

控颍川刘季遣材武　袭山口右王折前锋

在南阳筑城自立的王陵，尚未打定主意与刘季合作，当然也有心帮帮这位势力见长的老弟。王陵是沛县豪杰，家资颇丰，豪爽任侠，直言无忌，特立独行不与人苟且，很是受乡里敬重。刘、王两家时有走动，刘季年少时曾把王陵当成兄长，王陵的母亲也只把刘季当自家的孩子来看护。及至长成，两人心性相差很大，故道不同而不相为谋，也就不甚交往了。等到刘季在沛县起事，王陵在母亲的催促下，曾与刘季合作。未久便以厩将的身份受刘季委派，转战南郡不利，率部抵达南阳郡，遁避到丹水县驻扎。刘季攻打武关时，他又一度回归，还到过汉中，但随后又寻借口返回了自己在丹水山中的“王陵城”。

对于薛欧、王吸的求助，王陵起初还有点矜持。等放下了架子，却接到报告，说是他的母亲被项王请去了，本人也一并被邀前往彭城看望母亲。王陵事母极孝，为难之下，只好先派亲信陈夏去彭城军营看望。不料，王老夫人拒绝了楚军的胁迫，陈夏带回的只是噩耗。陵母自尽，遗体被烹。悲痛之下，王陵便遵照母亲遗嘱，从此彻底归向了汉王；而迎取刘季家眷的事，却被彻底贻误了。

郑昌取代韩王成，颍川被西楚控制。其地处三川、砀、陈、南阳枢纽地带，通与堵都有其特定军事价值。刚刚被拜为大将军的韩信建议乘机派一支劲旅，打着韩国的旗号去南阳，恢复对颍川的控制，成与不成另当别论。刘季问：“现成有一个与你同名的将军，派他去颍川如何？”

韩信问：“陛下可是指张子房带到汉中的那个韩王信？”

刘季说：“正是！”这个选择很是得当。其一，韩国人在故地折腾，避免了全局敏感性；其二，这种人事选派也能顾及到子房的感受。

韩信说：“张子房扶持韩王成时，也是多亏了此人的勇力。他本为韩国将领，今成哀兵，必然力战，我看可以试试。不过他山之石终究不妥，莫若私下里给他一个合适的说法！”

刘季觉得有道理。等韩信走后，他立刻召见韩王信，直言提示：“韩王的事情你听说了吧？”

韩王信回答：“听说了，末将内心很是悲痛……只不知子房作何打算！”

刘季说：“上次听了你的建议，感到很有见地，寡人正想拜你为韩国太尉，却不料……”他有些伤感。“这样吧，寡人多资助些军力，此番你如能出南阳攻取颍川，这韩王之位就由你继承了，如何？”

韩王信也有一番自信，当下满口应承，领命拜谢，不日率兵出发。

匈奴右谷蠡王术柘率三万人马为左路偏师，沿荒漠边缘取卑移山西缘南进，威胁月氏东部谷水流域。卑移山即今贺兰山。

临行，右屠耆王且蛰嘱咐说：“有对东胡一战，我料想月氏已拿不准我大匈奴到底有多大的实力。你可乘机大造声势，形成我主力避开北山口坚固防线而选择从东线迂回进攻的错觉。如此，我或可声东击西，一举袭取北山口！”

此时，左大将戎渠夕已奉冒顿单于之命，移师屯驻阳山以西，一方面监视秦朝边境驻军的动静，一方面为术柘遥遥助威。匈奴对中原局势的巨变不甚理解，此时长城驻军还是王离东伐时留下的那一拨。秦灭了，楚封翟王董翳尚没有足够的能力接管，也就听之任之；他甚至连河南地都关顾不过来。好在秦时边防已逐渐附加了屯戍性质，处于半自给状态，所以尽管日渐涣散，却还在以一种不自觉的责任方式维持。内里到了即将解体的程度，外在还有一种日常的形象，这正好对应了其志尚不在此的匈奴，于是各得其所。

勒俟祜只带了几名亲信，重又悄悄潜来乌孙部落。步厩这边没有任何动静。他明白了，上次出使所得到的结果，仅仅满口承诺而已，其实这完全在意料之中。他知道步厩并不是故意阳奉阴违，只不过充满顾虑。再说，智慧与狡诈在草原上是没法分清界限的，信用的土壤还没有得到开垦。彼此的生存方式差不多，谁还不了解谁呀！

勒俟祜也就懒得去责备，还不如表面上做得更体谅些。步厩即使有所准备，又能做到什么程度？乌孙灭国之前充其量战骑也就四五万，现今在流亡中还能组织起多少？训练素质更是无从谈起！说实在的，由于目标明确了，视点增高了，管理进步了，文化开始醒觉，匈奴体内深藏的中原文化基因在战国与秦文化的激发下，在现实需求的刺激下，开始了历史性升华；因此，他们也就有点瞧不起不久前还与自己处在同一发展水平上的对手了。再说，乌孙王族散落，号召力薄弱，当年乌孙王送去的人质滞留月氏，不少乌孙牧民仍在祁连山和北山的山间草原放牧生息，步厩绝不敢轻易参与对月氏发难。他必然充满了投机的思想，等待匈奴与月氏形势的变化，然后决定自己该怎么做。

当然，勒俟祜这次的任务是软性的，主要是稳定和联络乌孙，能做什么得看机会。但勒俟祜是个不甘寂寞的人，又富有冒险精神，又会花样翻新，绝不想就这么守着乌孙人，看着同伴去打仗而袖手旁观。再说，他有“便宜行事”的授权。

这位出身参谋世家的左骨都侯，是长了另一类心眼的人。他心里思忖，得想个法子让乌孙人也动起来，于是要求步厩借给他五千精兵，做什么你无权过问。这显然是步厩无法做到的，而勒俟祛的真实期待只在其一成。匈奴这位大红大紫的人物是得罪不起的，出于寄人篱下的苦衷，步厩只能半推半就，讨价还价之下，果然抽调五百精骑交给勒俟祛。

此举可谓一箭双雕。步厩既然借给匈奴兵马，乌孙便客观上加入了对月氏的战争，没法三心二意了；而勒俟祛，手中有了这支可以与月氏人混杂的骑队，便决意冒险潜入月氏境内。至于做什么，连自己也不知道。

月氏的防守布局，是中、东部故地紧固而西部新土松懈，这与匈奴实力的指向一致。在西边乌孙旧地空阔而模糊的防线上，存在着无数的漏洞，基本不能算防线。因为，那是朝西域方向敞开的无边无际的大口子，风沙茫茫满目荒凉无疆无界，还没有人想弄清楚那有史以来就存在的盲点。

负责防守西线的右大将枯末折虽然富有战场经验，但具体能力的发挥被环境所制约，同时取决于对事物的综合思考和基本判断。枯末折的面前没有了乌孙的抵抗，防区北部哪怕是处在最边缘的水草地，也与匈奴隔着人畜罕至的荒凉而连绵的山地。他的脑海里捕捉不到战争，需要提防的只是那些残余的乌孙部落。但他们屡遭分化，自相为伍，只是单纯的牧民，在山间流动放牧，毫无气候可言。

枯末折果然觉得逃亡的步厩之流不会有任何作为，只能怀着惴惴不安的心情仰人鼻息。那个步厩肯定想复仇，但眼下生存才属首要。再说，当初为人质的乌孙王子还在月氏手里，如果因他的轻举妄动而丢了王子的性命，乌孙人岂不生食了他！枯末折也反复推想，匈奴能在败落的乌孙身上打些什么主意？的确想不出。然而他的思维中所缺乏的，正是勒俟祛式的花样脑筋。

卑移山那边风声已经很紧。快马来报，月氏右大都尉辘契本已驻援北山口，现却转而向东去了。也就是说，右谷蠡王术柘对卑移山的佯攻战术收效了。而此时，匈奴右大将莒式池已经带领一万精锐骑兵，神不知鬼不觉地抵近月氏北山。其后，且蛰亲率的六万大军也越过了居延之野。

这是一次长途奔袭，如果成功，不但能猛地攥住月氏的心脏，使这颗心脏骤然停止跳动，而且将彻底堵住蜣哧三万人马向西的退路；现在，还要加上辘契的两万。匡算一下，月氏将在很短的时间内，被击溃十一万军队。到时，枯末折西线的两万人，加上逃脱而没有溃散的败军，都只剩下投降一条路了。

入夜，前锋跨过浅水横流的古河道。两千尖兵由右大当户蓬奚带领，潜行到达关口，五百名勇士开始实践他们最新训练成熟的科目，偷偷攀登新建的关城。下面一千五百人的心都在“怦怦”地跳，尽量屏住呼吸，准备着前仆后继。

城头灯火冥暗，哨位稀疏，对面临的危险浑然不察。偶尔有小队的巡逻士兵经过，与固定岗哨互相招呼一下，他们之间交流的暗号，被城下听得一清二楚。

两侧的崖壁上垂下了几十条绳索。先期潜伏到山里的匈奴侦察兵利用对方的巡逻间隙，袭击了城头的固定哨，已经开始了接应行动。

攀城和攀崖在同步进行。萏式池立马古河道边，朝黑暗中注视着前方想象中绵延高耸的山关，两耳倾听，内心却在不断地祈祷。

山口的夜静悄悄，伏于古河道上下的匈奴前锋部队竭力不发出任何声响。也已经有小股开始向山口运动，他们要尽快接应攀城的尖兵，以便在夺关的第一时间施以援手。

城边有星星般的微光一闪，那是一个城上绝对无法察觉的信号，意味着攀城成功在望，只在向上一跃了。

“火把！”萏式池传令。他刚要催马向前，冷不防那马被绊了一下，前腿跪倒，差点把主人从背上摔出去。与此同时，只听得耳畔响起惊天动地的呐喊声，刹那间遍地火把通明，冲积坡上突然现出大队战骑。呼哨纷乱，尖厉地透向夜空，猛烈的突袭顷刻发动。古河道中，人马也像喷泉一般顶着火把汩汩涌出。

这是一波猝不及防的足以冲决关隘的洪流，但当萏式池重新坐稳在战马上时，令他难以置信的一幕接踵上演了。城头和两边的山崖上随即也燃起了火把，鼓声震天。

关上、崖上乱箭齐发，石块随即坠下。萏式池省过神来，心知月氏人早有防备，破关无望，便急忙传令停止进攻，后队掩护，前锋立即后撤。这一阵慌乱，前边退，后边进，黑暗中难免自相践踏。

正自混乱，两侧也亮起了火把，月氏军漫山而来，喊杀声与鼓角呼应。关上人马立即发起追击，三面夹攻。匈奴军的身后横着一道天然壕沟，进易退难，跌下河床连死带伤不下千余。

且鞮已经等候在河道对岸。此时倾听战场的声音，看火把乱纷纷飞舞，一颗满怀侥幸的心陡然沉了下来。好在冲击坡面宽阔，有足够的回旋余地。且鞮预先安排的接应部队立刻由右大都尉拔犴带领着冲向对岸，在混战中掩护萏式池部退却。

毕竟是夜间，居敕臼不敢恋战，只掩杀一阵便下令收兵。且鞮远远看去，关城之上火把通明，一直向两边山崖上延伸，如同一线火的屏障。偷袭失手，他心里的月氏战事已经堕入迷茫。如若山口难以逾越，此战必将困难重重，速胜不免成为奢望。可匈奴劳师出征，而月氏以逸待劳，不到万不得已，速胜的追求仍然不可放弃。当然，他也有强攻计划，但那是迫不得已。中原的兵书上说“上兵伐谋，其次伐交，其次伐兵，其下攻城”，让最不善攻城的骑士们去攻打准备充分的北山口关城，结果很难预料。正纠结呢，忽然意识到，所谓辘契两万人马转而增援东线的情报，是居敕臼故意放出的风声，自己却大上其当。想不到，那个月氏使者，竟然是如此一个军事干才。当初只看出此人干练，有城府，处事从容，却没曾多往打仗上靠。忽然又想到，月氏王并非因放跑了人质而调换枯末折，实则是因为要把居敕臼用在锋刃上。而自己，包括冒顿单于，全都产生了错觉。因此说，匈奴不但没注意居敕臼，也轻视了那个本来就难以琢磨的月氏天子。

承担偷袭任务的尖兵几无生还，右大当户蓬奚阵亡，匈奴总计折去近两千人马。好在那居敕臼谨慎，等于是减少了匈奴军的损失。损失令人痛惜，但还算有限，可初战告负，总归大长了月氏人的志气。非游牧族群所擅长的声东击西、夜袭抢关等战术，在这个以强悍快速、进退灵活见长的马背军团，还是贯彻得幼稚而笨拙了些，反而被居敕臼将计就计了。

“居敕臼呀居敕臼，果然沉着，果然不好对付！”且蛰心中暗自佩服。他又自我安慰，居敕臼最新为将，双方初次较量，难免失手。吃一堑长一智，从这个角度思考，冒点险也是值得的。

匈奴在过往的战争中，往往一仗不两役，胜败都会认账，随即便要遁去。他们祖祖辈辈相传的最直观的利益需求，无意中把急功近利的思维注入到了新的战争形态，依然在一场不同于以往的攻坚战中，企图毕其功于一役。仅有的顺风思维，使冒顿和且蛰只注意了战役的表面差异，而忽视了深层思考，对难点的判断过于草率，马失前蹄是必然的。倘若取胜，那也是侥幸。

冒顿和且蛰都秘而不宣地读了几篇《孙子兵法》，但月氏与秦人交往更多，连大王都早早地自称“天子”，还修筑了城垣，匈奴却对此缺乏联想。北山口主将居敕臼可谓真人不露相，显然兵书不比匈奴人读得少。此战最重要的一条，就是彼此在贯彻“知彼知己”的作战原则上，差距十分明显。“知彼知己”不只是一个简单的道理。更加奇特的是，冒顿和多数匈奴将领的脑子里，基本不存在战败思维，而只有进退得失；在顺利袭灭东胡之后，匈奴人的心理更是达到了极强势，所以“物极必反”这堂必修课也算来得比较及时。

两天之后，莒式池部在得到且蝵给予的兵力补充之后，干脆越过古河道，面对北山口建立起前营，炫耀挑衅，好像初战失败的不是自己似的。

冷静下来，挖掘内心，且蝵终于发现自己本来对立即向月氏开战就心怀迟疑。月氏不似东胡，在他的心目中，东胡脆弱而月氏柔韧，加之东胡无备而月氏早有戒备，这一点他是很清楚的。为什么没有明确表达自己的顾虑呢？因为他理解单于的苦心及业已表现出的超常耐心，而这些都令自己于无形中积累了很深的忌惮。冒顿反复向自己一母同胞般示好，甚至不辞辛苦地反复往来于姑衍山与匈奴河之间，就是要争取右部的立场。自己在单于庭的事变中，处在旁观的位置，这对冒顿来讲就足够了。但左部却独力拿下了东胡，两个因素相加，便极大地挤压了右部在任何重大决策面前犹豫的空间。当内部最终因对东胡的胜利而归于全面稳定后，对月氏的战争，便成为了最终检验右部立场和能力的试金石，从而迫使且蝵提早进入了前沿阵地，而且只能义无反顾。当然，且蝵也不是没有出战的客观理由：其一，军队补给线虽长但路途安全，物资准备相对充足，加之单于亲自调度后援，有举族之力可用；其二，刚刚大胜东胡，士气可用；其三，留在河西的乌孙部落急于复仇，其志可用。

且蝵内里着急，便带着卫队长曳当，与莒式池、拔犴一起到前沿观察。他的视线从山前倾斜的草原向上延伸到形势险要的山口。北山口居高临下，道上有关，关后有山，是一道立体纵深的防线系统。横望山峦曲折，那也是惹人心烦、让人一筹莫展的天然军事屏障。坚持强攻需要付出多大的代价，结果又将如何？他缺乏类似的经验。

那么，当初冒顿、侥直那、曳当等为何却能闯关而出呢？也是此一时彼一时。那时虽有军情，但匈奴右部举止隐秘缓和，尚未把月氏一线守军逼入战争状态。由后方突然发动的逃跑个案也实出意外，猝不及防。假设当时枯末折预先知情，冒顿等即使长出三头六臂，增加十倍的接应兵力，也未必能逃脱一人。

且蝵算是想过来了，首战失利绝非偶然。先是冒顿在重重阻击下逃脱，随即东胡突遭覆灭，月氏王惊恐之下，进一步调整军队部署，从合黎山一直到龙首山以东休屠泽、卑移山尾的防务都有所增强，甚而至于在地势薄弱的位置模仿中原的做法，突击筑起了长墙烽燧。这些，都不是什么秘密。

至于北山口，本就由枯末折苦心经营，再经居敕臼有针对性的改进，现在看来，防御几乎达到了滴水不漏的地步。首先是枯末折吃一堑长一智，学着中原的方法，把包括前沿山口的好几处险要哨卡改建成了层层关隘，并在山上加倍设置瞭望哨，在隐秘的山谷里潜伏了机动兵力。尽管深知匈奴人若离开了战马几乎就不会打仗，也会变得心虚，一般绝不会去悬崖绝壁处自讨没趣；但枯末折和居敕臼依然做到了，让那些看似无须防守也难以逾越、一兵一卒就能够挡住千军万马的悬崖绝壁前，都很难躲开瞭望的视野。果然，这次匈奴右部打破常例的偷袭，被防守了个正着。

非常之事自有非常之人对付。事情已经很明白，月氏王调居敕臼接管北山防务，针对的正是匈奴。居敕臼要比枯末折善用心思，如匈奴能一战而胜，那居敕臼还能叫居敕臼嘛！显然居敕臼没有因为调职给彼此间带来的不悦而放弃枯末折坚守耗敌、待机出击的积极防御方针，这个方针是很容易让处于进攻一方的骑士们无可奈何的。然而在这一点上，右部恰恰没能预先作出明确判断，所以遭受点挫折就太正常了。

更加令且蛰忧虑的是，目前月氏的战力与匈奴右部可以调动的军事实力相差无几，地利尚且为月氏军队所占有，因此取胜前景本就很不明朗。而原本的策略，只是建立在速胜思考上的，转变难度很大。快速袭击是匈奴骑兵的长处，若彻底放弃速战速决的思路，却又待如何呢？大军远离后方，身处不毛之地，战事若陷入僵持，拖延日久，会积累更多难以预料的不利因素，而这种情形恐怕正在居敕臼的想象之中。

奔袭落空后，匈奴战骑不得不暂时回避了复杂的战术思考，回到实力决胜的路线上来。战骑多次逼近山口邀战，但对方毫无回应。莒式池所部也多次选择山口及附近可能的薄弱地带做试探性突破，月氏军队显然是拿定了主意凭险据守，远则不予理会，近则以弓箭对话，抵则用石块回击，只不出战。匈奴人马小有损失，攻击终究也只流于放马驱驰、摇旗呐喊。

尽管思绪万千，但且蛰依然耐心地观察和体会着山口的形势。眼前的月氏防线超常安静，只有在风中晃动的旗帜和两侧的山势，透露着防守的动感。反反复复看过一阵，没能发现什么破绽，只得无奈地收回目光。回身面对自家的军营和军营背后掩藏着的古河道，他的心思越发加重了。

第四十二回

中流言王庭讳后计　渡连云奇兵袭陈仓

平静的西线，蛰伏于氐置水畔的月氏右大将枯末折闲得心痒，便不辞辛劳奔波四百里，来到马鬃山南和冥泽之滨的草原上视察，顺便也散散心。氐置水即今党河，三危就坐落在氐置水畔。

冥泽曾经是乌孙与月氏领地的接合部，现今也是月氏三危防区的东北界。其北隔马鬃山与匈奴相望，当然两下里没有具体的界线。

既然北山口自己原来驻守的要塞已经进入战时状态，那么到这里来观察一下动静也是必要的。来了，远处望山，近处看水，不时下马歇歇，也觉得没多少事可做。

看到远处有两个牧人在聊天，好像发现这边来人马了，便各自走开，去放自己的羊。枯末折感到奇怪，偏想弄清究竟，就示意随从去叫牧人前来问话。

不一时，两个人被带过来了，见了将军便跪下磕头。枯末折叫他起来，问："你们都在说些啥，为何见了本将就那样鬼鬼祟祟？"两人错乱着回道："大人真是冤枉煞人了，我们只说些闲话，不，废话，不曾敢鬼鬼祟祟！"

枯末折本也算得一个持重和气的人，便说："也罢，不论你们闲话些啥，都说来听听！"随即动了个心思，对身边一名随从说："一个人和两个人说话不得劲，要么，你带一个到那边去问？"随从领会这意思，就叫走其中一个牧人，与右大将这边同时询问。

跟没见过场面的人说话，难免拐弯打岔，但枯末折不缺乏时间和耐心。问了好一阵子，放牧人回去。随从回报："将军，这事忒怪，那人说天子就要来这边啦！"枯末折听到的也是这话，便问："他还说啥了？"随从答道："他说牧场上都知道啦。"枯末折问："是他有意解释的吗？"随从说："不是，是我问他的。"随从有些不平了，怨道："这么大的事，怎不预先给将军吱个声呢，到时却搞个手忙脚乱！"枯末折道："天子还没见来到，你怎知道这传言就是真格的！"

随从闭了嘴，枯末折心里倒犯嘀咕了。千错万错，是没防住让冒顿从自己眼皮底下逃回匈奴去了。发生这么大的疏漏，天子就算还信任自己，也不得不有个责怪。可另外一层，这冒顿本是交给居敕臼的副使骐洗看管，冒顿逃跑，第一份责任却属于谁呢？没错，骐洗是遭到了贬斥，可居敕臼反被提升，直接到山口替换了自己，这岂不是太过偏袒了！

与匈奴开战，王庭够紧张，天子却来这边做啥呢？总不至只为讨个清闲吧！枯末折琢磨未定，欲待直接去王庭打听天子的动向，又怕招来是非。于是想走个曲线，便派心腹快马直接去居敕臼那里探问。他那里如不知晓，这传言便只是空穴来风。枯末折想，匈奴这些年实力大增，加之新灭东胡，难免使人畏惧。在这种形势下，牧民难免产生避祸心理，推己及彼，有啥传闻便都不足为怪。战时谣言多，这很正常。

快马只数日便回来了，果然居敕臼也没听说天子要来西边的事，枯末折便认定这消息属于误传。可他万万没想到，这种在敏感时期莫须有的打探，却触动了敏感人的神经。

月氏王与那个西域神秘来客的私下接触，本就招来大臣们的关注。经枯末折无中生有的一问，居敕臼却产生了怀疑，难道无风会起浪吗？于是，派大当户鹣鞀去王庭汇报战况，顺便弄清底细。

鹣鞀怀揣鬼魅从山口回到觻得，求见天子。月氏王主动问起山口战事，鹣鞀要夸张战果，便把形势做了画蛇添足的描绘。月氏王瞪大了发蓝的眼睛，那里面果然显现着匈奴十万精骑日夜猛攻，匈奴阵上旌旗蔽日。他想象着亲自站在关上，放眼匈奴大营望不到边，直惊得“个”字胡须抖动，张开的口半天合不拢。

鹣鞀却感叹：“左大将小施妙计，破了夜袭，匈奴兵死伤那个惨哇，啧！而今北山口坚如磐石，匈奴右屠耆王无计可施呀！”月氏王稍微宽心，顺嘴说了句：“这仗咋才打得赢哪！”真是说者无意，心忧而已；听者却难免多心，以为天子存求胜责备之意。

鹣鞀在心里琢磨了一阵，便试探：“左大将的意思，王庭离山口太近，东线风声也紧。莫若天子暂且移驾冥泽……”

月氏王听了，心中狐疑，一时辨不清其中用意，便未曾接下这个敏感话题。凭本意，他的确想移驾到一片可进可退的牧场上，但一时难找借口。未曾想，左大将却有此一请，这机会还能出现吗？想着，抬手理理胡须，顺便轻轻点头。忽然拐弯抹角地说了声：“难得两位将军身处战场，却还能为王庭大局着想！”

关键时刻君臣在要害问题上打哑谜，谁能意识到后果？当下鹣鞀沉住气辞了天子，急急赶回北山口大营，向居敕臼报告了试探的过程。居敕臼当然看懂了天子的用心，感到极不愉快，也开始担心了。不愉快的是，如果不是枯末折派人询问，他还被蒙在鼓里；担心的是，天子的动向会严重扯动军心民心。他忽然觉得，那枯末折有事不自己去问，却跑来北山口打听；偏偏那鹣鞀又自作聪明，把打听搞成了怂恿，还借了自己的名义，这也太失算了！唉，这种事，心里没底不行，但问也为难，不问又不成，问题到底出在哪里呢？

更难的是，天子似乎有责备自己无法尽快取胜的意思，这便也会成为西移的理由。但要勉强求胜，风险显而易见，月氏可是败不起的呀！主动出战也不行，不出战也不行，难哪！居敕臼搓着双手，缓缓地来回走动，想心思：“我前居坚关，背靠后方；匈奴人劳师远来，而我以逸待劳。我为王城屏障，天子为何这般着急呢？”他想不通。

勒侯祜随手抛了一片桑叶，就推动月氏人自己做成一个茧子，先困顿了内心。那左骨都侯本只率意，放出些口风试探人心，外加捣乱，寻思找点破绽占点便宜。假使他得知衍生出这一幕，那还不乐得跳上树去！

月氏王本就存一手退步思虑，此时抓住机会，反过来拿着下级递送的鸡毛当令箭。他过早地启动了危机应对方案，传旨秘密张罗，随时起程，但严令不得走漏风声，不得擅自行动。

一时间忙坏了王庭的官员和侍从们。忙当然是次要的，避祸才是重要的。从局势上看，这次匈奴挟殄灭东胡的盛威举重兵压境，靡倾国之力支持战争，其志必得。月氏的结局能比东胡更好吗？如果能，那就必须战胜；如果不能，那将如何避免重蹈东胡覆车之鉴？

南郑城西，沔水之岸，旗幡舞动。由郎中骑卞欣奉引，太仆夏侯婴侍驾，汉王亲征三秦。

韩信精神抖擞坐于一匹毛色纯白的高头骏马上，身边有校尉捧着印信和宝剑，前后是出征秦中的汉王大军。

丞相萧何带领将军陈武、治粟内史佚襄等全体留守文武列队出城，为汉王和将士们送行。他将代表刘季治理巴、蜀、汉中，告示安民，筹集粮草，不间断地为大军提供后勤保障，并大量征集和训练后续兵员。

刘季端坐车上，长安侯卢绾骑马跟随侧后，态度甚为恭谨。“长安侯”是当初怀王赐予项籍的封爵，此时被刘季转给了卢绾。入汉中后，卢绾的身份也是将军，但职责是日常跟随汉王左右，陪奉生活起居。现因共同推荐大将军有功，地位又提高到太尉。这可是国中最高级别的常设军政长官，与丞相、御史大夫同列，掌管着将领选拔、爵禄赏罚的重权。尽管如此，他的日常工作基本还是一个“近水楼台先得月”的生活秘书，每天跟随汉王出入卧室内外，随时能得到锦衣玉食的赏赐，亲信的程度，群臣不敢望其项背。即使文臣武将中地位和威望最高的萧何、曹参，也都小心相待，每每礼节周到三分。其实卢绾本人却不乏自知之明，也随和得很，从不见丝毫作势狂妄。

山东籍汉兵可谓归心似箭，对他们来说，现在就是打回老家去。大军不久便到达鸡头关，转向西北进入了褒谷中形势险峻的连云栈道，隐没了踪迹。这是一条连通褒斜道与故道的附着于巉岩峭壁的悬空桥梁，途中是经过秘密整修的两千多间栈阁，人马勉强通过而已，行程艰难自不待说。

将军曹参、骑都尉靳歙带着大将军提供的行军地图，率先出现在陇西郡东南角的西汉水北面，在河池、下辩、修成三角地带，也就是今陕西凤县西南甘肃徽县、成县河谷一带，为大军开辟驻扎与回旋空间。然后，由靳歙率一部留守遮掩后路，曹参转复循故道直上东北，神不知鬼不觉地降临故道县城。大军随后络绎到达，面对防守薄弱的渭水中游虎视眈眈。故道县城的位置在今大散关东南，北依曾存炎帝遗迹的天台山，直出便是斜水以西雍军防守空虚地带。

高祖元年（前 206 年）八月，汉王率军横渡褒谷，北出故道，穿透秦岭，在三秦没有想到的时间，以没有想到的速度，出现在没有想到的地点。历时五年的楚汉战争即将撩开沉重的大幕。

由于被张良、韩信在蚀中栈道连施两道障眼法，守在废丘城的雍王章邯多少被迷惑了。尽管他内心处在警惕与松懈之间，但在关注蚀中和褒斜两道的同时，也不是完全没想到那条失落在传说中的故道。他不认为大军能插翅飞越横在褒中西边的那一道道猿鸟难渡的深山峡谷，当然也不放心。正打算派人到故道那边看看呢，斜水、汧水以西的陈仓一带，却令人吃惊地突发了紧急军情。

章邯慌忙组织阻击，但仓促间无法征集足够的军力，何况三秦民力尚处在战后缓慢的恢复阶段，军心民心也还没能稳定。汉军在袭取雍县、陈仓、虢县后，曹参、周勃分率主力沿渭水而下，一路势如破竹。章邯亲书急报，命三百里快马传送彭城。

月氏王密切关注着北山口战事。北山口一旦失守，匈奴大军很可能三天之内便能占领禄福城，从而切断王庭向西退却的道路。王庭危矣！

禄福城即今甘肃酒泉，历代都以其为河西要冲和西进的基地。当然，它也是月氏王庭战略退却的咽喉之地。

月氏王心生一计，传令嘉奖北山口的有功将士，对居敕臼、辘契、鹣轺口谕抚慰，严令坚决防守，一旦寻找到机会，就迅速出击，务必挫败匈奴主力，确保山口无虞。他补充说："最好彻底打败这些犬盗，这样才能换得月氏全族的安定，也才能让王庭放心。"

传达谕令的使者去了，月氏王却还在寻思，匈奴即使这次被打败，只要元气未伤，日后还会再来，与匈奴为邻就必须使月氏保持强大。不比匈奴强得多，就不可能长期与匈奴对面相安。

“还能重建昔日的强盛吗？或者还能与匈奴并驾齐驱吗？”他问自己，然后摇摇头。联想曾经与乌孙毗邻相害的关系，月氏虽不似乌孙弱小，但与实力蒸蒸日上的匈奴相比，自度已无法同日而语。越是这样想，他内心就不可自制地感到恐慌。

月氏王追加的鼓励，在狐疑着的居敕臼心中，又会作怎样的理解呢？他想：“打败匈奴？谈何容易！那么，怎样才能让天子放心呢？”为今之计，也只能尽可能盯住战机。还必须多出个心眼，于是派人秘密探听王庭动向，免得在突然间陷于被动。他可以不在乎自己，但手里毕竟掌握着五万人马的命运！世间的事就是这样，不同的地位和处境产生不同的思维角度，同样的语言会被不同的性格作出差异性解读。月氏王的鼓励，并非偶然地转化成了居敕臼心头的重负。

卑移山沸沸扬扬传来消息，说匈奴军势浩大，已经突破了新筑在要塞的长墙，正在逼近姑臧。原本走廊东部与秦朝的北地郡接壤，实属敏感地带，匈奴若觊觎，容易招致秦军介入，加之那边离王庭较远，所以只被月氏王作为第二位的防线来警戒。但中原内乱带来了新的判断，这就是冒顿、且蛰敢于在卑移山大肆张扬的底气。为此，月氏也不得不增兵加强东线防守。匈奴右谷蠡王术柘所部确实是在那里来往袭击骚扰，左大将戎渠夕又随后疯狂地鸣笳鼓噪，其实际呢，还是雷声大雨点小，基本没有做任何实质性进取。可谣言却不同，它足以突破一支军队，乃至一个族群的心理防线。

月氏北山的匈奴大营中，且蛰心里急闷，一筹莫展。已经与居敕臼相持了十几天，急不能胜，这种打法是他过去从不为的，也是匈奴所有的将领所不愿做的。草原上的战骑是天空突降的狂飙，风疾而来鹰扬而去，还从没有遇到如此多纠缠和焦躁呢！

面前的隘口建得与城墙无二，其形势更非城墙可比。前锋菑式池是诱敌、激敌、疲敌、骄敌种种套路全都用上了，居敕臼就认准一条，以不变应万变，山口坚守如故。

曳当来了，报告：“月氏王庭显得不太正常！”

“快说说！”且蛰很是急切。

“就是显得慌乱，但还弄不清原因！”

且蛰头脑中忽然转出一句“上兵伐谋”来，便问：“你带过多少兵？”

这陡然一问，让曳当摸不着头脑。迟疑了一下，回答：“少的时候三五骑，多的时候三百多。”

且蛰笑了，问："带三千轻骑能行吗？"

曳当意识到了什么，便回答："五千也行。不过，我宁愿只带三百！"

且蛰问："为啥？"

曳当说："我只想做这卫队的事情！"

且蛰又笑笑，说："这卫队长还是卫队长，就是有件紧要的事情要做，我看就你最合适！"

曳当很干脆："那行！"

于是，且蛰招手要他靠近来，附耳低言，曳当应承了，立即出帐去准备。

世上不知道有什么神秘力量，能使人远距离实现心理沟通。姑衍山单于庭的冒顿也正为月氏北山的战局伤透了脑筋。这天，他出帐牵了坐骑到草原上闲逛，东张西望聊以解闷。对东胡胜利的喜悦渐渐淡去，反而想起过往许多理不清的事，越发心烦意乱。再想到眼前的战局，就更加十指挠心。

在水边停下来，拿手在马额上抚摩了一会儿，下意识地从怀里掏出那块信石，去琢磨上面的眼形花纹。他想起了留在月氏人毡帐里的战马，不知道是否还活着呢，那也是匹不错的马呀！

心血来潮了，立即上马飞奔回到大帐，大呼："屈烈支，屈烈支呢？"一声坚硬的应答，屈烈支闪身出现在大帐门前，赶前几步，行礼道："请大单于吩咐！"

冒顿招招手，让屈烈支近前，递过信石说："去，去，叫右谷蠡王马上加强进攻，想咋打就咋打，只有一个要求，就是让月氏的那个……那个啥？对了，叫那个左大都尉蜣哧浑身绷紧了，让他每天都心慌。还有，叫左大将大张旗鼓地朝南推进，就是向术栢靠拢些，把声势造得更大就行，不一定真动手！"屈烈支领命。

冒顿又说："告诉术栢、戎渠夕两人，让他放心大胆去做该做的事情，我这里会派左大都尉戕鹰去阴山，替他们察看北假与河南地的动静。听说，秦朝才把河南地空下来，那个什么楼烦王、白羊王却又从地下冒出来了。这些个滚来滚去的蛋蛋，非得警告警告他们不可，免得绊绊拉拉妨碍我的手脚！"屈烈支去了，冒顿想想，好像还缺点什么，一时又想不起来，干脆作罢。

章邯既来不及拒敌于陈仓，便决定以雍军主力退守废丘、好畤、云阳一线，然后寻找有利战机。章邯驻废丘，章平撤回好畤，驻守咸阳一带的赵贲、内史保两军奉命待战。好畤为秦置县，址在今陕西乾县东好畤村。

此时，汉将郦商也已经远出陈仓西北，首克北地郡境内的乌氏，然后隐没于陕北高原南部边缘的沟沟梁梁间。及至马到，先下栒邑，后取泥阳，从而割离了雍、翟，使翟王董翳变成了忐忑的观望者。栒邑守将周类、泥阳守将苏驵向南退到了云阳。乌氏又作焉氏、阏氏、乌枝，本是西戎古族名，战国秦惠文王在其境置县，治今宁夏固原远东南泾河上游北岸；栒邑在今陕西旬邑东北，泥阳位于今甘肃宁县东南，两城守卫在直道边而北望"阻翟"之地。云阳位于今陕西淳化西北，境内的甘泉宫是直道的起点。

靳歙也率部撤离下辩进入陇西郡境内。他一面向东关注着渭水，也一面向西北关注着匈奴和月氏。

还没有等到诸侯增援的消息。章邯只得再次派使者前往彭城，请求霸王十万火急入关救援，同时，也催促塞、翟二王即刻出兵。

章邯求救书到，项籍这才得知刘季意想不到地出兵陈仓偷袭秦中。他既吃惊，又恼怒。所谓"不听老人言，吃亏在眼前"，却如何拿这事去面对亚父范增呢？这回他算是一个做错了事的后生，害怕见长辈。

范增已经闻讯赶来，节骨眼上，他没有心思责怪任何人。项籍却有心掩盖过失，说："韩信小人伎俩，不过一时取巧而已。我看雍王……雍……"他忽然想到了昔日定陶之战，嘴里打了个艮。"我看雍王历来有先败后胜的能耐，塞、翟二王本是他的手下，想也能齐心协力。待到三秦并力稳住阵脚，对付刘季还是有把握的。退一步讲，三个大活人熬上一年半载总还行！待我一举端了田荣，山东局面便得稳定，到时候再去救应，想是来得及！"

范增无语，脑子里集中想着韩信。他懊悔着，刘季有项缠护着，杀不了；可韩信又有谁护着，为啥不决绝些呢？可这世上哪里有卖后悔药的，都是老夫失误了！

不去想定陶还好。既然想到了，项籍便翻开了叔叔项梁的旧怨，心里不自觉更加把章邯那头放慢了。范增总以为项籍轻率，即便章邯能战，可三秦目前还缺乏足够的军力和物资储备，仓促难战，更不足以支持一场旷日持久的战争。回过头来，他和项籍面对的难题相同，同样胸无良策。诸侯分心，忙于钩心斗角、争地夺利。楚军也缺乏足够的作战准备，若劳师远征，弄不好便陷在关中。而田齐若得机会，毫无疑问会乘虚攻打楚国，这后顾之忧又将如何解除？彼时，刘季与田荣、陈余等联手的可能性增加，诸侯则顺风一边倒，再有彭越出来捣乱，如此莫说三秦，连楚国也危急啦！他隐约感觉到，西楚的危机兴许是天生的。

两人相对愣神。范增看到项籍没了精神，不由得心疼起来。无论怎说，这孩子心胸实在，临阵总不避矢石身先士卒。他对错都在明处，为人敞亮，只是过于恃仗勇力，性情也有些无常，让人心焦。当初项梁把他托付给自己，幸亏灭秦大局有成，否则如何能报答得知遇之恩！

这时，内府有丫头出来传话，说夫人请大王说话。听到虞姬相邀，项籍心里便把什么都丢在一旁了。范增于是说："少将军连日辛苦，无有闲暇。既然夫人那里有事，老夫就先去思量对策，然后再来禀告！"

项籍就势应道："这样也好，只是过于烦劳亚父了！"

第四十三回

忌流根左将探峡谷　伏壤东纵火歼车骑

月氏王庭西移的准备工作迅速做好了，可心有疑忌，却还硬撑着熬呢！这一天，天子忽然一拍前额："传旨，王庭临时迁居禄福，这里更便于关照北山战局！"这与躲去冥泽完全不同，原因是更接近战场。

禄福城正处在东南、西北、东北的三岔路口。东北方向面对北山峡谷，呼蚕水流过城畔，流到北山南口与羌谷水汇合成下游弱水。算起来，月氏王等于向山口靠拢了一半以上的路程，反倒显示出一种更积极的姿态。恰好，跨羌谷水、呼蚕水一直到禄福城以西大约后来嘉峪关的位置，新筑好了一段长墙，沿着山的走向，严密地遮护住了西去的交通要道。

不知道是什么精灵在作怪。几乎与天子起驾同时，消息更为具体地在月氏草原上悄然传播，很快传到了禄福，说"天子这次来禄福，目的是要向西逃跑……"

这消息太过重要，得赶紧告诉自己的家人亲眷！草原上流动放牧的人家，最难耐的就是寂寞，消除寂寞的方式就是拿出酒和食物热情招待客人，或者骑上马到附近的毡房里去做客，以便彼此之间搜肠刮肚地倾倒所见所闻。于是，消息便拐着调儿不胫而走，很快传遍了各个部落。

喘息甫定的月氏王打算派人到北山口，一是通知王驾已就近移驻禄福；二是询问新近战况；三是再次表示慰问。这时，有近臣附耳汇报了那个虚传的消息，月氏王始而感到震惊，既而雷霆大怒，接着又想想，万一战事不利，月氏能避免像东胡那样的下场吗？想透了，他也就打算装聋作哑，顺其自然。假如战败，为避免覆灭，王庭也只有率领全部族向西迁徙一条路，别无选择。

月氏王早就听说，西域城郭诸国与呼揭之间有一大片水草丰茂的土地。尤其北山西北部山谷中的伊列水河谷气候宜人，物产丰富，更是安居乐业的绝好去处。

此所谓"北山"，其实是今天的中部天山。"天山"只是指东天山，也叫"雪山"，就是今天称之为"博格达山"及以东的段落。"天山"也是匈奴人的叫法，与"祁连"相混淆。在《山海经》里，巨大而漫长的天山山系，与被称为"南山"的昆仑山相对应被称作北山。"天山"一名从隋、唐开始大量出现在典籍和诗歌中；而天山和北山统称为天山，则已经是清代的事。

月氏王是有心人，前一时终于弄清楚了，北山北部居住着"塞种"。他们野蛮好战却很落后，虽也拥立了塞王，但族群长期松散，部落势力尾大不掉。唯因如此，假如面对月氏的征服，那是绝对不堪一击。而处在月氏与塞种之间的部落和城邦，则更加弱小。这些都是月氏王在焉支山宴请的第二天及后来，多次亲自向那位特殊客人详细询问过的，那人就来自北山。

之所以想到塞种，那是因为月氏王回忆起一个传说："本无姓之戎，世居敦煌。"现经考证，此戎确系塞种。有解释说：塞种为古族，有崇拜太阳和火的习俗，因分布较广，与月氏、乌孙、大夏及中亚许多民族都有联系。这些解释在时间上很不确凿，应是有相当的跨度，但秦汉之际曾较为集中地分布于帕米尔高原至伊犁河流域，这算得确凿。"塞种"是一个奴隶制形态的部落联盟；而塞人则属于一个更加广泛的族群概念，在盐泽东南就有居住。

可以这么说，在危急时刻为了部族的生存，月氏王有意向体量庞大而内聚力不足的塞种发难。从来都是弱肉强食的规律在推动逐水草而居的古代部族迁徙，这个规律从蒙古高原到西域到欧洲都曾历史性上演。原理在揭示靠天养畜生活方式的同时，也透视着对牧场和水源的硬性抢夺，小斗为打架群殴，大斗就是战争。

月氏王甚至对肥沃的伊列水河谷产生了美好向往，但惹人心烦的是，战时军民人等都对天子移动的方向高度敏感。王庭只要向西举步，再小的动作都必然会被人们领会为不轨，都意味着逃跑。哪曾料到，还有人故意在草原上放风！

东线战事风声鹤唳，一路向西感染。有敏感而胆小的月氏牧民已经借着放牧，开始随风摆动了。东胡前车骇人听闻，他们想尽可能避免被战争伤及，反正迁徙在牧民来说就是正常的生产活动。

北山口的防守策略很见效，但居敕臼不时便心烦意乱，于是想到草原上看看。他安排鹩轺盯住匈奴军动静，自己来到右大都尉辘契驻扎的山南营地视察。视察当然是惯例，而后辘契便陪同他到水草间去散散心。这在大战之时可谓难得，也只有复杂的居敕臼才会这样行事。

稍许有牧群过来了，在附近散开吃草饮水，捎带着行走，一会儿便悠闲地隐到了山坡后面，尚有几只收尾的羊只散漫地在眼帘里打岔。居敕臼感觉这放牧的还挺自在，便让士兵唤他过来问话。

士兵飞骑去了，好半天，又独自返回来，报告说："牧羊的是一名女子，只不肯来，也不便强迫。"居敕臼责怪道："粗鲁了吧，要不然人家会那样不识抬举？"士兵露出委屈的表情，不敢辩解。居敕臼便追问："那放羊的到底为甚不肯来？"士兵答道：“回大人，那女子说，你那当官的架子忒大了，为啥不能自个儿来问！”居敕臼笑一笑说：“王庭这边儿地势高，连放羊的见了咱们也不肯下坡来呢！”

又等了等，不见再有人畜经过。居敕臼便对辘契说：“看来人家不待见，还是咱放下架子去拜山敬神更妥些。大都尉在这里稍等片刻，我去去就来！”

居敕臼也不骑马，只步行寻去。绕过山坡，看到放羊人正在坡上跟一只雪白的羊娃子说话呢，还不时拿手去抚摩，把那羊娃子服侍得乖乖的。

居敕臼走近了，果然是名女子，那动人而又肆意的模样，好像在哪里见过。实在想不起来了也就算了。女子见有人来到面前，便放开羊娃子站起来，欠身稍致一礼，两只大大的眼睛炯炯地盯住居敕臼，却不开口。

居敕臼被看得奇怪，便伸手摸摸脸，问道：“姑娘一路可曾看到有人马往西去？”回答：“看到了，是咱天子的人马，听说先到禄福！”居敕臼问：“为何说先到禄福？”回答：“我不知道！”居敕臼便又问：“这里咋地见不到许多放牧的？”女子道：“将军说得太可笑了，这里正与匈奴人打仗，哪有敢来找死的？”

居敕臼本只是找个话引子，竟没顾及这一层。转念有了，便反诘：“想来姑娘是个不惜性命的，敢到这打仗的地方来消遣！”

女子反唇相讥：“可见这就是将军家的牧场了，别人是来不得的！”

“真够厉害……女人家说话往往逻辑错位，只朝着有利处较劲，让人无可奈何！”居敕臼想。他一点也不气恼，也不接那茬，转问：“姑娘可是从大路过来的？”

女子说：“从大路过来了又怎样，难道那也是将军的？”

居敕臼马虎一笑，接着问：“路上的羊群往东走的多，还是往西去的多？”

女子像是故意取闹，说：“东又咋样，西又咋样？”

居敕臼反逗说：“不咋样，想是末将问得不咋样！”

女子“扑哧”笑了，向身旁指指说：“除了这一群胆大些，胆小的都一股脑儿往西去了！”

居敕臼听出话里话，分明是讥笑天子和大臣们还不如她这群羊。不必再问，便说声“打扰了！”返回来上马，心里越是犯起嘀咕。忽然起了个念头，对辘契说：“你营里有没有本地出生的干练将领，可否割爱派一名来，也好随时帮我做个风土上的参谋！”辘契说：“想是有的，问知了立马派过来。”

沿着弯弯曲曲的山间道路回营，随势忽左忽右，不时要从开阔水浅处蹚过清澈的河水。到一处峡谷，居敕臼不期嗅到一阵扑鼻的香气，心中诧异。这里他来往不下几十趟，为何从来没有觉察到这种气味呢？怕是错觉，但那香味愈浓，便回头问身后的随从，都说："奇了，就是闻到了香气儿，偶觉忒浓烈！"

这时，有骑从后面赶上来，到了跟前，一名小将跳下马行礼："禀左将大人，末将畋猷奉辘契右大都尉派遣，到帐前效命！"

好一名骁勇的男儿！居敕臼看了，不由得从心里喜欢，口里却说："好个右大都尉，这么快就派过人来了！"遂道："正好，我来考考你，这鼻头的香气是从哪里来的？"小将并不迟疑，只回道："是从前面一道狭窄的谷中逸出的。"

大家随小将来到谷口，一道流水伴着香气从那里"哗哗"泻出。谷口被岩石挤紧了，过于狭窄，只得下马。走到一个涝坝边停下来，香气扑鼻浓郁。小将指着绕涝坝边沿随水缓缓打旋的一些五颜六色的艳丽小花朵儿说："这些便是香味的来头了！"众人新奇，顾不得大将在场，都俯身去嗅那花，果然香得让人飘飘欲仙。

居敕臼觉得奇怪，问："为什么这水流出到峡谷外面，就看不到花了？"小将回答："不但流不出峡谷，就这涝坝也未必出得去。这花连根叶都忒娇气，就能在池里水缓处生长，到水口被急流一冲，就像化了似的。"

有随从立即跑到上下水口观察，果然连花的影子也找不着，显然就是在池塘里自生自灭。于是，有卫士想伸手去捞一朵上来，小将忙说："且慢，一出到水面，等不到看就会蔫掉的！"于是卫士便缩回手来，问："这是为何？"小将说："这花整个浮在水里生长，从不着泥，水流急了不行，不流却也长不出，所以叫作流根草。"

居敕臼听了，若有所思，问："既然谷中藏着这些花，为何从来没嗅到香味，此刻却嗅着了？"小将解释："平日里确实闻不到香气，原因是不在五、六月之交将要下雨之前，就开不出这花来。"

居敕臼一想，倒也是，平常从谷中经过，哪能就凑这么巧？便即抬头看天，果然见有一片乌云罩了过来，霎时罩黑了山谷，果真要下雨了。他心里吃惊，问："这山谷有名字吗？"小将说："有，就叫流根谷。外面的峡谷也有个土名，叫留根谷。"

居敕臼心中忌讳，不说这个话题了。问小将："方才你说你叫什么名字？"小将躬身回答："末将名叫畋猷，父母叫我'留根'。"居敕臼点头："果然土生土长！"

汉、雍临近决战，但完全指望不上塞、翟支援。章邯命胞弟章平坚守好畤、云阳，并设法牵制汉将曹参所部；传令据守咸阳的故秦将军赵贲、内史保率部前来废丘会战。内史保、赵贲所部皆为整建制保留的原秦军精锐，内史保率领的更是这个战场上唯一的一支全车骑部队。

车骑先行，快速接近壤乡，它将成为废丘会战中最关键的战斗力。赵贲军中多为步兵，紧赶慢赶一天之内已被内史保落下了半程，不期又遭到汉将周勃、奚涓轮番阻击。赵贲有足够的战力，并不把汉军放在眼里，但行军的脚步却被阻滞，使先行的车骑成为一支突出在前敌的孤立力量。

废丘城内，正在构思会战和紧张布置城防的雍王章邯，很快得到了赵贲遭受阻击的报告，心猛地往下一沉。但他随即感到，既然曹参、周勃正分兵在好畤、咸阳方向，废丘对面就必然是一个实力空当。他也想到了定陶之战，机不可失。

天黑，内史保带领车骑向驻扎在壤乡的韩信中军大营进发，虽然人衔枚马摘铃，但重装"嘭嘭"依然显得轰轰烈烈，一副压倒的气势。两军相去不远，车骑对步兵优势突出，抢时间奔袭，速度第一，隐秘第二。

从南山延续下来的坡地被流水和风雨经年累月地切割侵蚀，面貌不太齐整。行至狭窄地段，一边山坡渐见杂乱高起，一边河床被流水长年冲刷形成断崖，路面忽上忽下，曲折回转，坑洼不平。车骑无奈减慢了行进速度，队伍断断续续前后被拉开十数里，呈首尾难顾之势。内史保猛然醒悟，韩信之所以敢于空营面对废丘，正是凭恃了这一带复杂的地理屏障。又寻思，如遇汉军大队在此阻击，车骑如何施展得开。正在车上颠簸着琢磨呢，有探路的骑兵来报，前面出现"断头路"。内史保大感蹊跷，行军图上明标着行走无碍，倒是见着鬼魅了？于是下车换马，想亲自看个分明。往前走来，已见队伍逐渐停滞。一种不祥的预感袭上心来。再行一时，果然见道路被一道沟壑切断，夜色中难以辨别天灾还是人为。情况不算太妙，内史保心里异常地不安起来。正自踌躇呢，留守营地的骑司马王周派快骑赶来报信，说发现一支来历不明的军队正在向留守营帐接近。

内史保军本是有帐也有垒。垒是由战车环绕而成，现战车出动袭击汉营，驻地也就剩下营帐了。内史保猜想，难道是雍王的军队提前赶到了？能这么快吗？当然也是有可能的！这么想，心里有点踏实。

思量未定，周围却骚动起来，队里发出了不安的喧哗。内史保抬头回望，糟糕，营地那边出现了火光。还没来得及多想，路边的树木却也突然被点燃了。只有微微的风，浓烟烈火被惊慌的人马扰动，在夜色中纷乱地飞溅。

还没看见敌军呢！内史保喝令保持队形，车骑冒着烈火的烘烤循序后撤。行进中的战车被歪歪扭扭的道路牵制着，后队依着前队的口令忙不迭地边掉头边整队，难免出现乱糟糟的景象。

当内史保顾过了眼前，重新抬起头时，这才发现沿途火光连绵不断，一丛丛一簇簇，被黑暗包裹着似是望不到头。但他依然相信汉军营中没有多少兵力可供调遣，也只能借助放火来虚张声势地阻截。

正在自我稳定情绪，冷不丁火光中飞来一箭，正中内史保肩胛。内史保一震，险些掉下马来。就在这一瞬间，黑暗中远远近近又亮起一团团火把，居高临下一齐向被挤压阻塞的雍军投掷过来，随即，弓弦响成一片，箭矢从路侧乱纷纷射出。战车被引燃，本还算有序的车骑慌乱起来，自相冲撞践踏，接连有摔落崖下的。惊叫声比冲撞传导得更快，像导火索一般把沿途遭到伏击和并没有直接遭到攻击的雍军一起调动起来，开始了自相“引爆”的过程。看看势头已成，并不算多的汉军在留守韩信身边的朱轸、董渫、华无害、吕博国、摇毋余、丙倩、戎赐、刘钊等八名将领的分头率领下，从突向雍军车骑的八处山坡地上一齐发动攻击，不多时，便把一个弯弯曲曲绵延着的长蛇阵截为数段。

这是一支原本为保卫秦都咸阳而设的队伍，单兵素质和整体战斗力都非同一般。内史保顾不得箭伤，带着身边骑兵一路跑动。他赶到哪一段，哪一段的车骑便得以稳定，冲破汉军实力有限的层层阻击，边战边退，倒也似流水一般。队伍拉开得太远，于是内史保在努力寻找比较开阔的地方，以便形成阵势，发挥出车骑的战斗力。估摸坚持到天明，雍王援军便能抵达，局面可望扭转。

损失不可避免。沿着这样一条十分狭窄，一面山坡参差、一面土崖陷落的被焚烧着的道路后撤，车骑不免显得笨拙，甚至如累赘一般。在突遭汉军弓弩射击和步兵冲击时，人马的死伤更是惨重。

后半夜，内史保终于如愿地退到了能展开兵力的地方，接应陆续从死亡之径上退来的残兵败将，重新布阵迎敌。他简单处理过箭伤，方得喘过一口气来，却不料又有密集的箭雨覆盖过来，随即漫山遍野的火把重又亮起。这下内史保吃惊不小，他意识到这才真正陷入了强敌的包围之中，可实在猜不透这么多人马是从哪里冒出来的。

却原来，是樊哙依照大将军韩信的部署，从曹参那里分出大部人马飞速回援，先是烧了内史保的营帐，然后堵在了车骑的后路。

混战到天明，内史保开始借助局部地形组织反击，不料汉军总好像能预见到他的意图，使他利用车骑优势翻盘的期望一次次化为泡影。终于，他发现附近的制高点上有一员银盔白袍的大将手挥令旗指引围堵。他想，那就是韩信胯夫了。

汉军兵马似套索般，一齐收紧过来。内史保无奈，只得放弃败中求胜的企图，一心一意指挥突围。这时山坡背后转过一支汉军，为首将领正是樊哙。内史保慌忙退避，又有汉军傅宽、郭蒙赶到。两军近战相搏，雍军车倾马翻彻底溃败。内史保丢盔弃甲，由残骑保护着杀开血路奔逃。至雍军营地，有人马在那里等候，原来却是骑司马王周。

见了内史保，王周下马跪地，直言告知营地遭袭后，自己觉得再无面目去见雍王，已经向汉军投降。内史保却待发怒，王周突然发问：“雍王善忘，将军亦善忘乎？”内史保一愣，只觉得肩胛处伤口疼痛难忍，于是口称“罢，罢！”丢开王周，径直奔废丘去。却说王周所指何事？委实在秦军将士的记忆中，根本无法抹去那些关于坑卒、纵火、屠杀的阴影，穷途末路之时，他们更容易回想这些。

战了大半夜，废丘为何没有像预期的那样及时增援内史保？却原来章邯亲自率军行至半途，意外地遭到了汉军的截击。火把亮处，灌婴立马横在当道。章邯意识到了此战的后果，急忙派人去通知内史保回撤，自己则压住阵脚且战且走，他是怕废丘有失。灌婴并没有多少人马，他本只是奉命利用夜幕掩护，吓退废丘后援则止，岂敢冒进。但这一举动等于给章邯捎了个信息，大将军韩信是有准备的。这正是章邯退兵的真实原因。

章邯的使者被阻于战场之外，他没有即刻返回，而是在渭水边耐心等到了战败的内史保。内史保虽然听说了雍王增援受阻，但到底心中不快。又有王周的问话始终回荡耳畔，便推说自己受伤需要休养，径自带领残骑转向咸阳。半途中屡遭阻挠的赵贲，随后便接到了壤东败讯，于是抛开汉军，也退回了咸阳。

壤东一战，汉军几乎全歼内史保部，俘虏了大量车骑兵，收缴了大量战车、马匹。章邯废丘会战的设想虽成泡影，并且令雍军元气大伤，但由于雍地还牢牢地扎着废丘、好畤、云阳、咸阳四颗钉子，而塞、翟尚未见举动，三秦战事还存在不小的悬念。

第四十四回

谷水陷落河西惴惴　人心思汉三秦岌岌

北山南口到王庭的水草地上，其实也还有牧民往来，特别那些胆大的，一时还不肯听信有关王庭的种种传闻，懒得拖家带口去作逃难式迁徙。可不信传闻不等于不传递小道消息，一经口口相传，天子提前避祸的消息便更加传得有鼻子有眼了。

居敕臼觉得王庭的意图已经明显，可偏偏还要掩饰；而他自己呢，恰恰也在犯同样的错误，总是试图向将士们封锁一切不利的消息。不料传言就像流水一样，峡谷里的军营里也能觉察牧场上的风吹草动。信息的隐约反而产生过度的神秘效应，北山口军心潜在地波动起来。

一种并不奇怪的奇怪现象发生了。由勒俟祐始作俑的谣言与月氏王庭的动向极其巧合，已经阴错阳差地引发了月氏的内部危机。当然，勒俟祐自己也没完全搞明白，还绷开了细眯眯的眼睛东张西望地窥测呢。更奇怪的是，月氏君臣自己都以为心里明白，却隔着肚皮共同在演绎一出糊里糊涂的哑剧。月氏王庭方才在禄福安顿下来，一个新的想法早在勒俟祐机灵的头脑里翻腾起来，竟使他兴奋得夜不能寐。

此时，面向北山北口驻扎的匈奴主将且蛰，在军帐里做了一番假设。于是，他与右大将莒式池进行推理性对话。

且蛰问："月氏王还会回到觻得城吗？"

莒式池回答："除非他能看到我大匈奴退兵！"

且蛰："他能看到吗？"

莒式池："居敕臼根本做不到，他又怎能看得到！"

且蛰："那他会留在禄福吗？"

莒式池："月氏王好比一只胆小的兔子，留在那里连吃草也嘬不出味儿来，该咋样活呀！"

且蛰："那又会怎么办？"

莒式池："继续逃呗！"

且蛰："那就得躲避到三危去？"

莒式池："有可能！"

且蛰："莫非想长期蹲在三危？"

莕式池："三危又不是兔子窝，如何蹲得了？那还不如亲自来帮居敕臼守北山呢！"

且蛰："不蹲在三危又能往哪里去呢？"

"要么去夺了楼兰，也许打算躲进沙漠里去！"莕式池随意开玩笑。且蛰哈哈大笑起来，莕式池也忍不住笑了。世上就有这样的路，比心路去得更远。且蛰和莕式池的想象力还有点跟不上。

且蛰估摸着曳当该有所行动了，便打算从山口投石问路。莕式池奉命飞马到山前，亲手把一支用来联络的响箭射到关上。不一会，关门开处，月氏大当户鹩韬一骑马出到关外，与莕式池对面勒定马缰。

莕式池高声说："来将听着，现在你们的大王打算逃到三危，甚至更远的地方去避难，你们死守在山口将没有任何出路，最后只能全军覆没。如果左大将主动撤退，我大匈奴冒顿单于说了，将允许右屠耆王不去追赶，放你们一条生路。"鹩韬并不回话，只在马上略略以手抚胸，算是有所表示，回马上关去了。

居敕臼反复琢磨，猜不透狼嘴里怎么会放过羊，难道狼吃饱了，被撑得跑不动了？那隔几日他还会饿的！再说，匈奴人凭什么说天子要到三危去呢，还有更远的地方，那是什么地方？显然他们企图动摇将心，这是个陷阱。他担心无论说什么都会出差错，便决定不予答复，是另一种以不变应万变的方式。

话说凭这态度，且蛰如何问得了路？其实还真问着了。原来，且蛰所谓"投石问路"用的是另类的逻辑。就像掷钱币问卜一样，他牵强地跟自己搞了一个约定：居敕臼无论怎样答复，都说明月氏人无所动摇，也就说明月氏王来到禄福是有正常的目的；如果居敕臼不答复，则说明月氏王确实打算逃走，所以将心不定。且蛰想用这种方法来帮自己下一次决心，但从心理角度讲，他是多少看到了对方的困惑。

且蛰既然自欺着加强心理暗示，便决定试试运气。作为主将，他迫切地需要在主战场上取得突破。而此时的居敕臼呢，充其量只在心头布下了阴霾，脑子里却还只有坚守。

卑移山战场的压力越来越大，多处隘口的争夺都已经进入胶着状态，告急骑使不绝于道。月氏东部主将左大都尉蜣哧不得不三番五次地抽调谷水沿线兵力前往增援，拆西墙补东墙，好在休屠泽周围向北突出的边沿地带，三面尽皆没入流沙中，不利于大军横渡进犯。本质来讲，他这也是以险弥险，为用兵所忌讳；可有啥法子呢？

终于盼来了王庭的使者。使者传达了天子的口头嘉勉，然后说："天子要左大都尉和将士们全力拒敌，王庭正在全力调集人马。"蜣哧问："援骑多会儿才能到达姑臧？”使者支支吾吾：“大概快了吧，应该是快了！”这边使者离去了，前方求援的又到了，其焦急之状让蜣哧难以面对。

人到了紧要三关却又无可奈何，就有可能寄希望于侥幸。蜣哧暗自思忖：“卑移山要是出现大的差错，谷水这么长的防线根本就没法再防。好在到目前为止，从姑藏到休屠泽各个要紧去处都还稳定，天子的增援人马不是快要到了吗？那就把这一段先空一空，留给援军填补吧！”于是，蜣哧立即叫来几名骑卫，吩咐道：“你们连夜去谷水沿途传达我的命令，各处只许留少量人员驻守，等待王庭增援，其余立即驰援卑移山，不得耽搁！”看着几骑匆匆出营远去，他便亲自带领留守姑藏大营的人马先行，直奔卑移山阵地。如此，等各处接到命令，谷水便已算不得防线了。

恰巧在这时，一队三千人的精锐骑兵已经悄无声息地越过大片沙丘到达龙首山尾，这里离休屠泽只有一百多里。

驻守北山南的月氏右大都尉辘契从士兵口中听到一个令人诧异的消息，亲自来到前营。他问居敕臼：“左大将听说了吗？且蛰已经带领匈奴主力秘密潜往龙首山了！”居敕臼惊讶道：“我怎么连一点风声也没听到，山口也没有任何察觉！”辘契说：“我也觉得蹊跷。东边卑移山吃紧，蜣哧未必顾得上龙首山，那里的防守必然薄弱。一旦谷水后路被偷袭，便有可能带动全线。卑移山如果失守，我们这儿就只好分兵去守觻得打阻击了，到时候天子又会怎么做呢？”说到这里，两人不由得对视了一眼，心照不宣。

于是一起上关，大当户鹩韶正守在那里，看到右大都尉和左大将一起来了，似乎早在意料之中，说：“我这里正要去请示将军呢，匈奴人好像有点不对劲！”

两人仔细观察，匈奴前锋营里戒备严谨，烟气蒸腾，可以明显看到士兵活动的身影，应该是在准备开饭。透过烟气去看古河道对面的且蛰大营，毡帐间旗帜如常，但却发现少了些什么……对，好像缺少些人马的气息！

正琢磨不定，又听到鹩韶说：“好几天了，高处的瞭望哨看到有几拨人马掩掩藏藏地潜入低处，不知道搞啥名堂！”居敕臼质疑道：“为什么不早点报告？”鹩韶说：“人马在他们自己附近调动，一开始连我也觉得正常，小心监视就行。这不，多见了几次，就产生了疑心！”居敕臼不再多问，吩咐继续细心观察，心底里直是冷笑。

第二天一早，居敕臼破天荒地主动出击了。他派遣一支轻骑下关，直冲匈奴前营，自己却登上高处的山崖观察。匈奴人一时有些慌乱，但即刻稳住了，开始向两侧包抄，企图把月氏人马围住。月氏骑兵且战且退，退回山口。关上照样一阵箭雨，射住了匈奴追兵的阵脚。然后，匈奴人就像每天都要进行的那样，开始攻打，还是一筹莫展。于是，双方都又有些缺精神了，战场形势依旧。

和且蛰纯粹的心理选择不同，居敕臼真的在投石问路。前面交战，居敕臼发现匈奴后营没有太大动静，而前、后营之间竟没有一人一马报信联络。想想有些替东线担心了，立刻回营，派出两名使者，一人前往王庭报告发现的异常情况，请天子即刻派人马增援谷水；另一人直奔姑臧，希望还来得及提醒蜣哧。他提出建议，就是宁可暂在卑移山退却，步步为营，节节阻击，拖延时日等待援兵，也不能让后路出现任何闪失。现在整个月氏北山防线处处敏感，必须避免牵一发而扯动全身。

然而，此时东线战事突变。曳当率领三千轻骑连续袭击龙首山尾、休屠泽西岸两处力量薄弱的月氏军营，然后沿谷水一路拔除那些空虚而不堪一击的守军据点，只三日已经逼近姑臧城。

匈奴军来势凶猛，姑臧留守部队一时弄不清对方来了多少人马。正在这时，居敕臼派来报信的使者赶到，说袭击龙首山的有可能是匈奴主力，当然还没有得到完全证实。这一下，月氏军慌了神。

说话间，一路汇集而来的败兵抵达城下，而曳当轻骑也尾随而至。守军连忙关闭城门，哪里还来得及，只见城中接连几处火起，随即城门失控，曳当率先冲关而入。原来，进城的败军中早已混入了匈奴侦察兵，到城里就去放火，匈奴猛士随即夺下了城门。

那时，河西走廊所谓各城，也都是些干打垒的土围子，只不过城门稍稍高大坚固些。城内除了军营、署衙，就是三四条陋街土巷，一两处集市空地，千百居民加少许小商小贩，住十来家大户官吏，到处还饲养着骆驼、马、羊，堆着草垛，满城狗吠驴啼，时有驼队穿城而过。平时街头多见布告打更的，战时少不得增加几队巡逻的士兵。

三下五除二，匈奴轻骑完全控制了姑藏。月氏留守人马少数死伤，其余皆逃之夭夭，报信的报信，找部队的找部队，能回家去的去毡房，也有干脆跟随逃亡的牧群向西迁移的。姑藏传为因山得名，其地恰处河西走廊要冲；它的失守，意味着月氏的东大门已然洞开。

谷水全线宣告陷落，正在卑移山奔命抵抗的左大都尉蜣哧很快就接到了不幸的消息。苦苦盼望的援军还杳无音讯，曳当已经率骑向卑移山包抄过来。后路虽断，但蜣哧对所谓匈奴“主力”突降谷水的情报颇感怀疑，但也无法核实。

让蜣哧更加悲惨的是，匈奴术柘所部立即得到了这个天降的喜讯。如果说前一段大多虚张声势搞精神战，边战边观望；那么，现在有重大战机出现在面前，需要当机立断。术柘立即命令全线中止进攻，待命行动，同时，派人通知跟在后面鼓噪得乏了味的左大将戎渠夕部，要他们向前靠拢，以备增援。

战事的突然停顿使阵地上的月氏军队更加感到恐慌。此时，后方的冒顿才突然理会到，右屠耆王此举正是他隐约想要做的！他拍拍脑袋想，且蛰的确聪明，怎么就总往自己心里去呢？

匈奴两军即将合拢，东线月氏军陷落命运的峡谷，等待着敌人的裁决。然而，匈奴大单于为他们准备了另一条出路。术柘谈判的使者后义庐侯难氏到了。此人如草原上的猎人般，有一个驯鹰的癖好，所以无论走到哪里，那只翼展宽大而矫鸷的猎鹰，总是随在身边，奉命出使也不例外。

唯一的议题就是要蜣哧率军投降。如果不降，死路一条；如果投降，给蜣哧的待遇将十分优厚。月氏军越发人人怯战，战士开始临阵脱逃，蜣哧陷入了犹豫之中，而术柘则不慌不忙观察形势。难氏少具勒俟祜之风，他在蜣哧的毡帐里乜斜着眼，就像朝猎网中观看挣扎的野兽一般。而宠物时刻都能准确地感知主人所在的位置，只在营地低空盘旋，间或便落在帐顶或坐鞍之上，平白给月氏士兵增添了几分畏惧。

居敕臼派往王庭的使者回来了，报告说天子正在设法证实情报的真实性，必要时会派人马增援东线。在一旁的鹞轺脱口而出，说："蜣哧那边早已难以支撑，即使我们的情报不确定，难道救援还能再拖延下去？"看到居敕臼转头看他，便住了嘴。

居敕臼问："打听到王庭的动向了吗？"使者回答："看动静不大对头，但一时无法证实。"居敕臼心中大致有数，便让使者退下。

随即，去姑藏的使者急匆匆撞了进来，跪倒在居敕臼面前，带着哭腔说："大人不好了，姑臧已经失守了，我是亲眼看到匈奴人杀进城里的，我也是混在乱军中侥幸逃脱的！"

居敕臼听到"大人不好了"，微微皱了一下眉，随即语气和缓地说："你回来得很及时，先去歇了吧！"他感觉到，一切最坏的想象都被证实，王庭西徙已经毋庸置疑，北山也必须考虑何去何从了。

有马群过来了，一名轻纱覆面头系抹额的女子来往驰骋收拢那些跑乱的撒野的儿马，几只高大的狼狗也跑来跑去吠叫着帮忙。

南山与北山之间迁徙的牧群都已经一致朝着西边流动，而且规模越来越大。偏偏这种与生产方式和生活习俗相吻合的流动，可悲地迷惑着彼此，包括甘愿受到迷惑的月氏王和他的臣僚。当然，在事件发展到某一个难以挽回的阶段时，总会因为难以掩盖而被“察觉”，到那时，凭借有限的驾驭能力，恐怕是谁都无法回天了。

对于月氏王来讲，真正实施西迁必然是一个反复慎思的过程。最为简单的想法，就是王庭没有发布任何消息，也没有对任何信息加以证实，局势如果能向有利的方向转化，西徙之事以谣言论也就不了了之了！

要说月氏的事情为什么这般简单呢？思维方式简单是一方面，而思维简单也与事体简单分不开。那时尚未著称于世的原生态的河西走廊，人口、载畜量与牧场面积相比较，比例是很小的，无灾无害万物繁盛的季节，即使东边所有的人口和牲畜都向中、西段聚集，祁连山水草丰沛的草原也能轻易承受全部压力，没有人会担心发生经济危机或者生态灾难。即使局部有发生危机的可能，也没有人会意识到，更不懂得担心。早期游牧部落基本就在迁徙中生存，也不存在定居生活的种种拖累和挂牵。世间再落后的事物，也存在它的相对优势。

就在月氏王投机心理与日俱增的过程中，禄福的王庭临时驻地偏偏又发生了一件令人无法想象的事情。

入夜，突然有一支奇兵袭来，放火烧掉了月氏王行庭的个别毡帐和一些物资，并鼓噪进攻王帐，在与卫队草草接战之后便匆匆遁去。待天亮后查看，行庭损失不大，但袭击者消失得无影无踪，竟然连一点线索都没留下。王庭本已脆弱的神经又被猛烈地震动了，霎时间几乎断裂，各种传闻越发铺天盖地，人心惶惶，不可终日。

月氏王心里更加紧张了，决策的天平一下子向举族西迁的思路倾斜了大半。他自然联想到了一个关键性的问题，如果匈奴如谷水之法炮制，派出一支奇兵翻越马鬃山，右大将枯末折万一失手，通向西域的道路就会被截断。挨到那时，王庭就会面临东西夹击，那就恐怕连逃脱的机会都没有了。他内心清楚，乌孙的宗室流落到了匈奴境内，而月氏西部是乌孙旧地，山里还流散着不少乌孙残部，只要时机来临，他们定会组成复仇的马队配合匈奴进攻，并且设法从中取利。此时，这种可能性在月氏王的意识中被成倍地放大了。他更不知道匈奴人哪天会再一次突袭王庭，东胡可就是在毫无知觉的情况下就像突遭雷击般覆灭的！越是这样想，他就越担心自己会重演东胡王的下场，心中的恐惧与日俱增，于是紧急召集心腹，正式开始谋划西迁避祸。

本来，匈奴军队在居敕臼的防守下，始终没能迈进北山一步。换句话说，从实力和双方态势上讲，如果王庭能换一种思维方式，换一个积极姿态，那么，即使相对薄弱的东部战场也不致败到如此地步，或者根本就不会败落。月氏和匈奴谁战胜谁，本应还是个未知数，何况，匈奴军无法长久坚持。还有，防守乌孙故地的右大将枯末折曾是月氏强盛时期的军队主将，能征惯战从不轻易言败，关键时刻本是可以派上大用场的，比如命他驻守东线，然只是奇怪地被冷落在一旁。

雍军各自龟缩在废丘、咸阳、好畤、云阳。汉大将军韩信决定灵活调动以集中优势兵力，一城一城地解决问题。在攻打好畤的战斗中，樊哙又重演他的看家本领，身先士卒登上城头。汉军接踵上城，随即斩将夺门。周勃挥军直入，县令带领士兵抵抗，章平在部将姚卬的贴身掩护下逃出城北，直奔云阳而去。这一战，樊哙亲手杀死好畤县令、县丞。随项籍入关留驻雍地的楚将吕马童率残部投降，而汉军重要将领纪成却在攻城时战死。

好畤已下，丁礼留守。曹参、周勃、樊哙立即挥师咸阳。赵贲方得与内史保所率残部汇合，二人眼看无数汉军卷土而来，勉强整队迎敌。曹参、周勃、樊哙、奚涓、傅宽、郭蒙诸军拼力冲杀，二将抵挡不住，大败退入壁垒。

汉军立即对咸阳秦军营垒展开围攻，秦中决胜的号角已经吹响。无论咸阳是否已为废都，但他的历史影响依然决定了其心理地位。取得咸阳，汉军便能获得像当初灭秦的感觉；而那里的父老百姓对秦朝的苛政、项籍的残暴和汉王的“约法三章”，都还记忆犹新，正翘首盼望他们的救星呢！

塞王司马欣紧盯着雍汉战局，时常徘徊于栎阳城头。他忧心忡忡，却畏葸不前，只盼望章邯如过去般，忽一日寻机扭转战局。可每次传来的消息都令他大感失望。

这日加紧巡城，下吏又呈上章邯的来信，不用拆看，就知道是什么意思。他手里捏着书信苦苦掂量着，忽然听到耳边有士兵喧哗。抬头看，远处尘头大起，心中这一惊非同小可。然而，不自觉也闪过一丝念头，幸亏没有举众救援废丘……

霎时已经有败军逃来，气喘吁吁上城来报告：“禀……禀大王，不好啦，汉将灌婴已经带兵杀过来啦！”司马欣连忙传令赶紧关闭城门，拉起吊桥，坚守御敌。章邯那边，他真的顾不得了。塞在雍的东边扼守渭水下游一线，栎阳位置在咸阳后方，此两地如果丢失，废丘将陷入完全孤立的境地，章邯将后退无路。就栎阳而言，城陷则意味着塞失，塞失则等于秦中彻底易手，汉军东出函谷的道路将就此敞开。

匈汉演义

朱江风 著

中卷

白登风云

北京日报出版社

目 录

第四十五回

背关夜袭枭将战死 慎思进退良臣审时

有更加不利的消息几乎在同一时刻传到了废丘、栎阳。咸阳众豪杰、父老、百姓和亡秦幸存官吏们主动接应汉军，可谓墙倒众人推，汉军几乎不攻而全面占领了各处宫室街坊。故秦将士大部反水归顺汉军，或换了百姓衣衫逃归家中。赵贲、内史保二将无法维持局面，率亲信部众仓皇退走。不管内史保内心情不情愿，此时没有第二个选择。在赵贲劝说下，他也只能一同前往废丘了。

章邯接二将进城，置酒压惊。三人面面相觑，无限凄惶。章邯筹划的废丘会战，被汉军左扯右拉凑不成阵势，偶然设想的壤东“奇袭”又失手，废、咸、好三角防区在汉军飘忽不定的闪击下随即瓦解，三秦屏障的泡影中唯留末日余晖。可以预期，汉军不久将集中围困废丘。章邯面临命运的最终选择，但他不会轻易言败。而此时，他心中最最惦记的，却是孤悬于云阳的弟弟，多么盼望翟王董翳能在危机时刻助章平一臂之力。他甚至希望章平也能像赵贲、内史保一样来到面前，哪怕抛弃全军，只身前来就行。

心理有时就像一个黑洞，人从掉进里面的那一刻起，就满眼迷茫。现在对于月氏王来说，举族西迁就是这黑洞里的唯一一道光亮，其他重要事宜、相对优势、可能性、机会、将士的血战等等，都被忽略在头脑的盲区中。可以说，自从匈奴进攻以来，甚至更早些，月氏王就一直在未雨绸缪。

正在居敕臼内心陷入纠结之时，王庭又有使臣到了。天子传谕：“北山全体将士英勇作战，屡次挫败匈奴犬盗，开战至今，山口重地固若金汤，天子之心甚感欣慰，特谕嘉奖左大将居敕臼、右大都尉辘契、大当户鹟韬及以下有功者。另，近日多有急报，三危一带谣言迭起，乌孙残部蠢蠢欲动，天子有意亲往巡视，以便即时定夺。北山为王庭坚固屏障，诸将务必恪尽职守，确保觻得、禄福万无一失。”

这边正在宣旨，那边已经起驾。居敕臼万万没有想到，北山口防线尚且无懈可击，草原上的传言已经被天子亲自证实。听过旨意，他让辘契、鹟韬等暂且各回本帐，自己需要冷静地想一想。他回忆着细节，须臾便有一个神秘形象从脑海中浮现，反复与天子的话语姿态映衬。听说那人来自遥远处北山的塞族部落，塞族……难道……他脑袋“嗡”地一响，心脏随之“嘭嘭”地跳，浑身的血管迅速膨胀起来。

等到冷静下来，居敕臼开始认真琢磨。所谓退后一步天地宽，还真有点开窍了。假如大难临头，要么就承认事实，要么就一头去石壁上撞死。平心而论，宿敌匈奴日益强大，要长期摆脱其威胁，西迁另寻一个优越的生存空间，也许不算是太坏的主意。回头又想，目下即使东线溃败，整个族群也还不至于非走那一步不可。真正令人寒心的是，王庭总藏头露尾遮遮掩掩，却把前方血战抵抗的将士置于何地？

忽然想到，天子提前把作战经验丰富的右大将调到三危，当时看似处罚，现在看来却是另有重用了。那么，右大将还特意派人来打听王庭的动向，后来又没声息了，那是什么意思呢？令人费解。还有不解，天子若甘心远走他乡，却何必在抵御匈奴上费尽心事，临战又花费这么大的代价？难道就是为族群西迁作一面盾牌，或者仅仅为了有足够的时间咬牙下足一个狠心？再说，西徙只靠王庭和右大将总共的五万军队，至多增加两万，靠七万军队护卫整个部族妇孺老少拖拖拉拉西迁，要摆脱匈奴的追击，又要和西域的土著争夺牧地和水源，还要对付风暴沙尘和沿途许多难以想象的困难，足以抵御风险吗？

居敕臼已经在假设中寻找北山驻军在天子心目中的位置。他不认为一支精锐之师会成为棋盘上的弃子，但也无法进一步做具体的猜想。

几天后天子又一道谕旨到了。这回是说，在不得已时，王庭可能会考虑带领族群整体向天山迁徙。一旦成行，北山驻军立即撤退，随后担任掩护。居敕臼又为难了，王庭若果真决定西迁，仓促间北山守军如何能确保全师而退？

眼前倒有一个机会，这机会可能稍纵即逝。匈奴在卑移山的战事已经是尾声，如果不出所料，再耽搁最多半个月的光景，且蹀主力必然回师。到时，术柘、莒式池必然会赶来封锁北山后路……不一定，他们也许去直接追袭王庭。无论如何，再耽搁机会可能就没了。想到这里，他立即通知辘契、鹈轺、畋猷诸将到大营商讨计策。

夜，像一顶巨大的黑纱帐无声无息地覆盖了草原，覆盖了草原上的沟沟壑壑、牧人的毡房和畜栏、大山和山上山下的军营。凌晨到来之前，正是熟睡的时刻，山口潜出五千人马来，到了匈奴营前一齐举火，立时山前、关上、山崖上火把通明。

发一阵此起彼伏的呐喊，月氏大当户鹈轺挥舞弯刀，带领剽悍骑队猝然冲入匈奴营中，火蛇流动盘旋散开，像藤蔓飞快地衍生缠绕，在蔓上绽开明亮的花簇。不一时，山口的居敕臼看到匈奴前营已是一片火海。

忽听小将畋猷在旁“咦”了一声，居敕臼立刻觉得有些不对劲了。这匈奴营为何一冲即透，全然没有反抗，难道匈奴兵全数被烧在毡帐里了？

正紧急琢磨呢，古河道被点燃了，河沿上崛起一道厚厚的明亮的长墙，向营盘包抄过来。关上的居敕臼早已明白过来，匈奴的这一着并不完全出乎意料。于是，他举起手中的马鞭，预备发起第二波攻击。他估计，此时匈奴的军力与月氏相比，起码处于一比三以下的弱势，然而，这边马鞭方落，那边的手掌却举起，止住了自己的命令。居敕臼想沉住气，再看看动静。

冲入匈奴前营的鹈韶已经陷入重围。他本不在意这一点，知道大规模的攻击还在后面，便带领士兵越杀越勇。明知劫了空营，月氏劲骑迅速聚集成一个稳固的阵形，随鹈韶游动驰骋，仿佛一只手臂，或屈或伸，手掌开合有序，充满了弹性和张力。匈奴军一层层围上去，战了许久竟然没能占多少便宜。那鹈韶了得，左右劈杀，匈奴兵将无一人能与他近身。

山色明亮起来，阵中的火把大都熄灭了，果然有无数匈奴兵马潮水般集拢来，摆开在山前，中间马上一人由几柱残留的火把簇拥着，仔细辨别，正是匈奴前军主将莒式池。

居敕臼心中郁闷，搭上一支箭拉满弓射去，那箭从空中坠落，实在是离得远了点。当然，他只是出出没处出的气而已，脑子里还在想着继续下一步行动，他要把莒式池装进一个更大的口袋。

畋猷率一万骑兵冲下关去，与此同时，从两侧那些一夫当关处潜出的人马闻风而动，对莒式池实施反包围。月氏骑兵迅速凭关展开，鹈韶发现外围有了动静，便一马当先，从里层配合畋猷夹攻。他察觉莒式池腹背受敌，把重点转向了外围反击，于是想“擒贼擒王”，便掉骑直冲过去。匈奴右大都尉拔犴急忙率兵阻挡，哪里挡得住。眼看鹈韶马到，莒式池拨马退避。鹈韶不肯舍弃，奋力追赶。

在关上观看形势的居敕臼正准备发起更强大的第三波攻击，忽然，他发现匈奴后营有了大动静，再往两下里看，人马漫山遍野杀奔过来。他心里正是一紧，却看到畋猷已经回军飞速向关前靠拢，显然是发现形势有变，主动退却了。这小将果然机敏，他退得及时，因此退得也快，已经回到山前了。

关上响起了凄厉的胡笳。鏖战了近两个时辰的鹈韶终于明白战事不利，这才放弃了追击，试图冲回山口。这边，居敕臼看看畋猷的人马已经收拢到关下，大队正在陆续回防，便命强弓掩护左右，亲自下关组织从正面冲击，企图开辟一条血色走廊救回鹈韶。匈奴骑兵无法闯入关上弓箭的射程内，但右大将莒式池也下令以同样密集的箭阵阻挡住月氏的接应部队。

畋猷守在居敕臼身边，见此情形，大吼一声，挥动手中一柄带把的长刀，拨开箭雨，单骑向匈奴阵中闯去，挡者即刻落马，余众纷纷逃避。居敕臼没曾料想，小将不但能做到身在阵中眼观六路，随时应对战局，而且如此舍生忘死、英勇无敌。

鹣轺满身鲜血破阵而出，向关前杀来，背后的士兵被一截截分割包围，看形势尽皆无法脱身。鹣轺欲待回马相救，又觉无从救起，心中正在犹豫，忽然一支骑兵斜刺里杀到，挡住了归路。

为首一骑马来到面前，大声喝道："鹣轺还不快快投降！"原来是匈奴右屠耆王且蛰。鹣轺早已疲惫，看到且蛰不由得大吃一惊。此时居敕臼也看到了且蛰，这才如梦方醒，心想匈奴哪来的那么多军队，只有一个解释，就是他们的主力压根儿就没去龙首山。事已如此，居敕臼怕山口有失，只好先自撤回关上。

鹣轺心慌，已经失去气势，只想逃避。且蛰马已近来，弯刀当头劈下，鹣轺举刀相迎，谁知那一刀是虚的，这实的一刀已经到了肩旁，顺势一抹，那颗头便从肩上飞了出去。

鹣轺临阵不惧，勇武超群，也是事出意外身心俱疲，怎挡得住且蛰英勇无敌，又是生力。畋猷奋力赶到，眼看已是不济，斜刺里拔犴杀出挡住，与畋猷战到了一处。

此时阵上略略平静，且蛰、莟式池便指挥匈奴兵围拢来，却只看二人交手，果然是棋逢对手、将遇良才。又战了多时，看看拔犴一着乏力，手上有些乱了，莟式池便张弓搭箭，觑得亲切，朝畋猷射来。

关前两军尤在僵持，关上居敕臼眼看莟式池射出暗箭，大呼"不好！"话音未落，却见畋猷欠身向拔犴腿部划过一刀，人已从马上坠下。居敕臼心也随着往下一沉，那意思是这下完了。

拔犴腿上被刀划着，连忙退避，拿眼去看，未见有血流出，原来却只伤了铠甲，但心中惊恐。畋猷马腹藏身，随即跃起稳坐马背，持刀虚指围上来的匈奴兵，眼却瞄着稳坐马上的且蛰。居敕臼的心提到了嗓子眼，立时醒悟过来，生怕畋猷真有闪失，便命令紧吹胡笳，要畋猷退回。这收兵的笳声，也使关前交战双方的对射停止了。

本来，凭莟式池这一箭，畋猷不死也得受伤，哪能轻易躲过。偏偏草原上敬重英雄，莟式池看到小将骁勇，武艺超群，心中爱惜，便让那箭稍稍迟疑了些。箭让畋猷闪避了，却也恰到好处地救拔犴躲过了一劫。

两军都已无心再战，畋猷四下观看，然后把长刀横在马鞍上，带马徐徐而行，旁若无人。他不直接回山口，而是折一个弯，找到鹣轺，马上俯身，把那无头的躯体提起就近放在一匹空马背上。且蛰看到，心中有些感动，便刀尖一挑，口里喝一声："把这也还给你吧！"说话间，鹣轺的头颅飞到，畋猷抬手接了，躬身表示感谢。

两边的匈奴兵自动让开了一条道，畋猷牵着那匹驮着鹩韶尸身的马，沿着居敕臼没能打开的走廊，从容回关。

五千月氏兵马就这样覆灭在平明的关前，无一生还。两下里各自收兵。居敕臼把畋猷迎上关来，好言抚慰，然后吩咐把鹩韶的遗体，运送到山南，由辘契选一处合适的山坡埋葬了。待到合并尸身时，才发现不见了耳朵。原来，匈奴人阵上是用敌人的耳朵计算功绩的，那耳朵早被士兵割去了。鹩韶捐躯阵前，他不可能再去回想，当初正是自己在天子面前的委婉试探，触发了王庭消极决策的机关。事件在经过离奇曲折的演变后，间接地由他自己吞下了第一颗恶果。

虽然没能创造出安全撤退的契机，但山口依然拥有足够的防守兵力。开战以来，双方损失相当，居敕臼并没有产生太强的失败感，沉重的却是心的悲哀。他为对山口战事的误判而感到自责，心中忧郁。

战斗的失利，加上更多更复杂的各种消息纷至沓来，使月氏军营里士气一落千丈。但是，确实还没有得到撤退的命令。

士兵们对形势的理解与将军们还有一定差别，他们更为直观，觉得自己已经被王庭遗弃，人人都在想如何能摆脱即将面临的灾难，他们恐惧像东胡那样堕入毁家为奴的苦难深渊。有一句话不是这样说的吗？三军不可夺其气，将帅不可夺其志。而今这气瘪了，志也在彷徨，防御的地形和工事再好又将如何？

关键时刻，经过短暂心理迷失的居敕臼省过神来了，他认识到自己决不能垮，士气决不能失，否则，后果不堪设想。人人不是都想从黑暗中找到一条出路吗？揣测底线，仅仅是为了避免落到东胡的下场。这种有限期待，恰恰也让居敕臼找到了恢复士气的途径。他意识到必须首先恢复自己的信心，而据实选择是恢复信心的前提。

现在的形势是所谓“置之死地而后生”。于是居敕臼振作精神快步走上城头，凝视关下匈奴连绵的营帐，然后自言自语地说：“匈奴人是不可战胜的吗？不，绝不是！”

将士们围拢过来了。他便问：“我们的伤亡比匈奴人多吗？”

几名将领面面相觑了一阵，摇摇头：“不知道！”

“不，他们付出了与我们相同的代价！那么，他们的马蹄已经蹚过北山的溪水、践踏过山坡上的草地、在山口的石头上撞出火星了吗？”

“还没有……”他们回答得有点犹豫。

“对，没有！”居敕臼肯定地说，“也就是说，只要我们坚决防守，匈奴人就没法前进一步。但是，大家都明白，能不能守住关口是靠将士们，要不要守关，本将说了也不算。因此，我决不否认存在放弃守关的可能性。倘若有那一天……”话变得沉重起来，停顿了。“假如部族西迁的传言是真，本将一定会与全军同生死共命运，尽全力带领将士安全撤离战场。战，我将冲在最前面；撤，我将走在最后面。我会让自己战斗在离死亡最近的地方！”

沉默。然后是一阵激动。站出一名千户来，单膝跪下说：“将军句句说得至情至理，末将与父兄们唯将军马首是瞻，决不反悔！”士兵们一齐跪倒，表示自己的忏悔、拥护和寄托。他们似乎看到了某种希望，尽管还不知道这希望到底在哪里。至于为什么用了“不反悔”这个措辞，那是因为原始的草原上极容易忽视或遗忘曾经的诺言。

这情景使居敕臼十分感动。左大将现实而坦率的陈词，随即传遍了北山各营，士气迅速回升。有一种力量来自“激励”，更有一种力量来自于“信赖”！

这一仗匈奴尽管也损失了两千多人马，但军心却被胜利所高度振奋，营中一个月来的沉闷空气被荡涤殆尽。

正这时，单于冒顿由屈烈支带领五百骁勇剽悍的神箭骑手护卫，来到了且蛰的山前大营。他面带喜色，要右屠耆王立即集合全军，然后放开嗓子宣布：“本单于现在要告诉前线全体将士一个好消息，月氏左大都尉蜣哧已经率军向右谷蠡王术柘投降。右屠耆王麾下勇将曳当带领三千精骑为前锋，已经越过谷水向西，一路不可能遇到强有力的抵抗。我匈奴大军不日即将进抵月氏王城觻得，月氏人已经支持不了几天啦！”

军营里响起了震动山岳的欢呼声，士气像骤然暴发的洪水般猛涨，涨出了军营，漫过了河谷，冲击着山口，扑向关隘。月氏的将士被震惊了，不知道匈奴营里发生了什么惊天动地的事情。

东线全面失陷的消息使北山月氏军雪上加霜，居敕臼紧急召辘契来商讨。他说：“我们如果放弃觻得和北山口，匈奴两路大军将合力进攻禄福，王庭西迁就必成定局了。”

辘契说：“现在的问题是，觻得失守只在旦夕，山口后路一旦被断，我五万守军必将被困于谷中，可谓上天无路、入地无门了。左大将还须早作打算！”居敕臼稍一思量，回答：“也就是说，关键是准确把握时机。我们必须协调好觻得和北山口两边的撤离，要同步退保禄福！”话虽这么说，他无论在感情上还是在战略上，都不能接受这个结果，便忍不住说了一句：“那么，我们唯一的选择就是去死守禄福了，至少要守半个月，然后节节阻截匈奴两路大军，确保王庭西迁？”

辘契回答："不如此，那又能如何？"居敕臼问："且不说那些，就目前，想撤离山口，那容易吗？"为了王庭一个朦胧的暗示，居敕臼已经做了过分的努力，以至于违背了既定战术。其结果，是白白折了大当户鹩貂和五千兵马，既没有能挫败匈奴军，也就没有能创造出安全撤退的条件。

原本论形势，凭借这道坚固的山口防线，单就这样耗下去，匈奴人如果不适时撤走，等待他们的必然是惨败……局面何至于此呢！居敕臼感受着剧烈的心痛。

畋猷求见。居敕臼说："本将正要找小将军来议事！"

畋猷进到大帐，方才坐定，忽然发觉左大将情态异常，便问："大人想是连日过于劳累了！"居敕臼说："无甚大碍，小将前来可是有什么建议？"

说也怪，那畋猷仿佛是一味灵药，居敕臼见了他，心情立即好了一半。只听畋猷说："末将浅见，建议将军立即退守禄福，兼观北山与觻得形势，以便争取主动，一为天子守护后路，二则设计扭转战局。末将愿率五千健儿死守北山口，二十日过后倘若形势仍然不利而末将侥幸全身撤退，亦情愿拼死再为大军断后！"言罢起身，单膝跪下。

居敕臼大为感动，连忙躬身扶起畋猷，口里说："小将军的说法极有道理，具体方略容再商议！"他看出畋猷对王庭何去何从已有思考，所以才自荐担当重任，但这在北山口坚守二十天的潜在建议，既合乎自己的想法又违背自己的诺言。于是他想，既然王庭措辞含糊，并没有最终明确表示西迁，就不妨把死马当作活马医，思谋一个稳定北山口、觻得、禄福三角的方略。

人对于故乡的思维特征多半是这样，居敕臼从心底不愿看到月氏最终放弃河西走廊，加之反感天子一系列不算地道的做法，就更愿意选择以死坚持。他企图靠自己的力量来挽救颓危的形势，甚至促使天子打消西迁的念头。

第四十六回

戏骨都倩女缓冲挞 解暗结巾帼和攻防

匈奴大营里，冒顿也加入了习惯性的推理对话。

“月氏真的会西迁吗？”冒顿问。

“驴如果未曾走过去，路上的驴粪蛋子难道是骆驼拉下的！”莒式池回答。他的意思是，那些沸沸扬扬的传闻，根源必然在月氏王庭。

且蝥哈哈大笑，说：“什么地上扎什么根，什么根上长什么草，什么草上开什么花，什么花谢了结什么果。天生懦弱的月氏王，只可能选择逃跑！”

冒顿问：“那居敕臼会咋办呢？”

莒式池回答：“头羊已经下了山，难道羊群还能留在山上？”

冒顿问：“居敕臼如若放弃山口，还能跑得了吗？”

且蝥叹口气说：“那就看他的造化啦！”

冒顿又问：“这嚼过的草里好像还留着点渣？”

莒式池回答：“右屠耆王早就当着关口宣布过了，当时他只要答应放弃山口，是要放他走的，可惜他没有答复！不知如今大单于还肯放过他吗？”

冒顿说：“大白天月亮也会出现在这山顶上的，是得看他的造化啦！”他这是暗示，如果需要，不是没有放走居敕臼的可能。这是在战局已经十分占优的形势下，依然肯定且蝥最初的设想。

莒式池笑道：“那就让居敕臼等着吧！”

且蝥说：“如果逃是必死，那居敕臼必然会抵死一战，向绝路求生！”

冒顿明白且蝥话里的含义，就是只想要一个理想的结局，而并不希望无谓地与居敕臼在山口消耗，或者非要拼个你死我活不可。显然，如果不给居敕臼退路，他很可能一面坚守北山，一面集结觻得和禄福的兵力，利用地利寻找战机，未必找不到扭转战局的机会；即使不能取胜，也许还可以拖延时间逼迫匈奴退兵。匈奴远道劳师，越是拖延，不利的因素就越会增长。只有留给居敕臼生存的希望，他才会把退却带入考量。

不料，刚才莒式池的谚语有了一点小小的误差，那驴粪蛋子真的有一些不是驴拉的，而是骆驼拉的。就是指那个左骨都侯勒俟祜。由于信息传递水平的落后，这一点连单于也被蒙在鼓里。

被勒俟祜挑出绳头来的那根缰绳，牵着犹豫不定的月氏王庭离开了禄福，开头还故作从容，不久便加快了行进速度，只七日就到达位于冥泽边的源泉。这里处在西进天山的直行道路上，离三危还有好几天的路程。月氏王得到了东线全面失陷的消息，决定不再折向三危方向，暂时在源泉驻扎下来。他坐进刚刚搭好的大帐，捋一捋个字胡，长长舒出一口气。要绝对地避免发生东胡式的不可挽回的悲剧，就必须有个长远之计；奇妙的是，关于“悲剧”的假设如何却能成为他今天行程的前提？原因只能归结到那个久已存在的心理动机。也许这个动机已经蜕变为病态的，也许正是这个病态的动机真正挽救了一个历史族群。当然，翻过去的历史合理与否，是无法重新假设的。

王庭的西来，使驻扎三危的右大将枯末折明白了，所有的传言果然都是事实，而天子是不会把真实计划告诉自己的，哪怕那已经是整个草原都知道的事情。他想，也许居敕臼也早就知道，只是不愿向自己透露而已！

正这时，冷眼旁观的枯末折得到了重要委派。天子要他去与乌孙的部落酋长们谈条件，告诉他们月氏目前依然稳固地据守着觻得、禄福和北山铁三角，实力依然强大，但却不愿长期与野蛮的匈奴为邻，打算主动西迁；现在要求乌孙部落不要沿途骚扰撤退的月氏军，不要袭击和抢劫长途迁徙的月氏牧民，并善待少数无法撤走的月氏人；交换条件是送还人质，并把河西走廊的全部土地，无论原来属于哪一方，都完全交给乌孙人。显然，这是一个极其聪明的做法，它不但可以保证王庭顺利撤离，还可能在匈奴和乌孙之间种下深深的裂隙。

消息很快就传到了步厩那里。步厩大喜过望，怎么会出现这种好事呢？于是就近召集酋长们拿主意。结果是明确的，如昊匈奴打败了月氏，不可能对乌孙如此慷慨；有月氏王留下的话柄，将来就有了与匈奴讨价还价的基础，这么好的机会，绝不能放过。至于将来匈奴怎样怪罪，顾不了那许多了，在这个问题上，匈奴的利益不可能高于乌孙的利益。再说那匈奴使者勒俟祜恰好不在，带着借的五百乌孙骑兵平地蒸发了，这也算乌孙支持了匈奴。月氏人跑了，败散的乌孙没能力也没有责任，匈奴使者却难脱干系，因此，那左骨都侯事后只能圆场。乌孙人早有耳闻，勒俟祜在冒顿单于心目中的位置不可以一般而论。

两厢情愿一拍即合，枯末折办这点差事也算是手到擒来，双方很快秘密达成了协议。月氏派出探路的队伍已经出发了，也有少数的牧民被安排随军先期而动。举族正式出发时，枯末折将担任西迁前军主将，率所部开道。从谈判到派遣任务的过程，使枯末折如堕五里雾中，弄不清天子对自己到底有多少信任，但分明又是非常信任的。真不得劲！

根据多次传来的信息和局势判断，月氏西迁大致已确凿无疑。匈奴内部在战略上也统一了认识，就是设法送居敕臼一个顺水人情，打发月氏走人。俗话说“得饶人处且饶人”，兵法云“穷寇莫追”，不管怎么说，假使居敕臼因逃避无路而决心拼死一搏，慢说匈奴并没有足够的把握彻底打败月氏军队，后勤保障方面不久也将捉襟见肘。再说，月氏王也还在冥泽边上蹲着呢，如若见到机会，他不是没可能改变西迁的决定，转而全力以赴，这后果就难以预料了。

正在双方都有意愿寻找体面的罢战途径时，匈奴郅居王、安侯王、姑衍王等处纷纷报来消息，说呼揭、鬲昆、丁灵等乘匈奴大量军力滞留月氏战场的机会，频频袭扰北部牧地，抢掠人畜。冒顿心里着火，越发感到北山战事不能再拖延，于是下决心尝试谈判。只要月氏彻底退出河西，不复对匈奴构成威胁，就算是理想的结局。冒顿决定以放弃追击、保证月氏安全撤离为条件，换取月氏对祁连山南全部土地的控制权。显然，这已经不是一件太难办的事。

作为引导恐慌情绪蔓延的始作俑者，左骨都侯勒俟祜虽然没法真正推动形势发展，但还是不遗余力地自行其是。他潜行游走于月氏境内，手脚不停，眼耳并用，乘乱取事，绿洲上的风吹草动都被打捞到五百骑兵撒开的情报网中，当然那也是一张散播谣言的网。这件奇功，是交战双方的主导者和当事者，包括旁观的乌孙当权贵族步厩，连做梦也没有梦到过的。

一旦嗅出局势的倾向，又一个奇想便在勒俟祜的脑海中诞生了。他通知全部人马尽量靠拢，做好参与作战的准备，开始向月氏军一路腾出的防守真空地带潜进。

在禄福西北寻捷径隐蔽集结，五百骑搅在放牧和迁徙的牧民中间伺机而动，拖拖拉拉即将要到达北山南口附近。这天近午，勒俟祜看看没什么可疑的迹象，便与乌孙千长和几个士兵凑到山边一片有沟渠流过的树荫下歇息，放马饮水，填充一下饥饿了的肚子。

过一时，远远地发现一骑白马从傍山的草地上飞奔而来。那马好快，说话间已经到了面前，众人抬眼看时，却是一名女子，便都放心了。

那女子地道一副牧人打扮，满身透露着山野气息，皮肤却显得格外白皙；只是成心造作，散发飘飘地顶一个花冠。勒俟祜仔细打量，忽闪诱人的脸蛋下，耸起的前胸隐隐起伏还微微带喘，原来青春勃发，竟像一头成熟了的母驹。他的眼神一时就离不开去，只觉得两眼里一片明媚。来不及体味那刚刚能捉摸得到的风情，一丝甜蜜蜜的笑意已生动地从那美妙的唇边递了过来。

左骨都侯抿一抿嘴向前施礼，口问：“美丽的姑娘不知从哪里来到月氏肥沃的草原，莫非有什么事情需要我们男人帮忙？”女子却说：“我看出你们是乌孙人，方才我就是与两个乌孙人同行而来！”

勒侯祜觉得谎话被戳穿了，有点尴尬，但自己却还没被看出是匈奴人，也就不甚介意，却聪明地冒了一句：“彼此彼此，我看姑娘像是从西域来的！”他的两眼紧盯着那女子，生怕对方把身份偷换了似的。那女子好像没听到他说什么，扬一扬手里的鞭子，想要走了。

勒侯祜赶紧挽留：“都是过路人，姑娘何不下马喝口水……”忽然想到女子方才的话，便问：“你说你与两个乌孙人同行而来，怎地不见他们？”女子回道：“草原这么广阔，到处都有路，不是熟识人为何总要同行？再说，我这匹骏马自由自在惯了，总有自己的主张！”勒侯祜说：“倒也是这个理儿。你知道他们往哪里去了吗？”女子说：“刚分开没多久，就有一队月氏兵过来了，想是被月氏人捉去了吧！”她说得十分轻松，事不关己嘛！

勒侯祜忽然说：“姑娘开玩笑，诓我们呢！”姑娘并不生气，道：“诓就是诓了，等我去了，不就把这谎话带走啦？将军自便就是了！”

勒侯祜听对方揭穿了自己的身份，心中暗暗吃惊，便说：“姑娘眼睛好厉害，既如此，干脆把那底细告诉本将军好啦！”女子说：“告诉了又怎样，大人信吗？”勒侯祜心里有事，连忙说：“信，信，方才是与姑娘开玩笑呢！”女子说：“好吧，那就告诉你吧。你那几个朋友就是被月氏兵绑去了！”

勒侯祜暂且作出一副相信的样子，问：“看见绑到哪里去了？”女子拿鞭子一指，说：“绑缚到那边山坳里去了。”勒侯祜将信将疑，问：“绑去多少时辰了？”女子回答：“没多久！”勒侯祜突然以不同的方式重复了刚才的问题：“姑娘你既不是月氏人，那就是从西边来的？”女子这回倒爽快，回答：“没错，我是西域于阗国人，你听说过吗？”

勒侯祜心思不在这里，先就凑合着相信。他下意识看了一眼站在身边的乌孙士兵，心想必须重视乌孙人被绑事件。便问：“你如果说的是真话，敢带我们去追赶吗？”女子一笑，说：“真就真了，假就假了，干我啥事？”说着，又要驱马离去。

勒侯祜赶紧挽留：“看在我们这些弟兄焦急的分上，麻烦姑娘给带个路！”女子道：“可我是一个女人，不想看见打仗杀人的情形！”勒侯祜忙说：“多劳姑娘了，只要看得见那些月氏人了，您可自便！再说呢，我们日常也就是放牧打猎，也不喜欢杀人，可是我们得同情自己的同胞，您说是吗？”女子想了想，点头说：“那就帮你们一回！”说罢回马，当先带路。勒俟祜上马，赶过去与女子并辔驱驰。

一彪人马绕过山脚，女子虚晃一鞭，那坐骑好脚力，顷刻间把勒俟祜等人丢在了后面。再转过两座小山，却看不见女子了，勒俟祜本就疑心，便招呼停下来。身边的乌孙兵关心自己的同伴，哪里顾得许多，只一味放马追赶。他们仗着个个剽悍，就是要见个分晓，一个女子又能怎样！再说她又不是月氏人！

不见了领路的人，该往哪里去呢？乌孙兵也只得放慢了速度张望，又看到那女子正在前面的山腰向这里挥着花冠呢，等得到了这边响应，便指指对面的谷中。人马便又追赶过去，小一阵子，他们果然发现了一骑月氏兵的背影，从山沟中一闪身，转到山弯背后去了。不容勒俟祜再商量，乌孙兵立即追赶过去。

左大将居敕臼终于得到了月氏王明谕：“王庭决定即日西迁天山。命左大将居敕臼、右大都尉辘契、大当户鹓轺……保存实力，立即撤离北山口，与觻得守军到禄福会齐。任命居敕臼为西迁后卫大将，率军全力保护王庭后路安全，并尽量沿途庇护转移的牧民。”居敕臼想，这一天果然来临了！天子总算把话说实在了！他哪里知道，王庭最终做出这样的决定，也是经过了好一番斟酌的，反倒是他额外的多心导致月氏王朦胧的想象明朗化了。可见世事往往会互为因果呢！

既然正式接到了命令，居敕臼就得实施撤退了。还是那个老问题，一旦放弃了山口，就丧失了地势之利，将士们的信心也会进一步遭受挫折，却如何对付匈奴的追击呢？让畋猷拒关掩护，那几乎就等于把他置于死亡之地了。他还年轻得很，是个可堪造就的将兵之才，是月氏未来的希望呀。

全军而退已然十分困难，继续长距离完成掩护任务，也是难上加难的事情。居敕臼想来想去，忽然产生了一个似乎不可能实现的念头：设法使匈奴军放弃追赶。他在脑海里打捞着沉淀的信息，终于想起匈奴右屠耆王曾经有过类似的提议；尽管他当时没有响应，但也没说不行。也就是说，他这想法并不是毫无根据的，不是没有道理的。居敕臼也时常琢磨匈奴大军的处境和将帅心理，所谓知彼知己嘛！

天下事无巧不成书，就在对峙双方的考量无形中越来越接近时，山南透过来清新的空气。大都尉辘契派人报告，一个自称叫蛮芑的女子求见，她说认识左大将，特意为解救山口危难而来。嚯，口气还真不小！

居敕臼好不容易从记忆中淘出了这个似曾听到过的名字，但再也想不起是在什么时候知道这个名字的，那女子又长得什么模样。反正就一个女子，量也无妨，就见一见吧。此时，难说哪一枝草药能救得了山里忧郁的病马。

女子被带来了，居敕臼稍一琢磨，于疲惫而胡须略显纷乱的脸颊上升起笑容。确实认识，她不就是前次在山南遇到的那名与羊说话又会拌嘴仗的牧羊女子嘛！他的眼前蓦然现出一幕闹剧来了……对，她正是在焉支山帮骐冼戏弄冒顿的那名牧马女子。居敕臼忍不住笑出声来，这是他接手北山口防务以来第一次发自肺腑的笑。他不是没有猜到，正是这名女子暗中赠马帮助冒顿死里逃生的，但至今不明缘由。

居敕臼立即想到了蛮芑在目前局势中的价值，假如冒顿明白当时是谁在帮他逃脱的话……想到这里，他暗暗咬了咬牙，随即长叹一声。倒是她今天的作用更重要，这一切都是冥冥中的安排，非人的计谋可以做到呀！居敕臼松下一口气来，顺着上苍安排的道路走吧！

北山口飘荡出了明亮而婉转的歌声，歌声略带野性，在草地和军帐间回旋，顺着山坡向古河道那边流动，向旷野中飘渺。血战中意外出现的天籁之声，销蚀着浓重的杀气，融化了人性中的坚冰。士兵们驻马倾听，仰头看那关上，都已经顾不上挑战了。

冒顿正与且蛰进一步商量与居敕臼谈判的细节，忽然侧耳，不觉心动。他走出军帐，且蛰感到诧异，也跟出来。

熟悉而悦耳的歌声从谷口飘过来，萦绕不绝：“北山北山草茸茸，祁连祁连树蒙蒙；白山望断黑山路，近草远草遮雪峰。阿妹牧羊北山南，阿哥狩猎南山中；三年不见哥哥面，春去夏来复秋冬……”冒顿什么也顾不得了，一跃上马，飞奔到关前。歌声在继续：“阿妹阿妹恋北山，阿哥阿哥去天边；山高水远草尽头，牵着马儿回头看。天上云里电闪闪，山头树梢雷连连；马儿羊儿寻不见，却在阿哥毡房边……”

有月氏兵大声向关下喊话。冒顿看到蛮芑已经现身在女墙边，便连忙对跟上来的卫士大声命令：“全体后撤，不许放箭！”将士们有些挪了挪，有些则像没有听见一般。随后到达的且蛰连忙上前指挥，队伍缓缓向后移动。

蛮芑不见了，冒顿正着急探看呢，关门开处吊桥放下，一骑白马飞驰而出。冒顿见状，心中的喜悦无以言传，不顾可能出现的危险，一抖马缰迎了上去。这时，白马上突然甩出一根极长的套马索，在冒顿头顶虚晃一圈，正要收回，冒顿伸手，早把马索挽在手里，白马霎时到了面前。

冒顿哪里还抑制得住心中的兴奋，只在两马相交间，女子飞身离鞍，骑到了冒顿的身后。冒顿回马便走，女子掉身虚抖马索，白马紧随直奔大营。一时间，山口关前响彻喝彩声，两边都在起哄。

当下双方停了战事，连防守的岗哨也懈怠了。草原上是从来不打持久战的，这回打得好累！

两边本就有相同的用心，有了蛮芑，关节就通透了，不再费搅缠。冒顿也就放宽了谈判的尺度，当下在关前马上约定，双方停战。月氏兵马自动放弃北山后撤，匈奴不予追击，承诺不伤害月氏一人一马；待月氏举国撤离三危境后，所属的牧地、水源统统归属匈奴，月氏将永远不再过问；匈奴人包括乌孙人，要善待无法撤走的月氏人，不剥夺他们的财富，不把他们当作奴隶，允许他们自由放牧。

协议已定，关上谷中自顾集合兵马，收拾毡帐、辎重准备撤离。山口虽仍是兵营相接、旌旗飘动，但匈奴士兵已经把战马放到原野上吃草了。这些士兵本都是骑在马上的牧民，只要脱离了战争状态，悠哉游哉的天性就立刻显露了出来，何况他们现在已经是胜利者，内心爽快着呢。

这是一个澄澈的晴天。东边，太阳从凌晨渐渐隐退的云霞中透出，不久便露出山顶，把方才还显沉郁的群峰照得灿亮。且蛰用目光巡视，只见蓝天上依稀可辨淡淡的云翳儿，正巧一弯下弦的月亮清晰地悬挂在关山之上。忽然想到那天冒顿单于似是随口的预期，心中暗自感叹。月亮缺了多半边儿，就要被太阳赶下山啦！他的心情变得十分轻松。

蛮芑揉着睡眼悠悠地走出毡帐，茫然地看看四周，原野是那样辽阔，但略显荒芜，比不得家乡的山里，不是郁郁葱葱、垂瀑漱流，就是银装素裹、冰天雪地……家乡那弯弯的银月，一头调皮地向上翘翘着，亮着边儿，隐约着心儿，像湖上用胡杨树做成的独木舟；她和妹妹则时常编织花冠，乘舟在微波中荡漾。有点想家了，自从离开家，这还是第一次。

不知为什么，且蛰从那太阳与月亮中，又联想到了单于与蛮芑之间的玄机，比拟着思忖："追赶月亮呢？想必能追得上的！"他重新审视着天上那月牙儿，有细碎的云絮赶过来，又赶过去，轻轻浮动着遮掩着月兔。太阳高起来，向山上山下散播着它的光芒。思绪中忽然显现出逝去的荃扶阏氏，不禁有点痛心，半晌，长长舒出一口气来。

第四十七回

述传奇良马归旧主　陷末路英雄惜故园

月氏军队已经开始撤退，他们虽不一定完全相信匈奴人，但奇怪的是，心理上却完全信赖蛮苣。有时候，人的直觉比任何判断推理都准确。直觉和心理于冥冥之中征服了交战双方，使他们心甘情愿地遵守口头约定。

拔犴、莒式池奉命带领人马保持距离前后跟进，他们难以理解月氏人这种离奇的让步，如此便西迁而去？要去的地方果真有那样大的吸引力吗？那到底是什么样的地方呢？莒式池说："月氏并没有遭到致命的打击，还不至于全面放弃抵抗呀！"拔犴笑道："像这德性，假如我大匈奴单于哪一天高兴了，再去索要他们新的草原，他们不又得迁徙！"

"该出发了！"莒式池提醒道。拔犴便吆喝一声，放马带队先行。

且蛰也在思考同一个问题，只是想得更多，更远。

居敕臼带领主力不紧不慢地后撤，他坚持走在大队的后面，以兑现现在做起来基本没有风险的诺言。畋猷率领一支轻骑为大军断后，这是他坚决请求的结果，他也是在践行自己的诺言。一切进行得有条不紊，撤退的局面与原本混乱的想象对照，那是一个天上一个地下。

隐蔽的山谷里不时会冒出一支月氏人马，警惕却同样不紧不慢地盯着匈奴军队，然后先畋猷而去，就这样一段一段地接应。

莒式池心里赞叹，居敕臼可谓行止成章，步步做得十分周到。走到狭窄处抬头向悬崖上看，向路面上看，向崖下看，明处暗处都曾危机四伏，心里难免吃惊。他派人把情形报告且蛰，且蛰也自感叹。他为这次战争的圆满结局感到侥幸，假如对抗到底，两败俱伤不是没有可能。如果说他对急切出兵月氏持有少许疑义的话，现今又不由得不佩服冒顿单于决策的灵活性。

山南，在草原上疯跑着的勒侯祜对迅速变化的形势还不那么清楚，此刻他依旧带着那五百乌孙轻骑踅来踅去，找机会呢。

居敕臼即将到达山南谷口，他命令队伍进一步调整速度，由辘契利用原设置在山地草原上的后防线节节掩护，大队则用折叠式行军方式，前后队倒换，轮流掩护退却。这是由居敕臼临时发明的撤退方式，既增加了防御层次，又能让将士轮流放松心情。

匈奴兵果然按照承诺驻停在山南口。居敕臼撤退到达羌谷水、呼蚕水会合处后，便停下来静观动静。在确认匈奴人没有丝毫追击迹象后，仍然固定由畋猷断后，队伍开始加快撤向禄福。

正行进间，忽然听到不远处山坡后面有呐喊声响，尘头起处，一彪战骑杀奔而来。居敕臼先是一惊，既而感到奇怪，这里哪来的敌军？当然不能大意。他连忙下令摆开队形准备迎敌。返身看山口那边，并没有任何异常的动静。

骑队已经到了面前，为首一人大喊："我匈奴大军已经占领觻得、禄福，左大将还不快快投降，免得我等动手！"

居敕臼哪里相信这番鬼话，催马向前，厉声喝问："你等何人，怎敢阻我大军退路！"那边回答："大匈奴左骨都侯勒俟祜早已在这里候着呢！"

居敕臼对勒俟祜其人早有耳闻，但不知怎就神乎其神地仿佛从地底下冒了出来，内心不由得吃惊。也是勒俟祜诡计多端、胆大妄为的名声害了他，居敕臼忽然冷笑："久仰左骨都侯大名，如雷贯耳，但不知你有多少人马，就敢在这里撒野！"

勒俟祜回头看看，五百人马晾在山畔，看起来确实只一小撮，但愿对方看不出山后的底细。月氏大队却已布置停当，只等开战。他意识到眼前并不是一支战败逃跑的军队，心想："这下糟了，失算了，怕是要被狼群囫囵吞掉啦！"口里还强硬："我大队立马就到，还是乖乖投降吧，本侯可以在大单于面前替你说情，凭你带这些人马投降，还可以封个王。这一点你尽管放心，有我来替你担保！"

居敕臼说："那敢情好，可本大将是月氏人，如何便要匈奴单于封王！"转念想想，还是免生是非吧，于是转身道："传我军令，稳住了，丢开这帮浑人，继续行军！"

于是，一声画角响过，月氏大队人马张弓持刀戒备，严整地从面前源源过去。勒俟祜干瞪着眼，哪里真敢动手。呆呆地看了好一阵子，忽然醒悟过来，神经质地一举弯刀，大声叫道："月氏人完蛋啦，还不给我快快动手，再不动手就晚啦！"然而，手下那五百乌孙骑兵却都不肯向前。这不明摆着以卵击石嘛！

勒俟祜身姿在马背上跃起，还想发令，却有一骑驰近。马上高喊："左骨都侯别来无恙！"看时，却是右大都尉拔犴。勒俟祜一时又来了精神，方待招呼他一同去追赶，却看到拔犴身边并无兵马。他感到惊奇，这到底是咋回事呢？

右大将莒式池随后也到了，近前与等在道上的居敕臼说了几句话，两下里便分开了，似乎从此不再与月氏人干涉。他立时证实了是怎么回事，这下算是彻底没自己啥戏了。

居敕臼尾随撤退的人马走着，他也想到了一个问题。如果那左骨都侯早来几日抢到了蛮芑的前面，如果勒俟祜手下再多出一些人马……他浑身渗出了冷汗。眼下他得赶快率军离开，没空细想。

冒顿单于邀蛮芑来帐中做了一番心有灵犀的沟通，便偕同走出大营，凭古河道遥望已经更旗换帜的关隘，心中对月氏西迁终究感到大惑不解。他觉得这一仗虽然打赢了，却没有太多赢的感受，这种拱手相让的胜利，似乎是对胜利者的蔑视与嘲弄。回想当质子所受的委屈，想到逃跑时的仓皇状态，想到忠诚的侥直那、骁勇的右屠耆王卫队，还有枣红马以及其后所付出的各种巨大代价，他在胸腔里哼道："有朝一日，我定要拿月氏王的头颅当酒杯，以告慰父单于和勇士们的在天之灵！"作为匈奴历史上最伟大的单于，冒顿思维中颇含一些强盗逻辑。有时候，强盗逻辑就是强者的逻辑。

勒俟祜带领着五百乌孙兵，随同莒式池、拔犴回到大营，向大单于交令。冒顿听报说勒俟祜带着一队乌孙兵从月氏境内归来，感到非常惊讶。于是，吩咐侍卫们好好照看蛮芑，仔细来听回话。

勒俟祜乘着兴致，绘声绘色地描述自己连日来的传奇举动。原来，那勒俟祜让五百乌孙兵扮作牧民，陆续潜入月氏境内，联络流散的乌孙部落，暗暗散布谣言，取得的效果大大出乎意料。到达禄福附近，谣传更甚，有隙可乘，便想做点响亮的动作，但终于觉得实力有限。不做又不甘心，干脆就近集结起百十人马乘风放火，连夜扰乱了一回，然后分散向山口潜行。他决定一旦得到机会，就出其不意地放胆抄袭山口守军的后路。只可惜比蛮芑晚到了一步，否则也许会建立奇功一件！

冒顿、且蛰等听了这段离奇的叙述，似乎对月氏西迁的原因有所理解了，但都觉得事情不会那样简单。无论如何，左骨都侯这些扰乱人心的行径，不由人不为之捧腹，都觉得他算得草原上数第一的诡道人物。

勒俟祜正得意呢，且蛰却问："那乌孙部落里都在忙活些啥，你还知道不？"勒俟祜愣住了。冒顿心情非常好，立即解围："左骨都侯死守着那老步厩又能做些啥呢？"

且蛰也不真的要找勒俟祜的碴，只一笑说："凡用兵之法，将在外，君命有所不受嘛！"冒顿瞪眼看且蛰，说："右屠耆王可读了不少中原典籍呢！"且蛰相视而笑，直把勒俟祜搞得莫名其妙。

管他笑啥呢！勒俟祜起身走到大帐门边，右手拇指、中指扣合塞进口里压卷了舌头，打个带拐弯的口哨。马蹄声近，一匹浑身黑缎子似的战马踢腾四蹄，跃入帐中。冒顿看时，高兴得差点蹦起身来。原来，那正是自己从月氏出逃时放弃了的坐骑。那马浑身黑亮，四蹄和尾根部却都是白色的。最引人注目的是额头上一撮像眼睛形状的白毛，点缀了十分的神气。

免不了又说说经历。那天夜里，勒俟祛骚扰月氏王庭过后潜逃，天亮时却发现一匹马跟随在后面，仔细一看，心中大喜，那不正是大单于曾忍痛放弃的坐骑吗？这马被暗算了一回，又被迫离开了主人，竟然像脱胎换骨了一般，不单显出前所未见的强悍，而且增长了许多的灵性。

月氏军已经撤到禄福北部的长墙边了。居敕臼驰马登上山坡，立于墙畔，看呼蚕水从脚下滚滚流去，北山影影幢幢绵延于眼帘，心头涌上无穷的哀伤。此前，这感觉一直都没有发生过，不是不存在，而是顾不上。现在，可以说自己已经完成了天子赋予的使命，手里这支正在源源逆水南上的军队也安全了。月氏军不再需要为保卫故土而战，他的部队甚至也不再需要为断后而付出惨重代价了。所要做的，只是在与匈奴人约好的期限内，从马蹄下一步步让出肥沃的牧场，然后向西越过茫茫戈壁，去一个极度陌生的地方寻求重生。

月氏需要从另一个原本无冤无仇的族群手里夺取他们的故土，赶走或虏获那里的牧民，让他们也像今天的自己一样感到无奈和悲哀。这是历来许多的游牧部落所重复走过的道路，他们都是无根的族类，自古在水草的引导和丛林法则的支配下，马不停蹄地走啊走，推动一波波族群迁徙的浪潮。一切都如此地相似，如此地宿命，再没有人能记得起点，也从来不知道终点。他们抛弃了自我，忘却了传统，只留下丝丝缕缕的口头传唱，与酒与泪伴行。

"乌孙人有过这一天，今天轮到月氏了，匈奴人也会有这一天吗？"居敕臼想，"假如有这一天，又是谁将迫使匈奴人离开河西呢？是月氏人、乌孙人，还是别的什么人？或者是他们自己？"

干打垒的土墙在心理的阴霾笼罩下延伸，抓紧了它脚下起伏的土地，彼此牵挂着努力站稳了，好不在风吹水蚀中倒塌。这道为阻挡匈奴骑兵而紧急修建的形象的墙，是刨起亿万年自然累积的土壤，在筑版、夯击、水分和阳光的四重作用下变得坚硬的。墙根处长出了青草，又在炎热中萎靡，阴凉处尚且嗅得到原土的气息。怎么也没有想到，这段绵延二百多里的长墙，竟可叹地演变成了一个原本强大的族群的精神陈设，关键时刻没有发挥任何作用，也根本不需要它发挥任何作用。早知如此，何必呢！

思绪又盘旋到了匈奴左骨都侯勒俟祛，那小子怎么会出现在我月氏境内呢？还带着骑队！他可是个胆大包天的家伙，单刀匹马尚能拿下东胡王，天知道只要逮着机会，又能做出咋样的事情来。居敕臼并不真正畏惧偷袭者，但他却替懦弱的王庭侥幸。

居敕臼拨不开这道迷雾，被梦魇般陷住了，总是绕着具体的情节推想："假设北山口失利了，王庭的命运，整个月氏的命运，又将会比东胡更好吗？那么，如果不是停战讲和，结果将会怎样呢？"他进一步觉得天子的决断才是真正为族群的长远生存着想，心中感到释然。人就是这样，在不同的责任和氛围下有不同的思考，离开了战场的居敕臼开始反思战与和，已经摆脱了战场直观的局限。也许，月氏的天子是走廊上的第一位先觉者。

居敕臼觉得上天在护佑自己，护佑月氏，凭空送来一个蛮芑。蛮芑只是居敕臼在焉支山偶然见到的一名牧马女子，当时甚至没有更多地注意她，只是被骐洗利用来上演了一场恶作剧而已。想不到，后来她竟敢蓄意帮助冒顿逃脱！但恰恰是她的奇妙出现，在关键时刻挽救了北山军，也就是挽救了自己。从某种意义上讲，也是她挽救了整个月氏。对这种难以确定立场的行为，居敕臼感到很是纳闷，她到底想做什么呢？是随心所欲地闹着玩吗？她到底是什么人呢？

居敕臼顺利撤到禄福，等到与奉命留守的觻得驻军会齐，就可尾随掩护王庭西徙了。

觻得守军的主力是天子出发巡行禄福前留下的一万人马，由王庭侍卫官阛権宸统领。在蜣哧投降匈奴后，王庭立刻让阛権宸接任了左大都尉。正当匈奴右谷蠡王术柘部以曳当为先头抵达觻得，冒顿单于与合黎山口守军达成了协议。阛権宸随后也接到了月氏王适时放弃觻得的谕旨，于是，两下里各得其便，觻得城和平易手。

这阛権宸年纪尚轻勇武有余，初次得到了独立带兵的机会，摩拳擦掌很想在危难之际挽狂澜于既倒，死亦不足惜，极不情愿接受败退的名声。他并不去理会事态发展的前因后果，只一味把撤军之过怪罪到居敕臼身上。这么想自然也有正常逻辑可寻，如果北山口不谈不弃，觻得城就必须坚守，自己也就有可能创造战场奇迹。那是王都，防守设施相对完善，兵虽少但有民心可用，军队为哀兵，阛権宸是有机会在撤退的示弱概念掩护下追求胜算的。听说匈奴先头只有五千人马，也是由一名小将率领，这更加激起了他好斗的性情和求战立功的欲望。但他也不是没头脑的一类，知道在此时重新挑起战端的后果，没有大胜必胜的把握，是不敢轻举妄动的，也只好悻悻地退到了禄福。

真叫家遇烦难口角起，国逢忧患内讧生。才到禄福，阛権宸便向居敕臼发难了："奇怪，啊，左大将为何就能这般顺利地撤到禄福？匈奴人竟然未曾追赶！"明显话里有话。

居敕臼不想解释，因为对蓄意寻衅者，怎么做也都是徒劳。如果互不相让，月氏人自己便会斗起来。自乱后路，严重置大局于不顾，会威胁到西迁计划的实施。

不料，阛榷宸所部与曳当的五千人马在禄福东边打起来了，就像两个人打架一样，死命纠缠着。居敕臼闻讯赶到，竟然干看着拉不得架。正在这时，东边赶来了一彪匈奴骑兵，居敕臼惊疑未定，北面水草间又出现了兵马。这一回阛榷宸慌了手脚，回马逃离，曳当正是酣战着，对手忽然要走，他哪里舍得，便随后追来。

居敕臼不得已驱马向前，喝一声："小将且慢，我这里有话要说！"搞乱的场面还得由他来收拾。当下他说："小将们自是年轻，血气方刚，个个英勇无敌。但本将这里与大单于已经约定停战，两位还是各自收兵罢！"

曳当看见是居敕臼，便笑道："左大将说得有道理，只是还要约束好手下，不要自讨没趣！"

阛榷宸回马插话："左大将自是没趣得很，何必这时来打扰我等！"

居敕臼不去理他，说："小将们如果确实要战，待我把兵马带回，你们自己去打好了。当然，奉劝两位还是暂时不打的好，等日后都长了见识，再打也不迟。不是冤家不聚头，只要有打的心，不愁两位没有见面的机会。"

有一马来到，插话道："左大将说得好，二位小将都回去练练内功吧！"居敕臼见来人是且蛰，带过马头浅浅行过一礼，不等且蛰有所表示，转身挥挥鞭头，月氏军便跟着向禄福退回。阛榷宸心中还有些不乐意，但也无奈，只好尾随了去。

且蛰看着居敕臼带人马撤去，摇摇头，对曳当说："此人心思越发重了，完全不似当初。"这时，右谷蠡王术柘赶过来，可惜道："就这么让他们跑啦？"且蛰说："跑就跑吧。真正可惜的是，刚才他那句话你没能赶上听……"留下后面的话没说。两路人马算是接上头了，这也意味着呼蚕水以东至合黎山西端一线，已经完全被匈奴军队接管。

大局方定，乌孙监管贵族步厩的使者来到了匈奴大营，试探性落实与月氏王庭达成的那个一厢情愿的协议。出面应付的是左骨都侯勒俟祜，他打发五百乌孙骑兵随使者回去复命，同时让使者带去冒顿大单于的口信，大概有五层意思：一、对乌孙部落能返回故地表示祝贺；二、好自为之，要约束好乌孙各种势力，特别要防止从月氏放回的人质对匈奴有二心；三、匈奴单于将另行派员管理月氏故地，并派特使常驻乌孙部落，以便密切各方联系；四、要一如既往地重视参加匈奴大单于的朝会；五、同意步厩的请求，允许少数月氏人留在乌孙境内。乌孙的使者没有能见到冒顿的面，甚至也没有能得到且蛰接见，哪里存在与匈奴讨价还价的余地！

是谁在关键时刻挽救了月氏从而得以延续族群的血脉？看来恰恰是那个表现懦弱

且心虚的月氏王；他也有可能同时挽救了匈奴。这个结论也许十分出人意料。

与游牧生涯的随意性一样，草原部落所发动的战争，对胜败这个致命的关节往往抱着某种程度的盲目性，匈奴对月氏的入侵也一样。河西走廊的贸易交通和水草之利，才是此战的功利性诱导因素；当然，潜在地也包含着对秦中的战略迂回和商贸阻遏。历史过节以及由许多的过程积累的仇恨，充其量不过是发动战争的借口，因而战与和、进与退最终总是让位于现实的利弊选择。有一只看不见的手，总是在冥冥之中操纵着草原游牧族群命运中的偶然！

掠夺性的胜利使匈奴一步步空前强大起来了，欲望被习性所怂恿，马背上的意志便更加充满张力。现在，冒顿离父子两代人返回北假的梦想越来越近了，又有谁能阻止他梦想中的马蹄呢？

歼车骑、破好畤、下咸阳，汉军兵员激增，声势大盛，虽然军事上还没有全盘夺取秦中，但民意上、心理上已经颠覆了三秦。

汉王刘季离开陈仓，心急而从容，顺渭水一路东来，不日入驻咸阳。“终于又回来了！”他想，这就算是那个真正意义上的“关中王”了。他有点得意，也有点自嘲。对刘季的归来，咸阳的各阶层表现出了极大的热忱。刘季也不含糊，立即召集父老、豪杰，重申了“约法三章”，百姓无不欢欣鼓舞。消息不胫而走，直弄得百姓人人翘首以盼，恨不能一日之内彻底摆脱西楚和三秦的统治。

对“咸阳”这个烙下亡秦痕迹的名字，刘季听来颇觉不爽，于是又征求父老、豪杰的意见，议定取“开济布新”之意，改名“新城”。咸阳的宫殿已经被楚军焚毁，汉王便住到了渭水以南与咸阳宫相对的兴乐宫。这两个宫殿区之间，建有渭桥便利交通往来。

第四十八回

汉将横行废丘孑立 琴剑起舞西楚月明

刘季乘车，由夏侯婴御马，卢绾、周譄参乘，视察连日里不顾疲劳和牺牲，迂回作战、往来奔袭的部队，颁令对有功将士进行封赏。在前所未有的高歌猛进中，那些一从亡命山野、沛县起事之初就跟随他的部将兼乡亲们，多数都得到了升迁。刘季宣布，秦中之战胜局基本奠定，年底之前，最晚在明年初，三秦必然克服。队伍里响起经久不息的欢呼声，军心大振。

刘季立于车上，巡视雄壮的戟阵、刀阵、长铍阵、箭弩阵、盾牌阵……在车骑阵前停了下来，心中兴奋异常。他知道这些宝贝是刚刚从内史保手中夺得的，虽然数量还不算多，对于提高部队的应急机动能力也只能算是个开头，但毕竟意义不凡。鉴于樊哙在袭夺雍军车骑以及攻陷好畤中的卓越表现和建立的功劳，刘季令他兼任郎中骑将，把这支新收编的车骑置于他的统领之下。这个委任的含义，同时也意味着把故秦的车骑将士作为自己的近卫，其信任度与当初项籍怀疑并坑杀降卒，形成了足够鲜明的对比，使许多战士当场流下了热泪。这还不够，降将吕马童也被委任为郎中骑将，以便作为降者的代表和后来者的榜样。

现在的任务是迅速扩大战果，进一步压缩三秦各自的活动空间，争取以最少的损耗取得三秦之战的完胜。

周勃在前后围追攻打章平和截击赵贲、内史保，并夺取咸阳的各次战斗中，立下的功劳最多，受到了汉王的嘉勉。现在，韩信命他火速率兵西北溯泾水而上攻取漆县，与一路从黄土沟壑中东进的郦商共同完成对雍、翟的战略切割。漆县即今陕西彬县，西北与郦商所部控制的乌氏、东北就近与郦商直接驻扎的泥阳、栒邑联成一片。曹参则迅速从“新城”向东北进兵，取频阳以西占据今陕西蒲城北的山缘地带，以屏蔽塞、翟。韩信根据地理形势和作战需要，调派朱轸率轻骑给予配合。这里是洛河流向平原的咽喉，北扼翟地，西南可及栎阳，东南威胁函谷关，是韩信布向渭水下游地带的一颗最重要的围棋子。加上灌婴所部对栎阳的攻击，至此，汉军对雍、塞、翟的分割已经完成，秦中战局进入收束阶段。

三秦陷于崩溃。章邯权衡再三，终于放弃了让章平来援废丘的选择，令他紧急东下，与塞、翟军合力驱逐汉军，以求突破封锁，重点是保住关中东部的渭水通道。毕竟，塞地基本还掌握在司马欣手中，惨的只是雍军，而塞、翟元气丝毫未伤。可这样一来，处在危机之中的章邯已经完全得不到支援，只能独自苦撑。其实他苦在心里，雍地危机，西楚举棋不定，山东诸侯重演按兵不动故技，这暂且不提；然自开战以来，就连司马欣、董翳也形同观战，毫无作为。如此霸王天下，岂能不败。

离曹参奔袭洛水西岸已经二十天了，章平、姚卬兵到，曹参、朱轸不等对方喘息，主动发起攻击。章平军本已处于颓势，勉强作战，却不见塞、翟两军有任何呼应。而此时，汉将奚涓、傅宽、郭蒙已经随周勃之后进取云阳，章平心挂两头，又惦记着困守废丘的兄长，被曹参、朱轸步步紧逼，兵败退回。

时至深秋，汉军在秦中的攻势也像秋风扫落叶一般。刘季由吕泽、樊哙护驾，居中整顿新城；韩信率诸将看定章邯于雍丘，灌婴紧逼司马欣于栎阳，郦商、曹参分头守定关中平原北缘，周勃为主虎视云阳，对三秦各个歼灭的时机已经成熟。

不等章平返回，周勃、奚涓、傅宽、郭蒙已经攻下云阳，守将周类、苏驵阵亡。败退而来的章平、姚卬已经流离失所，只得一路西奔。周勃、奚涓率军紧追不舍，直至汧县。汧县位于汧水上游，故址与今陕西陇县南隔千水相邻，其城为秦襄公故都。

最终，姚卬战死，章平丢弃汧县越涧跨塬逃往北地郡境内。

樊哙就近袭取了新城西南渭河北岸的军事要地柳中城，也就是后来因周勃之子周亚夫驻军而驰名的细柳邑。此时，靳歙一军在地形复杂的陇西境内也取得较大进展。

除废丘外，雍地全境已落入汉军手中。周勃随即东返新城，受命向东北攻取了频阳，完成了与曹参一军的衔接。频阳位于今陕西富平东北美原镇西南，从这里向南不远，隔郑国渠便是栎阳。

效果立现。眼看大势已去，重压之下，塞王司马欣不战而向灌婴献城投降，塞境全面放弃抵抗。灌婴一直被司马欣的消极和韩信对栎阳的保守战术搞得十分寂寞，求战心切，此刻便乘势掉头，自作主张从东面向废丘发动袭击，试图建立奇功。不试不知道，试了方才知道王城坚固，章邯名不虚传。首攻不克，雍军皮毛无损。灌婴到底是明白了废丘自有能独存于风雨飘摇中的道理，只好耐下心来，等待大将军韩信布置攻略。

三秦之战焦点集中到了废丘，这里已经成为关中平原的孤立据点。章邯历来知道再高明的战略战术，也必须以起码的军事实力为基础，其中隐含民心。他遍观战局，目前能做的事情和必须集中精力做的事情，唯有竭力巩固废丘城防，倒也简单了。细想起来，一切的后果早在他就任雍王之初就藏匿于心，因此，三秦只不过为侥幸而战，或者说是不甘心不战而亡。

未久，曹参、周勃、樊哙等主战将领率军汇聚而来，顿时把废丘城围了个水泄不通。此战到底没有灌婴的份儿，刘季安排他去渭水下游的塞境各城当受降大员，同时派将军刘贾进据桃林之塞。郦商、傅宽、丁复、朱轸等则就手廓清雍、塞北境，随后毫无悬念地进取北地、上郡。

桃林又称“邓林”，地处华山之东、函谷关西南。《山海经》有云：“夸父之山其北有林焉，名曰桃林，其地广员三百里，其中多马……”传说，夸父追日之隅谷，渴欲得饮，河、渭不足，将走北饮大泽。未至，道渴而死。弃其杖，尸膏肉所浸，生邓林。当年武王灭商，“乃偃武修文，归马于华山之阳，放牛于桃林之野”。刘贾是刘季的从兄，当初与刘季同父异母弟弟刘交、侄子刘信等，一起加入了义军。率军赴桃林，具有极强的象征性，任务光荣而不艰巨。

直至此时，彭城兵马仍迟迟未动，也实在是陷于难分难解之中。三秦、恒山、辽东求救的使者纷至沓来；西魏、河南、殷等也生怕城门失火殃及池鱼，便相帮着告急；济阴战事不利，田荣更是趁火打劫，变本加厉地挑衅。还有那个义帝熊心，迟迟地没有从视野中消失掉，事情办得不很利索。如此乱象，直弄得西楚霸王项籍心情十分烦躁，却寻不到症结在哪里，不知道解开哪个绳结才足以理清这团乱麻。

项籍对范增抱怨说：“我自从返回彭城，就没能盼到一天的安宁。那些诸侯们，不是耍横霸道，就是畏葸无能，没事时各行其道，有麻烦只晓得派使求救，可见了便宜却我行我素竞相侵吞。都是些什么东西！”范增无语，倒好像这些都是自己的错。

相形之下，还是领兵打仗更轻松些，可讨伐田荣的准备工作也一直拖拖拉拉。越拖，就越不知道先顾哪头。

多日来，夫人虞姬一直默默观察着这个心爱的大孩子，也不免跟着担忧。这一日，她照常轻移脚步来到项籍身旁，陪坐了许久，这才柔和地开口说：“夫君心思重重，让妾的心每时每刻无法安宁。妾想陪夫君喝一杯酒，行吗？”

面对复杂，项籍逐渐产生了心理逃避的倾向。只要见了美丽的虞姬，他就好像躲进了另一片清新的天地。那是一个让人感到安定与慰藉的温暖的怀抱，那里有母性的柔美与爱抚。躲在那里，便暂时会抛开所有的烦恼……不，是真的忘记，忘掉那些不该存在于两人世界的愁绪，尽情享受缠绵的爱意。

摆上酒来，项籍与虞姬对饮，尽找些轻松的话来说，觉得心思渐开，一切都是身外之物，一切都还那么遥远，唯有眼前才是真真切切的。

“大王自饮酒，待妾为大王弹琴解闷？”虞姬说。

“我是最爱听夫人弹琴的！”项籍表示赞成。

于是，唤贴身侍女摆好香炉，从内室挪过琴来褪去琴衣安置妥当了。虞姬净手，亲自点燃香草。侍女随即小心盖好炉盖，闷住火头，丝丝清烟便从炉盖上的九个小孔中逸出来，悠悠地弥散着宁人的气息。

虞姬入座稍理衣裙，自然一种高贵优雅姿态。静气娴思，心语渐浓，云鬓掩移肘腕相随，右手食指、中指轻轻落于丝弦，指节果断发力，一抹复一剔，却在左手行一个退复，转为吟，渐而猱，柔情蜜意便娓娓荡漾开来。

虞姬纤纤十指在行云流水间铺陈细节，托擘、抹挑、勾剔、打摘皆为故事；吟猱、绰注、上下流转情致，进退、撞逗、掐起描摹心态；轮、刺、撮、拂激扬以启示，舒缓时急，欲弛还张，映衬与渲染非战与战的气氛下两人世界的意趣与愉悦。

袅袅烟绕，琴声慰婉，是一种倾诉与安抚。琴的古典与象形文字同工，包容行止劳作、充满形态想象与语义扩张，山川宫室、风云辞章、飞鸟走兽，直至黄道十二宫，尽在其里。物象关联，飘渺无垠。

项籍端坐凝神，如聆仙音。两心交融，渐入幽境——虞姬裙袂飘洒，婀娜姿态，向身边款款而来，似远亦近，似近还远，恍若舞动于云雾之中。一曲终了，抬眼看时，只见棂格中月色如瀑泻入殿内，方才知道天色已晚。他举起手中觞，邀虞姬对饮过了，提议说："夫人如能借着月色伴我弄剑，我的心情定会更加安定！"

于是，移琴到水畔一处空阔的露台上，重新入坐。抬头看时，恰好一轮圆月升起在树头。琴音渐起，剑铮马嘶，只有壮志未酬，却无戎戈相拨。项籍细辨声调，略感诧异。一时树声瑟瑟，风起微澜，波光闪耀，撩动心绪。便即拔剑细看，只见凛凛寒光仿佛闪烁于弦间，激越斗志，游走意念，剑出形影相随，缓缓起舞。舞到劲处，弦鸣激越，项籍即兴而歌："月满弓兮光似箭，剑出鞘兮射波澜。娥争辉兮琴瑟动，骓相随兮逐关山。"虞姬滚拂琴弦，轻启素唇唱和："抚剑指齐鲁，立马问函关。君王意何处，妾心日相牵。"琴剑恩爱，项籍一味向柔，只于尽兴处把许多烦恼抛向一边，然不期总在婉约与浪漫中反复抒发着英雄主义的情怀。

虞姬和琴唱只是心灵暂时的避风港，霸王身份的困扰，无休止地挑战项籍的雄心。想起来，处处都需要用兵，这局面使意欲歇兵高枕的西楚在军力上捉襟见肘，远近之忧实在叫人举棋不定。来不及细想其中原因，只能忙于应付危机，难免在偶尔间怨天尤人，但这本不属项籍的性格。

项籍双手柱剑，抬眼东北迷茫的夜空，那下面彼此相连的山地丘陵也尽属楚国。可在同一片天空之下，山对面与北海相连的齐地，却那样桀骜不驯。但他现在的心情还算平静，关中归来之后，这实属难得。

看着倚栏半睡的项籍，虞姬叫侍女拿来貂皮披风，亲手给他盖上。过了许久，看夫君依然不觉，自己也便去轻轻地偎依在一旁。

范增来了，告诉项籍，塞王司马欣降汉，陇西、翟地战事也已成定局，三秦之地不久将尽入刘季掌中，唯有章邯尚能苦守孤城，如再不遣将援救，整个崤函以西就都不复听命于彭城了。

项籍很是心烦："这老头儿总是带来坏消息，还总是唠叨！"口里却还恭敬，问："亚父可知济阴战况？"似乎在打岔。

范增知道项籍在避重就轻，既然见问，便回答："萧劫已经战败，眼下退守定陶……"他这是做了保留，淡化了萧劫被彭越打得大败的情节。项籍听了很生气，但又无可奈何。这时，项缠又等在殿外。项籍正要叫进来一起说话，范增心气不顺，越发厌烦此人，便照例拔腿走人。

项缠从袖中取出一封书信，递给项籍。项籍瞥一眼，便拿手推过，口里说："真弄不清子房到底在做什么，到底是闲还是忙！"

项缠笑一笑："子房越发是仙风道骨了。神仙哪有闲和忙一说，忙的时候也闲，闲的时候也忙，都是随兴所至。可毕竟还是肉身凡胎嘛，忘不了朋友，所以时常来信与我闲聊，说些见闻。这信中有几句话，看看也无妨！"

项籍于是要过信来看。果然有一段引人注意的文字，那是引用了刘季的私信："寡人不就是想争一口气，兑现当初怀王的约定吗？如果项王亲身驻扎关中，看在兄弟情分，也就无从计较了。再说，鸿门还有一段恩情，足见项王心性仁爱。项王英勇盖世，绝非我等可以匹敌，寡人怎可能与项王反目呢？但事情出乎想象，眼看章邯、司马欣、董翳这几个亡秦的降将作威作福，还谋划进取汉中，这就做得过头了。寡人也是感到三秦威胁，睡不安枕，恰巧关中父老、豪杰要求我这个'关中王'回来做主，我怎好推三阻四呢？说到底，寡人顶多就是希望得到属于自己的封爵，也保得汉中平安。等拿下废丘擒获章邯，平定了三秦，寡人的心愿就满足了。至于子房的劝告，还请放心，寡人自打入关就没有想过要出返山东，故而几度想迎取父兄妻子入汉中，怎奈尚未如愿……"

项籍反复看了，忽然纵声大笑："我说呢，量刘季也不敢真的与寡人为敌。到底是亚父多虑啦！"他心中虽未彻底打消疑惑，但立马放松了许多。信中尽管花言巧语，但有一个事实不言而喻，就是他刘季绝不敢与虎谋皮。至于章邯，他本该如此下场，就算是刘季帮自己报了不共戴天之仇，也好让叔叔在天之灵得以安息！

项籍心中如拨云见日，变得开朗了。他恭送项缠，立即命人去请亚父范增回来商议对付田荣的事情。

“我不是说汉王就让人放心，我也不可能放心，但暂时放一放也属不得已！”项籍心平气和地说。

范增将信将疑，但既没有更好的选择，也就不想再破坏项籍难得的好心情，于是应承道：“那就抓紧吧！也好尽快腾出手来收拾刘季，此人必欲与少将军争夺天下！”他的认识没甚改变。

项籍只盯着眼前，赶紧转成附和的角度：“亚父远见！等我活吞了田荣这个混蛋，看天下还有谁敢胡作非为！”现在，两人都想缓解多日争执带来的沉重心理压力。范增叮咛说：“少将军可别真的忘记了刘季！”

项籍连连点头：“怎会呢，还有亚父每天在耳边唠叨呢！”

两人相对一笑，都感到了释然。“来人哪，摆酒！寡人好些时未曾与亚父对饮了，这回要亚父喝醉了方才甘休！”项籍大声吩咐。

酒喝了一半，又有河东传来急报，殷王司马卬正发兵攻打西魏。魏王豹断言，殷王是在效仿刘季、陈余、臧荼，来日必与霸王陛下分庭抗礼。

也许是喝了酒的缘故，项籍把那信往旁边一丢，举杯朝范增说：“司马卬这小子算什么！真扫兴，我与亚父还没喝好呢！”

范增只作不在意。趁斟酒的空子，他假装不经意地拿过信来看，却注意项籍的眼神。看过了，也不动声色，说：“这样吧，我爷俩这边喝着，随便派一名将领去收拾司马卬。少将军说得对，这小子算个什么！”

正这时，门上报来：“陈平求见！”范增灵机一动，对项籍说：“这不，想着谁，谁就来，这可是个好兆头！”项籍于是吩咐：“叫他进来！”

还没等陈平进到殿内，项籍便问：“我与亚父正喝酒，你便闯进来，莫非是想共饮？”陈平诧异地看一眼项王，转拿眼光询问范增，四目交替，立刻有所领悟，拱手回答：“项王赐酒，必定有所差遣，陈平就是来听命的！”项籍说：“殷王胆大妄为，寡人这里正要安排个人去讨伐，你就来啦！”陈平觉得这是个机会，便回答：“臣正是为此事来请命！”项籍惊讶，问：“你也晓得司马卬造反？”陈平回答：“也是刚刚听说！”项籍大喜，连说：“好，好，诸将如能像陈卿，我还有什么烦恼呢？”于是，命他率军前往平定殷地。

陈平受命，却说：“当初陈王揭竿反秦，魏王咎与秦军相攻于临济。臣便辞别兄长，偕同一帮年轻人投奔魏王，曾在那里担任太仆。可是，臣的意见时常得不到采纳，又有人在魏王面前谗言诋毁，臣便离开了魏王。及至投奔到项王麾下，便被看重，故此很想为陛下出点力。至于此次平殷，臣身边有几十名当初同来同往的弟兄，就不用另带人马了。再说，陛下这里正需要军力，还是先急陛下所用吧！”

这一番话说得轻松，但不免使项籍、范增感到诧异。但范增很快就明白了，朝项籍说：“陈将军这么说自有道理，就依了吧，这里只要一个结果就行！”

项籍似乎是想了一会儿，便点头：“这样吧，寡人这里正好收留了一些魏王的门客，闲也是闲着，你就带他们一起去吧！”

陈平立即应承：“谢项王！”于是，项籍赐予陈平“信武君”称号。他亲手递过一杯酒，看陈平一饮而尽，然后下令克日起程。

第四十九回

族群悲徙骨牌西倾　左将断臂祁连易旗

大局已定。冒顿闲下心来，一直亲自照料失而复得的黑马，心里觉得亏欠了许多。只要有空，他就牵了马到处溜达。

这天正自在草地上徜徉着，看山遐想，被蛮芑撞见了。原来那蛮芑野性惯了，闷在营中很是无聊，便到处乱闯乱跑，从心里也想见到冒顿。

这回果然看到冒顿了，见马及马，劈面就问："我的马呢？"分明也带了些怨气，这人都在忙什么呢，竟然把自己丢在一边不管了！

冒顿对这一问感到奇怪，顺嘴回道："你的马你自己看好喽，让军士帮你喂料就是啦！"语气不免比平常时夸张了些。

蛮芑瞪大了眼，那眼睛好明亮："你说什么呢？我问我的马呢？"

冒顿脑子转过弯来了，笑笑："你是说那匹野马吧？"

蛮芑眼睛瞪得更大："你才是野马呢！我的野娃子呢？"

"啥野娃子？"冒顿倒有点糊涂了。

蛮芑说："我的枣红马，它就是野娃子！"

见蛮芑问到枣红马，冒顿不免有点心虚，便故意打岔："你真是个女人，已经送人的马，复又说是你的，真够小气！"

蛮芑哼一声道："那是你偷去的，谁送给你啦，谁又说送给你啦？"

冒顿逗道："你分明就是送给我的嘛！"

蛮芑反驳："你胡说，你是我的什么亲戚，我凭啥把马送给你？"

冒顿不觉兴致大发，说："你忘记了吗？你把它拴在我毡帐前的树干上，说，这马就送给你吧，你愿意要吗……"

蛮芑一噘嘴，生气道："谁把马拴着啦？偷了我的马，还说是我送给你的，还……不害臊！"

冒顿笑道："等你有一天专门给我唱歌，我就把马还给你！"

蛮芑一跺脚："你耍赖皮！"忽然看到冒顿马额上的白毛，高兴了，说："这马长得怪有意思的！"冒顿正好打岔："我帐里的人都说有意思！"蛮芑问："有名字吗，叫啥名字？"

冒顿正要讨她高兴呢，便说："早就想好了个名字，只是没敢用，等你应允呢！"

蛮芑不屑搭那茬，自顾自说："我忽然也想了个名字！"冒顿说："那就用你起的！"蛮芑想了想，抬头往天上看："咱俩一齐说！"冒顿点点头，却假装要抢着说。于是蛮芑脱口而出："朝天驵！"

冒顿却没有说，耳畔听蛮芑嗔怪："你骗人！"冒顿一笑："我没骗你，是你抢先了……其实我也是这么想的！"

"真的？"

"真的，骗你就是那……那……"

"那什么？"然后是率意的笑。冒顿感觉这笑声和她的歌声一样美妙动听。蛮芑心里一动，问："你说你帐里的人，你帐里都有谁呀？"冒顿嘻嘻一笑："这不是，全都在这儿呢！"蛮芑转头看看，没别人，忽然省悟，红了脸。又说："我给你讲个故事吧！"

"好的，我正想听你讲故事呢！"

蛮芑认真讲起来："那是我祖母讲给我母亲听的……

"在山间美丽的瑶池之滨，穆天子与西王母欢饮山林间。王母心潮彭湃，为天子歌唱：白云在天，丘陵自出；道里悠远，山川间之；将子无死，尚能复来？天子以歌作答：予归东土，和治诸夏；万民平均，吾顾见汝；比及三年，将复而野！西王母吟唱：徂彼西土，爰居其野；虎豹为群，於鹊与处；嘉命不迁，我惟帝女；彼何世民，又将去子；吹笙鼓簧，中心翱翔；世民之子，惟天之望。"

"穆天子后来又去瑶池了吗？"冒顿问。

"不知道！"蛮芑回答。

"你母亲再没有讲给你听？"

"没有，其实她也不知道！"

"那就是你祖母的祖母也没有讲给你祖母听……你的家在哪里呢？"冒顿的话突然拐了个弯。

蛮芑一愣，随即回答："远在天边近在眼前，走到哪儿，哪儿就是我的家！"

"也是你母亲告诉你的？"

"就算是吧！"

"你打算到哪儿去呢？"

"我最想去中原看看！"

"中原打仗呢，打得可厉害啦！"

"我才不怕呢！"

“先别走了，过一阵子再说，好吗？”冒顿的语气中有些留恋，也满是诚恳。

三危城背靠三危山，浅显宽泛的氐置水从高耸的被久远年代剥蚀的沙土崖下流过。右大将枯末折抬头凝望高大绵延的沙山，沿沙山向西南百十里，就是后来所谓的“阳关”。枯末折曾不止一次地去过那里，面对八百里流沙遐想。这是一大片因沙山命名的沙漠，今称库姆塔格，连续的新月形沙丘是它全部的构成。与处于阳关北面百里开外的玉门关一样，出阳关向西北可以经过泑泽东北的白龙堆到达东天山；向泑泽西南则到达阿尔金山、昆仑山麓。这里是通往塔里木盆地北、南缘的三岔路口，正当玉石之路要冲，也是后来丝绸之路上的繁忙驿站和军事重镇。

自从被派遣驻守三危，失落中的枯末折很少想到战事，因为这里离匈奴远了些，乌孙又无法重新形成势力。于是，他时常想到泑泽，那里到底是怎样一番光景呢，颇为神秘，也令人向往。三危有不少人到过泑泽，但鉴于身份差异，又初来乍到，他最多只能听到星星点点的描述。越是这样，就越是神往。

养精蓄锐的两万月氏骑兵已经集结完备，即将依照天子的旨意向北边的红柳原上出发，到那里接应王庭出境，正式担当起西迁前锋的角色。也正这时，枯末折仿佛突然明白了自己的战略地位，责任感也随之在内心生根。当然，毕竟是为离乡背井开路，无论怎么努力，心理也回升不到北山口的高度了。

剽悍的骑兵越过近三百里砾石戈壁，来到一片红柳丛生的荒野。这里属于马鬃山向西南延伸的部分，当地习惯上也称北山。扎下营盘，只听得风声裂耳，旗帜难竖，衣衫撕扯，人马站立不稳。天子命令随到，可以正式出发了。来日拔营，行程转向西北，马蹄下逐渐是陌生的寸草不生的土地，马儿显得有些畏葸，被主人强制，一步一探地勉强前行。

从渊泉起程的月氏王庭，西北行二百五十里，到达红柳原时，三危军刚刚离去。天子便下令王室、卫队和大臣们紧随其后，开始穿越低矮委琐、裂脊裸岩、风吼狼嗥的北山山地西缘。

直行五百多里的戈壁砾漠渺无人烟，满目苍凉，八百里流沙就在这路线的南畔漫远地延伸着。枯末折似乎向茫茫处看到了似梦似幻的白龙堆，白龙堆是啥样子呢？听说泑泽三百里湖面浩渺无垠，水鸟翻飞，水边草木繁盛；岸上水中高大的胡杨树林或密或疏，寻不到边。他时常省悟，想这些做啥呢！但不久，又伴随单调的马背行程堕入想象中。

白天赤日似火，曝露无处藏匿，干渴难耐。深夜满天繁星投下刺寒，阴风透体，浸入骨髓。王庭当然早已打探清楚了路途景况，故此准备充分，加之人丁健壮，护卫坚实，倒没吃太大苦头。

王庭之后，跟随西迁的牧户拖家带口、人畜混杂、散漫拖沓，越走队伍拉开得越散。最最辛苦和悲惨的是外带还要照看畜群的妇女、儿童、老人。当然，老弱病残大部分留在了故地，即使走，他们也很难抵达目的地。

沙暴袭来，天昏地暗，卷走随行羸畜家什，人面尽皆失色。队伍一路遗弃伤病羸弱，热死、渴死、饿死、累死、病死、受伤不愈熬死、心理崩溃狂死、不明原因暴死者，无以数计。死亡人畜陈尸于途，惨痛之声不绝于耳。散落之人与狼虫鹰隼为伴，那已是部族无法顾及的了。

从一处单薄的两山夹缝中越过半干的河流，渐行渐见横斜的山列于空旷中坦陈着，暴露着，它们是天山余脉蔓伸的尾脊。西迁的队伍顺着似近还远的漫坡越上一列，举目又见一列。远眺山体流泻，行时只觉腿脚沉重阻滞，马蹄辍步，车轮不前。下坡腿脚乏力，人畜皆难以控制。地势漫漫地高起来，又漫漫地低下去，是那样巨大的铺陈，把迤逦的迁徙队伍散散落落地悬挂在旷谷中。

眼前终于只有灰黑色的戈壁了，戈壁上蒸腾着水汽，迷迷蒙蒙。凭路程的估计以及经验者的推断，已经到达天山主脉的东部边缘地带。

枯末折打起精神催马小跑一阵，忽然觉到，这一路竟然没发现一支商队。他真是渴望遇见陌生人，哪怕是少数几个。

过一会儿，想过来了，月氏兼并乌孙，匈奴攻打月氏，还有月氏西迁的传闻等等，总之是河西战乱频仍，谁还肯辛辛苦苦冒死奔波，到头来眼看着往狼嘴里送肉呀！正想呢，远处现出一汪大水，水面溢出地平线，与天相接。水边隐隐绰绰的丛丛树木中，错落掩映着半拉村舍，几户人家。队伍发出惊叹声，行进的速度明显加快了。

往前赶了一程，那水泽林舍并没有靠近的迹象，枯末折心知是一种幻影，由上天特意恩赐来调节沙漠行旅的疲惫情绪。然而，他有了新的发现，看到两个异样的小黑点在迷蒙中晃动，盯得紧了，便丢失了，好像也是幻觉。

又让坐骑紧赶了一阵子，果然看清了，那是两个活动的影子，被热气扭得左右弯曲着。“也许真的见到人了，是人就好啦！”他这样想，心里不由得兴奋起来。虽然身旁就是大军，有的是人，但多日来心中的期盼，却是能见到当地人。

不紧不慢地走了将近一个时辰，枯末折和他身后的人马，终于顶着漫天烧红的晚霞，接近了那两个……不，一个步行的人和一头毛驴，毛驴背上搭着一对用柳树枝条编成的驮筐。枯末折感到诧异，这茫茫无边的地方，怎会出现孤身的行人呢？

走得很急的人和毛驴，到底跑不过骑兵，干脆停下来喘息，警惕地迎着赶上来的队伍。

枯末折想："他们害怕！"于是，他挥挥鞭子，示意部队暂停前进。自己也停歇了一会儿，才善意地摆摆手，又解下随身的弯刀递给卫士。刚要驱马，想想还做得不够，就下了马，步行过去。还离有好一段距离呢，便先行礼。

"你好！"枯末折抬右掌放在左肩前。看时，只见那人以兽皮和麻布遮体，乱蓬蓬的胡须和长发遮在脸上肩上，项上和手臂上戴着用皮绳穿在一起的兽骨和贝壳，光着两腿，赤脚站在炙烫的石碛上。要知道，那可能会把一双不能适应的脚板扎得血肉模糊，并烤熟烤焦。枯末折虽经连日行军，因天气酷热而脱去了铠甲，但薄薄的衣着依然整齐华丽。环境过于干燥，皮肤上渗出的汗液还没有能浸湿衣衫，就直接被太阳蒸走了水分，只留下盐渍，但不会粘在身体上，这有利于他保持一名贵族高级将领的气质。

"你好！"对方竟然也说月氏话，只是有些生硬。就这大漠乡音，立即消除了对方的恐惧感和彼此的陌生感，很快拉近了双方的心理距离。一路走，两人攀谈起来。

在逐渐西敛的余晖中，白天不知道躲藏在什么地方的蚊虫迫不及待地发动起来，飞舞着萦绕向行军的异类。无边无际无遮无拦的戈壁上，太阳落得晚，却落得飞快。霞光刚刚敛去锋芒，夜便扯落了黑色大幕。

枯末折传令宿营。士兵们将就着吃了些随身带的食物，嘴对着皮囊喝点水，随即人卧着，马站着，依傍在一块儿疲劳地入睡。不一时，人的呼噜声夹杂着马的喷鼻声，把寂静的夜涂抹得乱七八糟，仿佛当代一幅印象派画卷。

群狼来得近了，无声无息，眼神在黑夜中闪烁一片贪婪的绿光。迟疑了许久，头狼终于发出信息，全体远远遁去，而熟睡中的士兵们毫无察觉。

枯末折久久未能入睡，他感受着那个在不远处熟睡的相貌如野人般的渔人，他身旁默默站立着那头毛驴。渔人名叫己孑拉勒，来自蒲昌海边的小小渔村。他说，他的爷爷却是出生在三危的塞种人，也是因为水草争夺的原因，被迫与几十名族人一起，沿氐置水绕出玉门关，越过沙丘沼泽，到达白龙堆附近，在那里扎下来；从此也就脱离了刀光剑影兵荒马乱，汇入土著，过着渔猎生活，却也自得其乐，感觉比在三危的时候强多了。己孑拉勒所说的"蒲昌海"，就是泑泽，也叫盐泽。

枯末折在脑海里整合着蒲昌海的世外图景。那里是从西边伸展而来的一列大山散落的末梢，沙丘无边无际地漫延。海子边上聚集着大片成列的土阜，每当云影覆盖、阳光透射时，便显现如条条白色飞龙。进入其间，沟壑纵横，崖壁或续或断，参差错落，如削如阙。有渔民在河畔泽边定居，他们下身遮着野麻，上身披着雁毳毡衣，手握渔叉，划着用胡杨树干掏挖制成的独木舟，驶出芦苇丛生的河汊，驶向茫茫碧波中。夕阳如画，猎鱼归来，男女老幼聚集在林中，生起篝火，把鱼串起在树枝上，一边烤着吃，一边舞蹈欢歌。吃饱了，玩够了，便四仰八叉卧在水鸟羽毛之上，随便睡到第二天的什么时刻。他们是那样自由自在无忧无虑，那里就是人间天堂！

夜深了，地表上的热量迅速散尽，许多士兵被冻醒，动静便大起来。

枯末折却做梦了。庞大而密集的沙山群落，幻化成汪洋般奔泻的兽群，一直扑向三危……大水溢来，大雪纷飞，只觉周身寒冷难当。他惊醒了，也是冻醒的，努力地睁开嗜睡的眼，从那里感觉天色微明。人冻得很了，就是这种似睡非睡又睡不醒的状态。

队伍脱离山地不久，果然从灰黑色戈壁的尽头，看到了绿洲的影子。枯末折的心里一阵宽松，随即又绷紧了。

己孑拉勒赶着他的毛驴向北去了，去奔他的单纯目标，过一时又会回到这条路上，返回蒲昌海。

月氏军从绿洲的边缘擦过，他们不打算继续向西，也不想无谓地去惊扰传说中的城郭诸国，而是按照预定的目标，沿一道流水向北，去穿越天山。

下午时分，前面出现了一道山谷，溪水就是从那里流出来的。派人打探，谷中只有零星人家放牧，于是放心进山。山路平缓，曲折蜿蜒。走过几十里，眼前杉岩高耸，耳畔松涛回荡。峰峦渐低，峡谷渐深，道路渐窄，气温渐凉。及到山高处，豁然开朗。一览群峰起伏尽在脚底，俯瞰山下是无边的草原，遥望天际有雪岭绰约。全军振奋，马不停蹄地从陡峭的山崖上寻找牧人行走的小路，很快来到平坦的草地上。西望霞飞处，夕阳染红了山脊上连绵的雪冠。此时的枯末折忽然有了一种想法：为啥不早点到这里来呢！他大声呼叫："传我命令，宿营！"

大军沿天山北麓冲击扇上的绿洲草原西进，身旁高山连绵，雪峰时见。不断看到大大小小的牧群，有马、牛、羊、骆驼，枯末折从人畜的行止中读到了疑惑与恐惧。已经有哨骑觊觎，周围的动静逐渐与出山的时刻不同了。枯末折扎下营来，一面派骑去接应王庭的队伍，一面准备应付塞种人来袭。大势已定，无论付出多少代价，天山北路都必须成为月氏新的祁连。

居敕臼也已经率领后军到达荒漠地带。身边是北山边缘低矮无状的山体，祁连山绵延的皑皑雪峰已经离得很远了。一条条的母亲河都是从那里的冰川发育，曲曲折折流经山谷，流过戈壁，流到绿洲，哺育了故土的牧场，也哺育了月氏的族群和山坡上的马驼牛羊。而现在，这一切都将随山远去。

一路既无匈奴军队的追袭，也没有乌孙部落的骚扰，居敕臼回想从出使匈奴以来的经历，可谓恍若隔世。

本与王庭伴行的牧民拖家带口络绎不绝，已经有许多融入后军。习惯了迁徙的家庭一路依然延续着毡房生涯，表面看什么也没有发生，只是那规模，是他们有生以来没有见到过的。

缓慢地流动使心态不够稳定的军队难以忍受，将领们尚可在营中拖儿带女，将近六万人的士兵却对难以照应的妻小和家产牵肠挂肚。其实这已经不是一支军队，族群的大迁徙就是士兵与牧民、人与畜混合的河流。这河流里的水从此流去，只留下一条历史的空阔河道，他在居敕臼的眼里，就是一条干涸了的过往的河床。

后卫的大军也有前、中、后军，新任左大都尉阛榷宸率领自己那一万人马在前，右大都尉辘契居中。小将畋猷依然留在居敕臼身边，陪同他把最后一匹马的蹄印和最后一个人的脚印留在河西的土地上。这中、后军的安排不合常规，但居敕臼就想这么做，总之依然遵从自己撤离北山口时的诺言。

一批又一批的人畜过去了，但随后的迁徙越来越缓慢，景象越来越惨不忍睹。也有勉强跟随而来的，此时都聚集到后军附近，越聚越多，哭泣声、抱怨声、呻吟声、怒骂声、牲口的嘶叫和风沙声，混合成了河西悲愤的谢幕。眼前这番情景，使身为大将的居敕臼感到了内心的刺痛，不觉潸然泪下。

队伍没法继续前行，只好扎营。士兵们的情绪也受到了感染，越来越多的人不愿走了。夜来天地一片漆黑，蚊虫袭扰着毡房里和露天而卧的人畜，梦魇里充斥着惊厥，漫山遍野透露着不安和动荡。

清早起来，基层将领和士兵少了好几百人。正在无奈时，有骑来报信，居敕臼连忙跟了去查看。在一顶毡帐里外，他惊异地看到十几名士兵集体自杀了，这使他的内心受到了强烈震撼。

四周，将士已经跪倒了一片，牧民们也跪下了。居敕臼去扶，这边没扶起来，那边却跪了一片又一片，跪满了视野，连牲畜都感觉到了这令人窒息的气氛，喘息着不敢出大动静。

居敕臼不再去扶了，他向山坡上走去，一步一挪，艰难地走着自己复杂的心路，每一步都在煎熬已经不堪重负的灵魂。

终于，他来到了一块巨石旁边，站稳了，拔出了弯刀，缓缓地转过身来。身旁，山坡上，山坡下，一片寂静，大地停止了呼吸，生命停止了搏动。

弯刀费力地举起来，举过了头顶，居敕臼把目光投向无数的蓬头垢面、破衣烂衫，无不与哀婉与期待狭路相逢。迟疑有时，他猛一咬牙，刀刃直取自己的左臂。顿时，血色喷涌，天地闭合，弯刀丢向一旁……

正在安抚士兵的畋猷闻声赶过来，扶住了靠在石上的左大将。他并不惊慌，解下自己的腰带帮居敕臼扎紧了伤臂，然后举手示意，要骚动的人群安静下来。

居敕臼已经没有了气力，他坚持着对畋猷说："你告诉……告诉他们，我，我左大将不走了，不，不到天山去了……"

说得缓慢而连贯起来："告诉他们，不想走的就不要勉强了。我要和他们一起留在南山，最终死在自己出生的地方！"畋猷挺起身，大声地把居敕臼的话一字一句重复了，立刻，由近及远响起了一片哭声。居敕臼失血的脸上显出了一丝慰藉，昏死了过去，但依然依石而立。

第五十回

乐游焉支骑士暗恋 督攻孤雍主上诘难

在居敕臼无力但无法拒绝的劝说下，畋猷带着必须西迁的人马，准备上路了。那些将士不得不义无反顾，因为家人已经走在西迁的路上，走进了茫茫荒漠戈壁，这使他们别无选择。当然，更多更重要的选择是不离开他们的天子，不脱离族群的主体，免得在今后的日子里仰匈奴鼻息求生。

畋猷精心处置好了居敕臼砍下的左臂，把它背在背上，他要按照居敕臼的嘱咐，把它交给月氏天子，把所有再也无法当面说清的话，都用断臂来叙述清楚。

队伍源源而去，已经走远了。居敕臼在卫士的扶持下僵立着，现在，面对面的是最后一个西迁的月氏人和最后一个留在故土的月氏人，他们彼此对视，默默无言，只有心中的血液在汩汩交流。

“上马吧！”居敕臼说。畋猷单膝跪下，向居敕臼行礼，又转向左右，向留下的乡亲行礼，然后起身上马，飞驰而去。

戈壁上起了风暴，直刮得人马立足不稳。风起于无形，没于无形，活像千万头怪兽隐约于空中，张牙舞爪搅得漫天沙尘，遮蔽了太阳，发出“呜呜”的尖锐的鸣叫，惊心动魄。

沙迷了本就没有的道路，迷了茫然张望的眼睛，也湮没了一段无人问津的历史。直到有一天忽然被重新燃起的欲望所发现，翻开来却只有几行字，其余全是白页，给人留下了巨大的想象空间。

居敕臼被扶上了马，他带领少数的军队和决意从戈壁边缘返回的人群，顺着风的方向脱离了沙尘暴，一路把原本就没有走的牧民聚集在一起。为了遵守与匈奴的协议，他不可能滞留河西走廊，便打算返回到祁连山中月氏的发祥地。

月氏王的西迁大军，拖带着长途迁徙的牧民，承担了沿途的苦难和牺牲，相继越过天山，向北山之麓一路占领过去。他们以自己生存末路的悲怆心情和志在必得的残酷决心，去抢夺塞种的牧群和牧场，霸占他们的妻小，把他们变成奴隶，杀死他们或把他们驱赶到自己鞭长莫及的地方——终于在新一座“北山”，也就是中、西部天山以北的伊列水和碎叶河即今楚河流域停住了脚步，在新开拓的广阔山地和草原上，开始了新的生活。

历史一贯是这样书写：大规模迁徙的弱者族群，总是立即把自己转化为强者和征服者的角色，去把弱者的名字强加到另一个族群的身上，神奇地传输能量，迫使他们也变成迁徙中的强者，以便延续传递的能量。这是一部接力般滚动的历史，是滚滚向前推动的血腥的驱逐史和融合史。

果然像月氏王邀请的那位神秘贵客所说，塞种是一个结构松散的族群，因而在月氏大军突然入侵时，四散流动的塞族部落毫无抵抗能力。在形势逼迫下，塞王仓促率领部众向西南的葱岭方向遁避，一路上丢三落四，等塞王越过葱岭，即帕米尔高原到达罽宾时，还有许多部落流散在葱岭。也有部落停留在原地，根本就没挪窝。

塞种在南徙途中，与兵弱畏战但族群庞大的大夏人发生了冲突。战败的大夏大部避开塞种强势部落南进的锋芒，转向西去到妫水，即今阿姆河上游，却奇妙地与从阗池以西退徙的塞种另部和平共处，这也许是实力平衡使然。在他们杂居的地区，只有城邑之长，而没能推举出总领。等到公元前128年张骞出使大月氏时，见到了这个松散的族群集合体，“大夏”之“国”才依族称首见于汉文典籍。还有一部分大夏人傍南山，也就是今昆仑山、阿尔金山、祁连山东遁抵达陇西的洮河流域今甘肃广河西北，后来汉朝在其居住地设大夏县。这算得是一种回归，因为大夏先民曾经生活在黄河最上游的湟水流域，而洮河与湟水会合于金城，即今兰州以西。秦穆公为摆脱河西游牧部落的侵扰而采纳由余的智谋，曾在公元前623年派兵攻戎，迫使战败的部落西徙，其中就包括允戎、大夏、莎车等部。而所谓“允戎”，就是塞人的先民。

塞王在罽宾取得了统治地位。罽宾即今克什米尔地区，那是一个地势平坦、气候温和潮湿、物产丰富奇异的地方。滞留葱岭的塞种人则分散形成休循、捐毒等城邦古国。由于生存环境不同，他们的生产条件与以前产生了极大的差异，生活习性也相应发生了变化。捐毒、休循位置大致在今中国新疆克孜勒苏境和毗邻的吉尔吉斯斯坦东南部。

留在天山北部山间草原上的塞种人，逐渐混血到月氏乃至其后的乌孙族群中，仿佛是消失了自我。塞种人是天山北部最早知名的古代族群，随族群的运动而播散了血脉，成为西域许多民族的先民之一。

在匈奴逼迫下向天山北部迁徙的月氏主体，客观上发生了磁石效应，成为匈奴西侵、乌孙西迁、张骞通西域等一系列重大事件的发端，其历史诱导价值，远远超过了这次“西迁”本身。西迁的月氏部落，后称为“大月氏”，源远流长的历史还将给这个族群以更加残酷的历练。滞留河西走廊的月氏余部，则相对地被称为“小月氏”，重返“羌”的归属。

就在月氏充满末路英雄色彩的日日夜夜里，匈奴单于冒顿自然换了另一种心绪。娱情之余，他面对蛮芭有意无意问及枣红马，只一味搪塞，手下人自然也不敢透露半点儿风声。好在蛮芭心宽，一接触到新鲜话题，或者眼里看到些什么感兴趣的事，就被打岔过去了。也是蛮芭不觉得枣红马到底会怎么样，冒顿总能恍过这事去。

冒顿邀请蛮芭一同前往焉支山，那里铭刻着他屈辱的心迹，也留有愉快的记忆，蛮芭欣然应允。临行，冒顿嘱咐且蛰在坚持重大利益的前提下处理好与乌孙的关系，也要妥善对待留居的月氏人。还有，阴山那边的事应该提上日程了，必须抓紧谋划。

重返焉支山的日子，给冒顿带来了一生中难得的舒坦和愉悦。他与蛮芭尽情享受着山中的凉爽和清净，在湖畔竞驰、溪边饮马、林中漫步、花丛小憩。冒顿用各色的花朵编成花环，为蛮芭戴上，还亲手汲取花汁，让蛮芭描画脸庞，甚至动手去帮她染眉。他说："你不是喜欢许多许多的马吗？焉支山的马不错，这里也适合牧马。我就把这里变成专门牧马的地方，聚集三万匹马，不，五万匹。我还有一个想法……"

蛮芭忽然问："我的野娃子呢？"冒顿已经熟悉了蛮芭的性格，不去接茬，只自己说："我现在要给这座山改个名字，你猜猜，改个什么名儿？"蛮芭却说："那是你大单于的事情，爱怎么着就怎么着，我猜他干吗？"她这是赌气晾冒顿，谁教他总不回答自己的问题呢！

冒顿自有心眼，说："我要把这座山送给你，所以，所以嘛……"拿眼去瞅蛮芭，看她美丽的脸上露出诧异的表情，心底升起阵阵怜爱，恨不得把她紧紧搂进怀里，把她囫囵吞进肚里。但还是忍住了，继续说："所以把它的名字改成'阏氏山'！"蛮芭说："露馅了吧，那哪是送给我？那是送给你自己的女人，是送给你自己！"冒顿说："行，行，反正都一样！"蛮芭说："想得美，就是不一样！"

冒顿突然改了话题："我想带你越过阴山，到北假的草原上去看看，那儿的草长得很高，花儿也更美，一眼望不到边。"

"好啊……去做啥呢？"

"散散心呀！"

"你不知道？我的心宽着呢，要多散有多散，还散什么心哪！"

"你怎么的啦，总成心气我呢！"

"知道就好，我的野娃子呢？"

冒顿笑了："小心眼儿，我正想跟你说呢，就是提起来太伤心，不想多说……"

蛮芭一愣，果然不问了。

返回途中歇马月氏废王庭觻得，冒顿召见了居敕臼、蜣哧、步厩，准备对他们实施告诫。居敕臼来了，他失去了一只臂膀，脸色煞白，默默无语，这使冒顿感到了内心的震撼，忽然产生了一丝敬意。

把那些多余的话留给别人去说吧，反正他已经不想说了，立刻任命居敕臼为浑邪王，管辖觻得、禄福、三危事务。看看蜣哧和步厩起身站在一旁，于是，干脆封蜣哧为休屠王，驻扎姑臧。然后盯着步厩，正要开口，步厩却跪下说："我乌孙昆莫难兜靡曾有嘱托，小王子……"冒顿说："我明白你的意思，好吧，这昆莫的称号就留给我家的小猎骄靡了。你就临时做个监国吧，等猎骄靡长大能管事了，就把权力还给新国王！"

步厩听了，连连行礼称谢。步厩生怕冒顿提及那位原来在月氏当人质的王子，这冒顿心里有数。他接着说："至于猎骄靡，就留在我大匈奴抚养，你也不必操心啦！"这话在步厩听来，好像小王子依然被扣作人质，而冒顿心里早就没有了这个概念。

都安排妥后，居敕臼却请求不当浑邪王，他说："我已是残废之人，只求月氏余众能将我收留于牧场，安静地度过此生，就心满意足了。"冒顿两眼不离居敕臼包扎着的断臂，片刻，劝道："浑邪王你照当，月氏余部的首领也是你，他们缺了你是不行的，就不要推辞了吧！"居敕臼忽然醒悟，当这个浑邪王就是月氏余众的呵护者呀，于是不再说话。

"浑邪"，也作"昆邪"，其实是乌孙的族名。乌孙先民是曾游牧于今宁夏固原一带的西戎部落，自号"昆"，先秦典籍记载为"昆戎""绲戎""混夷"，这也是乌孙首领称"昆莫"的缘由。由居敕臼管辖乌孙牧地而为浑邪王，也就是顺了这个理。至于乌孙的未来，主动权掌握在匈奴手中。奇妙的是，乌孙的故土上出现了两个互不相属的权力；不奇怪的是，这两个权力都从属于一个上位的权力。

最后，冒顿宣布："你等从此接受右屠耆王的节制，不得生出二心！"说罢也不看他们怎么应承，吩咐开宴。回单于庭之前，他要招待昔日战场上的对手，现在都是一家人了。但真正称得上对手的人，更能得到他的敬重。

席间，冒顿想起一件事来，对蜣哧说："我听说当年始皇帝灭了六国，把他们的兵器收集到一起销毁，铸造了大钟和十二尊金人。我打算到休屠泽来祭天，你也给我造一尊金人如何？"蜣哧说："大单于如此厚待我等，此事我一定抓紧完成！"这正是冒顿在龙城大会时反复钩沉而不得的诉求，其后时常在心中琢磨，才使这个意象在观念中清晰起来，现一时竟被唤醒了。要知道，由生活方式使然，早期游牧族群是难得崇拜偶像的，这也许算一种"个别"，与起意在龙城筑墙异曲同工。冒顿安排了这件事，终于觉得可以弥补心中的缺憾了，便提议为大家有机会坐在一顶毡帐里喝酒而干杯。

这姿态，爽至极！

以最小的代价驱逐了月氏，又邂逅了潜意识里莫名其妙牵挂的蛮芑，冒顿在返回单于庭的一路谈笑奔驰，兴致极高。南侵北讨的事情暂时不用他操心，也看出蛮芑对抢掠杀人的事颇有微词，便极少在她面前谈论打仗的话题，只一味哄她高兴。蛮芑看似也极好哄瞒，容易高兴而回避愁闷，她兴奋冒顿就更兴奋，冒顿高兴她也愉快，这种情绪上的良性交流，使彼此心心相印。等回到单于庭，他们已经相处得如胶似漆了。

然而，冒顿并没有耽搁下一步的行动。他叫来左大将戎渠夕，命他多派游骑，打探阴山的消息，也可以直接试探。一旦时机成熟，他便要出兵占据北假。他嘱咐，可以派人与河南地的楼烦王、白羊王联络，争取他们主动降伏。

连日来，韩信指挥各路人马围困废丘，奋力攻打，竟一时难下。

废丘本曾是王都，又因章邯早已做了防御准备，所以城防坚固，矢石齐备，士兵善守，粮秣充足，兼有心腹名将死士协力拒敌。

刘季从新城前来废丘督战。他迫切地希望乘项籍四顾难及的机会，尽早拔掉这最后一颗钉子，以便彻底结束第一阶段战役，着手巩固关中，及早筹划东进。平心而论，在兵度陈仓之初，他心里没那么踏实，因此也没有今日这般的期待和性急。而现在看到三秦战局出奇地顺利，当初率领虎豹之师名震关内外的章邯，竟然变得不堪一击，于是，那颗心就十二分地活动起来。

来到韩信大帐，还未曾坐定，刘季脱口便问："我看大将军稳坐钓鱼台，这大鱼几时才能给寡人捞到呢？"

韩信本自兴致勃勃恭迎汉王驾临，忽然听到这一问，似有责督的意思，心中诧异。刘季与他眼神稍一接触，意识到过于唐突了，立即换了一副嘉勉的轻松笑容，说："我料想大将军早已成竹在胸……啊，大将军快快坐下说话！"说罢摆摆手，倒显得不甚在乎了。刘季大咧惯了，手下将军大多是家乡故人，谁还不知道谁呀，所以彼此间很是随意，张口骂几句也是常见的，骂倒是亲近。可此刻面对韩信，他有点挥洒不开了。

韩信也看出汉王是性急了，便说："此刻樊哙将军正在叫城，那章邯铁了心就是坚守不出。大王如果有兴趣，臣愿陪同前去巡视一遭，攻城之计，臣自有道理！"

自从沛县起事，刘季一向驱驰军前，唯有此次北度攻打秦中才坐守压阵。他知道现时阵仗的场面非当初可比，亲临战场还能鼓舞士气，也便有心做一番强者的体验。

由夏侯婴驾车、卢绾陪侍、周谱参乘，刘季在曹参、周勃等众将簇拥下来到阵前，听韩信指说战况。卢绾倒是与往常不同了，也在留意倾听，心中暗自佩服。

然而刘季看到了并不陌生的一幕，那不是在攻城，也不是在搦战，简直就像在街头挑衅斗殴一般。天气见凉，樊哙反倒光了上身骑在马上，带了一群缺盔少甲的士兵来回驰骋。当然离城墙远些，最近也得在强弓硬弩的射程之外。他那支车骑都在一旁歇着，看去也是散散落落的一帮。

刘季扬一扬手中鞭子，说："这厮是胡闹惯了，也到废丘来找雍王打架，人家是大将出身，才不理会呢！"这话当然有一半是说给韩信听的。韩信听在耳中，置之一笑。又听汉王拉起了家常："大将军可知道我这连襟是杀狗的出身，这回恐怕是拿狗肉下酒，吃上火了！"韩信无心地搭茬儿："也是，这天气不算热了，我正纳闷樊将军身上如何有怎么大火气呢！"似乎也话中有话。

此刻远看废丘，刘季有一种俯视的感受。他言归正传："大将军说说这城池！"

韩信这才有精神了，回道："废丘虽曾为王城，但早年建成，只不过多占了些土地，比起今日攻守之术，实在找不出什么长处。加之废置已久，更加不足以拒敌……"

刘季抢过话头："那是当然，寡人是说眼下呢！"

韩信一愣："眼下……眼下……哦，章邯绝非等闲之辈，只不过时势不济罢了！"

"晓得，晓得，我是说这废丘呢！"

韩信微微一笑："大王您看，那城原只有一重，现添加一重，又高出丈余。当然，这只是难攻得多了，还没什么奇特。但却另有一处不同寻常……"

刘季已经留意到这不同寻常，不由得点头。韩信便比画着解释道："他在四面都筑了这样一道墙，墙头仿佛城头，照样可以驻守，以与城楼相呼应。最奇的是城门为此墙所遮蔽，攻城者无法看到吊桥起落、城门开闭、步骑出入，故而易出奇兵，攻守兼备，藏攻于守，防不胜防。"

"这墙也算不得一重城，却比增添一重城更见功效啦！"刘季不免赞叹。

"大王看樊将军这般随意，却只离那墙远远的。他心里有数！"

刘季笑了："我道是怎回事呢，这厮果真没曾喝醉！"

韩信接着解释："城中出兵即使不利，也不必惊慌。只因那吊桥未起，城门未闭，城上、墙上最利掩护，墙后又可伏兵接应……"

刘季突然问："这墙可有出处，大将军可知道有什么说道？"

章邯这个最新发明，如何让韩信叫得上名字！但韩信略一思索，顺口便说了出来："雍王想是被府中的"影壁"启发了。不过换到这里叫'护门墙'更加妥帖。末将估摸这'护门墙'离城墙约有四十步（周制一步为八尺）远近！"

刘季很想当场印证韩信的判断，但却无从印证。他使了个便招，刺激韩信说："我听大将军的口气，不过是猜度而已，果真用兵，似为不取！"

韩信回答："大王所言极是，但末将不才，军事大计，不敢妄言！"

刘季问："何以见得？"

这身份高的人故意找麻烦，真没法对付。韩信想了一想，说："末将本不欲操弄微伎，既然陛下好奇，就待末将证实来好了！"这话听起来也是一语双关，让刘季觉得不那么入耳。世上那些有真才实学而未能谙练官场之道的人，往往犯这个忌讳。

当下，韩信也不下马，只叫军士绷紧一小块绢帛，挥笔略略书就。奉上汉王过目，原来是这样写的："护门墙离城四十步本汉大将军信所为雍王何以窃得"。刘季看过，说："此诈术也，大将军如说不准，岂不授敌笑柄！"

韩信说："笑亦何妨！"于是，吩咐把帛书绑在箭杆上，瞥见弩将空中在侧，便吩咐他飞箭传书。空中领命，驰马去墙边，朝上大喝一声"看箭"。方得带转马头，弦响处箭已经飞落墙头，那力道竟是不差分毫，引来一片喝彩声。

过不多久，墙上射还一书，少时捡来。韩信不看，直接转呈刘季。刘季展开，扫过一眼，不禁"哈哈"大笑，顺手递给卢绾。卢绾看时，只见上面写着："护门墙本雍王所为匹夫何乃善盗耳岂不闻贼喊捉贼欺世盗名"。

刘季却说："军机不可泄露。那墙名可证，但距离对于防守至关紧要，人家兴许不愿说穿实数呢……那墙上有谁看守呢？"

韩信回答："时常有内史保亲临。"他竖起食指，睁一只眼对着护门墙瞄了瞄，转又移马对着废丘城墙瞄了瞄，然后指定位置命令弓弩手架起一张强弩，手足并用拉开硬弦挂在牙机上，把一支配套的长箭放置在发射槽内。准备妥当了，韩信下马，亲自瞄了瞄望山，然后站过一旁，命令士兵扳动了悬刀。弦声迸响，那杆箭挟着风声飞射，须臾作抛物状落到废丘主城墙脚。

韩信问空中："这张弩射出多远？"

空中抱拳道："回禀汉王、大将军，依末将观察弩力将用尽，应是二百步不差！"

韩信指问："脚下距离那墙有多远？"

空中回答："一百五十步！"

"那墙有多少厚度？"

"十步！"

第五十一回

忧关中亚父谏不救　矫王命黥布托风寒

只是一道二百以内的整数连加或连减题了，没得说。恰巧樊哙撤回人马，带一降将来见汉王，原来是雍王麾下骑司马王周。于是汉王顺便打问，所答皆不出韩信测度，众将啧啧称奇。刘季夸奖道：“真大将军也！”话锋一转：“可这废丘城防固若金汤，章邯能攻善守，将士无法去到城下，为之奈何？似这样下去，恐怕一年半载也无法取城，倘若项王来救，大将军岂不前功尽弃……”就着言语间忽然有所省悟，问：“方才听大将军的口气，其实是有办法的了！”

韩信说：“禀陛下，料项王想来救时，似也救无可救了！”

刘季一时琢磨不透这话里的意思，便问：“这几日寡人很想通知萧丞相来驻秦中，以为大军伐楚筹集兵员、粮秣，大将军觉得可是时候了？”

韩信知道这是在试探三秦之战的底线，便毫不犹豫地回答：“臣觉得是时候了，废丘早下晚下已经无关大局！”

话还是不落底，刘季反倒为难了。他本是想再等一等，还需要看看局势变化。萧何来，则全部家底都要移来，一旦战局反复，仓促间大军撤回汉中都将十分困难，哪还经得住许多坛坛罐罐和扶老携幼的拖累。再者，秦中如果不利，离了萧何的汉中又会发生什么变化，那可是很难料定的。打仗的输赢是不好说的，特别是一时的输赢！他得慎重些。

刘季迫切地想攻取废丘，想能尽早看到三秦战役的完胜，认为这对下一步与项籍的直接较量具有先决意义。尽管如此，他还是当场吩咐：“传寡人旨，丞相萧何立即做好准备，待命移驻栎阳！”显然，仅仅准备而已，萧何还得听候决定性的一道王命才能动身。“假若有个意外，再输也不能输掉裤子呀！”刘季暗中思量，他习惯性地引用了家乡的俚语。

刘季正在转脑筋，还是想从韩信口中套出底细。正这时，卢绾却移近坐骑，附耳低言。刘季的脸上露出了一丝惊讶，其中夹杂了兴奋的神色。他脑际突然闪出一个不算清楚的判断，立即对韩信说：“我看大将军有点卖关子啦，还是早点给寡人拿下废丘吧！”

韩信一惊，瞬即回过神来：“末将怎敢，既然大王心忧，末将遵命就是啦！”

“果然让我猜中了！”刘季暗自思量，不由得抬起眼来，向韩信脸上琢磨了一下，露出信任与坦诚："如何行事，大将军自便吧，寡人只要结果！"

韩信拱手："结果会有的，决断还要靠陛下，韩信岂敢私自做主！"

刘季挥挥手中鞭子："寡人既然说了，大将军就不必多虑啦——行啦，废丘就全盘交给你啦！"说罢，他对身旁的将军们指示："战场之上，唯大将军之命是从，如有贻误，寡人是决不会为你等担待的！"

众将齐声"诺诺"。刘季对着废丘摆摆手，又朝韩信递过一个信赖与鼓励的眼神。然后命夏侯婴掉转车驾，对卢绾道："随寡人去看看！"

西楚霸王项籍终于听到了一个期盼了许久的好消息：义帝芈心死了。

当初在江水中没有得手的九江王黥布，不久就派人撵到郴县，到底是悄无声息地把义帝杀害了。然后他赶往郴县，代表诸侯盟主项籍在那里做了些表面的追悼文章，并为死去的义帝筑墓修祠，以为祭祀供养。此后义帝的香火还真旺，史籍记载"四时不断"。

立即又报来一个不怎么好的消息：陈余已夺取赵地，恒山王张耳下落不明。让项籍最不能容忍的是，赵歇、陈余竟然互相封起王来。陈余把赵歇从代国迎接回来，扶持并恢复了他赵王的地位；赵歇则投桃报李，立陈余为代王。为了帮赵歇维持局面，陈余派夏说以相国的身份驻守代国，自己留在邯郸护持赵王。

当下，项籍叫来项缠、范增一起合计，觉得田荣加陈余再加彭越，已经形成势头，如果任其胡作非为，没准臧荼也会公开反叛。再有刘季、司马卬，到时三份天下两份失控，这个霸王还能算霸王吗？偏偏这时又有消息，臧荼已经攻入无终，辽东王韩广被杀，封地全部被臧荼吞并。

项籍大怒，声若雷霆，几乎把殿脊上的瓦片震落了。光怒有什么用呢？范增冷眼看着项籍，让他去怒，心想：这小子刚愎自用，屡屡贻误大事，不吃点亏哪里懂得天下的分量！

项籍怒过了，问："两位长辈为何一言不发呢？"

范增说："老夫还是在琢磨一个老问题，刘季、田荣、陈余、臧荼，孰轻孰重？"

项籍不耐烦，说："又在嚼那几颗烂枣儿！"

范增说："不一样啦，当初是刘季、田荣，现在又多出了几个，说不准还会更多！"有点像说风凉话。

"田荣是非除不可啦，可当初就是亚父反复地说刘季这那的，让寡人乱了章法！"项籍责怪说，这似乎在倒打一耙。

范增不便与争论，只好浅浅地说：“征讨田荣的准备应是充足了，就等出兵呢！”他停顿了一下，看看项籍的反应，然后才说：“不过，出兵之前，最好再打听一下三秦的战况！”

“三秦怎样啦？”项籍来问项缠。

项缠正愣神呢，听这一问，连忙回答：“雍王善攻善守，废丘固若金汤。汉王的目的既然只在三秦，看样子也就不急于拿下废丘，省得折损人马！”

范增冷笑：“左尹大人果然心有灵犀！”

项缠说过了，也就不与范增争执。倒是项籍不满了：“眼下商讨战事，与左尹个人有何干系，何必老指着嘴巴说鼻子呢？”

范增见话锋不对，就从袖里掏出一封帛书递给项籍。看时，却又是雍王章邯的求救信。项缠凑过去看一眼，忽然刺道：“看来雍王做什么事情，都是要预先禀报亚父大人的了！”

范增不屑与辩，怒目相视。项籍见状，连忙制止：“算啦，算啦，若要吵架，你等下去再吵，现在还是说正事吧！”分明还是在拉偏架。

范增忍了一忍，改了平和的口气，建议说：“请霸王还是先看看这封求救信，老臣自有道理！”

章邯并非一个依赖救援的人，但送到彭城的求救信还是显得多了些。项籍琢磨，虽然战事不利，但围来攻去，废丘依然如故……那个“大将军”韩信直接面对雍王时，便也不过如此。于是，他心里就越发不以为意了，可见心里也是会长出老茧的。不过，有范增盯着呢，他不得不当真一看：

“罪臣章邯不胜惶恐之至，再拜诸侯盟主西楚霸王驾前：章邯无能耳，三秦致遭汉王兵出陈仓偷袭，不及抵御，虽经众将拼死数战而力不能敌，关中之地尽失。而今废丘孤城被数倍之汉军围困月余，兵马、粮秣、箭石每日消耗，无以补给，士心民心不安，亟盼救援。以罪臣所见，韩信并非无计，汉兵取废丘只在举手间。所以围而不取，实为等待时机，取则金汤旦夕不存矣。城破之日，罪臣死不足惜，然数万将士之命运实堪忧虑。邯日夜无眠，食不甘味，一日三患，骨瘦如柴，每每巡视垛墙，恨不能坠归壑阴，以免苟延。思之再三，大王往昔容纳赐封之恩未报，三秦重地万不可失，丈夫唯战死耳……”

项籍抬眼看殿外，唯见阴郁的天空。他有些感动了。

“然今关中孤余废丘，废丘陷落，则关中皆不复为西楚，山东亦危矣，此罪非臣所能担当。一刻万金之际，恳请大王当机立断，宁失山东，勿弃关中。关中在则天下在，山东旦夕可复，忧之长短，显而易见。罪臣不揣冒昧，以大王之盖世英勇，亚父之睿智洞明，虎豹之师宜迅雷赴关，彼时废丘不废，复振为延迎王师之旌帆也。罪臣雍王邯及众将引颈期盼，泣血叩首。”

这已经不比前时那许多单纯的求救信。信中虽然言辞卑恭哀婉，但在呈明危势的前提下，却是站在西楚的立场上揭示了急救废丘的至关重要。项籍一时为信中将死之悲的情绪所感染，又为理性的申志剖析所打动，默默无语，只反复看信，比前几次看诸侯王所有的求救信都耐心。把那些信加在一起，也不及看这封信用的时间长。

“惜哉哀哉，真义士也！”范增不失时机地开口了。

“都写了些什么呢，雍王自己没能耐，还总那般烦人！”

项籍正要与范增搭讪以消弭悲情，冷不防项缠泼来冷水，不由得两眼里生出愤怒，直射向项缠。项缠也是张狂了些，没防备，被这从未经受过的一吓镇住了，半晌未曾合得拢嘴来。

“你先去吧，我要与亚父说些正事！”项籍首度不客气地朝季父下了逐客令。

看着项缠离开，项籍转对范增质疑说：“汉兵取废丘只在举手间？雍王是否言过其实了？”

范增回答：“依臣所见，以雍王的性情，应是不见棺材不掉泪的！”这冲口一言，不料隐含双关。范增连忙注意项籍的反应。项籍不去想这个，继续质疑：“说韩信并非无计，那韩信又有何妙计能轻而易举地对付宿将坚城呢？”

范增并未直接回答：“雍王本为秦人，为将又通晓秦中人心地理，对眼下战局也最为明了，故而……”

项籍截了范增的辩解：“故而，故而——亚父是只管替章邯说话，也太长了韩信的威风了！”

范增不急，回答：“雍王信中说得清楚，关中与山东息息相关，就算我替雍王说话，其根本也是为霸王着想呀！”

“好，好，亚父咋说咋有理！那么，韩信对已在掌握中的废丘围而不取，到底在等待什么时机呢？”项籍追问。

“雍王可是劝大王宁失山东、勿弃关中的？他这是明白大王的难处，求救归求救，也是献计呢！”范增只走自己的思路，不回答项籍的疑问。他其实也在想，雍王至理之言，自己当初怎就说不出呢？

“他是秦人，哪里懂得本王的心思？”项籍苍白地辩驳，“再说，伐田荣与救章邯，难道两者不可兼得？”

一句气恼话，却提醒了明白人。范增刚刚想建议，忽然觉得必须为难一下这小子，便回答：“田荣与刘季，一为卧侧之忧，一为心头之患，因征途远近适反而无法取其缓急，老臣也是为难得久了。这下好了，看来陛下是有办法的！”

“什、什，什么办法！”项籍被逮住了话茬，急了，也有点要赖，说：“我说兼得，那是个提议，办法还是要看亚父的！”

范增摇头，说：“老臣的办法只怕不中陛下的心意！”

项籍看出了范增的用意，便也假意谴责：“亚父如此拿捏，难道忘记昔日武信君的托付了？”

“好、好，没忘，哪能忘呢！老朽迟迟难以摆脱征齐还是拒汉的两难，有一个关键的问题，就是少将军分不得身，麾下却又缺少能独当一面的大将……”

“亚父说得对，可难还是这个难处，又怎奈何得？”项籍又有点急。

范增提醒道：“大王可记得，巨鹿之战也曾有猛士前驱，无往而不胜！”

项籍醒悟：“亚父是要推举黥布为将了！”才这么说呢，精神先自长了。

范增回答：“正是。为将者本为作战而生，我看黥布今已得空闲，闲则终究无益。不如命他率九江虎狼之师替大王讨伐田荣，即使不胜，也足以遏阻耗敝之。如此，陛下便能放心入关援救废丘，一举收复三秦。届时勿再犹豫，务必击灭刘季而乘胜收取蜀汉，从此除去腹心大患。待到班师东归而虎视齐、赵，恐怕田荣、陈余等已肝胆俱裂，不堪一击，只有俯首乞命的份儿了。彭越虽然悍猾，但只是一个盘踞山野受人诱惑驱使的盗匪而已，不足为虑。至于臧荼，彼时大势已不容他二心！”

项籍一想，这确实是个两全的办法。“没想到亚父思虑如此周到！”他心底不由得生出几分感激，也隐含少许歉疚。“亚父诸般忧虑，虽然显得固执了些，但到底还是为寡人着想呀！”

项籍立即派使者前往六县嘉勉九江王黥布，同时命他率兵前来讨伐田荣。这个擅长冲锋陷阵的枭将一直用得很顺手，义帝的事已经办妥，可以调他来听用了！

打发走了使者，项籍一颗久已纷乱焦灼的心总算平静了下来，唯剩期待。转看范增银须微乱，面容疲惫，更是动了恻隐，便抚慰说：“亚父为了寡人可谓日夜操劳，殚精竭虑。寡人自知有所不省，委屈之处，亚父就不必与寡人计较啦！”

范增正沉思呢，不料听到项王这么一说，禁不住肺腑中积压日久的酸楚便打湿了眼眶。他闭上已见混沌的眼睛强忍了许久，终于没让几行浊泪流出来。

卢绾告诉汉王，说栎阳那边来使说，张良张子房已经回到关中。刘季立刻赶回营中，叫来使者大略询问了一下，便急切地想赶回栎阳去。

时间已经进入汉王二年，关中北部战局进展没有任何意外。左路郦商沿泥水上溯，折向西北沿今环江北进，与章平战于马岭。右路朱轸率骑队先行，丁复随后，跨沿洛水直取高奴。然而，被刘季放置在“决定性”心理地位的废丘围城之战却还处在半停滞状态。

雍王章邯是决意不肯出城迎敌，而他的城防新技术不但迫使汉军攻城无计，而且也大大节省了战资消耗。像既往那样实施强攻显然十分不利，所以，韩信不为，刘季也觉得划不来。但刘季看韩信不慌不忙的样子，产生了一种被人拿捏的感觉。大将军的葫芦里到底卖的什么药呢？刘季真是纳闷。

带着满脑子的疑惑离开废丘，且喜且虑，不待细说。路过咸阳，连片火烧的宫殿废墟很不入眼，于是，便不愿稍停，只一口气向东赶到了栎阳，由灌婴接入城中。

刘季本担心项籍入关来救废丘，但一个小小的细节摩擦，却使得本应发生的历史片段临时被删去，轻率地改变了它的轨迹。

九江的部队到了彭城，表面看不算耽搁。但是，前来报到的不是黥布，而是一名无名将领，带来了几千军兵和一封书信。项籍以为那只是一支先头，老鼠拉木锨，大头还在后面呢。展开信看时，措辞十分恭敬，再往下看，不由得拍案而起，那信帛恰好被拂到了范增身边。范增捡来，不看则已，一看便也从头顶凉到了脚后跟。信中要紧的几句是这样写的：“……臣闻命，本欲倾巢往援，以效犬马。不料突感风寒，连日来头疼欲裂。更兼多处旧伤复发，浑身无一是处。无奈只得遣将军张偍率军赶赴彭城听调，难能之处，还望陛下宽恕……”范增又反复看了那信，愤然道：“风寒也罢，旧伤也罢，终究只医治十天半月便见分晓，怎就不见有下文呢？”项籍重重地叹一声：“人心难测呀！”

人有了地盘，有了宫殿嫔妃，啥事都由自己说了算，想法的确与以往不同了。黥布此时正在对手下几个亲信说：“现在本王既富且贵，当初想要的都有了，还指望什么呢？人得知足！现在，本王只想保住所得到的一切，好好地多活上几年，享尽自己的天寿！”他信命，想当年改姓不就是为了一个“王”字？既然有了，别无他求。他敢于对项籍委婉抗命，当然也是对天下形势粗有掂量的。

项籍那股子怒气呀，直在心中汩涌，然而头疼的事情已经够多，总不成再挥师向南去讨伐黥布。他半晌不作声，终于勉强吞下了这口气，对张偍好言抚慰几句，说：“你下去吧，就在城外驻扎待命！”自此心里认真记下了黥布这笔虚与委蛇的坏账。

如意算盘落空了。项籍正举棋不定，恰巧项缠又从张良那里捣鼓来一封书信，转到项王手中。项籍看时，却是谈论齐、赵相约联合盗贼彭越，共同灭楚瓜分天下的话题，轻描淡写，完全是一副事不关己的态度。此信不啻火上浇油，项籍完全忽视了张良的立场和动机，暴跳之下，不再犹豫。心想，一举击灭田荣，救废丘也许还来得及。本来西救三秦的队伍已经整备，但临到出发，却改变了进军的方向。

范增赶来了，看到项王正跃身上马。连忙近前，还没张口呢，项籍却把那封“反书”丢给了他。匆匆看罢，范增知道此时再说服项籍不只对牛弹琴，还会弄得彼此下不来台。他无可奈何地叹了一口气，只恨自己拿不出更加高明的主意。心知项王嫡系缺少能独当一面的将领，楚国也没有能集结足够两面作战的军队，便只好这样了。那就抢时间，尽快拿下田荣这条地头蛇！于是，在东部战场速战速胜成为了迫不及待的诉求。

项籍被动地把好不容易设想的并行战场，不假思索地调整成了顺序战场，范增不得已而服从。他们没能讨论、也不再有余地讨论一个关键性细节，那就是：齐、赵果真有能力和胆量大举把战火烧到彭城，去砸烂那里的坛坛罐罐吗？果真砸烂了，后果又会怎样？当然，历史不可假设。

张良在齐地游着游着，给项缠写了若干私信，其中只偶尔曲折地传递一些诱导性的消息，但很关键。觉得这把火也煨得差不多了，便离开齐地循着大路小径向西行来，第一站到了颍川。在那里，他与汉封韩太尉信一起祭悼了韩王成，也从韩信身上看到了新的希望。两人粗略讨论了局势，商定了对付郑昌的策略。天下之事，关键还在汉王与项王，于是他立即赶往栎阳。此时张良已经意识到，自己的存在方式，将有可能决定韩地的未来。为此，决定择主而事，不再游离。

刘季急匆匆赶回到栎阳，第一件事就是找张良。他感到十分兴奋，还没见面，便迫不及待地下诏封张良为成信侯，真可谓心有灵犀。对于刘季，张良已两去两归，去也诚信，归则“成信”；而对项籍、项缠，却另说了。

当即设宴接风。行酒之间，刘季问：“子房此次归来，还欲何往？”张良笑着说：“还能往哪里去呢，侯也封过了，哪能再自作主张。此后但凭陛下做主啦！”

刘季纵声大笑。笑过了，说：“那就陪同寡人东击楚国吧！”脸上忽然现出凝重：“子房此次归来，略显疲惫，想是离别以来，行踪飘忽，食宿无定，又过于操劳了！”

张良心中一热：“臣本体弱多病，操劳有限，其实不足道。只是暴秦虽亡，而韩王不幸，我心倍觉沉重，寝食难安！”

刘季说：“我素知子房胸怀大义。韩国的事情，寡人必将全力担当，还望善自保重！”

张良连忙就座上长跪拱手：“谢主公体察至深，良只心忧而已，其实此番回到帐前，已别无他求……”

刘季截住说：“一切从长计议……子房体质如此，还是时常陪伴寡人左右赞画大策的好，诸事也能随时提醒，不使出错。那些冲锋陷阵的事情，就由韩信、曹参等去作为吧！”

张良回答：“敢不效命！”

第五十二回

聚塞都韩信论秦战 馈陕县刘季谋山东

于是刘季又问："子房以为，当下最为紧要的事还有哪些呢？"

张良回答："大局自有主公运筹，作战之事则倚重大将军韩信。萧丞相是要尽快来栎阳的了。主公一旦东伐，朝中政务、关中安定、兵员粮秣接济，哪件劳心劳神的事情离得了这位大管家呀！"

刘季忽然醒悟："对呀，不是子房及时点拨，寡人几乎耽搁了大事……"

张良笑道："当初臣冒昧行事，假传主公私信，说汉王出兵秦中，只为一关中王而已，绝无丝毫东窥之意。臣幸得不忌狼狈，匆匆逃了回来，否则，主公大军出关，项王是要拿我这颗脑袋说话的了！"

刘季大笑。随即吩咐："传寡人旨意，着令丞相萧何立即带领有司人等起程，赶赴栎阳，不得迟延！"又吩咐："宣大将军韩信及诸将速来栎阳议事！"然后，复又与张良饮酒，询问别后行踪，不时感叹。

稍待数日，韩信、曹参、奚涓、傅宽、灌婴等众将陆续赶来栎阳。樊哙留在废丘保持围城；周勃奉命东出蓝田山料理峣关防务。韩将韩信攻取颍川已是箭在弦上，汉军大举出关也指日可待。靳歙则在陇西独力攻城略地。楚雍陇西官员、驻军及土著势力始终远离核心，对形势各有理解，利益诉求也很复杂，抗拒者大有人在；再则靳歙兵力有限，那地方地形地理又比较复杂，这便增加了全面收取和控制的难度。

张良的到来，等于唤醒了新的战略开端。刘季暂且放下废丘心结，及时论功行赏。来日战事艰险莫测，必须先给建功者一些实惠。具体：曹参为首将，最能贯彻作战意图，赐食邑于宁秦；周勃功劳最多，赐食邑怀德；郦商独立配合主力作战，功不可没，赐食邑武城；樊哙歼敌车骑功劳居于首位，赐食邑杜县的樊乡；傅宽能战有功，赐食邑雕阴；周譄赐食邑池阳。孙赤、奚涓、郭蒙、丁礼等皆有赐封。灌婴被加封为中谒者。这是一个侍奉引导车驾出行的职位，不时也会被派出代表君王探视、慰问和从事礼节性活动。

也就二十多天，诸事稍稍论定。周勃从峣关赶到；樊哙把废丘战事移交给从汉中赶来的游击将军陈豨，随后亦到。诸将奉命上殿，新任中谒者灌婴到殿门接引。大家都与张良见过了，互道"辛苦"，问些别后的经历，说到精彩处，哄堂大笑。大凡胜利者，都不乏这份豪迈情致。

经过实战检验，韩信的作战指挥令诸将不得不服。刘季笑问："废丘之役，大将军明明早有决断，却为何拖延迟滞，想急煞寡人不成！"

韩信稍稍迟疑。不料张良却道："所谓缓急相济，其中不无道理。近来楚地对秦中之战多有传闻，令我对局势有所猜度。臣以为，对废丘急围缓攻与当初烧毁栈道看似扯不到一块儿，但却有一个共同点，就是隐藏意图以迷惑项王。大将军如果急切拿下废丘，必然令项王抛弃幻想，搁置齐战而引兵入关。一旦关中战局纠缠起来，诸侯也不得不屈于项王威势，竞相前来围攻，我军战力必然落于下风。若有反复，退路尚不知在何处，山东则终不可企及了！"

众将茅塞顿开，大为感叹。刘季夸奖说："我自知子房聪慧，却不料身在齐楚，竟如同亲临关中，了不得，实在令寡人惊讶！"

韩信抱拳说："轻重缓急，都在大局中，无求一时之功。近闻子房数行文字，似是轻描私议，却让项王落入圈套。彼与田荣开战，无疑自蹈泥潭，必然无法拔腿西顾。如此诱项王走入误区，则我战局满盘皆活。"韩信也是猜度张良所为，借以投桃报李，不料就如看过那些信一般，不由张良不在内心里引为知音。韩信接着说："三秦几定，废丘不足为虑。陛下宜不失时机挥兵出关，鞭及之处，诸侯必定望风而降。及至项王省悟，天下已经各半，输赢之势早已不由他一人决定！"

议论既出，众将"啧啧"，刘季频频点头，樊哙惊讶得瞪大了眼睛。一旁的卢绾虽没有什么明显表示，但内心却是一个五体投地的姿态。刘季大笑："有子房与大将军为左膀右臂，再待萧丞相坐镇关中，诸将同仇敌忾一心东向，寡人已然高枕无忧！"又问："初出陈仓，大将军恰似打乱仗一般，让寡人看不出个头绪，却有何道理？"

韩信回答："说到底战无成法，兵事重在知彼知己，审势而动。项王倒行逆施，三秦助纣为虐，士心疑惑，关中民心另有期待。我大军突至，三秦无足备，故慌乱无计，章邯必然重操故技，进既不能，则退守而集结待时，像当初应对武信君那样，寻找反败为胜的机会。岂料今日之三秦已非昔日之强秦，今日之雍王亦非当初之章帅，他已山穷水尽，而我主民心所向，亦非陈胜、项梁、项籍之流可以比及。敌我之势本如此，末将亦初次用兵，他尚一无所知，心中无底，因此无须战法，唯谋略而已；看似乱打一气，我实不乱，反而泰山压顶势如破竹，让他毫无还手之力。关键之处，在于突发制人，首先败其于仓促谋划、惶惑无序之际，随即寻机各个击破，令其无法集结重兵。反观，雍军战力若能如章邯设想的那样收缩盘踞在一起，则可依托废丘、渭水组成完整的攻防体系，以塞、翟为后援，与我决战。战不利，亦有更多的周旋余地，可长期坚持以等待彭城救援。甚或寻到我薄弱懈怠的缝隙，那样，我危险必多……”

韩信的阐述戛然而止，殿上一片寂然。

张良若有所思，说：“战无法，便是法。此乃大将军所长而雍王所短也！”刘季及众将恍然大悟。

韩信看刘季，而刘季也正在看韩信。于是韩信拱手说：“陛下依然为废丘挂心呢！”

刘季点头。韩信便解释：“正如子房所说，废丘稍安对于霸王实取缓兵效应。再说，废丘粮草充足、城防坚固，章邯善谋，所部尚存锋锐且皆为必死之士，急攻难免导致将士过多伤亡。故此，取废丘还是要耐心等待最有利的时机！”

刘季问：“时机却在何时呢？”

韩信不得已，只好回答：“想只在春夏之际，天热了便好。”

刘季又耐不住了：“到那时，料想田荣已灭，霸王早就率领诸侯大军杀来秦中，还取废丘做甚！”

却听张良说：“取废丘之事可容大将军依计而行。主公只管率大军出函谷，先取荥阳以为进退，兼取敖仓给养之便，相机东进。”然后转对韩信问道：“不知大将军可是此意？”

韩信拱手说：“先生之言，如同末将亲口说出！”转对刘季解释：“废丘因三秦而重，不似秦之咸阳于天下不可一日有失。今三秦覆灭，关中几定，废丘沦为孤城，章邯虎落平阳，除项王、范增、章平外，恐无人再存一丝牵挂于他。现有诸将士四面守定废丘，不使章邯出城以搅扰局面。正如子房所言，函谷为关中门户，荥阳则为关中外郭之门，退可为守，驻可蓄势，进可为攻。其为山东跳板，取之利多。再则，田荣为世代枭雄，陈余率性不屈，项王身陷齐赵战局，非短时间可以脱身。我正可因利乘便，正面守定鸿沟而相机抄楚之后路，取事半而功倍之效。如今，东出函谷已不与废丘有直接牵连，陛下即可遣将收服诸侯王。末将亦适时取废丘，擒章邯，既而会同击楚，天下大功可成。

一席话，说得汉王和诸将心潮澎湃，激荡不已，恨不能立刻率兵起程。有使者来报，靳歙已经攻取了陇西六县，现正追袭流窜，尽力荡平全境。刘季欣慰之余，更希望立马结束陇西战事，于是问：“诸将谁人可乘胜会击陇西，好让大军东征之际不必瞻前顾后？”

周勃、樊哙齐声应诺。刘季有些犹豫，拿眼去看韩信。见韩信点头，于是发令：“你二将立率所部日夜兼程，会同靳歙一举荡平陇西，速去速回！”二将得令。

不几日，又有好消息报来，说韩太尉韩信已经夺取了南阳郡境内十多座县城。张良自是惊喜，提醒刘季："河南王申阳本是张耳亲近手下，若为形势所迫，必不会与陛下为难。"当下刘季产生了一个大胆的想法，亲自出马去函谷关外，试探一下诸侯的反应。

此时，齐王田荣已经在巨野泽西齐楚接合部上的城阳集结大军，发誓与楚军决一死战。西楚霸王项籍正火速率军进抵战场。而在关中，从临晋至夏阳，已陆续有汉军人马集结，从河西威慑西魏；关外颍川郡，韩王郑昌为韩太尉韩信所连连战败，隳城折将；河北赵地基本被陈余控制，虽未对楚公开叫板，但却是站在齐的战线上。更让项籍难受的是，诸侯各怀异志，大多看风使舵，投机取巧只图自保，并不情愿吊死在任何一棵树上。

时间还在年头十月，大将军韩信得空率将军奚涓、武儒、沛嘉、董渫、尹恢等，挟平复三秦之威先发函谷关，意在速下河南，震慑魏、韩，为汉王出关夺取先声。

楚汉直接较量即将在单方面的紧锣密鼓中开场，而另一方却浑似不觉。刘季心急，不等前方大军开战，便率太尉卢绾，谋士郦食其，御史大夫周苛，内史周昌、杜恬，大张着汉王的旗帜，带着钱物及猪牛羊酒等许多慰问品，由中尉靳强及诸郎中将士单宁、棘朱、毛泽、卞欣、吕胜等护卫着一路尾随出函谷关，来到陕县安抚官吏、百姓。陕县为秦朝所设立，当时县治在今河南陕县大营镇西南。

一到陕县，刘季便吩咐周昌、杜恬、靳强等安排人员，带同未曾逃逸的县吏人等，挨家挨户馈赠慰问，弄得大街小巷奔走相告，妇孺老病倚门而待。

刘季召集三老豪杰议事，一边随意饮酒，一边商讨召集全县大会。他似乎回到了既往，就像在沛县街市上那般肆意，只是在谈笑风生中透露着一言九鼎的威严。

会场最终选择在离河水不远的一处高坡上，在坡顶稍加平整布置，罗列旗纛鼓乐，便营造了背依山川居高临下的煌煌气象。为了扩大影响面，会议由周昌、杜恬负责提早通知到四乡，会期有意耽搁了两天。第三天日上三竿，锣鼓敲响，号角齐鸣，四下里等待的官吏、豪杰、百姓快速地聚拢来，仰首高台，期待着聆听汉王宣示。

卢绾走上前拱拱手，示意全场安静。随即宣布，汉王在关中实行的"约法三章"，在陕县、河南都通同一律。今后，汉军每到一处，那里就会执行同样的政策。台下齐呼"汉王万岁"，声震山野。

热场已毕，刘季登台。先深深一揖，然后开言答谢："感谢陕县父老如此热情厚爱，刘季不胜惶恐。看到眼前情景，不免令寡人浮想联翩……"他的喉头已经哽咽，举起衣袖去擦眼角。台下立刻被感动了，妇女们陪同着热泪盈眶。这情绪迅速在人群中传播，引发了新一轮拥戴的呼声。

等人声稍稍平息，刘季正式开讲："寡人本也是一介乡民，只因抗拒秦室的劳役，不得已而率故乡子弟斩蛇起义追随陈王，只是图了大伙儿都有个活路。没承想，铲除了暴秦，却又来了个霸王！这不用说了，坑杀二十万降卒，掠夺秦中妇女财物，放火焚烧咸阳，此等禽兽行径与暴秦何异！远处的不说，新安离这里不算远吧，坑卒的惨状想来历历在目……"

稍稍停顿。

"刘季不才，虽远离父母思乡心切，但也只想恪守本分安居汉中。不料秦朝余孽把持秦中，与我'约法三章'背道而驰；诸侯相与侵夺，弄得山东、河北战事不断、民不聊生，不能不让寡人为天下忧心。值此进退维谷，蒙义士豪杰竞相劝导，刘季思虑再三，断难无视三河父老召唤，只得举师东伐，一为天下百姓尽享天伦、安居乐业，二为得与父兄妻儿团聚……"

"三河"统指河东、河内、河南。河东，属西魏，秦设河东郡，辖地相当于今山西霍山以南、沁河向西至黄河的范围；河内，属殷，秦设河内郡，广义包括邯郸郡在内；河南，秦设三川郡，广义包括颍川郡。三地夹河水制漕运而首当出入关中要冲，战略地位十分重要。

台下开始窃窃私语，大多在传播一段故事，伴随着感慨："是啊，那项王还扣着汉王一家老小呢，听说汉王多次派人迎取，总是被阻止，项王也太霸道了！……"

"唉，不通人情，猪狗不如，又那般凶残暴虐，可谓匹夫得而诛之！"百姓郁积已久，此刻更需一舒心中怨气，便显得口无遮拦了。

稍远处已经升起一片炊烟，虽然逆风，但还是有酒肉的馋味儿丝丝缕缕地飘过来，弄得会场上转移了注意力：莫非军营里要开饭了，他们是有酒有肉的！

演讲适时地结束了。有许多的孩童奔拥过来，追逐撒欢，随后由靳强等带领，士兵们挑着、抬着准备好的酒食一路唱着号子走来。

没承想要给大伙儿开席，百姓堆里突然一片欢腾，更显出一派军民同乐的景象。酒足饭饱，台上有从当地和秦中请来的伶优轮番表演逗乐。不知不觉中，天色已晚，会场上人山人海流连不去。于是卢绾大声宣布，明日继续演出，原地将举行告别篝火晚会，让百姓和士兵一起联欢，备有晚餐随时充饥。于是，夕阳之下托起一人，口中高喊："我等陕县儿郎誓言拥戴汉王，皆愿为前驱，东向击灭西楚！"

陕县慰问的盛况不胫而走，值此如火如荼的形势下，河南王申阳却还有什么理由为霸王卖命呢？果如张良所期，韩信大军才近洛阳，使者便飞快地把降书送来，让鼓足了劲的战事显得既得心应手又索然无味。

刘季当即颁诏恢复河南郡，然后兴冲冲起程返回栎阳。到达后，第一件事，就是命令灌婴、丁礼率军赴临晋关待命，相机东渡河水，进取西魏，大军将随后接应。临晋关位置在今陕西大荔东朝邑镇东北的黄河西岸，因靠近临晋而得名；又因扼黄河蒲津渡口而为秦晋之间的重险，所以也叫作“蒲坂关”，省称“蒲关”。

刘季忙了半日，方得喘息。看一眼身边的张良，忽然计上心来，当即遣使前往韩太尉韩信军中，告知形势，命他不必过于谨慎，只急取颍川，要把郑昌逼迫得紧些。想了一下，又吩咐：“叫韩将军抢先控制阳翟以东一线，千万别让郑昌逃窜入楚！”在诸王侯中，郑昌与项氏渊源最深，殊难屈从于汉，也只有他会在不得已时逃奔彭城。

项籍亲率西楚精锐之师，向西北方向经沛县、胡陵、方与、昌邑，过巨野泽南，抵达定陶，由县令萧劫迎入城中。

齐王田荣已经在城阳固城掘堑，为大战做了充分准备。而惯于流窜作战的彭越，却三十六计走为上，悄无声息地遁回大泽中去了。

楚军前锋蒲槐进抵城阳。他猛然间心血来潮，未及扎营，便率军直赴城下，希望寻到一个建立奇功的机会。齐军一哨巡逻人马过来，楚军不待发令，一拥向前。巡逻队拔腿奔逃，楚军紧随追赶。

追到城边，城门大开，吊桥尚未来得及提起。蒲槐正感疑惑，城中已经杀出一彪人马，为首一将大呼：“齐王田荣在此，来将留下首级！”蒲槐大喜，想不到这功劳就在眼前。自投奔项梁以来，他每每与黥布联手作战，虽从未遇到敌手，但很少能独立建功。眼下可是个绝好的机会。

闪念之间，蒲槐座下马已经冲出一箭之地。田荣却待亲自迎战，背后车骑将军华毋伤已飞马向前。眨眼间两骑相交，双刀并举，二人战作了一团。话说棋逢对手、将遇良才，这华毋伤敢与蒲槐单挑，也就不是吃素的。两下里你来我往，军士呐喊助威。战有百余回合，蒲槐抖擞精神越战越勇。看看久战不下，便卖个破绽，举刀猛劈，让出门户。华毋伤侧身，以手中刀拦腰削来。蒲槐却不慌不忙掉转刀柄挑滑那刀刃，顺势以刀尾为枪，直冲华毋伤颏下刺去。华毋伤惊慌，弃了大刀拍马逃窜。蒲槐并不去追赶，转而直取田荣。田荣大惊，回奔城门。田荣入城，蒲槐马蹄已经踏上吊桥，破城之机近在咫尺。就在这瞬间，他忽然警觉，便不由得一收马缰。说时迟那时快，城门边猛地搡出两道拦马栅。蒲槐大惊，便待回转，华毋伤却已捡回大刀，飞马赶来拦住去路。恰在此时，只听城上大叫：“蒲将军可曾识得田横手段！”蒲槐就马上下意识回望，弓弦响处一箭飞落，斜中面门。华毋伤乘势举刀劈来，蒲槐连人带马坠下护城河去。

华毋伤回马率军掩杀，楚军大败。这时，远处尘头隐约，城上田横知是楚军大队即将抵达，便急忙下令鸣金收兵。

楚将钟离昧率军赶到，看到这情景，徒呼奈何。不一时，龙且、桓楚也到，三将合计片刻，试探着攻城。城上箭如飞蝗，士兵无法靠近。冬季白日苦短，须臾天色已晚，大队远来饥饿劳顿，只得引军后退，安营备炊，等霸王到来再作道理。

颍川境内，阳翟告急。韩太尉韩信督军攻城，韩王郑昌苦等项王援军不至，看看城上矢石将尽，便暗中寻思退路。

这一日午后，韩太尉信止住进攻。近晚，他备好了若干书信，选择军中能射者分至四城，一齐把书信发上城头。等到郑昌看到那信中都说些什么，河南王降汉和汉王陕县宣慰的消息已经传遍城中。

次日，韩太尉信下令空出阳翟东门不攻，其他三面多只是擂鼓呐喊，犹如干打雷不下雨。城中人心浮动，郑昌惊惶万分。正午，东城守将差人来报，说那边汉军尽行退去，已有半日不见动静。郑昌疑惑，亲自前往察看。

来到城头，只见一骑马单独驰至，大呼：“我乃韩将军帐前司马王喜，特来送信！”略等片刻，城上坠下一只箩筐，吊桥缓缓放平了，让箩筐中的使者过来取信。王喜看时，来者却是一个百姓打扮的人，不觉哂笑。来人接了信，一溜烟跑回去，爬进箩筐，被拽了上去。王喜抱拳朝城上打个招呼，驱马向城南去了。

郑昌展开信来看。只见上面写道：“颍川本属我韩国，汉王亦以此许我。郑将军若识趣，本太尉已网开一面，由你自去，绝不袭扰。如若顽抗，城破在即，难免玉石俱焚。何去何从，且由郑将军抉择……”

郑昌把那信又反复看了，攥在手里搓揉。他回到女墙边，反复远远近近地搜寻，的确没有一丝儿动静。“也罢！”他长长叹了口气，“早知今日，还不如安稳待在吴县，何必来这里做甚鸟王呢！”

第五十三回

滞城阳霸主亡三河　适修武汉王收两士

当夜无事。天还没亮，郑昌派几路哨探出城打探虚实。看太阳已照亮了西边的山峰，哨探陆续回报没有发现敌兵。于是，郑昌带领人马出城，一路东撤。韩太尉信果然依约按兵不动。等对方撤得干净了，这才传令入城，阳翟轻松易手。

郑昌虽安全撤离阳翟，但心中惶惑，只一路趱行，恨不能生双翅飞离颍川。行无半日，哨骑来报："百姓纷传，新郑、长社、颍阴、襄城分别被汉将薛欧、王吸、孔藂、陈贺袭破，四将正率军往阳翟方向来了。"

郑昌闻言脸色大变。坐在马上思索了半晌，传令："去阳城吧……"这也叫"明知山有虎，偏向虎山行"，显然也只能听天由命了。人马掉转西北，绕过阳翟沿颍水上溯，进入山区后更是一路小心。第三天到达阳城，守将接入城中，置酒压惊。闷酒伤人，郑昌喝了不一会儿，便酩酊大醉。睡到半夜，忽然警觉，非要上城查看不可，论谁也阻挡不住。

来到城头，看到城下夜幕中有一个人影儿徘徊，便大声喝问："谁人大胆，竟敢深夜到此窥探！"那人也大喝："我乃张楚陈王也，来家乡巡视，何言窥探！"郑昌惊醒，原来只是在做梦。想到阳城就是陈胜的家乡，直觉凶多吉少。

熬到天明，郑昌未及早餐便急匆匆上城观看。果然，发现远处一彪人马疾驰而来，知道又是汉军到了。

同样又有一封书信射上城头，退下一步展开看时，只见写道："郑昌为何不去楚境，却违反约定滞留韩地……"郑昌心里这苦水呀，此时竟找不到一块可以倾倒的地方。接着看："汉王传谕，你如能献城投降，便留你活命，或可放你返回家乡。何去何从……"又是"何去何从！"当然是必须作出最后抉择了。

周勃率军击败了西县丞，樊哙穷追不舍，向南一直撵到了白水以北。西县丞逃到白马氐境内，从今甘肃武都一带渡水遁去。西县位置在今甘肃天水西南，离礼县稍近。周勃腾出手来，又打败了土著头领盗巴，攻取了上邽，也就是今甘肃天水。陇西已定。随即，韩太尉信有使报捷，郑昌投降，韩地克服。刘季把目光转向了河东。

曹参奉命进见。刘季道："寡人命你为中尉，任统兵主将，整顿关中人马，待命随寡人东渡临晋！"曹参领命。

项籍亲征田齐，不期还未正式开战，便损了大将蒲槐，心中直是发闷。然而，晦暗中也透出一丝光明，陈平不费一兵一卒，收服了殷王司马卬，返回彭城复命。项籍派族亲将军项悍专程返回彭城，任命陈平为都尉，赐金二十镒。齐王田荣虽铁了心与项楚势不两立，但真正与项籍在战场照面，还是免不了胆怯。他私下对田横说：“不料项籍置三秦、三河于不顾，却专一来对付俺们！”田横看出了田荣的心理，鼓励说：“咱既然在太岁头上动土、老虎唇边捋须，还能不想到它会甩头打喷嚏！自古兵来将挡水来土掩，那蒲槐是何等英勇，不也被咱略施小计，便尸沉壕堑啦！”

田荣说：“可霸王毕竟不是蒲槐呀！”

田横笑道：“自揭竿以来，有多少英雄沉浮。人世纵有千难万险，到头最多不过一死。关键时刻，兄长自当自稳住，切勿动摇！”

天荣想到了项梁的定陶。田横怀疑道：“项籍自有切肤之痛，并非只有我等兄弟能想到定陶故事。倘若楚军有所防备，我去偷袭岂不自投罗网！”

田荣摇头：“项籍一向恃强，今一怒而挟师疾进，必然疲惫；然待明天他歇息好了，我便没了胜算。求胜只在今夜！”

田横还是努力劝说：“城阳贮备充分，固守才是上策。弟以为汉王不久便会东进伐楚，只要坚持一段，楚军必然要自动退去。到时候，齐国便有许多机会。”

正说呢，华毋伤前来请战。一战而斩获楚军前锋大将，使全城战士信心倍增，此刻人人摩拳擦掌，以待再战。

田荣于是决断：“士气不可违！这样吧，我此去如有不测，齐国的事情便交给你了！”

田横赶忙摇头：“兄长话说到哪里去啦……要出战，此番也应由为弟前往。如若不胜，则与兄长退守坚城！”

华毋伤说：“末将愿为前驱！”

田横怕再有争执，立刻应道：“如此甚好！”

深夜，万籁俱寂。齐军潜近楚营，他们几乎听到了那里传出的鼾声，战马也嚼着夜草打着响鼻，远近还有交替报更、报平安的动静。看看一切正如所愿，田横发令点火。立时火把齐明，齐军发一声喊，越过车垒直冲进敌营。营帐起火，隐约中有人失声惊呼。种种迹象表明，这可能是一次成功的袭击，于是，华毋伤放马直取项籍大帐。稍待，田横挥兵掩进，楚营中响彻了格斗声。

几乎同时，楚军也悄无声息地对城阳发动了偷袭。就在项冠、项声部下的士兵即将攀上城头的时刻，楚营那边隐约但激荡着静夜的呐喊不由得提振了守城将士的精神，大举高涨的烈焰无意中暴露了攀附于城墙的幢幢身影。惊惶之中，城上的士兵不顾一切地拿起身边能顺手摸到的砖石瓦砾，发疯地朝下砸去。

关键时刻，楚军不肯放弃。于是，偷城演化成强攻。一只铁爪“嚓”地钩住墙头，随即跃上一个高大的身躯。齐军大惊，待要奔逃，正巧田荣赶到，急忙绰起长戟直捌过去，那个影子挣扎着拧弯了，带着长戟掉下城去。田广随后抢上一步，举剑砍断了那铁爪下面坠着的绳索，然后，提起铁爪凌空一掷。

劫营齐军的背后也发生了异常。楚营两侧，两路火把飞速向田横身后包抄而来。华毋伤也遭到了阻截，便不敢逞勇，边战边向田横靠拢。等到齐军收拢人马，四周已经筑起了层叠的火障。

田横与华毋伤商量了一下，两人拉开距离，彼此照应着向回城的方向冲击。然而，冲杀了许久，楚军越来越多，只好改变突围方向，华毋伤坚持要为田横断后。田横人马不久便脱离了追击，而华毋伤并没有急于退却。等到天亮，看时楚军势大，他们都已经没法返回城中了。

处境最艰难的反而是田荣，一夜下来，虽然有惊无险，但现在只留得他父子守城。田横、华毋伤率大半军力去偷袭楚营，不见回来，看样子是回不来了。城中防守的物资虽然十分充足，但守城的力量却变得捉襟见肘。他后悔呀！

胜与败，败与胜，本就随时处在变换之中。败退失据的田横进退两难，他不由得产生了疑问，赚一个蒲槐到底是得还是失？为什么不从一开始就坚持既定的防御方针呢？

楚军兵强将猛，人人经历过大战，齐军实属小巫见大巫。遭到切割的田横、华毋伤被楚将紧逼，步步向济北境内退却。田横想到了河北的盟友，便派人去请赵歇、陈余出兵相助。一时难解近渴，他又记起一个人来，于是又紧急派人去寻找彭越的下落。

刘季在栎阳等待丞相萧何到来。好消息依然频传：其一，郦商攻陷马岭，俘获了雍王章邯的弟弟章平，所部正进抵故秦长城，北地全境已在握中；其二，翟王董翳步塞后尘向朱轸、丁复投降，北征军随即跨沿无定河占领肤施，至此三秦之地唯剩废丘未下；其三，韩信顺利兵抵荥阳，正在整顿渡口、仓廪，营造前方基地，准备迎接汉王亲征楚国。韩信提及，殷王司马卬想乘乱叛楚而独树一帜，楚将陈平只带了几百人，便软硬兼施将他降服。

“陈平，就是在鸿门见过的那个大个子？还替项王送给咱三万人马？”刘季问张良。

“正是！”张良回答。又补充说：“他岂止是位将军，听说读了不少的书，人又聪明，鬼主意不少。”

萧何终于带着他那一堆婆婆妈妈的办事机构和络绎的车马人员，风尘仆仆地赶到了栎阳，曹参亲自接进城中做了初步安顿。后续还有不少物资、家眷等，一路由诸将、地方关照护送，倒也有条不紊。曹参算是脱了身，剩下许多行政后勤上的事情，就全由萧何去操心了。

不等喘息，萧何便来见刘季。当下商定了几件大事：一、把都城正式由汉中迁到栎阳，废除秦社稷，改立汉社稷，建立宗庙，树立刘氏正统，大赦罪人；二、参照秦朝的行政区划，在新夺得的区域内分置陇西、北地、上郡、渭南、河上、中地等郡；三、努力恢复生产，把原属秦室专用的猎场、园林、水面等，全部开发出来，让那一带的农民都有田地可以耕种；四、轮休老区，免去蜀汉百姓两年的赋税，同时免除秦中以外各地男丁一年的兵役；五、尽快恢复户籍管理，制定法令，约束官员百姓，整顿好栎阳、咸阳及各郡的社会秩序；六、整修栎阳城邑，修建必要的宫室，以满足王庭和政府机构办公的需要；七、收编秦北假驻军，恢复塞防，河上郡境内那些因河山而设，在险要处控制交通的城邑、堡垒、烽燧等设施几近荒废，需要立即增派士兵、征调民夫加以整治修缮，以阻止日益严重的游牧部落窜扰。

大量工作都要萧何来领导实施。同时，坐镇关中，征调补充兵员，筹集并从水路、旱路转运粮草支持伐楚的重任，也无可推卸地落在了他的肩上。这些更是当务之急，更加日常化。

根据出兵之初的承诺，刘季颁诏废郑昌，改立韩太尉信为韩王。为了区别于大将军韩信，历史人名中从此固化了“韩王信”。

刘季关照萧何：事关设立宗庙、社稷、宫室、县邑的事项，也不在十天半月，规划好了，应该派人请示。其他你尽管放手干，来不及上奏则相机决定，等寡人回来再详细汇报。

安排妥当，刘季传令曹参、周勃、靳歙、傅宽率军急赴临晋，郦商随后。伺大军集结完备，前锋灌婴、丁礼即可渡河击魏。令樊哙、孙赤、周昌、孔藂、陈贺、杨喜等赶赴荥阳，听候大将军韩信调遣，并指定由将军奚涓、内史周昌守卫敖仓。延俄两日，刘季亲率卢绾、夏侯婴、周讍、杜恬，及假相阎泽赤、中尉靳强、许温、将军纪信、谋士张良、陆贾等出发，意图一举降服魏豹、司马卬。此举将使三河连为一体，成为大举进攻西楚的前奏。

大军待命出击，谋士郦食其早已来到魏都平阳。他不等相邀便自高高上坐，对魏王豹说：“有朋自远方来，岂可无酒肉相待！”

果然魏豹也估量形势，将就这不恭，客气地置酒，来与陪话。郦食其道：“汉王仁义，天下久已心向往之。又有大将军韩信辅佐，渡陈仓、下三秦、取河南，势不可挡。如今麾下兵多将广、蓄势待发，不日将会集诸侯，去彭城大殿内弹冠相庆，届时唯独能缺少魏王吗？”

魏豹赔笑回答：“那哪能行。我想，汉王当然也希望我能在场！可是，形势也未必像先生说的那样简单。项王有亚父辅佐，万事周全。再者，西楚兵精善战，黥布、钟离昧、季布、龙且、桓楚、周殷、周兰、项庄、项它等猛将，个个儿皆无可与匹敌。前次殷王有叛逆之意，项王只派旧属我魏国的陈平带上寥寥数人，便使司马卬重又俯首帖耳。我西魏毗邻河内，势力单薄，岂敢随意背叛项王！”

郦食其笑道：“西楚兵尽可精，将尽可猛，怎奈赵、齐、燕、韩、河南诸侯竞相叛之。而今项王麾下第一猛将黥布虚与委蛇不奉调遣；大将蒲槐新近阵亡，军心受挫。项王屡屡不听亚父苦言相劝，耽于城阳而首尾不能相顾，又有彭城义帝旧属离心离德。项王积习，一怒之下便纵兵屠戮烧掠，天下无人不谈虎色变。如此虽貌似强大，但气数尚余几何？”

魏豹沉默。郦食其又说：“想田荣为何与楚抗争，陈余为何起兵夺赵，韩信为何驱逐郑昌，皆因项王处事不公。而今，魏为何只能称为‘西魏’，这难道不是项王侵夺的结果吗？”说罢，他斟一杯酒，起身置于魏豹面前，说：“明日我来，但看这杯中酒尚存否！”说罢，拂袖出殿而去。

军情飞报，魏王豹反复权衡利弊，终于勉强作出选择，饮下那樽苦酒便算是答复。刘季前锋灌婴闻报，立即东渡黄河抵达蒲坂，迎面看到的却是头戴高冠潇洒而来的郦食其，心中不由得一乐。

魏豹既已降服，便只能率部随同汉军东伐河内。殷王司马卬失去了西魏屏障，被暴露在汉将面前。他有陈平问罪的教训在前，便一面率军迎战，一面飞表请求项王火速援救。

项籍虽然完成了对齐军城内、城外的分割，但田横、华毋伤虚与周旋，反复骚扰，不肯轻易退步。城内田荣拼死抵抗，百姓连妇女、老人都被驱赶到城头，每日只由士兵放箭，百姓把那砖瓦石块、断木家什往城下猛砸。楚军尽管不避死伤，但终究无法破门登城。忽闻魏王豹降汉，殷地危急。项籍耐住性子，分一万精兵派季布、项它带领前往救援，此番恰似割肉一般。不料又有急报频传，报说沿济、睢接连有汉军哨骑出没。项籍请范增来商量，范增想了想，凑近项籍悄声说了一、二、三、四，如此这般。项籍连连点头。

眼看战事顺风顺水，刘季变得急不可耐，于是承诺，诸将如能自带一万兵力令一郡归降，则就地赏赐一万户的赋税收入。“三一令”一经下达，山东、河内便如开了锅一般，汉军声势不由不大振。

傅宽已经攻克故秦河内郡治怀县，在那里迎候刘季。怀县隔河水与广武相对。广武城地处荥阳北，即今河南荥阳东北的广武山上，东南离敖仓不远。随即，中尉平阳侯曹参拿下了修武，即今河南获嘉。至此，汉军继夺取三秦之后，控制“三河”的目标已经实现，刘季、韩信两军把南北战线推进到了赵、楚一线。刘季赐封傅宽为通德侯，宣布设置河内郡，这相当于恢复。此时，将军陇西都尉郦商也已经率军赶到。

而在山东，都尉翟盱连克燕县东南九城，二队将陈涓生擒楚国郎将陈处，樊哙出燕县东南偷袭煮枣并大肆屠城。刘季任命翟盱为燕县令。居住定陶的项氏族人项襄主动投奔了刘季，被安置为宾客；曾被魏王咎封为柱天侯的魏咁主动献出衍氏城。樊哙折回西南，与楚将王武、程处战于外黄。煮枣、衍氏都是战国魏邑。煮枣位置在今山东东明南；衍氏在今河南郑州北。

殷王司马卬战败，朝歌失守。司马卬被汉军前锋灌婴俘获归降，殷地也不复在西楚旗下。项籍闻讯大怒：“那陈平不是已经说服殷王了吗？为何司马卬今日又要叛我！”范增劝道：“诸侯尽皆逐利自保，魏豹、申阳不战而降，为何只苛求于司马卬。大王看郑昌与项氏如何，力不足以拒敌，在绝境中也只能屈服！”项籍无奈，令季布、项它撤回城阳。这一怒却也吓坏了陈平，当然内心也愤愤不平。

坏消息接踵而至。王武、程处战败降汉，外黄落到了汉将樊哙手中。一时间诸侯猛省，纷纷派人前来沟通。汉将所到之处，楚国城邑无不倒戈相从，汉军声威大盛。

刘季进驻修武，再往东就得面对赵歇、陈余的赵国了。陈余并没有直接与西楚翻脸，也没有投桃报李实质性援齐，因此，赵、代依然在名义上属于西楚的势力范围。陈余本是要应对项籍问罪的，不料却成为汉军北路迂回的拦路虎。

张耳带着儿子张敖和贯高、赵午等几个亲信来了，就像突然从天上掉下来的一般。刘季见了张耳，十分兴奋，伸手牵着衣袖，迎入帐中。他当然明白此人对于赵地的价值。

张耳早年家住外黄，刘季曾多次拜访，两人有过几个月的相处，算是老熟人了。张耳被陈余驱逐，曾在刘、项之间反复权衡，终于觉得项籍势大，自己这个恒山王也是项籍分封的，所以决定投奔楚国。船在渡口，谋士甘德却提出了异议。

甘德精通星相术，被时人尊称为“甘公”，他所撰著的《天文星占》八卷，与魏国人石申的《天文》八卷，被后人合称为《甘石星经》；他们测定恒星所作的记录，成为世界上最早的恒星表。只可惜，《天文星占》已经佚失，今本《甘石星经》不属他和石申的原著。

甘德说服张耳的依据，主要是“五星聚东井”的天象暗示。张耳犹豫了，最后决定蛰伏起来，等待时机。

刘季正置酒为张耳接风，侍卫来报：“魏无知求见！”刘季说：“我与老友相别多年，正有许多话要说，这无知怎就如此不识趣？”张耳倒是识趣，当即起身回避。

魏无知却是来举荐故人陈平的。刘季听说陈平，“哈哈”一笑，冲口道：“看来此人与我到底有些缘分！”他与张耳聊兴未尽，便先打发魏无知去了。

乘空，魏无知带陈平去拜见了汉王身边的中涓石奋。这石奋说不上有什么才华，平常人一个，特长是十分恭谨，也就招刘季看待，人缘也好。不自觉，向汉王举荐陈平的人多起来，于是，刘季便扎堆儿召见他们，连陈平在内整十个人。

汉王赐给他们一顿饭。吃过了，说声：“散了！”陈平这一急，便大声奏道：“臣是为大事来投靠汉王的，要说的话不可以错过今天！”刘季假作惊讶，于是把他单独留下来。

陈平向刘季介绍了许多西楚的情况，分析了项籍的个性和得失，也提到了项籍与范增之间很可能要出现致命的裂痕。刘季其实心里是有准备的，此时见他非但身材魁伟，美貌超群，见地果也不凡，又伶牙俐齿，心里十分高兴。便问：“你在楚国担任什么官职？”陈平回答：“担任都尉。”刘季立即任命他为都尉，还要他参乘，典护军，也就是乘车出行时要他陪在一旁，还临时委以监督诸将、协调各部队关系的权力。

不料，这个超常的委任弄得炸了营，将领们竞相抗议：“大王一朝捡得了楚国逃亡的小人，就立刻和他同乘一辆车，还派他来监护军中的前辈们，难不成此人可与大将军一比高下！”汉王听了，根本不以为然，反倒更加亲近陈平了。

第五十四回

荡齐境楚军居黔首 悼义帝故臣誓洛阳

汉军对楚境的攻略进展迅猛，各城纷纷倒戈的消息不但传到了楚营，也传到了田横、华毋伤耳中。于是，他们利用楚军心神不定中的怠忽，派人潜入城阳，与田荣恢复了联系，但看项籍如何举动。田荣借机激励守城士兵、百姓，城中士气反弹，楚军连日攻打，就是难以得手。而田横、华毋伤二人则改变了被动状态，开始化整为零主动袭扰楚军。

汉军主将曹参已经率傅宽、灌婴等出朝歌，从黎阳津渡河至白马近濮阳，从城阳侧后方向与济睢一路樊哙等相呼应。项籍面临的形势越来越复杂，他不得已派龙且、项它回守定陶，与城阳大营成犄角以为防守。黎阳津位于今河南浚县东南，为河水北岸重要渡口，因汉时在黎阳县境，故名。

乱局之中，彭越也有了消息，原来他正在觑空偷袭楚军粮草补给线。

为大势所迫，楚军抓紧对城阳展开了空前激烈的攻打，田荣几近支撑不住。田横、华毋伤也豁出来了，不顾一切地在城外与楚军纠斗血拼。

汉军那边风声越来越大，被逼无奈的楚军终于开始回撤。田荣松下一口气来，转眼复仇的机会却在眼前。于是，他让田广留守，自己率军倾城出动，与田横、华毋伤合军追袭。负责断后的楚将周殷、周兰无心恋战，只节节抵挡，丢了许多营帐、辎重，乃至将士的个人财物。

太阳落山之际，城阳城下却杀来一军，大呼：“楚将桓楚、项庄在此，你等已经中了亚父的调虎离山之计！”城中惊慌失措。

方得攻城，忽地一军风驰电掣而来，为首一将喝道：“彭越来也，楚贼怎敢如此欺心！”那彭越本也算得天下悍将，手下又聚集着大批的亡命之徒。两下里混战，楚军渐渐不支。城上田广见状，连忙开城，率领守城齐兵夹击。

暮色之中风云突变。见城里军出，城外两军突然停止交战，桓楚、项庄抢过来截住田广厮杀，那个“彭越”一直杀进城去。田广大呼：“巨野盗贼，你怎敢伙同楚军赚我城池！”但他被楚军二将缠住了，难以脱身。正战时，桓楚、项庄忽地退开。项庄大笑：“孺子可认得巨野盗贼？”这时，城上大喊，钟离眛、季布在此，小子还是快点去救你爹吧！

田广这才知道是楚将冒充彭越。说什么也晚了，只得引军绕城退走。楚军四将捞了这大便宜，心满意足，也不再追赶。

再说田荣追赶一时，并不敢过分深入楚境。他知道，汉军不仅仅是冲着楚国来的，只要有机可乘，齐国也不例外。正当收兵，城阳失落的消息到了。如同晴天霹雳，田荣只觉得心口发热，就战车上喷出一口鲜血。田横、华毋伤闻讯先后赶到，见状尽皆失色。

事不迟疑，田横命照看好躺在战车上的田荣，由华毋伤掩护，率军傍巨野泽，快速向济北境内退去。楚军随后追赶，齐军接连大败，死伤惨重。

眼看齐国朝夕可定，项籍便不顾汉军威逼楚境，只咬住田荣不放，决心剔除这根总是钉在背上的芒刺。

齐军一溃不可收拾，直到平原才勉强止住脚步。秦平原县治就在今山东平原西南的河水东岸。改道夺淮前的黄河，是流经今河北沧州、黄骅南东入渤海的。这时，接到田横求救书信后，进驻对岸观看动静的赵军，还蹲在那里未动。

这一夜月黑风高。田横上城巡视过一遍，看城周还算平静。等到华毋伤来接替，他便径直来馆驿中看望病重的兄长。田荣并不觉有多少痛痒，只心口憋得难受，不时便伸手挠抓。太医过来侍候汤药，田横接了亲手给田荣灌下，服侍躺平了。朝着昏昏欲睡的兄长凝视了许久，才抱剑坐到一旁守候，脑中翻腾着战况事势，也不免有许多自问自责。这兄弟俩秉性各异，田荣威重而刚愎自用，田横则忍让而稳重好义，平日里倒也能互补，但毕竟还有君臣之分。田横唯尽心辅佐而已，少有冲撞。

毕竟连日劳累，熬到半夜，田横止不住沉入梦中。忽然惊觉，睁眼间已见一个黑影从窗口潜入，举刀向田荣劈下。田横来不及遮挡，情急间把怀中剑带鞘抛出，正击中刺客臂膀。刺客惊慌，反身越窗而逃，窗外立时传来吆喝声和格斗声。田横且不去管，只守定在田荣身边，随即便有侍卫进来。没过多久，外面静下来，有郎中来报，刺客已自杀身亡。田横问："只一人？"回答："只一人。"

来日楚将桓楚、项庄率军抵达平原，随即展开攻城。田横多安排侍卫守护田荣，自己赶去守城御敌。随着楚军大队人马赶到，攻城愈加激烈。

天光晦暗，有百姓聚集在馆驿前闹事，说有家人被杀，想来就是那名刺客了。起初，侍卫们不以为意，不料人越聚越多，而且亮出了刀剑。两下里交起手来，侍卫寡不敌众，连忙来转移田荣。武装人员把馆驿围得水泄不通，不一时，便"轰隆"一声，破墙而入。田荣被勉强搀扶着，刚出得屋来，眼看这情景，心知在劫难逃，大呼："田广吾儿，你却在何处呀！"口吐鲜血，当即瘫倒地上。侍卫惊慌，只遮挡不住，被人群一拥而上，刀剑齐下，田荣立时毙命。侍卫们只得丢开田荣的尸身，各自转向馆驿逃命。有活下来的，飞奔来向田横报信，无疑已是报丧。田横闻报，泪如泉涌。华毋伤赶忙提醒："恐怕城内响应楚军，将军宜早作决断！"田横猛省，当下传令放弃平原，继续后撤。

原来，齐国内部田荣一族的政治对手重新浮出了水面。战国齐王建的弟弟田假、田角、田间，本就是齐的宗室后裔，他们曾被田荣驱逐，这尚在其次；而齐王建的孙子、楚封济北王田安，却也死于被他们收买的巨野大盗彭越之手，此仇总之不共戴天。齐国后院埋藏着自燃的火种，济北境内父老、豪杰尤其活跃，蓄势待发，而楚军到来于客观上重新给他们创造了机会。深深植根于人们脑海中的正统观念，关键时刻也爆发出极大的威力。

项籍听说田荣已死，便不再顾及"三齐"并立的格局，匆忙复活了旧有的齐国。他重新立田假为齐王，田角、田间自然恢复了相国、将军的地位。可谓时而弃之如敝屣，时而奉之如珍宝。

田荣已去。田横尽管心如刀绞，但毕竟去了一头的牵挂，便按照自己的主张开始向东快速后撤。待到临淄，不期却遇到了败逃至这里的侄子田广，于是与华毋伤一路护持着，继续退走。

对于齐战，项籍是欲罢不能。他知道，自己扶立的傀儡政权从来就不是田荣兄弟的对手。田荣死了，田横、田广还在，岂肯善罢甘休。为快速结束齐战，以便彻底腾出双手对付汉军，他决心采取极端手段。

范增劝道："齐国人心不齐，如今仍可利用。如事情做过了头，便等于把齐国重又推向了田横叔侄那边！"

项籍不耐烦："田荣不过如此，田横又能怎样！"他急呀，犹如火烧眉毛！此时两人所急一致，可在对齐的方针上却完全不同。

不由分说，项籍下令大举追杀田横、田广，人不卸甲马不停蹄，不达目的，誓不罢休。楚军所到之处，焚烧房屋，夷平城邑。为了摆脱拖累、防止后患，他们一并把投降的齐国士兵就地活埋。杀人杀到这个份上，哪里还分得清士兵和百姓。楚军乘机洗劫财物、掳掠妇女，直弄得鸡犬不留。于是，在陷入绝望的时刻，遍野哀鸿演化成了反抗楚军的星星之火。这火焰迅速蔓延，形成燎原之势。

楚军已经抵近北海，也就是今天的渤海。却有急报，汉将曹参、灌婴进攻定陶，与龙且、项它二将在城南交战。汉军势大，楚军不利，已经退守城中，请求派军支援。项籍胸腹里的那股子邪火直管往上蹿，几乎把两个眼珠子急出来。

定陶楚军的退避，导致彭城前路洞开，令刘季的心思更加活动起来。刘季从修武传旨，赐封灌婴列侯，仍号“昌文”，继续领中谒者，待命打回泗水郡。沛县首义诸将士闻此一说，可谓热血沸腾。

此时的刘季，已经更像个诸侯领袖。他派郦食其前往邯郸，劝说赵国发兵救齐。赵歇推说要与代王商量，只管让郦食其坐着空等。陈余坐拥河北巨额之利，既不愿为汉王作嫁，也不愿给霸王火上浇油，故而始终隔岸观火，实际拒绝与汉合作。

为了腾出手来对付汉军，楚军更是加紧扫荡杀戮，所到之处变成了一座座人间地狱。

刘季渡河抵达洛阳，道路却被十几名跪着的百姓挡住了。刘季命周諜上前打问，回报说，是新城的三老率百姓代表拦驾请愿。刘季吩咐叫三老近前来问话。为首的董公应诏，他白发银须，衣着整洁，说连夜赶了百十里路。刘季于是说：“这半道上也不是个合适说话的地方，既然事体重大，还是请董公与各位乡亲到洛阳传驿中详细请教！”于是，亲自安排董公上车歇歇脚，随同进城。

自春秋以来，被称作“新城”的城邑不少。刘季打问，知道董公等来自洛阳南面伊水畔的新城。

到了洛阳殿中，刘季便吩咐置酒。道过辛苦，问：“不知三老众豪杰所请何事？”董公先不说事，却解释：“汉王是知道的，作为三老，除了掌管地方教化，还要就地方政事提出建议！”刘季点头：“当然，当然！”董公于是说：“陛下听说了吗，义帝是怎样被害死的？”刘季猛然听来，不知作何道理，口里的酒没有来得及下咽，直是问：“莫非是被、被害死的？”酒也吐了出来。义帝现在还重要吗？可是，一提到义帝，那个曾一度希望借重于自己的少年的面孔便浮现出来。他鼻孔一酸，眼泪不由得哗哗地流了下来，赶忙拿袖口掩了面。

义帝是如何死的，有谁看见了吗？谁知那董公并非只热心传闻，他对刘季说：“兵出无名，故事不成；明其为贼，敌乃可服。项籍弑主自专，倒行逆施，是天下之贼，豪杰百姓无不恨之入骨。有言道，仁德之士不逞一时之勇，正义之军不拼一己之力。大王您应当率领三军将士隆重为义帝发丧，以便号召诸侯王，合力讨伐项籍，天下百姓必然踊跃响应。如此，您的德行就可与夏禹、商汤、周文三代帝王媲美，令四海之内无不仰视拥戴。”

刘季听了，心中大惊，赶紧离席行礼：“董公教诲，寡人每日当默念于心！”所谓“民口如川”，这种自下而上的舆论，实在具有太高的利用价值。刘季决定，在洛阳举行仪式，追悼义帝。

发丧当日，天气阴沉微雨，洛阳及附近百姓纷纷前来参与，文武、兵吏人等尽皆头裹白布，现场素幡幢幢，一片肃穆。黄尘之中，汉王身披重孝，袒露左臂，诸降王也都陪侍一边，垂首举哀。陆贾代为宣读悼词："初天下共立义帝，北面事之。今项籍放逐谋杀义帝于江南，大逆不道，令士民瞋目发指。寡人亲为发丧，诸侯皆着缟素，上苍涕惜，三军将士与豪杰百姓无不悲怆。寡人愿征集关内人马与三河豪杰壮士，追随诸侯王去征讨楚国，严惩杀死义帝的凶手……哀哉痛哉，义帝已逝；惜甚仇甚，无遗此恨！"那诵读中字字真切，声声扣人。宣读完毕，刘季仰面大哭，在场军民无不垂泪。皓首董公在一帮豪杰的簇拥下，当地跪倒。董公道："我等听说'顺德者昌，逆德者亡'。项籍逆贼，诸侯共诛之，天下共讨之！我等代百姓请命，盼尧舜再世，文武重生。誓请汉王率诸侯东进，吊民伐罪，铲除暴逆，弘扬天道，重造皓皓日月朗朗乾坤！"

正如所料也恰如所愿，追悼大会开成了一场声讨大会、誓师大会。现场群情激愤，无形之中，义帝的旗帜演变成了汉王的旗帜。

军民举哀三天。刘季随即派出多路使者，向南北诸侯王通报追悼实况。董公这项功劳立得恰是时候，刘季封他为成侯。

诸侯王的反馈很快就到了，大致都表示愿意追随汉王伐楚，这明显是大势所趋。赵国的使者同样回复："相国说了，跟随汉王伐楚，那没问题……"但唯一的请求是："希望汉王杀了张耳！"刘季听了这一条，说："此事不难！"

张耳慌了，刘季却满不在意。他知道陈余的半拉子书生性格，与张耳仇恨是有的，但此时此刻还敢怎地，最重要的不就是争个面子嘛。他唤来靳强，附耳吩咐，要他去洛阳监狱中找一个长得像张耳的犯人，悄悄杀掉，拿颗首级去应付一下。

陈余得到了首级，不及细看，便拿剑尖在那凝着血痂的脸上猛划了数下，以发泄内心的愤恨。等到撒完气，再仔细看时，发觉头发的颜色不对。要知道，他与张耳是何等的熟悉。可是，两人分开也有了许多时日，再加上人生人死难免外表发生变化，这使他一时拿捏不准。真假有待核实，但汉王算是给自己面子了，却是不能轻易违背约定的。无论如何，心里并不痛快。他大哭大笑，把那人头丢弃到野外，便勉强派兵参与伐楚。说到底，这种所谓的参与，要比直接发兵入齐对抗霸王大军好得多。刘季呢，照样善待张耳，还赐封张敖成都君，这使得张耳父子感激涕零。

郦商赶到洛阳，樊哙和曹参两部分驻外黄和定陶南待命，将军周勃、都尉元顷正渡河为后继，大举伐楚已经箭在弦上。刘季命将军沛嘉留守洛阳，自率诸侯及诸将进驻荥阳，随即抵达大梁。

关键时刻，那个对其后楚汉之战确属关键的人物从浩渺的湖水里钻上岸来，手下现成聚集着三万历来就肯玩命、又善于耍滑头的哥们儿弟兄。彭越开初是没头没脑地与楚作对，后来又莫名其妙地与齐断了缘分，便顺应大势重归刘季。刘季喜出望外：“此人来得及时！听说这家伙机动灵活，能进能退又能打，可比诸侯王顶事得多得多啦！”

彭越拜见。刘季表面不动声色，心里反复掂量着要做个轻重适度的安排。眼神依次掠过恭立帐下的申阳、司马卬、司马欣、董翳，停在魏豹脸上时，便温和但正色道：“听说彭将军手里已经控制着梁地十多座城邑，正急着寻找魏室的子弟，对吧！”彭越正不知所云，却看汉王摆摆手示意说：“这位，你认识吧，他就是故魏王咎的堂弟，货真价实的魏王后裔。”彭越一时反应过来，自己哪里要寻找什么魏室后裔呢？他正要辩白，刘季却转而对魏豹说：“西魏王总该听说过彭越彭将军吧，项王也是拿他没办法的。就让他在你那里当个相国吧！”不等魏豹表态，当即宣布：“现赐封彭越为魏相国，带领所部人马，为寡人攻取梁地城邑！”又指着魏豹身边的郎中奚意、执铍张说，说：“从今天起，你们就留在相国身边吧，这与魏王和相国也都方便！”依例，属国的相国直接由上国指派，也只对上国负责，对彭越的任用就是这个道理。

刘季吩咐赏赐酒宴，魏豹作陪，事情就这么不容分说地确定了。彭越觉得还是能独来独往自行其是，只是名头来得正了，来日方长嘛，也就高高兴兴地喝了这顿酒。魏豹呢，心里却涌起十二分的厌恶，喝这种酒比喝自己的血还难受。

楚军的极度残暴，把齐国民众迅速推向了田横叔侄一边。田横收拢散兵和逃亡的壮丁，手下很快聚积起数万人。而此时项籍明知欲速而不达，不得不听从范增的建议，缓手以应对刘季。趁着楚军收缩兵力，田横不事声张地杀个回马枪，重回城阳，扶立田广为齐王，自己任相国。齐国两王并立，但田广、田横一呼百应，军民同仇敌忾，楚系的田假处境则十分尴尬。彭城不断遣使请求项籍回防泗水郡，连项籍的大伯子虞子期也亲自来了，项籍进退两难。

独自面对灯烛，向窗棂浮想了好一阵子，刘季的内心一阵阵激荡。快步出到庭下，举头只见夜空浮满了游荡的星星，交错眨动着。他的脑海里隐现出家乡的图画，中间夹杂了无数的往日情景。“寡人现在就等于站在家乡的大门口了！”想着，心情越发迫切起来。他终于不顾韩信、张良的劝说，决意亲自率军攻楚。

汉军分两路东进。北路樊哙、郦商两部沿济水为遮挡，意图从战术上把楚军主力阻隔于齐境。南路曹参为主将，灌婴为先头。刘季自率将军郭蒙、陈仓、丁义，都尉陈濞、戎赐、耏昭、陈遬、吕博国、蛊逢、刘钊、华寄、空中、留胜、秦同、杨武等直取楚都彭城，韩、魏、河南、殷、赵诸侯，皆率军观望而行。大将军韩信留驻荥阳协调后应。周勃、元顷入驻广武，奚涓、周昌仍驻守敖仓；亚将左司马唐厉及魏相国彭越则负责廓清东郡地面，保障济水沿线补给线畅通。

驻守彭城的楚大司马曹咎已多次向项王告急，一直未能得到确定的回应，连虞子期去了也还未见回来。情急之下，他召集手下和义帝遗老遗少们布置城防事宜。义帝时担任令尹的吕青、上柱国陈婴、司徒吕臣等，本已赋闲，此刻也对付着参与守城。

开过会，陈婴来到西城巡视防务。立在城上放眼一望，山峦青翠，田野早已春意盎然。却见地头依然有人忙于农事，便想出城去瞧瞧。他怕有所搅扰，便停车在一棵树下，口中叫道："如何这般怠慢客人，讨口水喝行不？"

一名老者朝这边打量片刻，问："来者莫非义帝上柱国？"陈婴回道："在下陈婴！"老者指指田头说："您请自便！"陈婴上前，蹲下身就着粗陶碗去瓦罐里倒一口水喝了，又大声问："老丈可晓得汉军马上就要到了？"老者凑合着向西看一眼，笑笑："到就到呗！"陈婴问："也不提早去躲避了？"老者满不在乎地回道："躲什么呢，霸王还在齐国呢！"陈婴闻言，半晌说不出话来。

夜来，有一商贩登门求见。陈婴看时，虽不熟识，却也有些面善。来人自报家门，原来是汉都尉朱濞，当初从丰邑加入刘季义军时，不过一小卒而已。及至刘季归于怀王，朱濞也才是基层将领，故此不为陈婴留意，可印象还是有的。当下，陈婴询问朱濞来意。朱濞呈上汉大将军韩信的密札。展开看时，写道："诸侯大军即将扫荡泗水，彭城空虚。项王深陷齐地。公素善汉王，亦知汉王为人大度宽宏，不似项王任人唯亲、行事暴虐。当此关头，望公善人自善，以免合城生灵涂炭。何去何从，果断为盼！"陈婴沉思片刻，转对朱濞说："此地不宜久留，将军请速速回报汉王及大将军，就说下官必当领情！"

一早儿，陈婴向母亲请安，平常一样地说起昨夜的事情。母亲说："你当初起事，实也是为了反抗暴秦。今项王、汉王孰是孰非，儿当自有判断。母亲年事已高，管不得那许多了！"陈婴跪下，执母亲手应道："儿明白了，只是不想让母亲再受惊扰。"他觉得母亲的手是那样冰凉。

陈婴照样上城查看，见到吕青、吕臣父子凑在城边说话，便过去招呼。也许是心里有事，彼此都觉得怪怪的，都有些前言不搭后语。说了几句，没找到合适的话题，便各自分开，连那父子俩也没再滞留一处。

第五十五回

劫诸侯长驱陷楚都 逐原野双驹怡春风

项籍闻报，刘季发关中兵，收三河士，劫五诸侯号称五十六万人马席卷东来，直扑彭城，来势之迅猛，简直难以置信。

正自胡乱琢磨呢，范增来了。近些时，随着田氏叔侄东山再起，他们之间的争论又尖锐起来，因此，范增便不私下常来。没人争吵了，项籍反倒不习惯，心里发空，遇有难决之事，还真盼望这老头儿就在身边。正盼呢，这就来了。项籍便主动起身招呼："亚父来得正好，寡人正有事要与你讨教呢！"

范增坐下，只说城阳而不谈彭城。项籍只得假作轻松，开玩笑说："我本觉得，汉王他不事先与寡人打个招呼，是不敢来彭城的。不料他偷偷摸摸便来抢夺，那就别忙走，等寡人回去讨要，恐怕他逃跑时连裤子也来不及拿走的！"

范增本故意憋着劲，听时忍不住一乐："他那裤子拿不拿走，又有甚要紧！"项籍见情绪有所缓和，这才正经说："我军势强盛，田氏毫无还手之力。刘季乌合之众，谅怎敢如此狂妄无形。今轻举深入彭城，有违兵家常理，他到底想做什么呢？"

范增摇头，不置可否。项籍猜测："他当初放着一路上的秦军不打，却冒险钻那深山峡谷，不声不响地蹿到咸阳去。难道这是老习惯了？"

范增说："那阵子有少将军与章邯、王离作战。秦廷尽失民心军心，加之刘季他兵微将寡不招人留意，才得投机入秦。而现今换了西楚，恐怕就没那么大便宜可讨啦！"

项籍突然沉默了。范增省悟，那是想"民心"呢，被戳痛了。便只作不觉，继续说："这回刘季还能投机？他是在玩火呢！"

项籍来了精神，大声吼道："如此说，寡人还怕他不来呢！"范增脑子里忽然闪出一个念头：此真可谓无心插柳。也许能换一个角度思考，把楚军主力背后留下的空当，看成是一个陷阱；那么，刘季便是自己来跳这个陷阱的。这个判断的依据，是楚军实力完整，非汉军可以真正对敌。这么想着，听项籍问："我若回彭城去擒刘季，韩信会做什么呢？还有那田氏叔侄……"

范增"呵呵"一笑："我料此时韩信正在替汉王揪心呢！"

项籍问："他却是如何思量？"

范增回答："想汉王自作主张，由不得他想什么！"

项籍问："他若要来救汉王，还来得及吗？"

范增叹口气道："各人自有造化，就看那刘季命有多大啦！"

态度已经一致。老少俩彻夜不眠，商讨变得具体了，十分投机，彼此也都很珍惜这种久违的和谐。

郦商在巨野泽遇到了楚将钟离眛部的阻击。经过多次交锋，钟离眛部被击退。沉湎于进军畅想中的刘季，觉得楚军被田齐牵制，的确难以两顾。为鼓励士气，他当即派使者授予郦商梁相国大印，增加食邑四千户。梁地从此不再回归魏国，已经明确地被分割出来了。此时，恰巧郦食其从城阳赶回复命，田氏叔侄同意归附于汉，全力配合牵制项籍。

刘季问："条件呢？"

郦食其回答："他们说，齐国生灵惨遭荼毒，此仇必报，此恨必雪，还望汉王早日出兵会战，擒拿项籍、田假，碎尸万段！"

刘季闻言大笑："吾愿得偿，天下不久定矣！"

汉军左路郦商顺利攻取胡陵，樊哙进抵薛郡，锁住了彭城北境通往齐地的路径。右路主力，前锋灌婴未到睢阳，砀郡官吏父老便遣使讲和。灌婴所部骑将庄不识、长铍都尉周灶等率军越过泗水郡西沿薄薄的丘陵地带，进抵萧县。萧县豪杰百姓直接绑了守将，献出城池。吕泽、吕释之从砀县转北，过砀山攻取了下邑，即今安徽砀山。彭城门户洞开。

刘季写信给妻子吕雉的两位兄长吕泽、吕释之，希望他们派心腹回丰、沛，会同二哥刘仲、御史任敖保护好两家老小。于是，由吕释之亲自承担了这项责任。

青山遮不住，能看得到原野了，前面不远的地方就耸立着彭城，刘季的心脏狂跳起来。寡人终于回来了，可刘季，却不是当初那个刘季啦！

谁能料到，就在这天夜里，司马欣、董翳、魏豹、司马卬、申阳、陈余、赵歇分别收到了项籍的通牒，警告说：今刘季自蹈死地，尔等如自量力，便依令如巨鹿之故事而作壁上观，可免其祸；一旦有功，既往不咎，且必行赏赐。切切！与此同时，九江王黥布又一次被要求出兵，这次是援救彭城并配合楚军反击汉军。对于黥布，遣使的规格要高得多，话说得也客气。

彭城没能发生激战，城上城下各怀心机。未几，城上射下书信，随后一只箩筐把陈婴坠下城去。陈婴与刘季说不上交情，但当初总是向着刘季说话的，因此在汉营得到了礼遇。条件很快谈妥：一、汉兵入城，休得惊扰百姓；二、请放项王家眷与大司马曹咎一同出城避难……

“还有呢？”刘季问。陈婴缓缓摇头：“没有了！”刘季诧异道：“你与吕青父子没甚请求？”陈婴道：“献城已属负心，要求便罢了！”刘季心生敬佩，转问：“令堂身体尚健？”陈婴道：“还好！”刘季说：“寡人听说你十分孝敬母亲，可惜我的母亲已经故去，看不到今天了……请代问老夫人好。尚得闲暇，寡人必定亲自登门问安。”陈婴拜谢。

刘季当即封陈婴为堂邑侯，封吕青为阳信侯，吕臣为将军。

攻城加剧。吕青来见曹咎：“大司马看这城还能守得几时？”曹咎摆一摆手，回道：“能守几时算几时！”吕青说：“一旦都城有失，项王家眷尽陷贼手，大人可如何交代？”曹咎愣住了，问：“依令尹之见呢？”吕青回答：“这哪能说得好，弄出个差错，我可担当不起。”曹咎挺实在，道：“你尽管说来，有罪我来承担！”吕青迟疑片刻，看曹咎催促得急，这才说：“我的意思，还是做两手准备，一面向项王告急，一面去禀告虞夫人，要她府上提前有个准备，免得紧急时候耽搁了。”曹咎怪眼看吕青：“你总是以为守不住了，才有这等说辞！”吕青冷笑：“那就算在下什么也没说，将军自己看着办吧！”说罢起身。

等吕青走到门口，曹咎却招呼：“且慢，我总之还有些疑惑……”见吕青稍稍止步，便问：“汉王亲率大军围城，一旦城破，我等夹带家眷，如何能突围出去呢？”吕青回道：“古来用兵，网开一面。彭城南、西、北三面无路可走，但城东只见汉军巡哨，至今远近未见汉军大队，想就是特意空出的。”说罢迈步出门。

曹咎赶出来，赔礼说：“大人休得赌气，我这不是拿不定主意嘛！”吕青说：“既如此，一旦事急，大司马只管去顾项王家眷。我与陈婴拼死抵挡，我儿吕臣为您断后。您要想清楚，城丢了，项王大军回转，顷刻便能夺回；人若有闪失，则后悔莫及！”

是夜城破，城头展开激战。吕臣带一队士卒直奔项王府邸，请夫人上车，护住便走。曹咎早已把住东门，接应了出城，吕臣返身阻住追兵厮杀。曹咎只不离虞夫人左右，一口气奔跑了五十余里，听听喊杀声已远，这才喘口气，来向夫人问安。

汉王入城，战斗立止。将士果真秋毫无犯，随即撤出城外驻扎。百姓久闻“约法三章”，现在是直接获得了体验。

一路未经大战，彭城轻易得手，这让刘季喜出望外，很是得意于自己的果断决策。此时此刻，他不由然回想起当初滞留咸阳宫的情景，尽管百般留恋，终是被迫放弃了那许多美人奇珍。那般娇滴滴玉人儿，生得花容月貌不说，还人人能歌善舞，个个弄筝吹箫，可谓千姿百态……不，千娇百媚，真是太可人，哪里是当初在沛县来往的那些里巷风流女子可与伦比的呀！结果呢，都让项籍掳了去……现下也许就在彭城宫里呢。想到这里，刘季简直心花怒放了，大功将成，终于轮到自己享受啦！

不觉已过去好几天，刘季心潮激荡、激情喷涌，但无论如何大显手段，仍觉得应接不暇。这乐呀，难怪天下人都想做皇帝呢！一时间，他竟然错把彭城当咸阳，误以楚宫作秦宫。

在丰、沛翘首以盼的刘、吕家人早已耐不住了。于是派吕释之、任敖前来彭城联络，岂知同来的还有王陵，这使刘季大感惊讶。却原来，前次王陵协助迎接汉王家眷不成，既奉母亲临终遗命归汉，又不愿再往汉中，于是，乘楚军征齐之机率部东返，协助守卫丰、沛。刘季听了这一节，心里生出感激："这个死倔的王陵呀……"从此还真对他另眼相待了。

更加出乎意料的是，雍齿随王陵回来了。这雍齿小的时候与刘季同为孩子头，彼此多有不服气，时常打架斗殴，弄得鸡飞狗跳。长大后，他身后跟着一帮地痞，老是朝着刘季挑衅，令刘季十分忌惮。陈胜起义后，雍齿本依附于魏相周市，随后返里投靠刘季。因据守丰邑，被魏军攻急劝诱，便重新归魏。刘季在困局中数攻丰邑不下，故与雍齿结怨愈深。及至得到项梁支持，来夺丰邑时，雍齿却奔魏国去了。偏偏父亲太公、妻子吕雉一直得到雍齿保护，都还替他说话。这回呢，不但要看王陵的面子，又有太公说情的家书。樊哙曾一度与雍齿协同守卫丰邑，两人也有交情，也帮着说和。刘季只得勉强宽恕了雍齿，但态度上很是冷淡。雍齿呢，也内心汹汹，很不以为然。

遥远北方春风新至。凌晨，冒顿走出单于帐，吸一口新鲜空气，五脏六腑透彻地舒畅。他肃穆地跪拜了初升的太阳，随即跨上朝天驵，挥动手里的鞭子来到附近一座颇具女性色彩的毡帐前，发一长声吆喝，便顺着山坡奔驰。

那是姑衍草原上唯一一座极富西域风情的毡房，在晨光和露珠中翕张，与高处庞大的单于帐竞影争形。浑身洁白的骏马"银月"徜徉着来到门边，随即，蛮芑出来了，装扮得像草原上盛开的花儿一般，跃身上马，旋风般地紧追冒顿去了。

冒顿回头远远地看到了蛮芑，便停下来等待。然后两人并辔而行，或跑或停，说说笑笑，极为愉快。过了一阵子，冒顿忽然问："你能专门为我唱一支歌吗？就是南山、北山的那种！"

天边飞来两朵红云，映在蛮芑野性而灵秀的脸颊上。她略略低下头，随即仰起，用力点了一下，如弯月的眉下，亮晶晶的眼里闪过冒顿从未曾看到过的异样光彩，撩得他心里酥酥地甜美。蛮芑催马跑开几步，仿佛又回到了牧马的时节，放开清亮高亢的嗓子唱起来：

“白云飘过北山顶哟嗬嗬，云游山影中呀嗬哟；羊儿随着云儿走呀依耶，草原待春风哟。彩云飘来河水边哟嗬嗬，云照流水清呀嗬哟；云儿伴着马儿走呀依耶，花开伴君行哟。”

冒顿来情绪了，紧赶几步，又与蛮芑并齐了马头。应和：

“白云飘飘彩云飞哟嗬嗬，山映河水清呀嗬哟，马儿伴着羊儿走呀依耶，草原春风劲哟。”

蛮芑假装不理会冒顿，又催马离远点，接着唱：

“歌儿飘落哥山头哟嗬嗬，妹在妹水头呀嗬哟；山头水头在一头呀依耶，都在妹心头哟——”

冒顿听来，喜不自胜，又紧赶几步，放开嗓门唱：

“歌儿飘落妹水头哟嗬嗬，妹上哥山头呀嗬哟；水头山头在一头呀依耶，都在哥心头哟——”瞅一眼蛮芑，高扬起头：“高高的山上飘彩云哟嗬嗬，妹妹长在山水头呀嗬哟；哥把妹妹移回家呀依耶，种在哥心头哟——”

冒顿说：“咱俩换马骑？”蛮芑回答：“谁跟你换马骑！”冒顿又说：“那，你骑到我这边来？”蛮芑回答：“谁稀罕骑到你那边去！”冒顿又说：“那，我骑到你那边去？”蛮芑回答：“想得美！”冒顿问：“那咋办？”蛮芑说：“看着办吧！”冒顿再说话时，蛮芑便不回答了，还真的无可奈何呢！

过了许久，只听得冒顿一声吆喝，朝天驵便如离弦的箭射出。银月自然不甘被落下，不等主人发令，便如脱兔飞奔着追去。这世上只有箭追兔，哪有兔追箭的？如果是兔去追箭，就别有一种情趣了。果然，冒顿只管奔跑起来，却“失手”把鞭子丢落在草地上。蛮芑赶到，马上欠身，抄手捡起鞭子，一场传神的赛马在无边无际的草原上纵情地展开了。

无论冒顿的马有多快，骑术多么地精良，他注定总是要被蛮芑赶上的。片刻，银月已经追到了朝天驵身后，眼看只差小半个马身了，蛮芑举起鞭子，稍稍犹豫了一下，狠狠地朝冒顿背上抽了下去。

冒顿立时感到背上火辣辣地疼痛，下意识两腿一夹，朝天驵便向前蹿出一箭的距离。蛮芑随即赶到，冒顿还没来得及想清楚是怎么回事，又一鞭子到了，同样地凶狠，同样地抽去，让冒顿感到脊背上火辣辣地疼痛。然而，他有心理准备，不回头，也不夸张，不作任何反应。果然，当马鞭再次举起，便只在头顶上盘旋了。高高地盘旋了许久，又狠狠抽了下来，到了背上，却轻得像微风拂过。

就这样重复了好几次，冒顿只觉得那鞭鞘就像蛮芑柔软的手，温柔地抚摩在自己的背上，先是抚摩那里的鞭创，接着感到从背上到四肢，浑身酥酥地舒坦不已，早已抚平了忐忑的内心。他急切地盼望那鞭子再抽，再抽，但蛮芑极其吝啬，竟再也不下手了。于是，冒顿放缓了马步。

等朝天驵与银月重新并齐了，冒顿热情地放眼去看，不由得心花怒放。蛮芑的眼里燃烧起两团火焰。俄而那火焰渐渐褪去，在洁白而青春的脸颊上留驻了暖意，妩媚之中隐隐浮现出三分娇柔。他切近地感受到了这位红颜知己，原来也如此地“女人”；而女人空前地害羞了，低下头去，脸更红了。

冒顿下了马，又去扶蛮芑下来，他心潮澎湃，张开双臂把蛮芑紧紧地搂在怀里。他感到蛮芑浑身绵软，随即猛烈地战栗，如果不是靠自己有力的臂膀，她几乎没法站立起来。原来在情爱面前，不同的女人却是同样地软弱。冒顿第一次感觉到了另一类征服的快乐，同时，内心又生出完全不同于以往的怜爱。

三万精骑在山泽间蜿蜒而行，被裹住的马蹄撞地和小心翼翼的轻甲摩挲，依然发出不小的响动。然而，这动静又被连绵的峰壑树草层层地吸附了，被南来的风掩遮着吹向他们走来的方向。深夜天籁沉寂，楚军钻进汉军的防守间隙。及至沛县、留县汉军的防范真空地带，便加快了速度。飞将军自重霄入，楚骑到达彭城西，凭着山峦掩护潜伏下来。

趁着天色，项籍与钟离昧、季布诸将隔着低矮的山丘朝城池方向反复琢磨。计议停当，划拨队伍，然后让士兵们就着凉水用干粮填饱肚子。夜深出发，左右牵过乌骓，项籍一跃上马，拔剑指向彭城。

冈峦间起伏的道路承载着三万颗“怦怦”跳动的心脏，楚军将士们曾从这里出征去与秦军鏖战，前不久又从这里出发击齐。他们对城里城外的一切乃至山石草木都非常熟悉，每个人都能设想自己将冲向哪里。

城中夤夜欢乐嬉闹，清晨，宫里深度疲劳的男男女女都已沉沉睡入梦乡。

天正在放亮，太阳还藏在东边山峦的背后，天气看上去有点浑。炊烟升起，在城里街坊间和城外暗绿色的山丘之间飘散弥漫。守在瞭望塔上的军士忽然发现城西方向上隐约弥漫起尘烟，便赶紧招呼守在塔下的军吏去向将领报告。

帐中早起的曹参忽然感到大地在震动，随即耳鼓中传来“轰隆隆”的声响。他心中狐疑，赶紧出帐来查看。已见陈平驱马赶来，大喊：“曹将军，不知何处大队战骑来袭，陛下危险啦！”曹参大惊，下令紧急迎战。他命人前去知会灌婴，说：“灌将军只管入城护驾，别的什么事也都别顾了！”转又对陈平说：“你只跟定了我！”尽管直觉来者不善，但他还未能意识到灭顶之灾已经降临。

大队楚骑风驰电掣般袭来，犹如黑云压城。项籍一马当先冲上山坡，抬戟大喝：“刘季胆敢袭我彭城，我今定要取汝首级！”说时，轻骑高声喊“杀”，大举冲入刚刚来得及聚拢的汉军队中。曹参哪能压得住阵脚，一时全营溃乱。楚军马快，士兵英勇善战，横冲直撞如入无人之境。败军如一浪推动一浪，完全失去了控制，只在山间的平地上洪流般奔逃。有那清醒过来的，便提早拐一个弯儿，避向山丘。

灌婴飞马进入彭城，下令关闭南门。他不顾一切地直奔王宫，恰巧看见夏侯婴正一手拽了刘季上车，便大声招呼：“滕公紧随我后！”说罢带过马头，一摆手中银枪向西门奔去。夏侯婴未曾怠慢，驱车风驰电掣地跟了上来。

城外败军瞬息拥塞城南，城上不敢开门。城下逃命的、抵抗的都随大势分出东西两个方向，盲目地与死神赛跑。不料城内未曾清理的西楚官员也乘机发动起来，四处攻击。汉军将士弄不清局面，只感觉大势已去，便纷纷弃了防守，各自逃生。

灌婴当先突出彭城西门，在败军和追兵的交织中不分敌我杀开血路，沿谷水南力战而行。侍卫护紧了刘季车驾，惶惶奔逃。正自慌张，斜刺里一将截住，口中大呼：“刘季休走，项王大将钟离眛在此！”说时马头已到了车边，长戟拨倒一溜卫士，直向刘季刺来。刘季大惊，避之不及。情急之下，夏侯婴却以腿带住缰绳，转身举剑格开锋芒，但戟尖已经在刘季臂上划过，顿时鲜血直流。

危急之际，灌婴翻身护驾，截住钟离眛厮杀。夏侯婴顾不得刘季受伤，只管驱车奔跑。不一时，楚将季布又闻讯赶来。刘季此时完全不觉伤口疼痛，只恨不能从车上找个缝隙，直接钻到地底下去。忽然一箭飞来，刘季只觉得股上被重重撞了一下，也顾不上察看。

将近谷水转弯处，那是一个山口，生死攸关之地。夏侯婴拼命抖着缰绳，高大的轮毂在疾驰中蹦跳着弹起老高，左倾右斜，数次几乎将车驾颠覆了。正狂跑呢，前面又有骑兵挡住去路，看时，为首却是彭城县令丁榷。

第五十六回

万骑袭泗伏尸漂橹　劫后余生张良举贤

狭路相逢，刘季魂飞魄散。夏侯婴此时没什么多余的念头，只赶着车闯上前去。丁権不得已闪避，随即驱马附在车旁，手中剑只不离汉王左右。性命交关，刘季忽然冷静下来，挡开剑喝一声："且慢！"就这瞬间，吐出一句话来："两贤岂相厄哉！"没承想，丁権听了这话，手上便犹豫了。季布赶上来，喝问："为何便放汉王去了？"丁権支支吾吾。季布一来顾不上多问，二来这"丁公"正是自己的母舅，没法为难他，于是自顾去追。

看看追上，长矛只在刘季背颈晃动，几乎躲闪不及。偏这千钧一发之际，前面尘头起处，又一彪人马飞驰而来，刘季大呼："吾命休矣！"须臾却听夏侯婴提醒："陛下莫慌，想是救兵到了！"听这一说，刘季长了精神，也长了武艺臂力，竟然能与季布抵挡几招。

就这几招过后，汉军赶到，放过刘季车驾，阻住季布厮杀。此时，灌婴也甩开了钟离眛，死命赶了上来。正巧两下里夹击，季布看看煮熟的鸭子飞了，却不肯死心。汉军越来越多，季布正不知进还是退，钟离眛也赶到了。

在关键处汉军有大批生力前来接应，这是项籍无论如何也始料不及的，当然刘季也完全没有想到。虽然人数对比在这个局部产生了逆转，但楚军都是骑兵，速度快，战斗力强，两下里谁也不能退缩，便在这狭窄处的冈峦间展开混战。

刘季镇定下来，问夏侯婴："方才是谁人救驾？"夏侯婴回答："陛下没看清？来的是靳歙靳将军！"刘季感到诧异："靳歙不正随大将军驻扎在荥阳吗？为何却到了这里？"夏侯婴道："此事得去问大将军，末将哪里晓得！"刘季听这口气有点冷，知道自己此次是错到家了，连夏侯婴也没了好气。他心中起了悲哀，望着身边的谷水，倒真不想活了。可是，就这么死了，甘心吗？他感到了臂上、股上的伤口疼痛，其实浑身都在疼痛，心口窝里更痛。

就在汉王驰过生命走廊的当口，大批汉军沿城下被驱赶奔逃，将兵已完全不相顾。楚骑紧逼包抄，败兵或在西门外为谷水所限，或从城南朝东阻于泗水，尽皆走投无路。追兵杀戮不舍，彭城东西两条河中，尸体充塞，水涨盈岸，数万将士命归黄泉。

随着西边山口楚骑越来越多，靳歙援兵终于抵挡不住，只得且战且退。时至午后，汉军渐又被冲散，刘季重新被网罗在追兵的视野里，陷入重重包围之中。灌婴、靳歙诸将拼死掩护刘季。毕竟多以步兵对敌全骑兵，士兵们几乎就是人体盾牌，死伤无算。已经到了最后关头，刘季正不由自主胡思乱想，乍然觉得有寒风从脸上掠过，直浸汗淋淋的肌肤，禁不住打了个冷战。抬头看，西北方向黑云翻滚而来，霎时间狂风大作，把被溃兵尸体堵塞而涨起的河水直接掀到岸上，打湿了车轮，溅透了衣甲。尘暴袭来，天昏地暗，飞沙走石，两军难分彼此。刘季心中默念："大风起兮……莫非老天相助，到底寡人命不该绝呀！"夏侯婴看机会来了，发挥精妙的驾车技术，此时是人、马、车一体，抗着风沙，乘乱冲出了包围。灌婴、靳歙振作精神，带领仅剩的数十名骑士掩护，背风拦击楚骑。楚军顶风，沙石枯枝迎面袭来，眼睁不开，早已散不成形，只得随波逐流般退去，再也无法回转身来。

公元前205年春夏之交，北方迟到的最后一场强冷空气适时赶到谷水下游，把刘季从死神手里拽了回来。要知道，汉军中此时有大量关中士兵，要论对付这种异常天气，他们比山东楚军更有经验，直接的适应能力也强出许多。

不料，顺着谷水奔逃的刘季车驾，在暴风雪中走岔了道。灌婴、靳歙停下来寻找，遇到了后逃出来的吕释之、王陵、雍齿。雍齿勇猛能战，也亏了楚军全力追逐汉王，给他们留下了生存的机会。

大规模的追逐战在彭城之南继续进行。这是一场战场马拉松，溃军以人的双腿与强壮的战马比拼于丘岗坡梁。在一次次围堵过后，骑兵的身后便留下大批横躺竖卧的尸身，血腥弥漫在睢、泗间。风暴之后，瓢泼大雨随至，把充斥山丘间的鏖战和人体一股脑儿向下游推涌。入夜，睢水北岸、泗水之南成了最为悲壮、也最为惨烈的战场。已经无力作战但唯有死战的汉军将士们，组织了最后的空前顽强的抵抗。苦战延续了大半夜，结局终不可避免，白日里谷、泗的惨剧在泗、睢交流的死角里复制上演，两道河流成了他们集中的埋葬地。惊恐疲劳至极的败兵终于被前赴后继地赶入水中，水流阻塞，溢向两岸，积成一片汪洋。

当战场只剩下胜利者狂欢和喘息的时刻，夜轮回到了它的末端。暴风雨过后，大雪降临，试图覆盖和冻结这悲惨的一页。东边却有一抹斜射的阳光冲破天空的混沌，照到了泗水，照到了睢水，照到了彭城和谷水，把巨大的山野战场涂抹得忽明忽暗、阴森恐怖，犹如天际悬挂了一幅地狱世界的图景。

一支只剩几百人的精壮但疲惫不堪的汉兵，在风暴的掩护下向西翻过一连串山丘，脱离了杀声震天的战场。风暴过后，满山大雪在阳光中飞快地融化，葱绿的山谷被泉流泌溢之声衬托着，显得分外宁静，让所有的侥幸者都不由得怀疑自己的真实存在。曹参以他一贯冷静的头脑，在生死关头作出了一个难以置信的选择。他不得已抛开被屠杀着的残余将士逃向相反的方向，与陈平一起选择了一条没有道路的道路，成功地跳出了死门。

这一战，刘季亲率的汉军一线主力几乎血本无归，被裹胁而来的五诸侯军却不在楚军打击范围。他们连招呼也不用打，便各自收拾人马离去了。

天色已经黑暗，驾车的夏侯婴也已累得筋疲力尽。瞬时喊杀声随大风飘得远了，他回头喊一声“陛下”，未听得回答，知道是半睡呢，身上伤口也疼，便懒得再问。夜色茫茫，寒意伴随着困倦袭来，夏侯婴便把缰绳宽宽地系在轼上，自己也抱了臂膀依靠着车阑打迷糊，坠入半梦半醒，任那辕马自己顶风赶路。

此刻君臣无形，一路伴着风的啸叫，竟然回到了当初在泗水亭时的情景。他赶着车，与刘季嬉闹，动作过劲了，掉进河里……忽然觉得周身寒冷，仰头看，原来天上飘落了雪花，一低头，又掉进了脖颈，冰刺刺的。他挣扎着，终于醒来了，原来真是在做梦。天已经蒙蒙亮，车轮下雨和雪正在搅拌泥泞。

走到什么地方来了呢？仔细辨认，原来快要到丰邑了。夏侯婴还迷糊着……呀，忽然明白过来。原本那驾辕的马出生在沛县，从小随在母马身后出入于家乡各城邑之间，尤其丰邑这条路，走得太熟了。这下可好啦，辕马自行拐了个弯，回到了老路上！夏侯婴真是哭笑不得。

刘季也被冻醒了，此时开口问：“滕公这是往哪里去呀，好像是回老家呢！”夏侯婴心中有些忐忑，回答：“陛下，臣只是打了个盹，车子就到了这里。”不想刘季“哈哈”一乐，说：“寡人正想回家呢，想我那二舅子和王陵一时是赶不来的，俺索性去了接家眷，这趟彭城就跑得不算冤枉！”

夏侯婴感觉刘季又回到了当初在沛县街坊上混混的时候了，反倒十分开心。可这是什么时节呀，逃还逃不及呢！便想也不想，说：“那哪行，我们得赶紧奔下邑去，片刻也耽误不得！”刘季却坚持：“不就快到了。也就绕了点路，耽误不了多大的事！”他觉得这鬼使神差便是天意。

边走边呛呛，夏侯婴拗不过刘季，只得硬着头皮往前。到丰邑了，就近找个隐蔽处停了车，两人乘晚偷进邑里，在家门口张望，看不到灯光。试一试推开大门，悄悄接近正屋朝门缝里看，家里真的没人。刘季头皮开始发麻，进里面去查看。只听夏侯婴说：“陛下，太公和夫人离去不久，想是逃难呢！”刘季问：“怎见得不是被楚兵捉拿去了？”夏侯婴回答：“家里细软尽皆不见，却四处妥帖，丝毫没见纷乱。”

忽然有喧哗声近来。夏侯婴拉了刘季就走，在后门外躲了。随即来了一队士兵，里里外外翻腾了一阵，惊动了四邻。夏侯婴凑到刘季耳边说："果然逃离了。"两人便寻回车边，等四下里安静了，上车往回赶。

楚兵扑了空，但自己也一样，庆幸之余刘季真的牵挂起来，一路上不再吱声。然而，路途渐觉不太平，到处都有楚军人马。夏侯婴不得不小心躲着走，到天亮也才走出一半，刘季焦躁起来，身上伤口也开始疼痛，嘀咕说："像这样，何时才能到得下邑？"夏侯婴不搭理，只管赶自己的车。过了一会儿，夏侯婴变戏法似的丢给刘季一套庄稼人穿的粗麻布外衣，说："陛下把这衣裳罩在外面，也可作个掩盖。"自己也抻胳膊把另一件套上。相互看一眼，就两个老百姓了。

走未久，看到路旁不远有一辆卸了辕的农家马车。夏侯婴灵机一动，便绕过去，一面侧耳听着动静，一面把自己的马匹换套了那车，重新上路。

刘季由着夏侯婴折腾，但总是一副负痛耍赖的样子。这回不再绕来躲去，就着正路走，速度明显加快了。兵荒马乱，路边上行人车马不多。夏侯婴忽然停了车，下来往回跑。只见他到路边，凑到几个人身边。回头竟然怀里抱一个，手里牵一个。及到近处，刘季乐了，夏侯婴领来的竟是自己已经长高了的女儿，那抱在手里的显然就是嫡长子刘盈了。刘季接了孩子，搂紧在怀里不肯放开，直吓得公主发愣，儿子放声大哭。

"惊动路人啦！"夏侯婴提醒说。

刘季问女儿："你还认得爹爹吗？"点头。"这是弟弟？"点头。"你爷爷呢？"摇摇头，尚有点惊惧。"你娘呢？"还是摇摇头。"怎就剩你们两个呢？"回答："来了好多的兵，他们一冲，就找不到了。"他对父亲也很生疏。

刘季明白了，父亲和吕雉不是跑了，就是被楚军抓去了。孩子可能是被故意丢下的。他琢磨："可能被抓了，要不会回头找孩子的……"

人喊马嘶，旗号隐约，眼看有"追兵"到了。刘季催促夏侯婴放马快跑，可这辆车与他原来的车完全不是一回事，加之多了两个孩子，跑不利索。偏偏孩子又受了惊吓，大声哭号。刘季心里慌张，情急之下便一手一个，把他的亲骨肉轻轻地从车后丢了下去。

夏侯婴感到车轻了，于是停下来，把孩子抱回车上，复又上路。口里还说："多两个小儿又怎地，空车也跑不过人家骑兵！"正说呢，感觉车子又一轻，两个孩子又到了车下，哭声被留在车后的泥水里。

夏侯婴生气了，说："再急切，车也不能吆得太快。怎好端端就把孩子丢下呢，陛下不是特意要接回家眷吗？"不顾刘季阻止，又停下车，把孩子一手一个送上车，搡到刘季身旁。

刘季也生气了，但忍了不发作。只等夏侯婴马车动弹，便两脚一用力，直接把两个孩子蹬下车去。随即他拔出剑来，指着夏侯婴吼道："不许停，抗命我就杀了你！"

夏侯婴听着孩子的哭声，也豁出来了，说："行，大王看着办吧！"照样停了车，去把孩子抱起来往车上送。刘季把着车，只是不让，那把剑就指着夏侯婴的面门。夏侯婴转到车前，干脆顶着剑尖硬挤上车，怀抱着两个孩子，驾车的速度就更慢了。眼见得后面楚兵越来越近，刘季发疯了，直拿他那柄斩蛇起义的三尺剑胡乱剁车。看还是不理，便拿剑柄砸夏侯婴的脖颈。

夏侯婴干脆停下车，又把两个孩子送向车里。示意说："楚兵就在背后，现在丢孩子也不济，陛下没事一样抱好了孩子，兴许能逃过一劫。"刘季只好往车席下藏了剑，抱紧了两个孩子，做出逃难的样子，埋头不语，反正早已蓬头垢面了。

车走得慢腾腾，等听到后面吆喝紧了，这才闪开道来。楚兵到了面前，一支长戈伸过来，在缓缓滚动的高车轮上"啪"地敲一下："你作死呀！"呼啦啦人马便过去了。

看看楚兵赶到前头去了，刘季这才抬起头来，松了一口气，拿袖口帮孩子擦去脸上的眼泪，重又两臂拢在怀里，自己的眼泪却哗哗地流了出来。他终于明白了，那些"追兵"哪里是在追他，天才晓得汉王会出现在这个地方！这时，臂上、股上的伤口却剧烈疼痛起来。

范增从齐地赶来彭城，他需要帮项籍下个决心。当刘季来彭城兜过一圈后，就不再需要摆事实讲道理了。前门虎，后门狼，但看项籍自己如何思量。

"那亚父说该怎么办呢？"项籍现在需要范增说话。范增竟然不肯拿主张，只建议召集众将来商讨。那就找众将呗。大家意见十分统一，就是首先集中力量追歼刘季穷寇。

范增却问："我却如何能从齐地拔出腿来呢？"

项籍瞪着眼问："亚父果真以为咱就没法离开齐国啦？"

范增回答："那倒不是，只是陛下在那里花了大力气，猛然间能转过弯来？"

项籍被刺痛了，但忍了忍说："等我一举灭了汉王，看他田氏还能如何！"

大主意终于从项王自己口里说出来了，正是范增曾经劝说的那句话。惭愧呀，刘季才是他最好的老师。范增虽这么想，但口中偏偏反过来说话："可老夫也在想，只等眼下灭了田氏，看他汉王还能如何！他数十万大军对我三万轻骑，又能如何？"

项籍不以为然。于是范增正经说："依老夫之见，这田横、田广叔侄与田儋、田荣有所不同，其实缓他一缓，倒也无甚大碍！"

项籍瞪一眼，问："此话怎讲？"

范增道："田广尚弱，田横仗义克己而行事多虑。陛下乘大胜汉王之机，主动给点面子，就可能改变田齐既往的行事方式。"

项籍说："亚父再说说！"

范增解释："汉王新败，二田失去借力，心必恐惧。楚、汉对于齐，利害一般，齐若出头，利汉而害己，岂不愚笨。我给他脸面，他君臣在齐国父老面前就能遮挡过去，何乐而不为？毕竟楚、齐过节不由他始！等到陛下擒刘季而削汉，正如方才所说，田氏还能有其他选择吗？"

钟离眛问："田横会不会趁楚汉之争而从中取利？"

范增回答："当初田荣之错，就错在这里。齐之利恰在于楚汉相争，而不在眼前。田荣如果消停些，只坐山观虎斗，或可进退乘便！"

这话里也总有半根骨刺卡着项籍的喉咙。他是感觉到了，只借一声冷笑掩饰自己的不自在，说："那就先留着他去做白日梦吧！"

一旦打定主意抛开了田齐专心对汉，项籍才感到心头敞亮了。这时，虞子期来附耳低言，项籍的眼里立刻放出异彩，大声宣布："散了吧，众将自去歇息！"

虞子期告诉项籍，夫人回来了。项籍急匆匆回到后宫，美人果然在那里等着呢。此次有难，脱险之后重逢，更是百感交集，相依相拥，久久舍不得分开。

项籍驱散了长期笼罩心头的阴霾，一并抒发大胜刘季的豪情，于是吩咐请来项氏、虞氏诸叔侄内姻，摆开家宴，为夫人压惊。席间，不免问长道短，弄清了虞姬逃脱的过程，甚是欣慰。

次日，项籍派人到吕府、陈府表示谢意。吕氏父子和陈婴都表示丢失彭城已属罪不可恕，对项王的抚慰受之有愧，并请辞归乡里。项籍犹豫片刻，一体照准。不出两日，两家人便匆匆离开了彭城。范增听到消息，心中狐疑，来问项籍。项籍其实也是有疑问的，但念他等毕竟在危难之际保全了夫人；再说还有许多军务忙不过来，也就不想在这种事上劳神费心了。

刘季从下邑退至定陶。心神方定，却有一个女子找上门来，见面哭得像泪人儿似的。却原来，刘季在芒砀山泽中落难为寇的日子，也有一段艳史。正是这名迷人女子，适时地闯进了他寂寞空虚的生活。不久，周围的人都开始称她"戚夫人"。戚夫人天生丽质，浑身上下楚楚动人，尤其擅长楚歌楚舞，一举一动一笑一颦无不让人心醉。刘季与她如胶似漆，要不因天下事性命攸关，几乎就赖在她温柔的怀抱里了。这回刘季没找着吕雉，便决定把戚夫人带在身边。

张良和张耳分别从荥阳、修武赶来接驾，催促汉王尽快撤去荥阳。刘季乍见张良，忽然一股热血冲到脸上。张良煞是敏感，立刻联想到自己曾以“褒姒”的典故讽劝汉王，不料当初在咸阳宫的一幕，却在彭城宫中如此不堪地重演，便不由得垂下眼帘，轻轻叹了口气。

刘季此刻又有戚姬陪伴，不免心虚，便赶紧上车。已经在车上了，忽然心思一动，复下来靠在车轮边做凝思状。俄而自言自语：“寡人现在很想舍弃山东的广大土地作为封赏。我在关中，彼在山东，似此比我汉王如何？可谁有这种资格呢……嗯？”

彭城之败也促使张良在思考，他立即看出了刘季的心思，便举荐说：“臣观当今之世，有三人可助陛下！”刘季急忙问：“先生说的是哪三个人……来，一起到车上说！”

就着车的颠簸，张良说：“其一，九江王黥布，为将骁勇只在项王一人之下，战功赫赫，然受封归国屡次不听调遣，与项王之间的裂痕已经无法弥合，正可为我所用。”刘季点头，问：“其二呢？”张良接着说：“其二，不能小看了彭越。彭越当初与齐王田荣联手反楚，在梁地搅局，让项王不得安生，也算是个人物，所谓强龙不压地头蛇。此人长期活动在要害地带，极善于把握时机，总是进退自如，关键时刻一定能发挥别人无法替代的重要作用。”说过了，看看汉王的反应，然后强调：“陛下如有意，这两个人要赶快派使联络！”

刘季连连点头：“子房确实说到我心里去啦！可仅靠这两人似还不足以成就大局……还有一个人是谁呢？”张良环顾，除夏侯婴外，车旁无人，便反问：“这个人现就在帐前，陛下觉得诸将中能独当一面而可委以重任的，首推谁人？”

刘季在脑子里琢磨，只是不肯落实。只听张良说：“大敌当前，此人实不可怠慢……”刘季作出猛然省悟的样子，招手要张良凑到面前，咬耳朵问：“子房说的可是大将军？”张良击掌：“陛下与臣想到一块儿啦，天下没人能代替此人！”刘季听出了话的分量，知道张良点拨自己，却也话中有话。此番彭城惨败，与他急功而违背韩信的战略构想，并亲自抢在前面有直接的关系。张良又强调：“唯有大将军可以托付以大事！”然后说：“陛下如果真的肯把山东赏赐给这三个人，那打败楚国便大有指望！”

韩信现成。眼下正需要彭越卖力，又逢诸侯背叛，怕是夜长梦多，刘季便派郦食其前往，许以利益，授计为汉王遮挡楚军。至于黥布……

事有凑巧，回到彭城的项籍也正在想黥布的事。无论是击齐还是袭汉，他总是这病那病地一味搪塞推诿，真恨不得亲自去收拾了他。可再想想，他毕竟没有像诸侯那样朝楚暮汉，甚至可以说是诸侯中最亲近自己的人。再说，这家伙功劳突出又骁勇善战，是个难得的人才，早晚还用得着。这么想，便派了使者，带上许多赏赐，前往六县向九江王通报形势，转达慰问。

刘季至荥阳，郦食其也回来了。果如所愿，彭越痛快受命，并承诺绝不背汉。

第五十七回

建骑旅灌婴挫敌锐　娱王子蛮芑透真情

楚军开始撤离齐境，可这泥潭陷进去就不好拔腿，追击汉军的事便被耽搁着。项籍着急，便连连派使催促。这边一动，田假便又十万告急，项籍终究是犹豫了。延有数日，其心被范增觉察，便来提醒。项籍觉得还是范增有道理，于是，铁了心下达死命令。楚军便不顾一切地全线撤离，田横叔侄乘虚而进，田假缺乏实力，便逃到了定陶。

三齐重新完整地归于田横叔侄，田横派人请求项籍杀掉田假。此事看似重复了当初田荣式的要挟，甚至本质也没什么不同；但这回完全是他主动，表面并非项籍有求于他。项籍、范增都明白这是双方和解的契机，而和齐方能集中全力伐汉。权衡之下，田假最是无关紧要，便抛给田横一个绣球，密令萧劫把田假杀了。田横则投桃报李，立即投入到楚国阵营。世事无常，利害永恒，齐国这一从来的重大难题，竟然就这样轻而易举地解决了。当然对田齐，楚不求其动，但求其静，要求他出兵助战是不可能的。

利用项籍、范增撤军备战、协调楚齐关系的缓冲时段，汉军迅速建立了以荥阳为中心、北起河水、南至京县的前沿防线。大将军韩信奉命在荥阳西南京县、索亭一线布局防御；重点是向荥阳之西纵深设防，那里沿洛水一线是由成皋、巩县、洛阳组成的狭窄战略通道。也就在三四十里的距离内，卞水从京县向北流经索亭东，抛弯过荥阳南转东北，至敖仓东南入鸿沟，可见所谓京索防线其实就是卞水防线。卞水接鸿沟，依山带河扼守住广武、敖仓和京、索，就等于锁死了黄河与嵩山之间通往洛阳、函谷关的门户。

刘季紧张地协调军力，命将军惠侯孙赤、御史大夫周苛为主、副将，守卫荥阳；枞成为荥阳县令，协助城防并协调后勤；安排韩王信为主将、陈平为副将去广武驻扎，都尉元顷协防；内史周昌、都尉郭蒙前往接替奚涓把守敖仓。如此，周勃、奚涓便被腾出来，作为荥阳和广武、敖仓之间主要的野战力量。中尉靳强、郎骑将丁义、都尉陈濞诸将则随在汉王身边。刘季又派使从南阳、颍川急调薛欧、王吸到手头，以增强战场机动能力。

随即，刘季打发人到关中催促丞相萧何尽快征集兵员给养，立马开赴荥阳支援，越快越好；使者奉命顺便把一双儿女和戚夫人送去栎阳，委托萧何好生照顾。临行，他有些依依不舍，安慰说："不出一个月，我必返回关中看望你等！"

安排出了头绪，刘季这才回想起夏侯婴在败退与逃难途中的沉稳果行，更兼有救护少主之大功。为表达内心的感激，便赐食祈阳，增加了他的实际待遇，并且嘱咐他要时常亲自给自己驾车，没特殊情况就不要离开。

樊哙也撤回到荥阳，刘季给他增加了平阴二千户食邑，以将军身份驻扎广武，把韩王信调整到荥阳自己身边。

不多日，萧何征发的关中援军便抵达荥阳，其中包括了大量老弱而不符合法定从军年龄的人员。自古以来，男性到二十岁，算是够上服役年龄了，但还要给他三年时间从事耕种，一年时间做好准备，所以，到二十三岁才应该正式服役，此前一概为"弱"。年满五十六岁，则划入"老"的行列，从此免征，回家种地休养。由于兵员匮乏，萧何这次是顾及不了那么多，一概征集来了。不论怎么说，人数充足了，军队也就恢复了声势。

随着楚齐和解及汉军作战略退却，楚军开始转向了大跨度反击，此番定是一不做二不休。项籍命钟离眛、季布为先头，大军向梁地推进，济、睢沿线各城复又纷纷回归西楚。

刘季对应采取了积极的防守策略，命将多路出击，回推战场锋面。身为梁相，西撤殿后的郦商部直接停留在巨野泽以南，开始承担极其艰巨的阻击任务，与老对手钟离眛缠斗。薛欧奉命前往协同作战，以为援手。

彭越掂量大势，尽数放弃了所占领的城邑。他主动退到滑县一带的河水沿岸，以一贯的生存和作战方式往来流动，飘忽不定，称得上是游击天才。游击军避实击虚，骚扰、牵制、掩护、袭击粮道，成为阻遏楚军从东郡境内西进的弹性屏障，同时也从侧背为郦商提供了战术支持。两军相辅相成，不但迟滞了楚军的进取，而且挫弱了楚军攻击的锋芒。彭越就此转变了角色，正式成为楚汉战争中一支不可或缺的方面军。

战争的实践证明，控制住梁地，便等于掌握了东进西退的主动权。在郦商、薛欧侧翼，对东郡、砀郡前沿各城的争夺反反复复。睢水、济水与鸿沟交接地带，仿佛京索防线的吊桥，是双方争夺的焦点。不久前因不得已而降汉的楚将王武、程处和魏将公申徒，同样随着形势逆转而反水，那个主动献出衍氏城的魏封柱天侯魏咁也倒戈了。汉军主力在曹参率领下，围攻并夺取了雍丘；靳歙、灌婴紧接攻打外黄，王武战败逃走。在控制了睢水桥头后，靳歙暂时留驻雍丘，曹参、灌婴率军向北越过济水，击败程处，并在一直坚持于东郡西南的汉封燕县令翟盱配合下收复了燕县。汉军收兵途中顺便攻取了鸿、济分水处的衍氏及其东南上的武强。此番举动是对京索前沿的延伸防御，实质属于以攻为守。

未久，楚军对郦商、薛欧两部的压力明显增大，驻守雍丘的靳歙奉命派部将向东北方向突袭济阴，在定陶之南打败了楚将邢说。

总之，汉军通过反击，重新在河水南荥阳以东、以南约四百里半径内取得了相当的主动，形势看起来还不错。这个效果出乎刘季预料，究其原因，楚军从来就以作战素质、而不是以人数为优势。但自齐战以来，部队连连作战而没有得到休整，这时重点还处在战略调整和军力、后勤重新整备阶段。

在双方反复“拉锯”的过程中，楚军各方面准备基本就绪，兵员补充和粮草筹集到位，可以集中力量西进了。首先有楚将羽婴从南部迂回，沿陈郡攻防薄弱区域迅速进到颍川、南阳交界处，占据了昆阳、叶县。昆阳因地处昆水之北而得名，今为河南叶县；叶县旧邑在昆阳西南。昆阳、叶县至南阳郡治宛县都处于山地前沿，属京索防线延伸带。刘季当年就曾在左近徘徊，最终选择经由南阳曲线进入关中。因此对于汉军来说，这一带在战略上也比较敏感。

基本处于待战状态的曹参以丁复为先头率部截击，一举夺回昆阳、叶县，迫使羽婴后撤。然而，楚军南击正是为了调开汉军主力，至少是虚晃一枪扯长战线。只在前后脚，正面项冠在先，周殷、周兰为两翼从东郡突击，已经抵达敖仓。

敖仓守将周昌、郭蒙一面紧急迎敌，一面向荥阳告急。幸亏有周勃、奚涓为荥阳北路机动，立即率军救援。两军激烈交战，京索防线的神经陡然被绷紧了。

由于羽婴一路打得过分草率，曹参留丁复巡守，自己则得以火速回军，率傅宽、灌婴会攻楚军北路。项冠、周殷、周兰眼看汉军聚拢围攻，而后援不济，被迫退缩。傅宽率骑兵先一步赶到，截住楚军后路厮杀，斩得骑将一员。刘季立即传旨给傅宽增加食邑。

战未已，项籍主力已经在济、睢展开全面攻势。前锋钟离昧、季布所向无敌，汉军各部抵挡不住，丢城弃地，纷纷后撤。不一时，楚骑已经逼近荥阳，京索防线仓促间暴露于前敌，压力陡增。

随着楚军不断加强攻势，训练不足的汉军战斗力相形见绌，活动空间被大幅度压缩。刘季向韩信、张良问策。韩信说：“楚军兵精善战，尤以骑兵为核心战力，运动迅速，进退自如，且士气旺盛，一以当十，优势十分明显。”这个说法立即使刘季联想到了彭城之战。只听韩信又说：“而以楚军此番来势，我军想要继续在防守中争取主动，恐是越来越难了！”刘季以为然，问：“寡人闻故赵武灵王曾先有‘胡服骑射’，然后才得以驱胡。今欲效仿，不知可行否？”张良说：“我军战士众多，习马性者当不乏其人；马匹也足够组建一军，只是分散得很，要让诸将忍痛割爱，也是一件难事。”刘季说，这倒好说……看韩信没回答，便问：“大将军以为子房之言如何？”韩信回答：“子房之言甚是！此一支骑兵必须集中组建，将领亦须精力充沛且擅长骑战。否则白费心思不说，这整军的骑兵也是折损不起的！”刘季知道韩信还有所指，便说：“大将军具体道来！”韩信稍稍犹豫，然后说：“现成樊将军那里有原属秦军的精锐骑兵，可以为核心；主将嘛……主将则宜另选。”刘季转看张良。张良便支持说：“大将军此言有理。”刘季问：“傅宽手中骑兵也比较整齐，可否统一划拨过来？”韩信却回答：“如果足够调配，傅将军那里保留一支也好！”刘季于是拍板：“就按大将军和子房的意思办！”

当务之急，说干就干。刘季立刻颁诏集中骑兵战力，这是强制性的。首先要遴选熟悉骑兵、有骑战经验的将领，由他们来训练和统领这支汉骑新锐。原秦、雍内史保部骑兵将领、现任校尉重泉人李必、骆甲二人顺理成为候选。可是，正如韩信的估计，连樊哙都不足以任事，这两人……当下刘季左看看右看看，琢磨来琢磨去，还真拿不定了。

刘季召李必、骆甲到身边，征求他们的意见。二将心中狐疑，也自我掂量了一阵，奏道：“臣等是亡秦臣民，担心得不到将士们的信任，望陛下另择主将。我等当倾力配合，以不负陛下知遇之恩！”

谁最具备条件呢？刘季逐个儿审视众将，最终才轮到了灌婴。灌婴尚且年轻，但他娴熟骑战，尽管属小字辈，但也历经战阵，已经不逊周勃、樊哙、郦商等几位主要将领。

不再耽搁。刘季立即委任灌婴为中大夫，命其为骑兵部队主将。李必、骆甲分任骑兵左、右校尉，由他们从全军精选善于骑射的将士，重组汉王驾前骑卫部队。

樊哙来了，说：“姐夫陛下既然把骑兵弄走了，那就一并把末将也弄去。没啥的，去与李必、骆甲一起帮衬灌婴，也算得一份福气！”刘季早就料到樊哙会闹小脾气，其实闹闹而已，于是吩咐：“拿酒来，寡人真格要与这无法无天的挑担理论一番！”酒来了，却只管喝。樊哙急了，才要开口，刘季又举杯：“喝，继续喝！”最后问：“你想通了吗？”樊哙笑道：“不通又待如何！”刘季于是说：“那你就回去吧，把气力用到该用的地方！”

骑兵正式组建完毕，立即投入严格的训练。时间是有限的，但人、马都是有技能基础的，主要是演练大、小阵法，也就是不同程度的战术配合。

初时，灌婴并不与楚军正面交锋，而是继续贯彻扰敌牵制的方针，充分发挥机动性强的特点，率骑出阳武，迅速沿睢水过大梁、陈留、雍丘，进抵襄邑，通过大幅度运动扯住楚军主力的后腿。

楚军对汉军新崛起的战力感到很不适应，不免瞻前顾后。范增于是提议强化左路牵制，由羽婴继续与南线汉军周旋，却另派一得力战将去奔鲁关。他说："如此汉骑必飞驰救援，我正可全力攻取荥阳。"项籍质疑："刘季若置之不理呢？"范增解释说："我反复取南路，就是制造另辟蹊径的假象。"项籍说："刘季未必肯上当！"范增看项籍又有点犟，便一笑："他若置之不理，那我就动真格的。他自然知道我不可能去攻武关，但等到轻骑进逼轘辕，看他还怎想！"项籍点头："那就试试吧……可派谁去合适呢？"范增挠挠额角，说："钟离眛、季布是动不得的，那也就项冠了！"楚军以勇力见长，所以项籍之下为黥布、蒲槐，之后是钟离眛、季布。再后，虽不乏勇将，但论起独当一面，就难了。这不但限制了作战方式，也难免会造成更深的影响。

项冠领命，不声不响地撤离东郡引兵向南。南路羽婴已先期向昆阳、叶县发动攻击，汉将丁复出动御敌，双方对这种来来往往的拉锯也已习以为常。项冠偷过阳翟、郏县，未曾发现汉军有什么反应，于是直接切入昆、叶、犨西北，一举袭取了鲁关。鲁关属鲁阳，鲁阳即今河南鲁山县，地处鲁山西北麓。此处山山相连，树木茂密高耸，是洛阳与南阳盆地之间的行路要冲。

楚军随即出发进入鲁山北部。正行，忽听山谷中马蹄嘚嘚，急忙打探，已见有骑兵如洪水般涌出。楚军来不及迎敌，被截为数段。令项冠惊讶的是，汉骑方才周旋于睢水，怎就突然出现在这里呢？就这思量间，首当其冲的右司马及一名骑将已经落马。项冠紧忙后撤，汉军紧追，至晚才停止。项冠一路连连向北退却，归至南郡，又遭到巡战于敖仓一带的周勃及临近的傅宽部夹击。项冠就近向驻扎在燕县西边的柘县令王武求助。灌婴军追至，半途截击，斩杀王武所部楼烦骑将五人，连尹（一说是春秋楚国设置的射官；一说为"掌车辆之官"即主车官；或说就是韩信曾经担任过的典客官"连敖"）一人。楼烦人被征或主动参与中原战争，这种情况并不少见。

王武别将桓婴率军接应，掩护王武退回城中。桓婴不敌汉骑，绕城而走。汉骑不便攻城，便紧追桓婴，一直抵达百十里外的白马城下，斩获都尉一名，大获全胜。

新建的骑兵劲旅以其高度的机动能力，在遏制楚军最初阶段的进攻上，发挥了长足的作用。京索防线相对稳定下来了，汉军的士气也得到了恢复。但不久，楚军凭借境内城邑据点优势，针对汉军机动作战进行了有效的反制。随着后续战力战资的全面调集，项籍、范增不再左顾右盼，转而拼实力只取一点。前军主、副将钟离眛、季布势不可挡地进抵荥阳，项冠、周殷、周兰也放弃了对敖仓的进攻，转而配合主力，把切断荥阳供给作为主要目标。战场气氛日益紧张起来。

蛮芑教乌孙小王子猎骄靡学习骑马。冒顿站在高处新搭建的单于大帐前，远远看着“母子”俩骑到了同一匹马的背上奔驰，心里竟然涌起了幸福的暖流。

小王子与蛮芑也是十分亲近，已经提前管她叫阏氏妈妈了。在他的心里，蛮芑就是荟扶，尽管两位妈妈的性格完全不同，但她们都是草原上爱的化身，而爱是相通的。

孩子的直觉是成人心理的反射，孩子的心理是对成人品性的深刻揭示，孩子的眼睛是透视成人心地的无色窗孔。在流水潺潺的漫坡上踏溪绕林驰过一圈来，“阏氏妈妈”甜蜜的交流式呼唤，在蛮芑清澈的和小猎骄靡晶亮的笑声中由近及远，又由远及近，反复传播着回荡着，让草原上最美好的感情在阳光中对接，交相辉映，在空灵的牧场和心灵的空间里不断升华。美好与纯净浸透了冒顿的肺腑，使他的灵魂第一次产生了心甘情愿被征服的感受，这感受反而使他觉得胸襟的松弛和宽慰。

蛮芑本就骑术高超，教授骑马要领只属家常。猎骄靡可也算得上马背精灵了，小小人儿，被抱上马去，只片刻就产生了“马感”，并显示出“独立性”。大约半个时辰，蛮芑便让他独自骑去，去远了就几乎看不见马上有人了。起初冒顿还有点担心，但鞭长莫及，过了一会儿，觉得并没有发生什么意外，心也就放下了。转念，这蛮芑真够胆量，真够“野”的，不定又要驯出一匹“野娃子”来了！可是，从做事的特点来看，她也并不缺少女子的细致，乃至让人疑惑她是不是真那么好忘事，凡事真的那么容易一打岔就被蒙混过去。

看猎骄靡骑着的白马渐渐放缓，到了蛮芑身边。在飘忽的风中，冒顿听到了动听的歌唱：“阿妈，哎，我的马儿哪里去了耶；儿子，哎，你就骑在马背上呢喂。阿妈，哎，我的羊儿哪里去了耶；儿子，哎，羊儿就在你身边呢喂。我骑马儿去放羊，风吹草儿长；放了山下放山上，马儿羊儿一起长，长大哟嗬嗬嗬喂，到底为哪样？阿妈，哎，儿子，哎……”不知道什么时候，蛮芑教会了小猎骄靡唱歌，他们在唱些什么呢？冒顿感到有些陶醉。歌和马本来就是草原的两只翅膀，他也想去加入他们的对唱，于是上马飞驰。

离得还远，猎骄靡便大喊：“阏氏妈妈，单于爸爸来啦！”蛮芑回答：“哦，我们的小王子在这里，他当然是要来的！”看看单于骑着朝天驵到了面前，蛮芑忽然计上心来，张口便问：“我的野娃子呢？你到底把它藏在哪儿了？为啥不还给我？”

冒顿猝不及防，他意识到，只要没有一个明确的说法，蛮芑就不会打消对于枣红马的疑问。看时，蛮芑还真一副催逼的模样，心里顿时有些惊慌，但脸上并没有丝毫流露。他回答："歌呢？我美丽而心爱的阏氏还没有专门为我唱歌呢！"

大概是因为小猎骄靡的缘故，蛮芑笑着摇摇头，立即就又让这事岔过去了。但这回倒是冒顿上了心，事情总不能永远瞒下去，看样子，蛮芑并不可能真正忘记枣红马，总有一天会为这事顶真的。于是，他开始琢磨，能用什么巧妙的方式诉说，去争取蛮芑的谅解呢？暂且放在一边不提，伸手去马上揽过小猎骄靡，借着孩子的笑声也"哈哈"大笑，开始与"母子"俩做马上追逐的游戏。

小猎骄靡一会儿被冒顿假装抢到马上，一会儿又被蛮芑抢过来，如此反反复复，兴奋得不肯稍停。而在这样的反反复复中，草原上雄心勃勃业已至伟的撑犁孤涂单于和青春奔放活力四射的牧马女子，心照不宣地像享受阳光雨露那样，乘机享受着充满野性趣味的微妙的肌肤亲近。

第五十八回

筑甬道陈平遭诟议　哭荟扶情圣释悲怀

左骨都侯勒俟祜飞马过来了，远远地就招呼。冒顿觉得这是有含义的，便驱马迎过去。勒俟祜带住马行礼，口里就主动请命了："高山上的积雪已经开始融化，山下的牧草已经露出嫩芽，马儿早已把昆仑山美丽的公主带到了您的草原，巨大而豪华的毡帐也正在等待多情的女主人……"

冒顿乐了，回答："草原还没有返绿，花开的季节却降临得太早了，我怕你会给我招来寒流，将来由谁承担让嫩芽儿枯萎的过失？"

勒俟祜朝已经下马来嬉戏的"母子俩"一扬鞭子，问："难道您觉得今春还能有暴风雪到来吗？两位小王子多想重新投入到母亲温暖的怀抱中呀，大单于难道不也是这样想的？"

冒顿沉默了。他内心觉得勒俟祜是草原上为自己操办婚事的再合适不过的人选，于是不再推托，吩咐："慢慢操办着就行，先不要过于声张，特别不要向蛮芑走漏了消息！"

勒俟祜高兴地回答："请大单于放心，我想，到时候不但有大匈奴各部落的大人们庆祝贺喜，还会有更多远道而来的贵客献上贺礼，与大单于和蛮芑阏氏同饮助兴！"这话中有话，明摆着暗示匈奴征服四邻的战争，必然会迅速进展并取得决定性胜利。说这些目前与他无干的话，也表明分内的事体完全不用冒顿牵挂，只需等着看他左骨都侯的好。一连串含义颇丰的话，无论怎样理解，冒顿都十分开心。把蛮芑叫作阏氏，冒顿就更加心花怒放了。

荥阳被困，粮草供给面临严重威胁。陈平建议在敖仓和荥阳间修筑一条运粮甬道。刘季问："就是当初章邯曾在巨鹿弄的那种？能行吗？"陈平回答："臣若略加改进，想可顶上一阵子。"刘季问："为何只一阵子？然后呢？"陈平道："守毕竟是守，楚军总会想法子破解的。然后，也只能靠陛下，臣无能为力。刘季懂了，当即调派蒯成侯周譄、都尉陈濞去突击施工，陈平负责设计与监督。

看上去，刘季、陈平只是重复往日故事，区别不必细说。关键是刘季记着陈平的话，知道修甬道实属被动，只能缓得一时。他请韩信、张良来喝酒，倒似忙中偷闲。刘季问："这挨打的日子啥时才能到头？"韩信回答："要紧的是尽快改变攻守态势。"

刘季听了不假思索，只一笑："这等于没说！"猛然想到了河北。于是赶紧纠正："大将军好像早就提到过……"韩信无奈，但也得应对："如今正面作战几无胜算。但我若依原定战略开辟河北战场，迂回取楚国后路，局面定会改变！"张良补充一句："岂止改变，如此我对楚至少占据七分胜算！"刘季便不再问。

次日，刘季单独咨询张良："谁人可保迂回成功？而且要快！"张良回答："唯有大将军韩信！"刘季怨道："大将军想是请战，可京索这头却靠谁呢？"张良说："此事还得问大将军！"刘季便不再多说，只吩咐："请大将军。"

韩信来了。刘季问："昨日之事，还请大将军详解！"韩信长出一口气，说："首要的还是京索。京索若坚持不了，其余皆无从谈起！"刘季却问："我抄他后路，就算项籍看不出，难道范增也看不出？"韩信解释："作战以知将为要。依项籍的个性，我越是从侧面迂回，他便越会集中全力从正面突破。他知道，一旦突破京索，我迂回必然无功。再说，以诸侯态势，楚几无可能重演昔日'救赵'故事！"刘季领悟，说："若依大将军言，可真苦了京索……"张良说："现诸王反水，却增加了迂回的阻力。好在魏王尚在陛下身边。"

刘季听了这话，深知以抢占彭城前的局面，一切都会顺当得多。但错已经错了，也就不去买那后悔药。他内心十分犹豫，问："荥阳万一有失，京索最后的底线在哪里？"韩信略一思索，回答："保住巩洛，最终是函谷关！"

"由谁来保障京索呢？"经过反复讨论，思路回复到张良那个"一主三仆"的框架内。张良说："大将军若去河北，京索就要格外倚重黥布、彭越了！"刘季叹口气，朝四下里看一圈："嗐，你们这些人哪，总也没法与寡人来探讨天下大事呀！"这没头没脑的抱怨激出一个人物来，当下躬身行礼说："臣实在弄不清陛下的心思，总得有个具体的说法吧！"汉王看时，却是谒者随何。于是说："你们有哪个能替寡人游说九江王呢？"没想到随何却应声领命："臣请出使，必说服九江王叛楚而助汉！"刘季一怔，继而大喜："有卿如此，寡人之心甚慰！"随何请求："望陛下允许臣挑选二十名勇士随同前往！"刘季略感诧异，随即便点头应允。

陈平来向刘季汇报甬道建设和防卫情况，重点是增强了粮道护卫的专一性。陈平的思维有一种与众不同的特质，他移植了往常在大的军事防御工程中才用的方法，就是在甬道沿途添置了简易的瞭望和烽火设施。由于里程不长要求不高，没费多大劲这项因陋就简的附属工程便完成了，用它来预警，甚是有效。刘季越发觉得陈平的点子虽"诡"，但却十分实用讨巧，内心便十分感叹。

不料还有巧妙之处。陈平就近取材，利用废料在甬道向敌一侧堆积成拦马障，又在甬道墙面设置了御敌的垛口。这两项功能虽然都不够强大，但也算得上棋高一着了。

周勃、灌婴等将领奉命前来参加防务协调会。等候多时了，刘季却没看见似的，只管与陈平聊得热乎。冷落之下，众将对汉王那种异乎寻常的亲近，感到了愤愤不平。等陈平告退，周勃便忍不住开口道："陈平这家伙外表挺漂亮的，但有点像帽子上缀的那块柔美的玉石！"旁边有人立即附和："听说那人在家时与嫂子甚不清爽！"众人一阵哄笑。灌婴说："他在魏国做事，魏王就看不惯那做派，这才跑到了楚国；到楚国还是不中，就又逃跑来投靠汉王。这算什么人哪！"周勃说："如今陛下百般器重他，天天让他监督着我等，实在让人不痛快！"灌婴说："我听说此人还接受将领们的贿赂，谁给的多，谁得到的好处就多。"听周、灌二人如此口气，在场的将领们更是群起而攻之："这人从来反复无常，咋看咋像个乱臣！"

正面临越来越严峻的防御作战形势，陈平肩负的责任也很重大；听大伙儿七嘴八舌，刘季心中不免产生了疑惑。他找来魏无知，拿众将说的那些话来调查。魏无知先没说什么，只讲了陈平逃离楚营的一段经历："他昼伏夜行来到黄河边，找到一条渡船，谁知那是条贼船。船到河心，船家丢了桨，去揭船板。陈平明白了，便顾不得寒冷哆嗦，脱光了身上的衣服……"

刘季"哈哈"大笑。只听魏无知接着说："陈平从小随兄长过日子。及至长大，白胖俊俏，却只读自己想读的书，从不干活。嫂子气不过，把他赶出了家门。好在兄长宽仁，终究留他在家中。"稍停，说："假如有一个人，具有像尾生、孝已那样的品行，又讲信义，又重孝道，但他的才能却对战争的胜负没啥帮助，陛下哪会有闲心去任用他呀？现今楚、汉对敌，微臣要举荐的是胸怀奇谋的人。至于跟嫂子有这这那那的勾搭，或者收取贿赂啥的，当此之时，微臣不知是否值得去质疑。"

刘季觉得这话有些道理，但也显得强词夺理。魏无知又说："记得微臣当初对陛下举荐陈平时，所强调的无非才能，而陛下现在所问的，都有关他的德行！"刘季一想，也对呀，早已没了心劲儿。于是打发魏无知去了。

回头直接召见陈平，只拣关心的问："你在魏王那里，不中意了，就改而侍奉霸王；出纰漏了，再离开。如今又跟着寡人做事了，那些恪守信用的人原本都这样朝三暮四吗？"

陈平只满不在意，说："天下的道理不可一概而论。微臣跟随魏王，但魏王不肯听我的建议，所以只好去侍奉项王。项王又不信任人，他所任用和喜欢的，要不是项氏一族，就是他的内兄弟。如此，手下即使有再奇特的人才，也不可能让他发挥作用。微臣不才，只因听说大王善于用人，所以才一心一意来投奔。”

刘季听得仔细，仍觉得正邪掺半。他本就出身市井，哪里肯听人卖弄口舌。也许是看透了刘季的心思，陈平觉得必须直面攻击，便说：“微臣在离开楚营时却没丝毫贪恋，只两手空空来投奔陛下，不收点钱就没法维持日常花销。这样吧，我出的主意如果还有值得采纳的，则希望陛下用一用；假使没什么用处，那我接受的钱还都在，请陛下允许我依照以前的做法一并封起，上缴到金库里去……”刘季当然听出这又是要走人了，便有些不乐，只一时没作声。不料陈平直接说：“微臣这就辞去官职……”真的要走人了。刘季心里一急，反而改变了思考：“寡人还未曾提及受贿的事，他却毫不隐讳！”已经没有回旋余地，于是刘季切实地在心里斟酌，到底割舍不了这个脾性相投、主意多多确实也很能干的人。

陈平也给刘季讲了一点轶事。他说，自己少时贫穷，连老婆也娶不起。老家户牖有家富户叫张负，他的孙女五次嫁人，五次都死了男人，从此，没人再敢娶她。刘季开玩笑道：“你就乘机动起了脑筋！”陈平并不回避，说：“是张负自己请人说合，把孙女嫁给了我。”刘季问：“凭什么？”陈平道：“一次我在邑里给人家陪丧，去得最早，归得最晚。被张负注意上了，跟到家里。他说，看我住的虽是陋巷破屋，门前挂起一条破席子，可却辨得出，门外许多车辙，都是德高望重的长者来时留下的。”刘季质疑：“张负因此就把孙女嫁给你了？就凭这些车辙？”陈平点头：“他说了，长得这样气派的人，怎会长期受穷呢？”

刘季说：“这也值得吹嘘！”陈平笑一笑，说：“不值得，不过还有件小事，说说无妨。乡里祭祀土地神，让我分配肉食，分得非常均匀。父老们都说：“假使小子能治理天下，也会像分肉一样均匀！往后，这分祭肉的差事就归你啦！”

刘季乐不可支，便来个干脆的，通令给陈平重重赏赐，并升任为护军中尉，把他的监督权扩展到全军将领。这么一来，诸将算是彻底明白了，从此再也没人敢在刘季面前说陈平的是非。

有一件意外发生了，魏豹反水了。

也是刘季大意，一直被带在身边的魏王豹借口双亲病重，请求回去探视。不料他一回到都城平阳，就立即封锁了黄河蒲坂渡口，宣布脱离汉王，并派使向楚国请求庇护。这就意味着，凡当初霸王所封诸侯，原封不动地返回了西楚旗下。项籍对魏豹的回归感到十分高兴，立刻命柱国项它率军前往支援。

楚军对魏国的介入，使关中形势顿趋紧张，三川侧翼也同时遭受威胁。无奈，刘季只好派中尉曹参率部返回关中驻扎，重点是加强河西临晋至夏阳一线的警戒。临行，任命曹参为假左丞相，等于给萧何临时配备了武职第一助手。这一事件，不得不让刘季考虑尽快启动北路迂回，以便一并破解新添的西魏窘局。

牧场上与往常一样显得平静而悠闲。

这天上午，匈奴单于冒顿带着群臣来到山前没有矗立任何标志、地面几乎不着痕迹的墓地。匈奴人的葬俗是有墓穴而无坟冢，因为在没有疆域的战场上，不知道什么时候会有仇人来凌辱部族的死者，让灵魂遭受伤害。一片点缀着花儿朵儿的青草，足以庇护亡灵的安宁与祥和，让生者从此放下心来。

冒顿先是面对西方把酒，遥遥祭奠居住龙城的祖先，跪叩行礼，心里想着的当然是父亲头曼。叩罢起身，默默无语，那是面对妫莪、夷莪和芷劬，所有的复杂情感只藏在心中。然后，又分别祭奠了死去的大臣们和侥直那、云中杀手、雾里佳人、野娃子。

大臣们都回去了，卫士们也统统被打发回去了。已经是午后，冒顿独自骑了朝天驵，找到溪水流出山谷的地方，那里有荃扶身后的住所。

他让骏马去自由溜达，自己来以别样的方式悼念曾经相濡以沫的心爱的亡妻。他跪到溪旁，倾听流水的声音，像是听荃扶诉说生前的爱情和去后的思念。喜与悲其实是共同存在于人的内心，当时机合适了，两者会不约而同地交互流动，使心情变得无所适从。在匈奴顺利实施军事扩张的同时，冒顿就要娶蛮芑了，一切都是那样地令人满意，但在趾高气扬和轻松愉悦的背面，却隐隐积累着一份又一份心理的重负。这重负的感觉越来越明显，使冒顿产生了必须寻求解脱的念头。

待到红日西下、暮霭沉沉，冒顿终于起身，心中的情绪已经无法抑制。一篇充满想象力的哀婉而感人至深的草原口头文学，在心写的绵绵情思中诞生了：

太阳即将归去，它将归去何处？月亮即将升起，它将照耀何处？

月亮莫不是与你约定了，带着你的缠绵，来照耀我和我的创痛，来照看我们的小溪。月亮沉入了溪水，要为你洗去伤痕，与我潺潺地细语，告诉别后带泪的思念。

我方才告别了太阳，让它捎去我的抚慰，让它照耀你，那是我胸怀的温暖。太阳沉入了地下，要用它的炽烈，燃烧我的思念，与你倾诉，宣泄我哭泣的心灵。

起风了，乌云飘过来了，笼罩着山冈，遮住了草地，遮住了月亮，也遮挡了阳光，找不到我们的小溪。荃扶啊，它为何要遮住了你的脸，让我看不到你了；乌云过去了，我真的看不到你了，我四处寻找。莫非你静谧的微笑将从此被吞没，我将再也看不到你的快乐和伤痛？小溪潺潺，莫不是在哭泣，要把黑暗和痛苦永久地留在我心中，我心如刀绞……

荃扶啊，我的爱人，我钟爱的生命，离开了我，你将怎样度过白天和黑夜？你将怎样忍受痛苦和寂寞！

冒顿泪如泉涌。

我知道，黑夜和白天在你的世界和我的世界颠倒轮回，没有了同一片天地，我们只能在清晨和黄昏相约，在天边牵手，作短暂的依恋……

冒顿失声痛哭，泪水湿透了他的脸，顺着新休整的卷须曲折地跌落溪中。他的声音中充满了大悲伤。

伸出你的手吧，荃扶，那是你的心，是我的牵挂。在共同的黄昏和清晨，我就能走进你的月亮，那里有你皎洁的面容，它无论是微笑、流泪或者平静，总是那样惹人爱怜，总能使我深深感动！你能走进我的太阳吗？它是我曾经的少年痴心，无论在春秋冬夏，还是风雨过后，在愉快与痛苦的时刻，在无法同在的世界，都要与你分享。

荃扶啊，我的爱人，给我安慰吧！让清晨和傍晚的小溪，告诉我你的思念，告诉我你的快乐和悲伤。我将用心照看小溪，在小溪中照看你的世界，关照你的冷暖。千万不要再哭泣，你要微笑，就像在曾经的小溪边，与我说话，甜甜地欢欣，不然我的灵魂将永远得不到安宁！

冒顿觉得自己的灵魂确实在漂移中，一种超出了痛苦的茫然，欲摆脱而不能。他仿佛看到水中月中的荃扶，被云翳遮挡了，朦朦胧胧地愈去愈远。

芳草离离，日月纷纷。在一个安静的早晨，或者一个喧嚣的黄昏，我将握紧了你的手，你也要握紧了我的手，在我们的小溪边，我们将走进同一轮圆月，或者同一片晚霞中，从此，我也到达了你的白天和黑夜，找回彼此的依恋——

冒顿哽咽着，泣不成声。他把脸埋在溪水里，贴近那里灵动的月亮，许久许久，心情才逐渐平静下来。

天上的月亮是那样圆，又是那样明亮，洒满草原，照耀着山脉，找不出一丝儿云彩。一匹白马飞驰而来，到了朝天驵身边，映在月亮中。冒顿长长舒了一口气，顿时觉得浑身轻松了许多。

两匹马并齐着来到身边，当然是蛮芑来了。月光下，她行止轻灵敏捷，酷似一名矫健的少年武士。

“上马吧，我们回去！”声音空前地体贴不由得冒顿不顺从。他轻轻地叹了口气，把内心复杂的情结收藏起来，跃身到马背，回头再看一眼小溪，看过影影绰绰中承载着荟扶的山脉，放马飞奔。两匹骏马紧随着隐入苍茫月色中。

“蛮芑，我在想一件事。”

“哦，想就想呗！”

“等我们成婚了，立刻就去龙城！”

“你说什么，成婚？谁成婚？”

“先不说这个了，反正我们一起去！”

再心宽的女人都是极其敏感的。蛮芑问：“你为什么这样伤心呢？”

冒顿被这一问，心情又被触动了，真的又伤心起来。自从弑父夺位，冒顿已经用无可辩驳的事实证明了发动政变的重要意义，但并没有给自己的良心一个彻底的交代。他需要忏悔，但用什么来忏悔，什么时候、去向谁忏悔？他觉得是时候了。

出于遮掩的需要，冒顿希望为死去的枣红马和卫队长侥直那编织一段壮烈而美好的故事。

“那是一次意外，但也是必然。”冒顿说，“这意外使我心里难过了许久。我击灭东胡，赶跑月氏，也是他们首先欺负了匈奴。我承认，它们也许是为我很坏的心情付出了代价，因为巧合而成为我所能找到的最合适的发泄对象。”

冒顿感觉蛮芑这回真的瞪大了眼睛，只听她质疑：“你说什么呢？这哪跟哪呀！”

“不是哪跟哪，是事实，是心里话，这话也只能跟你说，我还能跟谁说呢？你知道，我杀了我的父亲，我又必须这么做，我又不能真正地惩罚自己……”冒顿的话说得有一搭没一搭，不成大体也不成逻辑，其实心思乱着呢！

蛮芑跳下马，一甩马鞭，到底不以为然。

冒顿无可奈何地摇摇头，也跃身下马：“更重要的是，我也杀了侥直那和枣红马，这使我十分伤心。”

第五十九回

翻传奇草原添故典　淹废丘三秦付沧桑

这个坦率得令人吃惊的陈述，使蛮芑猜想多日的事得到了证实。她心头一震，但马上体会到事出有因，反而表现得很平静。冒顿没有遭致暴风骤雨般的猛烈抨击，甚至痛恨、诅咒、鞭笞，心中更加不安。蛮芑之所以平静，是因为有多日的心理准备垫着底。

虽然意想不到地面临一个难以捉摸的使人感到忐忑的心理雷区，冒顿既已开了头，就要做得彻底。他稍稍迟疑，便接着说："其实，侥直那是自杀的，枣红马……"

"那是为什么？"蛮芑不解地问，有点着急。

"侥直那是一个非常忠诚的人。我杀死了我的父亲，他本就是父亲的卫队长。他忠于父亲，也忠于我。他是非常聪明又识大体的人，应该完全理解我的做法，不，他应该早就猜到了我会怎么做。他为什么眼看着事情即将发生而不去提醒父亲呢？那样应该对他更有利！"说到这里，冒顿停住了，他要看看蛮芑的反应。蛮芑默然。

于是，冒顿接着说："因为他更懂得大匈奴的前途和命运高于一切，这不是能用我和我父亲之间的仇恨来解释的……他不是一名普通的卫队长！"

蛮芑轻轻叹了口气，问："那野娃子是咋回事呢？它可没有当过你父亲的卫队长，与你父亲没有任何关系！"

冒顿说："让我来为你讲一段属于别国的故事吧，它会帮助你了解那些我不愿意回想的事情。"于是，他以第三人称的方式，讲述了构思多日的姑衍山传奇：

"太子和父单于之间的问题已经到了不得不解决的时候了，不是你死就是我亡。你知道，太子不是怕死，而是不能死。如果死了，部落就不可能尽快地强大起来，而一个不能迅速强大起来的部落，就抓不住随时到来的机遇，最终的命运可能不是强大，而是被征服甚至灭亡。

"那一天，致命的误会发生了……说是误会，倒不如说是蓄意的。事情是这样的，太子和卫队长带了一队卫士到山里打猎，那天，是卫队长骑着一匹经历非凡的枣红马。卫队长心爱的马死在一次逃亡的路途中了，他一直没有一匹中意的坐骑。脱险之后，太子和卫队长便亲如兄弟，几乎是生命相连的了。枣红马也是因为这次共同的死地逃生而成为他们最亲密的朋友，不分彼此。

"他们顺着山坡隐蔽着往山里走去，已经到了谷深林密处，猛然，横在山腰的巨石后面蹿出一头高大的雄鹿，你知道，草原上的猎人看到了猎物会怎么做！太子飞快地张弓，毫不犹豫地射出一支箭，雄鹿倒下了，太子随即策马过去。没想到，鹿摇摇晃晃地站起来，还要逃跑，才逃出几步，太子又射出了一支箭。更没想到的是，箭射到的一瞬间，鹿先自倒下了，巨石边却出现一个人，伸手接住了箭……

“太子大吃一惊，浑身的血都快凉透了。你说那人是谁？竟然是他的父单于，那头雄鹿显然是被他追赶着的。太子心想，这下糟了，罪责难逃了，连忙过去赔礼，也想解释一下。果然，单于根本不听，指责太子借机谋杀他。事情如此巧合，他能听解释吗？何况，因为单于企图废长立幼而曾把太子置于死地，父子两人心里早就互相有所戒备了！

“双方正僵持着，单于看到了太子身后的卫队长，动了念头，大声命令：卫队长，你替我把这个逆子杀了！

“事情糟到了这种地步，太子只好静静地等待命运的处置。只有风在吹，林在动，雄鹿倒在单于的马蹄前作垂死挣扎。太子又听到父亲大声命令：你听到没有，立即给我把这个逆子处死了！

“还是没有动静。太子回头看，只见卫队长脸色刚毅，手好像是不由自主地移到刀柄上。说实在的，太子这时真想突然一击，诛除那个迟早会借故杀死自己的残忍的单于，他的眼里第一次射出了仇恨的光芒。但是，他不能，那毕竟是自己的父亲。

“太子不再回头看卫队长，这事该怎样收场呢？他清楚地感觉到，枣红马慢步移到了背后，生死就在卫队长一举手。他想，他绝不会对自己下手。枣红马继续朝前，绕到了太子的正面，就在单于父子之间，卫队长的刀已经出鞘，举了起来。

“太子闭上了眼。尽管感到意外，但他绝不能朝在战场上用身体为他挡箭的卫队长动手。他听到了雄鹿将死的喘息声，心想，自己将要和它一起去了！他听到了响声，是刀的撞击声音，显然卫队长的刀掉在了石头上。太子连忙睁开眼睛，只见卫队长已经从靴筒里拔出匕首，刺向了自己的胸口。”

冒顿的眼里噙满了泪水。蛮芭也流下了眼泪。冒顿取出那柄匕首，给蛮芭看，边说：“这是我在秦朝那边的朋友送给他的。”蛮芭接过来，看了看，还给了冒顿。

“卫队长这个意外的举动，让所有的人都大吃一惊。太子感到有无限的悲伤涌上心头，正要驱马上前，想不到，暴怒的单于把刚才接在手里的箭，也就是太子射出的那支箭投向了卫队长的后心。卫队长伏倒在枣红马上，枣红马立起身，扬起前蹄，向着天空悲声长嘶，声音响彻山谷，也使太子的心剧烈地颤抖起来。

“单于已经拔出刀来，枣红马腾空跃起，驮着卫队长沿着山坡奔去。单于下令放箭，无数支箭突然从林中飞出，原来，巨石四周的密林中早已埋伏着许多士兵。也有许多的箭向太子射来，不得已，太子射出了一支响箭，这是一种号令，太子以一当十的卫队中瞬时狂飙突起，所有的箭都紧随着响箭射到了单于身上。还来不及看，单于已经像一棵被砍倒的松树一般，攒着满身的箭杆从马上掉下来，坠落在山坡上。而枣红马也在箭雨的追逐下，驮着流血的卫队长坠下了悬崖……”

蛮芑默默无语，心中痛如刀绞。

对这段包含了移花接木的动人的杜撰，至少冒顿自己认为完全出于善意。看着蛮芑难过的样子，他忽然感到心中不忍，但愧疚之下，还真说不出安慰的话来。朝远远近近打量了许久，目光停留在正相伴饮水的两匹坐骑身上，心想“有了！”于是说：“我想给你打造一副马鞍，是带镫的！”那时离马镫发明的时间还不很久，加之受财力、原料和工艺的制约，并不是所有的人都能使用马镫，尤其大多数匈奴士兵。

蛮芑眉头一展，口里却说：“我只喜欢放牧，又不去打猎，又不去打仗抢劫杀人放火，要马镫有啥用呢？”

冒顿认真地说：“我知道，我知道你不喜欢那些，如果能行，我也不喜欢。可有了马镫，套马不更方便些！”

蛮芑说：“没马镫也一样，我不稀罕。”

冒顿哄劝她：“我说是亲手给你打，用铁，就这么一下，一下……”他边说，边拿手比画着锻打的动作，还没完了。

蛮芑“扑哧”笑了。

冒顿希望蛮芑从此不再提野娃子了。在已经抹去了疑惑的广大草原上，新编的故事越来越清晰，也蔓生出许多枝节，丰富动感，曲折离奇，英雄悲壮，得到了史诗般的广泛传唱。

利用战事暂时的平缓，刘季决定按计划回关中一趟。六月初五，他临朝正式颁诏，立嫡长子刘盈为太子，留守栎阳。太子年龄还小，委托萧何照看。各位侯爵将领的儿子都组织起来，作为太子的护卫。依惯例，大赦罪人。

除了听萧何汇报、请示，刘季还静下心来，仔细回想了成败教训。其余，就待在戚夫人那里，借以放松自己的身心。这时，韩信请命前往废丘收束雍战，决定章邯命运的时刻到了。

汉王二年（前 205 年）七月，山里一连下了三天的暴雨，溪谷间危崖崩塌，泥流奔涌。第四日午后云散天晴，韩信立马高处，就着斜阳仔细察看废丘周围的动静，脑际不时能感受到山里震耳欲聋的回响。

陈豨率将军朱轸、都尉季必等攻城，战斗显得激烈起来。樊哙反却是清闲，守在离韩信不远的地方，显得有些不耐烦。

一骑马飞奔而来。韩信远远看见，脸上微露出笑容，“嚯”的一声，掣剑在手。不一时，来人到了面前，呈上密报。

韩信拿眼寻时，樊哙早已等在一旁。也不等大将军开口，只拱一拱手，转身催马去了。韩信随即收了宝剑，抬一抬手。只见旗幡摆动，锣声响起。人马停止了攻城，缓缓撤向山坡高处。

章邯巡回废丘城头，看四周突然间格外清净，只有远处山头上旗纛隐约，不禁疑惑。太阳渐见西沉，风却紧起来，吹动城边远近错落的幽暗柿林。

彭城的信使终于到了，章邯也顾不得尊卑细节，急步上前接过信来抖开，看了，又看，又看。然后揉在手心里，仰面长叹一声，来到城边，把那信丢下城去，看着它随风飘落到远处。

上游高处，一线宽阔的白光闪烁着向废丘飞快地移来，耳畔隐约有轰鸣之声。心中噩梦般的担忧终于降临，章邯默念一句：“是时候了。”然后平静地吩咐：“速速传令赵贲将军，多分派军吏督促城内军民人等上城躲避！”又下令：“叫内史保将军不必再据守护门墙，火速率部撤回废丘外城，多用早已经备好的泥土草袋堵塞四门，十万火急……”随即补充说：“要尽量堵严实了！”

说话之间，守城军士惊慌成一团。上流的方向上，已经能辨清洪流翻滚而来，仿佛一条浑黄的长龙，怒号着摧垮一切阻碍，向废丘城张开了巨口。无须多时，它就要将城池和被城池围护着的生灵，包括他们或多或少的财物全部吞没。

“他妈的，没想到韩……大将军还真有一手，服啦，服啦！老子看你章邯再能耐，还有个甚招数！”樊哙率领着那帮引洪水灌城的士兵，看着几处掘开的水口越来越宽，水流越来越大，越流越急，心里感到十分过瘾。忽然想起大将军的命令，便吆喝士兵在预先打下的木桩边加强巡察，用堆积在旁边的沙石袋控制水口，不使崩溃。“夜来打起火把，都给我睁大了眼看仔细！”他吼道，“哪个敢让堤坝跨了，老子就先拿他去喂鱼！”

为了生存便利，天下城邑往往就水流、植被而建筑，一般都处在地势相对低平的地带。但这个适宜生活的位置，正是周围地形的派生，与“水向低处流”的规律一致，只不过避开了水害而借用了水利。这是一种天长日久可以由自然重新选择的利与害，也是可以人为作出改变的利与害。在最大限度压缩了雍军的活动空间之后，韩信早已派士兵在上流选择合适的地形，筑起一道堤坝，耐心等候合适的时机做一次局部的改变，重新引导水流的方向而把废丘“利地”变为“害地”。他并不希望这些工程真的派上用场，但章邯的顽固态度和所构筑的无懈可击的防守体系，终于迫使韩信在设定的时限内使用了势同猛兽的洪水。他也不很期待汹涌的洪水直接冲垮废丘城墙、冲进城里而造成过分的溺毙，但必须让足够的水量绕泡干打垒的城墙，呼唤城中军民求生的本能，以彻底摧毁章邯顽固的信念。

水头扑至废丘城下，在城墙边撞激起浪涌，然后溢向两边。入夜，城的四周已经成为泽国，把整座坚固的土城的墙基淹没在水中，土城恍若水城。

城中的迁移进行得非常缓慢，百姓舍不下自己的坛坛罐罐，没几户肯弃家逃上城去。幸亏城的四门堵塞得严实，而且继续在加固。缺乏耐心的士兵们开始施以暴力，可尤其老人们，死也要死在家中，这使赵贲感到十分为难。章邯观察城下趋缓的水势几乎徘徊在固定的水位上，心里明白汉军的用意，于是下令停止往城上驱赶百姓。黑夜笼罩着城周逐渐减少的火把和城中寥零的灯火，无眠的废丘被覆灭的恐惧浸透着，城上城下到处惴惴不安。

一夜又一个白天过去了，城外除了保持着的水位，没有更大的动静。首当水头冲击又浸泡得久了的城墙开始严重剥蚀，不停地有崩塌激水声传到城上，慢慢煎熬着守城将士的神经。又一天过去了，城里也已经渗满了水，形成纵横的溪流，那些简陋的房屋支撑不住，纷纷倒塌。人人都已经懂得，不可能再有逃生机会。街巷中无助的哭号开始转化为个别的暴力抗争，汉王那久为百姓熟知的《约法三章》潜在地向人们的心灵发起冲击。

已经是第三天的中午，城墙出现严重损毁的迹象，平民百姓家的房屋即使还没有被泡塌，但都已岌岌可危。已经不需要守着“家”了，人们无形中聚集起来，暴乱的苗头在不断显现，内在的危机随时都有可能爆发。

赵贲来到城上，向守望在那里的章邯请示办法。章邯严令不得向黔首们动用武力，他解释说：“想当时强秦尚一旦毁于揭竿，何况今日水深垒危之废丘！”

面对无法克服的难题，赵贲干脆命士兵全部撤离街巷。这个行为同样激怒了无法不被激怒的百姓。已经聚拢在市集上的人群经过一阵剧烈的骚动，仿佛有点疲惫了，却充斥着哀哀的啼哭，间或暴出怒骂声。

房屋塌入水中的动静不绝于耳，被惊吓的孩子发出刺痛神经的哭号。于是，人群中有人大声呼喊：“我等百姓昔日幸免于秦廷暴政，今朝即使不被淹死，不久也将为霸王所坑杀！”

“这位大哥，你说大伙儿该咋办呢？”人们无法依靠雍王，自主寻找出路的心理不自觉萌发了。

“汉王宽宏大度，只要雍王献城投降，合城军民就能幸免！”

“这主意能行，走，找雍王请愿去！”于是，人群蹚着水，开始向城墙根移动。

一片乌云盖过来，遮没了太阳，笼罩着摇摇欲坠中的废丘。章邯一边听着赵贲的报告，一边沿着湿滑泥泞的土阶下城，内史保也紧随在身边。走了一半，停住了，章邯低头看着聚拢而来的人群，有百姓，也有士兵，他们现在反倒相安无事。显然，这不正常，但道理是清楚的。章邯明白，他们的愿望是一致的，出路是共同的，如果再不作出决断，自己就真的成为“寡人”了。“城为汉军所淹，家为汉军所毁，黔首尤不恨汉王。如此，秦如何能不灭，楚又如何能长久！”章邯的内心被激烈地撞击。

“大王投降吧！”人群中有人喊。

“投降吧，献城就有活路，大王——”这是此起彼伏的哀告。有人跪下了，接连不断，跪下的是士兵，站着的是黔首。激起的水声伴着哀声怒声扑上城来。

又有许多人跪下了，一眼看去，没有了戈矛，没有了士兵，只有零星的军旗在压城的云丛下委靡低垂。

章邯又走下几步，看浊水在低处的台阶上撞荡。他拱手，高高地举起，停住在前额。城下人声戛然而止，房屋倒塌激水的声响依然此起彼伏。

章邯努力提高了虚弱而沙哑的嗓子，说：“章邯对不起合城将士父老，你们可自行投降汉王了。只要城上倒了王旗，插上降旗，大水就会退去，军民都能安然！”说过了，他艰难地一步步回转城头。赵贲觉得异样，向内史保使一个眼色，两人便紧随在后面。

云边上透射着阳光，浑黄的水色半明半暗地闪烁，把云翳中远近的树丛刻画得惨淡而朦胧。章邯已经不管将士和百姓们在做什么，他默默地看水，僵直的目光从水面移向天空，潸然泪下。半晌，回头对身后的二将说：“我章邯昔日已背秦降楚，今岂能复又背楚降汉！”说罢，从容拔出宝剑，向颈项用力抹去。

“轰隆隆”一声响，脚下的城墙崩塌了半边，湿漉漉的夯土裹着章邯的身体坠下。赵贲、内史保见状，横剑裂声大呼：“天不予便，如之奈何。章帅且行，我等随您来了！”二人挺剑对面互刺，一齐跃身城壑。

水退去了，城里军民大多安然无恙。汉将朱轸率骑队赶到城下，他首先在泥泞下面找到了雍王章邯的遗体。拖延半年多以后，汉军在荥阳前线尚且危急的形势下，终于啃下了三秦最后一块硬骨头。等候在栎阳城里的汉王刘季轻轻吐出一口气来，在胸中惦记着的事项里勾去了最为陈旧的一笔，但心情一点儿也未能松动。

月色明朗，草地朦胧。冒顿牵了朝天驵离开大帐，远远地到溪边，寻到那块熟悉而又有些生疏了的鹅卵石坐下。回头看，有一顶小小的毡房……眨眨眼，没有了毡房，只在远处矗立着庞然的大帐。

这是勒俟祐最新完成的杰作，它使冒顿称心如意。在地势较高的宽阔草甸上，冒顿重建了新的单于大帐，并改作坐北朝南的方位。他的眼里现在满是宏观，直觉得金帐传统坐南朝北背着草原面对大山，就好像一个人跷跷着盘腿坐在前高后低的山坡上。尽管这只是地理大势，地形的细节并非如此，但人一旦改变了心理倾向，无论小环境是否那么回事，总就很是别扭了。现今冒顿心胸开阔，其气势欲居高临下以虎视中原。“这习惯得偶尔改它一改！”他还有话：“中原不都习惯坐北朝南吗？秦始皇的大殿应当也是坐北朝南，匈奴单于也要适应一下！”

这想法自然得到了勒俟祐的热烈赞同。他说：“南边一年四季都有高高低低的阳光照进帐来，那有啥不好！”且蛰也觉得有道理，至少觉得这想法十分有趣。那还等什么？巫师们必然会反对，可一旦成了事实，他们也是会承认的。像这种反传统的事情，更宜先做起来再说！有关“大吉利”的判断定然随后而至，宗教也是服务于政权的。于是，单于帐稍稍挪了个位置重建，这里恰好能远远地意会荟扶的小溪。

冒顿回想着，脸上露出了一丝儿得意。他又想到了蛮芑，现今他的心胸里腾开得比较清爽了，蛮芑便越来越多地占据了那里的空间。蛮芑猜得透他的心思，但从没有当面说穿过；冒顿也越来越懂得了这位身世神秘的女子。她表面随性任意、似乎不肯用心，实际却具有天仙般的聪慧并执着于内在的矜持。最让冒顿头疼的是，蛮芑从不响应任何与出嫁有关的话题，包括表面并不相关的大帐建设。但她又分明不反对自己所做的准备，那是源于心与心的交流和判断。她本来就是一个对于束缚的叛逆者，这是两个人亲近的更本质的原因。

第六十回

待庆典沽衍建新帐 伐西魏罂缶渡汾阴

建设毡帐可不像中原建造大殿那样，动辄征集几十万之众而旷日持久。就建筑学角度来讲，万变不离其宗的单于帐说建就建，说起就起，不出半年就大功告成。显然，还是比以往呼啦啦支起毡帐费劲多了。那大帐与传统毡帐相比进行了三大改进，无论从哪个角度，都称得起草原第一帐！

仅就构造而言，新单于帐的第一项改进是多帐多功能组合式，中间正面是主帐，用来议事，相当于中原皇帝临朝的地方；两边像耳朵一样搭建了两座小一点的偏帐，用来供群臣现场办公，兼以遮风避雨等候朝会；主帐后面有后帐，冒顿在那里召集小型会议和处理日常事务，也可供歇息；后帐两边还有内帐，将来由蛮芑和太子调节居住。需要连通的地方，都设有门户或封闭通道。

这第二项改进是方形主帐，它改变了传统的环状四壁，因而能显示出室内的方位层次，更合适摆开仪仗和分清君臣关系，显得气派而又威严。

第三项是以单于帐为中心设置了大大小小的毡帐，形成一个建筑群落，比较完整地承载起单于庭日常所需要的、比以前要复杂得多的各项管理功能。

单于帐前面照样留出了一块宽阔平坦龙旗环列的场地，只是与大帐的规模相称，面积达到了头曼时的三倍还多。距主帐十步的地方多出一面突出的旗帜，那是新设的撑犁孤涂单于旗。通过体制改革，单于以下各级亲王、高级将领也都分别设置了标准旗号，从单于庭一眼望去，能辨别任何相对固定或临时搭建的毡帐里居住着哪一级人物。

月亮藏进一小片云中，那仿佛躲进了蛮芑柔软的衣襟，使习惯于马背风霜的冒顿体验到温存，他甚至嗅到了她的体温，她的芳香……冒顿感到巨大的金帐群落，在月亮照耀下隐约而又清晰，是那样前所未见地庄严肃穆，真实具体，能够触摸地代表着自己鼎盛的权威……蛮芑即将伴随自己住进主帐后面的一个单元，那里布置得空前舒适、华丽……可惜荟扶没有能等到这一天，还有妁莪，她们本都应共同来享受这一切！还有侥直那，他如果还活着，至少要任命为大当户，给个更高的位置也不是不可以，我说了算！冒顿的头脑里不断幻化着各种经历过的和想象中的场景，那些期望见到、不愿见到和害怕见到的面孔在他的眼前飘过来，飘过去，交织着，使他的心也变得恍惚了，飘渺了。

小毡帐里走出一个纤纤身影，那不是荟扶吗？她怎么总也到不了身边，那样近，又那样远！冒顿起身，用心去拥抱，但总是触不着那令人感到伤心和挫折的虚无，他的眼角又潮湿了。他双膝跪到溪边，双手捧起冰凉的水，洒向月亮，洒在鹅卵石上，然后俯下身体，一点点地亲吻了那块似乎始终拥有生命的石头。

彭城失利之后，刘季总是忧多于喜。这边才拔取了废丘，关中却因连连征伐而欠于耕作，爆发了全面饥荒。集市上的大米卖到了一斛万钱，绝望中的饥民开始换子而食。刘季恰还滞留栎阳，便紧急召集群臣商议对策。萧何提议把百姓分流到蜀地、汉中，在那里由地方官员解决收容和果腹问题，然后组织他们自食其力。

还是要搜刮一些粮食。这时，有旧秦官员李勘上表，建议由官方出资向宣曲粮商任氏购买谷物，以解燃眉之急，保持秦中稳定。汉王一想，果真粮商手里囤积有粮，则不妨采纳了这个意见，关键时刻，这样做意义重大。于是，他召见李勘，首先问："你所说的可是骊山西南上的宣曲，在灞水的一个小湾里？"回答："正是！"于是接着介绍："这任氏祖上担任秦督道仓吏，秦败亡，豪杰争相多取金玉，唯其大量囤积粮食，深藏仓窖，无以数计。今陛下与项王相拒，关中人民尽数服役而土地荒置，粮食短缺，富户不惜代价购买粮食，大量金钱则源源流进了任氏囊中。"

刘季本想下一道敕谕，让有关方面去办理就行了。但掂量了一下，觉得这事关系过分重大了，于是直接宣任氏家长来见驾，好言抚慰。那任家也是有见识的，便放低了价格与官方成交，当然钱还是没少挣。任氏其实赢得的更是雄厚的无形资产，从此致力于耕种养畜，为朝廷所重视，代代巨富，而且时常受到朝廷的褒奖。一时奠定基础，子孙受益无穷，这是后话。

转眼已经到了秋季八月，征讨魏豹的战前准备基本完成。刘季并不希望与魏国开战，还是先礼后兵，争取魏豹回头。使者郦食其二度来到平阳，可这回魏豹铁了心；再说，现下还有楚将项它守在边上。面对郦食其的软硬兼施，这位西魏王终于透出了腻烦，回道："汉王，我这辈子是服侍不起了。他简慢无礼，侮辱耍弄把人不当人，对诸侯、群臣肆意谩骂，跟训斥奴隶一个样，我实在是不想再去见他了！"

郦食其满腹雄辩无用武之地，悻悻地回到栎阳。这是他在口舌争锋中首次失利，并不因为缺乏实力，而是人家不给你说话的余地。

刘季看这名堂，也就不啰唆了，但却记住了魏豹说出口的唯一理由。现在，刘季已经对京索阻击做了充分的心理准备，那就是硬着头皮顶上去。这回他不似彭城战前去抢那个一线统帅地位，而是必须担起这副担子。

刘季任命韩信为左丞相，统率曹参、陈豨、灌婴等所属精锐步骑伐魏。“左丞相”属于实职，与临时授任的“大将军”头衔完全不同。三秦事毕，至此韩信出将入相。

汉王划拨给的军力略显不足，但三员大将却属绝配。曹参历任主将，为武将之首；灌婴少壮亲信，是汉王驾前的骑兵总领；游击将军陈豨擅长独当一面，当初刘季入关驻军灞上时，他已获封侯。一旦下定决心，刘季的心情便十分迫切。对河水两边战场的相辅相成，他心如明镜。

刘季的情绪反常地轻松。他问郦食其：“魏国那边派出的大将是哪位呀？”郦食其回道：“听说是柏直。”刘季“哈哈”一笑：“他口里还能闻得着乳臭，哪里能抵挡寡人的左丞相！”又问：“他们的骑将呢？”郦食其答：“冯敬，是冯敬。”刘季点头：“嗯，秦将冯无择的儿子，有点能耐，不过，他难以对抗灌婴！”再问：“步军由谁统领？”回答：“楚将项它。”刘季击掌：“曹参对付这家伙绰绰有余。我还犹豫什么呢！还担心什么呢！”

韩信邀请郦食其来进一步询问：“魏国该不会起用周叔做大将吧？”回答是无误的：“柏直，肯定是柏直！”韩信冷笑：“小子，我只一战擒你！”

刘季要紧急返回荥阳前线了。丞相萧何依然重任在肩，除了侍候太子刘盈外，其他像制定法令规章，建立宗庙、社稷、宫室，健全县邑行政，管理人口户籍，调运粮草、补充兵员等千头万绪的工作，都必须亲自过问。刘季依旧赋予他灵活处置、先办后奏的权力。当然，具体行事时萧何自会斟酌。

灌婴已奉命率骑兵入关。意欲送汉王一程，但无法分身，便派骑兵右校尉骆甲代为尽责。骆甲小心护送刘季至洛阳，不敢稍停，告辞汉王立即返回军中。

临晋关战云密布。韩信命将军高邑在黄河渡口布置渡船排列成阵，遍布旌帜，并每天由灌婴派几队骑兵在河岸往来驰骋，张扬声势。他私下安排不久前由治粟内史迁为上郡守的佚襄准备一万只木罂缶，这事要绝对秘密。罂缶是一种大腹小口的瓦器，用以盛储液体。木罂缶是什么？韩信联想起家乡的木桶载一两人浮于水面采摘菱藕的情景，便改型设计出“罂缶”，以备特殊用途。

侦知对岸渡船密布，军势浩大，魏军主将柏直飞报平阳。魏王豹想，这下汉王被激怒了，果真要灭了咱家呢。于是赶紧集中主力于蒲坂，针锋相对，全力阻遏汉军渡河。他自己也告别母亲、妻儿，从平阳移驾，向南赶到安邑，以便统筹全局、调度兵力。

蒲坂地处河东通往关中的要冲，山川汇集，西凭黄河，形势险要，为历代兵家攻防重地。战国秦昭襄王就曾在河上连舟搭建浮桥关河凡有大战，临晋、蒲坂必在视野中心。

临晋汉军好一阵子只干打雷不下雨，弄得魏军十分紧张。终于，魏军产生了心理疲劳，适应了也麻木了，而此时渡河作战也开始了。经过反复折腾，柏直推及彭城兵败和荥阳楚汉对峙，对韩信的伐魏兵力产生了怀疑。而魏豹之所以敢于反汉，对形势也是做了充分估计的。他只是没料到汉军会来得这么快，直至拒绝郦食其时也还这么想。

魏豹心里变踏实了，这个底气也来源于具体对策。魏军布置了重兵，由柏直亲自指挥濒水阻击，充分消耗汉军战力。若蒲坂失守，汉军则必向东北攻取安邑，魏有大将王襄在此镇守以遮蔽平阳。冯敬却率骑兵生力隐蔽于山中，以备半途伏击。另有勇将孙遬驻防东张，此时可从西路抄袭，夺敌渡船，并与冯敬、王襄夹击过河的汉军。再不济，还有楚将项它率骑驻扎在王垣，可快速驰援。王垣位于今山西垣曲东南王茅，地处中条山和王屋山之间。楚骑可从这里南向渡河威胁京索后路，也可以西向助力魏豹。当然，首要的还是阻止汉军迂回东进。

蒲坂渡攻日趋激烈，百里之外的河水东岸却发生了异常。

那里是吕梁山南部、火焰山末端，汾水入黄河的河口地带。河口之南黄河东岸，为一道长四五里、宽二里多，高十数丈的土阜所遮蔽。这座今天已经崩坍入黄河的土阜叫作汾阴脽，其南有一座古城，叫汾阴，有少量魏兵驻哨。

阜畔河面宽阔，水流稍缓而东岸附近淤积了大片的沙土洲。河口对岸今陕西韩城西南则有一座春秋时代的少梁邑，战国时曾属于魏国，秦取而改称夏阳。曹参偕同佚襄带领伐魏步兵主力，抬着那些精心准备的木罂缶，夜行昼伏，神不知鬼不觉地进驻夏阳。

天色微明，东岸的两名魏军哨兵一前一后爬上汾阴脽做例行瞭望。一人忽然发现河水中流似乎比以往多出许多稍带反光的小黑点儿，若隐若现，似波非波，便招呼另一人来看。果然有衍成一片一片的激荡着的褐色，难以捉摸，反正与以往的每一天都不一样。盛水季节多见洪流，水面上出现成片的漂浮物并不奇怪，奇怪的是规模为历年罕见，简直布满了水面，迷蒙中一时望不到边，特点也有所不同。这有点超过了两名哨兵的经验。

天空开始放亮，土丘伸展的阴影把河水遮蔽得半睡半醒，倒是在河心里透出明暗的界线。这时，两名哨兵也惊奇地发现，那些褐点儿并没有顺水流去，而是偏横着从微明处钻进暗昧的影中，有点儿像云朵儿飘过大地，显然是向自己这边移来了。

天亮得迅速了。阴影中的褐点儿开始清晰起来，在哨兵的眼帘里变得密密麻麻。赶在头里的“点儿”已经绕过沙洲，从土丘脚下顺过去。两人惊讶，再俯身仔细辨别，显然凫过许多屎壳郎般的罂缶来了。南沿的一片被漏出的衍光微炫着，灼出土红的颜色，与浑黄的河水扰动得厉害，还不甚分得清。这是咋回事呢？两人相对发出疑问，都摇摇头，没有明确的判断。再俯身去看，阳光下阴影下，已经看到许多士兵手执灼亮的刀戈弃缶登岸，向土阜内侧抄过去。

哨兵看傻了，哪来这么多的兵呀，像撒豆子似的。愣过了好一阵，突然省悟，狂呼：“汉兵来啦——”猛挫身，两人跟随着滚下沙丘去。不一时，汾阴堡内人喊马嘶乱成一团。曹参手下步兵乘渡的木罂缶如蚁般附岸，就势冲击，喊杀声震天。魏军毫无抵抗余地，尽皆束手就擒。

偷渡圆满成功。曹参迅速整军沿河水南下，直取蒲坂魏军主力侧翼，只一日便到达位于今山西临猗西南的东张。魏将孙遬正一门心思盯着南面伺机出击呢，哪能料背后遭到强大攻击，猝不及防，大败奔逃。

水面汉军似乎真正向蒲坂发动了攻势，战鼓惊天，船只列阵而来，强行登岸。韩信手执令旗站立船头，看魏军却是前仆后继，一波波居高临下猛烈冲压渡口，不由得皱起眉头来。正战得难分难解，魏军一骑快马来报，大批汉军从夏阳偷渡过河，已经攻陷东张。柏直大惊，只好下令放弃渡口，率军退向山中。

韩信心知曹参顺利得手，立即挥军大举登岸。魏军大溃，柏直这才发现，对方船上竟然装载了众多轻骑。韩信命灌婴率骑兵阻击孙遬败军，去与曹参会合。不一时，陈豨率后续人马渡过河来，韩信命郎中骑杨喜率一部骑兵先行追击柏直，自己率高邑、孔藂、陈贺步军大队随后。

彻底击溃魏将孙遬所部后，曹参、灌婴步骑立即跨涑水直取安邑，骑兵转为前驱。涑水沿岸地势相对平缓，利于迂回。魏豹惊觉，正欲派使前往楚将项它军中求援，却有楚使送来书信：“柱国项它闻蒲坂之战魏军尽占优势，故欲从侧翼渡河袭扰三川。即时，关中空虚，尔等可寻机渡河，以图大功。”原来项它只在王垣歇了一脚，便即率军返回，奔河雍去了。魏豹心慌，赶紧派使前去召调冯敬骑兵回援。冯敬接到命令，只犹豫间，安邑陷落，王襄被俘。冯敬不得已转为魏王护驾，被灌婴骑兵追击，损失惨重。

随即，东逃的柏直主力在山中遭到韩信、灌婴两军夹击，反向魏王求救。而此时，汉将樊哙已率军从广武抵达平阴，阻止项它南渡。

魏豹向东奔垣县，派使请求项它前来会战汉军。曹参率军追至，魏王只得硬着头皮迎敌。曹参却不急于进攻，只派一骑马送过一封帛书。魏豹展开看时，是家中写来的，告诉他平阳陷落，母亲、妻儿尽皆被汉军虏获。魏豹心中凄惨，在阵前掩面大哭，伤心过度坠落马下。魏军弃械投降，魏豹束手就擒。

项它已经没必要来接应魏王了，但汉将任敖却出现在他的后路。这一惊非同小可，项它连忙后撤，幸亏任敖兵力有限，既阻止不了，便由他逃去。

韩信、灌婴对柏直困而不打。等到魏王被擒的消息传到，柏直便向韩信递送了降书。魏战以汉军完胜告终，曹参率部继续平定西魏各城。

时为九月，魏豹被押送到荥阳。刘季没忘记他曾发泄的那几句不满，决定让这家伙再忍受一回。

魏豹被押来，当下吩咐去了绑缚，只任其跪在当殿。汉王呢，正由女子服侍着洗脚。既然魏王不喜欢“无理”，那就不当面洗，委屈熬会儿。魏豹腹中饥饿难耐，就不时给点水喝。从傍晚熬到深夜，又说女子为汉王捶背呢，也不便当着“客人”的面。那魏豹跪得难以支撑，肚子虽饿，但尿更憋不住。于是不跪了，按住下身坐在地上，两腿搅动，浑身收紧，牙根发疹。

周围空空荡荡，几乎没有了人声。又不知熬了多久，有人走动了，灯也明亮起来。刘季出来坐定，探身朝下看，嗔道：“为何让魏王就这般坐着呢，岂不太失体面！”魏豹哪里还顾得了这些，恳求说：“罪臣既然被缚，任凭处置，目下内急得紧，还望陛下开恩，准予如厕。”刘季笑道：“这点小事，何言开恩，咋不早说呢？”于是士兵提来一只尿桶。魏豹哪料到还有这一招，只好又勉强跪起求告，可那尿受到尿桶的刺激，已经难禁，小股溢出到裤裆内。刘季怪道：“你等做事太无道理，当殿小解，岂是魏王所为！”这才被领到殿外。尿过了回来。刘季朝站立一旁的侍从说：“寡人真不敢对魏王开口了，生怕出言不逊，伤了他的尊贵。”魏豹这回立在当殿，闭了眼，不作一声。刘季适可而止，吩咐：“让魏王先用餐，吃过了好生安排到传舍歇息吧！”刘季没有追究魏豹，依旧留在军中听用。

魏已定，韩信遣使上表，请求增拨三万士卒，一鼓作气攻取赵、代、燕、齐，荡平北方，并完成对楚的战略包抄。

难恰恰就难在增兵这一条上。荥阳兵力尚且捉襟见肘，叫刘季如何区处？刘季找张良、张耳来商讨。张耳听说伐赵，要去打陈余了，哪有不赞成的。张良与刘季想到一路去了，说：“黥布那里不知怎样了……”话刚落音，门外通报，九江王派使者求见。刘季连忙招呼：“快快进来，快快请进来！”

使者由随何的随从人员陪同，一起拜见汉王，递上书信。刘季急忙展开观看，不自禁喜上眉梢。等使者退下，张耳问：“陛下准了吗？”

刘季大声回道：“准了！”又说：“我意请恒山王率援军去左丞相帐前，留为监军，不知意下如何？”

保卫荥阳只被动阻遏楚军，迂回河北才是主动取胜的途径。刘季心里憋着一股劲，手里捏了一把汗，希望寄托在韩信身上。

随何出使淮南的经过是这样的。

经过充分准备，随何带领精心挑选的二十人秘密上路。黥布的立场选择，将对全局有牵动作用。他助汉，则京索有望；他助楚，则荥阳防线不保。

使团到达九江国都城六县，太宰出面接待。“太宰”相传在殷代即设置，是百官之首。其后直至战国，在王室及诸侯国都沿袭一人之下万人之上的地位。随何感到黥布不算十分怠慢，不料一连耗了许多天，却见不着九江王。他哪里知道，彭城的使者早就在说服黥布，希望他担任破汉的一线主将。不怪黥布拖延，他委实不知何去何从，甚至做梦也没想到汉王竟然派人来策反。

随何带上礼物登门答谢太宰。见过礼坐下，随何问：“大王是不肯接见汉王使者了？”太宰拱手：“哪里哪里，使者误会啦！”随何并不认同：“当下楚强汉弱，九江王心中踌躇也是常理，谁肯与弱者结盟而得罪强者呢？可是我看得出来，九江王本也无意与汉王作对，这正是汉王派我前来的原因！”太宰笑道：“使者自以为是啦！”随何说：“那就请太宰给我一个验证的机会！”太宰说：“有必要吗？”随何说：“我想大人是有所恐惧，不敢实话实说。只要让我见到九江王，就能验证！”太宰笑了，说：“使者这是诳我呢！”随何正色道：“这样吧，我见到九江王，所言若无甚虚妄，大王也都句句想听，那权且一听；一旦说得不对大王的心思，那就把我，包括我所带来的二十人一起绑到南市上，我等甘愿伏质而腰斩！”

太宰连忙说：“使者言重啦！”随何并不相让，说：“那样，也就足以表明大王决意与汉翻脸，也好毫不犹豫地巴结楚国了！”说过了，起身告辞，拦也拦不住。

人好像是生气走了，礼物却在。太宰看一眼，于是转念，不妨去英王那里一试。说黥布是“英王”，那本属“英布”之谓。于是，太宰次日去见黥布，把汉使说的话原样搬了一遍。黥布道："我九江王当得挺安逸，为何要巴结谁呢？但他确实只想过日子，谁都不愿得罪。于是问太宰："你说见好呢，还是不见？"太宰回答："听听也无妨，做主的终究还是陛下您自己！"黥布叮嘱："此事要谨慎些，千万别让那边知道！"

第六十一回

征偏师随何说黥布　悦知己冒顿秀万骑

黥布召见随何，态度极好，问："使者有什么要指教的呀？"随何说："汉王只不过派我来送一封信，当面呈交大王。不过，我私下里感到诧异，大王怎就离不开楚国呢？"边说，边递上书信。黥布接了未曾看一眼，只置于案上，笑道："此言差矣，寡人本为楚臣，怎可不面北侍之？"随何说："这不对吧。大王与项王、汉王本来都分列武信君帐下，后来同殿侍奉怀王，现今又是一样的诸侯，何谓臣子，何为北向而事之？还是觉得楚国强大，足以托付身家，如此心里才踏实！"黥布斜眼瞧一瞧，心想，你就拿话撩拨我吧！只听随何又说："只可惜大王您没尽到本分。比如项王讨伐齐国的时候，您本应倾九江之力，亲自扛着墙版呀、筑杵呀冲在前面，可您都做了些什么呢？"

说到这里，随何停了停，不见反驳。接着说："记得汉王入彭城的事吧！项王无暇，好像也调您来着。为臣之道，当十万火急抢渡淮水，日夜兼程赶去阻截汉军。遗憾的是，大王却坐拥万人之众而垂衣拱手坐观胜负。既然有心把江山社稷托付于人，却为何对主上水火之急无关痛痒？冒昧地说一句，大王不过是想保存实力借以自重。我以为这种做法终究为王者所不取！"

黥布冷笑："不错，寡人确实有做得不到的地方，那就必须按照使者的指点叛楚而事汉？"站在黥布的角度，他本对不住项王，而项王反而好言抚慰。此刻，楚国的使者也在馆驿中等待回话呢。他也知道项籍性情多变，有时器量不够，唯因对自己例外，这"例外"便难以把握，心里难免矛盾。再说，自古君王无义，谁又能不变，汉王能做到吗？能比项王更讲情面吗？眼下楚、汉用兵，谁能说清汉王的用心呢？

被九江王反诘，随何一愣。他有些局促，脑子里出现瞬间空白，随口重复了一句逻辑有些混乱的话："既然您已经对不住项王了，却还不肯背弃他，那只能是出于对强弱的考虑，以为汉比楚弱罢了！"有点强词夺理。黥布反问："假如寡人就这么看，使者觉得不行吗？"

这话帮随何找回了思路。他回答："九江王别急。我的确认为这种看法会贻害于您。楚固然强大，但天下之人都认为项王无道，而且事实确凿。就凭三点：其一，他违背'先入关者王之'的约定，这是无信；其二，杀害义帝，这是不义；其三，坑杀降卒，火烧咸阳，这是不仁。您觉得这还不足以转变强弱之势吗？"

黥布沉默了。这个道理让耳朵长茧，何况弑义帝就有他的份。随何诟病项籍的软肋，但这从来不在黥布的思考中。随何逐渐意识到，长久之利才是关键，必须对症下药。想定了，便不屑地说：“大王果真以为汉军比楚军熊得多？”

话一出口，立即发现黥布眼神异样了。于是接着说：“项王赢了彭城一战，从此就不可战胜啦？目下，汉王重新联合诸侯，率大军回防成皋、荥阳，深沟壁垒，调整部署兵力，把各处要塞都严密防守起来，可谓以逸待劳。在广阔的后方，萧何萧丞相已经组织人力，从蜀地、汉中源源不断地运来粮食。只要上下同心同德，前后方协调一致，还怕局面不能扭转？”由于说得太急，他缓了口气，放慢了声调：“汉军已经充分掌握了战场主动权，可楚军呢？反复被阻滞于梁地，每向西一步，都要付出很大的代价；后退一步，就又更加被动。好不容易有所进展了，后方还是不断被扰袭……哦，彭越彭将军，您知道吗？人家明智得很，一旦跟定汉王陛下，随即被任为魏相国，只等见了大功……那人可是神出鬼没，闹得楚军顾头顾不了腚。就这样，彭城那边强迫老老少少跋涉千里转运粮草，好不容易才能到达荥阳；而汉军呢，补给源源不断，只专意坚守就是了。这样，楚军攻不能克，退又于心不甘，又无法长期坚持，进退两难，终必成强弩之末。这事若挨上大王您，认为该怎么办哪？”

黥布沉浸于随何引导的思路中，明白关键是在于寻求自己的出路。听这一问，口中“哦、哦”，省悟过来，问：“使者的意思，横竖项王不足依赖，对吧？”随何被这个似软还硬、指向不明的探询弄得有点迟疑。黥布赶上一句：“只有汉王才值得托付，是吗？”这无意中又递出了个话头。随何毫不犹豫地回答：“谁值得托付，那要靠大王自己判断。楚终究不如汉，这明摆着。好，就算楚军胜了，那反而会招致天下纷纷抗争……”说到这里，话顿住了。等触碰到黥布质疑的眼光，这才接着说：“诸侯个个因畏惧项王而人人自危，也只能选择奋不顾身来援助汉王，难道楚国能以一国之兵抗拒天下的围攻？大王您果真不肯结交万无一失的汉国，而执意要把自身托付于危在旦夕的楚国？我真是在内心为您的犹豫而感到困惑！”

这时，太宰进来，说是酒宴准备好了。黥布便请使者入席。说服没有结果，随何心里不踏实，哪有心思吃喝？

黥布也一样放不下。喝过一樽，侧身问太宰：“如果楚军胜了汉军，诸侯就会人人自危，天下就会一起来救汉王？我九江王会有这个感受吗？难道寡人算不得诸侯？”

太宰哈哈一笑：“大王如肯去帮助战败的汉军，汉王又何必派使者来劝说大王呢？”

世上的事情，各人有各人的角度，不能一厢情愿地在逻辑上乱起头，这样反授人话柄。汉王败于彭城，诸侯王的态度尽人皆知，黥布岂肯落入言语圈套！楚王、汉王最终谁胜谁败，这才是判断的难点。回头想，谁胜谁败与黥布有多大关系，这更为关键。黥布有那个“黥而王之”的先入为主，得封“九江王”就算船到了码头。这是他应付项籍的基点，难道面对弱势的刘季就需要改变？

随何情知自己力求主动但始终被动，便打算不无谓地绕弯子了。他喝过一樽，就座上拱手道：“从内心讲，我并不认为汉王凭借九江国的兵力就足以灭亡楚国。当然，作用还是重要的。只要大王发兵与楚国决裂，项王就必然要留在彭城加以防范。项王若能被牵制上几个月，汉王就能有十足的把握夺取天下……”黥布举樽：“来，喝酒，喝了这酒！”他终于听出来了，天下这杆秤上就差那么一点点，自己往哪头移一移，哪头就能占据上风。

随何话还没说完呢：“使者现就请大王提剑归汉，汉王已经下了决心，拿出山东的大片土地来封给大王，那可不同于九江国这么丁点儿地方。当然，九江国所有的土地依然归在您名下。”

黥布听汉王许下这么大一个诺，酒樽停在口边不动了。稍待放回几上，吩咐拿过汉王的信来，这才仔细观看。随何见状，便赶紧说：“汉王信任我，派我来劝说大王。我知道我并不聪明，但根本道理还是能领会的，希望大王留意我说的话！”他加重了语气来强调话中的意味。

黥布点头，把帛书铺平了，还拿手捋上几捋，重新端起酒樽，朝随何说：“既如此，那就遵命吧！”随即一饮而尽，以空樽示意。随何便也喝了酒。九江王抬抬手，收紧了口气说：“彭城也有使者前来，此事暂请不要走漏了风声！”

利也，其锋甚利。宴罢回到馆驿，随何打听楚使所在。没多久，手下人来报告，说楚国的确有使者在六县，另有宽敞馆驿歇息。随何思索片刻，决心孤注一掷，让九江王无法回头。

楚国的使者当然不一样，他来自上国，除了说明项王的关照之意，就只管催促黥布发兵。看黥布总托词拖延，心中不快。这日正在当地踱步寻思呢，忽见数人一拥闯入，为首者直去上座坐了，招呼楚使坐下说话。楚使惊疑，不知发生了什么事情，权且按照吩咐坐了。只听来人说：“九江王已经归汉了，楚国凭什么来征调他的军队？你等什么等，还不赶快回彭城去报告！”楚使回过神来，哪里肯相信，两下便争执起来。

事情立刻被回报到黥布那里，他惊得愣住了。但事情已无可回避，只好匆匆赶来馆舍。楚使见黥布到来，便喝问：“九江王果真敢反叛项王吗？”黥布见楚使横蛮，便反问："大人以为如何？"楚使指着随何说："本使不得而知，九江王杀了这人便见分晓！"随何于是拱手说："臣知九江王身怀大义，事已至此，请您当机立断！"话音未落，黥布已经拔剑在手。楚使心虚，先自夺门而逃。黥布看随何时，却见面不改色。于是说声："抱歉！"头也不回，只就势掷剑直取楚使后心，口里说："省得让他回去告本王黑状！"言罢，楚使已仆倒在廊下。随何提醒："告状与否，结果都是一样的！"黥布冷冷一笑："这回您算是不辱使命啦，还是教教本王接下来该怎么做吧！"随何见大功告成，便说："不敢。汉王的意思，是希望九江王率军攻打彭城？"黥布摇头："那不行！"随何没法勉强，便退一步："那就预备着对付楚军讨伐吧！假使不如意，就随我一起去投奔汉王。"黥布长长叹了口气："只能如此啦！"随何看出他心里后悔，可来不及啦！

梁地你中有我我中有你，导致山东战场反反复复。汉军甚至能在防守京索的同时，腾出手来拿下废丘并降服西魏，这显得不可思议。

经过仔细分析，范增发现症结在于求胜心切。他建议放缓进攻节奏，转而从刘季所部控制的下邑开始，在济、睢通道上作堡垒式推进，逐城逐邑地肃清汉军。项籍心里有了头绪，便决定亲自出马完成这项烦琐难耐的任务。

正在这时，得报黥布斩使反叛，真可谓气冲牛斗。他立即调动后备兵力，派项声、龙且为将攻打九江国。范增觉得此事蹊跷，劝道："先别急，黥布历来为楚所倚重，虽两番负心，项王仍以诚相待，何故便反！亦或使者无能，致其被汉王蛊惑。我意还是派一谦恭明理且口舌周到的人，去看看到底是怎么回事，再作道理不迟。"项籍说："亚父也是忒有耐心了。前面的事寡人不追究就罢了，上国使者即使再不周到，他怎敢随意诛杀？何况他已经整军备战，不日来攻，我若拖延了，岂不更加被动？"范增说："我若出兵九江，必然累及西线，正是中了汉王诡计！"项籍哼一声："那又待怎地？寡人照样是要拿下荥阳的！"于是，不再理会范增，自顾带兵去攻打下邑。

河西焉支山百花池畔，匈奴单于冒顿带着"红颜知己"蛮芑，住进了月氏王的夏宫，尽情享受这里丰嫩的水草和清新凉爽。左骨都侯勒俟祛、卫队长屈烈支随行。因为路途遥远，也是为了一系列重大活动不被分心，两个王子就交给奶妈看管，没有带来。随队的还有一名特殊人物，就是草原上的流浪说唱大师犰执呐契。

在山上的大多数时间，冒顿都陪着蛮芑游玩。本来还可以射猎，但蛮芑不喜欢那种游戏，也就罢了。

“就是这种花儿，是可以用来制作胭脂的！”当地的月氏侍女说。等单于和蛮芑到了面前，侍女便采集了些红蓝，揉烂了在手掌上涂抹：“这花汁也可以直接用来妆扮。”蛮芑当然已经见识过，但还是用手指轻轻沾了些，也在手上抹一抹试试，然后叮嘱：“就让这些花儿好好地开着吧，揉烂了多可惜！”侍女哪能想到这一层，连声回答：“是，是！”

冒顿在一旁看着，心里又是疼爱，又觉得无可奈何。这个见了打仗就调和、看到生命就怜惜、做事拿得起又放得下的女子，对他来说简直就是上天的恩赐。然而，战场就是他的生涯，杀戮是难免的。也许冥冥中自己需要一份制约，恰似给骏马配一副上好的笼头。他知道，笼头并不能绊住马蹄，女人终究也不会拴住男人的手脚。事实上，蛮芑从来不干预自己扩张征伐，但她会适时适度地做一些补益的事，会像是无意地提醒，满不在乎地纠正，做起事来让人乐于接受，甚至乐于服从。怎么形容呢？大雪无痕，大爱无疆，大山不语，大义不争？好在蛮芑生性好玩……突然，他产生了一个极其顽皮的念头，要让蛮芑真正过一把“大”瘾。

快半个月了，池边林畔、山头山坳都玩遍了，却真有一件事情让蛮芑纳闷。这焉支山本是月氏专门训育战马的地方，却为何总也看不到成群的马匹呢？冒顿其实早就看出来了，越是这样，他就越是觉得蛮芑可爱，但也一声不吭，只在肚子里偷着笑。

这天一早，他带着蛮芑飞马来到百花池畔的一道山梁上，从这里可以把连片起伏的草场和四周的山峦尽收眼底。尽管晨光如注使山峰显得层次分明格外峻朗，牧野风声耸动让山林伴随心潮激荡，但宽广绵延的视野里缺少了生动的主体，仿佛心智缺乏了灵感的支撑。蛮芑随着太阳升起和海拔升高而飞涨的情绪，没过多久便开始退潮，她感觉有些疲劳了。

冒顿驱马向她身旁靠近，逗一句：“想家啦？”不由得问：“你的家到底在哪里呢？”似是自言自语。这确实是他心中揣着的一个谜团，但只能靠蛮芑来解开，可这个疑问总是被这事那事地打了岔。果然这次还一样，蛮芑主动问：“你不是说要把这里变成专门牧马的地方，聚集三万匹，不，五万匹马吗？我咋就没看见呢？”冒顿笑一笑，回答：“不记得啥时候说过……啥时候说的呢？”蛮芑提醒：“上次，刚刚与月氏和解了的那次，就在这里！”冒顿疑惑道：“这里，我们可是第一次到这上头上来呀！”蛮芑瞪一眼：“这里，焉支山……还说给你自己改成‘阏氏山’呢！”便掉过头不理他。只听冒顿说：“你看，那里是什么？你看呀！”她还是不理，低了头生闷气呢。

“快看，快，快，哎呀，错过一眼后悔一辈子，你快看呀！”说着，竟不顾一切地伸手直拽蛮芑。蛮芑“扑哧”一笑，抬起头来。这一抬不打紧，立刻把眼睛瞪得明亮了。

对面高处的山坳里已经像垂瀑般溢出一线白马来。随即越来越多，越来越多，就在坡上散开，洪水般倾泻而下。就在这时，两边近一些的山畔，也奔腾出大片的马群，左边是清一色的雪青，右边是清一色的枣红。蛮芑惊喜万分，冒顿则得意地挥洒一眼，又瞧蛮芑，几乎有点摇头摆脑。这时，就在脚下，一股黑色的潮流涌出，飞快地迎向对面的白马。过了一阵子，四色马群逐渐汇集，在开阔而起伏的草场上纵横奔驰，形同流水行云。逐渐，马群混杂了，变得星星点点，就像波涛汹涌一般。又一时，马群汇流成巨大褶皱的圆形，逐渐区分出颜色，原来是彼此反向飞旋，直让人眼花缭乱。冒顿“哈哈”大笑，那个乐，几乎要从山顶纵入马群中去。

四种颜色开始沿着一个方向转动，膨胀、衍散、收缩、扩展，不时聚为一体，不时充斥山间。一声呼哨带动，此起彼伏的哨声立刻折叠冲撞，响彻山林，直扰得天上的云团儿飘忽起来。“蛮芑——”冒顿大声喊。蛮芑看一眼，便一抖马缰，早已兴奋的坐骑后蹄立起，扬鬣长嘶，随即旋风般奔下山坡。

蛮芑下到坡底，驰马冲进盖地的万驹阵中。她索性解开长发，让耳边呼啸的风声拉动天籁的呼啸，敞开气势在四色旋流中逐浪弄潮，引得云光纷扰，百鸟翔集。

侧面的山头上响出古朴绵漫的吟唱。那声音苍劲地弥向山溪，悠扬地汇入马群，荡涤飞扬的色彩，溶融了整座山野。

马群收去。蛮芑在马背上侧耳倾听，那是一曲姑衍山草原的传奇，是对撑犁孤涂单于才智和伟业的赞颂与顶礼。她昂首翘望正面的山头，那里已经充满了阳光和气概，矗立着那位既擅长开疆拓土又不乏儿女情长的一代天之骄子。有时候，女人会把英雄和杀戮两者割裂开来，以便投入自己崇高的景仰和纯洁的爱戴。

下山了。在山下迎候的是右屠耆王且蛰、独臂浑邪王居敕臼、休屠王蜣哧。且蛰已经在休屠泽检查过祭天仪式的现场，就等大单于到那里去了却心愿了。

按照冒顿的意愿，他更希望把祭天的地点选择在磨石岭。磨石岭是鼓原的俗称，但这两个名字都不为大多数人所熟悉，可是，一提到“甘泉宫”，知道的人就多了。甘泉宫因山得名，鼓原就是甘泉山。甘泉山位于云阳县西北马栏河与泾河环抱处，那里是秦皇离宫所在地，也是直道的起点，这愿望与冒顿的雄心有某种心理上的联系。原因还不止于此，他还从祖先的传说中领会到，那里与匈奴先民有着某种密不可分的联系。为此，他曾与草原上的首席说唱大师犰执呐契彻夜长谈，虽然事迹因年代久远口头流传而显得似是而非，但他确信其中包含着一些基本事实。

虽然秦朝已经灭亡，河西也已经收入囊中，但休屠泽距离甘泉山依然遥远，而且那里现在被名叫刘季的汉王控制。听说汉王最近被楚霸王项籍打败了，但要把中原的胜败转化为匈奴的直接利益，可不是一件容易的事情。他想到了匈奴败退阴山的情景，多少也是心有余悸的。然而，不管出于历史的诉求还是现实的需要，他和他父亲头曼的目光，从来都没有离开过山南大河边的那片丰饶牧地。而他，冒顿，胃口也许还要大得多。

什么事情都可以与蛮芑谈，谈到打仗就免开尊口了。但是，他十分强烈地希望和她分享个人意志和心中的夙愿，求之不得，便想到了一个自欺欺人的间接沟通途径。她对蛮芑提出一个要求，要她在休屠泽祭天时，请求上天满足他的愿望。可这个愿望是什么呢？也许是驱除草原上的灾害，也许是祈祷部族的繁荣兴旺，也许是个人的婚姻期待，这些都不可能遭到拒绝。他利用了蛮芑从不纠缠细节的心理特点，也巧借了迅速发酵的个人情感。

到休屠泽了。休屠泽的确切位置在今甘肃民勤东北白马岗、石疙瘩一带，俗称西海，《水经注》称之为“猪野泽”。这是目前冒顿能选择到的一块理想的“圣地”，北望姑衍而东眺咸阳，尽管离两地都还很远，但已算得上是远中求近了。

泽畔已经准备好了营地和会场，旗幡播扬，士兵远远近近地守护。沙质山头上，也布置了一个带祭旗和地毯的环境，再用些花草点缀其间，正中最高处安放着那尊祭天金人。不具备偶像崇拜传统的游牧的匈奴，即将从他历史上最伟大的冒顿单于开始，尝试朝着象征性实体顶礼膜拜，努力获取一种在祈愿的另一端清晰了具体承载的体验。

第六十二回

过休屠单于祭偶像　运奇谋弱旅出井陉

与正月、五月、八月传统的大会祭祀不同，这次的、以后还将多次依托金人举行的活动，是从冒顿开始的，是冒顿模仿中原的创造。祭天活动顾名思义，与祭祖已经不相关了，撇开了总是束缚后代的祖先灵魂，说话就可以放开胆子，参与者的资格要求也由单于说了算。那尊金人肯定不是上天的化身，但其尊贵为一名高级使者，是匈奴中负责与上天联络的神人。尊敬使者是必要的，但不必过分敬畏，在礼数周到的前提下，祭者可以充分表达自己的心愿，因为这是唯一不在祖先视野里的场合。因此，朝着金人的祭天，就是要求天神原原本本传达供养者对上天的请求，本质上是单纯的请愿。这个设计真是太巧妙了。

王将诸人都恭敬地、虔诚地肃立山下，只用眼睛上方的余光仰望在阳光下熠熠生辉的金人。在泽边汲水静面洗手过后，冒顿独自一步步登上山坡，占领这个没有任何干扰的赤裸裸实用主义、功利主义的平台。一并朝面前的金人和头顶的上天跪拜，口中小声一连串念出几个重要的“上天保佑”：一是保佑草原风调雨顺，远离灾害，人丁繁育，畜草兴旺；二是保佑匈奴顺利征服周边部族，乘楚汉争战之机夺回阴山；三是保佑匈奴向所有可能的地方驱逐自己的世仇，扩展无边的水草地；四是保佑自己能与蛮芑结为夫妻，白头偕老，永远恩爱同心无猜；五是保佑自己的儿子稽粥和乌孙小王子猎骄靡茁壮成长，成为无敌勇士姑衍双雄。还有许多要求，难以一一数说，但希望能满足他所有的愿望。如果得到满足，他将把金人作为永久的祭祀。颇有点神仙是自己立的，他就得全心全意为自己服务的意味。

第二位登上沙山的是蛮芑，这代表着她在诸王心目中已经认同和不可动摇的地位。简约而不简单的她没有多少话要说：一是遥祝远方的父母健康长寿，自己能早点见到也想追随自己到中原游历的妹妹，希望她代替自己了却父母的夙愿；二是祝愿冒顿单于的远大理想能够逐一实现。这是在兑现对冒顿的承诺，她并不追究那些理想是什么。

第三位在金人面前膜拜祈祷的是右屠耆王且蛰。他也只有两个愿望：第一是愿上天保佑冒顿大单于永远强壮地统治匈奴；二是希望自己设想的未来右部扩张计划能得到大单于的全力支持。

所有在场的王将都有权利不被监督、不受任何干扰地独自面对金人吐露自己的心声，仿佛后来西方教徒面对基督的代表——神父们作内心忏悔，哪怕是说出内心最恶毒的诅咒。

仪式朴素而庄重，逐步进行，由且鞮精心安排的二王献马节目出乎意料地开始。泽畔远远的地方有两座临时搭建的毡房，起初并没有人十分在意。现在，毡房边响亮起笳角，这是在吸引人们的注意力。毡房门帘同时掀开，分别牵出两匹马来。“搞什么名堂呢？”冒顿想。“又来马了！”蛮芑想，兴趣却比面对金人时高多了。

四名骑士两两护卫着毡房里出来的马，居敕臼和蜣哧步行迎上前去，接引了回到冒顿和蛮芑面前，然后单膝跪下行礼，口称“选择了河西牧场上最好的千里马，献给至高无上的匈奴大单于和美丽可爱的阏氏”。这蛮芑还没有成为阏氏呢，此刻也只好勉为其难。

冒顿心花怒放，赶忙请两位起来。居敕臼所献的是白马，唯有两个耳朵长着黄毛，名叫“黄耳”；蜣哧所献的是赤马，名叫“枣骝”。蛮芑十分兴奋，连连称谢。冒顿看到蛮芑如此痴迷于骏马，不由得心中得意。他看一眼且鞮，且鞮也正看他呢，心有灵犀，都不觉放声大笑。

正式活动结束后，就是放开喝酒吃肉，通宵达旦。几天后，大单于心满意足地带着随从人员回姑衍山去，且鞮照例送到半途，分路回自己的大帐。强大起来的匈奴没有一天停歇扩张的马蹄，冒顿和且鞮的下一个目标在阴山吗？

冒顿在马上向蛮芑招手。蛮芑不知所以然，凑过去。冒顿悄声说：“两匹马全都归你，算是赔你的枣红马，这总行了吧！”蛮芑摇头：“这马归这马，那马归那马，一码归一码，哪是哪呀！”冒顿觉得可笑，问：“那么说，你是不想要这两匹千里马啦？”蛮芑一瞪眼：“说出来的话不要反悔！”冒顿点头：“行，行，不反悔，我是匈奴大单于，哪那么小气！不过，匈奴还有一匹天下无双的儿马，不知道你喜欢不喜欢？”蛮芑问：“马在哪儿？”冒顿问：“你真的不知道？”蛮芑认真地说：“你啥时候告诉过我？”冒顿把手一扬：“真笨，天天都在你眼前，怎就看不见呢？”蛮芑脸一红，手中鞭子便打过去。冒顿顺手接了，说：“就搭上这鞭子给我吧，我搭上一副马镫给你。”蛮芑说：“马镫是马镫，我啥时候说要给你什么啦！”冒顿心里直乐，觉得蛮芑的可爱无人能及，恨不能把她融化到自己的血液里。他环顾一下四周，递话道：“要不是旁边有人，我就把你……”

汉王二年闰九月，汉左丞相韩信命游击将军陈豨分军向北，沿汾水、虖池河上溯过邬县、晋阳、霍人攻入代境。而韩信则进至太原郡东部，待机而发。为确保下一阶段伐赵有足够的把握，韩信派使者请示汉王，派一能战之将渡河击赵国之南。恰巧，关中征发的又一批新兵已经到达。刘季经过反复权衡，终于很不情愿地从防守前沿抽调骑将靳歙、召欧率军北渡。

刘季点视新输送到的兵员，感到有些惊讶，萧何的同胞兄弟、子侄、亲属、朋友尽在其中。他指着名单问负责新兵交割事宜的鲍可："萧丞相何至于此？"鲍可回答："关中征发已毫无余力，丞相也只是忠心王事而已！"刘季点头："也真是难为他了！"心里感动，但同时又觉得痛快。

这一切都被鲍可看在眼里。鲍可是萧何门下的宾客，萧何正是采纳了他的建议。鲍可看到汉王三番五次地派遣使者慰问丞相，便私下提醒萧何："汉王陛下出生入死奔波于战场，连日马不卸鞍、餐风露宿。相形之下，您所处的环境要优越得多。可陛下即使处在紧急关头，还不厌其烦地派人来慰问您，这难道仅仅是体谅您的辛勤劳苦吗？"萧何立刻明白了其中道理，问："你觉得怎样做才能真正让陛下放心呢？"鲍可回答："丞相不如把自己兄弟中能够上阵打仗的人都一起征集了送到汉王军中！"

果然如鲍可所料，从此前线来的使者就不再反复传达汉王的慰问了。

不久就有好消息报来。率军救代的赵国别将戚鳃被斩于阵前，逃跑中的代相夏说遭曹参、高邑前后夹击，死于乱军之中。靳歙、召欧率骑首战突袭朝歌，打败了赵将贲郝，随即攻取了安阳，已追赶败兵至繁阳。

刘季实也急切地希望乘京索正面压力稍缓的机会，尽快完成河北迂回。于是再命周勃出击，直接夺取恒山郡。

时间进入汉王三年十月，京索正面战场新的危机正在日益积累。楚霸王项籍经过精心的策略和军力调整，亲自出马拔除离彭城最近、也是扎得最牢的钉子户，攻取了吕泽控制的下邑。楚军开始通过稳扎稳打步步推进，全面对梁地实施逐城逐地的清剿。刘季与张良分析形势，都觉得此番来者不善。日渐增加的心理重压更大于尚未呈现于前沿的新一轮军事压力，却如何破解这个形远意近的难题呢？此番若不是楚军被计划外的讨伐九江国分了兵力，危机可能就来得更快了。

需要提前调集兵力。于是，刘季下令紧急从韩信军中调取北征精锐，随同灌婴骑兵回防荥阳。此时，赵王歇、赵相陈余调集二十万兵力背依井陉山遥对绵曼水建立了坚固的营垒，发誓要与汉军决一死战。韩信手下主战兵力被抽走，人马连各种凑数的加在一起，已经不足四万。然而，井陉会战箭在弦上，不得不发。

由于大军集结井陉，赵境南部防御空虚，靳歙、召欧很快便横扫邯郸郡南端七县，随即占领了位于今河北大名的黄河棘蒲津。赵国后门紧守，而前门已经洞开。

在华北平原和山西高原之间有许多交通要隘，其中最著名的“太行八陉”，历史上皆为兵家重险之地。位于今北京境内的为：第八军都陉，在昌平西北。

井陉关处在井陉山中，因地势四周高中间低而得名。其间道路，“车不得方轨，骑不得成列”。穆天子传有“至于陉山之隧，升于三道之磴”的记载；《吕氏春秋·有始览》把它列为九塞之一。

尽管兵员不足战力更弱，但韩信、张耳志在必得。两人趴在军用地图上，反复琢磨，凡有疑问的地方，都加以标注。随后韩信叫来陈贺，密令他带领侦察兵翻山越岭去反复勘查，把勘查的结果都标在图中。

赵军营中，广武君李左车暗中观察陈余用兵，却迟迟不见利用现成的地形部署应敌，心中着急。他求见陈余，劝说道：“听说汉军韩信偷渡河水东来，虏获魏王，擒杀夏说，刚刚喋血阏与，我们不宜迎着他的锋芒去抵挡。”

陈余问：“那你的意思呢？”

李左车回答：“依井陉口的道路状况，车辆行走艰难，队伍不能并排推进，汉军要想通过，前后得拉开几百里山路。无奈之下，口粮运输只能尾随作战部队之后。有言道，从千里之外供给军粮，会导致士兵面露饥色；临时砍柴拾草来烧火做饭，军队就会经常饿着肚子睡觉。汉军无论如何也没法克服这个困难。”

陈余说：“那好哇，他迤逦而来，我正好摆开阵势好好教训他一顿！”

李左车摇头：“此言差矣，等他一切都准备妥当了，我们能有多大胜算呢！”

陈余怪道：“这仗还没打呢，您怎就这样长他人威风呢？”

李左车说：“希望您能暂时调拨三万人充作奇兵，由我带领着抄小路出其不意地截击他的辎重粮食，阻断他的归路；而您这边，就依托深沟高垒坚守不战。这样，他们是想打打不成，想退退不走，山野又没什么食物可以抢掠，必然十分窘迫。估计不出十天，韩信、张耳的首级就能献到您帐下，拿来挂到旗杆上示众。”

陈余笑道：“我是啥人？我是天下闻名的儒者。想那会儿驱逐张耳时，我号称义兵，所以直打得他无还手之力，只身逃脱。现在韩信兵力单薄而且远来疲惫，对这样的军队你是用了诈谋奇计，而我呢，倒躲起来不肯出战。诸侯从此会认为我陈余临阵畏战，都会随随便便地来攻打我。再说，汉军已经从南路来攻，我又将采用啥办法对付呢？”

李左车反驳说：“每次作战要根据当时的实际情况采取应对策略，将来诸侯敢不敢来攻打赵国，并不取决于此次如何作战，关键在于必须打赢！”

陈余有点生气，说：“怎见得你那打法就能赢，我这打法就赢不了！兵书上好像这样说过，十倍于敌，就把他围困起来；倍数于敌，就足以与他作战。现在，韩信手下的兵力号称好几万，其实能战的不过几千人。他千里奔袭，疲劳已极。对这样一支军队，还用得着你费那心思，不是空自惹人笑话吗？”

李左车不听他说什么，只强调：“相国若不肯采纳我的计谋，不久就会反过来被韩信、张耳擒获啦！”还要说话，陈余摆摆手，说：“再别絮叨啦！”李左车悻悻出帐，举目看天气阴沉，山野幢幢，北风吹动旗纛，不觉仰面长叹：“孺子怎不知襄公之败呢？”李左车话中所指是参与春秋争霸的宋襄公，当然更指宋襄公指挥作战的愚蠢理念。忍受着明白人的痛苦，想到愤恨处，李左车回帐牵马，洒泪离营而去。

此时，汉军靳歙、召欧正率军攻打邯郸；而周勃出朝歌经安阳，一路向北绕过邯郸，从信阳、巨鹿之间穿出，已经进入恒山郡，所部张仓正率军攻取东垣。陈余接到一连串的急报，到底不为所动，一心只在与韩信、张耳决战。

赵营中发生的故事，使他们的对手韩信松了一口气。他放心地率军向井陉山出发。离井陉口已不足三十里地，韩信传令宿营。

入夜，全军集合，军需官给将士们分发了随身携带的食物。韩信提高声调说：“等明日打败了赵军，本相再行安排大宴犒劳全军将士！”诸将心中无数，都只在口里应承着：“诺！”韩信转身，看到火把照耀下，执旗的军校高大魁梧，肃然挺立，便对他说：“赵军早已占据有利地形建立了坚固的营垒。我军到达战场，赵军如果看不见左丞相旗号，必不肯轻易迎敌！”军校身躯不动，只口里说：“小人愚讷，不知那是为啥！”韩信解释：“他是担心我军只试阵，一旦在地势不利处遇到挫折，就会主动撤回。就是说，他生怕擒不着本相呢！”军校两眼里流露出少许茫然。韩信却指一指将旗吩咐道：“你一定要紧随我后，一定要把这面大旗摇得十分显眼！”军校把旗杆挽在臂窝里，拱手大声回答：“诺！”

孔藂、朱濞率一万将士当先而进，韩信率余众紧随其后。一路行来，火把隐约照亮着黑黢黢的山道，的确狭窄拥塞。有时士兵就只能前拽后举地攀爬登阶，时有碎石坠落谷底水中，发出滚激声。风摩挲着，撕扯着，穿透着，在山坡、草木、崖壁、溪谷和衣摆间“呼呼沙沙”地拍打板荡，把远近高低处各种此起彼伏的动静攒起又击碎，有时直闹得惊心动魄。

后半夜，孔藂、朱濞前部到达绵曼水东岸。既然左丞相说赵军不会来捣乱，二将便干脆让士兵把火把烧得通明，方便扎营。

建营很顺利，赵军只在依山而建的壁垒上观望，不见其动静。天刚蒙蒙亮，韩信率军大张旗鼓穿出井陉口，一面庆幸，一面心中哂笑。他其实是笑一路上自己内心并不坦然。

天亮整军出营，直抵赵军壁垒前哨列阵。赵营居高临下，一切尽皆暴露在赵军眼底。

阵上擂鼓震天，汉将摇毋余、陈夫乞率军挑战。韩信负剑立马阵前观看，背后将旗高擎，迎风猎猎招展。顺着飘动的方向，背后是营，营后是水。这种缺乏常识的布局，惹得垒上赵军议论纷纷，按捺不住哗然大笑。

赵歇、陈余在壁上观察了许久，没有看出破绽。于是，陈余手中剑指一指高擎的韩信将旗说："韩信徒有虚名耳，此番别让他逃脱了！"于是下令打开壁垒，以逸待劳的赵军如山洪般倾泻而出，势不可挡。摇毋余、陈夫乞连忙迎战，双方拼力博战，赵军的攻势被阻遏。陈余心中有数，立即派出第二波人马加入战斗。

鏖战已久，双方人数越来越悬殊。汉军阵脚挫动，开始后退，但依然节节抵抗，步步坚持。陈余便继续增派军队，攻击更加猛烈。摇毋余、陈夫乞终于顶不住了，回马奔走。将士见状，脚下一松劲，便都刹不住双腿。

韩信急忙指挥全军后撤，眼见得鼓也丢了，旗也弃了，随身的家什全都顾不住了。赵军士气大振，有放开追击的，却也有抢夺战利品的，不亦乱乎。陈余在壁上见了，大呼："不要走了韩信！"赵军将领警觉，便喝令部下全力冲向敌营。

张耳在营中望见，督促留守部队稳住后阵，命孔藂、朱濞接应溃军。韩信入营，重新整军抵抗。赵军尽管势大，但一时打营不下，双方苦战僵持。

陈余觉得是时候了，吩咐大开营门，亲自出马，垒中预备队倾巢出动。赵军士气愈盛，汉营被数倍于己的赵军轮番冲击，再也抵挡不住，只得弃营向水边退却。陈余大笑，指着韩信、张耳说："今日尔等皆为我所擒也！"言罢，不去管韩信，却放马直取张耳。张耳大惊，转身便逃。陈余紧追不舍。

绵曼水已经横在眼前，汉军面临绝境。韩信回马举剑大喝："前无退路，后有追兵，吾辈战则得生，不战则皆死！"张耳见陈余紧追而来，便也大呼："诸军，我等已无路可走，宜死战！"话音刚落，便有杨喜截住陈余厮杀。汉军说是拼命抵抗，但终究兵败如山倒，已经有士兵被赶到水里。

这时，山谷中出现一支军队，飞速赶来增援。陈余心中吃惊，避开张耳、杨喜，就战阵中瞭望。他忽然失笑："我说有啥奇兵呢，不过尔尔！"原来，那只是一支人数不多的马步杂军。可就凭这一下，汉军又稍微缓过一口气来，既然无路可逃也只能继续殊死抵挡。地形上和人数上都占据绝对优势的赵军一时无法取胜，战局陷入胶着状态。看着被围困在水边的张耳、韩信，陈余心里想：“你等已无路可逃，看还能使出啥招数！”

赵营背后的山峦间，两千汉军骑兵从无路之处按照预先做好的标记寻径迂回而来，准时到达预设阵地。略事休整，全体小心地潜出山坳。高邑、陈贺隐蔽于山坡，放眼看一看被烟尘遮蔽了的战场和它背后若隐若现的流水，便专心关注起眼皮底下的营盘。一拨又一拨的赵军出发了，最后，陈余也率军出发了，留守的士兵已经不多，而且都全神贯注地盯着前面的战场。沉住气等了一阵子，听喊杀声离得远了。于是，一声令下，士兵全体上马，旋风般杀出，各自去占领指定位置。

赵王歇正在营垒中紧张地观战，还没弄清是怎么回事，汉将高邑仿佛从天而降，便自束手就擒。不用吩咐，士兵们纷纷拔倒旗杆，把赵军的旗帜扯下来丢弃一旁，把自己带来的赤旗竖起来。赵垒只在片刻间便转变为汉营。

水畔战场上杀得天昏地暗。陈余率领亲卫在阵中横冲直撞，直是寻找忽隐忽现的张耳。忽然发现一将率军向河边的山坡奔去，左右指说总是举着宝剑的那位必是韩信。他仔细辨认了，便命令全力掩杀，这时才体会到，关键还是先要拿下这个“左丞相”，而反目成仇的张耳则应在其次。正埋头追杀呢，韩信反却突至面前，左右有摇毋余、陈夫乞跟定。只听他口中喝道：“陈余还不下马投降，可免你一死！”陈余觉得这一招来得怪怪的，可还没来得及冷笑，却发觉自家的士兵已经惊惶一片。

第六十三回

释左车不战屈臧燕　穷末路黥布归汉营

顺着韩信指示的方向，陈余回望自家营垒，突然有了些恍惚的感觉。再仔细看，原来那里已经遍布赤红的旗帜，在风中光中飘闪得耀眼。自家的那些旗子怎能眨眼间都不见了呢？他感到纳闷，几乎不相信自己的眼睛。突然明白过来，壁垒被偷袭了。可敌军是从哪里来的呢？他找不到答案，凉气却从脚底一直升到头顶。

风云突变，战场局面霎时扭转，汉军士气大振，尽皆以一当十。赵军溃势已成，更比方才的攻势不可阻遏。但是，毕竟人数众多，只管杀也还得杀一阵子呢。正当这时，赵营那边擂鼓动地，呐喊声起，随即汉将陈贺率骑兵风驰电掣而来，势如破竹。赵军遭受两边夹击，更加惊慌失措。陈余连连挥剑杀死企图逃跑的士兵，但依然控制不住局面，心知大势已去，只得瞅个缝隙拼力突出，率亲卫顺水退走。一时群龙无首，赵军无心再战，纷纷弃械投降。

在井陉东边，恒山郡治东垣已经被汉将周勃攻克，现守在那里的是张仓。陈余只能向巨鹿、邯郸方向南逃，一路派骑打探赵王歇的下落。此时赵境被汉军各部攻打，跑也心中忐忑。等到了虖池河南部支流泜水，也就是今子牙河支流滏阳河上游，被汉军追及。这时，他听到了两个不幸的消息。有来至南边的求救使者报告：“邯郸已经陷于汉军之手。”陈余这才大惊失色。本已无路可走，现又无家可归。偏这时又有消息报来：“赵王陛下已经被汉军掳去了！”陈余犹如五雷轰顶，下马暗自垂泪。瞬时，追兵大至，陈余已经丧失了逃跑的信心。

就在陈余率败军盘桓之际，汉将靳歙、召欧所部已攻取了邯郸及周围共六个县城，处于邯郸、安阳之间的邺县自度没有坚持的意义，便献城投降。周勃飞兵直抵赵国东北境的曲逆。迅速得手后，安排张仓配合韩信作战并继续接管恒山境内各城，自己则飞速回军京索。曲逆县因曲逆水得名，治今河北顺平东南子城，由于地处太行山东麓南北交通要道，曲逆人口众多，经济繁荣。

陈余败军在泜水遭到了北上汉军的围堵，最终被向南追剿的恒山守张仓所部杀死在水畔。

此时，佚襄以上郡守击定西魏，魏太仆蔡寅，晋阳守将宣虎等归汉；曹参所部全面拿下魏地五十二城。与此同时，陈豨拿下代国，留守代县的代太尉冯解敢投降，汉军对魏、代作战全面完成。刘季把平阳赐为曹参的食邑，命他回兵增援京索防线，为主驻扎敖仓。同时升任张仓为代国丞相，接管代境事务。不久，将军高邑亦奉韩信命，回军平定了太原郡。刘季在河东分设河东、上党、太原三郡，御史任敖被任命为上党太守。此一段，京索线上有惊无险，提心吊胆度过了一个回合。

井陉方才战罢，赵国已基本被紧锣密鼓地平定。当韩信、张耳到达邯郸时，汉王刘季已经派中谒者灌婴在那里等候，目的是要韩信率军回驻修武。修武沿黄河向东北为朝歌、白马津，退西南是与广武、荥阳隔岸相对的怀县，对岸便是以大梁为中心的鸿沟一线，包括由酸枣、阳武、陈留、外黄、雍丘等城构成的荥阳前部屏障。由于危机感与日俱增，刘季把韩信军充作了京索防线的后备队。

现在，楚汉都有自己的打算。项籍、范增不在乎汉军如何变化策略，只要抢先攻破京索、进据函谷，河北迂回便会被中止。尤其项籍崇尚简单，相信实力能决定最终的结果。换个角度，汉军分兵北征，楚军就更有机会尽快突破中线。韩信北征军的进取已经属于超高速了，但毕竟黄河以北地域太广，诸侯因自保而必然全力抵抗，这在无形中就是帮助了楚国。不一样的是，山东战场，楚与汉之间只隔了梁地，作战距离有限。汉极有可能远水不解近渴，当务之急似乎已近在眼前。

为了延缓战局，河水南边始终有郦商、傅宽、薛欧等诸将反复与项王作堡垒争夺；彭越的游击战也没有停止。随着曹参、周勃、灌婴从河东、河北回撤，京索线的防御力量也已经恢复。而此刻，韩信心目中关注的是燕、齐。

韩信相邀张耳一起，耐心地说服灌婴。韩信问：“灌将军以为，燕、齐不克，汉军终可击灭项籍否？”灌婴回答：“有难度！”张耳问：“以灌将军看，项籍几时能亲临荥阳？”灌婴回答：“快了吧！”韩信说：“但也不在一时半会儿，对吗？”灌婴回答：“说不好，这要问项王！”这种交流，令韩信、张耳感到如隔靴搔痒，难以透彻。不料灌婴却主动问：“左丞相可是觉得河北进取还要抓紧？”他是看到了韩、张两人为难。凡人皆具有这样的心理特征，就是进入哪种环境，就会融入那里的氛围，就更能设身处地。韩信连忙回答：“京索那边，我是有估算的……当然，汉王陛下的旨意也必须执行，我俩的意思也只是稍稍假以时日。”灌婴说：“陛下那头终究是耽搁不得的！”韩信立即表示：“绝不会耽搁。陛下是根本，他若稍有差池，河北还忙活什么呢？”灌婴问：“左丞相想要多长时间呢？”韩信说：“陛下若能宽限几日，取燕国只在举手间，此所谓‘事半功倍’。如若容燕国准备充分了，我等也便错失了最好的时机……当然，能宽限多少时间，还是要量山东形势而定！”

左丞相如何能在抬手之间便一举荡平燕国呢？这引起了灌婴的好奇。也是被韩信曾有的战绩所折服，他开始倾向于相信这个神话；作为能战之将，更想亲身加以体验。毕竟灌婴也是跟随韩信经历过秦中、西魏两轮作战的，根本无法凭一般常识来否定左丞相的信誓旦旦，加之张耳的边鼓也敲得震耳欲聋。

虽极为勉强，灌婴终于同意帮助说服汉王。他派使者带着三人的联名奏章返回荥阳，然后便拭目以待。灌婴于无形中成了不挂名的“监军”，以便对汉王负责。问题回到了韩信手中，欲图旦夕征服燕国，这确实是巨大的难题。韩信苦苦思索，情急中想到了一个人。

将士纷纷归营献俘报功，但没有李左车的消息。韩信便以千金悬赏，只要活着的李左车，严令不得伤其一根寒毛。

有一个承诺是不能耍赖的。被胜利所刺激，大小众将几乎忘记了身份的限制，大叫大嚷。仗打赢了，收获军资无数，犒劳便不算什么难事！军营中简单布置一番，弄得喜庆了，还预先张罗了火把，准备热闹个通宵。摊子铺开，酒坛子、粗陶大碗摆开，大伙儿都斟满了酒。

酒宴开始，将领们纷纷举杯向左丞相表示祝贺。酒过三巡，热唇已毕，有人便大着胆子说：“出发的那会儿，左丞相说等打胜了要大大犒劳我等众将士，还只一天为限，我等真不敢全信。可现在末将等服啦！”韩信一笑：“来，喝酒！”向众将示意，然后一饮而尽。

喝到推心置腹处，孔藂问：“依照兵法的原则，根据井陉的地形，我军本应当右背凭山丘列阵，前左面水泽对敌，而左丞相为何却反其道而行？”韩信收敛了脸上的兴奋，正经问道：“孔将军认为，我投入井陉作战的将士算不算训练有素？”孔藂回答：“远远算不得！”韩信又问：“可如果大伙儿都没了生路，会作出怎样的选择呢？”孔藂恍然大悟，说：“是啊，那只能拼命。就算一群老百姓，临死也要踢三脚，何况士兵！”韩信与诸将对饮了杯中酒，说：“凭这样一支军队，我若是给人人都留下活路，岂不在阵上一哄而散！”将领们大叫：“左丞相谋略盖世，哪是我们这些武夫能比得上的呀！”朱濞置疑：“末将愚钝，到底弄不懂兵力又弱，又背水列阵，兵法上有无根据！”韩信笑了，说：“各位到底是要讨个说法。行，兵书上不是说‘陷之死地而后生，置之亡地而后存’吗？换句话说，打仗也不可生搬硬套兵法呀！”

自汉中拜将以来，韩信先是偷渡陈仓克服三秦，危难之际又整军稳定彭城败后局面，力挽狂澜；随后接连陷废丘、袭西魏、克赵代，取胜都只在举手投足间。他连续创造了陈仓、壤东、废丘、蒲坂、井陉等战场奇迹，从此声名大噪。曹参、卢绾、周勃、樊哙、张耳、陈豨、灌婴、靳歙等及以下各级将领无不心悦诚服。事实上，连汉王刘季、楚霸王项籍也都只能对他刮目相看了，但这两人的感受也都十分复杂。

宴罢次日，韩信正独自坐在军帐里想心思。军吏来报：“捉到李左车……李左车抓到啦！”韩信大喜，吩咐：“快快请来，快快请了来！”军吏并不明白他的意思，直把李左车绑缚着推推搡搡来了。

韩信见李左车被推进帐来，赶忙起身，亲手去为他松绑，然后扶他朝东坐定，以师礼对待，自己去坐在对面。这个举动始而令李左车难以理解，继而感到局促。

韩信端起案上的酒，道声：“将军请！”李左车不动，问：“左丞相此为何意，这糊涂酒我是喝不下的！”

韩信再请道：“且饮了此酒，在下有大事求教！”

这也算是个回答。李左车便将就着喝了酒，口里冷冷地说：“左丞相可曾听说，败军之将不可以言勇，亡国之大夫不可奢求活命。现在我只是一个战败逃跑了又被抓回来的俘虏，哪里有资格与将军平起平坐探讨大计呢？”

韩信并不理会，只开口问：“在下急切要做两件事，一是北攻燕，二是东伐齐，如何能尽快成就大功呢？”

李左车不答。韩信于是劝解：“在下听说，百里奚居于虞国但虞国灭亡了，但驻足秦国，秦国却得以称霸，这难道是他在虞时就愚蠢，在秦时就聪明了？显然不是！关键在人家肯不肯重用他，愿不愿听取他的建议。回过头来，假如让成安君听您一句话，想我韩信，早就被俘虏啦！可见先是他不肯重视您，然后我才能有机会向您请教！”看看李左车有所心动，韩信便催促：“我是真心诚意地求取计策，还希望您别再推辞啦！”

李左车沉思片刻，叹口气说：“也罢。”于是开言：“臣下听说愚者千虑，必有一得。所以我只好说，狂夫之言，圣人择焉。只怕我的主意不足为用，左丞相权且听之，我姑且言之！”

韩信拱手：“您请！”

李左车说：“当初以成安君的谋划，看上去井陉足以百战百胜，但一朝失算，军败鄗下而身死泜上，这也算是智者千虑，必有一失。他是仗着看上去无懈可击的地利和占绝对优势的兵力，结果一着不慎照样满盘皆输。”这会讲道理的人，总要从头说来，韩信便耐心地听他如何引导。

李左车自饮过酒，接着说：“现今将军从河西夏阳偷渡成功并虏获魏王，攻打代国追至阏与以西擒杀夏说，一举拿下井陉而没用足一个上午就击溃二十万赵军并杀死了成安君，战绩赫赫，名闻海内，威震天下，直弄得四海农夫干脆都丢下耒耜终止耕作，拣家里最好的衣服穿上，吃掉最可口的食物，只剩一心一意等待您的召唤了。诸如此类，都属于将军的优势……”

听到这里，韩信知道铺垫结束，便举杯示意，各自一饮而尽。李左车提高了声调：“话说回来，凡事都有长短，仗打到这会儿，士卒该疲劳了吧，疲劳到难以再战的程度啦！”一语中的，韩信不免大吃一惊。只听李左车说：“现在，将军想要调动劳累得快要瘫在地上的士兵，冒失前往，驻扎到燕国的坚固城池之下，只恐怕力不从心。经久不能攻克，军队内情暴露而实力更是大打折扣，旷日持久给养随之枯竭，导致锋锐尽失。这时，既然相对较弱的燕国没能屈服，实力较强的齐国哪还能认输，而且它已赢得时间做充分准备。将军与燕、齐反复攻战，耗时费力而没法取得进展，那么，刘、项双方的局面便更加扑朔迷离，难见分晓了。这些都是客观存在的，而善于用兵的人，肯定不会以短击长。何去何从，道理十分明显。”

韩信心想，岂止如此，自家这边也正被掣肘呢。于是问：“既然内外形势如此局促，出路又在哪里呢？”李左车回答：“目下替将军着想，不如暂且按兵不动，恩威并用抚恤战争遗孤以安定赵国，造成方圆百里之内天天都有人敬献醇酒肉食来犒劳供养将士的局面。然后，把部队向北调动作出与燕国会战的姿态，同时派遣能言善辩的说客携带咫尺劝降书信前往，燕国肯定不敢不从。”

李左车继续说：“既然燕国顺从了，也就可以派人去齐国发出通牒，齐国只得闻风而屈服。‘兵固有先声而后实’，就是这个道理。”

韩信频频点头：“不战而屈人之兵，这是上上之策。妙！”

于是依计而行。不久命召欧北上屯兵燕境。随后，相继派孔藂、陈贺、朱濞和刚刚平定太原返回的高邑等将鼓噪攻燕，随后派人出使燕国。果如李左车所料，燕王臧荼降服。对比之下，败于刀兵则灰飞烟灭，示弱屈服则囫囵个儿存在。这个事实对田齐是一个明白的警示。

在兵疲卒羸的情势下，韩信只眨眼间又收服了燕国。现在可以有个圆满交代了，于是，一面派使去荥阳报捷，一面在灌婴连连催促下率军退居修武。恰在此时，预料中格外严峻的形势降临到京索防线；同时为赵、燕局势所震惊，项籍也派遣多股军队渡河袭击赵地各城，以遏阻韩信。

项籍已经解决了九江王黥布的问题。

随何说服黥布叛楚后，需要按计划在楚国南部开辟第三战场，以达到分散楚军兵力、实施战略牵制的目的。但说服力总归强不过刀兵威胁，面对楚将项声、龙且的讨伐，本还无心对上国开战的黥布无可回避，只得率兵应战。是项籍一怒之下，把黥布彻底逼向了对立面，反而帮随何彻底实现了使命。然而黥布久安于现状，九江军既无意于战，实际战力也无法发挥，远非刘季、张良所期待的那样。

由于懈怠，黥布营帐被偷袭，引军退去。可黥布英勇，项声、龙且并没有能力真正击败他。局面陷入僵持。

时间就这么耗过去了。九江毕竟准备不足，军心动摇，后备乏力。黥布虽是很生随何的气，甚至不愿理睬他，但也不敢得罪。随何呢，则装聋作哑。看看项王到底不肯给补救的机会，黥布只得去请教随何。他说："使者大人，你也看出来啦，我现在很难支持，要不请汉王送来些给养，增援些人马；要不然，寡人干脆舍了这九江国，带领人马去投奔汉王，如何？"

汉王自顾不暇，发兵增援是不可能的。没办法，随何只得同意黥布撤离九江，但思前想后，还是稳妥些好，便对黥布说："九江王一旦起行，楚军必紧追不舍。沿途城邑大多为楚所有，大王军中又无粮草接济，又有家中大小人口拖累，倘若再遭楚军意外劫杀，后果殊难预料。"

黥布发愣了。噢，抛下军队，也丢了家眷，我孑然一身去投汉王，这算哪么回事呢？随何劝道："汉王有言在先，绝不会亏待大王。留得青山在，不愁没柴烧，只要大王保住自身，相比未来，一个弹丸大的九江国算得了什么！再说，您有一支元气未损的军队在南边坚持，汉王自然会另眼相待。至于家眷嘛，且仔细托付于亲信将领，想无大错。九江无须坚持多久，汉王缓过这一阵后，必然帮大王反攻回来，到时岂不皆大欢喜！"

黥布摇头："使者大人不免言过其实。汉王如能帮我，又何必让大人千辛万苦前来游说，恐怕他此刻正自顾不暇呢。再说，有什么根据说汉王不久就能让我等皆大欢喜呢？谁又能保证九江国离开了寡人还能坚持得了呢？"

随何"呵呵"一笑，说："大王呀，您难道没听说汉王左丞相韩信袭魏灭赵只在弹指间？难道还没听说燕国不战而臣？现齐国也正当惶惑，步燕之后尘唯恐不及，也只缺一随何为之指引啦！"

黥布听这一席话，意味甚至比随何的暗示还多。他感到头脑发晕，满腹怨艾又无可奈何，便起身拱手，发牢骚说："都是大人害我，如今也只得如此啦！"又发狠道："我真想杀了你！"

随何摇头："您要是杀了恩人，日后天下哪还有人肯正眼看九江！"于是准备上路。黥布把队伍、家眷交代过了，千叮咛万嘱咐，然后带了百骑亲信依依别过，与随何一班人，绕城迂郭趱程而行，前往荥阳投靠汉王。

随何虽然如愿以偿地争取到了黥布，但九江反水对楚军的牵制远不如预先设想的那样得力，更没有主动出击达到威胁彭城的程度。项籍亲自率军稳扎稳打，从汉军手里逐次夺回反复争夺又反复丢失的城池，包括彭越占领过的十多座城邑，步步压缩战场逼近荥阳。

及至楚军摆脱南线后顾，汉军正面防线更是倍感压力。更值得忧虑的是，关中后备战力进入匮乏期，加之严重灾荒的后续影响，兵员补充力度明显减弱。种种的不尽如人意，使得京索困难重重，危机即在眼前。所幸韩信在北方进展出乎意料地迅速，倒逼项籍直接派将与汉军争夺河北城邑，多少分散了楚军兵力。

十二月，汉王刘季接到河北捷报，很受鼓舞，也就忽略了韩信拖延执行命令带来的不快，关键眼下不是问责的时候。他读到了韩信的另一份奏章，看时，却是建议立张耳为赵王。刘季心里不由得一“咯噔”，眉头皱起来几天也未能松弛。翻过来覆过去看那理由，关键一条是“镇抚赵国”，理由却也充分。对刘季而言，已经权宜封有一个韩王，再立一名赵王虽难再为“权宜”，可封张耳也不存在太大的问题。可偏偏与韩信相比，韩王信、张耳的功劳完全不可同日而语，而韩信除了左丞相的职位外，连个“侯”爵也还没能获得，这如何摆得平呢？刘季本就十分亏心，如此亏心自然要转化为致命的疑心。思之再三，想此事也不必十分着急，便把表章搁在一旁，脱下鞋子和裹脚布，吩咐“寡人要烫烫脚”，放松放松。

正坐在行军马扎上由两个侍女服侍洗脚呢，门上报来：“随何携九江王黥布晋见！”刘季感到奇怪，他们怎就到荥阳来了呢？心想，南线有麻烦了！转即产生一个联想，看一眼旁边的奏章，忽然喊道：“快快拟旨，就依了左丞相，立张耳为赵王！”

第六十四回

困荥阳京索不择计　负斗粮奚涓驰危城

黥布心情忐忑着进来了。就这一瞅间，不由得怒从心起，对自己的轻率感到了万分后悔。

看刘季没事一样，继续洗他的脚，还指示侍女揉这捏那，黥布几乎气晕过去。但想想如今已虎落平阳无路可退，后悔有甚用，便拔出剑来，朝自己脖颈间抹过去。随何大惊，一把抱住黥布的胳膊，口中大呼："九江王便要如何？"也是黥布用心不坚，否则依他的身手力道，随何哪里阻拦得及？被他这一惊，刘季"倏"地立起身来，把那洗脚的汤盆也踢翻了。

黥布返身出到门外，可此刻往哪里去呢？本因处于偏中间地位而谁都不想惹的九江王，不料却陷入这等境地，简直就像输光了裤子的赌徒！他仰天长啸，无以解痛。

随何紧忙着劝解，可那气如何能消？随何也只得拉拉扯扯，将就着请往传舍，先拿好酒好肉招待，好言抚慰。黥布自然很是勉强，怒目金刚似的权且填饱肚子，消除一路的亏空。至晚，被引导去歇息。

心里发闷，便容易喝得发晕。黥布被人扶着跌跌撞撞地走着，穿过一道门，又进入一道门，眼前忽然一亮，只听耳边有人说："到啦，大人们请自便，在下先行告辞！"

本已晕晕沉沉的黥布，被眼前的缭乱光艳和豪华陈设刺醒，不觉心中大悦。随何于是说："大王连日辛劳，暂委屈在这里歇息几日，凡您看到的一切，从此都归您享用！"黥布眨眨眼，看丝帘飘垂，金玉闪灼，锦衣侍从垂首而立，高髻美妾妩媚相迎。忽然回味起刚才那餐酒肉，规格如同御食，而此处陈设，即使汉王寝殿想也不过如此。"原来汉王如此慷慨，比起项王也算是大度了。至于方才……久闻沛公不拘小节，也罢，也罢！"已经是深夜，随何带着微笑向看上去已经心满意足的黥布告辞。

黥布虽乐呵着，不免还牵挂九江国，于是请示汉王，派人前去联络。岂不懂得树倒猢狲散的道理，黥布一走，部下将领被楚军逼迫，便献表投降，不肯投降的则各自走散了。项籍立即派项缠前往收编九江军，项缠赶往六县执行霸王指示，把黥布的妻子儿女杀得一个不剩。黥布的使者到达，一切都已经发生，只好暗中寻访那些曾受到九江王宠幸的旧属和意气相投的朋友，还不算少，串联来串联去，共聚集到好几千人，相随来奔荥阳。

黥布得知全家老小惨遭杀戮，直恨得咬牙切齿，从此与项籍势不两立。

楚军对京索的进攻日趋激烈，汉军将领连日苦战疲惫不堪。为留取后手，刘季便抽调少量兵力由吕臣、周聚带领，随黥布驻守成皋，策应荥阳进退。此吕臣不是楚国司徒吕臣。

思量了一阵，刘季又派张良、随何陪同黥布去成皋。

安顿好了黥布，楚军主力钟离昧、季布已重新逼近荥阳。刘季明白此番不同以往，便调集前沿大部分兵力驻守城内、城外。项籍开始派曹咎、项庄、周殷、周兰、司马欣、董翳诸将频繁袭击通往敖仓的甬道，虚虚实实，弄得周讉、陈濞防不胜防；陈平对甬道防卫的格外设计，也因实力不济而被楚军反制。荥阳表面还没有遭到猛烈攻打，但急报飞传，粮草供给悬悬乎乎，军心也有所浮动。

在楚将桓楚、项冠所部优势战力的进攻下，驻守敖仓的曹参、周昌、郭蒙几乎处于被困的境地，周勃、奚涓、傅宽拼力屏蔽，勉强维持得甬道运输断断续续。正在这节骨眼上，靳歙率部从赵地返回，与傅宽主动出击，韩信又派新近降附的赵卫将军程黑增援敖仓，荥阳的军粮供给才暂时稳定下来。全程二十多里的甬道虽不算长，可要靠硬实力防范和对抗楚骑，汉军越来越力不从心。

忧心忡忡的刘季与郦食其探讨。郦食其引经据典讲了一番道理。他说：“当初商汤讨伐夏桀，而后把夏朝的王族后裔分封在杞地；周武讨伐商纣，同样把商朝的王子王孙封在宋地。对比之下，秦朝则失德弃义，侵伐各诸侯毁灭其社稷，根本不给他们的后代立锥之地。陛下要是能采取实际措施效法汤武而反秦之道，重新扶立六国后裔，则他们的君臣百姓无不仰慕陛下的仁义风范，感戴陛下的德行，都会心甘情愿地成为您的忠实臣民。德义已经施行，陛下也就可以面南而称霸天下，连楚王也不得不整理衣冠虔诚地前来朝拜了！”刘季一想，这岂不与当初分享山东的设计有异曲同工之妙！于是立即安排刻制六国印玺。

恰巧张良安抚好黥布从成皋回来复命。刘季正在吃饭，赶忙招呼说：“子房，你过来！”张良近前两步，刘季依然说：“过来，过来！”显得神秘。张良再凑近了，只听汉王小声透露：“宾客中终于有人替我想出对付楚国的妙计啦！”张良没应声，只是瞪大了眼睛。刘季便扔下筷子，不吃饭了，把郦食其的话原原本本地重复了一遍。

张良不动声色，问：“这是哪位出的主意？”刘季笑而不答。张良接着说：“若如此，陛下大事休矣！”刘季愣了一下，问：“那是为什么呢？”张良回答：“臣请借助陛下面前的筷子，为您一一说来。”刘季点点头。

张良把筷子放到自己面前，开言道：“从前商汤王、周武王之所以能封立夏桀、商纣后裔，那是因为生杀予夺尽在掌握之中，可目前陛下能主宰六国后裔的命运吗？这是一。”他取一根筷子放在食几当中。接着说：“武王占领殷商，在里闾表彰商容的德行，把箕子从囚禁中释放出来，重修比干的坟墓，类似的功德陛下目前有条件完成吗？这是二。开巨桥粮仓发放粟谷，散鹿台金库赈济贫穷，目前陛下也能仿效吗？这是其三。还有，殷朝盖棺，周武改战车为安车，倒置兵器，用各种方法向天下表示不再打仗，陛下今天能这样做吗？这是第四。把战马放养到华山阳坡，表示不再使唤它们，陛下现时做得到吗？这是五。把牛群放牧到桃林北面，表示不再转运征集军需，陛下能立刻效仿吗？此其六。天下男子纷纷离乡去亲弃坟别友跟随陛下辗转东西，风里来雨里去，唯一的目的就是希望得到那么一点点封地。现在让六国王族之后重新归位，天下离土之人各自回去侍奉旧主，亲朋故友相邀聚首，逢时逢节扫墓谒祖，还剩谁来跟随您夺取天下呢？这是第七。再说，眼下没有谁比楚国更强大，一旦六国复立的君主屈从项王，陛下哪里还能让他们臣服呢？这是八。今天果真采纳了宾客的计谋，陛下的天下大事不就彻底完结了吗？”张良的语速越来越快，及到排出第八根筷子，才停止了辩驳。

刘季本以为此举极其符合张良由来的追求，此时几乎听呆了，只机械地捡起筷子往口里送食物，瞬间脑海里还出现了韩信、彭越、黥布三人的影子。稍停，他忽丢了筷子，吐出正在咀嚼的饭菜，骂了一句：“竖儒差点儿坏了我的大事！”立即下令：“快，快去把那些印玺销毁了！”

楚军人马密布，荥阳近乎被与外界隔绝，形势紧张得就像要绷断的弓弦。

刘季每天问计。陈平说：“我在楚营时曾多加留意，那里有破绽可寻。”刘季不以为然：“我现今急的是荥阳！”陈平不理，说：“臣先来做个比较。项王恭敬爱人，士人中间像范增这样品行端正、刚正不阿而讲究礼仪的人，大多归附于他；可大王对人言语轻侮举止少礼，士子中端庄而洁身自好的人，一般是不会来投奔的。”

这话没头没脑，刘季听来不知所云，但他自己的毛病自己知道，暂且听着。陈平话锋一转：“说到论功行赏，要拿出爵位封邑了，项王就过于看重这些，故能干的人往往弃他而去。陛下可不一样，您能大方地奖给人爵邑，士子中那些玩世不恭贪利而不知廉耻者，大多也归于汉王旗下。”

刘季笑了。心想，我知道你辩口利舌，就不怕寡人真的生气！这时，又听陈平说：“只要能把两方的短处去掉，把长处汇集在一起，那天下大事只须摆动一面大旗发号施令，就能搞定！”刘季有些惊讶，可说到关节点上，陈平打住了。

刘季拿眼瞪陈平：“你就卖关子吧！”陈平笑了，说：“掰指头算算，项王手下忠心耿耿又敢说话的，只有亚父、钟离眛、龙且、周殷这么几个人。”刘季问：“那又怎样呢？”陈平说：“项王这些年与亚父等人多有分歧。由分歧而生嫌隙，存嫌隙则生疑心。疑心只会越来越重，因此易于进谗言。陛下如果肯拿出几万斤黄金，用来离间他们君臣，破楚的时机就可以出现啦！”刘季想想，说：“那就试试！”又说：“这事也不大靠谱，再说，远水难解近渴呀！”

即便缺乏信心，但刘季还是拿出四万斤黄金给陈平，吩咐：“你尽管拿去用，想做什么就做什么，寡人不会过问这笔钱了！”陈平拱手：“谢陛下！”

入夏四月，在全面控制了济、睢流域的城邑后，楚军兵员和粮草畅通无阻地增援前线，对京索防线的攻势越来越猛烈。钟离眛、季布开始全力攻打荥阳外围，汉军甬道被不分昼夜地袭击，粮草接连被抢夺和焚烧，敖仓那边也愈加吃紧。荥阳守军供给频频告急，偏偏战事也一日紧似一日。

刘季令河北张耳、韩信、灌婴加强对赵地楚军的攻击，并大张旗鼓做好进攻齐国的准备。此举一为分散项籍的注意力，二也希望以侧翼高效率的迂回，与楚军抢速度。

楚军的强力推进，也弄得彭越格外艰难，便没了声息。刘季遣使前往巨野泽畔、河水一带追寻其踪迹，要求他重新主动出击，这回要舍得点代价。并告知，东郡都尉唐厉会配合他作战。

汉军势将来攻，齐相国田横已经利用前一段的空隙，派大将华毋伤、将军田解率重兵在历下布防，并遣使请求项籍适时给予救援。

尽管采取了多项举措，但刘季终究心慌意乱，便私下里派使者前往楚营，协商罢兵休战，条件是双方承认既成事实，以鸿沟为界。这种本质上的求和，期望值还不低。刘季有自己的估量，他早就看出项籍在灭秦后有坐享天下的倾向，估摸楚国没能认真为长期战争积累后劲，打仗其实是为己方所迫。

项籍果然表现犹豫，请范增来商量。范增年事已高，屡屡苦口婆心劝说项籍，直弄得身心疲惫不堪。此时见问，只提醒说：“看刘季那贪心，真是可笑至极！可恶至极！”项籍笑一笑说：“嗯，也是啊！”他本也觉得击破京索的时机已经成熟，于是下令钟离眛、季布加紧逼攻荥阳，以为回应。但此时，楚军的攻击重点尚集中在敖仓和甬道。

荥阳城下，旌旗相望戈戟如林，骑兵往来驰骋邀战，楼橹、撞车、砲石、排弩、云梯远近陈列，横竖看不到边。战鼓轮番擂动，阵阵喊杀声响起，犹如梦中惊雷此起彼伏。刘季带韩王信、卢绾、张良、陈平、郦食其、魏豹等来城上察看，却满眼里只写着一个“跑”字。他内心不断在动摇，只反复衡量轻重得失，难以决断。

孙赤、周苛、王吸、靳强、枞成、纪信等众将前来拜见，纷述敌情。拼凑了情报，原来楚军攻城并不算积极。可越是这样，刘季就像被绑着待斩一般，内心的压力就越大。更要命的是粮草尽皆被堵截，城外各路人马也遭到分割，不能相顾。

刘季问韩王信、魏豹：“你二人有什么办法帮寡人退敌呢？”韩王信回答：“听说当初项籍在巨鹿，也是这般对付章邯、王离的……”没下文了。魏豹呢，只一言不发。这时，众人发现楚军旗帜扰动，一彪人马破阵而来。

惊疑间，人马已经向城下疾奔。刘季看为首一将似是奚涓，内心正急切呢，只见斜刺里两军截住后面的楚骑，却是据守城下的薛欧、丁义。刻不容缓，刘季令靳强、纪信在前，孙赤、王吸随后，率军接应。城门开启，吊桥放下，四将两两出城，把奚涓人马接入城中。城上汉军、城下楚阵鼓声雷鸣，薛、丁、靳、纪、孙、王六将已与钟离眛、季布以及尾追而来的周殷、周兰战成一团。城上放眼一望，只见远近尘土蔽日，楚军汹汹如云。刘季恐生意外，传令鸣金，城上强弓硬弩射下，掩护将士后撤。楚军追至城下盘桓了一阵，不急不慢地退去。

奚涓满身血污拜见汉王，背上尚且负着一只粮袋。刘季见状，伸双手扶住，止不住心头一酸，泪水便如泉般涌出眼眶。

奚涓报告敖仓、甬道争夺情况，的确艰难到了极点。甬道已经千疮百孔，但敖仓始终坚守。荥阳粮食频频告急，周勃、奚涓无计可施，只得集中骑兵，由奚涓亲自带领望荥阳背粮，以缓燃眉。一路且战且进，及至荥阳，连人马带粮食，也已经损失了大半。

当下奚涓口称：“陛下恕罪！”刘季本泪流不止，听奚涓这么一说，竟无法控制，“呜呜”地哭出声来。左右尽皆默然，不时抬手拭抹眼角。

少顷刘季收泪，问：“每人背负有多重？”奚涓回答：“二十斤有余。”刘季当即吩咐：“赐奚涓黄金两千斤，将校每人二百金，士兵就按所负粮食重量加倍，每人赐金四十斤。各赐爵一级！”浴血而来的将士们齐声大呼：“谢汉王陛下！”

与守城大军的需求相比，士兵背负进城的粮食无异杯水车薪。奚涓无法滞留，便请求返回另寻办法。刘季真的动了心思，他在考虑放弃荥阳。

就在荥阳坚持间，陈平的计谋得逞了。楚王项籍与亚父范增虽然大方向一致，却在具体思考上又发生了争论。范增看京索一线战事总这么拖拖沓沓，不免催促项籍更主动些。项籍被逼无奈，终于说出了自己的想法："您老急什么！荥阳不就在我手心里攥着，何必费那么大劲去攻城呢？记得凡用兵之法，全国为上，破国次之；全军为上，破军次之。兵法又云：攻城之法，为不得已。现刘季正被困急，粮草不济，前次求和便是例证，我又何苦出动飞楼巢车，用大量死伤的代价去做还不算迫不得已的事情呢？我只要看死了荥阳城门，即使汉王不饿肚子士兵也要饿死！擒贼擒王，汉王屈服了，什么韩信哪，张耳哪，彭越哪，还能做什么！"

范增觉得项籍的想法过于乐观，但一时间却被他说住了。半晌，才反驳："我这么多的军队要多少钱粮来供养！大王被刘季轻易夺去了三秦、三河、魏、代、赵、燕，又策反了九江王，剩下的齐国说到底还在心里不服楚国，这么拖下去，谁能料想后果！"

项籍"哈哈"一笑，说："亚父多虑了。我今正频繁袭击汉军甬道，吃着从那里抢来的粮食，只恐将士每日里腹中不胜消受呢。这也是与兵法暗合的呀！"项籍与范增争论得久了，也积累了对付的经验。他不断引经据典拿兵书说事，范增却每每觉得他看法过于简单乐观。就这么一来二去日积月累，便逐渐失去了耐心。他雪白的胡子抖动起来，两只手也剧烈发颤，嘶哑着嗓子喊："你要知道，目下汉军疲弱，正是容易对付的时候呀！若放纵他而不迅速进取，过一阵子不晓得又会发生什么变故！"项籍又心软了，安慰说："好，好，我就听亚父的！"随即喝一声："传我命令，从今日起围死荥阳，不得让汉军一人一马出入。叫钟离眛、季布诸将做好准备，克日大举攻城！"

范增明知项籍卖乖，可命令已按照自己的意思发出，还能再呛呛什么呢！他嘴唇失去了血色，忽然觉得脊背上有些疼痛，又有些发痒，腹中微感恶心。项籍见状，吩咐快扶亚父去歇息。

拿了人家的钱，就得替人家办事。项籍与范增日趋激烈的争论开始被有目的地加以利用。推波助澜之下，两人的分歧由具体情节和观点争论，逐渐蜕变为信任危机。

有一种传闻漏进了柱国项它的耳朵。他来见项籍，显得有点诡秘。项籍见不得这种做派，嗔道："有话好好说，一个大男人，没见过这种出息！"项它于是敞开说："近闻钟离将军与一帮人议论，说跟着大王这么多年，出生入死建立了许多功劳，可到如今还不能舍出点土地给个王的爵位……"

事有凑巧，范增恰好来议事，耳朵里进了点风，听得却不分明。他感到了某种蹊跷，便顾不得深浅，一步跨进殿来，指问项它："你，你说什么呢？"项它本也能料到门外有耳，但项王从不肯听耳议，这说话声总得大点儿，不料被范增逮着了。无论出发点如何，毕竟在背后嚼舌根子，项它不免脸色发红，显得不自在。可项籍能自在吗？他于是沉下脸，似乎对范增失礼闯入和隔窗听帐十分不满，借以掩饰。

“说钟离昧什么呢，啊？”范增也不去看项王的脸子，只不肯放过项它。项它拿祈求的眼神寻求帮助。项籍于是说：“有人说钟离昧的闲话，柱国来提醒寡人，这有什么不妥的？”

范增怒道：“大战当前，怎可听小人嚼舌根子，似此扰乱军心，该当何罪？”项籍看范增又认真起来，便说：“那些闲言碎语寡人也是不信的，亚父尽管放心。”

话虽这么说，但耳边风吹得多了，项籍便渐渐对范增、钟离昧等多出了一份心眼。有话说得好，谎言重复一千遍就变成了真理。心理条件具备了，就像一个脓包在逐渐成熟，然后随便给点外力，就会破头。

楚、汉双方还在断断续续地谈判，但始终谈不拢。这总给项籍某种缓兵之计的错觉，间接为陈平推行反间计提供了条件。项籍的使者又到了荥阳，这次，陈平要求由自己亲自接待，用最高规格的宴席来接待楚国使者。

酒席预先安排好了，陈平神采奕奕地在廊下溜达着，等待贵宾光临。使者到了，陈平抬眼看时，忽地感到惊讶，招手唤接待官员到面前，问：“此人我怎就从未见过呢？”只听接待官员小声回答：“这回是项王派来的，大人当然没见过！”陈平脱口而出：“我还以为是亚父的使者呢！”随即向前，草草打了个招呼，转身去了。这下把接待官员弄得很紧张，赶紧吩咐撤席。

第六十五回

中反间范增乞骸骨 冲楚阵烈士折平沙

使者入座，鼻子里本嗅到了酒肉的浓烈香味却看不到食物，不觉饿了。等了一阵子，端上两个粗陶碗来，里面盛着粗糙的饭食和水煮的野菜。楚使瞧一眼，心里嘀咕，便叫侍者来问："方才出去的那位官员是谁呀？"侍者回答："是汉王的护军中尉陈平呀，您不认识？"使者这才回想起来，以往在楚营也曾见过。又听侍者自言自语："怪不得呢！"使者问："方才这里曾招待过尊贵的客人？"侍者摇头："未曾，只是等亚父的使者到来！"使者问："方才撤下的是什么酒席？"侍者左右看看，小声回答："大餐呀，牛羊豕俱全！"使者大怒，也不打招呼，离席上马，径自返回楚营。他立即向项王汇报了在荥阳的遭遇，添油加醋是必然的了。

项籍欲信还不信，总觉得蹊跷。使者声泪俱下，说："小人其实早已听到了陈平的话，只是不敢相信这耳朵，才耐心加以证实的。"项籍叫使者退下，正巧项它进来。项籍就告诉他自己的怀疑，项它前次受了范增的抢白，正于心不甘，便负气说："这事也算不得小，就算不能全信，也不可全不信。俗话说无风不起浪，想营中传闻也还是有些根据的！"

"你瞎说些什么呢？"项籍喝道。项它见项王发怒，想说的话也没说，赶忙退下。可是，项籍心目中疑点大增。思路一有倾向性，所有的行为、语言伴随各种旧信息，都涌来佐证。他想到了钟离眛与韩信曾有私交，在楚营时，韩信虽然地位很低，但钟离眛却很亲近他，多次帮他说话。范增也曾建议重用韩信，不久前又为钟离眛打抱不平，这些都属自己当面的事实。他开始怀疑范增协调京索战场的动机，甚至也怀疑钟离眛执行命令的忠诚度，几乎想把荥阳战局的纠结全归咎于范增、钟离眛等人。这事情就越想越像，项籍陷入了重度的困惑。

钟离眛、季布来向项王、范增汇报荥阳战事，请示方略。项籍听说汉将奚涓出没战场来回输送粮食，忽然哼一声："怪不得有人看到汉王那里每天酒肉不断呢，原来你等就是这样替寡人围困荥阳的！"

二将愣住了。他们本就是贯彻项籍的作战方针，对荥阳汉军保持强大的压力，但不逼刘季孤注一掷。可巧，这板子本意是打钟离眛，无意中又捎上了季布。

在一旁的范增听项籍的意思，倒是要按照自己曾经的部署大举围攻荥阳了，这么想，以为项籍只是委过于二将，便也不放在心上。于是，他便调和说："项王的意思你等还不明白吗？前事就不必追究了。”接着强调：“目下，最紧要的是真正把荥阳城围个密不透风，彻底断绝供给。如此即便攻不下城，不久也就把刘季饿死在城里了！”

二将听了这话，一齐去看项籍。范增正等候回答呢，感觉怪异，也去看项籍，却看到项王直瞪着重瞳的眼睛朝向帐顶。他立即明白自己弄错了，还要开口，项籍却抢先说：“我看亚父操劳太甚，这些时尤其显得老了。想也是因了背脊上不适的缘故，寡人看您就先放下军中的担子，安心养上一段身子如何？”

范增一愣，万万没想到项籍会说出这样的话来。可这话说得千真万确不容置疑，寻思，当年武信君嘱托之事该不是到此终止了？头脑迅速冷静下来。他必须试探一下项籍的心思，便提出：“既然如此，希望项王开恩，让我带着这把老骨头回归乡里……”项籍接得飞快，说：“亚父既然开了口，寡人怎能过于阻拦！”随即大声吩咐：“赐万金，让亚父回故乡安度晚年！”

这边范增还没反应过来，钟离眜、季布已经一齐跪倒在地，恳求道：“大王，亚父去不得！”钟离眜接着建议：“以末将愚见，还是请亚父留在军中养病，众将也好随时问候。若不济，回彭城也行，养好了病再回来辅佐大王。”项籍可以朝将领们发怒了，叱道：“亚父去意已决，这与你等有何干系！”言外之意，钟离眜也感受到了。

范增于是躬身，说：“既蒙体恤，老夫就此告辞，愿陛下好自为之！”他的语气变得十分平静，只是冷得透骨透心。

军务在身，钟离眜、季布怀着兔死狐悲的心情匆匆与范增别过，赶回营中。一路上两人相与琢磨，却弄不清项王是什么意思，不知道这仗该如何打了。

范增没有带上项籍给他的一万斤黄金，只雇人赶了辆牛车，怀抱佩剑踏上归途。天气算得上温和，但范增浑身发冷，背上火烧火燎般怪异的疼痛十分难以忍受，但心里的创伤让身体的病痛变得无足轻重。他已经疲惫不堪，过一阵便躺在颠簸的车上，身下铺着干草，耳畔连绵地响动车轴的摩擦声。车主人不时便放声吆喝，好强迫那头依恋乡土的黄牛走得快些。

荥阳的方向传来战鼓和喊杀的声音。范增让车主人停下车，扶他坐起来，依着车帮看那弥漫的半天尘埃，倾听战局的进程。车主人感到不解，问：“老先生，你做啥呢？”

范增没有回答，只拿手抚摩剑鞘，止不住老泪纵横。过了好长时间，他攒足一股劲，把宝剑连鞘推落车下，叹一口气，对车夫说声：“上路吧！”

项籍果真下令把荥阳死死地围困起来，但攻城的激烈程度并没有增强。奚涓等已经反复冲阵，被钟离昧、季布手下重重阻拦，再也无法接应到粮食。城里完全陷入了饥饿状态，刘季愁眉不展，众谋臣守将一时也难有解救之策。荥阳城内外联络中断，诸将缺乏协调，自身难保。

与其困守待毙，莫如孤注一掷以求生。刘季终于下决心撤离荥阳。奚涓请求当先突围，刘季叮嘱："将军如能先期出围，则转奔过河，命左丞相韩信前来救驾，各军可暂时由他调遣。"他担心自己突围不成，便留下后手。

奚涓从全城守军中挑选了一千精骑。时近傍晚，人马尽可能吃饱了，准备出发。奚涓动员说："连本将在内，一千零一人。任何一人只要能冲出楚军的包围，他的作用则与本将无异。无论谁有走脱的可能，本将情愿充作掩护，不惜捐躯阵中！"一席话令全体将士动容，壮烈与恩遇感在大伙儿心中漫延激荡，士兵们热泪盈眶。一名什长大呼："将军言语如同出于父兄之口，我等虽死，也要保得汉王与将军出围！"奚涓拱手："谢众弟兄！"立即有人跪倒，随即一千人全都跪下，宣誓般吼道："我等虽死，也要保得汉王与将军出围！"战马长嘶，剑戈铮铮，奚涓满腔的血液在沸腾，也吼道："诸位请起，本将虽百死也无憾啦！"情绪稍稍平静，奚涓交代了任务，然后宣布："任何冲出重围的人，都是汉王派出的求救使者！"

刘季及群臣也都匆匆拾掇了一阵，准备出发。夏侯婴为汉王御车，靳强、纪信贴身护驾，卢绾、张良、陈平、郦食其等与汉王一路，众将各各分拨停当，韩王信负责断后。孙赤、魏豹、周苛、枞成留守荥阳。

战局似乎已经熬到终了。项籍打发走亚父后，内心交织着复杂而剧烈的冲突，充斥着挫折感，而这怒恨全部转移到了钟离昧的头上。荥阳是围死了，但迟迟没有接到下死力气攻城的命令，钟离昧、季布左右不是，十分困惑。刘季不出战，他们只能瞅着城头生闷气，其余照旧。这是个哑谜，二人没有深入沟通的余地，更不敢直接议论项王、亚父的事情。

近晚，楚军撤回了草草攻城的士兵，钟离昧、季布凑合着吃点酒饭。正这时，军士来报，说荥阳西门悄无声息地偷出许多人马来了，现在还在不断地出，搞不清是怎么回事。

二将丢了筷子，相随着出帐上马。赶到西城看时，只黑压压一片，果然没发出多大动静。不像偷营的样子，谅他也不敢。显然，多日困城已产生功效，机会来了。钟离昧下令举火，不一时火把便点燃了，照亮了自己，却更加看不清对阵。

火把阵开始向前进逼，钟离昧严令不得走脱汉军一人一马，特别不能跑了汉王刘季。他深知，这回真格是提着脑袋干，若有差池，那一准是赶不上亚父的下场的。季布心里大致也这样想，但他不大明白这是为什么。其实，两人都不知道自己哪里做错了，到底发生了什么事情，但隐隐约约又都感觉与范增脱不了干系。亚父又怎么啦？自己与亚夫又有何瓜葛？委屈呀，为自己，也为范增，不免心情沉重。

两军接近着，双方似乎都犹犹豫豫，气氛却随着轰轰的脚步声变得紧张起来。

汉军突然发动，丁义率军当先，薛欧、王吸分为两翼，队形像一把锥子刺入楚军火把阵中，而锥管里，潜藏着奚涓和他手下的一千名勇士，随后便是汉王战车。为确保退路，韩王信、孙赤一前一后守在吊桥附近，以便机动应对。

钟离眜、季布看汉军死命杀来，阵势还不小，像是真的要突围了。可战过一阵，看看城上，汉王的旗号照旧竖立着，擂鼓响彻，是督战的感觉。这到底想要做什么呢？搞不清目的。钟离眜传令东、南、北三面立马攻城，以试探城上防守力量。他与季布紧急商量过了，于是分兵行动；同时，派人去项王中军大营报告。这回是出于谨慎，有意把判断和应对的责任向上推一推。

两军交战，钟离眜发现对方只一股劲冲阵，并无明显的突围迹象，倒好像特意来送死。于是，他严令部将坚决迎战。战过一阵，钟离眜忽然想到了什么，便派人知会季布。正这时，汉军中突出一支骑兵，飞快地向前杀来。钟离眜不禁冷笑，心想："这便是了！"两腿一夹坐骑，闪电般率兵截击。

刘季看前队奚涓开始冲击，便下令夏侯婴驾车紧随其后。进无多时，斜刺里一军杀到，为首大将口呼："汉王休得逃窜，楚将季布在此等候多时啦！"只一阵，汉军便被拦腰斩断。季布当先闯入阵中，寻找汉王车驾。

钟离眜、季布已经判明汉军的意图，便放开围堵，火把遍野照耀如同白日，人马越聚越多，汉军前后已不能相顾。

刘季眼看无法突围，便命夏侯婴掉头撤回城内。季布赶到，薛欧、王吸迎住厮杀，丁义返身为汉王断后，靳强、纪信两边护定车驾边战边走，也只顾得掩护刘季。季布英勇，薛、王二将只勉强敌得。楚军如潮水般推压，形势十分危急。夏侯婴驾车疾奔，眼看护卫尽失，正万分焦急，一将马到，高呼："韩信来也！"刘季也急道："韩王快来救我！"韩王信掠过车边，说一声"陛下莫慌"，便接住舍了薛、王二将紧追而来的季布厮杀。王吸赶来，又与靳强、纪信合作一处遮护汉王。

两军死战，及至项籍派项它率军赶到，刘季及卢、张、陈、郦等已奔回城中。诸将入城，只等韩王信抵达城下。城上一齐放箭止住楚军，放韩王入城，忙不迭闭上城门，拉起吊桥。天黑不便攻城，季布喝令止住，心里虽然因没拿住汉王而遗憾，却也直庆幸没让汉王跑掉。

刘季下车登城，只见战场依然被火把照耀，如同燃烧着翻滚着浓云。半数没能撤回城中的汉军已经被楚军分割包围，进行着无望的反抗。刘季心里尚抱着一线希望，只要奚涓能突出去，此战就算没白搭。

奚涓已经摆脱了钟离眛的阻击，边战边走。钟离眛紧追不舍，在双方殊死的追逐与格斗中，一条奔涌的血河随阵地飞速流动着。

刘季看到了远处有一线流动的火光，心里虽紧张但多少觉得宽慰。只要血河继续向前流淌，便证明奚涓还在，希望还在。

汉军一千骑兵煞是英勇，个个奋不顾身，只一心掩护主将突围。钟离眛虽然竭尽全力，最终还是被奚涓摆脱了去。随着时间的流逝，城西的战场逐渐冷却下来，没有了抵抗的迹象。城上刘季盯着黑夜之中火把点点，喊杀之声渐远了，沉寂了，不由得长叹一声。失去了照看，奚涓似乎石沉大海，而荥阳城的命运却还牵系在他的身上。

奚涓冲破了楚军的追堵，回身看一千骑士尚留得半数。他心中暗自庆幸，这比预期的结果要好上十倍。但楚军离得并不远，看样子不肯放弃追赶。奚涓不敢片刻停留，一股劲地往黑暗里钻。他心知汉王突围未成，荥阳危在旦夕。眼下，论什么都不重要了，唯一重要的是快点征调左丞相前来救驾。

正疾走间，忽然前面发一声喊，火把通明。火光照耀下，一骑乌骓斜里突至，马上将军金盔金甲，铜镜护胸，额上一个红缨，手执霸王戟，却是项籍亲自赶来。奚涓大惊，知道不是对手，便只顾逃避。项籍马快，看看追近，奚涓只得回身招架，觑空再逃。

黑夜扯着乌骓的腿和霸王戟，使它们的威力打了些折扣。奚涓东躲西闪，虽险象环生接连着伤，但还能战战逃逃。然而，他已经前后无援，渐入绝境。

正在无望的当口，十几名汉军骑士赶上来，奋不顾身地把项籍团团围住。奚涓看大队楚军即将追至，没法顾及这些前来掩护的弟兄了，复又单骑先走。走不一会儿，楚军二将迎面挡住，一齐向奚涓袭来，原来却是周殷、周兰。

奚涓进退无路，被项籍赶上，一戟刺中后心，撞下马来。周殷、周兰双刃齐下，可怜奚涓忠心耿耿，苦战奔突半夜终难得脱，捐躯战场，所率一千骑兵，无人幸免。茫茫黑夜，竟没能给勇士们尺寸掩蔽、半点生路。

钟离眛赶到，见战事已了。方得参见项王，却见项王已经带过马头离去，地上唯留奚涓遗体。不一时季布赶到，两人相视无言。只见一名骑兵转来，传达项王命令："奚涓乃天下忠勇之士，非尔等可及。不取首级，尸身送还汉王。"

及至天明，城外鼓噪喧哗。刘季赶到城头，只见一骑马在城下喊话，随即射上帛书来。士兵呈上，刘季急忙展开观看，看罢不言，帛书滑落地上。卢绾躬身捡起，只见上面书写着："奚涓乃天下义勇之士，项王怜其忠心，全尸奉还。"

城周安静下来。四名楚军骑兵抬着奚涓的尸体，各扯一端，缓步行来。到了城下，轻轻放在地上，转身离开。楚军归营，当天无战事。

靳强带一队士兵出城，把奚涓遗体接进城里。刘季吩咐设灵，亲自祭奠。卢绾主持仪式，郦食其代汉王致悼词。祭罢，汉王抚尸大哭，声震祭堂。在场武将文臣无不悲痛，引得内外军吏士兵人等尽皆洒泪。

刘季身心承受着巨大的压力，精神颓萎，酒饭不思，似乎荥阳城诸事已经与己不相关。可是，城里从上到下都是要吃饭的呀！士兵们面临彻底断炊。

穷途末路，落日黄昏。在回家的老牛破车上，范增被沉重的背疽折磨得奄奄一息。昏睡中，耳畔隐约传来水禽的叫声，他微微睁开眼睛，看到了路边水塘中有鹅鸭在一丝残阳里嬉戏。

该到吃晚饭的时候了，牛车在村野小店住脚。车主来扶范增下车，希望能劝这个连日水米不进的病老头儿稍稍吃点东西。这回，范增没有拒绝，挣扎着到店里坐下，却又来了股执拗劲儿，坚持要吃鹅肉。车主人心中吃惊，知道这是发物，绝对是要了命的，便委婉劝阻。范增死活不听，怒道："人倒霉了，难道想吃只鹅也不能，也不缺你钱的！"虽没多大声气，但话说得不好听。没办法，车主人只好叫店家去池塘里弄了一只鹅来，心里也怀了些侥幸。吃过了，看到老人家满意却凄惨的笑容，于是安排歇息。

将军纪信在城头巡视。他趴到女墙边观察，楚营赫然在目。营中士兵正点燃了炊火做饭，只一种平常景象，唯有逡巡于前的骑哨显示出临阵的状态。肚子开始发出"咕噜噜"的动静，鼻子里嗅到的不是战场的烟尘血腥，而是饭菜的味道。

眼里迷迷糊糊，只觉得一队骑兵飞驰而来，为首的正是楚将钟离昧。忽然想到城门未闭，不由得大吃一惊，猛地抽出佩剑大喊："快快关闭城门……"未见动静。却听见身边有人呼唤："将军想是累了，歇会儿吧！"省悟过来，原来是幻觉。城下果然有楚军骑队，纪信盯住了细看，那为首的顶多也就是个千长，而并非钟离昧。就这琢磨间，一个可悲却有点"绝"的点子产生了。一时间热血上涌，按剑反复思忖，良久，心绪平静了，便立即下城来求见汉王。

刘季懒懒地躺在卧榻上，浑身不适，这儿疼那儿酸的，是一种说不出的感觉，那些大大小小的旧伤乘机作怪，伤病也是欺贫凌弱的。膳食已经备好了，可他总说不饿，就是不肯用餐。门上报告说："将军纪信求见！"他一骨碌坐起身，连连喊道："快进来，快进来！"

纪信拜见，才要说话，刘季却指着面前的饭菜说："肚子饿了吧，吃了再说！"看纪信还要开口，便抬手制止了。于是，坐下来开饭，吩咐斟酒。刘季感觉纪信眼光总不离自己的脸，只有看他时，才赶紧顺下。纪信为陇西成纪，即今甘肃天水人，跟随刘季起兵之初，为部曲长。如今也是军中亲信将领，平时彼此间的忌讳并不多，但随着刘季身份的改变，君臣的感觉也逐渐清晰起来。可这目光显得十分反常，十分奇怪。这一奇怪不打紧，刘季忽然感觉那张熟悉透了的脸又多了一份熟悉，却弄不清是什么道理。

吃过饭，刘季这才问："纪将军有什么话要说？"纪信猛然双膝跪地，抱拳说："末将方才在城头巡视，突生一大不敬的想法，正不知可否说与陛下？"刘季听话说得奇怪，心中吃惊，口里便应承："说，尽管说，寡人绝不会怪罪！"

纪信抬头，眼神中透射出一道凛冽，口气变得坚硬，禀告："荥阳事已十分紧急，臣愿效奚涓将军之义，扮作汉王的模样出东门迷惑楚军，陛下可乘隙从另门出城！"刘季闻听此议，睁大了两眼去看纪信，刚才那感觉顿时清晰起来，原来，纪信从大模样上看，长得确实很像自己。他忽然意识到，这恐怕就是自己逃出荥阳城的唯一办法了，然而，纪信若假扮自己去诳项籍，结果可想而知。他连忙躬身来扶纪信，口里说："纪将军请起！"

纪信起身，刘季说："寡人深知将军忠义，但此事还须从长计议！"纪信说："军中给养不济，只几日荥阳将不攻自破。陛下既不予怪罪，请即令诸将依计而行！"刘季鼻头一酸，双目垂泪，说："将军虽欲替寡人赴死，可寡人怎忍得下心呀！"纪信说："末将性命何足道尔。只要陛下得以脱身，臣虽九死而不悔，望乞立下决断！"刘季摇头，口里讷讷着："不，不，不可……"纪信急道："事如火蹿屋脊，陛下怎还迟疑呢？"

第六十六回

护主公纪信死大义　备胡马汉王实近边

陈平来了。纪信便请他帮助说服汉王，刘季却不肯向陈平说明计策。陈平看看纪信，再看看汉王，心里忽然明白了，但当着纪信的面，万一猜错了，那可不好收场，也只得耐心等着。纪信便不顾汉王阻止，说了自己的想法。

陈平沉默了。半晌，才点点头，劝汉王说："纪将军如此忠心，相形之下，令我等惭愧不已。臣观局势，正惶惶不可终日，今纪将军出此断臂之策，实属不得已。陛下只听纪将军的才好！"

刘季还要阻拦，只见陈平向纪信拱手，说："将军大义，陈平感佩之至！"说着跪下，五体投地。纪信也跪以答谢。陈平起身，转对刘季一五一十，说出如何如何，这般行事，金蝉脱壳之计可成。刘季半推半就，也算是依从了。于是，陈平赶紧着张罗请降事宜。

项籍看到了刘季的降表。内容是："放弃三秦、三河，乞归汉中，从此甘为楚臣。"兴奋之下，口中大呼："亚父，亚父！"忽然醒觉，身边哪里还有亚父呢？

在座上怔了一阵子，再仔细看过降表，心想："如果亚父在，他会怎样想这事呢？"真希望他能共享此令人欣喜的时刻。范增日渐消瘦的身影出现在眼前，一丝怜悯不由得从心底里流出。

时值五月。夜幕降临，荥阳城上举火，东门大开，两千带甲女子列队出城，齐声大呼："汉王出降，恭请霸王受降——"反复数次，声音十分嘹亮。楚营中将士已经有所准备，但被这意想不到的场面搞得十分惊奇，精力便分毫不漏地集中起来。那完全不是戒备，而是百分之百的看热闹。

女子们呼声极高而动作极其缓慢，仪仗般行进。于是，楚军脚下便都控制不住，渐渐地移向前来，只顾观景听音。在腥风血雨的阳刚战场上，这弥散着阴柔的呼声美妙动听至极，撩人至极，令士兵们神迷心醉，灵魂出窍。穿透空间的嘹亮迅即传播，引得留在四围警戒的楚兵尽皆翘首东城，期望着赶来一睹究竟。

在简装披挂的女阵引导和拱护下，身着汉王衣冠的纪信乘着刘季的车驾缓缓行来。前面有声音宣称："荥阳城里已无隔夜之粮，汉王率众臣出城，情愿归降项王，但求保得合城生灵无恙。"

项籍抵达前军营地，听了钟离昧、季布报告，便亲临察看，也打算亲自体验最终取胜的快乐。举目看时，火光中，黄缯车围隐约，羽幢摇动，心中不由得兴奋起来。

令人振奋的消息不胫而走，四城将士本来已经被两千女子制造的奇声异景所诱惑，亢奋不已；一时听说汉王已经出城投降，便不再顾忌，留哨人马纷纷拥向东门。他们既想参与楚汉受降的历史性场面，也想借机吮吸几分女身散发的荷尔蒙气息。

在仿佛是后台传来的不绝于耳的欢呼声中，西城门悄悄地拉开一道缝隙，吊桥缓缓放下。哨骑出城溜过一圈，丝毫没有引起反应；于是城门开足了，丁义、靳强率一队精骑开路，夏侯婴驾车，汉王刘季及卢绾、张良、陈平、郦食其等先后相随，薛欧、王吸断后，几十骑鱼贯而出，不一时已离城远去。可谓难时犹如异想天开，易亦胜似闲庭信步，真不知是何种力量在冥冥中眷顾刘季！

城头，韩王信、魏豹默默注视着城下。过不久，孙赤送走汉王一行返回城上。他们提吊着的心放了下来，随即又提了起来。

荥阳东门外热闹非凡，倒好像是军中庆贺。霸王亲临受降，将士们齐声高呼“万岁”，声震夜空。项籍举剑，半晌，呼声平息。高擎火把的士兵们闪开一道走廊，项籍驱马向前，果然看到汉军队里尽是顶盔贯甲的女子，更觉不可思议。也罢，近前看清了再说。

看到黄屋车驾了。再往前，只见车身装饰豪华，衡左斗纛摇动，牦尾悠悠耸向夜空，完全是天子的规格。项籍心里冷笑，回头对钟离昧、季布说：“刘季果然好色，临到投降还舍不了这许多女子！”二将唯唯诺诺。

大概是想到了自己的身份，项籍掉转马头回到本阵，这才传令接受投降。对面车驾徐徐而来，两旁楚军边庆贺边嬉笑，挑逗护驾开道的戎装女子。汉王车驾来得近了，项籍举目看时，车上果然是刘季。心想大功告成，便得意地问：“汉王这就投降寡人啦？”

不听回答。又问：“你不是要与寡人争夺天下吗，为何却落到这般田地呢？”

只见刘季抬起头来，拱手冷冷地回答：“腹中没得吃食，却要天下何用！”项籍听这语气，听这声音，觉得异样。要知道，他与刘季曾同朝为臣，并肩作战，还有鸿门宴上一番周旋，彼此也是十分熟悉了。于是，他命令“车驾”靠近前来，让士兵拿火把凑过去照看。不看则已，看时更生狐疑。于是亲自举了火把，仔细再看，一时气得“哇哇”大叫。车上哪有什么刘季，这分明是汉将纪信。

一时脑筋没转过弯来，刘季为何要这等耍戏呢？便问：“汉王在哪里呢？”纪信

“哈哈”大笑，笑过了回答：“此刻汉王陛下恐已远去啦！”项籍摇头，说：“你还敢诳我，荥阳被我围困得水泄不通，像奚涓那样勇猛，也是走不脱的！”纪信说：“信不信由你！”项籍问：“那你说说，他跑到哪里去啦？”纪信回答：“末将不知！”项籍大怒：“匹夫竟敢耍弄寡人！”火把向前一伸，点燃了车上的黄缯，楚军将士一齐赶向前来。女子们大乱，发一声喊四下里逃窜，叫声尖锐刺耳。项籍大喝：“给我杀呀，一个不留！”

纪信朝天拱手，口称：“汉王陛下保重，末将去也！”然后目视火焰端坐。无移时，肉身与车驾一起化为焦炭。车驾周围，在一场纯粹男人对女人的杀戮中，两千手无寸铁的女子尽皆暴尸城下，成为无辜的牺牲品。可项籍哪里能明白，这笔史所罕见的特殊的血债，又毫无悬念地记在了他的头上。

烧杀过了，项籍呆呆地凝视着“战场”，烟火明灭的黄屋车、遍地带甲的女人尸体、劲头未过还在找人屠杀的士兵。他的心里前所未有的空空落落，但不肯相信刘季真能逃出荥阳。须臾他省过神来，拿剑指着钟离眜、季布怒斥道：“尔等办的好事！”二将滚鞍下马，只在口里“诺诺”，头也不敢抬。为解上当受骗之恨，项籍一改初衷，限令钟离眜、季布三日内破城。鳌鱼脱却金钩，楚军围困汉王至此，可谓功亏一篑。

朝霞凝血一般映向屠场。荥阳城头，留守诸将目睹了可以预见的屠戮，人人身心俱疲。

愤怒至极的楚军开始下死力气攻城了。尽管城内有惠侯孙赤坐镇，又有韩王韩信、故魏王魏豹协守，但这守城主将的重任依然落在御史大夫周苛身上；而作为荥阳县令，枞成也是责无旁贷，二人久已对荥阳防务担负具体责任。

除孙赤外，这两将面对那二王，都老大不得劲。城外攻打十分激烈，城内没了主心骨也便分了心。周苛、枞成明知城池不保，却还担心防守不住，越是担心，就越是怀疑城内有什么隐患。韩王信不存在前科，又立过大功，还有张良这个硬后台，当然是动不了的，而且也没理由去惹他。魏豹就不一样了，周苛说：“这家伙曾经投靠汉王又背叛汉王，反复无常得很。”枞成附和：“是呀，他是墙头草，风吹两边倒，哪边势大就投向哪边。目下楚兵势大，难免哪一日又是要投靠项王的。”周苛想想，问：“一旦危急，他会献城投降吗？”枞成犹豫了，不好回答。周苛又问：“假如城破被俘，我等会如何？”枞成坚定地说：“有死而已！”周苛点头，问：“他二人呢？”枞成回答：“魏豹当然会照旧行事！”周苛追问：“韩王呢？”枞成回答：“没准头！”两人经过一番沟通，便都把这心思揣在怀里。

楚军对着荥阳猛攻了两天，城内誓死守卫，局面便又僵持住了。钟离眜、季布心里还紧张着呢，项籍心思却慢下来。他要分顾多个战场，后方还要应付彭越等的骚扰，河北又必须阻住韩信，因而总也无法按意志在京索使上全部力量。再说，并没有任何证据说明刘季已经逃脱，看看城上防守丝毫没有倦怠的迹象，倒觉得也许是想逃但没逃掉，困而降之的想法转即又占据了上风，自然也就不再朝钟离昧、季布去追责那三天的期限了。

正这时，有消息报来，说亚父历阳侯范增死了。项籍大惊，问："因何而死？"来人报告："疽发而死。"项籍问："死在哪里？"回报："行未至彭城。"项籍问："亚父应是回居巢老家去，因何却去彭城？"未见回答。

"亚父可留下什么话来？"项籍问。

"未曾。临去前他只大叫数声，不知是疮病疼痛难忍，还是心如刀绞。"来人回答得蹊跷。

项籍真实感到了心痛，他竟然不知亚父背上长的是致命毒疮，就这么赶他走了。暗自思忖，自打亚父离去，自己内心其实充满了莫名的期待，期待在某一个日落黄昏的时刻，风尘仆仆的亚父忽然出现在面前，如梦似幻一般，尽管他看上去显得十分疲惫，十分苍老。项籍将为此而开心开怀，亚父终究是放不下自己的呀！

范增在投奔辅佐项梁之前，居住在离居巢县东北五里的髑髅山南面，死后供养之所也就设在城东。墓园里有一口井，被称为"亚父井"，官民都前往拜祭。地方长官到任后，也先来祭祀，然后才开庭办公。到后来，更进一步为范增建造祠堂，一直由官方供奉。

荥阳城上作战的压力减轻了，但粮食的危机已至极端，将士们开始屠宰战马，军心动摇。这天城上击退了楚军的进攻，周苛、枞成正准备去用餐，却看到韩王信、魏豹在女墙边说话，而且还时不时向城内城外指指点点。等韩王信去了，两人便不约而同地抢上前。魏豹感觉来者不善，便显得有点紧张。周苛问："魏王好兴致，怎还不去歇息呢？"魏豹反问："兴致何来？"周苛说："您认为这城还守得住吗？"魏豹回答："有二位将军在，小人怎敢妄说！"周苛责备说："此言何意？"魏豹赶忙敷衍："我是说，守住守不住全凭二位将军……"枞成大怒，喝道："那要尔等何用？"魏豹看这二位大爷是专门挑事来的，知道得罪不起，便拱拱手赔礼道："在下失言了，望乞恕罪！"说过了，转身想离去。可他这退避的举动在周苛、枞成眼里却是不屑与轻慢。周苛正要叱责，不料枞成拔出剑来赶前两步，照着魏豹的后心便刺。魏豹完全没想到二将会下此狠手，身体僵挺着，想回头看看这到底是怎么回事。才回了一半，枞成猛一抽剑，魏豹口里溢出鲜血，仆倒地上。

周苛这才感到吃惊，赶上前看时，魏豹已经没了气。他无可奈何地瞪了枞成一眼，看枞成也被自己的冲动惊呆了，便叹口气说：“既然难与他一起守城，也就是他活该如此。”于是，命士兵不要声张，找个地方把魏豹埋了。

不一时，孙赤赶来，质问二将为何这般鲁莽，魏豹所犯何罪。二人如何回答得上，只请惠侯治罪。而今守城紧要，惠侯对于御史大夫，也只是身份更加显贵而已，未属实权，孙赤跺跺脚，说声“罢了”了事。其实魏豹早已无足轻重。

韩王信简直不敢相信，方才还好好的与自己在城头议论敌情呢，转眼怎就被杀了？转念人死不能复生，孙赤、周苛又是汉王嫡系，既然惹不起又何必惹火烧身？这么思量着，便强行按下了满腹怒气，从此不再参与城上防守。

汉王刘季等与几十骑随从护卫偷偷逃出荥阳西门后，闪避着奔走成皋。到了成皋，他心里仍然惶惑不安，便干脆命黥布护驾返回关中。这一来，成皋便处在了被放弃的状态，很快被追击而来的楚将终桐占领。

成皋关本春秋郑邑，后属晋、韩，相传周穆王“获虎为柙”，也就是制作了一个木笼子把捕获的老虎蓄养于此，所以当时称“虎牢邑”。关城位于今汜水镇西，筑于大伾山上，形势险要，塞黄河以南嵩山北麓狭窄的东西咽喉，东阻荥阳，西蔽洛阳，为兵家必争之地。成皋一旦被刘季放弃，便转变成楚军的前沿高地，从后方对汉军岌岌可危的京索防线构成了严重威胁。项籍任命终桐为成皋县令，把防守主要责任固定了下来。

到栎阳稍事休息，刘季便颁布诏令，取消代国，原地恢复秦所设置的代郡。接着，又把废丘改名为“槐里”。下令祠官举行仪式，祭祀天地四方上帝山川，要求恢复常例，从今之后依时令做好这方面的工作，不能失职。他内心暗自感激上苍诸神护佑，屡次让自己大难不死。

这时，传来一个让刘季脊背发凉的消息，说北方有越来越多的匈奴游骑出没于阴山，甚至大胆深入到了河南地。楼烦王、白羊王势力也乘机摆脱地方管理，控制了大片的牧场、水源。如此下去，匈奴将卷土重来，关中必将受到严重威胁。

楼烦、林胡与东胡，在我国历史上被并称为“三胡”。楼烦部族春秋时期分布在管涔山、吕梁山衔接处的今山西宁武、岢岚等县，主要从事畜牧业，精于骑射。后逐渐扩展活动达今山西西北部及内蒙古南部，略相当于秦朝雁门郡、云中郡一带。今太原远东南汾河弯西岸还有县名“娄烦”，应是历史遗痕。

还不得不说说林胡。林胡也称为“林人”“儋胡”，春秋末战国时期分布于今内蒙古鄂尔多斯草原东部及山西西北，日常游牧狩猎，特别善于养马，同样精于骑射。赵武灵王时曾被迫北徙，成为匈奴的附庸。赵国名将李牧大败匈奴后，林胡降服于赵，族名从此淹没于古籍。其后在匈奴、赵和秦朝势力交互作用下，楼烦部族移居到了林胡人曾经的主要活动区域河南地。

无论是赵国、匈奴，还是秦朝，对当地传统游族群和迁徙人口的管理，一般都要依靠当地的酋长。然而，当各种外部的强制性力量衰退或消失后，本地王族或贵族必然代之而崛起，来填补权力真空。新一代楼烦王、白羊王便是在这样的背景下重新露头的。中原混战，边备荒废，河南地已几乎无兵戍守。当土著游牧势力失去控制之际，也正是迅速强盛起来的匈奴四处觊觎之时。黄河两岸丰饶的河套平原和美丽的鄂尔多斯草原，都是游牧族群眼里的一整块肥羊肉，耽耽而鹰视之，跃跃然宜牧马，历史以往都是这样的。由于势力相对弱小，楼烦、白羊二王的特性，便是刮北风往南倒，刮南风往北倒，等到刮乱风时，便独树一帜过几天完全由自己说了算的敞快日子，这属于多变的传统生存策略。时未久，一轮舒心的日子又要过到头了。匈奴大军未到，楼烦、白羊二王审时度势，主动请求归附，依照前例岁贡，赴朝会，必要时象征性地派兵参加匈奴战事。

刘季尽管焦头烂额，但也不能对这种显见的危机视而不见呀。于是与萧何、张良、陈平等讨论，不得已，从萧何竭尽全力征发的士兵中，划拨部分力量去增强边地防守，主要还是靠整编留驻的秦军和翟军余众。安顿过了，大部分新兵按原计划由黥布率领，随汉王东返京索。

真不知道什么时候会有什么人能帮你拿一个大主意。就在刘季准备出发的时候，一位叫辕近的宾客提出了建议：“汉、楚相距荥阳这几年，汉军常常陷在困境中。君王此次宜从武关出兵，项王必因此而引兵向南对敌。陛下您呢，则可依据那里的有利地形，深沟高垒坚守，不与他交战。这样一来，荥阳、成皋一线便会暂时松动，从而赢得喘息的机会。您同时命韩信、张耳等安抚河北军民，联合燕、齐拒楚，只要动起来就行。这么做关键在于拉开战场距离，使楚军面临远距离多面作战，造成兵力分散。而对于汉军，效果就大不相同了。等时机适合时，陛下再奔赴荥阳，与楚军正面作战。到那时，彻底打败项王就只是个时间问题了！”

这个建议使刘季顿觉眼前一亮，仿佛打开了心中的多扇窗户。于是改变行军路线，车驾转东南进入熊耳获舆山，越商山出武关，也算是重温了当年奇兵入关时一段跋涉于重林深壑的经历。进入南阳郡后，一路走，一路收集兵员。抵达目的地，便任命黥布为前军主将，负责在宛县、阳城、叶县一线，背依山川险要加紧布防。并未经历持久战争的颍川、南阳，尚足以支持一场有限的军事对峙。

项籍得到刘季出现在南边的情报，心中的怒气又燃烧起来。他立即抽调精兵直扑宛、叶，而刘季则按照既定方针坚壁不战。此举在瞬间转移了项籍的注意力，使京索战场如抽丝般压力渐减，曹参、周勃、靳歙、郭蒙等均得以大口喘气，连守在广武的樊哙也显得松快了许多。而楚军则不得已增开补给线，作战效果减弱，军力和粮草不免陷入虚耗。

楚汉战争在错综交织状态中异常艰难地进行，令整个中原感到窒息和动荡不安。而姑衍山的草原却畅快地呼吸着温和的仲春的气息，处处弥漫着轻松愉悦的气息。

这一天，负责筹办大单于婚礼的左骨都侯勒俟祜掰着手指头计算，觉得万事俱备，只等主角登场了。他兴冲冲地上马，飞扬着鞭鞘，口里哼哼着“哥哥亲、妹妹爱”的小调，悠悠地来到单于大帐。一高兴，也不与侍卫打招呼，径直朝里闯。找不到冒顿单于，便从侧面穿帐而出，瞧见了蛮芑正在草地上逗小猎骄靡玩耍。

觉得没人注意到他，又不方便靠近前去，便想招呼一声，却不知道如何称呼。急中生智，措了一道长长的辞：“我最最尊贵的稽粥小王子和猎骄靡小王子的阏氏妈妈，请问大单于在帐里吗？”蛮芑抬头，忽然有点脸红了，猴精猴精的勒俟祜立即有所觉察，不由得尴尬起来。他们大概同时想到了在合黎山南的情节。

“我……我是说，大单于在……在帐里吗？”

“噢、噢，他不在，噢，在，他在帐里。”

两人又不约而同地放松下来。蛮芑觉得十分好笑，便止不住大笑。勒俟祜也难以抑制地嘻嘻地笑起来，笑得有点古怪。

第六十七回

夜出成皋刘季夺印　单于大婚举族狂欢

“大单于在帐里？”勒俟祜核实。

“在帐里！”蛮芑认真地回答。

“真的在帐里？”勒俟祜进一步核实。

“不是说过了嘛！”蛮芑转而嗔道。

“阏氏妈妈要是再诓我，就真的要耽误大事啦！”

听这一说，蛮芑乐不可支，又放声大笑起来，山野一片响亮。已经有些懂事的小猎骄靡本在认真听话，此时被笑得一头雾水，看看蛮芑，又看看勒俟祜，忽然大喊：“单于爸爸！”仰头看蛮芑，小手却指向帐边：“蛮芑妈妈，单于爸爸来啦！”

冒顿背着两手从后帐出来了，问：“笑啥呢？这么高兴！”他看到了表情怪怪的勒俟祜，脑子立刻转到了那个聪明一世糊涂一时的怨结上，也放声大笑起来。人的意识有时就这么巧合，其中的必然性完全出于那事件的唯一性。说实在的，冒顿的确心情好极了，蛮芑也的确是心情好极了，勒俟祜亦然。

勒俟祜却发现了什么，便一悠一悠地企图转到单于的身后。冒顿也就随着转，于是，这个背后的秘密便暴露在蛮芑的眼前。果然一副精致的马镫，蛮芑心里激动起来，这在她是少见的。

勒俟祜对蛮芑说：“这可是大单于亲手干的活儿！”

蛮芑当然知道这是冒顿赤膊挥汗制作的宝贝，但仍然瞪大了眼睛。冒顿终于从她明亮的瞳孔里读出了自己等待日久的期盼，尽管彼此的身份之前已经确定。

由于项籍亲临，楚军集中来攻，宛叶线不久便难以承受巨大的压力。张良献计说：“不妨再去楚军后方试试，可尽量深入，动作尽可能大点！”刘季深以为然。

前一段被楚军步步挤逼躲到河北的彭越，接到汉王新的指令，便返渡至巨野泽北的东阿潜伏，然后瞅机会取东南作长距离纵深，越过睢水偷袭下邳，出现在几乎不可能出现的地方，可谓打了对手一个猝不及防。下邳位于东海郡西沿突出部，已经处在彭城的东南侧后翼。及至楚将项声赶来救应，下邳县令薛蓬已战败身死。项声力战彭越不下，只得派使向霸王告急。

项籍闻报非常吃惊，彭城岂能二度经受不测！焦躁之下，他决定亲自率精骑教训那条“彭泥鳅”。这一去，就是在千里战场上往返，需要些时日。此举令宛叶线顿时失去了压力。刘季赶紧利用这个时机，与黥布率兵过阳城越轘辕，直取成皋。

楚军守将终桐登临关城。只见一将当先，背后大纛在风中激荡，忽然失惊，问道：“来者莫非九江王？”黥布抬起矛尖指向城上：“是又如何，不是又待如何？”不料终桐却说：“末将自知成皋是守不得了，只求网开一面！”黥布“哈哈”大笑，回道：“你去便去！”于是终桐弃城，汉军唾手夺回了一个月前不得已放弃的成皋。

彭越绝不是一个等着挨打的人。等到项籍火急赶来，他却只穿梭周旋，不与之正面交锋。要逮住这条蹿过来又蹿过去的“水蛇”，项籍煞是费劲。就这么耽搁着时间，等到难以坚持了，彭越便直接撤回梁地北边去了。

项籍的强项和软肋都在于凡战皆欲亲力亲为。得报成皋重被刘季亲率黥布夺去，而自身鞭长莫及，焦灼之下，不由从内心里怀念起范增。他后悔当初处处抵触亚父的建议，导致黥布背叛，不料又在百密一疏之下让刘季漏网。

周旋了一大圈回到荥阳，可恨荥阳各部等于在原地踩脚，战局毫无进展。耳边传言又起，说钟离眛等功劳已不在当初的黥布之下，可到现在还得不到封赏，便想与汉军联合起来共灭项氏，瓜分楚国的土地以各自称王。项籍寻思，得到满足的黥布尚且反水，心怀不满的钟离眛又将怎样呢？尽管他不可能作出结论，但却自然而然地把荥阳战事的拖泥带水和刘季的逃脱，一股脑儿怪罪到钟离眛的头上。于是，他索性把钟离眛打发到一边，亲自取代攻城主将的位置。

荥阳本已不堪一击。项籍剑锋一指，城池立陷。被饥饿、疲劳、战伤折磨得筋疲力尽的孙赤、韩王信、周苛、枞成都已经失去了抵抗能力，束手被俘。

周苛、枞成被押进项籍大帐，二将虽体无完肤，但此时却硬挺着高昂起头颅，显得满不在乎。项籍为他们忠心耿耿、临危担当和不屈不挠的顽强精神所感动，借机对钟离眛、季布说：“看，看，人家这劲头，你等众将能做得到吗？”

众将皆低了头。项籍对周苛说：“看看你等跟随汉王的下场吧。你要是肯归到我的帐下，我就任命你为上将军，同时给你三万户食邑。”周苛冷笑，问：“就这些？”项籍十分诧异，反问：“难道还不够吗？”周苛摇头，说：“您知道我想要什么吗？末将倒是想劝大王一句，赶快去向汉王投降吧，要不抓紧，眼见也就要被俘虏啦！”项籍按住怒气，好言劝道：“我知道将军忠心耿耿。既然寡人如此看重，你等也是可以把这忠心用于楚国的呀！”周苛反唇相讥：“既然项王如此看待忠心，正好学九江王去投奔汉王，也好让汉王来赏识您的忠心。”

项籍按捺不住了，喝令：“把这不识趣的东西拖下去烹了，烹得稀巴烂！”周苛被架走了。项籍又看一眼怒目相视的枞成，自言自语地说："杀了吧，省得费口舌。"然后大声重复："拉出去斩了！"

这边出帐，那边韩王信被押进来。项籍说："你和周、枞二人不一样。他们只是为汉王卖命，除了这条命，别无长物。你就不同了，你是韩王。我知道，你不就是为了一个韩国吗？这样，汉王给你一个空名，我让你这个韩王当得实实在在，如何？"韩王信沉默不语。于是，项籍当即重封韩王，也就算完成了说服动员。

轮到孙赤了。项籍知道孙赤也是一名能征惯战之将，在刘季部下是最早封侯的几人之一。这回改变了说话方式，问："你贵为惠侯，汉王为何独自逃去，却让你等坐守荥阳以待毙？"孙赤不答。项籍又说："荥阳既如此不堪一击，你身为大将，为何不先死而甘受身俘之辱？"孙赤低了头。项籍见有门，便趁热打铁："寡人知道，当此关键时刻，刘季任用亲信周苛、枞成而令将军无所施为，故而被擒……这样吧，你今天只管归楚，日后无论想去哪里，寡人绝不阻拦！"他心想，今日你只要投降了，即使明天反悔，刘季又怎能容得？这一招果然灵光，孙赤也就半推半就地服从了。

荥阳失陷使本已千疮百孔的京索防线整体动摇。当此进退难决之时，刘季接到了韩信从修武送来的紧急奏章："……陛下宜以保存军力为重，暂退守成皋及巩洛，事不宜迟。臣观项王虽为强弩，但后势渐馁，彼消我涨，战事不日可获逆转。乞望耐心察敌，以待制胜之机。"刘季反复翻看琢磨，难以决断，便与张良商议。张良斟酌许久，才说："前此亚父被逐死，楚营必定人心涣散；此番项籍亲自操刀下邳，足见其捉襟见肘。依臣看，左丞相说得有理！"

刘季尚且半带疑惑，但还是强忍割肉之痛，传令立即放弃京县、广武、敖仓，全线后撤，不得迟误。只在前后脚，楚军已挥兵西进，项籍希望速取成皋以续荥阳未竟故事，也令广武、敖仓汉军无路可退。曹参、陈濞率兵利用地形横里阻击。当陈濞带着最后一拨疲兵羸卒撤到成皋时，楚军也已离得不远。

刘季找大伙儿讨论出路。郦食其说："目下只有调左丞相回援，才可保住巩、洛，别无计策可用。"刘季看陈平，陈平会意，赶忙说："只有陛下亲自前去才行！"张良说："巩、洛千万不能有失！"

"荥阳之悖"令刘季半夜梦惊，内心惶惶，又一个"溜"字暂时性占据心头。当下，他向黥布诸将交代了底线："寡人一旦离开，成皋能守最好，不能守则放弃，但巩、洛决不可有丝毫闪失！"随即，他安排把三位谋臣护送去洛阳。

夜幕降临。刘季没有惊动守城将士，也没带一兵一卒，只由夏侯婴驾车，秘密遁出城北玉门，沿汜水西岸直趋黄河边。他俩寻到一个简易渡口，连夜过河。一路过怀县、武德，次日晚到达位于修武县城东的小修武，不声不响地到传驿猫下。当夜，君臣反复聊着，几乎没能入睡。

次日天不亮，两人乘马来到韩信营门，声称是汉王使者。验过身份，相随入营。看营中除了备炊外，几乎没什么动静。想想河那边苦熬激战，而他这里却一片安宁，恰似隔岸观火，刘季心里不免嫉恨。

到韩信卧帐下马，帐外卫士认识是汉王与夏侯将军来了，连忙行礼。正要去通报，刘季摆摆手，示意夏侯婴与他们一起留在帐外。汉王单独一人进入帐内，灯烛半明，韩信高卧未醒。刘季两下里瞄一瞄，然后盯住案头自己亲手颁给的印信、兵符，只在韩信伸手间。凑前一步，看韩信依然沉睡，那柄不离身的宝剑却放在榻里边。刘季不免紧张，可千万别弄出意外呀！蹑手蹑脚地拿了印信、兵符，藏于宽大的袖筒内，遮掩着出来招呼夏侯婴。

及至到中军帐坐定，这才透过一口气来。吩咐卫士唤来传令官，拿了令旗去召集众将，唯独没有叫韩信、张耳。

不一时，人都到齐了，刘季却意外地看到了周譄。原来，楚军屡次断绝甬道，周譄、陈濞率部反复争夺，败多胜少，甬道不保。他内心产生了动摇，想离开战场自寻出路。一次战败被楚军追逐，他便退奔平阴，北渡黄河。后思来想去，难忘汉王知遇之恩。得知韩信驻扎襄国，便前往投奔。这“襄国”其实就是信都，被项籍以“三家分晋”的主角赵襄子谥号改称。周缯请求继续跟随，刘季并不追问，能回到身边就好。

刘季直接按照巩、洛防守的要求，对诸将做了安排，下令早饭后起程。灌婴此时仍在韩信军中，他心里着实纳闷，临出帐时，不免要回头看看。看时，却见汉王正朝自己示意，便即止步。于是，刘季传令叫韩信、张耳来见。

韩信起身寻不见印信、兵符，禁不住心慌。正要查问，却听卫士报告，说汉王与夏侯将军亲自来过。韩信懂了，却不免内心忐忑。随即闻宣，便不敢怠慢，便赶紧来到大帐。看时，刘季正面坐着，夏侯婴、灌婴立于左右。这时，张耳也匆匆赶来了。

刘季命两人坐下。看他们惶惑不安的样子，刘季笑了，说：“你二人不必惊慌，寡人只是为了调兵而来，仓促未能通报。到营见时间尚早，左丞相与赵王连日辛苦方在熟睡，故不忍叫醒。”

韩信质疑：“陛下莫不是想把赵地拱手让给项王？若如此，陛下终究只能退回关中了……”刘季摇头：“不然！迂回击齐不可动摇，只不过要多多为难你二人啦！”

二人对视，这意思是让我们空着手去迂回？只听刘季改了口气道：“韩信、张耳听令！”两人一惊，急忙起身拱手。刘季缓和了一下，说：“命赵王张耳整合境内人马，据守河北；韩信兼任赵相国，着即征集兵员，进取齐国，不得有误！”二人口称：“诺，诺！”心中很是恶心，如同吃了苍蝇。

匆匆用过早餐，队伍也已集合完毕。夏侯婴、灌婴、周謵来与张耳、韩信仓促告别，谁的心里没有个起码的数呢，但又能说什么呢？都服从大局吧。

恭送汉王率军远去，张耳、韩信回到营中，四下里变得空空荡荡。两人对面叹气，都不便作任何表示。

刘季却松下一口气来，思想随即回到了成皋。转看行军的队伍浩浩荡荡，心中暗自得意。一路胡乱思想，很快渡平阴抵达洛阳。果然，曹参、周勃、郦商、樊哙、靳歙、傅宽、郭蒙等部都陆续退到了巩县、洛阳。黥布随后也撤至。

项籍亲率大司马曹咎、长史司马欣一路击退阻击，进入成皋。

在取得击灭东胡、赶走月氏的历史性战果后，匈奴轻骑在北方更加广阔的地域横行，逐次展开了新一轮征服周遍部族的战争。同时，姑衍山草原上酝酿已久的一次隆重庆典也瓜熟蒂落。

这是一片骄阳似火的原野，而今日酷热的夏原怎就让人心情如此舒畅呢？眼前是一场前无古人后无来者的开放式婚礼，气派无可比拟。

单于巨大的穹庐群是第一层背景，山丘上重叠浓郁的林木是第二层背景，莽莽雾气掩映的群峰是第三层背景。高挂的天幕湛蓝明澈，有几朵厚重的白云悠悠地游走着点缀婚礼的超然境界。

蜿蜒的溪流和许多微型的丛林、湖泊散布在开阔的婚庆场区。婚礼主场地上龙旗飘飘，铺开了巨大的毡毯，连守卫的士兵们也换上了丝绸面料的盛装。散开在周围的几处分场地是为避免各种活动相互冲突而设置的，这样全面开花，必然使场面热闹非凡，使前来参加婚庆的人既能按照个人喜好选择活动，又避免因分身乏术而四下奔忙。大单于和阏氏呢，则不会存在遗憾，勒俟祜也能充分享受自己的杰作。

贵宾们已经陆续到齐。他们被安顿在距离单于大帐西南大约不到三里的水草地上，两下里相望。那里临时搭建的许多毡帐集纳了各种差异性风情，充分表达了对宾客的尊重。散落的小树丛疏密有致点缀其间，更觉多姿多彩。前来贺喜的有两位座上客，一位是来自马邑的老朋友大商人聂行，另一位则是乌孙部落的临时当家人步厩。聂行被尊为单于之师，安排在单于庭的一座豪华大帐中居住，并派有专门的侍卫；步厩的毡帐当然是客人毡帐中最为显贵的，寄人篱下而能得到如此礼遇，其中潜藏着深刻的情理。

在不知不觉中，相对河流下游的地方，出现了临时的毡房群落。那群落越聚越大，成了单于庭对面的一道广阔风景。男女老幼、车马犬羊是这道风景中的无穷动感，草原上的生活气息被浓缩于一幅自然的风情画卷中。

早在求婚之先就开始准备的婚礼，终于如愿以偿地隆重举行了。左谷蠡王都矢前来蛮芑的毡帐迎亲。蛮芑由大群侍女服侍着，已经换上了匈奴贵族大婚的装扮，显得有些累赘而局促，真是太不习惯了，但此时也得忍着。前引后随地出了帐，整备一新的白色坐骑正伺候着，蛮芑一眼就看到了簇新的马鞍，两侧还悠动着一对乌亮的马镫。她不由得会心一笑，心情也仿佛挣脱了束缚，瞬间便放松下来。

大大出乎官员们意料的是，右屠耆王且蛰竟然以兄长的身份出帐迎候新娘。在这种场合，他的地位可就相当于家长了。

人山人海，人欢马叫，一切停当，客人们各就各位。司仪勒俟祜宣布婚礼开始，新郎、新娘在一群童男童女的簇拥中喜气洋洋地出场，登上特意垫高并铺上簇新地毯的核心位置。贵宾和群臣全体站立，在战鼓和角笳声中恭贺新人幸福，像盛开在春天的花朵、儿孙多如草原上的马群。祭拜天地祖先、致辞祝酒等等，一切的仪式都按部就班地进行，再加入许多勒俟祜式的创意。大的创意是在致辞当中增添了一连串排比冒顿武功博大的赞颂，使婚礼充满了浓烈的胜利庆典气氛；小的创意是请新郎为新娘牵马，绕场一周，然后直接进入布置得富丽堂皇的内帐。

大臣和贵宾们开始互相敬酒，同时，盛大的庆祝娱乐活动开始了。所有的活动都在各个场地上同步进行，有速度赛马、套马、马上争夺、马上格斗、驰马射箭、男女追逐、赛骆驼、摔跤、角力、斗羊、斗鸡、游戏、说唱等等，还有摆开场子自娱自乐的，借机走亲访友、谈情说爱的，那是不可胜数。

婚庆延续了三天，前两天的午后都安排单于庭歌舞队表演。第三天到了日落，渴望中的贵族和军民才等到了一场篝火说唱舞蹈晚会。晚会的主线是由几十名技艺精湛的艺人共同吟唱浓缩版长篇史诗《撑犁孤涂》，全匈奴最著名的说唱大师犰执呐契担纲领唱。他唱中带说、说中带唱，亦咏亦歌、似叙似诉；时而夹带的喉音，更显示出生动与隽永。绵绵不断的故事演绎引导着欢庆中的仰慕与向往，牵动和营造部族暴风般的激扬情绪。

…………

闪电频连，草原如弓丛林似箭。

弯刀划开黑夜，骏马已经脱弦。
失去了缰绳生命去向何方，
大地随波逐流，灵魂在风暴中震颤。
……
天将明，风停雨息脚下充满泥泞，
后退无路，前途一望依旧深邃无边。
死亡擦肩而过，思绪终究徘徊，
命运起伏心在漂泊，王子祈告上天。
……
雄鹿挣扎着，倒在了单于的马前。
王命如山，卫队长面临着抉择的艰难。
刀已出鞘，生死就在一瞬，
壮士自刎，把命运的悬念留在了父子之间。
…………

说唱汇集了史诗最精彩的段落情节，并多次切入规模不等的歌舞。说唱时而荡气回肠，时而细致委婉，时而一波三折，时而舒展流畅，可谓竭尽渲染，起伏跌宕。在此之前，草原上的说唱节目从头到尾都是由一人担当，中间最多利用一些与情节毫不相干的滑稽表演作为调节。这次，勒俟袪面对空前巨大的场面提出了组合节目的思路，一蹴成就了公元前中国北方草原文化的经典之作。说唱表演结束之后，欢呼呼哨声响彻夜空。人们伴随鼓点有节奏地轮番高喊"撑犁孤涂——蛮芑，撑犁孤涂——阏氏"，高歌狂舞，通宵达旦。

当参加婚礼的牧民们开始拆卸毡房时，单于的后帐里却续演了一幕具有重大意义的压轴大戏。由步厩和且蛰担当见证人，小猎骄靡正式拜冒顿单于和蛮芑阏氏为义父母，从此，这位后来的草原雄鹰具有了乌孙王子和匈奴王子的双重身份。接下来是拜师仪式，由且蛰、聂行担任小猎骄靡的导师，在中原叫作太傅、少傅。当然，日常方方面面的学习另有老师。且蛰和聂行不常在身边，约定了一旦有机会，便努力尽自己的责任和情分。

人已散尽，卫队长屈烈支组织手下清理婚庆场地。

入夜，新娘蛮芑的耳畔依然回响着《撑犁孤涂》中那些拨动心弦的篇章。

…………

月色掩映，合黎山影如幻。
弯刀和弓箭密布于丛林山涧。
欲进还退王庭迟疑，河西风雨飘摇。
是战是和是弃，大将心智难断。
……
太阳照耀着匈奴南山、月氏北山，
明月扰动撑犁孤涂不眠的夜晚，
山下的营盘山口的关隘日月可曾同辉，
举目太阳已经升起，月亮依然灿烂。
……
山溪流淌，羊群溢满山谷草原。
歌声如瀑，天际瞬时五彩斑斓。
快马闯关，女神降临，孤军何不弃甲？
以柔克刚干戈玉帛只在笑颦之间。
……
霞飞云聚，鸟回牧归，天色将晚。
草原一片宁静，两马并驰余吾水畔。
牧女鞭起鞭落，英雄心潮奔涌激荡，
爱情的花儿从此在姑衍山的牧场绽放。
…………

第六十八回

彭越袭梁项籍回马　广野东渡田氏盘桓

冒顿那里又举行了几次家宴。聂行即将返回马邑，冒顿邀请他到后帐咨询天下之事。冒顿问："先生，您认为中原还会乱下去吗？"聂行回答："我是商人，不懂得天下纷争，权且猜测，乱也不出三年，再多百姓就熬不住啦！"冒顿问："大匈奴有机会吗？"聂行回答："匈奴的机会不在中原。"冒顿问："为啥呢？"聂行笑一笑，说："大单于您每天能看到天的边，却从没有走出地的边！"冒顿很是纳闷，也很感兴趣，问："难道还有一些土地的上面覆盖的不是天？"聂行认真回答："山外有山，天外有天，比如被大单于驱逐了的月氏，现在就在另一片天空下平静地享受那里丰饶的水草；被月氏驱逐了的塞人同样已经在另一片土地上找到了自己的归宿。我想，在我们看不到的地方，还有许多山脉和草原顶着它们自己的天，譬如中原就顶着匈奴南边的广大天空。再打个比方，草原上有尊贵的单于，而中原不久还会出现至高无上的皇帝，他们也是各自臣民的天。"冒顿沉默了。过了一会儿，冒顿又问："目前，中原依然战乱，而我大匈奴已经拥有无比广大的牧地。再过几年，我想我也能把河水之北和之南的土地都变成匈奴的牧场。"聂行说："我到底不懂这些，我只会做买卖！"冒顿不死心，追问道："那做买卖的人又怎么想象这件事呢？"聂行又一笑："那就大家做买卖呗，就像现在我们商人每年做的一样，拿我所拥有的交换我所没有的，拿你所拥有的交换你所没有的。"冒顿摇摇头，笑道："如果大匈奴遭遇了暴风雪，遭到了蝗虫灾害，草场荒芜了，牲畜死亡了，奴隶逃跑了，没有粮食和盐了，青黄不接了，什么都没有了，拿什么去交换？"聂行正色回道："假如真的发生了这一切，那将是大单于的过失；如果想拥有更多，您失去的也将更多！"说罢起身告辞："感谢大单于的热情款待，请大单于方便时到马邑我家里做客，中原人也是热情好客的！"冒顿心里寻思，说："那是当然，只要有机会！"

次日一早聂行辞别，冒顿带着蛮芑阏氏、小王子猎骄靡依依送别，直出三十里之外。

接下来要去蜜月巡行，这是冒顿对蛮芑不止一次的许诺。去龙城祭拜"三龙"最为首要，这属于确认大阏氏身份的重大程序。匈奴单于和诸王的妻妾统称阏氏。单于长妻称颛渠阏氏，由呼衍氏女子独占其位，那是无法改变的宗族婚姻；次妻称大阏氏，这是冒顿的自我选择。

刘季一朝从韩信手里接管了北征军，复渡河水。汉军正面防线实力大增，加之诸将奋力，尤其黥布作战勇猛，汉军的士气得到恢复。巩洛集中防守日渐有利，楚军寸步难进而锐气有所减退。到了八月，刘季留黥布担当正面，自己则率军迂回到小修武，南临黄河驻扎，寻机恢复京索防线。

一名叫郑忠的郎中求见，进言道："依当前形势，陛下更宜高筑营垒，深挖壕沟，暂不与楚军争锋。"刘季反复斟酌其中道理，决定暂缓动用大军，而把对梁地游击骚扰改变为直接打击，为全面反击做好铺垫。

刘季分拨两万兵力，搭配几百名骑兵，由将军刘贾、太尉卢绾带领，过河与彭越协同作战。从来孤军作战的彭越如虎添翼，两军联手在燕县城西打败楚军，把那里囤积的粮草辎重烧了个精光。

不得已，项籍从一线抽调兵力来驱逐刘贾。每遇强敌，刘贾便坚守营垒不予应战。攻得急了，又总能得到彭越救援。刘贾也同样呼应彭越，运动战打得相当默契。

有刘贾、卢绾牵制楚军，彭越主动大举出击，越济水一鼓作气攻取了睢、谷流域的睢阳、外黄等十七座重要城池。此举非同小可，等于颠覆了楚军花大力气步步为营巩固的后防线。

项籍驻扎成皋筹措新的战役，希望尽快突破僵持的巩、洛防线。钟离眛派使从荥阳送来一份奏章，要点是：汉王屯大军于河北，显见欲伺机南渡；建议尽快清剿睢济，避免汉军南北呼应，并确保粮路安全。

项籍对形势的微妙变化深感不解，但又不得不顾。思之再三，如不得已，也只能再次亲自率军东返，对巩洛犹如前次宛叶，暂时忍痛放下。现在，他已经感到越来越力不从心了。

项籍命钟离眛先行反击刘贾，荥阳交予季布防守。钟离眛这才动身，已有汉将靳强、薛欧纠缠于途中，连刘贾、卢绾的面也照不上。项籍呢，掂量着钟离眛这边的动静，几乎用了一个月时间才下了亲自回马的决心。就在这一个月中，刘季连续派将对京索线进行反制性骚扰，直弄得钟离眛心神不定，不久便败归荥阳。汉将轮番出动大肆骚扰，连后方楚都彭城也感到了危机。刘季不由得在心里庆幸提早在河北打下了一片天地，带来了充分的战略回旋空间。

临行，项籍关照曹咎、司马欣："你两人须确保成皋无失。如若汉军挑战，只不理会。我不出十五天必然返回。"曹咎领命："陛下放心，末将一定依令而行！"

尽管曹咎信誓旦旦，但面对这个老大粗亲信，项籍内心其实很不踏实。心挂两头，但求快去快回。马到荥阳，钟离眛、季布迎入城中。项籍责备之余，不免又安顿一番，然后继续东行。

把项籍从成皋前线掉转，这本属求之不得。但刘季罹患了“恐项症”，惧怕与项籍正面对抗。一旦项籍东返，他便又想避开，打算回洛阳去，只寄望于韩信下一步行动。

郦食其更善于反思。他吸取前次建议被否决的教训，回到当年高阳出山时的思路，打仗就是打“粮食”。荥阳陷落多半是因为断了口粮，项王两度往返也是为了粮食供给，而彭越的特殊作用是让楚军吃不上粮食。更为关键的是，他看到了战局潜在的转机，并决定做两件事情，来帮汉王完成大功，也彻底证明自己的价值。

郦食其这次胸有成竹。他来见刘季，直接反对大军后退，说：“眼见得最最艰难的时期已经过去，楚军从没像现在这样易于攻打。可陛下却在转折关头退缩，这是自夺其便，过失将难以弥补！”刘季问：“此话怎讲？”郦食其回答：“我认为，陛下正面临着一个绝好的机会！”刘季感到惊讶，问：“项王亲自来了，寡人却还有什么机会呀？”

郦食其开始习惯性转弯弯了：“臣下经常听说，‘知天之天者，王事可成’。”刘季不知所云，问：“何谓‘知天之天者’，寡人能算一个吗？”郦食其不回答，只接着说：“王者以民为天，而民以食为天。”刘季“哈哈”一笑，说：“哦，知道知道，先生当年就是这么教导的，这里还记着您的一大功劳呢！”郦食其点头，继续说：“敖仓是重要的物资集散地，天下总是赖以转运粮食。我听说，那里现在储藏的粮食依然很多。”刘季问：“那又能怎样，也派彭越或者刘贾去抢，去烧了？”

郦食其摇头：“今两雄不俱立，楚、汉久相持不决，海内摇荡，农夫释耒，工女下机，天下之心未有所定也……”刘季急忙制止：“打住，打住……只不知项王肯不肯就此罢手！”郦食其又摇头，说：“那楚国人也真奇怪，他攻下了荥阳，竟然不集中力量运转敖仓，却领兵到东边去保护粮食，啊？他自己带领精兵去后方胡乱忙活，却分派些犯罪充军的士兵留在前方把守成皋，啊？大王您说，这难道不是上天有意在帮您的忙吗？”一句话，点中了楚军的两道软肋。话说这敖仓，足可以帮项籍支撑一时；但梁地危机，虽暂不足危及前线，但却危及心理。至于成皋，也是被郦食其看透那两人缺了项籍就不行。

刘季明白“知天之天”了，不由得捶打脑门，心想，自己老是想着烧粮呀、罢战呀，而这老头儿却完全在说另一码事。在内心反省了一阵，正要问计，却听到有人轻轻鼓掌。看时，却是张良，不知何时进来，在一旁听着呢。刘季问：“既然听到了老先生这番言语，子房却意下如何？”张良说：“还是接着听广野君的高见吧！”郦食其这才切入主题，建议道："臣请陛下乘项王回兵耽搁，立即袭荥阳，占敖仓，夺成皋，重回京索；河北则在飞狐口等险陉设防，阻断太行的各个重要通道，并派重兵把手白马津等渡口，由此向诸侯显示天下大势，令其安心事汉……"

听郦食其一口气说完，刘季转问张良："子房以为如何？"张良点头，说："妙哉，机不可失！"刘季又问郦食其："这么一说，我们就又回到前一时了？"郦食其回答："表面是，但大势完全不同啦！"刘季又看张良，张良表示同意。就这一刻，刘季忽然意识到张良也是为劝说自己而来。

郦食其进一步建议："目今燕、赵的事都已经解决了，唯有齐国还没能拿下。田氏与臧荼、赵歇有很大不同，它的宗族势力盘根错节，十分强大；地理上又凭靠东海和泰山的围护，其间广阔千里足以周旋，北面有河水、济水形成前后两道军事屏障。大山以南有近邻楚国遮挡，进一步把它与外界隔开。从以往的立场看，田氏反复无常；在目前形势下，更是巧妙地躲在了楚国的背后，坐看形势演变，再图取利。"刘季说："齐国的事情，韩信不日即可做好准备！"郦食其说："陛下即使派上好几万人的军队，几个月甚至一年也难以彻底打败田横，等不及啦！"刘季说："那就拿出你的高招吧！"郦食其于是请命："请陛下写一道措辞明确的诏书，由臣捧着去游说齐王，保管让他心服口服地成为汉王的东部藩属！"刘季心里虽不落底，但还是为之一动，说："那就试试？"立刻吩咐拟诏。郦食其很是兴奋，胡须翘动，显得急不可待。再看张良，却没有任何的表示。

郦食其就要出发去齐国了，但刘季总觉得在这一点上，张良有不同的看法。他单独找来张良，问："派郦食其去游说齐王，有什么不妥吗？"张良反问："天下岂可止于齐，陛下亦不可为齐而齐！广野君即使说服了齐国，齐国又能发挥什么作用呢？"一语唤醒梦中人，刘季这才想到郦食其也曾说过，齐人狡诈，田广、田横不论站到哪一边，都不可能真正卖命。于是问张良："你是否觉得命韩信尽快出兵更为实际？"张良回答："是得有个后手！"

刘季拿不定主意了，便来问陈平。陈平"哈哈"一笑，说："还是要靠韩信，令其速攻速克！"刘季问："那，就不必派说客了？"陈平摇头："该去的照样去，而且要达到目的！"刘季摇头："岂不多此一举！"陈平正色道："郦食其岂能白去！"刘季忽然明白了其中道理，不便说穿，便保留了与陈平的默契。但是，他并没有派使者去催促韩信出兵，一切让命运去安排吧！

郦食其没能意识到，只靠嘴皮子说服，齐国最多只会在形式上服从，而不可能成为汉的一部分；汉当然也不足以在齐的土地上调兵遣将随心所欲。历来诸侯首鼠两端，多有先例。刘季和韩信所需要的，都不是这样的齐国。

灌婴、靳歙飞骑偷袭敖仓，顺利得手，向刘季报捷。刘季立即赐封灌婴列侯，食邑杜平乡。战国楚、秦都设置“列侯”。到秦朝时称为“彻侯”，为二十等爵位的最高一级。杜平在今陕西澄城境内，为战国秦邑。

刘季立即渡河入驻敖仓。次日，正与张良、陈平、樊哙等谋划攻取广武，忽然探马来报，说有楚军自广武杀来，顷刻即到。刘季感到惊疑，派灌婴率骑兵急速迎敌，靳歙随后接应，并派人打探成皋、荥阳的动静。

正自心神不定，又有飞马报来，说：“靳、灌二位将军已收兵回营！”刘季等人十分诧异，说话间，靳歙、灌婴先后进帐缴令，却看不出厮杀的痕迹。刘季正要问话，二将相对而笑。灌婴说：“我与靳将军缚来广武楚军守将，已在帐外候令！”刘季越发纳闷，命令把楚将推进帐来。军校得令，押进一人来跪在当地，并不曾捆绑。这一看不打紧，只见此将全身披挂，身材甚是魁梧，张良脸上先自变了颜色。

只听那将口称：“罪臣韩信以广武献于汉王陛下，乞望将功赎罪！”刘季下意识看一眼张良，忽然朗声大笑：“原来是韩王，这一阵你到哪里去啦，真让寡人牵挂呀……快起来，起来说话！”

韩王信拜谢起身。原来，项籍对韩王信如各路诸侯一般看待，并不认为他会真心向着刘季，故而宽大以待。此次仓促去围剿彭越等，却把韩王信留在了广武。韩王信听到汉王亲自率军反击，已经占领敖仓，便趁机夺取城池，复又回归汉营，只放走了楚军守将，以报项籍不杀之恩。刘季听了一番陈述，心里总之感到欣慰，便说：“既然你已为寡人夺取了广武，还是当你的韩王吧！”这边张良松了一口气，起身去与韩王信并立，拱手称谢。

敖仓唾手而得，广武不战即归，这给尚且狐疑的刘季注入了信心。他立即部署攻打成皋、荥阳。自彭城败后，汉军“撤退、防御、反攻”的三部曲不觉已进入关键阶段，刘季与张良等所制定的“四条战线、三驾马车”的战略，虽因黥布的失手而有所缺损，但却未失根本。北线韩信迅速而全面控制魏、代、赵、燕，事实上也牵制了楚军的部分兵力，支持了对楚军运输线的袭扰，并为京索、巩洛正面防守提供了战术回旋空间；同时，还在关键时刻主动或被动地为中线调节、输送了大批实战兵力。更有不期的是，当下又在河北为汉王提供了战略反攻的基地。此时，整体的战略接近成熟阶段，北线攻齐之战业已箭在弦上，不久即将实现对楚国的战略包抄；外线彭越时刻拖着楚军的后腿，表现极其出色，目前作用发挥到了极致；挣扎在死亡线上的正面战场终于顶住了楚军主力的强大压力，看到了东方出现的一抹曙光；而只在南线昙花一现的黥布，现不但派亲信返回九江夺得多座县城，其自身还意外地成为中线的中坚将领，此时更是把巩、洛变成了一道难以逾越的屏障，为刘季熬过黎明前的黑暗发挥了难以替代的作用。

郦食其在齐国受到了不冷不热的接待。看着这头即将被自己驯服的东方麋鹿，他根本不在乎目前的待遇，两眼只盯着说话的机会。而表面属于霸王旗下的齐国并不想得罪汉王，也就必然要给郦食其这个机会。

郦食其拜见齐王田广，齐相田横在座。郦食其坐定，突然发问："大王可知道天下人心里都向着谁吗？"田广感到茫然，问："天下人都想归到哪里呀？"郦食其立即回答："归向汉王！"田广明白了对方的用心，笑一笑说："先生凭啥这样说呢？"这一问，便给了郦食其铺陈道理的机会，当然免不了老调重弹。

郦食其开讲："项王背弃盟约，这陛下是知道的！"他眼光却关注田横，当然没看到什么反应。自己便接着说："众所周知，是汉王第一个率军攻下咸阳的，项王却后入为主，反而把汉王打发到汉中去了。"这种陈词滥调，哪能提得起二田的兴趣，只"哼哼哈哈"地打马虎眼。

郦食其可不管对方的态度，只把这些话拿来热身。他接着说："项王驱逐并杀害义帝，这也是让天下人共同悲哀的事实。汉王听到这个消息，悲痛之下，这才从蜀、汉起兵攻打三秦，出关来责问义帝的下落。"这义帝与田氏算什么关系呢？义帝在时，田家何曾买账！郦食其也是知道这一层的，何况，刀兵之中，道义只不过是借口，谁能比谁更高尚！

可接下来，便开始说实话了。郦食其说："与此同时，汉王结集天下兵力，扶持诸侯后人并恢复他们的地位。每当收降了城邑，就给有功的将领封侯拜爵，让他们享受食邑；获得了财物，就立即赏赐给部下士兵。正因为汉王与天下人有利共享，所以，豪杰英雄贤才人等都乐意为他所用。可项王就不同啦。项籍先违背约定后杀害义帝，背着很坏的名声。再说，他一概不记人家的功劳，对得罪他的地方总是耿耿于怀；将士打了胜仗，攻陷了城邑，总也得不到他相应的封赏，只要不姓项，也就别想得到重用。因此，天下豪杰纷纷反叛，贤才满腹怨恨，没人肯效命于他。"这一席话，田广虽体会有限，但对田横却有稍许触动。截至目前，田齐与汉基本不存在纠葛，只存在有限合作；而与项氏，过节则多了去了，那是世仇和血恨，是根本抹不去的。对于郦食其唠叨的那些封赏得失，田横并不在意，田氏无须仰人鼻息；但既然要图谋自身的生存发展，总不能不趋利避害。现在，一头是汉军压境，一头是汉使示好，不吃敬酒就得吃罚酒。楚汉尚没能分出胜负，齐国却被迫面临非此即彼的选择，可谓艰难。到底该站到哪一方呢？关键时刻，恩怨只在其次，利害却绝不能忽视。

郦食其觉得田横已经被触动，便接着说："天下何去何从，如今只须汉王运筹帷幄便可决定！汉王兵出蜀、汉，平定三秦；从西边渡过河水，击破魏国；攻打井陉，诛杀成安君。这等等的一切，都不是仅靠人的努力就能做得到的，是拜上天降福呀！"为了进一步制造声势，郦食其便把请命出使前向刘季的建言，不论实施到什么程度，全盘作为事实翻了一遍："汉兵今已据敖仓之粟，塞成皋之险，守白马之津，杜太行之阪，距蜚狐之口。可以这么下结论了：天下后服者先亡矣！"

这些话出口，让田广吃惊不小，可田横却还沉默着。过了好一阵子，他对郦食其说："先生的道理说得很明白了，只是目下齐国也得罪不起楚国，还是让我再想想吧！"

郦食其本想一举说服田广、田横，听田横有拖延的企图，便转对田广说："大王您若能抢一个先手，抓紧对汉称臣，就可确保齐国安全啦。要不然，危亡立马可见！"

尽管田广显得很紧张，但齐国大小事情都由田横做主，谈判就暂时搁置了。齐国好酒好肉地款待，一刻也不怠慢；郦食其尽管心里着急，但也不能催逼太紧。他号称"高阳酒徒"，此刻暂且享用，不喝白不喝。

第六十九回

激曹咎刘季夺险关 举大事郦生赴汤镬

形势的发展，正朝着郦食其所絮叨的方向演变。在张耳的倾力支持下，双料相国韩信率大军抵达黄河边，开始为抢占南岸的平原渡口做准备。刘季已经实实在在拎清了北线作战的分量，便命曹参兼任赵国右丞相，与灌婴、傅宽及所属郎中骑兵，还有刚刚从汉中来援的将军陈武，共同归属韩信麾下，以便靠足够的实力最终完成对楚国的战略包抄。临行，封灌婴为赵御史大夫，等于直接给韩信军中派驻了高级监军。

刘季坐定广武东顾敖仓，遣樊哙率一部增援薛欧、靳强，作势佯取荥阳牵制钟离眜、季布；命靳歙率骑兵攻击驻扎汜水中游、成皋以南一带的楚军，断绝成皋与外界的联系及粮食补给。靳歙领命，屡战得手。这一日探马来报，说发现有楚军辎重经过。靳歙亲自前往察看，果然车辆络绎不绝。看看对方无备，便果断偷袭，顺利得手。至此，成皋被从三面封锁，一面临河，成为孤垒。汉王赐靳歙食邑四千二百户，以示嘉勉。

局面已成，汉军主力以周勃为先头，从东面逼近汜水，直指成皋。此时，项籍正心急火燎地行军四百里，刚刚夺回了陈留。彭越则继续与刘贾、卢绾彼此呼应，彼此掩护，骚扰阻击，守城弃城，与项籍玩起了老鼠逗猫的游戏。对于彭越来说，得不算得，失当然也不算失，这本就是游击战的特点。但项籍呢，却承受不起这样来来回回的折腾，主要是功夫耽误不起。

位于洛水、卞水之间的汜水，仿佛一根细丝带正系在西入三川郡的瓶颈上。这是一条很短的河流，从太室山东北麓发源，像一条小蛇朝北投入黄河，全程不足百里。下游向西突出的部分也只差数里便要抵住成皋东门了。

楚将曹咎遵从项籍的嘱咐，重点守城，起初是把前沿阵地部署在汜水西岸，命彭城战后奉调增援的燕国将领温疥防守。小战数度，楚军干脆缩进城里。汉军便派小部渡过汜水，近城搦战。城上只是不应，使周勃无可奈何。于是，汉将吕臣、周聚、陈署等率卒在城下轮番叫骂，竭尽侮辱，连日不断。曹咎虽怒，但依然不肯出战。就这样过去了几日，骂城的汉军几乎赤胸露体，横躺竖卧，头枕兵器，可谓目无楚军，狂妄到了极点。

已经十来天了，一不见项王有返回的消息，二不见往日按时运来的储备粮草，曹咎有点耐不住了。他与长史司马欣商量，想乘汉军不备，出城厮杀一阵，探测一下虚实也捎带着出口恶气。司马欣劝道："汉军连逼带激，巴不得我等出战，他好乘机取关。将军务必遵照项王嘱咐，暂且忍耐些！"经这一劝，曹咎被提醒了，便说："有本事他就来攻城，要耍无赖咱还是不理的好！"这也就是劝慰自己。于是平息了怒气，两人来喝酒。

正边喝酒边茫无头绪地胡乱议论呢，刘季派人送来了书信。曹咎拆开看时，上面写道："量尔等狱吏有何能耐，不过因当初徇私枉法而获恩于项梁叔侄，无尺寸战功而得宠，罪则不究，尸位素餐而已，其与犬类若何？今龟缩成皋不敢出战，又于一丑妇人若何？今遣使赠予妇人及狱卒衣衫各一件，任尔等二人选而着之，来日可到城头，寡人必亲临观瞻。倘或尔等有意，亦可献城投降，汉亦既往不咎，可保尔等荣华富贵不逊于仰楚之嗟来之食。"

曹咎这一怒，把帛书摔到地上，几乎掀翻面前的案几。司马欣命士兵取信来看，看罢揉在手心。良久，对曹咎说："我有一计，不知将军以为如何？"曹咎问："你果真有退敌之策？"司马欣回答："不敢说退敌，只为了给兄长成全脸面，也顺便消消气。"曹咎问："你说出来，我们商量！"司马欣上前，附耳低言。曹咎点头，说："咱弟兄也是该挣回点面子了。来日项王匡定天下，咱数不上功劳，也得计算些苦劳才是！"

两人计较已定，命即刻修书一封，唤进汉王使者来，假意赔罪，赠给小费，打发回去。刘季得到回信，急忙展开。上面是这样写的："蒙汉王陛下赠书，话虽难听，但不啻一声惊雷，唤醒我等。明日一早，我等将遵命身着所赠衣衫，立于城头以供观瞻。陛下既然如此安排，量不能胆怯，以至不敢亲临城下而贻笑天下。看目下形势，末将等心知成皋难守，如若陛下有勇且有意，我等心服钦佩之余，或可献出城池。或战或降，只在陛下。"

刘季把信递给张良，口中说："这也算是挑逗俺们呢。曹咎何时学乖巧了，竟能以寡人之道还治寡人之身！"张良看了，转递给陈平，口中也道："此必司马欣所为！"陈平把信丢在案上，笑道："激人者反被人激，看样子，陛下不去是不行的啦！"刘季思量片刻，笑道："这么说来，俺就非得上钩不可啦！"

曹咎打发走了汉军使者，命左右去挑选了两名大模样与自己和司马欣差不多的士兵。第二天一早，两人奉命穿了刘季送来的服装，立在城头守候，他们内心当然莫名其妙。曹咎则亲自率军埋伏在城门里侧。

太阳刚刚照到城上，便有汉军哨骑来城下观察，反复好几次。曹咎心中暗喜，想，刘季反被所激，看样子真的要亲自来看"笑话"，当然也是另有所图的了，且不管他。这里正思忖，已见一支汉军渐行渐近，不一时抵达，在离城一箭开外扎住。过一时，汉王车驾果然在骑兵护卫下，徐徐向城下移来。

功劳就在眼前，曹咎心头大喜。眼看车驾已经临近，汉王手中鞭子向城上指指点点，与身旁的参乘在说着什么。机不可失，弓弦响处，倏地城上一箭飞落，直冲刘季面门，眼见得挣扎了一下，被参乘伸手揽住。

那参乘是汉将吕臣，当下大呼“中计”，掉转车驾退奔。城上见状，立刻大开城门放下吊桥，曹咎一马当先冲向汉阵。

本自背水列阵的汉军听到汉王中箭，便自后撤。一时间前队乱了后队，直溃向汜水。楚军随后追赶，不肯舍弃。

成功过于顺利，使司马欣难以置信。他心中怀疑，但曹咎已经如箭离弦去了，只得赶紧率军随后接应。曹咎赶到汜水边，看汉军人马不多，已在半渡。他对身边的将领说：“立大功的机会就在眼前，切莫错过！”众将称“是”，皆率军奋勇渡水。已经撤过河的汉军得到周聚、陈署二将接应，回身阻击，两下里便在水中、岸边厮杀。

司马欣勒马止住后军，隔岸观战有时，看两下里力敌不下，便即驱兵过河。楚兵声威大振，人人争先，上岸的正在全力格斗，接应的也已尽数下水。

正鏖战，忽然听到战鼓骤响，喊杀震天，汉将周勃率大队人马盖地而来。曹咎、司马欣大惊，正在进退两难之际，对阵车兵为首驱至，汉王大旗当先。夏侯婴驾车，刘季手执宝剑立于车上。曹咎、司马欣目睹刘季的精神头儿，这才知道上当，慌忙退却。刘季大喝：“成皋已被我夺得，你这两个狱头儿快来就死！”二将将信将疑。周勃挥兵赶杀，楚军大败，都被赶入水中，杀死的淹死的不计其数。

曹咎、司马欣带着残兵败将退到关城下，却见吊桥高高挂起。城上一将仰面大笑，笑够了，这才向下喝道：“九江王黥布在此，你二人快快投降吧！”原来，黥布得到密令，已连夜潜来成皋。留守城上的燕将温疥久闻九江王威名，便开关献降。

成皋失陷，曹咎恰似被当头一击。他对司马欣说：“我等兄弟多年为项王叔侄所亲近，虽经挫折亦不究不弃。不想今日落到这般田地，哪还有颜面去见项王……为兄这就先走一步啦！”说罢便待举剑自刎。

司马欣急忙阻拦，口中说：“兄长且慢。要说对不住项王，小弟更甚。今遭此败绩，尽在我谋划失误，与兄长何干。我自一死以谢项王，望兄珍重！”曹咎大喝阻止，说：“我为大司马，又是守城主将。项王一再叮嘱固守不战而我不能遵从，终遭此败，却是连累贤弟了……”说时，复又举剑。却有一箭适时飞到，正中曹咎后心，仆身坠落尘埃。原来汉将陈署率先赶来，见曹咎、司马欣并马向关，怕难以力战二人，便暗施一箭。

司马欣滚鞍下马，扑向曹咎，伏尸大哭。追兵大至，司马欣悲声大呼：“兄长慢行，弟亦来也！”跪地朝东三拜，方得举剑自刎，楚军将士大恸，奋起拼杀。所谓“一夫拼命，万夫莫敌”，陈署、吕臣、周聚等驱兵搏战，汉军拼上了好大的代价，才结束了这场看似轻易的战斗尾声。

刘季赶来，眼见汉军取胜之下却也死伤累累，心中大怒。士卒把伤重被俘的司马欣推到面前，刘季吼道：“给我把这厮押回栎阳，待来日发落！”周勃感到不解，何苦麻烦呢！但也不便多问，只依令办理。

黥布在关上观战，等到汉军完胜，这才大开城门迎接汉王。刘季入城，出乎意料地发现成皋竟然囤积着大量的军用物资和金玉财宝，难怪霸王忽略了对广武、敖仓的防守呢。

汉军尽取城中粮食财物，回军广武。广武背负河水，临近敖仓，不愁吃喝，也不愁退路。于是，刘季下令扩建加固旧城，这就是后世所谓的“汉王城”。与此同时，周勃、靳歙两军立即转向京索线，与薛欧会攻钟离眛，收复荥阳。樊哙、靳强则返回刘季帐下。

东海之畔的时光也在消极备战与坐视徘徊中流失。已经是汉王四年（前 203 年）十月，郦食其的狂放说辞果真不断实现，再有韩信渡河风声日紧，田氏叔侄的心理天平在无形之中倾向了屈服。

田广、田横召见郦食其，答应归从汉王，条件是承认其原有的诸侯地位。郦食其痛快地答应了，由齐国派使者去广武谒见汉王。刘季并不在意其讨价还价，应允就是了。

消息很快传到了韩信营中，韩信不得不暂停对齐的军事行动。齐国看到了立竿见影的效果，连历下一线的防御也于不自觉中疏怠了。但田横内心却并不踏实，便热情挽留郦食其，投其所好，只管每日置酒，由大臣、美姬陪同，歌舞助兴，也做出一副放心的样子。郦食其有些飘飘然乐不思归，齐国上下看看毫无破绽，心底真的放宽拓了。

韩信呢，每天遥望大河对岸，真是欲行又止，欲罢不能。范阳人谋士蒯彻私下求见，此人是著名的善辩之士，当初曾说和促成秦范阳县令徐公归降张楚武信君武臣，形成带动效应，成就了赵王武臣。

蒯彻只问：“相国连下魏、代、赵、燕，然后落得个赤手空拳，却受汉王诏令进取齐国。而今万事俱备，却为什么止步不前呢？”

韩信为难道：“齐既归汉，我要再出兵，岂不成了自家人打自家人，汉王会怪罪的！”

蒯彻道：“将军差矣。汉王只秘密派使者去游说齐国，可曾有诏书知会，或制止将军攻齐？”

韩信摇头：“这倒没有！”

蒯彻说：“这就对啦！将军难道想承担抗命之罪？”

韩信一愣，没回答。只听蒯彻说：“那郦食其，区区说客而已。驾一辆马车，把身体俯撑在轼上，就这么一颠一颠地出发了。然后，仅凭嘴里那条嚼不烂的舌头，未曾费一兵一卒却在举手间拿下了齐国的七十多座城池。回过头来看，将军带领几万将士，花一年多的时间才陆续攻下了赵国的五十多座城池，功劳反倒不如一个书蠹，这结果有意思吧！这又是为什么呢？”

韩信沉默着。蒯彻于是问：“听说汉王初败彭城之际，曾与将军及子房等谋定迂回包抄之计，今齐国既降，此计亦可行否？”韩信回答：“未可知也。”于是召集主要将领议论，想看看大家的态度，也从中测度汉王的心思。

曹参、灌婴、傅宽等都已经在战场拼杀多年了，汉王派他们前来，不就是为了攻取齐国？谁愿意在这十拿九稳的事情上白忙活呢！韩信得到他们一致的支持，于是不再犹豫，当即命灌婴、傅宽各率所部骑兵乘夜渡河。

汉军迅速抢占了对岸的平原渡口，直抵历下。历下今为山东济南历城区，因南依今名千佛山的历山而得名。历山亦名“舜耕山”，相传虞舜曾在此耕稼。

傅宽、冷耳与齐将田解激烈交战，一时未分胜负。是夜，灌婴、丁礼带领精骑偷袭历下大营，齐军不备，主将华毋伤及所属将吏四十六人束手就擒。

临淄城内，齐王还在与郦食其欢宴。急报传来，田广惊异，问郦食其：“使者可知韩信攻克历下，须臾将至临淄？”郦食其的酒杯停在手中，随即摇头：“大王您别开玩笑啦，想是舍不得老夫手中这杯酒呢！”说着便往口边送。田广大喝：“且慢，偌大玩笑岂随便开得！”郦食其这才大吃一惊，问：“果然如此？”田广怒道：“汉兵已经在城西擂鼓挑战，你却在这里装聋作哑，何故戏弄寡人至此！”郦食其虽毫无心理准备，但似乎明白了什么。但他正处在半醒半醉之中，不由道：“岂有此理，岂有此理呀！”田广冷笑：“你自无理，还问别人怎地！”郦食其明知对方听错了话，便僵直地立起身，口中讷讷着：“大王误会了……”田广闻言，以为郦食其卖乖，一时怒不可遏，大呼：“与我拿下，快快烹杀这老贼！”只听郦食其问：“我若被烹，谁为尔阻止韩信？”田广要的就是这句话，于是伸手制止武士，说：“这样吧，你若能让韩信停止进攻，我便让你活下来！”郦食其听齐王威胁自己，便露出鄙夷的眼光，看似借酒使气，冲口诌着文辞回答：“举大事不细谨，盛德不辞让。而公不为若更言！”

田广看这老头儿一味装疯卖傻，便忍无可忍，命令挪来大鼎，当场把水煮沸了。力士把郦食其架起来，郦食其挣扎着大呼：“我也这把年纪了，不过早死几年而已！”他是有些气力的，竟然挣脱了力士的手，纵身一跃，投身鼎中。田广本只想恐吓，此时制止也已经晚了。他赶到鼎边，眼看着郦食其在沸水中挣扎了两下，顷刻便被煮成了一具“熟人”。

郦食其在预先毫不知情的被动中，悲惨而主动地结束了自己高傲狂放、纵酒使性的一生。他是明智的人，既知事不可挽回，不如悲壮一死。

其后至汉十二年，郦商攻打黥布立了功。刘季列举功臣，想到了郦食其。郦食其的儿子郦疥多次率兵作战，但功劳始终够不上封侯。出于对他父亲的歉疚，大概也想卖郦商一个面子，就破例赐封郦疥为高梁侯。

当下，田广后悔不迭。他明显感觉郦食其并没有欺骗齐国，本欲曲意求他帮忙，谁知思考不周，酿成了无可挽回的后果。郦食其死了，韩信完全没了顾忌，接下来只须为郦食其报仇。

韩信威名之下，齐军终无斗志。汉军分兵进取。灌婴先取临淄，齐王田广向东南退到高密依托胶东将军田既，同时紧急派使者向楚国求救；齐相田横、临淄太守田光带领败兵朝西南沿泰、鲁两山之间的淄水上溯，过嬴县，逃避到博阳；守将卢罢师投降。紧接着，灌婴率丁礼、陈涓、吕马童向西北回渡济水，追击齐将田吸至狄县北面的千乘，田吸战败被杀。这时，傅宽、冷耳也已经打败田解；曹参则率丁复、王周、蔡寅等拿下了河、济间的著县、漯阴、鬲县、卢县。

韩信自率陈武、高邑、孔藂、陈贺、季必、杨喜、王翳、赵降将夜等抵达潍水西岸扎营，对面就是高密。

项籍顺利夺回陈留后，在外黄遭到了顽强抵抗。几天后攻破城池，他震怒不已。这时，恰好接到成皋败讯，心里方才“咯噔”了一下，田广的求救使者又到。盛怒之下，项籍下令把外黄县令等及十五岁以上的男子全部集中到城东，一时间妇孺号哭震天。正要下令活埋，人群中钻出一名少年，直冲项籍马前仆倒，口中大呼。

士兵赶忙向前去拉扯。项籍问：“喊什么呢？”左右回答：“说是冤枉呢！”项籍喝道：“有什么冤枉的！”只听又喊：“大王，冤枉啊！”项籍倒也感到这孩子有勇气，便让他起来问话。

项籍喝道："你小小年纪，为什么咆哮刑场？"那少年跪直了大声回答："我名唤雷缓，我的伯父是县令大人的舍人，我今年已经十三岁了！"

听了这稚气的回答，项籍不觉稍稍平了气头，便又问："寡人如何便冤枉你啦？"雷缓回答："大人未曾冤枉我，只是冤枉的人太多了。我要说再长两年，也就被冤枉了！"项籍问："那你说说谁是被冤枉的！"雷缓拿手一指："这些爷爷叔伯哥哥，个个都是被冤枉的！"项籍"哈哈"大笑，说："你个小鬼头，跟寡人耍滑头呢！"雷缓大叫："这许多的人都快要死了，小子哪有心思耍鬼头！"项籍心想，这孩子果真厉害，便拿手指指："他们怎就被冤枉啦？"雷缓回答："彭越是个强盗，他带着手下来抢外黄。外黄人心里害怕极了，只好投降。投降只不过是想活着等大王到来，可现在大王来了，又要活埋外黄人，这难道不冤枉？"项籍内心也相信这道理，却假意怒道："寡人就算冤枉了些许人，又能怎地？"雷缓猛地站起身来，亮着嗓门喊："大王每攻取一座城池，就活埋那里的百姓，天下哪还有人肯向着您呀？梁地十来县要都被吓住了，还有谁肯降服？"

项籍被这话震住了，连连点头。口里却说："行，我把这些人都放了，却要你去顶替，小子敢不敢？"雷缓直接去挖好的坑内躺倒，口里大叫："来吧，小子不怕。你快快把他们都赦免了！"

百姓被震惊，纷纷跪倒大呼："大王开恩哪！"项籍下马，来到坑前，问："这样吧，你要是肯跟随寡人左右，寡人便放了这些人。"雷缓问："放了所有的人？"项籍点头："是的！"雷缓一跃而起，拜道："谢大王，小子便随了您！"

项籍于是下令放人。军吏来问："连县令也放了？"项籍不耐烦："笨蛋，全都放了！"

小拇指压大拇指的戏剧刚刚收场，齐王田广的求救信又到了。不容项籍犹豫，他当即传令龙且为主将，周兰为亚将，留县县令利旋协调兵员军需，立即整军救齐。

第七十回

斩龙且赵相战潍水　拒广武汉王中暗机

韩信正在潍水等候楚军到来，打探到救兵的消息，便即召回曹参、灌婴、傅宽各部，准备迎敌。龙且、周兰人马号称二十万，直出沂蒙山东南赶到高密。楚、齐合军一处，也有意与韩信一决高下。

龙且与田广会议过了，归营布置。周兰劝龙且说："汉兵长途征战而来，没有退却的余地，只求速战能胜，其锋锐不可当。相形之下，齐、楚两军都是在本地作战，士兵离家很近，心思不定，很容易败散。末将以为应扬己之长而趁其所短，不如暂且坚守壁垒，先让齐王派他的近臣心腹潜入被汉军占据的城邑。以田氏在齐国的号召力，那里的军民只要听说他们的大王还在抵抗，又有楚国大军来救，势必争先呼应。汉兵离国二千里，齐城一并反抗，他们的补给立即会中断。没得粮食吃，那是熬不下去的，我们便可期望它不战而溃，然后相机歼灭之。"

龙且不以为然，说："我活到这岁数，经历过不少事，打过不少仗，还就不懂这韩信？这人不是在楚营里混过吗？他被市井上一个无赖耍戏，便肯钻裤裆，这算什么能耐？一只麻虾而已，容易对付得很！"

周兰摇头："他钻裤裆，是好汉不吃眼前亏。在咱楚营的那会儿，也就是没机会施展罢了。今看他暗度陈仓、水淹废丘、罂缶渡河、东下井陉、尺牍降燕、奇袭历下，也算得战必胜、攻必克了，我等岂能藐视于他？"

龙且想一想，说："就算你说得对。不过我等兴师动众来救齐国，未曾出战却熬了个汉军不战而降，到头来有什么功劳可言？如果在战场上取胜，齐国就得拿出一半土地来献给楚国，为什么要放弃这么好的事情呢？"周兰看主将好大喜功，知道不便与争。再说，他从来随霸王征战百战百胜，此刻也相信楚军的实力。毕竟，韩信这才第一次与楚军正面较量。

时为十一月，楚、汉两军夹潍水陈阵，这是决定齐国命运的时刻。韩信派将士弄了超过一万草袋的沙石，慢慢堵住上游潍水，让河水逐渐变浅。

潍水两岸战旗迎着吹向海洋的寒风呼啦啦飘动。灌婴在前，韩信居中，曹参在右，傅宽在左。一声令下，擂鼓震天，灌婴、丁礼率骑兵沿河展开，二将当先冲入冰冷的浅水中。一时间，水花飞溅绵延数里，喊杀之声撞向对岸，直逼楚军阵前。东岸将旗之下，龙且立马观看，不动声色，身后司马、连尹及楼烦将一字排开。等汉骑将近半数过河，龙且突然发令，强大的楚骑迎面阻击。楚军历来善于打硬仗，这便是龙且拒绝取防守姿态的底气，一旦接战，可谓无坚不摧。

灌婴见楚骑势不可挡，先自回马奔走。看汉军败逃，龙且远远望见高处的韩信，拿刀尖一指，大声对周兰说："看我去取那胯夫！"于是当先放马向前，周兰也不怠慢，挥兵紧随其后，楚军大举反渡。

时机稍纵即逝，守望在上游的汉军飞快地掘开水口，草袋堰坝立时被冲垮，大水汹涌而下。龙且已登上对岸，正一股劲向前冲杀。忽听到背后动静异常，回头看大水已溢满河床，身后人马没入激流中，而大队则被堵截在东岸，不由得大呼"中计"。

曹参、傅宽率军从两侧掩杀，丁复、冷耳、王周、蔡寅等尽皆奋勇。楚军两岸不相救应，过河的将士遭到猛烈围攻，后退无路。龙且虽力敌万夫，但无奈敌众我寡，军心恐慌。正自左冲右突难以脱身，灌婴返身突至，口中喝道："龙且还不下马投降！"龙且心知此番在劫难逃，只剩得豁出来拼命了。

周兰率军苦战，向斜里突向高处，身边人马渐失。忽然察觉汉军一股劲向下冲击，立时明白了龙且的处境。容不得犹豫，他招呼一声，当先复入汉阵，只向人多处杀奔。

汉将陈武迎面拦住，不一时，冷耳、季必、王周、赵夜等四下里围拢来。周兰且战且进，奋力向汉军围攻的核心靠拢。

龙且被灌婴率汉骑重重截击，陈涓、吕马童一干战将缠斗不休，周围人马越来越多。正不得脱身，忽见汉军被冲开，一彪人马来救。他精神稍振，环扫一刀荡开围攻，拍马来与周兰会合。不意丁礼、丁复斜刺里突出，剑戟并出，龙且猝不及防，被挑于马下。这一幕正被周兰看见，内心慌乱间，已被伸过来的长戈勾住衣甲，横扯竖拽掉落马下。

龙且失了战马，但并未伤及要害。他就地翻滚，拔剑跃起，复又力战。汉军诸将团团围攻，龙且身中数创，自知难脱，亦知难当败军之罪。战至力竭，向天大呼，横剑自刎。

汉军合围赶杀，过河楚军群龙无首，死的死降的降，几乎无人逃脱。东岸楚军眼巴巴看着过河的弟兄瞬间覆没，便各自逃走。大势已去，留公利旋心想即使能逃回去，也无法向项王交代，无奈自尽于水畔。齐王田广见楚军战败，已自抢先绕南边山地向西逃遁，去追寻田横。

东岸楚、齐军马如鸟兽般散去。韩信命陈武、陈涓渡河占领高密，进攻即墨，全面夺取胶东。灌婴、丁礼则率骑兵尾追田广，临行韩信面授机宜。

韩信自与曹参、傅宽过临淄从山北沿济水西溯，过历下、巨野泽北，向城阳迂回。也许，田齐的宿命只在城阳。

二田会合，田横断后阻击汉骑。田广方才退到城阳，韩信大军赶到，立即发起攻击。不几日城破，田广及城阳太守许章被俘。田横得到的却是田广的死信，紧急间自立为王，任命田光为相，继续利用山地与汉军对抗。与此同时，陈武、陈涓在胶东进展顺利，田既战死。

齐境只剩最后一战。灌婴战骑本连日与田横在汶水上游纠斗，此时突然发起猛攻，夺取了嬴县，所部斩骑将一人、活捉骑将四人。田横大败，与田光苦战得脱。更加不幸的是，齐无盐守将卢卿不战而降，汉将傅宽已经率部从城阳赶来会击济北郡治博阳。汉军两面攻打，博阳城破，田横只带得几千人抄小路逃往楚汉势力交错的梁地，田光被灌婴所部追获。傅宽进入博阳，清剿齐军残余，捣毁了城防设施。

此时，项籍对梁地的清剿已基本结束。令项籍感到意外的是，梁地十多座城池在“外黄效应”的感染下，几乎不再抵抗。彭越一半是慑于项籍的威力，一半是出于惯用的游击战术，依然虚实相用，引兵向东北方向退去，所占的城邑终又丢得一干二净。他一口气退了四五百里，躲到了位于东阿县东谷城山北的谷城邑，也就是今天位于山东平阴县西南的东阿镇。在这里，不期有走投无路的田横前来投奔。彭越本与田齐有老交情，当然是要接纳的。说到底，只得一个“魏相”名义的彭越，作用虽举足轻重，但也只摊上苦煎苦熬、九死一生卖命的份儿，却没有任何实惠，事实上也没有融入汉王体系。说到底，他只是在楚汉较量中选择站了个队，本质还是一个匪盗起家的地方军阀，心中尚无忌讳。

项籍刚刚进驻睢阳，潍水战败的急报便接踵而至。龙且、周兰的形象接着曹咎、司马欣在脑海里轮番隐现，使他的心情黯淡到了极点。当务之急，刘季已经集中力量在荥阳城东展开对钟离眛部的围攻，韩信不久必然威胁彭城，这一切，都让他在梁地的收获显得黯然失色。下来如何应对呢？他第一次产生了心有余而力不足的感觉。项籍只能赶往荥阳救援，汉军将领都知道霸王厉害，他一到，大伙儿立即撤围而走，各自寻找一处有险可守的阵地转入积极防御。项籍率兵抵达广武，决意擒贼擒王。

广武城脚下是广武山。城分其二，中间隔着广武涧，相距却不过二百来步。此时，项籍在东而刘季在西。无可奈何之际，项籍被一种“赖住了打”的固执所左右，几乎把军事对峙变成了他个人与刘季之间的对面“厮打”。战场一刻千金，可就这样项籍一直被牵制了几个月，实际就是坐失了最终决定西楚命运的几个月。这几个月，随着韩信顺利的军事进展和楚国东部危势的迅速形成，天下局面发生了让项籍难以置信的颠覆性变化，从此不可逆转。

项籍与刘季对峙广武，士兵因长期奔波作战，也已经疲苦不堪，连老弱人员也被征调来转运粮饷。一旦项籍撤离，彭越便又来了精神，照旧频频出动阻绝楚军粮道，就跟上了瘾一般。

项籍的担忧与日俱增。有谋士孙道建议在刘季的父亲太公和夫人吕雉身上动动脑筋，说："就算刘季不在乎女人，但太公他总要有所顾忌！"项籍叱道："如此小人行径，岂不惹天下豪杰耻笑！"太公、吕雉本被软禁在彭城，始终未曾受到委屈。稍缓，他还是勉强差人前往彭城，吩咐："须得小心迎请太公及夫人，切勿怠慢了！"

不几日太公、吕雉到了广武楚营，项籍硬着头皮设宴接风。席间，侍候在一旁的孙道百般暗示，项籍才勉强开口问道："太公、夫人可知身在何处？"二人相视摇头。于是，由孙道上前告知。末了，偷眼看项王，见没什么表示，便接着说："项王陛下怜恤天下生灵，加之两军久战疲惫，汉王多次负伤，身体更加不适。莫若请太公、夫人修书一封，劝汉王罢战。项王为示诚意，宁可以三秦相赠，兄弟从此相安无事，岂不快哉！"

太公脸色变来变去，听了这个不算吃亏的和解方式，却待拱手应承，却被吕雉抢先回道："妾身与太公蒙项王仁恩，内心感激。可天下大事哪里是老人和女子掺和得了的，还是请项王与汉王自行了却得好……"

孙道急了，问："夫人可曾听说过'人为刀俎我为鱼肉'这句话？"

吕雉冷笑："项王陛下尚且和善，哪里轮得上此人出言不逊！"

孙道还待开言，只见项籍不耐烦地挥挥手，站起身来。临出军帐，却丢下一句："看寡人来日当着汉王的面把你两个烹了！"吕雉急忙来看太公，只见已经瘫坐在席上。她也感觉到冷汗湿透了自己的前心后背，但还是咬咬牙，对项籍的背影怒目而视。项籍其实对付不了这种女人，见吕雉发飙，先自躲了去。

这一天，广武守将樊哙隔着广武涧看到楚军把两辆兵车牵到正前方，在上面搭上板子，放置家什，让他联想到了好大的一块肉案，很是惊奇。果不其然，须臾又抬来一只大釜，安置一旁，添了水，连柴火也预备足了。"哪有这么开饭的呢？"汉军士兵们也十分纳闷，忍不住交头接耳。

项王骑马出现在"肉案"旁。楚军中有人大喝："唤刘季出来，霸王有话要说！"

樊哙不敢迟疑，连忙派人通报。不一时，刘季带着张良、陈平等，由夏侯婴驾车来到涧边。郭蒙、丁义、陈仓、彨昭、陈濞、元顷众将怕有闪失，便纷纷赶来护驾，也顺带看个究竟。

看不出危险迹象，刘季放胆向前，与项籍对面而立。楚军那边有口齿清晰嗓音洪亮的军吏，嘴对着一长节架稳的毛竹筒代为传声，汉军亦然。

刘季只等项籍说话，却见有牛车载过一名老者来，靠涧边停下。项籍开言了：“汉王可曾望见你的父亲？”于是扩音传声：“项王问话，汉王可曾望见你的父亲？”

形势日渐有利，刘季的信心正迅速上升，此时也想看看项籍的态度。忽然听到这出人意料的问话，心中一惊。连忙仔细辨认，大模样上看出，对面车上孑然站立的，果然是自己的父亲。彭城败军之后，他完全没有了父亲和妻子的音信，不想立即就如梦似幻般地咫尺天涯，心里失了方寸。只听对面又有话音传过来：“项王有言，汉王如不快快投降，那就要亲眼看着太公被放在釜中煮熟啦！”

正这时，恰巧看到太公在对面上下划拉着两手，发出模糊的呼叫，仿佛是在喊：“季儿救我——”

刘季强制自己安定下来，命令说：“且回话，吾与羽俱北面受命怀王，约为兄弟，吾翁即若翁。必欲烹而翁，幸分我一杯羹！”手下便大声传言：“汉王有言，我与项王曾一起得到怀王的旨意，誓言结拜为兄弟。我的父亲也就是项王的父亲，既然他想烹杀自己的父亲，那就让他荣幸地分给我一小碗肉浆！”

项籍素来知道刘季会耍无赖，可没承想，在这关头，他竟然也能耍。一时心中鄙夷，竟不知还能说些什么。稍停传话：“那你就瞧着吧！”

楚兵引车到案边，把太公拽倒了，放在案上固定住手脚。屠夫摩拳擦掌，准备把猎物开肠破肚、大卸八块了。这边刘季脊背发凉，面色苍白，不由自主地两手攥紧了车轼，幸亏对面看不清楚这一切。于是，手下又传话：“那就让项王亲手杀了他父亲吧，好让天下人都厌恶你，唾弃你。太公要是被害，你这个霸王也当到头啦！”

项籍本不想真正加害太公，但此刻却骑虎难下，无奈便摆摆手。这个动作是可以发生歧义的，屠夫的领会是命令他动手了，于是高高举起了剁肉的斧头。案上的太公大叫一声，便没了声息。

刘季见状，泪水猛地溢出眼眶，差点便哭喊起来。项籍的神经也绷紧了，千钧一发之际，忽然听到背后大喝：“且慢！”那举起的斧子便停留在空中。对面，刘季和众文武的心都已经提到了嗓子眼。刘季浑身酥软，几乎支撑不住了。

所有的目光都集中到一人身上，原来却是项缠。只见他催马向前，对项籍说：“别冲动，希望你先放了太公，然后说话。”项籍问：“为什么？”又挥挥手，这回的意思是明确的。对面虽看见屠夫放下斧头，但个个儿的心依然悬着。随后辨认出是项缠出面，刘季心里稍稍放宽了。只听张良说：“太公有救啦！”

项缠再朝侄子靠近些，放低了声音说：“这事做得也太鲁莽了些，拿人家父亲的性命来要挟，岂不让众豪杰耻笑，从此也令天下人胆寒。而今楚汉相争前景未卜，方方面面都要顾全些，更容不得耍性子啦！”

项籍摇头：“叔父能把话说明白些吗？”

项缠于是说：“看目下情形，还是多少留些余地好。今日若把事情做绝，保不定是要误了大事的！”

项籍沉吟。只听项缠又说：“家与天下，孰重孰轻，谁的心里没个数呢？想要争夺天下的人，早就顾不了家。今天要是杀了太公，不但于事无补，反倒是无谓地增加祸患罢了！”

如何下台呢？于是，又大声喊话：“今有项伯代为求情，暂且饶太公不死。汉王好自为之！”项缠示意撤了肉案，扶太公去歇息。项籍心里郁闷，掉转马头离开。

回到帐里，项籍心中的邪火没处发泄，便叫来那个出馊点子的谋士孙道，也不多言，只吩咐拉出去砍了。

次日，项籍披挂来到涧边，要汉王前来说话。刘季来了，只听项籍大声说：“天下匈匈数岁者，徒以吾两人耳。愿与汉王挑战，决雌雄，毋徒苦天下之民父子为也！”刘季笑着推辞：“吾宁斗智，不能斗力。”说罢掉转车头去了。

项籍无奈，便命令军中英勇善战的壮士轮番挑战。刘季也叫樊哙挑选了几名楼烦骑士，叫他们去小小应付一下。

几名楼烦射手隔涧观察了一阵子，便放马张弓飞驰。弓弦连响，对面楚军壮士应声倒地。再看时，骑士已经飞奔去了。

项籍闻报怒不可遏。他又亲自披甲提戟，直到涧边。几名楼烦射手飞骑欲射。项籍大声呵斥：“小子竟敢无礼！”声震山谷。那些射手方知对面来的是霸王，只吓得肩臂酥软，弓箭坠地，两眼不敢正视，都飞快地避回营垒中去了。樊哙叫来问话，他们只是摇头，面有难色，不肯再出应战。刘季见状，心中也不免惊怵。可项籍反复喊着名字要他说话，总不能过于装熊，不得已由众将保护着来到涧边。项籍见刘季终于来了，便问：“你果真有胆子与我单打独斗？”刘季回答：“是，不过我也有一个斗法，不知你敢不敢？”项籍不屑道：“用剑用戟，使长使短，随你，徒手也行！”刘季便说：“那当然要徒手使长！”项籍一挥长戟，大笑道：“好哇，就来长的！”刘季却回道：“我不是说徒手嘛，何用戟来！”项籍诧异：“何谓徒手又使长？”刘季指指自己的口，说：“我的长处在这里。既然霸王应了，那就先来这个！”项籍没想到对方会耍这一招，有些为难了。

只听刘季那边传话："让我先来数落你几句，你有能耐就还嘴，不行就先听着。你今犯有十大罪状：背弃约定，把为兄我打发到蜀汉去，这是第一条；矫诏杀害卿子冠军宋义，这是第二条；救赵之后不向怀王报告，却擅自裹挟诸侯军入关，这是第三；烧秦宫室，掘始皇帝陵墓，没收财物据为己有，这是其四；杀害已经降服的秦王子婴，这是第五；骗降并在新安坑杀秦子弟兵二十万，这是第六；把好地盘封给亲信将领，却放逐原来的诸侯，这是第七……"

听着这连珠炮似的谴责，项籍心中的怒气在不断积聚，竟没法还嘴。他心里发恨道："既然约好了各取所长，霸王我也就拿一样长的还你！"想着，便暗中探手去马鞍边。

"把义帝逐出彭城，而自己在那里建都，把韩、梁、楚的大片土地据为已有，这是第八；派人暗杀义帝于江南，这是第九；执政不公，不守信约，为天下所不容，大逆不道，这是第十条罪状。"

项籍突然抬手扳动悬刀，弦声响处，弩箭闪电般射出，直取刘季。

"现今，我率领正义之师随同诸侯诛灭凶残的贼子，只须派遣那些刑满释放的人来攻打你就足够了，何苦却与你独挑……呀……"

刘季只觉胸口一震，不由自主软下身子，瞬间省悟，口中大呼："贼子射中我的脚趾啦！"众将聚拢来，以身躯掩蔽汉王后撤。一时间，箭如飞蝗般回击。楚兵也一齐向前，双方对射。项籍冷笑，带马回营。

这支弩箭不但力量强大，虽只在抬手间却射得极准，只差分毫便可要了刘季的性命。项籍离得远，凭感觉是射中了汉王要害，可对面的反应又不那么像，只得拭目以待。

第七十一回

权大势天下重韩信　荡北边匈奴返阴山

刘季伤得厉害，由樊哙护持着回营包扎好了，一时卧在帐中动弹不得。张良前来看望，悄声对刘季说：“主公必须勉强到营里转上一圈，对将士们表示慰问！”刘季痛苦不堪，只管摇头。张良说：“您若是不肯，将士必然狐疑，以至军心动摇。如此楚军必然乘势发动进攻，后果不堪设想！”刘季听了，只得勉强起行。他拿出全部的毅力，硬挺着在营中草草慰劳了个大致，实际也就是露个脸，证明自己无大碍。刘季几乎晕倒，但还当着将士的面吩咐张良：“我自劳累得很，又伤了脚趾，要去歇息一阵，余事就请子房代劳啦！”张良躬身领命，先送刘季回帐，接下来继续完成慰问，刻意渲染汉王方才巡营的情景，传达信心与抚慰。这消息立即传到了对面楚营，项籍只觉得蹊跷，对射中脚趾之说不甚相信。

楚汉开战以来，刘季这已经是第十二次负伤，其中身体被箭弩射透过四次。无论如何，刘季这回伤得确实太重，根本无法坚持，只得由靳强秘密护送离开广武。不胜路途颠簸，便滞留成皋休养。黥布为其保守秘密，并投桃报李亲身看顾，主持疗伤，刘季心中感动。月余，伤口大致愈合，这才起程返回栎阳。

这一箭的怨气该往哪里发泄呢，忽然想起被发回栎阳关押的司马欣，便下令拉出来带枷游街，然后当众斩首，在市上立一根竿子把首级挂起来示众三日。本来，他的目的就是把这个昔日“塞王”、今日叛臣弄回他的“故都”折腾一番。只这一天提前到来了。

刘季只在栎阳待了四天，便由靳强带领一小队郎中卫士护驾返回广武，一路悄无声息。直到此时，广武谋臣、将士中除个别核心人物外，都还以为汉王一边休养，一边依旧坚守不战呢。及至丞相萧何征发的新兵到了，内情才有所披露。惊讶之余看到汉王平常一样出现在面前，军心反而受到莫大的鼓舞。与此同时，东线胜利的消息接踵而至，广武汉军的士气一天比一天高涨。而在广武涧对面，楚军求战不能，粮草供应却日益不足，士气在与汉军无谓的对峙中逐渐销蚀。

韩信的使者到了。他带来的不仅仅是胜利的喜悦，还有关于个人地位的敏感而委婉的诉求。使者呈交韩信的书信，刘季打开看时，主要表达了这个意思：“齐伪诈多变，反复无常，战后纷乱无序，急需实施统一管理。再说与它毗邻的楚国，随时有可能从南边乘虚而入。值此非常时期，我请求暂时代理齐王，以便协助陛下镇守这块土地，安抚这里的百姓。如果不采取这样的措施，齐国很难安定下来……”

刘季始而一愣，接着勃然大怒，开口骂道：“我日久被困在这鬼地方，早晚只盼望你来帮我，原来你却要自立……哎呀！”左右两只脚同时被重重地踩着了。看时，一边张良，一边陈平，都拿眼睛瞪他呢。张良凑过来悄声说：“以目前形势，韩信要称王，陛下能挡得住吗？”陈平也凑到耳边说：“依臣看，倒不如就坡下驴，正式封他为王，要不然……”刘季顿时省悟，看使者正俯首等候回话，便继续骂：“你身为大丈夫，既然平定了诸侯，就应该大大方方的……子房，子房呢？”张良应声问道：“陛下有何吩咐？”刘季道：“你即日起程，带上印信，代表寡人前往城阳正式册封韩信为齐王！”这语气措辞中颇多强调，好让那正错愕着的使者听明白了。

汉王四年二月。韩信嗅着早春的清凉气息，亲自迎张良入城，殷勤接待。张良宣布了汉王的决定，正式封韩信为齐王，征调他的部队去攻打楚国。韩信大喜过望，连连谢恩。张良同时宣布了两道命令：曹参兼任齐相国，率部全面平定齐境；傅宽任齐右丞相，率所部协助曹参，封阳陵侯，食邑二千六百户，以前所食的户头相应取消。

灌婴率兵南征，延续对楚国的迂回包抄。这回是直接投入面对楚军的战场，以此为标志，楚汉战争进入战略决战阶段。

刘季也想到陈平的功劳，便把户牖乡封给了他。

地势平坦而开阔的北假背靠阴山，南面濒临河水的“几”字形弯曲，犹如巨人头顶飞扬的巾帻，向宽宽的两肩披展开去。海拔一千米以上的高度和中温带的气候，造就了这里水草丰茂的原野和风吹草低见牛羊的动人景象，涵养着南来北往的阳刚与阴柔、粗犷与妩媚，以她的丰腴滋长游牧势力的贪欲，反复孕育无休无止的企望。

北假正处在今天的后套平原和前套平原，前套即吐默川；加上西套宁夏平原，三套合称“河套”，其东界在呼和浩特以东。

残冬将尽。滞留在阴山背后不毛之地上徘徊窥测的匈奴轻骑，不失时机地返回山前侦察，他们驻马远眺，发现通往北假的门户已悄无声息地敞开，曾有秦朝重兵驻守的峡谷天险，现已畅通无阻。

此时，匈奴已经相继平服了高原北方的浑窳、屈射、丁零、鬲昆、薪犁等部族，并设“丁零王”等加以统治。浑窳人活动在外兴安岭东南麓今黑龙江上游支流石勒喀河以北；“窳”，山间凹陷之地。屈射在浑窳西南、石勒喀河上游以北。浑窳、屈射以西，北海两翼的广大地域，是丁零人的游牧地。丁零是现代维吾尔族先民回鹘的族源，其南迁者则融入于山西、河北等地的汉民族中。丁零往西今叶尼塞河上游，生活着鬲昆部族。鬲昆又作坚昆，是柯尔克孜族先民。再往西的薪犁部族，最初分布在今河北、山西境内，后北迁，终为匈奴所并。

匈奴已当之无愧地发展成为北方草原第一族群。冒顿的气魄与作为，彻底征服了匈奴的贵族和各部落，他是草原上当之无愧的撑犁孤涂单于。

经过反复筹划和必要的准备，在楚汉战争如火如荼而刘、项无暇北顾的时刻，冒顿单于不失时机地带领贵族、官员、卫队和大批人马，大张龙旗从姑衍山出发，浩浩荡荡地穿越大幕，沿着其后称作宿虏城、滹河城、冒顿城、支就城、光禄城的路线，向南翻越阴山，目的地最前沿是河水，是秦朝编制为九原郡的地方，郡治就在今内蒙古包头东。

与此同时，匈奴左右两路的主力，也先后出动。与之前征伐东胡、月氏乃至北方诸部族不同，这次他们是乘虚而来，不需要立即投入作战，而是不费一人一马一箭一矢地恢复曾反复占据过的肥沃牧地，来北假的草原上安家。故此，队伍里夹杂了许多妇孺、骆驼和更多的牛羊，既是在行军，又是在进行一次浩浩荡荡的迁徙。

纵观中国历史，北方游牧族群或后游牧时代族群的崛起和强大，足以威胁中原王朝甚至南下而夺取政权，无不与中原的积乱、积弱直接相关。秦汉之交的匈奴如此，隋唐之际的突厥、宋辽金夏互弱之后的蒙古、明末动荡颠覆时期的后金，尽皆如此。

迁徙的部落必须以准军事体制作为生活和安全的保障。在这个体制之下，为王权和部落所管辖的牧民，世世代代都处在实战部队的状态。他们生活宽拓时驮着毡房随着牧群四处游荡，物资紧缺了就按照老规矩从事武力侵犯以达到抢劫的目的。缺乏契约束缚力的草原对战斗习以为常，弱肉强食的观念会驱使人们每见到物质利益就开战。他们围绕对牲畜以及对奴隶的掠夺而终身喋血，用原始的理解把厮杀看作生产的另一种形式，甚至为生活中的另一类狩猎游戏。男人们是为了成为骑士而拥有生命，娴熟马背上的战斗就如同娴熟放牧，他们大多以战死为荣，不愿意卧病老朽在毡房中。

匈奴养兵于毡房，这与中原战国时期组建常备军之前沿用的兵役制度本质上没什么两样，只不过更约定俗成些、更原始些而已，其中潜藏着兵民同构、战牧一体的原生规律。

开战时，匈奴的成年男子们跨马持刀一呼百应像鸟一样地聚集到一起，战罢各自携带俘获归家。战败也毫无所谓，这早就习以为常，也就像风吹云散一般四下里逃逸了之。即使在大的战役中，战败也不会遭到制度性、纪律性追究，偶然的处置只出于单于和大人们对事体的严重不满。而作为战士的牧民，无论胜与败，只要能帮助战死的同伴处理后事，就能得到对方的全部财产和妻儿。在利益驱动原则下，这与获取战利品没什么不同。

阴山被一道大裂谷拦腰截断，西段称作乌拉山，东段叫大青山，山间林木层叠错落、疏密相间。南风透谷，地气转暖，冰消雪融，新枝新叶缠绵吐露着春的气息。弯转的道路随山势交替于溪水两侧，身裹皮毛从冬季里走来的散乱而漫长的队伍，充塞了平阔的峡谷，踏乱了水流，惊扰了虫鸟。山涧汩汩的泉唱被不期而至的马蹄声所窒息，哽咽了往日的喧腾。尘埃笼罩坡谷，鹰隼高飞，走兽遁藏，万物惊惧于久违了的匆匆过客。高耸的崖壁与或缓或陡的山峰一路左右变换，曲折山谷的姿态，不断更替着形势。

就这么慢腾腾地走呀走，完全是一种习惯。沿途不时经过大大小小的山间牧场，道道细微的流水在那里汇聚成溪，滋养生灵。山里的夜晚降临得特别快，每到午后，队伍就停止行进，在溪边残雪点映花朵儿初蕊的草地上扎下毡房，预备着遮挡夜的寒冷。当太阳又一次出现在山头时，露水闪烁，炊烟升起。忙活许久后，草草搭就的毡房被撤回到骆驼背上，于是马嘶犬吠，羊群咩咩，队伍便重新在呼哨和吆喝声中轰隆隆上路了。

冒顿盛装带甲，鞍负箭囊，腰悬弓刀，把短鞭挂在手腕上。他边走，边不时抬头，仰看长城随峰就谷横越积雪尚存的山脊，等过了关隘又回头看那无人值守的城垛亭障，摇摇头，明知其缘由，但脸上依然露出费解的神色。到山口了，高度急剧下降，坐下朝天驵顺着坡道走得十分平稳。终于看到有大片的冲击扇从马蹄下溢出，把马背上看不分明的男女老少坦陈在连缀的裸坡浅沟间。

一望已经是广袤的绿色草地，冒顿不由得长长出了一口气，吐去埋藏胸中八年的郁结，心情显得急迫起来。

柔丽的春风从河水的方向上拂面而来。从北方的冬末里出发，磨蹭着一路走来，又脱离夜寒如严冬的山北荒碛乍然来到阳光明媚的山南，冒顿恍若从黑夜里走到了清晨。队伍中早已发出了欢呼声，合着马嘶声野性地震荡和冲击着北假平原。

冒顿立马举鞭心潮起伏，当年随父单于以举手之劳轻取赵国旧地的情景依然历历在目，而今，这一幕又在自己手中重新上演了。匈奴骑兵终于兵不血刃穿越长城隘口，重渡石门嶂回到了梦寐以求的丰饶草原。而从直接的军事意义上讲，匈奴已经在长城之内获得了条件极其优越的继续南犯的保障基地。冒顿放马沿石门水盘曲奔驰而下，骑队紧随其后如旋风般降落，茂盛的草原在无数马蹄的粗暴撞击下猛烈抽搐，从胸腔里发出沉重的呻吟。

目的地在头曼城，那里位于今内蒙古包头东，是头曼单于崛起之初建帐的地方，那是一个象征，当然也不仅仅是象征。现在，匈奴的牧群已经能在北海以南、大兴安岭以西、天山及阿尔泰山以东，以及阴山南北的浩瀚大幕和广袤高原上率意游荡，真叫是野阔凭骑跃、天高任鸟飞。匈奴还从来没有这样强大过，单于也从来没有能像这样风光无限、心旷神怡。

形势已经变得十分严峻。西楚霸王项籍第一次感到了担忧，他想起了范增，也联想到韩信。忽然产生一个念头，能否把韩信赚回来？

项籍特使盱眙人武涉来到了城阳。关键时刻，项籍把满腹期待寄托于这两位准老乡，企图稳住楚汉战争的天平。

武涉拜见韩信，也算是熟人来表示祝贺，寒暄之后，进入主题。他说："天下人被暴秦残害拖累，怨恨已久，因而戮力同心攻伐之。秦既已灭亡，大伙儿衡量功劳，割地封王，从此应各归本位，也好让百姓士卒得到休息。不料，汉王却兴兵东来，侵犯人家分内的权利，抢夺诸侯王的封地。就算把道理讲到家了，攻取三秦也应罢手，可他却不一而足，复又引兵出关，裹挟诸侯进犯楚国，甚至偷袭占据彭城。他的用意是不完全吞并天下绝不罢休，贪婪的程度简直让人难以理解！"

韩信听了一会儿，皱起眉头诘问："您来就是为说这些？"

武涉点头，继续说："您觉得汉王可信吗？不！他好几次落到项王手心里，项王有怜悯之心，让他能活到今天。可他一旦脱身，就把承诺丢在脑后，重又攻打项王。想想看，他无赖到这种程度，还足以让人亲近吗？"

韩信截住话头，责怪道："您到底想说什么呢？汉王如何，项王如何，这与我有何干系！"

武涉摇头："齐王差矣，这干系多着呢。汉王的人品并不只对项王一人，那是对着所有人的。比如您，虽然自己觉得与汉王交情深厚，竭力替他领兵作战，可终究还会被他拿下的。您之所以能凑合到今天，那绝对是因为有项王在！"

韩信呵斥道："你分明是来给项籍当说客，挑拨我与汉王的关系……"

武涉冷笑："且慢发火，我就是帮项王说事来了。您听我把道理讲完……现今项、刘谁成谁败，分量全在您身上。您靠向右，则汉王胜；投向左，则项王胜。说句不避讳的话，项王倘若今日不存，那明日步其后尘的必然是您。"说到这里，他停下来观察韩信的表情。

韩信闭上眼，且听他说，心里反复呈现着左投右靠的景象，心想总还不是一个"投靠"嘛！只听武涉说："您与项王也是有过交情的，为何不反汉而联合楚国，由此可三分天下独立称王，岂不快哉！"看韩信一副无动于衷的样子，武涉有点急："您要是眼睁睁地错过大好机会，坚持投靠汉王来进攻楚国，可真让我难以相信这是一个聪明人作出的选择！”

韩信站起身，拱手说：“在下服侍项王时，官不过郎中，位不过执戟，说话没人肯听，献策不被采纳，也只能离楚归汉。可汉王呢，授给我上将军大印，把数万人马托付给我，脱下衣服给我穿，把自己的食物让给我吃，言听计用，我这才得到了今天的荣耀。人家亲近我达到这种程度，我背叛他就不是什么好事。先生请回吧，在下虽死也不会改换门庭了！”

武涉愣住了，随即显出一脸茫然，竟没能领会眼前这位汉封齐王已经在逐客。过了好一阵子，觉得没什么指望了，才悻悻告辞。

帐外有一个人正候着呢，他同样深知目前天下的重心全靠齐王把握。目送武涉出营，他自进帐，同样想劝一劝韩信，但出发点完全不同。

韩信前脚打发走武涉，后脚见谋士蒯彻进来，便问：“先生该不是也有什么劝告吧？”蒯彻一愣，即刻明白了，却拐个弯儿另题切入：“臣下曾经高人传授相面之术……”韩信问：“你相面的准头如何？”蒯彻并不正面回答，先作技术性说明：“贵贱在于骨法，忧喜在于容色，成败在于决断，拿这三方面互相参照，万不失一。”韩信来了兴趣，说：“那好哇，先生觉得寡人的面相如何？”蒯彻凑上前，神秘地说：“希望单独交谈！”韩信吩咐：“左右退下！”

蒯彻朝韩信脸上打量，口中吐出说辞：“看您这面相，嗯——不过封侯而已，且面临危险不得安生。”起身围着韩信绕过一圈，又说：“可端详您的后背，哎呀，真是贵不可言哪！”

韩信斥道：“你搞什么呢，这般装神弄鬼！”语气却显得平和。

蒯彻于是正经坐下，脸上也严肃起来，说：“臣的确是来劝说大王的，但不与武涉相干！”

韩信见话头转回来，却待不理，但念他有些见地，又凡事都替自己着想，便耐下心来。蒯彻看韩信默许，便开言：“最初天下发难，俊雄豪杰一旦亮出旗号，海内之士便云合雾集，如鱼汇聚，急风暴雨般来势迅猛。那时候，大伙儿只有一个单纯的愿望，就是齐心协力诛灭暴秦。而今楚汉相争，弄得苍生无辜肝胆涂地，父子暴尸露骨荒野，死者不可胜数。楚人起兵彭城，东征西伐，追亡逐北，乘胜进取，军抵荥阳，势如卷席，威震天下，然终不免困止京索，等到逼近成皋西山却已寸步难行，前后算起来有三年了。再说汉王，率领十万将士，凭借山河险阻在巩洛一线抵御楚军，一日数战却丝毫没能进取，丢荥阳，失成皋，只剩下战败逃跑的份儿，几乎不可挽救，只好遁避宛、叶之间。怎么描述这种形势呢，就叫作‘无论勇者智者都无法摆脱困窘境地’。交战双方阻于险塞而挫尽锐气，内里粮食供给枯竭；而百姓呢，则因疲乏至极而怨声载道，空空落落无所归倚。依臣看来，其大势，若非天下贤才根本无法平息这场灾难。有一句话我必须重复，现今楚、汉两主的前途都系于大王之手，您帮汉就汉成，助楚则楚胜。我今披肝沥胆贡献不算高明的计策，只怕您不肯听取。尽管如此，还是衷心希望您能听从我的劝告……”言至此，他看一眼韩信的脸色，然后点题：“不如让楚、汉两利并存，造成三分天下、鼎足而立的形势。这种局面一旦构成，就没人敢首先打破它。”

沉默。依韩信的实力和追求，听了这番言语说不动心那不是真的。可是，当良心与功利发生抵触时，他的内心陷入了激烈斗争。

蒯彻看韩信不说话，知道有所触动，便趁热打铁：“凭您的贤才盛德和众多甲兵，控制一个强大的齐国并让赵、燕服从，那是没问题的。既然如此，正好出兵占据大片实力真空地带，形成对楚汉后方不可忽视的牵制，顺应民意向西为百姓请命，要求楚汉双方歇兵罢战。到那时，天下必会闻风响应，还有谁敢不听从您的号令。大局已定，您则以扶立诸侯的名义分割大国、削弱强国。这样一来，天下将唯命是从，功德人心都将归向齐国。”

蒯彻接着说：“如今您不但拥有故齐的全部领地，而且进一步占据了胶水以南琅邪、东海、泗水等郡，若以谦恭的态度礼遇诸侯，那么，天下的君王们就必然接踵前来，朝会于齐了。”

韩信还是一言不发。蒯彻有点急了，说：“您应该听说过，‘天与弗取，反受其咎；时至不行，反受其殃’，希望您仔细考虑！”

韩信这才开口，但让蒯彻感到失望。他说：“汉王一向对我优厚，让我乘他的马车出行，把自己的衣服给我穿，拿自己的食物给我吃。我可听说了，乘人家的车子就应同时装载人家的艰难，穿人家的衣服就要同时揣着人家的忧虑，吃人家的食物就必须献身人家的事业，我岂可贪利而背义呢？”原来他的思想斗争只围绕着“利”“义”二字进行，根本就没深入蒯彻勾勒的诱人前景。

蒯彻于是对症下药：“您自以为与汉王友善，想帮他建立流传万代的事业，我心中认为是大错特错啦。当初，恒山王、成安君还是平民百姓时，相互结为刎颈之交。一旦为张黡、陈泽的事情争执，便反目成仇，结果那陈余落了个身首异处，所谓的‘忘年之交’则沦为天下笑柄。这二人曾经的关系，可谓天下友好的典范，也还要彼此擒之杀之而后快，这是什么道理呢？祸患产生于无穷的欲望，到底是人心难测啊！”

第七十二回

巡视长墙单于尽兴　迂回攻掠楚汉势移

蒯彻苦口婆心地说着，看韩信始终不为所动，便直指要害，说：“我知道，您是以忠信追随汉王，总是觉得汉王绝不会危害自己。可冷静想一想，你们之间的感情肯定不比张耳、陈余二人牢靠，而所涉及的各类事情大部分都比张黶、陈泽要害得多……”

韩信摇头：“这是哪一码通哪一码，恒山王、成安君的私人友谊哪能与汉王和我的关系相类比呢？”

蒯彻的论证还没有到位，也不理会韩信的反驳，只管说：“以为汉王绝不会加害于您，这是大错特错啦！您知道，大夫文种保住了行将灭亡的越国，辅助勾践称霸于诸侯，看似立功成名了却被杀害，这犹如野兽尽而猎狗烹。说朋友吧，您与汉王的交情比不上张耳、陈余；以忠信论，又不如文种对勾践。这样对照，总值得您借鉴吧！”

一直端坐的韩信挪一挪身子，似乎又有所触动。蒯彻赶紧加码：“臣下听说，‘勇略震主者身危，功盖天下者不赏’。大致地说说您的功绩吧，您东渡河水，俘获魏王、杀夏说；率兵出井陉，诛成安君，拿下赵国、屈服燕国；渡河水南征，平定齐国、打垮楚兵二十万，东取龙且首级向西献予汉王，这一切意味着什么？这是‘功劳独步天下，谋略当世无双’。您地位虽为臣子而声威震动主上，盛名高不可攀，这还不够危险吗？现今，您的能力、人望和功绩都超过了别人的承受力，归楚，楚国人不肯相信；留汉，汉国人担惊受怕。一旦头顶着这无与伦比的光环，还想去哪里安身立命呢？”

韩信的心理变得复杂起来，再也坐不住了，便拱手制止蒯彻说：“先生暂且别往下说了，容我考虑一下！”于是，蒯彻起身告辞，还免不了反复叮咛。

过去好几天了，韩信的良知始终占据上风，这使他付出了沉重的心理代价。舍弃有可能落到自己手里的天下犹可，然这身家性命该当置于何地？但是，反复琢磨汉王宽放不忌的性格以及推心置腹的言行，那脆弱的雄心和隐约的担心便被一风吹散，迷茫不见踪迹。

蒯彻得不到反馈，心想没大指望，但依然能把握到韩信犹豫不决的心态。耐不住又来求见，见面就劝：“大王呀，那会倾听的，就能够发现危机的征兆；肯谋划的，就足以把握形势的关键。反之，能长期保持安全的人很少见呀！听话在于把握轻重，做事不能本末倒置。只管替人家饲养马匹牲畜，就无法获得天子的‘万乘’权力；满足于一石一斛的俸禄，必然会失去卿相的地位。猛虎犹豫，不如蜂蝎一螫；骐骥踌躇，不如劣马慢行；勇士孟贲狐疑，不如庸夫出击；尽管拥有舜禹的智慧，吭吭唧唧不说话，还不如聋哑人发令指挥。明智者决策果断，优柔者贻害大体。毫厘审慎而拘泥于小节，会迷失天下的重大发展趋势；智慧足以洞察大局却不敢去行动，那是百事的祸根。总之，凡事贵在行动。要知道，功难成而易败，时难得而易失。时机呀时机，错过了就不会再来啦！”

韩信被这劈头盖脑一泻千里的说辞搅得心意惶惑，连连说：“谢谢，谢谢先生的好意，可我思之再三，实在是不忍心背叛汉王啊！”蒯彻还要说话，韩信伸手制止。他也是退一步想过的，认为自己有那么大的功劳，汉王绝不会剥夺已经封给自己的齐国，因为，就在自己希望做代理的时候，汉王却宽宏地让自己一步到位了……

到了这份上，历史掉头思量，果然大事悬而又悬。当时幸亏有张良、陈平左一脚右一脚，算是侥幸地把刘季或将疏失的江山社稷踹了回来。

蒯彻彻底失望了。他不辞而别离开了韩信，从此装疯卖傻做起了职业巫师，把聪明透彻的人生与不确定的现实世界隔绝开来，用神秘的外表掩盖起强烈的政治抱负。

牧场上的思维和生活节奏犹如四胃牛羊的反刍。已经回到北假的挽弓骑士们，一时间还没有寻到新的作战目标，便乐得顺着游牧的惯性优哉游哉地度日。当然也还频繁做些骚扰掳掠的营生，但此次显得外松内紧，好像在专等着某个地点的天空掉下酸奶疙瘩来。

太阳温和地照耀着草原，反复燃起冒顿单于内心无止境的欲望。要知道，中原七国旧都繁华热闹，帝王将相富贵享乐，山林沃野珍奇丰足，咸阳街市淑女如云，哪一点能不让冒顿和他的臣僚们感到好奇呢？可是，该耐心时还得耐心，冒顿的眼睛没闲着朝河水那边看来看去，想偷空了却一些个人心愿。

日落日出转眼已是初夏。五月，匈奴的贵族、官吏、酋长们再度会集龙城。祭祠三龙已毕，大单于冒顿携蛮芭阏氏，与右屠耆王且蛰、左谷蠡王都矢、右谷蠡王术柘、左大将戎渠夕、右大将莒式池、左大都尉戕鹰、右大都尉拔犴、左骨都侯勒俟祜、后义庐侯难氏等，由右温禺鞮王、右奥鞬王陪侍巡视业已竣工的龙城防卫土建工程体系。卫队长屈烈支率卫士们紧随。

冒顿当先，众人驱马登上附近最高的山头。难氏放飞了臂上的猎鹰，把众人的视线带向远处。放眼望，果然见一道长墙翻山越岭、跨溪越涧，把龙城西、北两个方向遮护等严严实实，虽不似秦朝阴山长城那般雄伟且上可布兵走马，但也足以把突至的劫掠者阻挡在圣地龙城之外，从而保护祖先陵寝不受搅扰。

众人“啧啧”称叹，冒顿更为自己的宏伟创意感到自豪。他瞟一眼身旁的蛮芑，看她正饶有兴趣地远眺近看、东张西望，与大老爷们的关注若即若离。于是威严地扫视诸王将，大声说：“鬲昆、丁零等已经表示顺服，谅再不敢与我大匈奴为敌。就算有几千上万骑仗胆窜扰，我已筑就长墙，亦不足忧虑！”众人纷纷称“是”，兴奋地互相谈论。蛮芑似乎注意到了这一阵子炫耀，冒顿也便立即感到了内心的满足。

居高临下饱览过一阵，冒顿兴致愈高，吩咐到长墙边上看看。于是右奥鞬王为前导，众骑直奔最近的那一段。所谓“看山跑死马”，就那么近在眼前，也足足跑了大半个时辰。冒顿回头找蛮芑，却不见了踪影。满视野里去寻，原来在赶路间，她早已脱离了人群，到山坡上寻花看云，嬉戏去了。冒顿无奈一笑，由她去吧。

将近一座烽火台，一名千骑长赶来迎接，转向前引路。烽火台顶部狭小，不便攀登瞭望，也就作罢。台基处尚且宽敞，冒顿下马拾级而上，看时，墙外一马平川，附近一、二、三、四，竟然横陈着四道壕沟。右温禺鞮王解释说，这是专门请了秦人来帮助设计的，四道壕沟不仅仅能层层遏阻骑兵的冲击，更重要的是避免风把沙石堆到墙边来。冒顿点头，赞许道：“这办法高明！”随即问：“这墙足以阻挡骑兵吗？”右奥鞬王回答：“一人站在马背上，够不着墙头！”

从烽火台回来，冒顿兴头不减，一行又参观了墙防的核心部分。那里有一组大型建筑群，以两座相对高大的殿舍为中心，周围分布了几十座高高低低的附属建筑物，由一道长墙壕沟环绕，形成独立空间。大家随意进到建筑物内看了一阵子，发现不少房屋里面只关着一个挖得较深的地窖，大者方圆十来步，四周墙壁有小两步厚度，中间还用一根独木柱支撑着屋顶。地窖中有贮藏的食品，用途显见。这设计真是太周到了，大伙儿连连称赞。匈奴人无论游牧到哪里，即使单于庭迁徙，龙城却总是固定的，客观上成为广大草原的地标。冒顿初登大位就有了在龙城模仿秦朝建筑防御设施的设想，这十分必要。现在，当灭亡东胡、赶跑月氏，周边局势基本稳定时，对龙城安全的担忧也可以放下了，重要的是放马南下而不必再频频后顾，冒顿如何能不高兴呢？他对诸王吩咐：“你们回去后，可以根据需要，也选择地形修筑这样一道墙，好让自己更放心些！”

还要再耽搁几天，冒顿便让卫士陪着蛮芑阏氏到处疯玩，自己则与且蛰讨论下一步的军事行动。他问道：“你认为河南地那边的形势怎样？”且蛰回答：“还得看看！”

冒顿皱起眉头：“说来听听！”

且蛰说：“楼烦王、白羊王的行情都看涨啦！”

冒顿又问：“中原的仗打到啥火候上了？”

且蛰回答：“大单于洞若观火，其实是有数的。楚、汉双方在荥阳僵持已久，谁也没法向前一步。听说那个大将军韩信从河水北边一直打到了齐国，已经威胁到楚国的后方。由此看来，只要韩信不出问题，楚国也就没啥指望了。”

冒顿说：“你是知道的，我就担心楚国取胜。听说那个霸王项籍凶悍得很，无人能敌，想来不比秦始皇逊色。他要是打赢了，还不得再派一个蒙恬来抢夺北假！”

且蛰说：“他也有和秦始皇不一样的地方，或者就亲自来了。”

冒顿笑一笑，说：“果真如此，咱们就又要躲一躲了！”

且蛰说：“只可惜最终取胜的恐怕不是楚王，而是汉王。”

冒顿说：“看来那个汉王刘季也够厉害！”

且蛰说：“是也够厉害。可等他们的仗打完了，不管谁赢，中原也就元气大伤，还如何能抵挡大匈奴？”

冒顿心里一阵琢磨，说：“长时间肯定打不起，短时间未必就不能冲一冲。他要是能速战速胜呢？”

且蛰点头：“看来还是刘季获胜好些。大单于迟迟不去河南地，不就是怕汉国两面受敌吗？那样，他连关中都保不住，还怎么在河南……哦，那里也是‘河南’，还怎么在河南跟项籍较量呢？”

冒顿说：“是啊。不过，我的确想亲自去河南地看看，还想更接近关中些。”

且蛰惊讶道：“大单于如何有这样的想法？那会很危险的！”

冒顿“哈哈”一笑：“大家都觉得最危险的地方，可能就没啥危险。再说，那是荟扶在时我就许下的心愿，这次不但我自己去，还要带着那个随心所欲的蛮芑阏氏一起去！”

且蛰也笑了：“亲自去看看也好，那样就明白虚实了，比派一千拨骑探还拿得稳。”

冒顿的神色严肃起来：“该是咱们多想想的时候啦。等人家分出胜负，腾出手来，我们的机会就减少了。占据河南地后，是直接向南，还是由北假向东呢，也得早点有个打算。因为……”

且蛰接口说：“因为大单于想搞一次‘速战速胜’，还要‘大战大胜’。中原经过多年战乱，最多再能硬着头皮打一次大仗。他打赢了，我们就得乖乖地再度让出阴山；大单于打赢了，那可能一切都由大匈奴说了算，起码有十几年、或许几十年的舒坦日子好过呢！”

冒顿皱一皱眉头，说："我即使大胜，恐也难像征讨东胡、月氏那样……"

且鞮还要说话，山坡那边响起蛮芑的歌声，她玩得差不多了，返回来了。

黥布从放弃成皋返回关中，到迂回建立宛叶防线，进而复军成皋，再到据守巩洛的整个过程中，始终追随刘季身边，在艰难的时刻可谓中流砥柱，立下了汗马功劳。特别是在巩县一带奋勇作战，对阻止楚军西进发挥了重要作用，阵战能力果然使众将相形失色。随着战局的转化，黥布不断收集旧部，实力也得到很大的增长，在巩固和发展西线的战斗中，已经处于举足轻重的地位。既然韩信封王了，黥布怎么办？七月，刘季主动兑现诺言，立黥布为淮南王，并且给他安排了许多随从官员，给他以优厚的生活待遇。黥布连高兴带感激，从此更加死心塌地为汉王效命，可谓不遗余力。

到了八月，北貉燕人派来骁勇善战的骑兵帮助汉军作战。貉通"貊"，是中国古代对生活在东北方向上少数民族的称谓。

军事实力此长彼消，战场形势不断朝有利的方向进展，汉王刘季心里比较踏实了，终于有心情来考虑一些善后问题，以利再战。他颁布诏令，凡不幸战死者，有关官吏必须用衣被棺木盛殓遗体，转送至家中。百姓其实淳朴得很，只要向火坑边上送些清凉、冰窟窿里吹些暖风，他们便不胜感激，以性命报答。

还要为战死的将领了却心愿。刘季想到了在荥阳保卫战中被俘，不屈而死的周苛，于是把他的堂弟中尉周昌提拔为御史大夫。周昌有口吃的毛病，为人耿直，爱认死理。他推辞说："期期我哥他是对、对陛下，我期期不、不……"刘季笑了，说："你岂能违背寡人的旨意！"于是，周昌谢恩。这种抚慰性的做法，后来在汉朝形成了不成文的规矩，成为一种圣德恩典。

东部战事进展迅速，西线也在抓紧做好反攻准备。汉军新一阶段的第一个目标是对项籍楚军主力实施战略包围。有曹参、傅宽控制和稳定齐地新开拓的根据地，韩信便统一指挥灌婴、靳歙、刘贾各军，开始对楚国后方实施大面积扫荡，各部分头向薛郡、东海郡、泗水郡、九江郡、陈郡挺进。前线楚军被牵制在广武、荥阳，后方楚军忙于应对韩信的多点进攻；而一旦项籍他顾，魏相国彭越、梁相国郦商便又乘机重开梁地战场，与楚军争夺南郡、砀郡各城。

济水源出鸿沟，从敖仓东南的衍氏、武强之间一路流经南郡、砀郡境内的阳武、济阳、宛朐、定陶东入巨野泽，此"西济水"之谓也；出泽而东，则为"东济水"，入齐境向西北长驱入海。如果不出意外，韩信所部势必沿西济水而进，会同刘季和各路汉军，寻求与项籍主力决战。

项籍也紧急部署后方军事。柱国项它前已接替曹咎守备彭城；将军项冠屯兵薛郡，防卫彭城外围北拒韩信；项声本就掌控着楚国南部淮北及以远的广大地域；将军项悍奉派率骑兵据守济阳，依仗其机动能力辐射砀郡、南郡，保障主力与彭城的供给线。这一眼看去，确实是打仗亲兄弟、上阵叔侄兵。楚国的军队已经全面地不折不扣地家族化了，难怪要被嗅觉灵敏的陈平钻了空子挑拨离间。步范增后尘，原本跟着项梁起家的那些重要将领，战死的战死；活着的如钟离昧、周殷等可谓处境越来越尴尬。

项籍并不相信形势会被彻底逆转。他一面调整军队部署，明确作战任务，由他们各守地面，各自为战；一面仍执着地对着广武涧那边坚守不出的汉军堡垒挑战。汉王刘季就在对面，越是大局危机，项籍就越是想揪住刘季不放。而刘季呢，几度历险，在极度困难的处境中拖住了楚军主力和项籍本人，此时更乐得多耗上一阵子。

西楚后方遍地开花。灌婴、丁礼南击薛郡，袭鲁县，取傅阳，而后与从荥阳战场转战而来的靳歙会攻项冠。项冠战败退回彭城。此战意味着彭城北部已不复为楚国所有。灌婴所部骑兵接连攻取了泗水郡东南部的下相、取虑、僮、徐四座县城。灌婴渡过淮水，入东海郡南部抵达江水北岸的广陵。

靳歙、陈武合军取东海郡北部，先攻下缯县和郡治郯县城，然后向南克服下邳，拿下了泗水郡西南部的蕲县、竹邑。二将转与彭越、郦商配合，加强了对项籍后防线的打击。楚国已经没有了后方。彭城和项籍主力几乎陷入了汉军的战略包围，

汉军始料不及的进展，令缠滞广武的项籍触摸到了全面危机，双方在彭城周边展开反复争夺。项声所部很快就夺回了徐、僮、下相、取虑、蕲、竹邑等县城，重新控制了淮北；项冠在薛郡也重新取得了优势；项悍则力图夺回对梁地的主动权。灌婴随后率骑反击，与项声及薛县令骆翎、郯县令儋向战于下邳。项声大败，薛公骆翎阵亡。灌婴二度渡淮占领寿春。此时，黥布也增派部下返回九江郡，在故旧势力的配合下，重新控制了淮南的若干县城，现今，他也以淮南王的名义为自己而战。此时的灌婴骑兵，可谓辗转腾挪、所向披靡。可等到灌婴回撤薛郡、在鲁县之南的平阳击溃楚骑，替任曹咎的楚大司马周殷便重新夺回了寿春。与此同时，彭越、郦商、靳歙、陈武在梁地与项悍猛烈对攻，楚军明显处于被动地位。巩洛也已不复为防线，刘季令黥布出动与周勃等会攻荥阳。

项籍不得不冷静看待形势，这才发现楚军已经没有能力与汉军全面抗衡了，而且也不再有诸侯能助一臂之力。他第一次陷入了深深的忧虑，开始担心项氏和楚国的命运，而且感到空前孤独。入夜，他叫来叔父项缠、妻舅虞子期、老朋友桓楚，饮酒长谈，颇有退步之意。

陈平适时地向汉王提了个建议："陛下可派使去楚营，或许可救出太公！"刘季一想，说："对呀，也正好试探项王！"于是派陆贾去见项籍。

一早，陆贾越涧过到楚营。项籍正喝了一夜的酒，见报汉使求见，陡生怒气，便欲不见。这段时间，项缠、虞子期看霸王心神不定，常常会有一把无名火爆发出来，不甚放心，便不时陪伴左右。此时，恰巧虞子期来了，连忙劝道："他来便来，有话让他说，凡事总由陛下做主！"虞子期这是在顺其心性。项籍于是吩咐："叫汉使来见！"

陆贾抬手作揖，口称："下臣拜见项王陛下，我主汉王有要事陈奏！"这话听来还算顺耳，项籍于是不耐烦道："有何事如此重要，这一大早的！"陆贾说："回陛下，汉王以为兄弟相争，也不能总拿家眷赌气。这阵子，也到了大家心平气和的时刻了，故此请求陛下念在往日情分上，放还太公。"项籍斥道："汉王既然说他父即我父，那寡人就一并孝敬了，他又何必多此一举呢？"陆贾再揖道："陛下所言极是，只不知在您看来，楚之天下与汉王之父孰轻孰重？"项籍领会到了陆贾的强硬立场，拍案大怒："重又怎地，轻又怎地，你老小子怎敢如此放肆！"陆贾三揖道："不敢！下臣深知陛下英勇无敌，凡事从不计较孰轻孰重；但汉王一再掂量，特命臣来与大王讨价还价。既然都一般地看重太公，汉王也就放心了，臣就此告辞！"项籍愈加愤怒，道："今日方知汉营中竟有如此多的泼皮无赖，快快将此人赶出帐去！"陆贾大笑："下臣无状，说话语无伦次，望乞见谅。来日汉王将另派恭谨善言之士说合，到时陛下可斟酌一二，不可再次错过良机！"

第七十三回

约鸿沟刘项分天下　背信义楚汉战固陵

赶走了陆贾，项籍心里却直犯空，似乎有说不明的懊恼。可他的强硬态度也使刘季产生了错觉，开始怀疑对形势的评估是否过于乐观。他其实身心俱疲，又直接感受着来自广武涧对面的压力，有时发生错觉，好像回到了被困的荥阳。他太想尽快结束这场战争了。且不说经济被旷日持久地拖垮，后方尽露敝象，兵员补给困难；还能感受到无法言表的担忧。他不是没听说武涉游说韩信一节，也知道彭越收留了田横，黥布对淮南那边也特别关注，日益强大的三驾马车会不会转化为利益趋同的“三位一体”呢？如此，这剩下的仗还不如留给他们去打呢！

正是心猿意马，丞相萧何派人告急，说匈奴冒顿单于势力空前强大，在接连殄灭东胡、驱逐月氏、征服北方诸族后，已经重新越过长城入据北假，游骑深入河南地，不久必然危及关中。刘季内心更加不安，但此刻如何能顾上匈奴，也只能令萧何加以严密防范。边关日益迫在眉睫的形势，迫使他必须设法及早结束与项籍的争斗。

灌婴击败项冠，转率军攻打彭城。自韩信攻楚以来，楚军“四项”中唯有彭城守将柱国项它尚未与汉军交锋。他此番逞勇，主动出城布阵迎敌。

两军交战，汉骑佯败，灌婴弃了大队，只向山中奔逃。项它久闻灌婴善战，于是对左右说：“此番只须擒得此人，韩信便等于断了一臂。”于是一摆手中大钺，奋力追赶。汉将李必、骆甲、吕马童连番救护，项它不顾，只一心盯住灌婴。山路渐见崎岖，灌婴坐下马被坡度和乱石、溪流限制，只得放慢了速度。项它见状大喜，呼道：“灌将军还往哪里走，不如下马归降，项王绝不会亏待于你！”灌婴带住坐骑，立于溪边回头看一眼连绵的山峦，抬枪指着赶到近前的项它说：“柱国如若降汉，想汉王也不会亏待你的！”项它大笑。笑未已，忽一支骑兵从山谷中杀出，为首一将正是汉将杨喜。项它大惊，但依然不肯放弃。正踌躇间，背后呐喊声起，王翳率兵封堵了去路。

项它回看左右，原来是追得急了，也未曾跟上多少人马。他哪里知道，彭城战场上，楚军大队被冷耳、季必、高邑、王周、蔡寅、赵夜、李必、骆甲、吕胜、吕马童等汉军诸将分割围攻，已经溃败。项它回马，杨喜、王翳双骑来战，一时间杀得难分难解。这时项它才想到了彭城，心中焦急，正无法脱身，忽听灌婴喝一声“且慢”，杨、王二将便各自分开。只听灌婴说：“想必彭城此刻已被我拿下。柱国还是降了得好！”项它哪肯相信，但止不住内心惶恐。只听灌婴又说：“柱国此刻便随我返去，如若楚军未败，末将便痛快放你回去，如何？”也是好汉不吃眼前亏，项它叹了一口气，只得把大钺交予汉军，随灌婴返回彭城。

早已有李必、骆甲前来接应，报告战况。项它急火攻心，呼一声“项王——”坠下马来，不省人事。灌婴心生一计，便命士兵用绳网兜了项它，来赚彭城。等项它醒来，彭城已入汉军之手。项它自知无颜再见兄长，也就不再抗争。

灌婴分兵连下留、沛、薛三县，然后一鼓作气拿下了已经空耽其名的彭城门户萧县、泗水郡治相县；过砀郡境取酂县、谯县；入陈郡攻下了苦县。项籍闻报彭城失守，首先想到夫人虞姬凶多吉少，挂心之余，联想到了太公和吕雉。

谋士侯简求见刘季，声称愿出使楚营。刘季审视侯简片刻，尽管将信将疑，但这是唯一的选择。没多久就回来了，刘季心想果然没指望，便赶紧询问。不料项籍却同意放人，但有条件。什么条件呢，那就是汉军退出楚国地盘；诸侯则各尊其便，不可挟制。

刘季召集诸文武商讨，没有人同意放弃已经取得的成果。但是，陈平认为谈判过程本就反反复复，这不足为奇。侯简属当事人，自有其判断，也赞同陈平。于是刘季便取放手态度，任由侯简往来磋商。

战场上，汉将靳歙、陈武逼近济阳与项悍交战；荥阳守将钟离眛、季布被黥布、薛欧、丁义诸将围攻，频频告急。在形势逼迫下，谈判终于有了结果。楚、汉双方互有妥协退让，约定以鸿沟为界中分天下，双方休兵罢战。也就是说，项籍承认既成事实，忍痛放弃被汉方实际控制的南阳郡全部、陈郡大部和砀郡的一小角，送还人质；汉军则退出鸿沟以东属于西楚的地盘。其余诸侯封地，项籍也就顾不上了。大勇不敌大势，这位百战百胜的西楚霸王并没有败在阵上，而是挫在了局中。

自彭城败后历时两年四个月的艰苦异常的楚汉相持，以广武之盟告一段落。一等刘季认同了休战条件，项籍立即送还了刘季的父亲和妻子。而送回吕雉，却算是刘季的意外收获，因为他不知道妻子也在楚营。

也许大多数将士并不了解战局已经彻底转变，但眼前的情景却令他们振奋不已。使者迎回太公、吕雉，合营中山呼“万岁”，声震广武涧，惊动了对岸。这便顺带着沉重打击了楚军的士气，其实楚营中的大多数也不明白，为何天下无敌的西楚霸王会对屡战屡败的汉王作出如此重大让步。

刘季大喜过望，当即命靳歙、陈武撤离济阳战场，首先解除楚军最直接的后路威胁，以表示兑现承诺。随即，他颁诏封侯简为平国君。谁知侯简并不肯承受这个褒奖，竟躲藏去了。他留下了一句话："时势至此，其事必成，陆贾取势在先，我有何功可居；其初诸公未敢担当者，唯不解时势变化之故也。"刘季感叹一番，随生疑窦，便召陆贾来问何谓"取势在先"。陆贾同样回答："势者，时至也。其功在陛下，臣但求无过而已。"

倒是陈平揭破了底细，说："陆贾先行，表面无功而返，实际所得有三：其一迫使项籍冷静而慎重地面对现实；其二提醒项籍谈判是唯一的出路；其三暗示项籍谈判的底线，以便放弃过分的幻想。"陈、陆的相互认知，事实上成为后来他们在历史重大事件中密切合作的基础。

只十来天工夫，项籍经历了空前复杂而痛苦的心理历程。当陆贾离去后，虞子期和项缠来帮项籍分析形势，揭示陆贾话语中暗含的机锋，共同揣测双方底线，勉力说服项籍，把他导向了谈判桌。项籍、虞子期还有一件共同的牵系，就是虞姬尚不知下落。

当楚汉战争进入转折点时，南越的政权割据也达到了完成点，赵佗自号"南越武王"。

秦朝彻底灭亡后，赵佗立即出兵并吞桂林郡、象郡。利用四年无人问津的历史契机，利用南方形成的政权真空，他凭据五岭，构建了闭锁南国的防线，在故秦的疆域内与汉、楚分庭抗礼，营造了一隅天下。他加紧推行和睦族群的"固俗制"，甚至凭借日益形成的经济基础不取赋税，创造了在百越之地立国九十三年而无显著族群争斗的奇迹。

九月，项籍准备东归彭城。他下令钟离眛、季布放弃荥阳，撤回鸿沟以东为全军开路；将军周郾负责殿后，项悍则掩护侧翼。霸王带马到涧边，徘徊有时。遥看汉军营垒岿然不动，回头见楚军黯然收拾起程，不觉潸然泪下。这时，对岸一队人马近来，看时，却是刘季被文臣武将簇拥着。刘季立在战车上高高拱起手，以示道别。项缠赶来，隔涧回礼。项籍不由自主也抱一抱拳，算是维持了平和大度。

刘季反复抚摩自己负伤累累的身体，也真感到精疲力竭了。当初他声讨项籍，罪名是"背约"，而今新有协议，自己所得颇丰，加之内心牵挂着匈奴那头，便越发觉得也该急流勇退，或者说知难而退了。他决定容后谋划，于是传令依约撤军。

陈平急忙来询问张良："陛下就此退兵，不知子房意下如何？"

张良回答："您既然有劝谏的意思，还不快点儿去见主公！"

陈平笑一笑说："此事重大，在下当然要先来请教先生。"

张良问："想是要我一起去劝陛下？"

陈平赶忙应承："那当然好！"

于是两人来见刘季。陈平拱手："恭贺汉王陛下今日得使霸王俯首，不知大军何时可奏凯乐？"刘季愣住了，问："你有话就痛快讲来！"又问张良："先生也是有话要说？"其实，他心底的魔鬼也已经蠢蠢欲动。

张良本只想看陈平如何说法，被汉王问及，只好以问为答："臣是想寻一个答案。陛下当初兵出陈仓、誓师洛阳、喋血彭城、苦守京索，可就是为了今日鸿沟之盟？"

刘季被这一问，不觉面红耳赤。他撇过脸去看陈平，陈平却笑嘻嘻地说："汉王如今已经拥有了一大半的天下，诸侯也都主动来依附，这还不够吗？不过，眼下更是机会难得……"刘季问："卿此话怎讲？"陈平解释："今我虽疲劳，楚军却更加疲惫不堪；我今粮足，楚军却没有了吃的。这正是天下诸侯齐心合力灭掉楚国的大好时机。依臣拙见，还不如再咬牙坚持一下！"

刘季面上的潮热降了下来，心里的热度却被重新点燃了。他问："子房也是这个意思？"

张良拱手回答："陛下可曾听说过'养虎自遗患'这句话？今若一时疏忽懈怠，待日后项王卷土重来，岂止重演荥阳故事！"

刘季点头："我等此番岂肯止于鸿沟，亦非彭城！寡人就听了你二人的劝告，干脆赶上前去要了项籍的人头，来他个一了百了！"他的口气变得非常轻松，却坚定得很。说罢，立即下令："各军迅速向陈郡集结，择机会攻楚军，不得迟误！"这回，他明白了一个用血流成河换来的道理，重要的是项籍，而非彭城。张良补充："陛下可直接下旨调遣灌婴灌将军！"刘季点头："就按子房说的办！"

汉军迅速部署。黥布、周勃、薛欧、丁义率军从荥阳出发，跨鸿沟尾随钟离昧、季布；靳歙、陈武不即不离地跟进项悍。刘季随命韩王信、樊哙先行，夏侯婴、靳强、王吸、郭蒙、陈遬等随自己拔营启程。张良叮嘱："一旦项籍有所察觉，则不必掩饰意图，重要的是捕捉战机！"一场追堵项籍的行动于悄然中全方位展开。

彭越先是接到放弃梁地的命令，心里不由得一凉："这许多年的出生入死就算啦，离开了梁地，自己就等于像萝卜那样被连根拔起，从此难道就满足于当个魏相国？可汉王是许过愿的，这许愿就算是白搭了？"

田横耳闻楚汉分治，心中蓦地燃起一丝希望，便来求见彭越探听底细，问："汉王抛弃梁地，相国将欲何往？或可依故滞留巨野？"彭越瞪眼直视田横。田横道："昔有陈王、往日有齐、今日有汉，您故能游刃于河泽而无虞。汉王久许将军于梁，而非西魏，今梁不复为汉，将军何可因汉而王之！来日又怎奈何得项王？”彭越两眼里失了精神，胡乱挥挥手。田横自觉无趣，只得告辞。

韩信首先听到的指令是撤离楚境，他感到十分诧异。韩信是替汉王着想，若论个人得失，他现在手里握有整个齐国，汉王既然不在意楚，又怎在意齐？

正琢磨不透呢，汉王使者又分别到了各军，传达新的旨意，明确约定了一个月后在陈地对项籍主力展开合击。这一下，韩信大感释然，彭越也放下心来。

汉王五年十月，汉王刘季盘桓于坚守已久的广武城头，转身仔细俯看深谷中迷蒙着向东奔流的河水，许久许久，挥一挥衣袖：“出发吧！”

韩王信、樊哙已经越过鸿沟，沿水向南尾追项籍到达阳夏，都尉杨武率先向楚军发起攻击。楚将周郾一面急报项籍，一面率军阻击。楚军已无斗志，只一战便有四千人投降。周郾率余部向项籍主力靠拢，阳夏落入汉军手中。此时，彭越乘虚连下昌邑周围二十多座城邑，搜罗到十余万斛各类谷物，立即运来补给汉王大军。刘季非常高兴，派使嘉奖，并督促彭越尽快赶赴陈地。

刘季大军过阳夏入驻固陵，韩王信、樊哙先期在城外扎营，黥布、靳歙两军也分别紧跟钟离眜、项悍进至两翼。固陵位于阳夏、陈县之间，本是阳夏县下属的固陵聚，城垣低矮，有城无郭，沟池其实不“固”，仅能凑合着让刘季左右及郎中护卫安顿下来。

项籍得到周郾的报告怒不可遏，立即止住了撤退的步伐。他素知刘季言而无信，此番行军选择首先沿鸿沟向南至陈郡，而非直接取砀郡沿济睢间回归彭城，正是为了避开敏感地带，免遭堵截。料想之中，却果然把刘季孤军引导到一个离韩信、彭越等较远的地带，创造出了扳局的机会。

鉴于以往面对霸王零胜绩的教训，刘季手下兵力虽远远胜于楚军，但并不敢贸然出战。眼看战机迫近，却还没有韩信、彭越两军的准确消息，便紧急派使前去催促。但韩信被多路楚军纠缠，正在作一城一地的争夺；彭越也忙碌着攻城略地，倒是源源不断地送来粮草，充当起后勤补给的角色。

必须对刘季一击致命。由于韩信、彭越等被牵绊又主观上各顾一头，磨磨蹭蹭，项籍得到了稍纵即逝的战机。恰在这时，项声有接应粮草送到。既然刘季违约在先，项籍正好有理由放手一战。

刘季意识到大战迫近，再难耽搁。所幸灌婴所部骑兵精锐在单独接到指令后，已经火速回应。刘季受到启发，也便传令郦商不必顾及彭越，紧急驰援固陵。

自彭城败后，每逢与项籍正面作战，刘季都会感到胆怯；但这回主客易位，他跃跃欲试，对亲自打败项籍怀有期待。

对比陈胜、刘季被命运推向反秦起义，项梁叔侄从来就致力于亡秦复楚，是属有准备的一类。楚军拥有以江东八千子弟兵为核心的强大骑兵，作风剽悍、训练有素，最为擅长运动作战，创造了像巨鹿之战、彭城之战这样以绝对少数取得完胜的辉煌战例。在与汉军相持的几年里，也正是依仗了超强的机动能力，才得以用有限的兵力频繁往返于千里战线，同时应对前线的进攻需要和后方的反骚扰作战。但随着时间的推移和战略格局的变动，项籍对机动性和实力的过分依赖，终于使楚军陷入了全面被动以及随之而来的战力疲惫、补给危机之中。

忽然有消息报来，说钟离昧、项悍两部楚军分别甩开尾随的黥布、靳歙，飞速来与项籍会合。刘季不明其用意，便有点紧张，当即传令黥布、周勃、靳歙、陈武等部尽快向自己靠拢。

楚军主动出击，刘季反倒被迫出固陵东南迎战。三通鼓罢，项籍亲自出阵，依然指名道姓直接向刘季挑战。这回，刘季不肯示弱，由夏侯婴驾车、靳强参乘出到阵前。项籍一改以往动手不动口的风格，抬戟指着刘季大声喝问："昔日怀王约为先入关中者王之，却未以公心论，致使你无功而捷足先登，徒以口舌谬我。今楚汉当面约定划鸿沟而中分天下，你却翻手云覆手雨，道义何在？"

刘季大笑回道："昔之约为天下之约，有义帝做主，岂可违背！今之约为战场之约，你我做主，且兵家之事百不厌诈，何可以道义责之？"

项籍语塞，俄而大怒，放马挺戟直取刘季。那乌骓马本就跑动极快，此时领会主人心情，如暴风般降临。夏侯婴慌忙驭车闪避，项籍一柄霸王戟便似在头顶晃动，直惊得刘季魂飞魄散，幸亏车上有靳强左挡右遮勉强招架，卫士们则拼死护住周围。阵上樊哙、王吸、郭蒙、陈遬四将齐出，截住项籍厮杀，韩王信也赶忙随在车后节节遮挡。

战无多久，两路传令官各各来报，黥布、周勃被钟离昧、季布阻击，靳歙、陈武被项悍、周郾回攻，皆无法赶到。刘季恍然大悟，楚军两翼人马只放了烟幕，其实并未真正后撤来与主力会合。他这才掂量来，项籍仅凭一己之力就足以进退自如，何须慌忙收缩兵力；再说，他作战从来没有调集人马增援，因为他不需要。

樊、王、郭、陈四骑马围住项籍厮杀，多是躲闪招架，力不从心。项籍绝不想放弃这难得的机会，他虚晃一戟，舍了四将，冲开汉军的反复拦击，坐下乌骓恰似暴风，只寻找汉王车驾，口中大呼：“切莫走了刘季！”

楚军如狂飙般袭过阵来，汉军大败溃逃。夏侯婴只顾驱车向东飞奔，他是一名在危机时刻头脑冷静的将领兼御手。项籍率楚军盯紧了刘季，只一路紧追不舍，尽管韩王信反复接战，可哪里阻挡得了？看看项籍追近，忽然斜刺里一骑马截出，来与韩王信双战项籍，刘季稍稍得脱。项籍闪眼看时，来将竟是孙赤，他与韩王信一般都是前次在荥阳被自己宽恕了的。于是喝道：“匹夫何故负我？”孙赤回道：“大王有言在先，日后任末将来去！”项籍怒气大盛，便一戟刺来，正中孙赤臂膀，翻身落马。韩王信急忙来救这位昔日荥阳的难兄难弟，项籍心思在刘季，便放弃了孙赤。

刘季惊恐万状，正不知如何能保住性命，却见前面尘头大起。不知何处兵马到来，刘季只在心中默念：“上苍救我！”

“陛下莫慌，想是灌将军前来救驾！”夏侯婴口中吐出这颗定心丸。然而，后面楚军也已近在咫尺。正不知如何是好，却又见一骑马反复遮挡厮杀，使楚骑一时靠近不了汉王车驾。

须臾，对面骑兵风驰电掣赶到，各色战马承载的大片土红色拖着巨大的尘尾，如同火焰般扑面而来，果然是汉军。没等刘季松下一口气，救兵已经让过汉王战车，与楚军混战。这时，刘季才得回头询问车后护驾的勇士为何人，回答说名叫缯贺。

汉军虽败，但众将始终未曾放弃抵抗；而刘季显然已经逃过一劫了。看看天色已晚，项籍尽管心有不甘，但继续打下去也没多大意义了，于是传令收兵。此战汉军大败亏输，但楚军虽胜犹败。项籍被汉毁约，无奈这一战只在毫厘间没能擒住刘季，心中彤云密布。滞留在死伤枕藉已经沉寂的战场，西楚霸王凝望着刘季逃去的方向，久久不能释怀。过一时，项缠、虞子期、桓楚诸将围拢过来，七嘴八舌宽慰许久，这才劝得他返回大营。

第七十四回

决淮泗赖大将韩信　三寸舌屈司马周殷

灌婴率部撤离战场，到苦县城南的颐乡与汉王会合。汉王虎口余生，双手执住灌婴，禁不住落下泪来。对于孙赤的不期归来，刘季心情复杂。这回也算是关键时刻反戈救驾，又有同案韩王信在侧，便道："你虽已将功折罪，但'惠侯'爵位就罢了，从郎做起吧！"孙赤谢恩。

灌婴所部撤离彭城一带，正需要一将填补那里的空间。刘季立马想起了缯贺，于是召见，问："你是何时随寡人的？"缯贺回答："禀汉王，末将以执盾汉王三年在晋阳加入，现为连敖。"刘季说："寡人看你孤胆能战，现封你为都尉，以执圭坚守彭城一带，可配合大军多攻占些壁垒。"缯贺领命谢恩。

这一战，虽然右翼黥布、周勃、薛欧、丁义击败了钟离眛、季布，但刘季亲率的大量人马损失惨重，楚汉两军又重新回到了抉择点上。同时，汉军内部的危机也更加突显出来。

固陵惨败，又续写了刘季逢项必败的亲历战史。犹如当年彭城之战，刘季看似被动失利，其实是主动寻败。这回他算是真的明白了，没有"三驾马车"，特别是韩信，他就无法在战场上占据优势。智勇各有分，长短宜互补，战场上的功劳，主要靠大将们去建立；在战场背后统筹政治权谋，那才是君王的本分。

刘季传令黥布、郦商、靳歙、灌婴众将在固陵、苦县等地结营防守，暂不出战；同时火速派遣使臣前往催促韩信、彭越前来会战。

不几日，彭越那边有了回话，说是："魏地初定，尚畏楚，未可去。"

这到底是什么意思呢？刘季惶惑，找张良来商讨对策："诸侯拥兵而不服从调遣，这该如何应对呢？"

张良落坐，拱拱手："且问主公，韩信、彭越果真就抗命不肯前来？"

刘季斟酌半晌，回答："若果真不来……"他的脸色变了。

张良摇头："依臣看，那不可能！"

刘季不解："如子房所言，他们却为何让寡人为难？"

张良说："且听臣解释。齐王是自家争取来名位，到底放心不下；而彭越连年出生入死劳苦功高，当初有魏豹在，故命其为魏相，可魏豹早已经死了……"

刘季默不作声。稍待，问："事到如今，却如何办才是？"

张良回答："那就得兑现承诺！"

刘季催促："你说怎办，我好照办！"

张良说："那就和两人约定，只等彻底打败楚国，睢阳以北至谷城，都封给彭越；韩信家在楚地，那就把陈县向东到海边，都划归齐王名下。如此，他们就会觉得是为自己而战，还愁不来？"

刘季好一阵踌躇。值此紧要三关，不得已咬一咬牙："就依子房所言！"于是，紧急派出使者，照着张良的建议传达汉王旨意。

刘季的毁约并没有彻底唤醒项籍，挫失了霸气的西楚霸王在重新取胜之后，陷于进退维谷。毕竟几年的消耗战大量损伤了楚国的元气，麾下众将因项籍亲疏无制和范增被离弃而日益消极，项梁时代的凝聚力和号召力早已不复存在，项籍真正成为了孤家寡人。而刘季自身虽屡战屡败，但却奠定了立于不败的根基。时至今日，霸王直观一望便觉天下无计，拔剑欲斗则不免心中茫然。

项籍破天荒产生了向部将征求意见的强烈愿望。以项悍、钟离眜、季布为代表，力主协调项声、项冠两军乘胜歼灭尚处于孤立状态的刘季败残人马，然后集中力量收复彭城，再图远虑。季布说："刘季战前败后，总不见韩信、彭越等积极增援，正好一举歼之，此机断不可失！"钟离眜接着说："如得此战完胜，刘季即使脱逃，亦不免嫉恨韩信、彭越等。只要韩、彭坐视不援，汉军已分裂为三，我亦可尝试与刘季争夺二人，前此武涉说韩之计十之八九可成于今。如此，陛下可与韩信商讨归还彭城，抑或有望。"项悍说："如二将所言，乃可动摇汉王脆弱之根本，陛下必能东山再起，复三秦、取汉中终亦有望！"

项籍沉思半晌，问："谁可使韩信助我？"

钟离眜挺身应命："末将不才，愿为一试！"话未落音，项缠反对说："此议不妥，韩、彭等皆为汉将，岂可冒险为托付！我军今虽暂时取胜，但依然身处危境，倘若汉军各部会齐来攻，我等恐陷灭顶。望侄儿三思！"

项籍转看桓楚在一旁沉默，便问："将军在想什么呢？"

桓楚仿佛从梦中惊醒，连忙答道："末将在想，当初武信君起于吴越，北渡而兴，及至陛下终成霸业。今虽一时受挫，但若能以退为进暂且返回江东，保得青山常在，日后可徐徐图之，此或为万全之策……"

项缠连忙接过话茬，大声说："桓楚将军此言甚善。大军返回江东，环境安定，可依据江淮屏障，一门心思休养生息，蓄积反攻力量；以贤侄之英年更兼天下无敌，他日不难重振霸业。却不似彭城颓势显现，人心已乱，后顾之忧无穷；而韩、彭何从，秦中何去皆为一厢情愿，冒险进取则后果实难料定。”

季布急了，争辩道：“目下转机在握，却也稍纵即逝。我若不进反退，不日必为汉军会攻，倾覆之际，后悔莫及！”

不料项籍敏感了：“寡人虽几处危境，何言倾覆，何曾后悔！天下谁人能使西楚倾覆，谁人能让寡人后悔！”

季布还要说话，被钟离昧暗中扯一下衣袖，便把由衷之言吞咽了下去。

项籍自知言语偏了，也重了，便无意中看了虞子期一眼。虞子期却是另说：“彭城失陷，不知我妹流落何处。今陛下欲东归，我心如焚！”此言一出，争论双方都傻眼了。项籍默默无语，俄而，长叹一声，说：“是啊，爱妾今在何处呢？”于是，他当即派人去寻找彭城失守后尚无音信的虞姬、项庄。

几番激烈争论，两边各执一词，项籍不知如何才好。此时，他格外想念亚父范增。烦躁之下，那躲避复杂思考、优柔寡断的痼疾又犯了，想想要夺回山东确实是一件十分麻烦的事情，前景未卜，便失去了心劲。

令项籍喜出望外的是，约略二十日，项庄便随使者来了，他显得疲惫不堪。原来彭城危急时，他吸取前次彭城失陷的经验教训，带领卫士提早护着虞姬逃出城外，一路躲躲藏藏，走走停停，经历千辛万苦终于回到了项王身边。

项籍膂力过人，激动中几乎是将虞姬双手托下车来的，不等落地，便当着众将士的面把她紧紧拥在怀里，双双泪如雨下，弄得左右无不动容。自从得到彭城失守的消息，他就在心里藏了一份沉重的担忧，但战事倥偬，只能在作战之余夜深人静时耽于牵肠挂肚。

已而，项籍问项庄：“你却是如何保得嫂嫂无虞？”

项庄回答：“据说韩信下令不许侵害项王家眷，我也是叨了这份光，才能再见到兄长！”虞姬却补充说：“要不是靠了庄弟照应，妾身也是无缘再见大王的了。”说过，又落下了眼泪，只弄得项籍心疼不已。

好一阵子，项籍省悟，便不解地问：“韩信却为何发这等善心呢？”

项庄迟疑片刻，回答：“我猜想，当时太公、吕氏都在兄长手里，韩信不可不忌讳。还有，韩信此人极重情谊，多能记着他人的好处。亚父提议杀他，兄长心善，未予理会。他逃走时，兄长也未曾派人去追拿他。前次，兄长还派武涉去与他联络，他虽未应承，总也能唤起些旧情分吧！”

项籍将信将疑，只随口絮叨：“许是怕我杀死太公等来报复刘季吧，那样他就等于害了刘季家眷，刘季早晚会寻机报复的……”

一旁钟离眛道：“只怕没有这档事，韩信也迟早会被刘季寻故铲除的……”

项籍感到诧异，问：“那是为何？”

钟离眛心中忌讳，便一笑：“我是看到夫人回到陛下身边，一时高兴，胡乱诌一句罢了！”

虞姬归来，大家难得高兴一回，钟离眛的话也就被忽略过去。

到了此一刻，项籍便觉得暂且返回江东养精蓄锐更加稳妥些，容后再图。他传令尚在辗转苦斗的项声、项冠，要他们向泗水下游淮水北岸靠拢，与主力会合东撤。同时，使者也赶到了寿春，传令大司马周殷严密监视汉军动向，以备接应项王。所有的部署都围绕着后撤，重点是掩护住退路的两翼，至于正面刚刚大败亏输的刘季，项籍则不甚放在心上。“来日再决一雌雄！”他咬牙切齿。

就在项籍举棋不定的流连耽搁中，汉军彭越率军赶到固陵，将军刘贾已经率部潜渡淮水，包围了寿春。刘季审时度势，借楚将钟离眛、季布、项悍等部向主力收拢之机，派黥布随刘贾之后挺进九江郡，意在加速拿下周殷。终于要杀回老家去了，黥布忙不迭领命，兴冲冲起程。

陈平建议：“陛下宜寻找一处有利地形，命韩信、彭越、黥布、郦商、灌婴、靳歙、陈豨、吕泽、刘贾等各部设下天罗地网，陛下亦亲率韩王信、周勃、樊哙、夏侯婴等亲临战场，一举擒获霸王，收降其军，已绝后患，绝不能纵虎遗患让他撤回江东！”

刘季问：“你以为在哪里决战才是？”

陈平摇头。刘季转问张良，张良回答：“项籍东可去夺回彭城，南可撤回江东，尚未可知也。这决战的大事，陛下最好还是去问齐王！”

正这时，韩信使者求见。刘季像是瞌睡正逢枕头，雨中突见阳光，由衷地兴奋。他立刻召见使者，使者奉上韩信的帛书。刘季急忙展开，看时，不觉心潮澎湃、心花怒放。他让张良、陈平传看书信，然后问：“二位爱卿意下如何？”张良、陈平尽皆点头。

刘季说：“我意由韩信重复三秦故事，担任围歼项籍的主帅，不知可行否？”

张良：“如此甚妥！”

刘季转看陈平。陈平“呵呵”一笑，说：“子房乃大手笔，不动声色以测度风雨，轻描淡写而参定兴亡，陛下即可大功告成啦！”他又起劲了，跟刘季咬耳朵，这这那那地神秘一番。刘季始而频频点头，继而拍案欣喜，当即叫来谒者随何，如此这般吩咐一番。随何领命，紧急打点起程。

刘季特遣郎将杜得臣前往传达令旨，由齐王韩信统一调度指挥各部，诸将齐心合力，务必在两、三月内全歼楚军，擒得霸王，以期毕其功于一役。张良于是建议："陛下宜作出坚守固陵而退保的姿态，或可使项王放心东撤！"刘季领悟，便依计而行。

韩信先是获得足够大的封地承诺，继而领受灭楚战役的全面指挥权，心中感激汉王，便即升帐传令。具体的布局是：梁相国郦商率所部为核心，稳定砀、陈后路；齐相国曹参、丞相陈涓掌控齐境，继续收服齐军残余；将军吕泽、吕释之专一驻扎泗水郡，作形象威慑。傅宽填补韩信、灌婴撤离后的空当，在泗水、东海假意牵制阻击项声、项冠所部，待其并力与项籍军会合后，便配合主力围而歼之。总的意图是遏制项籍重返彭城的念头，把楚军主力逼向江东方向。刘贾则依汉王既定策略，适时拿下寿春并配合淮南王黥布，迅速控制九江郡。彭越接替黥布，与靳歙为汉王两翼，监视钟离眛、季布和项悍、周郻，待命进逼。

韩信说："项籍为人，急愈急，缓愈缓。一旦打定主意，必欲就近渡过淮水，经广陵撤回江东。渡淮之时，左赖项声、项冠，右仗寿春周殷所部，又得项悍、钟离眛、周郻断后，他自可从容而行，急中亦慢！"

"用兵之法；十则围之。"韩信欲抢在楚军渡淮之前，调集重兵聚歼项籍主力。他警告说："数年苦战，成功在此一举。各部务必依令而行，在执行完迷惑任务后，如期抵达指定战场，早不行，迟也不行，若有疏忽怠慢贻误军机，或急功躁动暴露意图者，斩无赦！"于是喝道："孔藂、陈贺听令，你二人率队先行，于正面迎击项王，断其归路，本王随后即至……"随即招手。二将上前，韩信附耳授计。

十一月，刘贾率部先期南渡淮河，把寿春团团围住。九江将士中多有黥布旧属，此时听说项王东撤，黥布即将杀回来，便各自多了几份心思。

人心惶惶，乱象已现。周殷坐在衙中，展开霸王旨令，目光只在"接应项王"几个字上扫来扫去，内心很不落底。几日后，城上军吏来报告，说有故人求见。非常之时，周殷欲待不见，却又不知是谁，生怕耽误了非常之事，便亲自来到城头。看时，只见城下吊桥边两骑马前后相随，为首一人仰首抱拳作揖，话音传上城来："将军别来无恙？如何便将老朋友拒于城外！"周殷觉着口音熟识，俯身仔细看了，认得是故上柱国陈婴。寻思，你我二人只是同朝为臣而已，平时也无深交，何来"故人""老朋友”之说。再者，当初彭城失陷，此人颇担嫌疑；彭城复得之后，仓促辞官归里，从此再未谋面，这要紧时刻前来，却是为何？转即又想，量他一主一仆，即使进得城来，又能何为，还是不失了面子的好！于是传令打开城门放下吊桥，把二人接进城中。

二人来衙中拜见。周殷正面坐定，不冷不热，也不开口。直等到陈婴问一声：“将军为何如此待客？”周殷这才吩咐看座。陈婴没坐，却让跟随的那人先坐了。周殷心里诧异，这才正视。那人十分机敏，就座上抬手作揖，口中说道：“汉王使臣随何拜见大司马！”周殷这一惊，手已按住剑柄，帐前卫士立即围了过来。陈婴却摆摆手，嗔道：“将军还没让老朋友坐下呢！”

周殷自知失态，便喝退卫士，勉强请陈婴入座。口里冷冷地问：“上柱国闲暇无事，宜在家中静养，好生侍奉老母，却何故冒死横向两军阵前？”

陈婴并不正面回答，只说道：“汉王使者有一要事询问，与将军兄弟干系重大。如将军不愿与闻，我等自可告辞出城，或凭任将军处置。”

周殷欲待不理，但听说与“兄弟”相关，不由得应道：“问便问，问过了立马走人！”于是，随何笑一笑：“果真问？”

周殷心中烦躁，大声喝道：“此人却为何这般搅缠！”

随何清清嗓子：“敢问大司马于军务之余，可曾时时担忧令弟周兰？”

此一问果然奏效。周殷胸中炸响一个霹雷，头脑“嗡”的一声，两手便无力地搭在案边。这一细节，早已被随何看在眼里，却抬头去向梁上张望，像是在寻找什么动静似的。须臾，周殷省过神来，问：“不担忧又怎样，担忧又能怎样？”

随何正色道：“汉王有旨，如将军能弃暗投明，可保你兄弟毫发无损，且于灭楚后论功封赏。”周殷冷笑道：“我弟生死不明，拿这般梦话来图我，却何以为证？”就这无意间，他已经被随何引入设计好的思路。随何心中暗喜，当即取出书信一方，呈于周殷。周殷展开看时，正是胞弟周兰手书：“……潍水一战，龙且不听劝说，乃至军败身死。愚弟无奈陷于敌手，幸得汉王宽待，处境尚佳。亦望兄长审时度势……弟周兰泣拜。”周殷心绪不宁，草草看过了，转即拍案怒道：“竖子不肖，安敢劝我临危倒戈背叛主上！”

随何早已看出周殷外强中干，便自起身，拂袖道：“既然将军无意于亲情，在下也不便强求，就此告退！”

周殷未及反应，却是陈婴抬手阻止：“且慢，你去与不去由大司马说了算，哪能想来就来，想走就走！”

随何止步。陈婴转对周殷劝道：“项王为天下霸主，却何致今日，其乃任人唯亲之故也。将军想想亚父的下场、钟离将军的处境，你等昔日同为项王帐前忠鲠，前车可鉴，我亦为将军担忧，将军岂不自危？再说，眼见得九江王亲临，莫说寿春，九江之地又待如何？届时，即使将军能全身回归江东，项王面前亦可自保焉？”

周殷沉默不语。随何拱手说：“黥布新受封淮南王，其勇若非项王便无人可敌，其势更是今非昔比。他已奉汉王令取回九江，不日将至。汉王遣从兄刘贾将军探路，其意先礼后兵，望大司马好自为之。如此处无意留客，在下只得告辞！”说罢又要举步。

周殷忽然抬手，接着又放下来，愤然道：“你去便去，免得坏了本将心情，便去不得啦！”

随何大笑：“那就请上柱国暂且陪着大司马说话，我自在驿馆候着！”说罢告辞。周殷说：“不送！”随何当面篡改了这一个“去”字的含义，而周殷竟没有急于驱赶他出城，还似乎被动地留下陈婴，其心理动向已见端倪。

果然，次日周殷便有了答复。随何、陈婴策反成功，但周殷却没有立即献城，而是秘密指令驻扎在舒乡一带的亲信将领暗中策动古群舒后裔起事，却把军队混杂其中，袭取原九江国都城六县并屠城。随后，又调发九江境内的部队渡淮北上，会同黥布旧部袭取了位于泗水郡东部的城父，亦复在城中大开杀戒。周殷也是心里憋屈，他疯了，拿无辜的军民人等出气呢。这种异乎寻常的做法，令奉命回征九江的黥布感到十分诧异。等到周殷出寿春城与刘贾会齐时，其战绩可谓让刘贾瞠目结舌。

舒乡地处范增的老家居巢西北、今安徽庐江西南，即今舒城县治的原址。周代，庐江、舒城一带散布着偃姓诸小国，皆以“舒”子打头命名，后似为春秋楚国所并。周殷反戈一击，挤压了楚军主力的回旋空间，配合黥布、刘贾从右翼锁定了项籍的回归路径。而此时，楚军左翼项声、项冠正按照项籍的指令，冲破汉将傅宽所部的阻击，向泗水西岸收缩。

第七十五回

逾河水收上郡牧地　纵吴歌唱十面埋伏

时间很快推进到汉王五年十二月，项籍在反复盘桓之后，被变化的军事形势所逼迫，依然以项悍、周鄅、钟离昧、季布断后，自己带着虞姬，率项缠、虞子期、桓楚、项庄等，向西南一路无阻地退往徐县以西，即将到达淮水。按照既往的经验，世上无人敢于面对面阻挡项籍，这种现象自巨鹿之战后就非常绝对，项籍对这一点也充分自信。

天已近晚，项籍率军抵达垓下驻扎。垓下地处今灵璧东南、泗县西南，沱河北岸唐河西，离淮水细节上向西北方向突出部的今五河县约百里。如果顺利，最多在两日内就可以渡过淮水。但由于澥河、浍河、沱河、唐河等汇集途中，水网密布，路并不怎么好走。所幸冬季水少无雨，不会给行军带来太多的麻烦。

垓下，实为处于水网中的一方相对稍高的地带，四下里芦苇杂草丛生，周围开阔但地表被河流切割，台障迭递。

入夜，项籍难以入睡，便独自踏着枯草踱步到营外。云重星暗，四野昏黑，寒风朔面，唯见远处微火明灭，似有农家，抑或渔家。往事如烟，在脑际飘忽，不免切齿扼腕，于心中长叹。此归江东，如何告慰叔叔亡灵，如何面对旧时父老，怎不让人忧且含悲？

忽然，范增的影子出现在他的面前，精神矍铄，犹如在巨鹿开战的前夜。正待上前，那影子却隐去了。项籍怀念起亚父，不由得反思，如若肯听亚父的，会落到今天这个地步吗？没有过多的回忆，却只设想着范增被病痛折磨的情形，奇怪地看到范增临终的绝望。他心痛得厉害，痛彻肺腑，痛得浑身颤抖，好不容易才克制住。

一双无力的手从背后抱在他的腰间，头便轻轻枕在背上。他知道是夫人，但疲惫得不想回头，只去抚摩那柔嫩的手背，却是冰凉如水。不觉心疼得很，这才扭转来，把那绵软的身体搂在怀里。就这么站着，仿佛都睡着了一般，仿佛乘一只孤舟在漫漫水泽中航行，仿佛这世界上只空落落剩下了一对患难相依的恋人。

一队匈奴骑兵从坚实的冰面上越过黄河，来河边跪迎的是秦军撤走后重新控制了河南地的楼烦王、白羊王。

二王在前引路，匈奴左大将戎渠夕、右大将莒式池、左骨都侯勒俟祜、后义庐侯难氏四骑马排开，万余执刀挽弓的骑手随后迤逦而行。

草地上的羊群被地表和空气中传递着的轰轰震响所惊悸，咩咩地骚动，向群中钻来钻去。牧人遥望远处长龙般的烟尘，连忙吹起哨音，扬起鞭子，吆喝着驱赶着遁避。女人从毡房里钻出来，跑出一截，把手遮在额上瞭望，不知发生了什么事情。虽紧张却不激烈，不像是寻常的抢劫，也不像久违的部落间战争，一时没了判断。

狗“汪汪”地叫，孩子也跑出来了，抬头看，只见一头庞大的猎鹰从空中掠来，掠过毡房，旋即又绕了回来。孩子被吓哭了，老人出现在围栏边，紧叫着摆手，让孩子快快躲回毡房里。总之，人们很是敏感，心情紧张。

在牧民看来，似乎最终并没有发生什么事。后来才听说是匈奴人来了，但不是来打仗的，也没有烧杀抢掠。

大队来到预先准备好的接待营地，享受款待。然后，戎渠夕、莒式池、勒俟祜离去了，只留下难氏，由他作为单于庭的全权代理。以此为标志，匈奴军队以与楼烦王、白羊王的约定为依据，正式进驻河南地。难氏派出监督人员前往各牧场，他们的职责是收取租税，但并不参与生产管理。

匈奴人又回来了，回到了那个遗失了年代的历史，回到了祖先曾反复与中原政权抢夺的地域。现在，他们夺取了被秦将蒙恬收复的全部土地，占据了秦朝在草原上建立的军事要塞和哨所，并待机继续南进。

单于冒顿带着蛮芑阏氏过河来了。他是在兑现对蛮芑不止一次的许诺，内心里更是在了却对死去的荃扶寄托的心愿。他也把她的灵魂带到了这里，因为他曾经想过，要让荃扶享受他所能拥有的一切。

在路过昔日秦朝的一座座堡垒、烽火台时，冒顿为妻子断断续续讲述一个中原王朝强大不可一世和迅速崩溃的故事，同时也感受到了彼此心理上的逆行：一个幸灾乐祸充满成功的快意，而另一个总是满怀惋惜与纠结。但是，这并不妨碍各自敞开胸怀，并不妨碍尽兴的玩耍。他们是一对矛盾的统一体。

太阳黯淡地浮游在地平线上，伴送太阳下沉的是密密层层的长戈，遮挡着反射着光线，也扰动着呼唤着冬日的早晨。一觉方醒，警报纷至沓来，显然，楚营四周已经远远地布满了汉军。项籍大惊，难道自己真的被汉军包围了？他哪里知道，其实昨晚楚军已全体钻进了一个预设的圈套，只是一夜下来，这个圈套被收紧了许多，包括奉命另路而来的项声、项冠，也一同被封堵在泗水西岸。

齐王韩信亲自率将军高邑、都尉季必、赵夜挡在了楚军的正面，将军孔藂、陈贺分居左右。轻骑集中归灌婴指挥，将领有郎中骑杨喜、王翳，郎将吕胜、都尉杨武、司马吕马童等。刘季则处在楚军背后，周勃当先，有樊哙、王吸、郭蒙、陈遬分两翼策应。其余黥布、彭越、灌婴、靳歙、傅宽、陈豨、刘贾等各路将领，按照韩信的部署依地势而设阵，计共十多路人马。分属刘季和各部的还有郎中刘泽、郎将杜得臣、骑将庄不识、假相阎泽赤，都尉戎赐、彨昭、吕博国、蛊逢、刘钊、华寄、空中、留胜、秦同，长铍都尉周灶，司马张说，右司马陈胥，以及赵、齐降将程黑、卢卿、卢罢师等。

此所谓"十面埋伏"，天罗地网一般，最终衍成了直接描绘这场悲壮的终结性战役的琵琶名曲，与史实和传说一起传播，至今脍炙人口。此时，汉军总数达到七八十万，而楚军人马约略十万，这不由得让人联想起了当年鸿门宴时的光景。

第一波的攻击开始，韩信亲自出马向项籍挑战，同时，汉军各部进入提早设定的阵地，开始对楚军实施穿插分割。遽变的形势让项籍如梦方醒，他有生以来第一次切近地感觉到了危机，而刘季如此出尔反尔和卑鄙地设伏偷袭，使他愤怒到了极点。尽管他已经对战局不抱任何希望，但就在昨天晚上入睡前，还并不认为汉军敢于痛下杀手，即使有那胆也没那能耐。然而，事实却完全出乎所料。

为形势所迫，他必须冲破正面敌军的重重阻拦。而对方的主帅就在面前，这个昔日帐下的小小执戟郎，正威风凛凛地端坐在一匹高大的白色骏马上，照着老习惯背负宝剑，怀抱令旗，凝视着自己的阵地。正是这个被自己大度放纵了的"胯夫"，迂回击灭各路诸侯，在不经意中扭转了楚汉战争的大格局，并从背后捣烂了楚国的家底，一步步把自己推向了失败的边缘。从来就目中无人的项籍，现在却觉得韩信有些目中无人了。后悔的心理、委屈的心理、自负的心理、复仇的心理、逃生的心理，杂乱地交织在一起。更有一个现实的思考，就是必须一鼓擒获韩信，这是眼下摆脱困境的最便捷有效的办法，思维方式与始终想直接拿下刘季同出一辙。他心想："匹夫不自量力，来得正好，省得寡人去天南海北寻他！"于是不再多想，那乌骓马懂得主人的心意，便闪电般直冲对面的齐王大纛。

借助宝马的速度和浑身的力量，项籍一杆戟霎时刺到。韩信恰待发令，已经来不及了，便自回马闪避。左右将士慌忙接战，哪里还抵挡得住，只落得人仰马翻。楚军乘势冲击，项籍背后有项缠、桓楚、虞子期、项庄率八千子弟兵为核心，保护着虞姬一路杀透敌阵，可谓挡者必死。

眼见得汉军溃败，项籍方得喘息，忽然有两支军队斜里杀到，拦断了随后掩护的钟离眛、季布、项悍、周郾各部，为首二将，正是孔藂、陈贺，背后又有灌婴率骑兵夹击。三十万汉军大半投入了围堵，楚军四将左冲右突筋疲力尽，也无法前进半步。

整个战场上杀得天昏地暗，鲜血融化了沟渎中的薄冰，把殷红汇入河道。楚军虽然勇悍，但挡不住汉军数倍于己，如蚁般前仆后继没完没了。到黄昏，形势已经明朗，楚军被切割成大小不等的碎块，大则包围在业已搭建好的营垒中，小则压缩在易守或不易守的临时阵地上，就像脚下零零碎碎的地形一般。

项籍果然天下第一勇猛，无人敢与他正面交锋。八千子弟兵也名不虚传，他们纵马驰骋左右格杀，果真以一当十，逢者不死便伤；只是要保住虞姬安全，突围的速度多少打了些折扣。而汉军却是越战越多，野蜂般聚拢又散开，螫来螫去，到底是应对不暇。

在接下来的十多天里，汉军的作战目标则相对地转向局部蚕食。楚军急而汉军不急，处在大围小困中的项籍及项声、项冠、项悍、周鄖、钟离眛、季布各部诸将彼此牵顾，拼尽全力企图突破汉军的分割封堵，但根本无法撼动对方的阵地。虽然处在枯水季节，但河汉沟淀间烦琐的地形及水面上不堪负重的冰层，都成为了对进攻者的阻滞，使攻与守的主被动于无形中交互易位。然而，楚军始终挟恃由项籍播染的霸气，尤其八千子弟兵，士气几无挫馁，大小战场均相持不下。

危机终究按照韩信的预期发生了。陷于重重围困而不得脱身的楚军将士无从补给，供应日减，粮食已经难以为继，士气因无望而开始衰落。

入夜，朔风裹挟着雪花横落淮水之干，项籍困守帐中饮酒，虞姬陪在一侧劝慰。连日苦战的楚军将士已经极度疲惫，强忍饥饿、寒冷和伤痛勉强歇息了。忽然，风声中传来丝丝缕缕的歌声，引得瑟瑟发抖的哨兵警觉起来，绷住了身体倾听。随即，似有一股暖流注入心底。那是他们所熟悉的楚地歌谣，又有吴地人人所熟悉的那种“郎啊、妹啊”显著起来。不大会儿，歌声移得近了，原来正从自家营里发出微弱的吟和，颤抖的乡音中流泄出伤感的情调，把委婉亲近唱成了悲思别情，逐渐演变为“呜呜”的哭腔。

将领们始而入神倾听，随即省悟，赶忙喝令制止营中的泣唱。然而，四周歌声大起来，压过了风声，冲破渐渐弥漫起的雪雾，向着各处的楚营覆盖而来，听来震天撼地。

军士粗哑的嗓音，渐次把缠绵吴声演绎得十分粗犷，但这对于熟知者却未能失去其固有的情蕴。于是，内在的打动与外在的撞击便一齐袭向方圆数十里内散布的楚军营地，袭向项籍近旁的八千子弟兵，冲荡着开始变得脆弱的灵魂。思乡的情绪在薄薄的一望雪被之下孕育，于营帐里或露天里萌动，将士们暗中流下泪来。绝望中，他们怀念起家乡的父母妻儿，反复回味情人温润的鼻息、称手的杵枷和编织中的网篓。眼前的河湾里幻化出荡漾的小船，漫岸的河水上贴着长长的石桥，水畔是自家的茅屋和晒场……

项籍命军吏掀开帐帘，歌声立即随着风雪点儿扑进帐来。虞姬浑身一惊，项籍连忙把她搂进怀里。

“是吴中的曲调。”虞姬轻声说。

“是的，却为何四周都是这般歌声呢？”项籍深感不解。

项缠、桓楚、虞子期、项庄不约而同地进帐来。他们的关注点不同，项庄发问：“这三更半夜的，汉军发什么癫狂！”

虞子期摇头：“子弟们也在唱！”

桓楚皱着眉：“现今汉军中以关内关外、河水左右的人居多，哪来这么多的楚地口音呢，更哪来这么多士兵会唱吴歌呢？”

项缠道出了大家都不愿说出口的疑问：“莫非汉军已尽占楚地？”

此话一出，不啻一记重锤狠狠砸在项籍心头。他不答话，只紧闭了双眼，努力让自己的心胸平静下来。

过了一会儿，项籍摇摇头，肯定地说：“那是不可能的，明摆着是汉军用诈，是想坏我军心！”

虽然心底里得不到确切答案，几名将领心里还是安定了些。可是，营垒里已经难以平静，基层将士中当夜便出现逃亡的现象。

由于投降者得到汉军的优待，连日里在反水士兵的协助下，汉军进一步开展面对面策反，收效越来越显著。楚军将领们已经无力约束部下，心里反却不断受到感染，不免也私下嘀咕起来。

雪停风收，天气虽见晴朗，但却寒冷得紧。歌声发生了演变，从挟带杀气的粗糙男声中，荡漾起亮丽夹杂着柔和的女声。一名士兵哽咽起来，随即有人大哭。于是，将领们发怒了。

项籍看一眼守在琴旁的虞姬，彼此眼神中传递着超乎语言的力量。他大步出帐，面对眼前的将士似向虚无中摆摆手，彻底地流露了性情中的悲悯。

各营士兵的情绪得到了放任，军心霎时化为散沙，随着溢满歌声的河道流淌。楚军的阵地沦于无形，被切割在江东弟兵之外的高级将领们也不得不谋划自己的退路。仗既然打不成了，去无谓牺牲还划得来吗？

包围圈里的蚕食收获甚丰。汉军尚在各个据点全面瓦解楚军，齐王韩信却已经显得闲暇。日观动静，战场的紧张气氛渐觉消弭，将士们被连连的不战而胜所懈怠，楚地的士兵们甚至与刚刚投诚的、或者即将投诚的老乡拉起了家常。

开战二十天后的又一个黄昏，韩信命灌婴所部的精锐骑兵枕戈待旦，以备不时之需。看看胜利在握，他每每听过战报，便四处巡视，细察战场上的蛛丝马迹。

一日回到寝帐，正就着灯光阅读自己已经写了个开头的兵书，只觉灯芯晃动，一蓬斗笠蓑衣的影子鬼魂般地出现在眼前。

韩信下意识握住案头的剑鞘，却早已见对方拱手行礼。看身形，韩信已经猜出了七分。他松开剑，口里说道："来者若是故人，请除了斗笠说话！"那人伸手摘下斗笠，果然是钟离眛。

一旦得到证实，韩信反而心中吃惊，连忙回礼，问："楚汉交战正紧，将军却为何来到这里？"

钟离眛回答："部下将士逃散将尽，这仗还如何打得。纵使拼上性命，又能何为？"

韩信问："既然如此，将军宜乘夜去奔，为何却到了我营中，岂不自投罗网？"

钟离眛摇头："本已在罗网之中，临阵脱逃岂大丈夫所为。不瞒齐王说，霸王任人唯亲，唯项氏子弟是用。前次逐死亚父，令众将心寒；周殷忠心而降，并非意外。末将与季布亦早已不受看待，心死久矣。我曾屡屡向武信君、项王推举将军，惜乎他叔侄皆不肯听信，乃有今日之败。我横竖为楚国大将，颈上这颗头颅在汉王心目中多少有些分量，故来献到将军帐前，冒昧向阵前借一条小路放生众弟兄，也能在世上留个好名声！"

韩信听了这番话，不由得生出敬意，说："将军曾有恩于我，我今得遂平生所愿，岂可生出负心的念头，自然更不可有负于将军。您既然来了，不妨屈就帐下。来日末将向汉王陛下说个情，这个面子应是能给的！"

钟离眛摇头："我与季布多次在阵上窘迫汉王，几度欲置其于死地，汉王岂能轻饶我等？在下生就生，死就死，何惧之有！唯愿齐王念往日情分，暗中放季将军与本部残兵一马，任其逃去。我即引颈受死，也就无憾啦！"

韩信起身，沉吟许久，面藏难色。钟离眛见状，说："既是齐王为难，那就罢了。我今已在帐下，离去对将军不利，就此把首级留下吧！"说罢，拔剑向脖颈便抹。韩信连忙扯住他的臂膀，压住嗓音说："且慢，就依了将军，就依了……"他无奈地回坐到榻上。

事不宜迟。次日夜间，钟离昧所部残余尽皆悄没声息地遁去。赶早儿，韩信驱兵假意袭营，冲杀一阵，放火烧了营帐，就此了事。季布也随在士兵中逃去了，从此浪迹江湖。钟离昧未曾离去，便改头换面被韩信藏在军中，但等战事了结。汉营中并非全无风声，可刘季又怎奈何得韩信？左思右想，终于假作不知，暗自按下了心头的愤怒。其实韩信心中有数，若能对楚军各部如此“施恩”，则对手便瓦解得更加迅速，这才是大局。

冻馁困守的楚兵连连上演着夜幕下的绝地大逃亡，十万大军在四面楚歌声里作鸟兽散去。喊杀渐止，歌也唱疲了，而楚军唯存的项籍营垒中，也已经没有了隔日存粮，八千子弟兵尚留得八百，正面临最终抉择。

第七十六回

兵覆垓下霸王别姬　戏战东城项籍授首

项籍叫来项缠，开口就说：“此天之亡我，非战之罪也！”项缠连忙劝慰：“只要有侄儿在，天岂能亡楚！”项籍不予理会，只说：“看眼下情形，即使子弟们拼尽全力，你等脱身几无可能。我有一计，望叔父即刻施行。”

项缠感到诧异，问：“贤侄有何妙计？若得江东子弟幸免，季父我万死不辞！”

项籍说：“那就请季父到汉营走一遭。您与子房交厚，又有大恩于汉王，不妨再去和谈一回。罢了，鸿沟以东我不要了，彭城也不要了；淮水，不，江水以西也不要了，只留得江东便罢！其余，都送给汉王罢了！”

项缠迟疑，说：“汉营我自可去，求和亦为本分，大不了一死。可到了这步田地，汉王会给我偌大面子吗？我看不能！”

项籍苦笑道：“我看也难说。”

项缠说：“既然如此，何必多此一举！”

项籍狠狠地摇头，半带命令的口气说：“季父必须去，而且要带庄弟一起去！”转对项庄发令：“你只身随季父前往汉营，你在叔父在，否则，能活着回来也必军法从事！”

项庄拱手，口称：“遵兄长命！”放下手，又补充说：“只要保得兄长和江东子弟，我一条命又算得了什么！”

项籍点头。目送二人出帐，像是想起了什么，起身赶到帐外，叮嘱：“如汉王无意和谈，你二人就不必回来了。”

项缠、项庄大惊，问：“难道陛下非要逼死我叔侄不可？”

项籍对项缠说：“我料汉王必不能加害季父，唯你务必全力保住庄弟，如此，我死亦瞑目啦！”

叔侄二人终于明白了霸王此举的最终含义，不由得泪如泉涌。项籍眼眶潮红，大吼：“快快去来，快快去来！”说罢，拔出宝剑，又吼：“寡人有令，你等怎敢迟疑不前！”

项庄“扑通”跪地，口称“兄长保重！”项缠也躬身长揖，二人满面流泪，出营去了。

果然，刘季不同意讲和，但却强留项缠在军中，以示报恩。而项缠提出的唯一条件，就是留项庄不死。没想到刘季很爽快地答应了，暂委托张良去招呼他俩，待彻底消灭楚军后，再作安置。这“鸿门双剑”的归宿，果能如此奇妙吗？

打发项缠、项庄去了，项籍转即召桓楚、虞子期到帐中。项籍说：“今汉军围我数十匝，然此去淮水不远，寡人定能率子弟渡水退回江东。可是，寡人爱妾却如何能避开汉军轻骑追逐呢？”

桓楚、虞子期面面相觑，说实在的，他俩可没有项籍那么大本领，也缺乏那种信心。于是，项籍对桓楚说：“将军与我叔侄交往至深，今在为难之际，我欲将爱妾暂且托付于你……”没等桓楚表示，又对虞子期说：“有桓楚将军护着，兄只一心照顾好令妹，依我计而行，潜出重围。”

桓楚、虞子期拱手：“请霸王示下！”

项籍说：“今日深夜，我率子弟依照原定路线向南，这便引开了汉军。此地河汊枯苇极多，你二人可扮作渔人模样，保护夫人预先寻一处隐蔽处躲藏。待汉军全力追逐，你等便可寻径遁去……”

虞子期问：“现四周汉军遍布，我等却如何能侥幸偷出？”

项籍笑道：“现围中我各军荡然无存，里层外层尽皆汉兵，再加上设围已久，他自松懈，围中漏出将士百姓岂止万千，何在你等三五人！刘季、韩信、灌婴等只把目光聚集于我，必欲擒获，别处已无甚要紧。故而，一旦寡人突围迅疾南走，仓促间汉军必然不等号令一拥而上围追堵截。等我离去数十里，看似密不透风之处，实则早已如一张破网。即使他睁大眼睛看着你，只要你不慌张，也必然无险。等到脱围，暂先藏匿一时，等汉军撤去，可潜来江东就我！”

项籍话刚说完，桓楚却请道：“似此，有虞将军保护夫人足矣。末将愿借此计引开汉军，掩护陛下突围！”

项籍拱手谢道：“将军的心意寡人领了，我意已决，就依此计而行吧！”正这时，未等士兵通报，便有一人闯进帐中。众人看时，那人蓬头垢面，满身血污，却是项悍。

原来，由于韩信表面卖给钟离昧面子，实则出于有意，下令暗中放松封锁，让楚军各部大量逃亡。项悍、周鄺无力约束部下，也便各自寻找出路。项悍是项氏子弟，不忍独自离去，才拼死寻回项籍军中。他的选择使帐中将吏大感惊异，随即万分感动。鉴于项悍以亲身经历描述，项籍为桓楚等设想的金蝉脱壳之计显然是可行的。

当夜，帐外乌骓长嘶，帐中佳人垂泪偎依。项籍稍寐即醒，就着案上的酒樽饮过数杯，心中思量，此与爱妾一别，不知能否再度相逢。虞姬亦坐起，默默地陪霸王饮酒。寒风拍打着帐壁，乌骓马嘶鸣登跃。项籍心动，叫卫士把骏马牵入帐中，在其面颊上抚摩了许久，随即来与虞姬对饮，默默无语。如此反复，不觉悲从中来，执樽而歌："力拔山兮气盖世，时不利兮骓不逝；骓不逝兮可奈何，虞兮虞兮奈若何？"只反复地唱，愈唱愈加悲切。

帐外，桓楚、虞子期已经装扮妥当，预备了一套民妇的裙衫，一边与项悍彼此嘱托，一面等候着帐中招呼。听到霸王大放悲声，三人不觉眼中含泪。又听帐中虞姬唱和："汉兵已略地，四面楚歌声。大王意气尽，贱妾何聊生？"

三人大惊，连忙进帐。只见虞姬来执住项籍双手，英雄美人双双垂泪，侍卫人等尽皆掩面而泣，直是抬不起头来。项籍发觉三人来了，知道不能耽搁，便避到帐边作临别安顿。虞子期不甚放心，抬眼见灯光中妹妹端起案上酒一饮而尽，弃了酒樽，朝着项王背后深揖。他心中犹疑，正不敢唐突，却看到虞姬突然回身去帐壁拔出项王宝剑，心想"不好"，连忙推过对面的桓楚，已经来不及了。只见剑锋一闪，妹妹已仆身倒向霸王的方向。项籍在虞子期的惊声一呼间，立刻省悟，闪电般回头蹿身，把虞姬接在怀里，鲜血溅满了衣衫，美人已逝。

项籍直是愣住了。虞子期大哭，径直出帐。帐内惊慌起来，项籍轻轻抱住虞姬坐下，对手足无措的桓楚、项悍说："你等先出帐去吧，稍待还须突围。"正这时，帐外喧哗，一名军士俯伏帐前，哭声报告："禀陛下，大，大事不好，虞将军他，他自刎了！"项籍没多余反应，只抬手去抹夫人脸上的泪痕。桓楚朝项悍使个眼色，项悍出帐，分开士兵，只见虞子期仰面躺在地上，宝剑弃于一旁，灵魂已经紧追妹妹去了。

不再有耽搁的时间，八百余哀兵已经都在马上。霸王率骑先行，桓楚、项悍二将殿后。事实上，是桓楚留下了，项悍则紧跟项籍，以便有个应急的调遣。

夜很黑，有风声作掩护，走的便自悄悄起程，值夜的汉兵却缩成一团，被冻得麻木了。

一路疾行，小心绕开敌军宿垒，项籍率八百壮士有惊无险脱出了包围。似此，到天明再不顾一切地狂奔一程，就能到达淮水。

为了迷惑汉军，垓下依然竖立着项籍的大纛，桓楚迟迟没有离开。然而，一件本都在双方谋划中的事情却在不期中发生了。东线项声、项冠与汉军傅宽、陈豨苦战，率残部最终冲破封锁，来与主力会合，追兵随至。平明，围困项籍的韩信主力警觉，开始加入攻击。黥布、彭越及刘季所率周勃、樊哙各部汉军尽皆赶来，一场酝酿之中的总攻，却偶然地被点着了引信。

那边河汉间浴血厮杀，这边营内外守攻激烈，眼见得楚汉之战就要见到最终分晓。然而事发突然，再看阵中局面，韩信总觉蹊跷，便驱马来到项籍营前。面对项籍大纛看有半晌，忽然拿手拍一拍前额，失惊道："项王已去矣！"随即命灌婴率轻骑向淮水追赶，务必取项籍首级！灌婴本以逸待劳，奉命立即率五千精骑出发，沿途不断遭到阻击。由于兵力悬殊，汉骑并没有被过于阻滞，然而赶到淮水边，项籍早已渡水去了。

垓下主战场上，决战在没有项籍而群龙无首的前提下惨烈地进行。汉军主将韩信的心思也早已悬在了淮南的山丘间，在此城与彼城游移徘徊，想象着可能的结局。此战若走脱了项籍，则难说不功亏一篑，未来天下形势又将如何？

渡过淮水，项籍环顾，身边只剩下一百多骑兵了。远眺对岸，尚且没有汉骑的动静，他这才喘上一口气来，心情却倍觉黯淡。大伙儿缓了缓，勉强喝几口冻结了冰凌的河水，不敢停留，继续赶路。

脚下是今安徽滁州境。江淮丘陵地带地势复杂，地表连片而高度有限的凸起，成就了淮河作为中国中东部南北地理气候分界线的地位。

天气阴翳，人马昏昏。疲劳至极的项籍一行在稍微的松懈状态下走啊走，他们在寻向东南的时候，却偏向了西南，无意中到了阴陵，也就是今安徽定远西北地界。项籍百骑正处在韭山一带，转向东南便是当年陈胜部将葛婴曾到达并获罪的东城。东城再东南便是滁州城。丘陵间地形复杂，项籍迷路了。

骑兵看到田间有一农夫，便赶前大声喝问："嘿，往东城怎走？"

农夫朝这边看看，也没得好声气："朝那边！"他在抬起右手的瞬间，却向左肩一甩。于是继续向西南，不久便陷于山泽之中。越走越艰难，终于有人提出疑问。项悍找来几名善于辨别路径的士兵探讨了许久，这才开始调整方向。恰巧阴云稍稍开裂，犹如老天开眼，发出正确的指示。可是，这正确的指示又将把一行败军引向怎样的归途呢？

汉将灌婴率五千骑渡过淮水，漫看远近山岗遮遮掩掩，却难以判断楚军的去向。云开处，有路朝前，于是便大致地朝东城方向追击，希望渺茫。

事有凑巧。项籍、项悍率败骑在韭山里绕了个圈，耽搁半日疲惫不堪地到了东城，还没来得及打盹，汉军先头千余骑便蜂拥而至。灌婴此一喜，不啻饥肠辘辘时恰逢天上掉下个大馅饼。

项悍率军阻击。交战中，汉骑络绎赶到。项籍死战稍脱，而项悍已经被重重围困，环看唯剩一已。战马中箭倒卧，项悍大呼“此天欲灭我项氏也”，仆身撞向戈丛。

项籍奔至高处，看到粗糙的山岩上凹凸地书写着“九头山”字样。数一数，紧随自己的只剩二十八骑，而汉骑数千此时却像潮水般汹涌。他自言自语地问：“我今还能脱身吗？”旁边立即有骑士回应：“项王天下无敌，乃神人，自然可脱身返回江东重整旗鼓，来日寻刘季复仇！”项籍摇头，对众骑说：“我自随同叔叔起兵，至今已经八年啦。算来身经七十多战，所当者破，所击者服，还从来没有打过败仗，这才称霸天下。不想今日窘困于此，这是天要亡我，绝不是我用兵上出了差错！”又说：“我今天必须一决生死，替各位痛痛快快地打一仗。且看我行这三步：溃围，斩将，刈旗，说到做到，好让各位相信，只是上天要我失败，绝非我缺乏作战的能耐！”

汉军已重重围定。项籍于是把二十八骑分成四队，吩咐分别向四面冲杀。他指一指东面，约定在那里会合，合时却要分作三处。分派已定，项籍说：“看我为公等取他一将！”骑士们居高临下纵马冲杀，项籍大声呼喝，驱马飞驰下岗，直如泰山压顶一般。汉军慌忙退避，项籍举戟直取一将，待两马交肩，却取剑在手，瞬时人头落地。项籍纵声大笑。

灌婴看到这一幕，大呼：“汉王有令，凡取得项籍首级者，皆得封侯！”话音既出，人人奋勇向前。郎中骑将杨喜当先赶到，项籍勒马，瞪圆了双眼大喝：“何人敢来送死！”其声若雷震，杨喜被这一吓，座下马受惊狂奔，众骑不知何故，竞相逃散，一直溃退了几里地。杨喜将旗被项籍夺得，就马上将旗杆一撅，扯开两段，撇向一边。

二十八骑无一损失，按约定汇聚三处。慌乱中，汉军竟弄不清项籍扎在哪一堆里面。灌婴便也分兵三处，各自围攻。

项籍看准目标，发起了新的冲击。说时迟那时快，汉军一名骑都尉未及反应，便被刺落马下。二十八骑乘势纵横冲杀，一口气便伤了汉军近百人。楚骑复又聚集在一起，此番折了两骑。项籍扫一眼浑身是血的骑兵们，问：“怎样？”骑士们拱手回答：“正如大王所言！”

于是，项籍率骑全力杀透重围，到达乌江亭。所谓“乌江”，只是今安徽和县东北一条汇入长江的短小河道。乌江亭今为乌江镇，处在苏皖交界处的长江右岸。

彤云四合，看似又要下雪了，抑或是下雨。项籍举目远望，唯见水天茫茫。急切间，却见芦苇中撑出一条渡船，瞬时近来。待稳住了船，船家把头上斗笠推到背后，拱手拜道：“来者莫非霸王？小人乌江亭长在此等候，只愿能渡得陛下回归江东！”

众骑大喜。项籍带马上前，问：“此为何处？”亭长回答：“此渡名曰黄津口。”

项籍便道：“亭长好意，寡人心领了！”亭长听话音不对，便劝道：“江东地面虽不宽绰，但方圆也有千里，百姓好几十万人，足可以坐地为王啦！只望陛下赶紧渡过江水，现在唯独小人有船可渡！”

项籍思忖片刻，苦笑道：“天要亡我，我还渡江做什么呀！再说，项羽与江东子弟八千人跨江西征，而今几乎无人还归，纵使江东父老怜爱我，照旧奉我为王，可我又有什么脸面去见他们呀！他们可以装着什么事也没发生，什么话也不说，难道项羽就能心安理得，就独独不懂得羞愧吗？”

骑士们相与苦劝，项籍就是不从。耳听得汉军追兵已近，一骑上前拱手道：“量此船满载十人足矣。我等愿就此别过陛下，另寻渡江之途。请项王放心去吧！”于是，其余人皆下马，跪倒在岸边齐声催促：“恳请陛下登船！”

项籍摇头，也自下了马，到船边对亭长说：“我看出你是忠厚人。这宝马乌骓已经随我五年了，天下无敌，也曾日行千里，实在不忍心杀掉它，就赏赐给你吧！”说过了，转身令骑士们各自把坐骑驱赶入水，任其自渡，听天由命。亭长看看无法，只得牵了乌骓上船，撑船离岸，竹篙顺到船边，换了架在船尾的长棹，俯仰着摇向江心。

汉骑赶到，意外地看到霸王数人立于江边未去。项籍只剩得短兵步战，尽管如此，并没有一人一马敢于贸然上前。项籍此刻别无牵挂，率先挥剑杀入骑阵。双方鏖战，项籍已成一头魔王，逢者必死，几百汉军就丧命在他一人的剑下，项籍身上也添了十多处创伤。

至晚，面对数千汉军只剩下项籍一人。正自麻木地砍杀，觉得背后有动静，回头看时，却止住了手中剑，喝问：“来者是我的老朋友吗？”前来偷袭的正是汉军骑司马吕马童。吕马童见问，便背过脸去，对紧随而来的郎中骑将王翳示意：“这就是项王了！”王翳看时，眼前就是一头血肉模糊的怪物。

项籍厉声大笑。笑罢对吕马童吼道：“我听说汉王悬赏千金购买我这颗脑袋，外加万户封地。值，我就把这点恩惠赐给你吧！”话音刚落，剑起处，身躯仰面倒地。吕马童一惊，差点儿掉下马来。

王翳看到了机会，扑身下马，抢先割下了项籍的头颅。于是，将士蜂拥而上，相互踩践，剑戟相向，展开了一场亡命的争夺战。等灌婴飞马赶来喝制，已经有几十人在自相残杀中丧生。而此时来到他马前报功的，有王翳，怀里抱着项籍的首级；杨喜、吕马童、吕胜、杨武，各自捧着一部分肢体。灌婴命令把零碎的肉体拼装在一起，果然凑出一副完整的尸身，于是吩咐给五人各各记下功劳。据记载，或为传闻，吕马童不但与项氏是老乡，早年还曾有恩于项籍。

下雨了，冰冻的雨水落在幽黑的江面上。乌骓长嘶蹬踏，亭长早已停了棹，只把船稳住在江心，朝着来处的战场茫然张望，不时倾听。

雨转雪，白茫茫覆盖了楚汉最后的战场。

垓下，桓楚、项声、项冠所部在数十倍于己的汉军围剿下，陷入灭顶。桓楚最后的作战位置、抑或遁避位置，在垓下核心战场东北约四十里的地方。他命令士兵把虞姬的遗体埋葬在那里，然后横剑自刎。项声、项冠则死在了乱军之中。此战，汉军共斩获包括项籍、项声、项冠、项悍各部八万首级，战争总是超乎想象地残酷。

虞姬墓因那段绝世悲壮凄美的殉情故事而在后来的岁月中得到看顾，并演绎出“姬葬处，生草能舞，人呼为虞美人草”的美丽传说。

战场上已经基本平静下来。茫茫雪地中，有一人踉跄而行。士兵们发现了，便欲追赶。这时，有一骑抢先出营，张弓搭箭，射个正着。骑士驱马上前，绕着中箭的逃亡者转过一圈，下马凑近了说：“我乃昔日章帅帐下谭雄将军的亲卫，可记得尔等新安所为！”

逃亡者奄奄一息，突然跃起搏斗。骑士伸手拔出嵌在对方身上的箭，转向其咽喉猛刺下去。这时，营前有人大呼：“快快住手，快快——”项缠赶到，为时已晚。他扑倒在地，口呼“项庄贤侄”，放声号哭。张良闻讯前来，劝慰了许久，总是难以平息。昔日项它惹的祸，今天却寻报到了项庄头上，可命运不就逮着谁就谁嘛！

第七十七回

猫冬雪骑士叹中土　祚泛水刘季开新朝

垓下决战以楚军覆灭、霸王授首而告终结，项氏之西楚从此谢幕，轰轰烈烈地退出历史舞台。汉王刘季要奖赏斩得项籍的五将，但这是个难题。陈平说：“这有何难，一分为五、合五为一而已！”刘季笑道：“爱卿之精明，为当世所不及也！”于是，把万户一剖为五,五人皆封为列侯：吕马童为中水侯，王翳为杜衍侯，杨喜为赤泉侯，杨武为吴防侯，吕胜为涅阳侯。

垓下之战，诸将中灌婴当属首功。随后，他率骑乘胜渡江，在吴县城下打败并俘获吴郡长，连续平定吴、豫章、会稽三郡，回军又扫荡淮北五十二座县城。刘季给他增加食邑二千五百户。

周勃就地征讨，夺取了泗水、东海两郡境内未曾降服的城池，总计二十二县，回军先后镇守洛阳、栎阳。刘季赐他与灌婴分食钟离。郦商、樊哙则向北收复刘季的老据点，在攻取胡陵后，樊哙纵兵屠城。这时，曹参、傅宽也已经全面收服了齐国七十多个县。然而，“楚地悉定，独鲁不下”。

夏侯婴为汉王驾车，过下邑赶往鲁县。攻城准备已经做好，刘季到城下巡视，但见城头旗戈相映，却隐约中听到弦歌吟诵之声，甚感诧异。张良在侧，提示说：“其为守礼义之国，为主死节，乃夫子遗风也！”刘季以手加额，恍然省悟。显然，这是一片被孔子根深蒂固地“传统”了的净土。

于是，刘季命军吏捧着项籍的首级，来到城下展示，声言不肯在礼仪之邦喋血。这软硬两手使用恰当，鲁县举城降服。刘季传旨缝合项籍尸身，根据义帝原封，用“鲁公”的称号及所应享受的礼仪规格，把项籍埋葬在谷城，依山建陵。刘季亲为发丧，哭悼这位曾经并肩作战的结拜弟弟，当场宣布对项氏远近亲属皆不加诛灭，同时宣布封项氏四人为列侯，赐姓刘。项缠封射阳侯，项襄封桃侯，被俘获释的项它封平皋侯，还有一名玄武侯名字失了记载。封地上曾被西楚掳掠的百姓，其实就是战乱中流失的人口，归置归置，仍旧属他们管理。

尽管已经安顿好项籍，刘季告别葬礼时，依然哽咽不止，难以起立，被夏侯婴等扶持登车，缓缓离去。此时此刻，他的心情实在是太复杂了。

纵跨五年、实际四年有余的楚汉战争垂下大幕。

楚汉战争是历史上首位成长中的顶级贫民政治家与一介没落的贵族式顶级武夫的

较量，汉兴楚亡在情理之中。

刘季在悲喜交织中抹着眼泪离开谷城，首站到了定陶。齐王韩信怀揣垓下完胜的喜悦，正在这里歇息待命，却不知道汉王来到。夏侯婴驾车直入韩信营中，刘季下车，三步并作两步抢入中军大帐，从案上把统军印绶搂入怀中。韩信始而一惊，继而省悟，便即离案行礼。仗打完了，这东西留在身边是祸不是福，陛下给的，自拿去就是！

正月初春，刘季改立齐王韩信为楚王，统辖淮河以北地域，都城设在下邳；理由是义帝没有后代，而韩信最熟悉楚地风俗。事实，刘季是拿一片不太敏感的土地置换了十分要害的齐地，然后把那里分置为平原、千乘、东莱、齐四郡，曹参也顺理成章地向汉王归还了齐相国印绶。

魏相国建成侯彭越就封梁王，统辖魏梁故地，都城设在定陶。步黥布后尘，一介匪盗终于修成了正果。至于淮南王黥布、韩王韩信，则各归本位。韩王的都城设在阳翟；黥布的都城依然设在六县，管辖的地盘包括九江、庐江、衡山、豫章四郡，封国的范围远远超过楚封九江王所属地域。燕王臧荼、赵王张耳依然如故。随即，汉王添加兹氏为夏侯婴的食邑。

我们似乎看到了项籍分封的翻版，但这绝不是倒退。体制如果不承认历史过渡、不循序渐进，就有可能遭致颠覆。

天下已定。诸侯王纷纷上书，要求尊奉汉王为皇帝，但刘季翻看了奏章，只管摇头："皇帝的尊号我是不敢当的！"

王陵、樊哙等纷纷奏劝，刘季干脆拂袖而去。众臣来请教张良，张良笑而不答。

众臣苦劝，汉王只是不允。于是陈平奏道："陛下崛起于田垄，奋力诛灭暴逆，平定四海，凡有功者，就划分土地封他们为王侯。陛下不即皇帝位，大伙儿心中便要产生疑惑。臣等就是死，也要坚持这个道理！"刘季不再驳斥，却转言："如今天下已定，还是多想想百姓的事情吧！"

一种由萧何、张良等主导的统治思维开始得到贯彻。汉王刘季下令："八年啦，军队没能得到休整，广大百姓真是苦不堪言哪。现在实施大赦，天下罪犯除了判处死刑的以外，全部开释。"当然，这只是正式登位施政的前奏。

经过三辞三让，刘季终于改口了，说："众爱卿既然认为只有寡人当了皇帝，为王侯者才能放心，那我就给大家留个方便吧！"

"三让"只是一种套路，刘季内心其实当仁不让。

冬眠中的单于庭大雪遍野，从水草地一直白向山顶，白得异常耀眼，雪后的天气更加严寒。同样作为战争全局的胜利者，冒顿与臣僚们围坐在偏帐的火盆边，一边喝酒，一边关心楚汉战事。火盆放置在毡帐当中，用两条绳索牵拉帐顶的一块毡盖，移开一道缝隙，可以从那里泄出烟燥去；而在暖热季节，那里则时时大敞着，以便通风透气和照进更多的光线来。

单于帐里的木炭火是预先在山中烧好的，现成拿来用，红红的没有多少焰头，却正与酒劲、激情一起充分散发着美妙的光和热。所有的人都深深地为项籍的英雄气概所感染，被虞姬的绝世悲情所打动，甚至于对取得胜利的刘季、韩信等等不以为然；至于吕马童之流，更觉得不屑一顾。

“力拔山兮气盖世，时不利兮骓不逝；骓不逝兮可奈何，虞兮虞兮奈若何？”冒顿即兴挪过匈奴民歌中的曲调，直接用匈奴语翻译了歌词反复吟唱，末了还拿生硬的原词唱。他对项籍与虞姬的命运产生了由衷的同情，不免扼腕叹息，叹之又叹，越来越产生了惺惺相惜的感觉。

“霸王为何不肯渡江呢？”左谷蠡王都矢对项籍的选择十分不解。

“是啊，那样他就能活下来。活下来比啥都重要呀！”众人附和。

“英雄活着可以再找好马，好马活着可不一定再能遇到英雄。只可惜了那乌骓马啦！”左骨都侯勒俟祜插科打诨偏离关注点。没人理会他。

“活下来就能再找汉王争个输赢，还不定谁打得过谁呢！”说话的是卫队长屈烈支。

“楚霸王他那么厉害，怎就能输给刘季了呢？”有人感叹。

“他死心眼儿，得跟咱大匈奴学着点！”左大都尉戕鹰不屑地说。

冒顿叹口气：“咱弄不懂中原人。霸王既然不肯再活下去，就有他不肯活的道理！”

可这道理是什么呢？没人能解释得了。冒顿想，如果聂行在场，这可能就不是问题了。每逢遇到与中原相关的各种问题，冒顿总觉得身边缺少一名高参，可聂行就是不肯接受邀请。

蛮芑正在后面的内帐中照看太子稽粥，隐隐听到了唱歌的声音，便嘱咐奶妈好生照看孩子，瞅一眼在帐外玩耍的猎骄靡，不免也叮咛两句，然后到偏帐来凑热闹。冒顿与阏氏唱和，十分尽兴，直把中原之叹抛在了脑后。

歌声方歇，左大将戎渠夕开口了：“请问撑犁孤涂单于，楚与汉算起来才打了四年多，这比我们想象的要快。眼见得中原大局就这么回事了，我大匈奴应该采取怎样的对策呢？”冒顿笑道：“我冒顿可不是楚霸王，拿中原的话来说，号称天子。可中原现在还没有天子呢！”众人大笑，七嘴八舌说酒话：“那么，撑犁孤涂也就是中原的天子啦！”冒顿点头：“这有何不可呢？”

大河上下，长城内外，古今多少英雄指点江山。历史就是这样，到底是一波未平一波又起。

汉王五年二月，刘季在“泛水之阳”举行了隆重而规模不算盛大的登基仪式，成为了大汉开国皇帝。帝制自秦始皇始，从此也就有了传承。中国的封建制虽不可能像始皇帝嬴政想象的那样以家族血统传之万世乃至永远，但其开创的大一统体系延续时间之久，国势之旺盛，生命力之强大，也足可令全世界望尘莫及了。

泛水，或作“氾水”，其字义同“大水漫流之处”。泛水是济水的并行河，在今山东定陶境出于济水，复入于济水，正合“泛爱弘大而润下”之意。古定陶或跨济水南、北岸，故刘季便是在定陶称帝的。

萧何亲自带领官吏、士兵，面水夯筑起一座宽大的土台，正面留着九重台阶。高台四周布置了许多旗帜，台上台下安排了仪仗，台中心安置了皇帝宝座。

经过预先的操练，郎中们、士兵们军容都算得整齐；文官预先也稍加排演，尚可对付。唯独许多从九死一生中活脱出来的草莽将军们兴高采烈，没有了规矩。曹参出面，费了偌大的劲，才整治了个差不多，凑合着叩拜，随大溜山呼“万岁”，然后胡吃海喝，尽兴归营。

洛阳是传统都城，战争中没遭到损伤；特别针对楚汉战后的形势，其地理位置显得格外重要，刘季便决定以洛阳为都城，其中也包含不愿步亡秦后尘的心结。

“洛”恢复为“雒”。汉属火德，忌水，所以要去掉“水”字边；“隹”，其中包含了“土”，土能克水。从此，“洛阳”便又写作了“雒阳”，到三国魏，才又写成“洛”。洛阳本为周成王时周公营建的成周城，周敬王避王子朝之乱，把都城迁移到这里，战国时就曾改称“雒阳”。

后来的汉代史官回过头来，把纪年从项籍始封“汉王”起算，一并升格为“高帝”或“高祖”某年，纪年连同一个“汉”字，都无奈地沿袭了霸王赐号。对这个“汉”字，刘季其实是带着功成业就的满意，在其深深的心理暗示之中，根本就不可能放弃。

名分已定，刘季计上心来，私下召见萧何、张良，说：“朕今贵为天子，可这个……大号上这个‘季’字实有不妥，还是正式了好！”张良想了想，建议：“那就用‘邦’字！”刘季看萧何，萧何赞成说：“大曰邦，小曰国，‘邦’古来就是天子直属的地域，如今天下为刘姓之邦，取‘邦’字极好！”于是刘季确认：“朕从今往后就叫‘刘邦’了！”

“刘邦”的名字一旦宣布，汉朝上下就不再说“邦”了。为避皇帝讳，凡该用“邦”处，皆拿“国”代替，邦、国从此也就无所区分了。

汉的立朝，其意义虽未被历史作过多的考量，然影响绝不亚于始皇帝建立大一统。仅举一例：由于汉朝建立六十年后达到了世界范围内的超级强盛，以至使源于秦岭南坡当时为偏僻之地的“汉中”之“汉”，逐渐演变为地球上人口最多民族的称谓。

刘邦连颁诏书：以长沙、豫章、象郡、桂林、南海之地，授封吴芮为长沙王，都临湘。这个封地的范围与离秦割据的赵佗势力实际控制区有所重叠，显见割据政权为非法。早先那个“番君”，则由其部将梅鋗继承了。

恢复粤王无诸封号，都冶县，统辖闽中之地。驺摇赐号闽君。无诸与粤东海王摇，都是越王勾践的后裔，姓驺。秦朝废除分封，在其地设闽中郡，曾理所当然地取缔了他们的封号。

可以看出，对于南方，新兴的汉朝一时鞭长莫及。有说陈婴归汉后，平定了豫章、浙江，自立为王，但终究还是归汉封侯。

诸将中，灌婴可谓立下了超级战功，刘邦追加赏赐三千户；樊哙增加食邑八百户。

刘邦起驾抵达雒阳，家眷也从栎阳迁来。王后吕雉升格为“皇后”，王太子刘盈成为皇太子，先母刘媪被追尊为昭灵夫人。据说当初刘邦起兵时，其母亲已经死在了小黄城，地点在陈留东北三十三里。曹、戚、薄等夫人也都安顿好了。

刘邦兴致高昂，下令戚夫人表演楚地舞蹈，自己引吭高歌。靳歙来报，共尉解到，在殿外候旨。刘邦顺口应道：“留他何用，就押到市上斩首示众吧！”

靳歙撤离垓下战场后，奉命携卢绾、刘贾驱兵西南，威慑南郡。临江国柱国、大司马以下八人归顺，但临江王共尉抗拒不降。刘贾所部都尉戴野与曾为强盗头儿的临江将领黄极中里应外合攻克江陵，共尉被俘，临江平定。共尉是楚封江陵王共敖的儿子，汉王三年共敖死去，王位由共尉擅自承袭。处理了共尉，刘邦下旨恢复南郡。

到了五月，战后遣散工作基本结束。大量士兵终于与家人团聚，回归田里，重新承担起发展经济的重担。对于统治阶层，诸侯子女留在关中的，由国库供给生活用度十二年；归国者只供给六年，其中口粮只承担一年。这可能是最早的战后供给制，目的是保障关中稳定。这一政策，后来延伸到普通官兵，当初跟随入关而愿意留在当地的，则免徭役十二年；而东归的，则只免六年。

战争之中，人口流失，户口是天下一等一的大事。皇帝颁布诏书：以前，老百姓中有不少人聚集山泽，没有登记在户籍中。现在天下已定，让他们各归其县，恢复曾有的地位和田宅。官吏要依据法律告示教育训导，解释政策；不许用鞭刑侮辱军中的吏卒。凡爵位达到七大夫以上者，含七大夫，统统让他们享受封地税收；七大夫以下的人员，都免除其自身及所在家庭的赋税徭役。诸事布置妥当，由萧何负责领导执行。

刘邦在雒阳南宫举办酒宴，抚慰劳苦功高的臣僚。酒喝到兴头上了，刘邦出了个题目："朕之所以得天下，项氏之所以失天下，原因在哪里呢？

将军都武侯高起回答："陛下派大将攻城掠地，取得土地后能与天下人共享利益，项羽却做不到……"将军信平侯王陵也借着酒劲，抢过话头说："对，都武侯说得对。项籍哪能与陛下相提并论。他那人猜忌贤能，妒害有功，这就是他失去天下的原因！"出人意料的是，王陵肯于说恭维话了。

刘邦摇头说："诸位只知其一，不知其二。所谓其二，就是用人。不妨拿朕来做个对照，运筹帷幄之中，决胜千里之外，我不如子房；坐镇后方，安抚百姓，供给粮饷，保持粮道畅通，我不如萧何；指挥百万大军，战必胜，攻必克，我不如韩信。这三位都是最杰出的人才，我能够正确任用他们，这就是取得天下的根本道理啊。可是，项羽仅仅拥有一个范增，还不肯信任，这就是他被我擒获的主要原因了！"

众臣听了，禁不住大声叫"好"，心悦诚服。有刘邦的评价作为依据，自此张良、萧何、韩信被并称为"初汉三杰"。这时，刘邦一眼瞟见侍奉在侧的谒者随何，就招呼他凑近来，大声揶揄："为天下安用腐儒哉！"他是兴奋过度了。

不料随何很不服气，当即躬身辩驳："陛下难道忘了九江王一节了吗？假使当初您亲自带上五万步卒，再加五千骑兵，能攻取淮南之地吗？"刘邦有些尴尬，飘悠悠地摇头，舌头不甚灵便："不，不能够的！"随何笑道："陛下可记得，您当时只给了我二十个人哪！"刘邦无以对答，便打起哈哈："看看，你却如此认真，没看出朕是跟你开玩笑呢，正是要赏赐你呢！"于是正色道："随何听旨，现委任你为护军中尉！"

汉朝立国之初，面临稳定政权、恢复国力民生和应对匈奴等三大任务。中原近五百五十年来，历经春秋无义战到结束七国争雄，方得统一，随即又陷于倒秦起义和楚汉内战。秦朝十五年未曾丝毫体恤民力，历史对这一切将如何作出补偿？在艰难之中，汉廷又将如何击退业已侵入北假、深入河南地，并沿长城内向东渗透的匈奴？一系列的重大课题，直接考验着刘邦统治集团的政治智慧。

第七十八回

追秦踪单于登鸡岭 报漂母楚王返淮阴

称霸北方草原的匈奴帝国，号称拥有“控弦之士”三十余万，对汉朝北方的侵扰渗透日益加剧。就在楚汉巅峰决战的日子里，右屠耆王所部已经在上郡郡治肤施游弋；西边更是深入北地郡境六盘山南，一度占领位于今宁夏固原东南的朝那。从那里沿泾水向东南，离咸阳直线距离也只五六百里路。而在九原以东，云中、雁门、代郡境内，也都陆续出现了匈奴左部骑兵的身影，甚至集结大股放肆地攻城略地。

驻扎河南地的匈奴后义庐侯难氏，特意给单于冒顿讲了一段秦皇往事。那是公元前 220 年出巡陇西、北地，始皇帝登临鸡头山，向当时还游弋在河套草原上的匈奴宣示皇帝的无比威力。鸡头山为六盘山第二高峰，山势险峻，岭脊高耸。泾水便从鸡头山发源，东南流向帝都咸阳，传说黄帝曾到过这里。

这件事勾起了冒顿的好奇和挑衅心理，便欲效仿其道而行。他正好也想带着蛮芑以及藏于情感深处的荼扶，模仿始皇帝南巡，了却缠绕心头的另一夙愿。

行程还在筹划中，这天，冒顿与蛮芑相约去山前玩耍。进到浅谷中，却看到有几个牧羊人面对石壁忙活，便凑上前观看。原来，他们正在刻画一些道道。仔细琢磨，线条虽然简单粗糙，却也能分辨出有牴羊、骑马的动态，更有一个小伙儿放肆地描刻牲畜交配。

冒顿问：“你们这是做啥呢？胡整呢？”那几个便住了手，七嘴八舌回答：“算是吧！”“也算是练手！”“等搞熟了，那就不一样啦！”

蛮芑到底是女人，心底里更有一层细腻。她发觉了话里透露的信息，便问：“这附近可有那‘熟’的？”年轻牧人被他的问法逗笑了，便指指：“山坡那边就有，好大一片呢！”蛮芑说：“可否带我们去见识一下？”回答：“那好说！”

于是，小伙儿们踊跃上马带路，来到一座高崖前。“到啦，你们自个儿看去吧！”冒顿与蛮芑并辔涉过一道涧，果然发现前面大片的崖壁被削磨平整了。双双下马向前，看到崖壁上东一幅西一幅，布满了刻画的痕迹，看上去虽显粗糙拙朴，但确实比那几个年轻牧人刻得生动逼真。挨个地辨认，有虎、鹿、鹰、犬，还有狩猎、牧马、放羊的场面，凡草原上的生计，几乎无所不包。

冒顿看得粗心，回头见蛮芑落远了，便放开嗓门唤她。蛮芑很是着迷，只口里应着，脚下却不向前。于是，冒顿返身来硬拽，终于服从了。来看时，却是一男一女在月亮下交媾。冒顿得意地看蛮芑，蛮芑的脸颊上腾起一片云霞，低下头去。稍停，蛮芑也来扯冒顿，冒顿便也随了去。按照蛮芑的指点，他分辨出了，这是月亮，这是星星，下面有巫师以羊作牺牲，向着天空祭祀。冒顿心里惊叹，倏忽产生了一个奇特的念头，正想说，又忍住没说，只记挂在心里。他们当然不知道，那幅阴山岩画，真实地记载了距今四千年前发生的一次月食，离冒顿的时代也有两千多年了。

正是借助了对岩画的某种想象与寄托，冒顿雄心勃发，迫不及待地携蛮芑起程，最终目标为鸡头山。他分派左骨都侯勒俟祜，要他先期会同难氏打前站，重要的是探听附近汉军虚实，以保证自己和阏氏的安全。毕竟这是一次冒险之旅，可以说是极其冒险。难氏得到指令，也不等勒俟祜到来，便抢前开拔，边走边等吧。

黄土高原，这是一片南北生态族群和大小游牧部落在几千年里反复角逐的土地。难氏本就是一名好事者，心里想慢些，可马蹄却等不得，看看也没遇到足以形成威胁的驻防，便只管踏着山塬往前赶。

一路沿故秦西北长城，也就是昭襄王时所筑长城向西南侦察，已经快到六盘山了。再往前走走，越过故秦长城，便到朝那；再往前，是乌氏，乌氏西边就可以望见鸡头山了。离目的地已经没多远，难氏停下来等待，并派骑去朝那联络。毕竟已经到达军事敏感地带，毕竟汉将郦商早就占据过乌氏，毕竟这里东距北地郡治义渠的直线距离也就二百多里，还是要分外谨慎才好。

闲待着没啥意思，于是便在那些有水流的沟谷中闲逛寻猎。第三日阳光照进山谷的时刻，发生了奇遇。他们邂逅了一支奇异的商队。

商队缓缓前来。难氏看来了新鲜，也是为了有所防范，便先下手为强，呼哨一声，猎鹰从臂上起飞，骑士们踏踏地散开队形围了上去。难氏向前仔细观察，只见商人们穿长衣，身上且毛皮且丝绸，系着用玉石和丝绸做成的腰带，通体华丽耀眼。还有一种五颜六色的衣物，不甚鲜亮，看不出来是什么材料做的，反正既不是毛皮，也不像丝绸、麻布。商人们留着各式各样的胡须，或精致或粗犷。

猎鹰在附近的山头盘旋，似乎在搜寻那里的猎物，这并没能引起多少人的注意。转瞬，商人队里冲出四匹装饰豪华的高头大马来，上面乘坐的武士个个蓄着更加讲究的漂亮胡须，身高强悍，穿着也是十分华贵，手里的弯刀看上去要比通常的长出一截。

难氏心里正自狐疑，只见四马分开两边，中间驰出一匹体形高大的骐骝，径自向自己迎了上来。马头相接，难氏方得呵斥，却被噎住了似的没喝出声来，只觉得自家的目光被摄了去。

马上是一名女孩儿，土红色的斗篷在风中掀起，露出半遮半掩的肌肤来，难氏一时想不出怎样来形容她那美貌。一头高大的牧羊犬冷不防蹿出来，在女孩儿马蹄前兜过一圈，朝对面立定了。

难氏被吓了一跳，忽然听到那女孩儿口里竟然说出匈奴话来，又是一惊，便做一个手势，稳住左右的匈奴骑兵。匈奴人认人先认话，女孩儿美貌惊人，再听见清亮悦耳的匈奴贵姓口音，哪还动得武力？她言语中明摆着冷冰冰地挑衅，但声音却水一般地滑过耳边，根本听不见说什么，只觉得诱人。

难氏手下的眼里已经没有了那伙商人和货物，只朝女孩儿围拢。而商队的四名武士却不紧不慢地看定在后面，足足离开五个马身的距离。

难氏抓紧了点滴时间饱眼福。细细打量：披风内黑色簪花的紧身衣，只勉强遮住了高耸的乳峰，短摆下直亮着大腿，长靴一直套到膝盖，从头到脚露出许多洁白滋润的肌肤。再看，飘飘长发上系一道三指宽的抹额，耳坠垂肩，项饰绕颈，胸前挂佩烦琐闪耀，左边还套着一枚臂环。看清楚了，但凡遮挡处，都细致地缀着各色珠宝，连肚脐上也缀了一颗黑色的宝石。看晕了。

“中原人？不像！”

对方摇头。

“月氏人？或许！”

对方还是摇头。

“可也完全不像乌孙人呀！更不可能是匈奴人，难道是塞人？”难氏自言自语。

女孩儿笑了，她的笑意竟十分天真。可难氏却从简单的对答中感到，这个女孩知道有月氏人、乌孙人、塞人。塞人长啥样，难氏也没见过，但她无疑来自西域。难氏忽然感到对方似曾相识，但反复回忆，的确不可能见过。那么，为何总存在一点点感觉呢？他不自觉摇头，难道是在梦中？

“你这人咋怪怪的呢？老那么摇头晃脑的！”说着，女孩还模仿了一下。

难氏放松地笑了，问：“小姑娘从哪里来，要到哪里去？”

“我从那边来，”女孩回答，指指左边，“到那边去找我姐姐。”又指指前边。这时，那四匹马靠上前来，其中一人毫无表情地说：“你有完没完？没事就闪开，我家小主人还要赶路呢！”

难氏正待发怒，转念想，这伙人不像平常商旅，既然是到匈奴，抑或楼烦那边找姐姐，还是先不惹她的好。他的脑子里闪过一个念头：“或许日后奇货可居呢！”于是，赶忙赔个笑脸：“有事。我可以帮助你们啊，帮这姑娘找到她的姐姐！”

一听说能帮她找到姐姐，那女孩显然乐了。于是难氏说：“我给你派一名向导，一可以领路；二只要有他在，可保沿途无人敢于打扰。”这敢情好，女孩便痛痛快快地答应了。

难氏便对紧随身后的一名心腹随从说：“你去吧，她说要往哪里找，你就往哪里带路；路上要敢出一点差错，那就别活着回来见我！”话当头对面说，也没有挤鼻子弄眼。萍水相逢，又满怀好意，对方却之不恭，也便应了。

难氏目送那豪华的一行人转过山去，还死死地盯了许久。他后悔没再多缠磨一会儿，多看那看不够的尤物几眼；可更多的是回味，是得意。他敢肯定，既然自己有一种直觉，那便后会有期。

猎鹰飞回来了，无声地落在难氏肩头。脚下太窄，它不得不轻轻张开翅膀，以保持身体的平衡。

勒俟祜赶来了，派去朝那的使者也返回来了。据报告，乌氏那边的中原驻军不多，或许汉朝还没来得及增派。就目下看，多半你不去惹他，他也就不来惹你。勒俟祜说：“想他也不敢轻易出动！”

于是，两人商议沿途警戒。也不去惊扰朝那守军，只绕道去鸡头山就是了。

一切布置妥当，不两日，冒顿单于带着蛮芭阏氏到了，这回他们分别骑了黄耳、枣骝。果然顺利越过故秦长城，到达鸡头山。

一早，单于拜过太阳，便沿着岩石中曲折盘旋的路径登上山顶。北边的群山那边，是当年始皇帝傲视的地方，现在也算是回到了匈奴的掌握中；而身旁的某一道沟，就可能是泾水的源头。沟里的水一直流向秦朝的都城咸阳，在那里与渭水汇合。渭水流过的是一条非常宽阔的谷地，那里有许多农田，有繁华的城池，非常神秘。那个已经死去的始皇帝在咸阳修建了许多宫殿，还不可思议地筑起高大如山丘的陵墓。据说河水从渭水下游那边又拐了一个大弯，流出山外，直奔大海。水边大规模的战斗刚刚结束了，他想象，打了那么多年仗，中原还能打吗？刚刚听说那个刘……刘邦登基当了皇帝，莫非又是一个始皇帝……不，第二个，哦，第三个，就不能叫“始”啦，或者叫“三世”？河水也真是奇妙，从这边，到那边，再到那边，转那么大一个圈圈。他兴奋起来，胸腔里“咚咚咚”地跳起来。是的，我要试一试，看看那杀了楚霸王项羽的刘邦到底有多大能耐，可能与我面对面比试比试？！

冒顿直一直身子，转向东迎着太阳，挺起胸膛。然而只见眼底一片迷茫，为何却找不到传说中始皇帝的感觉呢？于是他示意牵过马来，跃身上马，试了许久，还是得不到那种俯视天下的感受。自己熟悉的感觉倒是有，而且充分得很，就和立马阴山山口的那一瞬间差不离。

蛮芑呢，看单于那么折腾着，有点怪怪的，便跑开去自寻乐趣。直过了许久，到用餐的时候了，冒顿才发现阏氏不见了，便派人去找她回来。

喝着奶茶，吃着干粮，冒顿问：“高兴吗？”蛮芑回答：“当然高兴！”冒顿向西北方向指指说：“那边便是河西了！”蛮芑回答：“我知道，这边我来过，只是没到过这座山上！”冒顿很是吃惊，问：“你的家到底在哪里呀？”蛮芑调皮地眨眨眼，回答：“早就说过的，就不告诉你！”冒顿无奈，转头对勒俟祜多余吩咐：“抓紧吃过了，咱们下山去！”勒俟祜赶忙答应：“是，赶快下山！”他心里说，这地方也过于危险了，万一乌氏守军察觉来袭，麻烦就大了！忽然想起，大阏氏家好像在西域……西域什么国？自己却为何有那么一丝印象呢？一时想不清楚。再说阏氏就在当场，便没法知会大单于。一旁的难氏拿手抚弄着猎鹰的翅膀，内心却在琢磨阏氏刚才那表情，觉得怎么越发有一种感觉！是什么感觉呢？说不上来，反而弄得脑袋发懵，心里惶惶的，便努力摆脱，终于不再去想了。

果然，游骑来报，说义渠已经增加了不少兵马；乌氏也有动静，怕是汉军真的有所察觉了。冒顿判断说：“这不可能。义渠增兵是因为我匈奴轻骑离关中近了，增兵的岂止义渠！”勒俟祜口中附和：“是呀，是倒是。乌氏的动静与增兵没多大关系，只是汉兵可能要加强巡逻了！”

不多久，又有报告：“乌氏有兵马出动，朝这边来了。”勒俟祜问：“来了多少？”回答：“没多少，可能真是巡逻的。”问：“离有多远？”拿手指地上的影子：“太阳跑到这儿时就能到。”勒俟祜琢磨了一阵，于是催促：“大单于，我们还是赶紧撤离吧！”冒顿看他很是紧张，便调侃地问蛮芑：“咱这就动身？”蛮芑回答：“随你便，爱动不动！”冒顿哈哈大笑。

战争结束，喊杀声仿佛迅速远去了。

楚王韩信从雒阳来到自己的都城下邳，开始整治宫室，管理地方。他心里牵挂着一件事，决定抽空回趟家乡，好在路没多远。

这天将近中午时分抵达淮阴，在馆舍中住下。韩信顾不得用餐，便紧忙从头到脚整理一番，裹了头帕作当年书生打扮，背负宝剑，命随从挑了食盒，径直赶往淮水边曾经钓鱼的地方。

他听到了十分熟悉的棒槌“嘭嘭”捶打声，回声在水面跌宕。拿眼搜寻，一条水凳向河面伸出，有妇人正在那里洗衣服。

韩信赶上前去，看见妇人体态已不似当年，挥舞的棒槌也显得沉重了许多。他心里一热，两行泪水便哗哗流淌下来，三步并作两步蹚入水中，纳头便拜，说：“大娘，兄弟我回来看你了！”

漂母惊疑，少待反应过来了：“哎呀，是你啊，你可回来啦，听说你当差去了，这阵可好？”

“好！好！”韩信左一声“大娘”，右一声“大娘”，叫个不停。他双手扶起漂母，把她安置到岸边树下坐好了，然后叫随从打开食盒，先端一碗米饭，恭敬地捧上，口里说：“我不是来报答您的，我是回来孝敬您的！”

漂母笑了，说：“是呀，一个大男人，自己得想法子找饭吃！”

韩信连忙应承：“是，是，大嫂说得是！”于是，摆开菜肴，一起开饭。韩信百般殷勤，添饭，夹菜，只管关照。

饭罢，韩信蹲下身，一定要把漂母背在背上，一直背到家。他告诉漂母，希望能接她到下邳过日子，说那里不愁吃穿，不用洗衣做饭，每天有人服侍。漂母摇头说：“我过不惯那样的生活，还是每天洗衣的好。”

韩信又流下泪来。不得已，叫随从暗中留下千金，到晚才依依告别。夕阳下，他看到了大娘脸上的欣慰，笑中也潮红了迷蒙的双眼。

第二天，韩信率众来到了南昌亭，召见亭长。亭长诚惶诚恐，韩信说：“你呀，就是一个小人，做好事做不到底！”亭长连连叩首，韩信叫手下掷给百钱，口里道：“喏，还你粥钱！”他长长出了口气，吩咐：“回去吧，过你的小日子去！”抬头看过一圈，起身便走。众人赶紧跟随，走到里巷的石板路上，走进闾左，来到一座破旧的小茅草屋。“嘎吱”地推开门，一阵尘土跌落，洒在韩信的长袖上。韩信进屋，到床边翻起与尘土一般的破草席看了看，经不住已成碎屑。再去屋角寻到枯干了变成褐色的“鱼竿”，就手里掂一掂。转头又拿起盛灯油的破碗仔细看过，小心放回去。再望窗棂，已经缺了多半扇，密布的蛛网在这里格外显著。

出了闾门，韩信走向一边，朝野地里拿手圈一圈：“就在这里，筑一座城，要筑得好些，宽敞些。筑好了，让乡亲们搬进来住！”

下来就是召见那个让他留下“胯夫”骂名的恶少。听说楚王召见，楚王就是那年被当街侮辱的韩信，街坊邻里都吓呆了。

恶少已经不年少，行事也稳当多了。他说：“躲是躲不过去的，既然当年做了，是死是活不妨走一遭！”众人一拥都跟来了，要看个究竟，也顺便求个情。

到了驿舍前，众人纷纷跪倒。恶少被带进去了，不一时，有官吏出来招呼：“楚王说了，这次回家乡，不是来寻仇的，是来报恩的。请乡亲们放心，都起来，回去吧！”

韩信对众将说：“这人也算是个壮士。当时他侮辱我，我能杀他吗？杀了没甚名堂，也就忍了。”众将称“是”。于是韩信正色：“就委任他做个中尉吧！”中尉的职责是掌管都城治安，身份不算低。

故间的小城不久就筑好了，当地人便自做主张，把一个“韩信城”的名字叫响了。

好歹也是天下闻名的“大王”了，已经习惯于领兵征战的韩信带领威风凛凛、全副武装的卫队巡视楚地县邑，颇具气派。显然，青少年时衣不蔽体、食不果腹、饱尝屈辱的经历，锻炼了他坚忍不拔的意志，却也暗中孕育了暴发户心态。

有多大的家业就有多大的疑虑，守家的和置家的所思、所为也都不一样得很。皇帝刘邦的心思既然从夺取政权过渡到了巩固政权，在对百废待兴中当务之急的措施加以重点落实后，他转而关注到楚、齐余孽，那些失踪的王侯将相们。于是，颁诏捉拿钟离昧、季布、田横等，一一指名道姓，画像涂形，务必早日归案。

彭越正式封王心满意足了，而寄居篱下的田横心里却紧张得很，于是，趁早带着五百多部属逃离，潜入海岛避难。为了安定齐地，刘邦下诏赦免田横，召他来雒阳。田横上表推辞：“臣曾烹杀陛下的亲信使臣郦食其，听说他的弟弟郦商也是汉廷的重要将领。臣恐惧，不敢奉诏，只请求作为百姓，守在海岛上过自食其力的平淡日子，了却此生。”

可你人还在海岛上，那算是一个不安定因素，皇帝不放心哪！刘邦便特意召见卫尉郦商，向他交代责任说：“齐王田横即将奉旨朝见，谁敢骚扰他的部属，严重的将导致全族被诛！”然后，再次派使者持符节前往海岛。田横在茅屋前置酒接风，使者把皇上亲自采取的措施添油加醋地反复描述。诏书也不再给田横余地：“田横如奉旨前来，大可继续为王，至小也不失封侯；敢不来，马上就发兵予以诛除！”

第七十九回

五百士随田横归去 剪三驾假燕王发端

抗拒是行不通的，但归路已经铺到了脚下。田横只好带着宾客郑先、孔厚，随同使者渡海，然后乘坐传车一站一站地往雒阳来。不日到达尸乡，离雒阳不远了。田横对使者说：“这一路行来，身上实在是污秽不堪。为臣下的要朝见天子，必须恭敬守礼，按规矩必须梳洗换衣，我得准备一下。”使者认为有理，便同意在驿站耽搁一宿。

夜来置酒，田横对两位宾客透露了心思：“最初，我与汉王都面南称孤。而今，汉王登基为天子，我却沦落到逃犯的地步。明日就要被迫去面北称臣，去伺候他，这种耻辱太过分了，我真是承受不了。”

郑先劝慰道：“皇上既然有所承诺，总不至于做得太过分吧！”

田横没接茬，继续说：“再者，我烹了郦食其，却要与他的弟弟并肩而立……心底里能不愧疚吗？”

孔厚劝道：“主公既然来了，就别想那么多啦！”

田横流下泪来，说：“我想，皇帝陛下现在很得意，也许只是图个新鲜，想看看我长得啥模样，混得有多落拓。既然如此，如果你们能带着这颗脑袋飞驰三十里，我这形容不至于腐变，还足以看上一眼吧！”

两位宾客大惊，劝道：“大王千万不可！”郑先说：“既如此，莫若连夜逃回海岛，也可再作计较！”孔厚也说：“齐之海岛，人心皆向着大王，刘邦即已罢兵，征讨也非能在旦夕间！”

田横摇头：“天下之势难以违逆，何必让齐国生灵再因我田氏而涂炭！”举酒一饮而尽，未等宾客释杯，已自拔剑在手，只往脖颈一抹，鲜血溅向席间。郑先、孔厚只当是讨论呢，哪想到主公动手如此麻利，制止不及。事已至此，两人急忙来报告使者。使者心惊，但人死不能复生，当下便割了田横首级，三人上马直奔雒阳。

刘邦听说田横死了，感到奇怪，当即召见郑先、孔厚。使者携二人捧了田横的首级见驾，如此这般说了过程。刘邦起先倒没有太大的反应，只惋惜道：“唉，田氏也是从布衣起家，既然兄弟三人都能相继为王，怎见得不要强呢！”不料慨叹间，竟情不自禁地流下泪来。当下任命郑先、孔厚二人为都尉，调拨两千士卒，由他们去依照王者的规格发丧，厚葬田横。

丧事很快就办完了，郑先、孔厚二人挂孝守护。三日后，便在墓侧自掘墓坑，双双自刎以殉。消息传到朝堂，上上下下十分吃惊。刘邦想，齐地有这样的志士，真是可敬又可怕呀！当即派遣使者赶往海岛，希望把在那里翘首等待的五百人悉数召来。

不日使者归来，消息又一次让刘邦瞠目结舌。那五百人听说田横死了，竟然全部自杀。由此，刘邦越发觉得齐人可畏。这五百人的事迹从此在民间流传，被称为“田横五百士”，及至非常之时，便奉之为忠贞壮烈的楷模。

钟离眛、季布都曾是项楚对秦、汉作战的中坚。刘邦曾多次遭受他们的窘辱，几乎丧命。项籍败亡，单单这两个人失去踪迹。朝廷悬赏千金，声言有敢窝藏的，其罪株连三族。钟离眛内心惶恐，来见韩信。韩信犹豫片刻，说：“你先待着吧，想在楚国之内，暂可无虞！”

季布流亡无依，惶惶不可终日。不得已，他髡钳为奴，把自己卖给了鲁地的豪杰朱家。此事瞒不了朱家，他亲自来到雒阳，求见夏侯婴，说明各为其主的道理。而且朝中曾经的楚臣楚将何止千百，军吏则不下十万计，切莫搞得人人自危。再说，以季布的贤能，要是逼迫他去投奔胡人、北越，那不等于是资敌？刘邦闻劝赦免了季布，暂安排他做个郎中。季布免祸获释，心中感激朱家，不料朱家却从此把季布拒于门外。消息传到季布的舅舅耳朵里。此人就是当年临阵放走刘邦的彭城县令丁公丁榷，他觉得自己曾有恩于皇上，便入朝求见。不料刘邦当即沉下脸来，下令：“推出去斩了！”说：“也好让后来当臣下的，都不要仿效此人！”

又是春天。雒阳城里城外花树竞放，百鸟争鸣，点染着久违了的和平景象。

一个拉着破旧小木车的人来到城下，抬头看看城门头“雒阳”两个大书着的小篆名称，随人流进到城里，走街串巷打听虞将军的府邸。

虞将军骑马归来，在门上看到一个蓬头垢面、空身穿羊皮袄的人，却有些家乡村舍中的感觉。他为人和气，便问：“你好像远道而来？”那人回答：“我叫娄敬，是齐地人，此次应征到陇西去戍守，正好路过雒阳，特地前来拜访将军。”听口音果然是老乡。

娄敬提出一个非分要求：“我想得到皇上接见。”虞将军大吃一惊，便问缘由，竟然听得有些糊涂，可却感觉此人有些见识。再说自己大小是个将军，当着家乡人，不能失了面子。

次日退朝，刘邦留几位大臣在殿中议事。等各自告辞去了，身旁有侍从提醒：“方才虞将军求见，此时还在殿外等候。”

虞将军自己无甚请求，倒是替老乡求见。刘邦感到诧异，便同意召见。他保持着与人随意交谈的习惯，从来对民间不抱任何偏见，此时亦有意求贤。虞将军大喜过望，连忙亲自去唤娄敬。娄敬被领进殿内，俯伏在地。刘邦稍稍皱起眉头："此人怎就这副模样……"虞将军连忙解释："臣本想给他换一件新衣服，可他说，我如果原来身穿丝绸，就穿着丝绸去见圣上；如果原来身穿粗麻布，就穿着粗麻布去见圣上，不敢更换。"刘邦领会了："此人正着说是本色，反着看是作秀，不过是要引起朕的注意！"便问："你有甚请求，说出来！"娄敬却直截了当地问："陛下把都城定在雒阳，莫非是想与周天子一比兴隆？"

刘邦看一眼虞将军。虞将军领悟，便退出殿去。于是，刘邦吩咐赐座。不等坐稳，娄敬就说："草民认为陛下虽然与周朝同样获得了天下，但道路却不同。"

刘邦点头："说来听听！"

娄敬说："周之先祖，自后稷被唐尧帝分封于邰，积德累善，连续十几代了，以至到太王、王季、文王、武王四世，诸侯响应潮流而主动归附，就这样顺理成章地灭殷而成为天子。等到成王即位，有贤明的周公辅佐，这才确定营造雒阳城池，把这里作为统治中心，四方诸侯按规定前来纳贡，路程均等。其中包含的道理是，君主有德，则自然为王；无德则自然灭亡。所以，周朝兴旺时期，天下和谐融洽，诸侯及四方蛮夷，无不宾服，效命纳贡以尽本分。等到周朝衰落了，天下再也没有前来朝见的了，周天子也没能力约束他们了。究其原因，并不是德行微薄了，而是大势趋弱了。"

刘邦且听他说。娄敬低着头："如今陛下从丰、沛起兵，席卷蜀、汉，平定三秦，与项王在荥阳、成皋之间角逐，算起来大战有七十次，小战有四十次，致使天下百姓肝脑涂地，父子曝骨荒野之中者不可胜数，哭泣之声未绝于耳，伤残者久卧不起。以这样的方式取得成功，却要与成、康之时攀比兴盛，我内心觉得是陷入了误区！"

刘邦的心思停留在对人的判断上，内心稍感惊讶。

娄敬感觉到刘邦倾听的耐心，便加重了语气："三秦之地高山环绕一水中流，四面有险关要塞可以坚守，仓促间发生紧急军情，百万大军即可就位。朝廷足可依靠秦川固有的形势，充分利用那里极其富饶肥沃的土地，这是所谓的天府之地呀！"

刘邦心想，一个农夫走卒，衣食尚且不全却还能关心天下大计，虽有冒犯之嫌，但倒也不乏见识。不过，定都可不是件随意的事情，便继续听他说叨。

"陛下入函谷建都，假如山东出啥乱子，便仍能完整掌握秦朝故地。譬如人与人格斗，不去扼他的咽喉，只轻轻拍打他的脊背，这就没法获得全胜。现在陛下如果能把御案安置到秦国故地，这就等于扼住了天下的咽喉，并把手按在它的背上了。"

刘邦吩咐安排娄敬在驿舍中住下，转头召集大臣们商量。

刘邦手下将领大都出自山东。果然有争着说话的：“周朝延续了数百年，秦朝历二世即亡，这足可以形成对比！”显然是一种空阔的类比，刘邦提醒：“多说些着实的！”立刻又有人比照娄敬的说法：“雒阳东有成皋，西有崤山和渑池，北部背靠黄河，向南面对伊、洛二水，这样稳固的地理形势也是足可依托的了。”刘邦心中的天平正在向西倾斜，听了这许多议论，总觉得有些勉强，便挥挥长袖：“散了吧！”

当晚找张良来商量。张良分析说：“雒阳虽也有四守之固，但方圆不过数百里，腹地狭小，而且田地久耕贫瘠。反观之，这里四面受敌。关中却不一样，那里左凭崤、函，右依陇原，渭水流域沃野千里；南有巴、蜀之富饶资源，北有草场畜牧之利……”

他看刘邦听得专心，便归结说：“关中三面足可倚险固守，只需控制朝东的一面。诸侯安定，则河、渭漕运逆水而上，拉动纤绳转运天下粮食，向西供给京城；如若生变，则顺流而下，足可快速承运战争物资。关中就是这样一块地方，仿佛拥有上千里坚固的城墙，富庶得就像天然府库。”

刘邦点头：“依子房所见，娄敬的说法是对的呀！”一经打定主意，刘邦马上带着张良、娄敬，亲自去咸阳一带考察。尽管他对那里并不陌生，但此一时彼一时，探讨问题的出发点完全不同了，视点也就有了很大的差异。

刘邦颇为感叹，说：“第一个建议把都城放在秦地的人，竟然是这个娄敬。‘娄’就是‘刘’啊！”于是，赐天子姓，从此改叫刘敬。刘邦任命刘敬为郎中，号“奉春君”。春天是四季中的第一季，称刘敬为奉春君，正是取了首倡建都关中的含义，时间恰巧搭上春末。“娄”与“刘”，并非语音附会，实是方言读法一致。

为了在迁都这件事上图个吉利，六月，刘邦先期颁诏大赦天下。接下来的七月，燕相温疥告发燕王臧荼有反叛的动向，刘邦无时不担心的事情首先在北方发生了。

楚汉交战之时，燕国养精蓄锐。但说欲与刘邦争天下，鬼都不信。臧荼不过故技重演，把目光投向了西邻代郡，试图乘汉朝初建之虚重温昔日轻并辽东的旧梦。不过，他错把刘邦当项羽，错把汉皇当霸王了。当然，臧荼也是有判断和有借口的，代地已经有匈奴轻骑出没，朝廷却没作出丝毫反应。此时下手，可谓正是时机。果然，以应对匈奴为名，臧荼轻取代郡。回想，矛盾也不起于一端。事实上，天下楚封诸侯唯剩燕国，而齐国先降后灭也提供了先验的教训；何况刘邦称帝后，对燕国没有作出任何表示，这不能算疏忽。然而，燕国反叛终将意味着什么呢？

臧荼的发难挑破了刘邦心头暗生的赘疣。刘邦牛刀杀鸡，率将军周勃、樊哙、郦商、夏侯婴、灌婴御驾亲征，各部从征的将领有将军蛊逢、雍齿、程黑、戴野、华无害，亚将宣武，都尉朱濞、季必、陈夫乞、刘钊、魏选，骑都尉张越，还有中尉陶舍、燕相昭涉掉尾。其中，张越、陶舍是汉五年新加入汉军的；昭涉掉尾则原本奉调随征项籍。

郦商率军突破赵燕边界的龙脱要隘，樊哙随后跟进，诸将奋力攻破燕军易水防线。周勃随后接管关口、要隘，布置沿途防守。及至九月，燕王臧荼战败被俘，其子臧衍逃往匈奴去了。刘邦任命樊哙兼任燕丞相，率兵收复代地；郦商兼任燕右丞相，赐爵涿侯，食邑五千户，率军平定上谷。

刘邦随樊哙一军进入代境，过雁门郡，巡视云中郡西北长城下的武泉和郡治云中县，两地分别在今内蒙古呼和浩特东北、西南。刘邦第一次见识了秦长城，以及长城脚下一望无际的大草原，心中半是豪情半是忧虑。返回途中，他盯着正在驾车的夏侯婴，心中一动，于是给他增加了一千户食邑。

郦商很快平定了上谷，便改授赵相国印，与樊哙合力荡平代境。刘邦征求燕王人选，群臣看出皇上的意思，众口一词地说："长安侯卢绾常从平定天下，功最多，可王！"刘邦大悦，下诏封卢绾为燕王。卢绾靠什么升迁，谁心里还没个数呀，这便为卢绾的命运埋下了伏笔。至此，汉朝先后封王的共八人：韩王韩信、赵王张耳、淮南王黥布、楚王韩信、梁王彭越、长沙王吴芮、闽粤王无诸、燕王卢绾。

短短两个月时间内，又发生了一些变故：赵王张耳、长沙文王吴芮相继辞世。王侯爵位属于世袭，只不过要朝廷下诏认定。

入秋，刘邦回到雒阳后，点着名召集彻侯，彻侯陈县县令利几却未曾奉召。利几为项氏旧将，江山易主之时，随大溜从汉，被封在颍川。他本是心里敏感，但刘邦决不肯容忍这种不听招呼的行为。为了杀一儆百，他又亲率夏侯婴、灌婴声讨，由刘贾部将灵常打头。利几吓跑了，灵常被擢升为大夫。刘邦说是亲自出马，其实还稳坐雒阳未曾挪窝。

这一年闰九月，刘邦诏令丞相萧何整修紧靠灞上的兴乐宫，以备迁都。不宜沿用旧称，刘邦脱口叫出"长乐宫"，便一语定乾坤。考察过了，刘邦暂住栎阳，尊太公为太上皇。这天尚未安歇，在寝殿内转了几圈，随命内侍拿来一幅大尺寸的地图，铺在地上察看，口里不自觉哼着家乡小调。

皇后吕雉来了，闻声站得远远的，问："陛下好像有不少心思，能说给妾身听吗？"

刘邦抬头，端详了老妻一阵，发现容颜虽不如当年，但风韵却增添了几分。这些年，也真不容易呀！他想说也无妨，有些事情，还就能在这种场合说。于是点头，招手让吕雉过来。

刘邦指着地图说："这，这，还有这儿，大意上全都归朕，可朕哪能管得着呀！"吕雉两眼盯着皇上指点的地方，惊讶道："这么大一片呀！"似有不解。刘邦详加点拨："这是燕王的地盘，这是赵王的地盘，这是梁王的地盘，这是楚王的地盘，这是淮南王的地盘，这是韩王的地盘，这是……"吕雉更加惊讶："这天下一多半都不由皇上说了算，陛下还算是皇上吗？"刘邦的手指回到雒阳，长长叹了口气，说："还是子房说得对，这地方没法待下去啦！"吕雉越发惊讶："皇上说什么呢？他等即便为王，终究还是陛下的臣子，雒阳却如何就待不下去啦？"

说者似是无意，听者却格外用心。第二天临朝，刘邦追加了一条诏令："楚将钟离眛迄今在逃，着令立即缉捕归案！"可钟离眛藏在哪里，满朝中几乎无人不知，前一段因刘邦赦免了季布，在群臣的心目中，钟离眛的事似乎也就不了了之了。

时间推进到高帝六年（前201年）初十月，皇后吕雉在下邳郊外的一处庄子里，秘密召见了一个人。这个人就是楚国中尉牛苟畛，也就是当年让韩信钻了裤裆的那名恶少牛二。

"你好生厉害，竟敢让楚王钻你的裤裆呀！"吕雉呵斥，口气略带阴冷。

牛苟畛一哆嗦，"扑通"跪倒："那时小人年少，不知深浅，有眼不识泰山，如今楚王已侥幸饶恕了小人……"

吕雉一瞪凤眼，问："你说什么呢，你说谁是泰山？"

牛苟畛连忙解释："小人……小人没说谁是泰山。"

吕雉冷笑道："红口白牙，还想抵赖……"转问左右："你等听到了吗？"众口一致回答："听到了，他说楚王是'泰山'！"

"我，我不是那意思——"牛苟畛哀告道。

"行，行，就算你不是那意思，可你得拿出点实货来，表明你确实不是那意思！"

牛苟畛愣了一下，说："夫人让我做啥都行，都行！"他做梦也想不到，面前这个贵妇人正是当今皇后。于是，吕雉吩咐拿过一份预先写好的文字，说："没啥大事，你就在这上头按个手印吧！"

转即，一篇诉状被放置到刘邦案头。他翻开看时，失惊道："这是告楚王谋反……"一时间皱紧了眉头。

正好陈平在旁，他便把诉状递过去。那状子上写着八条罪名：“一、出入使用天子仪仗；二、私自招兵买马操演军队；三、假行仁义收买人心；四、早在北征时就与叛王臧荼暗中勾结；五、曾与项籍使者秘密往来；六、危急之时拥兵自重，要挟皇上，擅自称王：七、对改封楚王心存不满；八、抗命私藏朝廷重犯钟离昧。”归纳为：“楚王蓄意谋反，不日即将起兵。”陈平只反复看，半晌不抬头。刘邦急了，催促道：“你这宝葫芦里藏着什么药，赶紧倒出来！”

陈平不抬眼，只口中挤出个“诺”。随即，他把状子放回案上，又推到刘邦面前，说：“臣葫芦里没什么好药，陛下手里却拿着一服！”刘邦忽然明白了，便不追究诉状的来路，怒道：“韩信竟敢密谋造反！”问陈平：“那该如何对付呢？”陈平拱手：“陛下容臣想想！”

刘邦心里当真了，紧急商讨对策。曹参指着诉状问：“这东西是从哪里来的呢？”周勃摇头：“怎见得楚王要造反呢？”

刘邦不发一言。俄而，诸将终于领会了皇上的态度。于是樊哙说：“这种大逆不道的事情，宁可信其有，不可信其无！”刘邦抓住机会，开始追问：“那都说说，该如何处置呢？”还是樊哙先开口：“那就快点发兵，早早把这小子给活埋了！”听这么一说，刘邦却沉默了。

刘邦又私下召来陈平。陈平问：“这事韩信知道吗？”刘邦回答：“不知道。”陈平接着问：“拿朝廷的人马跟楚王比较，哪个更精锐？”刘邦回答：“寡人这边的要差些……”陈平又问：“陛下诸将，用兵有能比得上韩信的吗？”刘邦摇头。陈平说：“臣可是要替陛下担心呀！”刘邦急了，拉下脸子说：“朕不正在请教嘛！”

陈平心如明镜，但被刘邦问来问去，也正经历着反复的思想斗争。看来不拿主意便难以脱身，于是说：“自古天子有巡狩的规矩，每到一地，必是要会见诸侯的。陛下可南下云梦，且借前时利几事件，诏令在陈县会见诸侯王……如此，陛下只要调动一名力士就行了！”

第八十回

游云梦刘邦拘韩信　剖玉符汉帝筑藩篱

刘邦依计，便命令准备仪仗，登车直奔陈县。除夏侯婴外，樊哙、靳歙、灌婴随行护驾。中尉刘钊打前站，由大夫灵常先期等先在陈县迎候。

韩信忽闻天子即将驾临陈县，感到突然，思前想后难免有所疑惧。但他终究对皇上存有幻想。这时旁边有内侍递话了："把钟离眛的首级献给皇上，不就甚祸都免了！"韩信皱了皱眉，未置可否。

钟离眛也是一个揪心人。他试探说："汉之所以不击取楚，是因为我钟离眛在你这里。你要是逮捕我去讨好皇上，我今日死，您抬手间也就亡了！"韩信沉吟。心乱之下，钟离眛便指责说："看来，你到底算不上个厚道人呀！"韩信遭此指责，更难开口。钟离眛自觉无望，便拱手告辞。这边韩信正局促，忽听见庭中喧哗。手下来报："钟离将军死啦！"韩信醒悟，连连顿足。

中尉牛苟眵求见。韩信正没心情，懒懒地问："你有什么事呀，快点说！"牛苟眵跪下请求："听说皇上召大王去陈县，小人请求随同侍卫。"韩信瞥一眼，心想，大小是个将军了，还"小人、小人"的。体谅他的报恩之心，就答应："行，行！"

钟离眛也好，牛苟眵也好，内侍也好，无论出于何种用心，无疑都成为一种推动力，不自觉把犹豫中的韩信推向了陈县。

刘邦抵达陈县。在楚的地面，韩信离得最近，也赶得最急，惶恐着跪拜谒见，奉上钟离眛的首级。刘邦亲眼看过了，忍不住"呵呵"一笑，手指韩信吩咐："给朕拿下！"

灵常、刘钊率武士向前，立即把韩信挟持住。韩信其实是反复想过这一幕的，便叹息一声："果若人言，狡兔死，良狗烹；高鸟尽，良弓藏；敌国破，谋臣亡。天下已定，我固当烹！"

刘邦本就心虚，便呵斥："莫怪朕无情，现今确有人告你谋反！"他把在手心里捏出汗来的诉状丢在地上。

韩信的随从人等皆俯伏在地。却有一人忽然站起身，指着诉状说："陛下冤枉啊！此状有虚，下臣有冤情禀告……"话音未落，只听灵常喊一声："此乃刺客也！"说时间剑锋已到，穿透了牛苟眵的胸膛。

韩信明白了，朝灵常冷笑道："将军也忒心虚了吧！"

刘邦闻言恼羞成怒，当即命令武士给韩信套上枷锁，直接囚禁到随驾的副车上。韩王信、黥布、彭越等诸侯王随后赶到，得知韩信以谋反的罪名被诱捕，个个目瞪口呆。

云梦是不用去了，本也没那心情。刘邦当即返驾雒阳，到达当天便宣布大赦天下。他心中有愧，大赦自然也就赦了韩信的部属及亲友，隐含韩信本人。

皇帝不费吹灰之力拿下了楚王，一个名叫田肯的幕僚乘庆贺之机，向刘邦进言："陛下得韩信，又治秦中。秦中是形胜之地，带河山之险，高悬千里之上。天下有百万持戟战士，凭借秦中形势，犹如加倍。向下用兵于诸侯，其势若高屋建瓴。再说齐地，东有琅琊、即墨之饶，南有泰山之固，西有浊河险阻，北有渤海渔盐之利，地方二千里，远隔千里之外，天下百万战士，齐也占有两成。所以齐地就是东部秦川了，若非皇上血亲子弟，千万不能让他在齐地为王！"

刘邦口中淡淡地回应了一个"好"字，吩咐奖赏田肯五百金。田氏子弟，既有像田横那样的，也有像田肯这样的。

只隔了十多天，刘邦颁诏赦免韩信，贬为淮阴侯。韩信犯倔，从此不朝见皇上，更不肯随侍出行，刘邦也就由他。这一天，韩信意外受到了樊哙的邀请，于是前往府上。其实樊哙是一个心智不算低的悍将，身上混杂着屠与市的粗劣与狡黠，韩信在他心目中自有不可颠仆的地位。他怀窝心债，降尊纡贵，迎送皆跪拜，口称："大王竟肯光临……"为自己，更为皇上传递内心的歉疚。

韩信赴宴归来，却一路自嘲："我竟然就与樊哙等为伍啦！"

这还没完。刘邦借口与诸将交流，让人特意请韩信来。在众将环绕中，刘邦没事一样与韩信谈闲。先是讨论诸将能带多少兵，话头转过来，问："像朕这种能力，能带多少兵呢？"韩信负气，直言："不过十万！"刘邦"呵呵"一乐，反过来问："那你呢？"韩信仰起头来："臣多多而益善耳！"刘邦便笑嘻嘻诘问："既然多多益善，你却为何被我逮住啦？"韩信一愣，转即回答："陛下虽不善带兵但却擅长驾驭将领呀！"这是实情，也话中有话。"再说，陛下嘛，所谓天授，非人力也！"韩信，"寒心"也！

刘邦领悟秦朝灭亡的教训，结合现实格局，立意培育亲族根基打造统治核心层，借以镇抚天下。所谓"家天下"！但遗憾的是，他的儿子们年纪尚小，自己兄弟又少。

首先受封的是兄弟辈，楚王封地被一分为二。从兄将军刘贾有战功，为荆王，把淮东五十三县封给他，以吴县为都城，命灵常为荆令尹；同父异母弟弟文信君刘交为楚王，封地为薛郡、东海、彭城共三十六县，都城移到彭城，冷耳为丞相。

不见有下文，太公急了，便去质问刘邦。刘邦一拍脑门，二十七日，便封大哥的儿子刘信为羹颉侯。“羹颉”是山名，但却让人联想到一段“釜中无羹”的家事。早年的刘季，总三天两头带着狐朋狗友到家里混饭吃。大嫂便一丢勺子：“没吃的啦！”等打发走了客人，刘季回头看时，尚藏有羹。

二哥宜信侯刘喜为代王，把云中、雁门、代郡五十三县置于他名下。刘喜即刘仲，也是因地位改变而变更了大号。当年父亲总拿专心务农的刘仲来对照，把在家里混饭吃的刘季比得一钱不值。

随即，刘邦立自己平民时与曹夫人生的庶长子刘肥为齐王，给了他胶东、胶西、临淄、济北、博阳、城阳郡七十三县，老百姓凡说齐国方言的，都统统归他。同时，恢复曹参齐相国职务。此时，傅宽依然在齐右丞相任上。

曹参尽数召集国中有名望、有学问的人，向他们询问如何安定百姓。临淄的稷下学宫曾荟萃战国儒、法、道、阴阳等诸多学派，正是黄老之术培植、发育、昌盛之所；但以齐国的学术传承，仅名宿儒就数以百计，门派观点当然各式各样，便难免莫衷一是。传闻胶西，也就是今山东高密西南有一位姓盖的学者德高望重，擅长黄老之学。盖公应曹参之邀，陈述治国之道贵在清静，如此而民自安定。感动之下，曹参让出相府的正屋，安排盖公居住，以便随时请教。由于深得黄老之术的要义，曹参治理齐国计九年，终得国中安宁，百姓归心，无人不称其为“贤相”，声誉甚隆。这是后话。

刘邦请张良来聊天，三句话不离韩王信，褒奖有加。这时，萧何那里送来紧急奏章，刘邦展开看了一眼，转手递给张良。张良看时，却是归纳匈奴侵扰云中、雁门、代等三郡的汇报，并分析指出：当前最为要害也特别需要巩固防范的是太原郡。

刘邦问：“子房觉得呢？”张良说：“雁门、代郡动荡，太原便成为河东前沿，事关中原安危。”刘邦很是焦急，说：“眼下最要紧的是阻止匈奴单于南来！”张良表示同意。刘邦便问：“淮阴侯这回是拨不动啦，诸侯王谁能为朕分忧呢？”张良立时领会，问：“想陛下已经有主意了？”果然刘邦说：“朕选来选去，也就觉得最放心韩王，可……”张良起身，拱手说：“天下安危事大，选将之事，但凭圣上做主！”于是刘邦说：“朕以为，韩王颇具雄才武略，足可委以重任。但韩国封地却如何办呢？”这便是要害的另一端。颍川朝北贴近巩县、雒阳，往南紧靠宛、叶一线，地理位置极为敏感。张良知道，皇上并不顾虑韩王信，只在意自己，便直截了当地表示：“臣以为，今大汉一统，虽有诸侯之封，却无裂地之理。无论燕、赵、韩、梁、淮南，只陛下说了算！”刘邦感慨地说：“爱卿真乃深明大义也！”

于是，刘邦把太原郡三十一县置换为韩国，都城设在晋阳，要求韩王信到太原以北设防御胡。太原郡本就与韩国存在历史渊源，有“三家分晋”一段往事，加之太原之南也曾是韩国的领地，这个做法便能得到近似合理的解释。韩王信上书说：“国被边，匈奴数入寇；晋阳去塞远，请治马邑。”刘邦觉得自己的意思被领悟得很透彻，便欣然同意。韩王信本自企望天高皇帝远，躲个清静；可无论刘邦还是韩王信，都对冒顿这颗北方草原初升的新星以及匈奴超越以往的强大缺乏实际感受，都还没能清醒地意识到危机迫在眉睫。

刘邦在雒阳南宫处理政务，经常通过复道来往于各殿之间，总是看到许多人三五成群席地而坐，激烈地议论。这天，他指着问留侯张良：“这些人每天都在吵吵什么呢？”张良回答得十分夸张：“陛下不知乎，此谋反耳！”

刘邦惊讶：“何至于此？”

张良说：“陛下起自布衣，靠此辈夺得天下。可到目前为止，所册封的都是老乡和亲属，所诛杀的皆生平仇怨，这让人如何猜度呢？”

刘邦默不作声。张良又说：“陛下是天子，天子为天下之主，是要为远近做主的。何况这些人大小都是在朝的功臣……”他有意忽视着刘邦的感受，说：“依前所封，现在各层各级的将领都在计算功劳，算来算去，陛下就是把整个天下都拿出来，也是封不赢的。因此他们怎能不担心自己被落下？而担心的人多了，自然是要生变的！”

刘邦口气变重了：“功劳又如何，这些人也是不知天高地厚！”他话中带上了对立情绪。

谁知张良却接了话茬：“没错。他们担心陛下既无从封赏，就会刻意挑剔曾有的过失而加以诛灭，所以便凑在一起明谋造反啊！”他对两个韩信的事情怀有心结，说话不如从前直截了当了。

刘邦真的担心起来，问：“朕该如何对待呢？”

张良改用了陈平式的应对，反问：“在陛下历来所痛恨的人中间，谁为群臣所共知？”刘邦不知此问的目的，只回答：“那还用说？肯定是雍齿。我想杀了他，但他的功劳不少……”张良稍稍提高了嗓音：“那就赶紧封赏雍齿。这一来，大伙儿心里就有底了！”

刘邦虽然不很情愿，但也没法。次日在宫中设置酒席，把一帮闹情绪的将领们召来犒赏，当众宣布封雍齿为什么邡侯，食邑二千五百户；同时责成丞相、御史们抓紧论定功劳，以便行封。众将美美地喝了一通酒，相互道贺：“雍齿尚为侯，我等不用担心啦！”这是一种“低端示范效应”，可以有效地安抚人心。

刘邦下诏，由萧何、王陵等主持排定功臣名次。平阳侯曹参功最多，被排在第一。刘邦翻阅功劳簿，曹参果然战功卓著：“身被七十创，攻城略地，凡下二国，县一百二十二；得王二人，相三人，将军六人，大莫敖、郡守、司马、侯、御史各一人。”

谒者关内侯鄂千秋进言：“曹参虽有野战略地之功，那只不过是一时之事耳。皇上与楚军相持五年，将士大量阵亡或溃散，自身也逃遁过好几次。萧丞相反复从关中大量遣军补充，有时并不是陛下预先要求的；而每当数万士兵到达前线时，都正逢阵前缺乏战力的危急时刻。军中的粮食，也都是丞相从关中水陆转运的，保证了供给不断。陛下多次丢失山东，丞相稳定关中以为保障，随时等待陛下返回。这些都是万代流芳的功勋啊。从长远看，即使没有上百名像曹参这样的战将，于汉何损？汉室因他们有所得，但不见得能靠他们保全。为什么要拿一时之功压过万世之勋呢？我的意见，萧何第一，曹参次之。”

一席话直说到了刘邦心坎上。武以定国，文以安邦；战时尚武，治时崇文。这分封赏赐、排班量等的新意，正在于保障未来。

首批“剖符”分封彻侯二十多人。皇帝最终下诏序定功臣侯十八名，也就是说剖符当时并非所有封侯的功臣都列出了名次。这十八名的排序为。

第一酂侯萧何，食邑八千户，酂县位于今河南永城西酂城。

第二平阳侯曹参，食邑一万零六百户，平阳县治今山西临汾西南。

第三宣平侯张敖，张耳之子，有记载张耳曾封南宫侯。

第四绛侯周勃，食邑八千一百户，绛县治今山西曲沃西南。

第五舞阳侯樊哙，食邑五千户，舞阳县治今河南舞阳西北。

第六曲周侯郦商，食邑四千八百户，曲周位于今河北曲周、广宗之间。

第七鲁侯奚涓，食邑四千八百户，无子嗣，特例由其母亲疵代封，鲁县治今山东曲阜。

第八汝阴侯夏侯婴，食邑六千九百户，汝阴县治今安徽阜阳。

第九颍阴侯灌婴，食邑五千户，颍阴县治今河南许昌。

第十阳陵侯傅宽，食邑二千六百户，阳陵位于今陕西咸阳东北。

第十一信武侯靳歙，食邑五千三百户。

第十二安国侯王陵，食邑五千户。

第十三棘蒲侯陈武。

第十四清河侯王吸，食邑三千一百户。

第十五广平侯薛欧，食邑四千五百户。

第十六汾阴侯周昌，食邑二千八百户。

第十七阳都侯丁复，食邑七千八百户。

第十八曲城侯虫达，即蛊逢，食邑四千户。

帝国是从战争中走出来的，武将们势力很大。他们说："臣等身被坚执锐，多者百余战，小者数十回。今萧何未尝有汗马之劳，只不过弄弄文墨，发发议论，封赏反居臣等之上，凭啥？"刘邦毫不客气："你等懂得打猎吗？那追杀兽兔的，是猎狗啊；而纵狗发令的，是人！"直骂得武将们个个低下头来。

本来，在实际奖赏时，萧何得封的户数终归是少于曹参、周勃。这回刘邦骂了还不算，干脆下诏赐萧何带剑着履上殿，入朝不用小步快跑，追加食邑两千户。他开玩笑说："众位爱卿可知道，当初朕押解民夫赴咸阳时，唯独萧何肯多送我二百钱，我这是还他人情呢！"萧何十多个兄弟子侄也悉数加封，个个都得到了食邑。当初汉王危难时，萧何把他们送上京索前线，今日乘便，回报之丰厚可谓意想不到。

刘邦评价张良："运筹帷帐中，决胜千里外，这就是子房的功劳呀！"他要张良自行选择齐地三万户封地。张良最清醒，他说："当初，臣起兵下邳，与皇上在留县相逢，这是天把臣授予陛下；陛下采纳臣的意见，幸好有时还能达到目的。我不敢当三万户，希望封在留县，这就够了。"刘邦也不勉强，但张良的食邑还是达到万户之数。

陈平封户牖侯，陈平谦逊说："臣是出了些计谋，但算起来都不属自己的功劳。"刘邦说："我采纳先生的计策，克敌制胜，这不是你的功劳又是谁的？"不料陈平却说："要不是魏无知，臣哪能呢？"刘邦明白了，感叹说："像你这样，可谓不忘本呀！"当即赏赐了魏无知。

到高后二年，吕雉又诏令时任丞相陈平对高祖时代的侯爵功臣做了全排列，其时间下限为汉十二年，即公元前 195 年。

第八十一回

逐尘烟万骑困马邑　负心曲骁将踹敌营

五月，周勃、樊哙、郦商、蛊逢及雍齿所部骑都尉张越等已经共同平定了代郡、雁门郡，押解被俘获的代丞相程纵、代县守相郭同以及将军以下至六百石以上官员十九人，撤军回朝。诸将向皇上缴令，刘邦便委任郦商为太上皇的护卫将军，计在任一年七个月。其余尽各论功行赏，张越为车骑将军、季必为将军。

侯也封了，可奇怪的是，刘邦总还是能看到有将士一群一伙地聚集在那片沙土地上。闹乱子倒不至于，可喝酒争吵如同家常便饭。喝得酩酊大醉，便狂呼叫嚣，拔出刀剑乱斫大殿上的柱子，在皇上面前也无所顾忌。

"无法"必然"无天"。刘邦内心日益反感，这时他才体会到了，简化规章礼仪固然有道理，但若全盘废除，这皇帝就过于缺少威严了。他召来萧何，说清了自己的意图："总的原则是简便实用，操作性强，不要弄那些花花道，要有利于国力恢复，不要增加老百姓的负担。还有……快宣主计张仓！"

张仓来见，刘邦吩咐："你去把那个历法、度量衡什么的进一步整理整理，这东西也要统一起来，不然就乱套了！"萧何、张仓领旨去办。其实各种事项刘邦早就在戎马倥偬中零零散散布置过，有秦制作底本，经萧何主持梳理，已在关中陆续实施。

名儒叔孙通适时提出建议："朝廷礼仪是不可缺乏的！"此人在秦为待诏博士，曾在急切之下误导秦二世胡亥，说陈胜造反不过是鸡鸣狗盗的事情，实不足忧，从此令所有的汇报众口一词。叔孙通得到赏赐，被正式任命为博士后逃回家乡薛县。他与范增只前后脚投靠项梁；项梁败死，跟随怀王；怀王被徙长沙，叔孙通则与大多数楚臣一样选择留下侍奉项籍；刘季袭取彭城，叔孙通归附汉王。

刘邦开始有兴趣体会儒生们所描绘的礼仪场景，于是委派叔孙通组织人员创制新的朝堂行为规范。

各种事务告一段落，还没等喘口气，韩王信的告急奏章到了。原来，匈奴人本还是不经意地对云中郡、雁门郡、代郡实施游牧渗透和小股侵扰，一待汉廷讨燕定边大军回撤，单于冒顿便乘虚亲率中、左、右三部军力，开始了较具规模的军事试探。其主力一部突袭马邑，把韩王信围困在城中，形势十分危急。刘邦心里又着起火来。

匈奴走马挽弓应对初来乍到的韩王信，霎时碰撞出西汉开国以来的第一簇南北农牧族群角逐的火花。然而事情远远比预想的要复杂得多，这个新的从外部大举介入的因素，未曾料想地搅进了皇帝与封王的潜在纠葛，使形势变得更加敏感和一触即发，给新兴刘氏皇朝带来了双重危机。

汉六年（前 201 年）八月。

日薄西山。韩王信站在城头，放眼望去尘烟四起，一股股披毛带毡的骑兵汹涌驰骋，如同一团团、一层层的云雾漫山遍野飘移，狼嗥之声不绝于耳。说是挑战，又未见阵式；说是攻城，却只似恫吓，更像是在撒野。四城盲目报警，弄得一阵阵抽紧神经。他浑身热不可耐，卸下铠甲丢给侍卫。如此陌生的战场，真让人不知所措。

韩王觉得整座马邑城活像鹿苑似的，陷在骑手的围猎中。他“嚓”地从腰间抽出宝剑，稍停缓缓退回鞘里。转眼看城上，已经堆满了滚木礌石，连石磨和坛坛罐罐之类硬实的家什都收集来预备着了。可士兵却畏葸着，不时向城下偷看。他本知道大汉立国人人不思再战，移师马邑本有违军心，只是没人敢抗命罢了。及至匈奴猝至围城，有关胡人的传说便多了起来，韩王信尚来不及整治军心，内心十分焦躁。

忽然传来一声“末将请战！”话音如同在瓮中回响，似远还近。看时，部将王喜一身披挂立在侧后。他下意识“哦”了一下，赞许地点了点头，随即又作出一个暂待的手势。

吃过晚饭的士兵已上城来换防，但韩王丝毫没觉得腹中饥饿，身高八尺有五的他，平日里那种感觉可是来得特别快的。他迈步走向女墙边，冲着垛口站立，并不顾忌城下挽弓逡巡的匈奴射手。

游动的敌骑稀疏了。稍远处，烟火呼呼地升起，不一时弥漫了夕阳中的草地和四下散落的树荫，把一座不大的马邑如同烤在篝火上。浓烈的膻气伴着烟火漫上城头，韩王感到这城，连同自己，已经不是那活着被围的鹿群，而是一只烤全羊。那胡逆为啥只管虚张声势，并不急于攻城呢？要知道，马邑弹丸土垒，守无可据，战无可依，单凭匈奴那等剽野……真他娘的蹊跷！韩王在心里摇摇头。

忽然发现有一单骑飞快掠过城下，模糊处大略手臂抬起，便有一个黑点倏忽飞上城来。王喜喊一声“大王闪开——”话音未落，那黑点已穿过两人之间，“嘣”地钉在了身后的木柱上。士兵们乱箭齐发，箭杆纷纷地坠落在城下赤裸的地面，而那骑马早已向远处隐去。幽暗的烟尘里响起了此起彼伏的呼哨声，伴随了绵长的吆喝。暮色里，那旷野回荡的啸叫似在抽去大地的魂魄。

看看有惊无险，韩王抽紧的神经稍得松弛。“皇上认为寡人材武……”他的思想掠过危险，努力清理满脑子的自嘲与懵懂。

士兵拔下揳在城楼柱上的箭，由王喜转呈到了韩王手中。箭上面包裹了削得薄了的羊皮。拆开来看，冲鼻的气味从一些歪歪扭扭的文字和模糊的图画上释放出来。避到隐蔽处，令侍卫举过火来观看，上面共有三幅画。先是一双手举在马蹄下，手里捧着一截歪扭的城墙；后是一只手托着一个酒坛子；再后是咧开的笑口。韩王下意识地提动下颌，那笑口边的胡须如同自己的一般。与图画一致，文字是劝降的和威胁的，不看也猜得出内容。

须臾，韩王觉得有动静，不由得皱起短眉，抬头去看延伸在昏昏中的女墙，发现部将王黄立在不远处。无须理会，赶紧把羊皮团在手掌里，转身径直下城去。走了几步，转念便又回到原先站立的垛口边。

城下似乎安静了许多，人和马在微弱天光笼罩的明灭火光里纷乱地晃动。远近模糊的山包掩映在烟火缭绕的黄昏里，像是浮动在大水中的岛屿，如若没有各种响动传播的战场信息，这便是匈奴和平生活的情景。

王黄凑到了身边，神神兮兮地唠叨有时。韩王自觉脸部的肌肉开始鼓胀，后退半步。见王黄模糊地又凑上前来，便勃然大怒，甩手劈去一掌，把那令人生厌的影子贴在了垛口边。

马邑地处雁门郡南部，治今山西朔州。据说早先秦人曾在黑驼山南“武周塞”筑城，以防御北方游牧部落侵扰，但每当即将筑成的时候，就会崩塌，这样反反复复多次。后来出现了一个奇特的现象，成群的野马在水边一个固定区域内往来驰骋，父老们十分惊异，便按照野马跑动的范围重新筑城，果然奏效。城筑好后，便命名叫马邑。

马邑原本是具有塞防性质的关隘，后来成为县城，规模甚是有限。城依山凭水而建，三两条还算整齐的小街，十几道短短的窄巷，沿街错落着商铺的门面，平常不遇侵扰，也还能与匈奴等胡人在街市做些小买卖。有七八家比较大的门面，反倒是挂挂招牌而已，并不在意做多少零碎生意。宽敞的院里却有不少大大小小的仓房，一看就知道真正的营生是雇了车马驼队，来来往往做大宗的生意，两头赚大钱。而在不久前，马邑附近也已经成为匈奴畜群随意游荡的地方，西北上的秦长城也好，赵长城也罢，实际成为了一道风景摆设。马邑城里凡有空处复又驻扎了军帐，腾开的房屋、仓库里也住进了士兵，院子里喂养着战马，整个县城活像一座散乱的军营。忽一夜，匈奴骑士挽弓呼哨而至，形势突然紧迫，商道窒息，商人如若不被闭锁城中，便也有家归不得。

韩王临时征用了全城最大的一家住宅，土墙垒就的三进头，前后左右共计有二三十间房屋，权作衙署，勉强合用，却比城中心的县衙还气派。

回到土衙内，韩王勉强吃了几口饭菜，顺手把碗筷推在一边，复又展开那羊皮图来，就着案前灯盏端详。此刻脱离了直接的战场氛围，重又琢磨了围城的匈奴人，竟觉骑士们过于逍遥自在。他突生一念，很想像对待王黄那样出其不意猛击一掌，让匈奴人不再张狂。

韩王把羊皮撸起来，狠狠地摔到门口的地上。恰在这时，王喜进到堂前，瞅一眼径直踩过去，叉手说道："末将请命在夜间见机行事！"

韩王没有答话，就手移过晚餐，拣大块的肉丢给王喜。见王喜猝然接了，便自另拿了肋条在口边撕咬，恰似要把那匈奴吞咽了。此可谓入乡随俗，更显豪放亲近。王喜手里拿着那块肉，却是无所适从。韩王便把撕咬了一半的肋条丢了，搓搓手掌，做出一副若无其事的样子："不急，先填饱肚子！"话音未落，门边闪出一个人影来，韩王便要王喜先去歇息。

曼丘臣进得门来，漫不经心去捡地上的羊皮。没觉得韩王不在意，便就地展开抹平整了，迷了细眼煞有介事地趴着观看，只不作声，冲韩王的那只右耳却微微跳动着。

韩王只当曼丘臣有话要说，有意仰了身子半卧着看屋顶，但老半天不见动静，这才斜眼去寻。曼丘臣摇了头点头，点了头摇头，如此反反复复，闹得韩王满腹狐疑，便喝一声："有屁就放，如何这般扮鬼！"

曼丘臣嘻嘻一笑："大王息怒，微臣有丁点儿想法，但不知当讲不当讲？"韩王未曾回答，曼丘臣便就着灯火去点燃羊皮，韩王喝一声："放肆！"曼丘臣赶紧缩回手。一股毛皮焦灼的浓臭弥漫起来，韩王不由得皱起了眉头。

"微臣寻思，那匈奴略地侵城的习性如同狼叼羊一般……"曼丘臣丢了羊皮。

"你，你说啥？"韩王听不清话里的意思。

"微臣与王黄同生于故魏上郡白土县，久居于赵，去边地往来不下数十回，不敢说熟知匈奴，但就早年见闻，还能大致叙述一二。乞求大王赐微臣坐，方能细细说来！"曼丘臣说话间，便自己来坐。白土县今名瑶镇，坐落在陕西神木西秃尾河东岸。秃尾河时名圁水。

韩王信对付这种赖皮倒没什么招数，虽然感到勉强，但还是摆摆手追加认可。"寡人没耐烦听你絮叨，痛快点儿！"

曼丘臣不忙着答话，回头向外动动几个手指示意，便有军士抱着一坛酒进来。"大王风风火火移驾晋阳，人未离鞍，马未卸镫，即刻赶赴马邑。不料诸事未定，匈奴便突至城下。臣见大王连日劳累，心下确实不忍……”说着，看一眼案上狼藉的饭菜，也不寻酒樽，直接拿过碗来。

韩王本欲阻止那酒，但酒香驱去皮毛的焦臭悠悠地荡漾开来，转念一想，过了今日不晓得明日，不要便宜了这酒！恰好酒到手边，也不去和曼丘臣客套，接过来一饮而尽。就这么，连连端那酒碗，心情随着放松了许多。

“大王果然豪气！”曼丘臣大声吹捧。忽然听到外面一片喧闹，韩王从堂上直视院中，略见一人正扭了另一人痛打，侍卫们竟围上前呐喊助威。

“大敌当前，成何体统！”韩王怒声吼道。那边扯拉着走近前来，原来是王喜和王黄。韩王离座迈下门前土阶，没有搭理王喜，只把剑拔在手里，咆哮一声：“大胆王黄！”曼丘臣急忙来阻在前面跪倒：“大王且慢，微臣有话要说！”王黄也摆脱了王喜，退后一步俯伏在地，口里告道：“小人方才城上失言，望大王饶恕，特地来听候差遣，情愿以死效命。不想在庭前遇到王喜将军，倒生出误会来！”

听这话还算入耳，又有曼丘臣劝说，韩王便又吼道：“滚，给寡人滚！”看王喜气哼哼站立一旁，便招呼：“王将军，来一同饮酒！”说罢，自顾转身回到堂上。论韩王信，虽是贵族出身，但经过民间漂泊与残酷战争的历练，加之北方环境简陋，又有匈奴围城，压抑之下，便突然爆发出一种粗鲁的适应力。面对如此野性的场面和看上去十分悬殊的兵力，他确实有些摸不着头脑。

“大王虽兵精将猛，怎奈敌众我寡，圣上救兵却不知何日能至。替大王考虑，马邑城小墙低，日久箭弩、粮草亦难以为继；再说匈奴凶悍非旧日为大王所败之郑昌……”没承想王黄也已跟进来跪了，他半边脸肿胀着透发青紫。

“放屁！”韩王大怒，“寡人何曾准你进来！”曼丘臣朝韩王拱手：“臣以为，王黄说话虽不中听，但马邑危急之际，多听些议论也好，决断自由大王。”

“也好个屁！”韩王的语气稍微和缓，“这家伙狗嘴里吐不出象牙，只动摇军心罢了！”说过了，莫名其妙地摆摆手。曼丘臣便赶紧说：“王将军，大王仁心宽宥，你还是自知为好！”说罢，似是无可奈何地摇了摇头。

王黄窥视，见韩王怒气稍平，王喜手握剑柄昂首立候一旁，便跪直了些，拱手说：“末将……”

“有屁快放！”

“是，是，微臣有屁快放。末将亦非贪生怕死之辈，既然陛下觉得末将言不中意，末将立马愿随大王出城冲杀，只是……”韩王竟被王黄的“屁”话逗得“噗”地吐出一口笑来。耳听王黄说：“只是，末将暗中寻思，不妨多留个后手，所谓狡兔三窟……”说到这里，王黄打住了。

“娘的狡兔！”韩王似乎是骂骂咧咧，喊：“王喜！”

“末将在！”王喜拱手。

“你就乘匈奴不备，三更偷出城冲他一阵，试试虚实如何？也与这狗才做个榜样！”

“是！”王喜才得移步，却又听韩王说道：“且慢，你还是先回城上去看看！”说过了，便不再理会。曼丘臣重新斟了三碗酒，说：“且请大王与微臣两人饮了这酒，听王将军到底如何计议。”

韩王从鼻腔里重重哼出一声，也不理他两人，只大口喝了，丢了碗，斜靠下去，闭上眼。

看不出韩王到底有啥主意，只一副打发人的模样，曼丘臣便起身：“大王连日劳累，微臣告退。”言罢，毫无表情地退了出去。

只剩下王黄，十分尴尬了，心里又恐惧，留也不是，走也为难。犹豫良久，左右看守护一旁的军校，觉得自己就像根本不存在，不由得心下愤恚。不得已站起身来，唯唯诺诺地撑了胆子退出屋。不想那屋不够大，退得没数，心慌间被高门槛绊了个仰面朝天，头和背脊磕在了门外的台阶上。

王黄这疼，简直弄不清疼在何处。连滚带爬起来了，跌跌撞撞出了院门，待到唤亲随侍从，方觉得脑后似痒似疼，拿手一摸，湿漉漉的有些发黏，知是跌出了血。

月亮高挂在深蓝的秋夜，几颗闪烁的星星与月亮相伴，不偏不倚地点缀着山冈原野和土城的天空。马恋夜草，弯刀利刃在月色下幽暗的城头和营盘里反射冷光，刁斗凄清，酣然高枕和睡不安枕凑凑合合地搅拌在一起，被收纳在亮晶晶的原野上和城墙里。

方城的土墙强烈地泛着白，像是摆在暗绿色餐布上的糕点，等待着分而啖之。毡帐在山间草原上远近错落着，从梦中飘落来自阴山的牧歌。“草原啊，那是我的歌，我的家，我的天堂——”

韩王来到城上，严令不许点火把，也不得发出任何响动。看一团团士兵的黑影悄然守在女墙边，偶尔便凑过去慰问，做得既威严又够亲近。迎面走来了曼丘臣，方得请安，韩王便伸出一只手，止了声息。曼丘臣待得告退，韩王又摆手，要他跟随了在城上转悠。就这么让曼丘臣心焦着，又走不开。慢悠悠的时辰就像刺猬在心窝里爬行，缓缓地扎人，十分难熬，而韩王此时却显得格外耐性。面对如蝗遮原的匈奴左谷蠡王都矢、右谷蠡王术栢、左大将戎渠夕、右大将莒式池四部骑兵，心里没底困守一方土城，这种耐性是必需的。

察看城外，匈奴营中除了供警戒值守的灯火外，依然有毡帐里透出亮光。虽然只是早秋，但北方空旷的山野极容易凉透，寒冷如虫蚁般渐渐爬遍了深夜，爬遍四周，爬上城头。风来了，军士们开始浑身战栗，抱紧了双臂，只因队伍是从中原的晚夏中赶来，又急匆匆移防马邑，尚且没有做好御寒的准备。疲惫的人在寒冷中会嗜睡，将吏们不得不时刻督促守卒提神。

牧场上的人只要聚合在一起，就难免彻夜酒肉歌舞，战事当前，好是好了些，但痕迹依然在山坡草地上斑斑驳驳。三更了，灯火渐见稀疏，萤火虫似的点缀着山峦昏昏的醉意。

月亮西斜，天空暗下来，夜越来越静，梦开始陷得深沉了。秋虫的嘶鸣响过一阵又一阵，已经不再入耳。缓慢巡视中的韩王立定了，透过渐渐弥漫的雾气朝远处凝视良久，只觉得眼前越来越模糊。他突然“倏”地从腰间抽出宝剑，像是从梦中醒了过来。侍守一旁的曼丘臣猛吃了一惊，顷刻，仿佛明白了什么，止不住迈步奔向女墙。匈奴营中猝然闪烁起长串的火光，喊杀和仓促应战的喝叫、马嘶声响成一片。曼丘臣举掌猛击了一下前额，还没来得及顺出头绪，身边却呼啦啦响动，脚步杂沓，兵器碰撞。一声呼哨，鼓声震天响起，城头火把齐明，惊心动魄的呐喊助威声在原本的寂静和紧张中迸发出来。

城下的火光纷乱地画出一个弧形，弧的前端突出一支人马，瞬间拉开直线迅速退回城下。不一时城门紧闭，火把熄灭，整个城池重又隐入了黑暗中。一切如故，仿佛什么事情也没有发生。王喜带了手下三千精锐，像鱼腹藏剑的典故那样刺出城门，刺向夜草，刺穿了梦乡如幻的牧歌。

匈奴骑兵追赶而来，逡巡良久。左大将戎渠夕口里大声诅咒：“烧死你！”手下人便都附和着吵嚷：“烧死你！烧死你！”接下来便衍成此起彼伏的呐喊：“烧死你！烧死你！烧死你！”东一团西一团的火把随着呐喊上下攒动，形成庞大的示威，仿佛要倾翻土城。

韩王默默立在城上，切实感受了簇拥的火把和狂叫的浪潮，心绪也随之激荡着。不一时，王喜快步跑上城来：“末将回令！”韩王点点头，他感觉到了身边高涨的士气。

第八十二回

逍遥代谷胡主待时　困守塞关韩王觅计

挨到天亮，愤怒不已的匈奴人开始攻城。说是攻城，倒不如说是双方拿乱箭对射。韩军居高临下又有城墙遮蔽，不时石块砸下来，把性急大胆靠上来的匈奴兵连骑的马砸倒几十个，双方便都只剩虚张声势了。

匈奴人虽然被韩军冲了营，其实没几多损失。生死都是天授，哪在乎这点意外，因而闹腾一阵平了气之后，便什么都不复放在心上了。现在就等于想到毡房旁边自家的羊圈里抓一只羊来，碰到一只拼命挣扎的，不就是由它挣扎嘛！进退自如、行动迅捷的匈奴人，其实下得马来生活节奏是非常缓慢的。天为穹庐，悠然四方，只要有水草和畜群，在哪里都一样过日子。他们不在乎在马邑城下多待些时日，不在乎那些想得到的东西在城里的土屋里多存放几天，至少上层的大人们会这么想。而对于分头坐镇城下的左谷蠡王都矢、右谷蠡王术柘来说，这回攻打马邑，或说攻打韩王信本就不是硬任务，做什么和不做什么，都不过取决于心情罢了。

唯因马邑城临近边地，这里大多数的居民便长期与匈奴人往来熟识了。出于日常互市和猎食的需要，匈奴人从没有规模性地侵扰这里；这次大举围城，其实也另有原因。现今，被围困的马邑看上去与往日所见的一模一样，大多数匈奴人看马邑的感觉当然也与平常差不了多少。但这一回驻守城中的已经不是一般的边关守将，而是为大汉朝廷镇守一方的藩国之王。从城外高高低低的山坡地上所看到的土城，其墙内墙外正在转换着全新的意义。

一天一夜，连观察带揣摩再加试探，匈奴人的道道儿他心里多少得了一二，尽管对许多必须掌握的具体情况还不甚了了。

匈奴军是清一色的骑兵，他们极为擅长以山峦、溪流和丛林为依托，在山坡、原野上飞奔袭击，像天空的流云一般迅速地出现或者消逝。在对照农业的中原时，这些特点就更为显著，而攻城完全不是他们的优势。他们平日里更多的是以小股人马，风驰电掣地突袭那些茕茕孑立专事传递信息的戍所，劫掠没有抵抗能力的边境乡村。偶尔侵城略地，那也是靠了骑兵的速度偷袭，或者搞一点里应外合的小动作。可以说在他们已属辉煌的战史上，即使创造了降伏合黎山口的战绩，但还是没有强攻破城的先例。在大部分匈奴人的眼里，每一次抢掠骚扰都是战争，每一次战争也都是抢掠骚扰，大同小异，围攻马邑也是一样，都相当于家常便饭或合族欢宴，只是场面上有区别罢了。总之，得手了皆大欢喜，倘若遇到更强大的敌手，便四散逃遁，不以为羞辱也没有谁能追得上。一有机会，还会再来。

冒顿则与以往有所不同了。出于对刘邦登上皇帝宝座的新鲜感，他的好斗心理越发被刺激得膨胀起来；成功地大肆扩张的匈奴，于朦胧中早已不满足于四野一望的草原帝国。随着实力进入巅峰状态，匈奴实际正面临着一次下意识的战略转变，或者说在更高层次上唤醒了对中原财富的遗传性垂涎，一种本质上的条件反射。然而，这种空前的战略性思维，在后来漫长的岁月中因真实地面对着日益强盛的汉帝国而无以实现，只经历了短暂的活跃便胎死在思维中，返回了遥远飘渺的梦幻。

潜伏到“代谷”的匈奴冒顿单于和右屠耆王且蛰，暗中集结的战骑共约四十万。他们把目光锁定在平城一带，幻想着完成一次惊天动地的大战役，但目标却不甚明确。现在，他们需要认真鉴定战场和与战场相关的各种信息，深入探讨新兴大汉朝的性格特征。

地图上以平城为钝角定点，向西南到马邑，向东南至代县，三地便构成大略的等腰三角形，腰长各约二百四十里。“代谷”指代县一带的山地。代县是代郡郡守署地，治今河北蔚县东北代王城。平城为秦置县，故城在今大同东北御河东岸。

大帐中充斥着冒险的兴奋。冒顿说：“那被围在马邑的韩王，是专冲咱们来的，他要是匹马，为啥没听说过？”

“不好说，先试试他的脚力吧！”且蛰回答。

“不知道这韩王信比那大将军韩信如何？”冒顿说。

“那个大将军变来变去，变成齐王，又变成楚王，现在已经变成啥淮阴侯啦。听说他本来就是淮阴人，是想家了？怎就不当王了呢？”且蛰疑惑道。

由于汉文化和匈奴文化根本就处在两种完全不同的传统和经济、文化背景之下，又处在两个不同的阶段，即使匈奴上层，也不可能理解汉朝廷内部复杂的权力纠葛和帝王将相的宿命。

冒顿和且蛰都隐隐约约捉摸到了重大战机，感性和直觉在他们的决策中往往能发挥主导作用，然后用巫术加以印证。对于马邑，他们从来就拥有专利般的主动和安全前提，城里像聂行这样的熟人也多，商人们与匈奴部落里的日常生活联系紧密。正因为如此，匈奴人并不急于求战，也不想洗劫城池。冒顿只企图做一次战略性试探，一旦在战场上寻找到机会，则给问世不久的汉朝一个下马威，设想从此在东西几千里的边界上，处处就都有随手可取的羔羊。进一步想，如果整个中原能成为自己的供养库，要啥就拿啥，或者就有人送来啥，那是怎样一种舒心的境界啊！

匈奴人错把马邑当合黎，面对韩王信，总是处在以我为主的酣畅淋漓的想象中。大意间没提防，谷蠡王们被小小偷袭了一阵，虽然不值得懊恼，但却窝了一肚子火。大人们左右思量，攻这等土城虽有把握，但毕竟是以己之短击人之长，面对大羊圈般一个马邑，暂时还不值得去损兵折将——忽然间，冒顿单于却意识到了另一个问题，即刻派刚刚从河南地返回的后义庐侯难氏，去向都矢下达新的进攻命令，他要设法打掉马邑的幻想和士气。

尽管已经脱离了有限的报复性思维，匈奴的骑队还是挥舞着弯刀一浪高过一浪地集中向马邑城的正面冲击，强弓劲弩从每一匹驰骋着的马背上把飞蝗似的箭镞发向城头。城上汉军守卒被猛烈压制，几乎无法探出头来向城下看一眼尚且陌生的对手。

韩王信焦躁地来回迈着大步，口里发出同一个指令："不许胡人靠近城边，防备其他三面偷袭！"真个叫火烧眉毛，四顾不暇。这使他对之前的判断产生了短暂的怀疑。

箭雨稍稍稀疏，骑兵已到城下。方得喘息的韩军便急忙把砖石滚木抛落下去，但马队早已掠去，连忙施箭，却望尘莫及。这边方歇，狼嗥之声又扑到城边，如此潮水般轮番进退，一日下来，城上已是疲惫不堪。可对方一旦不冲城了，士兵们反倒被防御的紧张感沉重压迫着，更加惶惶不安。初来乍到，每一个空荡荡的脑袋都在盲目地推测着匈奴的习性，而草原上那些乌云般忽聚忽散的马们实在是跑得太快了。眼看守城物什十亭去三，于忙乱中胡乱砸到了城脚下，这样无谓消耗，还能坚持几日？

马邑城本是据山而筑的军事堡垒，日常时则充当农牧和手工产品交换的形象市场。由于城里地盘有限，遇到边市兴旺，来这里买卖的牧人一般把车马畜群停留在城外，临时买卖和实物交换便就着车马进行，天长日久，把靠城墙的一大片山坡地践踏碾压得寸草不生，乃至晴日里尘土飞扬。城的四周地势起伏，长着或密集或零星的树木。治水的一条季节性支流顺地势流来，敷城而过，有溪水和人工渠道穿入城内。冬春季节也有匈奴等牧民来这里和附近的山野搭了帐篷放牧，顺便分享马邑的集市功能。

此时此刻，面对城下隐约于四周山冈的匈奴军营，还有那些说不清是民还是兵的毡帐，说不清是兵还是民的成群的骑士，韩王信无法按通常的方式来想象马邑的守卫。他无须盘算地盘算着刚刚进驻的这座土垒到底有多少防御能力，也相对地判断那判断不清的匈奴到底有多少战斗力。几天了，不论天气炎凉都穿着毛皮的骑士们几乎一刻不停地呼啸着向城墙冲击。凭心境论，韩王觉得马邑确实像一小窝鸟卵，翻盏的马蹄正覆巢而来。朝廷的救兵何时能至？这是整日不落底的期盼。还是得早有现实谋划，不然匈奴人由虚转实，动真格的，马邑捉襟见肘的防守也许顷刻山崩，到那时就真的没救了。

王喜又来见顾虑重重的韩王，请求与匈奴见阵，寻求主动。韩王犹豫非常，但这个请求却得到了曼丘臣和王黄的极力赞同，那王黄好像是洗心革面了。再看王喜手下昨日的小胜之师求战心切，韩王便自产生了侥幸心理，或者自己也能像淮阴侯那样，在另类的战场上创造异曲同工的奇迹。

对于城下那种种伎俩，韩王在适应过程中反复思索，进一步坚定了最初的猜想。匈奴人目前的确是在虚张声势，大概对方也还弄不清韩军乃至汉廷的虚实。他已经看出匈奴骑兵极不善攻城，顺理成章猜想匈奴的将领们不想为攻城付出代价。其实由于信息限制、视角不同，彼此生疏又兵不厌诈，韩王信根本无法揣摩到对方真正的动机。

终于捕捉到些许灵感了，他点头准了王喜。看曼、王二人还在那里等着，便下令："明日王喜将军必然辛劳，你二人今夜可在城上主持，着意防守，如有疏忽，军法从事！"二人本不想立刻离去，但听得韩王将令，不敢迟疑。

韩王屏退了左右，与王喜逐一回忆匈奴连日冲城的所有细节，想研究出一些规律来。想来忆去，觉得那马队往来冲突中彼此互相补充，首尾保护，甚是严密，显得无懈可击。于是，韩王口唤王将军，拉了手，咬了耳朵。看王喜点头，便露出新养成的粗犷，大咧咧拍打王喜的肩膀，王喜起身告辞。

等王喜走后，韩王信立即让人去请来了这家房屋的主人聂行。此时的聂行身着丝绸夹衫，宽带系腰，头顶绾一帕发髻，下颌短须洒脱，倒像是一位读书人。韩王正面端坐，两个人不紧不慢地说话。卫兵在门前十步之外警戒，不许任何人靠近。

聂行明禀韩王，家中行商已历数代，但从自己开始，专事胡地贩运，由来朝廷虽屡有禁令，但禁之不严，而且反反复复，再说天高皇帝远，边关将吏也自辟生财之道，故此买卖未有中断，家中财富与日俱增。不等韩王打问，聂行便主动提出："日前奉老母之命，如若朝廷军用，家私财物尽可奉献，随便征取便是，只是粮食所存不多，甚是遗憾。"韩王听了十分感动，便要去看望聂母，被聂行婉言谢止。

虽说大敌当前，但韩王对与聂行谈天似乎有无尽的兴致，除偶然接触军需之外，看不出还有什么目的。聊得尽兴了，韩王忽然问："倘若匈奴进到城里，你与高堂便如何躲得灾祸？"聂行稍一犹豫，尽管周围没有任何人，还是凑到韩王耳边，小声说了。韩王信边听边不住地点头。其实，以聂行与单于庭的关系，何须忌讳匈奴？搞点措施，也只是防备万一，或说应对匪盗。

等到聂行告辞起身，韩王信随意问道："家里可有许多装粮食的口袋？"聂行感到诧异，但立即回答："装谷物的说不来有多少，但各色口袋还是不少，大王若用得着，这便打发人收集了来，不够还可以到街坊上去寻找！"韩王信知道他敏感了，便不以为意说："那倒不必！"

韩王信又派使出发到朝廷告急。他知道，单靠自己这点军力和马邑低矮单薄的城墙，无论如何也不足以对抗匈奴人，唯一的希望是朝廷立马派大军来救。在这份告急奏章中，对匈奴人做了扼要的描述：肉面扁颧，浓眉细眼；光头束发，丰髯刺须。耳垂穿孔，耳环单佩；宽袍过膝，左右开叉；腰带前结，带端散垂；袖阔收腕，裤笼系踝。或顶皮帽，或蹬皮靴，皮毛被肩，冷热勿论。弓垂左腿，箭横腰背；散则如云，疾则如风……救兵？他的脑际隐约闪动灵光，倏忽生出一个念头。

刘邦记挂着演礼的事，便到现场去看排练。大儒叔孙通接受任务后，迅速到孔子的家乡鲁地去征召了三十多名儒生，又邀请皇帝身边颇具礼学修养的近臣，连同自己的学生共计一百多人，抓紧研究编制礼仪程序和举止规范。然后，以关中正在修葺的长乐宫宣德殿格局为基准，在野外空地上用绳索围出操练场地，并插上茅草作为地标，排出尊卑位次，反复指导群臣演练。

乍看这演礼，刘邦觉得有些滑稽，但不一刻就适应了。正看得起劲，韩王的求救奏章又送到了。看来马邑的形势已经十分严峻，岂止马邑。刘邦隐隐地感到，匈奴的问题不得不尽快提上朝廷的议事日程。于是，赶紧回宫，召集有关官员商讨。尽管争议颇多，但他还是决定立即发兵前往救援。

马邑正面的营区，整个下午左谷蠡王都矢与左大将戎渠夕、左大都尉戕鹰等将领在山坡的草地上喝酒，无所用心地听手下胡诌。

后义庐侯难氏串毡房来了，也盘腿加入了议论。

"听说马邑的那个王爷是老早前韩国的孙子！"

"没错，是孙子，中原人的'孙子'可是了不得！"

"哪是哪，这个孙子不是那个'孙子'，是小老婆生养的兔孙子！"

"咱可不在乎大老婆、小老婆，横竖都是女人！"

"兔孙子倒不见得，说不定也是一头狼呢，这不，刚刚还来咱们的毡房边上遛了一圈，咬死了几匹小马驹！"

"瞎折腾，要是有胆量就多遛会儿，干吗慌忙逃回栏里？"

“那你为啥不叫他多遛会儿？”

“跑得太快了，还没等爷酒醒过来呢！”

“你是谁的爷……”

酒意渐浓，现场开始扎堆儿，边不停地喝酒，边回味抢劫的乐趣，相互攀比，或者为彼此间的旧债讨价还价，或者拿奴隶、女人来打赌，把马邑和韩王全然抛诸脑后。

难氏被酒刺激着，冲口透露出一个秘密，把所有的人又吸引作一堆。“那次，随大单于去南边巡视……”话匣子一旦打开，便没了遮拦，他添油加醋渲染了与西域商队的巧遇，有声有色地描绘着商人们的穿着打扮。

“带的财物可能堆满十座毡房！”

“胆子果真不小，敢随便从咱大匈奴的地面上过！”

“兴许人家就是冲咱们来换毛皮的！”

“那还得看咱希不希得给他！”

戕鹰问：“想是你不曾抢得动那些商人。要不，把那抢来的新鲜玩意儿拿出一两件来让哥们儿开开眼！”又紧追一句：“如何？”

难氏笑笑，说：“我手下人虽不多，但对付一二十个商人不过像宰几只羊。只是我对那些人有些新奇，特别是他们说的那些事儿！”

都矢问：“听说些啥啦？”难氏回答：“听说天山西边的山更高，山上积雪厚得很，山里有许多的草场和奇花异草、珍禽怪兽。天山的北边多是放牧，被大匈奴赶走的月氏人就逃到了那里；山的南边多是种庄稼，风俗和咱们相差得远去了！”都矢又问：“怎见得？”难氏一时却难以回答，想了想，说：“既种谷物，可能就和中原人差不多。”都矢摇摇头，意思是跟没回答一样。

难氏接着说：“那伙人的弯刀着实了得，挥舞起来，只听得‘呼呼’的风声，看得人眼花缭乱。”戎渠夕便问：“想是吓得你等拉裤兜了吧！”难氏顾不得周围一片哂笑，回答：“其实并没有动手。我事先想到，在咱匈奴的地面上敢如此张扬，恐怕总有些来历。”都矢点点头。

难氏本想在内心小小打个埋伏，但忍不住说了出来：“那商人中间出来一个女孩……”在场的一齐明白了。戕鹰揶揄道：“原来是这样，后义庐侯当然不会动手啦！”难氏并不回避，叹道：“那活脱，看着却是舒坦！”于是，山坡上响起一片哄笑。

都矢煞是敏感，忽然问：“想是与马邑有啥牵扯？”难氏惊讶地看着都矢，说：“左谷蠡王的确高见，依小侯看，那西域商人再是来得遥远，只要咱匈奴的马鞭子够得着的地方，都难说没牵扯！”这种避实就虚的回答使都矢觉得纳闷，也有些生气。难氏看出来了，赶忙以手护胸，赔礼说：“是小侯喝多了酒，一时多虑，只是想……一旦攻破了马邑，左谷蠡王的手下看商人财物多，一刀砍了只顾抢夺，那如何是好？”都矢越发纳闷：“怎地却与马邑的商人攀上啦！”难氏却又问：“左谷蠡王可知道马邑最大的商人……”

天色近黑，有人招呼戕鹰。须臾，戕鹰来对都矢附耳低言。于是，都矢便就地略略欠身，请难氏先去休息。随即，都矢与大伙儿商量一番，就在残酒剩肉面前亮着火把如此这般安排过，都去依计行事。都矢披挂了，在毡帐中静候。匈奴兵避着月光无声无息地在树丛中、坡地边分布开来，做成了一个仿佛神话里说的那种能把人化成血水的空瓶。

已经很晚了，紧张忙活了一整天的韩王随便用过晚餐，便又带领几名亲信侍卫到四城巡视，去背静处专拣那匈奴营帐之间的空处观察。看月色明媚，山野朦胧，毡房里透出的零星灯火点缀着夜的寂静，仿佛感受到了别样的悠闲生活情景。不时传来狗吠声，他体味着，内心却茫然地回想着历年征战的生死艰难，想到如若不是匈奴来犯，马邑一带便有商贾小贩来来往往，把城里的小街挤得熙熙攘攘，其中有包裹头巾的中原人，也有从远远近近的毡房里来的各色胡人……

一阵山野的冷风吹上城头，夹带着丝丝的枯草味。依然有烟火的气息，真不知道那城下毡房里的匈奴人怎样分配白天和夜晚的生活，到底按照啥规律过日子。他又看那些散布的毡房，想到聂行说的：草原上的人“牧羊为民，引弓即兵”，想眼前的大概是属于“牧羊”的那部分，面对攻战他们却能照样悠悠然，完全不属于这次战争。他忽生想象，或许匈奴人中间也有做买卖的，把“家”驮到这城外，暂且半牧着，等换了货物，再连“家”一起驮走……

不知怎的，韩王信的内心猛地生出一丝忧伤。入夜气温在下降，他不觉浑身微微发颤。有亲随过来，拿一件披风帮他披在身上。

第八十三回

淡抹风景白鸟无忌　火中取栗材武有心

初到边地即遇战事，韩王信总是滞留城上远远观望匈奴营帐。接阵之余，只见骑队在城下游戏般飞驰，真还没有能切近地看到匈奴人呢！给皇上的奏章中，那是照搬了当地居民的描述。正在东一搭西一搭地游走思绪呢，忽然生出一种欲望，也要与那王喜一般去匈奴营里遛一圈，免得打赢打不赢都还没对面看到过匈奴人的长相，岂不让人笑话了！韩王觉得，王喜刚刚踹过营，匈奴人必然放松警惕，这是琢磨其习性而生出的念头；但又仔细斟酌，此番不动则已，动必大动干戈，重复昨夜故事定然凶多吉少。

为慎重起见，他已经劝慰王喜，要他暂时放弃出战的念头。当然，也觉得方才自己猝生的冲动十分可笑，岂止是可笑……他忽然感觉到夜很静，静得有些不合常理。这一想不打紧，浑身冒出冷汗来："如果寡人率军出城，丢了性命是小事，马邑战局也可能就毁在这疏忽上了。"事情往往是这样的，人在冷静之后，才能判断环境。韩王信继续想："今后一定要慎重，为将者切不可轻动！"这时，在城上值守的王黄过来了，韩王于是吩咐回署，顺嘴安排在靠城角隐蔽处增加暗哨，夜间特别要小心提防。王黄连连称"诺"，请韩王放心。

回到署舍，韩王又召集部将布置了一番，特别要求注意观察城上城下动静，防备匈奴人偷袭。

魔鬼随心所欲地把双方的心理重叠在一起，然后自顾熟睡了。格外警惕着的匈奴将士在毡帐外伏了大半夜，以为总可以在某个时刻捉到瓮中之鳖。然而看到天渐渐亮了，还是啥动静都没有，只好传令收了兵。都矢在口里诅咒着："烧死他！"命左大都尉戕鹰带少量人马继续攻城，全营大都歇了。

难氏果然带那女孩儿来见都矢。举目看时，一袭土红色斗篷飘动，送来异样的青春气息。玉体半遮犹如云涌山峦雾泻林泉，流光溢彩的宝石珠佩间蓬勃着难以捉摸的神秘与诱惑，这是匈奴中从未见过的另类美妙。都矢努力稳住心性，又觉身体漂浮在奇异的香气中，不由得抽动鼻息。难氏笑嘻嘻开言了："禀左谷蠡王，这女子似乎天生携带着异域的花香气味。"这一打岔，倒是惊醒了都矢，便挪挪身子，坐稳了，开始找话来问。

女子名叫蛮茙，行为自由自在，忽而止住，忽而走动，口中也不耽搁回话。帐里上下，都随着她的活动而运作眼球，像是被机械牵扯着。那蛮茙浑身皮肤细如凝脂，胸浑圆臀饱满，腰肢婀娜，简直就是一匹漂亮得无懈可击的母马驹。都矢真想在那浑圆饱满的地方用力地抚摩，再用手梳梳长长的亮泽的头发，甚至凑过去分享她的呼吸。仔细端详那张情致盎然的脸，只见两撇如春柳般婀娜的黑眉下边，一对水波似的亮眼睛不停地忽闪，果然是鼻耸昆仑雪峰，口含瑶池秀色。都矢忽然觉得那点缀的珠宝如水光般粼粼闪烁，朦胧了对肌肤的幻想。

匈奴本在草原大幕驰骋，即便自冒顿单于起开始推动上层教化，甚至不惜尊请中原士人传授法度礼仪，但收效甚微，野性依然根深蒂固。部落里的女人们贞操意识尚未觉醒，在严格的等级制约之外，不只男人很随意，女人也一样。可上层已经有所自重，因此多出一份生理之外的美学感受。在座的都体会到蛮茙虽然野性，但却完全一副自然的高贵姿态。都矢觉得新鲜，心底里生出长者般的怜爱，也就不去管她如何率意。

都矢对难氏说："想后义庐侯既然千里迢迢把这女孩带了来，必是有意的，果真与马邑有多大关系？不见得只是为了寻些闲话取乐，也不怕真的被本王当面夺了去？"难氏回答："这女子高贵神奇，恐怕谁也轻易受用不了，还不如早早放下这份惦念。"说话间拿眼偷看白鸟儿。都矢又问："那马邑的商人又是怎的回事？"难氏反问："左谷蠡王可曾听说过聂行？"都矢回答："那谁还没听说过，不是明知故问嘛！"难氏说："这就对了，左谷蠡王想已明了！"都矢问："难道这白天鹅与聂行有牵扯，连大单于也要谦让？"难氏笑道："这话也对，大单于吩咐要把蛮茙公主完好无损地送到聂商人那里，不得出任何差错，这可是小侯拿这个担保的！"他抬手指点着自己的脑袋。都矢感到了失望，说："本来这马邑就捏不得又扔不得，还要送进个大活人去，可真为难本王了！"话说出可不打紧，两人紧忙注意白鸟儿的表情，她却是自顾向帐外看人马往来，好像并不关心别人在说些什么。

该说的话已经说到了，难氏便起身行礼说："今日蛮茙公主在场，小侯就不搅扰左谷蠡王的兴致。好在事情并不紧急，拜托，我就先告辞了！"都矢本就三心二意，注意力始终没有离开身旁犹自漫不经心的白鸟儿，忽然又听得称"公主"，便赶忙说："且慢，何来公主？"难氏回道："这事还有些说头，公主性情十分爽快，自然会一一告知！"都矢一笑送客。随即传令："攻下马邑，凡有姓聂的人家，均不得骚扰，待后义庐侯查问了再作区处！"难氏摇摇头，心想："左谷蠡王这是在有意抬举我呢，哪里需要我来查问！"话说攻城夺巷，谁还能举着弯刀逐个儿查问姓名？这道命令有趣得很。

等难氏出了帐，都矢让白鸟儿坐近了：“本王想问你一些事……”还没容说完，白鸟便说：“我给你讲个故事。”都矢说：“好，好，讲故事！”蛮茂舞蹈似的转动修长而装饰华丽的双手，讲的却是蒙童故事：“听奶奶说，北方有一个巨人。奶奶家是娀姓。”

“哦，你奶奶家姓娀！”都矢心不在焉，随便搭讪。

“巨人头在高山上，脚踩在山涧里，每天张口便能得到食物，很是开心。有一天，他却忽然感到了忧伤。”

“嗯，那是为啥？山被吃光了，没得吃了？”

“原来他看到了一个人，那个人虽然比自己矮小得多，但却长着两条臂膀。”

“这有啥可忧伤的？”

“因为巨人天生只有一只手臂。”

“哦，少一只手臂，少哪一只呀？”

“少右边的。”

这故事不知为什么，倒让都矢收回点神来，生出了莫名的感受。便问：“后来咋样了？”白鸟回答：“他就捉住了那个人，说，我想要你那条右臂，给我，我就放了你！那个人回答，我长了这条臂膀有用，你拿去了太小，没用！巨人说，那就把我换给你，让你长这么高大；把你换给我，长两条臂膀！那人回答，是谁就是谁，咋样换也没用！巨人哭了。”都矢回味半晌，问：“海子西边是啥样子？”

“与一路上过来看到的也不一样，也一样。”

“那就挑那不一样的说说？”

“好，白鸟公主准啦！”

这胡乱的说法让都矢重又觉得兴奋。听着白鸟儿说话，觉得心里迷迷瞪瞪的，煞是入耳。渐渐地，他的眼前出现了高山，高山的上面就像祁连山一样，一年四季都是皑皑白雪。雪水从山涧流出来的地方，就有种庄稼的土地，也有马匹、牛羊、毛驴、狗啥的，还有喂马的苜蓿，人吃的无花果、石榴、甜瓜和葡萄，当然不太明白那是些什么东西。没有水的地方，就和大幕的情景差不多少……不，比大幕更加荒凉。做买卖的人用骆驼和马驮着货物来来往往。不论怎么听，都矢总把那幻想的情景与白鸟儿混为一体，仿佛那一切都是白鸟儿的化身，他几乎要融入到那里面去了。他想立刻骑着年轻漂亮的马儿去那山中、那水边、那草原和庄稼地里狂奔。

“我们那儿有一种鸟，特别好看，身子是白颜色的，翅膀是蓝颜色的，嘴是黑颜色的，尾巴是黄颜色的。”

“你身上美丽的玉石是拿鸟的羽毛换来的吗？”

“不是，河里玉石多得很，是从山上顺水冲下来的，被沙粒和流水打磨得十分纯粹，就像我身上的这样。”白鸟儿说着，更加凑近些让都矢看，都矢只觉得浑身的血肉在膨胀。

“那山叫啥名字？”

“昆仑山。”

“昆仑山上可是神住的地方呀！”

“我就是神，我母亲是神，我们一家都是神！”

这仿佛是一种提醒，让总是耐不住性情有些躁动的都矢回过神来，想到了“公主”的说法，便问：“你是说，你也是大王家出生的？”白鸟儿回答：“是倒是，可是我说的不是这个！”都矢问：“你说的是哪个？”白鸟儿回答：“我说我们家就是神！”都矢将信将疑，便说：“好，好，就算我相信了，你能证明给我看看吗？”白鸟儿问：“你要我咋样证明呢？”都矢说：“你能把我身上的东西拿了去，又让我不觉察吗？听说神能做到！”白鸟儿随口说：“用不着那么麻烦，等会儿还得还给你。把你的刀挂到右边去吧，就这样！”

都矢警觉，看时，本来悬于左侧的宝刀果真到了右边，只有伸左手才能拔出，很是别扭。他忽然想到了无右臂巨人的故事，暗中吃惊不小，但还是大声夸赞说：“好，好，真好本领！”他强迫自己保持尊重，眼睛却又注意到那双暂时停了动作的小手，手指、手腕上点缀着宝石，指甲尖尖，染了漂亮的颜色，还闪烁着细小的反光。他伸一下舌头，仿佛想知道那又是什么味道。“后义庐侯其实说得不错，咱匈奴的女人里挑不出这样一个，不，即使比这女子差一半的也没有……不，有还是有一个，他忽然想到了蛮芑阏氏，觉得她们有点相像。遗憾的是，蛮芑原本也不是匈奴人。蛮芑阏氏……哎呀呀！”都矢突然有所省悟，但拿不准。“难氏这家伙够鬼！”他在心里骂道。

白鸟氏朝毡帐外吹一声婉转的口哨，一条浑身火红的狼犬悄无声息地蹿进来，偎依到白鸟儿身边。都矢下意识伸左手去握刀鞘，却握了个空。白鸟儿抚弄一下那犬的头背，对都矢说：“你不要怕，它是天犬，不会随意伤人的！”都矢暗想：“差点忘了后义庐侯提到过的红犬。该死的难氏！”

那天犬算是一服清醒剂。都矢心想，这白鸟儿兴许真是西域哪位国王的公主，要不怎如此佩饰豪华又如此不经意地对付事体，还有这外表雄健而性格温顺的天犬保护着。为啥叫天犬呢？越发猜不透彻了。他重又细看白鸟儿，才觉得那纯真的表情后面有一种神秘的尊贵，漂亮的嘴角不时会飘出一丝难以琢磨的笑意，不能再看一眼，看一眼就会禁不住露出那莫名其妙的笑来，真是对付不来！忽然想到一件事，便问："你如何便学会了大匈奴的语言？"

"商人们都会说。"

"你又不是商人！"

"商人们都喜欢我！"看来这白鸟儿对人与人之间的感觉，竟是像未曾被马儿践踏过的草地那样。都矢心里产生了一种有生以来没有的纯净。还有一件事十分挂心，但以都矢在匈奴的尊贵地位，此时面对这样一位似乎还不谙世事的女子却有点难以启口。尽管犹豫，但还是问："听说神公主的扈从各有宝刀，本王想借公主的面子开开眼界！"

白鸟儿长而弯翘的眼睫毛一忽闪一忽闪，停住了，美丽的大眼睛在都矢脸上巡视，难解的表情背后依然是那种天真无邪。仿佛想明白了，偏腿从长靴里"唰"地抽出一把短刀，寒光闪处，都矢也早已宝刀在手。再看那白鸟儿，神色诧异，身旁的天犬也自精神一抖。都矢知道自己失态了，便自我解嘲地"哈哈"大笑，笑过了说："神公主的刀确实比本王的精致了许多，只不知道管用不管用？"白鸟儿便说："你看吧！"把那短刀递了过来。都矢接过刀，刀柄上同样镶嵌着宝石。翻来覆去地看，又来与自己的宝刀对照着看，与此同时，心理位置也发生了转移，眼前这位女子真的成为了他心目中的神公主。

都矢手中尽情把玩着漂亮的短刀，口里问："后义庐侯告诉我，你认识马邑的人？"白鸟儿回答："认识，也不认识！"都矢已经适应了白鸟儿说话的方式，便问："为啥这么说呢？"白鸟儿说："我父王认得他父亲，我也是认得的！"

"他父亲叫啥名字呢？"

"听父王说，叫聂行！"

"他叫啥名字？"

"聂行！"

都矢终于理解了蛮莪对于冒顿单于的重要性，只是不明白这父子俩为啥都叫"聂行"。他转念问："你见过冒顿大单于了？"蛮莪回答："噢，见到啦！"那意思是，这有啥特殊吗？还用问嘛！都矢不再管她怎样的表情，又问："你给大单于讲故事了吗？"白鸟儿说："讲啦！"都矢又问："都讲啥啦？"白鸟儿说："就那个，巨人和矮子的故事！"都矢忙问："大单于说啥啦？"白鸟儿答道："他发呆，好像听不懂！"

都矢于是不再问了。

尽管马邑城防不算坚固，但城上防守坚决，更兼攻城的既不擅长此道又三心二意，就这么靠情绪脾性耗着，转眼已经二十日有余。匈奴人虽然不在乎在什么地方多待几天，但久拖不决的战法恰恰不符合他们的个性。都矢只一心想乘韩军偷袭还以颜色，而韩王岂肯主动钻进那个化骨肉为血浆的空瓶子里去！对于他来说，心里最急切期盼的是朝廷救兵。于是，王黄的主意开始在他的脑子里忽隐忽现，尽管努力排斥，但总也挥之不去。无论心里怎么想，一种定式思维的力量总还是主导着他的行为。匈奴总是不断地得到内线提供的消息，但这一点正好被韩王察觉并利用了，隔三岔五地与王喜等将领合计着放出各种烟幕，反闹得匈奴营中夜不安寝，个个身心疲惫了，连白天攻城的锐气也被挫损了。

时机终于来了，韩王下决心倾城中之兵亲自一战。这样做，最好的结果是大挫匈奴，奠定镇守马邑之威，但就形势看，几乎没有可能，兵力悬殊不说，用步兵对付剽悍的骑兵，简直就是赴汤蹈火。实力相差太大，又有马邑后顾之忧，再想想燕王臧荼、楚王韩信，皇上那里更是令人顾虑重重，实际的处境是进无力，退无路。现实的办法是寻求缓冲点，拖延时日以期待那迟迟不到的救援。为今之计，最理想的就是设法挫挫匈奴的锐气，又不十分激怒对方，前提是基本能保存实力，真正鼓舞起守城士气。对于不期的结果，韩王就不敢想了，但凭自己的智力和经验，他坚信不会轻易陷入那般田地。他确实太想通过冒险获得一定的主动，之后再相机行事，心中便暗自诞出一个十分冒险的计划。

天即将放亮，又一次糊里糊涂枕戈待旦之后的匈奴兵们，口里纷纷吐露埋怨沉入睡梦。

这是一个积攒了太多困乏的间隙，不料马邑城门忽然大开。少数处于戒备的匈奴骑队也担待着疲惫盼望交班呢。匈奴上下已经被懈怠了心态，见有汉骑出城，惊讶之下不免迟疑，还在想这是咋回事呢！只眨眼间，王喜率三千战骑发动突袭；与此同时，大批早已乘夜潜出城外的韩军，也匪夷所思地出现在松散的匈奴营的某个位置上。这是扬步兵之长抑制骑兵战斗力的不可重复的机会，王喜也是好胆量，竟然第二次冒险蹚这道浑水。

韩军并力，一时间匈奴营里乱了方寸，迷迷糊糊的、赤身裸体的、有盔没甲的、寻弓的、找刀的、牵马的、大呼小唤的、四处踅摸的、发号施令的、奋起抵抗的，总之一时是左右不相顾了。伤亡当然难免，这个流血的清晨注定是要到来的。从根本上说，声势浩大的左谷蠡王部就没有把韩军放在眼里，而韩军确实也没有料到立足未定就会遭遇大兵围困，没被破城已属万幸。仓促中被动防守没有退路的韩军，在镇定之后成为了一支哀兵，马邑城中的商贾百姓全数懂得匈奴人一旦攻进城来将意味着什么，对潜在形势的分析坚定了韩王信的决心；在这一点上，刘邦没有看错他的才能。韩王信两眼终日价盯着敌阵，呕心沥血地谋划，终于创造并捕获了战机。

初次面对汉朝军队的匈奴人，尚且没有把困在圈里的一只羊有可能作狼一样的反扑放进自己的思考中，甚至还没来得及把打仗就要流更多的血概括进与汉朝的战争。秦末以来，他们通常看到的是被入侵的对方溃败、流血；新近，他们又总能轻而易举地让汉朝边邑的百姓家破人亡、沦为奴隶。对匈奴人来说，这些都是正当的获取，正常的奖赏，和宰掉一只羊，获取羊皮、吃掉羊肉是同等的意义。他们手里的弓箭和屠刀，是无法感受血腥和哭泣的。当匈奴弱小或还不够茁壮时，也有过惨痛的遭遇，但强大和胜利已经使曾经的悲伤迅速淡去。对于全民就是一匹战马的匈奴，战争成败意味着享受或忍受命运；把精力运用得更加充分，或者让倒仆的战马重新站立起来，都是日复一日的生活轮回。那种对生存和生命都带有原始性质的观念，在缓慢的进步中复又淡化着进步的成分，让漫漫日月拖动沉重的车轮，退了再进。也许马邑正是一扇门户，走进这里，匈奴将开始与国力不断积累、由弱渐强的西汉朝在近二百年侵扰和反侵扰、进攻和反攻的形势转化中，品尝蒙昧的后果，在空前惨淡的境遇中转换历史角色，从而脱胎出新的自我。

都矢出帐上马，飞快地驰上一道高坡。他模模糊糊看到了韩军以骑兵为前驱，雁翅一般的阵形像草原上的风暴横扫自己的毡帐，而许多不知道从哪里冒出来的敌军，正各自为战，充分发挥着扰乱和牵制的作用，弄得营里像开了锅的手抓羊肉。马邑城头鼓声震天，合城百姓的助威，山野里进攻者的喊杀和遭袭者惊惶的呼叫，散乱的马嘶声，白刃搏击声，和着天畔渐吐渐明的光线，恍若一场没有做醒的噩梦。都矢不相信眼前的一切是真实的，直到戎渠夕、戕鹰等相继赶到。

第八十四回

山原血战直志誓死　孤城无援曲意求生

醒悟过来的都矢突然发怒了，他命令戕鹰立即组织反击，随即派骑兵四下去调集分散在附近的部众，希望在反击得手后，还能逮住煞费苦心“守株”引出来的“狡兔”，把韩军人马堵截在马邑城外，分而歼之。匈奴营地相对分散，又借山坡丛林隐蔽；而韩军力量有限，再被守城拖累，虽钻了对方的空子，但只能做重点袭击，给匈奴人留下了组织反击的充分空间。游牧特性造就了匈奴人天生的自我为战能力，长期不稳定的生活赋予他们心理稳定的自然素质，目的单一而又无所顾忌。好战的骑手乱中不乱，一人一马就是一个战斗组合，他同时具备长途奔袭、近距离冲击、耐久作战、机动灵活、弓弩射击、白刃格斗、徒手角力等能力和技巧，是个人英雄主义的一类典型。当然，这种个性也潜藏着易于分崩离析的危机。

匈奴前方营中局部的抵抗已经开始向小股反击转化了。王喜的骑兵数量毕竟太少，出城潜伏的步兵一旦被匈奴骑兵遏制，接下来的局面可想而知。视战争为游戏的匈奴兵，显然擅长在速度竞争中创造和寻得许多反击的机会。现在，所有来得及跳上战马的匈奴兵都已经与战马成为了一体，这就意味着强大战斗力的恢复。

随着都矢、戎渠夕、戕鹰等的临阵指挥生效，退避的散骑迅速合入四处集结而来的队伍。都矢鞭鞘一指，胡笳齐鸣，匈奴兵的反击更像暴雨川流，从山坡和山坳倾泻而下。战场终归是实力的比拼，韩军纵有千番计谋十倍勇猛，怎奈何排山倒海般飞驰推进的堡垒和堡垒中狂风般射出的密集羽箭，进退之势顷刻易位。都矢松出一口气，想想韩军不过如此。尽管这一战让自己吃了些小亏，但眼见得出城的韩军，特别是那些步兵是休想退回到城里去了。

然而，韩军退却的速度比都矢的想象还要来得快，并且出乎意料地抛下了许多口袋和各式用物，甚至金银财宝。这一下，匈奴战骑反击的速度明显减慢，战马就像装了刹车般勒住，它的主人们乘着同伴追击的机会，迅速跳下马抢夺财物，听任敌军退去。戕鹰大喊抢夺财物贻误战机者当场处死，他的随从卫士们也跟着大喊，但这种命令收效极其缓慢，直到戕鹰真的动手处死那些只顾捞取财物的士兵，才算推动了整个阵脚。这时，被韩军袭击过的匈奴毡帐已经燃成一片火海，反攻被明显地阻滞了。

早睡的蒙眬之中，蛮茷觉得耳畔有毛茸茸的呼吸，知道是天犬猩璞在嬉闹，但感觉有些急促，便不情愿地睁开眼。她蓦然听到了四周的惊闹声，赶忙起身，探头看到帐外匈奴兵纷纷上马，喊杀声由远渐近，仿佛正从天空中盖过来。白鸟儿虽是天性无惧，但也只好在猩璞和四名卫士的催拥之下赶紧上马，猩璞在马前转过一圈，向主人示意，返身飞奔。不容多想，蛮茂催马紧随，顷刻脱离了营地。到了一座高高的山冈上，在晨曦中立定了回头看时，各处山坡上已经聚满了匈奴骑兵。

一轮红日伴随着霞光在不觉中升起，与匈奴营中显得暗淡了的火光一起照耀着马邑城，也照耀着都矢的山坡和双方各半的战场。都矢不停地挥舞马鞭，战马在他的座下跃动，配合着主人的情绪。眼看在戎渠夕、戕鹰的指挥下，终于迫使大队来不及退进城去的韩军，向马邑一翼的高处后撤，都矢的心情随着初升的太阳变得好起来了。

王喜的骑队借助纷乱的战场环境，来回牵制匈奴兵，掩护步兵退却。收缩的韩军与城上互为响应，形成了一道防线，但一场先发制人的袭击，眼见得已成秋风落叶之势。此时，在都矢的眼里，韩军确实像马邑山上飘飘而下的树叶，只要自己再刮过一阵风去……人马如落叶般被马蹄蹂入泥土中，马邑还能怎样呢？都矢已经在心里感到了得意。事实证明，即使处在仓促反击的被动中，匈奴骑兵的野战能力也远在韩军之上。对于韩王信来讲，马邑战场的初次交锋，已经超越了楚汉战场的经验，使久经战阵的部属走到了生死边缘。一切尚在计划之内，最后的战斗尚未开始，韩军的伤亡达到了出乎意料的程度。

在雒阳期待着演礼的皇帝刘邦得到了一份密报，说韩王信私自派手下的曼丘臣、王黄向匈奴冒顿单于求和。心里正自狐疑呢，叔孙通来禀告：“演礼练习已经娴熟，陛下可以亲自到位与群臣合练了！”于是，刘邦临时下了一道命令，叫预备救援马邑的部队就地驻扎候旨。然后，他起身去演练现场。

反复看了一阵子，刘邦自个儿心里掂量过了，说：“我的角色我有把握，完全能够做到！”于是加入了练习。那感觉的确不错，他十分投入，便暂时把马邑的烦恼丢在了一边。

马邑的战斗已经进入生死关头。在山坡上观察了许久的都矢放开缰绳两腿一夹，坐骑飞奔而下。随着这一举动，匈奴兵全线反击。都矢特别想抓住眼前稍纵即逝的机会，彻底消灭那支让他两度吃亏的汉军骑兵。这边撤得迅速，那边追击也快，戎渠夕、戕鹰等早已抵达城下，两名剽悍的千骑长假意攻城以为牵制，看看都矢已经率军斜切向马邑侧面，便分开左右，合力向韩军聚集的山坡展开了包抄。形势骤然危急，地形适合骑兵作战，依匈奴的能力，消灭滞留城外的韩军已成定局。

初升的太阳在烟尘中颤抖，仿佛忍受着切身的创痛。面对沸腾的战局，都矢让自己冷静了一下，抽身回看营中开始颓萎的火势，从一丝恼恨之中蹦出咬牙切齿的得意："谅小小韩军，哪能挡住我匈奴狼群一般的骑士！"言罢，放马向王喜的骑队冲去。匈奴骑兵呼哨呐喊，潮水般俯冲又疯狂漫溢，向被压制聚拢的韩军展开了窒息式的围攻。

王喜和他尚存的大部分骑兵被浴入血海中，不防都矢飞骑冲来，那股逼人的气势，一箭开外就使王喜感到血气扑面而来，但也由不得多虑，硬了头皮放马迎战。都矢抖擞精神，刀光离王喜只在毫厘之间。左右弟兄走马灯似的遮挡周旋，转眼就有两人被砍下马去。在勇士们拼死掩护下，王喜且战且退，还能大致地收拢人马，作困兽斗。战场上弥漫着悲壮的气氛，而城头守卫助威的士兵，也已经顿挫了气势，极度的紧张几乎使每个人的举动都失去了控制。

战场边缘荒僻无人的山谷地带，蛮荿感到了莫名的寒意和寒意背后潜伏的动荡不安，这在平生还是第一次。猩璞俯伏下身子，从山头瞭望，发出低吠。白鸟儿下马，也猫了腰去看，惊异地发现对面丛林中人影隐约，杀气弥漫，似乎藏匿着无数的兵马，心里顿时涌起阵阵不安。从遥远闭塞的西域万里迢迢来到这里的她，已经经历了许多有惊无险，其实面临危险也浑然不觉，总是把目击的种种残酷与自己的处境分离开来，而现在似乎有所不同了。卫士们和天犬猩璞的唯一职责，就是让主人不受到危害惊吓。四名卫士隐身在附近，猩璞则引导蛮荿躲藏到一丛巨大嶙峋的岩石后边，飘洒俊逸的骐骝也在身畔俯伏了，仔细倾听附近的动静。林中寂静可怖，山坡那边连绵的战鼓声和喊杀声，为山岭间的秋晨渲染同一种肃杀气氛。浓霜化露浸湿白鸟儿细嫩的肌肤，好在她从小习惯单衣薄衫，并不真的畏冷。

太阳渐渐从山的背面露脸，亮起的丛林中发出明显的但却是压抑的声响，不久便有大队偃旗息鼓的军队从面前的岩缝中一闪一闪地经过，军服上完全不着皮毛的痕迹。白鸟儿真正感到了寒流缓缓渗入体内，不由得一阵战栗，便拉一拉斗篷裹紧了身体。猩璞赶紧把毛茸茸的身子向主人靠拢来。

马邑城头的鼓声和呐喊已经充满了疲惫。山冈上都矢当先率骑突击，由于所处作战位置变动的关系，戕鹰实际指挥大队进攻，戎渠夕则落在最后，负责监视整个战场的形势。眼看匈奴兵越发聚集，此一战结局已经分明。王喜指挥韩军死命结成防守阵形，凭借山坡和城池一侧，以弓箭和血肉之躯交替阻滞马蹄和弯刀的速度，常常步兵反倒在前，构筑着清晨的壮烈。王喜大呼："弟兄们，进得生，退即死，生死在此一搏！”骑兵复又向前冲击，为步兵争取喘息间隙。

躲藏并不是蛮莪的性格，她感到了委屈和猥琐，索性上马向高处奔去，猩璞灵活地左右交替奔跑。岩石前面，几十名士兵一齐停止运动，向白鸟儿背后举起了手中的弓弩。

大部队依然在山林小道上快速前进，他们异常忌讳任何的节外生枝。白鸟儿停下来，转过身直视，她照样不懂得胆怯。这时，弓弩手闪开一个空隙，一骑高大的战马驮着一名体格魁梧的将领出现在空当里。将领不紧不慢地朝蛮莪观看了一阵，示意军士收了弓弩，赶快跟上大队，然后扬起马鞭，朝这边温和地挥挥，甚至还朝猩璞挥挥，催马离去了。

白鸟儿继续登上高处。她惊奇地发现，方才扎满匈奴兵的山冈上，此刻却遍布了方才看到的军队，他们已经从匈奴人的背后潜进到达战斗的边缘。当又一阵战鼓和呐喊撼动冈峦时，山坡上旗帜猛烈地翻动，人马如山洪暴发般倾泻，冲向马邑城侧面的战场。随即，四匹高大的西域马现身刚才汉军集结的位置，四把长长的弯刀一齐送进了刀鞘。

无法阻挡的匈奴骑兵大举围困上来，王喜主导的防线即将崩溃。最后的关头来临，匈奴军的背后陡然响起了惊天战鼓，带动山谷雷鸣般回响。城头几乎停歇了的鼓声忽又振奋，半围中殊死抵抗的韩军骤然奋起反扑。都矢尚未来得及理解这风云突变的含义，大批的韩军便从天而降，从匈奴兵倾巢出动的山坡、山坳的空虚中尾随袭来，顷刻间已经越过死灰复燃的火线。都矢空虚的后营里方寸大乱，号叫之声此起彼伏，败逃的散骑被挤压过来，冲乱城边的阵脚，匈奴兵完全乱套了。顷刻形势逆转，退守抵抗的韩军士气大振，王喜率领骑兵当先，奋不顾身冲入惊惧迟疑的敌阵，与韩王潜出的生力形成了强大呼应。急切之下，匈奴人自有一套惯用的战法。都矢发挥快速机动的单兵能力，举鞭一指，笳声响起，各处山坡上的匈奴兵边于马上返身射箭，边飞速向更远更高处的山坡林地遁去。在身临陷阱必须逃离的时刻，这退却的冲击力更是不可阻挡。

然而，马邑城下两名千骑长和他们率领的人马，已经无法逃离大队韩军的压制，又被王喜的骑兵乘机堵截，无隙可出，一直逼退到城根，被城上箭弩砖石齐下，无一幸免。

经过了短暂的兴奋之后，韩王信判断战场形势正是到了意料之中，围围不了、堵堵不住、追追不上的境地。必须果断作出决定了，这就像作出出击的决定一样艰难，但却是预先一揽子想好了的。匈奴远远近近散布着的许多人马会陆续驰援而至，都矢部摆脱夹攻后也正在飞快地重新集结，现在若还迟疑，舍不得放弃上风局面，必然贻误退回城中的时机，那无疑会导致全军覆没和马邑失守。关键时刻，除非朝廷的大批援军会奇迹般出现并立即投入战场，但那可能吗？

随着谨慎着的韩军骑兵最后消失在城下，都矢才在紧张的退却和重新获得战场主动权的思索中醒悟过来。正午的秋阳照着复又严阵以待的静静的马邑城和匈奴重新集结的纷乱喧闹的人马，表现得不偏不倚，只有山野营盘大片的狼藉，描述着都矢此时此刻的复杂心情。激战甫止，一阵阵的山风吹过，又有一大批黄叶掉落在战场周围，他真正感到了秋凉的意味。

话说，马邑城中因时时提防匈奴人劫掠，凡有实力的人家，都防患于未然，秘密向城外的山林隐蔽处挖出地道，顺便在其中辟出储物空间；更加财大的还直接在地道出口附近的山里另凿了仓库。这个在马邑绝对禁口的秘密，从没有人相互探听，只是那晚被聂行在倾城覆巢之虑中透露给了韩王，而韩王也完全保守了这个转化为军事机密的秘密。那些为军队担待的人家，全数得到了韩王的军令保证，只要谁透露了这个事项，不论是军人还是百姓中的知情者，是军士还是韩王自己，一律处以极刑，株连家族亲友、街坊邻居、上级军官。

绝大多数将士是在黑夜里接到命令的，而且立即行动，到具体的进出位置上还都被蒙上了眼睛。当然，这背后深层的保证，更在于匈奴臭名昭著的地毯式的劫掠。那种完全意义上的扫荡，无论贫富，不但财产洗劫一空，人也要被掳去充当奴隶，稍有反抗，定是房舍烧毁，人头落地，横竖家破人亡。这彻骨的恐惧和日积月累的怨恨，是一种比任何命令和极刑都透彻的自我节制。马邑虽还未曾到达那种地步，但前车之鉴颇多，传闻更多，又有谁不怕陷入灭顶的灾难之中呢？那么，一夜之间，地道中能潜出那许多的韩军吗？断然不可能。原来，真正的生力军大多来自晋阳至马邑间，为救急计，韩王早已命令一路上的留守部队秘密出动，陆续集结。尽管一时搬不来朝廷的救兵，可自己的下属还是不敢迟疑的。韩王从晋阳移驻马邑，本就是一个延续着的向北搬兵的过程，匈奴人自以为实力远远在韩王之上，因而忽视了这个看似并不可能造成威胁的细节，给韩王留下了赢得短暂优势的余地。

耳听得战场上声息消弭，猩璞已经把蛮莪带到了一个极其隐蔽的山凹。这里大树林立，巨根错杂，马不能行，人须攀缘。一道深深的沟壑边，藤蔓纠结枝叶覆盖，许多年的沉积又被细泉淋湿着，散发出冲鼻的腐殖质的气息。白鸟儿本就时常出没山林，这里的山林虽然与家乡的有所不同，但仍然给她许多熟知和亲近的感受。山前面已经沉默了的大战在白鸟氏的心灵里还只是一个幻影，但从容走过去的汉朝将军，却在她的脑海里清晰地反复萦绕。耳边被阵风掀动的树涛此起彼伏淹没了战鼓激荡，给她以另类莫名的震撼。

猩璞异乎寻常的嗅觉锁定了一片湿漉漉的浅沼和几层密密匝匝的大树，它发现了一个十分隐蔽的洞口。卫士们出于天性和身份的绝对服从，任由白鸟儿带着猩璞进入洞内，自己等则就地潜伏下来。

激战之后，马邑城外乱糟糟一片，而城里显得出奇的平静。秋月高挂的深夜，聂行独自在小院正屋前的树下，摆了小桌凳慢慢酌酒，想着心思，想到了西域那辽阔而神秘的沙漠绿洲。他是开拓型商贾的先驱，终于如愿以偿到那遥远的地方去做了一大宗生意。经历了许多艰难，也增加了许多见闻，更是有一些奇遇，历时一年有余方才归来。前次应邀参加冒顿单于的婚庆，他已经感觉到迟早可能发生的事，当真正面对匈奴侵犯和马邑军民抵抗时，他深深陷入了矛盾与苦闷之中。在不得不作出选择的时刻，聂行搁置了与冒顿的友情并冒着巨大风险，选择支持韩王。这是与老母亲商量好了的，也算是孝子之行，算是为乡亲们承担一份重大责任。尽管他与朝廷官员和匈奴都有来往，但就一个普通百姓此时的心境来思量，匈奴兵的物欲和野性极其难以驾驭，一旦城破，覆巢之下岂有完卵！就自身来讲，即使在匈奴破城之后可能得以单独保存，朝廷那边岂不又勾起重大嫌疑！而左邻右舍父老人等又会如何想象？他甚至想到过弃家与母亲、妻儿逃走，但这个三十六计的上策，毕竟做起来十分为难……只管胡思乱想。去看窗棂的灯下，刚刚成年的儿子聂省依然在埋头夜读。聂行又想，这孩子完全不像出自做买卖的人家，倒是个一心只读圣贤书的人，大军压境，他竟是稳坐钓鱼台，不闻窗外事——这样也好！

管家近来提醒："老爷夜凉，还是歇息了吧！"聂行只是口里答应，身子却未曾动弹。管家无法，只好拿了夹袄，给主人披上。

聂行又熬了大半个时辰，觉得真有些困乏了，这才起身进屋。马虎洗了把脸，由家人把水泼到院里，方得关门，却听到马厩那边有动静，随即像掀翻了什么沉重的东西，引起马儿扰乱。聂行心下一沉，大事不好，莫非今夜就要闹出大灾祸来。迟疑半晌，仔细听院子里并无喧闹，出来看时，却出现了奇迹。原来当院好端端地立着一人一犬，在月色下看得模糊又分明，像是神仙下凡的一般。聂行明知道人从哪里出来的，心中却又纳闷。就这当儿，马夫和家人们都出到了院里，犹疑着不敢靠近。聂行只听管家嘟囔："这大个响动，那看家的狗也不出个声息！"聂行一想，果真如此，就更觉得奇了，吩咐："快请客人到屋里！"又让马夫去严密遮掩了本是藏在马厩里马粪下面的洞口。

稍稍定神，聂行这才发现那土红色的披风里，裹着的竟是一位十分妖娆的女子，便自呆愣了。再仔细看，哎呀，这不是西域和田国的小公主蛮莪嘛，原来是认得的，不由得惊讶万分，心胸间一时如甘泉潺潺激荡。蛮莪也表现出惊奇的样子，立即十分欢欣，向聂行行礼，口中问候："聂叔叔好！"聂行连忙问："这莫不是梦，你怎么竟到了这里？你父王、母后可好？"到了这里，蛮莪要乖觉多了，回答："父王、母后都好，他们向聂先生问好！"聂行心里高兴，本想立即让她去见母亲，但毕竟已经夜深，便安排饭菜，一边打发人收拾好房间。待会儿去院子里查看，却发现自家的看门狗与蛮莪那条红犬正处得极好，心里暗想，大概这狗也和人一样，生来就有不解的缘分，难怪从一开始就不肯声张呢！

马邑这一仗也算是小有规模，双方都有一定损失。都矢只觉得窝囊透顶，天天想逮着狼，却被狼反咬一口，加之折了两名千长，暴跳之下整顿人马，攻城又激烈了几日。匈奴人天生有十分的血性，怒时似要去翻天覆地，把那城墙都踩塌了，过后又漠然得快，喝酒吃肉时便忘乎所以，心情的刷新，就如每天太阳都重新升起一般。

韩王信是不能再出战了，只朝着雒阳的方向望眼欲穿，期盼朝廷援军猛然间到来。匈奴经这一战，反倒直截放下心来，夜里不再做特殊的防备，也不再打算守株待兔了。有一件事，都矢自是未曾忘记，让人去请蛮莪公主，方才发现不见了踪影。这一下心中又恼了。

戕鹰、难氏进帐来，看到左谷蠡王烦闷，便不敢多言。坐了许久，不见都矢有任何表示，便互相递个眼色，起身退出。倒是都矢自言自语说："这白鸟公主为何便丢啦！"戕鹰接口："兴许被乱军杀了！"难氏有不同看法："假使被杀，哪能全不留下一丝痕迹！"难氏自认为十分了解白鸟儿，说逃走，他也不赞成："趁乱溜了去玩是有可能，她没有逃的必要，却有一去不回的理由！"只因为全然没有蛛丝马迹，便不好为这事盲目探究，三个人转到了几日来共同的疑惑上："韩王是何时从何处出城的，冷不防又到了背后？"这几天派骑士到处查看，却只有马迹不见蛛丝。也发现了深浅不一的山洞，不是天然的就是貌似可疑的，至多足以遮风避雨，没啥探究的价值。在更远处，却发现了晋阳方向韩军来援的踪迹。都矢不再追究对手是如何出城的，只不由得在内心对韩王产生了三分敬意。

第八十五回

末路途穷遗族背汉 长乐演礼群氓肃然

近草远林黄叶接天，才过了几日，深秋的气象已觉浓郁。韩王信接连遣使向朝廷告急，但救兵总也杳无音讯。而匈奴那边，传言单于四十万轻骑即将大至，哨探已经在平城那边亲眼看到了漫山遍野的人马营盘，韩王真是心急如焚。刘氏天下已定，圣上意得志满，胸襟浮躁又百忧缠身，心情烦乱疑心重重，如果自己此次再有败军之辱，恐怕就不能重复昔日的幸运了。

只得寻求一种像民间杂艺中走绳索那样的侥幸，但愿这不是一条缠向脖颈的绞索。"算是缓兵之计吧！"韩王信多日盘曲心头的计划露头，即刻派一名幕僚去唤曼丘臣、王黄。这两人都不在公干，也不在家，而正躲在一座背巷土屋里与人谋划呢。那参与谋划的人名唤赵利，生得尖嘴猴腮，自称是战国赵王室的后裔，看上去哪哪都不像。忽然有亲信神经兮兮地来转告，说韩王宣召，这三人都有些慌张。

三人分了手，王黄、曼丘臣错开前后脚来到王署，没料到韩王竟然就案前起身相迎。王黄进门便不由得双膝着地，韩王大咧着招呼："免礼，起来，坐，坐！"等到落座，王黄偷眼看时，屋里只有三人，韩王一本正经模样，正不知寻思什么。曼丘臣照例摇头晃脑，东瞅西看，倒是漫不着意。韩王开口道："前一时军务紧急，寡人难免性情急躁，怠慢了二位……"王黄急忙躬身："大王身负汉廷重托，小人等驽钝，岂能理会得！"曼丘臣却是暗自冷笑。正这时，只听门上报一声："王喜将军求见！"

王喜早已一脚迈进屋来，抬手一揖，方得说话，却看见韩王阴沉了脸。他这才注意到曼丘臣、王黄在一侧稳坐着，商量大事的一般，心里不禁纳闷。再看韩王，已然换了笑脸，招呼："如无甚大事禀报，王将军可暂且回避！"你说那王喜连日守城，没有大事哪得闲空跑来跑去，何况这是到韩王处！但此时纵有天大的事又怎么说？哪里又有心情说？王喜憋了一口气，满腹狐疑地离去。

王喜知道凭王黄、曼丘臣这两块料，绝对办不出啥好事。回到城上挨了一时，看看匈奴那边懒懒地收了兵，便急急返至韩王署前，却看到闭了门。问守门的，摇头三不知。王喜便借附近一家店铺坐等，终要弄清个究竟。店家见到连挫匈奴的王将军，甚是敬仰，殷勤斟酒伺候，又来问饭。王喜心烦，哪里顾得吃喝，只口里应付。

看看天晚，还不见人出来，便说声"打扰"，无奈只在当街转悠。不多久，看店家关门打烊，他便耐着凉风去蹲在黑影里等着，直要看出个分晓。一转念，犯不着这样辛苦，便来到了王黄下榻的小院，也不理看门的打问，径自闯进坐到堂上。门人认得王喜，但两家主人从不来往，便急忙跟来。王喜个性倔强率直但日常爱惜士卒，对越是下级的人越是平和相待，所以每每出阵部下都能拼死相随，这时也犯不着对门人寻是生非，便缓了声气，说：“不妨事，只等你家主人！”

直到深夜，王黄终于回来了。听说王喜等候，大出意外，赶到堂前拱手：“劳王将军久等了，失敬！失敬！”王喜略略回礼，开门见山问：“莫不是你与曼丘臣要去匈奴人那里乞降？”王黄哪里想到会有这种问法？舌头在口里打了几个转儿，才回道：“王将军说哪里去啦！有王将军为韩王冲锋陷阵，哪会有投降的道理！”话虽这样说，却是强打声气儿。王喜憋了半天的劲，此时得到王黄如此回答，便心里没了辙。

好容易挨到天亮，王喜便欲去见韩王。谁知匈奴人蹊跷，一早就又加紧攻城了，王喜只好赶去城上。不想韩王也早早到了城上，正在仔细观察城下动静，见了王喜，温和地看一眼，继续观察。倒是王喜先泄了气：“看情形莫非冤枉了韩王不成？”便自去督率将士防守，心里知道马邑目下是十分危急了。果然，不一时城下远近鼓声、哨声、邀战的呐喊声大起，箭雨如乌云蔽日攒向城头，立时便有军士死伤。一阵过后，匈奴人开始用粗制滥造的梯子爬城，后面便拖着推着笨重的撞车接近城门，这回真的要夺取城池了。眼看城上砖石檑木已经难以为继，王喜心里暗自着急。然而不久，攻城却停歇了。

城里城外使节来往频繁起来。士兵和百姓立马有了反应，熬过极度的紧张之后，便显露挡不住的松弛，疲沓得了得！

可谓适时。有一大一小两团火焰迅速地滚动着飘上阳光反射的山坡，向高远的地方飘过去，隐现在飞红挂黄的丛林中。天上有淡淡的云。

马邑城头闲了仗的士兵，甚至好奇了的百姓，都来观看这番景象：“听说来了一个女孩儿，是个福星。她是远古东边帝王和西边女王的后裔，住在海子的西面。说那海子水面极为广大，水味苦咸，浮物不沉，人畜不能饮用。”

“根本就没法靠近。海子四周都是盐碱滩，表面看上去硬实得很，走几步陷进去，只能越陷越深，根本就逃生不得。”

“听说她美貌得了得，就是咱们中原的美人，二世后宫里的后妃娘娘，也没一个比得上的。”

“那边的人是长得不太一样。咱中原的美貌更加秀气点儿，那西域的美貌就跟这眼前的景物一样，有点像火一样燎人。”

“要是能服侍那女孩儿家一天，宁可十年不做生意！”有人开始胡诌了。马邑到底是商贩聚集的地方，走南闯北的多，见多识广的自然也就不少，道听途说的当然就更多。

“哪里听来这许多的？”

“匈奴人那边……”

商人就是神通广大。如此对垒，这么一个消息竟然能从匈奴营中传到被围困了许久的马邑城里，世上还有不透风的墙吗？

匈奴营里这会儿更加散漫了，许多士兵也看见了那一大一小两团火焰。

“那女孩儿手指上也涂了好看的颜色，不似咱们那些女人，脸上涂得红蓝黄的像马鞭的颜色……”

匈奴人习惯从山脚下的草原采撷各色鲜花，挤出瓣里的汁来涂染马鞭，妇女也用这样的颜色来涂在脸上。

难氏走出毡帐，一伸手臂，猎鹰便飞来落在厚厚的护臂上。抬眼看到许多人指指点点，感到奇怪，便也顺着指点去看，果然见两个火样的红点在远处山林间一闪，消逝了。又等了许久，完全没了踪影，便一手托着鹰翻身上马，匆匆去见都矢。都矢也不加分辨，立刻派人随了难氏，到山林里寻找。

战场毕竟是战场，如何便马虎到这种程度？原来那日韩王派王黄偷偷到匈奴营中，说了求和的意思，其中编派了皇上许多不是，说刘邦刚刚坐了皇帝的位子，便有心剪灭异姓王，燕王臧荼被杀，臧荼的儿子臧衍现在就逃亡在匈奴。就连立了盖世大功的楚王韩信也先被囚禁，后贬为淮阴侯，其他异姓王也是迟早的事。王黄为从心理上取得沟通，不乏添油加醋、肆意诽谤之处。又说到韩王一面冒死困守边城，一面却深深忧虑着自己的命运，其实处境非常艰难。都矢、戎渠夕、戕鹰、难氏等都对淮阴侯韩信十分感兴趣，问东问西，王黄便乐得投其所好，索性卖力地讲出许多韩信的故事。

王黄说：“刘邦夺得天下后，韩信虽然没能真正当齐王，但能当个楚王也行。这一天韩信到达楚地任上，立即……”他讲了漂母的故事。“我想，韩信感谢老妇人给他饭吃，更感谢那句话给他的刺激。还有更让人不可思议的……”

“快说，那又是件啥事！”戕鹰催促。

王黄咽了口唾沫，接着说：“楚王又召见曾经让他遭受胯下之辱的那个屠夫的儿子……”

“没错，得狠狠拾掇那小子！”

王黄摇头。众人很是诧异。

一段接一段的故事，弄得匈奴将领们又是感叹，又是佩服，佩服之至，崇拜有加。都矢便恨不得把韩信劫来待为上宾，也让冒顿单于封他一个最风光的王，赏给他一大片土地，可以不比汉朝的楚地大，但绝不能小于淮阴。偏偏韩王信与楚王韩信名字完全一样，引起都矢爱屋及乌。当下，都矢便撤了攻城的兵马，要与韩王尽快订立城下之盟。

逼韩王投降、至少讲和，正合冒顿的预期。这就是马邑打来打去一个多月，却总磨磨蹭蹭不见实质的真正原因。韩王信的苦心努力确实没有白费，否则王黄无论如何也做不到还未讲条件，就让匈奴先自撤了兵马。曼丘臣、王黄确实有自己的盘算，而在历史的棋盘上，韩王信又将是怎样的一枚棋子呢？

在都矢难以名状的期盼中，天幕渐垂。猎鹰飞回来了，难氏等人回来了，仍然失望地一无所获，这使他心情郁闷。

韩王信既可以向朝廷交出守边的第一份答卷，乘势使出的缓兵之计也算成功了。他虽说暂时松了口气，但总还是处在坐立不安的斡旋和向阙祈望中。匈奴这边倒不再十分逼迫，可朝廷那边等来的不是救兵，却是问罪的使臣：“你为何擅自派人与匈奴秘谈，有人告你图谋背叛！”

韩王自知有口难辩，只觉得浑身被大汗淋透了，脊背却森森地发冷。所有的努力都化成了泡影，他纵是有千般理由万般苦衷，看也难摆脱临敌畏葸心怀二志的圣嫌。听那似曾相识的口气，申诉也将徒劳，韩王信彻底泄了气。他不由得想到了楚王，但马邑非同淮上，韩王无论如何也不敢相信，朝廷会置边庭的凶险于不顾而刻意问难逼反。实心想想自己，权宜之计已经铸成进退无计，得考虑何去何从了。

而正是此时，王黄、曼丘臣频繁与赵利谋划，为危机推波助澜。他们不断来往于都矢与韩王之间，借朝廷的责难说出许多设身处地的话来，越来越明确地诱劝韩王反叛。

韩王信期待让时间来说明自己，可这边战事越趋平缓，朝廷的疑心就越发加重。从朝廷止兵不救的现实来看，韩王信确认自己无论胜败都会被问罪，熬到九月底，便举马邑城投降了匈奴。至于坚决抵抗的王喜，毕竟多年随韩王出生入死，事已至此也就努力理解主公的处境了。

既为扈从，必为驱使。韩王信转而引导匈奴骑兵南侵，此一路直至晋阳皆为坦途。晋阳到雒阳还有多远？朝野上下不胜震惊。

韩王信既然已经背叛，那也就一不做二不休。首要的问题，他必须保住自己的地盘，割据一方继续为王。他要王黄与匈奴人讨价还价，事到如今，如果没有匈奴从军事上支持，那就连活着也只是一场大梦。

在得到匈奴的承诺和指使后，韩王信命王黄、曼丘臣留守马邑，自己带领王喜越过句注山，以最快的速度南进，加紧控制太原郡。句，“勾”也。山以形态勾转、水势注流而得名。句注山位于今山西代县西北，上为太和岭，下有马龙池，后隐白草沟，为北方重要军事屏障，被《吕氏春秋》、《淮南子》列为九塞之一。因与雁门山冈陇相接，也称为“雁门”。

冒顿单于自有主意，他与右屠耆王且蛰交换了意见，派左大将戎渠夕、右大将莒式池各率领本部一万骑兵屯驻广武以南虖池河上游河谷的交通要道，作可进可退的姿态。左谷蠡王都矢部则游弋于马邑、广武、平城之间以为策应。然后命令左大都尉戕鹰带领一万骑，紧随韩王信之后穿越云中山与五台山、系舟山之间的谷地，抵达晋阳。匈奴的祖先并不是没有到过这一带，但冒顿的匈奴对此却已经十分陌生，加之摸不透皇帝的底细，因此比较谨慎，带有试探的性质，主要想弄清汉朝的虚实，然后再作进退抉择。

秦汉时期，版图上称作“广武”的城邑不在一两处。太原郡境内为广武县，治在虖池河上游。虖池河上游流出恒山与五台山之间，包抄五台山北、西、南而行，然后向东南穿越太行山，落入平原作弧形北翘入渤海。句注山则呈西南、东北走向横亘在广武西北，战国赵长城之末便从楼烦延伸到句注山西北坡。

皇帝刘邦心里虽然惦记着马邑那边，但朝廷还有更重要的事情要办。长乐宫整修完毕，丞相萧何带着朝廷的全部办事机构移驻长安。此时长乐宫属西汉最大的宫殿建筑群，内有鸿台、临华殿、温室殿、信宫、长秋殿、永寿殿、永宁殿、钟室等建筑，记载上还有神仙台、前殿、宣德殿、通光殿、高明殿之说。宫垣东西长两千九百米，南北宽两千三百米，周围二十余里，面积几乎达到西汉长安城的四分之一。

刘邦移驾到位，诸侯王、群臣都准时赶来朝贺岁首，参加典礼，当然韩王信已不可能前来。高帝七年（前200年）十月初一日，正是岁首第一天。天亮之前，谒者令安平侯鄂千秋开始在宣德殿现场指挥着张罗起来。

天刚亮，大殿前的场地上已经旗帜招展，车骑仪仗威严地陈列，负责警戒的武士顶盔贯甲，手执兵器。殿面的九级台阶上，几百名近卫郎中各执画戟、大钺左右分列。

大殿上谒者令一声传呼，所有静候殿外的官员躬身碎步，顺次被引导进入殿门，整齐地对面分列。武官从彻侯到将尉，按照职位高低，脸朝东依次站立在朝堂的西侧；文官由丞相领头，御史大夫及以下，脸朝西依次站立在东侧。一切就绪，按照最隆重的礼节，由九名主持仪式的官员共同宣布皇帝的谕令，盛典即将进行。

皇帝乘坐辇车升殿，左右贴身侍卫官们整齐地用手中的戟端蹾击地面高呼，以示警戒同时创造威严气氛。刘邦登上面南的宝座，朝拜正式开始。鄂千秋首先引导诸王、丞相、彻侯拜谒，皇帝从御座上起立，侍中于是从旁宣称："皇帝为诸侯王丞相彻侯起——"一直等到拜过了，皇帝这才坐下。轮到将军、郡守以下直至薪俸六百石级别的官员拜谒，皇帝就免了起立。侍立一旁的太常便宣称："皇帝谨谢行礼——"

侍中为秦朝始立，属于"加官"。凡彻侯、将军、卿大夫、将、都尉、尚书以至郎中，只要冠此名头，便可以入侍宫禁。事实上往往由外戚、亲信、文学侍从、材武之士、武将子弟担任。因其往来殿上传谕奏事，故名。随驾出行则掌管皇帝玉玺，身佩宝剑。到汉武帝时，这一职位开始授予重臣儒者，参与朝政，为皇帝顾问，讨论奏议，成为宫廷要职。

人的心理是受到环境气氛制约的。演礼极其庄严，人人行走、俯伏、行礼、起身，举手投足都中规中矩，所有朝贺者无不感到诚惶诚恐，对高高在上的皇帝肃然起敬。完成仪式后，众臣各归班次立定。殿上排开筵宴，号称"法酒"，有若干名监察御史在一旁监酒。大家跪坐在朝垫上，俯首恭谨，十分节制。按礼法捧上酒来，九名主持仪式的官员分工带领众臣按官爵尊卑依次起身敬酒，祝皇帝万岁。酒过九巡，谒者令鄂千秋宣告祝酒仪式结束，整个朝贺仪式也算是完成了，但后面还赘有一项令大臣们感到紧张的尾声。

朝堂上撤去了酒樽。御史们经过紧急会商，宣读了一个人数不多但足以令人汗流浃背的名单。尽管典礼自始至终没有人敢于喧哗或举止失当，御史们还是严格执行朝规，把仪式中没能符合要求的官员都带走了，这是一项严肃的善后告诫措施。

经历了这样的场面，刘邦兴奋不已。真是太舒心啦："哎呀，到今天，朕总算体验到皇帝的尊贵啦……传旨，命叔孙通为太常，赐金五百斤！"位列九卿。叔孙通不失时机奏请皇上："臣的学生和聘请来的儒生已经跟随臣很久了，与臣共同制定礼仪，恳请陛下给他们应得的封赏。"刘邦准请，把他们全部封为郎官。

叔孙通从皇帝那里出来，把五百两黄金全部转赐给儒生们。大家感到高兴，从此立了口碑："叔孙通是活着的圣人，既有高度，又很懂得当世的现实。"所谓叔孙通制定礼仪，事实是大致上沿袭秦代模式而做了较多的增删。其中从天子到臣僚、官名、宫室称谓等很少变更，所谓"汉承秦制"在这一领域也得到了明确体现。而秦朝的礼仪，也是综合六国订立的，重点是保留了其中尊君抑臣的内容。

第八十六回

兵渡太原皇帝执辔　激战砦石匈韩失蹄

刘邦正沉浸在朝贺演礼的心理效应之中，却又有特急报告传来，韩王信投降匈奴，已经带着匈奴人越过句注山进据太原郡，骑兵前锋在将军王喜的率领下占据晋阳。刘邦心中震怒，韩家小子果然又背叛了朕，朕历来可是对他十分宽容的呀！当然，对于韩王信选择的道路，他内心并不十分诧异。

刘邦又一次决定御驾亲征，这回逮着韩王信决不轻饶，务必生吞活剥了。但是，他没有忘记都城建设大事，下令萧何着手筹建未央宫。

大汉政权初兴，朝廷终不免怀疑建有殊勋的异姓诸王心怀二志，如梁王彭越、淮南王黥布与淮阴侯韩信本属于一体，唇亡齿寒，终究谁也靠不住，都属朝廷的心腹大患。秦南海尉赵佗在秦朝灭亡之际，吞并桂林、象郡，自立为南越武王，至今尚且处于割据中。此次，刘邦本指望韩王信能在北边顶上一阵子，没承想他这么快就与朝廷反目，竟然勾引匈奴人南侵，直入太原郡，占领晋阳。这仿佛是一根楔子直插汉朝腹地，差一点就要杵着雒阳的脊梁了。然而此一役已不可能局限于讨伐韩王信，汉匈之战也已经箭在弦上。

南下的黄河在擦过关中门户的刹那间，挟渭水朝东拐一个约莫九十度的弯，于中条山和崤山的夹峙中，向华北平原寻路奔渤海湾而行。此时的洛河，也在崤山和熊耳山的护持下到达雒阳，这里已经北距黄河不远了。

作为西汉临时都城的雒阳，城里城外枪戟攒动，战车扬尘，战鼓声隆，战旗猎风。虽值初冬，大军出征的气氛却十分浓烈。刘邦任命绛侯周勃、舞阳侯樊哙为将军，颍阴侯灌婴为车骑将军，信武侯靳歙为骑都尉，户牖侯陈平为护军中尉，由太仆汝阴侯夏侯婴驾车，身边带领谒者鄂千秋、奉春君刘敬、侄子郎中将刘信等，出兵三十二万平定韩王信叛乱。将军季必、越将华无害、都尉华寄、郎中孙赤，故赵将赵夜、许瘛、强瞻，故齐将卢卿、卢罢师等各部将领随征，各诸侯国车骑也已奉调，将随后汇集到灌婴、靳歙部下。

丞相萧何正在着手为皇上营建未央宫，与此同时，还要筹集军需物资。尽管朝廷需采取“与民休息”政策，但事情有轻重缓急。秋熟之后供给较快，粮食、冬装很快就置办齐全了。

大军待发，却有御史成进求见皇上，劝谏说："我认为不行啊，这次陛下面对的恐怕不光是韩王，匈奴人也是有所图谋的。"

刘邦斥道："匈奴又如何？此行，朕也是有意要让匈奴见识的！"

成进的关键说辞当然还管用："那匈奴的特性，或如野兽般聚集，或像鸟雀纷飞散去，逐其而战，犹如与抓不住的影子搏斗。今陛下率教化仁义之师去攻打飘忽无序的野蛮骑兵，臣心里认为很是危险。"

刘邦有些迟疑了，但想了想，说："今大军厉兵秣马以待，哪能任由匈奴人放肆！再说……"刘邦本想捎带上那些王侯，但觉得不妥，便改口："再说，韩王勾结匈奴反叛朝廷，那绝对不可容忍。像这样下去，边境从此别想得到安宁，朝廷就真正危险啦！"

成进还想分辩，刘邦挥挥长袖温和地说："退下吧，朕知道你是为朝廷着想，但说也迟啦！"对于匈奴的秉性，刘邦的确缺乏具体感受，只不过被成进的劝谏触动了一下，也就放置脑后了。

大队陆续从平阴渡过黄河，分军而进，力求毕其功于一役。计划第一阶段实施战术包抄，作大范围迂回屏蔽太原后路；第二阶段，把主要目标放在以晋阳为中心的地带，目标歼灭韩王信主力；第三阶段，扫清韩王信势力，并寻找匈奴主力作战，有条件则加以歼灭，退一步也要把匈奴骑兵彻底驱逐到云中郡以西。刘邦信心满满，计划一旦实现，匈奴的事情也就可以暂时放一放，待后缓缓图之。

前面是自南向北超越今山西全境的千里战场，大军分两路沿大山里的河谷地带夹晋中盆地而进。右路周勃、樊哙二将直取虖池河上游的霍人，灌婴则以越将华无害为先头直趋马邑，进袭韩王信的老巢。刘邦率夏侯婴、靳歙抵达上党郡境内，由太守任敖迎入子长驻扎，暂且按兵不动，从正面吸引并遮挡韩、匈联军，主要是耐心等待。

大山里地形复杂，樊哙率赵夜、卢卿先行突进，周勃则随后分派将吏控制关口要塞，封锁驰道路口，分出部分兵力指导当地武装力量布防，警惕机动性极强的匈奴轻骑偷袭。北进各军都没有遇到强力阻击，这在刘邦看来，并非出乎意料。

樊哙军到，霍人守将献城投降。霍人治地紧靠今山西繁峙东，向西越恒山与马邑遥相呼应。霍人、马邑内侧，分别是从晋中盆地北上的两条大通道。

华无害率车骑进抵马邑。城中商家、百姓本已闻听皇上亲征，一旦汉军兵临城下，便纷纷请愿，要求归顺朝廷。韩军守将曼丘臣、王黄眼见部下无心抵抗，便从土屋里劫了那个赵王的后代赵利，率军撤走。等灌婴率大队到达，连匈奴人也没了踪影。灌婴一时找不到韩、匈军作战，便按照原订方案，扫荡马邑以北。他手捧大汉皇帝的诏书，每到一城便晓以大义，连续招降了中陵、善无、武州、平城、沃阳、强阴等六县，斩杀了一名投靠匈奴的代国左将军。

周勃、樊哙率部越过句注山向东北方向延伸的贾屋山，亦即今恒山西南端，在治水上游遭到匈奴骑兵不算有力的阻击。没费什么气力，二将便分头夺取了治水沿岸的汪陶、剧阳、樊畤、崞县、班氏，至此，平城以南地带全部收复，与灌婴控制地带连接，这就意味着完成了迂回作战的第一步，形成了对晋中以北地区的控制，只待夺取广武通道，封闭匈奴戕鹰和韩王信两军的后路。

匈奴右谷蠡王术柘紧急率部由云中郡东进增援。周勃、樊哙、灌婴已经合军出击云中，到达刘邦剿灭臧荼后曾经巡视过的武泉。在武泉以北，汉军阻击了术柘所部的大队骑兵，两下里展开激烈交锋。这是汉军北征以来遇到的第一场大战，结果，匈奴军战败退回九原方向。就战场表面态势看，汉军已经取得了战场主动权。

位于黄土高原东部边缘的山西高原，是山的高原。高原西侧黄河东岸斜切的吕梁山系诸山脉，与管涔山层叠至北；东侧太行山荡开华北平原，在朝西的臂弯里揽住了太岳山、五台山、恒山的峰峦。两列纵贯南北的大山以一个合掌的微倾姿态，把晋中盆地包裹在它的核心。无数季节性的河流顺着山的脉络，纷纷汇集到属于黄河水系的汾河、涑水河、沁河与属于海河水系的滹沱河、桑干河、清漳河，共同刻划着一种“叶脉”状的机理和“核儿”形的完美。

当母亲河汾河流淌到“核”心的时候，这里便形成一个地理与历史的焦点，于是，有了昔日晋阳、今日太原。刘邦便把完成迂回包抄后首个与韩、匈军第一阶段决战的战场锁定在这里。

韩王信企图在匈奴的支持下对汉朝建立起新的割据，部将王喜已经在上党郡境内的铜鞮设防。铜鞮县为春秋晋置，地处太行、太岳两山交界太行山一侧，治今山西沁县南，正当汉军北进太原郡腹地的要冲。

比之韩王信，匈奴左大都尉戕鹰则显得比较洒脱，他以晋阳为中心，向四周派出一些骑兵监视军情，不慌不忙地预备着为韩军提供机动支援。

汉将樊哙留守布控盆地以北，预备阻击北撤的韩、匈败军。周勃、灌婴在完成战略迂回后，回军对晋中形成夹击之势。

刘邦直属靳歙所部与韩军大将王喜战于铜鞮。两边骑兵互攻，僵持不下。右路周勃利用山地掩护，暗中抵达铜鞮后路。王喜每战必亲自出马，他在朝廷和韩王之间难以取舍，只求阵前一死。这一日，郎中孙赤出阵，正是战王喜不下，忽然铜鞮背后汉军发起攻城，韩军惊惶，阵脚大乱。刘邦见状，一抬鞭梢，汉军诸将一齐率军掩杀。王喜心神大乱，被孙赤挥剑斩于阵上。

铜鞮已下，周勃转为刘邦前驱，掉转兵锋直取西北向，分兵收复了太原郡所属介休、邬县、中都、京陵、祁县、阳邑等六座县城，即今太原市以南沿汾河介休、平遥、祁县、太谷一线，进逼晋阳东南门户榆次。

左路灌婴也经马邑回兵，沿汾水而下到达太原西北方向，会同刘邦、周勃两军对韩、匈军实施合围。守在广武一线的匈奴左大将戎渠夕、右大将莒式池得到左谷蠡王都矢部的通报，派右大都尉拔犴率白题部骑兵前往阻击灌婴车骑，其要害是护住太原与广武间的通道。“白题”为匈奴中的塞北古老部落，与后来的“滑”，亦即“嚈哒”存在历史渊源，“白匈奴”的族群称谓与之颇为吻合。此时百题受匈奴右部调遣，派少量兵力随征。

韩王信出晋阳布阵迎战。周勃指着韩王信大骂：“你这贪生怕死两番背主的小人，皇上哪曾亏待你，叫你如此忘恩负义！今朝廷大军到此，人心所向，你不俯首就擒，还待何时！”

面对平日口齿木讷而此一时却咄咄逼人的周勃，韩王信满腔冤屈如何说得清楚，竟闷着答不上话来。周勃见对方犹豫，便剑锋一指，霎时战鼓擂动，左右两胁早有季必、华寄杀出，大军呐喊着一齐压上。韩军本都是中原人，个个心里还牵挂着父母妻小呢，哪里肯卖命与朝廷作对！韩王信带着十分的心虚，草草抵挡一阵，回马后撤。幸有匈奴羖鹰部接应，才算捡了条性命。

晋阳处在太原盆地的北端，像一个塞子，塞紧在北进的瓶颈下方。城池周围三面环山，地势像一只朝南倾斜的簸箕。韩王信与匈奴军凭借山地丘陵抵抗，但凭什么也无法抗拒韩军的士气低落，何况寡不敌众。韩军一触即溃；匈奴骑兵更是不屑于困守，稍加抵抗，见形势不利，也便四散奔逃，比韩军跑得更快，更彻底，无踪无影。晋阳城下，韩王信带领败军仓皇北逃，去广武依靠匈奴左、右大将。刘邦率众将进驻晋阳。第二阶段战斗告一段落，似乎比预想的要顺利得多。刘邦心中暗自思量：只道匈奴骑兵如何狡黠凶悍，待到交战，也不过如此，就是跑得快了些，不容易打上照面。

皇帝的心思已经飞得很远。他知会樊哙，并亲自向代地派出几批侦察人员，寻找匈奴主力的踪迹。现在，刘邦已经不很在意韩王信，只要在云中郡以内肃清了匈奴骑兵，消灭内部反叛势力也就剩举手之劳。

隐藏在马邑、楼烦一带的曼丘臣、王黄等，眼看韩王折翅，便即另树一帜，挟持拥立赵利为赵王，这是他们一直以来的梦想。现在，他们公开以赵国的名义收拢韩王散兵和地方势力，然后再去广武与韩王信、匈奴联络。面对这种境况，韩王信心下愤懑，然只落得徒唤奈何。

潜伏在代谷的匈奴单于冒顿，显然并没有因前一阶段的“失利”而气馁，进进退退本就是匈奴骑兵的惯用伎俩。经过重新谋划，冒顿授意由右大将莒式池、右大都尉拔犴支持韩王信向晋阳反扑，左大将戎渠夕、左大都尉戕鹰则与王黄留在广武伺机而动。

说实在的，韩王信有他的一厢情愿，而冒顿对形势则另有判断。匈奴的进攻，充其量不过是规模稍大的挑衅，是一步一步的试探，或云反复引诱。王黄则完全属于投机的一类，躲躲藏藏，探头探脑，三心二意，不肯消耗实力，只是企图借助匈奴人和韩王信的力量，乘乱去当故赵复兴的元勋。如此各怀鬼胎，进攻毫无胜算，一旦接战，便又大败溃逃。

此时，燕、赵、齐、梁、楚、淮南等各路车骑已经奉刘邦令旨齐聚灌婴麾下。周勃沿中路战略要道展开了新一轮反攻，直趋广武，沿途全都是击溃战，为刘邦大军扫清道路，布置防守；樊哙暂留卢卿驻扎代境，自己则率军南下接应主力，对韩、匈、伪赵实施夹击。

灌婴打败拔犴，斩杀白题将一人，东进即可先期阻住匈、韩军的归路。眼看形势不妙，还是三十六计走为上。莒式池、韩王信各自逃散，韩王信脱开主线从山地退往离石，莒式池、拔犴合军，复又屯于楼烦。总之都有逃向云中的趋势。

眼看汉军两头杀来，戎渠夕、王黄即刻撤离广武，趁樊哙尚未赶到，匆忙向平城方向退却。于是，周勃率军向西追赶莒式池部；樊哙暂且进驻广武，守定这个“十字路口”，等候刘邦大军到来。

匈奴骑兵损失有限，人马体力也十分充沛，但只要一与汉军接触，便佯装畏惧，风驰电掣地逃遁。就这样，反复进退，聚了又散，散了又聚，全是在玩刀刃上的游戏。纵观开战以来千里战场的战法，匈奴人何曾不如此，但这还属于通常那种进进退退的伎俩吗？

广武为太原郡北部咽喉之地，从这里斜越治水上游，便可到达平城。对于匈奴人来说，左路霍人已在汉军控制之下，右路楼烦一旦丢失，广武将由有利南进的回旋地转化为死地。这是戎渠夕必须率部后撤的重要原因，但这当然不是真正的原因。

灌婴向离石追击韩王信。离石因离石水得名，为战国赵邑，秦置县。

周勃率军向楼烦追袭而来，莒式池、拔犴并不恋战，而是继续向西北方向后撤。他骑兵快，甚至走一走等一等，看到汉军了，再起跑，牵制迷惑敌手、分散汉军兵力的意图已经十分明显。但各路汉军势如破竹，哪肯轻易放跑敌手？

这一日，莒式池部已经接近河水东岸一个叫“硰石”的地方，却意外地遭遇了韩王信的败兵。莒式池阻住败退的韩军，与韩王信共同对尾追而至的梁将卫胠发起反击。汉骑溃退，匈、韩军趁势追杀，不一时，却被随后跟进的汉军如壁垒般的车阵迎面遮挡，箭如飞蝗。莒式池、韩王信这才意识到不妙。两侧高处已有无数骑兵布云挟风向沙地冲击而下。莒式池、韩王信大惊，正要退却，背后又有汉军大队人马突至，季必在左、华寄在右，当中一将正是周勃。原来，周勃、灌婴两下里早就通了消息；既然我不进你就不退，我进多少你才肯退多少，周勃便计算着路程追赶，让韩、匈军一齐着了套儿。

骑对骑，步对步。莒式池当先冲阵，灌婴敌住；韩王信无心作战，只察看四周地形，寻隙逃跑，但被周勃盯住了厮杀。两下里混战，汉军势大有利，久寻大战而不得的车骑铆足了劲，哪容错过歼敌的良机。

双方直杀得天昏地暗。匈奴军的既定方针本是牵制迷惑汉军，可此刻却真的陷入了罗网，急切无法脱身。战场开阔，作为马背骄子的匈奴骑兵善跑又善射，渐渐寻找周勃步兵的薄弱环节，冲透围堵，迂回向山地，四散逃去。韩王信借着汉军步兵被匈奴战骑冲击的机会，也自脱出了重围，逃奔平城方向。

匈奴右大都尉拔犴奋力牵制汉军车骑，在灌婴阵中来往冲突，手刃汉骑无数。灌婴看得眼热，拍马向前，暗取弓箭在手。两马相交，刀剑并举，两将脱离。就在这瞬间，灌婴带枪张弓翻身一箭，拔犴未及提防，应声落马，命殒黄沙。

这一战汉军大获全胜，只是跑了韩王信，不免令周勃、灌婴深感遗憾。二将率部向北追击，至八十里收兵。八十里都是沙，从硰石向北，有“沙南”、“沙陵”等地名，这里处在河水转弯处，地势落差也相对不大，所以河岸水缓处便积淀成了大片大片的沙滩。

回头看看，战事进展出乎意料地顺利，匈奴战力到底如何，这使周勃、灌婴感到狐疑。匈奴出动的兵力远不如预先估计的那么多，所见区区几万骑，甚至远远少于围攻马邑的人马，这葫芦里到底卖的是什么药？难道真的就如眼前所见，陆续退回云中、九原去了？这不是一个轻易可以得出的结论。

灌婴决定率车骑向东北继续追击韩王信，真正的目标正好在显得诡谲的平城一带。周勃回军东南，收复了处于治水源头的楼烦、埒县、阴馆。此时，刘邦也已经以靳歙开路，从晋阳起程，一路审视山间形势，挺进广武。北讨第三阶段已经完成了前期铺垫，汉军各部矛头统一指向了业已捕捉到的终极目标平城。整个战争进入到“收官”阶段，但不知将鹿死谁手。

已经由代郡的山谷中向西转移到平城东北坐镇指挥的冒顿单于，似乎不很把前线频频失利的战事放在心上，每天照样过着悠然自得的牧场生活，吃羊肉、喝马奶，亲近蛮芑阏氏和孩子们，只偶尔请右屠耆王且蛰来商讨军情。同时，吩咐后义庐侯难氏每天派出老弱人员，执刀挟箭，骑着瘦马到处去放哨，巡逻警戒，在山间草原上布置出一种滑稽古怪的场面。

阴山下起了大雪，北假飘起了雪花。退回草原的萏式池显得有些闲散，但内心总也为疏忽战败未能全军而退感到懊恼，也为拔犴的阵亡感到无法向右屠耆王交代。他随意地在马上颠簸着，望着雪花出神，无所事事。聚聚散散的牧群在草原杂乱的枯草和积雪上踏过，立即又被纷纷飘落的新雪掩盖了踪迹。

王黄勉强应付着配合匈奴的作战任务，出工不很出力，等候大局的进展。

看形势，进入雁门、代郡的匈奴军已经被挤压到北抵故赵长城，南及治水的有限空间内，方圆只一百多里，只不明确挽弓几何。在广武急切地等待消息的汉帝刘邦反复得到报告，证实冒顿单于的确藏匿在平城一带，但奇怪的是，随后派出的侦察人员都只能发现少量匈奴精壮骑兵，山间倒是散布着许多老弱，似是驻守，似是放牧。刘邦与陈平计议，觉得蹊跷，便继续派出哨骑密探，务必仔细查看，弄清真实情况。

有一个现象比较奇特，从碧石向东来参与围攻平城的灌婴车骑，一路上接连不断遭到匈奴都矢、戎渠夕部的阻击和王黄、赵利等的骚扰，进军的步伐十分缓慢，有时不得不停顿下来，与狡猾的匈奴游骑作无谓的周旋。

连连的胜利使刘邦周身血液奔涌，离最终胜利只一步之遥，他既然御驾亲征，总不能老跟在三军后面看热闹吧。于是，决定在关键时刻亲赴一线，寻找匈奴主力决战……可平城东北到底隐藏着啥秘密呢？目前得到的情报都近乎谣传。

第八十七回

遭寒流汉主纵轻骑 系刘敬孤军袭平城

刘邦不再等待，与周勃、樊哙接连开拔，声势越发浩大起来。他又连续派遣侦察人员打前站，深入平城附近任何可疑的地方，务必细节性摸清冒顿单于和匈奴军的兵力和动向。时间已经接近十一月中，天气日渐寒冷，但为谋取最终胜利的热情所燃烧，刘邦内心显得越来越急迫。吸取多年作战的经验，没看准时绝不能轻举妄动。因此他十分控制自己，甚至在行军途中偷闲，欣赏北国山川的巍峨壮丽。斜阳透谷、落叶罩岭，缤纷着千山万壑中的另一番气象，的确让人心驰神摇。他谈吐鞭指，仰望俯看大军回转山麓，真如神龙不见首尾，威势绝非当年入出秦岭时可比。兴至处胸襟敞开，果然大汉帝师！

不久便走出贾屋山的壮美山谷，眼前看似一望无际。也许是行军的直观环境赋予了某种良好的心理暗示，刘邦的信心随着马蹄的迈进和轮毂的颠簸而越发显得满满，希望作天兵尽快降临平城，来个猛虎扑食，把屯驻那里的匈奴人马连同冒顿单于做一窝端掉。

回望贾屋山，眼前陡然豁亮一片，似有神光天降。刘邦心中惊异，看漫天红云飘落山峰，这在冬季里极为罕见。刘邦连忙下车，恭敬地站立，拱手探腰，连作三个深揖，心中暗自祷告上苍保佑，神助雄师北征逢凶化吉，平安凯旋。紧随身边的陈平、刘敬不知皇上是何心思，也赶紧下了马。刘敬似有省悟，禀告说："这一带山岭间传闻颇多，看这两山夹峙一水中流，奇峰高耸，气象雄浑，似真为神仙之地。"他指指东南方向："听说这山的背后有五座气脉相连的山峰，被称作五台顶，作东西南北中分布，山顶均为开阔的平地。山间树木茂盛，春、夏、秋三季可见处处泉出流涌，清溪蜿蜒谷中。白天祥云飘浮山间，日出日落霞光笼罩，见者无不叹为奇观。"刘邦听了，感慨不已。要不是身处战地，恨不能就去到那五台顶巡视一番。且说这刘敬是齐国人，却如何明了北方地理气象？都知道他是有心人，一路看到奇妙的山色和皇帝不减的兴致，早已从军中收编的士卒中寻到那些土生土长的聊手，一路过来大侃八卦，把沿途的事情都打听得一清二楚。

这时又有侦察人员回来报告，逢人都说匈奴单于确实躲藏在平城东南的山中，可转遍那里的山谷草原，能看到的依然多为老弱。前前后后，报告大致相同。刘邦掐指，已经算不清了，派出的探子没有二十拨至少也有十几拨了，所见所闻没多少不同。

情况应该就是这样了：其一，大批匈奴骑兵已经两度惨败，被驱逐到云中郡以西；其二，现下在平城以西，有大军与灌婴所部纠斗；其三，平城及周围也还驻扎着不少军队；其四，许多匈奴牧民和畜群行踪不定，据说在马邑与韩王僵持时，也就这般散漫无序。

匈奴的兵力分布已经明了。但刘邦觉得此战关乎长远，越是到最后时刻，就越要慎之又慎。他思索的目光落到了刘敬脸上，便决定由奉春君前去作最后一次侦察。刘敬领命，立即出发。

这是一个气候极其阴沉乖戾的季节，远方袭来的寒流越过阴山，向秋色凋零的草原挤压下来。夜晚降临的时刻，细雨淅沥，落地成冰，冻僵了地表最后的一丝余热。匈奴的军帐和毡房里，早已人人裹上皮袄，以执着于经验的稳定心态，等待当晚必然从天而降的不速之客，有些毡房里已经开始生火取暖了。逃奔前来的韩王信，内心像天空一样，晦暗到了极点。如今，手中军力锐减，堂堂韩王就连曼丘臣、王黄都不如了……“这两个狗娘养的狼心狗肺的东西！”他异常地粗鲁着在心里谩骂。

刚刚走到浅山地带的汉朝大军，寻找一块地势相对平坦的草地扎营。午夜过后，寒流突降，剧烈的北风裹着大雪漫天横扫，在汉军营地形成旋流，掀翻帐篷，把夹袄轻甲的汉军裸露在黑暗无依的彷徨与战栗中。

天亮了，天空依然晦暗，风雪依然弥漫，厚厚的积雪覆盖了原野和山冈，覆盖了道路，大军寸步难行。雪大极了，好在来得急去得也快，等到中午过后，雪停了，天仍阴着。刘邦走出大帐，夏侯婴、陈平、鄂千秋、刘信等紧随其后，脚下的积雪没过膝盖，身着棉袄外罩皮坎肩，他们依然觉得寒冷难当。刘邦看到士兵们相互挤在一起取暖，不由得脸上显示出无奈的悲悯，内心那份焦虑已自掩饰不住。

放眼白茫茫一片，远山近树在无边的阴霾下凝固着，生机顿失；内心与山野一样茫然，空空荡荡。靳歙、孙赤前来请命，刘邦虽然心里发急，但看到眼前境况，勉强摇摇头。二将对面看看，又看看皇上，大概就是“无可奈何”的意思吧！

风停了，傍晚出了点太阳，暗淡着，片刻便消逝了，给雪后的山林留下了一丝温存的印象，也给将士们送来了难以觉察的心理慰藉。天黑了，又起风了，顷刻间吹尽了夕阳的吝啬与抚慰。士兵们用勉强收集来的枯草败枝，打着火镰，艰难地点起湿漉漉的火堆，烟熏火燎地取暖，浑身发抖地打发难以抵御的长夜。他们把冻僵了的手指靠在火焰旁，手指像被重锤击打一般疼痛。立刻有人制止，告诉他们不能这样硬烤。但是，在雪夜的旷野里，散发着热力的明亮的火堆具有磁石一般的吸附力，那是多么诱人呀！

当太阳再一次明晃晃升起，把山野照耀得同样明晃晃的时刻，不少士兵的指头再没有能活动起来，变成了青紫色，渐渐地发黑了。陈平连忙提醒靳歙等去查点，结果使将领们感到了恐慌，每十名士兵中竟都有二到三人冻掉了手指头，还有一些人两眼看不见了。一时间，呻吟凄号之声不绝于耳，军队的斗志一落千丈。

这仗怎样继续打下去呢？刘邦焦急万分。难道要就此撤兵不成？功亏一篑不说，匈奴人会就此罢手吗？撤兵的后果将糟糕到啥程度呢？思量再三，他决定把握当前尚存的战机，绝不能因这场大雪而让后患无限制地蔓延下去。

大胆的冒险行动破雪萌生。刘邦回想起当年偷渡关中占据先机的经历，精神为之一振。于是，召集众将下达命令：孙赤、卢罢师去军中选取健壮骑士待命出发；靳歙率许瘛、强瞻留在原地整顿人马，稍作休息调养，随后赶来。料想周勃、樊哙、灌婴所部也难躲过此厄，便派使者快马传令，加紧调养人马，尽快赶赴平城，以便集中全力与匈奴单于决战。

用过早膳，刘邦亲率八千轻骑，踏着已经开始消融的初雪兼程向北，意在去山中寻找偷袭匈奴单于冒顿。这感觉有点孤注一掷。

大雪过后，灌婴同样在紧急救治冻伤人员。刘邦的命令到了，他需要设法在对付匈奴重兵阻击与投入平城决战之间，作出万无一失的部署。忙了几日，灌婴忽然有了异样的感受，四周是那样安静，好像已经完全脱离了战场。连忙派人侦察，结果吃惊地发现，都矢、戎渠夕两军已经乘着雪天悄然遁去，邈无踪迹。决战之前多出这一层，灌婴越琢磨越觉得事情蹊跷，忽然领悟到平城必有重大机谋。如果推想不错，皇上轻进必遭陷阱。一旦料定，灌婴便惊出浑身冷汗，片刻也不能耽搁了。为防万一，他立即率领五千轻锐，直奔平城，华无害、卫胠及诸侯车骑随后摆脱骚扰，尽快跟进。

刘邦率八千劲骑越过治水飞速赶路，眼前地势平坦开阔，正好一往直前。刘敬适时地回来了，经过仔细侦察，他看到的情形确实与前面所汇报的一样，但看者不同，看问题的方法就大相径庭。他是带着许多疑问回来的，态度使刘邦非常失望。

刘敬解释说："两国用兵，按常理应当像我们这样，极力夸张和炫耀，把优势充分展现在敌人面前。而臣到平城去，看到的只有皮包骨头的牲畜和老弱不堪的士兵，这很不正常，分明是一种假象。"

尽管刘邦表现出不满，但刘敬必须对自己的使命负责。他看皇上气哼哼的，又不开口，便坚持说："代谷绵延，远近莫测。依臣的粗浅看法，匈奴人肯定是把精锐的兵马潜伏在山深之处，企图出我不意发动袭击。据说这是他们惯用的伎俩，冒顿单于极善此道。"

此刻，刘邦和他率领的骑兵就像一支离弦的箭，从心理上是收不回来了。就要亲手获得的胜利岂能终止于简单推理？思维此刻只钻一个靶心，加上当了皇帝脾气见长，对面又是个没资历的小人物，刘邦忍不住破口大骂：“你可曾亲眼看见？你这个从齐国来的败家的奴仆，靠耍嘴皮子能弄个官做做也就不错了，现今怎就敢胡言乱语扰乱军心，阻挠朕的北征计划！”刘敬还要辩白，刘邦不容分说，命令左右用枷锁了，暂且押去广武拘禁，等大军凯旋再作处置。这意思，也是想让刘敬看看结果到底怎样，让他死也死个哑口无言。

刘敬被士兵拖走，还挣扎着呼喊着劝说，刘邦哪里肯听。陈平在一旁，也不是没琢磨刘敬的道理，但事关重大，对错难料，皇上盛怒之下，他还是识相些，便忍住了没有开口！面对错综复杂危机四伏的内部形势，面对匈奴这个迅速崛起的北边大患，刘邦太需要亲自获得一次重大胜利了。他迫切地希望擒贼擒王，逮住冒顿，降服匈奴，从此赢得北边的长久太平，为整治内部、恢复经济创造有利的外部环境。

又隐秘又张扬地扎帐在平城东北一处宽阔山谷中的冒顿，此时正与右屠耆王且蛰、左谷蠡王都矢、右谷蠡王术柘、左大将戎渠夕、左骨都侯勒俟祜等分析战场动态，调整部署，待机实施期待已久的巅峰会战。新的消息到了，汉军在大风雪中严重减员，汉朝皇帝刘邦正率领不足一万轻骑冒进平城。冒顿、且蛰对面“哈哈”大笑，没料到汉军却是如此不禁冻，前一时大匈奴连战连败，也终于要“败”出个结果来啦！

前面已经是平城。探马回报，城上有匈奴旗帜，城外有匈奴营垒，是一种严阵以待的阵势。刘邦心里高兴，思忖，他大军主要聚集在平城和平城以西，按常理，单于必然住在城中。但偏偏让我侦知其躲藏在山谷中，岂非天助大汉！如何解释这种彼此脱离的现象呢？刘邦自有先入为主的解读，那是因为单于过惯了草原上的生活，在城里待上几天就腻歪了。这的确是事实，却不属于事实的本质。

西边左谷蠡王都矢、左大将戎渠夕部自有灌婴率军牵制，右大将莒式池已经被驱逐到云中以西去了，刘邦掐指头算算，平城再怎么的也不能少了右谷蠡王术柘，右屠耆王且蛰八成也在这里。旗号都是有的，包括单于冒顿的都在城上竖着，那说明不了问题。真费劲，匈奴人的官号和名字咋那么难叫，如果再加上姓氏，那就完全搞混了。他派出多路哨探，去平城东北山中作战前侦察，同时希望发现冒顿的踪迹。

刘邦传令周勃率精兵加快赶到平城。其余包括灌婴、靳歙等各部人马陆续抵达后，均交由樊哙统一指挥，重点围剿单于。大军云集，平城最终难免一场空前的大战。刘邦的心里充满兴奋和忐忑，这种心情也是从未有过的。

周勃率季必、华寄赶到，刘邦命其伴攻平城以为牵制。恰在此时，冒顿大帐的大体位置被侦察到了，果然就在白登山一带。刘邦只恐贻误战机，也不等大队赶到，便亲率八千轻骑向山中去寻找偷袭冒顿。周勃老大不放心，劝皇上等后军到达，再大举进山不迟。刘邦此时迫不及待，哪里肯听，周勃无奈，只好派华寄率所部有限的骑兵相随。

不等天亮，刘邦命卢罢师当先出发探路，自己登上由夏侯婴驾御的战车，挥一挥手，紧随起程，暗中兵发白登山。有手下这八千能征惯战的精锐骑兵，他要擒贼擒王，打一个漂亮的掏心战，把全局的胜利先期把握在手中。

得到皇上催促的旨意，樊哙便加紧督率各部赶路。步兵行军本就相对缓慢，怎奈队伍越来越庞大，又有辎重累赘；更兼大多士兵尚在程度不同的冻伤恢复中，所以每日行走三四十里已属不易。尽管樊哙心急如焚，但没办法。靳歙被催得紧了，只好由许瘛、强瞻带领大部快行，自己则随后收容。

在留驻平城牵制韩、匈军的周勃所部鼓噪掩护下，刘邦乘匈奴骑兵收缩的机会，率军潜向平城东北。行不足二十里，眼前地势渐见起伏，漫坡宽广，雪野大量消融。雪后天气十分晴朗，但从山间吹来的寒风却能钻透骑兵们的铠甲，像鞭子一样抽打着、催促着他们座下的马步。队伍越过两道相连的沟壑，抬头进入连续不断的山丘地带，随山抹弯，曲折回转。积雪的路面分布着许多半融的水洼，总体还算平整，但也充满泥泞。上山又下山，约莫个把时辰，眼前又见开阔。这里是一片地势起伏的低山草原，草原的坳处和背阴的坡面上积雪分明。夏侯婴大致地循着草地上的车辙驾驭皇上的战车，一会儿催马上坡，一会儿勒马下坡，刘邦站立车上，虽然颠簸得厉害，心胸却十分敞亮。北方山中的草地竟是这样美妙，他甚至能嗅见浮动在草地上的香气，可这还是在冬季呢！

残雪铺陈枯草接天的博大山垄上，八千骑兵形成了弯曲舞动的长龙。远看四面都是山，进了山的人马永远走在像盆地一样的地方。看有大山把海星般的手足参差地探入草原，缓坡便是从那里绵延舒展开来的。洁白的云朵从谷中溢出，弥漫在高处白皑皑的山头，竟是那样的闲逸洒脱。憧憬即将到来的最终胜利，刘邦真有一种从未感受过的兴奋，这兴奋是将近两年前面临垓下之战时也未曾体验过的。一个半月来的长途出击，动用如此大量的军队，不就是为了这一役吗？身为一名马上夺天下的皇帝，他将与野蛮的匈奴单于作面对面的较量，岂不快哉！他估计，既然单于能驻扎在这里，匈奴至少有一支强悍的禁卫军参战，或者更多些，但自己的这八千精骑就像猛虎张开的大口，只要叼住了单于，随后而至的三十多万大军必能将那个单于和他所有的骑兵一口吞没。危险可能会出现，但自己遇到的危险还少吗？打仗哪能没有危险？娄敬那小子见过什么世面，他猜想的不能说没有丁点儿道理，但怎敢在大战之前毫无事实根据地打退堂鼓？朕一时高兴，还赐他姓了刘，可关键时刻真让朕失望！

又一股寒冷的北风迎面吹来，满眼杂白的金黄色在视野里起伏，高天上厚重的云团飞快地游动，拉长，形成了强烈的动感。风大起来，马上战旗猎猎，空中长云翻卷，刘邦一手紧扶车轼，一手握住腰间悬着的剑柄，心里忽然又想到那个直白的句子："大风起兮云飞扬……"后面的歌词就阻在嗓子口，却无论如何也接不上了。正这时，见军队纷纷回望，也看时，一队骑兵从背后远远地飞驰而来。刘邦不由得惊愕，满腹欲出又阻的歌意被彻底打断了。

陈平、孙赤等仔细辨认，忽然高兴起来，原来有汉军前来增援。是谁呢？来得近了，却认出是灌婴。他怎就匆匆而来呢，仿佛从天而降，可估摸跟随的战骑却只有几千人。刘邦等不由得心里狐疑。

灌婴丢开队伍，单骑飞奔前来，就马上行礼问候过了，傍着刘邦的战车随行。正要说话，刘邦却放下狐疑，追赶着自己的兴致问这问那，就没有问他急切赶来是为什么，做臣下的当然不便打断，毕竟眼前一切正常。灌婴口里答应着，心里焦急着，眼睛观察着周围的地形。绵延起伏的山坡地，在延伸中呈现着夸张着一道道堆积的弧形，走着走着，随着缓坡上升，眼前便呈现出另一道漫长宽阔的坡面。灌婴和刘邦一样，始而面对一种从未领略过的风景，继而产生了另一种感受，觉得军队行进其中显得渺小极了，就像一条小蛇缓慢地游动在白草丛中。被这感受引导着，他的脑海里出现了一个重大疑惑，假如有许多人马潜藏在那一道道缓坡的后面，能看得见吗？能被发现吗？这疑惑越来越重，他似乎已经感到远处有马群的气息混杂着膻腥的味道弥漫过来。好在那时候将帅与帝王共同出生入死到了今天，关系还未见得生分，加上都是现又处在特定的战地环境中，灌婴决定冒大不韪打断圣上的兴致，提醒他注意目前可能存在的危险，甚至暂时后撤。

在山坡上一片树林前面，有匈奴士兵侧耳伏在积雪的草地上，倾听越来越近的杂沓的马蹄声。过一会儿，跃身上马，飞奔到林中向冒顿单于报告敌情。渐渐地，那响动已经在山谷中震动，发出轰响。等待已久的机会终于出现了，冒顿一声令下，没有发出笳声，也没有听到习惯的吆喝和呼哨声，大批潜伏的骑队从一道道沟谷中发动，远远地像沙尘暴一样铺天盖地滚滚出击。

这边灌婴提醒皇上的话刚刚出口，立刻便止住了，还用说吗？远处山坡地上出现了漫长的幢影，随即，所有的人都感到了大地的颤抖，这颤抖并不生发于脚下，却是在不知哪个方向上传导。夏侯婴急忙停车，灌婴策马奔上地脊。他震惊了，横向眼帘的是一眼望不到边的匈奴骑兵，正源源从地面之下升起来，降下去，又接踵升起来，重重叠叠，分外密集，刀光在天地交织的灼亮中闪动着，涨潮般向这边漫延。

平城，周勃对灌婴匆匆丢下的推测宁信其有。他一面派人催促樊哙大军，一面紧急对敌营垒展开进攻，试图以此吸引匈奴军的注意力，避免或减缓皇上可能遭到的意外。平城壁垒之内及周围军情莫测，以有限的步军兵力贸然出战，无疑是要担当很大风险的。

此时，白登山中仿佛乱云飞渡，向地面投下巨大幻影，汉军的侧后也出现了无数匈奴骑兵。分布的云翳并不急于靠前，而是远远包抄过去，去截断汉军的退路。严峻的局面即将形成，退，已经不可能了。西北边山高，灌婴马上举目左顾，那里还没有出现匈奴人马。眼前只有这一条路，战场上，在没路的地方留下的路，未必是一条幸运之路，看来冒顿单于是有意要把汉军逼到山边去。但是，相比在无险可据的空旷草原上陷入可能数十倍于己的敌骑包围，出路又在哪里呢？战场空间巨大，匈奴人一时还到不了跟前，作为权宜之计，灌婴建议向最近的山头靠拢，以便找到一个抵抗的支点，再图突围。

“陛下不要多虑，毕竟后续还有三十万大军呢！”灌婴安慰道。刘邦竭力保持住镇定，问：“如果山那边再出一支奇兵，将如何对付？”灌婴回答：“兵法说：置之死地而后生。此法项王试过，淮阴侯也试过，都十分管用。今天皇上也不妨一试；果真到了那般境地，众军各自明白，必然并力向前。末将这就率军抢占有利地形，然后构筑壁垒全力防守。只要稳住当前，樊将军随后可至，且不说打败胡骑，里应外合拼死冲开这道包围，还是有把握的！”刘邦想想别无他法，陈平、夏侯婴、孙赤、华寄、卢罢师等都觉得这是目下唯一的办法，齐声劝道：“事不宜迟，望陛下早作决断！”刘邦尚在犹豫，只勉强点了点头。此时，他面色发灰，已经失尽了刚才的风采。

第八十八回

困白登万骑衍四色　解危厄智士献奇谋

草原不再寂静，马蹄的轰响与马嘶声、叫嚣声、呼哨声构成立体的声波，被涌动的气流承载着，一波接一波地淹没广袤草地上一道又一道的金黄色脊梁，如洪水猛兽惊天动地而来，已经能分得清奔突中晃动的个体了。灌婴摆开队形，举枪大喊："快快掩护圣上登山！"说罢，拍马在前引路，奔向最近的一座山头，华寄、卢罢师率军紧随其后。夏侯婴便不由刘邦了，驱车跟上，孙赤滞后监看动向。

灌婴率领自己带来的那队战骑打头，斜里跨过两道巨大的山梁，一望群峰杂陈，却有一座小山头突出在前面。举目看时，山高约莫百尺。巡视山顶，却发现上面早有匈奴兵驻守。这十有八九在意料之中，灌婴并不惊慌。须臾，山坡上也绕过一队骑兵来，为首一将正是匈奴左骨都侯勒俟祜。

灌婴目前能指挥的是一支总数一万三千骑的部队，装备精良，训练有素，历经战阵且心理素质也属上乘，是汉军精锐中的精锐。灌婴清楚，只有抓住眼前仅剩的时间拿下山头，才能创造出生存机会。他于是前驱高处，在行进中作出动员："弟兄们，我们现在已经被胡骑所困，只有以必死的决心保卫圣上，大伙儿也才能求得生存……我们刚刚摆脱了战争，但又必须投入战争，那是为什么呢？因为我们要保卫江山社稷，要保护我们的父母妻儿、兄弟姐妹，不使他们沦为奴隶。要知道，被胡人掠去，那就是奴隶，就是被骑的马，就是待宰的羔羊，我们的母亲、姐妹、女儿就要遭到凌辱。为今之计要做什么，无须我灌婴多说，现在就看行动啦！"士兵和他们的家庭都曾饱受战争创伤，出征以来，也听到不少关于匈奴野蛮的传说，进退维谷，他们被灌婴的话所打动，唤起了心中的共鸣。于是，群情激愤，高声呼喊："唯将军之命是从，誓死保卫圣上！"呼声激越山峦，使守在山上的匈奴兵感到了震撼。

灌婴在大汉最重要的开国将领中最为年轻。项梁兵败后刘季后撤经过位于今河南商丘南的睢阳，一名锦衣骏马的少年前来投军，身份是贩运销售丝织品的商人，他就是灌婴，年方十五。刘季看他浑身透出英武之气，细品眉宇间亦流露睿智，更兼败军之际相从，心里便十分喜爱。当众演示骑射武艺，亦甚精湛，当即留在身边担任了中涓。在可塑的青春少年阶段，灌婴得到重用，充分发挥商人的精明和出众的骑战能力，积累了大量的作战经验，锤炼出超人的沉着稳健，果断干练却越发不事张扬。尤其吸取三秦之战中擅攻废丘而无功，以及京索保卫战初期与周勃等诋毁陈平而适得其反的教训，从此只一心作战屡效前驱，战绩卓著却不与人争功争利，成长为难得的将中英才。

刘邦意识到灌婴正是预见到危机而匆匆赶来的，很感庆幸。他拔剑在手，命夏侯婴驱动战车，疾驰向前。灌婴见状，催动座下战马，率领骑兵们狂飙般袭上山冈。山坡上勒俟祜看到汉军旋风般扑上来，连忙命令放箭。匈奴兵人人都是好箭手，箭到之处，汉军纷纷落马。灌婴挥枪拨开箭雨一路当先，口里大声疾呼："狭路相逢，勇者胜——"他没有足够的时间与匈奴人周旋，必须不惜牺牲一鼓作气。骑兵们为将领的气概所鼓舞，齐声呐喊，前仆后继。勒俟祜眼看汉军来势凶猛，便指挥山腰第一道防线向两边撤退，让开门户。汉军前队并不直冲山顶，只分头向两边迂回追击。山头防守的匈奴兵企图乘隙向下冲击，才向后续的汉军射出第一波箭，跟进的汉军弓弩手已经一齐扳动弩机，密集的弩箭飞蝗般向上压去，霎时间匈奴士兵连人带马倒下一片。仰攻的汉军在华寄、卢罢师的指挥下交错冲击，强大的弩阵所向披靡。自从放马进攻，灌婴未曾迟疑，只跑动间，已经率先从侧背冲上山顶。放眼看去，山顶竟然是大片开阔的平地。

抢得山前阵地后，汉军并不纠缠，只以弩箭开路，后面大队又飞速从两侧包抄，可谓必死之师所向无敌。匈奴军不善攻城拔寨，可连坚守也不属长项。勒俟祜又哪曾见识过这种自中原战国时代形成的正规军强硬攻势，明知难以抵挡，闹不好反会沦为肉馅被汉军包住了吃掉，他先自心虚了。再说冒顿单于本就另有战法，于是，便打头带领部众飞快地撤下山去。就算撤退及时，匈奴骑兵也已经死伤累累。

驱逐了守山的匈奴骑士，汉军算是获得了可赖坚守待援的阵地。灌婴不敢稍微喘息，立刻察看地形，布置防守。这时，除刚才撤到山下的匈奴兵外，西北靠山峰的斜坡地上也出现了大批骑兵。灌婴很是吃惊，匈奴在白登山一带到底聚集了多少人马呢？他回想开战以来匈奴战骑的飘忽不定，终于明白对方用心远远不在朝廷的考量中。想到这里，他的心不由得收紧，但又在缓缓地放松，心中对冒顿生出佩服之情。听说匈奴单于号"撑犁孤涂"，也就是"天子"的意思，难道是要与大汉皇上争夺天下？果真不可小觑！

刘邦在陈平、夏侯婴及许多郎中骑士的保护下登上山顶，孙赤随后入据匈奴军原本的防守阵地。刘邦驱车四下里察看，原来这是突出于白登山群峰前的一座孤立的台地，北窄南宽，估摸台顶方圆十里。台面随整个的山势呈缓坡状，大致平整，上面虽无高大树木，倒也在草地上间有小片的落叶丛林。崖畔和林间带雪的枯草丛中，可见多处细泉溢出。冬季无甚景致，却是方便军队驻扎。

喘息方定，陈平询问这座台地有没有名字，到这里打探过军情的士兵报告：“听说平城山谷中有‘白登台’，想必就是此处。”陈平若有所思，不知这“白登”意味着什么，对汉、匈哪边有利。

由于常年被山水切割，白登台的四缘形成断崖。崖边有些地方被雨水冲削，出现了深深的裂隙，随时都可能坍塌；也有两三处断崖因坍塌而变成了陡坡。还有几处，包括方才两军争夺和匈奴骑兵撤退的位置上，却遗留着原有的山坡，那都是登上台地的方便通道。灌婴已经沿台地边缘布置了哨位，在可攻之处堆积障碍物。有山坡的地方，则安排士兵因地制宜，取土石修建壁垒，顺便也掘出壕沟，并在要害处布置了伏击阵地，都配备了弓弩手。

匈奴单于冒顿以他的草原智慧，诱敌深入，初步实现了带有战略意味的战术企图，心里正自高兴，但得知被围的军队远远少于期望的数量，便有点沮丧。举合族战力号称四十万骑众守株待兔，却只赚了这么一点便宜，真有点那个，再说，包围圈外的汉朝大军该如何对付呢？这时，从白登台退下来的左骨都侯勒俟祜飞骑前来报喜，告知被围困的正是汉朝皇帝。冒顿则更是喜上加喜，忧中添忧。说来，刘邦的急躁虽然使自己身陷重围，但却使大军免遭厄运。而已经接近平城的汉朝三十万之众，则因冻灾迟滞而反得侥幸，意外地成为“漏网之鱼”，恰恰对包围圈形成了重大威胁。祸兮福所倚，福兮祸所伏，事情往往就是这样奇特。然而，韩、匈平城驻军与白登战场形成的呼应，也反过来牵制着汉军。当然，对刚刚发生的一切，周勃、樊哙等尚一无所知。

樊哙集纳的大军已经陆续抵达平城，而靳歙收容的将士仍在冻伤和恐惧中挣扎，那头要一拨拨向广武遣送，这头要勉强追赶主力。原野上北风刺骨，积雪转而日融夜结，湿滑泥泞难行，跟进的速度十分缓慢，间或就停滞了。

樊哙手下已经聚集了出征大部分军力。尽管如此，由于完全不摸匈奴底细，又是初次与其交战，他还是显得迟疑。其实，就实际军力而言，汉匈双方都不见得十分乐观。

冒顿极不情愿地完成包围，逐渐收缩包围圈，但下令不得擅自出击，同时派人去征调王黄、赵利，要他们立即率兵前来配合作战。速战速决也许是军事上最好的选择，可一块肥肉叼在嘴里，既不急于吞食，又不吐出来，还在等待什么呢？这就像越有财富的人就越为财富所累一样，冒顿已经不是出征东胡时敢于赌命的冒顿了。有一个极强的疑问：皇帝为何要离奇地脱离他的大军呢？再看盘踞白登台的汉军，人数虽少，战斗力却强大得匪夷所思，这又是为什么呢?

当本想捕获狼群却只陷住了头狼时，冒顿单于和右屠耆王且蝕都觉得十分蹊跷，难道叱咤风云的大汉开国皇帝，就如此地不堪谋划？就如此轻易地钻进了我大匈奴的重围，而他的大军却远远地落在后面？有点懵了！还有心理层面的影响。冒顿举起左手伸向太阳，感觉太阳还是散发出了冬季微弱的温度；再远眺白登台，那里就像附近存在的休眠火山一样，向空气中透露着捉摸不定的潜力和威慑。冒顿的内心无形中产生了一丝敬畏。

冒顿因过人的狡猾而不免使自己为狡猾所迷惑，他虽然相信皇帝的胆略，甚至有英雄惜英雄的感觉，但却不相信皇帝会视性命如儿戏，率孤军深入而不事先给对手布置一个陷阱。因此，他想等吃准汉朝大军的动向后，再实施下一步行动。他想等王黄、赵利前来，不仅仅是需要更多的军力，更需要这些中原人帮忙解疑释惑。

接触不久的汉、匈双方，彼此都存在许多常识性的不解，弄出了许多疑问和困惑。常年生活在山地草原和马背上的匈奴人，也是不懂得在同一的北方环境下，来自中原的汉军会遇到比他们多得多的困难；而冬季行军中的步兵，处境就更是难以想象。以他们在山间草原的生存能力而度汉军的生存能力，以他们的心理度汉军的心理，就必然地放大了对手的生存空间。

两日内，在冒顿的犹豫中，匈奴骑兵已经试探着慢慢靠近了白登台，却是一个里三层、中三层、外三层，共九层的超厚包围圈，连从外面钻透也很难了。刘邦立于台中心新建的瞭望塔上举目四顾，只见匈奴骑兵漫山遍野往复驰骋，那势头犹如在汪洋大海中掀起巨大的波涛，把自己围困在一座风雨飘摇的孤岛上。由于地势的缘故，白登台就像被揽在一张大簸箕中的土块疙瘩，时刻会被倾倒到大海中去。一队队蝼蚁般的匈奴骑兵正跃跃欲试地冲向台畔，又迅速退回，他们是在试探着把这破土台掀翻了？随即，刘邦有了新的发现。原来匈奴布置在西边的骑兵都骑着白马，东边尽是雪青马，北方尽是黑马，而南边都是枣红马。他觉得诧异，也吃惊不小。这酷似旁门左道的一种布阵方式，到底是什么阵法呢？竟无形中给白登台增添了许多压力。原来，这也是冒顿读了中原的兵书典籍后，结合游牧特点玩弄的花架子，既是迷惑和威慑的手段，也是展示其骑兵强项的挺秀之作。汉军对此感到困惑，而冒顿已曾在焉支山拿这噱头逗蛮芑阏氏高兴！游戏般的作战风格玩得可真透彻，可却让刘邦、灌婴等费煞脑筋了，习性文化的差异，使战场上充满了迷幻色彩。无意中，刘邦回头看到侄子刘信，那脸上流露的茫然中似乎夹杂着恐惧，便狠狠地瞪了一眼。

匈奴人开始攻山了，和在马邑的战法大同小异，也是时松时紧，甚至并不冒死。

当初，冒顿是拿一条小鱼当诱饵，期待钓来一条大鱼；这两日他似有所悟，便试图拿一条意外入网的龙来当诱饵，盼望捕获整整一网鱼。他不知有“鱼死网破”的成语，却懂得鱼死网破的道理。他需要用大部分兵力警戒，面对表面沉着的汉军，冒顿、且蛰等一时也心中没底。

展开如此重大且巨大规模的战役，匈奴人的作战圈中依然掺杂着生活圈。白登山已经成为一个延伸开来的大牧场，成为许多彼此联系着的离高山远而离平原近的冬窝子，汉朝皇帝仿佛被围困在了一个大牧场中间。匈奴战牧一体的优势继续在战场上发挥，而蜷缩在弹丸之地上的万余汉军和战马，其粮食、草料却怎么办？水肯定是有的，上有泉下有溪。泉水冒着热气涌出；溪从崖下淙淙流过，溪边结了薄薄的冰霜，即使下山取水，暂时也还不算十分困难。既然有泉，匈奴人就不必费那么大力气堵截溪水。要知道，由于地势的缘故，不善施工的匈奴人想要让水不流到崖边，并不那么容易做到。还有，在游牧民族根深蒂固的传统道德思维中，水源是绝不能人为破坏的，也不能随意加以污染。再说，他们也懒得去做这类费力劳神的事情。

出乎所有人的意料，匈奴骑兵的进攻并没有给汉军的防守带来太大的压力。而以灌婴和一万三千精骑上马下马的战力加上局部地形优势，足以应对超过三五倍兵力的强攻。但是，救兵如果迟迟不至，战斗力会快速销蚀，不被消灭也要被饿倒，刘邦能不着急？

“周勃、樊哙等能想到朕的处境吗？他们能寻见匈奴人的踪迹吗？”这回，刘邦算是领教到了冒顿的高明伎俩，懂得了剽悍的匈奴人作战原来这般的诡秘和狡诈。他也因此担心周勃、樊哙、靳歙等还不了解这一点，弄不好会误蹈前车，再陷罗网，那就要赔上老本了。当然，他的担心是多余的。

入夜，胡笳凄凉，寒风吹彻骨髓，真有点“四面胡歌”的味道，使刘邦备受煎熬。刘邦的帐篷扎在台中央，与主瞭望塔相距不远。风飕飕哨骑往来，夜间虽无战事，但他哪里能睡得着？出到帐外，看天上有无数的星星在闪耀，山下点燃了无边无际的篝火，偌大战场上，匈奴人照样在享受他们日常生活的乐趣。刘邦联想到了当初的韩王信，马邑被困的情形也是这样吗？可谓设身处地了。然而刘邦更能感受到的是耻辱，堂堂大汉皇帝，刚刚在朝堂辉煌的典礼上享受了至高无上的尊荣，转眼却被一名裹毡食腥尚未开化的野蛮酋长引诱，困守在山野之中担惊受怕，像逗蝈蝈一般地被玩弄。这自然是刘邦自己难以言表的感受了，天上那无数的星星，就像篾编的蝈蝈笼身刻意留下的孔隙。他想到了刘敬的正确判断，也想到了成进曾经的提醒，心中懊悔，但事已至此，也无从寻找后悔药。更不敢联想的是大汉天下，这可怎么办哪？

战斗时断时续，依然算不得激烈。刘邦一边苦苦期盼救兵到来，一边整日与陈平商讨对策，四天过去了，完全不得要领。于是刘邦又想，假如由淮阴侯指挥对匈奴作战，会落到这种地步吗？得不出明确的答案，但心底里总认为不会。他甚至萌生了重新起用韩信的想法，战危思良将，用将和疑将确实是一对不可调和的矛盾。

已经耽搁了的樊哙，必须立即率大军进入白登山，去寻找失落了音讯的皇帝兼连襟。不用说，他很快就得知白登山一带突然聚集了无以胜数的匈奴骑兵，但却处在似战非战的状态之中，他心里十分担忧，但也是一个猎犬般的警觉人，疑惑之下一时难以决断进退。关键有二：一是军力对比，匈奴骑兵夸耀为四十万，而且皆为“精骑”；而各路汉军总数为三十多万，骑兵只占少数。其二更为要紧，所谓知彼知己方能百战不殆，而对于汉朝来说匈奴是个全新课题，可汉军此战对匈奴所做的特殊功课约等于零；盲目是需要付出代价的！

圣上到底在什么地方呢？是不是被围困着呢？只在反复猜测，心里基本明白但没有确切的消息。樊哙人地两疏两眼摸黑不说，大量士兵冻伤加之连日艰难跋涉造成的士气不振，都难免使他犹豫徘徊、举棋不定，不知道该如何认识和对付眼下形势。回想，樊哙虽然作战勇猛且临事不乏急智，但终究缺乏独当大局的经历。

被灌婴在紧急间丢在西边的车骑，其大部也摆脱王黄、赵利的牵制，由华无害、卫胠率领赶到了平城。至此，平城聚集的汉军已经达到近三十二万，大部分归樊哙指挥。

白登台上可谓度日如年。轻骑随身携带的干粮即将吃光了，只得采挖草根、剥下树皮来充饥。夜间寒冷加剧，便砍斫树木，再收集些枝叶来点着，围拢在一起烤火取暖。刘邦回想荥阳被困的经历，但此时又有别样滋味。

精明善谋的陈平无论战与不战，每日只在山上转来转去，苦思良策。又是一夜未眠，辗转反侧至凌晨，他忽然想到了一件事，那是在平城驻扎的间隙，从漫无边际的笑谈中粗略听来的。典出韩王反正部队中流传的一段八卦：一名红衣女子出没马邑山林中，惹得匈奴将士们垂涎不已，甚至派人满山遍野地寻找，荒了战事。陈平自是将信将疑，但善于在危难中有效地出下下策的他，却受到了一点启发。

顾不得整理仪容，陈平立即来到刘邦帐里，说了心里的如此这般。刘邦本觉得此计几不可行，但既然没有能力突围，也得不到粮饷补给，又不能消极等待救兵，便病急乱投医试一回吧。再说，陈平的智谋无论看上去多么拙劣，但却是屡试不爽的。

陈平从已知故事和匈奴的习性判断，冒顿的阏氏一定常随在身边。他便竭力搜罗钱财，包括自己的随身携带，特别是女人喜欢的珠宝首饰之类，再从皇上那里凑出些，看看足够使用了。怎样才能接近匈奴呢？他想了一个怪怪的办法。

匈奴单于的军帐里迎来了不速之客，是尊贵的和备受欢迎的客人聂行及蛮茂。蛮茂贴身换了红色装扮，外面却披了一袭白色斗篷。也许是天真正冷了的缘故，衣服裹得紧了，到处缀了些皮毛，身上、头发、耳上却是佩饰緋纚，辉映着窈窕却野性的身姿。

世上有些事情总是那样出乎意料，又似乎在情理之中。冒顿十分惊讶，一时高兴得了得，便离开战地返回藏在谷中的行帐，一进门就大声喊：“看看，看看，我把谁给领来啦！”蛮芑从内帐赶出一步，伸一个手指到唇边，嘘声：“别吵醒孩子！”冒顿果然放小了声音，却还是止不住兴奋，说：“你猜猜，你猜猜！”蛮芑问：“猜什么呀？”冒顿重复问：“我把谁给领来啦？”蛮芑回答：“天啦，这凭空的，我哪里知道你领回谁啦，该不是汉朝的皇帝吧！”冒顿忍不住一笑，说：“那倒不是，可要比汉朝皇帝更稀罕呢！”回头要大声招呼，忽然止住了，想到了熟睡的儿子，便大步走到门口，掀开帘子探出头去，大概也做了一个“小声点”的暗示。接下来红光一闪，蛮茂张开双臂，旋风般地扑到蛮芑身边。蛮芑始而一愣，接着两人匆匆行过吻礼，紧紧抱在了一起。聂行随后进来了，看她们就这么搂着，心里也跟着激动。过了好一会儿，蛮茂觉得腮边热热地湿润，这才抬起头来，看到姐姐的脸上已经挂满了泪水。

蛮芑发现有客人，赶忙放开蛮茂。蛮茂也顾不得了，就拿衣袖去蛮芑脸上沾一沾。互道问候已毕，聂行向冒顿示意，两人一起出帐，上马去了。这边蛮茂去看刚刚睡熟了的外甥，才伸出手，又到火边烤了一阵，这才去抚摩那张红扑扑的可爱的小脸，忍不住，俯身亲了又亲。末了，姐妹两人到一边去围着烧红的木炭火说话。

第八十九回

姐妹相逢神明暗助　利害难断单于迟疑

聂行与冒顿一路回大帐。冒顿很是兴奋，问："聂先生怎就寻着白鸟姑娘了？"聂行说："那是你手下把她赶到我家里的！"冒顿感到奇怪，问："怎么说呢？"聂行说："你不顾我的情分围困马邑，在马邑打仗了，白鸟姑娘就逃到了我家里。"冒顿被聂行一激，有点不好意思，连忙赔礼："有先生在马邑，我敢把马邑怎样！那韩王信驻扎马邑，据说是冲大匈奴来的，我不就是想试探一下他的实力嘛！"稍停，看看聂行没什么反应，才又问："白鸟姑娘原本是在左谷蠡王营里的，怎就进了城？城可是被围着的呀，那会儿还在激战呢！"聂行一笑，回答："去问你小姨子吧，要不去问左谷蠡王大人，或者韩王，反正我家院子里，半夜三更从天上掉下来个漂亮姑娘，还真让我吃惊不小呢！"冒顿看问不出个所以然，便转移了目标："都矢这家伙真浑，你说这么一个女孩子家，他都没能给我看好喽！"

阏氏帐里，蛮芑姐妹是别后话长。原来，在她们昆仑山下的家乡，与中原一样长久流传着穆天子西游的故事，这故事又被王室宫廷中的教师们加工得神乎其神，伴随王子、公主们度过了童年时光。看着翻山渡漠跋涉西来的商贾牵引长长的驼队络绎走进城堡，她们既习惯又感到新鲜。商人们到旅店里梳洗过了，换上鲜亮的衣冠，来宫廷里彬彬有礼地拜见国王，给王室送来美丽的丝绸、铜镜、贝饰，同时也获得丰厚的馈赠。他们从集市上换取玉石、香料、葡萄酒、干果等各种土产，装进腾空了的羊皮口袋里，顺便也买几匹好马，然后又在"叮咚"的驼铃声中蹚过白玉河远去。

随着年龄的增长，有一天，这种从小司空见惯的场面忽然勾起了深深的向往。这种向往好像久已埋藏心中，一旦被唤醒，便难以阻挡。美丽的公主是幻想的化身，她们希望去追求幻想中的境界，宫中的娇惯所培养的任性，终于把蛮芑推上了冒险的旅程。从昆仑山过盐泽东来，她滞留在月氏，先要过一把有别于家乡的牧马人的瘾，不料战争却把她推向了另一个方向，推到了冒顿单于强有力的怀抱中。蛮芑终究不希望战争来打扰她的浪漫追求，内心始终渴望穆天子和西王母式的亲密往来。然而做梦也没有想到，她恰恰又是在战场上见到了妹妹，激动之余，勾起了内心的强烈不安。

执意要寻找姐姐的蛮�，在大致琢磨的方向上遭遇了难氏，被连哄带骗地跟到匈奴，又并非纯粹偶然地找到了聂行一家，然后才梦幻般来到了姐姐身边。

"真是太奇妙了！"蛮芑说，她感到不可思议。

“我只觉得后义庐侯那人怪怪的！”蛮莪说。

“不去管他，这里怪怪的不止他一人！”姐姐拉着妹妹的手，从头发抚摸到脸，她为妹妹万里迢迢冒险来寻找自己而感动。其实，姐妹俩是一种血性，只是妹妹年龄小些，不谙世事，性格也更加袒露张扬些而已。

难氏的聪明之处，正在于从蛛丝马迹中判断出奇货可居，便琢磨蛮莪的意愿走一个曲线，在得便时带她到马邑，打算通过聂行来证实自己的猜想，从而给大单于和蛮芑阏氏一个巨大的惊喜。为此，他甚至仗胆打着冒顿单于的旗号来忽悠左谷蠡王。岂料事出意外，匈奴营帐被韩军偷袭，宝贝意外丢失，他只好奔山林间隐现的两个火红的幻影去辛苦地寻找，结果只剩得一脑门子怪不得别人的懊恼。等到韩王信投降，一件奇功自然而然地到手，这不但令难氏如愿以偿，而且还不得不惊叹自己的小小智慧和胆略。

当喜讯先期传递到代谷时，冒顿和蛮芑的心情可想而知。这件奇事还帮冒顿揭示了一个久悬心中而蛮芑总不肯透露的谜底，那就是她的家乡和身世。对冒顿来说，这也许算得上一笔无意中得到的政治财富。而一段鬼使神差的经历，连同蛮莪诡秘的移物手法，不久便在匈奴中广为传播，令人人皆以为神使之然，或就是神，从此对白鸟姐妹敬畏有加。

“咱们还是走吧，找穆天子去！”蛮莪说。

“傻妹妹，我现在还能去哪里呢？穆天子又在哪儿呢？”蛮芑笑了，看看熟睡中的小王子。蛮莪有些明白了，便问：“小外甥叫啥名字呢？”姐姐说：“叫阖瀚。”妹妹问：“阖瀚是什么意思呢？”姐姐又一笑：“阖瀚就是阖瀚呗！走，咱们到外边看看去，听说咱四十万人才围了万把人，不过围的是汉朝皇帝，噢，也就是像穆天子那样的大皇帝。他们把皇帝叫天子，大单于也把自己称为天子！”

“嗯，聂叔叔说，那汉朝皇帝才是他们的天子……”他们挽手走出帐外，却看到远处有微微的尘土扬起，一骑马飞奔近来。

冒顿与聂行聊着天，慢悠悠地刚回到大帐，哨骑来报，有汉朝使者求见大单于。

汉使就在营外，但汉使的随从们却离得远远的等待着。队伍有点怪异，蓝天白云下边，金黄色缀雪的山坡上，好几个云鬓高耸、衣着鲜亮的女子骑在马上巡游，惹得匈奴士兵都仰头张望，有些还站上了马背。

聂行先自去后帐回避了，冒顿本端起了架势等汉使进来，却听到外面喧哗，问是怎么回事。听了回报，看汉使还没进来，也忍不住到外边来看。

汉使持符节上前拜见单于。在得到允许后，他向随从的队伍摇动节旄，队伍逐渐移动近来。看得清楚了，那美貌的却是假人，但头、手竟能活动，远看像真的一样，近看却是画得唯妙唯肖，楚楚动人，更像演出一般。冒顿一时弄不明白，便传令让那队伍退出一箭之地等着，只汉使一人进帐就可以了。

汉使进帐重新拜见冒顿，就站在当地说明来意。他说："我奉大汉皇帝之命，前来向匈奴大单于问好，并顺便捎来礼物。"冒顿等着，没见什么动静，便问："礼物在哪里呀？"使者回答："就在帐外！"冒顿问："怎不拿来？"使者说："是大单于的手下让她们停留在那里！"冒顿觉得滑稽，不由得哈哈大笑，问："就是那些假人儿，能派得什么用场！"使者说："假人者，佳人也！"冒顿问："这话是啥意思？"使者问："请问大单于，那些假人儿美丽吗？"冒顿回答："是的，那就把假人立在那山坡上，本单于每天看上三遍，也许过些天能想明白这件事的道理，就这样吧！"随即招呼："送汉朝使者回去吧，本单于还要陪朋友说话呢！"使者连忙说："且慢，要这样，大汉天子的礼物就没法送来了！"冒顿问："还有什么花招呢？"使者回答："那每个假人儿都是一幅真人的画像，皇上说了，只要大单于能撤了当下这围困，就传谕立刻把她们送来，这可都是汉朝宫廷里最出众的女子呀！"冒顿乐了，环顾左右说："难道她们比我的大阏氏还漂亮？"于是，毡帐里发出一片哄笑。使者却不然，说："这世上漂亮和漂亮不一样，那就像家花、野花都美丽一个道理，各有各的味道嘛！又好比那鹿肉、牛肉、羊肉，都好吃，但吃起来味道不同！"冒顿嗓子里"呣——"出了一声长长的威严，喝道："把这胡说八道的家伙给我赶出帐去！"使者也喝道："慢，请问大单于，你知道被你们围在山上的是谁吗？"冒顿冷笑道："不就是汉朝的皇帝嘛！"使者也冷笑："知道就好！皇帝身边现在就有五万精锐骑兵，他们都是以一当十的死士，还有战无不胜的大汉开国名将。就在这包围圈的外面，也已经聚集了五十万冲锋陷阵的虎狼之师，其他从赵、燕各地调遣的车骑还在陆续赶来。我大汉朝廷拥有百十万能征善战的士卒，还有能臣无数，猛将如云，况且我主是真命天子，自然有天神相助，奉劝大单于谨慎行事，顾及后果，好自为之！"听到这话，本来还不那么认真的冒顿真的被激怒了，大声喊道："把这个饶舌的家伙赶出去，快，快赶出去！"使者不再说话，拂长袖转身出帐，上马一扬鞭子，头也不回地驰去。

冒顿更为愤怒了，起身赶出帐外，正好看到卫队长屈烈支。屈烈支见状，张弓搭箭。这时聂行奔出帐来，方要说话，那箭已经直奔使者后心，眼看着掉落马下。在那边等待着的随从们看到大事不好，丢下画人儿，飞快地逃回去报信。可惜这使者，也算能亦庄亦谐、软硬兼施应付局面，危境中不失朝廷与天子的体面，急语自能慢慢省人，但却身殒围场，也没能在史书上记载功绩留下个姓名。

冒顿眼看瞬间这一幕，回头瞥见聂行顿足，猛然惊醒。屈烈支与手下的卫士正要去追击那些逃跑的人，被冒顿喝了回来。

却说半路上早有人从使者队里溜到一边，被他找到了阏氏帐前，正巧看到白鸟姐妹出来。蛮莪口里还在问："姐姐为啥改了个这么难听的名字……"马到处，人已经站在面前，拱手行礼，口里说道："阏氏在上，大汉使者有礼了！"看时，却分辨不出是什么人，穿着倒更像是匈奴骑士。蛮芑已在月氏草原上度过一段放牧生活，接触了许多牧人和奴隶，性情早已不似公主那般高傲。此时再有阏氏的身份，对人尤其和善。当下浅浅回过一礼，开口道："不知使者为何不去拜见大单于，却要到这里来？"那人四下里看看，问："阏氏可否借一步说话？"蛮芑点点头，把那人引到旁边一座小毡房里，蛮莪径自跟了过来。来人狐疑地看她，似乎不便开口，蛮芑心里明白，便招呼："说话吧，没事的！"那人仔细打量，心里意外惊喜，问："阏氏想必是来自西域昆仑山下？"蛮芑吃惊，却被妹妹抢先问："你是从哪儿看出来的？"那人忙回答："在下也算得上是阏氏的家乡人了。"蛮芑看出来了，又摇摇头："五分像，五分不像！"来人撵着竿子上，吹捧道："阏氏好眼力，在下父亲是西域人，母亲却是中原人，果然是半对半的血缘。"说时，从身上解下一个丝绸包裹，说："我家皇上命微臣来拜访家乡尊贵的公主，顺便把这些微薄的礼物赠送给阏氏，以表示友好和敬意！"这边蛮芑却待开口辞谢，那蛮莪手快，已经掂在手中，觉得挺沉，赶紧递给了姐姐。蛮芑接过来还给来人，说："礼物收不得，不知你家皇上可好？"来人不便固执，便接了，回答："直说吧，皇上想烦劳阏氏姐妹朝大单于说个情。大汉皇帝和匈奴单于都是上天的儿子，一家人，有事好商量，能否先让我家皇上回平城歇息几日，再来叙说兄弟间的情谊。"突然想起一件事来，把包裹放在一旁，伸手拍拍脑袋，说："还有几件礼物要送给大单于，一时来不及，画了些图样放在外面，请阏氏姐妹到帐外一看！"说过起身，姐妹俩只好跟出来。看那汉使指的地方，几个画像离这边倒是很近，画上的女子云髻高耸，美貌绝伦，两臂和脖颈还活动着展示机械的舞姿。蛮莪脱口而出："中原的姑娘真漂亮！"她本就是带着对中原的神秘感和景仰而来的，当然容易发生兴趣。使者应道："是啊，大单于如果还不肯放我家皇上出围，大臣们建议，就拿这画像上的美貌女子送予大单于。他们想，天下英雄爱美人，到时候大单于也许就松口了。但是，这样做又怕伤害了阏氏，这才派在下冒昧来拜见尊贵的阏氏，先征求一下阏氏的看法。没想到，阏氏却还是微臣的家乡人，真是太巧啦！"他偷眼看蛮芑，接着说："当然，皇帝陛下更是希望阏氏能劝劝大单于，讲一讲'两主不相困'的深刻道理。今单于若得汉地，而终非能居之也。且汉主乃赤帝之子，亦有神灵，望单于和大阏氏察之！”

蛮芑被提及家乡，不自觉点了点头，倒是听得认真起来。使者心想这事兴许有门儿，咱们那户牖侯不愧是闺房行家，看问题就是透彻，天下哪有不嫉妒的女人呢？这主意看似乖谬，却是聪明得很，护军中尉关键时刻果真能“护君”呢！于是，他冷不防道声：“我这里替皇上谢过了！”躬身放下包裹随手行礼，飞身上马，霎时间去了。真不愧身上流淌着西域的血液，骑术算是十分高明。这里蛮芑阻止不及，也不便派人追赶，蛮莪倒看得有趣，还鼓起掌来，顺手变个戏法，在掌中亮出一对偶人儿，直弄得姐姐哭笑不得。

单于大帐里，冒顿把别人都打发出去了，只与聂行对面而坐。说实在的，两国交兵，他并不想小气地杀死汉朝使者；既然杀了，便又不愿表现出歉意。他看到聂行脸上明显挂着不愉快，当然也知道，只要自己不提这事，聂行就不可能说什么。匈奴人血性如此，对朋友有愧疚不说出来，心里就会跟自己过不去的。可是，单于毕竟是单于，眼前不能拿个人情谊用事，于是转了话头，问：“先生，现在汉朝皇上已经被我围困在这里，你觉得我该怎么做呢？”那是在软下坡。聂行回答：“既然阏氏姐妹已经见了面，我一个商人还待到这战场上做啥？”他不看冒顿的脸色，意思是要立即打道回府。这是早已酝酿于腹中的气话，冲口而出。但忽然体会到冒顿的问话，便转弯回答：“对于打仗的事，我不懂；说起国计民生，只顾赚钱的商人羞于开口。单于既然问我，就说点个人的事吧。我曾经从西域商人那里听过一个故事，不妨讲与朋友听听。”冒顿当然明白此时没有闲话，说话必然有用意，便道：“先生请讲！”聂行说：“我只是讲一个真的故事，大单于听了切莫多加联想，那样，商人我就亵渎大单于了，不如不讲。”冒顿说：“你们中原人就是事儿多，讲个故事怕啥，想不想由我自己，哪能怪罪先生，你就不要那么多心啦！”聂行说：“那好！”

这确实是一个十分地道的故事。西域商人那些日子不贩货了，闲来无聊，就独自到一片靠山的草甸去猎奇。他发现了一群二十多只野马的大家族，由一匹年轻力壮的公马带领着七八只成年母马和十几只岁数不等的幼马组成。它们的领地里有丰富的水草，家族看起来生活得很和睦。然而，动物的领地并不稳定，商人发现，大概由于适应家族扩展的需要，雄性勃发的头马想要侵占另一个家族的领地，于是两个家族开始了生死搏斗。说是家族的争斗，其实就是两个家长之间的竞争，其余只在一旁观战，等候命运的裁决。对方的家长显然要年长一些，它们互相用蹄子踢打对方。这本来就是一种体力的较量，对方的头马终于支持不住了，拖着伤痛的躯体悲伤地朝旷野里逃遁去了。谁都知道，失去了领地的公马是没有活路的，它随时会遭到攻击，不久就会在孤独和病痛中死去。胜利的头马正要去享受获得的成果，没想到，一匹游离中的新成熟的公马回来了，向它发起新一轮攻击。它虽然健壮，但已在搏斗中疲劳和受伤，而对手更加年轻，更加体力充沛。终于，它也没能摆脱失败的命运。结果，两个家族重新整合，那些即将成年的公马被驱逐，不久的将来，它们将伺机加入更新一轮的争夺。幼年公马最为不幸，它们全部被无情地处死。母马们起初还存在一些抗拒情绪，但不久就成为了新家长驯服的伴侣。

故事没有多加渲染，只是用平淡的口吻匆匆讲完了，然后，聂行不顾冒顿挽留，告辞回家去。可蛮苣才与妹妹见面，便要分开，实在是舍不得。再三犹豫，最终还是决定让蛮莪随聂行返回马邑，她不愿意把尚且幼稚的妹妹直接留在大战中，还希望有朝一日能实现姐妹俩游历中原的共同心愿。

白登台上，派出去的两个使者只回来了副使，所有人对与冒顿交涉的细节一无所知。刘邦和陈平心中惴惴不安，不知道那阏氏能不能发挥作用，好在话已经说到，厚重的钱财珍宝已经留在那里了。希望主要寄托在阏氏的贪婪和嫉妒心上，本来那就是陈平使出的撒手锏。

蛮苣总觉得事情怪怪的，等送走了蛮莪，便独自想心思，也是舍不得妹妹离开。说实在的，蛮苣对战事很是漠然，她觉得自己只喜欢草原牧歌，婚后的她还挂心丈夫和儿子，目下又增加了妹妹。她内心很是亲近穆天子的中原，从心眼里不赞成与汉朝打仗，当然也不赞成任何的战争；要不然，为何先前要冒险在匈奴和月氏中间充当和事佬呢？

当天晚上，冒顿对蛮苣轻描淡写地说了汉朝使者的古怪行为，便只谈论她妹妹，谁也没再多提汉朝皇帝的事。次日天刚放亮，冒顿正要去大帐，看到阏氏眼中露出从未见到过的忧郁，欲言又止，便有些心疼了，问："你莫非怕我真的接受汉朝宫廷里的那些漂亮女人？"没想蛮苣却笑了，说："我想妹妹呢，啥汉朝的漂亮女人！即使大单于有一天真的迎回位汉朝公主，那也在情理之中，我还是我，有啥可担心的？"冒顿眼里发亮，他有些惊讶，夸奖道："真不愧是公主，还没听你说过这种道理呢！"冒顿原本以为蛮苣只是一名富有而独具个性的牧马女子，不久前忽然知道自己无意中娶了位西域公主，单凭这事，他心里便十分高兴，只不过被眼前难以决断的战事暂时冲淡了。蛮苣要冒顿等一等，去拿了汉使送来的贿赂，说："这些你拿去吧，去还给汉朝皇帝！还有这个！"冒顿一看那些美女画像，笑了，说："既然送来了，我们不收下，就是不尊重人家的天子喽！"蛮苣看出冒顿心情有些复杂，便乘机劝道："依我看，汉朝使者说的话也有些道理。他说，单于和汉朝皇帝都是当今最伟大的君主，不可逼迫得太过分，使对方陷入危险境地。如今你即使夺得了汉朝的土地，而作为游牧王国的单于，终究没法在他那里居住下去。再说，汉朝的皇帝也是有神灵指引的，我们终究也不能把他怎么样。我觉得，这道理也是可以仔细想想的。”冒顿点点头，出帐上马。

在马背上，冒顿忽然想到了一个问题，王黄、赵利为何还不见来呢？他从来就没相信过那种人，不过认为他们是趁混乱局面投机罢了，现在又担心他们转向汉军一面，再搞点什么阴谋。转而联想到赶到平城的几十万汉军，他们为何不见动作呢？总这么不动声色地观望，这不合乎常理，不赶紧来救自己的皇帝，那想做什么呢？这就叫作善设疑者必多疑，冒顿懂得他所面对的绝非如东胡王、月氏王之流，他也必须为整个匈奴军队和族群的长远命运着想。思想到了这里，冒顿开始接受蛮芑的想法了。他想，就算这次把皇帝逮着了，汉朝还会有太子来接替皇位。如果把事情做过了头，万一遭致全力报复，岂不两败俱伤，输是输，赢也还是输。既然有个“输”字藏在里面，自己的草原帝国还能长久吗？匈奴还能属于冒顿和他的子孙吗？他想到了聂行讲述的“野马”故事，那当然是另一种方式的劝告了，但却恰中冒顿的心思。

走出一程，又牵着马回来了。到帐中，冒顿先是凑向王子阖瀚身边看了好一会儿，习惯地俯下身子亲一亲，然后冲诧异着的蛮芑诡秘地笑了，伸手挽在怀里，说：“保不准我真会听公主的劝告呢！”这算是把一个天大的顺水人情送给了阏氏。

第九十回

大路朝天两主不犯　次途感愧陈平蒙恩

回到大帐，冒顿立即召集且蛰、都矢、术柘等核心人物开会，说了自己的顾虑和长远的理由，大家一致表示理解和赞同。但是，冒顿却又出乎意料地发布了一道大举进攻的命令。他命令戎渠夕负责平城方向上的警戒，其他将领第二天随同自己集体祭拜太阳，然后立即行动。

这是一次全面的宣泄性攻击，与马邑之战有些异曲同工。白登台上的第六天，士兵们已经面临饥饿和弓矢短缺，连日寒冷自不待说。仅仅靠口头上的动员，恐怕再难鼓舞士气。陷入包围以来，都是以灌婴为主，孙赤、华寄、卢罢师协同率军抵抗，这回，刘邦不得已要亲冒矢石了。见阵对刘邦来说也不是什么新鲜事，但皇上的龙体和当年汉王的贵体，是同体异质，大不一样了。可是，军队的士气就是自己的命运，刘邦不得不振作精神亲临阵地，以激励将士的斗志。

早晨太阳只出来了一会儿，天便阴沉下来，像一口半透明的大锅扣住了整个战场。白登台四周，一道道山梁上轮番攻击的匈奴骑兵，就像大海中翻滚的巨大波涛。马蹄震耳欲聋的轰鸣，在胡笳和呼哨的推波助澜中，像地震掀起的海啸，伴随着飓风，随时都可能把白登台掀翻了，淹没了，夷为平地，沉入谷底。好在匈奴骑兵虽是骑马射箭的能手，却在攻坚上缺乏招数和耐力，他们甚至没有任何攀登设施，即使在坍塌的陡坡前，匈奴骑兵也不肯舍马攀攻。这样，汉军便能集中兵力重点守住几处山口坡地，还能分拨轮番休息。强悍的匈奴兵也有一时攻到近处，怎奈何又被耸起的防御工事挡住了。想想马邑攻城的劲头就知道结果，何况两地的防守实力不可同日而语。打到激烈处，灌婴几次想带领骑兵冲下山去，过一阵冲杀的瘾头，但都在心里克制了。他终于发现，匈奴的将领们大多数时候总是带领骑兵虚张声势，为的就是制造紧张气氛，压制并引诱汉军突围，以便扬长避短。匈奴毕竟人多势众，又惯于在山原地带作战；汉骑尽管善战，但只要离开白登台，恐怕就难逃覆灭了。回过味来，灌婴有些后怕。

冒顿为何要在白登台给刘邦留下生存余地呢？好像冥冥中有一种异质的意志在支配着！其实他不但有战术上的顾虑，更重要的还存在战略思维上的不确定性。尽管他雄心勃勃甚至很早就想挺进中原，但终归在傲视和一统草原的雄心之外，还只是在内心涂抹着大片关于中原的模糊，只流连于一些懵懂思维，并没有作实实在在的盘算。

正因为如此，他内心还没有真实地奢望一举决胜而入主中原，所以在突如其来的巨大主动权和压倒性优势面前，他更多地看到这只是一种假象，感到了内心的彷徨和不可承受。他原本只想搞个下马威，希望捕住一网大鱼，不意却网住了一条真龙，而鱼却还在网外，这便是确凿的疑点。他还没有做好充分的思想准备，就像刘邦对匈奴也还不可能真正做好准备一样，虽然前提有所不同。说到底，白登之围也只能半属必然，半属偶然。冒顿现在只想发泄，欲望却是有限的。冒顿已经不是原来那个冒顿了。

夜幕第六次降临白登，这是包围战中最为平静的夜晚，以至于让刘邦和灌婴觉得不知道要做什么。陈平大概意识到自己的妙计发生了效果，心中暗暗欣喜也暗自祷告，只是不便作出即将脱围的结论。匈奴营里一反常态，没有了夜的习惯性兴奋，仿佛全体疲惫地睡去了。白登台壁垒上的防守还是不敢大意，但士兵们此刻要战胜的不是敌人，而是瞌睡难耐的眼皮、寒冷和饥饿。要知道，寒冷和饥饿最容易使人体陷入保护性消极状态，昏昏欲睡，严重的时候会永远无法醒来。当然，情况还没有达到那么绝对的地步，倘若再耽搁两天，即使不战，局面也是难以想象的。

第七天的上午，天仍然阴沉，匈奴军队没有出动，白登台的汉营里因为战事戛然而止而更显焦躁不安。战场险境中的异常静态，甚至比厮杀更加可怕，更加压迫人的心理，更令人狐疑和折磨人的意志。

午后起了大雾，乘着雾的掩护，灌婴冒险派出的侦察兵向平城方向探索路径。到下午，雾越来越浓。好几拨侦察兵都回来了，他们报告，一路没有发现匈奴人马。这就怪了！

刘邦得到了报告，于是，就派人骑着马下山来回奔驰，匈奴人好像丝毫没有察觉。再冒险派出大队骑兵巡逻，仍然没有反应。刘邦与陈平、灌婴、夏侯婴交换看法，显然包围圈的一角已经敞开，刘邦果真觉得陈平的妙计成功了。这时，又有骑哨来报告，他们一直向平城搜索，遇到了樊哙将军，说大军已经踌躇了好几日，正不敢擅自行动，为找不到营救皇上的办法犯愁呢。现在，只等皇上旨意了。刘邦便立即派人传令，叫大军千万不可冒进，只须严密注意白登方向；可部署人马等待接应，但不得深入，只为应付意外。接着，他对等在身边的灌婴、夏侯婴说："准备撤吧！"

已逢月亏。匈奴人又是依着上天的指示退兵了。每当战事犹豫之际，这更成为一种心理抉择依据，也便是充分理由。冒顿竟然采用了一种匪夷所思的方法，也不去与刘邦讲任何条件，只是先撤去了西南上的兵马，让开了通向平城的道路。

刘邦动身下山，孙赤开路，华寄、卢罢师护住两翼，灌婴断后。陈平请刘邦命令士兵们在每张强弩上搭上两支箭，两边朝外形成一道流动的走廊，保护皇上出围。

刘邦心里惊慌，一旦脱离了白登台的依靠，便止不住催促夏侯婴飞车逃奔，甚至亲自驱赶辕马。为他驾车的夏侯婴此时又犯了倔劲儿，根本不听皇上的吆喝威胁，只从容地持缰引辔缓缓而行，定性犹如彭城败后。无论皇上多么至高无上不可违逆，可马只听太仆的。

大雾密密地笼罩着，好似在草原上为刘邦和他的患难弟兄们铺开了一条云路，真是一派天神护佑的形势。一路煎熬着，好不容易接近平城了，樊哙早已在迎候。

刘邦彻底松出一口气来，忽然意识到皇帝的身份，便抖擞精神，暂不与人答话，只被恭奉着。到了大营，一切的享用早已准备好了，刘邦草草用了精心烹制的膳食，觉得疲惫已极。的确，连续多日紧张，一旦松弛了，怎能不感到累呢。当天什么话也没有问，就此歇了。樊哙安排了酒肉为将士们开饭，以示皇上的慰劳。

夜来很不平静，白登山轰响的马蹄声在继续回荡，只是没有伴随吆喝与呼哨。

刘邦一觉醒来，已是第二天的下午，这可是七天来唯一的囫囵觉，醒来后更加心思重重。

冒顿等到汉军出围，也便传令放弃平城，连夜率主力向云中退去，打算返回牧场“猫冬”，探讨对策，再作后图。这个冬季吃穿不愁，开春如无意外，也不会难过。到汉地来折腾了一趟，收获颇丰。

一切都变了样。匈奴人已经撤离了平城，踪影全无。城里城外一片狼藉，青壮年男女和孩子被掳走，唯剩老弱，财物扫荡一空。

白登之围是汉朝也是匈奴面临的战略新课题的发端，这一仗双方都没有多少损失，都软硬不着，使不出力道，很是别扭，当然在气势上匈奴人占了绝对上风。冒顿单于把试探性军事行动做得出乎意料，对整个的局势的进展连他自己也感到茫然，进而疑惑。白登的匈奴，倒好像是在通过一场豪华的阅兵式来宣示武力。刘邦终于没有能抓住任何机会来改写自己逢强必败的战场记录，但从此他充分意识到了未来的艰难，同时面对臧荼、韩王信与匈奴的勾结，更加深了对内部诸侯势力的担忧。

风声大雨点小的白登一幕，闹剧般在懵懂中开始，也在懵懂中收场了。战后的白登山前，残雪中遭到无数次马蹄践踏的枯草地显现着它的疲惫与荒凉，也镌刻了汉、匈首次大战无果的痕迹。它昭示了事件最合理、最具分寸感的结局，同时为汉、匈关系留下了巨大的悬念。

面对喧闹过后平静而空荡的平城，刘邦恍恍惚惚，怅然若失，依然沉浸在梦一般的境地。他的心胸变得十分空洞，无所适从。匈奴的事暂时管不着了，但由于匈奴的庇护，韩王信、王黄、赵利等却得以苟延。

汉军班师，留下樊哙收拾边地残局，重点是围剿反叛势力。此可谓：四十万骑抽丝去，边城空遗皇帝鞭；单于不解中原累，倚马塞上望长安。

刘邦撤到广武，立即下令释放刘敬。痛定思痛，他恳切地安抚说："我不肯听信您的劝告，导致被困平城，险些……朕已经把先前派去侦察的那十几个人都杀掉了。"于是，赐二千户封刘敬为关内侯，具体称建信侯。"关内侯"始见于战国诸侯对大臣的封号，被秦列为第十九级军功爵，地位次于彻侯。这"关内"与秦朝以关内为"王畿"有关，所以关内侯居住在京师，只享受封户租税而没有封地。以刘敬的出身、资历和实绩，这算得超级奖赏，折射着刘邦深深的痛悔。可那些侦察人员就死得挺冤，匈奴精兵潜伏在哪里，仓促间连刘敬这样的能人也没法找到。人家不过是如实回报了，不得已做个判断，地位有限，仅供参考，大主意可还是刘邦自己拿的呀！

刘邦没有沿北征原路返回雒阳，而是起驾绕道东北，曲折过五台、下太行，到燕地巡视一番，实地考察臧荼之后的局面。继任燕王卢绾自不免恭迎恭送，贴身陪侍，认真汇报。此时，那个因告发故燕王臧荼而封侯留任的燕相国温疥，也已经率兵平定了卢奴。卢奴为汉置县，治今河北定州。相传城内有池，水色黑而不流；水黑曰"卢"，不流曰"奴"，故名"卢奴"。刘邦赐温疥享受一千九百户租税，以资鼓励。

圣驾折南回返，这一天经过曲逆驻足。登上曲逆城头，刘邦脱口赞道："壮哉县！吾行天下，独见雒阳与是耳。"陪侍一旁的陈平被这突然而发的慨叹惊了一下，举目看时，果然街市宽敞，屋宇井然，车来人往，熙熙攘攘。但想想雒阳，看看眼前，倒有些难以理会。转念，皇上刚刚经历了白登之困，难免情绪上大起大落，此刻看到这一片和平繁荣景象，再联想八年战后的百废待兴和必然持续的匈奴之患，自然会产生些特殊感受。耳边听见皇上询问："曲逆有多少户人家？"于是回过神来。

县令躬身回答："启禀陛下，本县秦初曾达三万多户，现在籍为五千户。"刘邦点头，转而大声唤道："陈爱卿——"陈平连忙躬身："臣在！"刘邦说："朕就把曲逆整个儿封给你吧！"陈平一愣，连忙回答："谢陛下隆恩！"刘邦当即下旨，改封陈平为曲逆侯，相应取消原来享受的户牖。

也许觉得这举止太过突兀，刘邦"哈哈哈"一乐，转朝因惊讶和羡慕而合不拢嘴的县令人等，掰指头数说陈平建立的奇功：一、关键时刻行反间计，令楚营人心离散；二、诓骗西楚使者，导致范增被逐；三、以女阵引诱楚军，帮汉王荥阳脱险；四、力主赐封齐王，在楚汉决战前夕稳住了韩信；五、出伪游云梦之计，助刘邦诱捕韩信；

六、以美人计引发阏氏妒忌，得解白登之围。

当下陈平恍然大悟，陛下这是有意抬举曲逆呢！曲逆城在今河北顺平东南，历史上处于中山国封地内。后来汉章帝感觉这个名字又曲又逆，不中听，因其北临蒲水，就改名为“蒲阴”。

其实，刘邦的情绪并不单一。小小一个曲逆竟至皇上大惊小怪，这与秦末战乱对经济、民生和基础设施破坏的背景不无相关。要想消除满目疮痍，恢复百姓生计，达到长治久安，那需要下多大气力、费多少时日呀！可眼前内忧难消，外患又生，怎不让他心焦如焚！回身漫看茫茫燕赵大地，刘邦心绪纷乱，忽然觉得胸口旧伤隐隐作痛。陈平暗中察看皇上情绪变化，连忙劝道：“陛下连日劳累，回雒阳还有许多事情要操劳，且去馆驿歇息了吧！”

已经是十二月天了。刘邦一行离开曲逆，沿太行山东麓平原一路南行；先期撤至东垣的骑都尉靳歙顺道护驾，继续回程。到达赵国都城邯郸，刘邦打算稍作停留。

张耳的儿子赵王张敖已经与刘邦的长女鲁元定有婚约，见皇帝老丈人驾临，便改用了晚辈的礼节跪叩迎候。刘邦败军脱险归来，一路受身体伤痛提示，勾起许多身后担忧，可谓千头万绪。等到了女婿家里，便丢了叔孙通教的规矩放任起来，嘴里吆三喝四，骂骂咧咧。在接风宴席上，张敖接过食案亲身侍奉刘邦进餐，刘邦却叉开两条腿坐得像簸箕一样，既解乏又解闷。依了老习惯放肆一阵，心里好歹会舒坦些。

赵丞相贯高、赵午本都是张耳的宾客，颇得亲近。贯高看皇上无状而张敖依然毕恭毕敬，便私下里怒道：“吾王，孱王也！”赵午立即附和：“皇上率性如此，我主其可奈何得！”这便挑明了火头。张敖平素和善，颇得人心，此时一经煽呼，竟有几十名官员、侍从人等大打不平，不料怨气互动，竟愤怒到极点。

等安顿好了皇上，贯高、赵午等便借口汇报，递话给张敖：“看大王服侍圣上那份恭谨，可皇上也忒傲慢无理了！”

张敖只当没听见，吩咐：“说正题。”

贯高看赵王闪避，便试探：“臣等想替陛下出口恶气！”

张敖不然，说：“有何恶气可出！”

贯高既然开口了，也就不再遮掩，表示：“请允许臣等杀了他！”

张敖大惊，斥道：“何来此忤逆，且闭口吧！”他的脸上变了颜色。

贯高劝道：“这许多年，天下豪杰并起，能者先立，他能当皇上，您怎就不可？”显然，这伙人的意识还停留在乱局中。久乱之后，这“乱”也会成为一种心理痼疾。

张敖见阻止不了这股蛮劲，情急之下便把手指伸向口中，狠心地一咬。然后，他伸着流血的手指大喝：“君何言之误！先人亡国，赖帝得复国，德流子孙，秋毫皆帝力也。希望你等不要再重复这种荒谬论调！”

见大王自虐，几人只得告辞退出。赵午对贯高说：“看来，今天是我等错了。大王是长者，不肯背恩，这也没啥错。”贯高不然，说：“差矣，我们讲究的是自尊。今日皇上轻侮我家大王，果真杀了他也是有道理的，哪至于玷污了主上的名节！”赵午沉默。贯高于是说：“这样吧，事成归王，事败我独自承担！”

事体重大，心腹人等难免意见相左，贯高到底没能动手。

只等刘邦回到雒阳，代王刘喜后脚就到了。原来，白登战败，边地失控。匈奴骑兵不免“攻打”代县，刘喜惊慌失措，便丢下封国自顾逃了回来。刘邦闻报大怒：“二哥怎就如此不争气！”欲待依法论处，可毕竟是骨肉同胞的亲哥哥。他叹了口气，刘氏一门如果都这样，却怎得指望呢。既然回来了，那就别再去了，去了也没用。于是，下一道赦免诏书，贬刘喜为合阳侯。合阳为战国魏邑，其后西汉置郃阳县，址在今陕西合阳东南黄河西岸。

边地不还有樊哙吗？他到哪里去啦？这不怪樊哙，确实是刘喜太不中用，还没沾着匈奴的边，就吓得逃跑了。至于“匈奴攻代”，那不过是一场场骚扰，连汉朝的皇帝都打败了，匈奴人还能不放肆！在匈奴基层和牧民的心目中，这些并没有超出游牧和猎食的日常活动范围。他们不过是逐水草而居，来到另一片山间草原上搭起毡房。如果需要，或者来劲了，千骑长、百骑长吆喝一声，便可去搞个稍具规模的抢劫掳掠。可农业民族的每一块庄稼地都代表着生计和权限归属，完全无法适应这种无视边界和安宁的“共生”现象。诸如此类的“流窜作案”，樊哙哪里顾得过来；等手下来顾，人家早跑没影儿了。

不让回代县就不回，想回也不敢回，这倒也就罢了。刘喜其实也感到不平，我不就跟在你皇上屁股后头跑回来的吗？你为弟的带着三十万大军还跑，我当哥哥的就该困在小小一个代县等死？

刘邦下旨封赏北征有功人员。周勃接替卢绾太尉一职；樊哙增加食邑五百户；把从获罪者那里收回的五百户转赐给夏侯婴；靳歙提拔为车骑将军。至于代国的空缺，正好，刘邦另诏立皇子如意为代王。这如意是戚夫人所生，刘邦十分喜爱，怎么看怎么像自己，从长相到性格都像。如意方才长到八岁，显然不合适前往封地，仍随母亲留在刘邦身边，早晚得见。至于代国，这回得安排个顶事的去，既能管理政务，也必须对付得了匈奴的侵扰。在众将中寻了一遍，最后选定军功不菲的阳夏侯陈豨，便任命他为代相国兼巨鹿郡守，全权代替如意管理国事，同时监管赵、代两地的守边部队。

陈豨留给刘邦的印象是能战且很讲信用，对于边将来讲，这些特点尤其重要，信任之下便把赵、代的实权一起交给了他。

陈豨是宛朐人，其地在今山东东明东南。克废丘、渡蒲坂、取代地、战垓下，几度合作之后，他一直仰慕淮阴侯韩信的军事才能；尤其垓下一战叱咤风云，灭楚只在挥手间，这更令他佩服得五体投地。此次出任代相，临出发也没忘登门拜访，算是辞行。韩信打发了左右人员，牵着陈豨的手漫步到庭院中，闲聊了几句，忽然仰天叹息，问：“我有几句肺腑之言，你愿意听吗？”陈豨说：“大将军言重千金，我岂能不听！”韩信于是压低了声音：“赵、代两地重兵聚集，将军既见任用，皇上必是十分信赖，但这未必就是好事。我来做个假设，倘若第一次有人诬告你，说你反叛，陛下肯定不信；第二次有人重复诬告，陛下便开始怀疑；到了第三次，陛下必定会听信谗言，就又要亲自率军来讨伐了。”

匈汉演义

朱江风 著

下卷 天山逐日

北京日报出版社

目 录

第九十一回

成未央萧何遽责让　护公主吕后闹宫闱

陈豨神色惊讶，问："果真如此，我将奈何？"韩信没有回答，却告诉他："这算是我亲身经历的教训，不能不跟老弟说一声。"

其实，陈豨对此次皇上授予炙手可热的大权，多少也感到烫手。前来拜访，本就有意讨教出路。经韩信点透，内心更加惶惑。于是追问："一旦面临困境，我该如何应对呢？"

韩信摇摇头，回答："你看我自己就这样了，到底能怎么办！当初并非无力起兵抗拒，但那是一件太难下决心的事情啊！"

陈豨点头，退一步问："果真遇到难处，可以向您请教吗？"

韩信用力握了握陈豨的手，算是回答了。

陈豨从年轻时就仰慕魏公子信陵君无忌，平日里尤其喜欢"养士"。所谓"养兵千日，用在一时"，这些实用人才正好能在边地有所发挥。陈豨出发上任，跟随的宾客竟至占用了一千多辆马车，途经赵国时，把邯郸的驿舍住得满满当当。陈豨本人习以为常，可韩信听说了，不免暗中替他捏了一把汗。

开春二月，刘邦抵达长安，考虑把雒阳，连同栎阳的摊子都搬到新建的都城来。未央宫第一期工程建设已粗见规模，且部分完工，萧何请刘邦视察。刘邦让萧何坐在自己的车上，陪同前往。

未央宫坐落在长乐宫的西侧，周回二十八里，北面隔渭水与秦朝的咸阳宫相望。长乐宫与未央宫之间有道路相通，车过东门，刘邦抬头观看："呀，好生宏伟壮丽！"只见"苍龙阙"三字大书额上，心中可是美得了得。他兴致盎然地一面观看，一面听萧何讲解。

未央宫的设计规模宏大，现已建成的有北门楼、东门楼、前大殿、武库、太仓。北门为正门，旁有公车门、司马门；东门是通向长乐宫的，所以也建造了门楼。北门楼号玄武阙，与苍龙阙皆高达三十丈。西、南两面却不造楼，也不开门。所谓左青龙、右白虎、前朱雀、后玄武；在玄武与朱雀、青龙与白虎彼此对立的观念中，萧何采用堵塞通道的方法进行压制，借以驱邪避灾。

还有一种讨好的解释，咸阳在渭水北岸，昔日秦朝的宫殿都在北边，而长安在渭水之南，把北阙作为正门，也就是把秦朝的宫殿当作了未央宫附属的警卫性、排场性建筑物。当然还有实用性。文臣武将的官署、住宅都安排在故秦宫室区旧址上，如此他们到未央宫来，便无须从城外转到“南门”去。

主体建筑未央前殿依龙首山北坡的形势而建，刘邦由衷地惊叹：“比长乐宫壮丽多啦！”萧何介绍：“这座前殿东西向展开有五十丈，进深十五丈，高三十五丈……”两人下车，由萧何引导进到宽大的正室。萧何说：“这就是宣室了，圣上在这里与群臣议事，必然心情愉快！”刘邦不禁面露喜色。正在寻找那种感觉呢，瞥一眼兴奋中的萧何，却沉下脸来，指责说：“天下多年来被征战所苦累，你为啥要搞得这么过分呢！啊？”萧何露出几分惶惑，躬身回答：“臣想，正因为天下还没有安定，所以才有必要兴建宫室。天子统四海为一家，宫室不壮丽就没有显示权威的象征物。再说，圣上是开国皇帝，总不能让后世建造的宫室超过未央宫吧！”刘邦认真想了想，转嗔为喜，安慰萧何说：“看来，朕错怪你了！”然而萧何的感受是，昔日那位哥们儿从此不见了，当年为自己所关照的那个泗水亭长则彻底消失了。

未央宫所在的“长安”本属于乡级建制。刘邦当即传旨修筑城池，设立县治，命名为“长安县”。到汉武帝刘彻时，长安新建了钩弋殿、白虎殿、昭阳殿、麒麟阁、天禄阁、金马门、甲观、画堂、弄田等，总规模达到台殿楼阁四十三，山景池塘十三，门闼九十五，内部道路七十里，宫室建设全面完成。为了讨伐昆吾夷，又增建了周回四十里的昆明池，在那里教习水战。平时养鱼，供皇上游戏。鱼提供给各处陵庙祭祀，多余的也送到市场上出售。

迁移诸事已定，朝纲礼仪、各种政策都在陆续到位。皇家内政建设急需步入有序，刘邦便布置设立宗正官，工作从序定皇帝九族着手。这“宗正”的官爵自西周至战国一直存在，秦、汉皆位列九卿，惯例由宗室担任，掌管皇族、外戚事务。

忙活了一阵，到初夏四月，刘邦起驾去雒阳。这一年刘邦把大部分精力投向了恢复经济，稳定社会。

光阴倏忽，不觉已是高帝八年（前 199 年），又一个冬季来临。刘邦离开故乡多年，正想回去看看，却接到赵王张敖的奏报，说韩王信部众从代郡南下恒山郡，已占领东垣。东垣位于今河北石家庄东，时为恒山郡郡治，是太行山东麓北上南下的战略要地。

刘邦只得暂缓返乡，重又亲征东垣。行军至泜水南岸，刘邦驾临位于今河北柏乡南的柏人县，在馆驿中住下。

当晚半睡，刘邦心口扑通扑通地跳，翻来覆去没法入睡。便问左右："这是什么地方呀？"侍从回答："是柏人县。"刘邦想："柏人，迫人也，怪不得心惊肉跳！"便吩咐："走，朕不住了！"他哪里知道，此时馆驿厕所的夹墙中早有士兵埋伏着。一场处心积虑的阴谋无形中流产，贯高这才觉得刘邦果然是真命天子。

军抵东垣，窜扰的韩王残部却闻风逃遁去了。显然是张敖心虚，而贯高等人别有用心，便夸大了危机，弄得重锤打苍蝇，还扑了个空。刘邦很生气，骂几句"贼寇"，再骂几声"小子"，班师回朝。

十二月，刘邦到长安住下问政，三月回到雒阳。正是柳枝吐芽的时节，满城百姓熙熙攘攘出城踏春，水畔蹊径笑语欢声，到底和平时节，古都气象。大汉立朝整整三年了，尽管烦扰不断，但经济还是得到了初步恢复，尤其大户集中的雒阳。刘邦进到城里，看见富者高车驷马，壮士身佩宝剑，商户男女殷实人家个个穿着绫罗绸缎，与贫穷苦力、流浪乞讨的人群形成强烈对比，心里感到很不是滋味。回到宫里，便传下圣旨：自即日起，商人不许穿锦、绣、绮、縠、絺、纻、罽等各类带花纹的丝织品和纺织精细的纱、麻、毛织品，不准携带兵器、乘车、骑马。诏令既下，嚣张浮华之气顷刻扫尽。

北方游牧强邻匈奴，却是一个无法用诏命来解决的困惑。白登之战后，冒顿单于虽然暂时撤走了，可是游牧的种子却被漠风劲吹一路东来，在雁门、代郡、上谷的山间草原上落地生根，开花结果。大股、小股的挽弓之士们已经摸着了汉朝的底细，便放开手脚，对边境城邑频繁发动袭击骚扰，大肆掳掠，毫无顾忌。匈奴轻骑就像天上的云、草原上的风，进退自由行踪飘忽，弄得汉军战无可战，防不胜防，疲于奔命。

这一天，雁门又送来急报。如此反反复复，刘邦终于觉得匈奴是个长久的麻烦，内心如百蛇缠绕，弄得坐卧不宁，寝食难安。身上那许多的伤痛也频繁发作，真有点扛不住了。白登的经历，让他越来越器重刘敬。有心之人见识见长，他现在应该是个匈奴问题专家了吧！

建信侯刘敬奉召觐见。刘邦询问："匈奴看来是个大麻烦了，爱卿可有对策？"刘敬正从春秋诸侯策略中找到了一剂良方，只因过于敏感，未敢轻言。见皇上问及，便拐着弯子引导，说："今天下初定，将士疲惫，匈奴一时无望用武力来解决。"

刘邦心想，能用武力，我还找你这个文臣来干吗？只听刘敬继续说："冒顿不择手段弑父夺位，把一帮后母都弄来当老婆，凭借强力征服四邻，显然也没法用仁义来劝导。"

刘邦直截了当地问："你有办法吗？"

刘敬回答："臣以为，此事只能从长远考虑，徐徐以图。办法臣倒有一个，若依计而行，不久匈奴的子孙就自然而然地成为我大汉的臣属了。但是，我担心陛下不肯做。"

刘邦将信将疑，却也感到新奇，便说："如果切实可行，却因何不肯！"

刘敬于是仗胆说："陛下如果能把嫡亲的长公主嫁给单于，并陪上丰厚的嫁妆，那冒顿必然心为所动，立公主为阏氏……"

刘邦忽然觉得，刘敬这点子比之陈平，真可谓有过之而无不及呀！他心里显得复杂起来，但还是认真琢磨起可行性。

皇上没有动怒，这第一关算是过了。犹豫是必然的，刘敬开始竭力劝说："若如此，冒顿在位，他就是陛下的女婿；他死了，您的外孙就是单于。哪听说过外孙敢跟外祖父分庭抗礼！匈奴人既好色又贪财，陛下每年可把国中剩余而恰好匈奴缺乏的物资赠送给这个女婿，总强似他主动来抢。再说，还可以乘机派一两个善辩之士，拐弯抹角地用礼仪实施教化。这个办法，可不战而使匈奴逐渐成为汉臣。"

刘邦说："这主意好倒是好，只不过朕的长公主……"

刘敬见皇上心动，便趁热打铁："国初兴，朝中还有许多大事要办，不稳住匈奴人可是不行的呀！"

刘邦叹口气，说："那好吧，容朕试试！"

平时刘邦多半住在戚姬那里，这回得去哄皇后。先编个法子说话："这些年我四处奔忙，可把你给冷落了，然老夫老妻的，心里不免时常惦记着呢！"刘邦语重心长。吕后从鼻腔里笑出一声："老夫老妻的，还能图什么热乎！我知道陛下你忙，就去忙你的呗！"虽说话里有话，但说的也是真心话。吕雉自从回到刘邦身边，心底总惦记着朝堂上的动静。再说，身边有小白脸审食其陪伴，并不寂寞。

刘邦又说："这些日子，匈奴人的事情真让人心烦，闹得我吃不下饭，睡不着觉。"吕雉问："又发生什么事了吗？"刘邦皱起眉头："你是知道的，云中、雁门、代郡、上谷那边隔三岔五被侵扰，唉，民不聊生，官吏们惶惶不可终日。我是皇上，不能总是回避这个现实呀！"吕雉忙问："有办法吗？要我帮你参谋参谋？"又怨道："那些该死的大臣，关键时不能替皇上分忧，要他们何用！"

刘邦让自己平静了一下，回答："主意倒是有一个，我看还行，但是这决心得靠你来下呀！"吕雉很是惊讶，自从拿下韩信，内政的事她可以说沾边了，但外交方面还没插过手呢。她有些疑惑，也有些跃跃欲试。见刘邦吞吞吐吐，便催促："什么大主意偏是离不了我个妇道人家，就说出来听听！"

刘邦这才把计策说了出来。吕雉一听就急了："太尉、将军们难道都死绝啦？看他们争功的那会儿，都什么劲头……陈豨不就派在那块儿管事吗？为何却要女人替他挡在前头！"刘邦赶忙辩护："不正想办法嘛，这还算个主意嘛！"吕雉问："是哪个出这馊主意来，他不晓得鲁元已经许配给张敖了，啊？好生可恶！"刘邦一看说不拢，便起身："你先别急，想想可也有些道理。"说罢，抬腿就走，再不听皇后唠叨。

事情搁浅了，可边地急报还是不断传来。刘邦无计可施，回头又跟皇后商量。这回说得急了，吕雉便大哭说："你心狠呀，我只有太子和这个女儿，你因何偏要把女儿抛弃到匈奴去呢？"刘邦还需要回答吗？他沉下脸，一甩袖子，还是落得个走人。

思去想来毫无出路，只好问刘敬："能否从后宫选一个长相标致的女子；再不行，就从亲王家里找一个来代替，你看行吗？那也是我刘氏的公主啊！"刘敬不以为然，说："冒顿本就狡诈，他一旦看穿，就不会真的与我大汉亲近，这个办法兴许就不灵了！"刘邦说："是啊，冒顿兴许不忙挑明，但这个把柄握在他手里，等拿出来说时，朕就百口难辩啦！"他没主意，正好有赵国使臣求见，便暂时把事情搁下。

这使臣汇报过公事，却递上一份密奏。刘邦看时，惊出了一身冷汗。当下召灌婴来，命他立即前往羁捕赵王张敖和贯高、赵午等人，指示"赵群臣宾客敢从张王者，皆族"。刘邦的心思还挂在匈奴那边，此一刻瞌睡正送来了枕头。

风声先到，参与谋划的赵午等十几个人聚集在一起，喝一通酒，慷慨而歌，纷纷拔剑欲行壮烈。贯高闻讯赶来，见状骂道："这事是谁让你等干的？现在连累赵王一起蒙难，你们一个个都死了，谁来说清真相？"众人止剑，有面面相觑者，但死的已经死了，其中包括赵午。

张敖等一干被装进密封的囚车内，押解到长安。囚车后面还枷锁着十几名另册的从犯，其中有郎中田叔、孟舒，都自行削发，用铁圈束颈，以赵王家奴的身份跟随。

未央宫已经竣工，长安县城建设也已经粗具规模，刘邦来到长安，准备大会朝臣举行庆典，从此就要安心在关中待下去了。一干人犯押到，刘邦下令交给有司审讯定罪。事关重大，廷尉必须亲自过问。

立即过堂。贯高说："这事是我私自领着一帮弟兄干的，赵王实是蒙在鼓里。"可大局所需，此时拿的就是张敖。主审官下令用刑，连日来鞭打不下几千下，但贯高的说法没有丝毫改变。于是急了，改用刀刺。贯高体无完肤，反复昏死过去，皮肉上已经没有可以用刑的地方了。

皇后吕雉听到张敖被捕，很是吃惊，直觉其中必有隐情，就来劝刘邦："我看就公主许配一条，赵王绝不会做这种事情；何况敖儿性情温顺，两家又是世交，皇上更有大恩于他父子！”刘邦火气冲天，吼道：“他是不该有这种事，无奈却有啦！”又抢白：“你个妇人之见。张敖一旦占据天下，难道偏偏缺少你的女儿！”

廷尉宣义无奈贯高，便如实向刘邦汇报了庭审用刑情况。刘邦经吕雉提醒，还真想起了张耳，内心里便不打算过分委屈张敖。他出人意料地大发感慨：“嘿，这贯高还真算得个壮士，啊！”恰巧中大夫泄霍在一旁，刘邦便问：“听说你是贯高的同乡？”泄霍不知道皇上的用意，躬身回答：“是，请圣上示下！”中大夫在春秋时期属二等大夫，到秦朝，演变为皇帝的侍从官，汉初沿置，负责发表议论。

只听刘邦问：“这个人平常怎么样？”泄霍看出皇上故作轻松，也是出于本分，便回答：“我和贯高同邑，对他算得上了解。他这个人从来就以义立身，最是信守诺言。”刘邦点头，说：“尽管如此，出了这种事情，赵王还是要负责的。”于是，派泄霍持节去狱中探望。

泄霍代表皇上慰问贯高，两人从小儿玩大的，见面高兴自不说，还是无话不谈。泄霍便乘机套问：“张王果真没有谋反的计划？”贯高回答：“你说，按人之常情，谁人不爱自己的父母妻儿？现今我罪及三族，难道我爱赵王胜过至亲？可赵王确实不肯谋反，事情确实是我们这些人独自干的呀！”两人若无其事地交谈，把谋反的原因、经过说得一清二楚，但贯高完全回避了劝说张敖一节，只强调他完全被蒙在鼓里。

泄霍详细向刘邦做了汇报，不由人不信。这时，诸侯王、重要的地方大员都已齐聚长安预备庆典。

长安建都仪式暨未央宫落成典礼举行，刘邦升殿，接受诸侯王和大臣们的朝贺。从此，长安将以朝廷首屈一指的古都而辉煌于史册。

庆典进行中，刘邦从高处扫视前来朝贺的诸侯王，淮南王黥布、梁王彭越、燕王卢绾、长沙王吴芮、荆王刘贾、楚王刘交、齐王刘肥……赵王张敖还关在监牢里，没资格来。还有就倚在身边的小儿子代王如意。下意识往彻侯的班次中瞟了一眼，知道还有两人没来，一是赌气的淮阴侯韩信，二是闹气的合阳侯刘喜。

仪式按部就班地进行，已毕。兴犹未尽，皇帝与高级臣僚们便聚集到开阔见方的宣室中，继续喝酒海聊。刘邦手捧特为仪式置办的玉制酒樽，亮着嗓子说：“此酒专一为太上皇祝寿！”随即一饮而尽。等群臣喝过了，他却回忆起来：“记得吧，早先大人总以为指靠不上老小，又不能操持家业，又不如老二肯出力。现在咱们来比一比，我的家产比起老二来，谁更多些？”问话一出，立即引来哄堂大笑，全体高呼："万岁！"刘邦也是乐开了怀。可这时，太上皇正在丽邑与自己的老哥们儿尽情玩耍呢。

还是在高帝七年的时候，太上皇突然执意要回老家去，说是待在宫里要憋出病来。过饭来张口、衣来伸手的好日子，老人家反而感到孤独凄苦，闷闷不乐，天天耍小脾气。刘邦觉得奇怪，就悄悄安排人去没事似的打听，太公抱怨说："我从年轻时，就和那些市井少年、屠夫、小贩混在一起，成天沽酒、买饼、斗鸡、蹴鞠，好不快活。现在倒好，这些都没了，让我如何高兴得起来！"

刘邦听了汇报，想想父亲这么闹情绪也太不长面子。干脆选择在丽邑专门修建了一座宫殿，并在那里置县，把老家那伙和太上皇玩得好的狐朋狗友全部迁来，让他们陪着玩个够。丽邑坐落在今西安东北，周朝时属于骊戎，秦灭骊戎后修建了城邑。

刘邦灵机一动，一个更能让父亲心满意足的创意诞生了。他当即下旨把丽邑改名为"新丰"，意思是"新的丰邑"，这便完全有了老家的感觉。果然，太上皇更加高兴，从此玩得连老家也不提了。

刘邦的心情还可以，匈奴的事一时也放慢了。于是想把张敖一案尽快了结掉。皇上之意不在贯高，于是派泄宦去提前赦免。泄宦对贯高说："告诉你好消息，张王被放出来啦！"贯高似乎不相信自己的耳朵，问："我家大王真的被赦免了？"泄宦点头："真的！"又说："皇上很看重您，现在您也恢复自由啦！"谁料贯高却说："我忍受酷刑而不死，是为了证明赵王没有反叛。既然大王已经获释，我的责任就到此了却，死而无怨。再说，为臣子的谋反获罪，还有什么颜面再去侍奉皇上。不杀我，我心里就不愧疚？"说着，他挺直了脖子，探指猛击，敲断了自己的颈脉，当即身亡，直把泄宦惊得呆若木鸡。

第九十二回

说封禅两小无猜忌 迁大姓刘邦实关中

刘邦听了有关贯高自尽的汇报，总之是叹息了一番。查张敖并无牵涉，于是颁旨开赦。但渎职罪还是要追究一下，那就剥夺王爵，黜迁为宣平侯。又一名异姓王被乘机剔除了，随即代王如意改封为赵王。刘邦为自己最心爱的儿子谋到了一个好去处。

因牵连而主动获罪的赵国郎中田叔、孟舒等，也被刘邦称许。既然贯高死了，他便退而求其次，召见所有被牵连羁京的赵臣。这是个姿态，目的在于抚慰赵王旧部，毕竟有一天如意要为那块土地做主。没承想，交谈中刘邦发觉田、孟的德行才干强过朝中大臣，便索性分别任命他们为汉中、云中郡守，此后直至担任封国相国。以贯高的开释为期，朝廷大赦。除死刑犯外，一律免罪，都放回家去。

办完这些事，刘邦起驾去雒阳，淮南王黥布、梁王彭越、赵王如意、楚王刘交随侍左右。

九、十月之交，匈奴部落里正在散漫地进行越冬准备，对汉朝边地的骚扰抢劫愈加肆无忌惮，雁门、代郡、上谷急报频传。

刘邦不胜其烦又心急如焚，他回到了和亲的思路上，一跺脚下了决心。当下叫来刘敬，令他出使匈奴。刘敬问："我该按啥口径与匈奴单于谈呢？"刘邦说："就按你的意见，把我亲生的大公主嫁……"他咬咬牙，"嫁给那个混蛋酋长！"说过了，立刻就去向皇后吕雉发布通牒。

吕雉还正为张敖的事不满，一看皇上态度强硬，便不再争吵，直大哭起来。刘邦却待不理，又挡不住她日夜哭哭啼啼，闹得自己也辛酸起来。就这么说服再三，犹豫再三，终究无可奈何。

这一日等刘邦去了，吕雉抹一抹眼泪，与侍奉一旁的辟阳侯审食其商量对策。由于审食其行事机巧，格外得到吕雉欢心，两人又朝夕不离，患难相随，日久成欢，已经不分彼此了。这事刘邦也不是不知道，但各取其便，有那么多的烦心事还管不过来呢！

当下审食其对吕后附耳低言，如此如此，这般这般……吕后叹了口气，事到如今，也只好这么办啦！她立即派人秘密召张敖前来迎娶鲁元公主。张敖一到，洞房花烛早已预备停当，吕雉这才派人去请刘邦。眼见得木已成舟，刘邦也只好顺水推舟，做了个“哑巴”丈人。

刘邦有人主之尊，终究却做不了吕后的主，细细想来，越觉得有背后的道理。此时退一步寻思，刘邦果真愿意把自己的亲生女儿嫁到食腥宿毡之地吗？通过这件事，他反而觉得女人的意志可用，也可怕。

天气渐冷，匈奴之患急切未能解决，但除刘敬的办法外，还真想不出更合适的点子。刘邦只得让刘敬多带些礼物先去匈奴探询一下和亲的可能性，如果行得通，再设法成行。

娶一名汉朝公主来，那是一件曾经向往过的事。冒顿单于回答：“这不早就说好了吗？”他是一位暗中向往中原的单于，既然在白登山放走了汉朝皇帝，也就等于默认了汉朝使者的提亲。这个回答倒是让刘敬琢磨了半晌，才拐着弯儿想清了其中道理。

大雪前锋沿山系迅速东移，落到了雁门郡的群山中，落到了马邑。蛮莪裹紧了土红色的斗篷，立在当院里，看雪绒儿纷纷洒洒，院里院外、城头山头，袒露一派白茫茫世界。

“想家啦？”身后响起了聂母苍朗的问话。莪赶忙回身，迎着老人和善的眼神，点点头，又摇摇头。聂母脸上，细微而密布的皱纹间流动着温暖的笑意。马厩里传来响鼻的声音，马蹄踩得地面“咚咚”地响。聂母赶紧看过一眼，说：“想是我们说话，冷落了它呢！”说时，自己却向前，仔细瞧过了，不由得连连惊叹：“好马！好马！”那骐骝虽在棚圈中，刚劲骏逸、神采飞扬之气却丝毫不减。又有愠声的狗吠，原来是健壮的门犬正与天犬在雪中嬉戏，想是稍稍有些恼了。聂母瞅一眼跟过来的莪，见姑娘脸上绽开了可意的笑容，便从斗篷边拉了她的手：“咱进屋去！”又朝孙子那屋的窗户上看，说：“这小子只埋头读书，也不来陪姑娘说几句话。”便呼唤：“孙儿，到奶奶这屋来！”

进堂屋里等了好一阵子，聂省过来了，手里还捧着竹简。此时往怀里一抱，腾出手给奶奶行礼，然后朝莪腼腆一笑，两脚扎在当地不动了。聂母便说：“今儿个别看下雪，天却温温的，让人犯困。”说着站起身：“行，我要歇会儿去啦——”朝孙子看：“莪姑娘从那么远来，她会想家的，咱可别让她觉得冷清！”说罢，进里屋去了。

聂省这才抬头看蛮莪，却只看她头上用来收拢和装扮头发的精致抹额，忽然嗅到断断续续拂来的野草香气，总有不一样的感觉。莪觉得好笑，便问：“聂省哥哥总是看啥书呢，能不能给我讲讲！”这一问之下，聂省松弛了许多，坐下回答：“家父喜爱藏书，我呢是啥书都读，只是个爱好，也不图啥！”莪问：“你知道简牍是怎么造出来的吗？”聂省回答：“最初是刻出来的，现今也能书写！”莪摇头，松开了下意识拽紧着的斗篷，说：“谁说不是刻出来的呢！”若有所思：“我听父王说过，我们那块儿有人把那些刻到岩石上，那也叫书吗？”聂省连忙说：“兴许也叫书吧。在石头上刻字的事，在中原就显得隆重了。始皇帝登泰山祭祀封禅，就立了一块石碑，上面刻了一篇文章。”

莪来了兴趣，问：“那文章上都写了些啥呢？”聂省便摆着头吟诵起来：“皇帝临位，作制明法，臣下修饬。二十有六年，初并天下，罔不宾服。亲巡远方黎民，登兹泰山，周览东极。从臣思餂，本原事业，祗诵功德……”莪好不容易听完，说：“我听不懂，你说说是啥意思！”聂省觉得有些为难，回答：“简单说吧，就是用大臣的名义记下皇帝各个方面的成就，巡视天下，跑到泰山上来歌功颂德。”莪又问：“那为啥要跑到山上去刻石头呢？”聂省解释：“刻石头是为了纪事，祭祀是表示对天地的敬仰，请求天地神明保佑秦朝宗庙永远流传下去，有始皇帝、二世皇帝、三世、四世、五世……万世！永世！”莪纠正说：“我是问他为啥要跑到山上去呢！”聂省笑一笑，说：“明白啦，我的公主殿下。始皇帝不是觉得山顶离天更近些嘛！”

“你说啥，我的……你说我是你的？”莪突然岔过话头。聂省一愣：“不……不是……”他觉得无法解释，不由得红了脸。莪不以为然地说：“你的就你的，紧张啥呢！”聂省低下头，脸更加红了。莪也感觉到了什么，却并不细究，又问：“泰山是不是非常非常地高，比我们那儿的昆仑山还高好多好多？”聂省连忙摇头：“不，不，这没法比！”莪追问：“那始皇帝为啥不到昆仑山去封禅，那儿不是离天更近吗？穆天子不是早就去过吗？”聂省猛烈地摇头，这他一下子如何解释得清呢？但他忽然诧异了，莪便如何知道穆天子西游的往事呢？来不及有所表示，莪的问题实在太多，好在并不一定要得到所有的答案。只听又问：“你不是说祭祀天地吗，始皇帝为啥没有祭祀地呢？”聂省回答：“当然要祭地啦！始皇帝命人开辟道路登上泰山祭天，下山后来到梁父山区的旷野里祭地。他命令手下平整出一块长宽十二丈的土地，清除杂草，在上面筑了三尺高的台子，我们把这叫做‘坛’。坛边有三层台阶，方便走上去。始皇帝就在那里祭地，由太祝令这个专门的官儿主持祭祀仪式，用的是秦朝祖传的方式。这方式没有记录下来，所以我也就不知道了……”尽管聂省说“不知道”，莪却听得入了神。

聂省说开了，就沉到了书中，只管地说下去：“始皇帝接着往东到海边上去，一路上祭祀名山大川和‘八神’，‘八神’就是天、地、兵、阴、阳、月、日、四时。”聂省边说，边扳手指数着，他已经模糊了说话的对象。“海边上又有一座山，叫琅琊山，山顶是平的，所以又叫琅琊台。始皇帝在山上尽兴地游乐了三个月，又在山顶修建了一座平台，立了块石碑，也刻上了字。”莪惊讶道：“又刻字啦？”聂省不等莪要求，便开口背诵：“维二十八年，皇帝作始。端平法度，万物之纪。以明人事，合同父子。圣智仁义，显白道理。东抚东土，以省卒士。事已大毕，乃临于海。皇帝之功，劝劳本事。上农除末，黔首是富。普天之下，抟心揖志。器械一量，同书文字。日月所照，舟舆所载。皆终其命，莫不得意……六合之内，皇帝之土。西涉流沙，南尽北户。东有东海，北过大夏。人貃所至，无不臣者。功盖五帝，泽及牛马。莫不受德，各安其宇。”

莪虽然没法听懂内容，却已经完全领会，刻石无非就是记下皇帝在各个方面的成功，说明自己做了多少多少好事。她却问：“皇帝为啥又在琅琊山立碑呢？”聂省回答：“竹编上记载，春秋时代的越王勾践在他当国王的第二十五个年头，把都城迁到琅琊。他站在琅琊山上凝视东海，心里默默祈祷。过后，终于把秦、晋、齐、楚这些大国召集到一起，歃血为盟，共同尊从和辅佐周朝天子。其实，是让各国都不得不听越国的话，把他当作霸主。”莪明白了，说：“始皇帝觉得自己比越王勾践更加了不起，是吗？”聂省点头说：“公主妹妹真聪明！”莪非常重视聂省的夸奖，高兴得从座上跳了起来。

蛮莪却是缠上了，请求道：“聂省哥哥再给我讲一个好听的故事！”聂省也是乐意，不假思索地说：“行，再讲一个。我刚才说始皇帝封泰山了，妹妹知道下山的时候碰到啥了吗？”莪说：“别问了，你明明知道我不知道！”聂省觉得自己忘形了，连忙收敛说：“对不起，是我不对！”莪说：“快讲吧，我又不是来听你道歉的！”聂省心里一乐，不再打岔，解释说：“只因为突然刮起大风，下起了大雨。始皇帝和大臣们只好避到树下。那树一共有五棵，树冠很大，连成一片。不一会儿，风雨停了，始皇帝觉得五棵树护驾有功，就把它们封为了大夫。”

莪真的乐了，拍手笑道：“这皇帝真逗，树又不是人，也给它们封官！”聂省却正经地说：“妹妹可不要小看了，天底下万物都是有神的。嗯——我想起来了，始皇帝为啥要去泰山封禅呢？那是因为从泰山之巅能放眼东方，东方有太阳升起来。再说，泰山上有玉石、灵芝、甘泉、神仙，还有……”莪抢过话头：“这些我们昆仑山上也是有的，我父王还把白玉河里出的最珍贵的玉送给聂叔叔了呢！你看，我这里有这么多！”她敞开斗篷，指指自己脖子上的饰物。那脖子是裸露着的，聂省低下了头，不去看，口里应承着说：“妹妹说得对，中原人也是景仰昆仑山的，穆天子西游的故事读书人都是知道的！”莪用力地点头，明亮的大眼睛里放出炽热的光芒。对于聂省的认同，她心里感到十分愉快，仿佛是得到了一种很久就希望得到的褒奖。

大概是过于兴奋的原因，晚上聂省睡不着觉了。不知道为什么，他的五脏六腑里潜游着甜丝丝的细致，那感受仿佛是从莪的气息中逸出的，他暗暗琢磨着这位玉人般的西域公主，她是那样质朴、率真，像一团火焰，与自己那样贴近又距离那样遥远，仿佛一丝美妙的异域音乐，动听而又飘渺。莪在他的意识中交织着两个不同的世界，那是同一道彩虹映照下的中原与西域。他想到奶奶看她的表情，总是目不转睛地盯住了，好像总也看不够。聂省的心头涌起热浪，一潮接着一潮，这是从来也没有过的感觉。

刘敬很快就与冒顿达成了和亲协议以及恢复边地互市等一系列和睦相处的共识，取道九原，经上郡，直奔长安。沿着秦将蒙恬率众填挖黄土沟塬修筑的直道，一路上雪一阵雨一阵，阴一阵晴一阵，虽无曲折阻碍，但眼中多见土地荒芜而人烟稀少，只偶见牧群。内心斟酌形势，感慨颇多。

刘邦已经从雒阳回到长安，虽然近来多次感觉身体不适，但听到刘敬回来，还是迫不及待地召见。刘敬汇报了和亲谈判的情况，一切不出所料。朝廷除了嫁公主外，免不了要以“馈赠”的名义进行实际上的进贡，既满足了匈奴的贪欲，也保留了汉廷的尊严。这叫作“以财富换和平”，在其后历朝，此术不乏沿用，而且甚之又甚。这样虽然加重了百姓的负担，但总比频繁遭到侵扰劫掠要强得多。在战争扰略中，留恋土地家园的农耕民族显得非常被动，大有坐以待毙的感觉，遭受的损失很大；而游牧族群却能连连得手，屡屡获益。

刘邦耐心听刘敬讲完，长长叹了一口气，无奈地说：“也只能这样啦。朝廷也还得避免战事，安定内部，与民休息，否则如何能养成国力！”论谁这也是不甘心的，但不甘心又能怎样。

刘敬说：“臣又有一个建议，不知陛下可否采纳？”刘邦说：“有建议你尽管提！”刘敬于是禀告：“太原郡的形势可以说暂时稳定了，但再往北，还有许多不确定的因素。朝廷撤军后，韩王信滞留边地，其势力仍然活动在云中、雁门、代郡，借匈奴部落掳掠的机会浑水摸鱼。王黄、赵利另立山头，也没有一天消停。据说，王黄此人就是韩王信反叛的主谋，阴险得很。更重要的是，关中不可掉以轻心。”

刘邦听了这话，惊讶得睁大了眼睛，催促说：“你一路都看到什么啦，快快说来！”刘敬说：“河南白羊王、楼烦王臣服于匈奴，他们的领地，最南边离长安只有七百里，轻骑一日一夜就能奔袭至关中。时常出没于朝那一带的匈奴牧民，目前虽不能真正构成威胁，但也不可掉以轻心。现今虽有嫁公主一说，但匈奴人只懂得利益，保不定哪一天会出尔反尔，所以不可不未雨绸缪。”

刘邦说：“想爱卿是有好法子对付的！”刘敬点头：“陛下夺取三秦后，还没来得及大举整治。现今这里百姓少但土地肥沃，可以大量开发利用以充实国库。刘邦问：“让谁来开发呢？”刘敬说：“各诸侯国兴起时，都是依靠了山东的豪强大族，可以说缺了他们是不行的。现今陛下建都关中，但这里久经征伐，人口实在太少，假如六国后裔和豪强大族谋反，陛下就没法高枕而卧了。臣有一计，可谓一举两得，就是请陛下颁诏，把他们全数迁来关中。如此，则平日里可以边发展生产边防御匈奴；诸侯王生变，还可带领他们东伐，这便是强本弱末之术。”刘邦听了，连声说：“好，好，好！”

高帝九年（前 198 年）十一月，一场声势浩大的迁徙开始了。楚、齐两地的昭氏、屈氏、景氏、怀氏、田氏五个大族及豪强被迫举家西徙入关，总人口达到十多万。一时间，官府催促上路，雒阳道上、崤函关山车毂相接尘土蔽日，路途充斥着离乡别井的悲愤凄怆情绪。尽管朝廷已经为移民划拨了更多的土地，建造了住宅，保证他们生活依然富足，但终究如同把千年老树连根拔起移栽异地一般，他们生活的土地将是完全陌生的。

树倒猢狲散，六国贵族豪强植根于原乡的宗族故旧势力，被彻底瓦解了。从此，他们必须依附和听命于朝廷，由一触即发的潜在的敌对中坚，逐渐转化为朝廷统治合力的一部分，成为汉朝经济、军事、政治力量的有机构成和开发建设关中的重要生力军。这些豪强大姓的西迁入关，长足地带动了汉朝核心地区的经济发展与社会繁荣。

出于组织管理的需要，迁徙必须分批进行，这是技术性的，很正常，但却派生了一种有别于传统以传承或封地为姓的特殊的文化现象。齐田一族人口众多，被依照门第顺序分为八部，其结果，便产生了从“第一”到“第八”的复姓人群。在其后漫长的岁月变迁中，“第五”一姓出现了较多的名人，故而成为“显姓”得以保留，也派生出“五”或“伍”两个单姓。其余则逐渐简化为“第”。

刘邦二月去雒阳，入夏返回长安。六月三十日，发生日食，朝廷上下有所不安。天狗吃太阳了，不懂得上天在暗示什么，将要降下什么灾祸。

刘邦若有所思，便请张良来咨询。张良虽然告了长病假，但皇上招呼，也还得应承。在刘邦出兵平定韩王信之乱时，张良主动参与过意见，尤其强调了提早攻取马邑对挫败韩军的战术和心理双重意义。仔细想来，这基本属于表态性建议，莫若说心理变得敏感了，说是受到沉重打击也不为过。本来，张良超然物外，因而与刘邦说起许多天下大事来从容若定，但对于与胜败存亡无关的事项，几乎从不涉及。有了韩王信这档事，张良超脱世事的倾向便愈加明显，这让刘邦显得内心宽松。他得空还与张良讨论各种治国之道，但不像之前处处为战争谋虑，谈问题已不那么具体。张良敏感地意识到自己见衰的价值地位，正在考虑急流勇退，退个彻底。

乘着日食的机会，张良提出一个有关改善朝廷管理格局的建议，也就是内政改革，使之更加适应战后恢复，重点是把主要精力放到经济发展上。建议的要点是设立“相国”一职，刘邦问：“这与丞相有何不同呢？”张良解释：“其实也没什么不一样，但其一可作为变革的标志，其二可借此调整权限，或有利于陛下。”刘邦要求：“你能否再说得明白些？”张良于是作了个引证：“譬如之前，为百官之长本就称相国，到秦则改置丞相……”

刘邦明白了，却转问：“这相国由谁担任呢？”张良回答：“当然还是萧何。”刘邦想了想，说：“也只能是他了……不过朕意把紫绶改为绿绶，把这象征性搞得更显著些，如何？”

张良没有异议。随即，他却换了一种恳切的口吻：“臣世代为韩相国。及至韩国灭亡，臣不吝惜万金家资，不畏强秦，欲为韩国报仇，影响遍及天下。今凭三寸之舌跟随陛下左右，不料得封万户侯，这已是一介布衣的最高荣耀，张良心里十分满足啦……”

刘邦很敏感，截住话头问：“子房的意思是？”

张良回答：“从此愿弃人间事，欲从赤松子游耳。”赤松子相传为帝喾的大臣，帝喾曾跟他学习。后世神仙家依托，附会为上古仙人，说他是神农时的“雨师”，能入火自烧，在昆仑山随风雨上下。

刘邦内心难以割舍，半晌没话。但他终于表示同意，说：“以后有事请教子房时，可别推托呀！”张良轻松地笑了，回答：“那哪能呢！”

张良本就体质偏弱，平时弄不好就生病。自此便静居行气，不吃粮食，诱导自己超脱凡尘，所谓“辟谷”；一般也就闭门谢客，足不出户。司马光说：“所谓‘明哲保身’者，子房有焉。”

第九十三回

议废立朝堂起争端　制汉边匈奴有余略

未几，刘邦颁诏变更官称，把“丞相”改为“相国”，继续由萧何担任，增加食邑五千户，选拔五百士兵由一名都尉率领，担任相国卫队。

春秋、战国时期，“相国”本是对宰辅大臣的尊称，后演变为官称，一般多称“相邦”。后秦朝改置丞相，延及汉。一般认为，相国略同于丞相但地位更尊。汉初，战争使得行政和军事彼此分离，形成“双轨”，文武并列于朝；可到了战后，体制弊端就显现出来了。刘邦改制，实质就在于真正确立了相国的“首辅”地位，由此萧何成为“文官政治”温和形象的代表，职权便只在一人之下，威权尊荣无以复加，礼遇胜于之前。至于“相邦”的叫法，就彻底免了，“邦”字是皇上的专利，天下避讳。

这是张良最后一次作为汉廷核心人物，就重大问题为刘邦出谋划策，从此便若隐若现逐渐淡出权力的视野，淡出史册，成为汉初仿效范蠡主动隐退的唯一一名地位荣显者。而以出身论，他几乎是刘邦布衣统治集团核心中唯一具有贵族血统的人。回顾他与刘邦的关系，始终有些“另类”。只有他最懂得刘邦，最冷静于政治与富贵，最能摒弃侥幸。遍观中国历史上的帝王，起自微末者如汉高祖刘邦、宋太祖赵匡胤、明太祖朱元璋等，得天下后无不遵循某种讳言的传统，只不过手段不同而已。

政坛无数次重复精彩一幕，人逢尊荣之际贵客盈门。能沾点边的，当下都备了份子到萧何府上祝贺。过了祝贺高峰期，相府门前方才清静了些；然这晚就瞅着清静，来了一个打搅的。此人名叫召平，是个布衣，完全不靠谱；一边腋下夹一个西瓜，也叫“贺喜”。

萧何算得上是一位平易近人的高官，门上不敢以贫贱谢客。提起姓名，萧何击掌：“呀，不知是贵侯驾临，失敬，失敬！”原来，这召平原本是秦朝的东陵侯，封邑在今河南商城南。秦亡，沦为普通百姓，连吃穿都成了难题。于是，到长安城东种瓜。本为高智商的人物，故出手不凡，种的瓜香甜可口，形成一个“东陵瓜”的世俗品牌，声誉不胫而走。

主人家并没有怠慢客人，可召平却开口慰问不幸，声称“祸自此始矣！”这也算政客的诡道，出奇制胜吧！萧何再大肚能容容天下难容之事，也当不得这晦气扫兴，便沉下脸来。召平不看脸色，自顾说：“皇上常年餐风露宿在外征战。您替他看家，这并非遭受矢石攻击的差事，为何却要给您配备卫队呢？”一句话如点穴般，警醒了萧何，便注意听。召平自答：“那是因为有新近淮阴侯谋反的教训，对您产生疑心啦。给相府派卫队之举，绝不是宠信您啊！”萧何不语，召平建议说：“希望您辞让封赏，拿出所有的家财资助军需，皇上必然赞赏这样的举动。”

萧何辛辛苦苦为哪桩？战时危难，让兄弟子侄都去当兵；和平时期，又得捐献出全部财产。这公平吗？可是，萧何当真做了，刘邦也果真十分高兴。可见，安全比财富更来得实在。

春夏无大事。边境虽然还存在匈奴部落的骚扰，但没再出现牵涉大局的军事进攻。和亲等措施为汉朝争取到了专心恢复生产，积聚国力的宝贵时间。当然，和亲只是关键的因素之一，并不是唯一的原因。

八月，淮南王黥布、梁王彭越、燕王卢绾、荆王刘贾、楚王刘交、齐王刘肥、长沙王吴芮都来到长安，在长乐宫朝见皇上。这属例行公事。波澜不惊的日子显得有些沉闷，让人们甚至忘却了发生过什么事情。然而，就在这平静当中，也有些不平静的因素。

刘邦勉强支撑着身子出函谷关视察，调查豪强大族迁徙中遗留的问题，其实更关心异姓诸侯王的动向。戚夫人照常随行，他是刘邦真正的生活伴侣。而吕后年纪大了，通常留守在长安，两人感情上越来越疏远，夫妻关系正逐渐蜕变为政治上的互动角色。

戚姬擅长操弄琴瑟，刘邦每每让她坐在怀里，听她鼓瑟唱歌，有时也和上一首。可弹毕歌罢，却总看到夫人涕泣涟涟，甚是心疼。安抚一阵，戚姬起身，跳起自己最为擅长的舞蹈，折腰抛袖，技艺高超，形体语言甚为丰富。几十人一齐伴舞，后宫歌队精神饱满引吭唱和，声入云霄。有时，刘邦就看她指导侍婢练习歌舞，也很入神。等到夜深人静，刘邦时时发现戚夫人辗转伏枕，以泪洗面。

戚姬自然有她的担心。眼看皇上的身体一天不如一天，自己和儿子如意未来将如何？忧患是客观存在的，主观上也膨胀着野心，这真真假假两类情绪在内心推波助澜，止不住泪水溢出眼眶。哭哭啼啼不无伤心时，皇上越来越为之所动。

刘邦又何尝不牵挂如意的命运呢？他虽先后被封为代王、赵王，可一直没离开自己身边，看着一天天长起来，是心中最疼爱的儿子呀！与刘盈不同的是，十岁的如意行如乃父，性格类己，这些的爱都是人性使然。关键他母亲的周围没有形成任何势力，未来不存在外戚越俎代庖、威胁刘氏统治地位的风险。皇后则不然。而皇后对戚姬母子的妒忌几乎是公开的。

关东视察归来，刘邦在未央宫前殿宣室召集群臣通报形势，征求意见。末了，以突然袭击的方式提出了一个深思熟虑的议题：“太子懦弱，朕久欲改立之。”

话一出口，朝堂哗然，一片反对之声。但刘邦主意已定，任由大臣们劝说，只不理会。没想到吕雉早就躲在东厢房的门缝处偷听，此时直急得内心如焚，七窍生烟，又不敢擅闯朝堂公开干涉。明目张胆地与皇上对着干，那样会激化矛盾，后果不堪设想。

对于吕雉来讲，可谓一波未平，一波又起。方才堵住女儿远嫁匈奴的事情，女婿张敖恢复王位尚且无期，儿子的太子位又面临危机。这里正自六神无主呢，却窥见御史大夫周昌趋步出班。只听他大声奏道：“臣口不能言，但臣期期知道不能这样做，陛下要废太子，臣期期不奉命！”周昌是个脾气十分倔强的人，又口吃，急切之下，更加“期期”地憋得说不出来。刘邦越是不以为然，他就越是寸步不让。也是周昌忠心可鉴，此时越发结巴得可爱，刘邦忍不住笑出声来，争议暂且作罢。

论御史大夫的地位，在朝中也是说话见分量的。刘邦稳定了一下情绪，拂袖退朝，大臣们纷纷离去，周昌还站在那里一动不动地生气呢。吕雉看看周围无人，便推开个门缝招呼他。不等周昌进到厢房，吕后便跪在地上，眼中落泪说：“老妇在这里谢谢大夫了，也替太子谢谢大夫了，如果不是您据理力争，太子今天就要被废黜了！”说过了，拿手帕去擦泪。周昌不知所措，听了这话，便回道：“废立期期是天下大事，周昌期期只是替朝廷着想，期期没有别的意思！”说毕，行礼退出。不想，早有人把这情形报告给了刘邦。

在废立太子的问题上，刘邦是暂时退让了，可心结越发难解。看到皇上坐立不安的样子，侍候一旁的符玺御史赵尧赔个小心，建议说：“陛下不如为赵王配备一名得力的相国吧，这个人必须是让皇后、太子和众臣都心怀敬畏的！”符玺御史是替皇帝掌管印玺、起草文书的主管，随时说得上话。刘邦想了一想，觉得这算是个权宜之计，便问：“谁可承担此任？”赵尧说：“远在天边，近在眼前，御史大夫周昌便是这样的人。”刘邦心头一亮，击掌说：“是呀！”于是传旨，改任周昌为赵相国，协助赵王如意主持赵国政务。

周昌交回御史大夫印信赴任去了。刘邦要来这枚如今看来不能轻易授人的大印，在案上反复抚弄，口中自言自语地说：“还有谁能当御史大夫呢？”眼睛却盯住了赵尧。又抚弄了一阵，终于说一句：“看来非你不可呀！”赵尧内里欣喜异常，但表面不动声色。他心知自己能接替御史大夫一职，关键是在废立太子的争执中站在了皇上一边。

吕雉本知这事并未了结，得知周昌被调任赵王相国，越发每日里空自忧心如焚，茶饭不思。审食其看在眼里急在心头，也没什么妙招，但苦思冥想间，找到了一个途经，便对吕雉说："留侯善于出谋划策，更重要的是皇上最信任他。"

吕雉虽不觉得有太大的把握，但病急乱投医，什么主意都得试试。她立即派二哥建成侯吕释之去请张良。张良正躺在卧榻上养病，吕释之强请说："先生是皇上的高参，现在皇上想更换太子，您难道就这样高枕而卧？"张良说："战时陛下多次处在危急之中，有幸采纳臣的计谋。如今天下安定，皇上根据内心喜爱而变更太子，那是骨肉之间的事情，就算我，再加上一百位大臣去干预，又能起什么作用！"吕释之双膝跪于榻前："我看出您是不肯去见皇后，但无论如何得出个主意，要不，我就赖在这里不走啦！"

张良没法，只得说："这事不能仅靠口舌争辩。回想皇上希望请而请不动的，天下共有四人。这四人年纪都很老了，看不惯皇上轻慢侮人，所以逃到山中躲藏起来，决心不当汉廷的臣民。然而，皇上偏偏特别高看这四人，求之不得。"吕释之问："先生说的可是商山四皓？"张良点头："正是。您如果能舍得金玉财帛，让太子亲自修书一封，以谦恭的态度，派舒适的马车，选择善言的使者前往，坚持邀请，他们肯定会出山。来了，奉为座上客，常常跟随入朝，故意让皇上看到。皇上必然感到好奇，询问这都是什么人。皇上一旦得知太子竟能邀请到这四位贤士，也不得不刮目相看啦，太子还能获得四人足够的助力。"

吕释之向皇后汇报，吕雉便吩咐照办。精诚所至，这四位世外高士果然被请到。按照吕雉的吩咐，吕释之先把他们留在自己家里，伺候得舒舒服服。

此四位高人的名号分别是：首席姓庾，字宣明，因在园中居住，故号"东园公"；次席"绮里季"，史无出处，但凭字眼中可以推测尊号的来由和在家中的排行；三席姓崔名广，字少通，齐人，隐居夏里修道，故号"夏黄公"；四席姓周名术，字符道，河内轵人，太伯之后，号"角里先生"，在京师另号"霸上先生"。"轵"为战国魏邑，即今河南济源东南轵城；"太伯"是古公亶父的长子，周文王的伯父；角里先生既然不姓角里，那就是祖籍角里，故址在今江苏吴县西南。

两只离群的黄羊在小丘间飞快地腾跃。猎鹰俯冲而至，伸出利爪轻而易举地攫住跑在前面的一只。黄羊拼命挣扎，鹰却丝毫不肯放开，于是随同蹦跳着翻滚，翅膀也在纷乱地扇动。黄羊方得挣脱了，只跑出一箭之地，又被攫住，场面十分地惊心动魄。而另一只黄羊则始终尾随，并没有独自逃生。

后义庐侯难氏耽搁着欣赏了一阵，忽然记挂起心里的事，便转奔单于大帐。方得下马，却远远瞥见蛮芑阏氏正在一片较高的草地上琢磨什么，偶尔还蹲下身去，拨弄一阵，又站起来，显得全神贯注。难氏丢开坐骑，悄没声地踅到一旁的树丛中，看了一阵，便觉心里有数了。

冒顿正在帐中与勒俟祜对面饮酒，随意谈论些事。话题主要集中在两个方面，一是对平城撤围患得患失，到底这做法对不对？勒俟祜说："撤都撤了，还想那么多干啥！"他是在宽慰单于，再说，其中也包含了蛮芑阏氏的态度。然而最为纠结的是和亲，若不许，将怎样；如今许了，又将怎样？这是个从没有遇到过的问题，着实弄不透彻。最吸引冒顿的是汉朝皇帝赠予的大笔财富，首先金帐从此可以坐享其成，减轻了部落的负担，也不需要在欠缺时与部落一起束紧腰带削减用度；其次，部分的馈赠，尤其那些奇珍异宝，可以部分地用作奖赏，惠及部落和诸王、亲族；再次，丰厚的嫁妆将理所当然地成为单于的个人财富。当然，喜欢猎奇的冒顿并非对于中原的美貌女子毫无想象，尤其想见识一下皇帝家的公主。最大的满足更在于新兴汉朝的屈服，与当年崛起于诸侯中的秦朝完全两样；对冒顿来说，这种反差所带来的是无可匹敌的感受。与父亲头曼曾经的败退漠北想比，这种享受简直妙不可言。之所以拥有这一切，却来自于对平城之役的妙算。战争又是为了什么？想来，白登撤围算不得亏！

已经过去的事，挺值得咀嚼，有滋有味也十分有趣。冒顿曾经在脑海里琢磨过千遍的秦始皇不期死去了；那个西楚霸王本令人敬畏与忐忑，不期又被刘季，不，刘邦打败了。及至刘邦来了，却像一只兔子被猎人的绳网套住了。如今看来，汉朝皇帝是不愿继续与大匈奴较量，原因不太清楚，也许想歇歇，也许是害怕了。总之，得享用且享用，只要匈奴继续强大，那还是老子天下第一，冒顿有这个信心。但令他不踏实的是，麻烦却转到了阏氏身上。在白登山，汉使两头用美人计，自己这边当然有主张，可蛮芑到底是如何想的呢？她那若无其事的习惯，确实让人弄不清态度处于哪一端。到如今，和亲的事一直还瞒着阏氏呢！说不清是出于尊重，还是自己心虚。按说作为单于，这种事完全可以自做主张，任何人都无权干涉，但偏偏在蛮芑公主面前，冒顿却改变了强势心态。而被和亲的事一搅和，冒顿似乎在忽然间失去了侵扰的目标，心里便显得有些空虚，没着落了。

心里就这么使劲地活动着，表面则胡乱猜测着聊，有一搭没一搭，似认真非认真，提不起精神，但精神又要有所寄托。正这时，难氏进帐来了，恰似一剂兴奋剂。冒顿越来越发现，这个人十分有意思，不啻勒俟祜第二，但又与左骨都侯有不同的特点。正要招呼来一起喝酒，却见他神秘兮兮地拿手指帐外。于是起身，都随难氏来看。那后义庐侯却是怪怪的，蹑手蹑脚，弄得冒顿很不得劲。

终于看到了，蛮苣也有点怪。原来大阏氏琢磨的，正是汉使丢下的那些美女画像，却不知怎的就带回到单于庭来了。勒俟祜和难氏都看单于，冒顿还真犯愣了。他摆摆手，三个人又回转大帐，没人提看到的那一幕，气氛便显得尴尬。

须臾，勒俟祜接上方才的话茬，说："有和亲这档事，大单于这边被绑住了手脚，一时不宜大动干戈，可闲待着算哪门子事呢？我看，在那个韩王信、赵利、王黄身上，可以动点脑筋。"

冒顿受到启发，说："对呀，我看不光是这几个人。汉朝边地的那些诸侯、相国之类跟咱匈奴不一样，分明是有隙可乘的。秦朝时，始皇帝死了，蒙恬活不成；现今刘邦才当上皇帝，就抬手灭了燕王臧荼，清除了韩王信，还把那个齐王韩信弄成了淮阴侯，又把赵王张敖弄成了那个什么侯？"

"宣平侯。"难氏说。

"对，宣平侯！"冒顿点头，"他那里拢共才几个王！中原有句话怎么说的？对，兔死狐悲……"

勒俟祜击掌道："大单于高见，我大匈奴自己没法出手，就让他们自己去忙活，大单于就一面和亲，一面看热闹，两头都有好处，你说是吗？"

难氏看勒俟祜是朝自己来的，连忙点头道："妙，妙！"

冒顿忽然意识到什么，便问："后义庐侯有啥好主意，还不赶紧拿出来！"

难氏见问，这才说："小侯这些时也在想，和亲了，咱大匈奴就真的没事可做了？"

冒顿一下子兴奋起来："赶紧说说，有啥事可做？"

难氏于是清一清嗓子说："小侯是想到了月氏，心里感到不解。为何那西域的部落就不堪一击，怎就让败逃的月氏人一路旋风般扫过去了？前一时巧遇蛮苂姑娘，没承想她不但与大阏氏是姐妹，而且也都来自西域昆仑山。小侯便对西域发生了兴趣，到处打听，还真是一匹大骆驼。西域地大，这对大匈奴只是好事，一旦能到那里去放牧，不但可大量征取牛羊谷物，而且还进一步控制了中原通往葱岭的商路，不管怎么说，都十分划得来……"

这边正说得眉飞色舞也听得兴奋，帐外传来了蛮苣阏氏的动静。于是冒顿说："今大匈奴虽有空闲，但西域为陌生之地，月氏现也距离遥远，还要从长计议，就请右屠耆王一起来商讨吧！"

手握重权，监管赵、代两地守边部队的代相国陈豨府上，来了一名不速之客。来人却是曼丘臣，让门上递进去一方帛书。陈豨本不想看，但又觉得看看也无妨。于是展开，只见上面写着“相国与淮阴侯危矣”八个字，心中大惊。于是召见。曼丘臣开门见山：“赵王欲拆了山头，来归相国，不知见容否？”陈豨半晌才反应过来，骂道：“你等贼寇值什么‘赵王’，还敢来拉本相下水！”曼丘臣看陈豨没动真格的，便冷笑说：“相国与淮阴侯死到临头了，却还在这里说啥‘拉下水’，岂不可悲！”陈豨斥道：“好端端何谓‘死到临头’？逆贼分明是要咒死本相与淮阴侯！”曼丘臣摇头说：“相国如能回答两个疑问，小人便是死，也无甚遗憾了。”陈豨道：“那就等着受死吧！”

于是曼丘臣问：“相国昔日受命过赵，随从有多少宾客？”陈豨转问左右：“你等记得有多少呢？”左右回答：“但有车千余乘，馆舍人满为患。”曼丘臣又问：“相国出发之前，可曾去淮阴侯府中拜望？”陈豨反问：“那又怎地？”曼丘臣拿双手两指并在一起，说：“淮阴侯为皇上所嫉恨，而你两人相谋，又蓄养力士，此罪比之韩王如何？”陈豨摇头：“凡事自有公论，你怎敢从中挑唆！”曼丘臣点头：“就算小人挑唆，可皇上在赵、代耳目甚多，您还记得周昌那一节吧！”

曼丘臣算是戳到了陈豨的痛处。他那次赴任过赵，影响本就够大了，只是没人多事；可新近告假归乡省亲，阵势更大。“一根筋”赵相周昌被惊动了，便亲身到雒阳，不无忧虑地提醒说：“陈豨多年统兵在外，期期恐有变。”刘邦不信谁会大张旗鼓地搞阴谋，认为小题大做反而生乱。再说，陈豨权力虽大，但并没有封王。

偏偏在这节骨眼上，朝廷接到了一份密告。告状的是淮阴侯韩信的舍人栾说，此人平日里多有不平之气，加之嘴欠，总有意无意地张扬韩信与陈豨的关系。韩信十分生气，就把他囚禁起来。栾说的弟弟便把韩信和陈豨一并告到了朝廷，添油加醋栽赃诬陷。刘邦终是不很相信，韩信的性格和诉求，他完全能摸透；而陈豨素来守信用，讲义气，何况养士的爱好并非起于今日。当然还是派人调查了，调查的结果令人失望。原来，陈豨的门客们多有不法行径，处处牵扯到主人。于是，刘邦动了整治陈豨的念头。

第九十四回

安北境燕王落机阱 谏太尉聂子止居城

再说韩王信、王黄等屡遭朝廷军事打击；加之汉、匈和解边地局势有所缓和，他们便没有了凭恃。能征惯战的强硬对手陈豨到来，更加压缩了叛军的生存空间。为此，他们便在陈豨身上动起了脑筋。

这阵子陈豨心里正发毛呢，有一个送信的人到了。信是淮阴侯亲笔，陈豨避到内室看时，原来，皇上打算再度起兵扫除韩王信、王黄余寇，有意要韩信随军。等到出来打发“赖”上门的说客，曼丘臣早已察觉陈豨脸色不对，于是见好就收。临走，他丢下一句：“韩王也在等候回话呢，是他命小人前来！”陈豨说一声“不送”，内心里却波澜迭起。

高帝十年夏五月，享乐中的太上皇驾崩于栎阳宫中。朝廷通知王侯将相前来参加葬礼，但陈豨却告了病假。延至七月十四日，安葬太上皇于栎阳北原“万年陵”。刘邦颁诏成立万年县作为奉陵邑，与栎阳县同城而治。

父亲的死更加勾起刘邦沉重的心思，他伤病缠身又每日操劳，自知活不到父亲那个年纪。一个个审视淮南王、梁王、燕王、长沙王……联想到那个自立为南越武王的赵佗，朝廷一时仍奈何他不得。再看诸侯相国，里面却少了陈豨。令他诧异的是，淮阴侯韩信这次却在场。又来看刘氏诸王，他们与强悍的异姓诸王侯想比，太显弱势。又去想太子刘盈，性格仁慈也就罢了，其实懦弱，更有一层母强子弱的忧虑。刘邦的心情异常复杂，他身上的各处旧伤又隐隐地疼痛起来，特别是胸口的箭伤，真是疼得他透不过气来。

边地又有急报，说韩王信地位被匈奴认可，与赵利、王黄等频繁袭扰边地，新近复又占据马邑、楼烦，控制了云中、雁门两郡，转而侵入代郡南部。

朝廷众臣都认为，此类叛贼不除，边地难安，可刘邦想得更多。尤其陈豨敏感，朝廷派军北上，会不会惊动他呢？再说，安排陈豨、卢绾两人在北边，本就是为了避免再生叛乱，同时也靠他们来对付匈奴骚扰。

年末九月，刘邦尚举棋不定，陈豨却自封代王，率军在赵、代境内攻占县邑，劫掠以囤积军粮，准备对抗朝廷征讨。在匈奴支持的韩王信和掌控赵、代的陈豨两大反叛势力的夹缝中，赵利所谓“赵王”是做不成了，便按照承诺，与王黄、曼丘臣一起归到了陈豨旗下。

听到陈豨反叛的消息，早有思想准备的刘邦仍不免吃惊，接着却长长出了一口气。这是坏事，但在自己还活着的时候发生，也算是好事。眼见河北全面陷入动乱，不张挞伐则别无选择。刘邦发布诏书，即将御驾亲征。

蒯成侯周緤求见，两眼红红地说："当初秦攻取天下，始皇帝也从没有亲自出征。而今，皇上动不动就要亲临前线，难道就无将可遣了吗？"说着，流下泪来。刘邦内心里正矛盾交织，面对诸侯王心里阴郁且难堪，难得臣下如此贴心，感动之下便赐予周緤进入殿门不趋，杀人不偿命的特殊待遇。

周緤的眼泪只能让刘邦激动一阵子，抬起头来还得面对现实。他传令将军齐相国曹参、将军郭蒙率齐、楚诸侯军，出白马津为右翼，与主力相为救应；将军太尉周勃、尚且留滞齐右丞相任上的傅宽以代相国的名义为左翼，率军出太原，平定雁门、云中，相机攻代；自己亲率将军樊哙、将军赵右丞相郦商、太仆夏侯婴、车骑将军灌婴、靳歙及柴武、雍齿等居中，陈平依然为护军中尉，兵出雒阳，直取赵、代腹心。随同中军与各部出征的有太仆公上不害、御史大夫赵尧、中尉陶舍、廷尉宣义，将军刘泽、陈错、张说、冯溪，都尉蛊逢、空中、留胜、秦同、卢卿、吕臣，骑都尉张越，郎中公孙耳、许倩等。

主要兵力布置停当，刘邦连下诏书，调集各诸侯国车骑，由靳歙统领；梁王彭越亦就近出兵为后援，接应中军；燕王卢绾从东北方向出兵，合击叛军。调派停当，刘邦仔细捋了一遍战场布局，觉得中路取胜很是关键。他想到了淮阴侯韩信，密报说他与陈豨有勾搭，那就让他随征。如此不但可借助他的计谋，还好从中看个端倪。

韩信很让刘邦失望，使者回复："淮阴侯仍在病中，不能应诏，望陛下恕罪！"韩信是一名天生的将军，是为战争而生的。但他现在想的是陈豨对自己毫无势利、毫不置疑的信赖，而且两人还有"彼此关照"的非正式约定，便不顾后果，打定主意破罐子破摔。可连刘邦也没能料想到，这次拒旨使韩信错过了唯一能苟延性命的机会。

刘邦率军起程，一路渡平阴，过修武、朝歌到达安阳。探马来报，说赵军已经前抵漳水一线设防。刘邦面露喜色："陈豨不抓紧攻取邯郸，却跑到漳水来打阻击，朕已看出他没多大见识！"

赵相国周昌从邯郸赶来请示："恒山郡二十五座城池中，有二十座丢失，望陛下追究郡守、郡尉人等死罪。"刘邦对着面前的死脑筋问："这些人都反叛了吗？"周昌回答："那倒不见得！"刘邦又问："他们果真想跟随陈豨反叛吗？"周昌难以回答："期期……”看着周昌一副彷徨的模样，刘邦笑道：“那就对了，他们之所以弃城逃跑，那是无力对抗嘛，没什么罪过呀！”当即颁旨，对赵、代两郡所有失地的官吏百姓，一律免于处罚。

说着，招手要周昌凑近点，吩咐：“你快点去挑选几名可以充当将领的赵国壮士来，朕这里等着有用。”周昌领命，挑来挑去总算从矮子里面拔出四个人，都大咧咧来见皇上。刘邦朝这四人瞅来瞅去，突然嘴里吐出骂字：“这几个鸟人，瞧那德行，还当得将军！”四人哪知是要自己来当将军的，赶紧跪伏地上，口称：“小人等不敢。”刘邦给过了下马威，却又不在乎了，抚慰几句，吩咐：“赐他们每人一千户的食邑，都算个将军吧！”四人连忙谢恩退下。

身边众将看不过眼，七嘴八舌说：“许多随陛下进出蜀汉、讨伐西楚的有功之人还没来得及封赏呢，他们倒被封了，凭什么呀？”刘邦说：“你们就不懂了。陈豨反叛，赵、代的地盘几乎都被他占据了。我发羽檄征调各地兵马，可远水不解近渴，到现在也还没见到来。为解燃眉，只能在邯郸驻军身上打主意啦。朕为何要吝惜区区四千户的租税，而不在关键时刻拿出来激励赵国子弟呢？”说时，他走到地图前，示意邯郸与漳水的相对位置。众将恍然大悟，赞叹：“陛下高明啊！”

这边话音刚落，那边有梁国将领奚意前来报道。原来，梁王彭越说自己正好生病了，不得已，便选派善战的将领率兵前来。刘邦大怒：“此莫非当年九江王应付项王的伎俩！”立即派使者前往定陶，严加谴责。

将就着安抚匈奴之后，为了进一步贯彻休养生息的思路，朝廷兵员大多遣散，临时征调确有难度。尽管刘邦设法调动赵地驻军的积极性，但仅靠这些，要打败实力派的陈豨，没多大把握。但邯郸作为赵国核心，此时却被弃在叛军漳水防线的后路，刘季看到了其中的机会。

刘邦征求对策，无意中得知陈豨的许多部下与王黄、曼丘臣等人一样，都是商贩出身，便拍一拍脑门说：“咳，有了！”众将连忙问：“陛下有何妙计？”刘邦说：“我知道该如何对付了，就一句话：掏钱！”众将茫然。

刘邦想到用一招来改变实力对比，陈平擅长此道，就由他去操作。凭借朝廷正统地位，只一阵软硬兼施，陈豨手下的将领大多数倒戈。他们本就不想反叛朝廷，只要脚下有路，还有额外的好处，便立即弃暗投明。

一面是征调的军队陆续到达，一面是叛军就地转化，实力和声威都已经属于皇上。刘邦当即下令右翼曹参从东侧抢渡漳水，随即中路也发动了攻势。陈豨军心不稳，只得放弃了漳水防守。

此时代国境内，赵利防守的东垣逐渐暴露于前沿；王黄带领千余骑兵驻扎曲逆，看守着后撤的门户。伪赵丞相侯敞率领万余士兵处在流动中；将军张春则转入外线，带领一万多士卒反渡河水，到曹参后方偷袭聊城。曹参即令齐军从历下出动支援，配合所部郭蒙两路夹攻，张春大败退走。

接下来，有几个不恰当的人物在不恰当的地点，暗中上演了一段匪夷所思的插曲。

事情是这样的。陈豨派王黄去向匈奴人求救，但此时要匈奴直接出兵干预，也很为难。王黄便先去找留居在匈奴的臧荼之子臧衍。两人正绞尽脑汁，可巧燕王卢绾的使臣张胜也到了匈奴。

卢绾本奉命夹击陈豨。他探听到陈豨去匈奴讨救兵，便也派熟悉匈奴事务的张胜前往，用意在说服单于，援助已经失败的陈豨没啥意义。显然，他没弄清事情的内幕，可机会又一次送到了匈奴的毡帐。而卢绾还有一错，这种外交动作，无论如何也要先给皇上打个招呼。

臧衍奉单于之命来找张胜，惊讶道："卢绾难道不怕引起朝廷的怀疑吗？"张胜冷笑："我家燕王不同于你那个燕王父亲，用不着怕这怕那的！"臧衍不动声色，说："这个燕王也罢，那个燕王也罢，有啥不一样的地方吗？"张胜说："我主燕王与皇上情同手足，叛王岂可相提并论！"臧衍心中不快，但嘴上却说："我替你着急，你却出口伤人，何必呢！"张胜说："我怎就看不出？"臧衍说："这你就不明白了。燕国之所以能保留至今，是因为诸侯不断造反。现今你好像在替燕王着想，可等到没了陈豨，下一个该轮到谁呢？不信走着瞧，没多久你们这些人也会被朝廷装进囚车里，到时候你首先逃不脱干系！"

听了这一席蛊惑，张胜似乎不往心里去，摇头说："你是在挑拨，有你自己的目的！"臧衍并不回避，说："我当然有目的！可利益绑在了一起，哪还用得着分清谁的目的！我想，你为啥不想办法一面滞缓燕国对陈豨的进攻，一面与匈奴讲和呢？眼下战事如能长久拖延，就能够使燕王熬个长久。即使有朝一日被汉廷逼迫，燕国也还能有个退路。"

张胜心思活动了。等见到匈奴左大将戎渠夕，便反过来鼓动他协助陈豨等人击燕，以阻止卢绾执行皇上的命令。戎渠夕心里有数，再加上骑士们正手痒难耐，便迫不及待地出动了。

匈奴人出乎意料的反应使卢绾感到纳闷，心知张胜背叛了。他赶忙写了奏章，把自己的怀疑报告给皇上。奏章刚送出去，张胜回来了。卢绾当即严加质问。张胜却很从容，他回答："陛下听说过唇亡齿寒吗？陈豨败亡，对燕国有啥好处呢？匈奴人并非真正进攻燕国，左大将是送给大王一个不去打陈豨的理由呢！”卢绾似有所悟，又连忙追加奏章为张胜开脱，说是被王黄从中挑拨。当务之急，他需要保住张胜在中原的家属。同时，他又秘密派亲信范齐到陈豨那里，表明自己并不会真正与他为敌，反而会暗中助他一臂之力。

好在刘邦充分信任卢绾，此时又一门心思消灭陈豨叛军，竟然忽略了卢绾的出尔反尔。值得思考的是，像卢绾这样的刘氏铁杆为何也能落入那种奇异的圈套呢？

高帝十一年（前196年）入冬，汉军抵达赵国都城邯郸。凝视修复后坚固高耸的城墙，刘邦心中波澜迭起。设如小儿子如意在城中，陈豨会怎么做呢？燕王臧荼、楚王韩信、韩王信、代相陈豨……像这样反复作乱，何时是个头？再想，梁王彭越的苗头也不对呀！

而此时的彭越，被皇上使者谴责，心里也正惶恐。思量再三，便有意率部前往谢罪参战。部将扈辄劝道：“大王起初不去，被逼迫了才去，必然会像当年楚王一样束手被擒。恐怕一旦有事，您还不如淮阴侯呢！”彭越疑虑说：“去也许能将功抵过，不去，还能有出路吗？”扈辄回答：“那不如趁机也反了！”彭越摇头，但也只能继续装病。

汉军左路周勃、傅宽进展顺利。周勃率军越过句注山抵达马邑，遭到陈豨部将乘马绨的抵抗，也是周勃轻敌，竟然初攻不下。既然这仗打到了马邑，不免要牵扯出聂行来。

白登撤围后，冒顿希望聂行到匈奴来，帮助他教导两个儿子。聂行起初还犹豫，但听说汉、匈已经和好，便即成行，教稽粥太子和猎骄靡王子读书。可是，又逢匈奴支持韩王信与陈豨联手作乱，聂行便待不住了，此时从北假冒顿行帐返回马邑家中已有十来天。看看儿子聂省与西域于阗国小公主蛮莪相处得极其融洽，便不时去与母亲谈论，不很得要领。

这天正说呢，已经试探着触及婚嫁大事，忽然听到院子里喧哗，狗吠马嘶，有急促的脚步声进到堂屋里。聂行正要询问，却听到儿子呼唤：“父亲，父亲……”连忙出来，看聂省一脸慌张，大冬天的，脸上却沁出了细小的汗珠。聂行笑一笑问：“发生啥事啦，为何竟这般失态？”聂省也感觉到了，连忙瞅一眼跟进屋来的莪，有点不好意思。这才镇静下来，回答：“朝廷大军已经到了城下，乘马绨将军正在急匆匆安排防守呢！”聂行听了，也觉得事态严重，脱口说：“匈奴人都与朝廷讲和了，这韩、陈二人还折腾啥呢！”见母亲出来，便打住了。

聂母对儿子说："你两边人都熟识，看能不能想点办法，免得合城百姓遭殃。"聂行点头道："母亲放心，儿子一定会尽力的！"说着，转身出门，到城上求见乘马絺。看着城下搦战，城上全神贯注地防守，聂行更觉有责任制止杀戮，便开口劝道："将军知道，我聂行和匈奴单于、汉朝那边的人都有交情，不希望看到这种场面。目下朝廷竭尽全力与匈奴修好，代王、韩王后援匮乏。听说赵地被皇上亲自进剿，败象已现，恐怕不能对抗长久。城外周勃、傅宽两位将军身经百战，这您是知道的。将军不如就此献城议和，免去士兵、百姓涂炭，也能给自己一条出路。"乘马絺尽管心里没底，也不敢出城迎战，但守城还算得力，口头上便很强硬。汉军逼近城边，城上乱箭齐发。石块滚木也已经搁置到女墙，但等汉军攻到城下，一推就会砸落。

聂行看乘马絺外强中干，便挺身呼吁众将士停止与朝廷对抗。这过于冒犯的举动终于惹恼了乘马絺，但他也耳闻眼前这个人物的来头，还不敢下狠手，便吼道："给我把他看押起来，省得在这里扰乱军心！"两边军士上前，把聂行连推带劝地架走了。

周勃挑战，见城里总不肯应战，便即二度挥兵攻城。乘马絺虽内心不坚，但尚且坚守。周勃怒不可遏，限令破城，自己也亲冒矢石，临阵指挥。汉军积累了丰富的攻城经验，何况马邑小城。没等乘马絺多喘气，城背面已被傅宽偷袭。周勃抓住乘马絺两顾的时机，一鼓作气攻上城来。守军败入城内，乘马絺率先逃窜。押解聂行的军士本就三心二意，听得喊杀声震天，又见城头城中乱成一团，便放开聂行，自己逃命去了。

周勃正在气头上呢，只等城门打开，便催马闯进城来，挥动宝剑见人就杀。一时间，汉军已经不分叛军还是百姓，只管大肆屠戮。

聂行忽然被士兵开释，正因为没有完成母亲的吩咐而盘桓于街头，忽见败兵狼奔豕突，杀声、哀叫声充斥街巷。聂行无计，索性挺身当街而立。以他在当地的名望，军民谁人不认得？即使在慌乱失神的逃命中，也都下意识地从他身旁绕开。看到一人长袍大袖直面血刃，连疯狂赶杀而来的汉军士兵也犹豫了，不敢对他下手。

这时汉郎中公孙耳马到，稍一犹豫，也便奔驰而过。聂行伸手勒过马缰，熟练地唤住战马，那马顺过一圈来，停在面前。公孙耳震怒，剑锋斜取聂行颈项，就这瞬间，一道流星挟着风声朝腮边飞来，公孙耳连忙躲闪，剑尖便从聂行肩头划过，只欠毫厘。

霎时一匹雄壮的骅骝已经到了面前，马上一名女子身披斗篷，伸手接了飞转去的"流星"，原来是一柄弯曲的短刀。少女不慌不忙，偏腿把那寒光窜动的短刀插入靴筒，昂然一脸娇俏，目光中似怒非笑。公孙耳一时发愣，却不知如何应付这局面。

聚拢的汉兵“呼啦啦”让出一条道来，太尉周勃勒住战马，审视眼前光景。只见女子骏马后面闪出一人，来到周勃马前躬身行礼，口里说道：“边邑草民父子拜见将军大人。”周勃看那人是个书生模样，先拣要紧的问：“那边的女子是什么人，为何这样打扮，又如此出手不凡？”书生却回答：“挡道的是草民的父亲聂行，平时只做些生意；草民聂省在家读书，一向不问世事；那边马上的名唤蛮�，是草民的远房妹妹，只是生性娇惯了些。”周勃又看看那女子，摇头说：“我看不像。”又琢磨一阵：“倒像是从西域来的一般……也罢，我来问你，你这三人为何要阻止朝廷大军追杀叛贼，晓得这是何等的罪名吗？”聂省说：“我父亲在马邑行商多年，实在不想看到左邻右舍无辜被杀，不得已当街以死命谏。何况反叛的只是陈豨、韩王信等人，百姓本为汉民，士兵本属朝廷，只要愿意投戈反正，就应不在杀戮之列。草民得罪将军之处，还请恕罪！”周勃才要发话，听到“得罪”两字似在以个人恩怨理论，连忙改口说：“这都是朝廷的事情，为何要说得罪了本将？”聂省回道：“草民听说，皇上征讨赵地，也是不杀百姓的，还颁旨招降安抚投诚将卒，难道马邑的百姓就不是皇上的子民了？”

周勃不由得点头，正要说话，忽然听到又一阵纷乱。三名士兵拖住一个首级来到面前，都说是自己杀了乘马絺。周勃辨认，心知是被乱军杀了，便朝士兵们说：“不必争了，功劳簿上三分各得其一，都去吧！”回头对聂省说：“我看你父子，也是深明大义之人……”当即吩咐随至的将军刘泽：“传我军令，除顽抗者外，一律不得再行杀戮，违令者斩！”刘泽领命去执行，周勃对聂家父子抱拳说：“改日当登门请教！”说罢，朝公孙耳示意，率兵去了。

聂省回头来扶父亲。蛮茷下了马，也一起来搀扶，口里夸赞：“聂叔叔真是个大英雄！”又拿自己的衣袖帮聂省擦去脸上的冷汗，说：“聂哥哥也是位大英雄，连大将军都肯听你的！”聂省有些腼腆了，说：“我是一时急了，其实是最不中用的，也不顶茷妹妹一根小拇指的。”聂行四下看看，街坊都已经紧闭了门户，有士兵开始清理尸体。他浑身止不住哆嗦，活了几十年，脚下行走数万里，见的世面已经不算少了，不明白此时此刻心中为何这般凄惶。

马邑已下，周勃随即向南去取楼烦。再度北伐，这些去处都算是熟门熟路了。

中路，刘邦下令分兵各个击破，速取恒山郡，全面平定赵地。樊哙、柴武先行，与从漳水退到襄国的陈豨、曼丘臣军交战。襄国是由项籍改信都而名。郦商已经率所部径直向前攻取东垣。灌婴、靳歙则带领从梁、赵、齐、燕、楚等封国陆续增援的车骑，飞速向北迂回，急袭曲逆，以期关闭叛军北逃上谷、代郡的门户。曲逆守将王黄立即向陈豨告急，陈豨哪敢失却退路，急命伪赵丞相侯敞火速增援。

第九十五回

杀淮阴吕后干朝政 拒柴武韩王诀参合

曼丘臣见汉军同时在襄国、东垣、曲逆开战，心知形势不妙，力劝陈豨避开汉军锋芒，放弃赵地快速北撤，向匈奴及韩王信靠拢以便相互救援，以免被断了后路，遭致围歼。陈豨正自没了主意，想想北边两翼有匈奴、韩王信和燕王卢绾彼此关照，便有意收缩军力，退保代地。曼丘臣乘机推动，请陈豨派人先期去联络匈奴左大将戎渠夕。陈豨既然已经产生了后撤的想法，也就放弃了逐城抵抗的初衷；曲逆早晚要放弃，而王黄与匈奴人最为熟识，那就派他出使匈奴。与曼丘臣同样头脑灵活的王黄得到指令，松了一口气，撇下曲逆和侯敞，脚底抹油一去不复返了。

眼见得陈豨匆匆率军撤走，曲逆还得坚守一时，以为掩护。侯敞与灌、靳部接战，如何挡得住汹汹车骑，接连五员部将折于阵上。灌、靳督军攻城，侯敞战死，曲逆举城投降。

樊哙拿下襄国，随即进取柏人。他身先士卒登上城头，柏人克服。樊哙、灌婴随即南北对进，与郦商会齐，三路人马把赵利包围在东垣城中。刘邦得报，率军疾进三百余里赶到，不等扎营，便催兵攻城。谁料想，直攻了一个月也没能踏近城门。东垣为军事重镇，城坚濠深，守备充分，之前郦商已经攻了一段时间，未取得尺寸之功。

赵利发现了自己能耐，变得嚣张起来，便组织士兵每天在城头辱骂刘邦，直气得刘邦七窍生烟，身上伤口又疼痛起来。这天，他正忍住浑身的不适在帐中生闷气，忽然想起那两个跳蚤怎就没了消息？于是悬赏千金捉拿王黄、曼丘臣。

就在攻打东垣期间，樊哙所部旋风般向东南扫荡，恒山、巨鹿郡境内二十七县望风而降。灌婴部将则连续降下了曲逆、东垣之间滱河、泒河流域的卢奴、上曲阳、安国等城，捎带了巨鹿郡境内虖池河南的安平。自开战始，汉兵连胜，已经斩首万余，基本匡定了赵境。

许多事件的起端，往往都表现为偶然。皇后吕雉人闲心不闲，眼看皇上身体大不如前，不久之后的权力接替显得悬悬乎乎，这一点指望不上生性仁厚的太子刘盈，得靠自己出马。如何能在错综复杂的斗争中快刀斩乱麻，让自己迅速上升到不可抗拒的地位呢？吕雉可谓绞尽了脑汁。事实证明，顶着皇上干，在家事上犹可，如若涉及朝政，连门儿都没有。她与审食其反复探求，终于找到了打擦边球的点子。可以顺着皇上的心思，擅自出手做些惊天动地的事情，借此震慑朝臣。审食其暗示：“听说淮阴侯与陈豨不清不楚，皇上怎就能容得他呢……”

一旦皇上凯旋，就没机会了。可韩信连皇上的账都不买，岂能屈从后宫？强行动手则可能闹出乱子，那得吃不了兜着走。吕雉问审食其，谁能帮这个忙呢？审食其说：“除非相国！”

皇后有事请教。萧何正忙于筹集钱粮供给前方，又要每日操持内政，哪得心思应付后宫，再说怎不知吕雉其人？欲待不去，可又不便得罪。想想何必呢，就应命吧。

等到了宫里，吕雉假借刘邦口谕，说为了陈豨一案，要召淮阴侯问话。萧何颇觉蹊跷，但也不敢当面质疑。于是口中应付着，连连告退，只为了脱身。

吕雉见状怒道：“相国却为何如此轻慢！”萧何止步，连称“不敢！”于是吕雉和缓道：“皇上已经发话，相国就算看在当年友好的面子上，也不至于连这点忙都不肯帮。再说，我一个妇道人家，能把淮阴侯怎地？难不成还敢生吞了他？”萧何一想，倒也是。只把淮阴侯诳到宫中，好歹由他们斗去。依自己对韩信的情谊，日后少不得赔个不是，也便了了。

这一日，韩信在书房中翻阅了一阵自己著作的《兵法》，联想如果身为大将，擒获韩王信、陈豨，其实不在话下。当然，他是不可能帮皇上去打陈豨的。

门上来报：“萧相国拜访。”韩信感到诧异，现今自己与萧大人已不似当初那回事了，非常之时，他来做什么呢？

不等有请，萧何已在庭院里大声询问：“淮阴侯呢，如何对老友这般怠慢！”韩信赶紧起身，萧何已自一脚迈进正厅。

见了萧何，韩信懒懒地拱手，口称：“相国大人怎得空光临敝舍，却是令蓬荜生辉！”萧何不在乎对方的讥刺，还过礼，继续高昂着情绪说：“我刚刚得报，陈豨已被圣上擒获处死，众臣已经前往宫中向皇后、太子祝贺。”韩信心里“咯噔”一下，却依然不关痛痒操着老调子：“罪臣一向有病，这出入宫廷的事，还是免了吧。”萧何早知有这托词，便即提醒：“陈豨与你过往甚密，此时不肯去，嫌疑就大了！”韩信冷笑：“哦，想是陛下派大人来警告罪臣？”萧何嗔道：“淮阴侯说哪里话，我这不是替你着想嘛！”韩信摇头：“没那么简单吧！”

萧何这才拉下脸，责怪说：“淮阴侯如何便这般看待老夫，老夫何曾得罪了你！再说圣上一时半会还不能班师回朝，除了圣上，谁能把你淮阴侯怎样了！”见韩信犹豫，萧何忽然作出一个阻止的手势，说：“去不去由你，反正你也不肯买老夫这点面子。这就告辞了！”说着，一甩长袖，转身出门。眼看萧何生气要走，韩信心软了，便赶上一把扯住道："行行，就依你！"萧何笑了，转而催促："这节骨眼上，即使病重，也得强撑着去呀！去去就回，啊，去去就回！"韩信多了个心眼儿，对萧何说："相国且慢，我这就随你前去！"也是韩信心中果真无鬼，坦荡着呢。

韩信勉强随萧何来到长乐宫，却没见有朝臣，更没有祝贺的气氛，一种不祥的预感袭上心来。却听萧何说："太后、太子正在殿中候着，淮阴侯请先一步上殿，下官去外面招呼一下，随后就到！"说罢转身。韩信却待牵住他，但那就过于失态，只得由他。

犹豫着进到殿里，眼前依然冷冷清清。却待退出，屏风后面转过吕雉，尖厉地喝一声："把这反贼与我拿下！"两厢立时拥出几十名武士，把韩信绑了个结实。韩信明知没法与吕雉这类女人争辩，便大声疾呼："萧何老儿，你死到哪儿去啦？我信了你，你却如此毒害我！"吕雉微露狞笑，一拂锦袖，武士们便把韩信推向殿前的钟室里。

韩信挣扎着当地立定，仰面长叹："悔当初不听蒯彻之议，乃致今日落入小人与奸妇人圈套，此莫非上天有意为之！"说时，头颅已经被砍下。吕雉从腹中吐出一口浑气来，当即下令夷灭韩信三族。

韩信深谙用兵之道，可却万万料不到后宫的心机，临了落了个可悲可叹。萧何早就怀疑皇后的动机，不料果真见此毒手，无异助纣为虐，这"成也萧何，败也萧何"的定论，却向哪里去撇清？

韩信颈上的鲜血喷洒到大钟上，大钟不撞自鸣，长乐宫里回荡起惊心动魄的哀怨，让萧何的内心感受到惊悸。这钟声传出长安，悠远地回荡着它苍凉的尾声，也使征伐中的刘邦感到了一阵心绪不宁。

周勃、傅宽已经攻破楼烦，俘获了伪赵将宋最、雁门郡守李圂。二将随即率军直取云中，擒得伪云中郡守武遬、丞相箕肆、将军勋博。就在他返身收取雁门、代郡时，王黄、曼丘臣已经被将军刘泽等活捉，送来帐下。周勃立即派人把他们押解到刘邦驾前献功。

刘邦振作起精神，披挂登车出营。耳听得东垣城上依然辱骂声不断，于是喝令："快把那两个叛贼押来阵前，斩首示众！"王黄、曼丘臣应声被推出阵前，城上顷刻断了声气。

赵利在城上看得清楚，心中顿时发慌。只听汉军一齐呐喊，王黄、曼丘臣已经人头落地，向地上泼洒了一腔黑血。随即，首级被骑兵挑在旗杆上，来往驰骋示众。刘邦方待驱兵攻城，却看到有尸体一片片从城垣上抛落，赵利已经被手下的士兵千刀万剐了。城头大乱，稍时，城门被打开了。

待控制了城中局面，刘邦召集降军列队。他命令逐个审查曾经在城上凶狠地辱骂他的人，一一捆绑了，由樊哙、郦商监刑，全部当众斩首。那些被迫目睹这一幕的降卒，直吓得屁滚尿流，纷纷跪倒求饶，响彻一片哀告之声。处决完毕，刘邦换了一副面孔，宣布："赵利、王黄、曼丘臣都已伏诛，罪有应得。手下人众，不是有罪，就是有功。既然有罪的都被处决了，其余就都是有功的。你们从献城的那一刻起，就又成为了我大汉的将士。现在，寡人要你们帮大汉守好东垣，不要再让它落到叛军手中，你们能做到吗？"一片寂静，没有反应，过了好一阵，忽然爆发出惊天的吼声："誓死效忠皇上！"等现场平静了，刘邦又大声宣布："寡人现将东垣改名为'真定'，希望天下从此真正安定下来，让将士们能尽快解甲归田，与家人团聚！"立刻又响起了热烈的欢呼声。

刘邦果然让降军留守真定，此举大得人心，也鼓舞了十倍的士气。他任命樊哙为赵国左丞相，率军继续向北进剿，不战而胜的策略更见成效，陈豨军心涣散，望风溃逃。

刘邦命樊哙、柴武进取代郡，与周勃、傅宽东西对进，郦商率军平定上谷。自己则率陈平、夏侯婴、灌婴、靳歙班师雒阳。曹参也接到命令，撤军返回齐国。

刘邦得到了淮阴侯韩信的死讯，心中诧异，但也禁不住露出一丝欣喜。吕雉先下手为强，做了偌大一件事，内里也是十五个吊桶打水——七上八下，此刻正赶来雒阳候着呢。刘邦责怪道："你这女人也忒胆大了，淮阴侯是你能随便杀的吗？"吕雉察言观色，凑近耳边说："臣妾确实是做得过了头，但陛下怜其功高，何时下得去手！"刘邦露出怜悯的表情，顿足说："可惜啦，可惜啦，真是太可惜啦！"

吕雉于是拿出准备好的证据。淮阴侯韩信的舍人栾说和他的弟弟栾咁供称，淮阴侯假借有病拒绝随皇上出征，私底里与陈豨相约谋反。韩信乘圣驾亲征的机会，密谋假托皇上诏书，释放所有在官府服役抵罪的刑徒工匠，组织他们袭击皇后和太子。一切策划停当，只等陈豨那边的消息……其实天方夜谭，刘邦心里根本不信这破绽百出的供词。韩信虽被诬陷得可怜，但刘邦内心深处还是感觉多了一层轻松。然而皇后如此擅作擅为，也更加勾起了他另一份沉重的心思。

刘邦若有所思，问："韩信死之前说什么了吗？"吕雉回答："说了，说什么呢……"审食其在旁插言："说后悔没听蒯彻的。"吕雉说："对，对，恨不用蒯彻计！”刘邦白一眼那脸上已能见到细碎皱纹的小白脸，审食其赶忙老实地低下头。刘邦立即下旨缉捕蒯彻。

随着长乐宫的钟声飘渺为幻影，刘邦朝内最大的戒惧烟消云散，他一面得意，一面却认真地回味吕雉的作为："朕有一天不在人世了，这女人还会做出怎样惊天动地的事来呢？"刘邦因自身的心理矛盾而纵容吕雉杀害韩信，开了汉朝后宫直接干政的极其恶劣的先例，引来后患无穷。

樊哙、柴武率军追击陈豨，进抵代郡，在无终、广昌击溃了綦毋卬、尹潘两军。广昌县治在今涞源北；无终本是山戎、北戎的古称，二者原本游牧在今山西北部，后迁到河北涞源，又迁徙到玉田西北的无终山，这就扯到右北平郡去了。所以，这里所谓"无终"，乃山戎、北戎故地之谓，仍然是指涞源一带。

紧接着，樊哙又在横谷击败陈豨所部及匈奴骑兵，斩杀将军赵既，俘虏了伪代的丞相冯梁、郡守孙奋、太仆解福等十人，其中包括一名与王黄同名的匈奴将领。横谷为山谷名。

柴武在代郡南部击溃匈奴游骑，向西北越治水进抵参合，韩王信正带领一支匈奴军队驻扎在那里，实际是躲藏在那里。参合位于今山西阳高南。柴武是何人呢？原来正是陈武。因何改称"柴武"？据说是不屑与造反的陈豨同姓。

柴武写信给韩王信，劝说道："皇帝陛下宽厚仁慈，诸侯中虽屡有背叛逃亡的，但只要回来，就恢复他们原有的封号，并不加以诛杀，这是大王你所知道的。现在你只是因为打了败仗才逃亡到匈奴，而非犯了大罪，希望你赶快主动回归朝廷！"

韩王信回信说："陛下从街巷里任用提携了我这个下人，让我面朝南称孤，这是奴才的幸运啊。当年荥阳失陷，我没能以身殉职，被项羽囚禁了，这是第一项罪过；等到匈奴人入寇马邑，我又没能坚守，献城投降，这是第二项罪过；现在，我反过来替匈奴单于带兵，与将军对敌，这是第三项罪过。想当年越国的大夫文种、范蠡并没有犯任何过错，还是落了个被越王赐死的下场；而我现在有三条罪状被陛下记录在案，却企图归顺朝廷而能活在世上，下场就必然与伍子胥僵死在吴国一样啊。现今奴才我逃亡藏匿在山谷里，只能早晚向蛮夷讨碗饭吃，我思归的念头，就像病入膏肓的人念念不忘站起来，双眼失明的人念念不忘要看到外面的世界，不过是痴心妄想而已。"韩王信明知此次即使投降，终归难免一死，所以不恰当地找出了像文种、伍子胥之死这样的比附托词。当然，也透露了自己思念中原的心迹，无奈只能是幻想。

来日开战，韩王信心如死灰。匈奴军战败逃去，而韩王信终于成为柴武的刀下之鬼，遗恨参合。他信中似乎有很多说不出也说不明白的话，要不，他为何如此强词夺理，他到底想说些什么呢？

后来，韩王信的妻子在匈奴颓当城生了儿子，就取名“颓当”。其实难以判断到底是城随人名，还是人随城名。而就后来匈奴中筑城起名的规律，往往是城以人命名。三十年后，到汉文帝十四年，颓当带着他的儿子韩婴，率领部众归降了朝廷，这也许正是韩王信死前的遗愿。汉文帝心平气和地对待历史，封颓当为弓高侯，韩婴为襄城侯。颓当城地址在今内蒙古察哈尔右翼后旗白音察干西北。

蒯彻归案，刘邦亲自审问：“听说你曾唆使淮阴侯反叛？”蒯彻直截了当地回答：“不错，我的确这么教他的，可那小子不肯听我的话，才闹了个被杀的下场。如果他听我的，陛下能杀得了他吗？”刘邦一怔，到底是明白了韩信的屈死，便自觉色厉内荏。转而看蒯彻一味猖狂，勃然大怒：“快烹了这个该死的叛逆！”蒯彻却大叫：“哎呀呀，煮我实在太冤枉啦！”刘邦大吼：“你撺掇韩信反叛，冤什么冤！”蒯彻不容刘邦再说出一个“烹”字，只抢着对答：“想当初秦朝丢了鹿，天下披坚执锐群起争夺，只不过有能耐动作快的人先得手了。希望成就大业的人多得很，陛下能把他们都烹了？跖的狗猛然朝尧吠叫，不是尧不仁义，而是狗本来就要对不是它主人的人吠叫。那时候，我作为臣子只知道有韩信，不知道有陛下啊！”

刘邦听他以犬自喻，又联想到“走狗烹”一句，不由得“扑哧”笑出来，当然不无得意。想想也对，这家伙口气硬，其实是暗中递话，而且听起来挺顺耳。于是下令：“放了他！”韩信已死，对凭口舌混饭吃的蒯彻，赦之何妨？然而，吕雉对释放蒯彻持有异议。刘邦懒得与争，便打发她回长安去了。

太阳冷冷地照着淮阴城，照着南昌亭。有挑水的汉子过去，漾出的水滴立刻在石板路上冻结了。一位身着素衣的老妇人蹒跚着走出里巷，向迷茫中盯着被薄雾包裹的耸起的韩信城愣了许久，换一只胳膊挓了竹篮，继续沿踩得结实平整的泥土小道向河边走去。

到了岸边，老妇人放下篮子，小心地端出一斗碗盖了两片腊肉的饭来，在地上选一个隆起处安置好。默立片刻，抬手抹一抹眼睛，重新提起篮子走上水凳。手里的棒槌荡开带冰碴的河水，举起了落下，“噼噼”的捶打声便向四下里引来一片回响。

捶过一阵，把衣物朝水里漂两下，叠在水凳上，再捶。慢慢地停下来，去看缭绕在村子上空的炊烟，泪水便顺着沧桑的脸颊滴落下来，滴落在湿漉漉衣物上。

云中、雁门、代郡的清剿已经取得决定性胜利，周勃、傅宽继续挥师东进，与樊哙所部联合包抄，在灵丘与陈豨展开决定性一战。伪代丞相程纵、代县守将郭同、都尉高肆等战败被俘，陈豨率残部逃往代县西北当城一带。灵丘县治今山西灵丘东。

刘邦颁旨："封皇子恒为代王，都晋阳。太原、雁门、代郡纳入代国。"这就意味着今山西中、北境，连同河北西沿的蔚县、怀安至安固里淖狭长地带，一并整合到了代王名下。刘邦任命傅宽为代相国，率军屯驻代地。依例大赦天下。

第九十六回

全恩义栾布哭彭越　绥南越陆贾说赵佗

在臧荼、韩王信、陈豨的接连叛乱中，匈奴反复介入而叛将动辄投奔匈奴躲避朝廷制裁，这让刘邦感到气闷，但却无可奈何。虽然已与冒顿单于有和亲之约，可几时才能成行呢？这事不宜再拖延了。

在想这些问题的时候，刘邦的眼睛却盯着一幅彩绘地图，从西到东、从北到南，再向西，再向东，再向南，蛇一般绕着弯儿察看，天下形势已经有所改观。在异姓诸王中，东北角上有卢绾，他犹如自己的亲兄弟；山东唯剩梁王彭越，淮南有黥布，然后，有长沙王吴芮、闽粤王无诸。最后，还有一个割据的南越武王赵佗。

他的目光落定在梁，琢磨了半晌，又慢慢地移向淮南。彭越受封山东腹地，栖息雒阳卧侧，必先除之。刘邦正打主意呢，梁国太仆毋杲跑到雒阳告黑状来了。他一头扑倒在刘邦脚下，说梁王如何与部将扈辄密谋反叛，自己如何苦劝不听，说得跟真的一样。

刘邦心中吃惊，但不动声色，吩咐先把毋杲看管起来。他秘密召来灌婴、靳歙，先询问各国参与赵战的车骑可曾遣返。二将回答："尚未，正在候旨。"刘邦大喜，脱口道："朕计成矣！"于是说有梁太仆揭发，又提及彭越在固陵之战前和讨伐陈豨时两度抗命。

刘邦召见已经被任命为太原郡尉的梁将奚意，嘉奖他在定代战斗中立下的功劳，命他送还梁国参战的车骑。朝廷派陈平为使者，随队表示慰问。队伍突然到了定陶城下，陈平吩咐止住车骑，让奚意抵城通报。彭越心中多少有点纳闷，但还没来得及把毋杲与自己的处境联系起来。

吊桥放下，城门大开，城门口只几个哨兵把手。陈平仔细观察一番，哪有造反的迹象呢？不一时，彭越带着梁国的官员将佐出城来了。及到近前，朝陈平拱手："下臣迎接来迟，还请上使宽恕！"陈平并不下马，反倒是后面的骑兵画圈儿围了上来。只听陈平喝道："梁王彭越接旨！"

彭越这才反应过来，一骑马已经守在陈平侧面，马上将军抱拳："梁王暂且委屈一下，先接了旨有话慢慢讲。"彭越看时，原来是车骑将军灌婴。再找，哪里还有奚意的影子？这时，靳歙已经率兵控制了城门。

彭越没奈何，只得跪下。陈平宣旨："今有梁王彭越与其部将扈辄密谋反叛朝廷，着彭越、扈辄即刻前来雒阳听候发落。”彭越毫无防备，听罢谢恩。立起身大骂“奚意小人，为何却诓我！”陈平笑一笑，说：“奚意身不由己，怪不得。小人倒有一个，就是大王的太仆毋杲！”说过朝灌婴：“灌将军说是吗？”灌婴点头：“没错，梁王请动身吧！”士兵围拢上来，不由分说，拿下彭越、扈辄，押解上路。其余僚属与定陶城一起被靳歙接管控制，暂且候命。

一路上，陈平、灌婴并不为难彭越。正如当年的楚王韩信，梁王要是真的反叛，就没得这个拿法，谁心里没个数！

到了雒阳，刘邦传旨羁押审查，核实治罪。经过有司反复讯问，只落得一个情节，就是扈辄劝彭越造反一节，与当初蒯彻鼓动韩信如出一辙，可蒯彻已经获释，连玩刀弄戟朝皇上比画过的贯高都不予追究，扈辄该当何罪？最终给彭越的结论：“反形已具，请论如法。”

既然只有迹象，法律却该如何宣判？再者，有谁看到“迹象”啦？陈平、灌婴没有，看守定陶的靳歙也没有，连扈辄、奚意也说不出个一二。

刘邦心里有数，便赦免彭越死罪，贬为平民，押送蜀郡青衣县定居。青衣是何去处？那里本是羌人居住的地方，号“青衣羌”，治所在今四川名山北。

彭越拖家带口西行入关，到了郑县地界，也就是今山西华县境内，远远看到幡旆迤逦，不一时到了面前。原来皇后吕雉被刘邦打发，只去长安应付了一下，便私自返回雒阳。彭越不是不知道淮阴侯的故事，但病急乱投医，迎驾之时，情动肺腑，竟然俯伏在吕雉车驾前痛哭申诉，涕泗淋漓。他恳求：“请皇后为罪臣诉情，改迁家乡昌邑居住，罪臣当做牛做马以报答天恩。”吕雉流露出怜悯的神态，口中连连应允，当即让彭越随驾回返。

到了雒阳，吕雉对刘邦说：“我把彭越给陛下带回来了！”刘邦正不乐意吕雉回雒阳来，皱着眉头问：“你这是为了哪一桩？”一语双关。吕雉一笑说：“陛下听说过‘斩草不除根，萌芽乃复生’这句话吗？”刘邦惊讶道：“你这是要杀彭越，害朕出尔反尔！”吕雉又一笑：“那倒不必，欲加之罪，何患无辞，陛下等着瞧就是！”刘邦不以为然：“彭越也只能老死蜀郡偏僻蛮荒之所，何必再为这事费尽心机？”吕雉不在乎话中带的钩儿，辩解说：“世事难料，项王当初不也瞧不起韩信嘛！”

刘邦沉吟，不是在想韩信、彭越，而是在琢磨吕雉。吕雉“哼”一声，说：“彭越是个有胆量有勇力的人，留在蜀地不免成为后患。他暂时是没法兴风作浪了，可陛下百年之后，恐怕妾、妾身……恐怕你的儿子就……”说着变了哭腔。

刘邦阴沉下脸，不再正眼看吕雉，说：“那就先关他几天吧，等我想想再说！”吕雉灵机一动，便改口建议："既然陛下宽宏，还不如留他在雒阳一时，量也不敢造次。"刘邦不耐烦，说："随你便吧！"

转头，吕雉故技重演，又打起"舍人"的主意。彭越的心虽然还悬着，但住在雒阳处境便有所改变，而且还有舍人回到身边听候招呼，不禁十分感激皇后，也萌生了幻想。

三个月过去了，好像风平浪静。不料，彭越突然又被逮捕了。这次是镣枷锒铛，直接打入死牢，远不像前次获罪那样和风细雨。

原来，舍人告彭越利用放松监管的机会，贼心不死，复又"密谋造反"。廷尉王恬依照既定口径审理结案，奏请判处死刑。刘邦明明知道这是怎回事，但想想吕雉的劝告也有道理，也省得她絮叨。再说，朝廷已经做好了剿灭新一轮"反叛"的准备。于是，顺水推舟，当庭准奏。

可悲彭越，还没弄懂其中的道理，便屈打成招，被枭首于雒阳市中，夷灭三族。谁能料到，在楚汉战争中叱咤风云、战功显赫的韩、彭、黥三驾马车，如今竟有两驾颠覆在吕雉这道阴沟里，让天下丈夫瞠目结舌。

彭越的首级被割下来示众，刘邦为避免招来更多的是非，追加诏令："有敢收尸的，统统抓起来。"

世上刚烈而任侠的虽属凤毛麟角，但还真有一个人敢效仿战国著名刺客聂政的姐姐聂听。梁大夫栾布出使齐国有些日子了，彭越的死讯自然耳闻，该办的事办完，便备好了祭奠物品，直接返回雒阳。到彭越的头颅下，一一奏报出使经过，然后号啕大哭。

栾布曾与彭越交游，当时大家都穷困，栾布先是去齐国当了酒保儿。等到彭越到巨野泽中为寇，栾布却被人劫卖到燕国为奴。因为替主人报仇，他被燕王臧荼看中，留在军中当了名都尉，后成为将领。臧荼叛灭，栾布被俘。彭越闻讯向汉王求情，赎回栾布并让他在梁国做了大夫。栾布这一哭哭得十分悲伤，弄得广众之下一片哗然，看景的人群围了里三层外三层，有许多人陪着抹眼泪。看守官吏未曾料到这种局面，抓了现行，火急禀报。刘邦闻讯火冒三丈："这家伙胆子也忒大了！"

栾布被架到殿上，刘邦指着鼻子痛骂："你这狗东西，分明是想跟着彭越一起造反呢！"他知道栾布与彭越的交情，越骂越来气，便大喊："去，去，给朕烹死他！"

大鼎里水已经煮沸了，两名力士正要把栾布抬起来扔进去。栾布回头对皇上说："臣还有一句话，说了再死不迟！"刘邦问："想交代啥？"栾布说："当年陛下受困彭城，又接连在荥阳、成皋战败，可项王却没法乘势西进，原因何在？那是因彭王守定梁地，与汉联手骚扰羁绊楚军。在那种情形下，彭王左右一顾，便牵动楚、汉双方的神经，联楚则汉败，联汉则楚败。至垓下会战，缺了彭王的配合，就灭不了项氏。天下已定，彭王剖符受封，也同样想让王位万世传承。如今只为一次征调而彭王因病没能亲赴战场，陛下就怀疑为反叛；连反叛迹象都找不到，就拿细枝末节说事，加以诛灭。有这个先例，我担心功臣人人自危。好了，说完了。反正彭王已死，臣生不如死，就请把我送到那汤镬里吧！”

力士们等待皇上指令。刘邦却犹豫了片刻，随即挥挥手说："放了他吧。"又作出宽厚的姿态："就留你在朝廷当个都尉吧。"刘邦这样安排，显然是为了弥补对死者的歉疚，借以安抚彭越遗部。要知道，巨野群氓都是从头至尾跟随彭越出生入死的哥们儿兄弟。这是刘邦再次针对性使用宽严兼济手段的又一案例，从一个侧面反映了刘邦抓大放小、惩主抚从，乱中求治、稳定人心的理政倾向。作为处心积虑杀戮功臣的始作俑者，刘邦也不愿附加承担滥杀义士的千古骂名。对于栾布这样的和平抗议者，杀之无益，用之无害。

又有地盘腾出来了。刘邦封皇子刘恢为梁王，取消东郡建制，纳入梁国辖地；封皇子刘友为淮阳王，取消颍川郡建制，纳入淮阳国辖地。

这一天，在六县淮南王宫中耽搁着的黥布，突然感到心绪格外不宁，独自转了几圈，便命令备马，出城南到山泽溪畔打猎。

黥布自觉也还算得到了皇上信任，早已心满意足，一心听从朝廷召唤，并不参与诸侯王是非。前一时，淮阴侯韩信被杀，黥布心里好一阵惶惶不安，咬住了牙，正在慢慢平复。此时，他只想到野外驰骋一阵，分分神。

开春的景致毫无吸引力。黥布奔跑追逐了一阵，还是魂不守舍。于是任由座下马慢慢行来，抬眼却看到一只野兔闯到了马前。他并无心射猎，但那野兔跑过一阵，看没人来追，便不即不离逍遥游荡。黥布心头怒起，想："小小野兔，也敢戏弄本王！"于是张弓，不假思索地射出箭去，野兔应着弦声翻倒路旁。黥布放马过去，看野兔痉挛，忽然觉得心底里发冷，竟也控制不住，浑身激烈地颤抖起来。就这瞬间，他想到了"飞鸟尽，良弓藏；狡兔死，走狗烹"。韩信的影子重又浮现出来，与眼前垂死的野兔重叠在一起，黥布只感觉一阵恐惧向心头袭来。这时，宫中报告："圣上派使者来了，正等着呢！"

黥布不敢耽搁，立刻招呼回城。才走到一半，使者等不及，已经赶过来了。黥布下马，跪地接旨，原来彭越也出事了。

使者宣布了彭越的罪状，递过一只小陶罐来。黥布双手接了，揭开封盖倒出里面装着的一小块煮烂的肉，那是彭越身体的一部分。天子不怕麻烦，把罪臣做成肉酱分赐诸侯王，既是对死者的冷酷惩罚，也是对生者的严厉告诫。黥布肝胆俱裂，没敢看一眼就一口把肉吞了，然后赶紧磕头，向皇上谢恩，好让使者快点离去，但口里却不停地挽留。

使者心急，办完了公事并不稍停，要赶在皇上回长安之前交差。黥布看这情形，越发上心了。打猎是不成了，回到宫里，从此每天想到吃的那一口肉，便觉得腹中闹腾难耐，好像彭越的冤魂直要从喉咙里蹦出来似的。

中大夫贲赫求见，看到黥布难受的模样，便关心地问："大王可是想着梁王的事呢？"黥布心里憋屈，只等一问，便诉说起这些日子的感受。贲赫凑近了提醒："看来大王不得不有所防备啦！"黥布不明其意，问："说什么？防备？"贲赫自觉聪明："大王不要在下官面前装糊涂啦，没准此刻皇上心里正惦记着淮南呢！"黥布勉强点点头，觉得精神好了些，说："你倒像是个医者，能替寡人诊病了！对了，这里真的需要一个高明些的郎中，你能帮忙找一个？"贲赫回答："可真巧了，我家街对过就住了个郎中，医道还说得过去，但不知大王要给谁诊疾？"

生病的是黥布的宠妾尤夫人。贲赫赶紧回家备了一份厚礼，陪同尤夫人去看病。其实那尤夫人没什么大病，只是黥布心情不好，让那婆娘寂寞了，也就露出些病态。等到了郎中家，三诊两不诊，感觉利索了，便要贲赫置办菜肴，一同喝酒取乐。从此，"诊病"还就成了一份消遣，隔三岔五就拿这名义溜出王宫玩耍，贲赫也乐于奉陪。就这当儿，有鉴韩信、彭越前车，又有贲赫的提醒，黥布便不由自主地暗中备战，并侦察雒阳和四邻的动静，以便从中发现蛛丝马迹。紧张地忙碌起来，哪里顾得上这妾那夫人在做些什么？

四月，圣驾回到长安。

刘邦感到浑身的伤口都像有蚂蟥在吮吸，似疼似痒，很是难受。他习惯地拿五指在地图上游移，这回迅速用掌心盖住了淮南国的位置，沉思良久。又直接把目光投向了最南边的南海郡、桂林郡、象郡，这些还都是秦朝时的建制。

这几天，他总想找个人来商议一下，总也想不出跟谁说才好，不由得在心里叹息，当皇帝难道除了宠爱女人外，就要这么忍受孤独！这时，他看到有一人站在身旁伺候，省悟过来，看来陆贾已经等了好长时间了。

五月，刘邦决定双管齐下，一手软一手硬，同时着手解决伪南越王赵佗和淮南王黥布的问题。赵佗一项为遗留事项，一直没顾上，因为从来没有接触过，所以存在回旋余地。

一早升殿，刘邦下诏正式立故秦南海尉赵佗为南越王，派陆贾为使者，前往颁授印信、绶带和信用符节，约定互通使者，并授权他代表朝廷安抚“百越”，彼此和睦相处，不得在南方边境地带为患贻害。

“百越”也称“百粤”，是中国古代对居住在江、浙、闽、粤等地土著部落的统称，各部落另有自己的名称。刘邦所授权限，只是赵佗实际管辖地域内的土著部落。

陆贾一路翻山越岭，率使团赶到南越。赵佗头顶盘着土著样式的发髻，叉巴着两脚坐在竹席上接见，问：“你做什么来啦？”陆贾回答：“奉大汉朝皇帝命令，特来委任你为南越王，还不快快跪下接旨！”赵佗问：“如果我不呢？”陆贾回答：“那你不知好歹，大祸即将临头了！”赵佗冷笑：“凭啥呢，就凭你一个赤手空拳的书生？”陆贾沉下脸来，但语气平和：“说起来，您也是中原人，亲戚、兄弟、祖坟都在真定。现在您违反天生之德，抛弃华夏冠带定制，选择敌国的立场，企图凭区区南越与天子抗衡，那明摆着是死路一条！”

说话间，陆贾观察赵佗的反应，觉得对方有点犯傻，得引导一下，便问：“当年秦朝政事混乱，诸侯、豪杰群雄并起，您说是霸王势大，还是汉王势大？”赵佗被牵入问话中，顺嘴回答：“那还用说，当然是霸王啦！”陆贾赞成：“是的，可以说，项王强大极了！”又问：“那么，先入关中的是谁，最终只用五年时间就平定海内的又是谁？”赵佗沉默了。

陆贾已经掌握了谈话的主动权，乘势上竿子：“天子起巴、蜀，鞭指天下，诛项羽，定海内，此非人力，乃天意也！听说您不助朝廷诛杀暴逆，却擅自称王，直惹得满朝文武争相率兵前来取您首级。可是，百姓刚刚脱离征战劳苦，皇上有怜悯之心，暂且压下了他们的动议，转派我来授予南越王印绶，剖符为信，相约互通使节。这么隆重的事情，您本应该亲自到郊外迎接，面北称臣。可出乎意料，您竟企图拿一时凑合起来的所谓‘南越国’，硬着头皮与皇上分庭抗礼，知道这是什么罪过吗？”

赵佗更发傻，问：“是甚罪过呢？”陆贾咬牙回答：“掘祖坟，知道吗？把您先人的尸骨拿出来焚烧，再杀光您亲亲眷眷所有的人，也就是灭族，懂吗？灭族！然后派一员偏将率十万大军征讨。其实哪用得着动手，南越人一看这来势，就会群起而杀您向朝廷投诚……”他伸出一只手做个翻腕的动作：“这事做起来，易如反掌啦！”

赵佗终于理解了事情的分量，猛地坐正身子，谢罪说：“我久居蛮夷之地，放任惯了，太失礼啦！”想了想，冷不防撂出一个匪夷所思的问题：“假如拿我与萧何、曹参、韩信这些人比较，谁更能干些呢？”陆贾仓促应对：“哦，看上去您似乎要强些！”又出乎意料地问：“跟皇帝比呢？”陆贾笑了，正色回答：“您是问出格啦！天子继承五帝、三皇之伟业，统一治理中原。中原人口数以亿计，土地辽阔万里，物资富足，政令出于一家，那是开天辟地以来没有的事。回头看看，您这里百姓不过几十万，都还未曾开化，又零散分布在崎岖山海之间，充其量就是汉朝的一个郡而已，凭什么与朝廷相提并论？”陆贾避开人与人的直接对比，巧妙地以地域论人，间接让赵佗相形见绌。

赵佗更是卖傻，他转实为虚耍起了滑头，大笑说：“这不，我是没赶上那茬，中原争雄没我的份，只剩屈居这鬼地方称王。我若身居中原，怎就比不上汉朝皇帝呢？”不等陆贾接话，便提议一起喝酒，把政治议题植入休眠期。这人，土也有土的伎俩，他一时间想不清楚问题的根本，也不敢贸然作出回应，便暂行缓兵之计。陆贾岂不知赵佗的用心，也就任耍，隔三岔五陪着闲聊，耐心地海阔天空，就这样耗了两个月。

一天，正聊呢，赵佗忽然说：“越中没有值得交流的人，直到先生来，才让我每天听到各种新鲜事。”随即让侍从拿来一只小袋，说：“这里面的珠宝价值千金，就送给你吧！”又拿出这这那那一堆，算起来也值到千金，一并相赠。

还用得着说吗？陆贾当即宣诏，封赵佗为南越王，对汉称臣，遵守与朝廷的约定。

其实，正是凭借入乡随俗，从习惯到生活起居的土著化，赵佗和那多达五十万的中原移民才得以在南国大地上立足生根，才足以带动这片土地改变原始落后状态。赵佗心理上的狡黠，也正是适应了这个文明进程；陆贾对他能力的安抚性宽松评价，从某种意义上看，不是没有道理的。可在当时的历史经验和认识环境下，其生存发展法则，或许大汉自天子以下，包括亲身接触赵佗的陆贾，都是没法完全理解的，他们没有类似的深刻经历。赵佗的大智若愚审时度势，正是其政治智慧的体现。

经过陆贾的耐心劝导，南越有限地从形式上接受了汉朝的收编，保一个相安无事，这符合双方的利益诉求。实际上，汉、越大体处在平等对话的位置上，政权和军队都保持相互独立。据说，当时南越积聚的军事实力不亚于久经战争的中原，俨然岭南老大，对朝廷寸土不让。然而，它却从和平往来中获得了铜铁畜犁等资源和先进生产力带来的效应，使南越僻壤“华风日兴”，经济社会得到了长足发展。

第九十七回

剿淮南薛生陈三策 阻泗水刘濞试锋芒

南越游说大功告成，陆贾怀着满腔兴奋，一路疾驰回朝。只等皇上召见，便来不及地汇报出使经过。刘邦大喜，加封陆贾为太中大夫。秦至汉初，这“太中大夫”位居诸大夫首席，侍从皇帝左右，掌顾问应对，参与朝政，奉诏出使。这是一个多由宠臣贵戚充任的职位，可陆贾不一样。这一委任，算是扬其所长，用得其所。

为口舌的成就所激励，陆贾的情绪多少显得有些亢奋。有了职务上的便利，他便总在刘邦面前褒扬《诗》、《书》。刘邦老听他絮叨，几天下来就腻歪了。这一天陆贾又开口说：“古人有言曰：‘民讫自苦，是多盘。’责人斯无难，唯受责俾如流，是唯艰哉！我心之忧，日月逾迈，若弗云来……”刘邦无奈顺口斥骂道：“你烦不烦。老子的天下是骑在马上打下来的，哪用得着什么《诗》呀《书》呀‘听无哗’呀！”陆贾不以为然，抗问：“没错，陛下是在马上得的天下，难不成还能骑着马治理天下？”语出点睛，刘邦果然被问住了，这正是他反复思考的问题。陆贾乘势进言：“古时商汤、周武都于逆势中取天下，却转而顺势守成，可见文武并用才是长久之计。当年吴王夫差、晋智伯瑶、秦始皇，都因笃信武力而亡；设想秦吞并天下后，如能效法先圣以仁义治国，陛下怎得取而代之？”此一语正中刘邦内心的忧虑，不免因高度关注而被打动，立时感到惭愧了。于是改变态度说：“爱卿就不用每天那么费力唠叨了，弄得你也累，朕也累……要么你试试，替朕写篇文章，说说秦所以失天下、汉所以得之的道理，多引用些古国成败的实例。”陆贾终于说动了皇上，赢得了施展理论抱负的空间，于是大显才华，把几年来积攒的文字稍加编纂，即刻成稿。他深知皇上的接受心理和关心焦点，道理讲得通俗却一语中的，叙事大略但能明确点出国家危机的征兆。写一篇献上一篇，竟然让不爱读书的刘邦变得手不释卷。

陆贾奏道：“秦非不欲为治，然失之者，乃举措暴众，而用刑太极故也。”盼望中的情景发生了，只听皇上忍不住连声称赞：“好，好！卿之言可谓振聋发聩！”这一下，直引得随从人等赶着皇上的兴致连呼“万岁”。不出数日，陆贾总共完成奏疏十二篇，每奏一篇都引来连声喝彩。陆贾强调“天道无为”，认为社会的治与乱取决于人为，要行仁义、法先圣，做到德治与刑罚并用。随着皇帝的高度认同，“无为而治、让生产者以休养生息之机”的认识开始深入朝野。究其根本，陆贾的理论体系正是适应了汉初稳定政权、发展生产的需要，而且与刘邦许多朦胧的想法不谋而合，说出了刘邦想说而无法表达的话。刘邦传旨把陆贾的奏疏集纳成书，亲口命名为《新语》。

已到了七月下旬。这一天，淮南国的一辆驿站专用车飞快地驰进长安城，正遇到相国萧何入朝议事。一人从传车上忙不迭地下来，直趋萧何车前。萧何认得是淮南国中大夫贲赫，吩咐停车。贲赫匆忙行礼，呈上一份奏书，嘴里说："事情紧急，烦请相国急奏圣上！"萧何猜想："淮南王果然……"他用异样的眼光看着贲赫，吩咐："你且到传舍歇息吧，有事我派人找你。"

原来，黥布察觉贲赫总陪着尤夫人去看病，而尤夫人看病回来，满身不是药味而是酒气，兴致却好得不得了。这边黥布产生疑心，小妾便即通风报信。黥布才待拿贲赫治罪呢，贲赫却已经溜到长安来向朝廷告发。

举报信写道："……淮南王谋反的迹象十分明显，望朝廷予以重视。现今尚可趁其不备，先发制人，擒而诛之。"刘邦想，又说是"谋反"，又说是"迹象"，又说是"不备"，什么乱七八糟的！他正因在"未反"与"迹象"的情况下接连杀了韩信、彭越，自己心里也不痛快，便问萧何："这到底是怎回事？"萧何谨慎地回答："前此携私报复、捏造事实诬告陷害的事不算少。还是先把贲赫看押起来，派人到淮南查看一下妥当！"刘邦点头，心里却想："真叫脱裤子放屁，这萧相国发呆了不是！而萧何呢，正为诱杀韩信心存愧疚，实不愿再成帮凶。"刘邦又想："本已打草惊蛇，再来个引蛇出洞也好。黥布一旦发难，天下才懂得韩、彭、黥必除！"

刘邦露出了身心俱疲的迹象。这事就交代萧何去办，萧何还不得不办。刘邦于是托病不上朝，招呼关闭了内殿，不让大臣们打扰。就这样耗了十多天，诸将在殿前徘徊，却不敢打扰。

樊哙终于忍不住了，对周勃、灌婴说："这样下去，朝廷还办不办事了？"周勃、灌婴点头，但态度都很消极。樊哙来了二劲儿，伸手推开殿门，不顾内侍阻挠直入刘邦寝殿。看时，皇上正高卧榻上，但感觉有点奇怪。再看，才发现姐夫正枕着一名宦官戏耍呢。

樊哙"咚"地跪倒，吼一声："皇上，陛下，姐夫！"那宦官吓得溜下榻来，滚到一边去了。樊哙带出了哭腔，说："陛下呀，您率领樊哙等从丰、沛起兵，经历千难万险，出生入死鏖战得天下，那是何等的波澜壮阔！今天下已定，您却为何这般懈怠呀！您病重，群臣震惊，心中充满担忧。可姐夫您倒好，拒绝上朝议事，难道想与这竖人睡死在这块儿！"

刘邦本来心虚，但听樊哙出言不逊，心里也有了火气。看时，樊哙却已经泪流满面，心便软下来，显得有些尴尬。又听樊哙说：“陛下呀，难道您不知道秦朝赵高篡权的事情吗？”刘邦的心理底线被触动了，于是以大笑掩饰，坐起身来，说：“那就上朝吧，看你等有何大事！”

淮南王黥布起兵反叛了，事还不大？黥布先是发觉贲赫逃跑，心中已经疑惑；随即朝廷的使者到了，还暗中展开调查。一切都明摆着，鉴于韩信、彭越的教训，黥布不再心存侥幸。他一怒之下，杀掉了贲赫全家，随即召集部众，说了一通没头没脑的话：“皇上上年纪啦，他连上朝都懒得，不会亲自领兵啦。派大将的话，淮南王我忌讳的只有韩信、彭越，可他们都已经死啦，其他诸将都不足畏惧。”

黥布还是征求了两个人的意见。其一姓朱名建，楚地人，事母至孝，辩才出众，刚直正派到了刻板的程度。他曾为淮南国相，后一度隐居山林中学道，二度在黥布手下任事，深得信赖。但朱建认为朝廷还是对得起淮南王的，反对起兵。其二为梁父侯，支持造反。

不等使者返回，刘邦便下令放了贲赫，任命他为将军。刘邦向众将询问对策：“咳，果然又反了，该怎办呢？”回答异口同声：“发兵剿灭，活埋了这小子！”周勃说：“自古水来土掩，兵来将挡，请陛下颁诏吧！”樊哙说：“黥布有何能耐，还翻了天不成！”

夏侯婴一言未发，他的心头疑云重重。罢朝回府，请来一位久历世事的门客询问：“黥布为什么要造反呢？”这位老人名叫薛郇，曾担任楚国令尹，他回答：“反是必然，不反倒显得不正常！”夏侯婴不理解，说：“皇上把那么大一片土地封给黥布，淮南王也算得是万乘之国的主宰了，却何故要反呢？”薛郇回答：“皇上一年里连着杀了韩信、彭越，他三人同功一体，命运无形中相关。黥布是担心大祸即将降临呀！”

夏侯婴恍然大悟，便向皇上推荐薛郇，刘邦召见。薛郇掰着指头说：“黥布有上、中、下三策可用。他采用上策，山东就不再属于朝廷；采用中策，则胜负未可知；采用下策，陛下就可高卧安枕了。”

刘邦也掰起了指头，问：“何谓上策？”薛郇回答：“设法联络燕、赵，然后迅速夺取吴、楚、齐、鲁。”刘邦掰过第二个指头：“何谓中策？”薛郇说：“夺取吴、楚、韩、魏，控制敖仓的粮食储备，封锁成皋通道。”刘邦继续问：“何谓下策？”薛郇回答：“只攻取吴地、下蔡，然后把财物、军需运回后方越地的山里囤积起来，自己则返回长沙继续称王。”薛郇是以位于楚国南沿的下蔡指代楚地。

刘邦频频点头，他明白了，黥布越是保守，就越没有出路。于是更进一层问："淮南王会采用哪一策呢？"薛郇毫不犹豫地回答："用下策！"刘邦感到诧异，问："为什么呢？"薛郇笑笑说："黥布原本就是骊山一刑徒，充其量不过江洲匪首，捞个王位坐坐，只是为了满足自身的欲望，哪里能像圣上这样替百姓作长远考虑！说句不中听的话，他要不是觉得大祸临头，根本就不会造反！"刘邦心头一震，这薛公果然目光犀利！他轻轻抚一下已经花白发枯的胡须："说得好，我现在真的能安心睡觉啦！"随即吩咐："传朕旨意，封给薛公一千户。"再拟旨："废除黥布王爵，立皇子刘长为淮南王。"刘长为刘邦与原赵王张敖的美人所生，是最小的儿子。

平叛的号角又一次吹响，刘邦把太子刘盈推向一线。消息传来，可急坏了吕氏一门和一帮太子宾客。是前秦遗老四人组合发挥作用的时候了，他们合计："凡来者，将以存太子。太子将兵，事危矣。"我们干什么来啦？唯一的职责就是捍卫太子的地位；太子率兵出征，这太危险啦！他们一起来见建成侯吕释之。

东园公开言："太子统兵出战，立功了地位没法再高；无功归来，则从此遭殃！"甪里先生说："太子要是前去，凶多吉少！"夏黄公揭示问题的关键："您听说过吗，母亲得到宠爱，父亲就经常去抱她生的儿子。"绮里季应和："现在戚夫人日夜服侍皇上，赵王每天在手上抱来抱去，皇上总说'到底不能让没出息的儿子位居爱子之上'。"东园公催促吕释之："你还不赶快去请皇后求求皇上。就在皇上面前哭嘛！"吕释之问："皇后如何对皇上说呢？"四人便帮助合计，如此这般商量定了。

吕雉当然比谁都急，听了吕释之的汇报，便泪流满面来闹刘邦，但和以前有了很大不同。她哽咽着说："黥布的勇猛天下闻名，更兼擅长用兵。朝廷的将领们又都是陛下的平辈故旧，让太子去统领这些人，等于让羊去指挥狼，没人听他调遣。这内幕要是让黥布获悉，就会毫无顾忌地鼓噪西进。"

刘邦听得心烦，懒得搭理。只听吕雉又说："陛下虽然有病，但只要肯勉为其难地乘坐辎车，哪怕躺着指挥，将军们怎敢不拼尽全力。这样，皇上虽然受苦，但为了妻儿也还要强打精神呀！"

刘邦被反复纠缠，最终无可奈何，说："朕早就说这小子不成器，算啦，还是朕自己去吧！"吕后听这话音，心里虽不痛快，但还是松了一口气。暂时的目的是达到了，可皇上顺便丢下了话把儿，她知道后面事情没完。其实，刘邦果真会拿征战当儿戏？

刘邦带领郦商、夏侯婴、灌婴、靳歙等再次亲自出征，陈平依然担任护军中尉；命相国曹参辅助齐王刘肥率车骑十二万，从东部会击。大谒者桃侯刘襄，郎中单父圣，中尉唐厉、灵常，将军庄不识、华无害、周聚、王周、卫胠、黄极中、张平等随同出征。这刘襄，正是赐姓的项襄，与项籍一脉同宗，此时颇得皇上宠幸。

侄儿沛侯刘濞请求护卫皇上，也好随军建功。刘季打量刘濞，年方二十，浑身充满气力，那副跃跃欲试的模样完全不同于他父亲刘喜。想想刘氏缺的就是将才，不妨让此子一试。脑子里这么想着，也就点了点头。

大军就要出发了，朝中大臣们都到灞上送行。留侯张良病体衰弱，但依然强撑着乘车过灞上赶到位于新丰西南的曲邮聚面见皇上。“邮”是报警、传递公文并供歇宿的站点，汉制“五里一邮，邮人居间，相去二里半”。官方还责成所有的邮亭、乡官蓄养鸡、猪等，用来赡养鳏寡贫穷百姓。曲邮聚俗称“邮头”，便是出长安“首站”的意思。

张良谢罪说：“按道理，臣应当随陛下出征，可确实病得太重。”刘邦心里很感动。只听张良虚弱地叮嘱：“楚人剽疾，愿上无与楚人争锋。”他是提醒楚人久历战阵，不能拿在燕、赵作战的经验来对付黥布，要主动避其锋锐。想了一阵又提出建议：“关中必须统一监管，陛下还是委任太子做将军吧，由他暂时指挥留守诸军更稳妥些。”刘邦动容，对张良说：“子房有病，但也还得勉为其难，你来帮朕辅佐太子，躺在榻上教导他就行！”于是要张良暂时代理太子少傅。此时，太子太傅由叔孙通担任。西周始置“三公”，即太师、太傅、太保，其职掌为“傅相天子”。西汉相应置太子太傅、太子少傅。太子太傅主掌教育、监护、辅佐太子的职责，昭帝、宣帝后兼掌教谕训导，权威有所提升；太子少傅协助太子太傅履行对太子的职责，并与太子太傅共同管理东宫官属和宫内事务。张良在朝中、军中的影响力非叔孙通所及，刘邦出征前临时做此人事安排，也是不得已而为。

刘邦随即传旨，抽调上郡、北地、陇西的车骑，巴、蜀两地的步兵精锐，加上中尉所属京城治安部队共三万人，作为太子的警卫部队，驻扎灞上。张良对太子刘盈的支持，可谓不动声色，水到渠成。

淮南军已经向东攻吴，荆王刘贾战败逃到富陵，被追及战殁，其部众尽皆归从黥布。富陵治地在今江苏洪泽西北，现已没于湖中。

刘邦忽闻噩耗，顿时落下泪来。自起兵以来，刘贾是刘氏唯一数得着的战将。他想到了一件事，对站立身旁的刘濞低声吩咐几句。刘濞拱手，领命离去。

淮南军渡淮击楚。楚王刘交发兵沿泗水西岸南下阻击，两军在徐、僮两县之间摆开战场。刘交，字游，好诗书，多才艺，但打仗这档事就全权委托于大将弧子。弧子下令楚军分为中、左、右三部拒敌，以便相互救援。部将郑智分析说：“黥布善用兵，平常人都怕他。再说兵法上有提示：‘卒恋土地，道近而易败散。’我军正处在所谓‘散灭之地’；现今分开为三，敌只要败我一军，其余逃走的可能性更大些，哪里能奋力相救！”弧孑不听。

黥布见楚军分散兵力，心中暗喜。他命甘执、肥铢二将各率两千兵马，分别在两翼布设疑兵以为牵制，吩咐道：“你等可伺机而动，必取以少胜多之功。”分派妥当，黥布亲率主力直抵楚中军搦战。弧孑率军迎战。不待楚军发动，淮南军便发起冲击。黥布勇猛，无人能当，楚军大败。两翼忽闻中军溃败，已见淮南军掩杀而来，慌忙退却。果如郑智所言，三部不相救援，一并作鸟兽散。弧孑、郑智众将保住刘交一路边战边走，正在仓皇间，却有军来援，抵住了淮南军的锋芒。刘交看时，为首一将奋勇，正是侄儿刘濞。刘濞附耳传皇上口谕，刘交便命郑智率残部协同抵挡淮南军，自己则与弧孑率从骑退奔薛郡。

淮南军的进攻被迟滞。黥布面临进取齐、鲁，还是韩、魏，抑或转为保守的要害选择，这不但关系战争胜负，也将决定生死存亡。

黥布北进泗水，楚丞相冷耳坚守彭城，遏阻了淮南军的进攻势头。果如薛郁所言，在两个多月的时间里，黥布既没有抓住战机向齐或梁推进，更没能提早联络燕、赵势力以形成对抗朝廷的军事同盟。故此，朝廷便毫无他顾之忌。说到底，自汉立朝至黥布起兵，没有任何造反者是做好战胜朝廷的准备的，他们其实盲目无望。

高帝十二年（前195年）十月，刘邦东出函谷关，灌婴、靳歙率车骑为前驱，直入泗水郡与黥布左翼甘执战于相县。刘邦随后进至蕲县西部的庸城，与曹参所率齐军车骑会战黥布。正逢刘濞前来交令，刘邦听过禀报，亦喜亦忧。当下褒奖刘濞，可谓突生疼爱，便也刮目相看了。

黥布在庸城之南的甀乡列出方阵，向汉军挑战。刘邦在壁垒上看阵，远远望去，淮南军果然严整精锐。再仔细看，他皱起眉头对身旁的陈平、夏侯婴、郦商等人说：“黥布这阵法与项籍楚军如出一辙，朕望见了心里直堵得慌！”郦商拱手安慰道：“陛下放宽心，项王不是败亡了嘛。臣愿率先攻其阵门，陛下随后命众将掩杀，必获全胜！”刘邦点头，说：“你先别急，听我号令。”刘邦从城垛口大声质问：“黥布匹夫，朕一向待你不薄，你放着好端端一个淮南王不当，何苦要造反呢？”黥布造反本出于内心恐惧，不料此时却放开嗓子回答：“小小一个淮南王算得什么，我不过想照着你样子，过个皇帝瘾罢了！”此一答可谓愚蠢，但却具有十足的挑衅性。刘邦大怒，探身斥道：“你这个见利忘义的囚徒，看我不把你碎尸万……”突然背后夏侯婴惊呼一声：“圣上……”眨眼城下一支弩箭挟着风声射到，刘邦急忙侧身，左肩中了箭。

黥布看到刘邦好像被箭射着了，立即驱兵攻城。城上万箭齐发，一时哪里能接近，攻了半天，收兵暂歇。刘邦意外受伤，只得让御医治疗，也就不理会城外挑战。黥布越发进攻得紧了。郦商、刘濞率骑出城，出其不意挫其嚣张之气，随即主动退回壁垒。

刘邦这边与黥布相持，灌婴车骑则完全取攻势，从西路突击淮南军左翼，甘执大败，其副将及三名楼烦将皆殁于阵上。黥布先后派上柱国、大司马阻击，均遭败绩。淮南军主力陷于北、西、东三面受敌的境地。

灌婴、靳歙马不停蹄，击溃骁将肥铢统领的淮南军主力侧翼，车骑向淮水北岸迂回追击。与此同时，曹参率领的齐国车骑也已经从东路实施包抄，黥布后路岌岌可危。

这一日，黥布尚在犹豫中，忽见庸城壁上旗帜挥动，战鼓震天。城门开处，郦商、刘濞二度出击，刘濞一马当先冲入叛军阵中。本自开始动摇的淮南军瞬间崩溃，郦商随后率军掩杀。黥布且战且退，眼见得本来还严整的队伍已经溃不成军。利用侧翼突击和包抄创造出来的局面，汉军以摧枯拉朽之势发动总攻，可谓一蹴而就。

眼看大势已去，黥布只得拨马南奔，然朝廷诸将却无人能与之正面交锋。黥布突出包围一路撤至下蔡，由两岸留守部队接应渡过淮水，撤回寿春。自开战，淮南军只围绕封国东、北两面转了小半个角。

灌婴、靳歙车骑追至淮水，淮南军防线迅速崩溃。朝廷大军已经取得决定性胜利，郦商率主力奏凯回朝。曹参回军收复了竹邑、相、萧、留各城。

刘邦基本消除了内心的忧患，真的要抓紧时间回老家一趟了。眼下只须稍稍绕道，也算是顺道。历年征战满身创伤，精力体质每况愈下，刘邦思乡的情绪越来越急不可耐。这次是到了家门边上，说什么也得忍着新伤旧痛，回去看看乡亲们。于是命灌婴率郎中骑士护驾，带领随从官员直趋沛县。

第九十八回

唱大风皇帝归故里 诛黥布刘氏立吴王

与征讨韩王信、陈豨时一样，守在后方的相国萧何勉力安抚百姓，筹措给养，照前次所为，把自家的收入也全部拿出来充作军资。然而，这次皇上显得过于操心，不但屡次派使者回朝讯问，还不断找碴苛责，弄得萧何无所适从。

门客鲍可求见，进门就说："您何苦这般辛劳呢，依我看，灭门之祸就在眼前啦！"萧何怪道："你胡说什么呢？"鲍可问："您不觉得现在圣上是处处不放心吗？"这话切中萧何的心结，便反问："却与我何干？"鲍可冷笑："您贵为相国，功劳天下第一，这些还可复加吗？回顾您自入驻关中起就深得民心，到现在已经十多年了，百姓日益亲附，您也是日复一日勤勉不怠，诸事都能够得到吏民的响应。皇上频繁问询，肯定是担心您颠覆关中，难道不是？"萧何不语。鲍可侧目而问："您为什么不大量买进田产？"萧何不解："那又如何？"鲍可不答，只继续建议："在下知道您没有资金，那就出便宜的价格，再加以赊欠。"萧何摇头："那岂不是贪赃枉法？"鲍可点头："您不自损形象，陛下怎得安心？"

几次听说圣驾要巡幸故里，沛县的官吏、百姓早已翘首以盼，县衙有司做了大量准备工作，连泗水亭旧址也修缮得光彩照人了。祖居丰邑抛却了太上皇西迁关中的失落，重新振作起来，乡亲们自发地把皇上的故居整修一新。最显眼的工程，是在县城东南二十里的地方新建了一座沛宫，这次还归，刘邦将在那里下榻，全部日程预计为三天。

楚王刘交已经奉刘濞传达的口谕，带着丞相冷耳提前赶到家乡做准备。随驾的齐王刘肥就比较风光了，他这回赖仗相国曹参，算是参战有功；而在同姓诸王中，除刚刚战死的刘贾外，目前论战功他属第一。

泗水十月秋高气爽，刘邦心头迫不及待，一路过彭城、留县，虽然伤病缠身，但依然情绪高涨。泗水郡给刘邦以强烈的心理暗示，起于此，灭楚于此，败黥布于此，人生到此已无以复加。沿泗水而行，沿途官员百姓夹道迎送，权谋杀伐渐渐从刘邦心头淡出，真期待重新体验当年的放荡不羁！

沛县在所有的车行道路上，都加垫了一层黄土，反复夯轧，每天泼洒清水，保持微微湿润。恭迎圣驾的演练正在热烈的气氛中进行，一时间传来刘邦的口谕，说："朕好不容易回到故乡，更期望与乡亲们共同欢乐。要免除那些烦琐的仪式礼节，好让朕能拉着故人的手，推心置腹说几句别后重逢的话，痛痛快快地流些眼泪。"这话迅速传遍沛县城乡，人人奔走相告，百传百新，还没有看到刘邦的车驾呢，里巷村陌已经泪飞如雨。

清晨霞光涂金，微风拂原，桑梓翘首，杨柳垂拱。沛县万人空巷，父老、豪杰、故人、子弟、妇孺，尽皆携带猪牛酒食，络绎赶到沛宫敬献。

刘邦头戴泗水亭长时用竹皮编制的"刘氏冠"，欢迎乡亲们前来参见会宴。简单的开场仪式后，刘邦举酒为天下贺，全体共饮三杯。于是开怀畅饮，边敬酒边回忆往事，言语来往胜过当初，俚语急智笨嘴拙舌无不成趣，斗鸡走狗泼皮耍赖都为笑谈。喝到好处，争执罚杯，纵论忘形，上下无状，刘邦仿佛完全回到了青年时代。曾几何时，一个不肯安心耕作、遭人嫌弃的游手好闲之徒，已经取嬴秦万世之尊而代之，成为煌煌大汉开国皇帝，至高无上，威与天齐。

一片欢声笑语间，赞美逢迎之词不绝于耳，有心者抓紧这绝无仅有的对话机会，纷纷询问和回顾艰苦百战的经历，"啧啧呀呀"的惊叹之声，让刘邦听着听着，不禁也为自己开天辟地的宏业和百折不挠的精神所感动了。想当年手提三尺剑斩蛇起义，依附项梁，借重怀王，入关灭秦，为成就帝业攫取了第一桶金；其后鸿门脱险，屈封汉王，烧栈道而韬晦汉中，猛然间跌入低谷，前景晦暗，心有不甘；及至智度陈仓，夺三秦长驱出关，可谓酣畅淋漓；然败彭城、战京索、出荥阳、周旋宛叶，对峙广武，则风云跌宕，经历了九死一生，但这至为艰苦卓绝的坚持，为北取魏代赵燕、东下三齐，最终赢得垓下会战的胜利创造了前提。随着七嘴八舌、支离破碎的口述，刘邦的心中反复奏响着巧计入关、汉中生聚、出关灭楚的夺取政权三部曲，为惊天动地成就帝业而豪气干云。百战艰险和无数生死瞬间，令刘邦心潮起伏、感慨万千，真可谓酒不醉人人自醉。

对于初期袭武关、战蓝田，约法三章这样的神来之笔，对于把不可一世的秦帝国送进历史坟墓这样的盖世功勋，深受暴秦之苦的百姓们则更加津津乐道。对此，刘邦也充满了成就感。

看着眼前欢庆至失态的乡亲们，刘邦被酒精荡涤着的脑海里隐约显现着许多熟悉的面孔。诸多的功臣得以共享胜利果实，这让他感到欣慰。不时心里有些难受，纪成、奚涓、纪信、周苛、郦食其、刘贾，他们都死了，他感到惋惜，于兴奋中流下眼泪，这是旁人所不能理会的。不可避免地，韩信、韩王信、彭越、黥布的面孔也在眼前晃来晃去，似怨似艾，挥之不去，与霸王争斗时，他们可都是独当一面、叱咤风云，关键时刻力挽狂澜的将军哪！特别韩信，是谁为朕夺取了天下？他的功劳谁人可及呀！又是谁背着朕杀害了他？是谁？朕虽然对韩信怀有戒心，囚禁了他，剥夺了他的王爵，甚至也想杀掉他，可是，还是从心里喜爱他，并不想杀他的呀！与他论兵，那是一件多么惬意的事情呀！一个怪异的阴影在心头恍惚着，几个面目不清的幽灵在内心深处梦魇似的徘徊，那里仿佛有女人的形象，有屠夫的形象，还有将军的形象……模糊得很。也许来日无多，在这充分享受快乐的日子里，刘邦不愿意向阴暗处想得太过分。不由自主，他又回想到在巨野泽收编彭越的情景，梁王也是在关键时刻发挥过关键作用的呀，朕已经赦免了彭越，为何又让他死去呢？黥布一败涂地，也是必死无疑了，他和韩信、彭越不一样，他真的起兵造反，公开与朕叫板，也想当皇帝呢！天下是朕一人的，哪里容得下这样的叛逆，这个囚徒，他是死定了！他死了，还有人想夺刘氏的天下吗？有吗？这个人又是谁呢？他又在哪里呢？对于死者与未死者，帝王的心情是不一样的。于是又想起了韩王信、陈豨，他们果真想反叛朝廷？

酒到深酣处，刘邦足下飘飘悠悠，脑中风云变幻，白登漫山遍野的匈奴战骑从眼前掠过，一幕幕挥剑平叛的景象如烟浮动，浑身热血一阵阵沸腾。他奋力洒去樽中的酒，向正在击筑的乐师要过篾制的音锤。

河堑风生水起，天际云聚云散。刘邦亲自击筑，放声高歌："大风起兮云飞扬，威加海内兮归故乡，安得猛士兮守四方——"一串逐年积淀心底的歌词喷薄而出。竹尺忽然停驻在弦上，刘邦朝宴席间大呼："小淘气们都过来，都过来，朕有用得着的地方！快，快点！"没有人能明白他的意思，但都意识到这是一个大出风头的机会，大人们便纷纷推出那些胆大的、畏缩的、高高矮矮的孩童，呼啦啦，顷刻间鹩雀般聚起一大群，直吵得耳畔一片响亮。刘邦醉眼生光，用篾锤指点。刘交亲自离席张罗，故人相帮着侍从人员把那些"钦点"得中的孩子呼唤出来，排起队反复数过，梳辫儿的、留纂儿的，一百二十名不多不少了，其余都叫散开。那落选的一时还都不乐意了，哭闹了半天才安静下来，弄得大人们感情也复杂起来。到底还有不肯回大人身边的，便任其围在旁边。于是，刘邦亲自给挑选出来的孩子一句一句教方才即兴创作的那首壮歌："大风起兮云飞扬，威加海内兮归故乡，安得猛士兮守四方。"不一时，个个都学会了。

刘邦转命乐手击筑，自己从腰间拔出宝剑起舞，还一面领唱，由一百二十名孩子组成的童声歌队唱和。剑光挥舞日光，童真撞击苍声，刘邦歌情亢奋，神采飞扬，挺拔的鼻梁、隆起的眉峰、疏朗的美须，在青春回顾的面容衬托下生动异常。再有百姓男女老少借酒助兴，耐不住也掺和进来，直把那歌唱得震天动地，至流光泄影，泗水倒流。目睹眼前人山人海歌情激越，刘邦脑海里定格了斩蛇起义、关中受降、泛水登基、长乐演礼的壮举，背景上却如飞迭现着绵延的战场山川长卷，浑身的创痛隐隐有迸裂之感，连连慷慨伤怀，激得鼻翼间涌起万千酸楚，一时间热泪纵横，无可抑制。

一曲浩歌百世传唱，只见得豪迈跌宕，有谁曾认真体会个中隐忧；一个“安”字，似有似无，若得若失，喜忧相煎，在大风云飞中透露出家天下与生俱来的疾患，把刘邦的内心矛盾和复杂情绪刻画得入木三分。外刃及敌，内刃及己，双刃之剑横于心头，去之不能，留之可畏，谁为永久守护刘氏江山社稷的忠诚卫士？诗云：豪情本为忧思发，云飞云横不响应；天子何奈家国远，且向故乡唱大风。

反复地唱，唱罢，刘邦的情绪得到了充分的抒发，内心逐渐平静下来。于是又接连给乡亲们敬酒，借着酒劲，说出许多体己的话来。他不断重复着说：“别看朕把都城放在关中，但登基之后，每每魂牵梦绕念及家乡。只有想到乡亲们，才能得到少许慰藉，感到无可比拟的愉悦。朕多少年转战东西，又南北征伐，出生入死，满身创痛，戎马倥偬间，心中最最思念的还是故里；可多次筹划，总被耽搁，就是无法成行，实在是没办法呀！随着年事日高，身上天天被无数的伤痛折磨，体力也是一年不如一年，这心里呀，着实思念乡亲们呀，即使万年之后，我的魂魄仍然乐见沛县……”舌头打着卷儿，满嘴的车轱辘话。他拿手去抚摩身上的伤口，新创旧伤处处痛在心头。心里不间断地动情，情到极致，忍了好半天，才接着说：“这次回来看到大家，也都上年纪啦，有些人已经不在啦，孩子们也长大啦，小把戏也不认得啦，真是百感交集，这游子悲故乡的心情，真的没法抑制啊！”

想想，忽然大声宣布：“乡亲们，我终于回来啦，我以沛公名义起事，上承天命，下托乡亲们的福分，幸运地诛灭暴秦，夺取了天下。这是为了啥呢，还不是为了乡亲们都能过上不愁吃穿的舒坦日子！但天下的事情不那么简单哪，且容朕有个整治的过程……不过，沛县是朕的故乡，理应先得到实惠。现在，我决定把沛县当作我的汤沐邑，从此免除县中百姓的税赋和徭役，永远不向乡亲们作任何索取，保证家家户户世世代代不受官家之累！”刘邦话音刚落，“万岁”的欢呼之声震耳欲聋，不一时，激动的哭喊铺天盖地撼动泗水之畔，风声飒飒，酒与泪相与挥洒，直感动得刘邦及侍从人等泪水滔滔，仿佛一天之内倒尽了十五年来的酸甜苦辣。

汤沐邑起源于周。诸侯须依礼朝见天子，天子在王畿内赐予封邑，为住宿和斋戒沐浴提供费用。汉代皇室成员和诸侯王、彻侯的封邑沿用这一称谓。刘邦此举，使沛县百姓获得了天下独一无二的优待。

入夜，父老们在沛宫周遭、泗水岸畔搭起连片的草棚、帐幕，不肯离去。如此饮酒叙旧，回忆往事，吼唱大风，一连十几日极尽欢乐，此起彼伏，未见稍歇。经过这一阵抒发，刘邦心里顺畅了许多。三天的预定早已逾期，朝廷每天都有大事等着办理，无法再耽搁下去了，便预备起驾回长安。可是，城乡百姓又纷纷出动，重新牵牛载酒来奉献，恳请圣上再住几日，楚王刘交、齐王刘肥、沛侯刘濞等也乘势挽留。刘邦恳切地说："朕一行人数众多，滞留时间久了，会搞得父老兄弟们难以供给，增加乡里的负担。"

然而，就眼前这景象，盛情难却，刘邦又觉得意犹未尽，便吩咐重新布置宴席，再延续三日。他忽然想起，一直没见到开酒店的武负和王大妈，便随口打问，原来他们年事已高，相继去世了，这使刘邦有些伤感。刘邦便要官员们找来他们的后人，重重赏赐，算是偿还当年赊欠未及还上的酒钱。

这一耽搁就到了十一月半，真的要走了。乡亲们提出建议，说："沛县的建制有幸得到了保留，但丰邑却没有能保留县的级别，恳求陛下怜悯那里的父老乡亲，予以恢复。"刘邦回答："丰邑本来就是生我养我的地方，我是永远不会忘怀的呀。当初我特地把它升格为县级，所以雍齿借故帮助魏国来反对我。"言外之意，这样做有徇私的嫌疑，容易遭致朝臣们的不满，其实是在推诿，也有谦让之意。可百姓的态度很坚决，反复请愿，刘邦只好应允，当即宣布恢复丰县，与沛县平级，享受同等的优待。皇恩浩荡啊！

这期间，接连有利好消息传来，汉将周聚、刘襄克服吴郡；黥布在自家地盘上数次组织反击，企图稳住局面，但到底挡不住靳歙车骑的日夜围攻。淮南军屡战失败，军力丧失殆尽，最终，黥布只带得百十残余逃过长江南岸去。根据刘邦的旨意，靳歙率军班师，指派熟悉南方的副将华无害、黄极中继续追拿黥布。

北方，周勃、樊哙联手攻克陈豨据守顽抗的当城，陈豨被周勃部将公孙耳斩首。当城位于代县西北，其地在今河北蔚县东北大堡一带，据云"县当常山，故曰当城"。至此，周勃、傅宽横扫云中郡十二县、雁门郡十七县，代郡九县；樊哙收复了代境七十三座大小城邑。北方各郡宣告全面平定。

刘邦御驾还是没有直接返程，而是先向东北上，到曾为鲁国都城的鲁县，以太牢即牛、羊、豕三牲祭祀孔子。这对一向看不起儒生的刘邦来说，意义重大。

途经荥阳，刘邦抚着伤痛日甚的病体，召灌婴到身边，命他率十万车骑就地驻守。他叮嘱说："颍阴侯尚在盛年，有你为朕监视天下诸侯，朕就放心啦！"灌婴劝慰道："陛下放心，末将一定不负圣恩。还望陛下回到长安后安心休养身体，切勿过于操劳！”

回到关中，还没进长安城，就有百姓挡住道路上书，刘邦听时，大抵是状告相国萧何以超低价格强行购买田宅，累计至千万数。

回到宫中，萧何谒见。刘邦笑着指责：“当相国的人，责任是造福百姓呀！”说着，把所有状子都丢给了萧何，责令：“你自己去向百姓请罪吧！”萧何对刘邦的逢场作戏信以为真，觉得这是个机会，便请示：“我希望为百姓做些好事来赎罪！”刘邦说：“行啊！”于是，萧何请求：“长安地域狭窄，不够百姓耕种。上林苑中多有空地，反正撂荒着，不如允许百姓到那里耕种，庄稼收割后，留下的秸秆同样可以供禽鸟食用。”

不等听完，刘邦突然变了脸，冷笑道：“你这是收了商人不少的贿赂，替他们谋取朕的园林来啦！”萧何赶忙跪下，冤枉啦。刘邦不由分说，喝令：“把这老家伙绑了，交到廷尉那里去审理！”左右先是一惊，随即觉得这是真的。萧何也是意外，根本没想到皇上会来这一手，不及反应，就已经被上了枷锁，往殿外推呢。可谓伴君如伴虎，当年那个哥们儿义气的刘季到哪里去啦？

郦商恰巧进殿，突然看到这一幕，心底虽不知就里，但却感到有一股寒气从脚底直升到头顶。郦商报告：“黥布已经死啦！”刘邦转怒为喜，又一次深深舒出了郁积心头的沉匐。

这次功劳属于吴芮的儿子、现任长沙王吴臣。

黥布一路收集残部南逃至长沙国境内。吴芮本是黥布的岳丈，虽然其女儿已经与黥布的所有家眷一起被项缠杀死，但两家毕竟有过婚姻。吴臣面临着选择，他懂得不加阻截而让黥布逃走意味着什么，可他有能力与黥布交战吗？就在这举棋不定间，眼睁睁看黥布已过临湘，溯湘水向南岭逃去。华无害、黄极中二将循踪紧追不舍，显然对吴臣的不作为感到不满。苦思之下，吴臣下了决心，亲手写书一封，派颇具勇力的亲信牟差率轻骑飞速赶去。

黥布已经抵达越城岭东南麓，不远处便是南越王赵佗的地界，那里属军事活动的敏感区。也就是说，黥布一旦进入南越，就有可能摆脱朝廷追兵。可华无害、黄极中也不敢放弃这最后的机会，于是两下里就在湘水支流洮水两岸接连缠斗。黥布毕竟已是孤家寡人，兵力处于绝对弱势，所以连战连败，但逃脱的希望也越来越大。

关键时刻，吴臣的使者牟差到了，他阻住追兵，协同黥布逃去。牟差呈上吴臣的书信，只见写道：“父王在世时，先遭秦廷迫害，后被汉朝挟制，万事皆为不得已。今兄路过长沙国境而弟未予阻击，皆姻亲之故也。然皇上问罪，汉将威逼，令我惶惶不可终日。故令亲信星夜往投，以便引路，并向南越王引荐。不日，弟将亲与兄在番禺相见，重温亲情。”为了打消黥布的疑虑，牟差命手下尽全力阻击朝廷追兵，自己则随在黥布左右奔逃。

就在这天深夜，黥布被刺死在兹乡借宿的民宅里，刺客正是吴臣的使者牟差。他立即烧毁了那封用来诓骗黥布的信，然后，从容割下了黥布的头颅。

反叛和平叛都可宣告终结了。从返乡的热忱中挣脱出来，刘邦回想起从兄刘贾的死，不禁有些伤心。刘贾偏偏没有子嗣，刘邦便抹去“荆”的称谓，改回“吴国”，立刘濞为吴王，原封不动地管辖三个郡五十三座城。刘邦深知会稽民风浮躁且悍勇好斗，那里项氏势力根深蒂固，必须有成熟强势的子弟前往镇抚，而刘氏正缺乏此等人物。看来看去，也只有刘濞了，虽算不得成熟，但刘氏一门别无此等强势子孙。

论功行赏。随征诸将，夏侯婴增加食邑千户，总数定为汝阴六千九百户，取消以前的赐封；郦商改食曲周五千一百户，取消以前的赐封；靳歙增加食邑，总数定在五千三百户；灌婴在追击黥布到淮水时，曾增赐二千五百户，先确定总数为颍阴五千户，取消以前的赐封。还有栾说、贲赫告发韩信、黥布有功，分别被封为慎阳侯、期思侯。刘邦听说朱建曾劝告黥布，反对起兵，拒绝参与谋划，便赦免了他，赐封平原君。

新任吴王刘濞前来辞行。刘邦让刘濞坐下，伸手摸摸刘濞的后背，那感觉，真够坚实。突然问一声：“听说再过五十年，东南方向会有人发起叛乱，难道这个人就是你？”刘濞正纳闷皇帝叔叔为何这般心神不定，闻言突然明白，便从座上滑落，跪地叩头：“侄儿哪敢，微臣绝不肯辜负圣上！”刘邦笑了：“你起来吧，朕只一说而已！”

第九十九回

开和亲汉廷绥边患　存忌惮卢绾断归程

天下形势逐渐稳定，再加上受叔孙通、陆贾等的思想影响，刘邦的治国理念进一步转向安抚，对象包括各种曾经占据历史政治舞台的旧贵族势力。这一天，他下诏说：“楚隐王、魏安厘王、齐缗王、赵悼襄王，皆绝无后，予守塚各十家；秦皇帝二十家；魏公子无忌五家。”又下令赦免所有被陈豨、赵利劫持的官吏百姓，也就是赦免了所有参与陈、赵叛乱的基层人员。

侍从殿前的卫尉王谅似乎心神不定，几次到刘邦面前欲言又止。刘邦道：“有啥话就说，朕不怪罪于你！”

王谅趋前拱手，小心翼翼地探问：“这几日我听大臣们纷纷议论一件事，所以心里总记挂着……”刘邦说：“我倒想听听，都在议论什么呢？”他其实早就猜出了八分。王谅镇定了一下，说：“相国应该是犯了很大的罪过，大臣们正胡乱猜测呢！”刘邦发狠说：“你听说过吧，李斯做秦始皇的丞相时，有好事都归主上，凡恶名则由自己承担。萧何倒好，他大量收取商人的不义之财，反过来却谋算朕的园林，用来巴结那些小民，所以要拿他治罪。”王谅沉默了。刘邦问：“你哑巴啦，怎不回话？”

王谅又试探着说：“既如此，陛下何不宣布相国的罪过，让众人引以为戒。”这回是刘邦沉默了。王谅看皇上此刻心境还算平和，便劝谏道：“臣以为，按照权限在方便的时候为百姓说几句话，这正是主管官员的职责。从忠于职守的角度来看，只要觉得事情对百姓有好处，就来向圣上请示，这是真正做了宰辅应该做的事情，陛下为何要怀疑相国收受商人贿赂呢？话说回来，陛下与霸王僵持好几年了，韩信、陈豨、黥布反叛，您又亲率大军前往征讨，那时候相国独力维持关中，踢踢脚，搞个风吹草动，则函谷关以西就不再属于陛下了。相国不在十分便利的时候攫取利益，却要等到今天才图取商人几许钱财，这合乎情理吗？再者，秦廷因听不到自己的过失而失去天下，这不正是李斯无端承担过失的恶果吗，何足仿效！”

刘邦被说破了深层的心思，很不高兴，也有点不服气，但实在没有道理应对，只好说：“让朕想想，再想想。”他其实哪里要想，当天就派王谅持节去廷尉衙门，传口谕释放了萧何。

自从入关，萧何就对刘邦恭谨顺慎，目下日见老态，侍奉皇上更是如履薄冰。获得赦免后，他立即进宫，放弃特权脱了鞋入室谢恩，毫无抱怨之色。这反而让刘邦感到心里很不自在，连忙从卧榻上坐起身，嘴上却不冷不热地说："相国休得如此，您是为民请命，如若不许，也就是朕的不是了。朕不过是像桀、纣那样的主儿，而您却是贤明的相国！"萧何听不明白皇上的意思，觉得这话冷得透骨，唯唯诺诺说："陛下，这都是微臣的错！"刘邦笑了，奇怪地加了一句似是调侃的话："朕寻故囚禁相国，目的是想让天下百姓都知道朕的过失呀！"萧何听了更是不着天地，连忙跪倒，口里说："陛下如此担待，真是折杀臣了！"何为难言之隐，君臣二人的心理就是百分之百的写照。

戚夫人进来，用诧异的眼神看一眼战战兢兢的相国。刘邦便对萧何说："相国辛苦了！"萧何知趣，连忙起身退出殿外。

既已铲除了那些尾大不掉的异姓诸侯王，刘邦心理上松弛了许多，但这次身体上的箭伤恢复得尤其慢，每天都折磨着他。回到长安后，新旧病痛更是日益沉重了，戚夫人带着如意日夜照料，几乎寸步不离。

每当刘邦昏昏欲睡的时刻，总觉得有一个巨大的阴影在向皇位逼近，多次把他从噩梦中惊醒。这是个什么玩意儿呢，却隐约得很，心底便十分警觉。他强烈地需要解决好皇位继承人这桩大事，爱子如意是不二人选。他找来对政事缺乏热情但在朝中依然保持很大影响力的张良，希望在废立太子方面得到他的支持。谁知道，张良反委婉地劝说他放弃这个念头。刘邦很是失望，便借身体原因不临朝视事。

刘邦才消极了没几天，边地又不消停了，有急报说单于常来常往侵盗代地。所谓"单于"，其实是指代匈奴，冒顿哪能事必躬亲，连抢一点财物也亲自出马！

和亲的事确实不能再拖延了，于是刘邦秘密召见刘敬，要他不动声色地从刘氏宗室中挑选一名美貌公主，让吕后认她作女儿，顺理成章地称为"长公主"由她代替鲁元嫁给匈奴单于。刘敬虽觉得如此偷梁换柱难免后患，但眼见皇后日露锋芒招惹不得，也是体谅皇上的苦衷，便不得已遵命照办。

一切早已办妥，嫁妆十分丰厚。刘敬持节骑马在前，送亲的队伍出发了。汉、匈首战后的首次和平之旅，从生机蛰伏的平原走到北风呼啸的山谷，再从崎岖的山道走到宽广的河谷。当他们走出山地时，河套的草原上已经大雪纷飞，白茫茫一片。

雪花儿飘着，蛮芑阏氏身穿裘皮短装，手持精致的短鞭走出毡帐，抬眼远望山原苍莽。她敏捷地跨上马背，放马飞驰，在潮湿的雪地上留下一道延伸着的蹄窝的印迹，随即又被飘落的雪花儿遮白了。遛过一圈，回到离大帐不远的一座略小的毡帐前下了马，一掀毡帘走进里面，顺手撣撣身上的积雪。毡帐里新烧的木炭火，暖意微微，一位先生正面坐在那里打瞌睡，学生的案上放着竹编的书籍，却不见人。蛮芑一笑，拿眼扫视了个来回，便轻轻退后，回身打算离开。手刚刚触到门帘，忽听到座上招呼："不知阏氏驾到，在下失礼了！"蛮芑看先生就座上拱手，不禁一笑，连忙说："聂先生自管歇息，我只是顺便来看看！"

白登战后，聂行被冒顿连拽带哄地请来做临时的老师，专门为稽粥太子和猎骄靡王子授课。聂行不能不来，在白登放走汉朝皇帝，也算是卖给了他天大的面子，尽管刘邦永远也不会知道这离奇解围的各种奥妙。后因匈奴乘韩王信、陈豨造反而从中取利，聂行便愤而离去。这回听说汉、匈和亲，便又痛快应邀前来。不同的是拐了个弯，改而听了蛮芑阏氏的招呼，个中复杂的心理动因，只有他自己知道。

当下，聂行做出一个谦让的姿势，说："请阏氏稍待片刻，老夫的两位学生便能拿功课来批阅。"蛮芑感到奇怪，问："先生吩咐他们到哪里做功课去啦？"聂行说："我要他们等雪停了以后，捕来一只野兔，只是不许用箭去射。"蛮芑有些疑惑："捉野兔尽可想些办法，不用箭射杀更好，可为何不等雪停了再去呢？"正说着，见聂先生向自己示意，起身出帐去，蛮芑便跟在后面。出到帐外，就这一刻雪突然停了，蛮芑感到惊讶，聂先生果真神了！先生蹑手蹑脚转到帐后，不动了，只向有树林的那边窥视。蛮芑也止了步，好笑地觉得自己也在窥视，心里想："平日只看到聂先生一门子正经，不承想还有这玩耍的兴致！"

蛮芑发现雪地上隐约露出一长条窄窄的草路来，直直地从树林边上延伸到不远处，努力辨认，还是不很清晰。这时，树林里有了动静，蓦地蹿出一只野兔沿小路飞逃，眨眼间在路的尽头向上一跳，雪地上翻腾起挣扎的动静。显然，野兔被预先设在那里的木夹子夹住了。这时，林子边上蹦出了两个半大小子的身影，互相扑倒了，在雪中打了一阵子滚，起来前拽后扯比赛着，跑向被捕获的野兔。雪原上充斥着嬉闹的童声。

稽粥太子和乌孙小王子猎骄靡相携着，拎着被夹伤了一条腿的野兔，跑回学帐交"作业"。冲开毡帘，一眼看到母亲在先生一旁坐着，连忙跪下行礼。年长些的猎骄靡顺便把野兔的一条腿虚压在自己脚边，兔子挣扎着，发出细微的惨叫。蛮芑连忙问先生："他们算完成作业了吧！"聂行点点头。蛮芑便说："我这里有话要与聂先生说。你们先回大帐去，给这兔子上点药，包扎了，再喂饱了，放它去吧！"说过轻轻叹了口气。

聂行看两个孩子有口无心地答应着去了，这才问："不知蛮芑阏氏有何吩咐？"蛮芑说："先生客气了。我是想问问，先生对令公子和我妹妹的事，有啥打算？"聂行本以为蛮芑要对野兔的事发表异议，他知道阏氏是个不愿伤害无辜的人。听到询问，不由得自己笑了，回答："两人爱好心性都相去甚远，没承想和睦得很，好像前世就认识似的。"蛮芑笑了，说："那就好，小妹就拜托给先生和贵公子啦！"聂行说："蛮莪公主天性纯真，我与家母都十分喜爱，必当待如己出，请阏氏放心就是了！"

这时，有马蹄声近，在外面报道："大单于请阏氏和先生！"蛮芑心里有数，向聂行作一个邀请的手势，起身出帐。二人举目看时，见单于大帐前已经旗幡飘飘，马鸣啸啸，有许多官员和侍卫聚集起来，在漫山遍野的白雪衬托下，人人衣着鲜亮。再往远处看，一溜人马渐行渐近，已觉前驱者宽袍大袖舞动，鸾车绣纛在队中尤其醒目，那就是汉朝送亲的队伍了。蛮芑不顾单于在那边等候，径自策马飞奔，打斜里迎上前去。聂行愣住了片刻，却又看到一朵雪绒儿飘到了眼前，又有几朵随后飘下，接着便团团簇簇地遮在了面前。天空只稍稍喘了口气，便换了个精气神欢天喜地忙碌起来。入冬草原上的飞雪是如此润泽，让人换了一种心情。

汉朝这边亲是送到了，还约定皇帝与匈奴单于以兄弟相称，彼此友好，亲密无间。奇怪的是错了辈分，当然这在匈奴是无所谓的。下余，每年都要像纳贡那样，按时按量给匈奴送去各类丝帛酒米及所需食物，把这老弟供养上了。冒顿投桃报李，也就真的约束所属部落，边地大规模抢掠骚扰的事件确实比以前减少了许多。

刘敬所倡导的和亲，作为与经济手段相匹配的绥靖政策，在换取有限和平的同时，与武力对抗一弛一张，渐进式地调节了南北两大族群间的战和关系，催生和强化了相邻的不同生活环境下的共性心理。从刘邦首开和亲，汉匈关系进入了持续 66 年的相对平稳期，直至武帝元光二年六月马邑事件发生。鉴于从汉初开始的成功实践，此后"和亲"一直被各朝各代沿用为解决农牧族群摩擦的重要方略，影响远及现代国家和现代民族。

汉廷有关太子的废立争执还未了结，也许没有人能意识到皇上的真正用心。

这天刘邦勉强上朝，叔孙通挑起了话题，劝谏说："从前晋献公因为宠爱骊姬而废黜太子，改立奚齐，结果晋国为这个错误付出了十年内乱的高昂代价。始皇帝不早立扶苏为嗣，令赵高得以诈立胡亥，可谓自灭宗庙，这是陛下所亲见。"

刘邦"哼"了一下，心想，这是咒朕呢！叔孙通道："今太子仁孝，天下皆闻之；长久以来，皇后与陛下粗茶淡饭，怎可背弃！陛下若决意废长立幼，臣愿先伏诛，以颈血污地！"这是以死相谏，以性命相要挟了。

什么"粗茶淡饭患难与共"，腐儒啊！拿皇后来喻以情理，岂不谬哉！刘邦顾不得恼怒，打岔说："您就到此为止吧，有些事朕只是开开玩笑而已！"

叔孙通不依不饶："太子，天下之本，本一旦动摇，天下震动；陛下怎可拿天下开玩笑呢？"刘邦自己挖坑自己跳了，还能说什么？便摆摆手："朕知道了，你退下吧！"

刘邦心里十分郁闷。他掐着指头算数，大臣中反对废长立幼的属绝大多数，其中包括萧何、张良、夏侯婴等。当了个鸟皇上，自己的家事怎就不由自己说了算呢？只好放下这档子事不提，但是，内心的矛盾更加激烈。

退朝后，心里郁闷，便想喝几樽。刘盈在一旁侍候，刘邦看太子身边有四人紧随，那感觉不比一般。仔细看，原来是些个老丈，个个须眉银白却面容饱满，得体的衣冠更衬托出高雅的气质。出于好奇，刘邦便问："这几位都是做什么的？"不用太子回答，四人趋前，各自报上姓名：东园公、甪里先生、绮里季、夏黄公。刘邦大感惊异，脱口道："朕请了各位好几年，你们却逃避不就，却为何能与我儿子交游呢？"四人齐声回答："陛下轻士善骂，臣等义不受辱，故恐而亡匿。窃闻太子为人仁孝，恭敬爱士，天下人皆愿延颈为太子而死，故臣等来耳。"刘邦闻言，久久在内心斟酌，觉得太子果真是动不得了。于是大度地嘱托："太子有幸，还要烦请各位多多调教呵护！"四人不再矜持，共同向刘邦敬酒祝寿，然后拥护刘盈小步退下。

刘邦唤戚夫人出来，指着四人的背影说："我欲易之，彼四人辅之，羽翼已成，难动矣。以后就凭皇后为你做主啦！"戚姬听了这最终定夺，不由得泪如雨下。

刘邦叹口气，吩咐："你为我跳一段楚地舞蹈，我替你唱支楚国歌曲。"于是唱道："鸿鹄高飞，一举千里。羽翮已就，横绝四海。横绝四海，当可奈何！虽有矰缴，尚安所施！"身为皇帝，刘邦虽握有系着丝绳的射鸟短箭，可往何处施放呢？

刘邦反复地唱，戚姬唏嘘流涕，竟不成舞。刘邦很是泄气，起身离席，戚姬伏地哭泣，不能自已。改立太子的争论以刘邦的让步而告终结。

所谓拔起萝卜带起泥。陈豨被杀，其副将投降朝廷，供出了燕王卢绾派范齐与陈豨通谋的情节。刘邦一听到禀报，恰似五雷轰顶，几乎昏厥过去。他说什么也不肯相信这是事实，便吩咐作细节查证。重新听过汇报，还是不肯相信。正巧吕雉打发审食其来请皇上去用膳，刘邦便拿这事来问审食其。审食其想到皇上与燕王铁桶般的亲密关系，无法回答但也无暇多想，便转个弯来说："臣也不肯这么想，既然有人揭发，不如召燕王前来，陛下可亲自问问缘由，也好洗刷冤情，解除疑窦。不过，请陛下回想，燕王在征讨陈豨时，可曾有所作为。"刘邦点头，说："这倒是个办法，反正朕已经很久没见到燕王了，心里挺想念的。”

只十数日，使者回禀，燕王病了，不能应诏。事情变得蹊跷了，但刘邦还是心存幻想，怕中间有谁做了手脚，便私下叫来辟阳侯审食其、御史大夫赵尧，叮咛一番，派他们再次去请燕王，趁便从燕王的随从人员那里验证事实。审食其连夜与吕后密谋，以便确定一个基本态度。

赵尧出面，当然有调查的含义，其意在逼迫卢绾回京。其实以刘邦对卢绾的亲信程度，还是有通融余地的；可卢绾已经失去方寸，闭门不见使者。他对亲信透露了内心的想法：“非刘氏而王，今独我与长沙耳。去年春，朝廷诱杀淮阴侯，到夏天，又处死彭越，这都是吕雉的阴谋。现今皇上生病，想来事情都交给吕雉处理，要不然，辟阳侯何许人也，为何会出现在这里？吕雉这妇人心怀叵测，一门心思只想制造事端诛杀异姓封王和重要功臣。”有了这个想法，无论审食其、赵尧催得有多紧，卢绾也就豁出来坚持称病。出于各种动机，他的心腹臣僚也都东躲西藏。在这种局面下，事情反而以讹传讹。审食其见风就是雨，回来后，添油加醋地回报给皇上，只是避开了有关诸吕的说道。他下结论说：“燕王已经有反叛的明显征兆。”

刘邦听了愤怒得几乎从座上跳起来，他第一次产生了被背弃的感觉，心目中的友情大厦彻底崩塌了。他的情绪已经疯狂到难以控制的程度，精神因极度失望而几近崩溃。正这当口，周勃那里又送来一批从匈奴归降的人，无意中证实了张胜早已逃亡在匈奴，正式身份却仍然是燕国的使者。刘邦算是明白了，这才长叹一口气：“卢绾果然反啦！燕王反啦！连他也背叛朕啦！”已经不愤怒了，但感到十分沮丧，胸口憋闷得几乎要爆炸。他想到自己是那样地偏爱卢绾，信任有加，以至顶着满朝文武的压力，把他补封为燕王，连自己的女婿张敖也没能得到他这样的幸运呀！刘邦本也想通过卢绾来树立一个容忍和忠诚的样板，免得过于遭到杀戮功臣的毁议；虽然卢绾不具代表性，但总还是一名货真价实的异姓王吧！然而这个不争气的家伙成事不足败事有余。刘邦失望到了极点，一切都变得令人厌恶而无信赖可言。

入春二月，刘邦看看没什么可挽回的了，就拖着病体上朝。他发布诏书说：“燕王绾与我有交情，我爱之如子。听说他与陈豨通谋，我认为不可能，所以派人去请他。他托病不来，谋反的迹象已经明显了。燕地的官吏百姓没有罪，六百石以上的官吏各赐爵一级；对跟随卢绾又返回的，赦免罪过，同样加爵一级。”就刘邦而言，卢绾是他唯一信任而没动心思剪除的功臣异姓王，不料此人愚钝，自种苦果。

长沙王吴臣等请立皇子刘建为燕王，刘邦同意了。至此，皇子各自到位。刘邦共生养了八个儿子，他们依次是曹氏生的长庶子齐王刘肥、吕后生的太子刘盈、戚夫人生的赵王刘如意、薄夫人生的代王刘恒，再后是其他后妃所生的梁王刘恢、淮阳王刘友、淮南王刘长、燕王刘建。其余刘氏同姓王还有刘邦的同父异母弟弟楚王刘交、侄子吴王刘濞二人。现存的异姓王有长沙王吴臣、闽粤王驺无诸、南越王赵佗。赵佗实际仍割据于汉廷之外。

经过一番思虑，刘邦下诏："南武侯织，也是南越的贵族世家，现立为南海王。"这似乎是在诸异姓王覆灭的形势下，特意做给长沙王、闽粤王看的，有抚慰的功效。可南海郡是南越王赵佗起家的地方，是他的核心根据地，这又意味着什么呢？当然，南武侯织自有他的传统势力范围，是在赵佗推行的族群共处政策下事实并存的土著势力代表人物。

樊哙受命以燕相国的身份率部剿灭卢绾，将军陈仓、张平随征。大军准备出发了，樊哙来向皇上辞行。刘邦忽然说，你先别忙走。于是，他吩咐在宫中设坛，召集萧何、王陵、陈平、周勃、樊哙、郦商、夏侯婴、吕释之、审食其等在朝的文武重臣，还特意请来张良。现场设置了酒具，庄严肃穆，武士警戒。刘邦已经穿好朝服，净手，登坛主持仪式。只见他抬手示意，武士牵过一匹雄壮的白马来。

第一百回

记大功单于敷岩史 居伟业高帝垂千秋

刘邦走向白马。众臣还没明白是怎么回事，刘邦已经持剑刺向白马漂亮的脖颈，顿时鲜血喷涌，溅落在刘邦的衣襟上。众人大惊，看着白马倒在地上挣扎，萧何当先跪倒，其余一齐跪下。刘邦笑着说："各位爱卿不必惊慌，我这里有事情要请求大家！"众臣回道："但凭圣上吩咐，无不遵从！"刘邦要大家起来，萧何不敢，其余也各自懵懂着，互相看看，只都跪着不动。刘邦便逐个去扶他们起身。

武士上前按住尚在喘息的白马，从伤口接出浓浓的殷红的血来，掺入酒坛中，然后逐一斟满了酒樽。刘邦自行取一樽，大家心里猜度着，也各自接过一樽，都双手捧住了。刘邦开言："汉十二年春，皇帝与诸重臣盟誓于未央殿——"众臣有所领悟，齐声重复："汉十二年春，皇帝与诸重臣盟誓于未央殿——"刘邦接着说："非刘氏而王，天下共击之！"众臣复述："非刘氏而王，天下共击之！"完毕，刘邦把酒樽举到口边，众臣随之一饮而尽。刘邦下意识地朝樊哙看了一眼，又看看审食其，然后命令史官对当日情景和盟誓的内容做了详细记载，自己又亲自过目了，吩咐存入皇家档案；其余在场不在场的大臣人手一份副本，交代各自小心保管。

也许是身体抵抗力下降的缘故，刘邦被淮南军射中的这一箭，疮口始终愈合不好，而且病得越来越重。吕雉来看皇上，还特意请来了京城有名的医生。正在一旁照料的戚夫人赶紧起身迎接，被吕雉顺手推到一旁。刘邦看在眼里，不便发作。医生把着脉略略询问病情，然后观察皇上的脸色，又闭目感受脉象。吕后在一旁问："圣上龙体可好？"医生回答："病尚可治。"这话模棱两可，但又有谁敢为皇上的性命打保票呢？刘邦心中焦躁，口中骂骂咧咧："吾以布衣提三尺剑取天下，此非天命乎？命乃在天，虽扁鹊何益！"医生吓得俯伏在地。刘邦说："不干你的事。"又吩咐："赏黄金五十两，打发走人！"随即闭上眼，不说话了。

过了好一阵，刘邦听跟前没了动静，便喊："爱姬，你过来！"没有应声，又喊："爱姬，你死到哪里去啦！"还是不听应声，只得睁开眼，却看到吕雉依然守在一旁。他沉下脸问："你为何还不走？"接一句："去，忙你的去吧！"吕雉回道："陛下且慢，我有大事要问。"刘邦没好气："问吧！"吕雉说："皇上总拖着不肯治病，这朝中的事情却如何交代？"刘邦反问："有啥可交代的，不是有那么多人来替你吕家游说了吗？”吕雉看皇上始终没好气，只得起身离去。

吕雉走后，戚夫人带着儿子如意回到病榻前，一言不发，只默默地照看和依恋着皇上。刘邦看在眼里十分心疼。这天夜里，他忍受着浑身疼痛，没法入睡，戚夫人便让侍女去歇了，自己伴在身旁，随时关照。

很快就有捷报传来，樊哙进至蓟县南，打败燕将颜抵，取得平定十八县五十一个乡邑的战果。刘邦下诏奖励，给樊哙增加食邑一千三百户，定食舞阳五千四百户，着令继续攻打蓟县，尽快平定燕境各郡县。

卢绾三心二意，并不正面与樊哙接战。为了避免大的冲突，他干脆抛开主力，任由部属防守各城，自己只带着几千亲信部众躲到边塞，等朝廷大军来时，方便去匈奴那边的草原上避一避。

眼看皇上病势日沉，吕雉更是急于探听朝中人事安排。前方战事进展顺利，从昏昏沉沉中清醒过来的刘邦心情似乎显得好些了，立即有人向皇后通报。吕雉连忙过来问候，说过几句打胜仗的事，便似是无心地问：“陛下百年之后，萧相国年纪大了，也是要过世的，到时候让谁来接替他呢？”刘邦回答：“我看曹参可以。”又问：“再下来呢？”刘邦回答：“王陵还行，可这人憨直，脑子不够用。”吕雉好似着急：“那咋办呢？”刘邦闭上眼：“那就让陈平协助他。”吕后不解地问：“那为何不直接用陈平呢？”刘邦说：“陈平智谋富富有余，但不适合独立承担重任的角色……”转过话锋：“周勃不善言辞，但为人沉稳，人格厚重，能维护我刘氏天下安定的，必定是他，太尉的人选就一直是他了！”吕雉还是问：“再下来呢？”刘邦摇头：“爱妻倒是深谋远虑，可这以后的事你也就操心不着啦！”吕雉若有所失。

问者有意，听者也未必无心。旁边伸出一根长舌头，借口外界有传言，来提醒皇上：“舞阳侯手握兵权。他与吕氏是同党，等有那么一天，必然要率兵诛杀赵王如意和他的下属。”一语击中了刘邦的内心。

陈平进宫探病。刘邦招呼他靠近病榻，说：“前一阵有人揭发，说舞阳侯与吕氏上下勾结，只盼望朕快快归天，好发兵杀死如意。”陈平听得心惊肉跳，琢磨：“有这可能吗？”忽然觉得并不完全没可能，但只是可能而已。刘邦看陈平没多大反应，大为愤怒，质问：“你这是什么意思？”陈平省悟过来，赶忙回答：“我想舞阳侯尚且带兵征讨卢绾，不如先让绛侯代他平燕。”刘邦问：“有啥借口呢？”陈平回答：“就说陛下有要事当面交代。”

刘邦依计秘密召周勃入见，就病榻前授命：“你立刻随曲逆侯紧急乘坐驿车去接管了人马，继续进剿燕地。”犹豫了一下，挣扎着探起身来，对陈平说：“干脆，利索点，当场砍下樊哙那小子的首级回来复命！”陈平、周勃暗自大吃一惊。二人不敢迟疑，道声：“陛下龙体保重！”立刻领旨上路。

刘邦随即下诏：“我当皇帝拥有天下已经十二年了。与我共同平定和安抚天下的豪士贤大夫，有功者最高的封王，其次为彻侯，再下来也得食邑。朝中重臣的亲属，有的也贵为彻侯，都让他们自行安排下属官吏，得到赋税供养，即使女子也能封为公主。成为彻侯并食邑的人，都配发印绶，赐给宽大的府邸；二千石级别的官员，都迁徙到长安，也分配了小一点的住宅。特别是随朕入蜀汉定三秦的功臣们，都享受到了爵位世袭的特殊待遇。对于天下的贤士功臣，我可以说是无负于他们的呀。对于那些不仁不义、起兵反叛朝廷的人，朕必定要与天下共同讨伐诛灭他们。布告天下，大家都要明了朕的态度。”这就是刘邦的临终告诫了。言下之意，就是我对得起你们，你们也要对得起我；如有谁敢心怀二志，那就不客气了。

陈平、周勃匆匆赶路，各自琢磨。陈平左思右想，觉得有所不妥，不宜鲁莽行事。一路上，两人你看我，我看你，已心照不宣。快到樊哙驻地了，陈平便开口试探：“我是个靠耍嘴皮子吃饭的谋臣，到了军中，杀舞阳侯的事全赖将军撑腰啦！”周勃不擅长对答，嘴里咕噜着：“这，这……”陈平使出点劲儿来，便直截了当地问：“杀掉樊哙，陛下会后悔吗？”周勃回答：“不好说！”陈平问：“要是后悔呢？”周勃回答：“那就来不及啦！”陈平问：“来不及怎办？”周勃回答：“人死不能复生，有啥怎办的！”陈平设问：“能否让舞阳侯先不死呢？”周勃挺利索：“那你说怎办吧！”其实周勃与陈平曾有过节，但到了这时候，已经顾不上闹气了。

陈平开始统一立场，说：“我看将军与我一样有顾虑。你看，啊，舞阳侯是陛下的老乡，是最早随皇上起义的人，功劳也不是一般的大。这暂且不说，关键，他是皇后的妹夫，皇上的连襟，既亲又贵……”周勃打断说：“晓得，先生就直说吧！”于是陈平建议：“圣上一时虑患，要杀他，也许没过几天就后悔了……”周勃又打断说：“先生说得有理，可我等总不能违背皇上的旨意吧！”陈平一笑：“那我俩多少得冒点险，宁可担待些，先拿了他，押回长安由陛下自己去杀。”周勃说：“陛下要先生直接杀了舞阳侯，怕就是当面下不了手！再说，皇后也会豁出命来阻止的。”陈平说：“将军这话就说在点子上了。正因为这样，我们就更杀他不得。再说，我二人与他同朝为臣，相处多年，并无过节，为何就非杀他不可呢？”周勃说：“此话有理，就依先生吧！”

于是陈平招呼停车。周勃问：“先生又搞什么花样？”陈平附耳低言。周勃白一眼，摆摆头说：“曲逆侯真是个高人呀！”陈平唤过一名亲信官员，让他持符节宣舞阳侯前来。两人下车，命随从就地堆土筑坛。

樊哙心中无鬼，哪里知道背后的这些道道，听宣就不耽搁地赶来了。陈平调虎离山方便了变通，于是与周勃登坛宣读圣旨，随即喝一声："拿下！"樊哙表面粗鲁，但内心不乏机智。他当然明白陈、周二人的好意，便自行把手背上，任军吏绑了。陈平近前说："请将军恕罪，在下两人的确无意加害于你，但圣命难违，将军还是到陛下面前去为自己申辩吧，或可保住性命。"樊哙心存侥幸，直到登上用木栏围成的囚车，尚且连连称谢。

周勃与陈平、樊哙告辞了，以新任燕相国和统兵将军的身份去接管军队，继续征讨。陈平则押车起程，一路上对樊哙多加安慰，小心照应。

观望中的卢绾丝毫没有放弃幻想，他后悔初时一念之差，误入歧途，又错失了当面申诉的机会；现只一心期待皇上有幸病愈，他将入朝负荆谢罪。至于这个鸟燕王，不当也罢。

朝廷的安抚政策再加上卢绾的消极态度，使剿燕战事进展迅速。周勃一举拿下蓟县，俘获燕国大将颜抵、丞相李偃、广阳郡守孟陉、太尉扶弱、御史大夫狐施，屠戮浑都城。据说，浑都就是今北京昌平。马不停蹄，破燕军上兰，再击，败卢绾一部于沮阳，追击到达燕长城。最终平定上谷郡十二县、右北平郡十六县，辽西、辽东两郡共二十九县，渔阳郡二十二县。只差没有逮着卢绾。沮阳县治今河北怀来东南大古城村古城。

开春了。白登撤围之后的日子，匈奴单于冒顿过得很舒服。又得到汉朝使者馈赠的大量财物，又娶了汉朝年轻美貌的公主；财物拿出一半来搞搞奖励，作为限制各部落出动抢劫的补偿；公主当然留在身边受用。由于各种因素的相互作用，他果真不很想与汉朝打仗了。

要去踏青了。冒顿想起了蛮芑和她身边的三个儿子，便特意去探望。蛮芑笑问："大单于这一阵够忙啊？"冒顿"呵呵"一笑，答道："只是没敢来打扰阏氏！"蛮芑说："往后少来打扰，我这儿巴不得清静些呢！"冒顿左右看看，问："三个小家伙呢？"蛮芑回答："小的有奶妈带着，两个大的在聂先生那儿念书呢，我去叫他们。"冒顿说："不忙！"说话间，一伸手把蛮芑搂在怀里。蛮芑待要挣扎，哪里挣扎得脱，也便由他。

一阵子忙活过了，起身整理头发衣衫。冒顿说："我来带你和稽粥、猎骄靡去山边玩耍，顺便有个计划要完成……只阖瀚小了些，一时是去不了的。"蛮芑说："你不是有公主陪着嘛，就让我专心照顾三个孩子吧！”冒顿说：“那哪成，这事就非你不可了！”蛮芑问：“有啥事还用得着我呢？”冒顿回答：“去了就知道，露底儿就不新鲜了！”蛮芑问：“聂先生也一块儿去？”冒顿说：“当然，一块儿！”

离夏季还远着呢，住在近山草原上的匈奴人，此时一般是不往山里去的。冒顿一行也没往前走多远，再远了一时还被雪封着，也进不去。

勒俟祜来迎接。显然，他是打前站的。于是，当先引路。拐过几个弯，看见山谷中溪流分开大片残雪汩汩而下，枯草中也已经有鲜嫩的青芽儿露头了。

勒俟祜勒住马，招呼：“就在这儿！”大伙儿看时，没发现什么。冒顿心里有数，瞧蛮芑一脸迷惑，忍不住笑了。他拿鞭子指指山岩：“你看这个！”

一大片岩壁已经打磨得很平整，好大的一片。蛮芑突然明白了，潜藏内心的愉悦立刻被激发起来。他对身边马上的两个孩子说：“猎骄靡、稽粥，你们看，你父单于要玩新花样呢！”冒顿也回头对聂行说：“我打算在这里刻点图画，您也帮着参谋参谋！”

于是，勒俟祜朝身边吩咐一声，不一时，一名花白胡子的工匠过来，朝单于、阏氏跪拜。聂行看时，却是中原人，但没开口，但看冒顿要刻些什么。勒俟祜叫那师傅来说明，那人便在地上画着，不时对照岩壁比画。末了，冒顿敲定：“这样吧，就刻五幅……”

这五幅大型岩画的内容是：龙城祭祀、蹛林大会、单于大婚、重归阴山、白登之围，构成一组。定过了，冒顿问聂行：“聂先生觉得如何？”聂行站的角度不很一样，但也不必提出异议，只勉强点点头。蛮芑却说：“再加一幅，凑个双数。”勒俟祜似笑非笑地躬身行礼：“请阏氏示下！”蛮芑不搭他的茬，却对冒顿一逗：“把迎娶汉朝公主的场面加上吧！”勒俟祜愣住了，来看单于。冒顿却赞成：“阏氏说得好……这样吧，就凑个双数，在这里加上一幅蛮芑阏氏放牧图，场面要好看。和亲的那一幅也要，等这边完工了，就在附近重新选一块崖壁另刻。”说过了，却朝聂行：“请先生指教！”聂行口称“不敢”，然后说：“如此甚好。”冒顿转看蛮芑。蛮芑强调：“我说的是真话，那放牧有啥要紧的，倒是和亲更重要，就直接替换了吧，不必另选地方弄得零零散散！”冒顿“哈哈”大笑，引得两个似懂非懂的少年也跟着笑起来。于是，全体都乐了。

冒顿对勒俟祜说：“场面不但要大，还要刻得精致些。特别咱美丽高贵的阏氏，我的西域公主，可别把那风采刻走样喽！”勒俟祜连声称“是”，到底忍不住，又偷看蛮芑一眼。

刘邦料想自己来日无多，每日看到戚夫人和如意守在身边，真是心疼欲裂。他喘息着悲叹：“朕贵为天子，管得了天下，却保不了你母子平安，这叫朕如何闭得上眼睛耶！”戚夫人听了，只是掩面哭泣。如意在一旁看看父亲，又看看母亲，默不作声。过了一阵，刘邦口里嚅动，如意便来拉母亲的衣袖，拿手指父亲。戚夫人连忙把耳朵凑近了，知道刘邦是要叫人，便唤过侍从。

刘邦挣扎着口授旨意：“叫曲逆侯陈平去……去荥阳为颍阴侯灌婴护……护军！”左右提醒说：“曲逆侯此刻与周勃将军已经在樊将军军中了。”刘邦不理睬，继续说：“曲逆侯就要回到长安了，朕不要他回来，朕要他去……去护军，快，快，去路上截住他，叫他到荥阳灌将军那里去！”左右都以为皇上神志不清，说胡话呢，但也必须照办。

使者随何不敢迟疑，乘车直奔函谷关。过了关，依然片刻不肯停留，心里想着总要在皇上归天之前完成了这使命才好，但是关中到燕国，实在是有些路程。将到白马渡口，远远看到有车马过来，赶紧上前，果然是曲逆侯押着囚车风尘仆仆赶路。于是当道停下车，立住了远远地宣布：“圣上有旨，请曲逆侯接旨——”

陈平很是诧异，赶上前接了旨，然后边走边向随何打听皇上的病情，脑子里却还思量着这樊哙该如何交代。随何赶回去复命，陈平到了荥阳，先住下来，与灌婴商量，希望亲自把樊哙押解回京。灌婴理解陈平的心思，也觉得这事重大，便由他自做主张，只在军中置酒款待陈平和樊哙。席间，陈平忽然觉得心中不安，正想立即告辞赶路，转念镇定了一下，继续饮酒。

此时，吕雉正在宫中与审食其说话，忽然皇上那里有人来报，说：“皇、皇上不好啦！”吕雉怒道：“大胆，皇上有什么不好！”来人赶紧跪下磕头。吕雉与审食其交换个眼色，吩咐：“起驾，去看看皇上！”审食其紧随其后。

到了刘邦病榻前，见戚姬守在那里哭泣，吕雉便径直过去，拿脚踹开她。看时，见刘邦紧闭双目。试探着呼唤，只没回音。想是差不多了，便转身恨恨地对戚姬骂道：“号，号，你号什么呢！”对左右下令：“把这个丧门星赶出去！”戚姬扑向刘邦榻前，哀告道：“皇上，皇上，快救救臣妾！皇后娘娘，您就让奴婢守在皇上身边吧！”吕雉怒喝：“滚——快把这贱货拖下去！”

耳听得哭声伴着哀告消逝在殿外，刘邦伸一只手向上举着，举着，猛地垂落榻边，眼角一颗大大的泪珠滚落在枕上。旁边几个侍女看到了，才哭出一声，就被吕雉斥道：“住嘴，都给我咽回去！”于是一片寂静，整个宫室仿佛都随刘邦停止了呼吸。吕雉命令：“把这些贱人统统关起来，没有我的旨意不得放出来！”又指着殿门命令："哪个胆敢私自把皇上晏驾的消息传出这道门去，我灭他三族！"

高祖十二年（前 195 年）四月二十五日，大汉开国皇帝刘邦驾崩于长乐宫，但这消息被皇后吕雉暂时压下了。她与审食其躲到一边商议说："最初，朝廷诸将与皇上平起平坐，都是编在沛县户籍中的老百姓，彼此没什么差别。到现在，他们不得已而面北为臣，心里哪能服气，我看就有不少人常常为此而闷闷不乐。今天要他们再来侍奉少主，这更是难哪！"

审食其问："皇后的意思是……"

吕雉斩钉截铁地说："把他们全部除掉！"

审食其有些犹豫。

吕雉咬牙说："皇上在世时，我已经为此事绞尽脑汁，也担了不少风险。我儿子年纪尚且年少，如果不把这些人尽数杀掉，这个皇位是没法坐稳当的。"

世上还真是没有不透风的墙。也是汉廷有幸，众臣有幸，尽管吕后严令不得走漏皇上驾崩的消息，但这消息却不知从哪道缝隙中溜了出去，或许是有人对异常现象作出了正确的猜测。曹参、周勃、陈平等皆不在长安，便有朝臣不约而同地来见信成侯郦商，如此这般请教一番。朝廷上下都知道皇后的心地，只怕会有一番血雨腥风。

事不宜迟，郦商当即登门拜会辟阳侯审食其。这可不是一般的稀客，审食其本就心里有鬼，见郦商亲身前来，更着了慌，连忙恭迎入府。两人坐定了，审食其问："信成侯屈尊来访，不知有何见教？"郦商不搭茬，只不动声色地问："几日来群臣都没听到圣上的消息，心中不安，特地前来打扰。"审食其口里不由得转起轱辘："这事我从何得知，我也是……我是……你为何却来问我，我又去问谁呢，我还要向将军打听呢！"

郦商摇摇头，单刀直入："您就别瞒我啦！皇上已经驾崩，这已经是第四天了，还秘不发丧，到底为啥缘故呢？"

第一百零一回

预后计郦陈安朝政 怀嫉恨太后祸宫廷

眼见得阴谋露馅儿了，审食其强摁住恐慌，问：“郦将军此话怎讲，在下越听越是糊涂啦！”

郦商斥道：“你与皇后密谋诛杀朝中有功将领，果真如此，汉朝的天下就危在旦夕啦！”

审食其这一惊，但立即矢口否认：“将军是从哪里听来的这些话，随便猜疑皇上、皇后……那可是要诛灭三族的！”

郦商冷笑：“也罢，现在我只想帮你分析一下形势。圣上安排颍阴侯、曲逆侯统率十万精锐车骑驻扎荥阳，樊哙、周勃带领二十万大军平定燕、代，他们听说皇上驾崩，在朝众将被诛杀，即待如何？到时候，大臣在京城叛乱，诸侯在外面造反，朝廷灭亡就只在抬脚的工夫了，不信你就等着瞧吧！”

审食其半晌无言，说：“这事我也做不了主，望信成侯少安毋躁，容我去禀告皇后吧！”

郦商此刻是松懈不得，说：“你去吧，我就在这里等你消息！”

审食其无奈，慌忙进宫见吕雉，说：“皇上的事恐怕瞒不住了。郦商好像是有备而来，如果再不发丧，后果不堪设想！”

吕雉感到十分沮丧。审食其劝道：“留得青山在，不愁没柴烧。就目前看，太子立马就是皇帝，皇后总还要当皇太后，从长计议为上！”

吕雉还不甘心。审食其又劝道：“听说樊将军已经被皇上下令夺了兵权，性命不保；一旦有事，周、灌、陈势必联合起兵还攻关中。到时候，大臣内叛，诸侯外反，汉廷灭亡便只是旦夕的事情了。”

吕雉在鼻孔里“哼”了一声，恨恨地吩咐：“那就发丧吧！”于是，审食其来回郦商的话。四月二十八日，也就是刘邦死去的第四天，由吕后主持，相国萧何具体操办，朝廷发布为皇上治丧的消息，宣布大赦天下。

刘邦临去世前的几项关键性预防措施，决定性地制止了一场颠覆刘氏社稷的宫廷政变，挽救了众将的性命。羁押樊哙，周勃、灌婴、陈平握兵在外，形成强大威慑；郦商在内，稳定朝廷，规劝吕雉、审食其。一切都安排得不着痕迹却非常严密。当然，还有刘氏诸王割地自主，有像曹参这样的功臣将领辅助，哪能轻易撼动。

陈平并没有滞留荥阳。他最担心的是吕家的人，特别怕樊哙的夫人吕媭在皇后面前说他的坏话，因此必须棋高一着抢得主动。他对樊哙说："樊将军还要委屈一两日，我这里事急，先赶回长安去。"随即又对押解的将佐吩咐："你们一路好生侍候舞阳侯，倘使有一丝儿差错，便全数要了你们的脑袋！"众人唯唯称"是"。陈平便单独乘了驿车，快马加鞭奔回长安。可巧，正逢皇后召百官进宫治丧。

陈平片刻未停，立即赶往长乐宫。到了刘邦灵前，陈平跪倒地上，放声大哭。哭过一阵，便于口中历数皇上丰功伟绩和知遇之恩，悲恸之情，使陆续到场祭悼的文武百官无不伤心落泪。

略略平静下来，陈平向守在灵前的皇后和太子请求宿卫内宫，也就是为驾崩的皇上贴身把守灵堂。事已如此，吕雉也就顺水推舟，当即任命他为郎中令，直接掌管宫殿门户。此时，吕雉更需要有人来协助稳定群臣的心理，协调各自的立场，眼前的陈平便是合适人选。于是，进一步要求陈平承担教导刘盈的责任，这便是一种保护措施。

樊哙毫发无损地被押回长安来了，这使吕雉和吕媭都感到欣喜。不用说，当即开释，恢复一切待遇。陈平的地位也相应得到了巩固。

五月十七日，刘邦的遗体被装载到覆裹黄色锦缎的灵车上，灵车制作成宫殿屋宇的形状，与衡左牦尾斗注的羽幢共同标释着逝者至高无上的身份。素纛荡荡，送葬的队伍在宫廷乐队演奏的哀乐声中，像一条反光的河流缓缓向长安城外移动，一路来到渭水北岸预先建成的长陵，在陵前举行了简朴而隆重的安葬仪式。长陵离长安城三十五里、咸阳县东三十里。堆山为墓，东西广一百二十步，高十三丈；筑陵置县，城周七里。中国封建社会继秦始皇之后的又一位伟大开国君主，带着他创业垂统的荣耀和忡忡忧心，盖棺长眠。

群臣到太上皇庙讨论有关善后事宜，以便立室奉祀。大家一致的意见：皇上起于平民，拨乱世而反正，平定天下，身为开国之祖，功盖后世，上尊号为"高皇帝"。

高帝庙建在太上皇庙的南面。其后史书对刘邦在位时的年号表述，便都冠以"高帝"或"高祖"庙号，无论他当时是"王"还是"皇"。

五月二十日，太子刘盈即皇帝位，尊吕雉为皇太后。皇帝刘盈下诏：各诸侯国都要为高祖建庙，每年按时祭祀。

悲惨的是卢绾。他彻底绝望了，面朝长安大哭一场，带领那几千人逃避到匈奴，匈奴任命他为东胡卢王。其实，在匈奴的日子并不好受，卢绾每日思归，忧郁成疾，只一年多，就死去了。

刘盈仁弱，刘氏天下将由谁来把持呢？司马迁在《史记·吕太后本纪》中说：“吕后为人刚毅，佐高祖定天下，所诛大臣多吕后力。”刘邦对身后的担忧成为现实。

吕雉有两个哥哥，皆为将。长兄周吕侯吕泽已于高祖八年死去，谥令武侯，其子吕台、吕产分别被封为郦侯、交侯；次兄吕释之为建成侯。除诸吕外，属于太后一党的毫无疑问还有辟阳侯审食其。当然，这只是刘邦忧心忡忡撒手人寰时的表面态势，而后的事实足以为证，无论年号上标注着“惠帝”还是“高后”，高祖至文帝之间刘盈当政的七年、吕雉临朝称制的八年，共十五年，都是本质上的“吕后专政”。《史记》甚至把刘盈时期并入《吕太后本纪》，而未曾依例单列。

吕雉召见张良，强留设宴招待。张良既然“辟谷”，便不肯用酒食。吕雉劝道：“人生一世间，如白驹过隙，何至自苦如此乎！”张良不好驳太后的面子，只得勉强吃了点食物。

可能是因选择了“消极”，导致刘盈身后无真嗣。吕雉早有防范，暗中指使后宫张妃弄来一个历史没能透露出处的孩子，作为太子养在宫中，而杀掉了孩子的生母。

刘邦千般忧虑，忧得了外，忧不了内。吕雉一声令下，戚姬被内侍们拖过宫中深邃可怖的长巷，关进了专为幽闭宫女而设置的“别宫”。这地方称作“永巷”，实为监狱，“永”便是“长”，颇具象征性。到汉武帝太初元年，永巷被改为“掖庭”，供嫔妃居住；“婕妤以下，皆居掖庭”，掖庭也成为皇宫中的官署。有解释说：“以为在掖门内，故谓之掖庭也。”

戚姬被剃去父母所赐、氤氲着女人气息的美发，娇柔而善弄舞姿的身段上被剥去华丽飘逸的锦缎裙衫，而代之以麻布囚服；曾经被刘邦反复抚爱的手上脚上戴了冰冷坚硬的刑具，失去了温存却还要日夜承担舂米的沉重活计，这是一种无休无止的惩罚性苦役。但是，只要儿子如意仍为名副其实的赵王，做母亲的也许还有出路。

作为保护策略，赵王如意已经被刘邦早一步遣离长安到他的封地去了。吕雉派使者去召如意，周昌话说得直白：“高帝属臣赵王，王年少；窃闻太后怨戚夫人，欲召赵王并诛之，臣不敢遣王。王且亦病，不能奉诏。”使者往返三次，汇报的就是这句话。

吕雉无计可施。这一天正坐在梳妆台边，朝着铜镜端详着日益衰老的面容烦闷，忽然听到“咣啷啷”一声，直吓了一跳。扭头看时，原来一只摆在屋角架上的花瓶掉在地上，摔成了几瓣。审食其却立在边上，把手里拽着的瓶架丢了，还冲自己笑呢。

吕雉立即明白了其中的含义，口唤来人，却招手要审食其近来，拍拍他的脸颊说：“你还真的长见识啦！”审食其握过太后的手，俯身口语了一下。

吕雉依审食其的主意，来一个釜底抽薪，先把周昌召回长安来。作为臣子，周昌不会为自己而抗命，但即使到了朝廷上也要为赵王抗争，大不了一死。可吕雉却让他待着不理，再派使者前去召赵王。

眼见得赵王如意大祸临头，周昌舍命向皇上透露了消息。刘盈只等弟弟到来，便亲自前往灞上迎接。两人携手入宫，从这一刻起吃饭睡觉形影不离，把如意护在自己的翼下。

转眼到了惠帝元年十二月，刘盈要做一门皇帝必行的功课，就是去打猎。这也是一件辛苦的事情，半夜就要冒着寒风出发。如意年纪尚轻，叫了几遍也不肯起身，刘盈疼爱弟弟，也就让他继续酣睡。

稍纵即逝的机会来了，不下手更待何时。毒鸟飞来，羽入酒中，其为“鸩”，历朝宫中常以此谋杀。吕雉安插在皇帝寝宫的心腹立即下手，把毒酒强灌入如意口中。等到刘盈急匆匆猎罢回宫，弟弟已经七窍流血死于非命，成了母亲的猎物。于是刘盈在宫中大闹，但四周皆是唯唯诺诺，无人理会。从此刘盈心灰意冷，母亲在他的眼里，与魔鬼无异。

时候到了。吕雉亲自前往永巷，欣赏一个柔弱女子身被枷锁的苦役和她美丽污秽脸庞上痛苦的表情。落座看了一阵，觉得缺乏刺激，便吩咐：“你曾在皇上面前欢歌燕舞忸怩作态，如今何不与我重温昔日光景！”

戚姬无奈，手脚戴着锁链含泪起舞，模仿的却是舂米的动作，极为勉强。吕雉命左右给她除去刑具，强令像模像样地歌舞一曲。

戚姬的身子稍得放松，到底天生一个尤物，悲苦的舞姿虽然照样勉强，但情态却更加动人。吕雉左右看时，个个儿竟都凝神欣赏，拔不出眼来了。这里正弄不清是舒心还是嫉妒呢，耳边又听到有断断续续却催人肺腑的歌声。歌词唱道：“子为王，母为虏。终日舂落幕，常与死为伍；相离三千里，当使谁告汝。”吕雉可是有另一种愉悦的反应，却见左右有人在偷偷擦眼泪，不由得怒起，叱道：“这贱人是在作歌舞，还是在哭丧呢？我今天就是来告诉你，你儿子已经死啦！如意已经死啦！”

歌声像是被拦腰斩断了，戚姬停滞了残荷败柳般的舞动。吕雉怕她没听清楚，便又提高了声调重复：“别做梦啦，你儿子如意已经死啦，还死得难看得很哪！”话未落音，戚姬已经扑向前来。猝不及防，吕雉的脸上被指甲猛地抠了一下，火辣辣地疼。左右急忙扯开，把戚姬架住。吕雉这一怒超乎寻常，她本就是要弄点是非杀掉戚姬的，此时却另生歹毒，换了个笑脸上前去硬扯过戚姬的手，反复抚弄了一阵子，带了惋惜的口吻说：“多标致的一双手呀，看这皮肉，有多细嫩呀……”脸一沉，喝令：“且把这双手剁了去！”

力士们也是一颤，随即就像被牵动的木偶，机械地移来一架刑具，把戚姬的身体固定在木柱上，随即绑扎了上臂以便止血。到这会儿，几名刽子手已经恢复了常态，变得手脚麻利毫不在意。他们施用的是一种叫作“节解”的刑法，只用尖刀豁开皮肉，三下五除二，便从关节处把戚姬的小臂卸了下来。左右宫人等尽皆拿袖口掩了脸，吕雉见状，冷笑说：“你等莫错过了这好看的节目，末了也能长个记性！”可怜戚姬一双极善弄袖的手臂，竟落得如此下场。

只有刀具与骨肉划动的惊心动魄，永巷里没有了其余的声息。听着戚姬的惨叫，吕雉从脏腑里蹿出一口恶气。又吩咐：“再与我剁了两只脚！”

死尸般的戚姬又被重新固定了双腿。行刑毕，吕雉两眼紧盯着那曾经婀娜起舞的身体，意犹未尽。忽然觉得戚姬原本闪烁撩人的目光此刻却可怖得紧，像是朝着自己脸上喷出火焰一般，颇生惧意。于是，仰面朝着殿脊只拿手指，撕裂了嗓音喊：“挖她的眼睛……给我把那两颗迷惑先帝的眼珠子剜出来，剜出来！”左右渐觉耳畔的声腔怪异钻心，仿佛冥冥中有阴风渗入骨髓。

“都给我看着，不许转过身子，不许眨眼！”吕雉目光汹汹紧逼着宫女及侍从人等。

“熏，给我熏，弄聋她的耳朵，看她还能闻乐起舞！”

戚姬被连熏带炙，从死厥中醒来了。她只感觉到自己的呻吟，却完全听不见呻吟的声音。可是，吕雉却在死寂中感觉到了戚姬喉头的挣扎。还能做什么呢？过足了瘾也疲乏了的她不再发怒，却皱起眉头抚弄自己的心口窝，从牙缝里呲出讥刺的调儿来：“我心口疼，还真听不得这声唤。快，快灌下一碗喑药去，一并成全了这骚婆娘吧！”

美丽妖魅的戚姬已经面目全非，立时连嗓音也丝毫发不出了。浴血的身躯没了知觉，但肌体却不停地抽搐。

“猪，猪。你们快看，她像不像一头猪？”吕雉瞳孔里透出怪异的亮光。

没有人回答。

“像不像一头猪？啊！”

永巷活像一片颠簸的筛子，直筛得所有的人都无法克制地颤抖。上牙都在止不住地磕碰下牙，“嘚嘚嘚，像、像猪嘚嘚……”

吕雉吩咐：“看，看，这怪把戏把上下人等吓着啦，得赶紧找个所在安置了……就让她待在厕所里吧！”说毕起身回宫。随从人等赶紧跟着逃出，生怕夜来噩梦缠身。

过不几日，太后叫皇帝去看一桩“稀罕”，说那叫作“人彘”。刘盈不知其意，随太后来到永巷。这才坐下，便见抬进一个披头散发的人样怪物来。吕雉说：“那便是人彘了，皇帝可凑近了去仔细观看！”

刘盈便真的凑近前去，顿时呆住了。觉得那是个尚存气息的女子，没有了手脚，蜷着的身体被血痂粘住，连同乱糟糟的头发包裹在一处。强忍着再看，女子已经被抠瞎了眼睛。正内心十分不忍呢，却见那张嘴分明在微微嚅动，便止不住问：“此是何人，有何罪过，便遭这般作践？”近侍嗫嚅着回答：“这便是戚夫人……”话未落音，刘盈已仰面向后倒去。左右赶忙扶住，等挪动到座上，捯过一口气来，直止不住掩面大哭。

吕雉喝道：“皇上何故这般懦弱，真是丢人现眼，有失体统。罢了，且回宫去歇了吧！”自此，刘盈卧病不起。

吕雉正式地忙活起来了，朝廷里里外外，有操心不完的事，但她显得精力旺盛，倒还应付得过来。抽空来看儿子，刘盈却不敢看母亲。只要一看，活灵活现的戚姬与惨遭荼毒的“人彘”便在面前交替隐现，人便神经质起来。吕雉好言劝慰：“盈儿要振作起来，养好了身子也好快点上朝理政。”不料刘盈却说：“皇帝这活计不是人干的。作为太后的儿子，我心中万分愧疚，终究是没法治理天下的。”吕雉明知话里有话，指桑骂槐且夹杂要挟，但只充耳不闻。

公元前 194 年，朝中熬过了高祖残留的岁月进入惠帝元年。相国萧何不顾体质日衰，依然夜以继日地操持国事。春正月，他又在张罗着开工修造长安西北面的城墙。

一年多了，皇帝刘盈的身子才稍稍康复，但母子间的对立情绪与日俱增。刘盈无论如何闹情绪曲意抗争，但就是得不到母亲丝毫让步，于是拒绝上朝，只终日饮酒淫乐。吕雉呢，起初还被朝廷上下“牝鸡司晨”的议论弄得心绪不宁，过些时舆论也疲惫了，自己也适应了，便乐得儿子不肯问事，正好大权独揽。

吕雉欲为自己的侄子谋取赵王封爵，萧何借着长安建设这茬事求见皇上，却带去朝中几位重臣的意见，奏请改封淮阳王刘友为赵王。刘盈偏偏在这件事上做了回主，准了。吕雉暂时无可奈何。

来年冬十月，齐王刘肥、楚王刘交来长安朝见。刘盈因难得心情愉快，便当着太后的面，唯当刘肥是兄长，以家礼推他上坐，然后叔侄三人把盏说话。吕雉正找不着机会清除后患，加之心中恼怒，便暗中命人斟了毒酒，亲自来为齐王祝福。刘盈的脑海里立刻闪现出如意被害的一幕，看刘肥起身行礼，却抢先接了酒杯，口中丢出话头：“这年把儿宫里宫外怪事不少，还是由朕来替兄长饮了这酒！”吕雉大惊，只假装生气，把酒洒在地上。刘肥被母子俩蹊跷的举动吓坏了，于是假装喝醉，趔趔趄趄逃出宫去。

刘肥知道太后有意加害，心中惶恐。随驾的齐国内史桓士提议：“大王不如把城阳郡送给鲁元公主作汤沐邑，也好多多联络感情！”刘肥不解，问：“这是何道理？”桓士解释说：“太后膝下只有皇上与鲁元。而今大王拥有七十余城，公主却只食得几座城邑。陛下如能舍予一郡，岂不两全其美！”刘肥懂了，说：“鲁元若得一郡为汤沐邑，想太后……”话没说完，桓士躬身祝贺：“大王无忧矣！”刘肥却说：“这也得有个由头！”桓士说：“宣平侯的儿子张偃现封鲁王，公主也是王太后了……”刘肥勉强点头。

第一百零二回

随萧规曹相守勿失 寄亵书单于探长安

虽非情愿，但刘肥只能依计而行，还口称鲁元为“太后”。果然吕雉疼爱女儿，便暂且寄下刘肥、刘交两条性命。刘肥、刘交也便在齐王府邸中设乐宴请母女两位太后，于敬酒间没事似的请旨归国。鲁元心情极好，便相帮着说话，吕雉只得准了。二王随即起程，匆匆归国。过后吕雉想到了齐相曹参，自己反倒手心里出汗了。从此，她还真不敢轻易打齐、楚的主意了。让曹参留任齐国，岂知不是刘邦留下的后手！

这年春季，陇西发生地震。夏季，遭遇干旱。合阳侯刘喜死去。

萧何积劳成疾。皇帝亲自到相府探望，问：“君即百岁后，谁可代君者？”萧何回答：“知臣莫如主。”刘盈问：“曹参如何？”萧何挣扎着从病榻上翻起身磕头，口称：“陛下选得其人，臣死亦无憾了！”刘盈点头。

挨至秋七月初五日，萧何病逝，谥“文终侯”。作为开国重臣，身居相国高位，他虽然为保身家性命，不得已表面作出一些贪婪的假象，但实际购置田宅则必选在穷乡荒僻之处；建房治家甚至不修筑围墙。他说：“如果我的后代贤德，就学我的俭朴；如果后代不贤，这些陋房薄地也不至于被权势之家抢夺去。”

萧何子孙袭封酂侯，到第四代因罪剥夺。时天子念及萧何的功劳，重新寻找其后裔，续封酂侯，这在诸功臣中亦属独一无二。

这一日闲来无事，齐丞相曹参正与亲信舍人说话，得到萧何过世的报告，便吩咐：“去，快快打点行装，我这就要去都城接任相位啦！”萧何与曹参原本同衙为吏，同朝为臣，都一心一意相帮着刘邦，未见得生分。等到论功排次，无形中却增加了隔阂。曹参之所以有如此判断，其实是深知萧何的人品。所谓“丞相”，是因为惠帝元年朝廷对诸侯国实施改制，把“相国”变回到“丞相”。

到二十七日，皇上果然颁发诏书，任命曹参为相国，着即入朝。出将入相，这是历代为臣的最高境界了。

曹参多年治理齐国，颇具口碑。临到赴任长安，他嘱咐继任丞相傅宽说：“如今齐国的狱讼也好、买卖也罢，各有秩序，凡事应当审慎，千万不要轻易扰动。”傅宽问：“管理封国难道没有比这更重要的？”曹参回答：“那倒不是。譬如交易、诉讼的存在，可以使国中生计、善恶各得其理；你如果打破了正常秩序，哪里去归置奸人呢？奸人无所归置，则日久生乱。所以，我是把‘不扰’的原则放在第一位。”看看傅宽狐疑，便补充：“你可曾听说‘我无为而民自化，我好静而民自正’这句话？”傅宽回答：“如雷贯耳！”曹参强调：“秦人极刑而天下畔，这一点你务必记牢了！”后人评价说：“参欲以道化其本，不欲扰其末。”这正是曹参的治国理念。

既然前任萧何是一位好相国，把一切都整治得妥帖，曹参受命，便贯彻自己的原则，来他个“举事无所变更，一遵何约束”，这似乎是不作为。然而“汉承秦制”而后“萧规曹随”，史家从无厚非，其中自有道理。

不变中唯有一“变”，就是择贤用人的标准不同于前。曹参专意到各个封国中挑选那些口齿木讷、不善言辞的敦厚忠实者，委任为自己的属官，如发现谁言谈行文悭刻、追逐名声，便坚决加以斥退。这样，他只动用了一点小小的权力，在最狭窄的范围内净化了核心办事机构，便得以事事不必挂心了。显然，曹参知己知人知事知世，在貌似不善任中取善任之法，此不失为出将入相之大道。

下来该做些什么呢？喝酒，还是喝酒，专挑好喝的，基本不问政事，引得卿大夫们夜不安枕。这一日陈平来访，恰巧王陵在座。曹参拿出家藏最好的酒来招待，只看王陵想要说什么，便及时劝酒：“好酒，咱老哥们儿须得仔细品尝！”喝过一阵，王陵又要说话，他便施展故技。王陵有些生气了：“这朝中……”陈平却帮着搅过话头：“也是的，喝酒就要喝个痛快，来，干！”却递眼色来制止，闹得王陵摸不着头脑。曹参复又劝酒，王陵郁闷着，终于喝醉告辞。这情景屡屡重演，曹参应对愈加自如。假如发现手下犯了小的过失，曹参不但不问，还一味掩饰包容，弄得相府中人人知趣，终日便耳根清静。

相府后园与基层管理人员的宿舍靠近，那些小吏们没日没夜地饮酒歌呼。曹参的随从官吏无可奈何，便假意请相国到后园中游览消遣。果然小吏们醉声高歌，呼三喝四。没想到，曹参闻声反而掺和进去，也边喝边唱，还大呼小叫。

刘盈因太后而消极，不想管什么事情，但并不是没什么判断。这一天他忍不住对曹参的儿子中大夫曹窋说：“回去装着没事似的问问你父亲，就如此这般地说……不要透露是朕的意思！”曹窋依计归家，洗浴过了，悠闲地陪在父亲身边，找个机会随口问：“太祖高皇帝不久前离群臣而去。今上春秋鼎盛、年富力强，心里有许多事情要办。可父亲作为相国，每天只饮酒，也没什么事情奏请圣上，这如何能为天子分忧呢？”

曹参听此类话多了，内心也有郁积，这回一触即发。他顺手操过鞭子，劈头盖脑地打来，口中还连声吼道：“天下大事岂容得你小子多嘴多舌！”左右人等连忙帮着遮挡。

曹窋本就有皇上撑腰，便犟嘴说："好歹我在圣上面前也算个主持议论的官，回家说两句心里话也不能？"曹参斥道："还真不晓得高低呢，就你那鸟官，不靠你老子会从天上掉下来！"手里鞭子兀自不停。曹窋辩驳："那是皇上的恩典，父亲如何便这般说！"曹参自觉说走了嘴，这才冷静下来，那鞭子也已经打到了二百下。于是气哼道："别在老子面前丢人现眼，去，去，还不快快侍奉圣上去！"

一招不灵，等到群臣上朝，刘盈只得当众指责曹参："你有能耐，就只管整治曹窋吧，可诸事与他何干？那日却是朕授意他去劝您的呀！"曹参大惊，脱下官帽谢罪，口里却问："臣有一请，不知会不会冒犯圣上？"刘盈说："那要看你说些什么！"曹参于是问："就武功圣明而言，陛下自觉得比高帝如何？"刘盈向天作揖，口中回答："朕哪敢望先帝之项背！"曹参又问："陛下也帮臣斟酌，拿我的才能与萧相国比比又如何？"刘盈笑了："你好像不及萧何！"曹参说："陛下所言极是。萧相国辅佐高帝平定天下，各项法令都已经明确。如今陛下高坐拱手，我等臣下谨慎守职，上上下下遵守成法不使闪失，不就可以了吗？"刘盈想想，这也算得个道理，便勉强说："对，对。那爱卿就多多歇着吧！"刘盈也自烦恼得很，从此更不去与母亲计较朝政了。萧曹的原理在皇帝家里变了味，好在理政方面，吕雉也沿袭了刘邦的政策，没有放松经济发展。

节物应时，又是一个美丽的秋日。山中过隙的日光，把红绿杂陈、层次分明的林木渲染得厚重辉煌。

清晨携蛮芑进山举行过一场小型的围猎，饭后在涧边的林草地上稍事歇息，冒顿恢复了精神。有时日了，他怀揣着一个天大的秘密，忍了许多次，到底没给阏氏说出来。"再说吧！"他总这么想。

午后，由勒俟祜前导，一行来到曾经打磨得很平整的那片岩壁前，眼前展示的已经是几幅拙朴而生动的阴刻图画。"嗯，不错，不错！"冒顿驱马从岩刻前走过一遍，忽然省悟，便跃身下马，朝蛮芑喊道："快，快，还不赶紧过来看看，这可是你最喜欢的！"

蛮芑笑了，回答："你喜欢就罢了，倒变成我最喜欢的了！"说着，也下马来看。看着，只作自言自语："我说你琢磨啥呢，这些可都值得夸耀，顺便留下给子孙瞻仰了……"

冒顿听着，只假装不理会。眼前龙城祭祀、蹛林大会、单于大婚、重归阴山、白登之围、阏氏牧马，都一一地反复地欣赏过了。偷眼看时，蛮芑正立在末尾的一幅前，仔细端详呢。他知道，那是把崖壁上添加磨平了，增刻的“匈汉和亲”。这一幅虽属蛮芑的提议，但具体摆到眼前了，总归不一样。

勒俟祛凑向前来，眼神里闪动着诡异。冒顿回以神秘一笑，掠过对方的肩头，恰巧看到阏氏在招手，便即过去。

蛮芑还在看，等冒顿凑上来，便不紧不慢吐出一串话来：“和亲的那一幅也还要，咋就没重选一块崖壁另刻……”冒顿一听，就知道她存心讥刺上次的说法，便连忙打岔：“阏氏看这么美丽的岩画，看，这马，哈，银月、黄耳、枣骝；这人，啧啧，个个栩栩如生……”蛮芑并不理会，说：“没错，栩栩如生。不是说要凑个双数的？可这一、二、三、四、五、六、七……却又是个单数！”勒俟祛赶过来打趣：“的确没错，大单于已经想过了，这第八幅就叫作‘河上会盟’，不过还要等那时机！”

蛮芑瞪大了眼睛，问：“啥叫‘河上会盟’？等啥时机？”勒俟祛眨眨眼回答：“这却是要大单于亲口解释的！”蛮芑便盯着冒顿。冒顿“哈哈”大笑，笑过了说：“河水，我早就说过了吧。就是把汉朝的皇上请到河水边上，大家在脚底下垫起一块土台子，树几面大纛，我与皇上面对面行过礼，约定大匈奴从此不再去抢汉朝，汉朝凡事听候大匈奴招呼，还每年按时送些礼物来犒劳，如此则彼此相安无事。你说，这还好吧！”勒俟祛补充：“这些都是跟中原学的！”

蛮芑不吭声，似乎是想了想，才回答：“这敢情好，可真的行得通吗？”冒顿说：“那怕啥的，行不通也罢，试试还不行！”蛮芑说：“汉朝的老皇帝已经死了，有传闻说，小皇帝是不肯管事的，大单于可要跟谁行礼呢？”冒顿愣住了。勒俟祛及时接过话头：“那就要看谁说话管用啦！”蛮芑恍然大悟，指着“匈汉和亲”图说：“这就对啦，后面再添一幕，刻上匈奴大单于和汉朝皇太后。敢说，这是天下最动人的时刻，必须得记载下来！”冒顿又“哈哈”大笑。勒俟祛却凑趣道：“那汉朝的皇太后带着她的皇帝儿子到咱大匈奴来，中原不就一并归大单于所有啦！”

又听见冒顿大笑。蛮芑斜过一眼，说：“那倒是好事，如若大单于满足了，天下从此也就太平啦！”勒俟祛连忙躬身行礼：“那是，从此天下太平！”谁知蛮芑却补了一句：“只怕人家那皇太后不肯屈尊，岂不冷了大单于一片火热的心！”听蛮芑这样说，勒俟祛也接着冒顿笑出了声。

惠帝三年（前 192 年）初春，修筑长安城的工程继续开工，这次征调的是长安周围六百里以内的民夫，不分男女共约十四万六千人，三十日后停工，让各自回乡去忙田里的活计。

匈奴势力正盛。冒顿遣使来到长安，带着一封书信，不是给皇帝，只要与皇太后说事。吕雉颇觉意外，但人家看重自家，那是好事。打开书信看时，只见写道："孤偾之君，生于沮泽之中，长于平野牛马之域，数至边境，愿游中国。陛下独立，孤偾独居，两主不乐，无以自娱，愿以所有，易其所无。"吕雉从中读出了挑逗、亵狎，怒从心起，想立刻斩了匈奴来使。转念觉得未可妄为，便让刘盈把陈平、樊哙众臣召集到宫中，亲口宣示冒顿信中所云，末了说："我想发兵教训一下那个不知起倒的狗单于！"

由于吕后权势日重，皇上的姨夫舞阳侯樊哙显得声气有些粗壮。此刻便要出头，趋前一步张口道："臣愿得十万众横行匈奴中！"话未落音，班中即发声叱道："哙可斩也！"众人看时，中郎将季布已经出班与樊哙比肩而立，奏说："前匈奴围高祖皇帝于平城，汉兵三十二万，樊哙为上将军，踌躇而不能解围。如今百姓艰难，呻吟哀告之声不绝于耳，受伤休养的士兵刚刚起得身来，元气尚未恢复。在这种时刻，舞阳侯却胸无大局，妄言以'十万众横行匈奴中'，岂不是当着皇上、太后的面撒谎，这是要给天下招来大祸的呀！退一步思量，就当那夷狄之人是禽兽，听他说句好听的话不至于就高兴，说得难听了也不值得发怒吧！"

樊哙自知冒失走嘴了，也便退一步不与争辩。刘盈却问陈平："卿以为该当如何？"陈平看看太后，拱手答道："臣闻歌曰：'平城之下亦诚苦，七日不食，不能彀弩'，此情犹在眼前，此声犹在耳畔，不时忆得。"刘盈便转看母后。一片寂静，人人心中都在寻求立场。

片刻沉思之后，吕雉把樊哙怂恿扇起的热度和季布泼的这盆冷水在心中调匀了，哼出一声："好吧。"转对侍奉皇帝一旁的大谒者张释说："你去趟匈奴，替我给单于送个信！"

于是下令起草书信："单于不忘弊邑，赐之以书。弊邑恐惧退而自图，年老气衰，发齿堕落，行步失度。单于过听，不足以自污；弊邑无罪，宜在见赦。窃有御车二乘，马二驷，以奉常驾。"这措辞，这口气，真可谓能伸能屈。

张释即日起程，一路沿直道向北，不日过河抵达九原。恰巧冒顿去阳山巡视返回，看了吕雉的回信，不料言辞如此恭谨自谦。又想起蛮芑说的话，自觉幼稚可笑，也就遣使者奉书表示歉意。

吕雉自打发张释去后，内心交织着忐忑、蒙羞、郁闷等诸般情绪。盼到张释与匈奴使者，看回信时，竟是这样写的："未尝闻中国礼义，陛下幸而赦之！"显然，经过多年的自我教化，冒顿越发对中原文明心向往之，这次更是从汉朝高层得到了证实。匈奴使者还献上了马匹。吕雉心中释然，于是顺着单于的心愿投桃报李，又一位宗室女子被以公主的名义嫁给了匈奴单于。和亲政策继续在南北族群之间发挥着缓冲作用，曲折而奇妙地透视出对峙双方的内在诉求。

入夏五月，朝廷还记挂着南方的烦心事，便根据闽君驺摇在灭秦和楚汉战争中的立场，给他升格为东海王。因都城设在东瓯，所以俗称东瓯王。东瓯即今浙江温州。此举，就是南越王、南海王并存的翻版。

六月，朝廷从各诸侯国征调刑徒、奴隶两万人，继续修筑长安城。

这一年，聚居蜀郡西北突出部上的湔氐部族发生叛乱，朝廷出兵予以平定。湔氐其地位于今四川松潘西北，秦始皇时置县。

惠帝四年（前 191 年），刘盈立张妃为皇后。张氏是宣平侯张敖与皇姊鲁元公主的女儿，名嫣。好在这桩舅舅与外甥女之间的婚姻未得开花结果，也许正因为是舅甥的缘故。

开春，朝廷倡导孝悌，连带实行一项有限惠农措施，就是让乡里推荐那些孝敬长辈、兄弟和睦并致力于耕种的人，特恩免除他们的赋役。

到三月初七，皇帝刘盈年满二十岁，举行加冠典礼，也就是“成人仪式”，宣布大赦天下。

朝廷开始对从秦朝移植的各项法令作重新审定，剔除那些妨害基层人员和平民百姓的条款。其中能令读书人松口气的，就是废除“挟书律”，这是一条惩治私人收藏禁书的法令。

为避免去长乐宫觐见太后途中扰民，刘盈传旨在武库之南修筑了一条复道。工程告竣，奉常叔孙通劝谏说：“那下面曾是每月初一举行高帝衣冠出巡仪式的道路啊，为后人的怎能在承载宗庙祭祀的道路之上行走呢！”刘盈心中惊惧，急令：“快，快快拆了！”叔孙通却又说：“既为人主，就谈不上错误举动。复道已经建成，百姓人人皆知了，希望陛下在渭水北面再建造一座原庙，就可以改变举行高帝衣冠出巡仪式的路径。这样做，还扩展了宗庙的范围，从根本上提升了孝道。”刘盈于是下诏，责成有司按照叔孙通的建议再建原庙。

尽管刘、吕之争暗流汹涌，政治风云诡谲难期，但没有人试图改变与民休息的既定治国方针。汉朝这条大船，总之是沿着正确的方向航行。

这一年七月，长乐宫中鸿台，未央宫的藏冰室、织造室接连发生火灾。次年，也就是惠帝五年（前 190 年），又出现冬季雷声隆隆、桃李开花、枣树结果的反常现象。

正月，朝廷再次征发长安周围六百里以内的男女共十四万五千人修筑长安城，历时三十天告一段落。入夏又逢大旱，溪谷干涸，长江、黄河水量大减。一系列的天灾人祸，往往会按照天人感应的观念被移植到朝政的缺失上，刘盈的心情变得十分沉重。

惠帝五年秋，已由“相国”改称“丞相”的平阳侯曹参去世。这件事更加唤起刘盈内心的悲怆之情，越发思念起先帝刘邦。回想父亲当年功成身摧，击筑高歌其声高亢，难解其乐也？奋也？悲也？忧也？于是，下旨把沛宫设为高祖原庙。周朝制度，天子设有七庙。汉代宗庙制度虽不同于周，其数不至于七，但在京师辖内立“原庙”已成定制，在故乡设原庙也属常例。刘盈此举，似有用心。有解释说，所谓“原”，是“再”的意思；先已立庙，后再立，故称“原庙”。

刘盈满腹心思向谁倾诉？母亲是皇室悲剧的根源，与自己心理上早已形同陌路。于是，他起驾回到故里，到沛宫原庙祭祀父亲。

虽然有帝王出行的仪仗硬撑着，但行程却异常沉闷。来到丰县，刘邦即兴组织的一百二十名儿童歌队被重新召集起来。也是地方上不敢怠慢，这些已经长大的孩子现在不但能继续合唱，还能吹奏《大风歌》曲调。由于经过了训练，水平其实超过了高祖还乡当时许多，可重新演唱，已经属于祭祀，被庄重哀伤的气氛笼罩，完全没有了激扬与欢娱。

自此以后，这支歌队更是以原样长期保留着，但凡缺员，立刻补上，成为了刘邦故乡祭祀原庙的专业合唱团体。

曹参主政三年卒于任上。由于他谨守前任萧何成规息事宁人，使官吏百姓继续获得相对宽松的生息环境。这种治理方针与秦时的酷政形成巨大反差，赢得朝野的普遍认可。百姓把萧、曹并列，编成歌谣称颂道：“萧何为法，较若画一；曹参代之，守而勿失。载其清净，民以宁一。”曹参谥懿侯；子曹窋袭平阳侯，后吕雉当政时任御史大夫。

第一百零三回

哭无泪后宫觊朝纲 连灾异内外积暗流

公元前189年，惠帝六年冬十月，刘盈任命王陵为右丞相、陈平为左丞相；绛侯周勃留任太尉。朝政的车轮依然沿着刘邦与萧何开拓的道路前行。

光阴不留人。刘邦的庶长子刘肥薨，谥悼惠王，长子刘襄袭封齐王。刘肥有三子，二子刘章、三子刘兴居。

夏季，一代名臣张良去世，谥文成侯。当初张良在下邳圯上遇到黄石公，获赠《太公兵法》而成就不世之功。十三年后，他随同刘邦路过济北，想起老人"谷城山下黄石边见面"之言，果见谷城山下有黄石，便像珍宝一样地加以安置，伏伏腊腊祭祀以师礼，极其恭顺。张良死后，连黄石一起安葬在留县县城附近。"良尝间从容步游下邳圯上"，这"圯"本只与"桥"同义。因张良得获真传于沂水桥，并留下千古美谈，那桥便被后世沿称为"圯桥"。张良长子张不疑袭封留侯。

经过五年借农闲断断续续的施工，长安城垣终于修筑完毕。十月份，诸侯入朝祝贺，参加竣工仪式。仪式过后，绕城一周参观。汉代长安城是按照星宿的布局设计的，城南为南斗形，城北为北斗形，故此有了"斗城"别称。城高三丈五尺，周围五十里，共设十二座城门。城东自北而南有宣平门又称东都门、清明门又称籍田门、霸城门又称青城门；城南自东而西为覆盎门又称杜门、端门、安门又称鼎路门、平门又称西安门；城西自南向北为章城门又称光华门、直城门又称直门、雍门又称西城门；城北自西向东是横门又称便门、厨城门又称朝门、洛城门又称高门。城内分设三宫、九市、八街、九陌、一百六十里巷。这种都城布局方式，对后世产生了深远的影响。

惠帝七年冬，为备万一，朝廷征发战车、骑兵、步兵增派至荥阳，统归灌婴麾下。春夏连续出现日食，甚而日全食，这加重了朝廷的戒备心理。入秋八月，刘盈陷于弥留，十二日驾崩于未央宫，享年二十三岁。

临到发丧，面对早逝的亲生儿子，太后吕雉却心思旁骛，情绪散漫，口中只落得干号，怎么也流不出一滴泪水。张良次子张辟强年十五岁，担任侍中，因时时奉驾内廷，乃至操持刘盈起居，不免察言观色看透了一些关键性内幕。此时此刻眼前这番情景，令他心中翻腾，毕竟年少，有话不吐不快。正巧左丞相陈平在侧，他便偷偷扯了一下袖背，问："太后只有一个儿子，现在驾崩了，她为何哭而不悲呢，您看出底细了没有？"陈平并不思量，只反问："你看出什么啦？"张辟强回答："您等大祸即将临头啦！”陈平心惊，只不动声色地问：“你开啥玩笑！”张辟强摇头：“您不信就拉倒！”陈平于是问：“祸因何而至？”张辟强看看没人注意，这才回答：“您想想，皇上没能留下成年的儿子，太后能不忌惮像您这样的朝廷重臣吗？陈平不由得侧头看一眼张辟强：“小子聪明得很，可嘴也够快！”便又问：“你看该如何应对呢？”张辟强拿眼神暗示，随即躲过一边。稍许，陈平跟过来，他便直言：“您可立即提议，任命吕台、吕产、吕禄为将军，南、北两军统统归其统领；再让诸吕都进入宫中，个个执掌权柄说话算数。这样安排，太后内心就能安定下来，您大伙儿也就能脱祸幸免啦！”

在陈平的曲意主导下，新皇帝还没产生，宫廷、京城卫戍直至内廷权力，都已经轻松地落入诸吕手中。吕雉内心高兴，哭起儿子来还真显得万分哀痛了。于是传旨大赦天下，安抚人心。

九月初五，刘盈下葬安陵。坟山高三十二丈，广百二十步，占地六十亩。这里离刘邦的长陵十里，在长安北面三十五里处。

那名由张皇后收养的“太子”刘恭即位为皇帝，当下告祭高祖庙。皇帝年幼，吕后正式走向前台，临朝称制。从此吕雉百分之百大权在握，发号施令，得遂长年所愿。

历史进入“高后元年”，时为公元前187年，刘邦最终的担忧，终于演化成了现实。少帝临朝，眼不敢正视。吕雉一边坐定，扫视两周，突然问：“右丞相何在？”

“臣在！”

“哀家有意追封两位兄长为王，可有不妥？”

回答是这样的：“高帝曾屠白马与诸侯将相盟誓，明言‘非刘氏而王，天下共击之’。今天要封吕姓为王，岂不叫天下为难！”

吕雉沉下脸来，朝堂的气氛突然与冬季一般地寒冷，把群臣的口舌一齐冻僵了。僵持了一阵子，吕雉看王陵终不肯屈服，便避实就虚，把突破口转向陈平、周勃。她口气变得平缓，说：“左丞相、太尉，两位爱卿，哀家已经开口了，你们总不能不给这点面子吧！”陈平瞥一眼毫无表情的周勃，躬身回答：“这事换个角度看，也能顺理成章。既然当初高帝平定了天下，能遍封子弟为王；那么今天太后执掌朝政，不说为已故的两位国舅增添个名分，就是给太后全家封王，也无不可。”

此言既出，满朝皆惊。可吕雉这一喜几乎从宝座上跳起，来不及话已出口：“卿言甚慰我心！”

堂下一片哗然。吕雉不去理会，只转眼盯住周勃，问：“太尉的意思呢？”周勃拱手：“有太后与两位丞相做主，我等武夫有什么主意呢。”既如此，吕雉立即宣布：“就依左丞相、太尉所议……散朝！”

群臣议论纷纷，三三两两出殿。陈平、周勃才下得阶墀，王陵已抢先一步横挡着，厉声问道：“当初与高帝饮血酒盟誓的时候，您二位难道不在场吗？”陈平回答：“当然在场。”脚下只管移步，周勃也就不言不语地跟着。王陵追赶着说：“那好。高帝驾崩了，如今太后女主当权，非分地要给诸吕封王，各位即使内心不惜背弃盟约，可如此阿谀逢迎，有朝一日有何面目去地下见高帝呢……你俩走慢点呀，心虚了吧！”

看看出了宫门，陈平、周勃这才止步。陈平朝王陵脸上端详了一阵，笑道：“事到如今，在朝廷之上当面争执，我俩的确没法跟您比……”看近处无人，便凑近了，正想接着说，周勃却开口道：“可有朝一日，保全刘氏社稷，安定大汉天下，您却是比不上我等！”陈平“呵呵”笑了。王陵一愣，竟找不出话来对付。

一个月之后，吕雉改任王陵为太傅，王陵便奏请病退，太后当即应允。

陈平顺理成章地递补了右丞相空缺，吕雉的亲信辟阳侯审食其坐到了左丞相的位置上。明明占着宫外的茅坑，吕雉却要他在宫内拉屎，只奉命管理宫廷内务，实际司职如郎中令。可这也还是假象，审食其因长期得到吕雉的宠信，两人如同一体，其实表轻里重，说话算数。公卿大臣朝廷诸事，表面由吕雉裁决，但主意往往出自审食其，陈平也只落了个操心劳碌。

御史大夫赵尧当年给刘邦出主意，关键时刻推荐周昌成为赵王如意不可动摇的监护人。吕雉便罗织罪名，解除了赵尧的职权。顶替赵尧的是上党郡守任敖，上党守一职由孙赤接替。陈豨反叛时，任敖坚守有功，现在是可以提拔的了。实际，任敖在沛县当狱吏时，就帮过吕雉的大忙；其后曾以御史留守丰邑两年，彼此不亲也近。有了这个基础，此时他便成为拉拢对象。

舆论、政权步步到位，有望彻行其实了。吕雉首先追尊父亲临泗侯吕文为宣王，追谥长兄周吕侯吕泽为悼武王。这一着为投石问路，先拿死子儿搞软着陆，来试探一下朝野的实际反应。如果一切顺利，诸吕便可纷纷空降至封国平台了。

春正月，吕雉下令废除“三族罪”和“妖言令”。

夏四月，鲁元公主死去，借其子鲁王张偃的光，谥号“鲁元太后”。

到月底，为了安抚刘氏宗室，吕雉又封孝惠帝刘盈名义上的儿子刘山为襄城侯、刘朝为轵侯、刘武为壶关侯。接着，封刘强为淮阳王、刘不疑为恒山王。一说这些儿子都是刘盈与后宫所生，天知道刘盈有没有亲生儿子。

朝廷气氛诡谲。大将军营陵侯刘泽嗅出了一丝气息，更要紧的是感受到面临的危机。他派手下给齐人田子春送去口信，说："好久不相知啦！"这田子春何许人也？说来有趣，不过当初游历长安缺了盘缠，便以画会友登门求见营陵侯。俄而来为刘泽规划前程，刘泽听得高兴，便赠予二百金以为祝福，田子春才得返程。事情既早有铺垫，田子春当然能领会刘泽的用意。此番来到长安，先不去叨扰刘泽，而是暂时租一座宽大的宅子住下，叫儿子田悦到大谒者张释张子卿那里谋了个差事。汉立朝后，"谒者"以出入内宫故，便逐步归由"阉人"担任，张释即属此类。

过了几个月，田悦稍得张释亲信，便仗着胆子找碴儿递话："太后欲封诸吕，各位大臣未见得个个儿心服。"张释始而诧异，继而一怒，随即问计。于是，田悦置办酒席邀请大谒者赏光"寒舍"，张释便应允了。"田府"陈设帷帐，豪宴犹如列侯，这让张释感到意外也感到吃惊。酒酣，田子春屏退闲杂人等，对张释说："臣父子看来看去，朝中百十来个王侯，都是高祖的子弟和功臣。可照实说来，吕氏当初就像推动车轮那样，一心一意辅助高祖取得天下，功劳最大；论高祖至亲至重，太后亦无可争议。现时太后春秋已高，而诸吕势力不济。看样子太后想立鄘侯为王，或许封他到代国去？且不论，若诸吕封王只怕大臣们不从。而今大人您最为太后所亲近，又受到大臣们的敬仰，可否为太后分忧呢？"张释有点发晕，自己便如何能为太后分忧？田子春说："大人何不到大臣中间吹吹风，劝他们主动请封鄘侯？这样，太后必然高兴。等到诸吕封王，也就不会缺了大人一个万户侯。反过来，大人是太后身边的人，如果不领会太后的心意而早早有所举措，终究要祸及自身的！"张释沉思良久，于是依计而行，明里暗里巧言鼓动，要大家成全诸吕。此时已经不乏识趣者闻风而动，上书请立诸吕。太后上朝，有大臣三请封鄘侯吕台为王，吕雉于是"准奏"。此时，朝廷已经从齐国分割出济南郡，作为"吕国"摆在那里等着呢。吕雉高兴，果如田子春所言，封张释为建陵侯，赐千金。同时把宫内的几个宦官头目一并封为关内侯，食邑五百户。张释来把奖赏的一半分给田子春父子，田子春不肯接受，却接着劝说："封鄘侯为王，大臣们未必全服，后面的事情是否顺当，那还说不准。"掰掰指头，献计道："营陵侯，嗯，是刘氏现存最年长的一个。大人您不如向太后提个建议，划出十来个县也把刘泽封了王。刘泽高兴了，吕氏封王的局面必然能彻底打开。"

有了前次成功的经验，张释便对田氏父子言听计从，立即行动。吕雉采纳了张释的建议，传旨从齐国二度分割出琅琊郡，封刘泽为琅琊王，反正羊毛出在羊身上，封来割去都是刘氏名下的封地。刘泽得封，田子春立即催促他从速离开长安。等到刘泽偕同田子春父子出了函谷关，吕雉果然派人前来阻止，可惜晚了一步。

这边才开封诸吕，那边便出了怪事。五月初四，赵王宫中的丛台发生火灾；秋季的桃树、李树都反季节开花了。转年十一月，才当上吕王的吕台一命呜呼，谥肃王，太子吕嘉袭位。建成侯吕释之已经在惠帝二年时死去，此时便顺理追谥康王。他的嗣子因罪被废，于是，吕雉另立其少子吕禄为胡陵侯，预备着让康王的香火得以接续。到春正月二十七日，又发生大地震，引起位于今甘肃南部舟曲的羌道、陇南东北的武都道山体开裂崩塌，也就是当代所谓“山体滑坡”。似乎天怒人怨，难免朝野上下议论纷纷。

四月，吕雉封高祖功臣郎中令冯无择为博城侯；封以军匠起家、建宫筑城有功的少府阳成延为梧侯；封吕释之之子吕种为沛侯；封姐姐长姁的儿子吕平为扶柳侯；封越人骑将之子张买为南宫侯；封齐丞相齐寿为平定侯。

五月初九，封楚王刘交的儿子刘郢客为上邳侯；封齐悼惠王刘肥的儿子刘章为朱虚侯，诏令宿卫宫廷，还把吕禄的女儿嫁给他为妻，以便延续刘、吕的混血。这即便算不得维持吕氏权势地位的有效之举，至少也算得长远的安全措施。刘章尚武，身高力大威风凛凛，诸吕对其颇为忌惮，大臣们多有暗中依附者。

六月三十日，又出现了日食。到七月，恒山王刘不疑死去，谥哀王，其弟襄城侯刘山袭位，改名刘义。其间，朝廷发行八铢钱。

高后三年夏，江、汉泛滥，淹没四千多户百姓；秋季星星只出于半天；又有伊水、洛水、汝水横溢，总计两千四百家的房屋被冲毁。也就奇怪了，偏这些年灾害记载频多，似乎在表达一种情绪和暗示。

进入刘盈身后的第四个年头，也就是公元前 184 年，二月初七，吕雉立孝惠帝名分上的儿子刘太为昌平侯；夏四月，封妹妹吕嬃为林光侯。同时还封吕他为俞侯、吕更始为赘其侯、吕忿为吕城侯。自此，吕氏已经是满门王侯了。

随着月落日出，少帝刘恭眼见得长了几岁，被那暗藏用心的人点拨，终于有一天脱口发了句致命的牢骚：“皇后怎就能杀我生母而冒充顶替。等我长大成人亲自临朝，首先就要改变这个错误！”宫中耳目早把此言报告给吕雉。吕雉一怒之下，把刘恭幽禁到永巷里。朝臣见不到小皇帝了，难免生疑。吕雉也装疑惑呢：“大凡治理天下、身系万民命运的人，应当俯控如天，承托如地，上面欢欣鼓舞安定百姓，百姓发自内心尊奉上面，快快乐乐在上下交流中实现天下大治。可如今呢，皇帝病久不愈，精神错乱，看来是没法继承大统治理天下了，还是趁早另立一个吧！”

群臣将信将疑，无奈之下，有人叩头表态：“太后思虑深远，这是替天下百姓着想，对于安定宗庙社稷意义重大。我等群臣叩谢奉诏！”吃了这个定心丸，吕雉便下令废去少帝，随即秘密杀死。

五月十一日，立恒山王刘义为帝，再次改名叫刘弘；轵侯刘朝晋封恒山王。

这一年，平阳侯曹窋被任命为御史大夫。

尽管大面上诸事顺遂，但朝野暗流汹涌，刘氏子弟、宗亲和高帝旧臣对吕雉的所作所为看在眼里、记在心头，哪能甘心出生入死打下的江山被外姓窃取。对此，吕雉从来没有放下戒心。为淡化和转移这种情绪，经授意，有关官员便上表称南越发展军备，其用心可疑，奏请关闭关市，重点杜绝铁器输出。太后准奏。南越积攒实力，这是长期的事实，因而可以随时列出罪名。至于其威胁有多大，那就不好说了。总之，立场是有规定性的，谁也不能对朝廷搞独立。

赵佗的表现可谓聪明。他传出话来：“当年高帝立我为王，双方使节往来不断，还建立了正常的贸易关系。现在太后是听信了谗言，把南越当作蛮夷加以歧视，禁止物资用品交流。”此言避免把矛头直指吕雉，却锁定了利益攸关的报复对象：“这肯定是长沙王出的点子，他是想依仗朝廷的势力击灭南越，把南越纳入他的势力范围，还可在朝廷那里捞一项大功劳。”于是，赵佗以“南越武帝”的名义发兵长沙国，但在几个县取得胜利后，便撤军防守，做到了适可而止。吕雉派隆虑侯周灶担任主将，兵出骑田岭，攻打阳山关。

这一年八月，淮阳王刘强去世，吕雉立壶关侯刘武为淮阳王。对于刘盈这些所谓的“儿子”来讲，目前还能充作吕氏的政治挡箭牌，但自行死去的也许要比坚持活着的命运更好些。

九月，又到了匈奴各部落准备越冬生活物资的时刻。鉴于以往的经验，朝廷征发河东、上党两郡的骑兵驻屯北地。为了保持这一举措的连续性，还固化了戍边部队轮换制度，一年为期。

又是一个落英缤纷的季节，匈奴各部落正在如火如荼地转场积储，一年一度的蹛林大会即将举行。在北假王庭大帐外宽阔的草原广场上，从清晨就开始的匈奴上层聚餐刚刚结束。酒宴的表面形态是大吃大喝，但于醒言醉语中也能贯穿主题，包括公然散布谎言。尽管周边环境已经发生了巨大变化，但在公元前后，匈奴掠食者依然坚持连续不断的历史性选择，因而高层舆论颇具建树；那些关于不打劫就无以生存的信念自始至终，而且随时能调动兴奋基因。为了在更加广阔的地域内建立食物和用品供应基地并攫取源源不断的商贸之利，须发染霜但依然健壮的一代天骄没打算停止其扩张的步伐。

冒顿丢开酒樽晃悠悠立起身来，面上的酒色被夕阳映得通红。他只似在无意中朝右屠耆王且蕃虚晃一眼，便由左右扶持着，一脚深一脚浅地回大帐去了。大帐的背后是满山红叶，他仿佛是走进了神话般的烂漫中。

诸王将纷纷上马离去，或飞奔，或悠游，多半是醉透了。且蕃也跨上坐骑，但只溜达到广场边上，便勒住了缰绳。他反身看一眼正在收拾残席的侍卫，目光随即转向火红色的大山背景前高高飘展着的单于旗。良久，再转向平缓而宽阔的山坡，看那些刚刚离席的官员，猛然产生了一种莫名其妙的联想，仿佛那席上的酒肉，都被一团团包裹了，胀鼓鼓驮运下山，驮进一座座豪华的大帐里。他笑了，都这把年纪了，平时并不擅长幽默，可不明白此刻为何会想得这么滑稽。俄而，注意到了包裹自己手臂的闪亮的丝绸，不自主拿手抚摩了两下，又接连抚摩，感觉是那样的柔滑。这东西穿在身上，确实比羊皮爽快得多，根本就不属一回事。于是，那些远去的骏马上，便都向他的沧桑的眼帘闪烁起炫目的绚丽。他又不明白自己为何有这样的幻觉，只带着七分的酒劲儿止不住要乐起来。

坐骑似乎耐不住性子了，便在原地打起转来。且蕃于是拨马返回单于行庭大帐，有些想法要与冒顿单于彼此托个底。这才放开马步，隐约听到有歌声飘过耳畔，似却夹带着几分莫名的蕴结。仔细辨别，自觉得会心。正琢磨呢，马步已自转向一边，且蕃决定绕过大帐，循歌声探个究竟。

第一百零四回

行大计臣主悦阏氏 剪刘氏吕雉诛亲王

转过大帐背后，便看到黄耳在林间半黄杂绿的草坡上溜达，时而低头拨着草茎嗅来嗅去，时而昂首向远处张望。歌声便是从离骏马不远处传过来的，此时是听得清晰了：风儿已经停息，白云飘浮无牵；马儿在草地游荡，猎手心锁山峦。草儿青青草儿枯黄，泉水潺潺溪流蜿蜒；骑士跃马不知所向，弯弓徘徊箭指何巅……

在且蛰听来，这歌词儿有点咬文嚼字了，不用说是被那中原的聂老师“教化”了……也许是与那商人的儿子聂省过往甚密的缘故，小子竟被感染了“书生”味儿，不，中原把这叫作“书生大将”，对，小子还说不上“所向无敌”，至少也算是“勇不可挡”啦！

这么想着，口中呼哨响起，那边的草地上应声蹦起一个身影。且蛰“呵呵”一笑，果然是猎骄靡了。

猎骄靡行礼问安。且蛰大声问：“王子在想啥呢，那歌儿……”忽然止住了，凝视片刻，小子竟是那样强壮，能感到力量从他浑身的每一处肌肉中迸发出来。由于隔一段时间才能看到单于家两位王子，因此，每看到一次，都会发现他们身上的变化。这次，他明显感到猎骄靡的身上已经透露出成熟的气息，但在他的眼里依然是个孩子。

且蛰下马，盘腿坐在草地上，口里随意地问：“稽粥呢，咋没在一块儿？”在他的心目中，这哥儿俩总是形影不离。“来来，坐下说！”

“稽粥……哦，他打猎去了。”猎骄靡顺从地来坐在且蛰一旁。

“你没一块儿去？”

“我今天不想去。”

“为啥不想去？”

“心里有点发闷……反正我越来越不想看到小鹿被射死！”

“那咱就不杀那小的！”

“我也不想杀死成年的！”

且蛰感到十分诧异。但他没有继续这个话题，接着刚才的话问：“你有学问，歌儿也唱得好听，这回是跟谁学的？”

猎骄靡回答：“没跟阿妈学，这回是我自己编的，编得还不够好，是吧？”

且蛰不由得“呵呵”一笑，这家伙简直太可爱了。真是，父辈在这个年龄上，已经顶天立地叱咤风云了，而在单于和阏氏特别的呵护下长成的猎骄靡和稽粥，还总脱不了孩子气。这就罢了，可猎骄靡今天不想打猎，也许就意味着明天更不愿作战，这能行吗？他敏感地想到，这一切都是受到了蛮芑阏氏和聂行父子的影响。但一样成长的稽粥太子，却为何没这么纠结呢？他第一次关注到，猎骄靡纯净的眼神中明显流露着忧郁，内心不由得感叹，也许一切都是天生的。

“得跟他说点啥。可阏氏是不肯向他透露的，那样会生分了她娘儿俩。”且蛰犹豫着，这事得周到，得琢磨仔细了。于是他就地躺倒，也对猎骄靡说：“来，咱爷儿俩都这么躺着，你唱歌，我听着，那歌儿编得好，也唱得好！”

孤独的黄耳到了近前，来与且蛰的坐骑结伴，它们早已熟识。且蛰无意中看到马鞍旁悬挂的不是箭囊，而是一个木匣，便感到奇怪，问：“那里面可是些竹简？”猎骄靡点头：“是。”且蛰赞赏道：“好，好，多些学问好……不过，草原上更离不开箭，懂吗？”

猎骄靡的回答大出且蛰意外：“我更喜欢剑，读书人总是书剑不分家的！”且蛰没法再讨论这个问题，便说：“像你阿爸、阿妈一样，本王也有一匹坐骑要赠送与你……那也是一匹难得的好马！”猎骄靡兴奋起来，问：“起名了吗？”且蛰说：“也是刚起了个名，叫‘天山雪’！”

猎骄靡脸上露出不解的神色。且蛰问：“这名字不好？”猎骄靡回答：“好……可这马与天山有啥关系呢？”且蛰笑了：“好就行……关系嘛，总归有的！”

“那好吧！”猎骄靡毕竟心里高兴。

“来，接着唱歌，我还等着听呢！”且蛰的口气格外亲切。他的确从心眼里喜欢这位与自己缘分不浅的王子，甚至后悔当初没把他留在自己身边抚养，当然，那不可能。

挡不住右屠耆王再三说服，蛮芑阏氏只得琢磨着打算向猎骄靡透露他的身世。她知道冒顿单于在回避这件事，而且蛰的面子她无论如何也磨不开。做这个决定很是艰难，她担心从此在王子善良的灵魂中播下复仇的种子。而她完全能猜到，单于和右屠耆王以及他们手下那些唯恐无战的骑士们，正是怀着这样的目的。还有一个难处，稽粥太子同样也悲惨地失去了母亲，拔出树根带出泥土，只要揭开猎骄靡的伤疤，稽粥的创痛还能掩盖吗？两个孩子，母亲的眼里只有“孩子”，他们从小一起长大，亲密无间仿佛就是一个人，当然无所不交流。可稽粥与猎骄靡的性格差异极大，更容易激起内心的仇恨。当自己的仇恨已经失去了发泄对象时，两个相似的仇恨便会自然地合而为一，一并转化为针对月氏的作战欲望。当然也有潜在的顾忌，虽非亲生，但她以自己美好而短暂的青春岁月换得了两个孩子的成长和无比爱戴，身份秘密被揭开，母子会不会生分了？当然，这是次要的。

正自思忖呢，冒顿来了。看阏氏拿眼瞪他，便忍不住笑了，问："阖瀚呢？"回道："在他自己帐中读书呢！"又问："好几年不见你套马了，手脚还算利索？"分明是打岔呢。可蛮芑一听说套马，便来了精神，立刻回道："这几天正想去牧场上散散心呢，被右屠耆王一搅和就忘了！"冒顿听话里有话，并不接茬，只逗道："可别只套个马耳朵啦！"蛮芑瞪一眼嗔道："只套你那耳朵，好让它听话！"冒顿乐了："你怎就不肯饶我一次呢！"蛮芑说："且别打嘴仗，我们这就走！"冒顿应道："走，走，我还真想看看你年轻时那劲头呢！"

收拾利索了，叫侍从带上套马索，正先后出帐，却看到两骑马并排而来，马上猎骄靡与稽粥正角力呢。冒顿看了"哈哈"大笑，笑得有些夸张，说："正想让人去找你哥俩呢，倒自己来啦！"蛮芑却说："总成天嬉闹，这黄耳、枣骝都已经是第二代了，看你俩啥时候才能长大呢！"冒顿这回却接得快，说："快了，这人能创出一番大业，就自然长大了……"蛮芑突然回身，口里说："我不去了，你爷儿们自己去'套马'吧！"冒顿拿手揽住："要去，要去，有他俩陪我们散心，那是多么美妙的事情呀！"蛮芑果然顺从了，于是各自上马。冒顿喊一声："跟上！"便放马先行。蛮芑招呼两个儿子不紧不慢地随在后面，一路上问这问那，多是猎骄靡回答。

不一时，来到单于行庭专属的牧地。牧马人远远看到大单于，便赶忙迎上前来。拜见过了，冒顿吩咐驱开马群，好让蛮芑放手表演。蛮芑此时不再顾及冒顿父子，只稍扯缰绳，立即松开，腿下一用力，坐骑便箭一般冲出去。冒顿伸手接过随从递过来的套马索，顺手抛去。蛮芑回身接住抖腕一收，那索便服帖地被挽入臂弯。于是，父子三人驱马沿一旁奔驰，但看蛮芑如何耍花样儿。

蛮芑并不忙于出手。她心里有些憋闷，且疯跑一阵发散个够。就这么跑着，弄得俩儿子直纳闷。稽粥开始呼哨着追赶鼓劲，猎骄靡则放缓了马步；冒顿心里有数，对蛮芑那点没长性的小脾气他再熟悉不过。

也就在这一瞬间，蛮芑一错身消失了人影。忽从马腹下抛出索头，向马群的空当直钻过去。恰巧一匹刚刚长成的儿马赶到，那索便凌空打了个卷儿，把马脖颈绕个正着。儿马被拉扯着，急切跑脱不开，蛮芑跃上坐骑，收紧绳索赶了上去。马群边缘，已经拉开距离的父子三人情绪高涨起来，借这当儿向前跑拢。

抢在前面的稽粥忽地惊讶一声，勒马原地打了个转儿。冒顿看时，只见那边套马索一晃，便脱落下来。儿马挣脱了束缚，猛地纵身。他心里一乐，原来阏氏真的不比当年了。还没想过来，却听到稽粥大声喝彩。原来蛮芑已经飞身落在儿马背上，任那马蹦跃腾跳，恰似黏住了一般。冒顿更乐，直在马上耸起身来。后面赶过来的猎骄靡却绷不住了，一骑马赶上前，生怕阿妈不慎被摔下来，毕竟也有些年纪啦。

不一时，儿马脱离开马群，只管要摆脱背上那个完全不习惯的重负，但无论如何也达不到目的。蛮芑看看是火候了，便腾出手来，不停地在马的鬃毛上梳理，间或还去抚摩它的面颊。儿马渐渐安静下来，它很快就变得顺从了，接受了出生以来的第一个主人。于是，蛮芑也放松下来，只坐在马背上，任其走去。

父子仨聚到跟前，从各自的角度欣赏那一人一马疲惫的姿态，各怀着一种心情。过一阵，冒顿对两个儿子说："看你阿妈，与年轻时没两样。你们得好好学习这一手，父单于我可是不如从前啦！"

这话恰被蛮芑顺风听见了。她停下来，下马抚几下马背，然后一拍马屁股，儿马撒欢儿去了。俩儿子偷眼对视，都开心地发笑。随从牵过蛮芑的坐骑，稽粥看母亲只顾上马，便问："阿妈没听见？阿爸夸你呢，说他现在是不如你啦！"蛮芑回头温和地看看儿子，说："阿妈也喘着呢，也不如从前啦！"又添了一句："阿爸从来总拿好听话来哄你阿妈！"

冒顿这乐呀，却另有话："儿子们如今能吃能喝、能征善战，学问也见长，阿妈、阿爸就等着享清福啦！"

蛮芑白一眼："你就别再怂恿啦！"这一下，父子三人更是乐不可支。蛮芑的心情其实已经松弛了，看面前三双眼睛似乎都在巴结自己，便忍不住"扑哧"笑了出来。

远远看到一骑马，是阖瀚来了。到了跟前，与父母、哥哥行了礼，口里却说："阿爸阿妈只顾了自己玩，也不叫上孩儿！"冒顿笑了，说："你是文人，阿爸哪敢打搅你呀！"稽粥、猎骄靡两人驱马上前，分左右在马上与弟弟击掌，算是相互问候。

冒顿像欣赏艺术品一样地看着阖瀚，小声问蛮芑："这孩子长得可真受看，特别那白，咱匈奴中除阏氏外，就是他了。"蛮芑说："那自然！"冒顿问："我看他那张脸从小到大变来变去，现今可最像谁呢？"蛮芑反问："你看呢？"冒顿说："依我看，七分像阏氏，也得三分像单于。"蛮芑道："依我看，九分像他于阗王舅舅，也只剩得一分像你！"冒顿打起哈哈："有一分就行，就行，半分也行！"这话就有了歧义，蛮芑瞪一眼："把你美得！"冒顿正经说："我决定封阖瀚为日逐王，你看如何？"蛮芑眼睛稍一发亮，口里却说："随你便！"却又问："这日逐王是啥意思呢？"冒顿解释："大阏氏家在于阗，在西边吧。那便是咱们每天都看着日落的地方……"蛮芑说："大单于真聪明！"这一说，还真勾起了蛮芑的思绪，忍不住补了一句："这王号起得太美啦！"冒顿得意了："我说嘛，还能不美！"

那边猎骄靡却对阖瀚说："你也应有匹好马了，可惜阿妈只有两匹。不过，右屠耆王刚刚送我一匹，叫'天山雪'，就把它转送给你吧！"阖瀚欣喜地说："谢谢大哥！"

高后六年（前 182 年）十月，吕雉因吕王吕嘉恣意妄为、骄横无度，只得忍痛清理门户，下令废掉吕嘉。次月，改立汶侯吕产为吕王。谁家都难免有不争气的子弟，但诸吕实在是缺乏根柢也没有经过政治、军事历练，让吕雉无奈和失望的就要多些。

在刘、吕两姓千丝万缕的联系之中，既然彻底废弃刘氏是不可能的，那么，选择性地笼络刘氏子孙就成为一条必行的路线。由此，齐悼惠王刘肥的另一个儿子、朱虚侯刘章的弟弟刘兴居被赐封东牟侯，同样入宫宿卫。显然，吕雉有自知之明，也得有个长远之虑。刘肥虽为高帝庶长子，但毕竟刘氏所剩皆"庶"，为之奈何？既然刘肥为高祖所器重，生前也已经向自己低头，那么，对于真正的皇族血统，对于刘章、刘兴居这样在朝的刘氏第三代领头羊，也只能尽量取怀柔之策了，这还有利于控制二人的长兄齐王刘襄。

朝廷颁行五分钱，币面文字为"半两"，铜质，属荚钱一类。所谓"荚钱"，是西汉初谓秦钱"半两"重而难用，就改铸了一种薄如榆荚的货币，故而得名，也称"榆荚钱"，面值仍为"半两"。"五分钱"有两解：一说币面直径五分；一说币重为十二铢，即半两的五分之一。

宣平侯张敖死了，叨鲁元公主身后之光赐谥鲁元王，颇具含义地回到了"王"的地位。

高后七年前后，匈奴两次从河西走廊方向入侵陇西郡治狄道县，也就是今甘肃临洮。第一次前锋进抵位于今静宁西南的天水郡所属阿阳县，并实施攻打。转年十二月，从狄道掳去两千多百姓。动静不算太大，但方向上却更加敏感，更值得关注。汉廷一直实行睦边政策，但出于游牧生活的强制性补偿规律，匈奴部落依然难移劫掠的"本性"。朝廷不得已不断加强在北地的防范，代王刘恒对封国亦治理有方，善于避实就虚的匈奴骑士们便另从西边打起了主意。

狄道县，秦在狄人所居地设置。狄，也作"翟"，种姓很多，先秦时游牧于中国北部。春秋势盛，曾西侵周、郑，东扰齐、鲁；战国始戎、狄互称，所以二者无法严格区分。

此时吕雉已经垂垂老矣，心力交瘁。那些顽固的刘氏旧臣和上不了台面的诸吕势力，都让她应对不暇，没人能实质性替她分忧。现实让她体会到，靠着刘邦的肩膀，才真正有那八面威风；而离开了刘邦，尽管大权在握，也只是苦挣苦熬。她时时想起被委屈着在郁闷中死去的儿子刘盈，设问诸吕能取代刘氏而掌管天下否？刘、吕本就是一家人呀！她甚至悔不当初。当然这个倔强的女人，骨子里和表面上都是不肯认输的，权势之瘾欲、诸吕之“王”欲，都不会因任何的反思而终结。

麻烦说时就来了。赵王刘友的吕姓王后一怒之下脱离夫君，跑到太后面前哭诉，声泪俱下。口中的故事纯属捏造：“吕氏安得王！太后百岁后，吾必击之！”她说，这是刘友说的。这话正正刺痛了吕雉，一时怒不可遏，传旨召赵王来见。

刘友实际的过错在什么地方呢？这个婚姻是太后强加的，从心底里逆反，尤其心烦她姓吕。要爱，那自然十分宠爱其他夫人，还当面做给王后看，惹得王后妒火中烧。

刘友来了，被吕雉派卫士包围在官邸中，断绝食物供给。赵国群臣闻讯，偷偷派人来送饮食。卫士们奉命行事，来一个逮一个，来两个捕一双，统统治罪。刘友饥饿已极，拿一只筷子击案而歌：“诸吕用事兮刘氏微，迫胁王侯兮强授我妃。我妃既妒兮诬我以恶，谗女乱国兮上曾不寤。我无忠臣兮何故弃国？自决中野兮苍天举直！于嗟不可悔兮宁蚤自贼，为王而饿死兮谁者怜之！吕氏绝理兮托天报仇。”歌中不乏一名皇子的血性。

这是一个意味着决裂的日子，正月十八日，刘邦的亲骨血刘友被软磨而死。他没有被吕雉承认为皇族，只以平民的礼仪埋葬在百姓的墓地里。刘氏诸王委屈地龟缩在他们赖以生存和避祸的封地，心惊肉跳地等待着命运的裁决。刘友的下场使他们和那些忠于刘氏的旧臣认识到，命运最终只存在两股道：或重登九重，或覆入地狱。

刘、吕两姓越来越尖锐的矛盾，正在明里暗里不管不顾地推动帝、后两系水火不容的局面形成，而权欲酷盛的吕雉并不擅长驾驭这辆被自己点着了火的两姓驿车。无端的“不忍”就像这个词的两解一样，使她的行为因缺乏理性的统一而不相协调，日益膨胀的专制性格和难以挣脱的狭隘心理反复叠加，在疯狂迫害的同时，不计后果地让诸吕逐渐陷入由她一手炮制的政治泥沼。刘邦睁只眼闭只眼造就的这位无冕女皇兼二把刀政治家，一不小心便肆意挥霍她轻易攫取并也用心经营的权力财富。像一名不称职的清道夫那样，吕雉凌乱地清扫着她所垄断的街区，把珍宝和垃圾杂乱地堆积起来，只等她身后的某一天由内部蓄积的热力燃成明焰，事与愿违地彻底烧毁诸吕的未来。

刘友死了，吕雉心里舒坦了吗？恰巧当月三十日发生了日食，这日食来得比以往彻底，白天里一片晦暗。吕雉仰面叹息，脱口说道：“这都是因为我的缘故啊！”言为心声，她的心情比天空更加黯淡。她感到厌恶，却不知厌恶什么。从此，无冕女皇终日闷闷不乐。一个蓄意做坏事的人，心情终究好不了。

开弓没有回头箭，事情还是要坚定不移地做下去。二月，吕雉改封梁王刘恢为赵王，打发他到河水以北去，在重要的梁王宝座上留下了一个悬念。她依然执着地使用刘、吕联姻的手腕，继续搞拉郎配，把两个家族反复捆绑到同一辆战车上。一车倾覆，又搞一车。这回，她把妹妹林光侯吕媭与樊哙所生的女儿嫁给了琅琊王刘泽，同样牵一条丝线在长安。

梁王的空缺到底是更名改姓由吕王吕产来填补了。梁地对于朝廷来讲，战略地位不言而喻。既然小王摇身变成了大王，吕产无论才能如何，是应该到封国去的，也好在那里为吕氏竖起一面屏障。但他没有去，因为本身还兼任太傅之职，正全心全意地给小“皇帝”当师傅呢。

所谓的“皇子”昌平侯刘太获封济川王。此时梁地被改称“吕”，而吕地被参照原名改称“济川”。那么，吕产也就是挪了个地方，称号没有变。但是，习惯上，人们还是把吕产称为梁王，实在是“梁”字太根深蒂固了。有时候，政治上卖的关子真可谓掩耳盗铃，禁得了臣言却禁不了天下之口。

刘恢被迁移改封后，又被吕雉把吕产的女儿强嫁给他，二度造就了一个心情郁闷的赵王。这似乎是一条轨迹，一个死结，布张着前赴后继的命运诡局。簇拥着王后的爪牙们，无时无处不闹出些歪点子，怂恿王后干政，甚至于出面把持政务。这还不够，连赵王也处于他们的监视之中，一言一行都被报告到吕雉那里。刘恢失去了自主，处处受制，没有一件事能遂心。终于一日，他所宠爱的美貌妃子被王后重复吕雉的故事，明目张胆地派人用毒酒毒死了，一颗脆弱的心也随之被撕裂了。

第一百零五回

泄血愤男儿讨酒令　御长鞭行帐论天山

这是六月里一个孤凄难耐的夜晚，刘恢仰望满天星星自斟自饮。有言道“借酒浇愁愁更愁”，一时悲从心起，再也无法克制久已压抑的悲愤，便自成哀歌四章：月何方兮河欲何方，问苍冥兮意自彷徨；风何方兮姬欲何往，吾心摧兮其夜何长？星何方兮家人何方，嗟无栖兮身自何藏；兄何方兮弟亦何丧，吾心悲兮其路渺茫。日何方兮社稷何方，叹宗庙兮晦暗无疆；魄何方兮生本无常，吾心怅兮其哀也惘。心何伤兮美人何殇，哭此恨兮无处可偿；朝何方兮夕将何往，吾心碎兮随风飞扬。

独自随醉吟唱有时，又唤乐人来唱。就这么连着唱了几日，到那一个寻不见星月的时刻，风起处，刘恢把酒倒进口中，仿佛身心已经随着歌声飘向无垠的夜空。他丢了酒杯，取剑起舞，脚步踉跄，散了身架。那乐人正自心不在焉地唱呢，忽觉一股腥热扑面而来，面上溅了些黏糊糊的物什。却待伸手去抹，只听得“扑通”一声，看时，吓得狂呼起来。一时间王府里乱成一团，眼见得血流满地，刘恢已经断了气。兄弟赵王的命运何其相似，犹如一人之死。

刘恢的死讯报到朝中，众臣大哗。吕雉始觉愕然，随即大怒，叱道：“身为皇子，竟敢为一妇人而轻弃宗庙，实于礼不容。他是自绝于刘氏，莫怪哀家心过坚硬！”于是下令废除其后代的王位继承权。似乎合情合理，刘邦直系中又被删除了一支。

两位叔叔的接连死去，在一名血性男儿的心里激起了层层涟漪。他就是年方二十的朱虚侯刘章。这一天，他怀着满腔激愤，带领一帮宫廷卫士演习骑射，正觉得有许多的力气使不出去。恰在这时，太后传旨要他入宫侍候宴席。他欲待不去，又不宜公然抗命，只在心里抱怨：“刘姓子孙都死到哪里去啦，眼看着太后胡作非为，也没人能出面说句话！”他岂不知孝惠帝事实无后，论血统自己兄弟现就是排在第一梯队的皇孙，他是在怨叔叔们因丢失了权力而任人宰割，怨他们不争气呢。“寻死又有何用，人家正巴不得呢！”他赌气乱想着，脚已经到了殿门。

吕雉见刘章奉旨来到，脸上露出笑容，安排说：“今日这监酒的差事就归你啦！”刘章拱手领旨，心里忽然生出道道来，便即请命：“臣天生就是一名将军，请太后允许我用军法监酒。”吕雉只当那不过是讨个劝酒的权威，闹着玩嘛，便顺口应道：“行！”

酒喝到了兴头上，殿上招呼歌舞，一时间群臣情绪高涨。刘章请旨：“臣曾吟就一首《耕田歌》，请为助兴。”吕雉心情不错，也是酒喝得多了些，口中“吁吁呀呀”

有点夹缠不清：“你这小子，回想你父亲倒是晓得田里的活计，可你生出来就是个王子，哪里懂得种田的事情！”刘章坚请：“臣自然懂得！”吕雉一笑：“好，那你就试试，只给哀家说这种田的事！”刘章于是执盏，昂然向座中示意，然后放声而歌：“深耕概种，立苗欲疏，非其种者，锄而去之！”歌罢，说声“请”，自顾把杯中酒一饮而尽。

余音未尽，这欢宴的气氛只似遭了霜打，堂下散乱的眼神都聚向一处，从刘章移到吕后面上。吕雉把酒樽止在半举，片刻缓缓放下，沉默着一言不发。宴上空气逐渐凝结，群臣尽皆局促。这时，诸吕中立起一人，似是醉得厉害，摇摇晃晃想要离席。刘章大声喝止，那家伙似不由自主，只跌跌撞撞出殿。刘章大怒，一直追到殿门，猝然拔剑直刺后心，立时倒地毙命。殿上大哗，刘章送剑入鞘，直趋殿心，拱手禀报：“有一人逃酒，臣已按军法将其处斩！”吕雉目瞪口呆，既然应允以军法监酒，还能拿刘章怎样！诸吕及大臣们被震慑，这酒无论如何是喝不下去了。于是吕雉挥挥手，群臣慌乱地退席。

之后几天，有人提心吊胆，有人幸灾乐祸；而诸吕从此更加忌惮刘章，连走路都绕道儿躲避着。大臣们则明里暗里纷纷依附，刘氏宗室似乎有了主心骨，势力日渐复振。

难氏来单于帐中，看到勒侯祜手里逗弄着一对木头制作的小人儿，那腿和胳膊都能动来动去，甚是稀罕。于是问：“哪来的玩意儿？”勒侯祜只不作声。难氏皱眉间，忽然醒悟，便说：“卖啥关子，还不是从大阏氏那里弄来的！”

勒侯祜故作惊讶，问：“你却从何得知？”

难氏摇一摇头道：“不料还真想错了蛮芑阏氏呢！”

冒顿正巧从后帐来，听了感到奇怪，问：“此言怎讲？”

于是，难氏说：“起初无意中看到大阏氏在山坡前摆弄白登山汉使送来的美女画像，还以为……”

冒顿想起来了，笑得几乎喘不上气来。而勒侯祜却不动声色。

“大单于为何这么高兴！”帐帘打起，右屠耆王且蛰迈步进来。天气尚且寒冷，他不辞辛苦再次来到单于行庭，主要是讨论那个久已由后义庐侯提议的进取方案。延至今日，冒顿决定加以实施。

“依我看，兄长就不必去天山了。”冒顿说。

且蛰感到惊异：“我不去，那你去？”他把放在炭火上烘烤的手抽回来，眼睛却也在看那些小人儿，说："还挺有趣……你这个左骨都侯呀！"

冒顿摇头："我更不会去。我要是去了，蛮芑阏氏由谁陪着呢，她指定再不肯去那打仗的地方。再说，我也老啦，这脑袋……"他指指自己的脑袋，"不时就要痛的，还发晕。"

此时勒俟祜在一旁似听非听，他不甚见老，一对眯缝着倒竖的眼睛依然透露精神，视线灵活地滑来滑去，耳朵在动，连胡须也充满了动感。他不期与难氏对上了眼，两人彼此毫不相让地瞪着。难氏顶不住了，口里却令人惊诧地冒出一句话来："大单于莫非要右屠耆王率骑去河南地？"他似乎在戏言。

冒顿和且蛰两双眼睛一齐转向难氏。难氏却没忘记与左骨都侯斗法，回过来冲勒俟祜一挤眼睛，意思是：看到某人这一招了吧！

"这一招"到底是啥意思呢？太费琢磨。大规模进攻汉朝？这不可能，冒顿和且蛰不止一次地聊过这个话题，总之是务虚，过嘴瘾。因为大家心里都明白，匈奴没有这个实力，两败俱伤不合算。再说，自白登解围以来，两边通过和亲维持了大局面，非有长远图谋决不能轻言开战。现今各部落虽不免对汉边有所掳掠，但关市闹得更为红火，两边互通有无，来往频繁，彼此都熟识了。汉朝和亲时携带的丰厚陪嫁，汉天子每年给予的无以数计的"赏赐"，那诱惑，根本舍弃不了；特别是供上层享用的绸缎宝物，抢是抢不来的。何况不用费力就送进了大帐，这么便宜的事情为何要去坏它呢？

且蛰的脑子里始终缠绕着一个难题，凡说杀戮死伤，蛮芑阏氏一概反对。唉，她生来吃穿不愁，想做啥就做啥，哪里懂得一年四季维持偌大一个部族的生计有多艰难哪！再说，不对外找点事，各部落就很难一致起来，免不了彼此争利，自己打自己。然后呢，必然要挨别人打。

与汉朝和亲这些年来，匈奴一直在向周边寻找更多的攫取机会，可哪里有个够呢！长鞭可及之处，冒顿和且蛰不约而同地反复琢磨难氏的提议，由月氏到城郭诸国，由城郭诸国再到月氏。听说月氏从塞种那里抢来的牧场远胜于河西，水草丰茂，气候宜人，月氏人从王室到牧民，日子过得平静而滋润。想来想去，思路越发开阔起来。

难氏又进一步概括地认为，大匈奴如果控制天山，其利将是长远的和取之不尽的。还没看见呢，只听听就充满了诱惑力。于是，单于庭和右屠耆王庭分别派出许多探子，一拨又一拨，月氏的情况不说了如指掌，也差不多一清二楚。反复斟酌，有把握；然后便张罗着贮备牛羊给养。要搞一次远征，不能不有充分的补给准备，汉朝每年送来的物资可以补充中上层将领的军帐，也算是帮上大忙了。

然而，获得的信息越多，要顾及的问题也越多，想法就更多。虽然主要的关注点在月氏，但城郭诸国的价值也不断成为思考。于是难氏亲自西上，几乎用了大半年的时间，返回后认识更不一样了。他说，西迁天山的月氏人现在也是了不得，自己在名称前面加了个“大”，就是与大匈奴、大汉朝并列了。越是这样，讨伐月氏就越加迫切，免得将来大匈奴遇个天灾啥的，或者在别处遇到大麻烦，它就会乘虚发兵报复。他还第一次明确提到了敏感的南部“城郭诸国”，说，天山之南同样地域广阔，宜农宜牧，可以提供粮食和闻所未闻的各种奇珍异果，还有一种树枝上结的桃子，里面能绽出像蚕丝那样的东西，洁白绵软，能拿来纺纱或者絮夹袄……

“还有那过路费……那啥，中原人咋说呢？对，叫‘雁过拔毛’……”勒俟祜很是不甘寂寞，还多余地拿树棍拨弄着炭火。不可轻视的商贸之利，贿赂之利，主要是东来西往的税收之利，这一点也十分诱人。西域城邦只在必经之路设几处关卡，不争不抢，就有稳定的收入，这等于是天赐的财物。但勒俟祜的话说得难听，也就没人理他。

难氏认为，打败月氏和控制天山基本是一回事。可冒顿从各种信息的汇总中认识到，城郭诸国打断骨头连着筋；又从自己家的现实中认识到，统统连着蛮芑这根筋，这也是难以逾越又不得不逾越的难题。

且蛰问：“听说天山南路城郭众多，再相互救应，如何能一一攻取而不被阻滞呢？”

难氏回答：“假如右屠耆王亲临，便可知这事不难，有把握。那天山南面直至葱岭、昆仑，沿途一条沟里流出一道水，流到很远才能汇在一起，浇灌一片片绿洲，绿洲间又有大片荒无人烟的戈壁阻隔。所谓‘国’，也就是这绿洲上的数座村庄甚至一座村庄，百姓多的有一两万人，或有城郭；少的则几千人、几百人，仅土墙树丛遮蔽而已。又不免争利，常有互相利用、勾心斗角之事。我骑士蜂拥而至，其必恐惧，又各怀心思，故屈之犹如反掌，甚而遣一使者足矣，无须兵戈。月氏既下，其必更加惶惶不可终日！”

且蛰说：“既如此，当然要一并取了，足使大匈奴地广一倍……”

冒顿于是说：“河南那边果然要弄出点大动静来，不然，太后就忒关心我等骑士为何弯弓西射了。”

“其实无所谓的，围猎而已，围猎而已！”勒俟祜插科打诨。他拿被点着了冒烟的树棍划着圈圈，大圈里面套小圈。

没人发笑。难氏接住话茬：“我大匈奴不动声色西侵，等汉朝的太后大臣们明白过来，也就无可奈何啦！”

且蓥重复刚才的问题：“两面开战，必分虚实。可我去了南面，谁去取大月氏呢？总不至于大单于亲自出马吧！再说，西边本就是右部的事，我自当受命，义不容辞。”

冒顿说：“后义庐侯想得周到。南面我是断断去不得的，若去时，便没了进退回旋的余地；我不去，则兄长必去，要不然这声势就不足，不足以迷惑。”

且蓥回到一个自己脑子里本就有底的提问上：“大单于的意思，西边就交给太子了，还有猎骄靡王子。”

冒顿却坚持那个前提：“这事还是以你右部为主，两头全都交给兄长。”且蓥当然知道，这就是个说法而已。论辈分，他是得到尊重的；但论地位，右王已经不足以对二位后生发号施令了。但他还是接住了单于的话音，说：“看起来，我得练练分身术啦！”说着说着走神了，想起了猎骄靡的状况。与此同时，冒顿实质性想到了蛮芑的态度。派儿子远征，本就不易；如果涉及天山之南，那就更为敏感。当然，可暂且瞒住不提。无论如何内部也是要“攻坚”了，该从何处下手呢？两人的思路都转向了乌孙部落。

出使乌孙部落的差事，非左骨都侯莫属。只因当初神出鬼没搅乱月氏王庭一节，这勒俟祜的大名在步厩部落可谓如雷贯耳。

勒俟祜先是到了蛮芑阏氏帐外，只请蛮芑出来问安。蛮芑在心底里发嗔：这人都老啦，还改不了精灵古怪的脾气！于是出帐，见左骨都侯正自把着猎骄靡的手说话呢。她心里一咯噔：这家伙又玩啥诡道呢？

勒俟祜见阏氏出来，便赶紧迎上前。蛮芑却抢先问候一声，转对猎骄靡说：“来了也不进帐，在外边做啥呢？”猎骄靡恭敬地回答：“孩儿正是要来看阿妈，在这遇上了左骨都侯大人。”

勒俟祜说：“正是，凑巧了……我来是求阏氏一件事，请阏氏给个面子，就先答应了！”蛮芑问：“你说啥事，说了才好答应！”勒俟祜说：“既然阏氏说说了就答应，那在下就说吧……大单于派我出使乌孙，说，猎骄靡王子早已能独立成就大事了，可以顺便一起去自己部落里看看。不过，这事非得阏氏同意不可！”勒俟祜说话时，语气很强调。

蛮芑已经看出猎骄靡恳求的眼神，知道方才被勒俟祜通了气。这多少年了，没人提起让猎骄靡回部落探望，为啥突然提起？给孩子讲述身世的承诺还没有来得及履行呢！把两件事想到一起，她看出单于庭正在筹划着什么大事，冒顿不说，也不好多问。

看来勒侯祜带猎骄靡出使乌孙，多半不是啥好事。这可咋办呢，即使不给冒顿、勒侯祜面子，可乌孙王子看望族亲和先父子民的事情，于情理于大局都是拒绝不了的；再说，猎骄靡已经在当面，可不能伤了儿子的心。一时无法，也只好朝勒侯祜瞪一眼，说：“左骨都侯就是鬼大，巧事都让你遇上啦！”

勒侯祜连忙接茬：“阏氏肯给下官面子，臣这里多谢啦！”便催促猎骄靡：“王子还不赶快拜谢阿妈！”猎骄靡连忙单膝跪下，以手加胸说：“谢阿妈！”蛮芑一跺脚回帐去了。勒侯祜暗自高兴，方才朝猎骄靡一笑，蛮芑却返身回来，朝正在迷惑的猎骄靡说：“来，阿妈有话跟你说！”这回没搭理勒侯祜。

猎骄靡朝勒侯祜看看，意思说：这是咋的啦？只没能说出口来。

自从吕氏当权，陈平无论担任左丞相还是右丞相，虽然因诸吕把持朝政感到深深忧虑，但自知无力改变现状，便表面抱一个明哲保身的态度。平日里，他只闲居府内，示人一副悠闲自得的样子，看上去安逸得了得，内心苦思对策而不得。

有一个人到底看不下去了，这便是陆贾。吕雉当政后，陆贾也知无力抗争，便托病免职归家。为了眼头上清净，去好畤买了良田经营，遛马饮酒，搜集把玩宝剑，有小型歌舞乐队随从，比陈平更潇洒。可是，风流倜傥终究为表象。这日，他来长安拜访陈平，也不等通报，便直入内室，自行坐了。然而对面老半天，竟然没见丞相有丝毫动静。于是开口问：“丞相想什么心思呢，想得这么深沉？”陈平一惊，似乎才知道陆贾来了，便说：“好久不见了，真是想念得很呀！”忽然醒觉，反问：“先生觉得我还有啥想头吗？”陆贾笑道：“您高居相位，食邑三万，已经富贵至极，可以没什么欲望啦。我想想……嗯，要是还有什么值得牵挂的，不外乎两件事！”陈平抬眼看了一下陆贾：“哪两桩，你说说看！”陆贾道：“其一是担心诸吕……”

“其二呢？”

“其二是年幼的皇上。”

这不就是一回事嘛。陈平微微点头：“是啊，能有啥办法呢？”

陆贾回答：“天下安定，朝臣的目光聚集于丞相；天下危机，大家的注意力集中于大将。将相协调，则满朝文武心悦诚服地归附。如此，天下即使发生重大变故，权力亦不至于分裂。而今社稷大计，就在将与相的掌握之中啊！”

陈平脸色严峻起来，问：“这意思你跟太尉谈起过吗？”

陆贾回答：“说是想说的，但绛侯与我常开玩笑，随便惯了，他总拿我的话不当回事。您可不一样，为何不尝试与太尉来往，协调好感情，彼此结立牢固的联系呢？”

陈平犹豫了。早先高帝信赖自己，周勃、灌婴这两位便看不过眼，恰巧如今宿将中能成势者也就此二人。灌婴另说，陈、周虽其后有所协调缓和，但要抛开内心深藏的芥蒂去主动联络，即使面子上也十分为难。尽管如此，他还是细心听取了陆贾的谋划，决定以大局为重，求同存异。

并不怠慢。第二天，陈平便携带五百金登门向周勃祝福。周勃甚感诧异，尽管心存隔阂私下从不往来，但人家来了，也得讲个礼节，于是出迎。

得进府内，两人分宾主坐了。陈平表明来意："而今闲来，往事历历，感慨颇多。愿绛侯健康多寿，可保刘氏社稷长久。"周勃为之一震，内心已知陈平来意。

不出两日，陈平又置办丰盛的宴席，请周勃过府热情款待，由陆贾作陪。喝到酒酣处，架不住陈平好言巴结，周勃便也把多年残留的私怨搁置到一边。想想时过境迁，还在心里惦记这些挠糟事做什么呢？

陆贾看火候到了，便递话道："您将相二人往后得多往一起凑凑，要不然，高帝总也撂不下这牵挂呢！"周勃惊愕："我二人怎样，高帝也不是不知，他健在时也不曾多管这闲事！"陆贾说："不然。高帝健在时用不着管，可现在，他的在天之灵正在悲伤落泪呢……"

一时间，三人沉默不语。

周勃自此有心，便投桃报李，同样以厚礼回报陈平，两人结交日深。来往之间，陆贾相与谋划，把对付诸吕的方略一一琢磨透了。将相过从甚密，无异竖起了一面旗帜，又有陆贾紧锣密鼓从中串联，把朝臣凝聚在一起。诸吕无德无能，势力于无形中渐见萎缩，篡夺刘氏政权的心气日渐衰颓。

陈平与陆贾谋划愈深，内心便越发亲近，彼此命运无形中相牵。陈平善于敛资聚财，家底丰厚。于是，拿出百名奴婢、车马五十乘赠送给陆贾，还赔上五百万钱，说是充作"饮食费"。

第一百零六回

鬼魅入怀太后终寿 诸吕遑迫倚借颍阴

从张敖到如意、刘友，再到刘恢，赵王的位置仿佛就是一个令人丧魂失魄的魔咒，赵国便是一个命运的陷阱；如今这个魔咒又要轮到谁的头上呢？

吕雉派使臣前往代国，告知代王刘恒，希望改任他为赵王。刘恒不知其用心，便紧急召见郎中令张武、中尉宋昌等亲信臣僚来商讨。讨论的结果是否定的，太后也未必真心想让刘氏子弟继续控制赵地，所以婉拒并无害处，兴许还是好事。

刘恒便设宴款待使臣，席间小心表明立志替朝廷戍守代地边境，只防御匈奴而别无奢望。吕雉得到回报，果然并不强求，反而搁下了一桩心思。吕产、陈平便乘机上书说："汉阳侯吕禄是上等侯，名列侯爵之首，也应当晋进王位了，请封为赵王。"这本就是吕雉的意思，于是立即让侄子吕禄就封赵王，同时追尊吕禄的父亲谥康王吕释之为赵昭王。这个结果让刘恒松了一口气，自己果真就赵，难说不重蹈如意、刘友、刘恢的覆辙。换一个念头，但愿吕禄、吕产不会也中了"赵梁魔咒"！

九月，燕王刘建去世，谥灵王。刘建本与后宫美人生有一子，吕雉派人前往杀掉，王位因无嗣而废除。至此，刘邦直系二代中八去其六，唯剩代王刘恒、淮南王刘长。

这时，奉命讨伐南越赵佗的隆虑侯周灶遇到了麻烦。正逢暑湿天气，军营里开始大面积流行瘟疫，进攻不成，反失锋芒，退又于心不甘。关键是，怎样才能向太后交差呢？

高后八年（前 180 年），汉廷风云激荡，悬念和变数充斥着朝廷的每一个角落。

刘氏在燕国留下的王位空缺，又被诸吕填补了。就封燕王的是谥肃王吕台的儿子东平侯吕通；"东平侯"的名爵则由吕通的弟弟吕庄接替。

春三月，吕雉按惯例率众臣到渭水之滨举行消灾除恶祈求福佑的祭礼。"祓"罢经由轵道回宫，鸾车行进中，忽觉天空晦暗，有一形似犬类的青黑色影子不知从何处突至，直撞吕雉腋窝。左右人等大惊，正是无法遮挡，那物倏忽不见，竟自无影无踪了。

回到宫中，太卜令、丞随至听诏。吕雉吩咐就方才怪事占卜，结果是"赵王如意为祟"。刚刚除过恶，却又遭了魔。赶紧折腾着驱邪，但吕雉腋窝处还是伤痛不止。从此，朝中充斥着乖戾的气氛，谁也搞不明白到底是怎么回事。

太后病了，病得厉害。关于家里的事情，更是让她操心。这一天鲁王张偃入宫探望，病中的吕雉忽然怜悯外孙年少孤弱，便传旨，封先鲁元公主之前张敖的两名姬妾所生的儿子张侈为新都侯、张寿为乐昌侯，要他们尽心竭力辅佐鲁王。同时，又一名至亲的侄子吕荣被封为祝兹侯。

江汉水溢，万户百姓的家园毁于一旦。古人把奇异天象和自然灾害视作人间灾祸的兆头，也不讳归咎于朝政，这一回大伙儿毫不忌讳地都往太后和诸吕身上想了。

入秋七月，吕雉的病眼见得沉重起来。她必须在非常时期做好非常的布置，严防变乱。赵王吕禄担任了上将军，依然与吕王吕产分掌北、南两军。吕雉在病榻前秘密召见二人，问："高帝平定天下后，曾与大臣有约，你们知道我这是指什么呢？"

二人俯伏在地，带着哭腔回答："非刘氏王者，天下共击之。"

吕雉费力地抬手示意，要二人近前，挣扎着气息告诫说："封吕氏为王，我晓得众臣内心从来就不服。我将不久于人世，可皇帝尚且年幼，我是实在担心朝廷发生变故呀。我死后，你们务必率领禁卫据守宫室，保持警惕，千万千万不要为我送丧。身离重地，那就免不了为人所制，切切记牢了，啊！"二人连连叩首，口里不自觉地应承着，仿佛已经失落了主心骨。

七月三十日，吕雉病逝。遗诏：赏赐诸侯王各千金，将相彻侯郎吏各按照官爵人人有分，大赦天下；任命吕产为相国，把吕禄的另一个女儿嫁为帝后，左丞相审食其担任皇帝太傅。此为多管齐下，设法避免身后危机。

尚在阳山关前的山溪边徘徊的伐越主将隆虑侯周灶，终于能率兵后撤了。南越王赵佗不失时机地施展野心，动用兵威和贿赂两手，把闽越、西瓯、骆越等纳入了自己的势力范围，扩张所至，东西达到万余里。赵佗本人更是黄屋左纛，公开与汉朝分庭抗礼了。

西瓯、骆越均属古代百越族群。西瓯分布于今广西及广东范围内的部分地区，是当代壮、侗等民族的先民。秦汉时骆越的活动中心在今广西左江流域至越南红河三角洲一带，名称来源一般认为与垦食"雒田"有关。"骆"与"雒"通。西瓯也是西部越人部族的统称，包括骆越、南越、夷越、滇越，或说只就是骆越。

对于吕雉的归宿，说与刘邦合葬于长陵，但"山各一所"。有解释说：汉帝后同茔，则为合葬。实际情况是刘邦的坟茔在西，而吕雉的坟茔在东。

危机的积累已随着吕雉的死去而上升至爆发的临界点。刘氏旧臣与诸吕都以"作乱"的假设为对方定性，开始了决定政权命运的生死博弈。

诸吕所忌讳的是周勃、灌婴等刘氏宿将，未敢轻动，但自从吕雉死后，便私下里反复商讨，暗中调集军力，但尚未得到要领。吕姓的女人们更比男人心气高，欲望盛，会折腾。然遍看诸吕，却是成事的少，败事的多。这回吕禄的女儿把那些务不了实的信息，缺心眼儿地丢在了枕边，被本就留神着的朱虚侯刘章装到了心里。他深知，覆巢之下岂有完卵，决不能让诸吕的阴谋得逞。

刘章、刘兴居兄弟不动声色地谋划停当，暗中派人去与大哥齐王刘襄联络，鼓动他兴兵西向，二人来做内应，以期一举诛除诸吕，由刘襄登基当皇帝。对刘襄而言，这事太好了，也不得不行；再说，他本就是高祖庶出的长孙，刘盈既然无后，论地位和实力，可谓舍我其谁。刘襄继任齐王后，屡次被吕雉借口削夺地盘，心里闷气不说；更要命的是，诸吕若不除，他兄弟迟早会落得和几个叔父一样的下场。

刘襄看了两个弟弟的密信，立即找来舅舅驷钧、郎中令祝午、中尉魏勃，商讨起兵的事。谁知，兵马未动，丞相召平却出面阻拦。丞相是朝廷任命的官员，掌握着诸侯国的实际权力，替朝廷办事。刘襄无奈他何，便暗中派人去杀召平。谁知行事不慎，消息走漏。召平便先发制人，发兵包围王宫，所谓“兵谏”。事体太大，他一时还不敢真正对齐王下手，多少有点举棋不定。

正是犹豫未决，有中尉魏勃求见，说：“齐王想要发兵西击长安，可末将知道他未能出验虎符。相君发兵包围王宫，这是本分，是完全正确的。”魏勃素称勇武，要紧时刻，召平正需要这样的人来当出头鸟；换句话说，也就是替自己垫背。召平这里正动心思呢，只听魏勃请命：“请让我为您带兵进宫，暂且软禁齐王，然后再作计较。”此语可谓正中召平下怀。这中尉本就是负责都城治安的军事长官，一时尚未暴露立场，有他出手相帮，控制齐王便只在举手间。只因召平有所用心，急切间便没能仔细斟酌。他忽视了一个起码的事实，诸侯国的中尉由国中自行委任，魏勃本就是齐王的亲信。

魏勃兵权到手，只出得相府便翻了脸，反过来率军把召平包围在府中。召平后悔莫及，叹息道：“嗟乎，道家之言‘当断不断，反受其乱’乃是也！”他悔恨的不是轻信魏勃，而是没能果断拿下齐王，这才在踌躇耽搁之际着了套儿。此时，相府门外魏勃相逼甚急，府中慌乱一团。召平自知无路可退，恨恨数声，自杀身亡。

召平既死，刘襄便让驷钧接替相位，同时任命魏勃为将军、祝午为内史，征发举国兵员，准备西讨。可眼下有一个莫大的忌讳，那就是琅琊王刘泽。祝午认为总还有能说服他的理由，便自告奋勇前往联络。作为刘氏一族，根本利益决定着刘泽的基本立场，关键时刻他也必然权衡利害。祝午正是看准了这一点，但这个道理该如何运用，如何克服彼此之间的矛盾，却也是一件难事。毕竟刘泽还是吕媭的女婿，是吕氏拉拢的对象，又与刘邦直系之间存在一定的距离。更要紧的是，他与刘襄有直接的割地之怨，可那正是太后的恩典。

祝午求见琅琊王。察言观色，琢磨态度便知刘泽有回旋余地，于是巧言："吕氏作乱，刘氏危急，齐国想发兵诛除诸吕，这也是不得已。可是，齐王自知年少而不习兵革之事，所以派我来拜见大王，希望将举国之兵委托于大王。大王自高帝时就为将统兵，特请屈驾临淄，与齐王面商大计。"刘泽一想："这个道理对呀！"他自高帝三年担任郎中，十一年得封营陵侯，又在朝廷担任过大将军，却也是浴血奋战立下军功的。可在用兵一节，刘泽还没有得到过如此抬举。刘氏血统此时发挥了作用，更见得机会难求，于是也就轻信了。祝午这一捧，就把琅琊王"捧"到了临淄。结果，刘泽被变相扣留，但齐与琅琊两下里都避免抓破脸皮。刘襄坚请刘泽配合西征，刘泽也便"哈哈"一笑若无其事，竟然无条件地服从了。于是，祝午带着刘泽的指令，征集琅琊国全部兵员，并归齐王统领。

顺遂了齐王的心愿，刘泽立马转向主动。他向刘襄请缨，高抬一马说："追溯根本，大王是高皇帝的嫡长孙，就应当立为皇帝；可如今，朝中各位大臣对皇位继承的事一时还拿不定主意。我刘泽呢，掰指头数数，也是刘氏现存年纪最大的一个了，皇位大事，说什么大臣们也得等我开口。而今，大王把臣挽留在这里，必定无所作为。还不如让我入关，去与大臣们商讨拥立大事。"刘襄觉得这位远房的叔父心中坦然，颇能以诚相见，话也说得句句在理；再说琅琊国的人马也已经在自己掌控之中，便同意了他的请求。当下准备了充足的车辆用度，亲自送行，还真的满怀期待。

刘泽去了。事不宜迟，刘襄立即行动，举兵向西攻打济南，也就是济川王刘太的封国，这是太后从齐国硬掰出去的。至于刘太，绝对的假冒伪劣，算什么东西。与此同时，刘襄分送书信给诸侯王，尽陈诸吕罪状，表明必诛之而后快。信中是这样写的："高皇帝平定天下，王诸子弟，悼惠王王齐。悼惠王薨，孝惠帝使留侯张良立臣为齐王。孝惠崩，高后用事，春秋高，信诸吕而擅废帝更立，又杀三赵王，灭梁、赵、燕以王诸吕，分齐为四。忠臣进谏，上惑乱弗听。今高后崩，而帝春秋富，未能治天下，固恃大臣诸侯。而诸吕又擅自尊官，聚兵严威，劫列侯忠臣，矫制以令天下，宗庙所以危。今寡人率兵入诛不当为王者！"

刀兵一动，诸吕二代、三代，谁能率兵拒敌？相国吕产在诸将中寻来寻去，也只能冒险派遣不甚多事的大将军颍阴侯灌婴去对付齐兵了；而灌婴对于已经剑拔弩张的双方，都是一个期待因素，却也是一个不定因素，他的立场至关重要。现在，吕氏的长辈唯剩三姑母吕媭了。吕媭出了个主意，要吕产派使者前往解除“误会”，劝说刘襄罢兵。吕产便派郎中令贾寿出使。

灌婴驻扎荥阳，他有足够的独立空间思考何去何从。与所部众将讨论的结果是：吕氏一门握重兵于关中，阴谋篡刘氏皇权而自立；如今我若是败齐军而还报朝廷，这就等于充实壮大了诸吕。

“吕氏、齐王；齐王、吕氏。可朝廷……”灌婴反复权衡着，最终选择就地驻扎，以静制动，这无疑是最为聪明的对策。他派人告谕齐王和其他诸侯，相约彼此联合，待诸吕发起变乱，则联手加以诛灭。刘襄领会了灌婴的意思，尽管于心不甘，但也只能止于攻取原属自己名下的济南，然后驻兵齐国西界，看灌婴的态度行事。吕产则属病急乱投医，不得已而倚重灌婴，无疑是把诸吕送上了不归路。高帝临终前，正是借重灌婴驻守荥阳，从而稳住了大局。关键是灌婴向着谁，而自当初刘邦托付兵权，到刘盈重复认定，无疑已经明确了灌婴在风云变幻中的立场和角色。

吕产、吕禄坐立不安。他们也没笨到家，更多的是侥幸于荥阳、齐国两败俱伤；等到灌婴与刘襄斗惨了，再看看有机会可以做点什么。就事情的进展而言，此时说他们作乱，倒不如说已经成为热锅上的蚂蚁，上去了下不来，团团转走投无路。灌婴并未如他们所愿，只稳坐钓鱼台，看不出打算做什么。灌婴在外，朝中还有周勃、刘章等；楚王刘交亦随时可能与齐国联手。诸吕更是忙乱，纷纷登门要吕产、吕禄拿主意；出谋划策的也有，可没真正顶事的。吕产、吕禄犹豫呀，为何封了这么多的王侯，个个儿位高权重，可关键时刻都白搭呢！

长安城里还住着几个少年，他们是济川王刘太、淮阳王刘武、恒山王刘朝、鲁王张偃，正因为年纪小，都没去封地。他们还不懂得什么。朝中则人人自危，上将军赵王吕禄、相国吕王吕产按照太后生前的分工，驻留长安分别统率南、北两军，此二人毕竟大权在握。群臣无论屁股坐在哪边，无论有无立场态度，都不免担惊受怕。

绛侯周勃身负一种使命感，再不动手，更待何时。可太尉没有一兵一卒，空攥着两手动弹不得。这回他可以主动去找陈平当参谋了，此人鬼点子极多。陈平思忖良久，问：“诸将中可有人与吕禄、吕产说得上话的？”

周勃急切地在头脑中搜索，终于一个若隐若现的面孔浮现到眼前。他拍拍脑门回答：“曲周侯，对，曲周侯，就是他了！”

陈平摇头：“绛侯您糊涂啦，曲周侯与吕氏有何瓜葛？”

周勃笑了：“您平时一味地不问事，明哲保身了吧！太尉我可是留心着呢。曲周侯之子郦寄，知道吧，那小子与吕禄过从甚密，交情深着呢！”

陈平大喜，向周勃招手，要他把耳朵凑过来，嘀嘀咕咕说了一阵。周勃将信将疑，但知道这家伙章程大，经历多大的风浪也未见失手，也就同意试试看。“损哪！”他说。“老都老啦，还要去伤大伙儿的和气。”

曲周侯郦商曾在刘邦死后通过审食其保得诸将无虞，稳住了朝中局面。此时年事已高，身子多病，对外面的事情不甚过问，连儿辈的交往也不很清楚了。这些天，他对太后吕雉的丧事办得仓促草率也生出疑虑，正闷想着呢，门上报告说：“绛侯使人传话。”

传啥话呢？原来是请他喝酒。哪有这精神呢！可平日里来往不多，好长时间有这么一次，也不好却了面子。那就勉为其难，往一堆儿凑凑？

到了周勃府中，酒是喝得高兴了，还聊了许多往事，不胜感慨。末了告辞，却有一人从外面进来，朝郦商拱手：“老将军别来无恙！”

郦商看时，是曲逆侯陈平。他感到奇怪，此人因何便出现在绛侯府中呢？只听陈平说：“今与曲周侯有要事相商，必是耽搁您啦！”

郦商问：“你有何事，却如此唐突！”

陈平说：“高帝子孙有难，朝中众臣危在旦夕，老将军竟然责怪在下唐突，实在是于理不公呀！”

郦商怪道：“曲逆侯切莫喊冤，你倒是说说何难何危，却弄得我这个老病之人一无是处。”

于是，周勃一并邀陈平入座。陈平把朝中形势解释得明白，末了说：“前此高帝驾崩，多亏曲周侯斡旋，方保得刘、吕相安，朝廷亦躲过了一劫。目下诸吕发难，我等如不当机立断，恐刘氏一门与故旧老臣都将死于非命，长安城中不免血流成河。曲周侯岂可坐视，终致危及己身！”

既然一切都说到了明处，郦商也就没什么可责备的了。于是问：“你等想要我做啥呢？难不成让我重操兵戈，冲锋陷阵？”陈平回答：“那倒不必。只是想让老将军暂在绛侯府中歇息几日，顺便给您的公子安排一件大事。”

郦商忽然明白这是怎么回事了，勃然大怒：“你等二人竟敢劫我之身而要挟我儿！”

周勃、陈平急忙离席。周勃拱手说：“今为刘氏天下，我等也是不得已而为，还望曲周侯恕罪！”

郦商这才发现，堂上堂下将吏持刀执戈，明明是劝说不成必以强力相逼。再说，自己也是时时处处为刘氏天下着想，关键时刻何必落个两头不着呢！于是道：“罢，罢。你等吩咐吧，要犬子做啥？”

上将军吕禄正在北军营中检点人马，其实心里没底，甚至战战兢兢。他知道自己没什么作战经验，在军中也缺乏威望，一旦动起刀兵，可就没躲没藏了。士兵来报：“营外有郦寄求见！”

郦寄进营，彼此行礼过了，相邀入帐坐了。郦寄看吕禄十分紧张，便尝试把自己也紧绷着的神经做了调节，关切道：“上将军操劳过度了，怎还不去放松放松！”

吕禄抱怨：“你看太后丢下这一大摊子，却叫我等如何收拾呢！”

郦寄笑一笑，说：“哪有那么严重呢，有颍阴侯驻扎荥阳，谅那刘襄能成何大事，不久也就自行入朝请罪来啦。到时候，由您与相国及林光侯做主，寻一个安定之策也就罢了。再说，皇帝不还姓刘嘛，哪里有不好商量的道理呢？”

听这一说，吕禄稍稍心定。在他的理解中，郦寄无形中也会透露些他父亲郦商与老将军们的态度。他是自己最亲近的朋友，在这等非常时期，也算得上是一把度量形势的尺子。

“走，咱兄弟出去散散心！”郦寄起身说。

吕禄摇头：“哪里能放下心呢！”

“咱围猎去。围猎兴许能让您放下许多烦恼。再说，将士们也算实战操练一回，长长精神，可谓一举两得。”

吕禄的信心有所增强。挡不住郦寄生拉硬劝，也就顺从了，借以丢开眼前。如此一回、两回、三回，也没见发生什么事情，便放下心来，不出猎反倒觉得空虚。于是隔三岔五离营打围，人也变得充实了。他心里感激郦寄，要不是这位老兄开导，自己愁也愁死啦！

第一百零七回

夺兵权郦寄诓吕禄 定大局老臣迎代王

这一天，吕禄围猎归来，心情还不错。忽然想起多日不曾去三姑母家请安了，便选了几样猎物，顺道登门拜望。

吕媭早知道吕禄每日在做什么事情，特别是常常离开驻地，正生气呢。见吕禄来了，也不等开口，便怒叱道："你这个上将军是怎么当的？为何丢下军队不管，啊？"吕禄连忙赔罪，当然也想解释，可吕媭哪里肯听，骂道："你个忘事的东西，太后是怎地嘱咐你弟兄的？"吕禄偏偏凑着回答一句："太后临终时，吩咐我等不要离开宫室……"吕媭更加愤怒："看你轻描淡写的。太后为了咱吕氏合族平安，连送丧的事情都忍心免了，如今想起来，我这心里还难过得很哪……"说时，忍不住泪流满面。

吕禄见状，连忙跪倒，口里除了赔不是，也说不上多少话。看姑母哭过一阵，稍稍平息了，这才重复说："都是侄儿的不是。今天侄子是专门前来孝敬三姑母的，也就在这里赔罪啦。"磕过头起身，吩咐把那些野味送进来。吕媭又来气了，大喊："我才不稀罕你那些浑物呢！你身为上将军，就这么随随便便地离开大军，还有心思游猎玩耍，吕氏即将无处容身啦！"说时，"哗啦啦，噼里啪啦"就手把够得着的珠宝陈设一股脑儿扫落，还退下首饰来往地上摔："我是犯不着替别人守着这些宝贝啦！"这话里话外听起来让吕禄难受，真够伤心的。

吕禄十分扫兴地回到帐中，一个人喝闷酒，气又气不来，不气又生气，只落得连连叹气。想想，这不是郦寄出的馊主意吗？得叫他来问问。

郦寄来了，察言观色看出点门道，先不作声。吕禄憋不住了，便一面把拜见姑母的遭遇絮絮叨叨数说出来，一面责怪郦寄把他往火坑里推。等吕禄说得没劲儿了，郦寄才问："看情形，好像出啥大事啦？"

"大事倒没出，连小事也没有！"

"那不就得啦，大惊小怪！"

"你站着说话不腰疼，你去受受那窝囊气看！"

郦寄说："我是看出来啦，太后去了，你这三姑母看你兄弟碍眼呢。要让她也当了太后，看还有这么大气不？"

吕禄摇头："你冤枉她老人家啦，我看不是这个意思！"

郦寄问："那是啥意思呢？"

吕禄又摇头："说不来……应该就是为吕氏一族操心吧。"

郦寄不以为然："有啥心可操，再说，也轮不到她来操这天下的心！"

吕禄驳斥道："你这话就不对了，三姑母是我吕氏的长辈，太后不在了，她为何就不能多操点心呢？"

郦寄特意口无遮拦，等把话说过头了，再连忙挽回："我不是这个意思。我是说，其实没啥可担心的。你只要依我一件，保准啥也不会发生，吕氏一族不但安然无恙，而且该封王的封王，该掌权的掌权，该玩耍的玩耍，刘、吕两姓自然与大臣们相安无事。"

吕禄眼前一亮，哪得这样的好事呢，难道这许多日都是在自寻烦恼？于是问："依你什么事，说来听听！"

郦寄说："我只说说而已，大主意还是你拿。要不你姑母怪罪下来，你还不把我给卖了！"

吕禄说："哪能呢，你先说来！"

郦寄于是摆开劝诱："你看，啊，高帝与太后共同平定天下，刘氏，一、二、三、四……对，立了九个王；吕氏呢，对，立了三个王。这三个王都是经过大臣们充分议论过的，而且是通过朝廷公开宣布的，天下诸侯都认为这既合情又合理，也就是都认可的。我也时常听老臣们与家父谈起，他们都认为没啥不妥。记得当初陈丞相、周太尉的态度吧，他们可都是众望所归的刘氏故臣啦！"

郦寄所指为现存的刘姓九王，分别是楚王刘交、吴王刘濞、齐王刘襄、代王刘恒、淮南王刘长、琅琊王刘泽，还有恒山王刘朝、淮阳王刘武、济川王刘太。吕姓三王为梁王吕产、赵王吕禄、燕王吕通。

吕禄想起来了。他点头："听说了，他们说既然当初高帝平定了天下，能遍封子弟为王；那么今天太后执掌朝政，就是给全家封王，也无不可。"

郦寄点头："那就对啦！"就这瞬间，吕禄特意回味了这位好朋友的断言："高帝与太后共同平定天下……"是啊，刘氏封了九个王，吕氏才封了三个，这一点问题也没有。再说，太后在世时，也是威重恩厚，眼下大臣们哪能说变就变呢。他也想起了灌婴。自从灌婴发话，齐王那里立马就偃旗息鼓没了声息。灌婴这着棋下得妙呀，是学高帝的，真可谓"一子定天下"！

吕禄愁云已散，但隐忧尚存。这回担心的不是吕氏，而是自身。他把对自己安危的顾虑坦然相告，问计于郦寄。郦寄说："这好办。道理是这样的：太后去世了，皇上年纪小，您身佩赵王大印，不赶快去国中承担藩篱的本职，却带兵滞留京师，大臣们如何能不怀疑您的用心呢？即使您的朋友我，心里也是有疑问的呀！”

吕禄绕回来了，问：“你说依你一件事就可保吕氏安然，说说吧！”

郦寄却迟疑了。吕禄催促：“但说无妨，主意我自己拿。我对天发誓，无论结果如何，绝不连累于你！”

郦寄说：“那好吧……其实我多少是知道大臣们的想法的。您暂且把上将军印交给太尉，梁王也把相国大印归还朝廷，兄弟俩都不去操那份闲心。如此，大家就能平心静气聚首朝堂，约定和睦相处，共辅汉室。然后一切由皇上做主，您兄弟放心地回到封国。这样一来，齐兵没了借口，也只能撤回；大臣们也自心安，不再狐疑生事。吕氏自此无虞，您兄弟也高枕无忧享受千里之国的王位，逍遥自在，何乐而不为！说到底，这是件利人利己，造福子孙后代的好事呀！”

吕禄自知己能，生怕打起仗来危及性命，又早晚无法摆脱姑母的责骂，此时只一味地寻求脱身。听了郦寄一番劝说，心思活络了，一幅安乐的图景在脑海里展现，人生不就图了那点儿痛快嘛！何必呢，还是急流勇退吧，如此息事宁人，一切便都化解了，再不用担惊受怕了，自身也彻底解脱了。反正再怎么折腾自己也当不上皇帝，封王就是顶点了，还图个什么呢！

主意拿定，吕禄便真的打算向太尉交出兵权。但此事还须稳妥些，便暗中向诸吕征求意见。结果有说行，有说不行，吕产也模棱两可，弄得吕禄犹豫不决，事情就这样耽搁着，也松懈着。吕雉苦心经营的这么一个家族阵营，竟是如此稀松。

审食其被免去了左丞相职位，没有了太后，这个红人不红了。地位依然不低，是皇上的老师。可这位皇帝又算得什么呢？

九月初十，吕雉才去世四十天，朝廷实际的局面已经变得匪夷所思。御史大夫平阳侯曹窋免不了要与相国吕产讨论朝中大事小情，但此时真正关注的是吕氏动向。恰巧郎中令贾寿从齐国回来，数落吕产说：“大王就是不肯趁早去梁国，现在这事不好办啦，想去也来不及啦！”吕产顾不得计较态度，急忙问：“大人此话怎讲？”贾寿说：“颍阴侯已与齐、楚联手，吕氏十分危急啦！”于是，详细告知出使过程中掌握的信息。末了，催促吕产赶紧入居宫中，想办法保全自身。曹窋一并听了贾寿的陈述，立即飞马向周勃、陈平报告。此时，周、陈已经日夜待在一起，太尉府也就等于是一个发动政变的临时指挥部了。

再容不得迟疑，周勃、陈平决定双管齐下，冒险进入实质性步骤。

郦寄和典客刘揭先行一步。他二人直趋北军大营，见了吕禄，具告形势。刘揭透露说：“皇上已经密旨派太尉接管北军，情况看起来不妙哇！”郦寄说：“我早就劝您，您总是犹豫不决。现下得赶快向皇上辞行归国，再耽搁少许，恐怕大祸就真的临头啦！”

说话间，有军吏通报，襄平侯纪通已经持节引导太尉周勃来到北军营垒。纪通是将军纪成的儿子，纪成出汉中不久便战死好畤，其子纪通袭位襄平侯。纪通授任典掌皇帝符节，深得刘氏皇族的信赖与护呵，吕雉亦能见容。

一时间，吕禄乱了方寸。两下里对应，他根本想不到眼前只是一个圈套，于仓促间从腰间解下上将军印绶，交予刘揭。此时他心中唯一的念头，就是保住性命。

刘揭一旦拿到大印，便诸事不顾，立即出营迎住周勃。周勃转眼兵权在握，他手捧印信直入军门，而吕禄已经匆匆遁去。周勃下令集合将领，喝一声：“有拥护吕氏的，就袒露右臂；拥护刘氏的，就袒露左臂！”北军将领无一例外地袒露了左臂。不一时，士兵集合完毕。周勃立于将坛放眼望去，队列中齐刷刷尽皆赤了左臂，这才松了口气。

一骑马飞速向北军驰来。来将下马近前，周勃抬眼看时，原来是朱虚侯刘章。刘章禀告：“陈丞相令末将前来助太尉一臂之力！”周勃大喜，命刘章率骑前往南军，嘱咐道：“你只监视军门，注意吕产动向，随时报告！”刘章领命去了，周勃这里开始部署，预备在必要时向南军发动突袭。

平阳侯曹窋奉丞相、太尉令，入宫联络卫尉，要他掌握好宫门禁卫。他传达太尉的命令：“不许吕产进入殿门！”

一切虽进行得如火如荼却不显山露水时，相国吕产却已经寝食不安。乍听贾寿的报告，他还自犹豫，猛然间想过来，觉得非向刘氏子侄和旧臣们下手不可了。他尚且不知吕禄已经放弃了北军，便一面派人通知吕禄，一面赶来未央宫见驾，意图挟持天子，设谋在朝廷上一举擒拿周勃、陈平、曹窋、刘章、刘兴居等人。

吕产来到殿门，只见戒备严森，已经不似昔日的气氛，不由得心中狐疑，于是远远地徘徊不敢贸然进入。曹窋看到这情景，生怕无法制止吕产入宫，便又飞马来向周勃报告。

等周勃亲自前来宫门，卫尉报告，相国已经进入，无法阻止。既然吕产离开南军，看来南军暂时是不会出动了。于是，周勃召来刘章，对他说：“你现紧急入宫，务必保护好皇上！”刘章左右看看，说：“我可是没带一兵一卒过来呀！”周勃早给备着呢，就手把一千多士兵交给刘章指挥，自己又赶回北军大营。

刘章率兵进入未央宫，果然见相府从官、亲信党羽们都已经在廷中等候。时近傍晚，刘章进殿，拔剑在手，喝问：“相国安在？”吕产正要去见皇上，见状未等刘章近前，便寻路逃避。

风突起，风很大，直鼓起宫中薄帐。官员们乱作一团，没有敢反抗的。刘章命所有人等原地蹲下，由自己带来的士兵看守，然后亲自去追拿吕产。吕产避入郎中令贾寿府内，一直躲到府吏使用的厕所中，被刘章追寻到，一剑取了性命。原来，郎中令既掌管宫殿门户，其住所就设在宫中，以便于履行职责。

闻报宫中搏战，吕产被杀，刚刚用过晚膳的小皇帝刘弘惊得浑身发抖、面色苍白。旁边有人提醒："陛下，该当颁旨啦！"刘弘本就习惯了当傀儡，立即便像传声筒般，带着哭声重复旁边的提示。谒者连忙持节到廷中，向朱虚侯传达圣上抚慰之意。刘章眼盯着符节，计上心来，便伸手抢夺。谁知谒者有备，双手持定了，竟强夺不了。毕竟还有天子在，此事不能做得太过，于是，刘章挟持谒者共乘一车，直奔长乐宫。起初，长乐宫是高帝刘邦听朝的地方，自惠帝时移政未央宫，这里便成了太后的居所。

长乐卫尉赘其侯吕更始试图阻止，被当场斩首。刘章全面控制了皇宫，上马赶回北军，直入大帐缴令。周勃紧张地关注宫中进展，得报松了口气，起身拱手向刘章祝贺："朱虚侯立大功啦！"刘章说："我知道太尉最担心的就是吕产。现今吕产已经被除掉，局势算是基本定了，太尉尽可放心啦！"

周勃升帐，一一派遣分队全面搜捕诸吕，无论男女老幼，一律处斩。次日，吕禄被捕杀，吕媭被乱棍打死。周勃随即派人前往燕国，处死燕王吕通。对鲁王张偃客气点，废除了事。

吕媭的丈夫樊哙早在惠帝六年也就是与张良同一年死去，谥武侯。子樊伉接替舞阳侯爵，至此九年，吕媭被处死，樊伉亦不能幸免。因处在刘、吕两姓的夹缝中，晚年的樊哙可以说处境最为无奈；在高祖的几位著名亲信将领中，其家庭不可避免的悲剧性结局也是无二的。

风云突变，小皇帝刘弘虽然岌岌可危，但毕竟还存在。得到身边人的指点，他下旨改封失国的济川王刘太为梁王，在否定"吕王"的同时也填补了吕产留下的空缺。此时还照顾着血缘彼此疑问的难兄难弟，也算得义气。周勃、陈平为大局所限，一时无法干预。

灌婴驻扎荥阳，没动一兵一卒便稳住了大局。他听说是齐中尉魏勃教唆齐王起兵的，便派人叫他前来，责问道："你何许人也，竟敢撺掇齐王起兵反叛！"魏勃还算沉着，拱手辩解："譬如有人家中失火，哪得闲暇先禀告长辈，然后才救火呢……"说过，下意识后退侍立。灌婴发觉有些异样，看时，才发觉他两腿哆嗦不止。灌婴继续讯问，已经说不出话来了，终于没能再听到辩解。于是惊讶地盯着看了许久，笑了："我听说魏勃有勇力，如今看来，狂妄而已，其实庸人一个，能成什么事呢！"也是灌婴不欲扩大事态，便放魏勃去了。

吕氏虽灭，但汉室并没有真正回到刘氏手中。周勃、陈平私下里召集在京王侯、老臣们讨论这个关键问题，当然不便于声张。用不着周勃开口，便有人说："小皇帝以及梁王、淮阳王、恒山王，这些都不真的是孝惠帝的儿子。太后巧计诈名，杀了人家的母亲，把孩子弄来养在后宫，强迫孝惠帝认作儿子，加以封立，目的是取代高帝之后而强化吕氏的势力。而今诸吕已经扫除，可太后所立的人不久便能长大成人。他们一旦主事，我等合族就死无葬身之地啦！"此论既出，立刻引来一片附和。有人提议："不如从诸王中挑选一位贤能者，拥立他为皇帝！"

废立问题本就非常敏感，易生异议；况且在刘氏皇族中尚存代王刘恒、淮南王刘长、楚王刘交、齐王刘襄、吴王刘濞、琅琊王刘泽等利益攸关者。其中，刘襄的弟弟刘章、刘兴居就在长安，而且是刚刚立了大功的；刘泽虽为皇族远旁支，但却迫不及待地赶到京师，还一味借年龄辈分摆老大。形势把这档子关系天下长久命运的事情推到了阴谋政治的位置。

周勃、陈平且不言语，任由众臣议论。有人抢先提议："齐王刘襄是高帝的长孙，立他为帝名正言顺。"马上有反对者："吕氏外戚作恶，险些危及宗庙、诛灭功臣。现齐王的舅舅驷钧，恶名在外，就像一只带着朝冠的老虎，正朝这里瞅着呢。一旦齐王登基，驷钧一族就会成为吕氏第二。"这反对的声音中，最为响亮的正是琅琊王刘泽。然而，他的当面反对，实际也就树立了自己强有力的反对者，得一个双输的结果。这正是周、陈二人所期待的。

刘章、刘兴居岂肯放弃，而琅琊王却说："高帝尚幸存二子，他们应该成为皇位的首选。"这个提议立刻得到大多数响应。刘泽毕竟年长而多些政治经验，他知道自己本就胜算超低，既然已经失去先机绝无侥幸，要紧的便是把齐王排挤出去。于是，他便果断地以强势提议把第一轮争辩直接冻结了。稍稍沉默，于是有人发表意见："代王刘恒年龄为大。他安居边地，仁孝宽厚，治国有方；太后薄氏一家谨慎温良，口碑极佳。再说，立年长的儿子，比起立长孙更加合乎名分。"

此议一出，大家纷纷赞成。复有人提议，公允起见，拿淮南王对比一下。当然人各有倾向，也便各有用心。然而凡事凡人自有公论，多数人认为，刘长在高帝的儿子中也是小的，母家名声实在不比驷钧好多少。这两人都不在当面，意见也就容易统一。至于楚王刘交、吴王刘濞，那已属旁系，也就不声不响地被排除了。刘交本也非全无可能，但他此时正在病榻之上与死神作斗争。

迎立代王，这使大臣们内心都踏实起来。于是，周勃、陈平秘密派使前往代县，迎请刘恒入京。只因没有了顾虑，他们同时派刘章为使者，立即起程，告知齐王诸吕授首、吕氏灭门，命令他即刻罢兵。刘襄很感失落，兄弟相对无奈，齐国大军只能解散。山东已无大碍，灌婴随即率军返回长安。而刘章还有一二期待，原来起事之初，陈平明知刘章、刘兴居为另路，但为了取得他们的支持以免节外生枝，便与周勃商议，暂时许他哥俩以赵、梁，取得了他的全力合作。这个承诺也发挥了后续效应，抑制了他们在帝位继承争论中的诉求，还连带克服了刘襄的野心。

匈奴使节左骨都侯勒俟祜偕同猎骄靡王子即将回到仍然寄居在涿邪山的步厩部落，这是猎骄靡被冒顿单于收养于襁褓中之后，近三十年来首次返回乌孙。年迈的步厩听到通报，一时间心血上涌，激动得几乎昏厥过去。步厩唤来自己的六个儿子，让他们整理操练队伍，以败于月氏以来再没使用过的最高礼仪迎接王子归省。随即，吩咐把喜讯传达到全部落的每座毡房。骑使们未曾片刻怠缓，立即上马四散向最近的牧地奔去。部落里凭借马力用一传十十传百的接力方式，快速地面对面把信息送到每一道山涧。那些游移的牧群和毡房，若非日常彼此往来的亲朋，是无法尽快找到的。

勒俟祜一行经过精心准备，携带了分别以匈奴单于和乌孙王子的名义给予的丰富赏赐，从北假单于行庭出发。一路经高阙越过阳山，早有步厩的长子步广与匈奴专为西征事宜先期派驻步厩部落的特使龙必赤，越过流沙北部与大幕的衔接地带，远道前来迎候。所谓“流沙”，即弱水余波所入之地，也就是居延泽水流所漫延到的范围。水退沙现，风吹沙移，便成流沙。当年冒顿、且蛰带同荃扶潜行高阙，便是经由这条路上来的。

步广参见过王子和上使，掉头在前开路。已见沿途接应不断，有匈奴的，也有乌孙的；有大小贵族，也有自发前来的牧民。一条平日里荒寂的道路，竟如繁忙旅途一般。及至步厩驻地，已见一路上跟随而来的人马、牧群浩浩荡荡。

第一百零八回

归旧部王子承绪业 居未央刘恒开治篇

部落里往来接引和等候拜见的人流如潮涌动。远看湖畔一处山坡中心，已经集合了数以万计的骑队，旗帜一溜儿排开。到了面前，才见中心留出一块相当的空地。乌孙昆莫旗号两侧，呼啦啦跪倒了一大片。

勒俟祜举鞭一指，对猎骄靡说："那为首的就是步厩大人了。"猎骄靡连忙下马，赶前几步去对面跪倒，口称："大人请起，晚辈猎骄靡奉单于阿爸之命，回来看望您啦！"

步厩闻言止不住浑身抖动。猎骄靡伸手去扶，两边从人相帮着颤巍巍搀起，看时，步厩已经老泪纵横。猎骄靡心头一酸，也止不住湿了眼眶。勒俟祜催马到空地中央，大声宣布："猎骄靡王子回来看望你们啦！"四周立即响起雷鸣般的欢呼声。随后，一个细节却是出乎意料的。

步厩收泪，朝守在一旁的步广缓慢地点点头。步广抬手，旁边立即有人捧上托盘。步厩费力地亲手揭去覆盖在盘上的锦缎，一块金镶玉佩便在春日阳光下反射出迷人的光芒。

猎骄靡面上流露不解，这是怎么回事呢？旁边勒俟祜却是看得明白，心思极快但却一时无法作出反应。只听步厩说了些什么，嘈杂之下不甚清晰，加之声气不足。于是步广代为大呼："父亲说，老臣步厩父子携部落官员贵族及牧民人等，恭请猎骄靡王子继昆莫位！"四下里立即呼应，回声在山林间此起彼伏。

猎骄靡终于听清了步厩的解释："这枚玉佩本是难兜靡昆莫随身佩带的宝物，夫人遇难前亲手把它藏在你的襁褓里。自当年无意中救了王子，老臣便把它仔细收藏在身边，盼星星盼月亮盼望王子长成回到部落里来。今终得完璧奉上，老臣虽死也瞑目啦！"

勒俟祜自也听得明白，便以手加胸道："这正是冒顿大单于的意思，本侯恭祝王子登昆莫大位！"

猎骄靡手足无措，被簇拥着立于昆莫旗前，接受全体的跪拜礼。礼毕，面前一字排开六员将领，个个精神抖擞。为首的步广行礼说："臣步广兄弟拜见昆莫，愿为前驱西击月氏，饮大王血，为先昆莫及夫人报仇雪恨！"猎骄靡并不明白他们在说什么，只急忙还礼。步厩缓慢制止说："昆莫在乌孙部落至高无上，为臣民所敬仰，从此无须恭拘琐细。”

六将自报家门：暂领前将军臣步广、暂领后将军臣龙勒、暂领左护卫将军臣鱼泽、暂领右护卫将军臣池头、暂领左将军臣渊泉、暂领右将军臣干齐。显然这是按长幼排序作自我介绍。

匈奴特使龙必赤已经立于步厩肩下，此时捧场说：“此六子皆人中豪杰、将中鹰隼，几年来以大匈奴单于亲卫为楷模，率部操演骑射，日夜盼望随昆莫西征月氏，以雪亡国之恨。”

勒俟祜也便解释：“六子皆更以乌孙故地三危、冥泽附近地名为己称，为的是不忘国仇家恨。现有大匈奴特使龙必赤主持，整训骑队，已见精锐，只等大单于与昆莫号令，便可出动。”此时，他也只能把平日里挂在嘴边的“小王子”改成“昆莫”，还得随大溜作出恭敬的样子。

猎骄靡直是犯愣，本来只是回部落探望，却哪来的“昆莫”一说；他们说些啥呀？一时领会不了，只得且应付着，心想等熬过了这场面，再仔细向步厩及左骨都侯问个明白。身为王子，既是返回父母部落，这继位的事虽来得突然，但还好理解；可“国仇家恨”一说，他却完全不明白。越是这样，便激起了务必刨根问底的愿望。

至于勒俟祜，步厩此举也是他未曾料及的。这一来，小王子身不由己，还能即刻返回单于行庭吗？他又将以何种身份面对大匈奴呢？

安守北方一隅的代王刘恒，无论诸吕乱国还是齐王起兵，他都能做到风雨不动，静观其变，也可谓远离是非，独善其身。在自己的地盘上，他尽力保持君臣相守、息事宁人，与薄氏也是母慈子孝。

薄氏原本为魏王豹的妾。彭城战后魏豹反水，其后战败，薄氏被曹参一并虏获，被送到宫廷织染作坊去做工。魏豹死后，一次汉王刘季去织室视察，偶然间觉得薄氏有几分姿色，便把她纳入后宫，但一年多得不到宠幸。从事实看来，不排除刘邦是因想到了魏豹屈死而生出怜悯之心，宽宥而已。薄氏当时还年轻，与管夫人、赵子儿亲近。三人便约定，无论谁先提高了身价，都不要相互忘记。管、赵先被刘邦宠幸，二美人在河南宫成皋台笑谈往事，被刘邦听见了，两人便以实情禀告。刘邦顿生恻隐之心，当天便宠幸了薄氏，而从此薄氏连见刘邦一面都很难。可偏偏这仅有的一次，便得了儿子刘恒。等到吕雉当权，所有被刘邦宠爱的姬妾都遭幽禁，其中当数戚夫人下场最惨。恰恰薄氏因被冷落而幸免，获准与弟弟薄昭一起到代国去就刘恒，从此得以专心尽一名王太后的本分，教导尚未成年的儿子。由于自身有些经历，故而薄氏行事低调。母子的不被待见，也造就了刘恒温谦宽容的性格，在宫里宫外留下良好口碑。

得到长安召唤，刘恒内心没底，便依照往日习惯，向左右群臣问计。郎中令张武表示怀疑："朝中大臣差不多都是高帝时期的开国将领，惯于用兵，颇多谋诈。这些人的欲望并不止于既得的权位，以往只不过畏惧高帝、太后的威严罢了。如今诸吕剪灭，京师新近喋血，在这种形势下前来迎接大王，实在不可轻信。"群臣大多表示赞同。

刘恒问："使者来了，该怎么办呢？"

张武谋划说："就装病吧，等等再说，也可观察有什么变化。"

然而中尉宋昌表示了不同看法。他说："大伙儿的担心实属多余，所讲的道理也站不住脚。依我看，这样做是要误大事的！"宋昌以家吏跟随刘邦起兵，楚汉战争中任都尉。

刘恒鼓励道："那就说说你的理由！"

宋昌不紧不慢地陈述："世间万事都有其原本的道理，凡决策不能靠猜度。譬如当年秦廷失政，群雄并起，以为能取得天下的人物数以万计，最终呢，登上皇帝宝座的是刘氏，从此天下杜绝了非分之想，此其一；高帝分封子弟，诸侯势力犬牙交错相互制约，刘氏宗室强大，所谓稳如磐石，天下不能不服帖，此其二；汉廷兴立，废除秦朝苛政，精简法令，推德施恩，百姓个个内心安定，他们拥护刘氏的倾向已经很难动摇，这是第三条……"

代王点头，目示他继续说下去。

宋昌开始反证："吕太后厉害吧。她违反白马誓言立吕氏三人为王，擅权专制。可等到太尉手执一杆符节，进入北军只一声招呼，将士们便都袒露左臂，拥刘弃吕，诸吕顷刻覆灭，这是天意啊，非人力所及。好，就算大臣们企图背叛刘氏，可百姓不为所用，便无人能一意孤行！"说到这里，宋昌掉转话锋回到最实际的问题上："就目前而言，朝内必然忌惮朱虚侯、东牟侯这样有实力的宗室血亲，外部也不能不畏惧吴、楚、齐、代、淮南、琅琊等强大的封国势力。时至今日，高帝的儿子只剩大王和淮南王；而大王年长，贤圣仁孝天下皆知。所以，大臣们的用意可以确定，他们是顺应天下民心才决定迎立大王的。大王不必再有疑虑啦！"

刘恒虽然认可宋昌的判断，但前事历历在目，不得不慎之又慎。他去禀报母亲薄氏，薄氏久已为儿子的命运担心，说来说去，也还是犹豫，做不出决断。于是召来卜师。

当下，卜师在龟甲上凿出孔来，放在柴火上炙烤，然后用水激。龟甲上立刻出现了长长的横向裂缝，还伴有许多细小的裂纹，是为“大横”。卜师的从官们开始用蓍草运算，最终解读为“大横庚庚，余为天王，夏启以光；我为天王，位主西方，其势强盛，中国隆光”。夏启指代中国。

刘恒置疑说：“寡人本来就是代王，因何还说为王呢？”

卜者解答：“所谓天王者，乃天子也。”

由于得到天意指点，刘恒心下稍定，决定派舅舅薄昭前往京师落实继位事宜，关键是弄清具体情况，顺带察言观色，实地判断吉凶。周勃、陈平等人当然明白其中道理，也无暇顾及虚套，只拣那要紧的情节从速说明，并把迎立代王的讨论过程详细描述出来。刘章、郦寄以及受刘长委派入京表态的淮南相张仓等俱在场。在拥立兄长刘恒为帝这一点上，刘长为诸侯王中表态最快、最坚定者。

薄昭返回，报告说：“一切可信，没有丝毫破绽。”刘恒笑了，对宋昌说：“果然像您说的那样啊！”但是，周勃们得到的反馈依然是辞谢。于是，长安群臣坚请。

这也不是能久拖的事情。刘恒登车，由宋昌参乘，张武等六人则乘坐驿车跟随，一行取道太原、河东，从蒲坂过河，直奔长安。到达高陵，刘恒吩咐暂歇，说：“大伙儿宜休整休整。”宋昌却没有止步，他受命乘坐代王的车驾，马不停蹄直奔长安。

车至咸阳，在渭水以南长乐宫等候的丞相陈平等众臣步行三百八十步通过横桥，前来迎驾。

宋昌观察仔细了，回报刘恒。刘恒这才命令车马疾行，快速抵达。

盘桓有时，周勃、陈平等终于得以在渭桥拜谒刘恒，众口称“臣”。刘恒下车还礼。周勃独自近前道：“请陛下单独听取禀报。”旁边宋昌接口阻止：“太尉您要是说公事，那就公开说；要是想说私事，那对不起，王者无私！”周勃只好跪下，呈上天子印玺和符节。刘恒却推辞：“先去寡人的官邸，再商量这事。”

闰九月二十九日，代王刘恒进入长安城，群臣一直护从到代国官邸。丞相陈平等又一次跪拜劝进：“朝中群臣都认为刘弘等不是孝惠帝的儿子，不宜侍奉汉室宗庙。大王现今就是高帝的长子，理应承继大统。”刘恒西向辞让：“侍奉高帝宗庙，这个责任过于重大了。以寡人才智，实在担当不起。还是请考虑楚王，或者其他合适人选，寡人真的不敢当。”楚王刘交是刘恒的长辈，这一点他必须考虑周全。

丞相陈平、太尉周勃、大将军柴武、御史大夫张苍、宗正刘郢、朱虚侯刘章、东牟侯刘兴居、典客刘揭等再次跪拜，口称：“臣等对这件事已经十分谨慎了，多次与高帝的侯爵嫂嫂们、琅琊王以及宗室、大臣、彻侯，包括所有二千石以上的官员讨论，一致赞成大王即天子位，请大王不要再谦让！”

群臣俯伏坚持请代王继位。如此往复者三。既然都决定当皇帝了，却何必如此呢？回想当初刘邦登基时，当仁不让的开国皇帝不也要这样嘛！

刘恒已经被扶持着转向面南，也就是彼此的宾主关系调整为君臣，但依然谦让。于是陈平、周勃手捧天子印玺、符节，陈平口中奏称："臣反复思虑，还是觉得由大王侍奉高帝宗庙最合适，也最得体，即使让天下诸侯和全体百姓推举，也就是这个结论了。臣等这是一心一意为宗庙社稷着想，丝毫不敢马虎。愿大王有幸听信臣等建议，臣谨奉天子玺符再次拜上。"刘恒这才应承："既然宗室、将相、诸侯王都认为寡人最合适，寡人就不敢再推辞啦！"

太仆夏侯婴、东牟侯刘兴居先行将"少帝"刘弘请出未央宫。他们的行动得到了宦者令张释的协助。群臣按规制奉天子法驾，到代国官邸中迎接刘恒。

刘恒当晚入居未央宫，即天子位，群臣按照朝纲礼仪顺次参拜，排班侍立。其间有个小插曲，就是宫中的十名谒者还不知道已经换了皇上，便来阻止刘恒。只好请来周勃，才算弄清了情况。刘恒在第一时间任命宋昌为卫将军，统一指挥南、北两军；张武为郎中令，戍卫宫殿。

诸吕荡灭，大汉天下复归刘氏。刘恒移居前殿，连夜颁布诏书，大赦天下。男子赐爵一级；家中无男丁的，女子每百户赐牛一头、酒十石。只可怜少帝刘弘、梁王刘太、淮阳王刘武、恒山王刘朝等，被有司一个个在官邸处死。这些孩子招谁惹谁了，无辜被吕氏拉来垫背。刘盈的遗孀孝惠皇后张嫣被移居北宫。

这一年，郦商辞世，谥景侯，子郦寄承袭曲周侯爵位。郦寄不期成为了汉初唯一为诛吕安刘立下功劳的官二代，虽然是先被动后主动。

文帝前元年（前 179 年）十月初一，改封琅琊王刘泽为燕王；由谥赵幽王刘友的儿子刘遂袭封赵王。祭祀高帝庙。个个论功行赏，周勃益封万户，赐金五千斤；陈平、灌婴各加封三千户，赐金二千斤；朱虚侯刘章、襄平侯纪通、东牟侯刘兴居各加封二千户，赐金千斤；封典客刘揭为阳信侯，赐金千斤。刘恒下令，全部归还被吕后割夺的齐、楚两国封地。然后，派遣车骑将军薄昭到代地迎接皇太后薄氏。次年，燕王刘泽去世。

在妥善安置高帝旧部、皇亲外戚的同时，代国随驾进京的部属得到了重用，为主六人皆尊至九卿。汉置九卿分别为太常、光禄、卫尉、太仆、廷尉、大鸿胪、宗正、大司农、少府。卫将军宋昌被封为壮武侯。

十一月初八，陈平托病请求辞职。刘恒问："爱卿是不想辅佐朕啦？"陈平连忙回答："陛下误会臣了。臣是想，高祖时，周勃的功劳比不上臣；可等到诛灭诸吕，臣的功劳就比不上周勃了。臣自愿把右丞相的位置让给周勃。”刘恒明白了陈平的心思，便任命周勃为右丞相，陈平调任左丞相，大将军灌婴二度接任太尉。

十二月，刘恒下诏废除了连坐法，顺理成章也废除了把罪犯家属没为奴隶的律令。这对于剧烈的权力更迭和势力清洗之后的安定人心非常重要。刘恒说：“法律是用来禁暴扶正、引导人民向善的。既然已经惩罚了本人，还要株连父母妻子，这是暴秦的做法，朕不能仿效。”

汉朝历史翻开了治世的第一页。继承皇位只是一个意外，他并没有为不期然的加冕做好任何准备。要做的事情可谓千头万绪，最紧要的莫过于稳定朝政、安抚民心、抑制边患，唯一的办法就是学习和倾听。

刘恒执政时期，深入贯彻与民休息政策，普施德惠于天下。朝廷任贤使能平稳实现新老更替，政治开明，励精图治，勤俭节约，社会秩序稳定，经济持续恢复发展，中国历史上著名的“文景之治”由此发端。

汉廷抚安诸侯、欢洽四邻，怀柔睦边以专注内部发展，同时在一定程度上加强边境建设。对匈奴继续贯彻和亲政策，汉匈关系保持了较长期的基本稳定。这一时期，匈奴以其游牧民族的生存规律和思维方式，继续靠军事手段拓展生存空间。为这一特点所左右，由匈奴肇始的一个新的重大事件，却无意中在日后引领了大汉帝国的扩张步伐，成为又一段波澜壮阔历史的开端，对中国疆域的形成和中华民族的融合发展，产生了长远影响，其价值委实不可估量。

在猎骄靡继承昆莫位的庆典上，游吟艺人嗄褡的说唱成为了主旋律：

…………

狼入羊群，敌骑践踏了乌孙的草原。
牧场被抢夺，难兜靡的鲜血与籍端水一起流干。
月氏鹰瞵鹗视蓄谋已久，我莫能敌。
风暴来临牧群无依四野流散。

……

夫人藏好玉佩，抱起熟睡中的小王子。
是昆莫用生命赢得了宝贵的时间，
母亲选择逃亡并非苟且偷生。
怀抱中唯留乌孙的希望和王室的血缘。

箭飞如雨，卫士纷纷坠马。

追兵将至，生死只在瞬间。

冥泽茫茫无处得以躲避，

情势危急，保住王子是夫人唯一的信念。

乌云笼罩，天地一片昏暗。

脚下无路，到处是沼泽泥潭。

风声如咽，敌骑追逐如云。

夫人下马，泪洒故土最后的湖岸。

…………

第一百零九回

逐悲歌六骏谏昆莫　吞血泪人子心飘零

山林寂静，人群中传出啜泣声。演唱时而高亢，时而低回。

…………

灌木低矮，片片垛垛相连。
玉佩在手，铭记昆莫临别的嘱言。
草丛纷乱，可能藏匿来日的期冀。
孩子的襁褓里，有父母遗留的永恒温暖。
夫人上马，飞快地逃向湖边。
孩子的前额上留下了母亲含泪的挂牵。
最后一名卫士仿佛从天而降，
用年轻的生命遮挡住嗜血的利箭。
夫人策马走向海子深处，
让命运驮载生命融入无际的彼岸。
水波起伏是灵魂失落的眼神，
向祖先的草原上播撒无期的遗恨与眷恋。
…………

猎骄靡的眼眶里已经充满了泪水。他隐隐感觉到，故事的主人公与自己命运相连。说唱已经进行了很久，唱词无不打动在场的每一个人。

…………

大人步厩苦战难支，一路落荒向北。
坚守是死，草原不能失去复仇的根本。
生命还要延续，生存的法则包括流亡。
北山贫瘠荒芜，无争之地或可栖身。
烟尘散尽，敌骑已经远去。
方才的战斗为何那般牵扯人心？

离开躲避的丛林，驱马凭吊湖岸。
波光与天相接如有神明指引。
天空阴沉，云层覆地如毡。
光芒一柱，惊醒满目混沌。
百鸟翔集，树梢弥射虹霓。
狼群散漫，母狼温顾缱绻。
大人惊异，驰马独自近前。
灌木丛中，长草遮蔽，鸟飞无痕。
就在群狼缓缓离去的地方，
襁褓中露出王子恬静的小脸。
乌鸦啄食且为一刻供养，
母狼哺乳生命独承天恩。
大人托起襁褓，众人惊喜万分。
镶金的玉佩是王位继承的遗讯。
…………

与眼前正在发生的事实对照，一切是那样明白无误却感觉迷茫，就像早晨醒来第一眼看到的透入毡帐的阳光。急匆匆发生的许多事情，委实令猎骄靡猝不及防；包括这说来就来的昆莫继承，忽而很是切近，就在上马下马之间；忽而又十分遥远，仿佛纯属古老的故事。

接下来的几天，没有任何人来打扰，连勒俟袪也似乎失去了踪迹。唯剩步厩老人絮絮叨叨的讲述，只恐永远也没个了结。关于乌孙与月氏的恩怨，猎骄靡是反复听清楚了；但还有许多难言之处，到底也没有听出个所以然。听着听着，猎骄靡的心底开始不停地打结，左挽一下，右挽一下，重重叠叠一直堵向喉头。他哭了，哭得十分伤心。

等勒俟袪、龙必赤等重新出现在眼前时，猎骄靡昆莫开始询问许多问题，有些是未曾知道的，有些是不能理解的。一个人的成长就这么简单，被长久呵护在母亲羽翼下的孩子在几天之间便要去撑起草原上的一片天空。

此刻，还没有人能更多地回答猎骄靡的疑问。准确地说，是没有权力去解释这些。但是，他们还有一项重要的事情要做。

乌孙各部落的勇士们已经集结完毕。这一天，当猎骄靡走出毡帐时，眼前的景象使他手足无措。无数的战骑在向他欢呼致敬，仿佛大战即将开始，而自己正是率众出征的首领。他从来没做过这方面的准备，一切都来得如此突然，接踵而至，应接不暇。

当然，这还只是前奏，是一次即位检阅。随着月氏主体的西迁，二十多年来，在步厩呕心沥血的治理和匈奴的保护性扶持下，流散的乌孙各部落不断集结发展，复又形成了族群规模，并重新拥有了约十万骑的作战力量，其中坚就是步厩的六个儿子所率领的三万常规战斗力。而这三万人，现在正连人带马集结在猎骄靡的面前，有限的山间草原因此显得狭窄，以致从正面看不到那些掩遮在山坡后面的队尾。旗帜与呼声却明白无误地传递着实力的信息，它们在猎骄靡的眼帘与耳鼓中延伸着强烈的复仇情绪。

猎骄靡一颗连日被撞击的心止不住悸动，热力难以抑制地飞速向全身传导。不知何时，他的手里有了一把弯刀，他又不由自主地把弯刀高高举过头顶。于是，黄耳腾蹄，山间响彻“昆莫，猎骄靡；猎骄靡，昆莫”的呼声，成为一种誓师。就在这声浪的推涌中，步广当先出列，请求昆莫出兵远征月氏，为老昆莫难兜靡报仇。

连日来，雪耻复国的愿望虽然不断在心中积累，可一旦权力面临重大决断的关头，犹豫就不可避免。何况，他还不知道养父母会如何对待这件事。他们知道部落里有这么大动静吗?

脑子里还在继续打结呢，六子已经齐刷刷跪在面前。猎骄靡更是慌了手脚，赶忙去扶，可哪里肯起来。他已经得知，此六子早就被步厩命名为“复仇六子”，现在，他们全身流淌的只有复仇的血液，复仇是他们生命的全部；没有复仇，就视同生命不存在。

勒俟袪出面了。他当着乌孙骑士的面，承诺要说服冒顿大单于全力支持乌孙远征月氏，为乌孙雪耻，为先昆莫难兜靡报仇。一经此上方神圣推波助澜，群情攀升到了极点。猎骄靡只听得身边“扑通”声响，连忙回头看时，已见步厩猝然倒地，不省人事。

这一幕更是令猎骄靡不知所措。他两腿一软，便跪伏在步厩身边，只唤了两声“大人”，突然起身大呼：“我是乌孙之子，我不报仇，谁予报仇！”

乌孙族群像一座火山，以空前的威力爆发了。

田叔和孟舒，这是两个感动过高帝刘邦的人物，他们正是当年贯高谋刺阴谋败露后，自愿以家奴身份“赭衣自髡钳”随赵王张敖进京的十余人之属，堪称一对知己。张敖获免后，刘邦任命田叔为汉中守、孟舒为云中守。自高祖以来，汉虽主导和亲并与匈奴互通关市，基本保持了双方无高级别战事。但为原始游牧生存规律和思维定式所支配，那些游来迁去的匈奴部落难免对汉朝边境地带作随机而不经意的劫掠，而紧邻北假以东的云中郡忧患尤甚。孟舒驻守云中十余年，未能有效阻止匈奴人入境扰掠，受到了免职处分。

刘恒曾为代王，居于北边，深知匈奴之患。他向田叔征询天下长者，田叔指为孟舒。刘恒不以为然：“他做了些什么呀！匈奴人不过小打小闹，他却不肯坚守，反使数百士卒无辜战死……”田叔再叩头：“孟舒深知汉楚战后士兵疲惫，从不轻言对敌。然边患猖獗，他越是不忍驱使，将士们反而怀着报恩之心据城死战。那情形就像儿子为了父亲、弟弟为了哥哥去拼命，所以才有数百人战死！”

刘恒专注于内部的安定发展，对匈奴则承袭和亲政策。这是以相当的精神和物质代价换来的相对安宁，决不能因小不忍而乱了大谋。田叔所言虽不足以说服，但刘恒还是下诏恢复了孟舒的云中守职位。朝廷以“长者”与“坚守”作为边地要员的任用标准，这透视出明显的被动性，最重要的是避免与匈奴的冲突扩大化、全局化。

南方局势同样让刘恒睡不安枕，但对南越，朝廷具有更多的选择性，还存在具体的可操作性。有一个细节引起朝廷关注，赵佗曾致书周灶，希望能找到自己的亲兄弟。这无异于投石问路，求人很难说不包含示好的底意，只是当初这个细节被忽略了。刘恒由此认识到赵佗与中原根深难择，便显示出灵活性，选择曲直互用、以德报怨。赵佗双亲的坟地在真定，刘恒于是下令为之整修园舍。

文帝元年春正月，由周勃、陈平主导，众臣一再奏请并在有司的督促下，刘恒正式立长子刘启为太子。

凑巧，有域外之人敬献千里马。老臣们都是行伍出身，个个喜爱马匹；再说，与立太子的寓意凑在一起，这是多好的兆头啊！于是，朝堂一片“恭贺”声。

刘恒抬手示意肃静：“传朕旨意，归还千里马。朕不受献也，其令四方毋求来献。”

言方落音，夏侯婴立刻提出异议：“人家远道而来，也是表达一片敬意。再说，皇上接受臣民一匹马，没什么大不了的。”

刘恒打趣道：“朕出行的时候，鸾旗先导，属车跟随。这一大浪趟正常每天能走五十里；率军则为三十里。朕乘千里马，只顾单骑奔跑，这是要到哪里去呢？”

群臣被逗笑了，可夏侯婴还是一副不舍的样子。刘恒转念：“马匹就暂由太仆侍弄几天吧。然后归还原主，赐予路途费用以表朝廷仁爱之意。”

于是退朝，老臣们走在最后。刘恒起身，目送周勃等小步疾行出殿。而周勃呢，诛吕安刘首功首赏，出将入相成为朝政首席，又谏得立储成功，一时间得意形之于色。守在皇帝身边的郎中袁盎看在眼里，劝谏说：“如今陛下过于谦让，丞相反而流露骄主之色，这便颠倒了君臣的礼数。”

刘恒只摆了摆手。但其后逐渐显示出帝王的庄重威仪。并不需要多长时间，当再次朝会，周勃突然发觉与皇上的眼神多了几分距离，便不由自主地低下头。从此恭敬畏缩。

刘恒下诏赈济鳏、寡、孤、独、穷困之人；同时制定政策，按月给八十岁以上的老人补助米、肉、酒；九十岁以上增加补助帛、絮，并把责任落实到县令、县丞、县尉、啬夫、令史各级，由郡国二千石长官负责派人监察，对渎职者加以责罚。

三月，楚王刘交去世，谥元王。子刘郢立。刘交早年曾与鲁国的穆生、白生、申公等一起向荀况的门人浮丘伯学《诗》，留有诗传《元王诗》。

夏四月，齐楚交界处发生大地震，二十九座山体崩裂，埋覆田舍，阻塞溪流。随即堰塞湖溃堤，洪水从山谷中倾泻而下，形成巨大的次生灾害。

从涿邪山步厩部落返回匈奴单于行庭，猎骄靡仿佛从梦境回到了现实中，可是这梦中带回来的，却实实在在是一顶昆莫的王冠和一项复仇的使命。尽管内心充满了痛苦与矛盾，但作为昆莫，他无可选择。现在面临的极大难题，就是复仇的行动还必须先得到母亲的应允。借助一次主从关系的颠倒，由匈奴预设的政治与感情接力把乌孙推向前台，令原本挡在冒顿单于面前的温柔山峰，完全堵在猎骄靡的心中。

问题在于，这是与生俱来的命运安排，猎骄靡完全没有后退的余地。他必须去恳求阿妈，但阿妈对征伐的态度他从懂事起就知道。他突然明白了，为啥阿妈从不向自己透露这悲惨的身世；当然也能猜到父单于此次让他回乌孙部落的用意。他变得沉默了，饮食不思，成天只一个人在帐里闷着，或者骑马到草原上游荡。

出于性格、身份的差异，太子稽粥早已不像小时候那样与兄长黏糊在一起，而且两人的兴趣爱好也产生了差距。稽粥用大部分精力来打猎和练兵，猎骄靡则倾向读书和唱歌。骑射都是免不了的，每当这时，他们便能在一起，照样亲密无间。这之前，猎骄靡总认为弟弟作为太子，必须能征善战，以便在将来继承单于位时，也同时成为优秀的军事统帅。没承想，稽粥尚可游戏玩耍呢，自己却突然被安置在昆莫宝座上，已经不可回避地要出发去进行一次远征。到这时，他才领会了一件事：作为兄长的自己为什么未能成为匈奴太子。此前，他糊里糊涂，不甚在意。

右屠耆王且鞮特意邀请太子稽粥一起打猎。说打猎，不过是到草原上追逐些獾、兔、雉之类的小动物。马上的“闲聊”占据着主体，且鞮提到了草原上一位善良而命运悲惨的女子，她的名字叫荃扶……

“荃扶的儿子呢，他在哪里？”

“你，就是你。荃扶是你的亲生母亲！”

稽粥吃惊了。半晌，说一声：“我要为阿妈报仇！”

“来来，咱们坐下说。”两人下马。

且鞮说：“害死你亲阿妈的是东胡王，他已经死了。是你父单于亲手灭了东胡，为你阿妈报了仇！”

稽粥有点失落。且鞮话锋一转：“可猎骄靡的仇还没报呢！”

“猎骄靡，他也要报仇……”稽粥感到十分吃惊。

于是，且鞮告诉他，猎骄靡这次去步厩部落，已经继承了昆莫位，即将率领乌孙骑士们远征月氏。

稽粥完全没有料到，弟兄俩襁褓中的遭遇竟如此相似，怪不得两个人脾性不同，可情感相投没人可比。

“那我就去帮猎骄靡报仇……阿爸能同意吗？”

且鞮笑了：“你俩都是大单于的儿子，你阿妈的仇要报，猎骄靡父母的仇同样也要报。今天咱爷儿俩说的这些话，就是得到你父单于同意的。要不，本王怎敢随意透露这几十年深藏的秘密呢？”

“那……阿妈呢，她能让我们去吗？”

“嗯，这倒是个问题，不过用不着太子担心。你蛮芑阿妈即便不肯听大单于的，还能不心疼猎骄靡！”

……

“去帮猎骄靡报仇，你能做些啥呢？”

“我……我能把月氏王的首级取来，拿他的头盖骨给父单于当酒杯！”

且鞮点头：“不愧是咱大匈奴的太子，有种！”

一切的变化早已被蛮芑阏氏看在眼里。她既然没有任何理由阻止猎骄靡返回乌孙部落，也就要对可能发生的事情做好心理准备。即便她能劝阻单于，但却无力左右乌孙；而一旦乌孙有重大举动，匈奴绝不可能袖手旁观。至于猎骄靡，只能被卷入旋涡从而义无反顾。她完全明白，这不属于自己的个人意志，甚至也不纯粹属于冒顿的个人意志。悲观至极时，她几乎产生了返回于阗国的想法，可与冒顿和两位王子近三十年的感情，不是想割断就可以割断的，何况还有阖瀚。再说，嫁到马邑的妹妹蛮莪和外甥聂壹也不可能一起回去，那将产生怎样的牵挂。有一种忌讳是无法明言的，现在回于阗，不是回到父母身边，而是去依附兄长；兄长可以收留自己，但那是很难堪的事情。那就前往中原，还可完成年轻时的夙愿。尽管想来想去，夜间在迷茫中狠心发誓，但第二天走出毡帐，还必须面对一切，无法选择逃避。

心理上有了充分准备，但出乎意料的是，猎骄靡没有开口。单于更加沉默，沉默得让人难以忍受。这过于违背蛮芑的性格，好歹她打算找冒顿摊牌了，可单于忙呀，召集骑士，召开会议，实在抽不开身。

猎骄靡来了，母子俩对面坐着。看着儿子显得憔悴疲惫的面孔，蛮芑几次想要开口，但又把话咽了回去。终于她说："孩子，阿妈给你唱首歌吧。"于是轻轻唱起：

草原上的孩子啊，
为何默默无言，
我身边的小马驹啊，
为何郁郁寡欢？
月亮徘徊云中，
风儿停留山涧，
你那紧锁的眉头，
遮不住心灵的伤感。
不要难以开口，
不要愁眉不展，
草原上的雄鹰啊，
何时翱翔天边？
风暴即将降临，
翅膀切莫折断，
阿妈为你祝福，
生命祈求平安。
…………

蛮芑停住了歌声，她看到猎骄靡的眼里洇出了泪痕。忽然发现有些异样，赶忙起身。就这瞬间，一口鲜血从猎骄靡口中喷出。

蛮芑惊呼：“快来人呀！”扑过去抱住猎骄靡。一时间，后帐乱成一团。蛮芑托住猎骄靡的头：“儿子，阿妈知道你很难，阿妈绝不为难你，阿妈不是已经应允了吗？你不是正在听阿妈唱歌吗？”她的泪水滴在猎骄靡的脸上，洗刷着彼此的委屈。这个来自西域王族的女人是天生的乐天派，从不轻易落泪。

巫医匆匆赶来了，帐外点起了火堆，开始用仪式驱魔招魂。然后进到毡帐里，并不全是神神道道那一套。他对蛮芑说：“王子……昆莫他是气郁阻滞，猛然间又急火攻心。他身体强壮，也是强壮的过失，歇歇就会好，不打紧的。”又嘱咐：“心病还靠心药治，阏氏宜多开导他！”没事就好，蛮芑就放心了。“这开导……开导……”蛮芑狠狠地咬住下嘴唇。

好几日不见面的冒顿闻讯赶来。才待打问，蛮芑却起身走开了。一时顾不了阏氏生气，先听巫医说明了情由，心里自是明白得很。于是便在猎骄靡身旁坐下，看勒俟祜随在一边，便借以递话：“这孩子还没能经历大事。等这回打败了月氏，他就长成了……这病就不会落下根了。你说是吧？”意思倒是猎骄靡非得远征不可了；如不向月氏报了深仇大恨，这病或许就会生根。

蛮芑正在一边赌气呢，听冒顿这么一说，刚要发作，又见勒俟祜应承：“正是，正是！”顿觉滑稽，那气头便憋不住变成了“扑哧”一笑，眼里却还含着泪。这下，冒顿、勒俟祜便借机开笑，旁边众人也都跟着打岔，赔来一阵干笑。冒顿偷眼看蛮芑，见她掩了面，于是示意大伙儿离开。他自己来哄蛮芑：“好啦，好啦，都老太婆啦，还耍小孩子脾气……也怪我这阵子太忙，怠慢了阏氏……”

“去忙你的，谁请你来啦！”

“好，好，我是自己来的……你站在单于的角度体谅，这世上有些事情不是想不做就能不做的，我知道好些事情你都不愿看到，可这些事情实在是回避不了……”

“你，不，大单于，还有右屠耆王、左骨都侯、后义庐侯，你们自己去做好了，何必拉上猎骄靡，还有稽粥，还让他们挡在前面，这安的是啥心！”

“好，好，没安好心……行了吧！我的好阏氏，你是善良的人。可你也知道，无论匈奴还是乌孙，打仗都要伴随男人一生。要活着就得会打仗，猎骄靡、稽粥必然要肩负整个部族的生存责任，怎能不在作战中锤炼！”

蛮芑没应声。

“来，我替你擦擦眼泪！”

可悲呀，生于战，终于战，强者弱者都不例外，这难道就是原始游牧族群的宿命?

赵佗双亲的坟地已经整修完毕，园舍建好了，也安排好了专司守墓的民户，依例一年四季祭祀。于是刘恒召见赵佗的兄弟辈，委以尊荣的官职，附加丰厚的赏赐。一切妥帖，可以去规劝赵佗了，可派谁出使呢?

左丞相陈平出班奏道：“陆贾在诛吕中颇为得力，又曾与赵佗打过交道，堪当此重任。”

刘恒问：“陆贾现在何处？”

陈平回答：“在好畤养病呢！”

刘恒微微一笑：“他是自在得很呢！”

陈平知道，但凡提到南越，不难想起陆贾。想必皇上心里也是有数的，便又奏道：“陆贾为不二人选，如能出使，想必马到功成。”

第一百一十回

昭治世汉帝绥番禺　劝农桑天子开籍田

刘恒重新委任陆贾为太中大夫，携带黄帝书信二度出使南越，最低目标是要赵佗取消黄屋仪仗，回到诸侯的地位。

陆贾持节，使团顶着酷暑出函谷关至荥阳，然后转沿鸿沟南下，渡江后先入长沙国稍作停留，向长沙王吴臣询问动静，传达皇上抚慰之意。在临湘耽搁两日，便即溯湘水南行进入五岭山区，过大庾岭向东南至小庾岭上横浦关。气候潮湿炎热，但一行完全顾不得身体的感受。

赵佗早就派官员前来引路，陆贾内心暗喜。进入南海郡北境后，顺横浦水，即今浈水向西南入溱水，越湟溪关直取番禺，一路顺畅。

赵佗虽然照旧头顶发髻，但却换了汉廷的朝服召见陆贾。两下里已经是熟人，各自都摆出毫不见外的姿态，多年不见，寒暄几句也都是新鲜话题。陆贾避而不谈高后，只把当今皇上息事宁人、招贤纳士、抚民睦边、励精图治的各种做法做了简要介绍，言语之间崇敬之情无不发自内心。也间或回忆高祖旧事，谈及当年出使时，双方便十分开怀。

陆贾捧出刘恒给赵佗的书信："说，皇帝陛下赐书，其意至诚，望大王细细品味，勿负圣上拳拳眷顾之心。"赵佗恭敬接了绢书，却暂且置于案上，只顾来与陆贾叙旧，恰似衷肠无尽。有上次出使的经历，陆贾早已看透赵佗行事的方式，心想此行必不负使命，且自不动声色。

赵佗赐宴为陆贾接风。态度毫不见外但言语依然不痛不痒，那些新老话题似乎百谈不厌。总之，陆贾看准了势头，心里比较踏实；可也看出赵佗并不轻松，他到底是不甘心呀！

等上使去歇息，赵佗才拿出刘恒的书信一字一句地细看："朕，高皇帝侧室之子也，弃外，奉北藩于代。道里辽远，壅蔽朴愚，未尝致书。"这是在说明过往没有机会打交道，有抱歉的意思。不惜自贬，皇帝把身段放得很低，真是难为了。

"高皇帝弃群臣，孝惠皇帝即世；高后自临事，不幸有疾，诸吕为变，赖功臣之力，诛之已毕。朕以王、侯、吏不释之故，不得不立。"赵佗的目光在"诸吕为变，赖功臣之力，诛之已毕"一行上反反复复看，琢磨皇上似乎也十分痛恨吕后。他这是在努力寻找共同立场，好让情绪转过弯来。

“今即位，乃者闻王遗将军隆虑侯书，求亲昆弟，请罢长沙两将军。朕以王书罢将军博阳侯；亲昆弟在真定者，已遣人存问，修治先人冢。”皇上这是对自己的请求有所交代，逐项满足。事情早已探听清楚了，既然之前使者未曾提起，话间也就装聋作哑只作不知。说实在的，皇上若要毁了赵家的祖坟，又怎奈何他！难不成还长久与汉廷结怨，真正动了刀兵，结果又将如何？就这少了耕具、牛马，也让国中日子不好过了。自忖之下，赵佗被皇上的宽厚仁义委曲求全感动了。再往下看，赵佗的心情变得复杂起来。

“前日闻王发兵于边，为寇灾不止。当其时，长沙苦之，南郡尤甚；虽王之国，庸独利乎！必多杀士卒，伤良将吏，寡人之妻，孤人之子，独人父母；得一亡十，朕不忍为也。朕欲定地犬牙相入者；以问吏，吏曰高皇帝所以介长沙土也，朕不得擅变焉。今得王之地，不足以为大；得王之财，不足以为富。服领以南，王自治之。虽然王之号为帝，两帝并立，亡一乘之使以通其道，是争也；争而不让，仁者不为也。愿与王分弃前恶，终今以来，通使如故。”这一节言语虽然周到委婉，但骨子里也很强硬。赵佗心里反复琢磨着“朕不忍也”，“不得擅变”，“争而不让，仁者不为也”。可如果南越不让，朝廷终究能与我赵佗在“两帝并立”的前提下捐弃前嫌通使如故吗？有言云“先礼后兵”，无疑这只是个时间问题。我与朝廷作战，岂能不死不伤不寡不孤而独享其利，那是做梦。与其到时候彼此杀伤乃至亡祖辱国祸及自身，莫若趁早儿顺风转舵就坡下驴彼此玉全。赵佗啊，可不能敬酒不吃吃罚酒呀！他努力说服自己。人家吧枕头送来了，我赵佗就只当瞌睡了，安心睡觉吧！也不知是纠结还是委屈，抑或兼而有之，赵佗的眼里流出了泪水。自古天无二日、地不容二主，毕竟皇帝承诺不割夺我现有的土地，不干涉我对南越的治理，这就够了。赵佗啊，识相吧！

他开始翻弄皇帝赠送的礼品。不期发现一叠书信，翻开看时，全是赵氏兄弟辈的信件，无不对皇上感恩戴德，外加歌功颂德。及至看到有关父母园陵的资料和附图时，不禁失声痛哭起来。

只三日，赵佗三请陆贾。陆贾只道故技重演，无非喝酒谈天，拖延时间以消解心疾，然后才表示服从。这回他想错了。赵佗直截了当地表示：“承蒙皇帝教诲，臣赵佗诚惶诚恐顿首谢罪。臣愿尊奉皇帝明诏，长为藩臣，奉职纳贡。”这边表示过了，便即吩咐发布告示，口授内容说：“吾闻两雄不俱立，两贤不并世。汉皇帝，贤天子。自今以后，国中去帝制黄屋左纛。”陆贾耳闻目睹，几乎按捺不住内心的兴奋。末了，赵佗命左右奉上回信，请陆贾转呈皇帝陛下。

事情越是顺利，陆贾越是不敢耽搁。当即告辞，不顾天气闷热难当，日夜兼程赶回长安。这次没费多少口舌，便圆满完成了让南越归回原位的使命，最后只要看皇上对赵佗回信的反应了。

赵佗信中这样说：蛮夷大长老夫臣佗昧死再拜上书皇帝陛下。老夫，故越吏也，高皇帝幸赐臣佗玺，以为南越王。孝惠皇帝即位，义不忍绝，所以赐老夫者厚甚。高后用事，隔异蛮夷，出令曰毋与越金铁、田器、马、牛、羊；即予，予牡，毋予牝。老夫处地偏僻，马、牛、羊齿已长。自以祭祀不修，有死罪，使内史藩、中尉高、御史平凡三辈上书谢过，皆不返。又遥闻掘烧先人坟墓，兄弟宗族尽诛。吏相与议曰，今内不得振于汉，外无以自高异邦，故更号为帝，唯自帝其国，聊以自娱，非敢有害于天下。高皇后闻之，大怒，削南越封号，绝使往来。老夫窃疑长沙王谗臣，故发兵以伐其边。老夫处越四十九年，于今抱孙焉。然夙兴夜寐，寝不安席，食不甘味，目不视靡曼之色，耳不听钟鼓之音者，以不得事汉也。今陛下幸哀怜，复故号，通使汉如故。于是下令国中曰，皇帝，贤天子也，自今去黄屋左纛，不敢为帝矣！乃顿首谢罪，愿尊奉皇帝明诏，长为藩臣，奉职纳贡。

刘恒听了陆贾的汇报，看罢回信，心中十分高兴。南越这档事可以放下了，于是更加集中精力料理大政。

这日上朝，刘恒问右丞相周勃："天下一年决狱几何？"周勃躬身请罪："臣尚不知。"又问："一岁钱谷收入几何？"周勃拱手："臣亦不知。"惶惶然愧疚，一时间汗流浃背，浸透了朝服。刘恒转问左丞相陈平。陈平回答得利索："这些事各有主管官员。"刘恒问："都由谁主管？"回答："陛下即问决狱，责廷尉；问钱谷，责治粟内史。"这一点刘恒岂能不知，他有点生气，诘问："既然各有主者，而君所主者何事也？"陈平拱手谢罪："陛下其实还不了解臣的驽钝低能，让我勉强待罪为相。宰相者，上佐天子，理阴阳，顺四时；下遂万物之机宜；外镇抚四夷诸侯；内亲附百姓，使卿大夫各得任其职焉。"刘恒听这一番辩解，大声称赞："好，说得太好啦！"

等到退朝，周勃埋怨陈平："老小子行呀，平常时怎就不拿这一套教导教导本人！"陈平嘻嘻一笑，回道："君居相位，难道总也不明白担负何种职责？如若陛下当场询问长安城内有多少盗贼，难不成您还能勉强凑出个数来？"周勃不吭声了。

有人递话："君既诛诸吕，立代王，威震天下。而君受厚赏，处尊位，久之，即祸及身矣。"周勃危机感日重，便产生了辞官的想法。这莫非又是一轮功臣的宿命？抑或政务转型，武夫难以适应。入秋八月，周勃托病请归相印，得到刘恒批准。陈平专为丞相，就此精简一席，不再分设左、右。

年底，二十多岁的雒阳才子贾谊被破格提拔为太中大夫，此时，他在朝廷任职还不到一年。“太中大夫”一职为秦朝设立，汉廷沿置，武帝太初元年之前位居大夫首席，日常侍从皇帝左右，负责顾问应答，参谋议政，也奉诏出使，无员额限制，任职者非宠臣即亲贵。

贾谊是张苍的学生，曾师从张苍学习《春秋左氏传》。年初，河南郡守吴公经考核地方政绩名列首位，刘恒又听说他与故秦丞相李斯是同乡，曾拜在门下学习，便量其才能选调入朝接任廷尉一职。吴公顺便向皇上举荐了贾谊。

贾谊十八岁便因诗书文章名满河南，被吴公收在门下，极其喜爱。刘恒见贾谊果然文辞出众又博学多才，便安排当了博士，成为最年轻的在朝官员。此后每遇朝廷议政，凡各位前辈学者无法应对的，贾谊总能答疑解难，无不令人感到这正是自己的意思，于是都认为他不比一般。

贾谊毕竟年轻，一朝春风得意便萌生做大事的念头，贸然建议皇上更改历法，调整朝服式样颜色，审定规范官称，兴立配套礼仪御乐，放弃沿用的秦朝法律制度而重起炉灶。这一套并非他真正关注的，其实与老师张苍的思路相关。然而刘恒以谦让治国，此刻的心思全集中在拔擢人才、广开言路上，认为这才是立足长远的当务之急。

文帝前二年冬十月，丞相曲逆侯陈平在任上去世，事前并没有任何征兆。十一月，刘恒请周勃重新出任丞相。

陈平思维敏捷，明大局而精于术，擅长应变，遇事尤其机智灵活，往往在生死存亡的关头进一计而转危为安。说当初刘邦离不开张良，其实更是寸步离不开陈平。及至面临荣辱，陈平也属息事宁人、知进知退之辈；若总论其毕生功劳，亦可谓首屈一指。周勃以“安刘”而声名传世，但缺了陈平，却不知何以安刘？可以说，周、陈有寿则苍天不泯刘氏。陈平显得过于精明，又留下些供人诟病之处，后人往往因质疑其品行而滞碍了对他的评价，然谥号“献侯”却是客观而恰如其分的。

刘恒采纳贾谊的建议，诏令列侯离京返国；如本人尚在朝中任职，或经朝廷指名留居长安的，则由太子顶替回到各自的封地去。因为缺乏强制措施，遣返工作进行得拖拖拉拉。贾谊可谓初生牛犊不怕虎，提这种建议是要得罪一大堆权贵的。

这一日早朝罢，刘恒乘辇舆返回后殿。一路上，贾谊的奏语总是在耳边萦绕：“《管子》曰，仓廪实而知礼节，衣食足而知荣辱。民不足而可治者，自古及今，未之尝闻。古之人曰，一夫不耕，或受之饥；一女不织，或受之寒。生之有时而用之无度，则物力必屈。”可朕如何才能做到“积蓄足恃”呢？

没等坐定，刘恒就吩咐在一旁伺候着的宦官赵谈：“快快把贾大夫的本子呈来！”

于是迫不及待地翻阅："而今，背本逐末不事农桑的人太多，这是一种严重的流弊；淫侈之风天长日久，也必然成为天下一大祸害。流弊、祸害公然流传而无人制止，统治的命脉将遭遇危机，到时候就难以拯救了。"好家伙，像是危言耸听。"从事生产者少而靡费者多，天下的财产怎能不匮乏。"这是个理。

"大汉立朝近三十年了，但公私储备之少令人忧心忡忡。倘若失时不雨，百姓便惶惶然不知所措；一旦岁恶绝收，只落得鬻爵卖子。朝廷接到报告，岂能天下临危而圣上不惊！然年有丰歉，这是天理。当不幸方圆数千里发生大面积旱灾时，国家拿什么来救济；边地突然告急，百万将士的给养靠什么提供？灾兵交加，国力匮乏，则勇力之人啸聚劫掠，疲病老弱换子而食。到时候政治乏力，在天高皇帝远的地方，野心勃勃的人就会乘机联手发难。这才惊恐而打算制止，还来得及吗？所依，积贮是朝政的第一要务。国家若能大量积谷而财力有余，那么，攻则取，守则固，战则胜，足可安近抚远，可以说没有发动不起来的力量，没有办不成的事情。"

刘恒的目光停留在几行实质性的建议上："今驱民而归之农，皆着于本，使天下各食其力，末技、游食之民转而缘南亩，则畜积足而人乐其所矣。"他被深深地打动了。

次日，刘恒召集老臣们讨论贾谊的奏疏，引来一片喧哗。果不其然，有人愤愤而言："此乃危言耸听，危言耸听啊！"刘恒问周勃："丞相以为如何？"周勃缺乏思想准备，口中只管回答："贾大人尚且年少，此议似有……似有……"有人提示："哗众取宠！"周勃应声："对，对，似有哗众取宠之嫌！"

刘恒内心纳闷。抬眼之间只觉得满目苍苍鬓发、个个赳赳武夫，便问："各位前辈家中原本也有种田的吧？"这倒引起了兴趣："有，有，年少时在家种田的也不在少数！"刘恒看无论怎样提醒也引不出一句有用的话，不由得叹口气，说："罢了，罢了，都散了吧。"周勃看这劲头不对，连忙补充："贾大人唯有这种田积谷的提议，还是说到根本上了。"刘恒勉强点点头，没再说什么，只把积贮的事铭记在心里。

一时还来不及按贾谊的提议厘清朝政细节，但刘恒从经验中得到三条：一是自我约束，二是兼听集思，三是任贤用能。来日朝会，他向大臣们提出三点要求：一要人人深思朕的过失；二要提出朕没想到和不知道的大事；三要向朝廷举荐贤良方正和能直言极谏的人。总的目的是弥补皇帝的不足。所谓"修身、治国、平天下"，刘恒把完善自身摆在了理政的第一位，也算是做个表率。他推心置腹地对朝臣们说："我听说，老天安排一位君主，就是为了管理和供养百姓。天下或治或乱，关键在朕一人，当然也要有两三个主政的官员，犹如朕的股肱。朕如果下不能管理养育众生，上不足以传递日月星三光之明，那就是最大的失德。今天，朕还做不到广布德政，所以内心总是惴惴不安。要取消边地屯戍吧，显然做不到，那就尽量减少身边的警卫人员和御用马匹吧。”

说到做到，刘恒当即颁旨：“群臣悉思朕之过失及知见之所不及，概以告朕。及举贤良、方正、能直言极谏者，以匡朕之不逮。”同时下令朝内精兵简政，罢废卫将军等特定条件下设置的官职。朝廷只留下够用的马匹，其余全部下拨驿站使用。

正月十五春耕在即，刘恒下诏：“农，天下之本，其开籍田，朕亲率耕，以给宗庙粢盛。”籍，也作藉、耤。《诗·周颂·载芟序》说：“载芟，春籍田而祈社稷也。”其本质是祈求丰收。籍，“借”也。周代实行税田之法，把耕地承包给百姓，借民力税收以奉宗庙。天子耕田达千亩，亲为表率以示劝农桑。

皇帝带领王、侯、文武百官到郊外举行籍田仪式，一身的农事打扮。举行过简约的祭祀仪式，刘恒便卷起裤腿下田，在刚刚解冻的土地上启动了天下第一犁，群臣百姓山呼万岁。末了，大伙儿分散开来，都仿效皇上在预先安排好的地里忙活起来，倒也不仅仅是形式，直干得欢天喜地。特别那本来的庄稼把式，现在做起农活更是倍感亲切。

到底年岁不饶人。不一会儿，老臣们都累了，还有手上起了血泡的。于是聚在一起，脱下鞋来叩去粘在鞋底上的泥土，再倒掉鞋里的泥渣，口里没忘了赞叹皇上的明智之举。也顺带说古论今，或者回忆曾经的稼穑生涯，此时是好汉专提当年勇，带出许多往事，颇觉感慨。

三月，在有司的建议下，刘恒先一步立赵幽王刘友的小儿子刘辟强为河间王、朱虚侯刘章为城阳王、东牟侯刘兴居为济北王。本来，得到诛吕老臣们的承诺，刘章、刘兴居自有很高的预期。迟立也就罢了，但“大王”未得而只封了个“小王”，而且“羊毛出在羊身上”，封地照样是从齐王名下划分出来的。这显然与他们曾企图拥立大哥刘襄为帝有关，满朝人人心照不宣，况且当事人陈平已经去世。二人吃了哑巴亏，内心自管气闷，但时过境迁，朝中形势已不似当初。换个思考，如果刘恒真的把赵、梁封给二人，那么，齐、赵、梁便将连成一片。那是多大的一片土地，又是多么要害的地盘呀，足够成就帝业了；而三兄弟本就有个天子梦。故此，这本就是一个绝无可能兑现的诺言，论谁当皇帝，也不可能糊涂到输别人以足够的资源来危及天下。

随后，刘恒把代国属地一分为二，立皇子刘武为代王，刘参为太原王。刘揖则立为梁王，看上去有点偏向老小。

匈奴单于庭调集的大批挽弓骑士陆续向涿邪山汇集，具体的整军事务由先期到达步厩部落的后义庐侯难氏和特使龙必赤负责。与此同时，右屠耆王且蛰亲自前往河南地指导对汉朝上郡发动挑衅，主要是为了把握这声东击西、以攻为守的火候。不得已，也要灵活应对汉军可能发动的规模性反击。

西征主将太子稽粥与乌孙昆莫猎骄靡即将起程，他们相约前来向阏氏阿妈辞行。蛮芑似乎老了许多，她没有叮嘱，只默默地听儿子们的劝慰，然后拥抱他们，亲吻他们的前额。她有一种预感，这一去，从此就难见到猎骄靡了。

冒顿大单于与各位王将先期出行庭三十里，设宴为即将远征的勇士们壮行。稽粥的卫队长拔禾特和猎骄靡的卫队长拔禾度兄弟二人奉命前来阏氏后帐催促，卫队的马嘶声搅扰着响个不停。

蛮芑没有出帐，只倾听着人马远去。到很远很远了，她还能分辨出猎骄靡和稽粥的马蹄声。

第一百十一回

隐泑泽白发伴野鹤　征月氏双雄阻天山

欢送的仪式十分盛大。山前，大单于旗居中，两边稍低的是匈奴太子旗和乌孙昆莫旗。卫队沿山坡八字形展开，身后龙旗猎猎。年轻的游吟歌手聆饫古被邀请弹唱长篇史诗《撑犁孤涂》的续篇，他是已经去世的著名说唱大师犰执呐契的孙子。

骑士回到了阴山的草原，
单于的土地广阔无边。
紧贴草原的胸膛，牧人在倾听，
熟悉的马蹄声来自遥远的狼居胥山。
……
骏马长嘶，勇士就要出发。
为了小王子的仇恨，也为了草原的久远。
月亮从东边升起又从西边落下。
征战的弓弦，将追逐日月星辰。
……

续接的段落是特为出征月氏赶制的。战士的情绪被歌声和酒精所激发，使山坡上弥漫了慷慨激越的气氛。宴会从下午开始，一直持续到深夜，各自大醉了才被搀扶到临时搭建的帐中歇息。更多的人就随地躺下，只管睡到觉醒。

第二天挨到近午时分，猎骄靡、稽粥兄弟俩喝过歌手敬献的上马酒，向父单于告别。这时，他们才发现父亲的身后跟随着两名宿将，一位是单于的第二任卫队长屈烈支，另一位则是右屠耆王曾经的卫队长曳当。不知道是什么时候赶来的，他们并没有出现在昨晚的仪式上。

冒顿凝视着山头和天空，过了一阵才对猎骄靡、稽粥说："孩儿们此去必能如我所愿……只管用兵就是，吃的喝的右屠耆王都已经安排过了，具体就由曳当将军担当。怎么样，还满意吧！"二子连忙行礼，可以说喜出望外。冒顿又说："你兄弟二人日常默契如同一体，这最重要。作战就是要这样，为父只等着你们获胜的消息了。"二人只管应承，与父亲拥抱了，上马驰出一段。想到回头看时，这才发现父单于竟然在抹眼泪。

不能再流连。二人放马跑向卫队前面，转过一座山脚，心中就只有一往无前了。然而，此时耳畔却传来飘渺的歌声：

孩子们就要驰向战场，
母亲心中如锥，是那样惆怅。
胜败无常，生命弥足珍贵。
平安归来是阿妈终日的盼望。
大路宽广，恩怨各走半边，
出征只为了水源和牧场。
莫让仇恨过度，掩盖了内心的善良。
弯刀和弓箭莫要随意杀伤。
……

只听到回响，找不到歌声来自哪座山梁。驻马倾听了一阵，二人下马，朝歌声跪拜。重新上马，心情又复杂了许多。

步厩部落中出征的气氛异常浓烈，与月氏三十多年的积怨经过反复发酵，已经成为全民的复仇意志。王子猎骄靡的归省和继承昆莫位，在全体牧民的心目中，都不啻发出了战斗的动员令。

由且蛰和步厩主持，匈、乌两军举行了联合誓师。匈奴五万骑兵为右路，沿今名阿尔泰山的金山南麓河川地带过呼揭西进，主帅是太子稽粥，由难氏随军参谋。乌孙五万复仇战士为左路，取蒲类、姑师后部沿北山北也就是天山北坡地带西进，主帅为昆莫猎骄靡，龙必赤随军参谋。曳当为总监军，并提供后勤保障。两路大军呈钳形，首先将对分散在今准噶尔盆地周沿的月氏游牧部落及土著实施驱逐或征服，然后由匈奴军控制伊列水中下游草原；乌孙军主攻伊列水中上游谷地，那里是月氏的腹心地带，宽广的山间草原上建有夏宫。就像当年冒顿擒获东胡王一样，稽粥如愿斩获月氏王头颅，成了此次征伐的象征性目标。由于与月氏王有杀死双亲的仇恨，尽管蛮芑阿妈反复叮嘱要克制，猎骄靡也只能对这个目标取默认态度。但从实际分工看，月氏王庭在蒲类和伊列水河谷的两个驻地却都在乌孙军的攻打范围内，这便与北路稽粥内心的目标发生了错位。

大军已经分头出发，忽然有骑慌张赶来报告：“步厩大人自尽了，临死前给昆莫留下话来……”猎骄靡大惊，问：“留有何话？”回答：“此战必为老昆莫和夫人报仇，否则昆莫和六子都不必活着！”六子闻讯滚鞍下马，跪地含泪发誓：“我六子誓尊父亲遗嘱，虽战死无憾！”猎骄靡就黄耳背上遥遥行礼：“请父王、母后和老大人的灵魂跟随我们吧，保佑大军打败月氏！”如果说亲生父母的死难因成长环境、信息间接和光阴磨蚀而显得模糊，那么，步厩之死便十分切近和直观了。再说，苦苦坚持复仇信念的步厩，挨到有望之时却选择殉身明志，足可使复仇六子因复加的仇恨而成为一种强制力，甚至为一种胁迫力，驱使大军必须死战到底。突发的事实使猎骄靡第一次感到了人生的残酷，心理再次受到了极大的刺激。此时此刻，他是那样地想念蛮芑阿妈。

葱岭河自昆仑山发源西流抵葱岭，逐渐绕向面积五十三万平方公里的盆地西北，在那里汇集了来自葱岭北的北河，成为计戍水，然后散漫地沿天山南麓向东，收集北山的和南边另路越大幕而来的昆仑之水，到下游逐渐地由浑黄最终变得澄澈了，汇入三百里浩渺无际的盐泽。顾名思义，盐泽的水是苦咸的，枯水季节，在它的周围还会裸露出望不到边的盐壳。在海子西北、西南来水的地方，自遥远年代自然传承的高低粗细不等的胡杨树，密密匝匝从水中一直延向岸上，延伸向遥远处的沙碛中，照样无边无垠。只有那些倒下的或偶尔被伐去的大树，用数不清的年轮诉说着生命力的顽强。

伐树主要是为了三类用途：搭建房屋及围栏、挖制独木舟、盛殓死去的人。

到处都是水，形成许多大大小小的淡水的湖沼。水鸟在宽宽窄窄的水岸栖息，于闲适中注视着鱼类的动静。居民们的食物除了流动于林间草地的畜群，便也与鸟兽共享湿地的恩赐。适时向粗粗整理过的土地上撒上一些种子，到成熟的季节，能收多少就收多少，作为饮食的调剂补充。

午后，一条独木舟从河里划向宽阔的湖水。到了湖心，渔人收了桨，顺手从舟中托起一柄鱼叉。只在眨眼间，一条有手臂长的大鱼便被叉着了，还猛烈地打着挺儿挣扎。待到太阳西斜，湖面上映照着血红的波光，船便回到了岸边。

渔人吹一声凌厉的哨音。稍待，林间的道路上跑过来一个浑身精光的孩子。到了船边，却回头大声欢叫：“枯末折爷爷回来啦，叉了好多好多的鱼呢！”天气还没有真正热起来，但这里的孩子对冷热都不很在意。

晚间最快意的事情就是吃烤鱼。收集柽柳枯枝是孩子们的事，林间到处都有，不一会儿便弄来一大堆。在地面架起手臂粗的树杈，拿枝条穿了鱼搭在上面，点着火换着面儿熏烤。人们七手八脚地忙碌着。

月氏右大将枯末折是在举族西迁到达伊列水谷地后不久，独自离开部族的。他带着几匹好马，一路追寻牧群的踪迹穿越天山腹地，从伊列水上游抵达敦薨水上流头，然后顺山谷而下，过敦薨浦沿饮马河出天山南绕向东，抵达计戍水。他又一次邂逅了曾经在西行的戈壁上邂逅的己孑拉勒，但没有到达盐泽东北的白龙堆，而是滞留在海子西北的丛林水泽中。计戍水在汇合了于阗河之后迤逦流到这里，与来自饮马河的清流共同造就了无与伦比的美妙生态系统，在一片将近海拔八百米的水泽地为土著们提供了颇具原始色彩的生存天堂。而这正是枯末折久已的向往，也就不必要再去寻找白龙堆了，尽管那边离三危更近。翻山越岭、以冰川和野兽为伴的孤独而艰险的旅程，让他吃尽了苦头；但每当回忆起己孑拉勒，那炽热戈壁上一人一驴年复一年的顽强，便足以让他恢复信心和力量。

翻烤的鱼表面呈现出焦黄，完全没有了腥味。各自取一条小些的，或共同分一条大的，颠倒着在表面撒上些香料和食盐，便急不可耐地送到口边，顾不得烫嘴。一下午叉来的鱼，足够枯末折和他的邻人们吃个够。

男人开始扭动身躯，然后起身，歌声和敲打的节奏随之而起，间或还有人吹几下苇叶。舞过不几下，便有女人来共舞，赤裸的孩子们于是跟着蹦跳起哄。最漂亮的年轻女子显得格外矜持，但只过了一会儿，她却主动来邀请枯末折。枯末折已经完全熟悉了这里的一切，融入了土著的生存圈。他的阅历、能力、诚挚以及长者风范深深打动着每个人的心，很快就获得了信任，并逐渐成为精神意义上的领袖，人们甚至猜测他是来自天国的使者。而对于枯末折来说，这意味着历经了痛苦与放弃之后，开始重建生命与心灵。现在，这位曾经的将军已经老了，但他无法彻底忘记自己出生和为之浴血奋战的族群。脑海深处没有了大王和牧民的区分，只是一团迷雾或云彩，但就是时时被笼罩着难以摆脱。

一觉醒来，已经接近正午。己孑拉勒的儿子孑拉尔来了，告知他的父亲已经死去，是死在戈壁滩上。儿子把他的遗体放在毛驴背上，头和脚分别搭着两边的驮筐，径直运往墓地。枯末折来看望己孑拉勒并参加了葬礼，一时感到悲伤，但很快就恢复了平静。

葬礼在日落之前完成。远近熟悉的人都尽量赶来，共同祈祷灵魂安息。坐落在稍高处的一大片墓地呈放射状布局，仿佛阳光四射。归宿之处伴有生的寄托，那是由木桩粗粗雕凿成的巨型阴茎和女阴的形象。显然，这是一个崇拜太阳和生殖的部落，一个崇拜生命的部落。

孑拉尔自长成后便跟随父亲从事艰苦的驮运，他不会因父亲离去而中断这项工作。而此刻的枯末折正在做一种设想，能不能让贩运的驼队中途折向海子边，带来渔猎部落所匮乏的生活物资……可他们将能从这里得到什么呢？正想呢，孑拉尔拉了一下他的手："我想告诉您一个消息……"

从简单的叙述中，枯末折确信乌孙人在匈奴的支持下，开始对西迁的月氏展开报复行动了。他思绪中的云雾转瞬散乱，露出许多熟悉的面孔。月氏人的命运又将如何呢？死亡和苦难或将更加残酷地降临。

上郡、北地均有呈报，侦知北假匈奴人马调动频繁，骑兵在河南地集结，似有较大规模南侵的迹象。

刘恒在宫中坐不住了，晨起便前往灞上军营视察。车驾未出到宫门，却有一人俯伏道上，原来是中郎将袁盎。袁盎遵旨趋前奏道："臣听说，凡陪在天子六尺车驾上的，都是天下英豪之属。今大汉朝虽还缺乏人才，但陛下也不至于与一名被锯残了的人共载！"此言亦庄亦谐，把刘恒逗乐了，于是对参乘的宦官赵谈说："你只能委屈一下啦！"

袁盎，字丝，父亲被处从楚地徙居安陵，并相应变更了籍贯。他曾为吕禄的舍人，刘恒继位后，经其兄袁哙保举为中郎。平常时，赵谈有事没事便找碴加害，弄得袁盎很是闹心。

刘恒素知袁盎喜好议论大局，言辞激昂，便说："你既然来了，就随驾吧！"于是，袁盎随在刘恒车驾一侧。赵谈眼巴巴看着车驾行去，掩面啜泣。

已经走了一程，刘恒问："朕怎不听得你言语呢？"袁盎在马上拱手，问："陛下认为丞相周勃是怎样的人呢？"刘恒顺口回答："绛侯，噢……社稷之臣。"袁盎说："丞相是功臣，算不得社稷之臣！"刘恒来了兴趣："可解释给朕听！"袁盎说："前一阵诸吕悖逆，绛侯无法阻止。等到吕后过世，大臣共同反抗，太尉才得以掌握军队取得成功。这应该解释为'功臣'，而不能称为社稷之臣。"刘恒若有所思，稍停笑着问："朕听说你兄长袁哙与丞相交厚，你却为何只盯着丞相的短处呢？"袁盎有点敏感，连忙回答："君臣之礼更甚。朝中高祖功臣不少，臣是担心君恭臣骄，久而久之为臣的会失去本分！"

一路谈兴不减，快到灞上了。刘恒抬眼，忽被眼前的一座山丘勾起联想，便指道："朕有朝一日就归于此处吧。以山为陵，不需要再另建陵墓了。"说时极为平淡。

待到西坡，刘恒想寻求点刺激以便放松心情，便让太仆放开速度下山。袁盎催马向前，伸手挽住御马的缰绳。刘恒正在兴头上，便问："将军胆怯了？"袁盎正色回答："臣闻千金身家则避免坐在垂瓦之檐下；屋有百金亦不可轻倚栏杆车衡。清醒的君主绝不冒险追求侥幸。现陛下放纵六骏奔驰下高山，一旦马惊车毁，陛下即使不在乎自己，却怎么向高祖和太后交代，又如何对得起大汉基业呢？"刘恒顿时省悟，转吩咐车驾缓缓而行。内心琢磨着，只觉方才那一席话含义颇深，并不只说眼前。

将到军营，刘恒若有所思，忽然对袁盎说："朕想起来了，爱卿好似说大汉朝还缺乏人才？朕怎不见你推荐一二？"袁盎本是借此一语贬损赵谈，不料皇上竟一直放在心上。此时见问，情急之下想起一个人来，便即回禀："臣心中自是有的，只是未敢轻言。"刘恒说："朕本一心招贤，爱卿且说来听听！"袁盎于是说："南阳张释之为骑郎，前一时提及做官久了会减损仲兄的家产，内心不安，故有意辞归。"刘恒想了一想："朕未曾听说有此人。"袁盎说："臣素闻张释之贤，只因赀选入官，故不被以德才任事。"刘恒说："既然如此，辞去了也可惜，那就先补个谒者吧！"

骑郎，骑兵郎中，即常侍郎，属骑将指挥，本也日常戍卫宫中并随驾出行。张释之为汉朝南阳郡堵阳人，与二哥同住，因家产累积达到了朝廷规定的十算即五百万以上而得以入选骑郎。

此时刘恒的心底里，当务之急莫过于朝臣的新老更替，而更替的关键在于任贤用能，在朝廷集纳"社稷之臣"。

天山古称敦薨山，又按习惯称为"北山"。山起于葱岭而分两脉，一脉向西北屏蔽于月氏之南，其北为开阔的伊列水中下游及伊播海以东、以南地域；一脉则迤逦向东，横亘耸立于今中国新疆中腰。新疆天山大致划分为北、中、南三列，北天山延至博格达山。博格达山绵延于今乌鲁木齐、吐鲁番一线及以东，习惯上称为东天山。

一条西北、东南走向的漏斗形山谷，把北天山西部向东北延伸的崇山峻岭末端拦腰切割开来。在千万年的茫茫岁月中，原本狭长幽深的山谷被山洪淤积，渐渐垫高，变得十分宽阔。大自然与人方便，让由此形成的一大片稍稍倾斜着的戈壁，提供出折向伊列水中下游草原的走廊，从而打破了盆地西沿的全封闭。按照近、现代的理解，这看上去畅通无阻的谷地，被赋予恰如其分的写照，叫做"准噶尔山门"。然而充塞山门两侧的光秃秃的山峦，从古到今向人们坦陈着一个严酷事实：从欧亚草原南下的强烈气流，宽进窄出带来东部山口一年近二百天的狂戾风暴，一直吹向离山口不远的湖面。最后连草根带沙土都吹没了，吹不尽的只是满目荒凉。

匈奴太子稽粥率领的匈奴西征军北路过金山南麓，借道盆地北缘水草丰茂的呼揭游牧地，到达与天山交界处。眼前一望是水天茫茫的海子，顺山势转向西北，前方不远便是一道山鏊。风不觉大起来，沙砾迎面射向人马，如箭如锥。稽粥好不容易才抗着风从马上下来，心想果如所云，不来还真不知道厉害。可这么大的风，前进一步都十分困难，却如何驰马作战！恰恰就在这躲不开、绕不过的飞沙山口，月氏军北路主力右大将辘契，右大都尉骐冼率部建立了防线。凭借大风，他们可以轻而易举地打退匈奴骑兵的进攻。事实上几乎用不着打。

南路猎骄靡昆莫率乌孙军沿天山北坡、盆地南缘推进。凭着敏感的嗅觉，月氏王早已撤离了蒲类海子边的开阔草原，因而那里没有发生大的抵抗。乌孙军不觉已出务涂谷，过姑师后，一路与月氏军只稍有接触。行有十数日，道上渐见数座低山遮遮拦拦，月氏游骑出没其间，倏忽不见，却也不便追赶。

已经踏入通向伊列水谷地的门户地带。低山尽处忽见敞亮，放眼天地洞开，一泓清澈冰冷的海子迎面阻住。海子悬于山顶，周遭被松柏草坡围裹，抬眼便见晶莹剔透的雪峰。据说这里是大西洋暖湿气流最后眷顾的地方，故现代戏称为“大西洋最后一滴眼泪”；这“泪滴”落在天山怀抱中的一处断陷盆地，恰似椭圆形的蓝宝石一般。乌孙战骑风尘仆仆，乍见此景不免引发了一连串牧人的惊叹。

猎骄靡知道，这南边的高山背后，便是通向月氏王庭的伊列水河谷，向东往河谷上源可去到夏宫，西出河谷则可折向冬宫。他止住大队，驱马沿山湖间的牧道向前，卫队长拔禾度赶紧带领侍卫跟上。已经抵达敏感地带，龙必赤生怕出现意外，也赶紧招呼鱼泽、池头两名护卫将军一起悄悄尾随。

曲曲弯弯行过一阵，时而临水，时而临崖。及到开阔处，只见湖畔展开巨大而平坦的草坡，坡上近云的地方山林森森，能看到毡房和牧群。猎骄靡抬手向拔禾度示意，只见鞭指处有小路通向近水的牧道，海子边有马群在饮水。牧道从脚下继续延伸，尽头却是群峰中的一个垭口，密集的云雾被西风吹送，天河凌空般泻入海子，甚是壮观。

有骑兵近前来了。拔禾度赶紧率卫士迎上去，后面龙必赤也紧忙招呼鱼泽、池头向前接应。然而那边却掉头后撤，他们并不知道所遭遇的正是乌孙昆莫。这边追得快，那边便也退得快，不一时便隐入垭口中去了。

天险面前寸步难进，北、南两路匈、乌人马都抵达了一筹莫展之地。尽管预先有所打探，却不料困难达到这种地步。现在，两路月氏军都遵循着王庭制定的策略，凭险据守、以逸待劳，坚持不战，以期耗退匈奴大军。

第一百十二回

启王道朝廷张言路　避天险右王窥绿洲

朝廷既广开言路，皇上愈加以身作则。刘恒上朝下朝，每每有低层的郎官、从员乘便上书进言，他毫无例外地止辇倾听。如认为有采纳的价值，则连连表示赞赏。

太尉颍阴侯灌婴的骑从颍川人贾山所学甚广而学问不专，往往言辞激烈无所顾忌。这次他探讨的是治乱兴亡之道，大意为："雷霆所击，无不摧折；万钧所压，无不糜灭。人主之威，远胜雷霆万钧。"他说："昔者周以九州之民养千八百国之君，君有余财，民有余力，而颂声作；秦皇帝以千八百国自养，而力疲不能胜其役，财尽不能胜其求。秦始皇居灭绝之中而不自知者，何也？天下莫敢告也。"

贾山曲曲折折只为了提一个意见："选其贤者，使为常侍、诸吏，与之驰驱射猎，一日再三出。臣恐朝廷之解弛，百官之堕于事也。一君之身耳，所自养者驰骋弋猎之娱，天下弗能供也。"

任用贤良方正是为了什么，这个问题很严肃。虽然拿自己与秦始皇相提并论够刺激，但说服力也更强，所谓"良药苦口利于病"。刘恒很尴尬，也觉得有点委屈，但他还是立竿见影地采纳了贾山的意见。于是把一些选中的人才派到各处任职，对他们的核心要求是务必轻徭薄赋以减轻百姓负担。

皇上认真倾听和采纳新人的意见和建议，寸功未建的文臣们占据了朝廷的舆论阵地；老将们出身垄亩大字不识几个，鲜知治理之道，大多在朝中已没有实职，地位日益下降又于心不甘。每逢争辩，文臣才高八斗援古论今口利舌尖，而曾经在战场上出生入死的侯爷们此时只落得张口结舌，瞠目顿足。当面占不住理，不免背后朝皇上喋喋不休，关键是没什么像样的主意，缺乏建设性，却往往居功自傲以一己私利干扰朝政。相比之下，那些资历不深但才华横溢的书生气官员，其犯颜直谏却大都出于公心，至少也出于建功立业的上进心。

有感于贾山的"雷霆万钧"之说，刘恒下诏废除"诽谤罪"和"妖言罪"。诏书写道："古之治天下，朝有进善之旌，诽谤之木，所以通治道而来谏者也。今法有诽谤、妖言之罪，是使众臣不敢尽情。而上无由闻过失也，将何以来远方之贤良！其除之！"所谓"进善之旌"，就是在四通八达的道口建起旌幡，鼓励百姓人等到那里公开建言献策；所谓"诽谤之木"，则是在必经之路的桥梁边树立木柱，方便过往行人在上面书写批评朝政的言论。这两项措施都是尧帝时采取的，便于官府与百姓沟通，形成广泛的群众监督，获取信息，发泄情绪。圣命既下，朝野通同，从此一律言论自由。刘恒深知再好的政策也是双刃剑，内心不免纠结着，可一时也找不到更有力的应对方略。

延搁两个多月，曳当已经带领牧民驱赶着马匹、骆驼、牛羊络绎而至。补给一时算得充分，现在的难题是如何突破月氏军的防线。这使曳当想起了当年的月氏北山之战。就地势来讲，眼前这险峻崎岖远非合黎山可比。

曳当亲临冷海子，猎骄靡非常高兴。他从小就听说曳当渗透北山救助父单于和飞兵奇袭姑臧的战绩，史诗《撑犁孤涂》中也传唱着有关他的段落。当年曳当少年英雄，自童年时代，猎骄靡就单单选择他作为心中的偶像。

“来，来，都来参见。你们可知老将军的威名！”猎骄靡对复仇六子说。六子见过，由龙必赤逐个介绍，置酒接风。

就这酒宴间，六子的焦躁情绪爆发了。首先是年纪最轻的右将军齐干泪流满面，老大步广看见，便对老二龙勒使个眼色，两人借口内急，相随出帐去了。鱼泽、池头、渊泉便都显得心绪不宁，使这酒越喝越不是滋味。猎骄靡正与曳当探讨这后面的仗该如何打，而曳当早已注意到帐内气氛不很正常，便提醒说：“这六兄弟兴是发急了，值此作战的关键时刻，为将者冷静为上！”猎骄靡扫一眼席上，立刻感到了这气氛，心里忽然一激灵，立刻命人去叫步广、龙勒回来。转而放缓了口气要求：“你等六兄弟有啥想法都说出来，免得憋在心里难受，甚或酿成后果。”话中显然含有警示。

由于步厩对乌孙王室忠心耿耿，所以，他的整个家族乃至整个部落都成为了向月氏复仇的中坚力量。复仇六子对于猎骄靡，那当然唯命是从。也正因为这样，在战事拖延难以进展之际，他们的内心不同程度地充满了压抑。在他们，更多的是想到了父亲的遗愿。多少年了，父亲寄人篱下苦心积蓄力量，对上国匈奴还得恭恭敬敬委曲求全，不都是为了有战胜月氏的一天。尤其年长的步广、龙勒心里明白，匈奴在驱逐了月氏后，却也把原本属于乌孙的牧地一并据为己有，宁肯让月氏余部把守，也不允许父亲的部落沾边，而且还“扣押”了襁褓中的乌孙王位继承人，其用心不是很清楚吗？现今，无法返回故地的乌孙部落，也只有选择西迁，表面是向月氏寻仇，更重要的是像当年败战的月氏一样，需要重新获取一块自由自在的土地以生存繁衍。这一点，六子内心早已经明明白白，而猎骄靡还蒙在鼓里。

而匈奴发动西征又是为了什么？帮乌孙报仇也许只是一个借口，那么，有匈奴太子在，有曳当、难氏、龙必赤这些人在，假定战胜了月氏，可乌孙与匈奴又会形成怎样的关系呢？正因为如此，他们弟兄更是急于先北路而拿下月氏王庭，好在今后与匈奴的讨价还价中赢得主动。遗憾的是，猎骄靡昆莫从小在匈奴长大，与单于家族关系亲密，丝毫不可能怀疑匈奴的动机。当然，他还拥有匈奴王子的身份，这有弊也有利。匈奴对他的宽容远胜于对任何人，令步厩家族望尘莫及。步厩家族只能听命于昆莫，而昆莫则难以摆脱亲近依附匈奴的命运，这中间的晦涩之处，终究是让人难以忍受的。梦寐以求打败月氏的父亲，为什么偏偏选择在大军出征时死去，其中酸甜苦辣无人彻底知晓，相关者只能从不同的角度理解，理解最多的也只能是步广六兄弟。方才，老小齐干在席间流泪，这让作为兄长的步广、龙勒很受刺激，于是，便想避开匈奴人私下里谋划取胜之道。这无形中也不得不暂时把昆莫排除在外，尽管违背了内心的情感。

回到席间，两人只作若无其事。这场合，猎骄靡察觉他们不想透露心底，又不便质问，便说些无关紧要的事情调节情绪，甚至扯到冷海子和野果谷的风光。

每个人的头脑都在飞速运转。猎骄靡在想，复仇六子如此求战心切，他们会闹出怎样的麻烦呢？步广在想，不信我复仇六子就杀不透这野果谷，只是昆莫顾虑太多！曳当回忆着当年匈奴大军被阻合黎山，右王采取的迂回偷袭战术。

龙必赤却提出一个本不是问题的问题。他行礼说："我看步广六兄弟个个忠勇，堪称昆莫羽翼，乌孙栋梁，可步厩老大人在六位将军的称号前面都加有'暂领'，现今应正式去了才是。"

猎骄靡初登昆莫位，还真没有多想这事，只以为就那么回事了。经龙必赤提醒，这才醒悟。于是宣布："都去了'暂领'，其实早就去了，就今日知会一声！"龙勒等五人都来看步广，见步广以手加胸，于是一齐谢恩，并无多话。

稽粥和猎骄靡率军西征受到了阻碍，但由于对生存环境的高度适应力，他们随遇而安，驻扎下来，放开牛羊，放开歌喉，山高野旷，处处都是到家的感觉。

匈、乌大军所经过的北路呼揭，南路蒲类、姑师及以西大大小小的草原、绿洲，都已经被顺手牵羊落入匈奴的事实控制之下。冒顿单于按照匈奴的体制，把呼揭归并为部落联盟的一部分，像任命丁零王、浑邪王、休屠王一样，重新任命了"呼揭王"。这虽然是换汤不换药，但性质起了根本的变化。

由曳当率领的后勤或说后续队伍，除专门的运输和给养征集人员外，还有士兵家属和陆续跟随而来的牧民，有匈奴人，而更多的是乌孙人。他们已经分别选择合适的地方搭建了毡房，过起了与已往没多少差别的日子。天气炎热，牧民们便照样向山里去寻找夏牧场，悠悠地靠天养畜。而这回却是亲近了天山、金山。

九月，皇帝刘恒继开春下达“籍田令”之后，再次下诏：“农业是天下的根本，百姓赖以生存；舍弃农本而纷纷去从事工商末业，则民生难以理顺。朕对这种现象的蔓延感到担忧，所以亲率群臣耕作劝农。今年，朝廷决定全国田租减半征收。”

还实施了一项规范号令的措施，朝廷向各郡的太守、各封国的丞相颁发“铜虎符”和“竹使符”。

铜虎符，顾名思义为铜质虎形信符。铜符一般专用于调动军队，虎、豹、鱼形各异，虎形符则始自刘恒。铜虎符长六寸，一组五枚，分别由皇帝和主管机构颁发。符分两半，右半留在京师，左半交给地方，这个规矩一直被历代沿用。符的形状、表面纹理、文字、断位和断口，都是验证真伪的依据，逐枚一应堪合，再有诏书、文书告知，这才予以执行。铜虎符的表面文字采用了银错工艺。符制成后，在表面錾刻出字形浅槽，然后嵌入银丝，打磨平滑，映射出与铜质载体不同的光泽。有解释说，铜，取其“同心”也。

竹使符为竹质箭形，长五寸，表面刻有篆书，也是一组五枚，剖半分存。其使用和验证方法与铜虎符相同，只是比铜虎符的功用宽泛些，也是皇帝向郡国传达重要命令或征调军队的交验凭证。竹使符是之前珪璋的替代品。

通过对汉朝上郡沿边地带兴师动众的武力试探，又仔细研究了皇帝的来信，冒顿单于已经确信汉朝没有乘北假实力空虚之际对匈奴实施军事进攻的打算。更让他高兴的是，汉廷似乎对此次匈奴兵出西域视同以往的扩张行为，根本上就置若罔闻，或者丝毫没有察觉——当然，这是不可能的。

右屠耆王且蛰从河南地返回燕然山南的王庭。他任命一名亲族为“南将军”，直接控制东天山诸城邦，因为这一地段正当西域咽喉，战略意义十分显著。对于战事受阻，他不感到有啥奇怪，一切都在预料之中，但内心比之前线将领并不轻松多少。以当初与月氏作战的经验，面对西迁后经过多年休整的月氏，他本就估计这次西征不可能过于顺利，前一阶段的进展已经很不错了。特别汉朝这边的态度，让他大大地松了一口气。然而两支军队如何突破他们面前的天险，的确是前所未遇的难点。

月氏王庭借以为重的那道极长且宽广的峡谷，是朝向西边的广袤草原开口的。重重大山把它与西天山北坡通途分割开来，大军必须迂回进入，这就增添了许多麻烦。据闻塞人也十分的骁勇而且好战，真不知道当年战败的月氏人，却是如何顺利穿透难以逾越的天然屏障，去占领伊列水全流域那么一块广大牧地的。只能说，塞种完全没有抵抗，因为毫无防备，他们四个部落的人马无法快速地形成一体，最终只能选择放弃。这时，且鞮也理解了当年月氏王为何在与匈奴的作战中要尽量保存实力；既然打不过，就不能丧失重新得到一块领地的精锐军力。显然，月氏王早已留有后手。正因为如此，无论从表面或实质来看，匈奴在河西的胜利，到底算不得完全的军事胜利。而这次呢？他想。

思路转向了伊列水谷地。听说那地方被大河滋养着，气候宜人，水草丰茂，宜农宜牧……又想到了城郭诸国，虽说远比不得汉朝地大物博，可那里一块块绿洲上生长的粮食、新鲜果实，还有那啥……对，白叠，还有过往商队的税收，等等，对匈奴的吸引力可就太大了。所谓"白叠"，就是棉花。据说当时西域种植的是非洲棉，也称草棉，其籽粒小、纤维短而色黄。

在经过苦思冥想之后，且鞮的头脑中忽然闪出一线光亮。这光亮逐渐放大，一片片绿洲在眼前生动起来。"为啥……对，对呀，为啥不呢？哈哈哈哈——"且鞮不由得纵声大笑。

已经等不及了，他立即吩咐动身，到北假去与冒顿单于敲定一个新的计划。准确地说，是要对西域军事行动作出重大调整补充。如果说，此前担心汉朝牵制而不敢动作太大，而现在，这一点是不用顾虑了。

方得动身。且鞮的心思又回到了西征军上，如何突破月氏利用两处地形设置的防线，毕竟很是关键，长时间拖延必然使优势消弭，而让以逸待劳的月氏人找到反击机会。可当初合黎山口尚且难以攻克，何况神秘险峻的野果谷和那个风暴不止的飞沙山口！得研究研究兵法，多读些战例；从孙子到秦人再到汉人，兵法甚是了得！

"本王的兵书呢，拿过来吧！"且鞮跳下马来，坐到一辆带篷的装饰豪华的车子上。坐到舒适的车里避免途程辛苦，也是向中原的帝王学的。不过，且鞮是为了方便看那些竹简，边走边看，不耽误工夫。兴许人到了单于行庭，办法也就琢磨出来了。

稽粥与后义庐侯难氏一起，由拔禾特带领小队骑卫跟随，驱座下枣骝马登上山口打皱的山梁。风沙迎面吹偏了马头，沙粒儿打在脸上刺生生地疼。那杆太子左屠耆王旗实在是撑不住，稽粥便命暂且卷了。

风来时，照经验是乌云如毡，天昏地暗；奇怪的是，此时山间猛烈地刮着风，却日光如常，照样天气晴朗，仿佛还能看得清迎面射来的那一颗颗沙粒儿。

稽粥的脑海里展现着群山那边的景象。河流流经一望无际的草原，流向远处一条抻开成匙状的狭长而巨大的海子。据说伊播海的水一半是淡的，一半是咸的，他很想亲口尝一尝以证实。牧场上苜蓿肥美牛羊遍野，当然更重要的是体形高大的骏马；成群的良马，这是他最想得到的财富。现在，只要越过面前这道延伸着的戈壁，便可以为大匈奴攫取那里的一切。阗池东南有月氏王庭的冬宫，这是他心目中的重点目标，如果能快速突破飞沙山口并把握住作战时机，他也许能先于猎骄靡取回月氏王的头颅。然而，这并不意味着他要和猎骄靡激烈竞争，更重要的是互相配合获取战果。

又一阵风凶猛地袭来，几乎将人马卷下山坡。稽粥费了好大的劲，才把转身避风的马头重新掉转。到山口才听说，这里的风是一年四季地刮，没完没了。如此下去，仗还怎么打呢？

这时，在两侧瞭望警戒的侍卫报告，发现有月氏人马绕着山沟过来了。稽粥看时，果然不远处的左边山脚下出现一路骑兵；再看，右边也有一路。有意思的是，月氏兵也只能取顺风之势，因而也在观望。按常理，假如他们深入一些从后侧包抄，敢情会稳稳地捞着一条意料之外的“大鱼”。可那样，就必须反过来逆风作战，使双方的天然优势易位。当然，恰恰因为这风，便缺了旗号，月氏人并未察觉他们遭遇的正是匈奴太子。

“撤！”稽粥吆喝一声，先自掉马回奔，难氏招呼卫队跟上。这便一路被风鼓着，很快脱离了危险。也正因为这次有惊无险的经历，稽粥便试图寻找新的作战途径，眼下只能佯为进取。

有四员将领陆续前来接应，其一名兜合卢，手执一对弯刀；一名勿忒古，大斧横于马上；一名莫奇卜，握两杆短矛；一名角勒支，刀插在马鞍边的兜里，手却不离腰间系着的流星锤。四将分别来自匈奴各部，却都以勇力闻名匈奴中。

当下四将看太子无碍，便一路护着回营。到了稽粥帐中，不免重复着出些不着天地的主意，都知道只过过嘴瘾而已。稽粥自顾琢磨各种可行的道道儿，也没听进几句。末了，都打发回去待命，只留下难氏商讨刚才闪念之间的想法。

既然一时无法攻入野果谷，猎骄靡便试图引诱月氏军队主动进攻，所以总反复打着乌孙昆莫旗往返于左岸牧道，甚至接近垭口的地方。可垭口后面的山谷中，除了虚虚实实遍插的旗帜外，仿佛睡熟了一般，连垭口也难以觉察丝毫动静。他每每想，这风透不进、鸟飞不进的峡谷里到底潜藏着啥呢？

这一日，猎骄靡又与龙必赤、步广一起顺冷海子东南的牧道沿山边向前察看，除拔禾度率领的匈奴卫士外，还有左护卫将军鱼泽、右护卫将军池头率百余骑跟随。由于猎骄靡特殊的双重身份，身边的警卫机制也搞得复杂了，两下里谁也不肯放弃职责。

海子水面浩大。在马上放眼一望峰峦环抱，高处白雪皑皑，雾障云飞。前一时大军沿着南侧的大山西进，路途偶遇几条宽阔的河道，河床虽宽但水流有限；虽不乏水草，但随处可见光秃秃的砾石滩；雪峰峥嵘，亦遥遥于云际，可望不可即，却何曾见得眼前这番景象。猎骄靡几乎走神，如若不是率军作战，那又会带来怎样一种心境呢？

朝高处出神地看了一阵，猎骄靡忽然觉得峰峦间也隐约有月氏军的旗号。再回头看，假设来时路上遥遥相望的两侧山间暗伏奇兵，牧道上再有大队人马待机出动……猎骄靡想到沿途反复出现的月氏游骑，内心不免生疑。去看龙必赤时，龙必赤却说："怎就不见了毡房和牧群呢？"猎骄靡看时，果然这里已不似前一时，连一个活动的影子也看不到了。

为了避免因不熟悉山间地形而遭到袭击，猎骄靡立即派池头去传达命令，中军速速后退二十里，去开阔处重新扎营，命渊泉、干齐率左、右军分开为两前翼，以便相互照应。又回头指指对步广说，你部可留驻海子边，重点向南关注牧道上的动静。

第一百十三回

勘冷海昆莫馈渔子　省马邑阙氏怀乡忧

转身看池头和几名卫士已经隐没在湖边的山岩后面，猎骄靡向前几步到水边，目光擦着湖边向野果谷的方向眺望了一阵，然后下马。水沿着平滑的岸线后退了又向前，冲刷出平整的沙砾滩。远处依然清澈见底，那是沙滩在延续。看湖水在脚边轻微拍打，猎骄靡蹲下身子，正待撩水，却停住了。他看到海子的表面似乎在往上膨胀，带动缭乱的山影、日影推涌着欲近不近。再去掬一捧水，那水可真凉，不，是冰冷扎手。不过他还是把水送入口中，感觉微微发咸。

站起身来，这才注意到海子中间仿佛刚刚升起四座幻影般的小岛，其中一座离岸不算远。不知是否看花了眼，那座小岛旁边竟然有一个小黑点儿活动起来。背后卫士们也出声指点，果然像有一条船，看不甚明显。猎骄靡感到奇怪，便要卫士试着呼唤。

卫士们又是大喊，又是呼哨，还用力地摆动手臂、旗帜。终于，那小黑点儿渐渐向这边浮来，果然是一条船，来得异常地慢。等到离岸边两箭的距离，眼看船上却停了桨，只在那里观望。猎骄靡于是命鱼泽、拔禾度各自带领卫士们远远向山坡上退开，以表达善意。果然，船又向前划动了。等到了彼此能喊话时，却又停下来，无论岸边如何招呼，就是不肯动了。于是，就这么喊着交流。

“喂，你那船在做啥呢？”

“没看见？捕鱼呢！”

“前一时为何没曾看见有船？”

“这么大的水面，还有这小岛挡住，能看得见吗？再说，你等大军前来，渔家没曾见识过，哪敢靠近？”

“你现在就靠近来，不碍事的！”

“碍事倒不碍事，可你去打你的仗，我在这里捕我的鱼，两不相干才好！”

“本是两不相干。不过，大昆莫只想问几句话而已，彼此交个朋友嘛！”喊话的是步广。

“你说啥？昆莫？渔家不懂得！”

“昆莫就是昆莫，有啥不晓得？”步广有点发急。龙必赤提醒：“昆莫就是大王、天子。”于是步广喊：“昆莫就是大王，有乌孙天子在这里，要和渔家说话呢！”

“有话就这么问吧，大王咱可是见不起的！”

步广急了，说：“干脆放一阵弩箭，打发他到水底喂鱼去算了！”

猎骄靡有点生气，猛烈地摆摆手。然后上马，远远地欠身向船上行一个礼，驱马走向水中。口中招呼：“我只一人一马，与你到船上问候！”边说，便解了身上的弓箭，连手中弯刀一起抛回到岸边，步广接了。那船见有人放马凫水过来，正要掉头离去，但看到如此表示诚意，便就停住了等待。

冰冷的海子水刺疼了两腿的肌肤，瞬间便冻彻骨髓。而此时的猎骄靡，脑子里幻化出了母亲的背影。母亲策马朝着浩浩的湖水深处走去，坐骑浮起在水面上……黄耳在清澈的湖水中努力向前，仿佛懂得主人此时此刻的心情。由于延伸着浅滩，马蹄一时还能踩着湖底。

船主动靠了上来。打量一眼，却是条独木舟，也只容得两人。渔者身穿兽皮，长相殊异。猎骄靡登船，放黄耳回转。对面行过礼，猎骄靡问：“大哥看上去不像月氏人，不知如何称呼，怎就孤零零在这茫茫海子中讨生活？”渔人回答：“敦薨浦野人波吐戈尔，自称‘穿山甲’，本塞种，前些年漂泊到此，见山坡牧群出没而湖水冰冷无人问津，便萌生了在此捕鱼的念头。”猎骄靡说：“我也就叫你穿山甲，可否？”猎人应道：“叫便叫。自打有了这叫法，都快忘了本名啦！”猎骄靡于是说：“那我就叫你波吐戈尔穿山甲！”猎人笑了：“还从来没人这么叫呢！”猎骄靡转问：“这海子里有鱼吗？”渔人回答：“大王自己看就是啦！”这时，猎骄靡才顾得顺鱼叉去看。原来叉头上正有滚圆圆一条鱼，鳃盖尚且一张一合，便惊讶道：“好大一条鱼呀！”渔人兴奋起来：“这高山上冷水里的鱼，刺大肉紧，特别细嫩。大王如有胃口，可带回这条鱼去尝尝鲜。”猎骄靡说：“朋友有所馈赠，却之不恭，这里先谢过啦！”于是告辞。

渔人终不见对方有所求，无形中便增加了信任，反而主动留客：“请大王上岛喝碗酒！”猎骄靡婉言道：“改日必来叨扰！”于是又在船上零零碎碎说了些渔猎琐事，划船到岸边。猎骄靡主动提个醒讨要了那条鱼，然后吩咐回赠些羊肉、奶酒、酸奶疙瘩之类。波吐戈尔也是爽快，听凭那舟盛得足了，才划开了离去，还远远地招手。猎骄靡盯着渔人，一直到舟与小岛一起通红地遮掩在湖面反射的霞光里难以分辨，这才上马回营。步广跟上一步问：“那穿山甲可帮得了啥忙？”猎骄靡回答：“尚且不知！”步广很是失望。龙必赤似是训斥又似是安慰，说：“没啥事能只指望别人帮忙的，你兄弟还是自己多动脑筋吧！”猎骄靡听了，向龙必赤表示赞同，但龙必赤却从那眼神里读到了难以领会的复杂。

右屠耆王又来单于行庭了，这回是从蒲类前来，他已经在那里的海子边设立了王庭行帐。冒顿单于本就成天忙着应对前方战事、部族大计、汉边动向，且蛰一到，便更是没空见家人。俩大儿子出发西征已数月，蛮芑阏氏不免时常思念，更担心他们有个三长两短。本性随意挥洒惯了的人，上了年岁反倒心思重起来，更多了一份孤寂的感觉。

既然感到过于冷清，那就自己找些事情。于是，一面派人去跟单于打招呼，这边自顾打点行装，要带上小儿子去看望妹妹和外甥。冒顿正与且蛰商讨改变西域作战顺序的事，听报告说阏氏这就要出发去马邑，心里便急了。脑子里塞满了战事，但口边却唠叨："都老太婆啦，还这秉性！"又自言自语："听说中原有句俗语，叫山川易崩本性难移……"且蛰听了"哈哈"一笑，应道："可不是嘛！"

及至赶到阏氏毡帐，蛮芑已经出发了。顺着山坡望去，不由得大吃一惊，原来蛮芑带着阖瀚就算了，却还赶着一小群马儿。这让冒顿回想起当年在月氏北山初逢的情景，心里这才暂时放下前线的事，一意来追赶蛮芑。

蛮芑停下来等着，说："大单于去忙大事，我这边就不必操心了。"说时十分平静。

冒顿看蛮芑已经换了牧马女子的装扮，油然感到亲切。于是爽快地劝道："阏氏可别生气。等我这阵子忙过了，亲自陪同你走走，想去哪儿都行！"他有点刻意夸张。

蛮芑回道："谁生气啦，有啥气可生的。我这不是心里憋闷了，想独自去散散心。再说，久已惦记着妹妹和外甥呢！"

冒顿说："好，好，散散心就散散心。可这阵势……"他拿鞭子指指马群。"现今汉朝可比我们匈奴人还喜爱马呢！"

蛮芑敏感了，说："大单于是怕我把这些好马送给汉朝？"

冒顿忙说："哪里话……就算送，不就几匹马嘛，碍得啥事！"

蛮芑马上拱手，却是中原的礼行："谢大单于。这下我就可以放心去啦！"

冒顿忽然意识到阏氏的聂亲家现在也是汉朝人了，难不成蛮芑去看望妹妹，还能把这些马匹赶回头？此事也是被随口点中了！只不料蛮芑舌头转得飞快，只得顺风走马说："好，好，你放心去吧，咋的都行。与聂行多年不见啦，我要有空，也想去看望老朋友……要不然，你就顺便邀他们都到这边来住一时？"

蛮芑点点头，对阖瀚说："去，跟父单于道个别！"看父子别过，于是甩一个响鞭，马群便杂沓着蹄声出发了。

冒顿回到大帐，继续与且蛰讨论，但却魂不守舍。且蛰看出来了，笑道："原来大单于还这般地离不开蛮芑阏氏！”冒顿回道：“老夫老妻的，天天在身边也就不在意，可她独自离开，就不免牵挂些。”且蛰说：“倒也是。”

冒顿回到正事上：“我也反复想过，一是先灭了月氏，西域各国慑于大匈奴的威力，几可不战而顺服。如今月氏非一日可下，却也不妨先命诸国请服。依你所说，这事看来不难，却能反过来震动月氏。末了，或可借道他途进据月氏王庭。”

且蛰说：“根据这些年对西域各国的探访，完全有这可能。”

冒顿问：“有难处吗？”

且蛰回答：“有。本来等灭了月氏，两路大军可立即抽调人马全面控制西域。而要另开战场，就必须重新调配军力，可能有些为难。”

冒顿沉思了一会儿，说：“我想，这事说难也难，说不难也就容易，只在如何想象这难处。”

且蛰像是受到了启发，猛然击掌：“大单于可谓洞察一切……然而到底决心难下呀！”

冒顿问：“右屠耆王可是指调回巡回河南地的骑士？”

且蛰点头：“也是……不过，也不能全数撤回的。”

冒顿又问：“你说需要多少人马呢？”

且蛰回答：“估摸得两万以上，起码得两万。这一点是抽得出的！”

冒顿又沉默了。然后说：“多一些会更有把握。”

且蛰点头：“上回难氏说，那些绿洲上的部落人口多的有两三千户、一两万人，少的几百户、千余人。谅其军力必然有限，派两万骑本也够数，但路途遥远，不免损耗，补给也是大问题。他们以逸待劳，又有地利，若闻讯联合起来抵抗，阵势也会大起来；他若据险不战，我们更是耗不起。大单于说得对，多派些人马，必求速胜才是。”

冒顿笑了，说：“无论想派多少骑士，还要看这边能抽出多少。这样吧，蛮芑不是去马邑了吗，我也去看看，一是拜望老朋友聂行，我们已经多年不见啦；二则一路察看汉朝边境各处的动静，也好回头来满足你的想法。”

且蛰反对：“这动静也太大了，不怕遭来多余的麻烦？”

冒顿说：“这回蛮芑去马邑，还是原本那副放牧的模样。我自也扮作牧人，不就妥啦！”

“不行不行！”且蛰直摇头，“大单于果真想去马邑，以后有机会。现在，无论从哪方面考虑，也都不妥！”

冒顿不再坚持，说："那就让勒侯袪走一趟，一年多都等过来了，不妨再耐心等一时，兴许两军也各自有所进展。"

"那就再等等吧！"且蛰无奈地说。

由于汉匈和亲，汉朝北方边境一线的云中、定襄、雁门、代、上谷等郡边市兴旺，百姓往来频繁，习俗互相影响，日见和睦；虽然不免有零星的抢劫事件，但已经没有多少人去想双方的战争了。

至于"定襄郡"，那是因为云中郡西部被匈奴控制，高祖时就把剩余的半拉单独置为定襄郡，辖地相当于今内蒙古呼和浩特以西的清水河、和林格尔、卓资等县。治地成乐县，也就是和林格尔的土城子。

百姓来往已属日常，而蛮芑看望一趟妹妹却殊为难得。在边地，赶一群牛羊入市并不是什么新鲜事，但如果那牲畜是一群马，还是有点扎眼。蛮芑本性是不在乎什么的，但此时为了遮掩匈奴阏氏的身份，也就不得不有所收敛。

暂且丢下马群，只带了阖瀚和两名亲近侍女进到马邑城内。城内城外，集市的规模和繁荣令蛮芑感到惊讶，如果住得近便，真希望隔三岔五能来逛逛。就这么随便走走瞧瞧，便耽搁了一个多时辰。及至聂府，门上大惊。有那熟识的家人抢前一步招呼，然后忙不迭入内禀报。蛮芑这就是到了自己家，只顾往院内走。

聂行家里乱了，公公、儿子、媳妇、孙子、管家、奶妈、丫头、婆子、门人、仆人、马夫，哗啦啦在当院里聚起一群。蛮芑也不进屋，向聂先生问候过了，也让阖瀚行了礼，一圈儿打个招呼，便去亲一口小外甥，问："有七八岁了吧？"蛮芨回答："八岁了。"于是拢在身边来与妹妹说话。姐妹俩那亲热劲，便似忘却了整个世界。聂行见状，便吩咐各自去张罗接风，蛮芑却突然朝马夫招招手。于是侍女过去安排，要马夫去城外接纳马群。聂行家自有足够的场院圈舍，只到底要委屈那些在牧场上跑惯的马们了。

天犬猩璞慢慢走过来了，静静地卧在一旁。

姐俩相拥着进入室内，这是聂行为儿子和蛮芨结婚特意新盖的屋子，外面增添了装饰，室内很是宽拓。此类商人家舍院虽宽大，但多年土墙土屋不事声张，但无论如何不能委屈了远来的公主。

聂行、聂省父子已经在上屋备好了茶等候。只等姐俩亲热过了，才请过来重新相见，行过礼各自入座。蛮芑从妹妹身边叫过外甥聂壹，挤在自己旁边坐了，爱得没个够。大家凑趣地相与逗一阵孩子，然后正经说话。看时，却不见了阖瀚。聂行拍拍前额，说："看我这记性，王子方才看大伙儿都忙，要独自去街市上逛逛，老朽便安排家人陪他去了。"蛮芑说："由他去吧。这孩子的秉性有点像他姨夫，好静。"说时看一眼聂省，聂省便也点点头。

离别的时间久了，这便到处是话题，挪来挪去东扯西拉，三天三夜也未必能说去一二。开席了，话便集中到了生意上。聂行说："老朽是托了皇上和大单于、阏氏的福，这买卖也没费多少劲，眼见得好做，越做越大，都快把自个儿给吓住啦！"这一说，把在场的人都逗乐了。有言道"背靠大树好乘凉"，权势就是巨大的无形资产，做买卖聂行占了上风上水，路路通畅，财富如流水滚滚而来，还不必像早先那样劳神费力。

聂省话不多，但蛮莪却总不忘夸他学富五车、心似明镜。蛮芑开玩笑说："学会夸夫君啦！"莪却回答："他不光是我的香饽饽，还是全家的掌上明珠，都宠着呢。尤其奶奶在世的时候，都快捧上天啦，现在还不抵当初呢！"听提到老夫人，蛮芑不觉默然。过了一阵才说："我知道，妹夫是没被宠坏的，可正经着呢！"聂省只是笑，找出的那两句话就是"请阿姐多吃点汉家的饭菜，在毡帐里日常是吃不着的"。冷不丁，却问到了匈奴西征的事情上，与家里的气氛不很融洽了。莪朝他瞪一眼，蛮芑说："妹夫如有兴趣，等明日和你说说就是！"这便先遮挡过去了。可蛮芑心里最憋闷的就是这一块，巴不得有个能推心置腹的人一起来说个够，只是得讲个场合。

猩璞叫了一声，院里开始有了大动静，原来是分拨儿不断赶进马群来了。蛮莪那兴奋，简直就摩拳擦掌跃跃欲试。家里并不少坐骑，但这不一样。聂省听说大姨子送来许多马匹，便忽地漏了一句："真是太好啦，边关正需要战马呢，只可惜少了点。"

聂行急忙遮掩："马是好牲口，论谁都喜欢，老夫心里也是高兴得很呢！"

蛮芑干脆揭开那忌讳，爽快说道："马也罢，牲口也罢，都不打紧的。我虽为匈奴阏氏，但到底不是匈奴人，也不是汉朝人。如今妹妹嫁了汉家的聂氏又生了儿子，两下里便扯平了……到底，这和睦了才好。"

左骨都侯勒俟祜离开单于行庭，扮作商贩模样一路由西向东且走且停，细心观察汉朝边地各郡的动静，既然一切正如所料，便感到十分自在。虽然上年纪了，但他好动，身体几乎没有发胖，腿脚还利索。跨下再有几匹好马轮着骑，一路有人服侍，也就不觉着累。他知道手上的事有些急，但又得仔细，急不来的，所以大单于并没规定期限。于是由着性子，慢悠悠地打听，却也眼观六路耳听八方。既然是"商人"，那总离不开集市，当真收集些稀罕玩意儿，好回去与冒顿单于分享。钱也顺便挣，折本也无所谓，与人方便自己方便嘛。

这一天午后行至雁门郡治善无，只见城门大开，军吏百姓人等来来往往，颇觉平和。抬眼望，城楼高耸，城墙修葺一新，看上去甚是坚固。勒俟祜不由得叹一口气，心想汉朝高祖的这个儿子呀，自少年当代王时就不温不火，与大匈奴相安相得，但也没忘了整修边备；他不动你也罢，却不料你也动他不得，可谓把代地整治得水火不浸。没看出小子竟能当上皇帝，可如今还是一副不动不摇的姿态，你碰他他便是一堵坚硬的城墙；你没事一样走进这墙里，却到处是自由买卖笑脸相迎。于是也联想到冒顿单于，当初为何就放走了刘邦？看来，与汉朝互市再加上皇帝的馈赠，得到的利益要远远多于掠夺，而且还不会死人，不会结下仇恨。再说，无论秦朝还是汉朝，不管表面是强是弱，总之你是斗不赢的。大单于应是早就看透了这一点，故而放弃了与汉朝对立。想到这里，他对远征西域的决策真是倍感欣赏。他心如明镜，知道攻打月氏为乌孙报仇只属于借口，大单于真正的目的是控制天山南北，把西域作为供应基地和战略退路；这样便大大扩展了匈奴的生存回旋空间，也增加了与汉朝抗衡的底气。若干年之后，难说谁会发动大战，到那时还谁怕谁呢！拿中原人的话来说，这就叫居安思危，还有一种说法……对了，叫未雨绸缪。这些字句太难懂，可弄懂了却有意思得很。

蛮芑与妹夫、妹妹一起，那便打开了话匣子，谁想说什么都行。聂壹也依在一边听，当然听不懂几句。

“我最担心的是老家，要是匈奴人去占了于阗，还不知会咋样呢！”蛮莪说。

“有姐姐在，能咋样！要闹个不愉快，单于姐夫咋交代？”聂省说。

“那倒是……我这不就是担心嘛！”莪解释说。

“妹妹如今也知道担心了，可算是长大啦！”蛮芑打趣。

“有啥办法呢，给人当媳妇了，又有了壹儿，不能总也没心没肺的！”莪这一说，惹得大伙儿都笑了。

猩璞进来，还是那样静静地卧在莪的脚边。蛮芑看着说：“它也不似当年那劲头啦！”聂省感叹道：“上年纪啦。再说，就是把一只头狼养在咱这院里，也会失了野性的。”蛮芑却问莪：“你那几个保镖呢？”莪回答：“早就打发回去了，该娶亲的得娶亲，该团圆的得团圆，总不能像我一样客死他乡吧！”莪说得满不在意。

蛮芑连忙看一眼聂省，嗔道：“儿子都大啦，说话还那没轻没重，姐姐还真的以为你长大了！”

“说实在的，姐姐，我真的有些想家了，想念父母，想于阗……”说着，莪的眼睛湿润了。被这一提醒，蛮芑突然百感交集，好不容易才忍住了没伤心起来。已经没法再见到父王母后了，可只有回到白玉河畔才能重新感受父母的抚爱。

“那时候我们年轻，不懂事，也不懂得体谅父母，就这么一意孤行地远离了，真不知当年老人家都是怎样一种心情。”蛮芑说。

第一百十四回

探雁门狡侯闻秘道 出多管雄主谋城郭

稍稍沉默。聂省问："此次大单于去打月氏，终究不会侵扰山南城郭的百姓吧？"

"不知道……路两岔，也许不会吧！"蛮芑回答。冒顿的心思变化得快，碰到那敏感的便刻意瞒着，她说话时哪能有底气。

聂省摇头："难说……不过对于阒亲家那边无论如何会客气得多……"

大家忽然没话说了。

蛮芑重新开口："我看咱这边还是安宁，不知别处咋样？"其实别处咋样她清楚，只不过找话说。

聂省说："都还行，单于姐夫还算能遵守和约。如今从定襄到上谷都没啥大事，出个把游骑匪盗也算不得奇怪，这连长安也是免不了的。"话中有话，听起来并不十分入耳。可见人群之间的成见，轻易是消除不了的，何况，带来危机的根源并没有消除。商人最容易忽视这一点，老百姓则得过且过，而知识分子往往耿耿于怀。聂省恰巧是出生在特殊商人家的知识分子。

蛮芑没接他的话，只解释说："匈奴和汉朝是轻易动不了干戈啦，前一时好像要打起来了，可还是各自收兵。我是知道的，冒顿他终究不想与汉朝长期为敌……不光现在，当初就是这样。要不，为啥在白登山给皇帝解了围！"

"可他却到天山去了。"聂省说得比较委婉，口气也缓和。他根本不相信匈奴人会放弃战争。

莪开始调节："可毕竟没到咱这儿来，没打大汉朝。"

蛮芑说："匈奴缺少很多东西。这些年汉朝越是给得多，就越是想要得多。汉朝不可能无限制地给，单于和右屠耆王他们也只能往别处去要。你们说还能去哪里要呢？"这似乎是帮冒顿解释了。

聂省不以为然。这是一个命运怪圈，不是凭简单的个人欲望可以解释得了的。可书生却突然说了句石破惊天的话："那就去掠夺吧。靠抢别人的活着，到底也要把自己抢死的！"

莪站起身来，怒道："你说啥呢！"她是怕伤着姐姐。

蛮芑却摇摇头："说吧。凡人想到啥都说出来，心里就痛快。"其实，由于长期生活在匈奴，加之原本的观念，她已经上百次地想过匈奴能不能不侵扰劫掠，结果想得也很可怕。她又不自主地加了一句："死不了就活着，活不了就死去。横竖没有谁是被说死的。"

聂省并不买账，却转对聂壹说："壹儿，咱可不兴抢人，啊！"

蛮苣于是把话头转到了外甥身上，问些习性、学习的事情。这孩子聪明得很，却比他父亲灵活："我听爷爷的，也听妈妈的，也听姨母的……"蛮苣问："就是不听阿爸的？"

"不，是爹爹，也听爹爹的。"

"还别说，壹儿的性格中，真的谁都像，又谁都不像。"莪坐下了，说。

蛮苣赞成道："等壹儿长大了，天下太平就好！"又对聂壹说："我敢说，大单于现今不愿与汉朝开战啦！"

聂省只将注意力放在孩子身上，口中随意应道："那敢情好……他大姨说得没错！"忽然，蛮苣又替稽粥、猎骄靡担心起来，思忖："不知道他俩现在怎样了。仗打得赢打不赢都不要紧，只不能有个损伤！"思绪立刻转到了一边。这是蛮苣一贯的心理特点，凡事她容易掉进去，但也容易跳出来，总之不会跟自己过不去。

聂行进来了，招呼道："看，来了就缠住说话，也不让阏氏歇歇！"聂壹却纠正道："爷爷，不是阏氏，是大姨！"聂行呵呵一笑："是，咱孙子说得对，是大姨！"转对蛮苣说："现下日子好过，我老朽啦，也用不着东奔西跑长途跋涉啦，只照顾照顾市面上就行。市上常有匈奴人来，聊聊也怪亲切……"拍拍脑门："哦，我做啥来啦，对对对，要开饭啦！"又对蛮苣说："这一高兴，忘了问大单于和我那两个学生啦，他们可好？"

蛮苣笑了："先生现在问也不迟。他们都好，都好，我却也忘了代他们问候您老！"

聂行说："没啥急事就多住些日子，到街市上逛逛。这里啥都不讲究，比在单于那里自由。得空老朽也还想与阏氏说说话呢！"

有家人急忙地进来回报："大少爷牵了马，不知要往哪里去。"聂行问："哪个大少爷？"家人回道："他大姨家的大少爷。"屋里都笑起来。蛮苣起身说："我去看看。"于是大家一齐跟了出来。

当院里，阖瀚正依着天山雪等候呢，看是被家人暂时劝阻了。蛮苣看时，却真正有了发现。平时在草原上看不出，只觉得阖瀚个头儿高些，脸面儿长得白些，当然还有一些不曾琢磨的出众之处。此刻往这院子当中一站，那气派，再配上猎骄靡转赠的骏马，简直没法形容。显然大伙儿也都愣神了，眼前这"亮"，仿佛在观瞻日月星辰一般。聂省不由得夸出一句："真乃天神也！"蛮芑瞬间回想起冒顿的话，现在觉来，单于是希望孩子多少与自己长得像些，敢情他早就发现了阖瀚那不同寻常的外表。

蛮芑招手要阖瀚到面前来，转对聂行、聂省父子说："这孩子从小儿也是好读书的，爷爷和姨夫今后也就兼做祖师和师父，有空能教导一二，不知可否？"入乡随俗，她有点学着中原读书人的腔调，带一点调侃的味儿。

父子俩笑了，聂省拱手："阏氏姐姐发话了，小弟敢不从命！"蛮芑说："一言为定！"于是叫阖瀚拜见祖师、师父。

此时最高兴的却是蛮�，她一个劲地亲，亲的却是自己的儿子聂壹，说："叫哥哥，叫哥哥！"于是聂壹来叫"哥哥"，阖瀚便俯身拉了聂壹的手，说："哥哥这就带你去山里，到你阿妈当年遇见韩王的地方去玩！"

大伙儿这才明白阖瀚想做什么，聂行便对儿媳说："你就带王子去吧，省得他满山里瞎找！"蛮茛却说："我也不知道那是什么地方，还是请老师带学生去吧！"聂省便应声："尊夫人命！"兴是被环境感染，这个平日里显得一本正经的夫子此时也来劲头了。

卧久了的猩璞恰在此时慢腾腾地出屋来。聂壹看到了，便说："猩璞是记得路的！"

为了缩小目标，勒俟祜把随从、马匹等留在城外，独自背了背囊进城。一边想着，已经来到市场。看时，右手边一个小摊上，竟然放着一方官印。勒俟祜煞感诧异，便凑上前去打问。摊主诡秘地笑道："此物不过是仿制，一个玩意儿罢了！"勒俟祜想，这东西也能随便仿制？毕竟是个敏感物件，他不想招惹麻烦，便移步向前，但眼光还留恋着那方印信。这时，却发觉摊主并不专心做生意，而是与几个人聚在一起，为什么事情较劲呢。

忍不住好奇，勒俟祜便也凑上前观看。原来，他们各自拿一截树枝啥的，都在地上画呢。见勒俟祜有兴趣，便让开一道缝隙，相邀道："老丈可是远路而来？想必有些见识……你也来看看！"于是勒俟祜仔细琢磨了一阵，问："几位莫非到过天山？是做大买卖的啦，敬佩，敬佩！"

这一下可就热闹了。几个摊贩交口赞叹："好眼力，老丈真是好眼力呀！"有一人指着前面说："那巷子里有座宽阔的宅院，主人家世代做大买卖，就连西域也没少去！"勒俟祜脱口问："果真如此？"几个人异口同声地回答："那还有假，不信你去问问！"勒俟祜拱拱手："多谢各位！鄙人虽已年高，但去西域做趟买卖乃一大心愿，得遇众位指点，此生幸甚！”于是告辞，直去那巷内拜访。

进到市场边上的一道巷内，却是冷清。原来整条巷子只两堵高墙，一溜开两座大门，却让来访者为难了。转念一想，兴许是兄弟两家，一样的经历一样的发达。于是去靠前的一家向门上打问，果然如此。便递上假造的名刺，也算是一名汉匈混血的商人了。

管家前来迎客。请到堂上看茶，喝的是奶茶。勒侯祜心中暗喜，想这下是对路了。

不一时主人出来，互相介绍，却也是两姓人家。主人正值盛年，父亲是西域龟兹人，来秦边做买卖娶妻生子，便在雁门定居下来。勒侯祜心中变得忐忑起来，但言语间，并不见对方生分。主人忽地提到十分向往西域，希望有生之年能到父亲的家乡去看看，顺便做趟生意，他这才判断此人家坐地经商已久，对匈奴西征月氏并不知情或不甚在意，更不可能把一名“混血商人”与战争联系起来，心里一块石头才落了地。

人与人之间有一样的身份、相似的经历，特别是婚姻家庭中存在某些类同，便多出不少关注。兴趣接近，话说得投机，就消除了疑虑、忘却了彼此，变得亲近起来。何况商人，有话且说。勒侯祜这一套得益于与聂行的交往，也得益于经常在边地集市上行走，能说许多内行话，加上心思灵活，便足够以假乱真。聊得热乎了，勒侯祜打开背囊送上礼物。主人看时，却是上好的鹿角，心里自然欢喜。

近晚时分，主人家热心留饭。勒侯祜却之不恭，便坦然应承。席间几杯酒下肚，勒侯祜拱手说：“若不见外，愿与同行！”这一下，惹得主人兴奋起来，彼此从可做的买卖谈到西域各国的特产，几乎是相见恨晚。

勒侯祜说：“听说那天山十分高大，雪峰重重阻隔，要想从山南到山北可就比登天还难啦！”主人家“呵呵”一笑，说：“岂止十分高大，只从山南到山北，也是远去了！”勒侯祜问：“听您这一说，山里倒好似有道路相通？”主人家不屑：“路自然是有的，只怕您老人家吃不了那苦头！”

这算是一个意外，勒侯祜内心格外地关注起来，口里却毫不在意地对答：“买卖人嘛，有啥辛苦经不得，大不了拿着身子喂了狼！”主人转而变得神秘了：“可听说山北在打仗呢！”勒侯祜心里“咯噔”吃惊，但表面只不以为意，回答：“我也是听说了的，可这仗总不能老打。等歇了仗再去还不行？”稍停又说：“再者，在下算得半拉匈奴人，说得匈奴话，这便足以保住同伴和性命财物……”主人说：“也是……嗯，有道理。”继续喝酒。勒侯祜自然觉得，谈这个话题，选择面对比刻意回避更为妥当。

看看饭吃得差不多了。勒侯祜起身告辞，主人家酒劲上来了，便黏糊着留客。

勒侯祜复又坐了，随口假设：“您父亲大人想是十分熟悉那天山中的商道！”主人说：“那当然，老人家不但从龟兹去得山北，也还向西沿山谷去得伊列草原……这，这都是听老人家说的。”

“可惜天晚。否则在下一定要去拜见老人家，多请教些道理。”勒侯祜不无遗憾。

主人家却说：“父亲就在隔壁，与家兄同住。至于西域，鄙人虽久未成行，但耳濡目染，知道的也不算少了！”

勒侯祜似信非信：“没错，知道的比在下是多。但那山中道路有多少艰难险阻，若不亲身走一趟，怎得轻易明了！”

主人笑一笑道：“来来，我这就画一条路径给你看！”于是，拿手指蘸了杯中酒，大略描出趟山形，边画边说：“这是山南，从这儿到这儿，再到这儿，便是山北。喏，中间还有一道，从这里转向西北，便是伊列水的源头了。又往西指，还有这儿，也有路，只是山更高些。老兄说说，找到了源头，还愁到不了河谷！再说，老爹当年来回不止一趟呢！”

勒侯祜抱拳：“佩服，您父子都让在下佩服得五体投地，真可谓虎父无犬子呀！”于是只作好奇，任其显摆，耳里听着，眼里看着，努力把各处路径险难默记于心。虽说这都是间接经验，但却直接来自第一手口授身传，想是十分可靠。主人还乘着酒兴说个没完，勒侯祜强行打住，坚决告辞了。主人家少不得有些回赠，这才恋恋不舍地送客，相约再会。

勒侯祜心里这乐呀！次日一早起程，不再继续察看汉朝边地动静，而是飞速赶回单于行庭。他要为西征军提供一个意外，一种远胜于昔日小股夜扰禄福的神来之笔。大单于一旦采纳，必然能打开西征的僵局。至于汉朝，他确信最多只是防范而已，绝无主动进攻匈奴的可能，这种痕迹从关城动态、集市、商人百姓身上，到处都可以琢磨到。皇帝的态度大单于早有领会，此番刺探边关不过是增加些佐证而已，并不十分要紧。

左骨都侯这么快就返回了行庭，让冒顿感到十分意外。最大的意外是勒侯祜先一步画出了奇兵袭击月氏王庭的路线图，且与猎骄靡的想法不谋而合；而稽粥的建议正是当前自己与且蛰探索的山南战略。还有两点全在意料之中：一是汉朝果然没有针对匈奴的任何军事动向；二则蛮芑阏氏一时绝不肯返回单于身边。也好，时间久了，风声会大起来，这便是匈奴不想侵扰汉边、匈汉两相通好的充分证据。

冒顿决心双管齐下。当务之急是集结足够的军力，以最快的速度征服大幕周边的城郭诸国；相机出奇兵从南部冒险进入天山峡谷，偷袭伊列水谷地，一举捣毁月氏王庭。这种倾巢西向的做法，真得有非凡的魄力。

既然决定放弃对汉边的谋划，包括撤去大部分警戒性侵扰力量，那么凑出几万骑兵不成问题，接下来是派谁出征的问题。且蛰说："看样子，我得亲自出马啦！"冒顿说："且慢，我们合计一下再说。你我都年纪大了，即使带得了兵打得了仗，也恐怕经不住酷暑风寒。再说，我近日时常头晕，万一出个好歹，国中大事还需要兄长做主。咱哥俩暂且守在一起的好！"这话说来轻松但底音很重，且蛰便不坚持，只与冒顿一起梳理人选。

冒顿叫来屈烈支，要他带领机警干练且身强力壮的人员，先行潜入天山峡谷，按照示意地图探寻具体通往伊列水谷地的路径。这件事风险极大，做好先期的功课才能确保军事行动。屈烈支领命，暗中行事。

"分派左、右大将进取昆仑、山南，如何？"且蛰建议。

冒顿早想定了，点头说："行。但还不够！"

且蛰领会，问："大单于莫非想多路出击？那样来得更快些！"

冒顿说："我正是这个意思。征途遥远，气候变幻无常，军队必然疲惫但却无法轮换，所以至少要分两路……也只能……不，总的也只需要分两路，一擒山南，一取昆仑。"

且蛰想到了当初月氏左大将居敕臼在合黎山撤退的方式，思路受到了启发，建议道："既如此，就进一步把两路人马各分为两个梯次，交错进击，相互提供援助。"

冒顿想了想，说："也行。这一来，人马还能得到短暂休整，只是这兵力……对了，兵力也可就地征调。取一地，便利用当地军队为前驱。他们熟悉当地环境，完全可以助一臂之力！"

且蛰击掌："太好了。山南与山北不同。山北牧民飘忽不定，又鲜见城郭；而山南隔一段便有城郭、村庄，牲畜粮食都有，首战告捷，一应需求便可次第取得，免了长途运送，也能及时补给。"

"还有一个意外的好处。他们这一家打那一家，这么打来打去……"冒顿只提了个话头，便一笑，不再接下去。

且蛰领会，也便一笑。他们的意思很明白，驱使西域城邦相互作战，那些本来就存在利益之争的邻居们心理上便会变得非常微妙，或也想乘机有所觊觎。一来二去，彼此间便可能结下更深的怨恨，最终的结果是把松散的沙团打成一盘散沙，只能竞相投靠匈奴，乃至长期依靠匈奴。

两人都在刻意想象着那种情景，终于忍不住相对“哈哈”大笑。笑罢，且蛰说：“骑士四万，各领一万。然而，岂不需要四将同时出马了！”

冒顿说：“四将。对，四将，全都能征惯战！”

说时，帐外通报：“左谷蠡王都矢、右谷蠡王术柘、左大将戎渠夕、右大将苕式池、左大都尉戕鹰、右大都尉拶尤、左大当户狗度、右大当户遥鹤奉命前来议事。”右大都尉拔犴在砦石战死，右大当户蓬奚在偷袭合黎山口时阵亡，分别由儿子拶尤、遥鹤袭替了权位。

冒顿、且蛰又忍不住相对大笑。大家鱼贯入帐站定了，以手加胸参见大单于，然后依次坐下。冒顿暂且忍着不说话，由且蛰把西域战况和对策通报了个大致，要大家议议，等来日召开军事会议，最终定夺。说是“议议”，其实大家对这一连串绝妙的招数赞不绝口，让冒顿过足了耳瘾。

不几日，左右温禺鞮、斩将以及奥鞬、呼衍、折兰、须卜等核心部落王也应招陆续抵达单于行庭参加军事会议。其实算不得“定夺”，而是新一轮战前动员。目标不再仅仅在月氏，而是全面占据西域，前景令人向往。面前似乎已经“咕嘟嘟”煮熟了香喷喷的手抓羊肉，只等着送进口里狼吞虎咽了。

冒顿的脸上泛着红光了，但与众不同的是，他的幻觉中还只蜷缩着一群待宰的羔羊。派出的四名战将须得善战且更加善谋，以便于浑然不觉中把城郭诸国手到擒来，用最小的代价控制天山南路、昆仑山北。同时，月氏之战也必须见个分晓。大局在握，但细节上不能掉以轻心。当众臣受到极大鼓舞人皆跃跃欲试的时刻，冒顿很想细致地阐明这个道理，也算在暗示选将的前提。

正在琢磨呢，只听且蛰说：“山南之战宜在速决，不动则已，动则如鹰覆鸟巢、狼扑羊群，一窝接着一窝端掉，让他省不过神来……”

“不但山南。对伊列水谷地的袭击也一样，这回要让那月氏王做梦掉脑袋……”冒顿比画着补充。

“嗯，嗯，就是让他懵懵懂懂便败了！”左谷蠡王都矢领会这个意思。

右谷蠡王术柘却抢先请战：“这事就包在我身上了，管保叫那老王躺倒了来不及打呼噜！”

冒顿说：“月氏的事情还是由稽粥、猎骄靡去做。他们年轻，腿脚麻利……”

“再说，猎骄靡昆莫已经盯上那里了，别人也插不上手。”且蛰接过话头。

冒顿看一眼且蛰，说：“且放下月氏，也不论谁跟谁，先只说山南的事。”于是下令：“戎渠夕、戕鹰为左路取昆仑，都矢监军并整理后路、提供支援；苕式池、拶尤为右路袭天山南，术柘监军并整理后路、提供支援。”算起来，前路各部均得一万骑兵，而后面二王手里也是一万，兼作后备。

座上跪起一中一少两名将领，行礼问：“他们吃肉，我……我等怎就连汤也喝不着啦？”不要以为将领们一味好战，关键在于参战与部落利益是紧密相连的，他们口中“吃肉”“喝汤”之类的措辞，那是很实际的。冒顿暂不搭理，只转对且蛰说：“我改主意了，让稽粥、猎骄靡按原路进取，抑或能寻到破敌之计！”

且蛰明白单于的用意，回答：“有道理。只是拿中原的话来说，大匈奴果真要‘倾巢出动’啦。可这一来后方实在空虚，一旦……”冒顿点头，又摇头，说：“无须顾忌！”接着喝一声：“犳度、遥鹤听令。你二将率单于庭两万精锐随右路西进，相机潜入伊列水谷地，袭击月氏王庭，途中自有屈烈支接应。要做到神不知鬼不觉，一举成就大功！”

二将面露惊喜之色，连连应命。

好家伙，这一下又实实在在出动了八万人马，加上此前稽粥所部的五万，拨给难氏的少量骑兵，还有曳当率领的后勤人马，匈奴此时的大部分值守兵力都用上了，可谓下了最大的赌注。分派停当，冒顿转与且蛰商量：“这西域的事情，将来就一并交与日逐王，你看如何？”

且蛰一愣，他确实还没想过这事。不过只一犹豫间，便即回答：“但凭大单于做主！”

第一百十五回

返故国宿将虑王事　控山隘副将忆留根

稽粥、猎骄靡两路西征人马因无计突破地理阻碍，正自向冒顿单于建议改变作战方略，然后驻留放马，等待回音。不料两人先后接到命令，只要他们按原路谋求进取，但首要的是保存实力，不许死打硬拼，无须仓促求胜，其余单于庭自在思量中。就匈奴自身的需求来讲，占据西域是出于长远的谋虑，并非当务之急。灵活迁徙随水草而居的特点决定了征战周期也存在很大的弹性空间，这个空间或许给首发两路人马留得更充裕些。

冒顿当然担心汉朝察觉匈奴的军事动向，乘虚变了脸，导致严重后果；但是，那几乎没有可能。潜在的一端却是对猎骄靡，特别是乌孙众将的心理揣度。新修订的作战计划赤裸裸倾向于匈奴的自身利益，因此，他决定对稽粥、猎骄靡两路同等地秘而不宣。

父单于和右屠耆王到底如何想，两名年轻主帅百思难解，也只能遵命，死心塌地寻找突破天险的途径。匈奴人从来进不了则退，而这回稽粥、猎骄靡是进无计而退亦不能，这便耗上了。所不打紧的是，照样占一地牧一地，军队的背后，已经有改变了归属的牛羊在同样改变了归属的牧场上享受取之不尽的水草，成为新的常备补给来源。

步广、龙勒来见猎骄靡，这回请来了波吐戈尔。营中鱼泽、池头见两位兄长过营来，也便跟随入帐。

波吐戈尔见过昆莫，猎骄靡问："穿山甲此来，可是有意为我解忧？"步广代为回答："壮士与月氏有不共戴天之仇！"猎骄靡看一眼步广，心想到底是老大，私下里用上心了。便问波吐戈尔："眼下我也是要报仇的，可面前这野果谷却如何过得去？"猎手回答："我常年往返山中，眼里无处不是路！"猎骄靡忽然省悟，拍拍前额说："我却是忘了'穿山甲'大名啦！"步广提醒："以您身手矫捷，自然处处有路，但骑兵在山中行走，却不便攀援……"猎骄靡接口道："登山涉涧自然是不打紧，只骑马能行便可！"猎人寻思了一阵，说："不急，等我回去想想……牧人能走，骑兵也就能过得去！"守在猎骄靡身边的鱼泽有点发急，说："你只说不晓得便罢，用不着回那岛上去耽搁啦！"波吐戈尔听这一说，便不出声了。

猎骄靡很是生气，叱道："多嘴。若此待客之道，如何还能求人帮忙！"随即喝一声："鱼泽、池头！"二将应声："在！"猎骄靡声气稍缓："你们暂且出帐去，休得在这里扰乱！"池头嘟囔道："我未曾插言，何故也要受罚！"步广挥挥手："昆莫要你去，你去便是！"

猎骄靡吩咐置酒。席间先不说偷袭月氏王庭，只问些山野之事、风土民情，不免接触到波杜戈尔的身世。原来当初月氏西迁，塞王率众撤走。波吐戈尔随父亲在深山打猎、采药，及至返回，全家已不知去向。欲待追随前往，怎奈战事不断，塞人无处不被月氏人警惕着，颇难行走。于是便避去山南敦薨水捕鱼、打猎。父亲因思念日深，不久便失神坠入山涧……

步广劝道："兄弟不如就此随了昆莫，既能为家人报仇，也算有了个好着落！"波吐戈尔没应声，显见面对同样是外来者的乌孙人，他一时无法消除戒备心理。猎骄靡见状，说："穿山甲兄弟是世外之人，凡事是要自己做主的！"于是吩咐步广、龙勒："既交朋友，来去就要随人之便！"又对波吐戈尔说："如果能想到去伊列水谷地的路径，望能告诉一声！"波吐戈尔行礼，说声："多谢昆莫！"转身出帐。龙勒紧随其后招呼，步广却故意迟了一步，只听昆莫叹气道："鱼泽性急，坏我大事！"步广转身说："昆莫自是不肯处罚，末将当以家法管教！"说罢退出。

猎骄靡心里有数，"穿山甲"这个绰号不是白叫的，通向伊列水谷地的道路自然是有的，只是被鱼泽一句话堵在塞人口中。现在，需要的是诚意和耐心。他突生一念，唤一声："来人！"帐外侍卫进来行礼，猎骄靡吩咐："给我造一条小船，要快！"侍卫领命，躬身退出。他随即对步广说："我就不随中军驻扎，暂且住在你营中。"步广领会昆莫的意思，也就不加劝阻，只自己小心守卫便了。

稽粥正为突破飞沙山口犯难，尽管父单于并无催逼的意思，但他心里依然发急。他从河西的战例中，发现月氏虽不易战胜，但月氏王却畏惧恐吓，所以向父单于提出的建议是控制城郭诸国，借以从侧面施压，以创造破局的契机。既然父单于没有透露到底还有啥新方略，他也只能一门心思苦寻突破飞沙山口的办法。

虽然军帐搭在避风处，还反复加固了，但风沙依然打得帐壁"噼啪"乱响，整座毡帐被风鼓动着拼命摇晃，仿佛随时会被掀翻了刮上天去。稽粥联想到史诗《撑犁孤涂》中父亲与卫队长侥直那的帐篷，那是怎样一种风雨飘摇？他们竟能突破暴风骤雨和月氏人的重重阻击而生还，难道不是奇迹？面对眼前连日的沙暴，自己能不能也创造出奇迹呢？他手里摆弄着一路收集到的行军资料，有心无心地浏览，此刻正看着一幅摹本的奇怪图画出神。

难氏来了，问："太子可曾想起瓯脱？"稽粥一愣，随即回过神来，也便问："后义庐侯莫非也想弄些瓯脱，让士兵躲进去？"难氏回答："也这么想了，可长年这么大的风，加上夏天日晒、冬天大雪，月氏人是如何藏身的呢？"稽粥问："莫非也躲在瓯脱中？"难氏猜度："不是没可能！"稽粥忽然转了话题："这地方虽然号称大风从春刮到冬，可总会有几日平静吧！"难氏不知道问话的用意，只回道："尽管不停，总还有刮得轻些的时候……这又能如何呢？"稽粥继续说："春夏如若趁风小发起进攻，可风沙随时来了，便战不得，我们也是吃过苦头的。但秋冬也这样？"

难氏没有马上回答。他想了一阵，说："大的风雪过后，总会有几日平静。可积雪太厚，高处的雪再被风吹来覆盖，凡能行走处恐怕要深过半人一人，却如何驱驰，又如何打得仗。两边都睡觉得了，谁也挨不着谁的边。再说，睡觉也要吃喝，冬天还得顾及春天，大军终究是耗费不起的！"稽粥却问："如果咱能设法挨上月氏军的边呢？"难氏用奇异的眼光看着稽粥："那正好，他正猫着打盹呢！"于是稽粥要难氏去找土著人打听，冬季这里的风到底咋个刮法，雪到底咋个下法，有没有雪止风歇的时候，又咋个止法歇法，务必仔细，最好能悟出个道道儿来。这在难氏听来依然是个谜，停了歇了又能怎样，难不成还能像自己的那头猎鹰一样从积雪的山谷中飞过去！想来太子自有道理，他暂且依计去做，于是告辞。

老将军枯末折一路回到了月氏王庭，他显得疲惫不堪。从盐泽到月氏王庭路途遥远，又跋山涉水，更兼要经过高海拔的缺氧地带，这艰辛是难以言表的，特别他也是上年纪的人了。

这一日没有朝会，但月氏王依然来到殿中，懒懒地坐在宝座里。他身体越发臃肿，已经显得年迈，八字胡几乎全白了，失去了当年的精神。

多年没有大战，不料匈奴和乌孙真不肯放过月氏，危难又回到了身边。当然经过充分的养精蓄锐，今天还能从容应对。现在，月氏王已经找回了当年外松内紧的状态，表面坦然，内心却十分紧张地关注着前方两处山峡的战事。幸好北路右大将辘契、右大都尉骐冼，南路左大将阛榷宸、左大都尉畋猷都极其严格地贯彻了王庭的意图，凭借地势坚守不战，到底令匈奴和乌孙两军皆寸步难进。

侍卫长旎再邕快步来到近前，轻声奏报："有人看到枯末折老将军回来了。"月氏王感到诧异，敏感时节，正不知其意。对于枯末折、居敕臼，月氏王的心理都十分复杂，凭良心讲是对不住他们。但就这对不住中间，也便产生了戒惧心理。居敕臼自然已经不相关了，听到有关他的结局，尽管降了匈奴，设身处地想，也不怪他。枯末折在西迁中是立了大功的，但他为什么却拒绝赏赐独自遁去呢？这些年又去哪里了？

正琢磨呢，已听到殿外大声禀报："枯末折老将军求见天子！"

枯末折在殿外徘徊等候。由于地理气候的原因，来到伊列水的月氏人照样要随冬夏而迁徙放牧。但王庭不方便也没必要总如此劳动，便如河西走廊时那样，分别在深山浅山地带建了两座宫舍，山里为夏宫，浅山处为冬宫。枯末折举目看这夏宫，临水而建，且不说焉支山，比之觻得的建筑也规模大了不少，附属的楼、台、亭、廊、池等，是以前所没有的，墙壁、庭柱、门洞还增添了许多装饰。包括侍卫着装，也比以前讲究得多。他看看自己一身粗麻布，裹几片皮毛，冬不冬夏不夏，内心不由得酸楚。

大王召见。枯末折进殿行礼，月氏王在座上稍稍欠身，目光果然有些奇异。赐坐已定，月氏王说："将军此来，想必与匈奴有关！"枯末折回答："是。"月氏王便道："那就请将军赐教！"枯末折听来，总觉得这口气中有股酸味，欲待罢了，但已在当面。再者，自己为何要这般辛苦地赶来呢，不就是为了族群的安危！于是忍一忍，说："两处山口，防守应是十分周全的了！"月氏王却回答："将军如果有兴趣，可前往巡视一番，也可做些指点。"枯末折听言语总是刻薄，便想直接说了话走人，于是只拣主要的："老臣此来，未曾见伊列水上游有所设防，故不免心中担忧。"月氏王"哦"一声："你说东边，还是南边，一遭儿都是连绵不绝的雪山深谷，人畜罕至，匈奴人如何能想来就来。那鸟兽绝迹之处哪里有路供大队人马行走呢……对了，方才听老将军说好像是从东边来的，想来当初也是从那边走的，你却是从哪条路上来的呢？"

见大王如此问话，枯末折只好从头告知："这些年，老臣是去盐泽了，过的是渔人的日子，不问世事。只此番偶然听到匈奴人打着为乌孙复仇的旗号西侵，想到山中有路，生怕王庭被偷袭，这才匆匆赶来……"说罢起身："老臣这就告辞！"

月氏王抬手制止："且慢。寡人有个疑问，请你耐烦解答一二。"

枯末折躬身："请大王问来，老臣尚不知能否解释得。"

月氏王问："似此，你应是从山南来的？"枯末折回答："是。"月氏王说："山中确实有路可通。然匈奴、乌孙此来，是为与我月氏寻仇。而山南有城郭诸国，他岂能遍踏绿洲前来偷袭？"

还别说，枯末折果然被问住了。然后回答："老臣不知。但老臣直觉东边山中如不设防，总会有危险的。"

不料月氏王却换了一种和缓的口气问："既然老将军熟知山中路径。寡人欲调集一支人马，请将军率领前往上游要径险隘防守，以备万一，不知可能奉命？"这猛然间来了个一百八十度的急转弯，倒弄得枯末折猝不及防。来不及多想，枯末折连忙起身行礼，口中回答："敢不从命！"

月氏王脸上露出笑容，又问："需要多少人马呢？"枯末折回答："据险防守，以逸待劳，三千骑足矣。"于是月氏王招呼："侍卫长呢？"殿侧应声答道："臣在！"随即一年轻将领威风凛凛立于当殿行礼，正是侍卫长旌再邕。月氏王吩咐："你带老将军去卫队中挑选三千骑，最要紧的是能吃得苦！"旌再邕领命，才得转身，月氏王又说："且慢。再向各处调集两千骑，这南边各险要处的防守，就全都交给老将军啦！"转对枯末折说："行吗？"

责任变得过于重大了，枯末折不免有些犹豫。月氏王看出来了，说："既然老将军为难，那就另说吧！"枯末折没有退路，便振作起精神，说："大王放心，只要末将在，就绝不让王庭后路有失！"月氏王费力地从座上站起身，又对旌再邕说："老将军也得有个帮衬，再派两名得力的将领随他前往！"

枯末折谢恩过了，告辞出殿，随旌再邕来营中交割人马。

野果谷是通向伊列水谷地的喉管，而松树顶下的垭口便是野果谷的咽喉。

野果谷是一道超级"速降"的狭长山峡，尤其谷口落差极大。从冷海子南松树顶坠落到幽僻深谷中，但见峰峦夹峙，牧道回转，瀑飞如练，水流蜿蜒中泻。却也见峭拔崖底的仰坡之上，有森森松桦如倾如泻，鹰飞直上恰似攀岩。然而数十里行程过半，却渐见敞亮。浅山山势愈益舒缓，绿坡绵延，杨柳杂陈，果杏遍布，又是一番光景。

据守野果谷的月氏左大将阛榷宸虽面临大敌，但心情显得放松自如；人在军营，外表却够洒脱。初时他受命率军阻击匈奴左路，曾设想摆开阵势刀对刀、箭对箭地战上一场，那样才过瘾；如果走运，还有可能使匈奴所谓的"西征"直接夭折于半途。不料，担任副将的左大都尉畋猷却一直以王命劝阻，结果正面作战蜕变成了"试阵"，只沿天山北路边战边撤，无法取得战果。说来也有趣，战过一阵，方才弄清楚对方所谓"匈奴军"，其实就是乌孙的步厩部落军；所谓"匈奴王子"，却是乌孙老昆莫难兜靡的儿子猎骄靡，这也是据说。可消息传回王庭，令天子好一阵懊恼，弄不明白当初怎就单独跑了襁褓中的婴儿。这就叫"斩草不除根，萌芽复又生"。

阛榷宸也是懊恼。他是这样想象的：如果不被阻挠，也许抓猎骄靡已经手到擒来，哪还用此刻无聊地看着山口发呆，反倒寄希望于敌军自退！现下的战法十分被动，仿佛回到了居敕臼据守合黎山那会子；不过，野果谷可不比合黎山，乌孙军胆敢进入垭口一步，定是有来无回。现时，他在山谷中部稍宽处，选择一处平坦绵长的坡地背山面水扎下了中军帐，前面的阻击阵地就全交给畋猷了。在草地上铺开摊子饮酒吃肉，开阔的视野里布满野果林，倒也赏心悦目。

话说凡匈奴、月氏、乌孙的大将、大都尉等本都是世袭。但由于作战中损失颇多，加上均衡势力的需要，月氏王在到达伊列水流域后，根据势力消长和将领任用，对上层种姓结构做了必要的调整，使畋猷等部分战将连同其家族、部落的地位都得到提升，但在实际任用上，他们还只处在从属地位。

松树顶下垭口以里本只有牛羊和牧人马蹄下的曲折危径，处处面临深渊。换句话说，哪里有牧群，哪里就有道路，野果谷原本也只是“不通轮轳”。冷海子边自有放牧以来就践踏出的牧道一直延伸到垭口，可当它继续向野果谷延伸时，转场途中的牧群便在这里付出了无以数计的生命代价。

副将畋猷的军帐设在垭口对面折弯处的山坡地上，如要进入山谷，就必须从勉强能通行的崖上牧道绕到他的军帐下方，然后才能折向崖底。从这里瞭望垭口和谷中，可以说具有最好的视野，牧道旁高耸的悬崖峭壁，山间远远近近、隐隐约约、层层叠叠驻守的前哨，差不多尽在眼底。他甚至能看到垭口外绿色的山坡和蓝色的海子，能察觉它们之间宽阔牧道上的较大动静。军帐背后则是莫测的深谷和峻拔的高山，连猎人的足迹也很难到达那里。

垭口其实并不算月氏军的最前沿。海子东南侧也就是垭口右侧的山坡后面，看似布置了疑兵，其实真正交战时，未必就是“疑兵”。假如匈乌军接近垭口，就面临背后被阻断牧道，侧面被向海子挤压，正面又无法突破的危境，可以说就是陷入了死地。而垭口以内，那是真正一夫当关万夫莫开的险绝之地，这丝毫不是夸张。

畋猷并不像阛榷宸那样轻松。每天除了巡视各处的防备，就是盯着垭口那边想心思。他其实也不甘心这么被动，可能用什么办法击退匈乌军呢？不知道为什么，他每每回想起合黎山口那阵子；而想到合黎山，左大将居敕臼的影子就浮现在眼前。他失去了一条胳膊，可他为什么要砍掉自己的手臂呢？尽管自己目睹了当时发生的一切，但那是一种必须的选择吗？抑或是心情所致。在他的心目中，居敕臼几乎等同于父亲，这是他深藏心底的秘密；而父亲般的居敕臼已经与月氏不相往来，这是月氏的悲剧，还是左大将的悲剧？现在，为了大月氏，他不能让匈奴和乌孙人越过垭口防线一步，而保卫大月氏与那条断臂之间存在怎样的联系呢？的确令人费解。尽管畋猷已经不再年轻，但还是不明白断臂到底意味着什么。此时他忽然回想起了家乡的留根草，想起了当时左大将的格外关注。那留根草既离不开水面，也……回忆起一段对话："为什么这水流出到峡谷外面，就看不到花了？""不但流不出峡谷，就这涝坝也未必出得去。这花连根叶都忒娇气，就能在池里水缓处生长，到水口被急流一冲，就蔫了，然后就化到了水里。"畋猷的心里产生了不祥的预感。

文帝三年十一月，为改变朝中功臣尾大不掉之势，刘恒终于下决心彻底打发那些闲来生是非的侯爵们归国。诏令说："前遣列侯之国，或辞未行。丞相，朕之所重，其为朕率列侯之国！"这是要周勃作出表率，连根拔起。当日散朝，周勃心中纠结，正巧看到袁盎，便招手让他到面前。袁盎心里自是明白，果然听到周勃责备："我与你哥哥交情不错，你小子却为何总在陛下面前毁我！"袁盎并不回答，只躬身一礼，拂袖而去。过了一个月，周勃被免职，不得已带头回归封地。太尉灌婴接替相位，就此取消太尉一职，其职责统归丞相。

四月，却发生了一件不大不小匪夷所思的事。

诸侯到长安朝见。已毕，刘恒带上七弟刘长同车到园囿中打猎。园囿是封闭的皇家园林，皇上到这里打猎，也可以说具有私人性质，环境相对宽松。刘长本就骄纵蛮横，此时更是一副放肆模样。驱车追逐猎物，兴高采烈之时口中"大哥、大哥"的直呼不止，刘恒以为亲近。

猎罢归来，刘长回到官邸，取一柄铁锤藏在袖中，叫了随从魏敬，驱车直奔辟阳侯府邸。

在朝廷的半强制之下，诸侯陆续去了各自的封地。因吕雉的缘故，辟阳侯审食其从没有正儿八经去封地住过几天，现下年迈，更不愿折腾。刘恒母子与吕后并无直接的生死冲突，这也是审食其得以幸存的原因之一。审食其本就是个表面乖觉的人，一旦失势，更是夹着尾巴做人，几乎被世人忘却。因此，对于他是否返国，刘恒也只睁一只眼闭一只眼。可连安刘首功的丞相周勃都卸职走了，有关方面后续便催逼得越来越紧。早起审食其眼皮跳个不止，想想是否真的不走不行了，否则会被问罪，于是下决心离开。正在打点起程，忽见门上来报："淮南王来访。"审食其大吃一惊，他怎就想起我这垂死之人来了？想想吕主时，刘长也是跟在自己身边玩大的，感情还不错；尽管朝中经历了生死对决，可与刘长并没有几分相干。吕主在时，他受到庇护；吕主不在了，他依然受到庇护，命好啊！

想想淮南王与自己未有过节，既然来了，便只能出迎。

第一百十六回

发车骑老相御上郡　游太原天子安济北

刘长已经下车，在门口候着。审食其迎出府门，方才拱手问候：“老朽……”刘长袖中藏着的铁锤已经砸到了顶门，当即倒地，尚在声唤挣扎。刘长纵声大笑，吩咐魏敬：“去，割断他的脖子，看他那口里还能不能冒气！”魏敬领命，取刀在手，上前割断了审食其的喉管。

审食其虽然有吕雉护着，但也是不止一次死里逃生的。他曾在郦商的软硬兼施之下，劝说吕雉打消了诛杀刘氏开国诸将的念头，从而使朝廷避免了一次可能鱼死网破的重大政治危机。这应该是诸吕覆灭而其人独存的关键原因。然而，噩运终于在他即将彻底摆脱的时刻降临了。

刘长驱车直奔皇宫。到了瞭望楼下，便脱去上衣跪在当地，口称：“臣谨为天下诛贼臣辟阳侯，报母之仇，谨伏阙下请罪！”刘恒这才回宫没多久，听说七弟杀了辟阳侯，正跪在阙下肉袒请罪，很是诧异，便吩咐前来问个是非。刘长入宫，刘恒怒目而视。刘长辩解说：“臣母不当坐赵事，其时辟阳侯力能得之吕后，弗争，罪一也；赵王如意子母无罪，吕后杀之，辟阳侯弗争，罪二也；吕后王诸吕，欲以危刘氏，辟阳侯弗争，罪三也。”

何谓“臣母不当坐赵事，辟阳侯弗争”？这事还得从高祖八年说起。那次刘邦过赵国住在东垣，赵王张敖献上后宫赵美人，也是一夜宠幸怀了身孕。从此，张敖不敢把赵美人留在自己身边，便另筑宫室供养着。等到贯高谋刺皇上的事情败露，张敖被系囚，赵美人也受到株连，被就地羁押在河北。赵美人向有关官吏申告实情，当地不敢隐瞒，便即上报。但刘邦正在气头上，不予理会。朝中都知道辟阳侯审食其与皇后吕雉的关系很铁，美人的弟弟赵兼便托审食其向后宫求情。审食其回话，皇后不肯帮这个忙，后世推测是因为吕雉嫉妒的缘故。凭吕雉的性情，宫内尚且锱铢必较，何况外面的女子，还怀了皇上的孩子。等到孩子出生，赵美人饮恨自尽。不久张敖获赦，有关官员正不敢隐匿其事，便把孩子送到刘邦身边。刘邦听了汇报，心里有些后悔，便为这个小儿子起名刘长，让吕雉收养了。赵美人的后事也得到关照，安葬在赵氏世居的真定。高祖十一年黥布造反，刘邦立即封刘长为淮南王。也正是由吕雉抚养的缘故，刘长在刘邦身后得以区别于刘如意、刘恢、刘友、刘建而幸存。这刘长勇武强壮，力能扛鼎。等到刘恒即位，自认为天下与皇上亲近独一无二，便无所顾忌，数度违法乱纪。刘恒则因兄弟二人类似的命运而被怜爱之心左右，加之高祖二代中不再有第三个幸存者，所以每次都能宽宥这个令人无奈的弟弟。

薄太后也已经闻讯赶来。听了事情的始末，待要惩以家规国法，但刘恒母子又下不了手。正这时，守候一旁的宦官赵谈提出一个疑问："听说孝惠帝之时，辟阳侯本就犯有死罪，不知为何被他逃脱了；至诸吕尽除，辟阳侯却不知为何还能逍遥法外……"薄太后正在为难，听这一说便问："那你说这事该如何了结？"赵谈拱手："小人不敢。"刘恒催促："说来听听，恕你无罪！"于是赵谈说："淮南王诛除贼臣，也算是有功的。其过只在擅为，尽可交与太后教训便罢。"

刘恒沉吟半晌，看看母后一副犯难的样子，便想亲手处置了这事，免得朝中争论，更加被动。于是说："那就暂且免了淮南王擅为之过，只是往后要谨慎行事才对！"刘长本就知道结果必然是这样，否则怎敢如此无法无天。伏在地上正自内里得意呢，只听赵谈提醒："淮南王还不赶紧谢恩！"于是赶紧叩头："谢皇兄、太后宽恕，臣以后不敢了！"

可刘长并没有就此消停。他忽然牵扯出了在刘盈时帮助审食其脱死的平原君朱建，也就是当年反对黥布造反的那个朱建。结果，朱建自杀，而这不是刘恒的本意。刘恒的仁心反被刘长"绑架"了，从此上自薄太后、太子，下至朝中大臣、各级官吏，人人皆忌惮刘长。而刘长回到淮南后，更加骄狂恣肆，把朝廷的法律完全抛在脑后，出入必清道戒严，行文发令规格上拟于天子，乃至时时自称"皇帝"。

袁盎进谏："朝廷对诸侯太过骄纵，一定会滋生祸患，可适当削减封地以示警告。"这个提议其实已经很克制了。刘恒自然知道矛头所向，只假装糊涂置若罔闻。

文帝三年五月，匈奴右屠耆王且蛰率部入据河南地，并放任骑士们向南游袭上郡境内的堡垒、要塞，杀人放火、劫掠百姓，那些散居游牧的弱势部落受害尤甚。这回是故意弄出动静，风声大雨点小。

作为亲民图治的皇帝，刘恒必须给出一个积极防御的姿态，于是准备亲赴甘泉山，并诏令丞相灌婴征发八万五千车骑进驻上郡郡治高奴，也就是今陕西延安东北延河北岸，准备迎击匈奴。同时，调配中尉所部材官归属卫将军，进驻长安以备不测。一度，中尉特例为将兵武官，与京师治安不甚相关。所谓"材官"，就是士兵，强调其引强蹶张，即善使强弓踏弩。至于卫将军，前本已罢废。但有事则又复置，赖以典护京城、禁卫皇宫。此举并非无的放矢，内忧和边患本是一对孪生兄弟，有迹象表明内部并不平静。

甘泉山位于今陕西淳化西北，去长安西北三百里，离高奴尚远，但有一定的敏感性。皇帝进驻的象征意义，在于这里正是直道的起点；大军从直道北进，到这里便有了激励和坐镇的意义。御驾先期出发，沿泾水而上，只在云阳稍事停留，便由甘泉居室令、甘泉卫尉等迎入甘泉宫。甘泉山又名鼓原，俗称磨石岭，亦可见其形态。甘泉宫本为秦离宫，原名“林光宫”，也依行政地名称为“云阳宫”，至始皇二十七年改建为甘泉宫，便是因山水而名了。

在甘泉宫，刘恒得到密报，说匈奴会同乌孙部落派出大军，分路无声无息地潜向涿邪山以西去了，其目的一时还分辨不清楚。刘恒乍一听感到吃惊，但想了两天，再派使与灌婴交换过意见，彼此心中有数，便把这鞭长莫及的事情放置一边。此次出兵拒敌本就为权宜，明显带有武力宣示或表态的性质，首要的还是坚持稳定发展的基本国策。相比而言，解除国内的后顾之忧更为迫切。

延至六月，刘恒已经完全猜透了匈奴的意图。于是派使给冒顿单于送去一封书信。信中这样说：“汉与匈奴约为昆弟，毋使危害边境，所以输遗匈奴甚厚。今右贤王离其国，将众居河南降地，非常故，往来近塞，捕杀吏卒，驱保塞蛮夷，令不得居其故，陵轹边吏，入盗，甚敖无道，非约也。其发骑八万五千诣高奴，遣丞相颍阴侯灌婴击之。”这叫占据道义制高点，先谴责匈奴毁约，行为不端，残害边地吏民，然后才诉诸军事概念。信带有告诫的意味，矛头也没有直指单于，只当出兵是针对右屠耆王的个人行为。可以说，汉匈双方都有意留下了回旋余地。

单于那边暂时没有回音，但也没再闹出大的动静。且蛰得知汉朝已出动精锐车骑，而且是皇帝亲征，有战功卓著的老将出马，便主动后退，避免两军正面接触，这也是一种姿态。可且蛰这回算得唱“空城计”，只不过游骑聚散无常，又有地形掩遮，汉军很难弄清底细。总之，且蛰此番绝不会与汉军作实质性交锋，但也不打算过于消停。

就在刘恒全力关注北边之际，济北果然发生了危机。原本铲除诸吕时，因朱虚侯刘章功劳显著，陈平、周勃等在皇帝尚且缺位的动荡形势下，不止一次地许诺把整个赵地封给他为王，相应地把梁地封给东牟侯刘兴居为王。可结果却令兄弟两人大失所望。刘章在两月前去世，而大哥齐王刘襄先已在文帝前元年死去。强势的刘襄、刘章都还年轻，他们大概都因心气太盛，但不知何故而亡；刘兴居即使肯善罢甘休，也难免岌岌自危。匈奴大兵压境，刘兴居得知皇帝驾幸甘泉。机会殊为难得，此时不反更待何时。

刘恒在甘泉宫听了汇报，并不着急，反而御驾渡河进驻太原。在那里，他召见了自己在代地的旧属臣僚，人人都有一份赏赐。同时下诏免征晋阳、中都两地的田税。匈奴那边显然弄不清皇帝的意图，便连连收缩兵力，担心假意玩火也要付出真实的代价。

刘兴居更以为与匈奴的战事一触即发，于是起兵西袭荥阳。岂知刘恒虚实两招竟然与冒顿单于有异曲同工之妙，一个声东击西，一个声西击东。既然引蛇出洞，那就必然预备了捕蛇的家什。此时诏命早已到达军中，敕蒲侯柴武为大将军，率四名战将、十万大军立即起程，前往征讨济北叛军；祁侯缯贺为将军，率部进驻荥阳。灌婴车骑则全部撤回京师。刘恒自己呢，却逗留太原游玩了十多天，到七月才返抵长安。

看看万事俱备，于是刘恒颁布诏书："济北王背德反上，诖误吏民，为大逆。济北吏民兵未至先自定，及以军地邑降者，皆赦之，复官爵。与王兴居去来，亦赦之。"

只一个来月，刘兴居兵败自杀。朝廷信守承诺，对济北军民一概不予追究。至于匈奴单于那边，依然不见回音。刘恒心里有数，既然边境上不闹了，也就两相息事宁人。

历史对刘兴居反叛和朝廷讨伐过程的记载只寥寥几笔，可刘兴居是第一个以武力发动内乱的高祖近支，这便意味着另一种开端。一旦引发刘恒对同姓屏藩理想的反思，实体同姓王的丧钟便开始敲响。封国体制已经进入了彻底消亡的过程，当然还要假以时日。

刘恒需要平衡身心，便由谒者仆射张释之随侍，来到禁苑中的虎圈寻找刺激。园中放出麋鹿、野猪来，引得老虎兽性大发。末了，却让携带虎崽的三四口之家悠悠然和睦相亲。刘恒看过了，口中说："好，这样才好！"随口问上林尉："朕的园囿中豢养有多少只老虎呀？"上林尉左右盼视，于是虎圈啬夫代为回答："现有一百零八只。"刘恒又问："都有哪些种类呀？"回答："代、燕、赵、淮南、汉中、闽中、黔中、西瓯的都有。"

刘恒看到了一对白色赭纹蓝眼的老虎，便止步仔细看了一会儿，说："莫非这就是现于东海的那种白虎？"啬夫回答："正是。不过禁苑中的白虎都是从滇越那边的山林中捕获的。"刘恒若有所思，只听啬夫继续介绍："古书上也是有记载的，说孟山多白虎……"刘恒却自言自语地说："其为凶兽？其为瑞兽？"他头脑中联想的却是西宫七宿。须臾又问上林尉："簿子上都登记了哪些动物呀？"上林尉依然看啬夫，于是啬夫便再次代替回答，豹、猴、熊、鹿、狐、鹰、雉、兔……如数家珍。上林苑大致是一个的野生环境，保留了相当的自然生态，所谓“登记”，也就是普查的结果。

刘恒兴致愈高，接连十余问，啬夫无有不晓，而一旁上林尉已经汗流浃背。这上林苑有八丞十二尉，偏偏就难死了今天这一位；而皇家园林中吏员何其多，也就偏偏这名啬夫赶上了绝佳的表现机会。刘恒对侍候身边的张释之指示：“传朕口谕，委任这名啬夫为上林令。”

张释之躬身，可未曾应声。好半天靠上前一步，拱手问：“陛下认为绛侯周勃是何等样人？”刘恒不知是何用意，便随口回答：“长者，算得上长者。”张释之又问：“东阳侯张相如呢？”刘恒回答：“长者，也是长者。”于是张释之说：“这两位往往在说事时都张口结舌，但并不影响他们成为长者；而啬夫喋喋利口，岂能引导人人效仿。秦朝以口舌任用刀笔吏，这些人毫无宽容恻隐之心，只以头脑敏捷、苛察事务来一较高低，可谓于事无补。结果呢，皇帝听不到批评的声音，马马虎虎混到二世，便土崩瓦解了，其弊端是显而易见的呀！今天陛下只因啬夫善于说话而破格提拔，臣担心天下争相学习这种华而不实的口辩之术，从而形成风气。再说，下面领会上面的精神如影随形，迅速得很，皇上的举动不可不审慎呀！”

听了这一席劝导，刘恒半天没吭声。最后给了话：“爱卿说得有理。好吧，那就算了吧。”随即吩咐：“回宫。”又对张释之说：“你就陪在我车上吧。”

一路上缓行。刘恒净问些秦朝执政的弊端，张释之回答得很直接，也很中肯。一回到宫中，刘恒便任命张释之为公车令。这个职位是掌管皇宫的司马门警卫，并负责宫廷的夜间巡视；臣民上书、各地贡献以及被征召入朝的人员，都首先由所属接待。

刘长已经看穿了薄太后的善良和忌讳心态，这次带了许多淮南特产，专门进京来看望名义上的母后。他先找尚未成年的太子刘启玩耍了一阵，然后二人同乘进宫。路过公车门，刘长指使驱马直入。卫士见是太子的车驾，便不敢阻挡。公车令张释之却不依，紧追上前喝止了车驾。太子非同别人，张释之捧着两个烫手的山芋吃又不敢动口，弃了也不情愿，便即向皇上报告：“太子、梁王过公车门不但不按规定下车，而且无视禁卫长驱直入，这行为属于不敬。现已拘押，听候处置。”

刘恒非常生气。太子尚且年幼，还没有自己的主张，平常亦不甚招惹是非，也是从不敢违背禁令的。放肆的人不一定真鲁莽，明摆着梁王使坏，弄得连皇上都得吃哑巴亏。薄太后已经派人打问，刘恒只得亲往说明情由，脱帽赔礼承认自己教子不严。可总不能把两个宝贝丢在公车令那里不管吧？也只能走个曲线，先由太后传旨弄到宫里来再说。

刘恒正生气呢，却看刘长昂昂然进殿，立定了，口唤“四哥”浅施一礼，便笑嘻嘻看起热闹，仿佛与此事毫不相干。太子却跪下了，心里真是惧怕，怕的不是规矩，而是父皇。刘恒十分无奈，看一眼立在一旁候旨的张释之，道："爱卿恪尽职守，朕甚是欣慰。"当即升任张释之为中大夫，加官中郎将。张释之谢恩。

正这时，薄太后特例派专使传诏赦免太子和梁王。刘恒有了转圜的机会，推一手太极，把难题送还张释之，问："不料太后有旨，爱卿却如何发落？"张释之拱手回答："但凭太后、皇上处置，微臣遵旨就是了！"

来日，刘恒带着慎夫人驾临灞上，张释之奉旨随行。登高望远，见苍莽中灞水蜿蜒从脚下流过，刘恒便指画着对慎夫人说："爱妾可知，那下面是去新丰的道路，可以一直通往你的老家邯郸……"

霸陵说到底只是人生不得已的归宿，愈是流连缠绵内心便多一份抑郁，不免悲景伤怀。于是刘恒命慎夫人鼓瑟，自己应声而歌，这瑟音郁滞迷茫，散乱无着，难以排遣。歌不成曲，刘恒便挥挥手，说声"罢了！"稍停，环顾左右说："你们看，啊，假设用北山上的石头来装饰棺椁外表，再把麻絮切碎用漆调匀了填充间隙，有谁还能损坏它呢！"引得身边群臣七嘴八舌地附和。

张释之一言不发，引得刘恒质疑的目光落在他脸上。于是向前一步奏道："臣以为，只要其中有足可勾起恶念的珍宝，就是用铜水把整座山体浇铸起来，也有人能在上面找到缝隙；换言之，如果里面没任何东西能招引贪欲，就算没有石椁，又有啥可顾虑的！"

刘恒击掌："有道理，太有道理啦！"遭受辩驳，刘恒的心理反而得到了释放，显得松快了许多。

吴王太子来京朝见皇上。吴太子名贤，字德明，这一日闲了，便来找刘启玩耍。刘贤年龄稍长于刘启，同为在宫里成长的少年，正是合适的玩伴。恰好堂兄弟有共同的喜好，一见面便迫不及待地面对面坐了博戏，下棋带赌钱。

一旦开局，俩小子便争执不休。刘启要悔棋，刘贤自然不让。刘启便动手抢子儿，刘贤一气之下双手"哗啦啦"扫去棋局。刘启便隔着棋盘去揪刘贤，刘贤猛地一甩衣袖，让刘启抓了个空，衣袖反而抽打到刘启脸上。刘启大怒，便直夺棋盘，冷不防朝堂兄当头砸去。这棋盘本来就重，气头上更是使了些力气，刘贤立时倒地。

左右只看两人打架，不敢劝阻，免得惹火烧身。眼见刘贤躺在地上没了动静，这才意识到事情不妙，连忙招呼太医。等太医急匆匆赶到，刘贤早已一命呜呼。

此时，刘恒正在母后宫里探讨一件机密大事，唯有幸臣邓通一人在帷帐边侍候着。

太常文学掌故晁错上书，直指吴王刘濞称霸一方，有尾大不掉之嫌。晁错是颍川人，曾与雒阳宋孟、刘礼等共同拜在轵县张恢门下学习申商刑名之法，后参选射策得中乙科，补为掌故。这是一类提供咨询的低级官吏，细分有文学掌故、太史掌故、治理掌故等。

刘濞犯了一个极大的忌讳，那就是在国内贿买人心。十多年了，吴地因冶铜、制盐而财力充足，便逐渐免征了全部赋税。轮到哪家百姓服役，王室府库则代付酬金雇别国人替代。逢年过节，刘濞总要安排慰问俊才士人，赏赐闾里百姓。更有甚者，凡诸侯各郡官吏前往追捕逃亡，吴国竟公然拒绝。

宦官北宫伯子近前躬身："启禀太后、陛下，太子在殿外请罪……"薄氏、刘恒正感吃惊，刘启已经跪在面前，看脸色是被吓着了。

刘恒听了原委，怒道："小子竟敢如此放肆！"转身朝太后请罪："刘恒教子不严，让母亲受惊了！"一旁邓通却劝慰道："太子尚且年少，与人有个争执也是难免的……"刘恒起身踱步，复又坐下了问："逆子惹下此等祸端，却如何处置！"邓通说："微臣倒有个主意，只不敢在皇上面前多嘴。"薄太后先接了话头："但说无妨。"邓通说："太后、皇上可命太子以兄弟之礼，为吴太子扶柩归国，当面向其伯父请罪；一并传旨，太子已送去吴国，无论国法家法，但凭吴王发落。"

太后担忧道："吴王既得授权，果真难为启儿，却如何是好？"

不料刘启却直起身来，大声嚷道："孩儿死便死在京城了，何必去吴国受辱！"

刘恒心里很乱，也很烦。听刘启这般胡闹，便喝一声："大胆！"然后耐住了性子回母亲话："也只得如此了，听天由命吧！"

邓通却说："臣料吴王亦不敢过分。皇上可命一能信舌利之臣前往，名为请罪，实则奉使，令其便宜行事，吴王岂能不明其中道理。如此，则无足担忧。"

刘恒于是对太后说："儿子这就告辞。诸事母亲放宽心，只烦请教导孙子几句。"

第一百十七回

勘金山摹壁仿秘器　泛湖岛慨怀续酒食

刘恒带着邓通、北宫伯子回到宫中，立即召见中郎将袁盎。安排过了，又找来太常，问："前一时征济南郡伏生入京讲学，可曾奉诏？"太常禀道："使者方才回报，说伏生年九十有余，实在无法前来。"刘恒转念问："听说你身边有名叫晁错的掌故，不知人品才学如何？"太常回答："此人学问不错，颇有见地，且为人爽直，只是生性刻削，对己对人都有点过分严厉。"刘恒问："朕意遣一堪用之才去伏生那里学习，卿以为派谁去好呢？"太常心里明白，便顺着皇上的意思说："晁错最为合适。"于是，刘恒亲自召见晁错，命他前往拜入伏生门下。晁错领旨，可哪见过皇上亲自操办这种事情呢？

伏生，名胜，字子贱，秦朝博士。秦始皇焚书时，其将《尚书》藏于房屋墙壁中，故汉初得以在齐鲁传授；无奈取出时已失去数十篇而仅存二十九篇。伏胜据云是《今文尚书》的始传者，时著名《尚书》学者张生、欧阳生等，都出自他门下。由于得到文帝的关注，后有欧阳、大夏侯、小夏侯三家之学立于学官。伏胜所藏底本原为小篆，汉初逐渐变抄为隶书传授，故称《今文尚书》。

晁错到达位于今章丘西平陵城的东平陵县，才知伏胜已经言语不清。因此在学习过程中，一字一句都只能由伏胜的女儿羲娥转述；再加上齐语与颍川语发音差异，所以晁错能听准的只不过十之二三，大概把握个意思而已。

据云武帝末年，孔子住宅被鲁恭王毁坏，却从壁中得古文《尚书》四十五篇；东汉杜林在西州得漆书古文《尚书》一卷。据信汉世有数种古文《尚书》，然不幸的是，西晋永嘉之乱后，古文、今文《尚书》尽皆佚失，其后流传的则经反复辨析，定论属伪托。

由袁盎为主操持，为被误伤的刘贤备好了上等棺椁，盛殓了送回吴国。一等的太子刘启并非情愿地在头上裹了块白麻布，为死去的二等太子扶柩。路途渲染悲切，倒仿佛是三等的国丧。

送丧的队伍抵达位于今扬州西北的吴都广陵，却见城门紧闭。袁盎命士兵叫城，半日了，才见城头回话："吴王说了，太子好端端去朝见皇上，怎就抬回来了？"袁盎回道："且请吴王息怒，开了城门，好当面说明情由。"官吏去了，许久来了名使者，还只在城上回话："天下刘氏同宗，太子死在长安就葬在长安罢了！"袁盎请刘启跪于城下，一干人等尽皆陪同下跪，朝城上说："太子特地扶柩前来向伯父请罪，还请吴王看在高祖和当今皇上的面上，先开了城门再说。"

又过了许久，使者回到城上，宣布："吴王不敢轻慢天子使臣，请入城宣旨。其余人等连同灵柩就不必入城了。"说时，城门打开，由使者来迎袁盎入城。

刘濞跪接圣旨。等袁盎陈述了事情的经过，刘濞的心情似乎平静了许多，表示对太后、皇上的亲情还是心领的。末了却出了个难题："请问使者大人，寡人该如何处置皇太子呢？"袁盎回答："太后、皇上有旨，但凭吴王发落。"刘濞问："假如大人为吴王，却如何发落？"袁盎惊道："这为王的事是假设不得的。既然天子有旨，主意还是得靠陛下来拿。"刘濞"哈哈哈哈"大笑，那笑声在殿中回荡，其意凄惨，直惹得袁盎头皮发麻。笑过了，刘濞命左右捧上礼物相赠，说："此事实在是为难上使了，就此赔罪！"袁盎欲待不收，可此时拒绝吴王，只能把事情搞糟，且勉为其难吧。

刘濞到底坚持让太子扶柩返回长安安葬。等到送灵的队伍启程回返，刘濞立于城头放声大哭。不料吴国百姓却沿途跪送，悲声不绝于耳。盼得刘启回到长安，太后、皇上悬着的心也就落地了。

从此刘濞托病不入京朝见，凡事总派使者搪塞，毫不顾及皇命。几番下来，有司终于奉旨扣押了吴国使者，明言质询："吴王果真有病？"刘濞内心畏惧，由此而生谋反念头。到秋季朝觐，刘恒当庭质问刘濞使者。使者不敢搪塞，便引用了一句话："人说，察见渊中鱼儿为不祥。希望皇上放弃对过失的追究，给吴王一个从头开始的机会。"于是，刘恒以怜悯其年老为名，赐给刘濞案几和拐杖，特许不来朝见。刘濞心思稍定，也就逐渐放弃了谋反的念头。

老丞相颍阴侯灌婴率车骑从高奴撤回长安不久，便觉身体不适，卧病不朝。听了其子灌何的病情报告，刘恒心情显得沉重，不觉勾起重重心思。

退朝回到宫中，御案上有份上疏等待批复。刘恒看时，原来是淮南王刘长请求朝廷下放淮南国丞相及二千石官员的任免权。阅罢思量半晌，还是咬碎了牙往肚里咽，满足了七弟的非分。

来日亲自前去看望灌婴，见已经难以言语，内心凄惨，只得好言抚慰，命御医日夜观察病情，随时报告。回宫途经中渭桥，有一人突从桥下跑出，御马仓促扬蹄避让，险些颠翻了车驾。刘恒心里正憋闷呢，突遭这一惊，不由得大怒，命随驾的郎骑追捕那人，交到廷尉府治罪。

廷尉张释之亲自审案，量刑奏报：“此人违反了戒严令，当处罚金。”刘恒驳道：“此人惊扰圣驾，怎说是违反了戒严令？张释之辩解说：“法者，天下公共也。廷尉犹如一座天平，稍有倾斜，天下执法便失去轻重。唯望陛下明察！”刘恒沉默良久，末了说：“廷尉的量刑是恰当的。”

有人盗窃高祖庙神位前供奉的玉环，刘恒要廷尉重重治罪。张释之还奏：“法律规定，凡盗宗庙服御物者，当弃市。”就是在街市公开斩首。刘恒拍案斥道：“这种判法，绝非朕恭奉宗庙的本意！朕只想判他灭族，你却又拿什么法律说事，存心气朕呢？”

张释之赶忙脱帽跪下：“陛下恕罪，臣这已是依法重判了。这次因盗取宗庙供奉的器物而灭族，万一又有那愚鲁之辈从长陵取走一抔土，陛下将如何加重惩处呢？”刘恒自知理亏，但在气头上，便对判决不置可否。

过了一阵子，刘恒拿这事去请示母亲，薄太后算得上高祖刘邦在尘世的唯一代言人。太后领会意思，自然认为量刑适当，刘恒也就得了个台阶，同意了张释之的判决。张释之声名日高，开始被朝野关注。周勃的次子时任河内守条侯周亚夫、梁国丞相山都侯王恬开等看张释之公道，便都乐意与他交往。

稽粥暂时把大军交予难氏，自己带了甪勒支和卫队长拔禾特回到金山中部的山谷里去寻找那奇怪的摹本图画所出。不出一个月，回来了，便躲到树林里，行为有些怪异。他还是放下军队不管，却让拔禾特带人伐来些白松、红松，预备了毛皮、皮绳之类，对照着一些图画亲自动手制作起来。当然，他相当于一名技术员，大多数活儿自己下手。

难氏让猎鹰立于肩头，下得马来，朝卫队长打个招呼：“看守得还挺严的啊！”拔禾特回答：“这里不允许走漏一丝消息！”往林子里走，他看到稽粥和莫奇卜、甪勒支在一起聚精会神地端详一块很长的薄板，满头满脸的汗拌着泥土，还在乐。那板子放在草坡上，显得前宽后窄，头尖儿翘起。甪勒支试着站上去，板子便不能平衡，只朝两侧翻倾，好不容易才借助草的支撑力稳住了。难氏脱口问：“这玩意儿看似像条船，咋就弄这么长呢，可咋个使唤法呢，顶啥用呢？”

稽粥见是难氏来了，脸上诡秘地一笑：“此刻风不算大啊？”难氏点点头：“能有一两日不刮大风就好了！”这时，甪勒支已经把板子放在斜坡上，稽粥递过一根立起来比人还高的木棍去。甪勒支接了，哈着腰拿捏好姿势，向地上一点，那板子竟然顺着草皮溜动起来。用力撑，因为有些坡度，速度就加快了。又把木棍掉向另一侧再撑，没站稳，人便摔倒了。稽粥“哈哈”大笑，笑得跟顽童似的。角勒支就着草坡滚了两滚，爬起来，也在得意地笑。早有士兵赶过去抱起板子，又从角勒支手里接了木棍，快快地跑了回来。

“这家伙怎么样？”稽粥朝难氏问。难氏一脸茫然，自己的疑问还没得到回答呢！稽粥又说：“这才做了一半，就这样儿，先在草坡上试试，过个瘾头……”忽然做了个封口的手势：“这事可不能向月氏人透了风声！”难氏聪明得很，觉得章程大起来了，但心头总是狐疑。

看稽粥示意，难氏便把鹰放去马背上。两人相随来到一顶权作工棚的毡帐里，看时，地面铺着几样图画。难氏看时，其中包括了原本太子就老在琢磨的那幅。这回算是看得仔细了，原来上面是个人形，躬身屈腿作行进的姿态，长长的脚现在看来就是那块条状的板子了，手里果然也握着一根棍子撑向地面。

稽粥又展开几幅图画让难氏看。他指着其中的一幅，那是大山前面一处遍布巨石山岗。“这些石头面上像是长久被水冲刷过的，光溜得很！”稽粥随口说。

难氏问：“前一时太子就寻到这乱石山上去了？”稽粥回答：“没错，山沟里，地势不高，挺避风的，旁边有条河！”

“就为了这些？”难氏只盯住主题。

稽粥点点头，“哈哈”笑了。

再看一幅，那是一处突出如平台的岩石，石壁略略悬空，表面有隐隐约约的赭色图画。仔细辨别，像是野牛、野马一类，姿态上还奔跑着。难氏半解不解，看似打猎呢。稽粥指了指左上角，但隐隐约约看不太清楚。于是又换了一幅单独放大的，立马看清了，是四个人形，都踩在板子上撑着木棍，与第一幅那个人形差不离。来看其余的图，便是局部放大的，板子的形状便十分清晰，而且还裹上了什么。

“马前腿皮，这东西滑溜！”难氏顺口说，他是瞥见了毡帐边上堆放的皮张。又问：“太子却是如何能得到这些图样的？”

稽粥说：“其实，那边山里的土著都知道这秘密，我算是找对地方又打问到行家啦！”又解释：“看当地的猎户演示，这脚下的板子应是两条！”

难氏笑了，问：“真的能滑得很快？”稽粥不屑这一问，回答：“能滑得极快！”又重复：“快极了！”却回过来问：“冬天下雪的事弄明白了？”难氏回答得麻利：“弄明白啦！山口大风雪过后，总能等到风小或几乎没风的时候。”稽粥听了，高兴得几乎蹦起来。难氏却说：“快与不快，还得等弄出来再看！”稽粥“呵呵”一笑，不再搭茬。

甪勒支还在草坡上折腾，也让士兵们暂且借着板坯练习。莫奇卜问：“太子的意思，现在可以多调些人过来？”稽粥点头：“先选那灵巧能事儿的，摆弄熟了，再教会大队……”又招手让甪勒支过来，口中继续说：“起码得训练八千，淘汰那不够格的，可得五千……五千行吗？”莫奇卜回答：“我看行！”稽粥笑道：“你说行，就行！”又严肃起来，叮嘱：“胜败全靠这一招了，千万马虎不得！”莫奇卜领命，过来的甪勒支却不知这边说了些什么。稽粥不想再重复，只说：“你俩去商量着办吧！”

风又刮起来了，瞬间便刮得树声如惊涛骇浪。难氏叹道：“真是没完没了！”稽粥却说：“就这么刮，刮得越多越大越好！”难氏领悟：“越是连日里大风不断，月氏人心里就自然放松。不知他们可能想到，这天下一物降一物，作战岂能全依仗老天帮衬！”稽粥安排：“这些时日，将士们多少也能有所适应。你可派那胆大心细的，先潜去谷中察看路径，务必要仔细。回来后，立刻让他们去甪勒支那里练习滑板子，务必精到！”难氏却说：“太子这两个‘务必’实属不易。探路径我也自领头去，只回来学那板子，怕是手脚不够灵便了。”稽粥摇头：“我看你手脚还算麻利，只去谷中太过危险，就不必亲身去了。”难氏却坚持：“此去非同骑马或步行，要选择好路径，作出充分设想，绝对马虎不得。不亲自过了眼，是放不下心的。”稽粥点头：“那就有劳啦！”又对甪勒支说：“你是看过人家使唤这玩意儿的，也一起去，互相参谋着就更多些把握！”

猎骄靡需要的船造好了，比波吐戈尔的那条要大出一倍。他在船头悬了面小旗作为标志，满载了羊和酒，欲由拔禾度操桨去岛上看望。鱼泽、池头闻讯飞马赶来谏阻，猎骄靡不肯听，二将便请求伏于船中以备万一。猎骄靡笑了，说：“去看望自家兄弟，还如此疑惑，怎能说得过去！”正缠磨不下，龙必赤从中军过来了，说：“昆莫且借一步，请到步广将军帐中说话。”猎骄靡欲待不去，但怕却了面子，只得赶紧。

步广出迎，一同进到帐里坐了。猎骄靡问：“大人有何事指教？”龙必赤赶忙把手放到胸前，说：“不敢！我是想说两件事。其一，不知大单于为何却要昆莫强行攻打野果谷，这野果谷分明是没法攻打的呀！对于迂回偷袭的建议，大单于为何却不提呢？”

帐外报告，月氏游骑离得近了。步广起身，说：“末将去看看。”于是出帐。猎骄靡问：“其二呢？”龙必赤说：“我也想劝一句，那穿山甲尚不知为何人，昆莫还是小心为上。如若有必要，可命人去请他来帐下。再说，他已自来过，不妨等他再次来营中。”

猎骄靡说："且不论路径在哪里，从山北还是从山南走，通向王庭还是通向野果谷那边，我自也是想寻访到。波吐戈尔显然知道有路，而且还不止一条。可既然有事相求，我不亲自前去便难见诚意，您说对吗？"龙必赤说："也罢，那也得有个防备！"猎骄靡摇头："动静大了，岂不又把人家想说的话吓回去了！"

步广回转来，报告说："月氏人看似来窥探军情，已经逃去了。"

猎骄靡回到海子边上船，不再听劝阻，只管命拔禾度启桨。看着小舟渐渐划远了，龙必赤等人心揪着，半天未曾离开岸边。

波吐戈尔早起忙活，抬头看太阳从高山背后升起来，洒满阳光的湖面上却有一条船驶过来。"哪来的船呢？"这让他感到不解。仔细盯了一阵，便不理会，自顾划船到海子中间去捕鱼。

猎骄靡船到了小岛边上，举目看，也算得是一座小山，沿边儿裸露着岩石。找到了可以上岸的地方，猎骄靡看到高处有屋顶露出，便两手合个喇叭，放开嗓门喊："波吐戈尔——"不听应声。又喊："穿山甲兄弟，我是猎骄靡——"还不见动静，于是在石上拴了船，两人登岛沿小道向上寻去。

就像在湖岸看到的一样，岛很小，上面有零星几株树木。靠高处是一座用树干搭起的十分简陋的孤零零的小小木屋。及到门口又招呼："兄弟，我是猎骄靡，来找你聊聊天！"还是静悄悄的。于是看那屋子，树干还潮湿着，能嗅出木头的气味。

转到小岛背面，居高临下分明看到水面上有一条小船划去。猎骄靡无奈，只得回船上，打算耐心等待。就在片刻的安静中，忽觉船上似乎少了许多承载，不那么重了。正感蹊跷，却见岸边立起两人，原来是鱼泽、池头。他顿时明白了出发前那多余的一出，几个人合着伙儿玩埋伏呢，心里不免气恼，说一声："难怪波吐戈尔要躲开去呢，原来……"却改了口问："你俩带兵器了吗？"两人赶忙回答："昆莫看得见的，没带，确实没带！"猎骄靡还是忍不住怪道："你等却为何这么不放心呢？他一个渔人，能把我怎样！"鱼泽说："听说中原有句话，叫'明刀易躲暗箭难防'。这岛上虚实尚未知，我弟兄哪能让昆莫孤身冒险！"池头说："出征之前父亲曾有一句嘱咐，若昆莫有所闪失，我弟兄也就不必活在这世上了。"猎骄靡听了，仰起头只作去看那岛，又去看那海子，努力掩饰着内心无法抑制的感动。他暗暗发誓："步厩老大人犹如父亲，六子犹如同胞，猎骄靡此生绝不亏待了他兄弟！"只听鱼泽又说："穿山甲行事也忒怪异了。前番他能到营中拜望，今次却又这般闪避，岂能让人不疑？"猎骄靡也正琢磨其中道理呢，便没应声。

不用等了。猎骄靡命两兄弟牵了羊，抱着酒坛子和各样食物，去放在波吐戈尔的木屋前，划船返回。谁知，这才是开头，其后次次如此，可谓不厌其烦。

步广三兄弟心中纳闷，这哪有个头！这一天在龙必赤面前露出了想法。龙必赤笑了：“想必事情本不是这个理，所以昆莫才非要弄清这个理不可。”步广问：“弄清了又能做什么？”龙必赤回答：“弄清了不是理的理，那便是真正的道理。你等尽管听昆莫的就是了。不过……”鱼泽急了：“大人有话就说透了吧！”龙必赤看着鱼泽、池头：“我也是猜测，如何能说得透。不过，看你两人这么空着急，还不如做些实际的。”池头说：“我俩每日不离昆莫左右，还能做啥？”龙必赤摇头：“护卫自有拔禾度。你二人就只知做护卫，却如何当将军呢？”二人越发纳闷，鱼泽问：“大人说如何又要当将军，又要当好护卫？”龙必赤看步广一眼：“此事我还不好说，你哥仨好生琢磨吧！”

步广与鱼泽、池头好一阵推想，没太多的头绪，于是对两兄弟叮嘱一番，上马去龙勒营中。

匈奴第二批西征军先后出发了。首要的是右路，分三个梯队依次而行。先是右大将萏式池、右大都尉搏尤打头，右谷蠡王术柘紧随其后，再后是左大当户狗度、右大当户遥鹤。行军的路线开始是照搬了猎骄靡的乌孙军，但到达蒲类以后，便直接穿越东天山东部的峡谷，到达山南。那个峡谷，正是月氏西迁时首先到达的山谷，只是他们穿越的方向相反。

由山南西进，第一个目标是姑师王城。城堡的外形像一片柳叶，两端距离三四里，腰宽则不足一里，四围土崖则高达百尺。因从头至尾被夹在两条河道之间，形成一个孤立的台地，故称为“交河”。

其实，这只是附近类似地形中较大的一块。博格达山南麓盆地里古老的冲积扇，被洪水反复冲刷出许多走向大体一致的沟壑，然后大山一以贯之地在不同的季节里向沟壑中灌注大一些的浑黄和小得多的清流。于是被切割的地表上便出现了不止一块的被水流包抄的台地，而最具生存价值的，就是最靠东边的这一块。因为，再东边、南边一望有大片的可牧可耕地，而北、西相邻的则是延续的光秃秃的大山。

第一百十八回

临交河右将悚高塔 屈八城左路拔头筹

与世界各地同样建筑在高处的城堡迥异的是，早期的交河不见半点儿版筑的痕迹。作为人工穴居，它的规模世所罕见。酋长带领着姑师土著，首先在台地上用最原始的“减地法”掘出正南北向的主干道，然后主要向崖下水源较大的东侧叉出一条条小巷，与那头的辅助干道联通。小巷旁掏挖出洞窟般的住所，大多只容身而已，适合普通居住。这最初的分割，使居民基本集中在东南只占台地总面积约三成的狭长区域，显然这里相比是最好的生态区。在约三百米长的干道西侧中部，也就相当于台地南半部中心的地段，是略见长方形的衙署区，那里与道路相通开辟有较为宽拓的天井，便于向四周拓展各类功能性场所。

岁月推移，城堡发生扩展的需求。于是，在主干道西侧、衙署区之南横辟出新路，打个折从衙署区西边与旧道平行继续向北，走势便呈现出曲柄形。这条续出的更为主体的干道直通台地中心，那里在公元一世纪佛教东来后夯土建设了规模可观的寺院，它仿佛高居于生存环境的顶端而俯视整个有人居住的南半壁；其北更见塔林，那是后院。不远处与之相伴的，则是军营；而防御设施则随地形布置在台地周边。

干道西边原本零星的作坊也得到发展，有纺织的、酿酒的、制鞋的等等，作坊区和官署北面，也都被居住者渗透、扩展了。据说是在唐代，和西域大部分城郭一样，交河的布局也在模仿长安形成曲坊。取土量随着大户人家居住要求的提高而加深，地面上也有限增建了干打垒建筑，极致者可达小三层。

最初，交河只有南、东两座城门。南边为主城门，建在台地尖部南侧一个宽大豁口的斜坡上，为主干道起端。这里集中了主要防御设施和防守兵力。东门带有瓮城，上方设置角楼哨所，平时居民从崖下汲引河水，战时城门关闭。几座四十米深井就在崖顶附近；而台地上水井多时达到三百多口，以保证气候干燥异常的台地上在非常时期至少不会断了饮用水。随着兵民活动区域的扩展，西边也增建了城门，与东门形制、功能相仿，那边更背静些。

匈奴右部军出蒲类山口后，几乎从东到西走过了东天山南缘盆地的全程，到达姑师王城交河。这一带属姑师前部落的牧耕地，地理上处于东、西和南、北天山交通的十字路口，西南去有首达焉耆的“银山道”，西北去有连接东且弥的“白水涧道”，东北去有通往姑师后的“金岭道”，从蒲类西来的路自不必说。一旦匈奴猎骑踏入天山南北，城郭部落便开始脱离势力相对均衡的“沉睡”状态而进入震荡时期，直至公元前60年西汉西域都护府建立。

首战尚未分兵。尽管此前已经耳闻交河城的特殊，但当苍式池、拵尤立马城东的高地时，还是惊叹不已。按理，他们并不是少见了这类台地，譬如白登台，但对如此险绝的天然坚城还算初识。

看着看着，拵尤忍不住诧异：“这城没有城墙也就罢了，可为何啥也看不见，如同没人的一般……”

“那不？隐约有些旗号，想是置于高处，作调度用的。”苍式池应了一句。

两人有些犯难。苍式池对拵尤说：“大都尉且守在这里，可派人向北去探查。我且绕到对面去看看！”于是驱马下坡，蹚过清澈的流水，后面人马呼啦啦跟上。初来乍到，地理不熟，人带少了怕遭暗算，得有个防备。

一队姑师兵在离南城门不远处游弋，那边与下游的一片滩地相连，是交河周围唯一显得开阔的地方。见匈奴人过来，为首的招呼一声，骑队便像倒吸的溪水般迅速缩回城内，城门立刻紧闭了。

苍式池不去惊扰，只远远地顺着坡道仰看。坡道两边是一样的土崖，崖顶、城门都一个样，除了有几面旗子飘忽，便静悄悄连一点声气也没有，好似熟睡了一般。

不一会儿就登上了西边高处，放眼看时，原来也是一片台地，只是面积不很大。先略略察看，那边的沟里干涸着，不似交河城两边郁郁葱葱。向远处看地势愈高，逐渐有光秃秃的山头延向高山。台上一望与戈壁滩无二；近处可见用鹅卵石贴地嵌放，间隔出较大的方形地块，中间是堆起的墓葬。不止一处。

于是再去看交河城，这边地势高些。眼里却也是大片的戈壁样地表，目光向前延伸，城东侧有些高高低低、棱棱角角的感觉。看懂了，所有的居民和士兵都在低于地表的地方活动……照样看不明白。苍式池的脑子里忽然回想起一个战例，那是右屠耆王聊到“破釜沉舟”之后的一个细节。为了克服平原上无法观察和指挥的缺陷，秦军在平地上堆起了高高的将台，而西楚一方则用木头搭建了更高的瞭望塔。现在，他决定模仿搞出一个制高点来。

天气十分炎热。没遮没拦的台顶被太阳晒得发烫，人实在是耐不住了，便赶紧下到山沟里去，用凉水猛洗。那水却冰冷刺手，洗不两下便觉彻骨。洗过了各自上马，苍式池回头看时，这才意识到西边的整条山沟都不似东边那样宽，居高临下施用箭弩足可有效杀伤，只有些树木可以稍微遮挡。他自觉侥幸，倘若姑师人乘机动手，整队人马几乎难以逃脱。

不一时回到扎在城东南对岸的营地。说是营地，其实都住在大致一个范围内的树丛中，懒得搭帐。这里的树叶也干热得打蔫，被尘埃染得灰头土脸。莒式池命士兵去南边宽大沟谷中伐来整株的杨树，尽可能高地搭起瞭望塔。可几天了，搭来搭去，那高度尽被距离消耗了，就是看不明城里。还有更大的困难，匈奴骑兵对攻城到底不甚在行，攻崖也一样。谈到攻坚，他们便能回忆起合黎山口偷袭的失利，弄得人人谈虎色变，内心的恐惧就写在脸上。

正无计可施呢，有使者来了，是右谷蠡王术柘传大单于话：姑师一仗必须打好，要兼用两手，对降者宽大，对顽抗者坚决消灭，这便给后面各绿洲作出了榜样。令莒式池、搾尤高兴的是，随使者前来的有两千奴隶，他们是从历年被掳掠的秦、汉人口中挑选出来的，是善于攻战的士兵，其中还有不少能工巧匠。身份虽然是奴隶，但他们是作为“特种兵力”被护送来的，一路不但有车有骑，而且还供养得很周到。

莒式池、搾尤一起找工匠头儿来研究，方案立马出来了。于是两千奴隶展开接力施工，先用土石堆起一个宽大而高起的基座，又用木头实实在在往上筑起两人高的二层平台，然后在平台上建起瞭望塔，还从塔心向顶部耸起一面大旗。让匈奴人感到奇怪的是，那土石由这些人堆放，就非常瓷实；那木头由他们摆弄，就搭起得非常牢固。转而自己们有兴趣来学着弄，怎么做都松松垮垮。

莒式池感到新鲜，不顾阻拦独自一人先登上塔顶。放眼望去，这便大致地看清楚了。城南城东虽看不到人的活动，但那道路街巷却直接呈现在眼前。台地的大部分尚没能开发，果然就和戈壁的地面一样，因此西边、北边的防守就比较薄弱了，而且由于地势平坦，那边的一举一动，都是能约略观察到的。

心里正高兴，忽觉身边气流加剧。抬眼看天，惊讶地发现西边有黑乎乎的云阵山一般压了过来。只在迟疑间，狂风便卷着飞沙袭至。塔顶的旗子被扯得“猎猎”作响，带动瞭望塔剧烈地摇晃。莒式池双手只来得及抱紧了身边的中柱。睁不开眼，耳畔树声犹如惊涛骇浪，树顶尖厉的风啸赛过狼嚎。

搾尤与匈奴将佐、侍卫们聚在塔下，顾不得风沙眯眼，只找个依靠处来看塔顶，急切的呼喊声立刻被狂风吹向一边，化在几步之外。

危急时刻，有一个身影如猿猴般攀上二层平台，不一会儿已经出现在塔柱上，用力抗着风向，终于到了莒式池身边。过了一阵子，只见两人一上一下缓缓降了下来。原来那人是用绳圈护住了莒式池，然后让他踩着自己的肩膀一节节滑下来的。就这样，莒式池的两手上已经磨破了皮，鲜血直流，胸前、臂上、腿上的衣衫几乎被挂成了碎片。

总算有惊无险。一夜过去，天气照样晴朗，太阳更加炽热地升起，弄得人没躲没藏。萏式池惊魂已定，便寻找那个救命的人。不一时来了，正是工头儿。

当下行礼示谢，这才想到打问姓名。工头说自己大号安桁，祖籍雁门郡。问有何要求，回答："小人只求免了这奴隶身份，放回乡里。"萏式池说："你现在也已经不是奴隶了。暂时回不得雁门，本将这里离不开，但从此无须过于劳累，只在帐下做个参谋，如何？"安桁还想说话，萏式池安顿："你那里也有两千人，就依照千长对待吧！"又说："这就去交河城的西边再建两座高塔！"安桁似有为难，萏式池说："工地上该如何做，全由你说了算！"安桁这才点头应承，然后说："只是那木料要从这边伐了运过去，实在费力，也必然拖延时间。"萏式池问："可有更好的办法？"安桁回答："我得去看看！"

第二西征军南路也已经抵达浑邪王属地西缘的三危。稍事休整，主要是做好越过盐泽南部水沼地带的准备。左大将戎渠夕、左大都尉戕鹰很快便率部出发了，隔了几日，左谷蠡王都矢也便随后跟进。

在今称车尔臣河的饮马川之东之南，匈奴军左路首先接触的是楼兰。但就像猎骄靡过境姑师后部一样，戎渠夕、戕鹰也只是要路过楼兰南部而作顺道的征服。

楼兰地及盐泽西计戍水下游饮马河至饮马川中下游盐泽之南、今阿尔金山西北麓，地域算得广大。丝绸之路出玉门关后，南、北道便是从楼兰的领地上分开了走向，北道去天山南，而南道取昆仑北。此时楼兰王城位于东北端饮马河南岸，濒临盐泽。从三危古阳关出沿疏勒河古道至白龙堆，绕盐泽北端土垠，便有到达楼兰王城的道路。

戎渠夕、戕鹰两军首先到达位于今米兰河东水草丰茂的伊循绿洲，在那里没有遇到任何抵抗，很快兵临扜泥。其后这里是汉昭帝元凤四年（前 77 年）楼兰改称鄯善后的王城，可以向南去婼羌，西南去沮末、于阗，也可以向西北叉入丝绸南道上的尉犁、焉耆。

楼兰南山冲积扇上排列着几条宽阔的古河床，其间又交错着许多小河床，地貌因复杂的分割而显得奇特。尤其因地处巨大的流动性大幕东端，又在大河高山之间，这里便具备内陆季节性河流下游的共同特点。

扜泥城建在河谷间的雅尔丹之上，显得城外壁垒耸立而城内伸手可及城头，不过一圈低矮围墙而已。城垣为黄土夯筑，这种相比中原更加与干燥气候相适应的原始建筑方式，被大幕周边的城郭村庄普遍使用。城内房屋立胡杨木为柱，墙壁则以芦苇束或柳条编为骨架，表面涂抹黏土以增强封闭性，这属于南山绿洲的特色。昆仑山相对于北山，即天山，被习惯地称为“南山”。

左路军根据于阗以东西域边缘诸城郭的特点，采取了效率更高的征服方式。首先由戎渠夕率军围定扜泥，戕鹰立即进逼沮末，都矢则靠近婼羌驻扎。然后，都矢分别派出使者，向楼兰王城、婼羌、沮末、小宛、精绝、戎卢、渠勒、扜泥一个不差地送出劝降信，陈明态势，明确宣示软硬两手，供他们选择。这些所谓的“国”而实际的绿洲村庄或小微部落，实力都可谓不足为道。其中婼羌、小宛、戎卢地处南边的偏僻山区，不在交通要道；而精绝则在最北，建立在尼雅河尾闾沙丘沙岭之间的一片带状绿洲上。无论当不当道，匈奴军只打算棍扫一片，全部拿下。

对扜泥城下了战书，这在匈奴的军事行动中十分罕见，目的当然很清楚。都矢、戎渠夕、戕鹰都希望扜泥能实施抵抗，这便足以杀一儆百，为其后的进展铺平道路。但是，面对数十倍的北方远征军，没有任何一片绿洲会愚蠢地选择抵抗。即使他们全部联合起来，实际战力也不足以当匈奴一支。

果然各国不敢怠慢，都以最快的速度派使者带着人质到都矢驻地，接受驻使和纳贡等条件。

这日白鸟姐妹又乔装素颜来马邑集市转悠，越发觉得来往的匈奴人个个儿显得格外兴奋。两人正胡乱猜测呢，却看到聂省在一个专门经营西域稀罕货物的门面里，与人激烈地谈论着。

聂省也看见她们了，便出店来招呼。蛮苣见他面上通红，且不打问。蛮荿却性急说：“我感觉好像出啥大事了，与马邑有关吗？”聂省看一眼大姨姐，摇头说：“跟咱这边统统没牵扯，只是……”荿说：“你却为何吞吞吐吐呢？”聂省于是说：“大姐可知道，匈奴大军往西去了！”蛮苣十分敏感，怪道：“这事怎就说我一个人知道，这家里，聂先生，还有马邑，有谁不知呢？”聂省说：“大姐先别急，往西与往西是不一样的！”荿问：“为何却不一样？”聂省说：“这回是往山南……哦，还有，还有昆仑山那边。”一听这话，白鸟姐妹先是一愣，立马发急了。荿怨道：“不怪我担心，我本就没想错。咱那姐夫果然不十分地道！”话说得太冲，聂省赶忙去看蛮苣的脸色，却没有察觉任何反应。荿却又来话了：“姐姐果然是匈奴人了，想是连父母之邦、兄长安危也不在意啦！”蛮苣不搭理她，只说：“我们先回去，与聂先生说说。”

回到聂家，聂行正逐个儿地在圈舍中看马，边与马夫交流。见阏氏进门，赶忙过来打招呼，却看到几个人脸面上都不得劲。

进到正屋里坐下。蛮苣说：“我有些事要办，明日就打算回北假去……”显得有些急躁。聂行说："大阏氏好不容易才来马邑一趟，再多住些日子何妨，却这般匆忙要走，莫非老夫哪里不周到啦！"蛮芑才要说话，莪却急了："此番姐姐若回去，我也是要跟去的！"聂行说："两姐妹一起走了，这就越发显得我聂家父子不是了！"

聂省却直接问："父亲可曾听说，单于不光是往大月氏那边去了？"聂行并不感到诧异，只平淡地回答："这几天有些风声，说也是到了山南。"聂省又问："可曾听说去了大幕南边？"聂行这才一愣，问："你是从哪里听来的？"聂省急了："那里可是她姐妹的家，父亲却为何这般从容！"聂行转对蛮芑说："既如此，老夫是没法挽留阏氏了，不过……"

蛮芑此时已经冷静下来，问："先生以为，单于本只是想帮猎骄靡报仇，因此才西征月氏，却为何折向南去那老远的地方呢？"聂行说："恕老夫妄议，那绿洲之上多有月氏所无而匈奴所欲，大单于取之只在早晚，并无甚意外之处。"蛮莪却说："冒顿想要的东西多了，他却为何不去长安索取？"聂省听罢却一乐，说："你姐夫他不是不想去，只量力而行罢了。你可知道，中原有不少地方出产柿子，因此流行着一句俗话，叫'柿子拣软的捏'。匈奴若真肯与汉朝消耗了实力，到时候单于不去找月氏，月氏也要自己找上门来的。彼时与呼揭、坚昆、丁令、鲜卑、乌桓等竞相攻之，匈奴或将不复存在矣！"聂行听到此说，赶忙制止："小子也不年少了，为何如此胡言乱语！"蛮芑却点头："妹夫此言有理。刚才先生似有话没说完……"聂行点头："依老夫之见，大单于是不会为难于阗的，于阗却能助单于一臂之力。既然阏氏已多年未曾省亲，不如趁此机会回昆仑看看，也好放心！"莪感到不解，问："于阗为啥要助那单于？"聂行无奈道："既然结果只有一个，那最好让城郭不战；不战不只是帮了单于，也是免了绿洲生灵涂炭！"莪点头说："那我更是要陪姐姐去的啦！"

阖瀚手牵着聂壹进来了，猩璞悄没声地跟在后面。莪张口便说："这天犬也有老死的时候，正好带它回去吧，也能了了我一桩心思！"阖瀚却问："姨妈要带猩璞回哪里去？"聂行起身，招呼道："来，来，你俩跟爷爷去书房，爷爷有功课要交代！"于是，两人复又跟出去，猩璞在屋里磨个圈，也跟出去了。

正纠结着呢，冒顿却派人送来书信，要蛮芑阏氏赶紧返回北假行帐，有大事商量。蛮芑于是与蛮莪带着阖瀚、聂壹立即动身。

这边一路赶来，那边冒顿已亲自迎到云中、定襄两郡交界处。见了面，冒顿只管问长问短，途程中又与俩小子近乎了得。一直到北假行帐，两下里谁也没有触及内心的敏感话题。

耗了几天，还是蛮芑忍不住了，问：“大单于还哪有闲心整天来陪我这个老太婆？”

冒顿诧异道：“才几天不见，怎就老太婆啦？”

蛮芑道：“都是让我那兄长给愁的！”

冒顿又惊讶道：“舅舅他好好儿在于阗城里吃葡萄、赏玉、品酒、载歌载舞，还时不时听西王母的故事，哪曾忧愁，你却怎地发愁啦？”正说呢，他却发现阖瀚的胸前多了一块玉佩，正拿手抚摸。

蛮芑一瞪眼，嗔道：“装，你就装！左谷蠡王的箭已经射到我家门口的梧桐树上了，哪能不愁？”

冒顿“哈哈”大笑，问：“你是从哪里听说的，左谷蠡王怎敢如此大胆不敬，本单于怎就不知道呢？”转向阖瀚：“你胸前那块玉真漂亮，是阿妈的？”

阖瀚回答：“是阿妈给我的，还要我一辈子戴在胸口呢！”

冒顿夸张地点头，提高了调门说：“好，好，要一辈子记住你阿妈的好！”

蛮芑很是无奈，便拉下脸来，冒顿连忙来哄。旁边蛮芨叱道：“单于姐夫，没看到姐姐这般难过？你怎还有心思说谎糊弄呢？”

冒顿两手一摊，问：“妹妹说，姐夫我如何才能证明舅舅家那里月亮照样挂在天上，羊羔照样在吃奶，士兵只是在巡哨呢？”

蛮芨说：“姐姐和我要回于阗去看望兄长，姐夫敢让我们去吗？”

冒顿一愣，只假作为难。又听芨说：“我们还要带阖瀚一起去。如若于阗被都矢一伙强占了，我们就都不回来了！”

冒顿忙不迭应承：“行，行，都去，阖瀚也去，连小外甥也一起去。要不成，姐夫我也去，如若都矢一伙敢胡作非为，那本单于就先宰了他。然后……”

“然后怎样？”芨一步不让地问。

冒顿咬咬牙，狠心道：“然后……然后本单于也就不回来了，只赖在舅舅那里让他供养着，也要他赠送一块上好的玉佩！”也许是得到了实在的回应，蛮芑忍不住“扑哧”笑了，眼睛却下意识去看阖瀚胸前的玉佩。其实，也是蛮芑心底纯净，哪能听出冒顿话里的底细呢？

于是，行帐开始扎扎实实地张罗起来，为阏氏归省做准备，左骨都侯勒俟祜十分殷勤，可谓忙得脚不着地。重要的是，他总在蛮芑姐妹面前来往穿梭，代表单于对这件事的认真态度。

冒顿表面不急，蛮芑姐妹着急，岂知冒顿内心更急。

第一百十九回

忌昆仑三思行大略 试石机一抛降交河

匈奴第二远征军南路进入昆仑山南后行程达到一半，基本没仗可打。然而当戕鹰、戎渠夕两部先后进至于阗界时，却谨慎地止住了马蹄，甚至连使者也没敢轻易派出。

于阗位于大幕最南端，东边的白玉河和西边的墨玉河在高山边缘对流靠拢，“画”一个漏斗状出山，然后挤压为长长的“漏管”并行于绿色的冲积扇上，在下游汇合成于阗河，呈微微的弧状越大幕直北注入计戍水。

于阗为尉迟部落名。在山口两河收拢的位置上，部落建起了两座城邑。西城为王城，建在白玉河西岸地势还不完全平坦的地方；去下游些，在正当往来要道的东岸另筑起东城，开设市场并对万里迢迢来往的商队征收贸易税和过路费。《汉书》记载，于阗国去长安九千六百七十里，户三千三百，人口万九千三百，胜兵二千四百人。

于阗是大阏氏蛮芭的家乡。据说，那还是一个从很远以前就亲近和向往中原的部族，周朝曾有一个天子巡游到昆仑山，与它的女王发生过不同寻常的感情，并互有馈赠，离开后彼此都十分想念。作为于阗公主的阏氏姐妹就是照着这个传说寻往中原的，不过姐姐阴差阳错嫁给了冒顿单于，妹妹也因此而改变了行走的方向。

若要打头，那该戕鹰上前了。他心里发愁，来问戎渠夕：“看动静人家肯定不服，该如何办呢？”戎渠夕回答：“办啥办，咱去拜访呗。这回不是人家给我们低头哈腰，提供食物，而是我们要多有些赠送，巴结好了才是！”戕鹰说：“这事得您去做，我是做不来！”戎渠夕说：“不是还有左谷蠡王嘛，这种事理应归他管，也只他最有权力代表大单于！”戕鹰说：“假设……咱们假设，人家如果不吃这一套呢？”戎渠夕想了想，回答：“那也要问都矢！”戕鹰说：“左谷蠡王又能如何？”戎渠夕这回是想好了的：“奈何不了，那就绕着走，难不成于阗人还偏要撵在马屁股后面讨个说法！”戕鹰又说：“狼从兔子窝边走，也得看个脸色。我等好歹得从东城借个道吧，要不然人家会翻脸的！”戎渠夕“哈哈”一笑：“是啊，这个道不借还不行……再说吧，干吗那么操心！”戕鹰急了：“你可以不操这个心，可过几天我却是没法朝左谷蠡王交代的！”忽而有点神秘：“好像不单是大单于跟大阏氏感情好，马邑那会儿，左谷蠡王对阏氏的妹妹也和气得很。这意思传过来，说不定于阗王能给他面子的。”戎渠夕说：“那敢情好。”戕鹰说：“现今的于阗王虽是蛮芭阏氏的兄长，但两下里还从未有使者走动，人家可知道底细？”戎渠夕回答：“你问我，我问谁？”

都矢来了。戎渠夕、戕鹰有心把这难题往他身上推，不料他却说：“本王早有心来于阗拜访，只是未曾有机会。这次既然到了家门口，那一定是要去拜访老弟的！”戎渠夕、戕鹰一听，几乎从心里乐出来。哪跟哪，还“老弟”呢！

都矢对蛮莪真有一段暗恋的情节，虽然过去许多年了，此时面对远处层叠的高山雪峰和面前展开的绿洲河流，却也不免勾起了往日心结，真有一种明知盲目的向往。恰在此时，冒顿单于派使者来了，告知蛮芭阏氏姐妹即将回于阗省亲。

“还有呢？”都矢问。使者摇摇头。都矢于是追问：“需要本王去于阗打个招呼吗？”使者还是摇头：“大单于未曾吩咐！”戎渠夕说：“既然啥也没吩咐，那就是不需要做什么。依我看，还是等着吧！”戕鹰说：“就这么耗着？人家还以为我大匈奴惧怕他呢！”戎渠夕说：“那也得等。如若轻举妄动，动好了未必有功，动坏了那谁也担当不起！”于是都看左谷蠡王。都矢也还在掂量，只点点头。

约莫两个月，西边两座高塔都已完工。莒式池、葶尤去验看，原来塔基都堆得很高，那就省去了许多树材。土台底座却有所增宽，上面各建了一架奇怪的机具，旁边堆了许多卵石。莒式池看了一阵，明白了，问：“这就是抛石机？”安桁回答：“正是！”莒式池指着一块拳头大的卵石问：“能抛出多远？”安桁说：“用足劲就可以抛到对面崖上，一次可抛四五块，再小些的能抛十来块。”葶尤说：“能多抛些更好！”安桁说：“太大了抛不动，太小了也抛不远，还缺乏力道。”葶尤说：“那就多建几架，一齐抛了才够威力。”安桁却说：“建在低处，那就很难抛过去。再建这么高的基座，费力不说，也是要拖延时日的！”莒式池想了想，说：“先抛一次试试看！”安桁感到为难，回道：“这抛石机至少需要十几个人一齐施动，是需要预先训练的。”莒式池说：“不看这东西也罢，看来心里便发急，直想体会一下！”安桁想了想，说：“我有二十个弟兄，他们兴许行，但目下都为奴隶，是当不了骑士的！”莒式池笑了，允诺说：“但看这一抛，如能成，就都解脱了奴隶身份，让他们帮着训练抛石如何？”安桁赶忙跪下叩头。莒式池问：“本将优待你时，也未曾见如此！”安桁回答：“二十个兄弟，拿我的命来换都值啦！”于是点齐二十人，安桁吩咐拣那小些的卵石盛在抛臂顶端的勺内，人各就位了，然后喝令一声，大伙儿便一齐搅动手柄，末了到机关处卡住了。

“这就预备好了？”莒式池凭感觉判断，内心暗自赞叹其奇巧。

安桁拱手回道：“好了，只等将军下令！”

莒式池说，这会儿就是试试，下啥令，你看着办就是了。安桁见如此随便，也就自我放松了一下，然后先举起一面小旗，口中呼哨一声。看着该退到一边的远远退到了边上，该向前的十人都已到位，便口中猛喝，小旗向下一挥。十人一齐发力踩动机关，随即扑向两侧卧倒，那抛臂便猛地弹起到空中，恰到好处地抛出卵石。随即，对面台地边缘被砸起一团烟尘。

莒式池喝一声“好”，身边的侍卫立刻欢呼起来。莒式池却举手止住欢呼，注意起对面崖上。果然，看到有人影儿向后奔跑，须臾隐约传过来凄厉的呼救声。原来那边藏有士兵，正在监视高塔，不料却被突然间一击，显是击中了。莒式池更加兴奋，正要对搾尤说什么，却见二十人都顺势跪在面前。于是他宣布：“从现在起，你们都是自由身啦！”众人连连谢恩。

更加预料不到的是，第三天，这边还在安排训练发抛手，城内却派使者来营中请降。莒式池问：“交河城台坚固易守，为何不战便降？”使者回答：“姑师从未面临如此强敌，正不知如何迎敌。”搾尤问：“怎见得我大匈奴便强过姑师？”使者说：“来时可见烟尘蔽日，马蹄轰隆不绝于耳，引得地面震撼。”莒式池问：“就凭这些，那为何不早早降了，也免得担惊受怕！”使者不语，半晌才说：“哪能甘心呢？”搾尤问：“今日却为何能甘心呢？”使者回答：“我王正不知那三面的高塔作何功用，难道只为一觑虚实。前日只凭空飞来那一拨儿圆石，便砸死二人、砸伤三人。再有成群的飞来，却如何抵挡得了！”莒式池、搾尤闻言，都忍不住内心的兴奋。

显然，姑师尽管守在绿洲前沿，还算是有实力的城邦，但终究未曾见过大世面。在经历了短暂的沉默之后，到底不敢抵抗，便在这偶然“一抛”的威慑之下痛苦地选择了屈服。

莒式池、搾尤按照冒顿单于优待降者的命令，没有派兵登城。伺后术柘到达，经过一番安抚，便以协定的方式向城中派驻使者。使者有两项职责：明里负责向姑师定额征收军需；暗中担负监视任务。同时，姑师送一名王子到匈奴为人质。

莒式池奉命入城巡视。尽管已经有所猜测，但城里下沉式的街巷仍然令他十分惊讶。稍稍站到高处，他才感到那三座瞭望塔和上面舞动的旗号，对于屈身地巷窟室中更显弱势的姑师军民，确实能带来巨大的心理威慑。莒式池不是一个轻易炫耀的人，但此时充满内心的得意也止不住直接流露了出来。可真正让姑师不战而屈的原因在哪里呢？关键还在实力，交河城里的总人口还不抵匈奴一部，何足对抗。就算其兵再多出几倍，抵抗也只意味着覆灭。

接下来，莒式池、搾尤将分兵交替进发，下一个目标是实力更强的焉耆。搾尤即将出发，莒式池却交给他一个人。看时，正是那名姑师使者。莒式池说：“此人为姑师国副相，名唤涉旃。”捋尤明白了，这是要此人到各国去现身说法，那条舌头也许能顶得上一名先锋战将。姑师的不攻而克，让匈奴的将领们对征服绿洲的历程充满了轻松的幻想。

右大都尉捋尤率部从交河出发，向西南穿越两道山谷，越走越是干涸。光秃秃的山岩爆射着白光，赤日炙烤肌肤。浑身的汗随时被蒸为盐渍，骑士们口鼻生烟、眼冒金星。现在，匈奴先头已经脱离了一座因海拔超低干旱异常的盆地，即将进入另一座地势较高几乎被水浸透了的肥沃盆地。

弱小的危须绿洲，眼睁睁看着远道而来的凶悍骑士吆喝着听不懂的话，轰隆隆踏过自己的村庄，吓得连大气也不敢喘。危须地处焉耆盆地北部边缘，盆地由西北向东南倾斜，水自然也这样流出大势。敦薨水把南天山东部数百条冰川融流汇集起来，在上游高山盆地的广阔草原上形成几十弯巨蟒般接续不断的S形壮美，然后从层峦叠嶂悬崖峭谷的千回百转中越发汇集为水量丰沛的大河，湍急地泻出山口，汤汤流经焉耆盆地注入中国最大的内陆淡水湖秦海，也就是敦薨浦。湖水浩浩然上千平方公里，又从西南释放出饮马河，在两崖夹峙，危石深溪、水涛汹涛、幽深险阻之中宽转东南与计戍水汇合，把尉犁、渠犁揽在湖与河的臂弯里。焉耆、尉犁、渠犁，包括再向东的山国，是匈奴第二远征军右路的第二个目标群。其中对主要目标焉耆的控制带有战略性，直接关系到迂回偷袭伊列水谷地。这是在整个西域最为集中的几个城郭，但多国兵力相加，才相当于匈奴一支，战斗力还不及其半。

匈奴骑士们终于越过接近南天山尾端的又一道干涸的峡谷，走出裸露在烈日下的琐碎而布满砾石的丘站，踏进了焉耆盆地。走马一望无际的水沼之间，一丛丛的麻黄草、一墩墩的红柳满布眼帘，泛碱的道路在脚下延伸，然心肺终于能伸展开来吐纳气息，散发郁积的燥热。

等歇下来填饱肚子，已见落日西沉，退去殷红的大小水面尚余点点鳞波闪烁，山影已然暗淡。捋尤下令扎营，将士们四散开来，有的笑闹饮马，有的就地躺倒歇息。

入夜，营地边上显得很不平静。沼泽中有马匹近来，不知是牧民还是士兵。等到骑兵赶过去，便自遁匿。夜半又有游骑近来，朝这边放箭。匈奴兵欲待出动，只怕天黑地面不熟，中了暗算。就这么反反复复，一夜不得安宁，人困马乏。等到天亮，气候微凉，薄雾轻弥。仔细倾听，周围却没有丝毫动静，仿佛夜来只是一场幻梦。

自出师以来，一路还未曾有谁敢主动叫板。捋尤心中纳闷，难道焉耆人真的敢与匈奴大军对抗？那不等于找死？也好，大单于明令的两手，至今还只用了软的，焉耆果真不服，那正好用上硬的。劳师远征却没仗可打，士兵便十分涣散，自己也从手到脚浑身痒痒，正有劲没处使呢！

于是不再多想，下令拔营进发。这里离焉耆王治员渠城已经不足百里，水面愈广，到处是芦苇。果然走着走着，便又有游骑出没，离匈奴大队不远不近，影影绰绰，不时还发出呐喊，真还奈何他不得。时不时便有成群的野鸭惊起，偏偏又有麝鼠在水岸蹿跃，一时倒弄得骑士们无以应对，只胡乱放几箭解气。可随身带的箭也是有限的，不能任意糟蹋了。午后，天空蒙上了厚厚的云层，却是闷热得出奇。

这一日行军的速度被迟滞了。不到天黑，搒尤见有大片的干燥处，便传令歇了。夜来蚊虫袭扰，弄得人人不得安生。忽觉得有丝丝清凉的气息，将士个个儿刚得舒展身子，倏忽一道闪电划开夜空，“轰隆隆”雷声滚滚未绝，倾盆大雨便盖地而来。暴雨下了半宿，天地之间万籁俱鸣，四周水声喧闹，只似要把大军淹没在万顷波涛之中。

天空微明，雷收风敛，唯有水声“哗哗”。及至亮透了，放眼一望，匈奴骑士们已经被泡在了泽国之中，暂时是挪不动步了。

搒尤心情烦躁，可出于对上天的敬畏，不敢有丝毫怨恚，只在心中暗暗祈求。怒气也是有的，只都转向了尚未能接战的焉耆敌手。

天气变得十分晴朗，万里无云，太阳火红地升起来了。还不到正午，大雨带来的清凉便无踪无影，炽白的阳光加上蒸腾的水汽，逼得匈奴军个个儿脱了衣衫，眼巴巴看着不远处的林木叹息。搒尤严令不许随便蹚水去寻找阴凉，唯恐在不明的水沼中有所闪失。

煎熬了一天一夜，人马终于又出发了。判别道路行又半日，一条宽阔的大河横在眼前。搒尤知道，这就是敦薨水了。

举目看时，只见对岸树丛之中连营结帐，布满了军旗，心中十分惊讶。哪来的那么多人马呀？莫非焉耆人虚张声势？可步骑来来往往，沿河岸看不到头，这可未见虚假。再看那旗号，虽不甚分明，但显见掺杂得很，这便是好几家的军力集合在一起。都是哪几家呢？无论如何，单凭一军，匈奴人已经无法强行过河了。

搒尤吩咐暂歇待命，自己带了骑士沿河探查。一路看来，河岸陡峭，不时见小路绕向水边，也有滩，但却见不到一条船。水势浩大，时有急流，马匹是无法涉游过去的。与道路相连远远地分开架起一座稍稍高出水面的木桥，看好似即将随水漂去，而桥那头也都筑起了壁垒，聚集的士兵尤其众多。对岸有船，或单个，或数条，都插了各色旗号，有士兵在船上、岸边守望。

看过了回来，拧尤布置立帐建营，吩咐加强警戒。随即，派骑飞报术柘、萏式池，请求支援。现在，他必须耐住性子。

不出数日，萏式池、术柘两军已先后赶到敦薨水，匈奴军声威大盛。

对岸的军力到底是个谜。怎么可能有那么多呢？可看上去分明那么多，毫无破绽。正在难解之际，有一个人寻来了，看时，正是预先来南天山腹地探路的单于卫队长屈烈支。

当下听屈烈支讲述，才知道在敦薨水阻击匈奴远征军的已经远不止焉耆，而是以月氏、焉耆、龟兹、姑墨为主，有尉犁、渠犁、山国、温宿参与的联合军团，总兵力达到了两万有余。再凭借河流涨满的地理优势，若无意外，阻挡成倍敌军进攻没有悬念。

为何有月氏军加入了敦薨水的阻击？那是因为月氏王借着枯末折的提醒，顺势把后路防守的任务全部交给了这员宿将。这么做并非全无道理，因为在月氏的将领中，枯末折是唯一从天山腹地走过一个来回的人。

这是一个既艰难又算不得难的任务。所谓艰难，就是高寒峡谷空气稀薄，雨雪无定，故为生存盲区，从来人迹罕至。所谓不难，则山径崎岖漫长，充满险阻，全年大部分时段大雪封山，沿途达坂更是四季冰冻，地理气候之难更难在进取。既然月氏军已经抢得先机，只要自己能生存便握有最大胜算。遗憾的是，久已隐居世外的枯末折并没有做好参与作战的准备。受命后，却一时无法弄清东南山中能进入伊列水谷地的道路到底有多少条，这便给防守带来了具体的难题。一些道路甚至无所谓“路”，只是由牧人的马蹄和畜群长年累月踩出来的，并不为外人所知；但如果山南绿洲失守，很难说其中哪一条会引导匈奴人来袭。

既然山中防不胜防，枯末折只能在仓促间把阵线前移。在枯末折的思考中，保住了沿山南的城郭，则相当于屏蔽了通往伊列水谷地的所有入口；反之，绿洲一旦失守城郭必将逐一依附匈奴，转而全面与大月氏为敌。果若如此，即使王庭后路不被攻破，无疑也会重演当初在河西时的心理恐慌和生存危机。枯末折忧国心切，作战思路便愈加趋向积极。他希望联合城郭诸国的力量据险挫顿匈奴军锐气，令远道而来的匈奴军日久疲惫，逼退或耗退匈奴军；一旦有机会，也将主动出击以争取直接取胜。恰恰月氏王多给了他两千人马，无形中也成为一种动因。

枯末折以利害和共同命运说服龟兹、姑墨出兵，与焉耆共同加入了敦薨水的阻击阵营。其余小国或出兵一千，或二百，那也达到或将近国中兵力的一半。道理是显而易见的，车师之后是焉耆，焉耆之后是龟兹，接着就是姑墨，谁也无法独善其身。共同命运带来了联合抵抗的可能性，尽管这需要花费不少口舌。阵线是建立了，但枯末折心里清楚，绿洲诸城郭中即使实力最强的焉耆、龟兹，也从未曾见过世面，也没有大战经验，一旦面对匈奴骑士，到底心里发怵得很。这一点，让枯末折感到很不踏实。好在现下已渐入秋，山外虽然炎热如夏，但只等一场寒流，山深处转瞬便将是一片银白世界。因此，月氏军只要把握时机抢在大雪封山之前退居低海拔的山谷要道防守，无论谁想逾越，只能是九死一生。这一点，匈奴人自然清楚得很。

当然，术柘做梦也没想到，早已被从记忆中抹去的月氏大将枯末折会出现在山南。起初听到捽尤的报告，只以为多半是天气在找麻烦，并未在意。等到去水畔看了几回，慢悠悠乐观着的心情便收紧起来。他终于意识到包括大单于、右屠耆王，大家都把绿洲上可能发生的抵抗想得过于简单，以至根本没把可能出现的意外纳入思考中。而恰在这时，屈烈支却接到大单于的命令，要他到姑师接受新的任务。尽管这做法令大家感到不解，但也只能奉命。于是，屈烈支留下部分人员，以备在需要时向深山中带路迂回。

匈奴人不但不善于攻坚，也缺乏强渡训练，除非水浅可涉。但敦薨水号称“通天河”，水势之大令术柘束手无策。得赶紧想办法，于是就在河边林中召集苔式池、捽尤商讨对策。二将不约而同地想到了两个人：一个是现任左大将帐下参谋的安桁，另一个是被挟持在军中的姑师副相涉旃。捽尤说：“莫若先让安桁造一座高塔，也好看清楚对面。”苔式池说：“让涉旃设法过河去，至少要把大单于的意思告诉焉耆人，最好让他们效仿姑师……”术柘说：“那就试试吧，时间不等人，得快点！”

话未落音，林木飒飒有声。三人驱马出到林外，果然起风了，河面上水波激荡。“轰隆隆”有雷声从远处的山边滚滚而来，抬头看，乌云已经随风飘到头顶。方才感到有水滴打在脸上，雨霎时便大起来。

第一百二十回

阻敦薨术柘穷心智 和于阗冒顿破全局

山外有雨，上游山里的雨就更大了。敦薨水水势见涨，那座摇摇欲坠的木桥几乎被淹没。安桁没有能停止干活，他与手下二十名弟兄带着那两千奴隶淋着雨砍伐树木，为搭建瞭望塔准备材料。这么多人手，当然他心中主要并不为搭建瞭望塔。他实在不明白，匈奴的将军们为何迷恋上了这一招。

匈奴骑士们都歇在帐中发闷，闷急了，便出来让雨水浇浇，让自由惯了的身体减少点累人的蜷曲。有那上劲儿的，也凑到砍树的地方练两下，算是伸展筋骨外带消遣。他们此时的态度令人不解，不但没什么粗暴糟践，反而赞扬奴隶们能干。安桁知道弟兄们被送来天山意味着什么，此刻察言观色，意识到虽在交河幸免了不避矢石的攻坚，但这回强渡打头阵的差事还会落到自己这一群人身上。到时候，前面阻击，后面督战，两千奴隶就浮在水面，只能靠自己求生。因此，他不得不提早有个应对的办法。

雨时大时小，两岸的大军终于在第四天一觉醒来的时候又重新见到了太阳。面对半空似散未散的云层，一边盼晴，一边恋雨，这取决于攻与守的不同角度。

水与岸平，河面上已经只能看到桥面。匈奴军照样过不了敦薨水，这要耗到几时呢？或可等待昆仑一路从葱岭下经莎车、疏勒、尉头绕到山南，可那就太过显得右军无所作为了。最紧要的是，这也便耽搁了后路向山中迂回袭击月氏王庭。

正自一筹莫展呢，安桁来回报，说是高塔建好了。他却又透露：“那个姑师人知道山中另有路径。”啥路径呢，说不清。于是术柘找来涉旃，问：“你知道山中有能够渡河的路径？”

“啥……山中？渡河的路径……”涉旃一脸茫然。

术柘生气了，说：“这正要你设法过河去呢！去告诉那边的焉耆人，要他们学着姑师的样子去做。咋做，你心里有数！”

“我却如何能过河去呢？”涉旃似是自言自语。他比画着解释：“我若乘一条独木舟过去，就算不被大水冲走，也不等到达对岸，就要被月氏人的箭射成这个了……”他的手缩成一团。等术柘弄清那意思，不禁一乐。原来，他是说会变成一只刺猬。

“路径，懂吗？谁让你变成那个啦！”术柘竭力地表达自己的意思。

涉旃忽然明白了，说：“路，对，山里的路，不是去对岸，是去伊列水！”

术柘大感惊讶："原来安桁说的正是大单于想要的那种路径！好，好极啦……"转念问："那个路径在哪里呢，哦，莫非还是在敦薨水那边？那个路径我大匈奴早已弄清楚啦！"

涉旃连忙摇头："不用过河的。那个路径在姑师，对，在姑师，就从交河那边进山！"

术柘闻言"哈哈"大笑，怪道："这可是立大功的机会，你咋不早说呢！"一转念又说："你若能为我大军带路，姑师从此就是大匈奴的朋友，会得到特殊优待的！"

涉旃以手加胸说："谢谢右谷蠡王大人！不过，小人只是知道有路径，但从未走过……"

术柘生气了："你这是……"

涉旃赶紧说："当然，姑师肯定有人走过，我保证能为大人找到向导！"

术柘点头："这就好……必须找到！"忽然感到奇怪，这涉旃却为何知道我大匈奴要假道山南呢？那么，月氏人是否也早有了防备？若如此，还有必要让骑士们去深山峡谷中冒险吗？

涉旃似乎看透了术柘是心思，提示说："您手下的那个中原人啥都知道！"

术柘明白了，是安桁看懂了局势，他早就在留意打探山中迂回的"路径"；他不但看到面前这条暴涨的大河阻止了匈奴大军，也还意识到了局面可能对他手下那批奴隶带来的威胁。"中原人真聪明！"他想。不过，敦薨水还是要过的，那批奴隶也还必须冲在前面。这么做算不得地道，但无奈骑士们实在不善使船，再别说在宽阔的急流中强渡。现在，术柘已经得到了经验，对安桁这帮能人，逼他没了退路，再许以最简单的恩惠，便啥事都能办成。这回呢，谁能率先打过河去，便放他自由了……放了？还真舍不得。过后若再用得着，却到哪里去找？

一旦知道对岸有月氏人加入防守，术柘已经对按原计划迂回偷袭月氏王庭缺了信心，然而若能从姑师那边寻路进入南天山腹地，却有可能动摇敦薨水对岸的防线。这么想，他便试图双管齐下。于是传令尚在姑师待命的犳度、遥鹤兵分两路，一路由犳度带领就地寻路入山；另一路随遥鹤待命执行原计划。

于阗省亲之旅不日抵达姑师，由等在那里的屈烈支接手护送。且不说越漠过岭风沙颠簸，一路自有匈奴各部接力式开道戒卫。白鸟姐妹自然不肯乘车，但挡不住携带了许多礼物，便显马疾车缓，牵扯着延宕了行程。

也就是在匈奴出兵天山之南、昆仑北麓两个月之后，浩浩荡荡的省亲队伍到达于阗，由都矢等迎接洗尘，并安排与于阗王城联络。

匈奴使者揖庭求见。不可思议的是，一支虎视眈眈的征服大军，转眼间换了一副亲情面孔，令于阗王将信将疑不敢相信这变化了的事实。可是，少女时就因向往穆天子而先后出游的两个妹妹，未能续得先祖王母旧梦，却带来了这般匪夷所思令人难以接受的姻缘，真是莫可奈何。更重要的是现实，是存亡之际岂能敬酒不吃吃罚酒，于阗王陷入了痛苦的选择，其实毫无选择的余地。

一早出帐，面前的景象令白鸟姐妹恍若入梦。屈烈支和骑士们都换成了全副丝绸装束，只在袖襟帽饰上保持了匈奴戎装的本色，既威风凛凛又增添了几分柔和雅致。所有的礼车都已经装点得光鲜亮丽，透露出喜庆之气，而且兼具匈奴、西域和中原的色彩。蛮芑这时才想到了勒俟祜那番殷勤忙碌，果真未改古灵精怪的本色，如此出人意料又合情合理。当然，此人经年不改的勤勉和善意，也早已化解了最初带给蛮芑的怪异感，更多地给了她发自内心的信赖。她这才懂得了，单于为何从不在意其夸张的举止行为，而托付以里里外外大大小小的事情，甚至不假思索。

阖瀚去哪里了？看到妹妹身边的聂壹，蛮芑忽然想到了自己的儿子。尚来不及询问，铃声响处，已见骑士们让开门户，驶出两辆同样以丝绸和羽毛帐幔装扮的车驾，看上去既新鲜又眼熟。正没法仔细琢磨，莪忽然指道："那辆怎就与我当初穿着打扮的相似呢？"蛮芑看时，果真形似六分神似四分。这才特意去看另一辆，恰似自己扮作牧羊女时的风采，只是在那个基调上增添了阏氏的仪饰，多出了几分贵气和少许威严。

"姐姐你看，那不是猩璞嘛，怎就被弄去啦！"蛮芑看到陪伴在车侧的天犬，也感到惊讶，口中却说："这是要问你的！"

两匹靓丽的马载着两名靓丽的女子缓缓上前来，请阏氏姐妹登车。看两匹骏马并辔而行，不知因何，蛮芑的耳畔竟不由得响起那样一段对话：

"匈奴还有一匹天下无双的儿马，不知道你喜欢不喜欢？"

"马在哪儿？"

"你真的不知道？"

"你啥时候告诉过我！"

"真笨，天天都在你眼前，怎就看不见呢？"

蛮芑的脸上不由得暗暗泛起了红云。

两姐妹已经由不得自己，只得去上车。队伍虽一路无阻，但行至于阗王城，却见城门紧闭，城上未见丝毫动静。

屈烈支催马上前，朝城头打量了一阵，然后放声传话："匈奴使者末将屈烈支，奉大单于之命，远道护送大阏氏姐妹蛮芑、蛮莪返回于阗国看望王兄，拜谒父母陵寝，请于阗王开城接纳。匈奴左谷蠡王都矢、左大将戎渠夕、左大都尉戕鹰已率大军后退五十里待命。我匈奴卫士只在城外守候，保证秋毫无犯！"随即，他回身请白鸟姐妹车乘向前，缓缓降下车帷。两姐妹起身立于车上，霎时只见光艳四射，引来卫士队中高声欢呼。

须臾，城头出现了人影，只朝下面张望。

屈烈支复又催马到城下，却回身行礼。匈奴队中旗帜闪开，骏马"天山雪"载着一名翩翩美少年直出，到两车之前。屈烈支大声宣布："匈奴大单于冒顿传命，封匈奴王子、于阗国外甥阖瀚为日逐王，世代管领西域，永不改变。"言出城上城下一片寂静。随即，匈奴队中又传出一阵欢呼声。这时，预料中的情景出现了，伞盖移动处，于阗王出现在城头。屈烈支示意，阖瀚便在马上向城头行礼。白鸟姐妹见到兄长身影，早已止不住热泪盈眶。

双边的关系处在了变化的边缘。于阗既可以与诸城郭一样是被征服的对象，也可以被看作与匈奴站在一边成为征服者，关键要看如何选择立场。于阗王当然算得过这个账来。城外对面那个外甥事实上已经在整个西域至高无上，背后有强大无可匹敌的匈奴撑腰，那么，西域的传统势力格局从此刻起也将被彻底颠覆，于阗也可以变得一家独大，利益无算。反过来讲，与匈奴对抗至少会使亲情受到损伤，即使单于不来打搅，那也难免让于阗从此站在外甥和两个妹妹的对立面，极可能也将被孤立于绿洲诸城郭之外。

眼下更具体的问题是，哥哥必须让万里省亲的两位妹妹进入家门，舅舅也得允许外甥当面拜望；从某种意义上讲，于阗作为父母之邦，也有两个妹妹和外甥的份，岂能独霸到拒亲情于门外！当然，这个思维的倾向必然被现实的处境左右，而不同的选择所带来的真正结果还令人一时难以全面想象。然而于阗王也不可能知晓，他的莪妹妹和聂壹外甥，事实上绝不可能与匈奴拥有同一立场，但此时却在形象上站在一起；甚至已经属于匈奴的蛮芑妹妹和阖瀚外甥，也未必赞成匈奴的嗜战与扩张无度。

经历过匈奴兵临城下的惶惶不安，事先又意外地有使者上门通报省亲喜讯，表达善意。眼下，尽管于阗王还存在诸多疑虑，但面对无可回避的选择，他的内心发生了动摇。这时，屈烈支提议，先让于阗王一家骨肉团聚，然后再商量别的事情。这是一个极其容易接受的方案，于是，于阗王要求匈奴士兵后退，接两个妹妹和一双外甥入城。

未久，场面发生了戏剧性的变化，于阗王下令打开城门，允许屈烈支及母子四人的贴身侍从入城。挽弓之士尽皆留滞城外，遵命不可轻动。

屈烈支入城，却坚请于阗王检阅大单于赐予日逐王的卫队。这似乎出于尊重，也算得是转达单于的一番善意。于阗王本无心于此，但不料卫队倏忽已经属于外甥。此时看在妹妹、外甥的脸面上，便勉为其难，但要大家一起登城。

于阗众臣都已经从紧张的氛围中挣脱出来，向下看，原来卫队是那样整齐鲜亮，这在西域可谓见所未见。尤其那种在阳光下闪闪发亮的丝绸衣着，完全吸引了城头的目光。

卫队行礼后掉转马头，人马背影之上却升起一横排美人，间隔有匈奴、中原和西域打扮，甚至还有月氏的面貌。随着缓缓而起的乐声，美人们翩翩起舞，动作却机械可乐。渐渐地，城上看出那些本不是真人，却都是些画像，于是人皆惊奇，转而乐以忘忧。蛮芑则完全快乐起来，她无论如何也未曾想到，那左骨都侯竟有这般长久的用心，把自己在平城归后一时的兴趣当成件事体弄到了这般火候，还藏掖在省亲队中，如今又用到了这个火候上！

“怎就不知道勒俟祜还在摆弄这个呢！”她想着，越发乐不可支。

表演结束，城上所有的目光都已经集中到匈奴大阏氏和他的明星儿子身上，当兄长和舅舅的满怀爱抚和欣赏，而大臣们则报以无尽的欣羡和恭敬。

城下，木偶翻转过去，不再舞动而只如随风摇摆一般，也完全没有了色彩。屈烈支请于阗王就着城边，指背影从队中随意挑选出二十人，向前一字儿排开。

屈烈支行礼道：“方才只是娱乐一下，搞点气氛。现在请大王正式检阅日逐王卫队！”说着举起手中马鞭。骑士们的背后如同长了眼睛一般，开始策马跑动，马蹄扬起漫天尘土，几乎遮住了城上的视线。于阗王和大臣们正不知何意，却无人注意到屈烈支已张弓射出一箭。那支箭发出尖厉的鸣叫声，钻进尘埃，几乎在同时，马队中弓弦如爆裂般只一声轰鸣。随即，人歇马止。等尘埃落定，那些木偶人已经被移到城下，于是屈烈支请于阗王派人检视。此时此刻，蛮芑想到了关于“鸣镝”的传说。她曾无数次听到描述，也从《撑犁孤涂》的说唱中欣赏过那种神奇，可从来没有能目睹；因此，那长久就是一个颇具刺激性的幻漫的传说，尽管故事的主人公冒顿对她来说十分具体。

不一会儿，那些木偶被移上城来。逐个看时，的确栩栩如生。末了，却有一个月氏装扮的，背面已经布满箭镞，数数共二十一箭，正中一支便是屈烈支射出的鸣镝。看着于阗官员个个惊得呆若木鸡，蛮芑被激怒了。她前所未见地叱道：“卫队长，你怎敢如此放肆！”屈烈支正昂然蔑视着，听这一喝，不免愣了一下，随即把手放在胸前解释道：“末将只不过想让舅舅高兴一下，不想却让大阏氏受惊了！”

于阗王脸色已经缓和下来。听了屈烈支的意思，且对蛮芑说：“虽远隔万里，为兄早就听说过冒顿妹夫有一种神奇的响箭，正没处领教呢！”然后朝屈烈支：“将军果然身手不凡，只不知单于之宝物，下人怎敢擅用！”屈烈支连忙解释：“大单于宽容，只特许此一次！”于阗王点点头：“此物在我于阗似是派不上用场，还望将军谨慎些！”屈烈支边偷眼看蛮芑表情，边向于阗王行礼称“是！”他感觉阏氏虽怒，但怒不在心，便转问阖瀚：“日逐王大人可还记得临行前大单于有何吩咐？”阖瀚本只在一边不关痛痒地看热闹，此时见问，还真想起件事来。他从腰间解下一个锦制皮边的小袋，也不看，直接交给屈烈支说：“你看看吧，我也不知道里面放着啥！”

屈烈支接过锦囊从里面取出一方绢帛，随即还到阖瀚手中，说：“就请日逐王念一下吧！”

于是阖瀚念道：“匈奴大单于命屈烈支将军为僮仆都尉，协助日逐王管护西域诸城郭。于阗为大阏氏父母之邦、日逐王舅家，理应居诸城郭之上，日逐王、僮仆都尉及以下，须全力袒护之。”僮仆，也就是奴隶；凡被匈奴征服的部族，在他们的眼里都是。这种安排让人感到别扭，但也给足于阗王面子。屈烈支表面专注于阖瀚，实际却在看于阗王兄妹的反应。于阗王的脸色始而发白，又慢慢恢复了红润。蛮芑却意外地盯着妹妹蛮莪。只见莪牵了儿子聂壹，附耳说：“人家都在忙大事，你就随我到城那边看河吧。改天我们去看采玉，那条河里有天下最好看的玉石！”说过了，也不打招呼，牵了聂壹的衣袖径自走人。屈烈支明显感到了大阏氏内心不安，这在蛮芑是不多见的。

一早出营来到敦薨水畔，看水势已缓，水面正在恢复常态，那座简易的长桥也已经浮出了水面。无心地数着拴系在河边的一条条小船，枯末折设想，匈奴人能很快拥有渡河的船只吗？结论是否定的，因为他们不善此道，甚至有船也未必能强渡。

天气帮了枯末折的忙，大水让敦薨水对岸的匈奴骑士们看似一筹莫展，但关键还是敦薨水帮了关键的忙。令人不解的是，耗在泽卤之地难以进取的匈奴右谷蠡王，却迷上了产自焉耆山中敦薨水上游草原的马匹。消息报来，枯末折不免好奇，更是出于担忧，便也来关注地产的马种。

焉耆军的营中自然不缺乏本地马，看时，毛色偏深，体形不算高大但也还说得过去，性格更显温顺。匈奴人为何对这样貌不惊人的马感兴趣呢，难道只出于爱马的天性？仔细探讨，这才知道焉耆马体质坚实行动敏捷，由于常年在沼泽中活动，便更善跳跃，而且奔跑平稳轻捷，具有很好的适乘性；由于代代跋山涉水，更遗传了良好的耐力。枯末折懂了，匈奴人要保持其骑乘的优势，就必须保证马匹的适应性，看来他们是打算长期留居山南。还有，改良马种本是游牧族群从未间断的探索，这便无甚可怪之处了。然而，这些都不是当务之急，那作为劳师远征的统帅，战事受阻之时他内心却为何这般笃定呢？这并不像在延伸草原上的生活习性，而更可能是心里有某种底数。

枯末折首先联想到山中各条可与伊列水河谷通行的途径，忽然意识到一支实力不弱的匈奴后续骑兵，曾在交河一带滞留。虽说随后也到敦薨水来会合，但对岸并不缺少兵力，因此很难说没有另外的谋划。那么，谋划的是什么呢？

他想到了一直在想的问题，姑师那边同样能找到通往敦薨水上游牧地的路径。果然匈奴人出征山南，正包含了取伊列水上游抄袭月氏王庭的意图。但姑师那边已经被匈奴人控制，再说也是自己鞭长莫及的去处。那么，留给枯末折的选择，就是趁匈奴骑兵还在险峻的山谷中艰难跋涉，赶紧放弃控制绿洲的方案，抢先撤回到险要处防守，以免反被堵在山外。第一步的选择是回防敦薨水上游山间牧场，但前提是必须守住中游的狭窄山谷地段，否则，绝没有能力与匈奴骑兵在草原上对敌。问题在于，敦薨水中游只是从姑师、焉耆进入伊列水上游的通道，对于匈奴人在龟兹、姑墨、温宿那边可能的选择，便无法料及了。既如此，便只能回归最初的设想，那就是回到伊列水上游就近设防。但他心有不甘，因为敦薨水上游草原本就是一片广阔的生存空间，匈奴人尽可以赖在那里休养生息。这就好比狼群始终睡在毡帐边，迟早会让月氏王庭无法在伊列水谷地立足。

天空开始放晴，太阳正透过云层缓缓升起。可以看清对岸了，对岸还是没有太大动静。枯末折的目光移到一片树林，发现那里影影绰绰有什么高耸着。显然不是一棵树，因为那比最高的树还要高出一半。他明白了，那是一座瞭望塔，是用来看自己这边的军营和察看营中动静的，当然也能观察水势，监看水面。

“这又能如何！”枯末折想，“难道还能从那上面蹦过河来？”然而又有一种思考跳了出来：“匈奴人稍稍提防而已，还需要从这里渡河吗？”回答却有所肯定：“若能渡，必然要渡！”那么，能吗？这到底说不清。假如从这里撤走月氏军呢？因为局势很可能逼迫自己作出这样的选择。

第一百二十一回

城郭鸟散排军无战 宫室闲话王子有心

枯末折回到营中，忽然有不利的消息报来，说匈奴左谷蠡王已经占据于阗。他内心吃惊，至少在速度上不致如此啊！想想如果于阗诸城能逐一抵抗，匈奴的进军至少会被拖延到冬季；如果能进一步像山南一样联合起来决意抵抗，变数就会更大些。可现在，下一个可能迟滞匈奴的城郭，大者如莎车、疏勒，他们还能比于阗有所作为吗？然后便是尉头、温宿、姑墨了……绿洲上的城郭诸国果然如同一盘散沙，捏都捏不到一处，太有利于各个击破；而姑墨一旦被危及，敦薨水的防线也就面临着自动解散，除非月氏能出大军加以保护，但，这绝无可能。回想，只要匈奴想来，城郭诸国不过是狼口边的一只只绵羊，命运是被决定了的。那么，天下有谁能阻止匈奴呢？有，那就是汉朝。他也是听说汉朝已经取代了秦朝，而强大的秦朝曾令匈奴远离长城蛰居漠北。他曾怀有梦幻般的侥幸，比如汉朝乘匈奴内部空虚出兵，那单于便自身难保了。这也许都只是雾里看花，没实在指望，但他确实动过请月氏天子派使去长安联络的念头，但被种种消极心理限制，终于没能当面说出口。

枯末折长长地叹了口气。说到底，他所牵挂的不是城郭诸国，而是大月氏。不得已，他决定先把月氏军撤回敦薨水上游盆地。事实上，同样出于天气的缘故，他也没有能获得扰袭以疲惫匈奴军的机会，因而也没能创造出想象中的奇迹。现今唯一的顾虑在于身边的这些友军，如若他们被抛弃，产生的失望会立即转化为仇恨，其结果岂不弄巧成拙。枯末折真是悔不当初，这事若让他从头开始，就绝不会来焉耆组织山南防守。月氏天子即使给予更多的兵力，他也绝不会朝前一步。

帐外开始有吵嚷喧哗的声音。正诧异间，有千长急匆匆来报，说城郭各军都在拆卸营帐，不知是何用意。枯末折很是吃惊，赶紧派人沿敦薨水查看时，已见一派慌乱，将士们只管自行其是。焉耆军显然没有退路，枯末折便亲自前往询问，这才知道匈奴设置“日逐王”和“僮仆都尉”管理西域，山南、山北包括大月氏在内，都已经在名义上归他们管辖。要紧的是，日逐王和于阗王的使者相携抵达各城，说日逐王是于阗王的外甥，如今于阗与匈奴已经是一家；城郭诸国包括月氏在内，只要听从劝告与大匈奴相亲，便可各依于阗、姑师例，彼此成为一家。如若与匈奴为敌，下场不日可见。

以城郭的特性和匈奴西征的决心判断，枯末折对整个绿洲覆巢为奴有所预料，但完全没想到出现这种局面。尽管如此，眼前本不至于如此不堪。匈奴人在入冬之前的关键时刻，以一种难以想象的方式突然摧垮了城郭本就脆弱的意志，同时也猝不及防地令好不容易凑起的联军顷刻间土崩瓦解，枯末折太难以接受这个事实，但事实已经火烧眉毛。

“一家”是什么意思呢？枯末折不由得不琢磨，这怎么可能呢，可问题恰恰出在这里。这个发明无论对于匈奴，还是对于月氏，包括之前所有的敌对双方，都更是不可想象的。这在枯末折的心目中是一个难解的谜，只好退一步设想，觉得即使山南山北所有的绿洲真的都与匈奴“成为一家”，月氏也不可能。可看眼下这势头，人家很快便都是“一家”了，月氏该怎么办？如此，月氏便要与城郭诸国为敌，而重新与匈奴为邻，生存空间被挤压却得不到任何助力，处境必将空前艰难。

敦薨水上游有观察哨飞马来报，发现对岸动静异常。枯末折匆匆出帐上马，赶到河边却只看到茫茫水面。于是站上马背手搭凉棚，这才看到有一溜儿令人难以判断的漂流物顺水而来，在自己的经验中，想不出那是什么。但根据报告，他断定那是匈奴人玩的什么道道儿，直觉已经告诉他，来者不善。他们会把什么这般地浮在水面上呢？

就在枯末折拿捏不定时，那一串漂浮物已经迅速近来，上面有人，那定是匈奴兵了。处在上游些的姑墨军已经惊慌地逃来，领军的都尉只来得及与枯末折打了个照面，便不顾一切地率手下撤走了。枯末折于是驱骑横向当道，喝问随之而来的一名温宿百长。百长这才慌忙说：“许多匈奴兵好像附在一条长虫背上，那是神在帮助匈奴人，将军也赶紧逃命吧！”

局面已经无法控制。恰巧枯末折正打算退守山中却无由说服各军，既然他们先各自散去，便也能顺水推舟，省去了许多顾虑。尽管于心不甘，但他不再犹豫，下令全军放弃防守，弃了毡帐，立即按已经预想好的方案退走。

那条“神蛇”费力地靠向岸边，但士兵们已经失去了作战对象。看着月氏和城郭诸军撤走后营中一片狼藉的场面，为首的安桁禁不住暗自庆幸。却原来，既然他在奉命造塔时，已经预计到不善水战的匈奴人必然要在自己这两千兄弟身上打主意，于是不惜劳累额外地砍下许多粗壮直溜的白杨树。匈奴骑士们感到不解，这情形便纷纷报告到揟尤、莒式池、术柘帐中。于是，术柘与莒式池、揟尤一起冒雨来到树林中。安桁见状本有些紧张，不料术柘二话不问，却亲自操起斧子也来砍树。安桁觉得右谷蠡王是看懂了自己，于是更加放手干起来。而那些本就对伐树感到新鲜的匈奴士兵，看到主帅上手，便也一窝蜂加入了劳作的行列，反使那些本来在拼命干活的奴隶得到了休息。然后，术柘等便看到了安桁指挥手下把那些树木去了枝杈，牢牢地绑扎成宽宽的一排。

“这是啥呀？”莒式池不禁感到好奇。

“这叫筏子……木筏，也叫木排，可以用来渡河的！”安桁费力地说明。

围上来一大群匈奴兵，都想弄个究竟。莒式池不是完全没有相关的点滴经验，但眼见那么大的一张，漂在水上又漏水又没边，却如何能驾驭？人马又如何能站稳在上面，没遮没拦还要强渡强攻！搾尤想放马上去试试，可转一圈儿找不到合适站立的地方。只要站上去，一准崴了马蹄。于是下马到上面踩踏，又蹦一蹦，朝术柘说：“只能载人，没法载马！”术柘点点头。

分开到各式营帐里搜索了一遭，安桁内心激动起来。转看随自己冒死乘筏强渡敦薨水的二百弟兄，现在，他们非但毫发无损，而且即将解脱奴隶身份，这回是由右谷蠡王亲口承诺的。

于是安排接应匈奴军，那座桥虽然看起来摇摇欲坠，可简单加固一下，由人牵着马拉开距离慢慢地过，也还能行，但也弄得匈奴士兵胆战心惊。为了加快速度，安桁指挥手下把那些筏子横亘在水面，便成为一座浮桥。不知何时，未参加渡河的奴隶们已经准备好一些板子，在木筏上铺出一条道来。匈奴将士从内心里感叹：“这些人怎就这么能耐呢！”

术柘首先过了河，他的性情就像那云开日出的天气，十分地好，好极了。从大的形势上看，自己即使在敦薨水睡大觉，都矢那边也能利用于阗很快搞定各个绿洲。可果真那样，自己也就太没面子了。现今右路渡过了敦薨水，山南下余的城郭便都能手到擒来，已经不在乎他们出于何种原因、以何种方式屈服。此时如若说高明，那高明只属于大单于和右屠耆王。眼看着骑士们拉开距离小心谨慎地渡水，他想，像这般，如果不靠了安桁这些能人，却如何能攻打过来！他又回头眺望对岸的瞭望塔，得意地想，那东西虽然没派上太大的用场，可却顺带地弄出这一串的“木筏”来，真可谓歪打正着呀！管他朝哪里打呢，打赢了就行！蹊跷的是，自始至终他都没能看清自己的对手。

月氏王压根没想到枯末折会去发动山南诸城郭共同抵抗匈奴入侵。及至得到报告，也便睁一只眼闭一只眼不置可否，当然也不可能进一步给予支援。及至敦薨水联军鸟散，匈奴单于通过与于阗王的姻亲关系，已经把绿洲城郭并为“一家”，他心里便十分不安了。现在的问题是，大月氏即使不被战败，也将重新与匈奴为邻，这安稳日子又算是彻底过到头了。

也是因为年老精力不济，坐着想了一会儿心思，便开始打盹。朦胧间感觉有一种馥郁的香风拂过，睁眼看时，却是小王子前来探望。看父亲醒来，便在身旁坐了。

月氏王侧身看小儿子，他两眼炯炯，鼻翼挺拔，面容白皙饱满，浑身散播着青春气息，此刻看来分外可人。他虽然非常疼爱这个儿子，但却很少这么切近地欣赏他的外表，一时便有些心醉。儿子见父亲这么异乎寻常地看自己，始而有些局促，随即却心慌起来，问："父王为何这般失神，莫非是为了匈奴和乌孙人侵扰的事！"他本是无心提及，不想做父亲的对此却怀有十分敏感的心理，内心诧异："没想到这个性情颇似女孩儿的小儿子也在关注国事，懂得父亲的心情！"这么一想，便激动起来，两手有些发抖。

王子更加紧张起来，问："看父亲身体不适，还是找医生来看看？"月氏王摆摆手，已经不抖了，动作却显得有些夸张。口中却似无意地问："匈奴人若是来了，月氏却向哪里去呢？"王子回答："听说几位将军都经历过河西之战，又曾一路护卫王庭迁徙，个个忠勇可信。有他们带领骑士守卫着山谷要径，父王还有啥可担忧的！"显然是在劝慰。

月氏王听此一说，没了情绪。不过还是问："如果真的来了呢？马蹄已经践踏着山谷中的草场，把我们的羊羔投入他们的锅中，箭射进了伊列水的宫殿，你们兄弟姐妹却去哪里藏身？"

王子瞪大了眼睛，这回真的上心了。半晌给出了一个惊人的回答："我们就跑，再找一块水草地。不是说吗，有山有水就有牧场，有云彩飘过的草原就是牧人的家！"月氏王又惊讶了，问："你知道月氏本来的家在啥地方吗？"王子反问："不是说在河西吗？"月氏王问："你是从哪里知道的？"王子回答："草原上不都这么传唱的吗？"

月氏王感觉到，自己这位小王子，看似在蜜罐中长大啥事都不用操心，可在这不操心间又把大事都搁在了心里，以前还真没在意过。转想，月氏跑也是跑过的，可时隔多年，匈奴人却不依不饶又撵过来了。再跑，他照样撵，那还有个了结吗？这么思量着，口中不禁叹道："当年左大将已经把匈奴人挡在了合黎山，可我们为何还要跑呢？那是因为终不能与虎狼为邻呀！"

不料，王子却又冒出了一句："那就与羊群为邻呗！"

月氏王说："你还年轻，说话轻易。与狼为邻还是与羊为邻，那是由你父王选择的吗？"

王子却说："小时候我们弟兄玩耍，谁那天心情不好，我就离他远点，免得他朝我发脾气！"

月氏王说："你离得再远，他脾气还是要发的！"

王子说："有一次大哥生气，我害怕，就躲到二哥身后。二哥和大哥玩得来，大哥也就没脾气了！"

月氏王觉得有道理，忽然觉得儿子前来是有用意的，便直截了当地问："依你看，这回我们如何躲得过匈奴人？"

王子一愣，随即反问："当初父王如何便能打定主意举族西迁？"

月氏王回答："那时月氏实力虽略逊于匈奴，但经过细致打探，驱逐塞种还是绰绰有余。当时想，伊列水谷地离河西已经很远了，离匈奴王庭就更远；而这里有广阔的牧场，水草丰美，足以让整个族群过得舒适自在，所以才下定决心西徙。为了做好准备，为父把作战经验丰富又关注西域的枯末折将军预先调到原本属于乌孙的三危，也让他手下的骑士们暂离战场得到休养；同时，派善战善思又知进能退的居敕臼将军接手合黎山口，耗住了匈奴右屠耆王大军，适时退却并保住了作战力量。居敕臼将军虽然没能随部族西迁，但他却完全制止了匈奴人的追击，让月氏得以专心西向而不存后顾之忧。功臣啊，没想到他竟然能屈身匈奴，保全了留在河西的月氏臣民！"感叹之余，他的眼眶湿润了。

王子沉默着。月氏王抬起衣袖擦一擦眼睛，继续说："本以为我们和匈奴之间已经相距遥远，其间多有阻隔。特别是等来了中原摆脱战乱实现一统，这便对匈奴形成强大的牵制。没想到那冒顿单于竟然毫不顾忌，偏偏选择我们认为最不可能劳师远征的时候来犯，可见父王我到底没有真正看懂此人！"

王子突然接了一句："可惜中原的汉朝不可能关心大月氏的危难！"

月氏王对这一说感到惊讶，点头说："秦朝皇帝知道当年河西有个月氏，可汉朝皇帝还不一定知道伊列水有个大月氏呢！"

王子也感到惊讶，说："皇帝也是太糊涂了！"

月氏王苦笑了一下："你一个小孩儿家，跟你说这些做啥呢？"

王子却又提出一个新的线索，问："听说，匈奴是用为乌孙报仇的借口前来侵犯的？"

月氏王回答："用啥借口都一样，反正匈奴单于从一开始就盯住东胡和月氏，东胡早已不存在了，可我大月氏还逍遥着，他能甘心吗？"

王子却说："我觉得也有不一样的地方。比如说这次前来侵扰的军队，有一支是乌孙人，由乌孙王子带领……”

月氏王说：“这王子现今已经成了昆莫。他不来还好，来了更不好办。当年他的父亲老昆莫难兜靡就是被我月氏骑士杀死的！”

王子说：“可猎骄靡当年毕竟还是个婴儿，就像我也完全不懂得谁是自己的仇人一样！”

月氏王感到儿子话里有话，便问：“那又能怎样？”

王子却问：“单于对猎骄靡好吗？”

月氏王回答：“听说视同己出，好透了……不过，对乌孙人未见得有多好！”

王子眼睛一亮，问：“如果匈奴是大哥，乌孙是二哥，我这个小弟弟能不能躲到二哥身后呢？”

月氏王眉头一紧，随即便放松了，回答：“这事父王一时还想不透，容父王多想想，啊！”他忽然对王子说：“你再坐得近些，让父王好好看看你！”

王子靠近来，他看到了父王异常温柔疼爱的目光。

终于有一天，波吐戈尔不再躲闪，而是坐在水边的岩石上等候。于是，猎骄靡便时常划船去岛上，谈天说地，就是不提及眼前的战事。渐渐地，波吐戈尔也过岸来营中，走动多了，甚至相帮着喂养马匹。

天气渐凉，似要下雪了，但面对野果谷，乌孙军依然一筹莫展。正这时，却传来一个令人十分意外的消息，说坐守谷口的月氏副将左大都尉畋猷被调回王庭去了。这个举动令猎骄靡百思不得其解，唯一可以猜测的原因，就是冬季将至，两场大雪下来，垭口即使无兵看守，外面也是进不去的。按经验，自此大约不到半年的光景，乌孙兵唯一能做的事，就是等待。

猎骄靡很是心烦，不自觉出营走走，正巧被步广看到，便赶紧随在后面。两人来到水畔，却远远看到一队人马从山坳中出来。猎骄靡知道是龙勒，等到走近了，这才惊异地发现波吐戈尔随在一边。步广问：“你这是干啥去了？”龙勒指指马后捎着的绳索，回答：“到山那边找了一处险要，向穿山甲请教攀越的功夫呢！”步广领会，朝波吐戈尔说：“兄弟，你那本领我军中无人能及，还望多加指点！”波吐戈尔爽快地回答：“但凭大哥吩咐！”猎骄靡没料到他们彼此会这么称呼，领会这老大老二确实用心良苦，情绪便好起来。只听龙勒告诉：“穿山甲现就是我军中的教官了！”步广说：“我也早有此意，只是不知穿山甲兄弟的意思，一时未曾开得口。”

都来见过昆莫。猎骄靡打趣说：“你等都成了兄弟，我却怎么办呢？”这话确实把两兄弟问住了。波吐戈尔却说，先有猎骄靡大哥，然后才有你们两个。

步广对这说法无可奈何，而猎骄靡却一股脑儿认可："穿山甲说得对，大家都是兄弟！"波吐戈尔便邀请步广一起去聊天，猎骄靡顺势催促："难得穿山甲兄弟有这么好的心情，你就一起去吧！"

于是三人并辔而行，乘兴说些山川奇险、登越攀爬的事情。回到营中，安排宴席。龙勒举杯敬酒，步广却说："穿山甲今天不像是随口叫我'大哥'，既如此，这兄弟我就认了。来，咱兄弟三人先共饮此杯！"

酒喝热了，步广、龙勒与波吐戈尔推心置腹。步广要龙勒找军中的歌手来助兴，不一时来了。那歌手先连喝三杯酒，并不问曲目，只管操琴弹唱：

……

夫人藏好玉佩，抱起熟睡中的小王子。

是昆莫用生命赢得了宝贵的时间，

母亲选择逃亡并非苟且偷生。

怀抱中唯留乌孙的希望和王室的血缘。

……

夫人策马走向海子深处，

让命运驮载生命融入无际的彼岸。

水波起伏是灵魂失落的眼神，

向祖先的草原上播撒无期的遗恨与眷恋。

……

乌鸦啄食且为一刻供养，

母狼哺乳生命独承天恩。

大人托起襁褓，众人惊喜万分，

镶金的玉佩是王位继承的遗讯。

……

似乎勾起了一种共同命运，波吐戈尔被深深打动了。他抹一抹湿润的眼睛，问："不知歌中讲的是哪位昆莫，却为何引得我十分伤心！"

步广举杯："来，咱兄弟再喝一杯！"波吐戈尔却伸手止住说："大哥若不肯讲与小弟听，这酒是喝不下去的了。"步广说："先喝了，我自是要细细说道的！"

于是三人喝干了杯中酒，开始听步广叙述猎骄靡的身世。

猎骄靡独自在海子边徘徊，脑子里忽东忽西地想着。这时，鱼泽飞马来报，说稽粥太子那边派角勒支将军前来，还带着一队人马，不知是何用意！

猎骄靡脑子里忽地一闪，问："到营中了吗？"

鱼泽回答："还没有，只是先命人前来通报一声。"

猎骄靡略一思量，吩咐："你先去迎一下角勒支，请他暂且在十里外扎帐。明日，我将亲自去那里商讨军机！"

鱼泽不明就里，但也不敢多问，便行礼去了。

第一百二十二回

国难当头信臣受命　家事无解阏氏流连

畋猷奉调急匆匆赶回王庭，一路进殿。人未到，却听到殿内有歌声传出来，心里不由得想，这都啥时节了，大王怎还有心情欣赏说唱。待到止步，才觉得那不是草原上惯常的曲调，也不是单一的歌手在叙事或者倾诉。于是便仔细听，原来是有领唱，还有一群男女的声音在合唱。歌词只有三句，反复地唱，听过了便能记下来："大风起啊云飞扬，威加海内啊归故乡，安得猛士啊守四方——"这在表达啥意思呢？畋猷正琢磨，内侍来召他进殿。

来到殿上，却看到天子身边还坐着一位美貌少年。他感到很奇怪，行过礼赐了座，只听天子介绍说："这位是畋猷将军，刚刚从野果谷赶回来；这是我的小儿子……"畋猷连忙面朝王子以手加胸，王子欠身还礼。畋猷越发感到奇怪，自己倒好像是来天子家里做客的。

天子吩咐赐酒，然后继续刚才的歌唱。歌队返回堂前，畋猷看时，人数还不少。歌声缓缓而起，便见激越，唱到高潮时，声震屋宇，不由不鼓荡起内心的激情。歌手唱罢退下，月氏王问："将军可曾听说过汉高祖刘邦？"畋猷不知何意，只勉强点点头："略略听说过，其实知道得不多。"月氏王又问："可知道'大风歌'？"畋猷有点懵了，回答："未曾知晓。"但他已经猜出刚才听到的曲调便是。月氏王却说："我本也不知道这些，都是小儿子弄来的。原本中原商贩在集市上哼唱，旁人听过了也只当微风从耳边刮过。可这孩子偏偏留神得很，从中听出不同凡响之处，便打听这曲调的来由。不问则已，一问还真的大有来头！"

于是，王子开言，把《大风歌》的始末讲了个大致，只在那格外传神之处画龙点睛："大汉朝已经建立，可是经过多年战争，民力枯竭，百废待兴。然而内有异姓诸侯王尾大不掉，外有匈奴侵扰蚕食，汉高祖伤病缠身体力日衰，怎能不忧心忡忡……"畋猷明白了，于是把手放到胸前说："天子和王子若有用得着畋猷处，末将虽万死而不辞！"月氏王拿手抹一抹全白了的"个"字胡须，他已经很少重复这个动作了。沉思片刻，却问王子："你前些时讲过一件事，说若大哥生气了，你便躲到二哥身后，那是为啥呢？"王子诧异道："父王好忘性，我不是说二哥和大哥玩得来，大哥也就没脾气了！"

月氏王面上微微绽开了笑容，说："我欲命将军向西南一路探查，可有更适合我大月氏臣民游牧、耕种的土地，不知可否？”

畋猷明白了，天子是想重演西迁故事，而且从此不与匈奴为邻。可他却想到了另一个问题，如若合族再度迁徙，自己无疑就是当年枯末折将军的角色；可据守在飞沙山口和野果谷的两支军队，却如何能摆脱匈奴和乌孙骑士的追击呢？他们也能像当年合黎山口的守军那样幸运吗？

月氏王似乎是看出了畋猷的顾虑，便直截了当地说：“此次阘榷宸、辘契两军若未能及时后撤，我就亲自在路口上等着。他们来了，我一起走，将军以为如何？”

天子言出，畋猷大惊。他连忙跪起，以手加胸道：“王庭既然迁徙，天子怎能独自留下。末将宁可为两军阻击追兵！”

月氏王显得苍老而疲惫的脸上露出感激之色，说：“这些话都说得太早，但看将军几时起程！”

畋猷回答：“马未卸鞍，即日可行！”

月氏王伸一只手示意，说：“那就由我的小儿子替我敬酒送行，望将军尽快回返，从此带给大月氏部族一个安定无忧的未来！”

言未已，王子已经端起酒来，他漂亮的脸上露出了连父亲也从未见到过的凝重。

阘瀚到宫中看望舅舅，国王恭迎入殿。

在尉迟国王的心目中，面前这位外甥更是一名匈奴王子，是外部强加于绿洲的统治者。可及至对面而坐，他却找不到那种被凌驾的感觉，哪怕一丝一毫，而且外甥的面貌气质也完全不与匈奴人相似。但是，他也无法真正进入舅舅的角色，因为日逐王毕竟代表着现实的征服者，而且在西域已经至高无上。外甥和日逐王，这两个形象在他的心目中相去太远，无论如何也结合不到一起。那个俊美外形的背后，似乎还游离着一个令人恐惧的幻影。

他实在不明白，因被父母溺爱而显得率性的蛮芑妹妹，却为何与匈奴单于有了这种缘分，不料使于阗奇妙地成为这次匈奴西侵的变相受益者，同时又像一个被绑架的同伙。他也完全不明白，被父母过分地溺爱而更加放任的莪妹妹，却为何变得不事张扬，倒好像是出自中原书香人家；当然，这与婚姻带来的环境有关，有可能只是表象。

妹妹们是回于阗来省亲的，可是带来的却是实质上的征服，真不知道一切便为何这样匪夷所思地发生了！但妹妹们毕竟意想不到地为于阗避免了本无可避免的战争，因此从根本上讲，是她们护佑了绿洲，幸运之神让父母之邦避免了杀戮而至少保留了表面的尊严。尉迟国王相信，本在敦薨水面临生死大战的焉耆诸城联军虽然向匈奴骑士屈膝了，但城郭诸国也算得上是体面地接受了日逐王的统治；而日逐王因为有于阗外孙这个名头，便多少淡化了西域与匈奴的矛盾，从此所有的绿洲却多少得看于阗的脸色行事了。这既让人舒心，又别扭，毕竟有匈奴人站在背后。而真正站在背后的那个人，正是僮仆都尉屈烈支。

舅甥俩找不到合适的话题，只剩舅舅来问阖瀚母亲、姨母这许多年的曲折，阖瀚对此知道得并不很多。于是，便搬来歌舞，让阖瀚品着各式的葡萄酒欣赏，间或想起点什么来，便似随便地说说。阖瀚似乎对那些歌舞的异域情调有点兴趣，还时不时请教几句，但尉迟国王总觉得他心思游离，话只在口中，很少抬眼观看，听时也未必真的入耳。

未久，当舅舅的察觉外甥总拿手摩挲胸前的一块羊脂玉佩，认得正是于阗王室家传的宝物之一。于是要过玉来，仔细揣摩一番，又在手中反复揉搓，然后特意起身亲自为阖瀚佩戴上，却顺口问："听说中原人非常讲究玉饰？"阖瀚回答："好像是。"于阗王感到诧异，问："为何说'好像'？"阖瀚解释："我也只在马邑姨夫家待了没多久，对中原知道得极少。凡中原的事，大部分是姨夫告诉我的，我聂壹弟弟的爷爷有时也讲点！"于阗王听着，感到每提及聂家，阖瀚便怀有格外的亲近感，于是问："你聂壹弟弟的爷爷叫聂行，对不对？"阖瀚却也问："我聂行祖师爷让我带来的信，舅舅看过了吗？"于阗王一愣，问："可是你母亲交给舅舅的那封信？"阖瀚回答："是！"于阗王问："祖师爷让你看过信吗？"阖瀚摇头："没有。不过祖师爷说，要是按他信上说的去做，也许对大家都有好处！"于阗王问："这个'大家'都有谁呀？"阖瀚回答："于阗和绿洲上所有的城郭，也有匈奴、我父单于，还有舅舅、母亲、姨母，我和弟弟。"于阗王问："对你父亲有好处，这是自然；对于阗有多少好处，舅舅我还要想想；可是，这些与你姨母和聂壹弟弟有啥相关呢？"阖瀚皱了皱眉说："我们都是一家人，好都要好，不好都不好，咋能说没关系呢？"于阗王问："这是你自己心里想的吗？"阖瀚回答："母亲和祖师爷都这么说，我也就这么想了！"于阗王点点头："既如此，舅舅是要认真想想了！"

庭上歌舞进入到高潮，一时吸引了舅甥俩的注意力。阖瀚忽然说："母亲早就说，昆仑山的歌舞有时缠绵悠长，有时诙谐幽默，有时热情奔放，我真有点感觉了！"于阗王不自禁"啊"了一声，然后连连点头。他实在没想到在交谈之间，外甥竟然还品味着歌舞呢！

阖瀚变得主动了："祖师爷真的没白来西域，我本以为他只是做了笔大生意，没想到对绿洲想得那么多，还与舅舅交上了朋友！"

于阗王感叹说：“是啊。要不是和你祖师爷有一段交往，说不定你和你母亲到这时还在城外毡帐里住着呢！”

阖瀚问：“为什么？”

于阗王笑道：“舅舅一下子是说不清楚的。你既被单于封在西域为日逐王，那就可能要长久住下，有话以后慢慢说吧。不过，舅舅要提醒你一句，那僮仆都尉是名老将，又是单于的亲信，不太好管，但你还是要尽量约束他。要不然，你和他在西域都待不安稳！”

阖瀚应承说：“我会按舅舅的吩咐去做！”

于阗王纠正：“在家里，我是舅舅；可如今在西域，舅舅也得听你的。不过，话说在前头，你管得好，那舅舅也就不说啥；你要是管不好，那舅舅就会和各个城郭联合在一起，连你带僮仆都尉一起轰走，哪怕单于再次发兵来攻打！”

阖瀚沉默了。

于阗王却还补了一句：“到那时，连你胸前佩戴的玉佩，舅舅也是要索回来的！”

外甥去看望舅舅，姐姐却去哪里了？蛮茂从来没有这么心重，也从来没有这么挂心姐姐。

等也等不来，找又找不到。忽然想到了一个去处，于是安顿侍从照顾好聂壹，自己上马单骑出城，顺白玉河一路向上游寻去。果然，在西沉的日影中，远远地看到了姐姐牵马盘桓的身影。

远处的山变幻着色调，与半天的云霞映辉，留恋着最后一刻的斑斓。茂下了马，没有立即去打扰蛮芑，这在于她，恐怕是有生以来第一次。她赤了足，走下河床，走进清澈的水流中。水冲击着腿膝，是那样地冰冷刺骨，这是她为少女时从未曾在意的。但是，此时此刻，她只想让肌肤被刺激得麻木了，这样才感到内心有一种释放感，得到一种莫名的纾解。

这些年，她常常把自己的生活与姐姐相比，长短互抵，判断不出孰优孰劣。她很满足，家资富足不输帝王，当然她不知道中原的皇帝，但如匈奴的单于和于阗的父亲、舅舅，日常生活常常需要弄个排场，反而比不上聂家的宽松平和、融融恬适。但是，随着为人妻，为人母，每天接触中原文化，她性格中的野性多少被磨蚀了，却从磨蚀出生长出几分理性。也正因为如此，便相应地体会到了姐姐、公公与单于姐夫之间似乎存在不可调和的分歧，只是这种分歧都被彼此间的情感和各自互补的个性，以及有意无意但却非常微妙的共处方式化解了。如果在以前，这些都不太引人注意，但等到匈奴欲望膨胀，丝毫不顾姐姐为大阏氏而直接侵犯于阗时，情感和方法已经不足以掩盖彼此间的矛盾。她现在十分担心姐姐，突然感觉到蛮芑有可能不再是过去的蛮芑了。莪也感觉到自己，虽然与姐姐的境遇完全不同，但也都不是当年那个随心所欲、几乎完全不在意周围世界的骄傲的公主了。她忽然理解，成天读书的丈夫聂省为何总在是是非非上与姐夫格格不入，因而从不肯与单于帐打交道。那么，假如有一天，单于也像对待西域一样向中原汉朝全面发难，聂家将会是什么态度呢？当然这是假设。可她觉得这个假设有利于自己来体会姐姐的立场和心境。比如眼前这条河，即便姐妹两人置身河的同一侧，但事实上已经不站在同一侧了；那么，她能与王兄站在白玉河的同一侧吗？或者把自己分成两半？这是怎样的一种痛苦呢，而姐姐的苦恼始于何时呢？莪早就听父王说过，蛮芑其实是一个不善于透露内心的孩子，因此看上去她总是啥都不留意，甚至从来不在意。

可今天，她显然已经不再那样乐天，不再真正肯被人轻易打岔。

莪并没在水中多待，她已经不再能适应这种虽亲切却久违了的寒彻。月色初绽，远处的高山渐次隐去，绿洲和戈壁被弥漫起的乳雾轻轻覆盖了，沉入神话般的朦胧。

有清亮的歌声和嘈杂声近来，三五成群的少女纷纷出现在视野里。她们来到河边，嬉闹过一阵，便各自褪去简便的衣衫，裸身走进浅水中，玉体犹如裹着轻纱。她们开始用足底去触探河床，渐而停止了嬉闹，只用心面向月色和流水，细心体味肌肤的感受。偶尔有屈体跪入水中的，随即弯下腰，用双手去轻抚，去品鉴，把大地递到手中的山流水捧出水面，虔诚地接受时光的怜悯和大山的恩遇。

数千年流传而来的习俗，把阳刚的男人们驱赶到深山中，去险绝处寻找玉的矿脉，千辛万苦开采出山料，再异常沉重地把那些石头背下山来，让每一块最终雕琢而成的玉器中浸透血汗。而在千百年前坠落冰川的矿石，则经历着自然的碰撞剥蚀优胜劣汰去除杂质，被流水翻滚打磨着搬运到低处的河床里，成为玉中精华，这是大地对女性的独特馈赠。少女们信奉的是一个古老传说，要求得极品的山流水，就必须以冰清玉洁的纯阴之体和纯真无邪之心，在倍加阴柔的气氛中吸收山水之灵气，借助经验和持之以恒而获得。此时，若有污浊之气渗入，玉石则深深潜入水底沙石中，无缘触碰。

时间久了，寒气必然会渗入骨髓，所以踩玉的过程并不十分持久。少女们纷纷回到岸边，她们没有急于穿上衣衫，而是借着大地上积累的热力和充分的自主活动回暖身体，同时也分享各自的喜悦。月色如流水般澄澈，分外透明，却是静对于动的激励，让少女们更为充分地张扬身体的自然曲线。在莪的眼里，这也是天性无拘无束的释放，令她不断地体味自己和姐妹们曾经历的时光。

“你也来了？”蛮芑问。她已经站在莪的身边。

“来了！”莪回答。

“家多好啊……我是说生我养我的家，父母姐妹的家，有乡亲们的家。”

“唔，可是，现今于阗只有兄长的家……”

“我们姐妹的家却在哪里呢？”蛮芑叹了口气。

“你的家在匈奴，我的家在大汉朝，这不对吗？”莪问。

“你后悔当初离开于阗吗？”蛮芑问。

“不后悔……不过，现在有点留恋于阗了！”莪回答。

“我想，今后我是该留在西域了！”蛮芑说。

“那当然，阖瀚还年轻，陪陪他。不过，姐夫那边呢？”

“那边……再说吧！”蛮芑语气黯淡。

莪猛然惊觉：“哦，不想回北假啦？为什么？”

“不为什么，我也不想再回姑衍山了！”蛮芑的语气坚定起来。

莪略略迟疑：“我不行，我得带着壹儿回马邑去！”

“姐姐早就知道，自从你进入聂家门，我们姐妹已经不一样了，不，是没法一样了！”莪说出了多年沉积心头的话。

“我本不觉得，可这次回于阗，却多了许多感受，想想多少也有点明白。可我觉得，这个不一样从你嫁给冒顿就起头了！”莪说。

蛮芑沉默了。许久，还是莪问：“那我们姐妹何时才能再见面呢？”

蛮芑回答：“不知道……”随即补充：“总有一天，也许这一天已经不属于我和你，而是属于阖瀚和聂壹，或者我们的孙子！”她抬起头，看到妹妹眼中的泪珠在迷蒙的月光中里闪动。

踩玉的少女们已经离去。月色中的白玉河波光粼粼，闪碎了白鸟姐妹的心。

冒顿半卧在大帐中，仔细地听着右屠耆王且蛰的讲述，间或对饮一杯，心情非常好。当听到于阗城头阅兵一节时，不由得“哈哈”大笑，口中道：“这个屈烈支呀，这个屈烈支！”又问：“于阗王当时是啥反应？”且蛰说：“这才被那些漂亮的偶人儿逗乐，脸上的笑容还来不及放下呢，就那么挂住了，干脆放不下来啦！”冒顿道：“这左骨都侯也是，咋就把汉高祖耍的那玩意儿整得这么精怪呢？”

“这家伙每天都在想些啥呢？”且蛰觉得勒俟祜总令人费解。

冒顿却完全理解：“看上去想得怪，到头来琢磨，还都是正事！”

且蛰点头："这倒没错，连屈烈支也学到了一手。真是跟狐狸待久了，狼也有几分像狐狸呀！"

"这一招还真灵，啊！"冒顿不无得意。

"是啊，大阏氏想家了，又听说大匈奴人马到了于阗，哪能不急！可姐俩这一省亲，不但于阗手到擒来，还顺带着搅散了城郭那帮乌合之众，乖乖地撤了敦薨水的防守。这还不够，又一个个朝着日逐王跪拜，真可惜没能亲眼看到这一幕……"

且蛰话没说完，冒顿"扑哧"喷出口中酒。两人复又"哈哈"大笑，直笑得眼泪哗哗地流。

已而，冒顿问："听说敦薨水的阻击有月氏掺和？"

且蛰回答："岂止是掺和，就是月氏起的头、牵的线，还一总统领上啦！"

冒顿"哼"一声道："可恶！"

且蛰问："大单于知道那个起头的月氏将军吗？"

冒顿问："是谁？是我知道的？"

且蛰回答："大单于岂止知道，简直太知道啦！就是在居敕臼之前镇守合黎山口的那个左大将，后来被月氏王编排成右大将闲置起来，不料却为月氏王庭西逃立下了汗马功劳！"

冒顿说："哦，当初这人可差点儿要了我和侥直那的命……如果合黎山口不换成居敕臼，结果又会如何呢？"

且蛰摇头："不好说，可能难以和解……"

冒顿却说："或者更简单！"又问："这人现在哪里呢？"

且蛰说："退到敦薨水上游的草原上去了，最终，他定是要替月氏王守住伊列水后路的！"

冒顿问："他挺有预见，但能守得住吗？"

且蛰道："这也不好说！听说那一段是他亲身来往过的，自然比犳度、遥鹤明了山中地理气候险要之处；而且此人于事从不苟且，又久经战阵，那两个很可能不是他的对手！"

冒顿问："还需要术柘亲自出马？或者莔式池？"

且蛰回答："这事我预先想过，可能划不来。再说，一旦大雪封山，那不得至少耽搁半年！"

冒顿笑了，说："我说嘛，拿下月氏最终还得靠家里那小子！"

且蛰感叹道："我看稽粥太子有能耐！他可是亲口跟我说过，要拿月氏王的头盖骨给父单于当酒杯呢！”

冒顿说：“这西征的事，比原先设想的拖延得久了，年底年初无论如何要见个分晓。再耽搁，汉朝那边可由不得我们把握；若被皇帝和将军们看透虚实，行庭可就在北假待不下去啦！”

且蛰说：“大单于尽管放心，我这就亲自去飞沙山口和冷海子走一趟。倒不是出啥新招，只是再协调一下，顺便看看两下里预备得如何，确保一举拿下！”

冒顿点头：“这样也好。如若不是最近老是头疼头晕，我也想去看看呢，看了才过瘾！”

且蛰说：“那我就替大单于去过这把瘾。大单于要多多保重，能不操心的事就别操心，能交给别人的事，就让左骨都侯他们去做，千万别再累着啦！”

冒顿听了有点动情，说：“那就有劳兄长啦，你也要多保重，还有时间，路上别赶得太急。作战的事，你不可亲自动手，千万不能有损伤，记住，啊！”

且蛰笑道：“记住啦。我又不是小孩子，看你操这心！”

冒顿却说：“只可惜，那枯末折咱还是逮不着啦！”

且蛰道：“都多少年啦，大单于还惦记这个人？”

冒顿摇头：“能惦记当然要惦记，惦记不上也就算了！”

第一百二十三回

议战局惊武相辞世 唱史诗激漂客动情

且蛰急着出发，便即告辞。随后勒俟祜来了，是来报告岩画的事。“河上会盟”那一幅早已刻好了，可真正的“会盟”却似乎遥不可及。现今中原的皇帝，只坚持互市与和亲，如若挽弓之士在边地小打小闹，便全不理会。右屠耆王假意出兵故意闹出点大动静，他轻则去几个大营视察，作为回应；重则调集几万人马摆出一个阵势，反倒是匈奴不敢轻动了。听说他那边有什么“黄老之学”“无为而治”“与民休息”的说法，搞不懂；可眼见得中原百姓能安居乐业了。反过来说，匈奴的机会在哪里呢？似这样下去，皇帝不知在哪一天看着太阳落山，忽然联想起北假？每逢想到这些，冒顿总有些心神不宁。

“把那一幅抹掉吧！”他忽然说。

勒俟祜还没开口呢，听这一说，明知所指，但还是要落实清楚，便问：“哪一幅？”

冒顿瞪眼：“还有哪一幅，不就是‘会盟’，这事想得太早啦！”

勒俟祜不愿作罢，便建议：“那画不吃草不吃料，既然刻好了，先留着呗！”

冒顿摇头：“留不得！这回大阏氏内心肯定有气。等她从于阗归来，岂不要借着这一道讥笑我这个大单于欺软怕硬，捞不着中原就去西域倒腾。你这个左骨都侯怕也跑不了，等到一阵气撒来，还不得拧下你的耳朵！”

勒俟祜下意识摸一下那只会动的耳朵，笑道：“小侯这耳朵从来不归自己，大单于要也好，大阏氏要也行，拿去便罢，只不知拿去了又管啥用！”他的眼睛却来回瞅着冒顿的耳朵。

冒顿不理会，只催促说：“过不久大阏氏就要回来了，你还是赶紧去办吧！”

勒俟祜为难道：“磨掉只是举手之劳，可这一、二、三、四、五、六、七……还是一个单数！”他夸张地掰着指头数数，提醒冒顿那也是大阏氏的意思。

冒顿早已想好了，却问：“改成‘归省西域’，如何？”

勒俟祜两只小眼睛一亮，击掌说：“大单于高明！不过这归省于阗为何却成了归省西域呢？”

冒顿假意叱道：“你就是事儿多！”

且蛰却返回了帐中，略带夸张地通报：“方才听到个消息，说汉朝的那个丞相灌婴死啦！”

冒顿闻言，一下子坐起身来。随即又半卧了，问：“啥人接替了相位？”且蛰回答：“尚且不知！”

文帝前四年（前 176 年）十二月、丞相颍阴侯灌婴去世，谥号与曹参同，为懿侯。灌婴在老臣中算年轻的，文帝深为惋惜。他是先夏侯婴四年、先周勃七年而去。

春正月，御史大夫张苍继任丞相，张苍即“张仓”。此前，接替任敖为御史大夫的平阳侯曹窋，因起初对诛灭诸吕持消极态度而被免职。

张苍本为秦朝御史，职责是主四方文书。日常听政事记疏言，立在朝柱下作记录，故此一职又称柱下史。西周时，御史为侍从属吏。春秋战国为史官，因侍从君主左右记录国事言行，故为亲信之职。秦代常被派遣监察郡县、军队，或委派收捕罪犯、调查审理重大案件，并置御史大夫为长。汉御史大夫四十五名属官中，三十人由御史丞统领留御史府，负责监察考课百官政务；十五人为“侍御史”，由御史中丞带领入侍殿堂，此类差遣各有不同但职权尤重。

张苍因获罪逃归。项梁时，沛公过阳武，张苍以宾客的身份跟从。其后在攻打南阳期间违法当斩，解衣伏质，恰遇王陵与刘季商谈合作。王陵惊讶其身材高大体肤雪白，认为是美男子，告知高祖，张苍由此而获得赦免。此后，张苍一路随入武关，到咸阳，入汉中，还定三秦，以恒山郡守斩获陈余。后任代相、赵相，复任代相，从高祖攻臧荼有功，封北平侯。其人可谓重量级学者，好读书无所不观，博闻广识学理贯通，尤其精于用算律历之学。自高祖至文帝，大体算得上天下初定，将相公卿全都出身行伍，而行伍中这样的人才殊为难得。

萧何担任相国期间，张苍因“明习天下图书计籍”而担任计相，居相府，主管郡国上计。一月后，“计相”更名为“主计”，张苍在任四年，成为萧何的得力助手。所谓“上计”，就是对全国各县、郡国的户口、垦田、税赋征收及钱谷出入作年度统计，是皇帝考查地方政绩和朝廷主导经济发展的重要依据。“计籍”也作“计簿”，就是郡国向中央政府造册上报的经济及相关数据。在此期间，张苍订正律历，制定律令及百工操作标准规范，并有专著十八篇谈阴阳律历。所以汉朝一提到律历，就必然归结到张苍。

刘长立为淮南王后，张苍为淮南相，后积极参与诛灭诸吕，共迎刘恒登基。他对救命恩人安国侯王陵感激备至，一旦地位高了，日常对待王陵更如同父亲。王陵在辞官的第十个年头去世，算算已经四年了，可张苍每次来长安朝见毕，还都要沐浴更衣去给王陵夫人请安敬食，然后才回府看望家人。

刘恒组织讨论官员任用问题。议及贾谊，皇上的意思是让他担任公卿级别的高级职位。然而有不少大臣提出异议："这个雒阳人啊，年纪轻轻刚刚学了点东西，就充满掌握大权的欲望，岂不搅乱了朝廷的秩序？"朝中的既得利益集团不待见，再观察贾谊积极建言论辩活跃的态度，刘恒的心理受到了影响。既然难以任用，也便日见疏远，干脆派到长沙王那里去当了太傅。其实，这世上希望获得地位的人中，有些主要是想借以施展学问和能力，有所贡献，这叫"抱负"；而更多的则出于对权力和利益的追求，是一种单纯的欲望。两者很难区分，用人的理论和实际也很难统一。

波吐戈尔何许人也？原来他正是来自盐泽的孑拉尔。由于久已从枯末折那里听到月氏王庭西迁的故事，父亲已孑拉勒亦可旁证，月氏人苦难的经历便日益镌刻在他的心头。出于这种关注，他在得知匈奴西征的消息后，便赶紧告诉了枯末折。枯末折返回月氏，他本有意随在月氏王身边，但被拒绝了，要他去忙自己的，打仗的事千万别掺和。不料只身路过冷海子，却恰巧赶上月氏、乌孙两军对峙，便有心看个究竟。至于"敦薨浦野人""穿山甲"云云，那都是他根据塞人的遭遇和传奇现编的。但就这编造中，他却不期然被提醒了，转而站在塞种的角度想象了月氏，不由得乱了心思。

对于乌孙昆莫猎骄靡的亲近，他本觉得莫名其妙。但就在保持距离的过程中，他却从对方连续不断的善意举动中，逐渐获得了关于乌孙人的具体印象。耗过一阵子后，这个总是与孤独为伴的世外之人终于抑制不住内心的好奇和探求冲动，让自己接近猎骄靡。有了开头，热乎劲儿便来得快，从此隔三岔五地与步广复仇六子往来，成为乌孙各营中的常客，连岗哨见了也都不问，任其自由走动。

然而随着这种亲近与信任的深入，他的内心也产生了极大的矛盾。原本，匈奴在他的心目中就是邪恶的化身，可当他接近到咬牙切齿的乌孙将领时，却切身地体会到了他们心底的伤痛。由此，月氏人也就与匈奴一般无二，这便与他所敬重和信赖的枯末折的形象发生了歧义。猎骄靡昆莫远途来找大月氏复仇，这他已经能理解；可匈奴人来西域做什么呢，乌孙人却又与匈奴人站在一边，这种复杂性给他带来了深深的疑惑。

这一天，孑拉尔又与步广一起听军中歌手的弹唱。龙勒有军务没来，步广知道他是带着选拔出的将士去甪勒支那里接受培训。鱼泽、池头、渊泉、干齐却都在座。

…………

狼入羊群，敌骑践踏了乌孙的草原。
牧场被抢夺，难兜靡的鲜血与籍端水一起流干。
月氏鹰瞵鹗视蓄谋已久，我莫能敌。
风暴来临牧群无依四野流散。
……
夫人藏好玉佩，抱起熟睡中的小王子。
是昆莫用生命赢得了宝贵的时间。
母亲选择逃亡并非苟且偷生。
怀抱中唯留乌孙的希望和王室的血缘。
箭飞如雨，卫士纷纷坠马。
追兵将至，生死只在瞬间。
冥泽茫茫无处得以躲避。
情势危急，保住王子是夫人唯一的信念。
乌云笼罩天地一片昏暗。
脚下无路，到处是沼泽泥潭。
风声如咽敌骑追逐如云。
夫人下马泪洒故土最后的湖岸。
……
灌木低矮片片垛垛相连。
玉佩在手，铭记昆莫临别的嘱言。
草丛纷乱可能藏匿来日的期冀。
孩子的襁褓里，有父母遗留的永恒温暖。
夫人上马飞快地逃向湖边。
孩子的前额上留下了母亲含泪的挂牵。
最后一名卫士仿佛从天而降。
用年轻的生命遮挡住嗜血的利箭。
夫人策马走向海子深处。
让命运驮载生命融入无际的彼岸。
水波起伏是灵魂失落的眼神。
向祖先的草原上播撒无期的遗恨与眷恋。
…………

步广、鱼泽、池头、渊泉、干齐五兄弟的眼里已经溢出了泪水。年龄最小的干齐忍不住哭出声来。这一下，引得满座皆悲。

“你们兄弟再别这么伤心啦……”波吐戈尔想要劝解，但一句话出口，自己喉头也有些哽咽，后面的话便即收了。原本他是想说眼下不正在找月氏报仇嘛，可立即想到了枯末折，便把话吞了回去。

步广偷眼看鱼泽。鱼泽会意，立刻在座中行礼说：“我们早已体会到穿山甲兄弟的这份情谊……前，前次怪我性急，过于唐突，多有冒犯，还请兄弟多多原谅！”

波吐戈尔一愣，随即领会了他的意思，连忙说：“都过去这么久了，还提那干啥？其实也是我没见过世面，器量小，害得昆莫屡屡在岛上、岸边守候，现今想起来这里就臊得慌！”他拿手指指心口窝。

步广说：“都是兄弟了，都别这么纠结啦！”于是接着听那弹唱。

大人步厩苦战难支一路落荒向北。
坚守是死，草原不能失去复仇的根本。
生命还要延续，生存的法则包括流亡。
北山贫瘠荒芜，无争之地或可栖身。
烟尘散尽敌骑已经远去。
方才的战斗为何那般牵扯人心。
离开躲避的丛林，驱马凭吊湖岸。
波光与天相接如有神明指引。
天空阴沉，云层覆地如毡。
光芒一柱惊醒满目混沌。
百鸟翔集，树梢弥射虹霓。
狼群散漫，母狼温顾缱绻。
大人惊异，驰马独自近前。
灌木丛中长草遮蔽鸟飞无痕。
就在群狼缓缓离去的地方。
襁褓中露出王子恬静的小脸。
乌鸦啄食且为一刻供养。
母狼哺乳生命独承天恩。
大人托起襁褓，众人惊喜万分。

镶金的玉佩是王位继承的遗讯。

……

一阵静默过后，波吐戈尔问："猎骄靡昆莫到底是人还是神？"

这一问显然是提醒了帐中所有的人，竟然都回答不上来了。这时，帐帘掀动，前后脚进来两个人，步广五兄弟连忙跪起行礼，孑拉尔却不认得。

进来的是曳当和龙必赤，当下坐了。孑拉尔看出来的是匈奴人，便起身告辞。曳当本已有龙必赤预先打过招呼，但口中却还是问："这位小兄弟是谁，为啥见了本将就急匆匆要去呢？"孑拉尔听了，觉得这位大人态度和气，反而感到了局促。步广介绍说："塞人波吐戈尔，昆莫的朋友，也是我兄弟几个的朋友！"龙必赤附和道："我也早就听说过，只是今日才第一次见到，看上去果然让人亲近！"曳当于是说："那本将先告辞了，不能打搅了你们兄弟的兴致！"说罢就要起身。步广连忙挽留，说："我们也是三五日一聚的，将军却不常见到，怎能就走！"

曳当注意到了歌手，于是问："刚才弹唱的是哪一段？"步广才要回答，龙必赤却稍稍抬手制止，说："我来猜一猜……唔，肯定是猎骄靡昆莫的那一段！"步广说："正是！"曳当来了兴趣："我也正想听听呢！"龙必赤却建议："这帐内想是都反复听过了，莫若来一段客人未曾听过的，但愿这不曾冒犯将军！"曳当说："也好，昆莫的那段我自请歌手到帐中去弹唱，也好静心体味！"于是，龙必赤说："有一段却也与曳当将军相关，弟兄们不如趁着当面听来，必将另有一番感受！"步广赞同："这太难得，十分难得呀！"于是问孑拉尔："穿山甲兄弟可有兴趣？"此时哪由得孑拉尔，可面子上的难题却交给了他。谁料，曳当却打岔道："为何便唤作'穿山甲'？"龙必赤接口："听说，这位兄弟在山岭中行走，攀壁跨涧如履平地，非一般人可比！"曳当点头："果然是穿山甲，改日定当请教！"

于是歌手重新开始弹唱。

溪水潺潺流不尽心中的眷念。

沽衍渐远马蹄徘徊不前。

越过了大幕王子再难回首。

眼前的山谷划分了日与月的界限。

……

阴云四合，大地暗藏惊惧。

狼虫环伺，林中动荡不安。
雷声裂帐，骤雨夹杂着马蹄的轰鸣。
急难时，是牧女用歌声把信念点燃？
……
闪电频连，草原如弓丛林似箭。
弯刀划开黑夜，骏马已经脱弦。
失去了缰绳生命去向何方。
大地随波逐流，灵魂在风暴中震颤。
……
天将黎明风停雨息脚下充满泥泞。
后退无路，前途一望依旧深邃无边。
死亡擦肩而过，思绪终究徘徊。
命运起伏心在漂泊，王子祈告上天。
……
灌木丛掩护了逃亡，也遮掩了隐秘的伏击。
刃与血相搏，惊悸着末日的宿命。
弓弦齐鸣，箭雨中突现乔装的骑队。
勇士犹如天降，力挽狂澜于绝境。
……
逃离了山谷，王子未曾脱险。
卫队长以血肉之躯遮挡疯狂的追兵。
太阳升起，草滩上激战未已。
灭顶之灾却已经在刹那间降临。
…………

大段令人震撼与感动的唱词，足以使听者失去立场，孑拉尔已经深陷在情节之中。他只接近过一个月氏人，但却拥有由父亲传承下来并亲身感受着的尊敬和友情，那是在世外水泽边，无法与争战联系在一起。不久前，他又切近地结识了一群乌孙人，在战地的交往中理解了他们强烈的复仇意愿，可也能感受到他们对于匈奴人的抵触情绪。正因为如此，他才怀着矛盾的心态，在猎骄靡之外也逐渐与复仇六子往来，感情日益融洽。现在，他又面对着原本听说但从未接触过的匈奴人，但印象中许多狰狞的面孔与眼前曳当将军的和善大度形成了强烈的反差，终究令内心无所适从。唯一的疑问在于匈奴为何掺和乌孙的事，也来征讨大月氏。此时此刻，一旦接受了史诗中惊心动魄的情节，过往的信念便在瞬间土崩瓦解。对大月氏朴实而抽象的同情岌岌可危，枯末折的形象便开始游离，只不过一位隐居世外的闲适长者，再也无法与那个勒索人质并阴谋杀害匈奴王子的月氏融到一起。

曳当和龙必赤告辞去了，孑拉尔的心中却留下了惦记。他问："是啥人那样机智勇敢，在绝境中救应了王子？"步广笑了，说："领头的勇士你方才见过！"孑拉尔惊讶地问："难道是曳当将军？"步广点头："正是！"孑拉尔内里敬佩之情油然而生。又问："那名卫队长真的死了，真的是自杀了？"步广沉默了，却是鱼泽回答："那是侥直那将军，他的忠诚令人敬佩，但在单于父子之间无法作出选择！"这时，却听步广叹了一口气。孑拉尔在心里惋惜着，也被深深震撼着。

枯末折退居敦薨水上游，但在广阔的草原上，他手中兵力显得捉襟见肘，只能准备着在必要时退守伊列水上游。可没想到，匈奴军并没有来攻，所有人马都只聚集到焉耆待命。有消息说，飞沙山口和野果谷那边，匈奴军依然寸步难进，他终于能松下一口气来。眼见得大雪封山，即便再有战事，那也要等到明年五月之后了。于是，他打算安稳地猫冬，到开山后，如不得已便退居伊列水上游，选择在高山峡谷的险要处设阵阻击。

右屠耆王且蛰首先抵达飞沙山口稽粥的营地。眼前不是在"飞沙"，而是在飞雪。风吹横了干燥细碎的雪花，打到人脸上生疼，倒也跟飞沙差不多，区别只在于冰刺与灼烫。

稽粥略显神秘地请且蛰观看一种新奇的表演，难氏臂上托着猎鹰陪同在侧，拔禾特护卫左右。他们冒着风雪来到一处略微背风的隐秘山坳。兜合卢、勿忒古、莫奇卜迎住，说是到地点了，可且蛰却看不出有什么异样，他们身边也没有几名骑士跟随。

到底要做什么呢？就在且蛰疑惑间，只听莫奇卜一声呼哨，对面的山坡上发出"唰唰"的声响，随即雪雾腾起，有数点黑影突然飞弹而起，落地后顺着积雪的坡面箭一般下滑，犹如雪崩一般。且蛰不知发生了什么，很是吃惊。只片刻，那些黑影已经借着惯性飞快地聚集而来。且蛰看懂了那都是士兵，个个儿脚踩两条儿什么，手里却掂一根棍棒。等看清时，却不是武器，而是用来一左一右地撑雪。

且蛰大致看懂了意思，便问："那物什叫个啥？"稽粥面露得意之色，却是难氏代替回答："太子给起了个名，叫滑雪板！"且蛰问："这两手都占着，却如何应付敌手？”稽粥于是朝莫奇卜抬一抬马鞭，莫奇卜又发一声令，滑雪板便切着雪坡溜开去，士兵们在滑动中把那撑雪的棍儿抡起，倒也是一把很长的兵器。须臾，一手持棍，一手拔出刀来，便又是一番厮杀的劲头。等这一拨过去，接踵而来的是前后两人，踩在同一块更长的滑雪板上，前一人撑那杆子，后一人却扯出弓箭，瞬间弦声响起，箭便飞攒向恰巧从山顶的林中滚落的一个黑团儿。

“只好训练得娴熟了，这后一人立在滑雪板上，跟骑在马上没两样，使刀比放箭更来得顺手！”稽粥解释。又说：“行军赶路时，也是能两人撑一块板的，力量大，速度更快！”且蛩点头，用称赞的口吻说：“太子从哪里学来这一招，月氏人也会吗？”又是难氏代为回答：“是太子从金山那边山里的壁画上学来的，当地人也用这法子来追赶猎物。太子是动了大心思的，还亲自动手制作，试来试去，改进了不少，才弄成现在这样！”且蛩说：“此物果然神奇！”

第一百二十四回

沙山口勇士演奇术　野果谷滑板救冥蒙

这时，两名士兵踩着滑雪板，背弯得凑近了坡面，一步步向坡上走来，显得很是吃力。且蛰看时，原来背后拴着绳，把那个挡着箭靶的黑团拽了来。却愣住了，眼前分明是个活人，一侧攒满了箭，还剩下一口气。稽粥看且蛰惊讶，便说：“月氏奸细，正好昨天被逮着，今天拿来派个用场！”且蛰心想：“小子手狠！”

一时有了疑问：“这东西上坡如此吃力，却如何派得实用？”还没问出呢，稽粥手指到处，只见一队滑雪兵滑下一面坡，又借着冲力，再用撑杆加把力，跃上另一面坡，速度未见得减缓。且蛰便问：“若遇到稍陡的山坡呢？”稽粥向莫奇卜示意。莫奇卜便又响一声悠长的哨音，立即见两人踩着滑雪板拽着绳头走上坡来，恰如方才拽活人靶一般吃力。等到在树干上拴了绳头，后面便见两队士兵附着绳索鱼贯而上，倒也十分麻利。

且蛰“哈哈”笑了，却又问：“风若大起来呢？”难氏回答：“太大就没法了；若偶然大些，倒也能克服。”说时间，便见方才依托绳索上来的滑雪兵，撑开长杆，顺着山坡溜着S形飞速而下。且蛰连连点头，十分开怀。

于是脱离开眼前，问：“仅靠飞沙山一处突破，能拿下月氏吗？”稽粥的回答不够利索：“滑雪兵人数有限……”且蛰问：“那该如何办？”稽粥却说：“小侄已命用勒支将军带教官去冷海子，也是向猎骄靡那边传授滑雪术，以便两面配合突破，让月氏人首尾难顾、不相救应！”且蛰想了想说：“我这就赶去冷海子，看看训练得如何了。太子这边等我消息，切莫急着动手，动手则必须大获全胜……还有，千万不能让这些善滑雪的宝贝疙瘩陷于孤军作战！”稽粥笑道：“伯父放心。小侄等也等得久了，不急在这一时。不过，飞沙山口的气候可不等人，后义庐侯已经打探清楚，虽说这里的风从春刮到冬，但一年里也有稍稍停歇的时候，而月氏人仗着雪深阻隔，冬季里最是疏于防范！”

难氏解释说：“小侯也正在把这打听到的气候迹象拿来对比，希望能琢磨出个道道儿，以便借着稍纵即逝的机会闯过山口！”

且蛰叹口气说：“纵如此，总还是要冒大风险的！”

稽粥应道：“伯父说得是，可我风险越大时，月氏人可能就越大意，胜算就在其中！”

且蛰赞同说："算计在人，机会在天，但愿上天能赐予太子好运！"

稽粥以手加胸："感谢伯父的祝福！"

且蛰心里乐道："这小子！"

借着夜晚的月色，孑拉尔驾着自制的马拉爬犁，越过积雪的冰面，进入尚显宽拓的野果谷口。他决定凭着与畋猷将军的交往，去与主将阛榷宸联络。内心却矛盾着，不知道该做什么。因为，他与畋猷往来是经枯末折牵线的，这个牵线只是为了出入月氏境内方便，并无其他目的。枯末折的牵线并不在当面，但畋猷将军却能出乎意料地给予关照，这便令他心生感激。事有凑巧，在与乌孙人的接触中，他却意外听说畋猷在野果谷，心思便又活了。可打仗的事自己到底掺和得还是掺和不得，又能派上啥用场，他心里没数，于是几番想回到原本超脱的状态。这一超脱，却彻底失去了与畋猷接触的机会。正因为总后悔错过了机会，他内心的冲突便越来越难以摆脱。最终，他还是下决心回到初衷上，枯末折毕竟是他最信赖的长辈，而枯末折属于月氏。

山影幢幢，树影森森，马拉爬犁恰似在谷中爬行的甲壳虫。垭口地段山崖如削左右变换，高处和低处的哨所静悄悄，似乎对独行者毫无察觉。道路陡直狭长，回弯却很急，到处没遮没拦，仿佛悬在半空。马前腿伸直后腿下蹲死死地后坐着，不是在牵拉，而是在抵挡下滑的重力，马蹄也只是在滑动。孑拉尔勒紧缰绳，用双脚蹭住积雪，好与马配合着控制爬犁一点点挪动。此时只要稍稍放开，速度便会立即失控。

并不算特别长的陡峭坡道，爬犁却足足移动了半夜。终于到达相对的平缓处，可以松弛一下了。年份特殊，入冬以来才下了几场小雪，因此谷中的积雪还不算厚。似此，马走起来本不应很吃力，但只因在陡坡上熬得太久，马已经累了。

慢慢地走，走到天亮，山道渐见敞开。路边设了哨卡，只见就地伐倒的整棵白杨树横在当道。走近了，有士兵出来查问，却是临时向商旅"征税"的。孑拉尔只一人一马一副空爬犁，别无长物。可士兵不依，也不很争执，只不肯挪走那树，你不急，他更不急。孑拉尔哪能真的不急，耗过一阵，便来商量。士兵便说："要么把马留下，人可以走，爬犁也可以拉走！"无奈之下，孑拉尔只好说与畋猷将军熟识，这回是特意来拜见阛榷宸将军的，要他们去通报。士兵们琢磨了一阵，到底不肯理会，说："你专挑已经回王庭去了的畋猷将军说话，却与阛榷宸将军何干？"孑拉尔还真不知道自己与阛榷宸将军何干，甚至也不知道自己与眼前的交战何干，便回答不上来。

盘桓着，挨到近午，孑拉尔没有能得到任何机会，那几个月氏兵也丝毫不为所动。他终于觉得自己真的与这里所有的人都不相干，也不与整个月氏相干，相干的人也都见不着；自己当然也不真是那个波吐戈尔穿山甲，说到底跟谁也没仇没怨。这才回想起枯末折的话，于是决定立即返回盐泽去。

天变得灰蒙蒙，随即下起了雪。这回雪越下越大，风把雪卷向沟谷，快速地蓄积。由于月氏和乌孙两军处于交战状态，野果谷已多日没有商旅来往，连牧民也远远地躲去了。此时，孑拉尔孤身一人陷在谷中，如若不尽快脱离，也许就永远出不去了。

马用力地拉着爬犁，在莫测方向的狂风暴雪中艰难回返。谷底的雪打着飞旋儿聚集，很快从马蹄没到马膝。等拼命地赶到山口达坂下面，雪已经深及马腹。

孑拉尔牵马拱雪努力向上走出一段，便完全窝住，寸步难移。已经没有了别的选择，只能丢下马匹和爬犁，自己设法逃命。他解下绕在爬犁尾部两根木柱上的绳索，然后覆过爬犁来，绳索的那一头却连着别在爬犁下面的一副铜钩上。站上爬犁，定了会儿神，孑拉尔拎着绳钩向空处抡圆了用力一抛，便顺风顺势挂住了崖壁上一棵突出的树干，拽一拽试试力道。随后又从爬犁下面拆下一根顶头留着丫杈的树棍，拿来斜别在背后。

预备妥当了，伸手抚一下马背，说声“伙计，对不住啦！”便带住绳索纵身蹿上悬崖。只三两下，便到了那棵树上。然后再向上寻找可以借力的木石等物，或凭绳钩，或用树钩，反复腾挪。到达崖顶，上面道路稍宽，由于在高处，积雪也显薄了些，但依然难以行走。

可毕竟是在暴风雪中，攀崖的难度增大了许多，要比平常多付出几倍的体力。等攀上两处崖壁，艰难行走又攀爬了一夜又大半天的孑拉尔精疲力竭。地面的积雪已经不及沟底的一半，风也逐渐小了，但此时他寸步难进，只得卧在雪中，一点点挣扎着向前爬行。

转过离谷口最近的一道弯，坡面显见开阔。天空却亮了起来，这才发觉风停雪止，隐约有霞光透出西边的峰顶。孑拉尔稍稍振作，便努力站起身来，但依然靠手腿并用才能向前。

眼看到达垭口，坡面却异常地在抬高。孑拉尔举目看时，前面风吹的积雪堆积犹如达坂，他被惊住了。往前试过一段，雪面已经齐腰，再也无法挪步。垭口侧面延伸着绝壁，这不看也知道，还有余力攀崖越过雪坡吗？显然没有。他瘫坐在雪窝里，内心感到了绝望。

疲弱的霞光已经隐去，孑拉尔感觉随着夜晚的降临，自己将不再能离开这里，直至来年冰雪消融，才能被重新回返山口值守的月氏人，或者被试图突破谷口的乌孙人，还有可能被从这里经过的牧人、商旅发现。有谁能惦记一个孤独的漂泊者呢？也许只有枯末折将军，但他不可能想到自己会滞留在争战之地；那么猎骄靡昆莫呢？还有步广兄弟。若活着让他们在这里看到，还不如……他已经昏昏欲睡。

正这时，雪面上传来了异常的响动。孑拉尔被稍微唤醒了，迷迷糊糊中无法判断那“唰唰”的声音是如何发出的，只觉在雪坡的那头。不一会儿，坡顶出现了几个飞旋的黑影，只稍稍止歇，便如箭一般驰下。并没有任何的想法，求生的本能让孑拉尔抬起了一只手臂。

迎面而来的黑影忽地绕开，随即几个黑影便旋风般转回来……

孑拉尔醒来了。他觉得浑身绵软无力，却很是温暖。突然警觉，猛地坐起来，看时，眼前却是猎骄靡昆莫，目光中充满了关切。于是，便隐隐约约感觉到脱险的经过，知道是乌孙人救了自己，但不明白他们到底用啥方法能救出自己这只“穿山甲”。无论如何，那一定是要冒死的，他内心被彻底感动了。

一场雪连着一场雪，借着未曾停歇的大风，飞沙山的宽阔峡谷几乎被填成一马平川。野果谷沟深狭窄，也完全被大雪封闭。由于冬季生存环境限制，月氏军全面撤销了两处的防守，巡逻也已经终止，只窝在营帐里等待来年冰雪消融再行布防。

月氏右大都尉骐冼也已经被调回王庭。给人的印象是，天子不想让更多的将领闲置在暂无战事的冬季。

并没有人问及孑拉尔为啥冒险去野果谷中，岛上与乌孙军营中的往来却一如既往。反而湖面冰冻坚实了，往来更加便利。终于有一天，他憋不住了，主动问步广：“大哥为何不问我去野果谷做啥了？”步广回答：“昆莫早就说了，我们只是交朋友，哪能管人去哪里！”孑拉尔对这个回答感到惊讶，又问：“如果小弟想去找月氏人呢？”步广说：“兄弟本就天下为家，自然到处都有朋友，自然也要与月氏人来往！”孑拉尔更加惊讶：“大哥怎就知道小弟到处走动？”步广笑道：“昆莫第一次上岛，就看出来了。再有接触，也就感觉兄弟未曾见外，处处说来都露出那个意思。”孑拉尔这才明白自己瞎编乱造的经历，早就被看穿，便显得十分局促。

就这一番话，让孑拉尔回味了好几天。一直没见到昆莫，昆莫这次与步广一起带了许多冻肉、酸奶疙瘩之类，赶着爬犁来岛上看望。见了面便嘘寒问暖，甚至不提那天是怎样把这只“穿山甲”从谷口救出来的。孑拉尔的内心彻底被感动了，但有一个谜必须解开，便主动问：“昆莫大哥怎就知道好端端岛上一个人会陷在野果谷里？”猎骄靡稍稍沉吟，没正面回答，只说：“这岛上原本无人居住，兄弟既在此落脚，若不经野果谷去伊列水，又将何往？”孑拉尔问：“就算是这个道理，但……”步广接了话头说：“我本命人来岛上送些冻肉和酸奶疙瘩，不料发觉兄弟已有离去的迹象。昆莫得到报告，正逢大雪，担心兄弟有所闪失，所以命龙勒带人前去山口察看动静，不料……”

步广话没说完，孑拉尔“扑通”跪倒在地，口中说：“孑拉尔对不住昆莫大哥，大哥是天神，不和野人一般见识！”步广问：“兄弟说啥，你不叫波吐戈尔？”猎骄靡伸双手扶起孑拉尔，说：“是兄弟就是兄弟，叫啥不重要！”孑拉尔却偏要说。于是，他把心里想的那些事，以及在野果谷的遭遇和盘托出。说完了，这才松下一口气来。

也是出于对月氏人的失望，他坚持要帮昆莫和步广兄弟做一件事，但不知道需要他做啥。但内心断定，最初问的那个“路”对他们最重要。他想到了，枯末折将军不辞辛苦地返回月氏，也是为了守住一条路。幸亏，将军要守卫的不是野果谷，否则，他真的会十分为难。

使孑拉尔感到意外的是，昆莫不再问任何事，这便使他心里困惑，困惑得发空。于是说：“反正你们曾问我如何能过得野果谷，我说只要牧人能走，骑兵也就能过得去！”又说：“野果谷无论如何是走不了！”他伸手向野果谷侧面的山坡指了指，接着说：“我随牧羊人去过那边山里，曾在好几个牧场停留过。牧群出入不一定都要经过野果谷，不过那边的路要远许多，又很难识别，除非有牧人带路。大雪封山了，牧群都已经下到冬窝子，这半年肯定不会有人往那边去！”

来自盐泽的孑拉尔，多能和纯粹因蒙昧而令人可怕。

冷海子附近的山中，由龙勒牵头的滑雪训练随着积雪增厚，也开始进入正式阶段，步广也有意参与其中。角勒支和他的助手们虽然积累了一定的教练经验，但毕竟这边启动晚，前期准备远不如飞沙山口充分。尤其野果谷口落差极大，坡陡弯急，这难度便难以想象。通过多次模拟，首先证明在那样的狭窄陡坡上一个接一个地飞速滑行，会带来整体的危险；更加无法克服的是几处急回弯，几乎无一可免坠落悬崖。假如有部分能手侥幸下到谷底，但终究会成为月氏军的猎物。

滑雪技巧并未能绕开野果谷的旧难题，可时不我待。正在为难之际，孑拉尔的意外获救，给奇袭带来了可能，乌孙军训练的信心和劲头得到了恢复。

已经开始制订迂回计划，根据孑拉尔的描述，一张详尽的路线图摆在了猎骄靡的面前。为了让参战的将士人人了然于胸，龙必赤与角勒支在进行秘密训练的山坳里，用雪精心堆积出全程的地貌，其间行进路线、风口、危险路段、可供休整的牧场，以及临时避风和歇息的地点，尽皆标明，毫无遗漏。

这一日，步广、龙勒与孑拉尔一起喝过了酒，送他回岛。出营未远，却看到有将士在嬉戏。凑过去看时，原来雪地上粗粗堆着地形的复制品。孑拉尔溜过一眼，脱口赞道："真是太像啦！"龙勒却说："像是像，这么随便堆着玩，也只不过像而已，不能当真的！"经这一说，孑拉尔倒看得仔细了。看过了点头："哪只是像，一点儿都没错！"步广却催道："别磨蹭啦，让穿山甲兄弟早点回去歇了！"

就这瞬间，孑拉尔忽然意识到了什么，有些后悔了。可仔细想，就凭行程漫长，又大雪封山，论天降神兵也无法从这山间走过。即便天暖开始转场了，道路也泥泞难行，更不能有雨，可山里偏偏雨多。这么想，心里也就慢下来。说到底，他不知道自己是如何从谷口被营救的。

眼前的事实似乎证实了孑拉尔的想法，乌孙军始终滞留，未见有任何举动。

转眼已经是文帝前五年（前 175 年）。四月中原已经入夏，皇帝下诏铸造四铢钱以替换高祖时推行的荚钱，并废除私人铸钱禁令。这一举措，从经济大局来讲，是为了改变"物价腾踊，米至石万钱"的现状；但允许民间自行铸钱，在刘恒心中却存在明显的私念。原因是太中大夫邓通正受到宠幸，刘恒赐予蜀郡严道县的铜山，使其巨富。分享政策便利的有吴王刘濞。吴国境内豫章郡也拥有丰富的铜矿，这便造成了"吴、邓钱布天下"的畸形局面。

贾谊上书列举了私人铸钱的种种弊端，但也指出如果禁绝措施不当会带来负面影响，这是给圣上留点面子。他提出建议，就是由朝廷控制铜的流通。贾山也认为，钱币本是无任何价值的东西，但却能用来换取富贵。这个权柄应完全由君主操纵，让民间与君主共操一柄，这绝非长久之计。然而，刘恒对这些意见置若罔闻。

最初，代地被一分为二，皇子刘武为代王、刘参为太原王。这一年，改封刘武为淮阳王、刘参为代王，代国故地也就被还原了。

进入四月，山麓天气开始转暖。在匈奴右屠耆王且蛰的统一协调下，滞留飞沙山东南口的匈奴稽粥部和被阻于冷海子的乌孙军仿佛从冬眠中醒来一般，先后发起了攻击。之所以拖延，是因为且蛰担心两支滑雪军在突袭得手后，因后援不至而分别陷于孤军奋战。如此拖延，一足以让月氏军充分麻痹懈怠，二则若不出意外，冰雪随即消融，两路主力便可以最快的速度进入月氏境内。

稽粥把大队交给了难氏和勿忒古，下令只等山口地面能行，即使冒着大风也要尽快跟进，以便投入全面作战。其中经过滑雪训练但在优选中被淘汰的三千人，也被建制性保留着，由兜合卢带领继续训练待命。他们将利用下一个天气窗口，首批出动增援。

五千人滑雪突击队由稽粥亲自率领。无论难氏和将领们如何劝阻，他只是不听。结果来了个折中，由莫奇卜为先头突击，他随后压阵指挥。为了太子的安全，临行，难氏对卫队长拔禾特千叮咛万嘱咐。

这一日，风暂歇了，雪还在下。月氏飞沙山口主将辘契走出毡帐，抬起手掌接住下落的雪花。以往常的经验看，这已是寒季末尾的最后一场干雪，之后积雪便开始消融，再下的雪也只能是湿乎乎黏结着，落地便逐渐留不住。

漫长的冬季即将结束，大雪封山时后退驻扎飞沙山口西北的月氏军，开始了放哨和巡逻，但仅此而已。对面的匈奴人到底做了些啥呢，主将辘契不得而知。但无论如何，他还是要提前做好作战准备，于是派人去王庭，要求调回副将骐洗。

离军营稍远，积雪依然很深。但在营区及附近，马匹和人的活动，把大片的雪地踩得凌乱不堪。

刚刚接到通知的大小将领们陆续向主帐集中，都知道是要部署开春的防守了。会议开得不紧不慢，防守是一个习惯的话题，而交战却是一个难以触及的议题，没人认为在深深的积雪中或漫天风沙中，能进行任何形式的大战。因此，设想对方如何进攻和己方如何应对进攻，都成为极大的难题，多数将领，特别是基层的将领，甚至懒得费这心思。

难得的微风天气，将士们纷纷出营活动。及午，山口方向上传来嘈杂的声响，这是一种不熟悉的声音，类似风但又不像风。声响越来越大，就在辨别和犹豫之中，感觉已经来得近了。为防万一，将领们纷纷传令做好迎敌准备，可也没人相信匈奴人能施展什么法术越过戈壁上足以陷没人马的积雪。

辘契得到了报告，也听到了奇怪的声音。他无法感受到马蹄造成的地面震动，那声音却鼓荡着气流，倒好像风暴即将来临。可抬眼看看天空，却找不到风暴的影子，连迹象也没有。他感到了恐惧，恐惧的气氛也在整座军营中迅速传播，灾难即将临头，但谁也不知道那是什么灾难。

第一百二十五回

将士守土血战未已　王庭远虑旧策弥新

果然，茫茫雪原上似有沙暴滚滚袭来，这超过了以往任何一个冬季的经验，完全不可思议。山麓积雪已经偏薄，这给月氏人提供了逃生的机会。士兵们已经上马，当“风暴”果真降临时，他们没有躲进毡帐，而是自然地选择了回身奔跑。

雪地阻滞着马匹的奔跑速度，但却为滑板减小了阻力，弓弩更让滑板如虎添翼。奔逃的月氏军被成批地射倒，他们开始向两翼散开。然而，滑板包抄的速度无可回避。如雪崩般的匈奴以一当十，转瞬便织成一张穿梭般的大网，试图把数倍于己的月氏军网成一堆儿。

眼看局面已经失控，辘契却发现匈奴军并不靠近，只围成圈在飞速的滑行中施放箭弩，靠这种战术把自己这边的人马向一处挤压。闪电般的速度和频繁的内外交叉，令他无法判断对方有多少军力，但也逐渐看清了，那些匈奴人的脚下踩着一种类如爬犁的长条物，手上还不时用长棍撑地。

就在这冲击和挤压的过程中，有匈奴军开始放弃滑行，骑上跑散的月氏战马。辘契终于明白了，匈奴人只是乘着难得的大风雪间隙，借助那个可以浮在雪面上的神奇“爬犁”飞速地越过了山口，展开突袭。但凭自己的观察，站在那“爬犁”上绝对无法与战骑近距离面对面较量。于是，他下令将领们控制自己的部下，等稍稍有所集结，便当先率战骑向最近处的山丘突围。只要冲开一个缺口，进入起伏的地段，战骑便可能比那“爬犁”更易于施展。

无奈松懈已久又突遭袭击的月氏军，一时间无法恢复斗志。他们随在主将之后冲突，也只出于逃生的欲望。不料匈奴军又使出另一种战术，他们飞快地靠近正在奔跑的月氏兵，突然起手挥动那根长棍把骑手扫落马背，然后飞身上马。

匈奴滑雪兵个个强悍，身手不凡，又为这次突袭做了充分的战术和心理准备。但山口月氏守军毕竟在人数上占据着绝对优势。辘契带领大部避入山丘地，匈奴军便不敢冒进，两军进入对峙状态。

天黑收兵。月氏军眼看着那些滑雪兵挥舞手中的撑杆作一个回环，随地势下滑又上冲，仿佛鹿群腾跃着离去，个个惊得呆若木鸡。

这一夜，匈奴军住进月氏营帐，享受留在那里的给养，而月氏军只能在山丘地的冰天雪地中露宿，面临饥寒交迫的困境。这里是浅山地带，地势变缓并次第降低着海拔高度的山岭间，分布着大大小小的谷地，其中一些十分平坦宽阔，但地形总体却十分复杂。

辘契毕竟是经历过月氏荣衰迁徙的老将，尽管败退，心思却一刻没有离开山口。“天险”失落，来日月氏举国即将被迫与强大的匈奴战骑在草原上作硬实力较量，结果可以想象。因此他不能败退，而是必须展开反击，消灭这支看上去只是轻装突袭的匈奴军。其实退也难进也难，因为匈奴军在雪地的滑行速度惊人，一时还难以弄清那是使用了什么法术。

刻不容缓，辘契立即派人向附近的部落征集给养，同时紧急调兵前来增援。他反复琢磨，如何能让那滑行失去优势？

阘榷宸守在毡帐里，其实是外松内紧，畋猷调离后，他便亲自掌控着野果谷口的防御，只不过没有直接住到那里去。及至大雪封山，提前把守军撤出前沿，那也是不得已，但时机把握十分精准。按常理，飞沙山口和野果谷的防守都可谓万无一失，但兵贵出奇，匈奴和乌孙两军联袂上演的滑雪奇兵，实在是超出了辘契和阘榷宸的经验和想象，也超出了那个年代的经验和想象力，因而可以被视作不可预知和不可抗拒。与飞沙山口失守相差无几，乌孙滑雪军在步广、角勒支、龙勒的率领下，突然现身野果谷南端，袭击了分散的驻军，从那里夺取战马，反手把阘榷宸部封堵在山谷内。

野果谷内月氏守军并无损失。凭阘榷宸的胆气，他内心从不畏惧，只此刻存在难解的谜团。即便对手能找到迂回的道路，可那种平时也足以让外来者望而却步的深山牧道，乌孙人怎敢在大雪封山期间冒着九死一生的危险偷渡呢？其次，畋猷已经有预防，冷海子那边没有遗留任何一座毡房，这些只有当地少数牧人才能识别的牧道，乌孙人却是如何在大雪覆盖中找到的？思来想去只有一种可能，那就是畋猷有所疏忽，但只是疑问，并无证据。

真正让阘榷宸着急上火的是，偷越的乌孙人若有足够的力量，王庭便将遭到直接威胁，野果谷的防守也相应会失去意义。那么，当务之急是突出野果谷救援王庭，还是继续坚守野果谷呢？作出判断很难，作决定更难，但时间不容耽搁。首要前提是弄清对方的实力，这便与辘契在同一思路上。随后的问题是，如若在境内与匈奴和乌孙两支远征军决战，胜负将如何，月氏族群的出路又在哪里呢？这似乎回到了河西时代的困惑。他之所以想得这么切近，是因为野果谷与飞沙山口的战略地位有一定差异。野果谷是从天山北坡进入伊列水河谷的咽喉，其南口处于伊列水上中游的通行要冲地带，所以，阘榷宸等于替王庭把守着门户，在进退问题上没有多少回旋余地。

答案之一很快就找到了。败退到谷中的将士共同描述了一种“神器”，乌孙军就是踩在这种神器上箭一般地浮着雪面飘过来的，让人猝不及防。阛榷宸弄不清那是什么东西，军营中却传说乌孙人得到了神的帮助，这便使将士受到了震慑。

此时，留驻冷海子的匈奴右屠耆王且蛰尚不可能得到滑雪军的任何的信息，虽然对两处的奇袭充满信心，但也攥着两手心的汗。猎骄靡有时会陪同一旁，双方没有过多的流露，内心的担忧多为意会。且蛰发现，猎骄靡总喜欢单骑到冷海子边，在那里徘徊，迟迟不归。

这一日是且蛰主动提出，要猎骄靡陪他到海子边散散心。冷海子的冰壳已经变薄，看上去整个湖面破碎不堪。抬眼看，他们都在推测野果谷那边正发生着什么？猎骄靡却也不时注视最近处的小岛，对着小岛愣神。

且蛰把目光转向猎骄靡，似是自言自语地问：“山里的雪何时能化个差不多呢？”

猎骄靡惊醒，抬眼看看天空，尚且微弱的阳光已经能给周身带来一丝儿暖意，于是回答：“估摸就这几天吧！”

且蛰说：“大军要想越过飞沙山口和野果谷，依然各有各的难处呀！”

猎骄靡半晌没有回应。他放马向前，马蹄踏进冰冷的水中，随即便缩了回来。

“穿山甲已经好一阵子没过营来了，这时节水上行走也十分困难……”

没等猎骄靡说完，且蛰便问：“想是大队绕道深山毕竟费力，若能直接穿越野果谷更好！”

猎骄靡说：“那样恐怕要被耽搁了，会让滑雪军陷入围攻之中。到底如何，还是要看步广、角勒支、龙勒三将如何对付阛榷宸了！”

“既如此，为何还想着那个穿山甲呢？”且蛰问。

猎骄靡回答：“只惦记罢了，没再有多的指望！”

且蛰感到诧异，问：“那是为啥？”

猎骄靡回答：“孑拉尔虽自己弄不清到底要做啥，但这回原本是因枯末折和畋猷而滞留冷海子，与奔月氏没啥两样，可阴差阳错却帮了我的大忙。他生长于僻野又久居世外，对这世上的事情不甚明白，恐怕没把枯末折、畋猷与月氏完全想到一处。也许他现在想到了，后悔了，再也不想见我和步广兄弟几个了！”

且蛰说：“那你还惦记啥呢？”

猎骄靡说：“我好像是耍了他。他太纯真，只重感情。而我们正是利用了这一点，所以心里有所不忍——”

且蛰笑道：“你如今是昆莫，哪能总把这点事放在心里呢？”

猎骄靡摇头："昆莫也是人，也是由父母养育长大的呀！"

这种不搭边的回答令且蛰无法再说什么，但他却隐隐约约感到了猎骄靡另有心思，只是在言语中把不同的情感混杂在一起，心里乱着呢。

过了一会儿，且蛰用惯常的长辈口气说："记住伯父的话，是昆莫就不能牵挂太多，要拥有像你父单于一样的意志！"

这是一句有感而发又思虑长远的劝导，可以说是昆莫的意志对于一个小人物的歉疚牵挂，就像天空大地对于一滴水的关注，彼此并不排斥，右屠耆王却为何这样说呢？如若意不在此，那就是借题发挥。猎骄靡第一次在理解"昆莫的意志"，却更感到孑拉尔就像一粒沙尘，顷刻间就要被风吹去；就像一粒雪花，随时会融化得无踪无影。

"他若能早早离去，就更好！"猎骄靡说。

稽粥不肯让对手有喘息的机会，但也担心自己有限的兵力让辘契看透，这在进退之间就极难选择。尽管难以选择，他也必须利用突袭创造出的旺盛士气憋着劲去冲击，以攻为守控制住山口。

匈奴军以滑雪和骑战方式交替变换，相互配合，接连发起攻击。月氏军起初很是恐惧，但不出两日，辘契便找到了简单应对的方法，下令部下只拣朝阳的坡面和地表丛杂处驻扎，让匈奴军的滑板无以施展。这种规避和减缓对方攻击方法，也磨炼了部下的心理适应力。随即，他利用境内后方广阔、地理谙熟的优势，转向正面主动退却不即不离，两侧则暗中向山口运动。月氏军的士气在迅速恢复，辘契已经确定滑雪来袭的匈奴先遣队人数有限，目的只在控制山口，以便接应主力。他把这个信息传递到了所有的部属，以便提振信心。

虽然风雪时大时小，但挡不住山地草原上覆盖的冰雪日渐融化。这导致匈奴滑雪军的活动范围自然地向山口收缩，快速机动的优势受到了极大的限制。稽粥努力保持主动，每每出击，但被控制山口的目标所牵制，加上坐骑数量严重不足，出手的力度便大打折扣。稽粥明白自己的"胜利"越来越缺乏实质，既不敢离开山口区域又不可能孤军深入，气势汹汹倒好像是武力示威。但开弓没有回头箭，面前好比一个赌局，最终的输赢只看老天了。

月氏军迅速转入反攻，辘契清醒地意识到时间的紧迫性，他需要以最快的速度夺回山口控制权，恢复防守原状。匈奴五千精锐尽管能战，但毕竟只有五千，而月氏军的族群生存危机感已经被唤起，战斗力迅速恢复。

随着天气快速转暖，月氏军的进攻已经不惜血本，异常凶猛。山口阵地进入逐一的争夺，月氏以数倍的代价艰难地换取小胜，而匈奴军则严重减员，被逼得步步后退，战斗变得无比惨烈。

难氏在士兵的护卫下，顶着狂风飞雪站在山口的高处，观察和仔细体味着广阔山谷中的丝丝变化，心里牵挂着野果谷的那头。自从稽粥率滑雪兵出发，他已经失去一贯的松弛心态，只每日掐着指头算天数，度日如年。

渐渐地，他盼来了某种感觉。抬手试一试，猎鹰在臂上站得较为稳当了。过一阵再试试风力，却把鹰放飞出去，张开双翅，只顶风飘忽着。旗手展开号旗，号旗迎风猎猎，但已经能支撑住。

在坡头待命的兜合卢看到了山上招展的号旗，猛地抬起手中长长的撑杆，三千滑雪军便分数路纵队鱼贯顺坡面溜下，洪流般涌入山口。依然有风，兜合卢当先利用地势努力避开正面风曲折滑行，全体都懂得，他们承前启后地奋力出击，或将挽狂澜于既倒。

月氏王庭已经得到匈奴和乌孙军先后越过地理防线的报告，他们使用了一种“神器”，出击迅如惊雷，令人来不及应对。

事情往往是这样的，亲历者和眼见者尚能基于不同程度的客观感受寻求对策，耳闻者却如隔山听风，噩梦般惊悚，反而惶惶不可终日。月氏王庭自西迁后便因失去了强有力的竞争对手而久安于现状，此时疲惫的精神状态和梦幻般的恐惧感彼此搅和，自我营造起动荡不安的氛围。达官显贵醉生梦死，没几人去想前方将士的浴血奋战，避战避祸成为主要的心理倾向；而游牧生活的不确定性带给牧民的习惯是，只要今日有吃有喝便不想明日活路在哪里。草原上信息闭塞，他们对猝降的战灾天灾、水草争端等等已习以为常，虽痛苦但世世代代茫然处之。再大的苦难过去，当第二天太阳慢腾腾升起到山顶的时候，一切便恢复如故。

月氏王召集众臣议事，听大家乱糟糟说过一阵子后，只作了一句交代：“都回去拾掇好了，预备动身吧！”

回到后宫，畋猷已经奉命在那里等候。他坐下，定一定神，吩咐内侍：“去叫小王子！”回头也让畋猷坐了，声调缓慢地说：“我今天只问你两件事，第一，倘若单于有意，伊列水的草原终究是我大月氏的牧场吗？第二，月氏若再度迁徙，大夏之地足能赖以生存吗？”

曾经因放弃河西而茫然和痛苦过的畋猷，已经懂得和理解月氏王的生存策略。他回答："臣已经仔细考察，妫水足以生存！"

月氏王点头："那行，迁徙的事就决定了！"

王子来了，月氏王要他在身边坐下，一起听畋猷讲解。

畋猷展开一张示意图，指道："这是伊列水，这里是王庭的位置，这里是野果谷，这里是飞沙山口。"然后转向西南山中："这里是大宛，过大宛抵达葱岭之西，大山之中便是妫水草原。那里虽比不上伊列水的草原广大，但照样水草丰美，足以供养我大月氏，而且北有大宛为屏障，西有葱岭与城郭诸国阻隔，从此摆脱匈奴侵扰。"他的手在伊播海东南的伊列水流域画过一圈，然后向中、西天山结合部移过阗池、药杀水上游，继续移动，停留在山中。

"这里便是大夏族的地方！"畋猷说。

"那是人家的牧场，能让我们放牧牛羊吗？"是王子在提问。

畋猷回答："王子虽然还年轻，但肯定也听说过塞种。我大月氏西迁伊列水时，并没有费多少气力，便迫使塞人一路退走，原因是他们的族群非常松散。大夏的部族中，就有不少塞种；当然，现今我们的部族中也有。据我的观察，大夏同样也很松散，完全没有能力阻止我大月氏！"

王子的脸上流露出一丝伤感。月氏王没有放过这个表情，说："我儿切记，这就是一个弱肉强食的世道，譬如狼吃羊，羊吃草，我月氏顶多算个吃草的，连这点也不忍心去做，整个部族将何以生存！"转问畋猷："将军说是吧？"

畋猷没想到天子会拿这个问自己，只好回答："为将者的确惭愧，上无力保卫王庭，下无能守护牧场和生灵，也只能做这点事了！"

王子却说："这我懂，都是那匈奴太过强悍。大月氏本实力不济，哪能怪罪畋猷将军！"

月氏王赶紧接过话头："你听说过秦朝吗？月氏在河西时，它就在东边。匈奴被秦朝的将军蒙恬击败，躲在大幕北边一动也不敢动。可等到汉朝取代了秦朝，冒顿单于却把汉朝的皇帝刘邦围困在一座山上，然后又放了他一马。打那以后，强大的汉朝也不得不让匈奴三分，何况我大月氏！"

王子若有所思，问："那匈奴单于既然能放汉朝皇帝一马，却为何不肯放大月氏一马呢？"

月氏王叹口气说："说来话长，这事以后就由畋猷将军告诉你吧！"转对畋猷说："我听说中原的皇子都有专门的老师，还不止一个。匈奴也学着中原，给王子配备了老师。从今以后，你就当我大月氏小王子的老师吧！"

畋猷感到惊讶，才要开口，月氏王做了个阻止的手势，对王子说：“听说中原有个规矩，对老师是要行跪拜礼的！”

王子领会，便在座中跪起，朝畋猷欠身行礼。畋猷连忙回礼，口中说：“末将如何敢当！”

月氏王点头表示满意，然后对畋猷说：“请老师再说说大夏！”

畋猷便接着说：“所谓大夏，只不过是一些部落总的称谓，人口众多但并非一统，上无君长。民唯善商贾而兵畏战，故我大月氏若前往，必能于举手间令其臣服！”

王子问：“依老师所说，大月氏此次若居大夏之地，则不必像之前月氏对乌孙、匈奴对月氏、月氏对塞种那样，只与其各个部落和睦相处，行吗？”

听此一说，月氏王和畋猷都感到惊讶。月氏王问畋猷：“将军以为如何？”畋猷回答：“依臣看，主动权在大月氏手中，天子说行，那就行！”

月氏王抬手捋一捋个字胡，笑着说：“既然我的小王子是这样想，那还能不行？”

畋猷说：“我欲臣服之，冲突也是免不了的！”

王子瞪大了眼睛：“那就是说，还是要打仗！”

畋猷解释说：“依照王子的意思，就尽量少打，打也是不得已。只有让大夏的酋长们知道大月氏比他们强大得多，不可战胜，大家才有可能坐下来商量。有商量，才可不战！”

王子问：“老师的意思是，尽量用小战达到不战的目的，但不可能完全不战？”

畋猷回答：“王子说得不错！”

王子无奈地笑了：“是将军……是老师这么说，哪是我说的呀！”

月氏王转对畋猷说：“将军可派人秘密去各部落，通知酋长们，利用转场的时机组织牧民向南边山里汇集，要不动声色，暂且不要做任何说明！”

畋猷领命。月氏王补充说：“后续的事，就由将军与王子商量着办吧，我就不再过问了！”

王子感到吃惊，正要表示疑问，被月氏王抬一抬手制止了。

飞沙山西北口最后的阵地上，血雨随微风飘洒，首发的五千匈奴滑雪军已经伤亡大半。月氏军攻势愈加猛烈，辘契没有后退的余地，他必须尽快地消灭敌人以恢复山口防守，否则后果难以想象。更刺激他神经的是，匈奴太子稽粥就在眼前，如果拿下此人，抵御匈奴入侵或将事半功倍。这使他不由自主地联想到了当年的人质冒顿，真不知所遭遇的是祸还是福。

眼望已经是平坦的山口地带，这意味着匈奴突击军绝不能再后退一步。激烈交战的坡地上，日融夜结的积雪被血渍浸染，已经参差斑驳。稽粥立马山头，看双方将士马上马下跐溜着恶斗，自己一方单兵战斗力分明居于上风，但怎挡得月氏军前仆后继如蚁而至，源源不断。眼见阵线在一点点后退，身边已经没有多大的回旋余地，他几次想冲下山去，都被守在一旁的拔禾特阻止了。

第一百二十六回

残雪阵上有进无退 流水营前欲战还休

辘契急于结束战斗，在最后的关头亲率生力战骑冲上山坡，局面已经十分危急。稽粥对正在指挥阻击的莫奇卜说："眼下这形势，要想继续坚持，只有擒得此人。我正想他呢，他却来了！"说过，便驱马向前。

莫奇卜闻言，只道一声"太子且慢"，已飞马直取辘契。辘契见突然来了个对手，却待迎战，又被内心里一种紧迫感催促着，生怕耽搁了时机。于是不顾莫奇卜双矛雨点般乱刺，只虚应几招，甩开莫奇卜，打马直取山顶。

莫奇卜察觉对方果真是奔太子来的，便张弓搭箭觑准辘契后心，此时两人前后也就只差出三五个马身。那辘契久历战阵，既弃之不与交战，自然内心有所防备。走马间察觉有异，便将刀背向后一扫，竟头也不回。箭离背甲也只毫厘，却被刀尖挑去。

莫奇卜见状大惊，想若让此人接近太子，太子必危。于是奋力去追赶，追之不及，便猛地掷出手中一支短矛。辘契一闪身，顺手接了。不料另一支短矛随后又到，从臂上划过。辘契大怒，乘莫奇卜不备，却把手中短矛投掷回去，正中莫奇卜咽喉。

稽粥已经赶到，眼看着莫奇卜落马，内心悲愤交集，便不顾拔禾特劝阻，只一股劲冲向辘契。两马错蹄，稽粥借居高之势挥刀猛砍。掉手之间，辘契刚刚来得及举刀架住。两人你来我往，只战得密不透风，倒也势均力敌。稽粥被辘契牵制，月氏军势力愈盛，拼力冲向山顶，拔禾特只好来顶替莫奇卜来指挥。稽粥心挂两头，稍一走神，辘契手中刀尖已经直奔心口。千钧一发之际，莫奇卜突然从地上跃起，一头撞向辘契马侧。辘契被这一撞，坐骑就地滑倒，竟连人带马顺着斜坡溜下去。稽粥眼看着这一幕，却也臂长不及。

也就在一瞬间，稽粥抬头，忽见月氏军纷纷后退。随即耳畔喊杀声大起，一支滑雪军似乎从天而降，已经如狼群般直扑上来。稽粥知是三千后援赶到，不由得舒出一口气来。

转瞬，兜合卢已经来到身边。稽粥却关注着滑雪追赶月氏军的战士，下令立即收兵。见兜合卢犹豫，便重复命令："全体撤回，不得延误！"兜合卢只好遵命收兵。那边辘契回到马背上，本自觉晦气，不料又见大批滑雪军飞驰赶到，瞬间逆转了战局。他心知最好的时机已经失去，眼下尚不知对方有多少援兵，也只好暂时罢手。

稽粥没有再理会兜合卢，只向尸体堆中去找寻。兜合卢觉得奇怪，便跟过去。却听稽粥口中喃喃地解释："坡下冰雪即将融尽，滑不得雪啦！"又说："都守在这山坡上，月氏人一时半会儿便攻不上来！"

兜合卢连连回答："是！是！"看太子蹲下身去。凑上前看时，却惊住了。地上是莫奇卜，头骨碎裂，脖颈也已折断。

过了许久，稽粥朝拔禾特吩咐道："葬了吧！"起身又向周围找寻。不一会儿，把两支短矛找回来放在莫奇卜身边，又说："一起葬了吧！"

天阴下来，飘过一阵毛毛细雨，随后变成了稀稀疏疏的雪花。雪花落到地上，依然是雨。不知何时，嫩黄杂绿的草芽儿已经从残雪融尽处露头，昭示延续半年的冬季即将结束。

阛権宸已经估摸出乌孙偷袭部队的军力，于是以静制动，只守在营中看那个"神器"到底有多大威力。也只几次小战，他已经琢磨出了端倪，于是干脆不战。不战不等于不为，眼看谷中积雪半融即将开山，阛権宸命令谷口沿途守军立即在雪中开路返回据点，重点锁死垭口。他当然也在想，前面既然已经蹚出道来，乌孙大队会不会在融雪后也冒险绕道而来？不过，那算不得一件轻松的事，再说也还得一阵子，可稍稍从长计议。

依照预先的设想，乌孙滑雪军封堵阛権宸原本是虚招，实际用意是抢在开山前把他调离野果谷，为大队进入伊列水谷地腾开道路。不料阛権宸早已改变青年时代的冲动性格，成为了一名成熟的将领，这便令匈奴和乌孙方面错估了他。步广、甪勒支、龙勒使尽招数挑战，阛権宸严令各部不得出战，局面便僵持着，时间也耽搁着。

时不我待，必须立刻找到对策。步广召集部将商讨，龙勒建议："我滑雪板来得快，不如乘夜袭击阛権宸中军，一战掏心，或可致野果谷防守全面崩溃，昆莫即可率大队直入！"

甪勒支质疑："阛権宸不但知我滑雪板来去迅疾，他营中传闻"神器"是可以低飞的，岂能不防。他若有备，我便是自投罗网，这太过冒险了！"

步广受到启发，说："甪勒支将军与二弟所言各有道理。他既然坚守，我莫若虚营以迷惑之，实则以大部飞速袭击王庭，我快他慢，他必救援不及！"

龙勒问："袭击王庭若一战不下，再被阛権宸驱兵夹击，却何以对敌？"

甪勒支道："我若不主动出击，待王庭兵到，这夹击更加难以避免；而我则愈加被动了！"

步广说："争战本无万全之策。我今孤军深入，只一个'快'字可用，无由瞻前顾后坐失时机。再说，我等滑雪迂回的目的，就是为把阘榷宸调离野果谷，以便昆莫率大队袭入谷中，何能计较自身安危！”

计议已定，龙勒、甪勒支却争着要去袭击月氏王庭。步广解释说：“袭击王庭固然风险极大，但以少量兵力牵制阘榷宸更为艰难。如何牵制，极难把握火候，最终能保存得自身就算是万幸了！”

龙勒说：“既如此，还是由我来对付阘榷宸吧！”

甪勒支见龙勒主动让步，便说：“要不然，你哥俩去袭击王庭，我留下见机行事？”

这倒让步广为难了，于是想起儿时的一种游戏，叫“虫、箭、鸟”，含义是鸟可以吃掉蠹虫，蠹虫可以蛀蚀箭杆，箭可以射死鸟。争抢需要公平，谦让也需要公平，甪勒支和龙勒都赞同以游戏决定去留。两人闭上眼，只听着步广击掌的节奏，两人同时发声，占上风者留守营地。结果，龙勒被留了下来。其实，这个决定令步广十分挂心。挂心的首先不是胜与败，而是弟弟的安危；因为阘榷宸不是一个好应付的对手。而对匈奴的将领，特别是受稽粥太子派遣来给予特别支援的将领，也是要谨慎对待的。好在，甪勒支懂得匈奴太子与乌孙昆莫之间的特殊情感，也能慎处之。

这一天，局面在久已的酝酿后全面发酵。右路匈奴军主力由勿忒古当先，在难氏率领下冒着不算强劲的风，蹚着飞沙山口融化的雪水大举出动。几乎与此同时，辘契接到王庭的命令，并无谴责，只要他在飞沙山内线阻击匈奴军，为大多数牧民向南迁徙多争取时间。王庭明确相告，第二次大迁徙已经启动，王庭即将撤离伊列水谷地。随后，阘榷宸也接到命令，要他阻遏和牵制住乌孙军，掩护王庭转移。

步广、甪勒支率乌孙军向月氏王庭进发。由于积雪融化，滑雪已显得勉强，无奈多方抢夺到的马匹数量极其有限。进无多久，却迎面被一彪战骑阻住。步广驱马上前看时，为首将领自报家门，却是月氏右大都尉骐洗。原来，月氏王庭并没有应辘契之请让骐洗返回飞沙山，这未雨绸缪的一手忽然间便派上了用场。

阘榷宸从来就不是一个消极的人，他很快就判断出乌孙军的动向，于是出动向龙勒挑战。由于军力有限，步广、甪勒支与骐洗接连两战均落下风，知道袭击王庭已无可能。此时若再坚持与龙勒分军，则必然导致被各个击破；然若两军复合，亦不免陷入阘榷宸与骐洗两面夹击。正在为难之时，他们却侦知了一个新的动向，就是河谷有大批牧民在迁徙，途中不时便可见，这显然反常。于是引发了一种联想，就是月氏王长于避祸，也许王庭新的迁徙已经开始。当然，这只是猜想。

迂回的滑雪军始终没有作为，没有能按照预定目标为主力开辟通道，反而自身陷入了覆灭危机。与角勒支商讨之后，步广决定孤注一掷。于是，一面直接袭击迁徙中的牧民，抢夺马匹和给养，一面丢开骐冼寻路向伊列水疾进，并在沿途尽量制造恐慌。同时，传令龙勒仿效自己的做法迅速恢复骑战能力，设法摆脱野果谷月氏军，赶来与自己会合。然而，此时龙勒已经难以走脱。

可谓歪打正着，步广军的举动让阛榷宸和骐冼都陷于两难之中。这个“两难”更重要的是来自于渡过飞沙山的匈奴右路远征军。阛榷宸要顾及野果谷，骐冼要顾及背后的王庭，都难以大举出动追击。可如若让步广提前阻在王庭迁徙的路口地段，也许只坚持几天，北路匈奴大军便有可能冲破辘契的阻击陆续赶来，后果则不敢想象了。

此时的王庭分外敏感，牧民的惊慌更带动了王公贵族的惶遽不安。久已养尊处优的月氏族群对于草原上的任何一点动荡，不再从受到劫掠的角度理解，而是将其移植到大举逃离的幻境中。心理上的被入侵先于军事上的事实，甚至可以说是违背军事上的事实而提前形成了威慑，这便无可救药。

王庭已经起程。这次不同于河西时的做法，不再遮遮掩掩。骐冼一军原本的任务是为王庭开路，因乌孙步广一支的意外出现，便临时兼任了掩护侧翼一项。畋猷则近身护卫，率部不离王庭左右。为确保王庭和贵族们的安全迁移，尾追阻止步广乌孙军的责任，便自然地落在了阛榷宸身上。大月氏一旦决策二次远徙，掩护王庭顺利迁移当然为重中之重，两顾之下，阛榷宸的想法也发生了变化。既然野果谷迟早要放弃，那么，一旦飞沙山口那边的匈奴远征军主力赶到伊列水，即便王庭已去，可野果谷驻军的命运将如何呢？再说，辘契忙于与匈奴军作战，又谁来为王庭阻击匈奴或者是乌孙的追兵呢？这次阛榷宸承担着当初居敕臼的承担，也亲身感受到了居敕臼曾经的感受。他领悟了，王庭有自己的安排，迁徙时头也不回，会把所有的难题和危险都留给在一线作战的将领们。

还得先顾眼前。阛榷宸料定乌孙主力不值得他冒险，所以也绝不可能冒险向深山中作长距离迂回；而野果谷口一夫当关万夫莫开，防守并不需要太多的兵力。这也是乌孙兵临之初，有畋猷在前面挡着，自己就可在谷中过安逸日子的原因。他决定在一头冒险，而在大局上取两全之策，就是留少量兵力继续封锁野果谷，自己则率大部表面追击步广军，实则抢在前路保障王庭南迁通道。这正是天子交给自己的任务，既能掩护王庭安全撤离伊列水谷地，也给本部留下最大的生存空间。

步广一军的动向，事实上透露了龙勒所部的实力。阛榷宸既然迅速下了决心，便毫不迟疑地出击。已经到了冰雪消融的时刻，野果谷中的河道满溢着洪流，刚刚接到步广命令正要拔营的龙勒，被谷中突然下泻的水流所困。乌孙军远来，龙勒对地理环境比较生疏，加之所部尚未来得及补充马匹，便被阛榷宸率数倍于己的兵力胁迫。阛榷宸自有打算，也不欲张扬，便即派人探测动向，临行对使者如此这般仔细交代了一番。

洪水稍退，使者骑马涉水到乌孙营中，对龙勒说："阛榷宸将军有一言相劝，也有一个交换条件，将军不知想先知道哪一样？"

龙勒道："我今被水困，并非战败，有啥可交换，又有啥可劝？"

使者说："将军说得对，但也说得不对。将军确实是为水所困，的确并未战败，然可悲之处，却在于不知因何为水所困。再者，您的处境，与战败有何区别？"

龙勒笑问："阛榷宸将军可来与我决一生死，彼时再言胜败！至于洪水，那是天灾，哪有啥为何不为何？"

使者道："天灾，对，天灾，将军说得没错！可这天灾为何只陷了将军一人？"

龙勒说："你这人就只会胡诌挑拨，搅缠得很。有这功夫，还不如让阛榷宸发兵来攻，胜败都才痛快！"

使者激道："假若阛榷宸将军来到当面，您可别躲闪！"

龙勒讥刺说："他难道比别人多生了两条腿，有啥可怕之处？"

使者并不生气，回道："那倒不是。但阛榷宸将军年轻时好斗，如今只善斗；不但上马善斗，下马亦善斗。不知将军选择如何与斗，讨个说法，在下也好回去复命！"

龙勒烦道："你这人真啰唆，斗便是斗，随便咋个斗法！"

使者说："那就明日一早见！"于是告辞。

入夜，龙勒难以入睡，只在帐中回味乌孙使者的那些言语，似是挑逗，但却为何要这般挑逗呢？想着想着，有点犯迷糊了。忽然警觉，便执刀出营来看。举目月亮刚刚升上山头，山影之中却影影绰绰，似乎潜藏着许多人马。不一时，果然有人马移出，竟源源不断，转瞬已布满眼帘。他明白了，那名使者竟然当面欺瞒了自己，心中不由得大怒。

月氏人马迅速向前逼近，偃旗息鼓，并没有发起进攻。至水，队伍止住，队中一骑蹚入水中，慢腾腾过来。及至近营，人从马上下来，从身形判断，正是那名使者。

龙勒估摸此番在劫难逃，便深深吸一口气，让自己冷静下来。只见使者牵马来到面前，欠身施礼，便有声音传来："将军夜来无恙，使者现如约前来，还只是讨个说法！”

龙勒现只能见机行事，便斥道：“你说明日一早见，何故大军夜来偷袭？”

使者道：“分明将军有所误解，这过了半夜不就是明日。在下也只一人前来，怎就叫偷袭？”

龙勒见对方狡辩，只不知其用意，便说：“来便来，只不料我在这里等着捕狼，来的却还是那只臭鼬！”

使者笑道：“臭鼬已经看出来了，将军是选择了下马斗。我这就返回，报告阘榷宸将军，只下马斗便可！”

龙勒知道被对方捉弄，但看眼前势头，哪还顾得一半点口舌？难就难在这回还真上不得马了，除非那阘榷宸反悔，骑马来战。若先自骑在马上，倒显得自己沉不住气。

朦胧中，一将单人匹马蹚过洪水，到岸下马，把马放回水那边去了。及到面前，都能稍稍看清对方了。那边把手放在胸前，说：“大月氏天子驾前左大将阘榷宸，来与龙勒将军作下马斗！”龙勒闻言，下意识退后一步，已自摆出一个门户。阘榷宸喝道：“我并未携带兵器，有几句话来与龙勒将军说说，说过了，再斗不迟！”

不由龙勒不信，他赶紧撤了身段，口中强硬道：“两军交战，你死我活，有啥话可说！”

阘榷宸说：“这道理也对，也不对。战，是不得已；说话，就是为了不战！”

龙勒说：“此话听来倒新鲜得很。你今比我占尽上风，为何反倒言不战！”

阘榷宸说：“将军可自斟酌，战便能如何。不如耐心听几句话，兴许就能不战！”

龙勒听来此言很是怪异，但生死存亡之际，倒也想知道对方有何企图，于是便沉默着。阘榷宸领会这意思，便问：“听说匈奴已经入居山南诸城郭，想也是为乌孙多争得一份利益？”

龙勒一惊，脱口问：“此话怎讲？山南城郭与匈奴何干，又与乌孙何干？我乌孙昆莫只想为父母报仇，其他啥都不想！”

阘榷宸冷笑说：“你家昆莫果真觉得，冒顿单于和右屠耆王只是相帮你乌孙报仇？他果真是这么想的？”

龙勒回道：“单于曾被你家大王困辱，若非天助，岂有活路，他自然也是要报仇的！”

阘榷宸道：“想想山南城郭，听说大阏氏的家乡也在那里，那里却有何仇可报？”

龙勒说：“山南城郭与你月氏颇为相关，单于此举，难说不是为了早日拿下你月氏！”他虽这么辩白，但内心却也感到了疑惑。不料却多说了一句：“再说，何以证明匈奴已经占据了山南？”

阛榷宸说：“你若不去问，当然无以为证。可这么大的事情，岂能编得谎言？我倒想问一句，这么大的事，为何却独独瞒了你家昆莫？”

龙勒不以为然：“我一个小将不知，昆莫未必不知，何谓欺瞒？”他话中这一个“欺”，却透露出了心底。于是阛榷宸紧逼道：“单于既然肯如此兴师动众地帮你家昆莫来找月氏复仇，又在山南他亲家那边顺手牵羊，还不如先把乌孙故地，连同整个河西交与你家昆莫。果若如此，你即便觉得本将今日满口谎言，本将也便认了！”

龙勒不觉语塞，他毕竟年轻得多，经历也远不如阛榷宸。于是便强辩了一句：“就算单于和右屠耆王有再多的企图，只要能帮我乌孙报仇，那我家昆莫必然也就认了！”

阛榷宸估摸火候已到，便直言道：“我大月氏天子当初对不住你家昆莫，现已下令以伊列水所有水草地，包括河谷中的王庭属地，全部让给乌孙，以解往日之怨。你相信吗？”

这话听来令龙勒吃惊，但口中却回道：“月氏与匈奴、乌孙两家作战，败局已定，当然要逃跑。只不知还能跑到哪里去！”

话在要害处，阛榷宸便格外认真道：“将军若如此问，那我和你私下便须有个约定！”

龙勒问：“如果不呢？”

阛榷宸说：“你当然可以说‘不’，可以怀疑本将乃至我大月氏的诚意，但就算来日匈奴和乌孙胜了，将军又会在哪里呢？”

龙勒冷冷地问：“将军以为我怕死？”

月亮高挂，天似微明。阛榷宸回身环视背后，高山之前和满溢的洪水那边布满了自己的人马。须臾，他提高了声调说：“死，对于你和我都无足道。可为了大月氏，我最好不死；而对于乌孙和你的昆莫、你的兄弟，你也最好不死。这个道理不用我多说，而我现在也希望你不死，这正是我可以偷袭而没有真正偷袭的原因，也是我可以早动手而直到现在还没有动手的原因！”

龙勒摆一摆手中刀：“想将军话已说完，现在可以动手了！”

阛榷宸说：“我若果真想动手，就不会赤手空拳来会将军，也不会费这一番唇舌了！”

龙勒说：“既如此，你想约定啥呢？”

阛権宸说："我为大将，不能丢了军队。也就是说，王庭既然又要迁徙，我也就顾不了那么多了，只想保住自己的部下。将军一定听说过王庭离开河西时居敕臼将军的处境，当初冒顿单于既然能放过互有杀伤的合黎山守军，今日猎骄靡昆莫也一定能放过并未相互伤害的野果谷驻军。其中得失，想将军能够理会。只当初有那位大阏氏调解，而今日所缺的正是这样一位调解人。"

龙勒明白了阛権宸的意思，沉默了片刻，说："将军如能首先告诉我你家大王将去往何处，也许我就能相信将军说的话！"

阛権宸也沉默了。

第一百二十七回

昆莫怀柔轻渡天险 月氏避祸举族南迁

过了好一会儿，阘榷宸说："今我与龙勒将军数言交往，越发不忍相欺，更不忍兵矢相向。这样吧，我先不说王室的事，你也不说昆莫的事。我虽比你年长得多，但却想与你做个忘年的朋友。日后如可信得，便如兄弟一般。既如此，我可告诉你，我月氏军虽未战败而王庭却已经移驾南迁，此中虽含屈辱，但总比整个族群沦为奴隶要强出百倍，故亦为明智之举。王庭将随塞种之后去到妫水，那里与伊列水之间有大宛相隔，未来不再与匈奴、乌孙为邻。也就是说，我们将永远摆脱相互之间的战争，月氏和乌孙能和睦相处更好，不能，从此也可相安无事……"

龙勒问："就算我信了将军的话，但以龙勒的身份，如何能止住昆莫和匈奴人？"

阘榷宸说："事在人为。当初，匈奴大阏氏蛮芭表面也只不过是月氏境内一牧羊女！"又说："有许多事，猎骄靡昆莫自会去思量。将军如觉得为难，也就作罢。我自誓死把守野果谷，谁也别想越过。如若匈奴太子有能耐从背后杀来，我将舍身与之决一死战。然而，欲不为难将军，则把野果谷和留守将士一并交与将军，任由处置。我自率军尾随掩护王室，若非被迫，也可不与步广将军为难！"说罢，略略施礼，转身离去。龙勒不由得也把手放到胸前，看着对面放马过来，接走了阘榷宸，月氏人马随之撤离。良久，他才发现天色已明，而背后，早已悄没声地聚集着全营的将士，不知他们是否听清了这些对话。

洪水退去了，阘榷宸率军撤离野果谷，如此，则令随在骐冼之后的步广一军面临十倍于己的大月氏军追堵夹击。然而本还迟疑着的骐冼却对战机视而不见，只抛开步广军发力往前赶，回到为王庭开道的位置。令步广焦急的是，阘榷宸既来，弟弟龙勒为何却毫无音讯？昆莫大军为何却迟迟未能突破野果谷？

龙勒被"晾"在野果谷南，内心纠结异常，没着没落。阘榷宸的态度大出意外，传言此人逞强霸道，连自家人都不让分毫，不料今日竟像鹰隼怜悯爪底的狐兔一般，不但未出狠手，反而不顾野果谷陷入危险，竟自率大军离去了。

龙勒现在已经有能力举兵控制野果谷，迎接昆莫大军；可一旦乌孙全军透过野果谷，首先受到威胁的便是阘榷宸。如此，龙勒便是恩将仇报。可战事容不得耽搁，昆莫若不能尽快进入伊列水谷地，长兄步广极有可能陷入灭顶。他因此而深深陷入了矛盾之中。越是这样，龙勒就越是要回味阛榷宸讲的那些道理，换句话说，月氏既不再与乌孙为敌，那么，失去了月氏，对乌孙又有什么好处呢？今天昆莫与冒顿单于义同父子，与稽粥太子情同手足，可在他们之后，还能一如既往吗？到那时，匈奴对乌孙又会取何种态度呢？远不说，就匈奴人对自己父亲便毫无尊重可言。他联想到许多年来父亲步厩忍辱负重含辛茹苦，看是为了有机会为难兜靡老昆莫和夫人报仇，实际更加挂牵被匈奴留为人质的猎骄靡昆莫，他才是乌孙的希望和未来。正如阛榷宸所言，如今匈奴人出兵西域，难道只是为了帮助乌孙？当然，冒顿单于也要报仇，可当年他屈辱已报，所得远远胜过所失，还需要无穷无尽地去报复吗？

龙勒仔细回想，终于觉得乌孙此次出兵，长远的意义在于摆脱匈奴控制，让部族重新拥有属于自己的广大牧场，让牧民们又能得到可以自由放牧的水草地，让王室从此不再寄人篱下。

容不得耽搁，可自己到底该怎么办呢？龙勒开始去推测一种可能性，开始从头到尾去琢磨昆莫的倾向，下决心仿照阛榷宸的思路去做，大不了把捡回来的性命再舍出去！死了倒也清爽，就不需要这么为难了！

龙勒安顿好人马，单人独骑沿着沟谷去向上游。山中积雪转瞬消融殆尽，只在阳光不及之处留下随处可见的零落与斑驳。水畔的树枝上已经爆出嫩芽，风吹在脸上也变得十分柔和了。

行至险峻处，龙勒能见到月氏兵从高处向下张望，但并没前来阻拦。不出半日已经走出山口，遇有乌孙骑哨，便护卫至昆莫帐中。

自步广率滑雪军出发，猎骄靡已经把中军营帐移到海子边，命人日夜抵近垭口察看动静。及至开山，眼见月氏军的防守恢复到原样，谷中却毫无动静，这令他很是担忧。正焦急着，却见龙勒单人独马从垭口回来了，毫发无伤。这令龙必赤和众将在惊讶之余，都不免感到疑惑，欲待打问，又看昆莫沉默未言，也就不便开口。

“龙勒兄弟看是累坏了，先歇歇吧！”猎骄靡说。众人知趣，便即告退。

此刻，龙勒心中如浪涌般一潮接着一潮，一颗心几乎从胸腔里迸出来。猎骄靡安抚道：“你一定是遇到了难以想象的事，别急……”龙勒低呼一声：“昆莫，龙勒该死！”双膝便跪在地上。

猎骄靡此时才感到吃惊。他伸手扶起龙勒，口中还是说：“你能回来就好！”转对守在身边的拔禾度说：“这里有我就行！”拔禾特退出帐外。

龙勒稍稍安心，便一五一十地把滑雪迂回后的经历简要说过了，重点却在阛榷宸的一番委婉说辞上。末了表示：“来时我也仔细观察了谷中形势。今若请求昆莫强行攻打谷口，虽凭实力可下，但并非一日能克。就这耽搁间，阗榷宸必然与骐冼两军合击兄长步广，迂回人马凶多吉少；如若使诈，大军当日便能进入伊列水谷地，但龙勒便愧对阗榷宸将军，唯一死以谢之。望昆莫以复仇大计为重，龙勒已经有罪，死不足惜！”

猎骄靡仔细听着龙勒的讲述，心里却反复交迭着蛮芑阿妈的影子。他眼盯着龙勒，仔细地打量着，直看得龙勒内心忐忑。按年龄，他只比复仇六子中的步广、龙勒稍长，但此时，他的眼中却流露着父亲般的慈祥。

猎骄靡独自在海子边徘徊，总觉得母亲骑在马上，就沿着眼前这冰冷的湖水走去。然而，他的耳畔又始终回荡着飘忽不定的歌声：

孩子们就要驰向战场，母亲心中如锥，是那样惆怅。
胜败无常，生命弥足珍贵，弯刀和弓箭莫要随意杀伤。
大路宽广，恩怨各走半边，出征只为了水源和牧场。
莫让仇恨过度，掩盖了内心的善良。
平安归来是阿妈终日的盼望。
…………

没有攻打，也没有诓骗。猎骄靡指派龙勒与留守垭口的将领商谈妥了，月氏军便先行撤走。这个出人意料的结果，令龙必赤和鱼泽、池头、渊泉、干齐都感到不可思议。尤其是弟兄四人，都觉得二哥变得神秘莫测。

被夹在阗榷宸和骐冼两支月氏大军之间的步广所部早已是孤军，河谷地带并没有太大的回旋余地。但令他欣慰的是，此举到底把阗榷宸调离了野果谷。他开始向骐冼部发起进攻，可骐冼只按兵不动，也不主动出击。

以步广的军力，此时要想与月氏军较量，犹如蚍蜉撼树。不得已，他跟甪勒支商量，由甪勒支带领自己的部下返回飞沙山通报战况，以便稽粥太子设法拦截南徙的月氏王庭。他这样做，也是给甪勒支一条生路，以便对匈奴人有个交代，自己则下定了必死的决心。

眼看阗榷宸的人马已经逼近，步广军如陷谷底，周围似乎已经透不出一丝儿阳光和空气。然而，同样令人意外的是，阗榷宸似乎极其蔑视这支乌孙军的存在，带领大军擦着步广歇脚的营帐浩浩荡荡地过去了。

步广松了一口气，可这口气松得并不轻松。他这边无力阻挡月氏军向西南进发，那边连王庭的边也沾不着，可昆莫迟迟未进，不知是遇到了什么阻力。正是因为松了这口气，他忽又担心起龙勒，为何却杳无音讯？难道……他不敢往下想，只在心中暗暗祷告。

猎骄靡并没有去追击阛榷宸，似乎也忘记了步广一支，只率人马向月氏王庭疾进。军中没有第三人知道月氏王已经离去，于是猎骄靡解释说："只要占据王庭，便会给整个伊列水谷地造成心理恐慌！"对这个说法，龙必赤虽然觉得有些道理，但内心并不信服，凭直觉，他确信月氏王已经离开，认为盯住月氏王本人才是正理。但他没有得到月氏王的确切信息，也就无法坚持自己的想法。尽管如此，他还是劝说猎骄靡尾随追击阛榷宸。他说："如若战而胜之，则可把月氏王庭封锁在伊列水谷地，再图不迟。"猎骄靡回道："战胜阛榷宸只是一种假设，何况阛榷宸、骐冼已经合军，只等着与我决战呢。我去，岂不正中其圈套？"龙必赤以为猎骄靡怯战，但碍于昆莫同时拥有匈奴王子的身份，便不敢与之争辩，只得秘密派人去两处：一是请随后跟进的老将臾当前来撑腰打气，劝导猎骄靡；二是告知稽粥伊列水河谷的事情不能全靠乌孙军，太子宜全盘谋算。

步广已经奉命返回，向猎骄靡报告了月氏军的奇怪举动。猎骄靡便告知他大军所以能顺利进入伊列水谷地的真实原因。步广终于明白了，自己兄弟俩之所以安然，也全仗阛榷宸手底放了一马。他不得不佩服阛榷宸的气度，但也无法放下为老昆莫和父亲报仇的强烈愿望，便显得十分纠结。猎骄靡看出来了，问："假如我乌孙军摆开阵势与月氏主力决一死战，结果将如何？"步广摇头说："未可知！"猎骄靡又问："假设我能全胜呢？"步广回答："那就唯战而已，顾不了那许多。再说，阛榷宸总是有目的的，不会白白这么做！"猎骄靡说："没错，这么大的事，轻与重他总会有个衡量！"步广问："昆莫以为他图个啥呢？"猎骄靡回答："我这么想，他图的是保护月氏王庭顺利南迁。要达到这个目的，就必须让自己从野果谷脱身，这才有利于保持实力，避免被各个击破。若保不住实力，就算侥幸逃离伊列水，随后也难以在妫水站住脚！"步广说："那，昆莫为何还让他保持实力呢？"猎骄靡问："同样的道理，如果我们失去了实力，还能有乌孙族群的活路吗？"步广懂了，问："昆莫的意思是，我们绝不能与月氏两败俱伤？"猎骄靡做一个手势："此话到此为止！"步广还有疑虑："那，老昆莫和夫人的仇就不报了？"猎骄靡指指脑袋说："何谓'报仇'，你兄弟还是多想想吧！"步广知道，昆莫不但要自己想明白，还要求去说服其他四个弟弟。

月氏王庭已经抵达阗池，骐冼、阛榷宸两军尚分别滞留伊列水两岸，以为临时屏障。

刚刚在林间的空地上安顿好，月氏王便叫来畋猷。待坐定了，问：“王室已提前到达阗池，还有什么可担忧的吗？”

畋猷回答：“王室已无可担忧，但末将看得出大王依然忧心重重！”

月氏王问：“牧民现都走到了哪里？”

畋猷回答：“大都快要进山了！”

月氏王点点头，又问：“左大将、右大将和右大都尉他们呢？”

畋猷略一迟疑，在判断天子所问，随即回答：“许是该撤了，而且要快！”

月氏王问：“你的意思是……”

畋猷说：“一旦被匈奴、乌孙两军包抄围堵，后果不堪设想！”

月氏王问：“退到哪里为宜？”

畋猷不假思索：“暂且退到阗池，但不宜久留！”

月氏王似乎要加以证实，问：“就是这里，就我们脚下？”

畋猷肯定地说：“是！如若停留在伊列水，乌孙军必然要从王庭那边渡水，来堵截后路！”

月氏王于是提高声调：“侍卫长呢？”

旃冉邕应声出现：“末将在！”

月氏王吩咐道：“你立即派使者前去左、右各军，命他们撤离战场；命阛榷宸尽速赶来阗池，为王室南迁妫水开道；命骐冼在伊列水等候，接应辘契人马。只等两路会齐，立即退到阗池，不得滞留。”随即加了一句：“告诉骐冼，倘若见不到辘契，他也就别回来见我了！”旃冉邕领命。

畋猷听说要阛榷宸先行开路，知道自己又一次错估了个人的使命。当然，情况是在不断发生变化，并非当初都能料想。左大将既然事先后撤与右大都尉会合，而乌孙军却迟迟不进，分明是在观望，那就给王庭从容南迁留下了足够的空间。由左大将为南迁开路，似乎已顺理成章。他也感到纳闷，到底阛榷宸使用了啥招数，不但自己提前并安然地撤离了野果谷，而且还与乌孙昆莫互无损伤，至今也未曾有交战的迹象……

旃冉邕转身去了，月氏王的目光缓缓移向帐顶，许久许久，才唤一声：“左大都尉！”

“臣在！”畋猷赶忙应声。

月氏王把目光转向畋猷："我有一个请求，不知你能否允诺？"

畋猷听天子换了这般口气，赶紧从座中跪起，把手放到胸前回答："畋猷唯天子之命是从，即使赴汤蹈火，也绝不躲闪半步！"

月氏王脸上流露出笑意，说："将军无须如此发誓。我只想让老师保护学生先行一步，只要王子顺利抵达监氏城，我便放心了。如若阗池这边发生意外，小王子便继位为王！"

尽管畋猷对这个安排早有预感，但听到天子说出口，还是感到惊讶。他回答："臣宁愿保护大王和王子一起去监氏城！"

月氏王摇头："我怎能丢下辘契、骐冼两军不管呢？再说，我曾与将军当面约定，此次要亲自等候全军。他们来了，我就一起走！"畋猷看到天子的手又在微微发抖。

事到临头，畋猷听了这番话，真是后悔不已。他后悔当初自己迟疑，心里的想法被天子看穿了。否则，天子不一定会说出那种无法反悔的话来。

月氏王问："将军想啥呢？"不等畋猷回答，便接着说："我这个决定并非出于将军当初的疑虑，也不会因为将军今天的心情而有丝毫改变。王子的事，就此拜托了。你去安排，阛榷宸不会在阗池耽搁，他马到之日便是出发之日，你随后跟上。战事不用你操心，唯一要做的，就是保护好王子！"

话已至此，畋猷便跪起道："臣在王子在。臣绝不辜负天子的嘱托，望天子切切珍重！"

月氏王听了，吃力地抬起手臂，缓慢地一挥，然后说："我有辘契、骐冼两军为屏障，又有旌再邕在身边护卫，将军尽可放心。想阛榷宸并无挂碍，转眼就到。你赶紧去准备吧！"

畋猷出帐，从怀里取出一个丝织的口袋交给旌再邕，说："若得机会，请将军把这个交予右大将！"旌再邕接过藏在胸甲中。

飞沙山口西北的山地上，匈奴与月氏两军已经捉迷藏似的交战了数日。稽粥被纠缠无法进击伊列水，很是焦急。心想，那辘契也是老将了，怎就这般战法，倒好像变得十分胆怯。

先是甪勒支从步广那里返回，紧接龙必赤的人也到了，稽粥颇为惊异。听了两边的报告，这才知道月氏王庭重复上演历史，又开始迁徙，而猎骄靡却按兵不动，内心便更急。"昆莫兄长那里到底是遇到了啥难处呢？"他想。于是立即抽调三千骑兵，由甪勒支带领返回乌孙军中，其意就是催促猎骄靡赶紧出动追击。他要甪勒支带话给曳当，尽最大努力拖住月氏军，争取最大限度地消灭其有生力量。

甪勒支出发赶路。稽粥到底感到失望，又独自琢磨了许久，忽然觉得原本左路针对月氏王庭而去，自己离得远，正没法去找那月氏王。现今月氏王逃离伊列水河谷，也许这就是留给自己的机会。他与难氏头对头嘀咕了许久，难氏犟不过稽粥，只好同意了他的想法。

事隔也就两日，月氏军忽在一夜之间失去了踪影。事情已经很清楚，月氏既已为南迁放弃牧地、收缩兵力，匈奴远征军暂时也就没必要去完成控制伊列水中下游草原的预设目标。二度代太子统军的难氏立即命勿忒古为先头，率军向伊列水追进。他心里在为稽粥担忧，吩咐不要理会月氏游骑干扰，只顾兼程。

与此同时，焦急等待中的龙必赤等来了曳当。曳当问龙必赤："你说昆莫若没主意，劝劝尚可；若打定了主意，你劝没用，我劝就能让他改变？"

龙必赤问："那该如何办？"须臾又说："不能总这么等着！"

曳当回答："太子大军不来，昆莫则难动；他即便想动，我也要劝阻。太子大军若来，你我不劝，昆莫自然会动，不用旁人操心！"

龙必赤问："这却是何种道理？"

曳当反问："月氏王早就命骐洗部从飞上山口返回了伊列水，这你知道吧？"

龙必赤回答："当然知道！"

曳当说："也就是说，局面与远征之初有所改变。而今稽粥太子只面对辘契一部，猎骄靡昆莫却要同时对付阛榷宸、畋猷、骐冼三部，外加王庭卫队，恰恰月氏三部人马又得机会与王庭会合在一起。此时若轻举，后果如何料定？若昆莫有失，你我如何向大单于和大阏氏交代？"

龙必赤点头："我以为乌孙人只一心报仇，尤其看复仇六子那劲头，没承想昆莫总不温不火，并不论建树，好像也不急于报仇！"

曳当说："我听说中原汉高祖刘邦帐下有个名叫郦食其的谋士，他曾说过一句话，叫'举大事不细谨，盛德不辞让'。那意思大概是说，要做大事，就管不了那些细枝末节；有大德的人，不必要因谦让而向别人去解释什么。"

龙必赤点头说："想来猎骄靡昆莫天生就是做大事的！"

曳当笑道："你觉得呢？"

龙必赤担忧道："太子离得远，似昆莫这般耽搁，岂不让那月氏老王跑了？"

曳当说："我匈乌大军远征，岂只为了一个月氏王。月氏王毕竟已经年老体衰，你不杀他，他也活不了多久。对这种事，还是顺其自然吧，若得机会可取之，但不必刻意，否则会得不偿失！”

龙必赤似乎不完全明白曳当的话，只领会不必强昆莫所难。自己该做的做了，该说的说了，进一步则力所不能及，于是强迫自己耐住性子，安下心来。

第一百二十八回

知天命天子决先死　存大计大将生后军

阛榷宸率领所部向大宛境内出发了，一路翻山越岭。大宛为古渠搜国，境内分散着大小城邑数十座，其民亦农亦牧，尤善商贸，族群也颇得过境通商之利。见月氏大军突然而至，沿途吏民纷纷闪避。月氏有既定策略，只为借道，并无侵扰。大宛居民见人马只绕城避舍而行，秋毫无犯，便相告宽心。大宛兵马见其来势，又有礼在先，也未敢轻动。

畋猷率所部保护着王子随在先头大军之后。王子此时大约知道去向哪里，但见成片的山岭过后，沿途便见广大牧场，农田人畜稀疏，间有墙树土舍。青壮各营其事，老者依门而望，渐有妇孺凑近道旁观看热闹。他的情绪受到感染，越发向往那种无有争斗杀戮、族群相安的理想境界。

辘契率军后撤至伊列水，一路疾奔。骐洗已经等在水边，开河之后，上游冰雪次第融化，水势渐盛。宽阔的河面上，浅滩早已没于水中。人马抵达，先涉过水浅处，然后登上浮桥。浮桥搭在浅岸和浅滩之间，桥面铺了厚厚的毛毡，便于马蹄行走。也有船只辅助搭载，以便最大限度地提高过河速度。及至难氏率匈奴人马赶到，河面已经空空荡荡，唯见浑黄的流水滚滚西去。

骐洗、辘契两支人马率相抵达阗池，却见天子亲自等在湖畔相迎，二人十分感动。

当天各自休整。次日分拨停当，由骐洗开道，旌再邕护卫天子随后，辘契率大队人马为后卫，全体饱餐。方才拔营，忽见山间透出一彪人马，飞奔赶来。月氏王、辘契等一时惊骇，容不得犹豫，辘契翻身上马，当先向前迎战。不一时，两军已经战成一团。

月氏王抬眼看尘土飞扬的战场，质疑道："那匈奴太子全军要想渡过伊列水，至少应在两天之后，难道他是以少量人马前来牵制，岂不过于冒险？"旌再邕仔细向阵上判断，回道："似是从王庭方向过来，战力恐不少于右大将所部！"月氏王忽然醒觉："莫不是乌孙军从上游渡水赶来了？"旌再邕回道："似也有匈奴人！"

骐洗已经率军遮蔽月氏王外围。辘契命人来报："当先赶来的是匈奴右部名将曳当，其后乌孙大队尽至，兵力不在我之下。"月氏王闻言，脸色大变。

旌再邕见状，便请保护天子先走，月氏王不听。战至一个时辰，骐洗已无法旁观，便命人来奏请月氏王，请天子带领卫队离开险地，也与旌再邕一个意思。月氏王还是不听，说："大军在，我在；大军亡，我亦亡。你们就别再劝了，只一心作战吧！"他态度坚决，看上去精神却比往日好了许多。

近晚，双方暂且收兵。辘契欲拜见天子，骐冼告知天子的态度，两人都觉得为难，便请旌冄邕来一起商量。旌冄邕说："为今之计，只有想好对策，说明大军如何能摆脱匈奴和乌孙两军的追击。以此奏请天子，天子兴许才肯起驾！"骐冼说："此话有理。一两日内匈奴军必然大至，如果不能赶紧想出全军之策……"他没有往下说。辘契拍一拍脑袋："天子执意和大军拴在一起，真是难煞人啦！"旌冄邕说："天子自有道理。是天子不能失去大军，更是大月氏不能失去大军，也包括二位将军！"

三人商量了许久，终归不得要领。辘契只好说："还是天子要紧。不得已，你两个便一起去跪劝。天子不从，你们便不起来！"旌冄邕说："不妥。将军有所不知，左大都尉和末将早已磨破了嘴皮，天子也未曾改变主意。论这样，你只管跪他三天三夜，只要激战未已，那也是白跪，还不如去阵前助战！"忽然，他想起一件事，便从胸甲中掏出一个小口袋，递给辘契，口中说："光顾着急，差点忘了，这是左大都尉临行前托付的，要末将交予将军！"

辘契接过，紧忙地抽出缝合袋口的丝线，取出一片织锦。展开看时，原来却是一幅通向大夏的线路图，上面标明了阗池至大宛境的险要山口、路段。三个人凑在一起看，都明白左大都尉的意思。于是计议一番，便一起来见月氏王。

月氏王听了三将的建议，脸上绽出笑容。于是商定由辘契阻击敌军，骐冼先退至险要地段布防，反过来掩护辘契大军后撤，然后凭险防守，终能耗退敌军。话已至此，三将本以为天子可以随骐冼先走一步，不料月氏王却坚持与辘契在一起。话说到了这一步："大月氏只要有一人一马还在作战，身为天子，便没理由弃他而去！"三将听了此言，不由得内心感动。

月氏王却提出一个问题："你们说，我四人中哪位年长，哪位次之，可一一说来！"辘契回答："自然是大王最长，末将次之，骐冼再次，旌冄邕最少！"月氏王点头，说："既如此，当先死者何必避死，避死者未必能独生。听说那冒顿单于总以为与我个人有不共戴天的仇怨，既如此以我一个将死之人换取全体将士安全迁徙，这太值得，太值得啦！"

听了此言，三将这才明白天子的用心。天子此番必定要用自己的行动，洗刷当年西迁留下的弃军贪生的坏名声。他们也才明白，天子为何要让畋猷保护小王子提前去往大夏。既如此，真的劝也无用，还不如以天子这番话去激励全军。骐冼却嘀咕上了："如此说，那冒顿也是与我有过节的！"

天微明，甪勒支率匈奴军向月氏主阵地发起进攻，随后乌孙军在复仇六子的率领下如云般涌至，在山前和湖滩展开血战。

骐冼已提前后撤，辘契率部迎战，月氏王则由旌再邕带领卫队守护。战场上，匈奴、乌孙两军相加，人数占据优势，但月氏军则控制着有利地形。随着时间推移，战斗越来越激烈，似乎也越来越盲目。

曳当与猎骄靡立马山侧观战，然各有所思。曳当并不知道月氏王现在哪里，他只是为了稽粥太子的命令而战，为了把乌孙军拖入战斗而战。他也认为，只要能拖住月氏军，等太子率右路抵达，就可以最大限度地加以消灭；但内心觉得，面对已经再次放弃广大领地而彻底服输退让的月氏人，大可不必做这种两败俱伤的事。

就这时，他的耳边响起一个声音：“小将们如果确实要战，待我把兵马带回，你们自己去打好了。当然，奉劝两位还是暂时不打的好，等日后都长了见识，再打也不迟。不是冤家不聚头，只要有打的心，不愁两位没有见面的机会。”这分明是当年月氏左大将居敕臼的声音。

想起来了，那是阘榷宸与自己缠斗时，居敕臼留下的话。如今，两人都算长见识了吗？可阘榷宸前一时还守在野果谷，转眼却到哪里去啦？只恐我两人今生今世是没有再见面的机会了。

猎骄靡在进据月氏王庭后，无意中得知匈奴已经出兵控制了山南城郭诸国。他感到十分吃惊，因为那里有阏氏阿妈的家。这件事稽粥知道吗？为什么自己预先毫不知情呢？

于是产生联想，既然阖瀚已经以日逐王的身份统管西域，那么在驱逐月氏后，匈奴人是否也要长期滞留伊列水呢？难道自己这个“昆莫”也要像步厩老大人一样，无论留居马鬃山或伊列水，都要永远寄人篱下？

当然，自己并不重要，重要的是乌孙族群的未来。压倒一切的目标是为族群寻求出路，战与和都要服从这个意义，包括自己活下来和成为昆莫。他又一次想到了早已离去的亲生父母，自己甚至不知道他们的模样，可步厩大人为他们延续了希望。老大人忍辱负重数十载而在大军西征之时慨以身殉，决绝地表达了乌孙族群不可违逆的意志，而六子正拭目以待，自己别无选择！

如果说前一时猎骄靡的选择只单纯出于对战局的谋虑，而当面临必胜无疑的最后一战时，他的心理矛盾却凸显出来。出征之初，猎骄靡只以为匈奴的主要目的是帮助自己复仇，也就是帮助乌孙从月氏手中夺取伊列水流域，以重新建立起族群的家园；

而以自己“匈奴王子”和乌孙昆莫的双重身份，这一点几乎确信无疑。为了这个目的，父单于和右屠耆王甚至强行唤醒了自己的复仇意识，把战争的意志强加给了自己。但现在，他不由自主地开始怀疑这种想当然了。

然而，猎骄靡也无法忽视养父冒顿。以一名人质而尽享王子的疼爱与自尊，与稽粥、阖瀚一般无二，这是怎样一种恩情。生和养是同样的道理，其实养比生更为可贵。即便养父对西域怀有过分的野心，但远征伊列水也是为了帮助乌孙报仇雪恨，难道这个事实可以抹杀吗？

眼前这本可避免的一战，显然是为了集中削弱开战以来月氏并无太大损伤的实力，这对乌孙来说，如何权衡利弊呢？这是一个必须多角度思考的问题，因无法预料未来而无法清晰地分辨，没有令人满意的答案。

无论如何，这只能被解释为一次纯粹以杀伤为目的战斗，完全不符合猎骄靡从小养成的心理。现在，他只盼望着尽快收兵，就像当初的合黎山一样，不再以蛮横的方式而是以互让的方式结束这场历史性的争斗。月氏已经再度以无可比拟的代价主动退让，匈奴和乌孙又何必逼人太甚呢？

山峦间又飘来阏氏阿妈送别的歌声：

孩子们就要驰向战场，母亲心中如锥，是那样惆怅。
胜败无常，生命弥足珍贵，弯刀和弓箭莫要随意杀伤。
大路宽广，恩怨各走半边，出征只为了水源和牧场。
莫让仇恨过度，掩盖了内心的善良。
平安归来是阿妈终日的盼望。
…………

歌声被远远近近、一阵紧似一阵的交战声冲击，时隐时现。猎骄靡下意识抬眼环视周围的大山，寻找阿妈的身影。

曳当问：“太子何时能赶到呢？”

猎骄靡摇摇头。其实他们都知道，稽粥绝不会耽搁。两人都对这种盼望感到莫名其妙。

进入一个十分疲惫的夜，月氏军准备重复飞沙山口的做法，悄无声息地撤走。但他们为一个老问题发生了争执，就是谁先走。月氏王坚持要看着大队从眼前过去，这使辘契感到十分为难。

显然，在生死攸关的时刻，将领们绝不可能把年老体衰的天子留在最后。这个道理在无可避让的僵持中被月氏王勉强接受了，那也是为了避免在刻不容缓的时刻拖住将士们的后腿。

卫队护着月氏王简易的车驾上路。他们走下山坡，走过一片开阔地，进入一道山谷，山间的地形就这么重复着。尽管前有骐冼守候，后有辘契掩护，发生意外的可能性几乎为零，但旄鬲邕还是警惕地护在车驾边，一刻也不敢放松。车前俯后仰，不时猛烈颠簸，令年迈气衰的月氏王苦累不堪。

又进入一道短促的山谷，道路暂时地变得十分狭窄，卫队被拉成一线。抬头看两边的山势，旄鬲邕忽然间感到了一丝异常。还没来得及判别，耳畔已经听到尖厉的呼哨声。说时迟那时快，他紧忙抬手一挑，那声响便撞在刀背上，坠向地面。就在这瞬间，他意识到大事不妙。队伍中没人见识过匈奴单于的“鸣镝”，但却无人不晓。也正是出于这种潜意识，阛榷宸提马跃起，遮住了月氏王的车驾。霎时无数弩箭一齐飞到，却全部射在了坐骑头上，立即倒地。而另一侧山崖上隔涧射出的箭，却毫无遮拦地全部射向了月氏王。

旄鬲邕从倒地的马背上飞身跃起，扑上车驾。只见月氏王手指着前方，只说得一声：“你……快走……”便歪倒一旁，没了声气。旄鬲邕大恸，下令御手驾车疾驰。两侧高处箭如飞蝗，卫队将士纷纷被射中落马。将至谷口，御手中箭。旄鬲邕已经顾不了许多，口中说声：“兄弟，对不住了！”抬脚把御手蹬落，自己一手挽了缰绳，一手挥刀拔箭。及至奔出峡谷，卫队已伤亡近半。

旄鬲邕这才来得及去看月氏王，只见身体一侧已经攒满了箭镞。他半跪在车上，撕心裂肺地大呼：“大王——”刀已经向脖颈抹去。正这时，四周发出雷一般的悲吼：“将军——”迟疑间，他看到将士们纷纷跪地，把车驾围在当心。看着面前中箭着伤的士兵眼里充满着哀求，他的手臂缓缓垂了下来。

“走吧！”旄鬲邕换了战马，抹一把脸上的血与泪。此时他才想到，即便以死相殉，那也要把天子遗体送到监氏城。车驾驱动，将士们或骑马，失了马的便步行，队伍开始移动。

走到开阔处，后面未有追兵，前面却已见一军挡在道上。见月氏人马近来，为首一将手执两把弯刀，口中大呼：“大匈奴太子帐前骑士兜合卢早已在此等候，你等只要留下那月氏王的脑袋，便可自去！”旄鬲邕正自悲痛，此刻被惊醒，下令只管驱车向前。及至近处，忽然对着兜合卢指道：“你那太子只管要这要那。我月氏天子虽受了伤，但还留有一口气，你信还是不信？”

兜合卢闻言果真有些迟疑，正要回话，弓弦响处，一支箭射到。兜合卢急忙躲闪，但两下离得近，箭已射中左臂，一把弯刀掉落。月氏卫队一拥而上，匈奴军急忙迎战。一边对月氏王的头颅志在必得，一边早已不顾性命，两下里死战，无一人畏怯。

兜合卢一臂带伤，与旌再邕对战落了下风。眼看不支，稽粥率射手撤离崖上赶来。两军混战之中，箭弩无法施展，只能对面相搏。这是两支顶级卫队的生死之战，匈奴孤军深入，人数上处于劣势，但其经过超强训练，又从来没有脱离过战争，月氏军自然无法与之抗衡。但月氏王卫队已经是必死之师，俗话说“一夫拼命千军莫敌”，其爆发出的潜力也足以抵消稽粥卫队的作战能力。

兵对兵，将找将。拔禾特替下兜合卢，与旌再邕力战。稽粥只一心奔车上的月氏王，死活都要。旌再邕也只一心护着车驾，心被两顾但死活不弃。围绕月氏王的争夺愈加激烈，车驾寸步难移，周围尸积累累，血流成溪。

月氏卫队的抵抗大大出乎稽粥的意料。他本想只要以鸣镝取了月氏王性命，月氏人的意志就会被摧垮，抵抗也只流于表面。他的错估在于缺乏对月氏王的认识，既然今天月氏王宁死也不肯抛弃军队，那么军队，尤其是卫队，即使为保护天子的遗体也不惜以死相拼。

眼看旌再邕独力难支，前面有一军赶到，原来却是骐冼回军来救。骐冼不知天子死活，及至赶到车驾前，见状不妙，便来遮挡稽粥。此时，兜合卢已经拔出箭包扎了伤口，也来助战。

骐冼的加入，使月氏一方的兵力已数倍于匈奴卫队。然而，稽粥曾誓言要取月氏王的头颅，此时猎物已毙，头颅就在手边，他岂肯放弃。

拔禾特和兜合卢边战边退，意图把骐冼和旌再邕引开，但月氏二将并不上套。毕竟三对二令骐冼和旌再邕东西难顾，看兜合卢带伤，便有意先拿下此人。也是稽粥心不在此，而拔禾特出于职责，也不肯离太子左右。只在兜合卢稍一乏力，便又被旌再邕砍伤右肩。就在这瞬间，骐冼的刀已经从他腰间划过。随之旌再邕刀刃再取其颈项，兜合卢一头栽下马去。

就在这当口，稽粥在拔禾特掩护下瞅准空隙，跃马至车驾边，刀起连斩两人，随后猛地一划，已经夺了月氏王的头颅在手。他不再顾及兜合卢，而是发一声号令，率卫队后撤。他完全明白自己的处境，目的已经达到，此时如若不尽快撤离，恐怕就要葬身山中，月氏王脑袋连同自己的脑袋都得归月氏。

骐冼和旃髯邕两人在军力占据优势的局面下，却看丢了天子的首级，岂肯放走稽粥？见匈奴军迅速后撤，两人紧追不舍。

稽粥背负月氏王的头颅，正一心奔走。经过曾经设伏的峡谷，战骑拉成一线，影响了撤退的速度，却也迟滞了追兵。然而，在他们的退路上，辘契也正率领大军垫底后撤。冒顿当然明白这回事，但眼下的处境使曾预想可以回避的他变得无法回避。

既然回避不了，稽粥也只能孤注一掷。见辘契军至，乘其不备，与拔禾特冲阵而走。鹿契大军被这突然一冲，还以为是遇到了伏击，尽皆大骇。

稽粥一股劲地冲闯，闯过一队，便离开险境一步。见匈奴军这般冲法，辘契军直发愣，不知是怎么回事，便一队接一队地迟疑着。他们都倾向于赶紧迁徙，既无大碍，便不愿回头去追赶。月氏军中少有人认得稽粥，关键是没人能想到稽粥会出现在这里。

终于，稽粥迎头撞上了辘契。猛然间看到稽粥，辘契几乎不相信自己的眼睛。可他立刻被一种倾向左右了，宁可认为是，决不能从眼皮底下放过。他尚且不知天子已经死了，更不知这名疑似稽粥的背上，背的正是大王的首级。

稽粥和他的卫队已经无法再突进一步，便改变战法，斜里向侧面的山头退却。这时辘契惊讶地发现，骐冼和旃髯邕竟然尾追匈奴人而来，他立即感到大事不好。尽管已经有了心理准备，但当他确凿地听到了不幸的消息时，惊得几乎从马上滑落。

就在辘契心情暂时地陷于沉痛与茫然之时，稽粥已经冲上山顶，拔禾特随即下令卫队施放箭弩阻止月氏军的攻打。旃髯邕为报仇和夺回月氏王首级，当先向山头冲击。然而，稽粥卫队人人剽悍，个个箭无虚发，月氏战骑被成批地射中，倒在山坡上。旃髯邕还想一股劲地冲，但被骐冼挡住了。

三将聚拢，背依树丛就着马背商量，如不能尽快攻取山头，曳当和角勒支率领的匈奴军和乌孙大军随即就会赶到。关键是，一旦被他们重新缠住，后面便是从飞沙山口赶来的匈奴远征军主力。到那时，月氏全部的殿后部队就有可能陷于覆灭境地。

这是一个非常艰难的时刻，难在选择。若肯放弃夺回月氏王的首级，便能赢得有限的撤军时间；如果不肯放弃，只要稍稍耽搁，代价便是整个大月氏所无法承担的。当然，结果也必然两败俱伤，甚或稽粥也要赔上自己的性命。

“天子到底是怎么想的呢？”辘契问，也像在问自己。

骐冼回答：“天子的话，我们三人都是当面听到的……”他知道辘契在有意提醒，也是表达一种倾向。

“左大都尉应是深知天子的谋虑，只不知左大将能否接受不幸的事实？”辘契又问。他的眼睛始终盯着战场。

还是骐冼回答："左大都尉单独受命为族群寻求出路，现又护着小王子南迁，他当然最知道天子心底的想法！"随即直接问旌再邕："谋划南迁，左大都尉应为第一个参与者，是吧？"

旌再邕勉强点点头。作为王庭的侍卫长，不但没能保住月氏王的性命，连首级也被匈奴太子抢去了，他再也没有商讨的心情。

第一百二十九回

拒刘长单于绝异念　隔万里冒顿透真情

关键时刻，担子主要落在辘契肩上。他于是说："以左大都尉的性格，他会帮着向小王子和左大将说出事前的种种迹象的！"

骐冼说："依我看，这次对敌匈奴和乌孙，左大将也与以往有所不同，倒好像变了一个人！"

辘契听着充斥山间的格战声，断然说："没时间犹豫了。必须放弃攻打匈奴太子，立即撤军，按天子预先的部署南迁。你们看呢？"

骐冼回答："我能理解将军的决定！"他眼睛看着旃再邕。

旃再邕叹了口气，说："只要二位将军同意末将一个请求……"

辘契警觉道："你且说出来！"

旃再邕说："由我来断后，你们只管走，不要再管我，也不要管我如何阻止匈奴人！"

辘契转头朝着骐冼："形势刻不容缓，争不得了……"是在最后征求意见。

骐冼对旃再邕说："右大将身负重任，要不你俩先行一步，我随后就赶来！"

旃再邕摇头："天子说过，要看着南迁的大军从眼前过去。天子还留在这里了，我身为侍卫长，必须陪同天子看着大军从眼前过去。现今，我只能是最后一个！"看骐冼还要说话，旃再邕便决绝道：‘二位将军若不肯依，那就一起与匈奴人和乌孙人决一死战吧！"

辘契不再多说，只以手加胸道："天子决意南迁，本就是为了保全大月氏。与匈奴和乌孙决战而造成大量死伤或全军覆没，这不是天子在天之灵愿意看到的。大队的确需要有人断后，那，就请将军多多保重！"转对骐冼说："我们先走一步！"于是下令全军撤退。

回防敦薨水上游山间牧场的月氏宿将枯末折，等到雪化开山，依然没有侦察到占据绿洲的匈奴军有任何动静，他感到非常奇怪。忽然意识到飞沙山口或野果谷那边可能已经被攻破，于是赶紧派人打听。得到的回报是，大月氏举族南迁，王庭已经退到了阗池，军队也已经全面撤离伊列水。

这个消息使枯末折彻底感到了失望。许多年了，天子在面对匈奴人时却还重复了河西时的选择，越发显得软弱了。他更感觉寒彻肺腑，自己牵挂王庭的安危，不顾年事已高，抛开向往多年终于获得的平静而自由自在的生活，千里迢迢赶到王庭，又不计条件来为天子把守后院；结果呢，没有人告诉他王庭的决策，没有人想到敦薨水还有活人在替王庭操心。显然，天子只把自己当成棋盘上的一枚废子儿丢弃到了一边。枯末折的内心由衷悲哀，更觉得没着没落。现在，又回到了任由自己选择的时刻。

守在敦薨山已经没有任何意义。枯末折叫来两名都尉，把队伍交代给他们，要他们去追随南迁人马。一名都尉说："伊列水已被匈奴控制，我们却如何过得去？"另一名说："我们连大夏的名字都没听说过，路途遥远，又有崇山峻岭阻隔，还要经过别人家的牧场。就算能寻到那里，恐怕也只剩得一口气了！"一人又说："这许多人，也是要吃要喝的，却从哪里去弄？"于是另一人提议："将军不如就留在这里自立一族，我们众人从此就随了将军！"

枯末折还真为难了，寻思无计，只好说："让我想想吧！"

隔了几日，枯末折又叫来两名都尉，说："我思前想后，觉得你们说得有理。想大家随我一起去盐泽，路途艰苦不说，也难免被匈奴人阻截，无助无援，及到那里还能活下几人？再说，盐泽非同河西和伊列水的牧场，恐怕弟兄们不但难以适应那里的生活，反过来却惊扰了土著人的清静！"

两名都尉已经私下商量过了，异口同声地请求："还请将军为我们几千人做主，就留在这里吧！"

这时，帐外也响起了嘈杂的请求声。枯末折出帐一看，山坡上已经跪满了将士。这个场面，令他想起了当年的居敕臼，那场景必然比现下悲苦无奈得多，难怪他要自断一臂呢！可今天这局面不同，将士的诉求不同，不是自断一臂可以了结的。如若能行，那倒也简单。

两名都尉随至帐外，也一同跪下。枯末折无计可施，只得允诺说："那我就暂时留下，待把大伙儿安排妥了，我一个老人，也就不那么重要了，到时候再说吧！"将士们一齐谢恩。枯末折说："都起来吧，我与两位将军还有事商量！"

回到帐中，枯末折说："我早就是一个野人了，今天还做野人；而两位将军已经无所谓'都尉'，不过还是要与我共同承担起责任！"两人道："我们明白，这里已经没有了天子，全体唯将军之命是从！"枯末折摇头："还是共同商量吧！"

于是从长计议。枯末折说："我听说，当年左大将居敕臼能顺利从合黎山全军而退，多亏了一位于阗公主，而后来这位公主却成了冒顿单于的大阏氏。大阏氏回来省亲，至今还滞留在于阗他兄长那里。更巧的是，如今整个西域都在她的亲生儿子日逐王名下。”

一名都尉说：“将军说这些，兴是能从中找到我等的出路？”

枯末折说：“哪里有‘出路’，只‘生路’而已！传闻大阏氏历来不赞成仇恨、争战，她的日逐王儿子尚且年轻，日日围绕膝下，难免深受影响！”

另一名都尉说：“如此说来了，将军是有办法啦……不过，如何才能得到大阏氏和日逐王的宽容和帮助呢？”

枯末折却又说：“如若只是大阏氏母子，让他知道我们的存在，知道我们只想求得生存，别无念头，就有可能被宽容。难却难在那个僮仆都尉，此人深受冒顿单于信任。如果我没猜错的话，他才真正掌握着西域管理的实权！”

都尉说：“那我们的活路又在哪里呢？”

枯末折解释说：“其实日逐王与僮仆都尉必然相互制约。日逐王毕竟是单于的骨血，又有大阏氏撑腰；那僮仆都尉是卫队长出身，人虽刁悍，但也长着脑子，多少还是习惯看眼色的。日逐王对西域宽容了，僮仆都尉就不敢太过横蛮。我们毕竟只有几千人，自撤离焉耆后便意外地不再受到关注，这两个条件加在一起，生存就有指望！”

另一名都尉问：“理是这个理，我们可到底该咋办呢？”

枯末折叹口气说：“基本还是你俩那个意思。只要将士们一心，那就一起消失掉！”

“消失？却如何消失？如何却是我俩的那个意思？”两名都尉感到不解。

枯末折说：“且别问如何消失。我想，匈奴大军不可能整个冬季都耗在山南绿洲，从眼下的动静看，主力肯定是撤走了。一旦另路从山北突入伊列水草原，便更加没有在这边滞留的理由。再说，冒顿单于倾全力出击，内部空虚，怎能不担心大汉朝那边多少有点动静，是要抓紧回防的！”

一名都尉有所省悟：“那就是说，再也没人挂心我们了，天子那里不挂心，匈奴那里也未必挂心！”

另一名都尉受到了启发，说：“只有天子挂心，匈奴人才会挂心的。如今天子也要从单于的眼里消失了，就我们这几个人，还有谁能在意！”

这话刺到了枯末折的痛处，但他不愿意在口头上伤及天子，便沉默了。须臾他说，消失不等于不存在，只是远离别人的视线存活下来。作为军队，我们守在敦薨水这边的草原上，牧人们拿我们没办法；但作为一群牧人，那就得跟人家抢牧群争水草，弄不好还要引来僮仆都尉，也会让日逐王感到不舒服。

一名都尉说：“我明白了。将军的意思，就是我们得避到没人的地方去，在那里，我们也只有建立起自己的部落，才能生存下去！”

另一名都尉说：“到哪里去呢？又哪来畜群呢？”

枯末折说：“我知道在伊列水上游雪峰下的深山里，隐藏着非常宽广的平缓沟谷。那里的草原上到处是流水，一年里可以选择不同的地带放牧，山林里还有各种可供猎食的野兽和可以充饥的果实。唯一的不足就是地势过高，有些人到那里会感到胸口发闷，但过一段时间就能适应。也正因为这个原因，那里还没有太多的牧群，这便有可能成为天赐给我们的家园！”

听说有这么好的去处，又不必要与土著的族群发生冲突，两名都尉感到了振奋。

“至于牧群，从现在起，我们就要尽量留住军中尚存的马匹牛羊，再派人用各种方式去牧民那里交换一些。一两年内，大伙儿还需要靠围猎和采集度日，往后会渐渐好起来的！”

一名都尉说：“将军放心。我们本都是牧人、猎人，也都经历过草原上的灾害、饥荒。不过，这好几千人要活下去，必须有老将军带领着，才不会散了心，才不会被难倒！”

另一名赶紧附和：“对，为了活下去，我们定会齐心合力。老将军就给我们做主吧！”

枯末折不再说话，他不能不管，只好暂时默认了。

左谷蠡王都矢、右谷蠡王术柘已经从绿洲上撤军，冒顿单于悬着的心算是放下了一半，匈奴终于唱罢“空城计”，不再担心随时可能来自大汉朝的军事报复了。然而，他的内心并不如表面那样轻松，论其原因，主要是牵系对大月氏的征伐，却也与蛮芑未曾随同大军回返有关。而这两个原因还有一个重要的归结，就是对自身日益频繁发作的病痛的担忧。越是这样，他便越是盼望能尽快见到稽粥太子和蛮芑大阏氏。

左骨都侯勒俟祜进帐来，报告说有汉使求见；又说，这个使者显得有些怪异，神神秘秘，不肯透露所来何事，只要求面见大单于。

冒顿说：“既然有大事，就让他来见吧！”

汉使进帐，冒顿以礼相待。使者自报家门：“本使奉大汉淮南王陛下差遣，与匈奴大单于有要事相商！”

冒顿直是发愣，心想自汉高祖以来，汉朝这王那王废废立立、死死生生，这淮南王到底是哪个淮南王呢？当初，冒顿曾耳闻楚王韩信、淮南王黥布、梁王彭越等开国诸侯王的大名，有些战功事迹也曾在匈奴中广为流传；还有韩王韩信、燕王臧荼及后任卢绾等投靠或与匈奴有过联络，但这些都已经是往事。自匈奴返回北假，汉匈和亲，匈奴在方方面面也算都占了极大的便宜，加之汉高祖生前已彻底剪除了诸异姓功臣王，匈奴便不再与汉朝诸侯王有所牵扯；这回却又来了个淮南王使者，便显得十分蹊跷了。

这么想着，冒顿皱皱眉头，口中说："这脑袋，咋又疼得厉害了呢？"于是唤道："左骨都侯，左骨都侯何在？"帐外勒偞祜应声而入。冒顿指着自己的太阳穴说："我今日格外地头疼，大汉使者有啥话要说，你就听听吧！"转对使者："左骨都侯所问，犹如本单于所问；左骨都侯所闻，犹如本单于所闻。你有事就对他说吧！"言罢起身，回后帐去了。

眼看单于使出这一招，淮南王使者莫辨真假虚实，场面无以回避，只好一五一十向勒偞祜说明来意。勒偞祜好言安抚，说："只等大单于头不疼了，本侯便即禀报；尊使如若等候不及，可先返回国中，不久大匈奴自然要命人回话！"

转身，勒偞祜向冒顿回报："这个淮南王是大汉朝当今皇上最小的弟弟刘长，汉高祖也就剩这两个儿子在世了！"

冒顿叹息一声说："凭以往的经验，汉朝无论哪位大王来与大匈奴联络，这个'王'也必然是做到头啦！"

勒偞祜问："却如何向那个淮南王回话呢？"

冒顿反问："以当今汉朝皇帝那般稳当，你觉得还有必要给一个将死之人回话吗？"

勒偞祜听了，感到十分吃惊，问："大单于还没听小侯说啥呢，却如何能猜透底细？"见单于不应声，便强调说："这个刘长可是皇上的亲弟弟，与早先那些异姓王不一样呀！"又补充："听说，皇帝对这个弟弟十分宽容，可以说宽容失度！"

冒顿笑道："亲弟弟又咋样？问题正是出在这个'失度'上呀！"

勒偞祜说："兴许是因为皇帝的其他兄弟都被吕后残害了的缘故呢？"

冒顿说："但愿如此……那，你具体说说？"

勒偞祜却说："也没啥具体的。那使者透露，淮南王除了与我大匈奴联络外，也已经派人去闽越。他在内部起事，要我大匈奴和闽越王从北、南两面发兵呼应……"冒顿摆摆手打断说："一个骄纵之人，我料他成事不足败事有余，恐怕那个啥……那个闽越王也懒得蹚这道浑水！"

勒偞祜惋惜道："大匈奴如果帮了淮南王，利益可想而知。汉朝这块肥肉咱大匈奴天天都想吃，可如今送到口边了，大单于为何却连味儿都不肯试着闻一下呢？"

冒顿摇摇头，说："你仔细想过后果吗？"

勒俟祜不死心，说："有大匈奴相帮着，万一那淮南王能成呢？"

冒顿说："他若果真动起来，我们就看着办；他若能成，我大匈奴就有一万个理由去灭了他。这个人，其实比当今的汉朝皇帝好对付得多！"

勒俟祜看上去还有点恋恋不舍，问："那使者呢？"冒顿直截了当地说："你不是已经打发过了？他愿意待着，就让他待着；等不及了，就先让他回去！"

勒俟祜正待告辞，冒顿却说："我要送个书信给大阏氏，请她回北假来。你先帮我想想，话要说得委婉，前前后后的事情要讲清楚，该解释的要解释。我俩也算是老夫老妻了，丢点面子没关系，只是离弃不得！"

勒俟祜领命。在这世界上，他认为有两个人最懂得大单于，一个是右屠耆王且蛰，一个便是自己，而两人立足点不尽相同，所以对大单于的理解角度也有很大差别。

蛮莪来看望姐姐，一见面就忍不住哭出声来。

蛮芑见状，连忙问："是不是想家啦，想回马邑去？"莪点点头，口中却说："猩璞……猩璞它死啦！"蛮芑心中一惊，问："是咋死的？"莪哽咽着："没见啥不适，想是老了……"蛮芑于是劝慰："人老了也是要死的，何况犬类！"莪说："猩璞是天犬，不一样的！"蛮芑怜悯道："不一样也没办法，既然天命不可违，那就好好安葬了吧！"莪自然懂得这些，只是多日来内心积累的种种别扭和思念之情无法纾解而已。听了姐姐的话，似乎得到了足够的安慰，顷刻平静下来。

安葬了猩璞，莪预备着动身了，这头却还恋着姐姐。聂壹来了，舅舅于阗王让他带来了冒顿的信。蛮芑暂把信放在一边，问："想父亲了吗？"聂壹回答："想了，还想爷爷！"莪说："咱这就回去，回大汉朝的马邑去！"聂壹问："大姨也一起回去吗？"莪笑道："傻孩子，大姨要回，也得回匈奴大单于那边；再说，阖瀚哥哥当了日逐王，这回是要留在西域的了，大姨如何能舍下他就走呢！"她的声调变得哽咽了。聂壹不作声了，只去看母亲。莪的眼里已经溢出泪水。

蛮芑搂过聂壹，口中安慰说："大姨早晚会去马邑看望壹儿……对了，也还要看望壹儿的聂行爷爷，你说对吗？"聂壹点头，对母亲说："大姨不回匈奴去，是要回马邑看望爷爷和壹儿的！"

莪还要去拜辞王兄。等妹妹带着外甥离去，蛮芑这才取出冒顿的信来看。只见写道：

"蛮芑，你赶快回来吧！最近，我头疼头晕的毛病不时发作，而且越来越难以忍受。越是这样，就越是想念你和猎骄靡、稽粥、阖瀚。儿子们自有重任，不是说回来就能到身边，可蛮芑却不一样，是能够日日与我陪伴的……”

才看了这个开头，蛮芑的眼泪便像断线的珍珠般滚落下来，掉在书帛上。她赶紧抖了抖那信，已见有墨渍稍稍地洇开来。

“早年，我就清楚地知道，蛮芑是不待见战争和劫掠的。令我感到奇妙的是，这样一名清纯善良的女子，却如鲜艳的花朵般融入了流血的草原，从此让心灵的牧场不再枯萎。

“作为一个男人，一名骑士，我并不是从一开始就完全领会其中美妙的含义，而只把情爱看作是我们的唯一，相信炽热的爱终究会化解一切差异，包括对于杀戮的分歧。可随着时间的推移，作为大匈奴单于，我无法止住征伐的马蹄，因为，草原的风暴和灾荒，以及冬春之际的青黄不接，会令肉食和乳品难以为继，饥饿随之而来，时刻威胁着每座毡房里男女老幼的生命。我，还有我的父辈们，都热切地向往中原的繁华和未雨绸缪，可那不是我们的命，不是作为牧人的匈奴可以企及的享受。

“大匈奴的周边有同样依赖牧场和山林生存的强大部族，譬如东胡、月氏。既然我们都渴望有足够的牛羊和猎物来摆脱危机感，抢夺便成为共同的选择，唯一的结论是弱肉强食、适者生存。早先，我们的先辈曾经去赵国、秦国的边地掠扰；直到现在，尽管我们正在享用大汉朝无偿的恩赐，可骑士们并没有完全停止抢掠，这到底是为了什么？我可怜地告诉你，就是为了活着！

“没错，你会问，你内心里肯定千万次地问过，为了自己活命，就要让别人去死，这讲道理吗？是，这无理可讲；之所以无理可讲，就是因为要让自己活下去，要让大匈奴的族群繁育绵延。

“你也是知道的，我匈奴并非一味杀戮。骑士们抢来工匠和农人，好让他们制造农具和开垦土地、种植庄稼；可我们早已习惯了放牧的生活，草原上的农耕尝试从来没有结果。

“你可能还要问，为什么大匈奴要舍近求远去西域，特别是去西域的绿洲。我知道这很伤你的感情，也没法正面回答这个问题，但至少可以做个设想。假如你是单于，能想象真的有一天会坐到皇帝的龙椅上吗？我们的弯弓甚至无法射到当年四分五裂的中原；骑士们面对强秦望而却步，哪还能奢望长久地从励精图治的大汉朝那里分得一碗肉汤……

“如果有人告诉你，西域的农田和商路可以弥补大匈奴的急需，关键时刻也是一条退路，一条生路，你会做怎样的选择呢？如果有人告诉你，匈奴不去西域，西域必将为大汉朝所拥有，你也一定会感到惊惶不安吧！

“大匈奴无法谋求中原的龙椅，无法奢望长安和洛阳的繁华，可牧人们仍然需要做两个选择：一是让草原更加广阔，拥有最多的水草；二是让别人的土地为我们种植粮食。族群要扩大，要发展，这二者便缺一不可，冒顿作为真正的大匈奴单于，还能有别的选择吗？”

第一百三十回

慎弥危机储君智远　征战经年岁月留殇

蛮芭已经不流泪了，她被一位伟大单于对族群生存的理解和选择震惊了。他就是那个一味行动，令人捉摸不定，但又情感丰富，凡事对爱妻顺从三分的冒顿吗？回想，尽管自己一再想拴住他的马蹄，但他可曾从自己的立场中后退过半步？

当然，蛮芭疏于个性，从未去想这些，只因为他是大匈奴的单于，而她不是；她甚至没有去贴切地感受“阏氏”这种身份。此时面对手中的书信，你能怀疑丈夫还不够真挚和坦荡吗？尽管她并不完全信服和认同冒顿的那些大道理，觉得虽难以驳斥，但也并非不可驳斥；但一位单于为匈奴族群而作出的思索和他所拥有的坚忍不拔，却令她的内心深深地折服了。

“对匈奴来讲，‘日逐王’是一个非常特殊的称号，这个任命也具有非常特殊的意义。中原的传说中有一则‘夸父逐日’，爱妻想是比我更加熟悉。西域在大汉朝的西边，也在大匈奴的西边，那里是日头落下去的地方。因此，‘日逐王’代表着一种信念，却也承担着一份对族群命运的责任。”

蛮芭从这个解释中，理会到了冒顿对阖瀚所寄予的期待。

“在西域，阖瀚就是大匈奴，他的意志至高无上。但他还年轻，需要有帮手；即使将来不再年轻，也需要有助手。僮仆都尉就是日逐王的帮手和助手，当然也是大匈奴委任来全权管护西域的首要官员。譬如西域的经营，西域的税收，这些具体的事务总不能由日逐王亲自操劳吧！

“我想让僮仆都尉驻扎到焉耆、危须、尉犁一带，那里方便联络北假、河西，也便于沟通绿洲诸城郭。当然，阖瀚的事由他自己做主，愿意居住在哪里由他自己选择，僮仆都尉也必须服从他的旨意……

“我说这些，都是希望能听到你的想法；当然，我也知道你可能对此不感兴趣，甚至于十分反感。那就请爱妻简简单单地为我分忧吧，请你理解作为大匈奴的单于，只要人还没有死去，就不能不为这些事情操心！”

看着这段文字，蛮芭这颗心呀，真不知道搁在哪里才好。她似乎积攒了千言万语，但即使在当面，也没法说出一句，只胸腔里憋得难受。欲待不看了，但还是忍不住要往下看。

“我知道你最关心的是于阗，是阖瀚的舅家，这你放心。从表面看，于阗是归在大匈奴和日逐王的名下，可于阗实际想做什么，那还有谁管得了！当然我相信，外甥不会为难舅舅，舅舅自然也不会拆外甥的台，一家人和睦相处就是了！”

蛮芑早已熟知冒顿，真不知道他是智慧的象征还是狡黠的化身，是圣人还是魔鬼。他总是处在理与非理之间，总是让人无可奈何。

“……你赶快回来吧，回到北假，回到我的身边。为了大匈奴，我已经尽己所能，也已经别无所求；我只求在永远闭上眼睛前的那一刻，有你陪伴在身边。

“蛮芑，我的女人，回来吧，我一生最大的真诚，都已经归属于你。请不要计较那种连我自己也无法左右的意志，因为那种意志只属于大匈奴。

“今天，我可以坦率地承认，当初在平城慷慨地放走汉朝皇帝，真正的原因只是出于族群的长久。经事多了，再回想咱那亲家公聂行说过的许多话，当时我已经朦胧地意识到，中原根基稳固，如果彻底惹怒了大汉朝，匈奴终将自取灭亡；如果那样，我将没法去龙城向列祖列宗交代。反之，匈奴却能从皇帝那里获得巨大的利益，哪怕那都只属于数十年的权宜。但请相信，恰恰是你的劝告迫使我作出更周到的思考，甚至让我回想起你在合黎山和解中的作用，从而能冷静地权衡利弊。从这个意义上讲，是你帮助我唤醒了沉睡中的理智，因而你是大匈奴永远的功臣，是大匈奴最伟大的阏氏。

“这样说，绝不是被感情和具体的目的所左右，这的确是我经过反复而深刻的体味埋藏心中多年的感受，是我多次想说而没能说出来的话。我也承认，白登山撤围后，我总还是惦记着中原，并没有放弃出自父辈的奢望，但现在已经不再指望了。我不是不想向中原索取西域所无可比拟的财富，甚至不惜把那里的农田变成牧场，但恰恰又是你在无意中提醒我，令我一次又一次地打消了这个终究有可能令匈奴陷于灭顶的极其冒险的念头……”

蛮芑惊讶了，惊讶得不知所措。她能感知身边的复杂，可竟然没察觉这样的复杂，乃至在面临如此惊人的直率与坦诚时，几乎无法承受。并没有内心的屈服和完全认同，但蛮芑却体验着从未有过的感动。这感动超越了他与冒顿曾经的热恋，超过了以往彼此间一次次的委婉和曲意退让。

“……蛮芑，匈奴的大阏氏，我亲爱的妻子。我从来没有发现自己如此地软弱，只因为太过想念你。这许多年了，我已经无法离开你；没有你在身边，我便觉得内心空空，没着没落。在你前次去马邑的时候，我已经感受到了一种从未有过的折磨。而这次你去于阗省亲，去得太久，渐渐地，我的心就像是被掏走了，有了一种将死的感觉……”

蛮芑的眼泪又哗哗地流淌出眼眶，这回完全收不住了。

�要走了，聂壹相随来向蛮芑辞行。眼看着回归的一行走远，蛮芑内心如白玉河中的激流般翻滚。她止住惜别的泪，把目光移向了遥远的雪峰，在大山和绿洲层叠的背景下却意外地看到了兄长的身影。兄长对匈奴的怨恨殃及了蛮芑，可除了于阗王的身份外，他毕竟还是蛮芑与茷的兄长。对于阖瀚和聂壹两名外甥，当舅舅的在感情上便显得更加复杂。

旌禹邕伤痕累累的身体上，复又攒满了箭镞。他回身看着辘契、骐冼率大军撤走的山谷，崇山峻岭的后面便是月氏部族再次迁徙的方向。在与百倍于己的敌军做最后抵抗之后，月氏王的卫队已经覆没，全数追随天子去了。

稽粥杀红了眼，浑身是血。他已经失去了枣骝马，尚在寻找拚命的目标。他看到了最后一名站在月氏土地上的骑士，便再次举起弯刀，一步步向那个夕阳下的背影逼近。这时，耳畔响起一声怒吼："住手！"

弯刀止住在劈下的刹那。稽粥没有回头，知道是猎骄靡，便说："你来啦，看为弟帮你报仇雪恨！"他仰面发出怪兽般的笑声，那笑声震荡着经历血腥厮杀之后复归于沉寂的山野。一头巨大的猎鹰飞来，在死尸枕藉的战场上空盘旋。

猎骄靡驱黄耳上前，夺下稽粥手中的刀，冷冷地说："我已经没了仇恨！"他把刀丢给紧随一旁的拔禾度。拔禾度接了，见遍体鳞伤的拔禾特赶到，便问候一声，把刀交给了兄长。

稽粥向猎骄靡投来死神般奇幻的目光，旋即指了指旌禹邕，又指指自己背上背着的那颗头颅。他浑身没了气力，直要倒下。猎骄靡心疼了，连忙跳下马，把稽粥扶上去，吩咐拔禾度兄弟二人一起小心照料稽粥。

山峦疲惫着，呻吟着，逐渐隐没在日暮中。月氏人正在远去，猎骄靡和曳当下令不再追赶。难氏知趣，太子经历九死一生还能活着出现在面前，这就谢天谢地谢祖先了；稽粥若有不测，他却如何回去见大单于！此时，他唯一要做的事，就是盯着随军巫医为太子疗伤，照顾他休息，心里正巴不得赶紧撤军呢！

匈、乌两军很快便返回到伊列水河谷。稽粥身上并无重伤，恢复得很快。猎骄靡每天都来看望，说些关照体贴的话，其实两人心理上都变得十分敏感。摆在面前的是月氏南迁后留下的真空，以伊列水流域为主体的广袤而肥沃的草原，谁将是这里的新主人？

匈奴大军已经收拾好自己的战利品，预备着起程；曳当没有在伊列水停留，便率所部直接踏上了归途。可乌孙军却全无动静，在每个战士的心目中，这次对月氏的复仇远征，等同于为自己，也就是为每顶随军而来的毡帐夺取一片牧场。对于族群和所有的部落来说，经历了长期的颠沛流离寄人篱下之后，他们太需要重新获得属于自己的领地。

而猎骄靡对此的理解，早已超过了所有的人。最初的启发和动力却来自养母蛮芑送别的歌声："大路宽广，恩怨各走半边，出征只为了水源和牧场；莫让仇恨过度，掩盖了内心的善良……"久久回荡心中从未消逝的歌声，令他在实现西征目标的前提下，尽可能地避免与月氏军发生大战。当然，巧合之处是月氏王的退让，乃至阘榷宸、骐冼等违背原本性格的避让，使本来必然要发生你死我活争夺的伊列水上游谷地逃脱了血腥厮杀。这便使两军相安，乌孙军力几未受损，月氏南迁也得到了基本的实力保障。

现在面临新的矛盾。猎骄靡并不忍心用眼下的相对优势来与稽粥讨价还价，但内心却有一个不可动摇的决定，就是留居伊列水，恢复乌孙族群的自立和尊严。这一段时间，生身父母的影子遥远而模糊，步厩老大人的形象却总是近在咫尺，成为强力的鞭策。他不由自主地在内心想象老人忍辱负重、含辛茹苦的千般艰难，反复以临死的体验去领会老人诀别时的心情，逐渐地抛开顾忌，把有关老大人自尽的疑问转化成了思索和行为轨迹。当然，具体的做法未必符合步厩原本的想象。

复仇六子来见，不用说，他们义无反顾，眼下只不过想讨昆莫一个口实。只有激烈的思绪而没有任何的语言，六将陪猎骄靡在帐中闷坐，但这个行动本身就表明，全体乌孙人绝没有返回马鬃山的可能。拔禾度好像感觉到了什么，便知趣地请示昆莫，得许去匈奴营中看望养伤的哥哥。

龙必赤来了。出师以来，他与六子相处得不错，面对猎骄靡的特殊身份，龙必赤也能收敛个性。可此时，在复仇六子的眼里，这个匈奴人又已经是一度常驻马鬃山的那名特使。无论如何，他们之间存在天然的隔阂，因为自小制约他们的不是月氏人，而是匈奴人。这个人代表匈奴上层的意志，并把那种意志强加给乌孙部落。唯有一件事令他们和父亲感到意外，那就是为人质的小王子猎骄靡被视同匈奴王子，并且毫无周折地返回部落继承了昆莫位。尽管如此，他们也只感到那是一个阴谋；而最终是不是阴谋，现在已经到了证实的时刻了。

此时，正在疗伤休养的稽粥身边，也围绕着难氏和勿忒古、角勒支等将领。两座相隔不远的军帐里交织的是同一个问题，当月氏人消失在视野中之后，两个族群之间潜在的立场分歧立即突显出来，而且在军中迅速尖锐到了一触即发的程度。

从战场氛围中醒悟过来的勿忒古、角勒支，头脑已经被战死的兜合卢和莫奇卜占据了。四将在太子帐下齐名同功，而此时却折去一半，这不但是稽粥的内心之痛，也是未死二将的切肤之痛。如今，这个痛楚该向哪里发作呢？当然不可能朝着猎骄靡，即便失去理智他们也不敢，可怨恨却自然转移和累及到了复仇六子和整个乌孙军。

心理的阴影笼罩着最具体的情节。他们首先意识到的是，匈奴主战四将殒去二人，而乌孙六子却毫发无损；匈奴军经历了残酷战斗，伤亡不算小，连太子稽粥也只落了个死里逃生的幸运，可乌孙军却避开了苦战拼斗，将士损伤不足计。尤其两度协同乌孙军作战的角勒支，当时便有许多的不解，此刻算算后账更觉心中憋闷。他两手反复掂量着腰间的流星锤，奇怪地想到了这一对家伙此番没怎么使用，却是要用在哪里才合适呢？

“分明是他们放走了月氏人！”勿忒古终于说出了第一句话，并无所指。

“要不是太子谋划在先冒死截杀，那月氏王此刻也已逃得无踪无影了！”角勒支附和了一句。

帐中复又沉寂下来。过了许久，有人说：“等回到北假行帐，大单于那里自有分晓！”

却又有人冷笑说：“乌孙人若不肯返回马鬃山，倒是跟谁去见分晓！”

难氏突然抬头喝道：“何人竟敢如此胡言乱语，想不想要脑袋啦！”

稽粥开口了：“大单于既然给乌孙封了昆莫，总要让昆莫拥有自己的领地，这个道理难道没人懂得？”

既然有人提到了最敏感的问题，他便揭穿了自己内心的底细。在得知单于庭隐瞒出兵山南绿洲的重大决策时，他就明白这个暂时的措施绝非针对自己，也敏感地意识到了父亲对于兄长猎骄靡的矛盾心理。猎骄靡既然在出征之时继承了昆莫位，就意味着他必然成为匈奴在伊列水草原的代理人。这无疑是一个处心积虑的设计，而这个设计的动机派生于襁褓中的猎骄靡，早已形成思维定式；尽管当初不可能赋予具体的目标。既然到了兑现初衷的时刻，那无论着眼长远的匈乌关系，还是出于兄弟感情，还有蛮芑养母毋庸置疑的立场，稽粥都自然而然地在内心认同了。这个认同深深植根在养母的教诲和自幼而来的情谊中，是一种理所当然，不存在反悔的基础。出于对猎骄靡性格的理解，他才决意亲自冒险截杀月氏王；事实证明，自己的决断没有错。那么，到眼前这份上，他绝对不能允许部下因小不忍而乱大谋。匈奴岂能在驱逐一个宿敌的同时，却在同一片草原上把自家兄弟转化为新的劲敌？

乌孙昆莫帐中，当空气中沉默的情绪几乎积累到爆点的时刻，龙必赤站起身来。

他离座走向猎骄靡对面，以手加胸恭敬地行礼，口中道：“昆莫大人！”又环顾左右，道：“诸位将军！”稍停挺直腰板继续：“我此来是奉稽粥太子之命，并获准以大单于特使的身份，宣布留伊列水河谷为乌孙领地，世代相传！”

乍听此言，复仇六子都睁大了眼睛，他们几乎不能相信自己的耳朵。等转头看昆莫时，只见猎骄靡跪起在座上，以手加胸面向上天，口中道：“谢父亲大单于，谢母亲大阏氏！”然后坐下，继续说：“谢太子弟弟，谢特使大人！”龙必赤回一礼，说：“望昆莫此生莫忘养父母大恩和太子的兄弟情义，望诸位将军善自珍重，在下暂且告辞！”

一场一触即发的风暴，被稽粥未雨绸缪化解于无形。

枯末折带领月氏弃军来到了他所寄予希望的深山草原，那的确是一个优美而与世无争的环境。已经没有了将军和士兵，他们迅速建立起新的部落体制，开始为集体的生存而谋虑和积极行动起来。

此时的枯末折心挂三头，一头惦记着月氏族群的迁徙和安危，一头总希望返回盐泽去过那种超然悠然的生活，一头还放不下新牧地的稳定和生计。这已经算得上一位垂垂老者的忧世心态。

令他感到十分意外的是，孑拉尔一路寻来了。乍一见面，两人都十分高兴，及至问到别后，孑拉尔却变得垂头丧气。枯末折见状，不再追问，只安排孑拉尔歇息。

次日一早在毡帐外见了。孑拉尔问：“大人可知道大月氏已经往南去了？”枯末折点点头，这有谁不知。他却突然又问出一句话来：“大人可知道月氏大王已经死了？”

枯末折惊愕了：“你说啥？”

“伊列水都在传说，月氏王已经死了，是被匈奴太子稽粥亲手杀死的，脑袋也被夺了去，说是要给匈奴大单于当酒杯！”

这些话在枯末折听来，犹如五雷轰顶，脚下几乎站立不稳。镇定了一会儿，枯末折到底将信将疑。他是有道理的，月氏王庭与乌孙军周旋，先期撤走，而当时匈奴太子还被辘契阻滞在飞沙山口；及至进取飞沙山口的匈奴军赶到阗池，大王应是早就在阘榷宸、畋猷的掩护下走远了。这消息是讹传？或者大王果真意外归天了，但并非为匈奴太子所杀？

事体太大，务必要弄清楚，派别人去不放心，必须亲自证实。于是，枯末折找来两名都尉，说：“部落的事已经有了个眉目，我看今后你二人足以担当！”二人十分敏感，一人问：“将军……不，大人却是要去哪里？”另一人问：“大人这就丢下我们不管啦？”

枯末折告知传闻。一名都尉不以为然，说：“这还与弟兄们有多少关系！”另一人连忙制止道：“这是大人心目中的大事，那也就是我们心目中的大事。不过，可以另派人打听嘛！大人年事已高，又连日辛劳，你去了，我们哪里放心得下？”那一名又接腔：“再说，部落里到底是一刻也离不得大人的！”

枯末折说：“我意已决，你们就不必再言语。再说，此去有孑拉尔陪伴，他会照料周到的。如若不想辜负我，那就去尽心尽力经营部落，让大伙儿不愁生计，日子过得逍遥舒坦！”

两都尉看看无法劝阻，只好承诺，设宴为枯末折送行。无论如何，枯末折已经是部落的依赖，他的离开，便好似抽去了主心骨。但愿他能打听落实了，早日归来。

稽粥就要率军回返，却有一小队健骑及时赶到了。奉大单于之命，僮仆都尉屈烈支亲自护卫着日逐王阖瀚，急匆匆从山南焉耆驻地出发，一路翻山越岭，未曾稍息。当初勒俟祜为远征迂回而打探到的路径，这回算是派上了用场。

兄弟三人在伊列水相聚，且不问阖瀚所来为何，只管欢欣，都有衷肠倾诉。

阖瀚无疑成为了一种弥合情感的媒介，两位兄长都来亲切地关怀小弟弟，也都有意无意地相互沟通善意。潜在的语言是，无论局面和地位如何变化，彼此都会理解和关照，兄弟间的感情压倒一切。他们都强调着一个不可颠覆的基础，那就是共同的大阏氏母亲蛮芭。由于表达委婉，那些不着天地的对话总让不明底细的阖瀚如堕五里雾中。这倒使稽粥和猎骄靡都来得会心，只须存有要好的真心，再大的利益也都在其次了。

敏感的直觉不断在提醒稽粥，不久后他就会继位，成为新一代匈奴单于，因此凡事都必须为全局着想。既然乌孙不可能放弃存亡攸关的利益，那么调和便是最好的选择。更为关键的是，猎骄靡绝不可能与自己翻脸为敌，这是基本保障，也是信心所在。他知道，自己一旦成为大匈奴单于，内心实实在在担忧的不是西域，而是彼此长存戒备之心，根本利益难以调和的中原宿敌。

他的内心也和父辈一样地纠结着，中原为何从来就让人放不下呢？他觉得父亲对大汉朝已经无能为力，而自己面对的，必然是一个因医治好战争创伤而更加强大的大汉朝。如此，西域对匈奴而言只会越来越重要；尤其乌孙，犹如匈奴的一条臂膀。他内心感慨：“父单于和右屠耆王伯父的预见真是了不得！”

第一百三十一回

匈奴王子名分各定 汉室兄弟诡曲难辞

屈烈支没有预先向任何人透露自己的使命。等到兄弟们的情感铺垫告一段落，他才告知此来是为了传达大单于的重大决定。对呀，弟弟是做什么来啦？阖瀚当然是高高兴兴来看望兄长和又一片新获得的神秘土地，而稽粥和猎骄靡则各自顾了内心，便暂时地没有去想这个“绝非偶然”。

冒顿也是曲意撇开了三兄弟之间的敏感，选择由屈烈支出面宣布自己的决定。所有的人都屏住呼吸倾听：

第一条，确认乌孙领有从大月氏夺取的全部土地。这使稽粥和猎骄靡都松了一口气，太子部属也不得不彻底服从。

第二条，整个西域，包括乌孙在内，都归于日逐王名下，同时接受僮仆都尉的管护。两个兄长都平静地听着，没有相互的交流，事实上都在内心里权衡。只有阖瀚感到十分意外，看看这个，又看看那个，但没有人看他。

第三条，强调所有的安排都只是车过见辙，如天定一般。希望三弟兄尊重这个现实，今后无论相对地位如何，都要遵循大阏氏母亲一贯的教诲，以幼敬长；都要如少年时一般相亲相爱、互相信赖、共同维护好大匈奴的一统。

宣布过了，屈烈支便即退出。阖瀚却嘟囔：“我是不要管大哥的，我宁可不做这个日逐王！”

稽粥听了，只来看猎骄靡。猎骄靡连忙安慰说：“弟弟不必为这点事计较，你这个日逐王还是要认真做的，只不过要管束好那个僮仆都尉！”

稽粥立即呼应：“他要是不服管束，做得出格了，二哥就帮你请求父单于，把他赶回单于庭！”

猎骄靡会心地一笑，说：“如今大局已定，今后就请二弟、三弟多关照啦！”

阖瀚尚自愣着。稽粥责怪道：“大哥岂能如此见外！”

猎骄靡连忙说：“错了，错了。我即刻置酒为三弟接风，也借此向二弟赔个不是！”

稽粥“哈哈”大笑，拍一拍阖瀚的肩头说：“该罚！就罚大哥供我俩大吃大喝一顿，你看如何？”

阖瀚高兴道：“那当然好！”

其实，屈烈支宣布的内容早在稽粥的意料之中。

月氏王被杀的消息很容易就得到了核实。枯末折悲痛之余，更感到心灰意冷。

返回到伊列水上游，是决定率领部落还是返回盐泽的时候了。枯末折对孑拉尔说：“我们就在这山间凑合搭一间草棚，过几天平静的日子，你愿意吗？”

孑拉尔应道：“我只随大人的便！”说罢动手，却只让枯末折歇着。

寻着三株现成的大树，简陋的棚舍很快就搭建好了。两人坐进去体味了一阵，比枯末折想要的好得多，睡得下，坐得起，转得开，有依靠，里面充满了水草的气息。

两个人的日子过得挺开心。孑拉尔并不忌讳，断断续续讲到了与猎骄靡和乌孙复仇六子的交往，也说到了自己在野果谷的遭遇和为乌孙滑雪军指点道路的事。他尤其对猎骄靡的为人大加赞赏，说获救是一回事，为人是一回事，他却是冲猎骄靡的为人去的。

枯末折就像在听天外的事，无关痛痒，无责无怨。也不是毫无感受，这是他第一次了解到猎骄靡。真想不到还有乌孙王子能从月氏的刀丛中漏网，更没想到正是这个王子如今取代了月氏在伊列水草原的统治地位，真是世事难料呀！他问孑拉尔：“你听说过一句话吗？叫‘三十年河东三十年河西’。这句话出自中原民间！”孑拉尔摇头，眼里一片茫然。

枯末折知道这话问错了对象，也只一笑，又问：“你还听说了啥？”

孑拉尔想了想说：“还听说了猎骄靡，对，猎骄靡婴儿时的事！”于是讲起了鸦雀庇护、母狼哺乳的传奇故事。讲得如己所见，十分地逼真。

听罢，枯末折叹了口气说：“果然是命中注定，人力所不及呀！”

孑拉尔点头，他哪里知道枯末折在说什么。他甚至没能领会自己所敬重的枯末折和猎骄靡之间存在水火不容的敌对关系，只当他们是两个毫不相关的人。

枯末折体谅孑拉尔的浑朴，也就顺势想，自己的确与猎骄靡毫不相关呀，怎能让孑拉尔感觉到敌对呢？他面前的世界与普通人不一样，还是让他留在自己的那个世界里更好。若想去教诲他，哪怕做一点点启蒙的事，都是罪过！

几天后，枯末折问孑拉尔：“你愿意把我捎回盐泽去吗？就像你捎回自己的父亲那样！”

孑拉尔回答：“当然愿意！”

他没有想得过多，也自然地觉得总会有那么一天。可当第二天一早在那座草棚里醒来时，却没有看到枯末折。寻到外面，看到他倚在一棵树边，像是在打瞌睡。

孑拉尔上前问："大人为啥睡在这里？"没见回答。他这才发觉大人已经离世了，于是内心很是悲伤。

按照承诺，孑拉尔砍来树条编织了一对驮筐，拿来搭在马背上，然后把枯末折的遗体担在马背和驮筐上，动身返回盐泽。

文帝前六年（前 174 年）十月，桃树、李树都不合时令地开了花。

丞相张苍、行御史大夫事典客冯敬、宗正逸、廷尉贺、备盗贼中尉福等朝中重臣联系这种异象，纷纷上书参奏淮南王刘长。

罪名大致有这么几条：其一，废弃先帝制度，擅为法令，拒听朝廷诏命，上书所言不逊；其二，自制黄盖车驾，出入起居类同天子；其三，越权封官赐爵，官至相国，爵至关内侯，俸至二千石；其四，网罗藏匿各郡县和诸侯国的亡命之徒；其五，私赦重罪，刑杀无辜。其图谋不轨，罪行桩桩件件坐实，人有名姓，计有数据。

对于刘长的非分和嚣张跋扈，刘恒历年眼见耳闻，及至无以复加，仍不欲亲自严加谴责。度朝野不可再容忍，且只当家事处置，请舅舅薄昭写信加以规劝。信中远引用周初管叔、蔡叔，近列举代顷王刘仲、济北王刘兴居的骄横不法，对照他们的下场，提醒淮南王引以为戒。

刘长早已骄纵成性，把皇兄的宽宥看成了软弱可欺。时有大夫伙同七十多人，与棘蒲侯柴武的太子柴奇合谋造反。柴奇委派因罪失官的家臣伍开章往来联络，与刘长一拍即合。刘长还为伍开章成家娶妻，供给二千石的薪俸。但柴奇自度风险，让伍开章提议刘长遣使联络闽越、匈奴先期发兵，以便乘乱里应外合夺取帝位。然而，这一提议迟迟没能得到积极呼应。

刘长看了薄昭的信，不由得怒气冲天。他早已在位于今陕西礼泉东北、九嵕山东麓泾河西岸的谷口县集结了四十辆战车，于是在车上载了货物充作掩护，图谋以纳贡请罪的名义随同进京，伺机发动政变。

朝廷对此岂能无备，事情当即败露。长安县尉奉命前去缉拿伍开章。刘长先是藏人不交，随即秘密杀死伍开章灭口，并多方欺瞒有司。有司传唤忌论罪，刘长谎称忌有病。刘长擅自任命的相国春请求刘长准许自己赴长安替罪，刘长大怒，认为春有意背叛自己去投靠汉廷，便处以死罪。

鉴于刘长肆无忌惮的疯狂，朝臣们上书力请加以制裁。刘恒不得已派使臣前往诏令刘长进京，刘长此时才如梦方醒，自知无力对抗，只好乖乖地随使者来到长安。但刘恒不想亲自过问，便把这事交给彻侯和二千石以上官员去讨论处理。

众臣认定刘长危及宗庙社稷，上书请求处以死刑。刘恒批示："朕不忍依法惩处淮南王，就赦免他的死罪，废掉他的王位吧。"

众臣不依，第三次上书说："刘长犯有大死之罪。既然陛下法外开恩，臣等冒死请求将其遣送蜀郡严道县邛崃山邮亭，令其妾媵有生养子女者随行同居，由县署为他们兴建屋舍，供给粮食、柴草、蔬菜、食盐、豆豉、炊具食具和席褥。以此布告天下。"

这是一个折中方案，大臣们也退了一步。刘恒只得颁旨："准请供给刘长每日食肉五斤，酒二斗。命昔日受过宠幸的妃嫔十人随往蜀郡同住。其他皆准奏。"于是，有司尽行处死同谋，安排刘长起程。

严道县治今四川荥经，地处偏远，古代常以罪人流徙此地。始皇灭楚，徙严王之族以实其地，故此得名。

刘长被安置在前后密闭的辎车中，里面携带了被褥衣物，可坐可睡。刘恒放心不下，传命沿途所过各县依次小心传送，不得闪失。就这样，刘恒还是挂心，显得坐卧不安。

中郎将袁盎深知皇上的心思，便进言劝说："淮南王之所以有今天，那是皇上骄宠的结果。皇上没给他安排严厉的太傅和辅臣，使他得不到管束和制约，终致今日之祸。可淮南王任性惯了，哪里受得起这样的折腾，一旦遇到个风寒不适，生病死于途中，世人不知就里，只认为以天下之大却不能容下至亲骨肉，陛下反倒要承担杀害弟弟的恶名，这却如何解释，又能解释清楚吗？"

刘恒说："朕不过是让他吃点苦头，给他一个思过的机会。过几时自然会赦免他，让他回来的！"又思量了数日，终究耐不住了，对袁盎说："要不，现在就派使者召回刘长来？"

可哪里还来得及？沿途各县慑于他的恶名，没人敢放他出囚车来活动筋骨。刘长气性虽大，但无奈只能面对仆人倾诉："谁说老子勇猛？老子哪还能勇猛！我晓得自己骄纵，那是因为从来没人指出我的过失，我也从不知自己的过失呀，可人活着哪受得了这种罪呢？"他本就内心憋闷吃不下饭，便干脆绝食。及至雍，县令打开囚车封门，发现刘长已经死了，慌忙向朝廷报告。

刘恒闻讯大恸，对着上天叩首请罪。他对袁盎说："真后悔没及时听你的劝告！"

袁盎说："还望陛下宽心，这种事，哪有后悔的余地？再说，陛下已经在三件事上高于古今，因而远不足以毁掉声名！"

刘恒感到惊讶，问："你说的是哪三件事？"

袁盎掰着手指列举："居代时，太后生病，陛下三年不合眼，不解衣，汤药都要亲口尝过。要做到这一点，布衣曾参尚且感到困难，而陛下以王者的身份亲为，孝行远远超过了曾参，这是其一；诸吕用事，大臣专制，陛下从代地乘着传舍的车辆一站一站地步入祸福莫测的深渊，即使水行不避蛟龙、陆行不避兕虎的孟贲，叱呼而惊骇三军的夏育也难以比及，这是其二；陛下入京抵达代国官邸，两次西向推辞天子位，继而又面南三让。当初许由不过一让，而陛下五次以天下谦让，已经远远超过许由啦！此其三。再说，陛下惩迁淮南王，不过是想用艰苦磨炼来让他懂点事，令他知错而后改；不料有司护卫不够谨慎，这才导致病死。"

刘恒听了，情绪才逐渐平息下来。于是问："该如何善后呢？"

袁盎试探着回答："那就斩丞相、御史以谢天下？"

刘恒沉思片刻，传旨丞相、御史，逮捕拷问各县在传送刘长的过程中未曾打开囚车提供食物的侍者，一律问斩。然后以彻侯的规格就地安葬刘长，安排三十户人家守冢。

刘恒始终怜悯刘长。文帝八年，封赐其尚且在十岁以内的四个儿子侯爵，刘安为阜陵侯，刘勃为安阳侯，刘赐为阳周侯，刘良为东城侯。

文帝十二年，坊间泛滥着一种情绪，有民谣传唱道："一尺麻布，尚可缝；一斗谷子，尚可舂。兄弟二人不能相容。"刘恒听到了，叹息说："尧舜放逐自己的家人，周公杀死管叔蔡叔，天下人称赞他们贤明。那是为啥呢？因为他们能不因私情而损害国家的利益。歌里这么唱，难道天下人都以为朕贪图淮南王的封地？"

天下未必能明事理，但君主不能不明天下。于是，刘恒徙袭封城阳王的刘章之子刘喜于淮南王故国，顺势谥封刘长为厉王，并相应为他建造了陵园。

及至文帝十六年，袁盎提醒刘恒说："厉王存有三子，他们的命运都掌握在陛下手中。"刘恒于是让当了五年淮南王的刘喜还去当他的城阳王，升格刘安为淮南王、刘勃为衡山王、刘赐为庐江王，三分共享他们父亲曾经的封地。

在这一阵子的折腾中，袁盎成为无形中的受益者，在朝廷上声名日重。

这些都是后话。

刘长、柴奇试图联络匈奴、闽越反叛的事件，无形中也在提醒刘恒关注他本来就时刻留意的北方强邻匈奴。这个从来不消停的族群，显然已经在天山得手。接下来，单于和右屠耆王等等，还要做些什么呢？他们已经获得了与大汉朝抗衡的重要筹码，还能满足于每年坐享赐赠吗？还能止步于对汉边的闪击式劫掠和短暂占领吗？

就在疑问又一次出现在刘恒脑海中时，匈奴单于冒顿来信了。

“天所立匈奴大单于敬问皇帝无恙。前时，皇帝言和亲事，称书意，合欢。汉边吏侵侮右贤王；右贤王不请，听后义卢侯难氏等计，与汉吏相距，绝二主之约，离兄弟之亲。皇帝让书再至，发使以书报，不来，汉使不至，汉以故不和，邻国不附。今以小吏之败约故，罚右贤王，使之西求月氏击之。以天之福，吏卒良，马力强，以夷灭月氏，尽斩杀降下，定之。楼兰、乌孙、呼揭及其旁二十六国，皆已为匈奴；诸引弓之民并为一家，北州已定。愿寝兵，休士卒，养马，除前事，复故约，以安边民，以应始古，使少者得成其长，老者安其处，世世平乐。未得皇帝之志也，故使郎中雩浅奉书请，献橐驼一匹，骑马二匹，驾二驷。皇帝即不欲匈奴近塞，则且诏吏民远舍。”

这言语之中，既表达了和平相安的意愿，也不乏推诿、炫耀和要挟，虽掩耳盗铃但态度却非常诚恳。刘恒召集朝议，给出非此即彼的选项：兴兵征讨还是继续和亲。

刘恒问：“怎样做才更合时宜呢？”

公卿异口同声回答：“单于新破月氏，乘胜，不可击。且得匈奴地，泽卤，非可居也。和亲甚便。”

刘恒点头：“如是甚合朕意！”

于是刘恒回信说：

“皇帝敬问匈奴大单于无恙。使郎中雩浅遗朕书曰：‘……愿寝兵休士卒养马，除前事，复故约，以安边民，使少者得成其长，老者安其处，世世平乐。’朕甚嘉之！此古圣王之志也。汉与匈奴约为兄弟，所以遗单于甚厚；倍约离兄弟之亲者，常在匈奴。然右贤王事已在赦前，单于勿深诛！单于若称书意，明告诸吏，使无负约，有信，敬如单于书。使者言单于自将伐国有功，甚苦兵事。服绣袷绮衣、绣袷长襦、锦袷袍各一，比余一，黄金饰具带一，黄金胥纰一，绣十匹，锦三十匹，赤绨绿缯各四十匹，使中大夫、谒者令肩遗单于。”

皇帝所言所赠当然持有上国的姿态，在无奈中显示大度，兼以分清是非责任，严肃告诫，也算是恩威并用。其中“赦前”的说法，不知冒顿和且蛰看了，作何感想。至于按天子规格送来的全套服饰和配赠，冒顿当然乐于接受。

月氏举族南徙，扶老携幼披星戴月，其中艰辛自不待说。军队、王室和牧民络绎抵达监氏城和妫水流域，给世外之地带来了巨大的震惊。面对源源而至的疲惫之师，松散的土著部落不敢设想作出有效的抗争，服从便成为不可违背的选择。

大月氏迅速取得了对大夏全境的控制权。大夏原住被按照各自的势力范围分割为五个相对独立的实体，五酋长各自筑城建屋而居：其一为休密，居和墨城；其二为双靡，居双靡城；其三为贵霜，居护澡城；其四曰为肸顿，居薄茅城；其五为都密，居高附城。

月氏族群从此远离了强势的邻居，境内农牧相安相宜，兼有过境的商贾之利，经济在和平环境下发展，政权逐渐稳定下来。

阴山之麓冒顿和大阏氏蛮芑曾有过戏谑的谷中，地面和岩壁上的冬日沉积已经事先清扫。冒顿被扶下马来，颤悠悠走到崖前。眼前一溜八幅岩刻，看上去煞是壮观。他的精神头立刻被激起，本来显得绵软的脚下也恢复了三分劲道。

“去，去，都离我远点！”他挥动手中的马鞭，不让侍从人等在身边晃来晃去，生怕被搅扰了兴致。勒俟祜想过来搀扶，腿脚却先自打了个软。冒顿“哈哈”一笑，拿鞭子指道：“老啦！”又说：“你就别再逞能啦，暂且到一边歇着！”

勒俟祜口里应着，脚下却没移动。

龙城祭祀、蹛林大会、单于大婚、重归阴山、白登之围、阏氏牧马……冒顿一幅幅仔细观赏，自顾唠叨着，脑海中翻腾着以往的波澜壮阔。画面上的情景，有的每年都在不同程度或不同质地重复，有些则成为了永恒的记忆。他一面回忆，一面拿鞭子远近指点着给岩刻分类，龙城祭祀和蹛林大会其一，单于大婚、阏氏牧马其一，重归阴山、白登之围其一，还有后面那幅匈汉和亲，算哪一类呢？他有点糊涂了。

“且蛰呢？让且蛰也来看看，他……他好像还没见识过呢！”冒顿断断续续地说。

勒俟祜连忙回答：“右屠耆王派人来打招呼了，说前一阵操心乌孙那边，方才歇下来，却感到身体不适，故还未能前来！”

冒顿听了“呵呵”笑道：“罢，罢，兄长年事已高，可别再让他过于操劳啦！”

旁边勒俟祜连忙点头称：“是、是！”

第一百三十二回

北南恩怨千头万绪　完璧归史收束全篇

思绪的流动自是一回事，冒顿久久地滞留在第六幅面前。

画面上，蛮芑人马一体，体态跃如，看上去生动至极。说是阏氏，其实画面上糅合了初见蛮芑时牧女的印象，甚至还有河西草原上暴风雨的影子。

冒顿的脑子开始放牧了。

漫山遍野的羊群，漫山遍野的马群，到处都是蛮芑的动静举止、歌声笑貌，到处都是她跟自己和儿子们嬉闹的情景。她的青春美貌、她的任性无忌、她的满不在意、她的乍怒还嗔、她的母爱宽容、她的微妙心绪、她的……她的……后来她为何却变得心事重重？

冒顿的心忽然沉下来。他把整个的身体俯贴在岩刻上，仿佛那岩刻上就是真的蛮芑。他要去拥抱她，抱住她永远也不肯放开。

“她为什么还不回来呢？听说，莪妹妹已经回到了马邑……”

他想，内心有所不解。是的，匈奴征服了西域，占领了西域，可她父兄的于阗国刀兵不染、毫厘未伤，还得到了许多优待，这还不够吗？还要自己如何让步呢？在她面前，自己总是习惯妥协的呀！当然，他知道，那都是表面；因为即使自己有意迁就，百般迁就，可大匈奴的意志永远都无法改变。从这个意义上认识，那始终妥协的就是蛮芑了。

让一个信念极其坚定的女人妥协，让一位博爱的母亲接受杀戮的现实，让自己深爱的女人无限制地忍受失望——冒顿的内心感到了剧痛，抠挖似的痛，箭扎似的痛……

他两腿竭力支撑着，身体依靠住岩刻，挪过那只空着的手，捂住心口窝。

他看到了自己一颗狡猾的心。“阏氏牧马”的画面上风暴突起，北山口的激烈战斗出现在眼帘中，其中有自己的形象，有侥直那的形象，有且蛰的形象，有勒俟祜的形象，有曳当的形象，甚至还有月氏王、居敕臼、枯末折的形象。这本意是一幅“河西牧马图”，只是当时被爱情的火焰燃烧着，灵机一动改成了阏氏牧马，当然是在河西牧马……大匈奴的阏氏在河西牧马，哈哈，这与大匈奴的骑士在河西牧马有什么区别吗？嘿，岂止在河西牧马呀！深刻！但蛮芑却是如何理解的呢？她还跟自己谦让呢！以她的率真，当然只认为那就是自己在草原上牧马，即便在河西牧马，那也是写实，这幅画纯粹是爱情的寄托。哈哈，寄托着爱情……爱妻……

“还有那幅……那幅什么来着……哦，归省西域，对，归省西域，咋就不见呢，莫非是勒俟祜他给搞丢了？哈哈，他也有糊涂的时候，这么大的事，怎就能出差错呢！”

“大单于，大单于——”耳畔响起左骨都侯焦急的呼唤。

“你喊啥呢！”冒顿口里并没有出声，只在勒俟祜的扶持下，缓缓掉过身来。

“你喊啥呢，我不就在面前！”但他依然没说出声来，手中鞭子却向前指了指。

勒俟祜便招呼卫士一起，扶大单于走到下一幅面前。

那是“匈汉和亲”。和亲好哇，和亲好！那当然不是爱情，不是蛮艺，不是荃扶，肯定也不是夠莪；不是冒顿离不开和亲，而是大匈奴和大汉朝都离不开和亲，要不然咋就叫“匈汉和亲”呢！咋不叫“单于和亲”或者干脆叫“冒顿和亲”呢？哈哈——

想到夠莪，冒顿其实也有点心痛，心痛她的天真与无辜。她真的叫夠莪吗？她真是夷莪的妹妹吗？她有父母吗？那么她的家、她的父母到底在哪里呢？

眼前自然而然就有了百般造作的夷莪。她骑在那匹板栗色的小母马上，始终迷人的脸上充满了哀怨，怀里却护着天真无邪的小弟弟芷劬。

一声尖厉的叫声在耳畔响起，小母马带着小阏氏和可爱的小弟弟摔下了山涧。冒顿猛地合上了眼。那情景在他的眼帘里反复闪现，直闪得头脑发晕。

冒顿握着鞭子的手死死抵住岩刻，开始喘息。

荃扶静静地躺在草地上，胸前放着由自己亲手采摘来的各色花朵，身边是潺潺小溪，天上是朵朵白云。白云飘浮着，犹如牧群在移动。

荃扶没有离去，从来就没有离去过！她是活在心里的，那是一个永远也不会分离的地方，是一条宁静的小溪；那里有星星和月亮作伴。在那里，只要相爱，就能永远相伴。

冒顿的眼角渗出了泪水。旁边的勒俟祜也长长地叹了一口气，他没有看岩刻，两眼一直注视着单于脸上一丝一毫的动静。

再向前挪一挪，不看也知道是末尾的那幅“天山一统”了。冒顿立马山头，背后有且蛰、稽粥、猎骄靡、阖瀚，眼前一望是绿洲大幕。冒顿的脸上荡漾起笑意，笑得是那样会心。与东胡的要挟虐妻之仇，与月氏的谋害截杀之仇，那都是啥仇呀！难道匈奴或自己与曾经远隔的绿洲诸城郭也有不世之仇？

还是蛮艺唱出了其中的真谛：“出征只为了水源和牧场！”可就是为了争夺更多的水源和更加广阔的牧场，却带来了许多征战，带来了无穷的杀伤。难道这果真是草原上的宿命？

冒顿终于想起来了，那幅“归省西域”与“阏氏牧马”在意思上有所重复，已经被眼前这幅“天山一统”取代了。而“天山一统”也完全覆盖了“归省西域”的意思。“哈哈，原来不是勒俟祜的错，哈哈……”

冒顿没能睁开眼，并没有真正去看“天山一统”的画面。眼前却幻化出一条浑黄的大河，河边耸起一座高台。台上站着两个人；看得出来，一个是大汉朝的皇帝，另一个是大匈奴的单于，无论如何也看不清面目。想起来了，这一幅本来设想的是“河上会盟”。对，那正是想象中河上会盟的场面！

冒顿于是努力地去看，却看到了一个流血的窟窿。那窟窿飞快地流血，也飞快地收缩来，聚成一个人脸的形象。那不是父亲头曼吗？是父单于！他在笑，直笑得全脸的胡须发抖，笑得整个面部都变得十分怪异。

冒顿的头脑“嗡”的一声巨响，仿佛炸开了。眼前弥漫着血光，到处都在流血。他彻底地晕了，已经无法支撑自己。

正这时，耳畔却有轻唤的声音：“大单于，稽粥太子回北假了，给你带来了拿月氏王头颅制作的酒杯！”

冒顿立时精神大振，提高了声调问：“太子呢？快，快叫他过来！咋还不过来参见！”

“太子在行帐候着！”是勒俟祜在回答，声音若远若近。

“酒杯呢？”

“酒杯刚刚送到！”

“快，快斟酒，我要痛痛快快地喝一杯！”冒顿显得十分急切。

酒斟上来。冒顿睁大眼睛，仔细看着那只用金银精心嵌饰过的头骨。酒中晃晃悠悠地显现出月氏王的影子，须臾便漾开，找不见了。

冒顿的胸腔里突然爆发出疯狂的笑声。这笑声震撼着山谷，也让勒俟祜和随从们大惊失色。

“我早就盼着这一天啦！我是撑犁孤涂，果真天不负我啊！”并没有人听到和分享他的心满意足。

低头看，酒杯里却又出现了自己的面容，看上去的确不似当年了。不过，脸上的光阴所换来的，是匈奴族群的迅速崛起和强大无敌；所成就的，是自古任何一名骑士都未曾创造出的巨大功业。他是草原上当之无愧的天之骄子！

冒顿大口地喝酒，是那样地畅快淋漓。末了，再去看酒杯，那头颅里却空空如也，不见了月氏王，也找不到自己。方才一切都近在身边，此刻似乎又变得遥不可及。他的内心有生以来第一次感到了茫然，原来有和无、得和失之间，就只隔着一杯酒。自己跃马扬鞭、风云驰骋的一生，难道就是为了这个？

冒顿垂下手来，酒杯和鞭子一起坠落地上，身体变得僵直了，却依然依着那幅“天山一统”。此时此刻，他看到了荟扶，正向自己走来，从云中走来，从草原上走来，来到他们的小溪。他也走向前去，猛地把荟扶拥入怀抱中……

北方冬季的天空中，一颗光耀亘古的巨星从此陨落。

太子稽粥继位，号老上单于。

冒顿单于是有史记载的匈奴第二位最高首领，但却是第一位袭用中原“天子”观念自我成功打造的单于。在战国末以来其父头曼带领族群崛起的基础上，冒顿抓紧中原秦末起义、楚汉争战和战后恢复所客观形成的历史机遇，东征西伐成就了匈奴军事帝国的顶峰强盛，从而上演了自己独一无二的人生传奇。

诗云：“日之东兮，日之西兮；汉皇东兮，汉皇西兮。月之东兮，月之西兮；单于北兮，单于南兮。域之西兮，域之东兮；诸王去兮，诸王来兮。去兮来兮，终所归矣。”匈奴对西域的控制，换一个角度来看，恰恰是汉朝统一西域的前奏和战略诱导因素，客观上为奠定现代中国版图和融合中华民族，作出了开创性的巨大历史贡献。

汉与匈奴的历史依然伴行。

“大风起兮云飞扬，威加海内兮归故乡，安得猛士兮守四方！”高祖之后直至武帝前期，尽管双方还维持着和亲与互市，但汉朝北边始终遭受匈奴侵扰，严重时其声势浩大、危害之甚，屡屡引发朝廷严重不安。

经历了文、景两朝与民休息、励精图治，汉朝医治好战争创伤，经济恢复，积聚起强大国力。景帝三年（前 154 年），朝廷平定吴楚七王之乱。武帝刘彻继位不久，便以“儒术”合流统治思想，并吸收“削藩”和“七王之乱”的教训，通过“推恩”实行柔性的政治变革，不动声色地逐渐分解和消弭诸侯王势力，巩固了中央集权。大规模反击匈奴的条件渐趋成熟。

武帝建元三年（前 138 年），张骞应募出使西域，欲联合大月氏以“断匈奴右臂”。武帝元光二年（前 133 年），汉朝调集三十万大军以马邑为诱饵设伏，险些把十万匈奴军连同稽粥之子军臣单于诱入局中。这两个事件，是汉朝在对匈关系中尝试变被动为主动的开始。在无功的马邑之谋中，提出动议、出面劝诱并舍身带路的人，是马邑豪商聂壹。

武帝元光六年（前 129 年），持重善谋的卫青出上谷轻骑突袭小胜龙城，成为四路大军中唯一有功的将领，从此崭露头角。当汉朝军队重新出发时，强大的骑兵已经充分具备多路协同、纵深千里直入大幕包抄围追的能力，开始寻求与匈奴主力决战。

武帝元朔六年（前 123 年）河南之战，匈奴元气大伤，第五代单于伊稚斜退居幕北，汉基本恢复了对阴山以南的控制；武帝元狩二年（前 121 年）河西之战及浑邪王降汉，敞开了通向西域的道路，其后汉武威、酒泉、张掖、敦煌四郡相继建立；元狩四年（前 119 年）的漠北决战，卫、霍两军长驱出塞，千里逾幕，单于向西远遁，从此漠南无王庭。汉边境基本恢复了安宁，而强盛了近百年的匈奴则走向了衰落的起点。积累的实力和宏大的战略思维，造就了一代帝王的旷史功业和帝国鼎盛的局面，大将军卫青和骠骑将军霍去病也因这场战争而名垂史册。

张骞艰苦卓绝的西域之行因大月氏的婉拒而没有达到预期，但却从沿途获得了大量对于西域和匈奴的直观认知。武帝元鼎二年（前 115 年），张骞第二次出使西域，以乌孙为基地展开了广泛的外交活动，使汉朝的影响遍及整个西域，声威大张。《汉书・西域传》记载："在刘彻元狩年，西域思汉朝威德，咸乐内附。"此后在一代女杰解忧、冯嫽的推动下，乌孙采取了和汉拒匈的基本政策，族群在汉西域的历史进程中得以发展延续。

大败之后的匈奴仍然控制着天山以北至阿尔泰山一带相当广大的地带，并不断对天山南北的城邦国家施加影响。汉军于武帝元封三年（前 108 年）和武帝太初三年（前 102 年）两度出征西域，并开始自敦煌向盐泽修筑六百里烽燧亭驿，在轮台、渠犁驻军屯田，设置校尉，对匈奴摆出了积极防御的姿态。

宣帝本始三年（前 71 年），校尉常惠持节护乌孙兵直捣右谷蠡王庭。匈奴反扑遭遇大雪，丁令、乌桓、乌孙乘机围攻，匈奴损失惨重，对西域的控制基本瓦解。宣帝神爵二年（前 60 年），匈奴日逐王先贤掸率众归汉，汉朝建立西域都护府，西域从此成为汉朝的一部分。宣帝甘露三年（前 51 年），南匈奴呼韩斜单于朝见皇帝。

西汉与匈奴的争战一直延续到了元帝建昭三年（前 36 年）。西域副校尉陈汤说服西域都护甘延寿，矫诏集结汉与西域联军出击郅支城，北匈奴郅支单于身死都赖水，宣告了西汉对匈战争的彻底胜利。一场旷古罕见的战争至此落幕，这时距马邑之谋已经九十七年。元帝竟宁元年（前 33 年），呼韩斜单于娶王嫱为阏氏，上书请求永世为汉朝守护边塞。但是，匈奴对西域的争夺依然在延续，对中原的侵扰也没有停息，有时还很频繁。显然，这与一个族群的生存特征密切相关。

过程延续到了明帝永平十六年（公元 73 年），东汉首度兴师，窦固、耿忠出师东天山，控制伊吾庐，并设置宜禾都尉，留下军士屯田。这已经是刘秀称帝、东汉政权确立之后的第四十九个年头。次年汉军二度出征，窦固、耿秉、刘张平定车师前、后部，西域都护和戊己校尉重返西域。此任戊己校尉耿恭，在后来坚守金蒲城、疏勒城的惨烈战斗中，成为罕见的战场超人。

和帝永元元年（公元 89 年），窦宪、邓鸿与匈奴南单于会师，深入瀚海一千五百里，在稽落山重创匈奴主力，窦宪在燕然山刻石纪念。第二年，南单于按照朝廷的指示，派左谷蠡王大破北匈奴。第三年，耿夔、任尚包围北单于的驻地金微山，即今阿尔泰山，给北匈奴崩溃式的打击，北匈奴王族只有单于一人在混战中逃之夭夭。至此，东汉先后五次进击，锁定了对北匈奴的胜局，但尾声却是漫长的。

伴随对北匈奴的军事打击，继张骞之后的另一位杰出人物班超登上历史舞台，以三十六死士上演了出神入化的环漠大剧。班超从公元 73 年以假司马首发鄯善，到公元 102 年卸任都护，在西域度过了建立历史殊勋的三十年。班超的儿子班勇是他父亲意志和能力的继承者。安帝延光二年（公元 123 年），班勇以西域长史出屯柳中。至顺帝永建二年（公元 127 年）基本上平复了西域。于是，汉之号令重又“班西域矣”。

与北匈奴角逐西域的后期，东汉把打击目标集中到了匈奴呼延王身上。自顺帝永建元年（公元 126 年）起，至桓帝永兴元年（公元 153 年），汉朝军队与呼延王的势力周旋了二十八年，而此时，离金微山之战已经六十二年了。

匈奴一族南南北北反反复复盛盛衰衰，与战国秦汉伴行了大约三百七十年，直到公元 137 年东汉敦煌太守裴岑诛杀北匈奴呼衍王，匈奴势力方才逐渐向北退出汉西域，从此湮没于古籍。

懵懂嵌入汉王朝画卷的匈奴，像北野被飓风吹动的流云，把西域广袤的土地和土垒的王城先期覆盖了，把草原和绿洲的居民牢牢地捆绑在汹涌的铁骑上，最终以自身的融入和散徙宣告了一个强大草原族群的终结和真正大汉帝国的成就。

当历史把它睿智的目光聚焦到两千年前一个庞大而顽强的游牧族群的生存之路时，怎能不产生颇多感慨？它永远不会漠视一个名字：冒顿。他是匈奴伟大的撑犁孤涂，是与秦始皇嬴政、汉高祖刘邦同时代彪炳于中华史册的一代天骄。

图书在版编目（C I P）数据

匈汉演义 / 朱江风著. -- 北京 ：北京日报出版社，2017.11
ISBN 978-7-5477-2725-6

Ⅰ. ①匈… Ⅱ. ①朱… Ⅲ. ①长篇小说－中国－当代
Ⅳ. ①I247.5

中国版本图书馆CIP数据核字(2017)第189562号

匈汉演义

出版发行：北京日报出版社
地　　址：北京市东城区东单三条8-16号东方广场东配楼四层
邮　　编：100005
电　　话：发行部：（010）65255876
　　　　　总编室：（010）65252135
印　　刷：廊坊市博林印务有限公司
经　　销：各地新华书店
版　　次：2017 年 11 月第 1 版
　　　　　2017 年 11 月第 1 次印刷
开　　本：710 毫米×1000 毫米　　1/16
印　　张：60.25
字　　数：1120 千字
定　　价：120.00元（全三册）